分类两宋
绝妙好词

喻朝刚
周 航
主编

分类两宋绝妙好词

第二版

生活·讀書·新知 三联书店 生活書店出版有限公司

图书在版编目（CIP）数据

分类两宋绝妙好词 / 喻朝刚，周航主编 . — 2 版 . —北京：
生活书店出版有限公司，2019.1
ISBN 978-7-80768-270-7

Ⅰ . ①分… Ⅱ . ①喻… ②周… Ⅲ . ①宋词—选集
Ⅳ . ① I222.844

中国版本图书馆 CIP 数据核字 (2018) 第 235311 号

责任编辑 樊希安 廉 勇
装帧设计 罗 洪
责任印制 常宁强
出版发行 生活书店出版有限公司
（北京市东城区美术馆东街 22 号）
邮 编 100010
印 刷 万卷书坊印刷（天津）有限公司
版 次 2019 年 1 月北京第 2 版
2019 年 1 月北京第 5 次印刷
开 本 710 毫米 ×1000 毫米 1/16 印张 73
字 数 780 千字 图 80 幅
印 数 14,001— 20,000 册
定 价 128.00 元
（印装查询：010-64052612；邮购查询：010-84010542）

◎ 20 世纪 90 年代，作者夫妇在北宋旧都开封

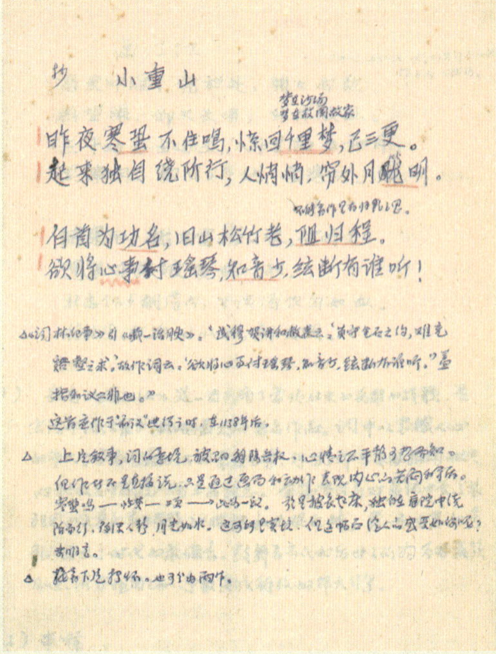

抄　小重山

昨夜寒蛩不住鸣，惊回千里梦，已三更。
起来独自绕阶行，人悄悄，帘外月胧明。

白首为功名，旧山松竹老，阻归程。
欲将心事付瑶琴，知音少，弦断有谁听！

△《词林纪事》引《藏一话腴》："武穆《贺讲和赦表》云：'莫守金石之约，难充溪壑之求。'故作词云：'欲将心事付瑶琴，知音少，弦断有谁听。'盖指和议之非也。"

这首应作于"和议"进行之时，在1138年后。

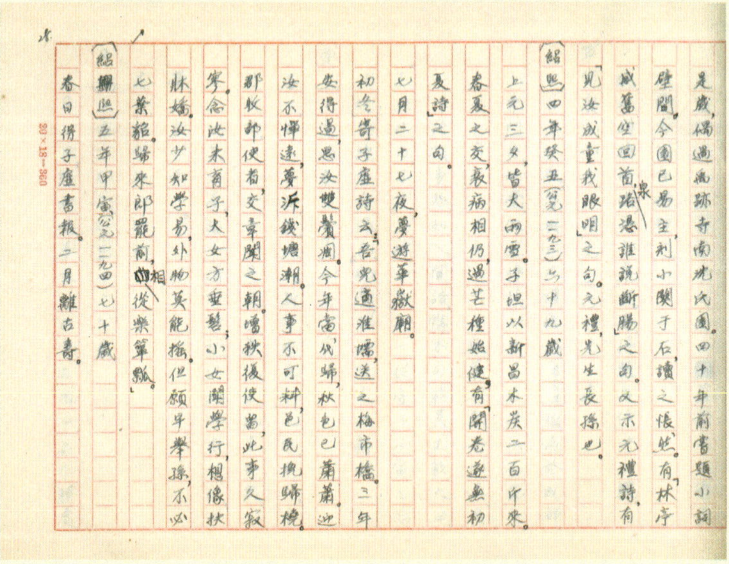

是歲，偶過禹跡寺南沈氏園。四十年前嘗題小詞壁間，今園已易主，刻小闋于石，讀之悵然。有「林亭感舊空回首，泉路憑誰說斷腸」之句。又示元禮詩，有「見汝成童我眼明」之句。元禮，先生長孫也。

紹熙四年癸丑（公元一一九三），六十九歲

上元，三夕皆大雨雪，子聿以新凿木炭二百斤來。

春夏之交，衰病相仍，過芒種始健，有開卷遂無初夏詩之句。

七月二十七夜，夢遊華嶽廟。

初冬，寄子虡詩云：「吾兒適淮壖，送之梅市橋。三年安得過，思汝雙鬢凋。今年當代歸，秋色已蕭蕭。迎汝不憚遠，夢泝錢塘潮。人事不可料，邑民挽歸橈。郡牧即使者，交章聞之朝。增秩復使留，此事久寂寥。念汝未有子，大女方垂髫，小女聞學行，想像扶牀嬌。汝少知學易，外物莫能搖，但願早舉孫，不必七葉貂。歸來郎罷前，相從樂簞瓢。」

紹熙五年甲寅（公元一一九四），七十歲

春日，得子虡書報，二月離古壽

◎ 作者治学笔记

◎ 词人范仲淹像

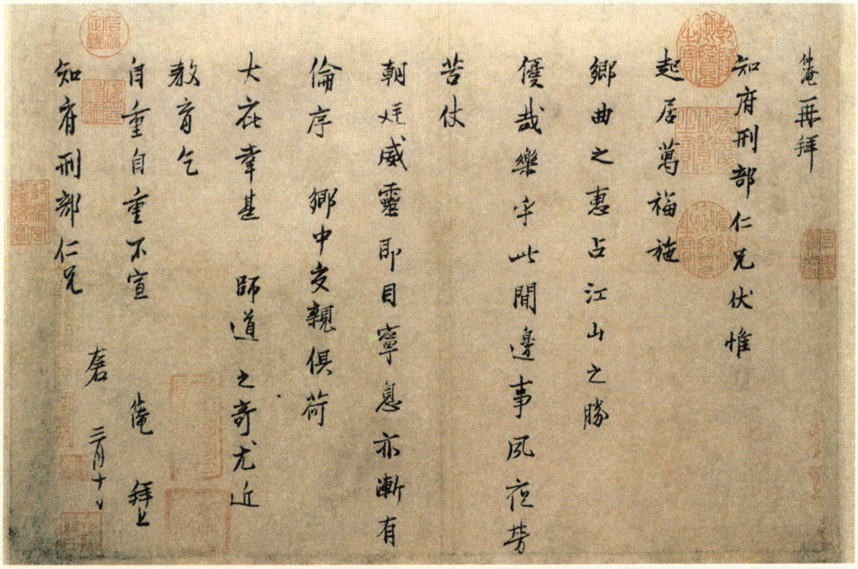

淹再拜
知府刑部仁兄伏惟
起居萬福旋
鄉曲之惠占江山之勝
優哉樂乎此間邊事夙夜勞
苦仗
朝廷威靈即日寧息亦漸有
倫序 鄉中交親俱荷
大庇幸甚 師道之奇尤近
教育之
自重自重不宣 淹 拜上
知府刑部仁兄 座 三月十一日

◎ 范仲淹手迹《边事帖》，故宫博物院藏

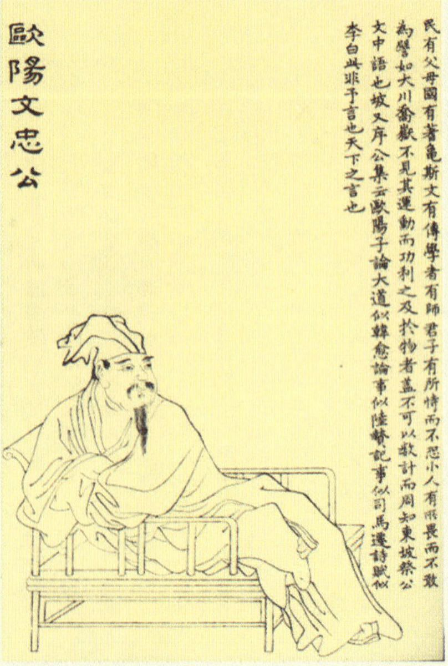

◎ 词人欧阳修像

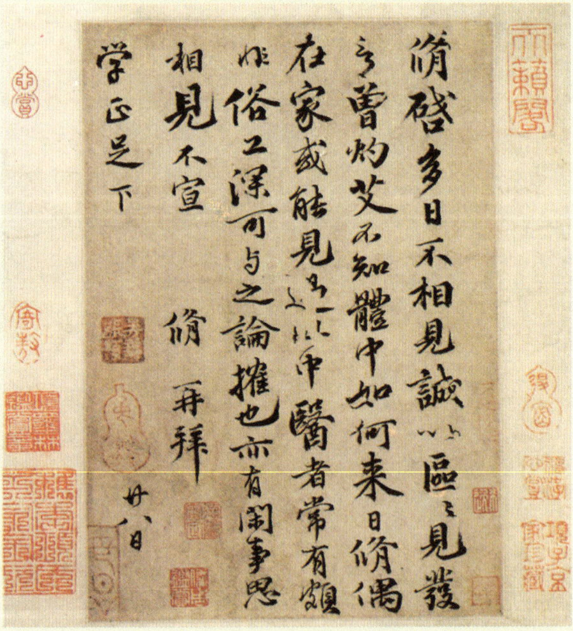

◎ 欧阳修手迹《灼艾帖》，故宫博物院藏

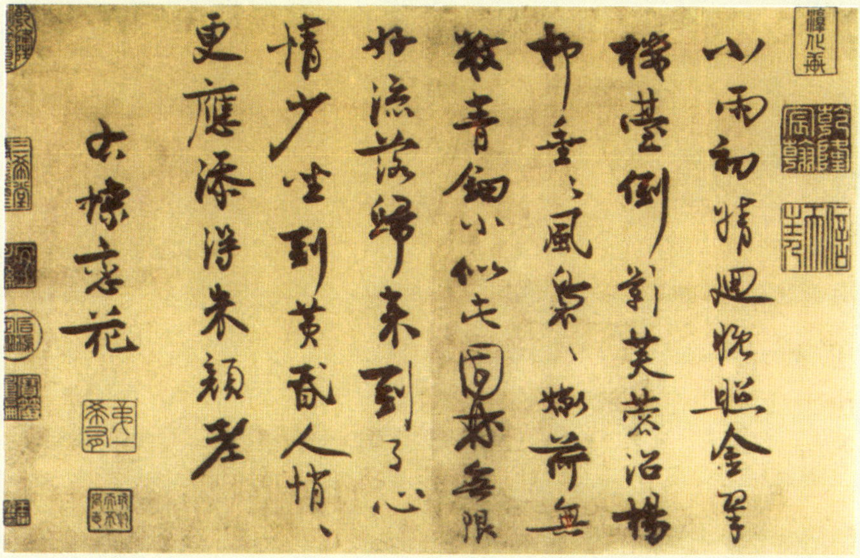
小雨初晴迴晚照金翠
樓臺倒影芙蓉沼楊
柳垂〻風裊〻嫩荷無
數青鈿小似此園林無限
好流落歸來到了心
情少坐到黃昏人悄〻
更應添得朱顏老
蝶戀花

◎ 词人、画家王诜手书《蝶恋花》词

◎ 苏轼像三种
（左上：传苏轼友人李公麟绘，清朱野云摹绘，翁方纲题款　右：宋末元初赵孟頫绘　左下：清吴尚熹绘）

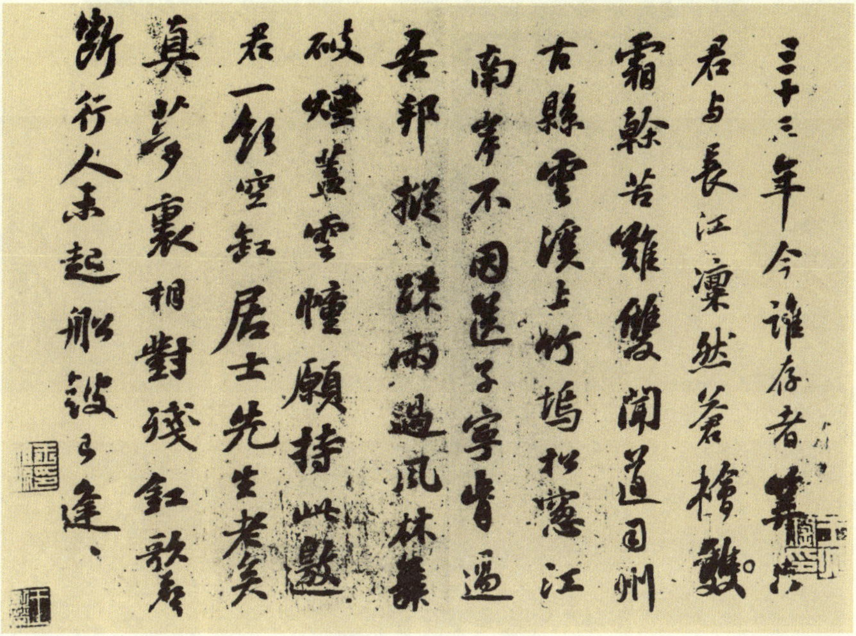

◎ 苏轼手迹《满庭芳》，于元丰六年（1083）

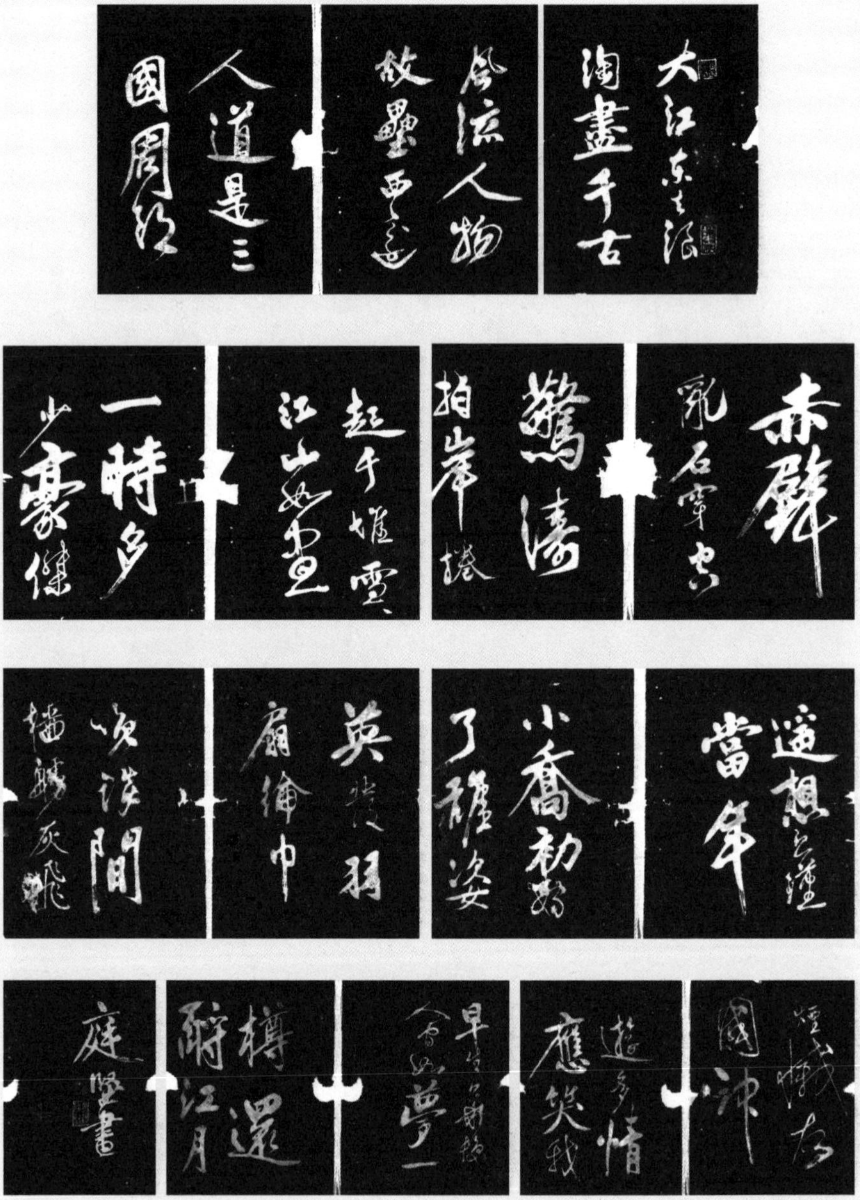

◎ 苏轼词《念奴娇·赤壁怀古》碑帖（宋黄庭坚书）

◎ 词人秦观像

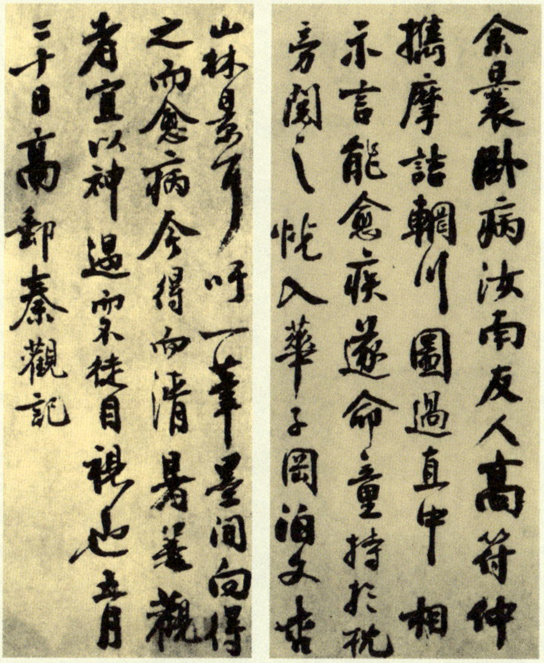

◎ 秦观手迹《摩诘辋川图跋》（节选），台北故宫博物院藏

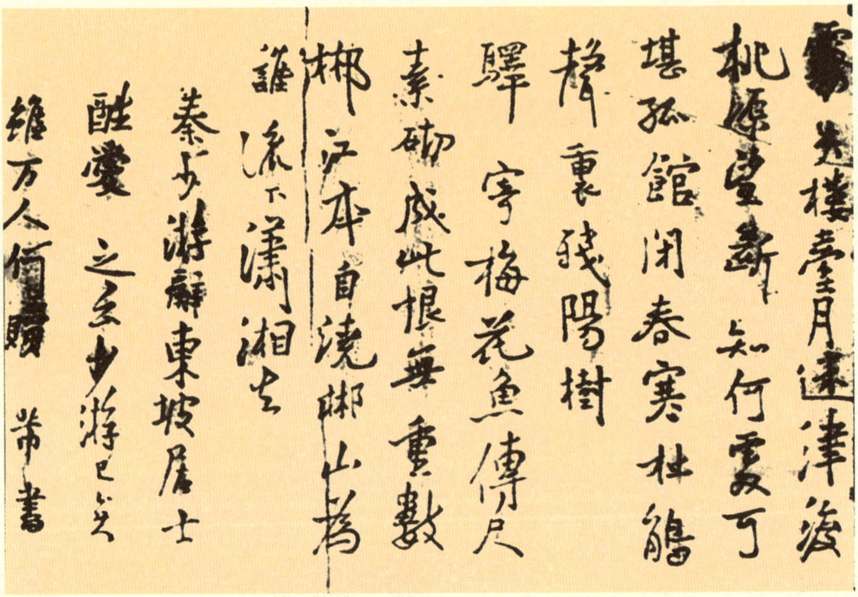

◎ 郴州“三绝碑”，为秦观词《踏莎行》、苏轼跋、米芾书，记录了词人遭贬的幽怨与友人的痛惜

◎ 米芾《满庭芳·咏茶》碑帖

◎《西园雅集图》(局部)。元丰初年，苏轼兄弟、黄庭坚、秦观、米芾、蔡肇、李之仪、张耒、晁补之、僧圆通、道士陈碧虚等名士，于驸马王诜宅邸西园集会。宾主诗词唱和、作画问禅，极宴游之乐，李公麟绘图以纪胜。后世马远、刘松年、赵孟頫、唐寅、尤求等都曾摹绘

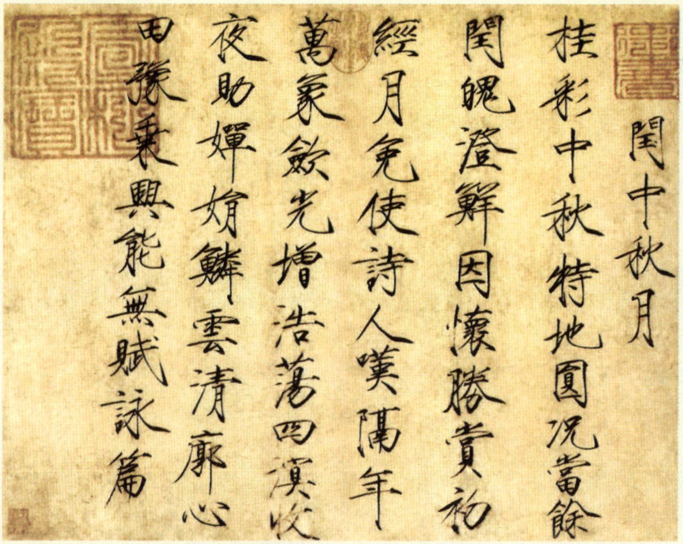

◎ 宋徽宗赵佶《闰中秋月诗帖》，故宫博物院藏

◎ 赵佶《文会图》（局部），台北故宫博物院藏

◎ 词人李清照像三种
（左：清姜壎绘　右上：四印斋刻《漱玉词》所附小像　右下：清崔錯绘）

◎ 词人陆游像

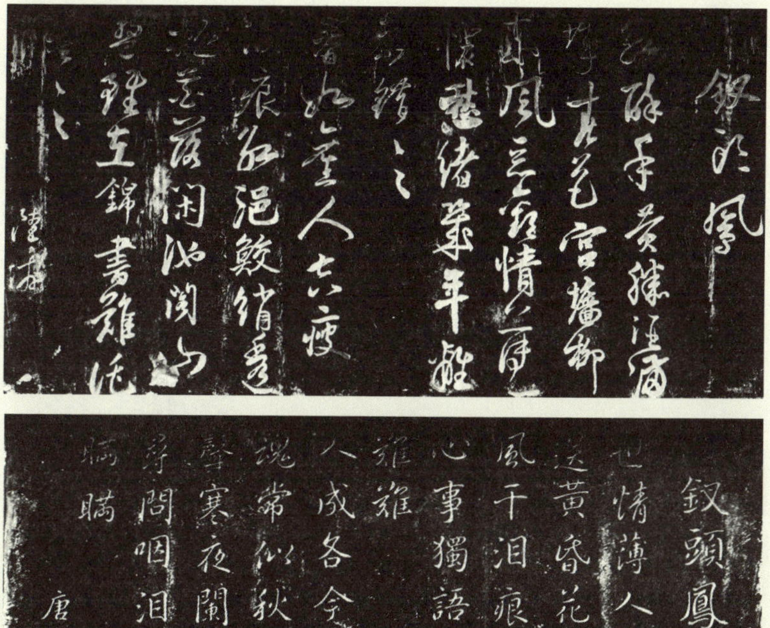

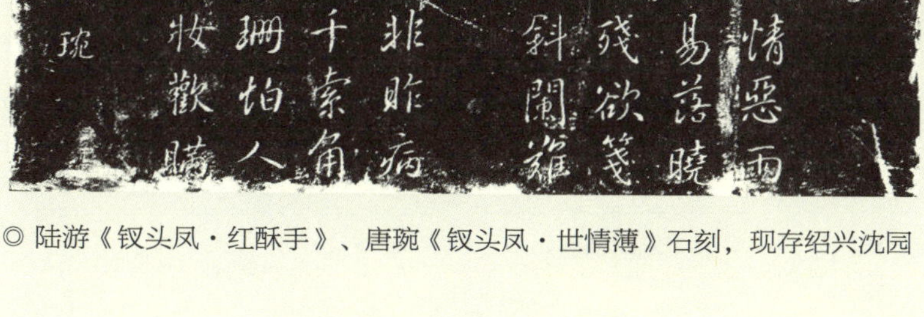

◎ 陆游《钗头凤·红酥手》、唐琬《钗头凤·世情薄》石刻，现存绍兴沈园

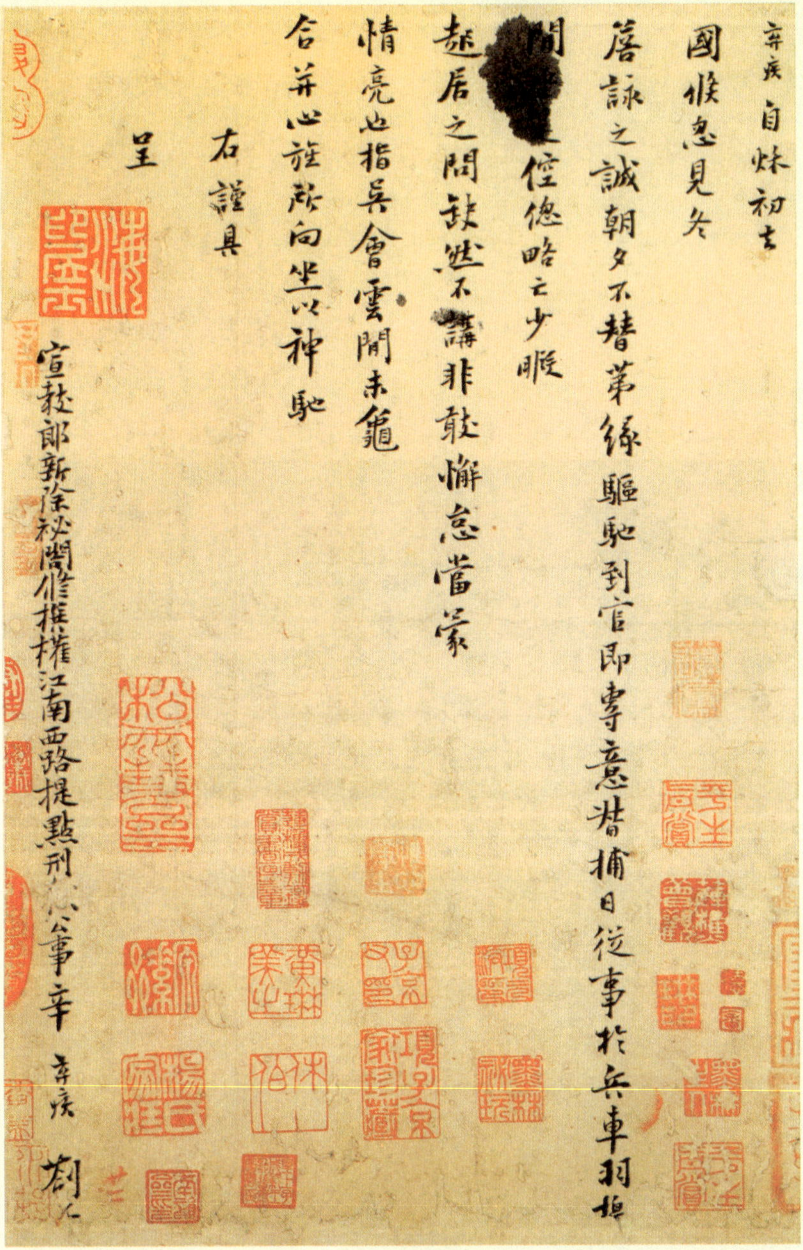

弃疾自秋初去
國倏忽見冬
詹詠之誠朝夕不替第緣驅馳到官即專意督捕日從事於兵車羽檄
間[illegible]倥偬略亡少暇
起居之問缺然不講非敢懈怠當蒙
情亮也指吳會雲間未龜
合并心旌所向坐以神馳
右謹具
呈
宣教郎新除秘閣修撰權江南西路提點刑獄公事辛弃疾劄子

◎ 词人辛弃疾手迹《去国帖》，故宫博物院藏

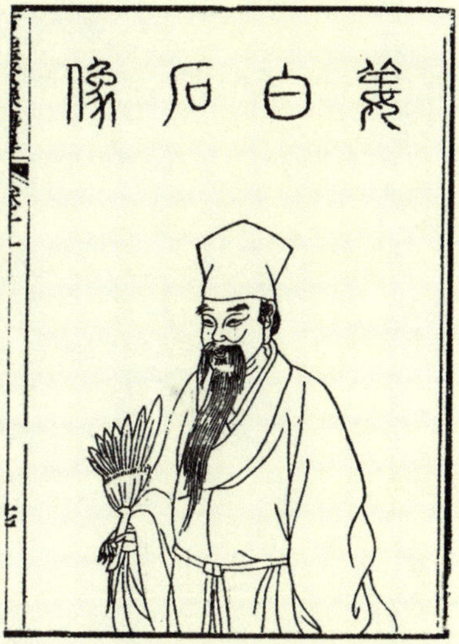

◎ 词人姜夔像

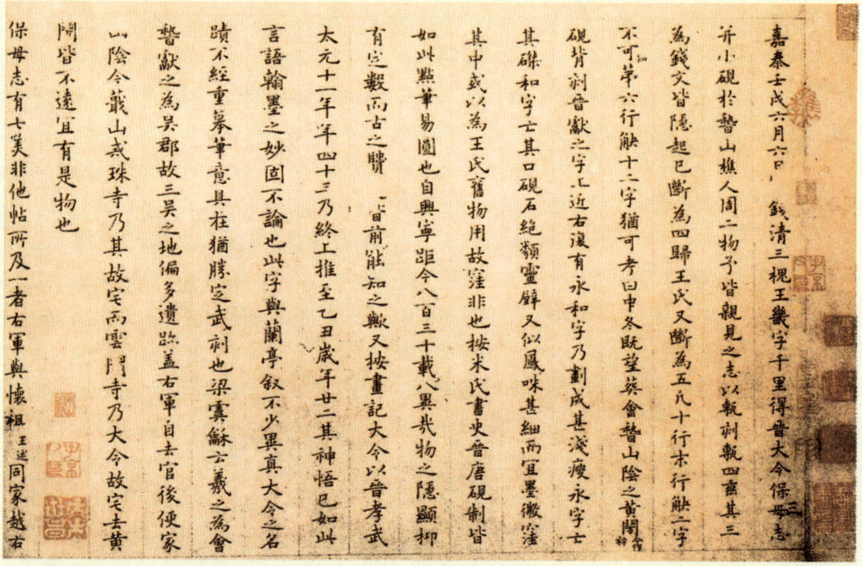
嘉泰壬戌六月六日，錢清三槐王畿字千里得晉大令保母志
并小硯於暨山樵人周二，物予皆親見之。志以甎刻，甎四垂，其三
為錢文，皆隱起，已斷為四，歸王氏又斷為五，凡十行，末行缺二字
不可知，第六行缺十二字，猶可考，曰中冬既望葬會稽山陰之黃閣
硯背刻晉獻之字七字，近右復有永和字，乃劃成，甚淺瘦，永字亡
其磔，和字亡其口。硯石絕類靈壁，又似鳳咮，甚細而宜墨，微窪
其中，或以為王氏舊物，用故窪，非也。按米氏書史，晉唐硯制皆
如此，點筆易圓也。自興寧距今八百三十載，八異哉，物之隱顯，抑
有定數，而古之賢晉前能知之歟？又按畫記，大令以晉孝武
太元十一年年四十三乃終，上推至乙丑歲年廿二，其神悟已如此，
言語翰墨之妙固不論也。此字與蘭亭叙不少異，真大令之名
蹟，不經重摹，筆意具在，猶勝定武刻也。梁寰谿云：羲之為會
稽，獻之為吳郡，故三吳之地偏多遺跡。蓋右軍自去官後便家
山陰，今蕺山戒珠寺乃其故宅，而雲門寺乃大令故宅，去黃
閣皆不遠，宜有是物也。
保母志有七美，非他帖所及。一者右軍與懷祖王述同家越右

◎ 姜夔手迹《跋王献之保母帖》，故宫博物院藏

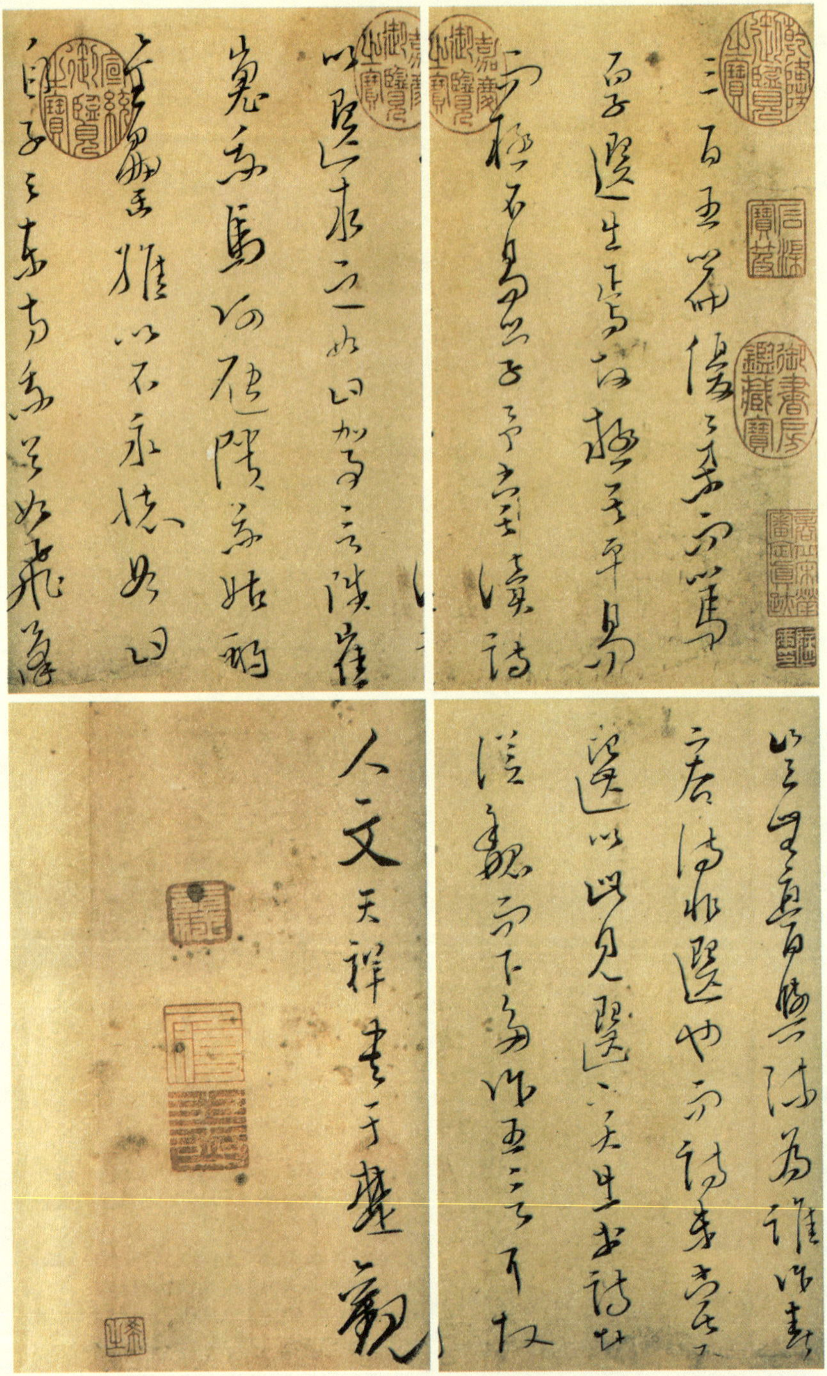

◎ 文天祥手迹《草书木鸡集序卷》（节选），辽宁省博物馆藏

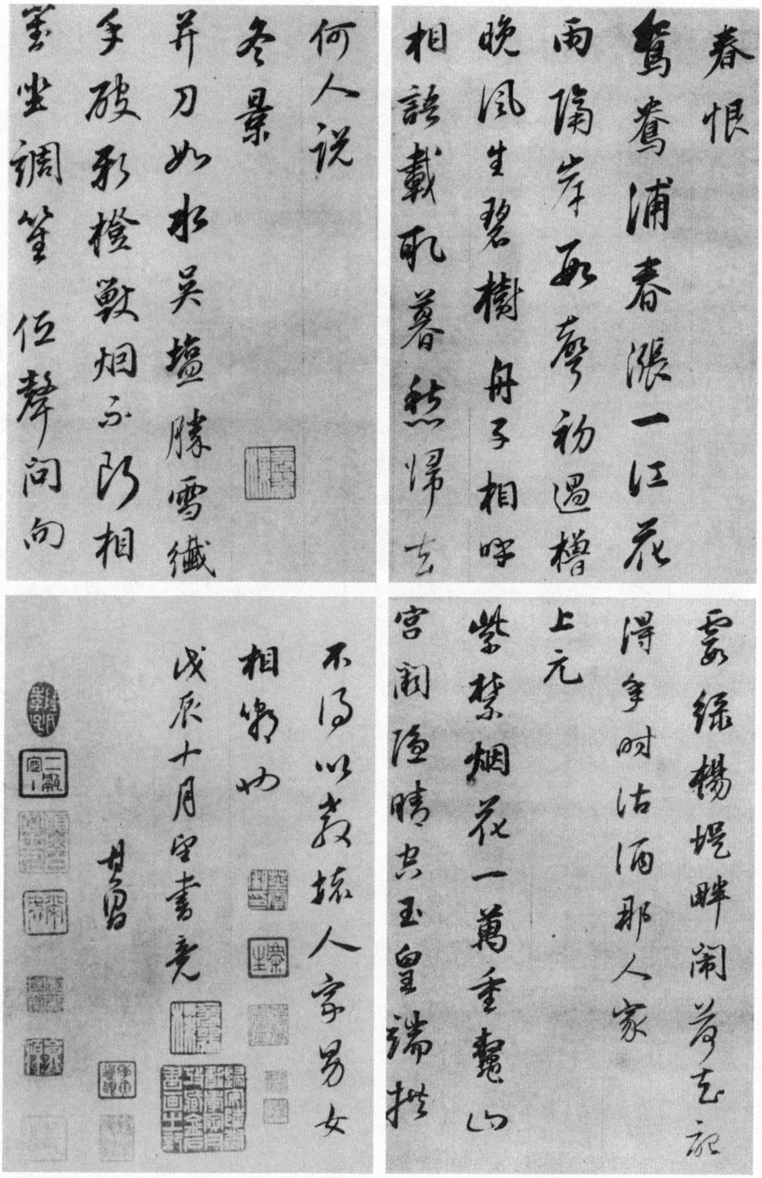

◎《宋词》册（节选），明董其昌书

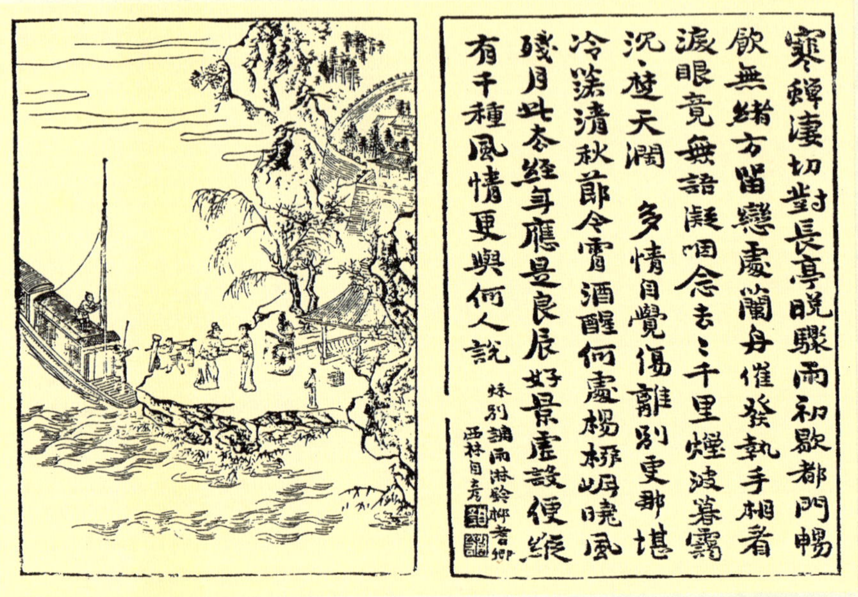

◎ 今宵酒醒何处？杨柳岸晓风残月
柳永《雨霖铃》（明刊本《诗余画谱》）

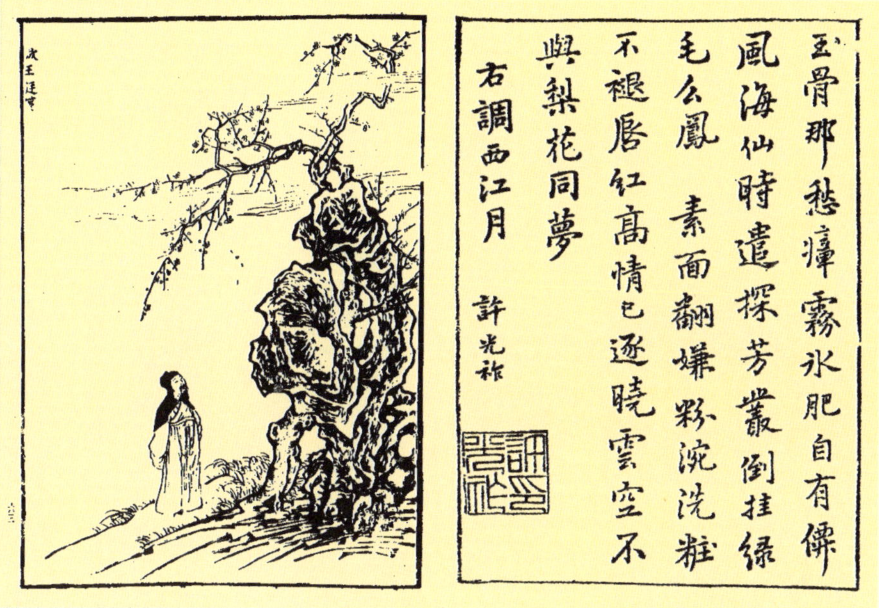

◎ 高情已逐晓云空，不与梨花同梦

苏轼《西江月》（明刊本《诗余画谱》）

離別　　　　　　　　　　　　　　　　李易安

香冷金猊被翻紅浪起來慵自梳頭任寶奩
塵滿月上簾鉤生怕離懷別苦多少事欲說
還休新來瘦非干病酒不是悲秋　休、
這回去也千萬遍陽關也則難留念武陵
人遠烟鎖秦樓惟有樓前流水應念我
終日凝眸凝眸處從今添一段新愁

鳳皇臺上憶吹簫　　　　　　　孫大啟

◎ 新来瘦，非干病酒，不是悲秋
李清照《凤凰台上忆吹箫》（明刊本《诗余画谱》）

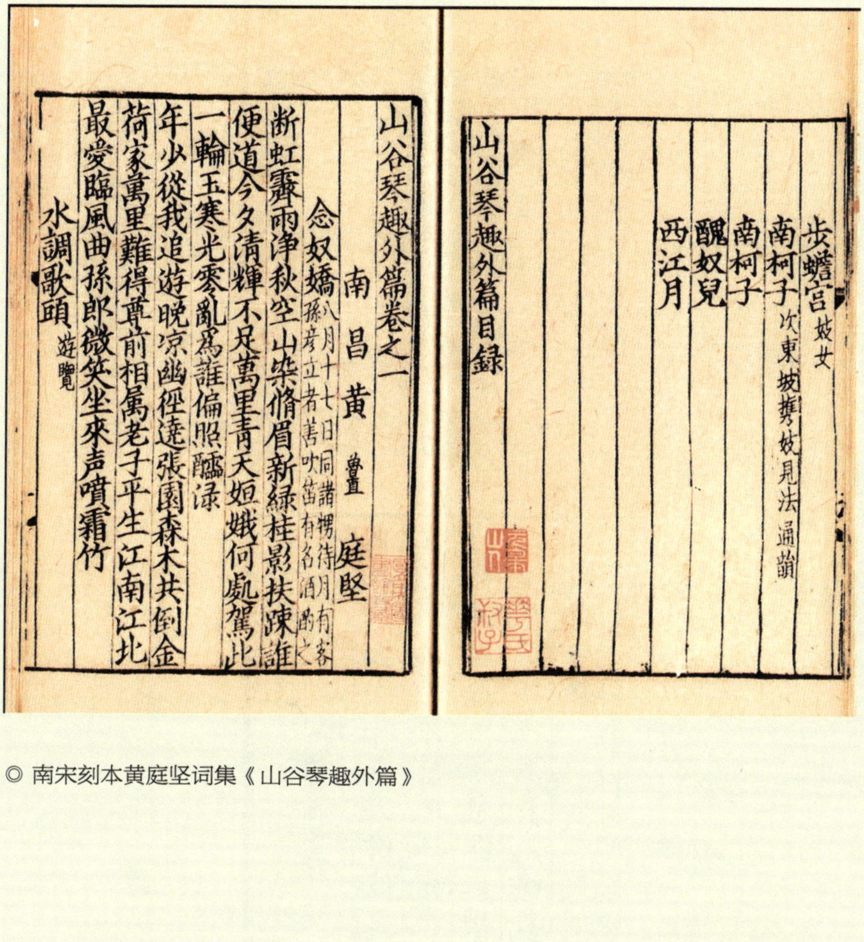

步蟾宮 妓女
南柯子 次東坡攜妓見法通韻
南柯子
醜奴兒
西江月
山谷琴趣外篇目錄

山谷琴趣外篇卷之一
南昌黄魯直庭堅
念奴嬌 八月十七日同諸甥待月有客孫彥立者善吹笛有名酒酌之
斷虹霽雨淨秋空山染脩眉新綠桂影扶疎誰便道今夕清輝不足萬里青天姮娥何處駕此一輪玉寒光零亂爲誰偏照醽醁年少從我追遊晚涼幽徑遶張園森木共倒金荷家萬里難得尊前相屬老子平生江南江北最愛臨風曲孫郎微笑坐來声噴霜竹
水調歌頭 遊覽

◎ 南宋刻本黄庭坚词集《山谷琴趣外篇》

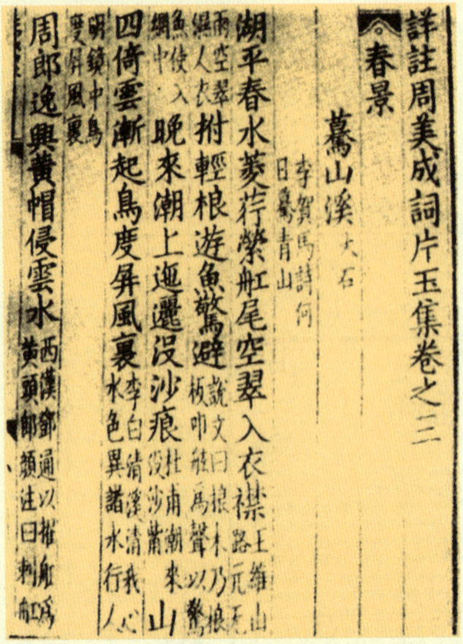
詳註周美成詞片玉集卷之三
春景
驀山溪 大石
李賀馬詩何日驀青山
湖平春水菱荇縈舡尾空翠入衣襟 王維山路元無雨空翠濕人衣
拊輕根遊魚驚避 說文曰根木乃根板巾以爲聲以驚魚使入網中
晚來潮上迤邐沒沙痕 杜甫潮來沒沙觜山
四倚雲漸起鳥度屏風裏 李白清溪清我心水色異諸水行人明鏡中鳥度屏風裏
周郎逸興黃帽侵雲水 西漢鄧通以擢船爲黃頭郎顏注曰刺船

◎ 武进陶氏涉园刊景宋本周邦彦《片玉集》，
旧时词论称周氏为“词家之冠”、“词中老杜”

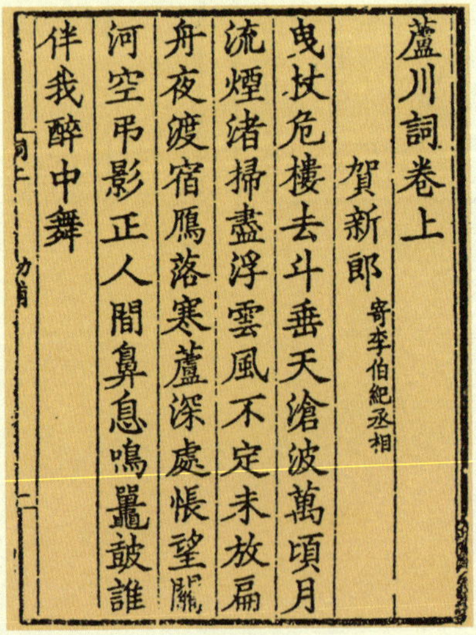
蘆川詞卷上
賀新郎 寄李伯紀丞相
曳杖危樓去斗垂天滄波萬頃月
流煙渚掃盡浮雲風不定未放扁
舟夜渡宿鴈落寒蘆深處悵望關
河空弔影正人間鼻息鳴鼉鼓誰
伴我醉中舞

◎ 景宋刊本张元幹《芦川词》

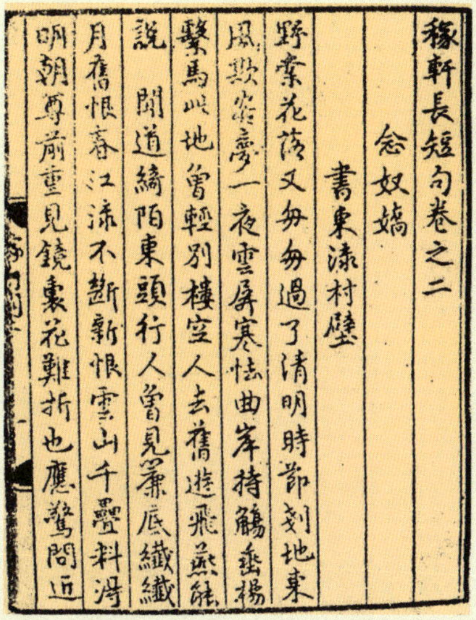
稼軒長短句卷之二
念奴嬌
書東流村壁
野棠花落又匆匆過了清明時節剗地東
風欺客夢一夜雲屏寒怯曲岸持觴垂楊
繫馬此地曾輕別樓空人去舊遊飛燕能
說　聞道綺陌東頭行人曾見簾底纖纖
月舊恨春江流不斷新恨雲山千疊料得
明朝尊前重見鏡裏花難折也應驚問近

◎ 元延祐刻本辛弃疾《稼轩长短句》

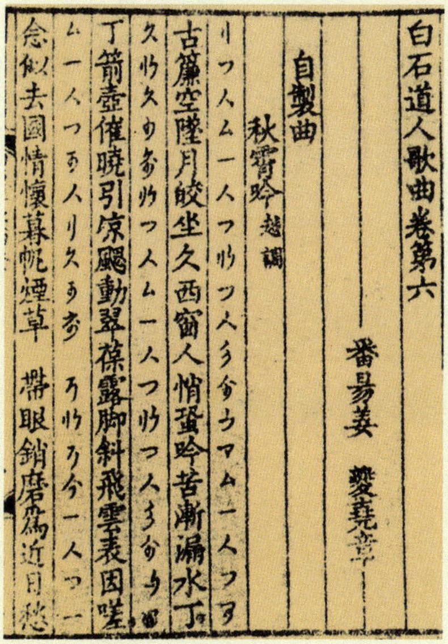
白石道人歌曲卷第六
番陽姜　夔堯章
自製曲
秋宵吟 越調
古簾空墜月皎坐久西窗人悄蛩吟苦漸漏水丁
丁箭壺催曉引涼颸動翠葆露脚斜飛雲表因嗟
念似去國情懷暮帆煙草　帶眼銷磨爲近日愁

◎ 清张奕枢景宋刊姜夔《白石道人歌曲》旁谱

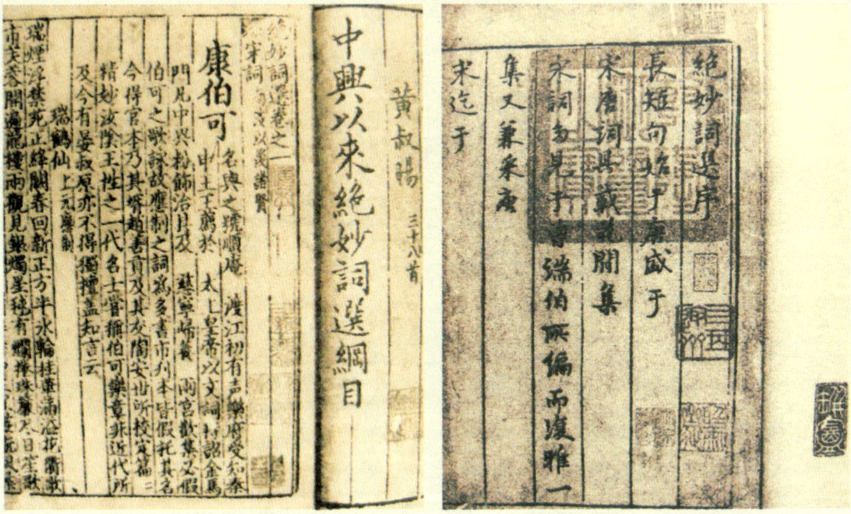

絕妙詞選卷之一
宋詞 中興以來諸賢
康伯可 名與之號順庵 渡江初有聲樂府受知秦
中丞于薦於 太上皇帝以文詞待詔金馬
門凡中興粉飾治具及 慈寧歸養 兩宮歡集必假
伯可之歌詠故應制之詞為多書市刊本皆假托其名
今得官本乃其婿趙吉貢及其友陶安世所校定篇
精妙波除王性之一代名士嘗稱伯可樂章非近代所
及今有晏叔原亦不得獨擅蓋知言云
瑞鶴仙 上元應制
瑞煙浮禁苑正絳闕春回新正方半冰輪桂華滿溢

中興以來絕妙詞選綱目
黃叔暘 三十八首

絕妙詞選序
長短句始于唐盛于
宋唐詞具載花間集
宋詞多見于曾端伯所編而復雅一
集又兼采唐
宋迄于

◎ 宋淳祐九年（1249）刻本《中兴以来绝妙词选》，十卷，黄昇辑

前　言

宋词是中国古典文学园地里一株艳丽多彩的奇葩，是源远流长的中国传统文化的重要组成部分。它以形象化的语言，从不同的侧面反映了宋代的历史面貌、风土人情以及宋人丰富多彩的物质生活和精神世界。它以完美的艺术形式，显示出巨大的魅力，千百年来一直吸引着广大的读者。人们将唐诗和宋词并称，说明它在中国诗歌史上具有极为重要的地位，是值得我们引以为自豪的一份珍贵的文化遗产。

长期以来流行着一种看法，认为宋词题材狭窄，反映的生活面不广，局限性很大。如果就某位具体作家而言，情况也许是如此；但如果我们把宋词作为一个整体来审视，就不会说它题材狭窄、反映的生活面不广了。

本书根据《全宋词》和有关资料，选录了宋代近四百位作家的一千一百多篇作品。分为：大好河山、名胜古迹、爱国情怀、壮志难酬、边塞风烟、承平岁月、乱世悲歌、节物风情、元宵之夜、七夕佳话、中秋浩歌、人生咏叹、乡村田园、渔歌菱唱、寻幽探胜、群芳竞艳、梅苑撷英、草木果蔬、鸟兽虫鱼、饮食器物、春夏秋冬、雨雪风月、对景感怀、疏狂闲适、贬谪流徙、怀古咏史、斥责嘲讽、俳谐戏谑、夫妻之间、兄弟姊妹、友情深长、忆昔怀旧、羁旅乡愁、离别相思、闺情绮怨、豆蔻年华、魂断青楼、琴棋书画、艺人剪影、梦幻世界、寿词选粹、杂花朵朵等四十二类。题材不可谓不广，内容不可谓不丰富，只是由于过去受“婉约”“豪放”两大派观念的束缚，许多绝妙好词均被排除在我们的审美视野之外，遗珠弃璧，识者兴叹。为了使读者全面了解宋词，继承和借鉴这份珍贵的文化遗产，弘扬民族文化，我们参阅了历代有关宋词的选本和词话，本着解放思想、实事求是的原则，对全宋词重新进行了审查和评断，并在此基础上编写了这部《分类两宋绝妙好词》。

分类没有固定的框框，完全从实际出发，主要根据作品的题材，同时也兼及主题。由于有的作品题材和主题都是复合体，既可列入甲类，也可列入乙类，如爱国情怀与壮志难酬常常是一篇作品的两个侧面，难以截然将其划分开来。对这类作品，我们按照自己的理解，突出其一个侧面，加以分类，难免有顾此失彼的遗憾。有些同类题材的作品，其中部分篇章所咏对象更为单纯、集中，而且佳作纷呈，于是便单列一类，如群芳竞艳之后又有梅苑撷英，节物风情之后又有元宵之夜、七夕佳话、中秋浩歌，如此等等。这也是从实际出发，不拘一格而采取的一种变通办法，读者大概不会不同意吧！在两宋词人的作品中，还有一些绝妙好词，同类题材的作品极少，甚至是绝无仅有，弃之感到可惜，于是便有了最后一类杂花朵朵。在四十二类之中，选得最多的是群芳竞艳，共有六十六首。这些五彩缤纷的百花赞歌，实在是一部形象而生动的《群芳谱》。选得最少的是寿词选粹，只有十首。祝寿之词虽然多为溢美的庸俗之作，但也有一些爱国志士借为友人祝寿之机，揭露时弊，谴责投降政策，抒发爱国激情，写得十分真切动人，具有一定的艺术感染力，因此也是不可完全摈弃的。此编第一类——大好河山，展示了祖国壮美山河的风貌，读之不但可以得到大自然鬼斧神工的美感享受，而且可以陶冶我们的爱国情操，激发读者为建设更加美好的锦绣中华而奋力拼搏。这正是我们编写此书的根本目的。

对所选之词，除了“注释”而外，还附有一段“品读”。“品读”或介绍写作背景，或揭示主题思想，或分析艺术特色，文字则有短有长，内容则有详有略，无一定之规，视需要而定。总之，是力图将我们阅读作品的一点体会提供给读者作参考。由于我们的水平有限，本书必定还存在着许多缺点和不足，希望能得到读者的批评和指正。

参加本书编写的还有喻剑南、肖言、徐亮、蒋一丁、杨荣、姜英。

编　者

目录

大好河山

名胜古迹

爱国情怀

壮志难酬

边塞风烟

承平岁月

乱世悲歌

节物风情

元宵之夜

七夕佳话

中秋浩歌

人生咏叹

乡村田园

渔歌菱唱

寻幽探胜

群芳竞艳

梅苑撷英

草木果蔬

鸟兽虫鱼

饮食器物

春夏秋冬

雨雪风月

对景感怀

疏狂闲适

贬谪流徙

怀古咏史

斥责嘲讽

俳谐戏谑

夫妻之间

兄弟姊妹

友情深长

忆昔怀旧

羁旅乡愁

离别相思

闺情绮怨

豆蔻年华

～魂断青楼～

琴棋书画

艺人剪影

梦幻世界

寿词选粹

～杂花朵朵～

大好河山

尾　犯　晁补之

庐　山

庐山小隐[1]。渐年来疏懒，浸浓归兴[2]。彩桥飞过，深溪地底，奔雷余韵。香炉照日[3]，望处与、青霄近[4]。想群仙、呼我应还，怪来须丝垂镜。　海上云车回轫[5]。少姑传、金母信[6]。森翠裾琼佩[7]，落日初霞，纷纭相映。谁见壶中景[8]？花洞里、杳然渔艇[9]。别是个、潇洒乾坤，世情尘土休问[10]。

【品读】

庐山一名匡山，又称匡庐，在江西省北部，自东北向西南，长约25公里，宽约10公里，耸立于鄱阳湖畔、长江之滨。山多悬岩、峭壁、清泉、飞瀑，林木葱茏，景色秀丽，气候宜人。著名景观和胜迹有汉阳峰、香炉峰、五老峰以及白鹿洞、仙人洞、三叠泉、含鄱口等。历代文人学士多曾来此游赏，写下了不少脍炙人口的作品，如李白的《望庐山瀑布》、苏轼的《题西林壁》，等等。

晁补之于哲宗绍圣末，因坐党籍，曾谪监信州（今江西上饶）酒税，本篇大约是作者被贬官江西时写的。词人在此逗留的时间虽然不长，却深深地被这里的山川草木所吸引，宠辱皆忘，流连忘返，于是以挥洒自如之笔，糅合神话传说，对匡庐优美的风光景物进行了细致的描绘和热情的咏赞，用长短句的形式谱写了这首歌颂大好河山的佳作。

【注释】

[1] 小隐：指隐居山林的人。

[2] 浸：更加。以上两句谓因性情渐趋疏懒，而归思更加浓厚。

[3] 香炉：庐山北部名峰，水汽郁结峰顶，云雾弥漫如香烟缭绕，故名。

[4] 青霄：青云。霄，云气。这句说遥望香炉峰高入云天。

[5] 云车：传说中仙人所乘之车。回轫（rèn 认）：掉转车头。轫，阻碍车轮转动的木头。

[6] 少姑：少女，这里是指年轻的仙女。　金母：古代神话中的女神，即西王母。

[7] 森：森严。　翠裾：青绿色的裙子。　琼佩：玉佩。

[8] 壶中景：《后汉书·费长房传》："费长房者，汝南人也，曾为市掾。市中有老翁卖药，悬一壶于肆头，及市罢，辄跳入壶中。市人莫之见，唯长房于楼上睹之，异焉，因往再拜奉酒脯。翁曰：'子明日可更来。'长房旦日复诣翁，翁乃与俱入壶中。唯见玉堂严丽，旨酒甘肴，盈衍其中，共饮毕而出。"

[9] 杳然：幽暗深然貌。

[10] 世情：世俗之情，指人世间的荣辱恩怨等种种感情。

临江仙　张　辑

望庐山

迢递关山身历遍[1]，烟霞胜处曾游[2]。九江江畔系孤舟[3]。匡庐如画里[4]，南望插天浮。　瀑布香炉齐五老，层层爽气陵秋[5]。何须魂梦觅瀛洲[6]？云松终可卜[7]，我与谪仙俦[8]。

【品读】

张辑，字宗瑞，江西鄱阳人。游庐山，爱之。归来结屋马蹄山中，以"庐山书堂"为匾。友人黄叔豹谓作者居鄱，不应舍近取远，更名为东泽，或称东泽诗仙，诗坛遂以东仙为号。本篇是作者乘船经过九江，登岸遥望庐山所作。上片写远望。词人游遍名山大川，归来忽见江边匡庐飞峙，直插云天，那美妙如画的景色，实在令人心旷神怡。下片抒发眷恋庐山的情怀。作者希望结庐于此，与诗仙李白为伴，同游香炉、五老峰下。人间有此仙境，何必再去寻觅那虚无缥缈的海上“瀛洲”！字里行间流露出热爱大好河山之情。

【注释】

[1] 迢递：遥远貌。

[2] 烟霞：烟霭云霞，指景色优美的奇山异水。

[3] 九江：今市名，在江西省北部、长江南岸。宋代为江州治所。

[4] 匡庐：庐山的别称。

[5] 陵秋：衰飒的深秋。陵，衰颓貌。

[6] 瀛洲：传说中的仙山。《史记·秦始皇本纪》：“海中有三神山，名曰蓬莱、方丈、瀛洲，仙人居之。”

[7] 卜：卜居，择地而居。

[8] 谪仙：旧时称誉才学优异的人，谓如谪降人世的神仙。后用以专指唐诗人李白。

沁园春　汪莘

忆黄山

三十六峰[1]，三十六溪，长锁清秋。对孤峰绝顶，云烟竞秀，悬崖峭壁，瀑布争流。洞里桃花[2]，仙家芝草[3]，雪后春正取次游。亲曾见，是龙潭白昼[4]，海涌潮头。　当年黄帝浮丘[5]，有玉枕玉床还在不[6]？向天都月夜[7]，遥闻凤管[8]；翠微霜晓[9]，仰盼龙楼[10]。砂穴长红[11]，丹炉已冷，安得灵方闻早修[12]？谁知此，问源头白鹿[13]，水畔青牛[14]。

【品读】

黄山，古称黟山，唐代始改称为黄山。在安徽省南部，地跨歙、黟、太平、休宁四县，风景秀丽，尤以奇松、怪石、云海、温泉著名，是祖国大好河山的明珠，最富有吸引力的游览胜地。作者汪莘，字叔耕，安徽休宁人。早年屏居黄山读书，曾三次上书朝廷，均无结果，后来筑室柳塘，对故乡的山山水水有着深厚的感情。他曾作词咏赞黄山，同时在自已的书房内挂满黄山的图卷，“向画里嬉游卧里看”，仿佛“此身真在黄山中也”。在这首词里，作者通过回忆，以亲身经历为基础，同时展开丰富的想象，对黄山美妙神奇的风光景物进行了生动的描绘和尽情的歌颂。词的笔调优美，辞采飘逸，引用大量神话传说，使全篇虚实相映，妙趣横生，充满了浪漫主义色彩。读之使人心旷神怡，激发起对祖国大好河山的无限向往和热爱之情。

【注释】

[1] 三十六峰：黄山层峦叠嶂，千峰竞秀，溪流纵横，美不胜收。三十六，古人常用的成数。

[2] 洞里桃花：相传古代仙人浮丘公曾在炼丹峰的炼丹洞内炼丹，洞内有石形似桃花。

[3] 芝草：即灵芝，古人认为是仙草，服之可以长生。

[4] 龙潭：指白龙桥下的白龙潭。每当大雨之时，山洪暴发，潭中之水如海潮翻滚，甚为壮观。

[5] 黄帝：传说中中原各族的共同祖先，姬姓，号轩辕氏、有熊氏，少典之子。　浮丘：指浮丘公，传说中的古代仙人，或曰为黄帝时人，曾与容成子游。

[6] 玉枕玉床：指浮丘公在黄山炼丹时用过的卧具。

[7] 天都：即天都峰，黄山的主峰之一，山势挺拔险峻。相传是天帝会见诸神之处。

[8] 凤管：即凤箫，这里是指用凤箫演奏的仙乐。

[9] 翠微：指黄山后海的翠微峰，为黄山三十六大峰之一。

[10] 龙楼：谓海市蜃楼。传说翠微峰上有巨蜃，能吁气作楼台城郭之状，故谓龙楼。

[11] 砂穴：指浮丘公炼丹砂的洞穴。

[12] 早修：早日修炼成仙。

[13] 源头白鹿：相传浮丘公曾在黄山石人峰下驯鹿，留下了白鹿源的遗迹。

[14] 水畔青牛：相传翠微峰下翠微寺左的溪边有一头牛，遍体青色，一个樵夫想要把牛牵回家去，青牛忽然入水，渺然无踪。那条小溪便被称为青牛溪。

水龙吟 张孝祥

望九华山作

竹舆晓入青阳[1]，细风凉月天如洗。峰回路转，云舒霞卷，了非人世。转就丹砂[2]，铸成金鼎，碧光相倚。料天关虎守[3]，箕畴龙负[4]，开神秘、留兹地。　　缥缈珠幢羽卫[5]，望蓬莱、初无弱水[6]。仙人拍手，山头笑我，尘埃满袂。春锁瑶房，雾迷芝圃，昔游都记。怅世缘未了[7]，匆匆又去，空凝伫、烟霄里。

【品读】

九华山，原名九子山，与五台、峨眉、普陀并称为中国佛教四大名山。在安徽青阳县西南，共有九十九峰，以天台、莲华、天柱、十王等九峰最为雄伟。佛教最盛时，寺庙达三百余座，僧众四千余人，香烟缭绕，经年不绝，被称为“佛国仙城”，是著名的游览胜地。这首词是张孝祥路过青阳，遥望九华山的即景之作。从前他曾来此游览过，这次由于行色匆匆，未及登山，遂在“竹舆”中吟成此阕，记下了自己的观感。词的上片叙述“晓入青阳”之所见，遥望“佛国仙城”的神秘景象。换头处设想众僧山头拍手相迎，笑其风尘仆仆，“尘埃满袂”；结处叹惜自己“世缘未了”，还得匆匆赶路，为国事而奔忙，对“仙家”的生活可望而不可即，只能“空凝伫、烟霄里”。全篇立足于“望”，同时融入“昔游”经历，将这座佛教名山写得五彩缤纷，如入人间仙境。笔势飘逸，想象丰富，富于浪漫主义色彩。

【注释】

[1] 竹舆：竹轿。　青阳：县名，在安徽南部，长江南岸。

[2] 转就：炼成。

[3] 天关虎守：天宫大门有虎豹把守。这句说九华山是“佛国仙城”，料想会有神兽虎豹在把守关门。

[4] 箕：指箕宿，二十八宿之一。箕畴，与箕宿相对应的地域。这句

说九华山这一带，与箕宿对应，有巨龙托负。

[5] 珠幢（chuáng 床）：饰有珍珠的旗帜，指佛家经幡。 羽卫：本指皇帝的卫队和仪仗。这里是指佛教的仪仗。

[6] 弱水：神话传说中的水域。

[7] 世缘：俗缘、尘缘。戴叔伦《晖上人独坐亭》："去住浑无迹，青山谢世缘。"

满 江 红　李曾伯

丁丑登均州武当山[1]

镇日山行[2]，人倦也、马还无力。游历处，总堪图画，足供吟笔。涧水绿中声漱玉[3]，岭云白外光浮碧。信野花、啼鸟一般春[4]，今方识。　真可羡，林泉客[5]；真可叹，尘埃役[6]。想希夷冷笑，我曹踪迹[7]。七十二峰神物境，几千万壑仙人室。待身名、办了却归来，相寻觅。

【品读】

武当山在湖北省均县、汉江南岸。主峰又称太和山、紫霄峰，山势峻拔，山上有紫霄宫、太清宫、玉虚宫等，为我国道教名山和武当派拳术发源地。作者李曾伯，字长孺，覃怀（在今河南省境内黄河北岸沁阳一带）人，曾任兵部尚书、观文殿学士、知庆元府兼沿海制置使等。这首词是他早年任鄂州通判时所作。词人初登武当山，虽然感到人困马乏，但那壮丽如画的锦绣河山却深深地吸引着他，于是挥笔赋词加以咏赞。

【注释】

[1] 丁丑：即宋宁宗嘉定十年（1217），作者时年二十岁。 均州：今湖北省均县。

[2] 镇日：整天。

[3] 漱：洗涤。这句谓小溪之水碧绿可爱，琮琤作响，好像洗涤玉石所发出的声音一样。

[4] 信：确实。

[5] 林泉客：指隐士。

[6] 尘埃役：风尘仆仆，奔波行役。

[7] 希夷：宋初道士陈抟，曾入武当山学道，太宗曾赐号希夷先生。这里是指武当山的道士。 我曹：我辈。

水调歌头　覃怀高

游武夷

翠蕤插云表[1]，初意隔仙凡。临风据案一见[2]，邂逅似开颜[3]。几欲挐舟九曲[4]，便拟扪参绝顶[5]，直下俯尘寰[6]。聊此税吾驾[7]，赢得片时闲。　问仙人，缘底事，去不还？长风浩浩，何许清梦杳难攀[8]。只有危烟古木[9]，好在清湍白石[10]，依旧画图间。回首武夷路，杳霭没云鬟[11]。

【品读】

武夷山，在崇安县西南，为福建第一名山。风景秀丽，是著名的游览胜地。本篇叙述游览武夷山的见闻和感想。上片写作者临风眺望，由此而引起泛舟九曲，扪参绝顶，一览人间仙境的夙愿。下片记攀登险峰，穿越古木清溪，徜徉于如诗如画的境界之中。全词笔调轻快，富于自然美感。

【注释】

[1] 蕤（ruí绥）：草木花下垂貌，也指下垂的装饰品。 云表：云外，极言其高。

[2] 据案：靠着书案。案，桌子。

[3] 邂逅：不期而会，偶然相见。

[4] 挐（ná拿）：牵引。挐舟，驾

船。　九曲：溪名，武夷山的风景名胜之一。

[5] 参（shēn 申）：星名，二十八宿之一。　绝顶：最高处。

[6] 尘寰：尘世。

[7] 税驾：犹言解驾、休息、停宿。

[8] 杳：遥远的意思。

[9] 危烟：高处的烟雾。

[10] 清湍：清清的流水。湍，急流的水。

[11] 云鬟：形容妇女的发髻浓密卷曲如云。这里是指青翠的山峦。

满 江 红　葛长庚

咏 武 夷

忆昔秦时[1]，中秋日、武夷九曲。烟寂寂、斜阳数尺，寒鸦枯木。三十六峰凝晓翠，一溪流水生秋绿。正满林、桂子散天香，飞金粟[2]。　神仙客，金丹熟；玉诏下[3]，云生足。岩头新换骨，尚粘红肉。夜半月华明似昼，玉皇降辇铺殽馂[4]。笑曾孙、回首幔亭前[5]，空松竹。

【品读】

葛长庚，号白玉蟾，曾在武夷山修道。后奉诏入临安，馆太乙宫，封紫清明道真人。工诗词，方外习气不浓。此阕大约作于宁宗嘉定年间（1208—1224），作者应召入朝之前。词中咏赞武夷风光，兼及修道炼丹生活，表现了词人崇尚自然、眷恋林泉的情趣。

【注释】

[1] 秦时：秦朝末年天下大乱之时。作者曾因获罪亡命海上，后入武夷山修道。这里是以“秦时”指当年避难逃亡之时。

[2] 金粟：桂花的别名。因其色黄似金，花小如粟，故名。

[3] 玉诏：玉皇大帝（道教中地位最高、职权最大的神）的命令文告。

[4] 殽馂（sù速）：肉菜食品。馂，鼎中的食物。

[5] 幔亭：用帐幔做成的亭子。武夷山有幔亭峰。

行香子　葛长庚

题罗浮

满洞苔钱[1]，买断风烟[2]，笑桃花流落晴川。石楼高处[3]，夜夜啼猿。看二更云，三更月，四更天。　　细草如毡，独枕空拳，与山麋野鹿同眠。残霞未散，淡雾沉绵。是晋时人，唐时洞，汉时仙[4]。

【品读】

罗浮山在广东博罗县东江之滨。浮山主峰称上界三峰，鼎足峭立，与飞云顶并峙。由顶峰俯瞰，层峦积翠，云气往来，但见无数峰峦，形态各异，变幻无穷，气象万千。山中有七十二石室，七十二长溪，珍稀花草，奇异禽兽，随处可见，道家称为“第七洞天”。东晋咸和年间（326—334），葛洪曾在此山修道炼丹，行医采药，始建庵舍。南朝梁武帝时，佛家亦入山建立寺庙。现存古迹有冲虚古观、葛洪炼丹处、洗药池等。此词作者葛长庚，常往来武夷、罗浮诸山修道。这首词以潇洒疏快的笔调，描绘了罗浮山奇秀清幽的自然风光，反映了作者放浪林泉、超尘脱俗的道家生活。词的意境优美，语言明快，但觉洒脱清旷，并无迷信色彩，在艺术表现上也很有特点。

【注释】

[1] 苔钱：青苔的别称。因青苔点点，形圆如钱，故名。

[2] 买断：买尽。

[3] 石楼：据《嘉靖惠州府志》：罗浮山“上山十里，有大小石楼。二楼相去五里，其状如楼。有石门，俯视沧海，夜半见日出”。

[4] 这三句后原有注：“洞府自唐尧时始开，至东晋葛稚川方来。及伪刘称汉，此时方显，遂兴观。”晋时人：指东晋葛洪（稚川）。唐时洞：谓唐尧时洞府始开。汉时仙：谓五代南汉刘氏政权时才有人在此修道求仙。

贺新郎 王义山

乙亥春题雁荡山[1]

雅有登山癖。觉老来、尚可跻攀，浪游蹑屐。险怪嶕峣称雁荡[2]，争秀群山第一。更耸出、穹崖千尺。景物深藏长谷里，最上龛[3]，水凿时冲激。硉矹处[4]，巨□石[5]。　　地生天作谁能识？睹江山如故，恨无一时人物。灵运当年为太守[6]，佳处都曾游历。独不见、此山脚迹。风月直须人管领[7]，怎不移、石壁题岩壁。今且著，老夫笔。

【品读】

雁荡山，在浙江乐清县境，属括苍山脉。以山水奇秀闻名，号称东南第一山。主峰雁湖岗顶有湖，芦苇丛生，结草成荡，秋雁常来栖宿，故称雁荡。多悬崖奇峰，著名胜迹有灵峰、灵岩、大龙湫、雁湖等，为游览避暑胜地。这首词是作者六十二岁时写的。上片描绘登上雁荡山后所见到的奇险秀丽的风光景物，字里行间流露出由衷的赞美之情。下片慨叹江山虽美，但时无英雄，实在堪忧。当时正值南宋末年，蒙古大军压境，国势岌岌可危，词人登高眺望，“睹江山如故，恨无一时人物”，表达了忧时伤世之情。本篇虽非上乘之作，但为“东南第一山”留下了一幅艺术写照，因而值得一读。

【注释】

[1] 乙亥：宋恭帝德祐元年（1275）。
[2] 嶕峣（jiāo yáo 焦尧）：高耸貌。
[3] 龛（kān 堪）：本指供奉佛像或神像的石室，这里是指崖石。
[4] 硉矹（lù wù 路误）：岩石突兀貌。
[5] 此处原缺一字，或为“崖”字。
[6] 灵运：指南朝诗人谢灵运。谢灵运曾为永嘉太守，雁荡山在永嘉境内。
[7] 管领：管理。

水调歌头　京　镗

奉陪永康白使君游青城再次韵

雪岭倚空白[1]，霜柏傲寒青。千岩万壑奇秀，禽鸟寂无声。好是群贤四集，同访宝仙九室，中有玉京城[2]。眼底尘嚣远，胸次利名轻[3]。　云山旁，烟水畔，肯渝盟？传呼休要喝道[4]，方外恐猜惊[5]。雅羡林泉胜概，倘遂田园归计，志愿足平生。此意只自解，聊复为君倾[6]。

【品读】

淳熙十三年（1186），作者出为四川安抚制置使兼知成都府，此阕为其任职成都时陪友人白某游青城山时所作。青城山在四川灌县西南，山上峰峦叠嶂，古木参天，风景秀丽，有“青城天下幽”之誉。山中有八大洞、七十二小洞，寺观有上清宫、建福宫、常道观等，道教称为“第五洞天”，也是著名的避暑游览胜地。本篇上片描写游青城山的见闻和感想，下片向友人表示希望归隐田园的心愿。词的意境清幽，笔调潇洒，善于状物写景，读来确有“眼底尘嚣远，胸次利名轻”的感觉。

【注释】

[1] 雪岭：青城北接终年积雪的岷山。

[2] 玉京城：指青城山上的道教宫观。道家称天帝所居之处为玉京。

[3] 胸次：胸中，心里。

[4] 喝道：古代大官出行，前导吏役呼喝，使行人闻声让路。

[5] 方外：世外，谓超然于世俗礼教之外。后因称僧道为“方外”。

[6] 倾：倾吐，倾诉。

好事近　陆游

登梅仙山绝顶望海

挥袖上西峰，孤绝去天无尺[1]。拄杖下临鲸海[2]，数烟帆历历[3]。贪看云气舞青鸾[4]，归路已将夕。多谢半山松吹，解殷勤留客。

【品读】

这首词是作者晚年在故乡山阴时写的。梅仙山，又称梅山，在绍兴城东北七里处，与陆游故居相距不到二十里。词写梅仙山一日之游。作者挥袖健步攀登西峰绝顶，纵目遥观沧海，只见烟波浩渺，云兴霞蔚，帆影点点，不觉流连忘返。归途晚风习习，松枝轻轻地摇摆，仿佛在招手劝客人留下。词中寓情于景，表达了词人对祖国壮美河山的深深热爱。

【注释】

[1] 无尺：不到一尺。
[2] 鲸海：鲸鱼出没的大海，这里指东海。
[3] 历历：分明可数。
[4] 青鸾：传说中凤凰一类的神鸟。赤色多者为凤，青色多者为鸾。

沁园春　辛弃疾

灵山齐庵赋，时筑偃湖未成[1]

叠嶂西驰，万马回旋，众山欲东[2]。正惊湍直下，跳珠倒溅[3]；小桥横截，缺月初弓[4]。老合投闲，天教多事，检校长身十万松[5]。吾庐小，在龙蛇影外，风雨声中[6]。　争先见面重重，看爽气、朝来三数峰[7]。似谢家子弟，衣冠磊落[8]；相如庭户，车骑雍容[9]。我觉其间，雄深雅健，如对文章太史公[10]。新堤路，问偃湖何日，烟水蒙蒙[11]？

【品读】

灵山在江西上饶城北七十里，绵延百余里。山有七十二峰，峭拔秀丽，风景优美。古人有诗赞曰："九华五老虚揽胜，不及灵山秀色多。"是名山之一。这首词是辛弃疾被罢官后闲居江西农村时写的。上片描绘叠嶂起伏、飞泉瀑布、小桥横跨、长松参天的壮丽景色，通过形象化的比喻将静物动化，使气势磅礴的灵山显得多彩多姿。下片以山拟人，用谢家子弟的衣冠、司马相如的车骑和太史公的文章，形容巍峨挺拔、气象万千的层峦叠嶂，别具匠心，引人入胜。作者对灵山满怀热爱之情，又善于运用形象化的语言和出人意表的比喻加以渲染形容，因而使这首词富于艺术魅力和自然美感。

【注释】

[1] 齐庵：在灵山之麓，为作者读书游息的草堂。　偃湖：是辛弃疾在齐庵附近开凿的一个小湖。

[2] 嶂：高险的山峰。这三句说，层峦叠嶂像千万匹战马一样，向西奔驰，突然又掉头向东，气势极为壮观。

[3] 湍：急流的水。这两句写灵山瀑布的气势——湍急的水从山上飞流直下，溅起了无数水珠。

[4] 这两句说，小桥横跨在急流之上，犹如天边的一弯新月。

[5] 合：应当。　投闲："投闲置散"的省略语，被弃置不用的意思。　检校：查核，管理。这三句说，人老了应当被弃置不用，可是我生来就闲不住，只好到山里来管理这片高大的松树林子。

[6] 龙蛇：形容松树枝干盘曲如龙蛇状。这三句说，我的小屋在松林旁边，常常可以听到像风吹雨打似的松涛声。

[7] 爽气：凉爽新鲜的空气。这两句说，清晨重重山峰仿佛争先恐后地要和我见面似的，从对面的几座山间吹来了一股沁人心脾的凉风。

[8] 谢家子弟：东晋谢家是名门贵族，子弟喜穿黑衣，世称乌衣郎。　磊落：形容仪态俊伟。这两句说，群峰松竹茂密，仿佛穿着乌衣的谢家子弟一样，衣冠楚

楚，俊伟秀丽。

[9] 相如：指西汉司马相如。 雍容：文雅大方，从容不迫。

[10] 太史公：汉代史学家、文学家司马迁，字子长，曾任太史令，人称太史公。

[11] 蒙蒙：细雨貌。这三句说，走在新筑的湖堤上，人们会问偃湖何日才能完工，看到烟雨蒙蒙的景色。

念奴娇　秦观

过小孤山

长江滚滚，东流去，激浪飞珠溅雪。独见一峰青崒嵂[1]，当住中流万折。应是天公，恐他澜倒，特向江心设。屹然今古[2]，舟郎指点争说[3]。　岸边无数青山，萦回紫翠[4]，掩映云千叠。都让洪涛恣汹涌[5]，却把此峰孤绝[6]。薄暮烟扉[7]，高空日焕[8]，谙历阴晴彻[9]。行人过此，为君几度击楫[10]。

【品读】

小孤山，在安徽宿松县东南，屹立于长江之中，形势险要，古有“海门天柱”之称。因山形似妇女发髻，故又名髻山，俗称小姑山。江边有石矶，曰彭浪矶，又转为彭郎矶。姑、郎隔水相望，于是在民间引出了一段风流佳话。苏轼《李思训画长江绝岛图》诗谓：“舟中贾客莫漫狂，小姑前年嫁彭郎。”作者江行经过小孤山，独立船头，迎着惊涛骇浪，一边欣赏这奇险壮伟的江山胜景，一边听船家指点谈论关于“小姑”的种种传说，不觉心旷神怡，诗兴勃发，于是挥笔写成了这首赞美长江绝岛的词篇。

【注释】

[1] 崒嵂（zú lǜ族律）：亦作嵂崒。形容山势高峻。
[2] 屹然：高耸貌。
[3] 舟郎：指船工。
[4] 萦回：盘旋，回绕。
[5] 恣：听任。
[6] 孤绝：孤独奇绝。
[7] 薄暮：傍晚，太阳快落山之时。
[8] 焕：明亮。
[9] 谙：熟悉。
[10] 楫：划船的短桨。

水调歌头　张孝祥

金山观月

江山自雄丽，风露与高寒。寄声月姊[1]，借我玉鉴此中看[2]。幽壑鱼龙悲啸[3]，倒影星辰摇动，海气夜漫漫[4]。涌起白银阙[5]，危驻紫金山[6]。　表独立[7]，飞霞佩[8]，切云冠[9]。漱冰濯雪[10]，眇视万里一毫端[11]。回首三山何处[12]？闻道群仙笑我，要我欲俱还。挥手从此去，翳凤更骖鸾[13]。

【品读】

金山，在江苏镇江市西北，宋代犹在长江之中，清末由于江沙淤积，始与南岸相连。南渡初韩世忠败金兀术于此，更加名闻遐迩。山上有金山寺、楞伽台、慈寿塔、法海洞、白龙洞、中泠泉等名胜。作者夜登金山观月，只见江天一色，明河共影，上下辉映，使词人心旷神怡，享受到大自然的无穷美感。作者满怀激情，以浪漫主义的笔调，描绘出一幅富有诗意的壮阔画面。词的笔力潇洒，气象恢宏，想象丰富，与作者另一首词《念奴娇·过洞庭》有异曲同工之妙。

【注释】

[1] 月姊：指月中仙子嫦娥。

[2] 玉鉴：玉镜、明镜，指月亮。

[3] 幽壑：深沟。

[4] 海气：指水上的雾气。 漫漫：无边无际。

[5] 白银阙：银白色的宫阙，谓月宫，代指月亮。

[6] 紫金山：在南京市，这里指金山。

[7] 表独立：高出尘表，独立山巅。

[8] 飞霞佩：状似云霞的玉佩。

[9] 切云冠：高冠名，见屈原《涉江》。

[10] 漱冰濯雪：谓徜徉于如冰似雪、洁白澄澈的月光里。漱、濯，都是洗涤的意思。

[11] 眇视：小视。 毫端：形容极其细微。

[12] 三山：指古代传说中的海上三座神山，即蓬莱、方丈、瀛洲。

[13] 翳（yì缢）凤：以凤羽做华盖。翳，用羽毛做的华盖。 骖鸾：用鸾鸟来驾车。骖，一车驾三马。

水调歌头　吴　潜

焦　山

铁瓮古形势[1]，相对立金焦[2]。长江万里东注，晓吹卷惊涛[3]。天际孤云来去，水际孤帆上下，天共水相邀。远岫忽明晦[4]，好景画难描。　混隋陈[5]，分宋魏[6]，战孙曹[7]。回头千载陈迹，痴绝倚亭皋[8]。惟有汀边鸥鹭[9]，不管人间兴废，一抹度青霄[10]。安得身飞去，举手谢尘嚣[11]。

【品读】

焦山，在江苏省镇江市东北，屹立于长江之中，形势险要，向为江防重地。相传东汉末年焦光隐居于此，因而得名。南宋初，韩世忠曾在此抗击金兵。山上有定慧寺、华严祠、三诏洞等名胜。

作者吴潜，宋理宗时曾任淮东总领兼知镇江府，本篇或作于此时。词的上片以赞美之情描绘焦山一带的地理形势和无限美好壮阔的景色，下片写作者凭高眺望沉思，抒发怀古之情，流露出幻想飞度“青霄”的出世思想。全篇由写景、怀古、抒情三部分组成，融会贯通，自然浑成，意境高远，颇见艺术功力。

【注释】

[1] 铁瓮：镇江古城十分坚固，号称铁瓮城。

[2] 金焦：金山和焦山。

[3] 晓吹：晨风。

[4] 远岫：远方的峰峦。

[5] 混：统一。这句是说隋朝灭亡陈朝，统一南北。

[6] 宋魏：南北朝时的两个朝代名。宋，指南朝的刘宋。魏，指北朝的北魏。当时南北对峙，以长江为界。

[7] 孙曹：指三国时的孙权和曹操。

[8] 痴绝：谓沉思出神。 亭皋：水边的平地。亭，平；皋，水边地。

[9] 汀：水中或水边的平地。

[10] 一抹：一片，一丝，形容轻微的痕迹。 青霄：指天空。

[11] 谢：告别。 尘嚣：扰攘的尘世。

水调歌头　张孝祥

泛湘江

濯足夜滩急[1]，晞发北风凉[2]。吴山楚泽行遍[3]，只欠到潇湘。买得扁舟归去，此事天公付我，六月下沧浪[4]。蝉蜕尘埃外[5]，蝶梦水云乡[6]。　制荷衣[7]，纫兰佩[8]，把琼芳[9]。湘妃起舞一笑[10]，抚瑟奏清商[11]。唤起九歌忠愤[12]，拂拭三闾文字[13]，还与日争光[14]。莫遣儿辈觉，此乐未渠央[15]。

【品读】

湘江，湖南最大的河流。宋孝宗乾道二年（1166），作者在桂林被罢去广南西路经略安抚使，北归途中，夜泛湘江，舟中即兴赋此篇。这首词既表达了作者向往潇湘、终于如愿以偿的喜悦心情，同时通过怀念爱国诗人屈原，也抒发了自己遭谗被谤的深深感慨。词中化用《楚辞》语句和意境，使画面更为优美，富于浪漫主义色彩。

【注释】

[1] 濯足：洗脚。
[2] 晞发：晾干头发。
[3] 吴山楚泽：泛指长江中下游的山水。
[4] 沧浪：青苍的水色，这里是指湘江。
[5] 蝉蜕：蝉的幼虫脱去外皮，谓蝉蜕。
[6] 蝶梦：梦中化为蝴蝶。《庄子·齐物论》：“昔者庄周梦为胡蝶，栩栩然胡蝶也。”
[7] 制荷衣：用荷叶制成衣服。
[8] 纫兰佩：用兰草连缀成佩物。
[9] 把琼芳：手里拿着芬芳的琼枝。
[10] 湘妃：湘水女神。传说尧的二女为舜妃，舜死于苍梧，二女投湘水死，为水神。
[11] 抚瑟：弹瑟。　清商：指悲凉的曲调。
[12] 九歌：《楚辞》篇名，为屈原所作，凡十一篇。
[13] 三闾：屈原曾任楚国三闾大夫，这里是指屈原而言。
[14] 与日争光：形容无比光辉。
[15] 未渠央：即渠未央。渠，巨大；未央，未已。以上两句说，不要让儿辈知道，夜泛湘江，其乐无穷。

念奴娇　张孝祥

过洞庭

洞庭青草，近中秋，更无一点风色。玉界琼田三万顷[1]，著我扁舟一叶。素月分辉[2]，明河共影[3]，表里俱澄澈[4]。悠然心会[5]，妙处难与君说。　应念岭表经年[6]，孤光自照[7]，肝胆皆冰雪。短发萧骚襟袖冷[8]，稳泛沧溟空阔[9]。尽挹西江[10]，细斟北斗[11]，万象为宾客[12]。扣舷独啸[13]，不知今夕何夕[14]！

【品读】

洞庭湖，在湖南省北部，长江南岸，是我国第二大淡水湖。洞庭湖不但是著名的鱼米之乡，同时也是风光秀丽的旅游胜地，湖区有不少名胜古迹，如岳阳楼、君山、二妃墓、柳毅井等。青草湖，又名巴丘湖，即今洞庭湖东南部，为湘水所汇。

张孝祥于乾道二年（1166），在桂林被罢官离任，中秋节前夕途经洞庭湖，在船上写了这首词。词中以浪漫主义笔调，描绘湖光水色，抒写豪情逸兴，表露坦荡襟怀，毫无迁客逐臣寥落消沉之感。词的意境宏阔，想象奇特，情景交融，自然高妙，富于艺术魅力。《蓼园词选》评论说："写景不能绘情，必少佳致。此题咏洞庭，若只就洞庭落想，纵写得壮观，亦觉寡味。此词开首，从'洞庭'说至'玉界琼田三万顷'，题已说完，即引入'扁舟一叶'。以下从舟中人心迹与湖光映带，写隐现离合，不可端倪；镜花水月，是二是一。自尔神采高骞，兴会洋溢。"

【注释】

[1] 玉界琼田：形容月光下洁白如玉的湖水。界，一作"鉴"。琼，美玉。

[2] 素月：白色的月亮。

[3] 明河：指银河。

[4] 表里：里外，上下。

[5] 心会：心领神会。

[6] 岭表：岭外，指五岭以南，即今广东广西一带。表，一作"海"。

[7] 孤光：指月光。

[8] 萧骚：萧条稀少的样子。骚，一作"疏"。

[9] 沧溟：大海。梁简文帝《昭明太子集序》："沧溟之深，不能比其大。"溟，一作"浪"。

[10] 尽挹（yì义）：舀尽。

[11] 北斗：北斗七星，排列形似长勺。

[12] 万象：天地间万物。

[13] 扣舷独啸：敲击船边，独自长啸。

[14] 今夕何夕：赞叹良夜的常用语。

西江月　张孝祥

阻风三峰下

满载一船秋色，平铺十里湖光。波神留我看斜阳[1]，放起鳞鳞细浪[2]。　明日风回更好[3]，今宵露宿何妨？水晶宫里奏霓裳[4]，准拟岳阳楼上。

【品读】

本篇别本题作“黄陵庙”，此庙在湖南湘阴县北洞庭湖滨的黄陵山上。乾道四年（1168）八月，作者由湖南长沙前往湖北江陵赴任，船经湘阴被风所阻，于黄陵庙下做了短暂停留。词的上片描绘秋日傍晚的湖光水色，意境优美，富有诗情画意，给读者以清幽深邃的自然美感。下片由今宵风阻，露宿湖面，想到明日一帆风顺，直抵岳阳，登楼眺望，不禁喜形于色。全篇寓情于景，含而不露，表现了作者旷达乐观的情怀以及对大好河山的深深热爱。

【注释】

[1] 波神：即水神。

[2] 鳞鳞：形容水面波纹像鱼鳞一样。

[3] 风回：谓风向改变。

[4] 水晶宫：神话传说中的水府龙宫。　霓裳：即《霓裳羽衣曲》，简称《霓裳》。唐代宫廷著名乐舞。

天门谣[1]　贺铸

牛渚天门险[2]，限南北七雄豪占。清雾敛[3]，与闲人登览。　待月上潮平波滟滟[4]，塞管轻吹新阿滥[5]。风满槛[6]，历历数、西州更点[7]。

【品读】

在安徽当涂县城西南有一座东梁山，与和县西梁山夹江对峙，犹如大江之门，因而合称天门山。其势陡峭险峻，极为壮观，既是江防重地，也是著名的风景区。贺铸于徽宗崇宁、大观年间曾任太平州（治所在今当涂县）通判，本篇大约作于此时。词人登临眺望，纵览山川，即景生情，于是欣然命笔，写成此阕。词的语言简练，笔力豪健，生动地描绘出牛渚、天门一带雄奇险要的形势，同时寄寓着怀古之意，给读者留下联想和回味的余地。

【注释】

[1] 天门谣：原名《朝天子》，作者用此调歌咏天门山，因而改题新名。

[2] 牛渚：牛渚矶，又名采石矶，在今安徽省马鞍山市长江东岸，为牛渚山突出长江而成。江面较狭，形势险要，自古为江防重地。

[3] 敛：收缩，消散。

[4] 滟滟：水满貌。

[5] 塞管：指笛。 阿滥：即《阿滥堆》，曲名。据《中朝故事》：骊山有鸟，名阿滥堆，唐玄宗以其声翻为曲，人竞效吹。

[6] 槛：窗户下或长廊旁的栏杆。

[7] 西州：古城名，东晋时称凉州为西州。故址在今江苏南京朝天宫西望仙桥一带，这里是指建康（今江苏南京市）。

摸鱼儿 辛弃疾

观潮上叶丞相[1]

望飞来、半空鸥鹭[2]，须臾动地鼙鼓[3]。截江组练驱山去[4]，鏖战未收貔虎[5]。朝又暮，诮惯得、吴儿不怕蛟龙怒[6]。风波平步。看红旆惊飞[7]，跳鱼直上，蹙踏浪花舞。　凭谁问，万里长鲸吞吐[8]，人间儿戏千弩[9]。滔天力倦知何事，白马素车东去[10]。堪恨处：人道是、属镂怨愤终千古[11]。功名自误。谩教得陶朱[12]，五湖西子[13]，一舸弄烟雨[14]。

【品读】

本篇是宋孝宗淳熙元年（1174）八月，辛弃疾在临安（今浙江杭州市）任仓部郎官，与叶衡一起观看钱塘江潮时所写。钱塘江（又称浙江），入海口呈喇叭形，江口大而江身小，起潮时海水从江口涌入，受两旁渐狭的江岸约束，形成涌潮。涌潮又受江口拦门沙坝的阻拦，波涛后推前阻，涨成壁立江面的一道水岭。怒涛汹涌澎湃，声如山崩地裂，堪称天下奇观。宋代临安江岸潮势最盛，而以农历八月十八日潮汛最大，来此观赏之人络绎不绝。周密《武林旧事》云："浙江之潮，天下之伟观也，自既望以至十八日为最盛。方其远出海门，仅如银线，既而渐近，则玉城雪岭，际天而来，大声如雷霆，震撼激射，吞天沃日，势极雄豪。"词的上片描写钱塘江潮壮观和吴儿精彩的水上表演，笔力豪健，气势飞动，场面雄伟壮阔，令人叹为观止。下片由潮水涨落联想到伍子胥的悲剧，寄托了作者对忠良被害的深沉怨愤。

【注释】

[1] 叶丞相：指叶衡。据《宋史·叶衡传》，衡字梦锡，婺州金华人，绍兴十八年（1148）进士。淳熙元年（1174）任江东安抚使，辛弃疾为安抚司参议官。不久奉召入朝，任参知政事，拜右丞相兼枢密使。

[2] 鸥鹭：两种白色羽毛的水鸟。这里是比喻奔腾汹涌的潮水。

[3] 鼙鼓：战鼓。这里是形容潮水发出的巨响。

[4] 组练：组甲、练袍，古代军装，代指军队。

[5] 貔（pí皮）虎：指勇猛的士兵。貔，虎豹一类的猛兽。

[6] 悄惯得：渐渐地练习得。　吴儿：指江南水乡的青少年。

[7] 红旆（pèi配）：红旗。

[8] 长鲸吞吐：形容潮水涨落好像巨鲸吞波吐浪一样。

[9] 儿戏千弩：相传五代吴越国王钱镠派人在杭州候潮门外修筑捍海塘，以阻挡潮水，但未能修成。于是便命令几百名士兵用强弩射潮头，想阻遏潮水涌进。作者认为以弩射潮，如同儿戏，十分可笑。

[10] 白马素车：形容滚滚的波涛。据传说，伍子胥被吴王赐死后，乘白马素车随潮水东去。

[11] 属镂：剑名。据《史记·吴太伯世家》，伍子胥因反对吴国与越国讲和，被吴王夫差赐属镂剑自杀身死。

[12] 谩：徒然。 教得：使得。 陶朱：指范蠡。据《史记·越王勾践世家》：范蠡协助勾践灭亡吴国后，带着西施弃官远游，隐居江湖，改名陶朱公。

[13] 五湖：指彭蠡、洞庭、巢湖、太湖、鉴湖，或单指太湖。这里是泛指江河湖海。 西子：即西施，春秋时越国美女，由范蠡献给吴王，作为越国内应，后随范蠡隐居江湖。

[14] 舸（gě葛）：大船。 弄烟雨：出没在烟雨迷离的江河湖海之中。

蓦山溪 曹冠

鉴湖

鉴湖千顷，四序风光好[1]。拨棹皱涟漪[2]，极目处、青山缭绕。微茫烟霭[3]，鸥鹭点菰蒲[4]，云帆过，钓舟横，俱被劳生扰。 知章请赐[5]，独占心何小。风月本无私，同众乐、宁论多少！浮家泛宅[6]，它日效陶朱[7]，烹鲈鳜[8]，酌松醪[9]，吟笔千篇扫。

【品读】

鉴湖亦名镜湖、庆湖、长湖，在浙江省绍兴市南。东接曹娥江，西通钱塘江，环湖筑塘蓄水，灌溉农田，百姓深得其利。湖面辽阔，堤桥相连，渔舟隐现，风光秀丽，附近有不少古迹，为江南著名的鱼米之乡。此阕上片赞美鉴湖的风光景物，笔调轻快，情趣高雅，生动地展现出一幅令人神往的水乡风情画。下片即兴抒感，对贺知章意欲独占鉴湖不以为然。作者认为天地无私，应当与众同乐，分享美好的湖山风光。

【注释】

[1] 四序：指春夏秋冬四季。

[2] 棹（zhào 兆）：船桨。 涟漪：水面上的波纹。

[3] 霭：云气。

[4] 菰蒲：两种浅水植物。菰，夏初或秋季抽生花茎，嫩茎可食，俗称“茭白”，果名“菰米”，亦可煮食。蒲，水生植物，可以制席，嫩蒲可食。

[5] 知章请赐：唐诗人贺知章，越州永兴（今浙江萧山）人，曾任礼部侍郎，累迁秘书监。晚年退休，上章请求皇帝将鉴湖赐给他，作为隐居游息之所。

[6] 浮家泛宅：《新唐书·张志和传》：“颜真卿为湖州刺史，值志和来谒，真卿以舟敝漏，请更之。志和曰：‘愿为浮家泛宅，往来苕、霅间。’”后因谓以船为家，浪迹江湖为“浮家泛宅”。

[7] 陶朱：范蠡协助越王勾践灭吴后，隐居江湖，改名陶朱公。

[8] 鲈鳜：两种味极鲜美的鱼。

[9] 松醪：酒名。唐戎昱诗：“松醪能醉客。”

琐窗寒 苏茂一

重游东湖

云浦苍寒[1]，烟堤幂翠[2]，旧痕新涨。春愁十里，冉冉碧丝摇荡。记登临、少年思豪，唾壶击玉歌清壮[3]。到如今梦里，秋风鸿阵，晚波渔唱。 惆怅。重来处，望画舫天边[4]，簪丝原上[5]。山阴秀句[6]，付与一声云响[7]。正东湖、谁家柳下，午阴漠漠人荡桨。最堪怜、白发周郎[8]，为江山自赏。

【品读】

东湖，在浙江绍兴市东。这里原来是一座青石山，相传秦始皇东巡至此，停车饲马，因名箬篑山。山多坚石，用途甚广，自汉代开始采凿，日久积水成湖。周围峭壁奇岩，突兀峥嵘，绿水逶迤数百米，形成一风景绝佳的人工湖。作者早年曾到过东湖，那时候满怀豪情，慷慨悲歌，企图有所作为。如今时移世变，山河破碎，故地重游，感慨自然良多。此阕大约作于宋亡前后，词中既表现了作者对东湖美好风光的留恋，也流露出一种悲愁哀伤的心情，抒发了大好河山沦于敌手的亡国之痛。

【注释】

[1] 云浦：烟雾迷蒙的水滨。
[2] 幂（mì密）：罩，覆盖。
[3] 唾壶：承唾之器。《世说新语·豪爽》："王处仲每酒后辄咏'老骥伏枥，志在千里；烈士暮年，壮心不已'。以如意打唾壶，壶口尽缺。"后人因以"击碎唾壶"作为激赏诗文之词。这里也含有慷慨悲歌之意。
[4] 画舫：装饰华丽的游船。
[5] 辔丝：马缰绳。
[6] 秀句：优美的词句。
[7] 云响：响遏行云的意思。
[8] 周郎：指宋末词人周密。

采桑子　欧阳修

轻舟短棹西湖好[1]，绿水逶迤[2]。芳草长堤，隐隐笙歌处处随。　无风水面琉璃滑，不觉船移。微动涟漪[3]，惊起沙禽掠岸飞[4]。

【品读】

欧阳修曾被贬知颍州（今安徽阜阳），晚年又退隐于此，对这里的山山水水怀有深情。颍州城西北，在颍河与泉河汇流处，有一天然湖泊，人称西湖，又名汝阴西湖，风景十分优美，唐宋以来即与杭州西湖和扬州瘦西湖并称。欧阳修写了十首《采桑子》加以咏赞。此阕写春日泛舟游湖。上片首句点明题意，直抒赞美之情。第二、三、四句分别从视觉和听觉两方面描述舟中见闻和观感。虽然着墨不多，却有声有色地描绘出“擅东颍之佳名”的西湖无限美好的春光。下片写曲水临流，徜徉其中的情景。静中有动，意境幽美，富有神韵。全篇立足舟中刻画湖上风光，镜头随着小船移动而不断转换，给读者以心旷神怡的自然美感。

【注释】

[1] 短棹（zhào兆）：小桨。

[2] 逶迤（wēiyí威移）：弯曲细长的样子。

[3] 涟漪（liányí连衣）：水面的波纹。

[4] 沙禽：水鸟。

采桑子　欧阳修

群芳过后西湖好[1]，狼藉残红[2]。飞絮蒙蒙[3]，垂柳阑干尽日风。　笙歌散尽游人去，始觉春空。垂下帘栊[4]，双燕归来细雨中。

【品读】

此阕写暮春凭栏观湖。词人登楼眺望，只见春归花落，颍州西湖却别有一番迷人风韵。上片刻画百花凋零，柳絮飞舞，渲染春末夏初湖上的宁静气氛。下片描写歌终人散，帘垂燕归，抒发傍晚时刻的空寂之感。咏残春往往流于伤感，本篇虽然也流露出一缕悼春的情绪，但词人是从赞美的角度来写的。作者认为即使“狼藉残红”“笙歌散尽”以后，西湖也“好”，令人无限向往留恋。这里不仅表达了他对颍州西湖深深的热爱之情，而且也体现出其别具慧眼的审美观点。

【注释】

[1] 群芳：百花。
[2] 狼藉：零落散乱的样子。 残红：落花。
[3] 飞絮蒙蒙：柳絮纷飞，犹如蒙蒙细雨。
[4] 帘栊：窗帘。栊，窗户。

江城子 李纲

瀑布

琉璃滑处玉花飞，溅珠玑，喷霏微[1]。谁遣银河，一派九天垂[2]？昨夜白虹来涧饮[3]，留不去，许多时。 幽人独坐石嵚崎[4]，赏清奇，濯涟漪[5]。不怕深沉，潭底有蛟螭[6]。澒洞但闻金石奏[7]，猿鸟乐，共忘归。

【品读】

提起瀑布，人们自然会想到李白歌颂庐山瀑布的著名诗篇："飞流直下三千尺，疑是银河落九天。"瀑布作为一种富有诗情画意的自然景观，遍布祖国南北，将神州大地装点得更加壮丽迷人。李纲作为南北宋之间的抗金名将，对祖国的大好河山满怀深情。此阕通过咏赞瀑布，表现了作者的爱国情怀以及他善于领略无限风光的审美情操。

【注释】

[1] 霏微：迷蒙貌，形容瀑布溅起的水珠。
[2] 一派：一条支流。 九天：天空，言其高不可测。
[3] 虹：阳光射入水滴经折射、反射在雨幕或雾幕上形成的彩色或白色圆弧。
[4] 嵚崎：山高峻貌。
[5] 濯：洗涤。 涟漪：水波。
[6] 螭（chī痴）：古代传说中蛟龙之类的一种动物。
[7] 澒（hòng讧）洞：弥漫无际。

江南好 赵师侠

天共水，水远与天连。天净水平寒月漾[1]，水光月色两相兼。月映水中天。　　人与景，人景古难全。景若佳时心自快，心还乐处景应妍[2]。休与俗人言[3]。

【品读】

这首词赞美江南水乡月夜的景色，篇幅虽短，却富有诗情画意。上片句句不离水、天和月，三种意象的重复出现和巧妙组合，将读者引向一种如梦如幻、妙处难说的美好境界。下片即兴抒感，就审美主体和客体的关系而言，“景若佳时心自快，心还乐处景应妍”，这两句富于哲理，值得玩味。

【注释】

[1] 漾：水摇动貌。这句说天空明净，水面上风平浪静，秋夜的月光在水波上荡漾。

[2] 妍：美好。

[3] 俗人：庸俗之辈。

浪淘沙 裴湘

咏汴州[1]

万国仰神京，礼乐纵横。葱葱佳气锁龙城[2]。日御明堂天子圣[3]，朝会簪缨[4]。　　九陌六街平[5]，万物充盈。青楼弦管酒如渑[6]。别有隋堤烟柳暮[7]，千古含情。

【品读】

这是一曲北宋都城汴京的赞歌。汴京不仅是北宋王朝政治、经济和文化的中心，在当时也是万国景仰的最繁华的大都市。孟元老《东京梦华录》序言写道："举目则青楼画阁，绣户珠帘，雕车竞驻于天街，宝马争驰于御路，金翠耀目，罗绮飘香。新声巧笑于柳陌花衢，按管调弦于茶坊酒肆。八荒争凑，万国咸通。集四海之珍奇，皆归市易；会寰区之异味，悉在庖厨。"作者为仁宗朝内臣，对汴京和宫廷生活十分熟悉。在这首词里，他满怀热情，从不同角度歌颂了"礼乐纵横""万物充盈"的神京，为这座历史名城留下了一幅艺术剪影。

【注释】

[1] 汴州：州名。治所在今河南开封。这里指北宋都城汴京。

[2] 佳气：祥瑞之气。 龙城：帝王居住的都城，指汴京。

[3] 明堂：古代天子宣明政教的地方。

[4] 簪缨：簪和缨，古代达官贵人的冠饰，用来把冠固着在头上。

[5] 九陌：指都城中的大路。 六街：指汴京城内的六条大街。

[6] 青楼：泛指豪华精美的楼房。 渑（shéng 绳）：古代的一条河名。这里是用来形容酒如江河一样，处处都有。

[7] 隋堤：隋代开通济渠，自荥阳至开封一段为古汴水，沿岸筑堤，称为隋堤，堤上多种柳树。

望海潮　柳永

东南形胜[1]，三吴都会[2]，钱塘自古繁华[3]。烟柳画桥，风帘翠幕，参差十万人家。云树绕堤沙[4]，怒涛卷霜雪，天堑无涯[5]。市列珠玑[6]，户盈罗绮[7]，竞豪奢。　重湖叠巘清嘉[8]。有三秋桂子，十里荷花。羌管弄晴，菱歌泛夜，嬉嬉钓叟莲娃。千骑拥高牙[9]，乘醉听箫鼓，吟赏烟霞。异日图将好景，归去凤池夸[10]。

【品读】

本篇为柳永流寓杭州时所作。词以多彩的画笔，从不同角度、不同侧面生动地描绘了钱塘的地理形势、山川风物和繁华景象，热情地讴歌了西湖的倩姿丽影，既是一曲壮丽湖山的颂歌，也是一幅有声有色、引人入胜的名都画卷。词的结构严谨，层次分明，脉络清晰。上片先总写，后铺叙，换头后集中刻画西湖的千姿百态。文字优美，色调鲜明，读后能引起人们游览西湖的浓厚兴趣，激发读者的爱国之情。宋人罗大经《鹤林玉露》说："此词流播，金主亮闻歌，欣然有慕于'三秋桂子，十里荷花'，遂起投鞭渡江之志。"将完颜亮南侵归因于这首赞美杭州的歌词，显然是不全面、不正确的，不过也说明了它在当时为人们所喜爱，曾经得到广泛的传诵。

【注释】

[1] 形胜：地理形势险要之处。

[2] 三吴：历代说法不一。《水经注》以吴兴、吴郡、会稽一带为三吴。这里是泛指江浙而言。

[3] 钱塘：今浙江杭州市。

[4] 云树：高入云霄的参天大树。

[5] 天堑：天然的壕沟。堑，是指古代绕城的水沟。天堑，一般指长江而言，这里是指钱塘江。

[6] 珠玑：指珠宝之类的珍贵物品。玑，不圆的珠子。

[7] 罗绮：绫罗绸缎。

[8] 重湖：杭州西湖以白堤为界，分为里湖和外湖，故曰重湖。叠巘（yǎn 衍）：重叠的山峰。 清嘉：清秀嘉丽。

[9] 千骑（jì 寄）：形容人马很多。骑，作名词用，指一人一马而言。 高牙：以象牙做装饰的高大军旗。

[10] 凤池：即凤凰池。为中书省的所在地，中书省是宋代最高行政机构。这里代指朝廷。

安阳好 韩琦

安阳好，形势魏西州。曼衍山川环故国[1]，升平歌吹沸高楼。和气镇飞浮[2]。　　笼画陌[3]，乔木几春秋[4]？花外轩窗排远岫[5]，竹间门巷带长流[6]。风物更清幽[7]。

【品读】

河南安阳是一座历史悠久的名城，公元前14世纪，盘庚曾迁都于此，成为商朝的政治中心。这里不但交通便利，风物优美，而且有许多历史古迹，如举世闻名的殷墟、小南海原始洞穴遗址遗物等。作者韩琦是北宋名将，安阳人。本篇对安阳的地理形势、山川风物进行了热情洋溢的讴歌，展现了历史名城的风貌，读来爽心悦目，引人入胜。或谓此词为北宋末年王安中所作。

【注释】

[1] 曼衍：连绵不断。

[2] 和气：和睦，和谐。这里是指承平气象。　镇：整日，长久。

[3] 画陌：五彩缤纷的街道。

[4] 乔木：高大的树木。

[5] 远岫：远山。谢朓诗："窗中列远岫。"

[6] 带长流：如衣带似的长长流水。

[7] 清幽：优雅寂静。

望江南 张挥

成都好，蚕市趁遨游。夜放笙歌喧紫陌[1]，春邀灯火上红楼。车马溢瀛洲[2]。　　人散后，茧馆喜绸缪[3]。柳叶已饶烟黛细[4]，桑条何似玉纤柔[5]？立马看风流。

【品读】

成都是天府之国四川的首府，所产蜀锦名闻天下，养蚕、缫丝业也特别发达。每年正月至三月，买卖养蚕器具和花木草药的生意都十分兴隆，民间称为蚕市。据苏轼《和子由蚕市》诗赵次公注："子由诗序云：'眉之二月望日，鬻蚕器于市，因作乐纵观，谓之蚕市。'"作者出家为僧，云游至蜀，欣逢蚕市，于是策马扬鞭，穿大街，过小巷，尽情观赏，兴奋不已，从而写下了这首歌咏成都蚕市繁华热闹场面的词作。此阕用字讲究，色彩鲜明，大场面与小镜头相配合，既渲染了市井的喧嚣，也刻画出养蚕女子柔媚、喜悦的神态，富于生活气息。结拍"立马看风流"一句，表达了词人由衷的赞美之情。

【注释】

[1] 紫陌：郊野间的道路。

[2] 瀛洲：传说中的海上仙山，这里是用仙境来比喻成都。

[3] 绸缪：犹缠绵，谓情意深长。这里指丰收的喜悦。

[4] 烟黛：指女子的眼眉。黛，青黑色的颜料，古代女子用以画眉，也作女子眉毛的代称。

[5] 玉纤：指女子洁白柔美的手。

望江南 谢逸

临川好，山影碧波摇。鱼跃冰池飞玉尺[1]，云横石廪拂鲛绡[2]。高树竹萧萧[3]。　寒食近[4]，湖水绿平桥。繁杏梢头张锦旆[5]，垂杨阴里系兰桡[6]。游客解金貂[7]。

【品读】

谢逸，临川（今江西抚州市）人，屡举不第，以诗词自娱。临川地处抚河中游，山清水秀，历史悠久，培育了不少著名的文人，如北宋时期的晏殊、晏几道、王安石等。本篇是一曲家乡的赞歌，原为两首，今选其一。词中满怀深情地歌颂了临川的风光景物，描写寒食节前，游人泛舟赏花、领略大好春光的情景，展示出一幅具有浓郁地方色彩的民俗风情画。

【注释】

[1] 玉尺：玉制的尺，比喻选拔人才及评价诗文的标准。这里是用来形容银光闪闪的鱼儿。

[2] 廪：粮仓。 鲛绡：传说中鲛人所织的绢，亦泛指薄纱。这里是用来形容淡淡的云彩。这句说石头修砌的粮仓很高，淡淡的白云飘拂其间。

[3] 萧萧：风声。

[4] 寒食：节令名。清明前一天（一说清明前两天）。

[5] 旆：泛指旌旗。

[6] 兰桡：华丽的船。桡，船桨，代指船。

[7] 金貂：汉以后皇帝左右侍臣的冠饰，泛指贵重的装饰品。

南徐好[1] 张 挥

瓮 城[2]

南徐好，鼓角乱云中。金地浮山星两点[3]，铁城横锁瓮三重。开国旧夸雄。 春过后，佳气荡晴空[4]。渌水画桥沽酒市[5]，清江晚渡落花风。千古夕阳红。

【品读】

张挥（僧仲殊）用《望江南》词调写了十首词咏赞南徐的山川景物和名胜古迹。首句均为“南徐好”，并以此另标新名。这里选了其中的两首。此阕上片赞美京口险要的地理形势和坚固的城防，下片描写春末夏初的迷人风光。两相辉映，为这座著名的江南古城摄下了一幅壮美的剪影。

【注释】

[1] 南徐：古地名。东晋南渡，置侨州郡，迁徐州治所于京口（今江苏镇江市），称南徐州。从此京口也被称为南徐。

[2] 瓮城：是为了增强防御而在大城门外修筑的月城，其形或圆或方，视地势而定。京口古城十分坚固，被赞为铁瓮城，相传系三国东吴孙权时所建。

[3] 星两点：指京口附近、屹立于长江中的金山和焦山。登高眺望，如两颗耀眼的星星。

[4] 佳气：佳丽之气，美好的气象。

[5] 渌水：桥名。　沽酒：卖酒。

南徐好　张　挥

渌水桥

南徐好，桥下渌波平。画柱千年尝有鹤[1]，垂杨三月未闻莺。行乐过清明。　　南北岸，花市管弦声。邀客上楼双榼酒[2]，舣舟清夜两街灯[3]。直上月亭亭。

【品读】

此词写清明前后游人在渌水桥畔寻芳探胜、饮酒听歌的欢乐情景，展现出太平时节江南古城绮丽的风光和繁华美好的生活场面。

【注释】

[1] 画柱句：据《搜神后记》卷一，辽东人丁令威学道成仙，化鹤回乡，集城门华表柱，并作人语云："有鸟有鸟丁令威，去家千年今始归。"此句用化鹤的典故，称赞京口历史悠久。

[2] 榼（kē苛）：古时盛酒或贮水的器具。

[3] 舣（yǐ蚁）：使船靠岸。

水龙吟　管鉴

夷陵雪作

晓来密雪如筛，望中莹彻还如洗。梅花过了，东风未放，满城桃李。碎剪琼英[1]，高林低树，巧装匀缀。更江山秀发[2]，田畴清润[3]，满眼是、丰年意。　谁念危楼独倚[4]，共飘零、茫茫天外。毫端句涩[5]，杯中酒减，欢情难寄。天为凄凉，暂时遮尽，黄茅白苇。但神州目断[6]，珠宫玉阙[7]，渺三千里。

【品读】　夷陵，今湖北宜昌市，地处长江之滨，西陵峡口，向称川鄂咽喉。作者于孝宗淳熙年间曾在此地任职。词的上片描写夷陵雪景，赞美银装素裹的锦绣河山，流露出瑞雪兆丰年的喜悦之情。下片登楼抒感，寄托了身世飘零、神州未复的惆怅和忧愤。一实一虚，一喜一忧，表达了词人对祖国山河的一片深情。

【注释】

[1] 琼英：以洁白的玉石比喻雪花。

[2] 秀发：谓植物生长茂盛，也用来形容人的神采、才华。这里是形容山河秀丽壮美。

[3] 田畴：田地、田野。

[4] 危楼：高楼。

[5] 毫端：笔尖、笔下。这句说下笔难以成句。

[6] 神州：这里是指中原。

[7] 珠宫玉阙：指北宋都城汴京的皇宫。

名胜古迹

诉衷情　张　挥

建　康

钟山影里看楼台，江烟晚翠开。六朝旧时明月，清夜满秦淮[1]。　寂寞处，两潮回[2]，黯愁怀。汀花雨细，水树风闲，又是秋来。

【品读】

此词虽题为“建康”，却实写秋日傍晚登钟山眺望秦淮夜景。钟山，古称金陵山，汉代称钟山。三国时，孙权因避其祖父之讳改名蒋山。又因山顶常有紫金色云彩，故名紫金山。附近有不少名胜古迹，历代文人多有题咏。本篇起首两句描绘江上晚景，三四两句触景感怀，慨叹六朝旧事。换头三句用刘禹锡《石头城》“潮打空城寂寞回”诗意，抒发怀古之情。结拍三句以景结情，暗寓时光流逝、身世凄凉之感。词的意境苍茫，色彩暗淡，富有诗情画意。

【注释】

[1] 秦淮：秦淮河。长江下游支流，经南京市汇入长江。自六朝以来歌楼舞馆，并列两岸，画舫游船，纷集其间，为金陵游览胜地。

[2] 两潮：早潮曰潮，晚潮曰汐。

水调歌头　韩元吉

雨花台

泽国又晚秋[1]，天际有飞鸿[2]。中原何在？极目千里暮云重[3]。

今古长干桥下[4]，遗恨都随流水，西去几时东？斜日动歌管，萸菊舞西风[5]。　　江南岸，淮南渡，草连空。石城潮落[6]，寂寞烟树锁离宫[7]。且斗尊前酒美[8]，莫问楼头佳丽[9]，往事有无中。却笑东山老[10]，拥鼻与谁同[11]？

【品读】

雨花台，在江苏南京市中华门外，是一座高约100米、长约3000米的山岗。岗上盛产五彩鹅卵石（玛瑙石），故又称石子岗、玛瑙岗、聚宝山。传说六朝云光法师在此讲经，感动天神，落花如雨，因称雨花台。据地质资料，这种石子来自长江上游，因其艳丽奇特，美其名曰“雨花石”。该地亦因此被称为雨花台。本篇写晚秋日暮登临眺望，用情景交融的表现手法，描绘了在雨花台上所见到的金陵风光，同时也抒发了作者感叹今昔、系念中原的爱国情怀。

【注释】

[1] 泽国：多水的地方，这里是指江南地区。

[2] 飞鸿：大雁。

[3] 极目：放眼远望。

[4] 长干桥：在南京中华门外长干里，雨花台以北。

[5] 萸：即茱萸，植物名，有浓烈香味。古代风俗，重阳节佩茱萸囊以祛邪辟恶。

[6] 石城：即石头城，在南京汉中门外清凉山后。

[7] 离宫：皇帝正宫以外临时居住的宫室。这里是指金陵历代故宫。

[8] 尊：同“樽”，酒杯。

[9] 佳丽：佳丽地的略语，形容金陵的美好风光。

[10] 东山老：指东晋宰相谢安，因其早年曾隐居浙江上虞之东山，故称。

[11] 拥鼻：拥鼻吟的略语。“拥鼻吟”指以重浊鼻音曼声吟咏。这两句以谢安自比，谓无人相与一同吟咏。

菩 萨 蛮 辛弃疾

金陵赏心亭为叶丞相赋 [1]

青山欲共高人语[2]，联翩万马来无数[3]。烟雨却低回[4]，望来终不来。　　人言头上发，总向愁中白。拍手笑沙鸥[5]，一身都是愁。

【品读】

赏心亭，始建于南朝梁代徐陵，北宋丁谓重修，成为当时游览的胜地。遗址已不可寻。此词作于淳熙元年（1174），辛弃疾在建康（今江苏南京市）任江东安抚司参议官时。上片写登亭所见景色：青山时隐时现，仿佛要来和高人谈心；又像千万匹战马，不断向赏心亭方面奔驰而来。但它却在烟雨中徘徊不前，盼望它来，终于未来。下片化用白居易《白鹭》诗："人生四十未全衰，我为愁多白发垂。何故水边双白鹭，无愁头上也垂丝。"意谓人们说头发变白，是由于多愁善感的缘故；若果真如此，那么沙鸥一身雪白的羽毛，它的愁该是最多的了。全篇即景抒情，以物喻人，想象丰富，语言质朴，风格清新，形象生动活泼。词中虽然说到了"愁"，却并无衰飒之感，与他后来抒发的深忧浓愁又有所不同。

【注释】

[1] 叶丞相：指叶衡。辛弃疾赋此词时，叶衡尚未入朝为相，题中称叶为丞相当是后来追加的。

[2] 高人：志行高尚的人，多指隐士。这里是指叶衡。

[3] 联翩：不断的样子。

[4] 低回：徘徊。

[5] 沙鸥：一种白色的水鸟。

沁园春 吴景伯

登凤凰台

再上高台，访谪仙兮[1]，仙何所之？但石城西踞[2]，潮平白鹭[3]；浮图南峙[4]，云淡乌衣[5]。凤鸟不来[6]，长安何处[7]？唯有碧梧三数枝[8]。兴亡事，对江山休说，谁是谁非。　庭花飘尽胭脂，算结绮、繁华能几时[9]！问何人重向，新亭挥泪[10]；何人更到，别墅围棋[11]？笑拍阑干，功名未了，宁肯绿蓑寻钓矶？深深饮，任玉山醉倒[12]，明月扶归。

【品读】

凤凰台在金陵（今江苏南京市）。相传南朝刘宋元嘉年间，有三只五色大鸟翔集山上，时人以为是凤凰，于是筑台于山上，名曰凤凰台。唐李白赋诗《登金陵凤凰台》，传诵一时，从此名声益大，成为风景名胜之地。本篇通过再上凤凰台，抒发作者怀古伤今之情。上片化用李白诗意，表达山河依旧、人事全非的兴亡之感。下片以陈后主荒淫误国的教训，告诫世人应当以国事为重，不可萌生隐遁的念头。

【注释】

[1] 谪仙：谓如谪降人世的神仙。《新唐书·李白传》："往见贺知章，知章见其文，叹曰：'子，谪仙人也。'"后遂用以专指李白。

[2] 石城：即石头城，又名石首城，故址在今江苏南京清凉山。

[3] 白鹭：指白鹭洲。原在金陵城西三里江中，因洲上常聚许多白鹭，故名。后因泥沙淤积，水道外移，洲和陆地相连而湮没。

[4] 浮图：亦作"浮屠"，即佛塔。这里可能是指南京中华门外牛首山上的宏觉寺塔。

[5] 乌衣：即乌衣巷，在今南京市东南。自东晋以来，王、谢两大世家都住在这里。

[6] 凤鸟不来：化用李白"凤去台空江自流"句诗意。

[7] 长安何处：化用李白"长安不见使人愁"句诗意。

[8] 碧梧：即梧桐树。传说凤凰栖于梧桐之上。

[9] 结绮：阁名，为陈后主宠妃张丽华所居之处，装饰豪华奢侈。这句是说像陈后主那样一味追求豪华奢侈的生活，是不会长久的。

[10] 新亭：又名劳劳亭，故址在今南京市南。

[11] 别墅围棋：淝水之战时，宰相谢安沉着冷静，指挥若定。当前方捷报传来时，他仍不动声色，与客人在别墅里下棋。

[12] 玉山：形容仪容美好。后常用“玉山自倒”形容喝醉了酒。

柳梢青 张镃

舟泊秦淮

天远山围，龙蟠淡霭[1]，虎踞斜晖[2]。几度功名，几番成败，浑似鸥飞[3]。　楼台一望凄迷，算到底、空争是非。今夜潮生，明朝风顺，且送船归。

【品读】

秦淮河，为长江下游支流。经南京市区西入长江。古称龙藏浦，又称淮水。传说秦始皇东巡时，听说此地有王气，遂令凿方山，断长垅为渎，入于江，始称淮水为秦淮。六朝建都金陵，秦淮河成了繁华的游乐场所，两岸朱楼画阁，鳞次栉比，“绮窗丝幛，十里珠帘，灯船之盛，甲于天下”。附近有乌衣巷、朱雀桥、桃叶渡等名胜古迹，历代诗人骚客吟咏不绝。此词写作者失意而归，傍晚舟泊秦淮，所见金陵景色。慨叹宦海浮沉，是非莫分，前程黯淡，深感凄凉寂寞。唯愿潮生风顺，早日回到家园。

【注释】

[1] 龙蟠淡霭：钟山抹上一层淡淡的云烟。

[2] 虎踞斜晖：石头城笼罩在夕阳之中。

[3] 浑似：很像，全如。

满江红　吴潜

金陵乌衣园

柳带榆钱[1]，又还过、清明寒食。天一笑、满园罗绮[2]，满城箫笛。花树得晴红欲染，远山过雨青欲滴。问江南、池馆有谁来？江南客。　　乌衣巷，今犹昔；乌衣事，今难觅。但年年燕子，晚烟斜日。抖擞一春尘土债[3]，悲凉万古英雄迹。且芳尊、随分趁芳时[4]，休虚掷。

【品读】

此词写于理宗端平元年（1234），作者在建康任淮西财赋总领时。乌衣园在乌衣巷之东，为宋代金陵的游乐场所之一。乌衣巷在今南京市内夫子庙文德桥南，因三国时吴国曾驻兵于此，吴兵皆穿乌衣，故有此称。或谓乌衣巷在朱雀桥畔，六朝时王、谢等豪门贵族聚居于此，从而闻名于世。刘禹锡《金陵五题》之二云："朱雀桥边野草花，乌衣巷口夕阳斜。旧时王谢堂前燕，飞入寻常百姓家。"从此，乌衣巷成了文人咏史怀古的重要话题。本篇上片写景，描绘游园时的见闻；下片通过怀古，抒发胸中的郁闷之情。作者本为有志之士，却难以尽展其才，追感往事，心中倍感凄凉，但不愿虚度岁月，希望能为国家做出一番贡献。这种复杂的思想感情在此阕中得到了曲折的表现。

【注释】

[1] 柳带：嫩柔的柳条。　榆钱：榆荚。

[2] 天一笑：谓天晴。杜甫《能画》诗："每蒙天一笑，复似物皆春。"　罗绮：有花纹的丝绸。这里是指穿着艳丽服装的女子。

[3] 抖擞：抖动，振动。

[4] 随分：依旧，照例。

水龙吟　黎廷瑞

金陵雪后西望

不知玄武湖中，一瓢春水何人借[1]？裁冰剪雨，等闲占断，桃花春社[2]。古阜花城，玉龙盐虎[3]，夕阳图画。是东风吹就[4]，明朝吹散，又还是、东风也。　回首当时光景，渺秦淮、绿波东下。滔滔江水，依依山色，悠悠物化[5]。璧月琼花[6]，世间消得，几多朝夜？笑乌衣、不管春寒[7]，只管说、兴亡话。

【品读】

此词以玄武湖为背景，描绘金陵的雪后景色。南朝宋文帝刘义隆时，因湖中发现黑龙（鳄鱼一类动物），而改称玄武湖。湖水碧波荡漾，风光如画，为金陵游览胜地之一。词人立足东北，向西眺望，但见六朝古都银装素裹，在夕阳掩映下，展现出一幅绚丽无比的图画。又见一对小燕子依偎在春寒料峭的树枝上，叽叽喳喳地谈论着人世间兴盛衰亡的史话。作者生活在宋末元初，词中寓情于景，寄托了山河变色的兴亡之感。

【注释】

[1] 这句说玄武湖被大雪覆盖，湖水不知被何人借走了。一瓢，极言其少。

[2] 春社：立春后第五个戊日为春社，是古代祭祀土地神，祈求丰收的节日。

[3] 玉龙盐虎：谓钟山和石头城都披上了一层白雪。龙，指钟山；虎，指石头城。

[4] 吹就：吹成。

[5] 物化：庄子用语。一种泯除事物差别、彼我同化的意境。

[6] 璧月：圆如璧玉的皓月。琼花：指雪。

[7] 乌衣：指燕子。

水调歌头 陆 游

多景楼

江左占形胜[1]，最数古徐州[2]。连山如画佳处，缥缈著危楼[3]。鼓角临风悲壮[4]，烽火连空明灭[5]，往事忆孙刘[6]。千里曜戈甲，万灶宿貔貅[7]。 露沾草，风落木，岁方秋。使君宏放谈笑[8]，洗尽古今愁。不见襄阳登览[9]，磨灭游人无数，遗恨黯难收。叔子独千载，名与汉江流[10]。

【品读】

多景楼，在镇江东北北固山上甘露寺内，北临大江，形势险要，风景佳丽，北宋书法家米芾曾赞为“天下江山第一楼”。历经兵火，屡毁屡建，是著名的游览胜地。

宋孝宗隆兴二年（1164），陆游来到镇江任京口通判。同年秋天，镇江知府方滋邀陆游、张孝祥等上北固山，游甘露寺，登多景楼，眺望山河，观察形势，陆游为此写了这首词。全篇即兴感怀，情景交融，境界宏阔，笔力遒劲悲壮，表达了抗金报国的理想，是作者较早的一首豪放词。爱国词人张孝祥曾为此词专门写了一篇题记，并亲自“书而刻之崖石”，流传很广。本篇与辛弃疾四十年后登京口北固亭怀古所作《永遇乐》（千古江山）和《南乡子》（何处望神州）二词，有异曲同工之妙，都是寄慨遥深的登临佳作。

【注释】

[1] 江左：古地区名。古人以东为左，以西为右，故江左又称江东。

[2] 古徐州：指镇江。徐州为古代九州之一。东晋时置侨州郡，曾以镇江为徐州治所，称南徐州。

[3] 缥缈：若有若无的样子。 危楼：高楼。

[4] 鼓角：战鼓和号角。

[5] 烽火：古时边防在高台上烧柴或狼粪以报警，称为烽火。此指战火而言。

[6] 孙刘：指三国时的孙权和刘备。

[7] 貔貅（pí xiū皮休）：猛兽名。这里指勇猛的士兵。

[8] 使君：汉以后对州郡长官的尊称。这里指方滋。方滋，字务德，桐庐人，当时任镇江知府。

[9] 襄阳登览：晋大将羊祜镇守襄阳十年，颇有政绩，常登岘山，饮酒赋诗，终日不倦。

[10] 叔子：羊祜，字叔子。 汉江：即汉水，长江支流之一，流经襄阳。

月上瓜洲　张　辑

南徐多景楼作[1]

江头又见新秋，几多愁？塞草连天何处是神州？　英雄恨，古今泪，水东流。惟有渔竿明月上瓜洲[2]。

【品读】

此词写初秋登多景楼，北望中原，感伤国事，抒发英雄无用武之地的惆怅和悲愤。词中寓情于景，境界苍茫，寄慨遥深。结拍余音不绝，耐人寻味。《月上瓜洲》系作者用《乌夜啼》词调，取末句另标新题。

【注释】

[1] 南徐：即京口，今江苏镇江市。东晋时置侨州郡，以镇江为徐州治所，称南徐州。

[2] 瓜洲：镇名。又称瓜埠洲，一作瓜州。在江苏邗江南部、大运河入长江处。与京口隔江相对，为长江南北水运要冲。

生查子　辛弃疾

题京口郡治尘表亭

悠悠万世功，矻矻当年苦[1]。鱼自入深渊，人自居平土。　红日又西沉，白浪长东去。不是望金山[2]，我自思量禹。

【品读】

尘表亭在京口（今江苏镇江市），其遗迹已不可考，据词意，可能是为纪念大禹治水而修建的。本篇是辛弃疾任镇江知府时写的。词以议论发端，对大禹治水，为民造福的万世之功，给予高度评价和赞美。过片寓情于景，红日西沉，白浪滔滔，滚滚东流，境界极为壮阔。结拍两句含蕴很深。词人思念大禹，缅怀他劳苦功高的业绩，正是为了表现自己解苍生于倒悬，拯救百姓于水火的伟大抱负。

【注释】

[1] 矻矻（kū枯）：勤奋不懈的意思。这两句说，大禹治水，功德无量，万古不朽，当年他勤奋不懈，受尽了千辛万苦。

[2] 金山：在江苏镇江市西北，本在长江中，清末因江沙淤积，遂与南岸相连。古有浮玉、伏牛等名，唐代裴头陀获金于江边，因改名金山。

乌夜啼　郑熏初

题月海星天观，即宋武所居故地

春江一望微茫，辨桅樯[1]。无限青青麦里、菜花香。　今古恨，登临泪，几斜阳[2]？不是寄奴住处、也凄凉。

【品读】

南朝宋武帝刘裕，字德舆，小字寄奴，其祖为彭城（今江苏徐州）人，后迁居京口（今江苏镇江）。幼年贫穷，曾贩履、种地、捕鱼。他的旧居相传在京口城南，辛弃疾在《永遇乐·京口北固亭怀古》词中写道："斜阳草树，寻常巷陌，人道寄奴曾住。"何时改建为"月海星天观"的，则未得其详，遗址恐亦无处可寻矣。本篇上片写景，下片抒情，通过参观"月海星天观"，寻访寄奴遗踪，表达了时移世变、英雄无处可觅的悲凉之感。

【注释】

[1] 桅樯：桅杆，代指帆船。

[2] 几斜阳：几度斜阳，谓经历了长久的岁月。

莺啼序　黄公绍

吴江长桥

银云卷晴缥缈[1]，卧长龙一带。柳丝蘸、几簇柔烟[2]，两市帘栋如画[3]。芳草岸、弯环半玉，鳞鳞曲港双流会[4]。看碧天连水，翻成箭样风快。　白露横江[5]，一苇万顷[6]，问灵槎何在[7]？空翠湿衣不胜寒，日华金掌沆瀣[8]。甃花平、绿文衬步[9]，琼田涌出神仙界[10]。黛眉修[11]，依约雾鬟[12]，在秋波外[13]。　阁嘘青蜃[14]，楼啄彩虹[15]，飞盖蹴鳌背[16]。灯火暮，相轮倒影，偷睇别浦[17]，片片归帆，远自天际。舞蛟幽壑[18]，栖鸦古木，有人剪取松江水[19]，忆细鳞巨口鱼堪脍[20]。波涵笠泽[21]，时见静影浮光，霏阴万貌千态。　蒹葭深处[22]，应有闲鸥，寄语休见怪。倩洗却、香红尘面，买个扁舟，身世飘萍，名利微芥[23]。阑干拍遍，除东曹掾[24]，与天随子是我辈[25]，尽胸中、著得乾坤大。亭前无限惊涛，总把遥吟，月明满载。

【品读】

长桥，又名宝带桥，在江苏吴江县，距苏州市葑门约三公里，跨运河和澹台湖口。为联拱53孔石桥，全长316米。始建于唐元和元年（806），相传为刺史王仲舒捐宝带助资所建，又因形似长带，故名。曾重建多次，今存者为清同治十一年（1872）所建，是国内著名的石拱长桥。《莺啼序》共分四叠，是慢词中字数最多的长调。本篇以舒徐的笔法，层层铺叙，对宝带桥及其附近的风光景物进行了淋漓尽致的形容刻画，浓墨重彩地展现了吴中山水的千姿百态，为这条“长龙”留下了一幅生动的写照。

【注释】

[1] 缥缈：隐隐约约、若有若无的样子。

[2] 蘸（zhàn 湛）：以物浸水。这里是形容柳枝轻拂水面。　几簇：几缕。

[3] 两市：指长桥两岸。

[4] 鳞鳞：形容水波像层层鱼鳞一样。　双流会：指年河与其桥河汇合之处。宝带桥跨年河、其桥河汇入运河的港口之上，故云。

[5] 白露：指湖面上白茫茫的水汽。这句出自苏轼《前赤壁赋》。

[6] 一苇：指小船，因其小如一片苇叶，故称“一苇”。　万顷：辽阔无际的水面。

[7] 灵槎：即星槎，古代神话中往来于天上的木筏。

[8] 沆瀣：夜间的水汽，露水。

[9] 甃（zhòu 绉）：井壁。甃花，井壁上的花纹。　绿文：绿色的波纹。

[10] 琼田：玉田，形容水面澄澈透明，如玉田一般。

[11] 黛眉：女子的眉毛。黛，青黑色的颜料，古代女子用以画眉，故云。 修：长。这句用女子细长的眉毛形容长桥。

[12] 雾鬟：形容女子美丽的发髻。

[13] 秋波：比喻美女的眼睛，谓其像秋水一样清澈明亮。

[14] 蜃（shèn 慎）：大蛤，蛟类动物，传说能吐气为楼台，即所谓海市蜃楼。

[15] 彩虹：本指阳光射入水滴经折射、反射在雨幕或雾幕上形成的圆弧。也用作桥的代称。

[16] 鳌：传说中的海中大龟，一说为大鳖。

[17] 睇：斜视。 浦：水滨。

[18] 幽壑：深沟，这里是指深水。

[19] 松江：又名吴淞江，太湖的最大河流，在江苏省境内。

[20] 细鳞巨口：指松江所产的鲈鱼。

[21] 笠泽：太湖的别名，一说即指松江。

[22] 蒹葭：芦苇。

[23] 微芥：小草。这句是说争名逐利乃是不足挂齿的小事。

[24] 东曹掾：官名，这里是指晋人张翰。翰字季鹰，吴郡人，曾为大司马东曹掾。在洛阳见秋风起，因思吴中莼菜羹、鲈鱼脍，遂辞官归乡。

[25] 天随子：唐陆龟蒙，吴郡人，隐居松江甫里，自号天随子、江湖散人、甫里先生。

望海潮 史寯之

浮远堂

危岑孤秀[1]，飞轩爽豁[2]，空江泱漭黄流[3]。吴札故丘[4]，春申旧国[5]，西风吹换清秋。沧海浪初收。共登高临眺，尊俎绸缪[6]。凤集高冈[7]，驹留空谷接英游[8]。 八窗尽控琼钩[9]。送帆樯杳杳，潮汐悠悠[10]。千古兴怀，关河极目，愁边灭没轻鸥。淮岸隔重洲。认澹霞天末[11]，一缕青浮。未许英雄老去，西北是神州。

【品读】

浮远堂故址在今江苏江阴县北君山绝顶。君山，一名瞰江山，俯临大江，形势险要。南宋时曾在这里设置营寨，为江防重地之一。浮远堂后毁于战火。作者于理宗绍定初年（1228）出知江阴军，本篇是他视察君山要塞，登浮远堂时所作。词写登高临眺，只见孤峰独秀，大江奔流，帆樯杳杳，潮汐悠悠，好一派壮阔的景象。当时宋金战争仍在继续，遥望江北，两淮地区烽烟滚滚，形势堪忧。煞拍以高昂的语调收住："未许英雄老去，西北是神州。"这两句是全篇的主旨，表达了作者杀敌报国，克复神州的豪情壮志。

【注释】

[1] 危岑：高险的山峰，此指江阴君山。

[2] 飞轩：指君山顶上的浮远堂。轩，有窗的长廊或小室。　爽豁：开阔。

[3] 泱漭：亦作"泱莽"，广大无涯貌。　黄流：指浑浊的长江。

[4] 吴札：指春秋时吴王诸樊之弟、公子季札。

[5] 春申：指战国时楚国贵族春申君，即黄歇。以上两句说江阴一带为吴、楚之故地。

[6] 尊俎：古代盛酒肉的器具。后以折冲尊俎比喻克敌制胜或进行外交谈判。　绸缪：未雨绸缪的略语，比喻事先做好准备工作。

[7] 凤集高冈：指作者和陪同他登高视察君山江防要塞的人。凤，比喻德才兼备的豪杰志士。

[8] 这句说战马尚留在山谷中等待登山游览之人。

[9] 八窗：指浮远堂四面八方都是窗户。

[10] 潮汐：海水周期性的涨落现象。汐，晚潮。江阴濒临东海，故云。

[11] 天末：天边，远处。

满江红　辛弃疾

题冷泉亭

直节堂堂，看夹道、冠缨拱立[1]。渐翠谷、群仙东下，佩环声急[2]。谁信天峰飞堕地，傍湖千丈开青壁[3]。是当年、玉斧削方壶，无人识[4]。　山木润，琅玕湿[5]；秋露下，琼珠滴。向危亭横跨，玉渊澄碧[6]。醉舞且摇鸾凤影，浩歌莫遣鱼龙泣[7]。恨此中、风物本吾家，今为客[8]。

【品读】

冷泉亭，在杭州西湖灵隐寺西南飞来峰下，唐代元藇所建，诗人白居易曾作《冷泉亭记》，述其始末，并刻石亭上。为西湖名胜之一。本篇作于宋孝宗乾道六、七年间（1170—1171），辛弃疾在杭州任司农寺主簿时。上片用拟人手法描写西湖灵隐寺一带景物，形象生动逼真。“谁信天峰飞堕地”以下四句，否定了关于飞来峰的旧说，表现了作者热爱祖国山河的自豪感。下片寓情于景，写登上冷泉亭后的见闻和感想。结拍两句“恨此中、风物本吾家，今为客”，点明题旨，寓意很深，寄托了词人要求收复中原、统一国土、重返故乡的爱国之情。

【注释】

[1] 直节堂堂：形容松竹劲直挺拔。堂堂，本指仪容端庄，这里是形容松竹的姿态。　冠缨：帽带，借指官吏。这两句说，去冷泉亭的路上，松竹夹道，像衣冠整齐的官吏一样，拱手而立。

[2] 佩环：佩带和玉环，古人衣装上的饰物。这两句说，渐渐进入青翠的山谷之中，传来淙淙的泉水声，好像一群仙女乘风东下，身上的佩环发出铮铮的响声。

[3] 天峰：指飞来峰。传说东晋时中天竺国（今印度）僧人慧理来到这里，说此峰是天竺国灵鹫山的小岭，不知何时飞来此处。飞来峰由此得名。　青壁：青色的石壁，指飞来峰。这两句说，谁能相信耸立在西湖岸边的这座山峰，会是从印度飞来的呢？

[4] 方壶：神话传说中的海上仙山。这两句说，飞来峰是当年仙人用玉斧从方壶山上削下来的，现在却没有人知道它的来历了。

[5] 琅玕（lánggān 郎干）：一种像玉一样美丽的石头。这两句说，泉水滋润着山间草木，浸湿了溪畔珠玉一般的美石。

[6] 危亭：高亭，指冷泉亭。　玉渊：指冷泉积水形成的深潭。这两句说，跨过小桥，登上高亭，

俯视碧绿清澈的潭水。

[7] 鸾凤：传说中两种美丽的神鸟，古人常用来比喻贤俊之士。

[8] 风物：风光、景物。这两句说，我的家乡山东济南和这里的风光景物一样美丽，可恨如今被敌人占领，自己却留寓江南，有家难归。

南柯子 张 挥

六和塔

金甃蟠龙尾[1]，莲开舞凤头[2]。凉生宫殿不因秋。门外莫寻尘世，卷地江流[3]。 雾色澄千里，潮声带两洲。月华清泛浪花浮。今夜蓬莱归梦[4]，十二琼楼[5]。

【品读】

六和塔，又名六合塔。在杭州城南钱塘江边月轮山上。北宋开宝三年（970）吴越王钱俶为镇江潮而建。塔身九层，高五十余丈。宣和三年（1121）毁于兵火。现存砖构塔身系南宋绍兴二十三年（1153）重建，塔刹系明代遗物，外部木构檐廊为清光绪二十五年（1899）重建。登高临槛，江上景色，尽收眼底，有“人立青冥最上层”之感。本篇描写作者月夜登塔眺望江山胜景，笔调潇洒，意境优美，读之使人犹可想见北宋年间六和塔的壮观景象和迷人风采。

【注释】

[1] 金甃：涂金的砖壁。这句说砖砌的塔壁上雕刻着用金色涂饰的蟠龙图案。

[2] 这句说塔檐上装饰着凤凰的模型。

[3] 卷地江流：指钱塘江潮。

[4] 蓬莱：古代传说中的三神山之一。

[5] 十二楼：传说中神仙所居之地，在昆仑山上。

诉衷情 张 挥

寒 食

涌金门外小瀛洲[1]，寒食更风流[2]。红船满湖歌吹，花外有高楼。　　晴日暖，淡烟浮，恣嬉游。三千粉黛[3]，十二阑干，一片云头。

【品读】

这首词是寒食节作者（即诗僧仲殊）游览杭州西湖时写的。涌金门为古杭州城西门，门外是著名的风景胜地西湖。小瀛洲为西湖南部的一个环形小岛，为明代所筑，上有楼台亭阁，花木扶疏，被誉为“湖中之湖”“岛中之岛”。张挥为北宋人，明代所筑当不可见，或湖中原有沙洲，明人在此基础上加以扩建整修，亦未可知。本篇描写西湖寒食节游人之盛，湖光水色，风和日丽，红船高楼，仕女如云，好一派繁华景象。结句“一片云头”，融情入景，含不尽之意于言外，颇耐寻味。

【注释】

[1] 瀛洲：传为海上三神山之一，这里是代指西湖中的小岛。

[2] 风流：本指女子迷人的风韵，这里借用来形容小瀛洲秀美动人。

[3] 粉黛：搽脸的白粉和画眉的黛墨，妇女的化妆用品，借指美女。

高阳台 吴文英

丰乐楼分韵得如字[1]

修竹凝妆[2]，垂杨驻马，凭栏浅画成图。山色谁题[3]？楼前有雁斜书[4]。东风紧送斜阳下，弄旧寒、晚酒醒余。自消凝[5]，能几花前，顿老相如[6]。　　伤春不在高楼上，在灯前攲枕[7]，雨外熏炉。怕舣游船[8]，临流可奈清臞[9]？飞红若到西湖底[10]，搅翠澜、总是愁鱼。莫重来，吹尽香绵，泪满平芜[11]。

【品读】

丰乐楼，在临安（今浙江杭州市）丰豫门外，原名众乐亭，后改为耸翠楼，宋徽宗政和年间改为此名，是杭州著名的酒楼之一。据周密《武林旧事》等书载，宋理宗淳祐九年（1249），临安府尹赵与篙重建，规模宏丽，为西湖诸楼之冠。词人吴文英曾作《莺啼序》，大书于壁，一时广为传诵。这首词是作者晚年旧地重游之作。上片写景，从楼前驻马到登楼凭栏眺望，细致而有层次地展现了春寒料峭、夕阳返照下的湖山风光。下片抒发伤春感怀之情。身在楼上，却偏说“伤春不在高楼上”，巧妙地将词境推开，转到“灯前”“雨外”，使画面虚实相映，更富于艺术魅力。“飞红”两句，寓情于景，想象湖底游鱼也在为花落春归而生愁，进一步渲染出哀伤的气氛。时值南宋末年，国势垂危，词中表露了作者对时事深深的忧虑。

【注释】

[1] 分韵：数人相约赋诗填词，规定用某些字为韵，各人分拈韵字，依韵而赋，谓之分韵。

[2] 修竹：高竹。修，长。　凝妆：盛妆。这里形容竹叶茂盛。

[3] 山色谁题：谁人来题诗赋词赞美这如画的湖光山色？

[4] 雁斜书：雁群斜飞，排成字形，像书写在天空一样。

[5] 消凝：销魂凝思。

[6] 相如：司马相如，作者自谓。

[7] 攲（yī依）：通“倚”。靠着。

[8] 舣：使船靠岸。

[9] 清臞：清瘦。

[10] 飞红：落花。

[11] 平芜：平旷的草地。

柳梢青 袁去华

钓台。绍兴甲子赴试南宫登此，今三十三年矣[1]。

一水萦回，参天古木，夹岸苍崖。三十三年，客星堂上，几度重来。　　眼看变化云雷。分白首[2]，烟波放怀。细细平章[3]，钓台毕竟，高似云台[4]。

【品读】

钓台，即严子陵钓台，又名双台垂钓。在浙江桐庐县城西15公里富春山上。传为东汉名士严光（字子陵）隐居垂钓之处。有东西二台，两相对峙，离水面约60米。台上光洁平整，可容百余人。俯视台下，碧波荡漾，富春江水蜿蜒向东流去。渔舟点点，白帆片片，风景迷人，历代多有题咏。作者袁去华，江西奉新人。宋高宗绍兴十四年（1144）赴临安应试，途经桐庐，曾登钓台观览。33年后重登钓台，为赋此词抒感。开篇先写钓台风光，然后转入回忆旧游。换头由风云变幻，引出对严光的赞佩，表达了对功名利禄的否定。词语平实，景起情结，简约可诵。

【注释】

[1] 南宫：宋代皇室子弟的学府。

[2] 分（fèn 份）：甘愿。

[3] 平章：品评。

[4] 云台：汉代台名。这里是指功名富贵。

霜天晓角　韩元吉

蛾眉亭

倚天绝壁，直下江千尺。天际两蛾凝黛[1]，愁与恨，几时极？　怒潮风正急，酒醒闻塞笛[2]。试问谪仙何处[3]？青山外[4]，远烟碧。

【品读】

蛾眉亭，在今安徽马鞍山市采石矶西南山坡上，面对长江，极观览之胜。登此亭眺望东西梁山，夹江相对，宛如蛾眉，故名。亭呈长方形，单檐歇山顶，三开间，三面临空，气宇轩昂，多有文人题咏。这是一篇登临题咏之作。词中情景交融，形象地展现了采石矶蛾眉亭雄伟秀丽的风光，含蓄地寄托了深深的忧国之情。笔触细腻，景物描绘真切自然，结拍念及长眠于此的天才诗人李白，不胜沧桑之感。

【注释】

[1] 两蛾凝黛：形容东西梁山好像凝愁含恨的美人黛眉一样。

[2] 塞笛：边塞上的笛声。这句暗寓江防已处于边防前线。

[3] 谪仙：唐诗人李白被称为“天上谪仙人”。

[4] 青山：在安徽当涂县城东南，李白死后初葬于龙山，后由其友人范伦之子范传正迁葬于此。

满江红　张孝祥

玩鞭亭

千古凄凉，兴亡事、但悲陈迹。凝望眼、吴波不动，楚山丛碧。

巴滇绿骏追风远[1]，武昌云旆连天赤[2]。笑老奸、遗臭到如今[3]，留空壁。　边书静，烽烟息；通轺传[4]，销锋镝[5]。仰太平天子，圣明无敌。蹙踏扬州开帝里，渡江天马龙为匹[6]。看东南、佳气郁葱葱[7]，传千亿。

【品读】

此词作于孝宗乾道元年（1165），别本题作“于湖怀古”。于湖，为古县名，晋武帝太康二年（281）置，故址在今安徽当涂县南。玩鞭亭，在芜湖县北二十里，系宋朝僧人蕴湘所建。传说为晋明帝（司马绍）觇王敦营垒处。太宁二年（324）六月，当时企图篡夺司马氏政权的大将军王敦正屯兵于湖，窥伺建康。明帝闻报，便独乘巴滇骏马，微服私访，暗察王敦营垒。被王敦发觉，派了五名骑兵去追赶。明帝逃至一家饮食店，遇一老妇，便将自己的七宝鞭交给她，并对她说，后面的追兵赶来时，你就拿出这条鞭子给他们看。不一会儿，追兵果至，询问老妇，老妇说，刚才骑马逃跑的那个人，已经走得很远了，并取出七宝鞭给他们看。这些士兵，接过七宝鞭，“传玩良久”，明帝因而得以脱身，故名“玩鞭亭”。此亭明清两代均曾重建，今已废毁。本篇上片写登亭眺望，通过怀古，抒发兴亡之感。下片直陈时事，希望朝廷早定良策，确保宋室基业。当时宋金之间刚刚签订“隆兴和议”，战争暂时停歇，所以词中有“边书静，烽烟息；通轺传，销锋镝”之类的话，同时对即位不久的宋孝宗也有所颂扬。

【注释】

[1] 巴滇绿骏：即晋明帝所乘的巴滇骏马。

[2] 云旆：即云旗。谓绘有熊虎的旌旗。

[3] 老奸：指企图篡夺司马氏政权的王敦。

[4] 轺（yáo 尧）：古代一种轻便的小马车。

[5] 镝（dí敌）：箭镞。

[6] 渡江天马：西晋末年琅邪王司马睿与西阳、汝南、南顿、彭城四王一同渡江南下。后来司马睿称

帝，在建康建立东晋王朝。这里是指宋高宗赵构在汴京沦陷后渡江南下。

[7] 佳气：祥瑞之气，王气。

水调歌头 魏庭玉

饮芜湖雄观亭

璧月挂银汉[1]，冷浸一江秋。天公付我清赏，仙籍桂香浮。极目江山如画，际晚云烟凝紫[2]，秋色豁羁愁[3]。领看上雄观，波影动帘钩[4]。　雁排空，渔唱晚，楚天幽。湖阴一曲千载，成败倩谁筹？试问谪仙何处[5]？唤起于湖同醉[6]，小为作遨头[7]。老子欲起舞，摆脱利名休。

【品读】

魏庭玉，字句滨，南宋后期宛陵人，嘉熙四年（1240）曾任吴县令。本篇是作者秋日傍晚饮于芜湖雄观亭上所作。雄观亭在芜湖吉祥寺右，雄踞于高山之巅，大江东注，淮山西耸，风景壮丽。原名观澜亭，后废毁，宋孝宗淳熙七年（1180）县令吴似重建。词的上片描写登亭极目远眺，展现出一幅苍茫壮阔的江天景色。下片移情入景，发怀古之幽思，抒坦荡之胸怀，表示要摆脱名缰利锁，纵情于山水之乐。词语疏快，意境宏阔，风格豪放，是一首登临题咏的佳作。

【注释】

[1] 银汉：银河，这里是指星空。

[2] 际晚：傍晚。际，接近。

[3] 豁：免除，消除。

[4] 这句说形如弯钩的新月映入波光荡漾的江水之中。

[5] 谪仙：指唐诗人李白。

[6] 于湖：指南宋词人张孝祥。李白和张孝祥都曾登过雄观亭，据说

张孝祥曾为此亭题过匾额。

[7] 遨头：指州郡太守，此为宴游的意思。《成都记》云："太守出游，士女则于木床观之，谓之遨床，故太守为遨头；自正月出游，至四月浣花乃止。"

满江红　沈瀛

九日登凌歊台

姑孰名邦[1]，黄山畔、古台巍立。秋渐老、重阳天气，郊原澄碧。隐隐西州增远望，长江一带平如席。怅英雄、千古到如今，空遗迹。　吴太守，文章伯[2]；寻胜事，酬佳节。拥笙歌千骑，遍游南陌。襟带江城当一面，折冲千里无强敌[3]。更行看、击楫溯中流，妖氛息[4]。

【品读】

凌歊（xiāo 霄）台，遗址在今安徽当涂县西。南朝宋孝武帝刘裕曾建避暑离宫于此。台后有一塔，塔后又有一亭名曰"怀古"，为当时登临眺望的名胜之地。这首词是作者重阳登高抒感之作。上片描写登台眺望所见景色，抒发对千古英雄业绩的怀念；下片叙述与和州太守（其人未详）欢度佳节的盛况，表达北伐抗金、扫清妖氛的决心。全篇意境壮阔，语言疏快，风格豪放，是一首登临题咏的佳作。

【注释】

[1] 姑孰：一作姑熟，古城名。因城南临姑孰溪得名。故址在今安徽当涂。

[2] 文章伯：文坛领袖。

[3] 折冲：折还敌方的战车，意谓抵御敌人。

[4] 击楫溯中流：用祖逖渡江中流击楫而誓的典故。　妖氛：妖气，指凶灾，祸乱。这里是指金兵。

念奴娇 吴 渊

我来牛渚，聊登眺、客里襟怀如豁[1]。谁著危亭当此处[2]，占断古今愁绝[3]。江势鲸奔[4]，山形虎踞[5]，天险非人设。向来舟舰，曾扫百万胡羯[6]。 追念照水然犀[7]，男儿当似此，英雄豪杰。岁月匆匆留不住，鬓已星星堪镊[8]。云暗江天，烟昏淮地，是断魂时节[9]。栏干捶碎，酒狂忠愤俱发。

【品读】

本篇是作者任太平州知州游牛渚矶时所作。牛渚矶，又名采石矶，在今安徽马鞍山市西南翠螺山（原名牛渚山）北麓。这里悬崖峭壁，江流湍急，形势险峻，与南京燕子矶、岳阳城陵矶合称“长江三矶”，历来为兵家必争之地。矶上山石峥嵘，苍松翠竹，风光优美，景色荟萃。此阕开篇融情入景，在读者面前展开了一幅雄奇壮阔的山水画卷。上片结拍和下片换头追忆采石之战的胜利和然犀照水的传说故事，表达了对英雄豪杰的无限向往和怀念。末段感叹时事艰危，抒发岁月虚度、壮志未酬的忠愤之情。全词激昂悲壮，意境雄深，跌宕起伏，含蓄深沉，流露出深沉的忧国思想，在艺术上也具有一定的特色。

【注释】

[1] 襟怀如豁：心胸开阔。

[2] 危亭：高处的亭子，这里是指采石矶上的然犀亭。

[3] 占断：占尽、独据。 愁绝：极愁。

[4] 鲸奔：如巨鲸奔腾，形容江涛翻滚。

[5] 虎踞：如猛虎盘踞，形容采石矶雄伟险要。

[6] 胡羯：古代对少数民族的蔑称，这里是指金兵。

[7] 照水然犀：传说点燃犀牛角，可以照见水中怪物。

[8] 星星：形容鬓发稀落。 镊（niè 聂）：拔除。

[9] 断魂：形容极为哀伤。

唐多令 王 奕

登淮安倚天楼

直上倚天楼，怀哉古楚州[1]。黄河水、依旧东流。千古兴亡多少事，分付与、白头鸥。　祖逖与留侯[2]，二公今在不？眉尖上、莫带星愁。笑拍危栏歌短阕[3]，翁醉矣，且归休。

【品读】

倚天楼，在江苏淮安县城中心。始建于北宋，南宋时为都统司的酒楼，后因淮河经常泛滥，改称镇淮楼。台上四周围以栏杆，中央为二层木结构高楼，屋顶重檐九脊式，是一座宏伟古朴的建筑。作者王奕，南宋末年人，与谢枋得相友善。本篇写登楼抒感，慨叹兴亡，缅怀前贤，寄托了山河破碎、难挽狂澜的无可奈何之情。所谓“眉尖上、莫带星愁”，实则愁深似海，非语言所可形容，故作洒脱姿态，唯有以酒浇之，一醉方休而已。

【注释】

[1] 楚州：东魏武定七年（549）置，辖境相当于今安徽淮河以南、瓦埠湖以东、女山湖以西和池河以北。南宋绍定元年（1228）改楚州置淮安军，治所在今淮安县。

[2] 祖逖：东晋名将，率部渡江北伐时曾经过淮安。　留侯：即张良，汉初功臣，助刘邦平定天下，封为留侯。

[3] 危栏：高楼上的栏杆。　短阕：小令，此指《唐多令》。

六州歌头 袁去华

渊明祠

柴桑高隐[1]，丘壑岁寒姿。北窗下，羲皇上[2]，古人期，俗人疑。束带真难事[3]，赋归去，吾庐好，斜川路[4]，携筇杖[5]，看云飞。六翮冥冥高举，青霄外、矰缴何施[6]！且流行坎止[7]，人世任相违。采菊东篱。 正悠然、见南山处，无穷景，与心会[8]，有谁知？琴中趣，杯中物，醉中诗，可忘机。一笑骑鲸去[9]，向千载，赏音稀[10]。嗟倦翼，瞻遗像，是吾师。门外空余衰柳，摇疏翠，斜日辉辉。遣行人到此，感叹不胜悲。物是人非。

【品读】

渊明祠，即陶渊明祠，又名陶靖节祠，在江西九江县回马岭。祠距陶渊明墓百余米，祠外绿柳成荫，风景优美。本篇是作者参观"渊明祠"有感而写的一首怀古词。全词以议论为主，通过对陶潜生平行事及其作品的咏赞，表扬了他的高风亮节和美好情操。结末抒写观感，表示愿意以陶渊明为师，在混浊之世做一个清白正直的人。可叹时移世换，物是人非，不为五斗米折腰的精神未能发扬，因而不胜悲怆之至。词的语言简洁凝练，多用陶诗，而意脉贯串，形象性强，读来饶有余韵。

【注释】

[1] 柴桑：古县名。西汉置，因柴桑山得名。治所在今江西九江市西南。是陶渊明的家乡和隐居之处。

[2] 羲皇：即伏羲氏，传说中的古代帝王。羲皇上人，指上古时代的人。

[3] 束带：穿着整肃，指公服。据《晋书·陶渊明传》，陶渊明为彭泽县令，郡遣督邮至，县吏告诉他，要穿礼服去见督邮。渊明叹曰："我岂能为五斗米，折腰向

乡里小儿！”于是即日解绶去职，并赋《归去来辞》。

[4] 斜川：古地名，在今江西鄱阳湖北星子、都昌两县之间的沙洲上，风景优美。陶渊明常来此游览。

[5] 筇（qióng）：竹名。筇杖，筇竹做的手杖。

[6] 矰缴：猎取飞鸟的射具。缴，系在箭上的丝绳。以上三句说，鸟已展翅高飞于青天之外，猎人虽有射具，亦无以施其计。比喻归隐之后，统治者再也无从施展其迫害的手段。

[7] 坎：八卦之一，象征水。坎止，谓遇险而止。

[8] 心会：心领神会。

[9] 骑鲸：扬雄《羽猎赋》：“乘巨鳞，骑京（鲸）鱼。”后用以指文人隐遁或游仙。这里是指陶渊明死后。

[10] 赏音稀：谓赞赏钦佩的知音稀少。

满江红　吴潜

豫章滕王阁

万里西风，吹我上、滕王高阁。正槛外、楚山云涨，楚江涛作。何处征帆木末去[1]，有时野鸟沙边落。近帘钩、暮雨掩空来，今犹昨。　秋渐紧，添离索[2]；天正远，伤飘泊。叹十年心事，休休莫莫[3]。岁月无多人易老，乾坤虽大愁难著。向黄昏、断送客魂消，城头角。

【品读】

滕王阁在江西南昌市（豫章）赣江之滨。唐永徽四年（653），唐高祖之子、唐太宗之弟滕王李元婴都督洪州时所建。被称为江南三大楼阁之一。上元二年（675），诗人王勃经过这里，即席作《滕王阁序》，形容尽致，文采灿然，成为千古传诵的名篇。

吴潜于宋理宗端平年间（1234—1236）因直言进谏，被贬为江西转运副使兼知隆兴府。本篇大约作于此时。词的上片描叙作者迎着秋风秋雨登上高阁眺望，下片抒发去国离乡、壮志蹉跎的愁苦之情。全篇的格调和意境，与辛弃疾的登临抒感之作都很相似。

【注释】

[1] 征帆：远行的船。 木末：树梢。这句说，遥望天边，远行的船儿仿佛从树梢驶过。

[2] 离索："离群索居"的略语，孤独寂寞的意思。

[3] 休休莫莫：算了，罢了。对仕途表示失望的意思。

水龙吟 辛弃疾

过南剑双溪楼

举头西北浮云[1]，倚天万里须长剑[2]。人言此地，夜深长见，斗牛光焰[3]。我觉山高，潭空水冷，月明星淡。待燃犀下看，凭栏却怕，风雷怒，鱼龙惨[4]。 峡束苍江对起，过危楼、欲飞还敛[5]。元龙老矣[6]，不妨高卧，冰壶凉簟[7]。千古兴亡，百年悲笑，一时登览[8]。问何人又卸[9]，片帆沙岸，系斜阳缆[10]？

【品读】

南剑即南剑州，州治在今福建南平市。双溪楼即双溪阁，在南平城东，剑溪和樵川两条溪水在此汇流成潭。

这首词是辛弃疾任职福建期间，经过南平，登双溪楼时所作。上片通过宝剑化龙的传说，抒发作者渴望手挥长剑，扫清万里阴霾，收复中原山河的雄心壮志。同时又以"风雷怒，鱼龙惨”暗喻投降派像潜藏在水中的妖怪一样，兴风作浪，阻挠破坏抗金大计的实现。下片由登楼眺望而引起“千古兴亡”的感叹，流露出年华虚度、壮志难酬、“不妨高卧”的退隐思想，反映了词人当时的内心矛盾。

【注释】

[1] 举头西北浮云：抬头远望，西北天空被浮云所遮。暗喻中原故国被金人侵占。

[2] 倚天长剑：传说中靠在天边的长剑。这句是说，扫清浮云，须用倚天万里的长剑。意即收复中原，平定天下要靠武装斗争。

[3] 斗牛：指二十八宿中的斗宿和牛宿，即北斗星和牵牛星。以上三句说，人们传说，这里夜深时常常看见有股光焰直冲北斗、牵牛二星。

[4] 燃犀：传说点燃犀牛角，可以照见种种怪物。据《晋书·温峤传》：“（峤）至牛渚矶，水深不可测，世云其下多怪物。峤遂毁犀角而照之。须臾，见水族覆火，奇形异状，或乘马车著赤衣者。”以上四句说，本想点燃犀牛角到潭底察看，寻找宝剑，可是倚栏沉思，又怕水中的怪物鱼龙兴风作浪。

[5] 峡：两山夹水的地方。　束：约束。　苍江：深绿色的江水。　危楼：高楼，指双溪楼。　敛：收缩。这两句说，青苍的江水受两岸山峦的制约，流经双溪楼下时好像要奔腾飞泻，但终于还是平静下来，缓缓注入潭中。

[6] 元龙：三国时人陈登，字元龙，被称为湖海之士。这里是作者自指。

[7] 簟：竹席。

[8] 登览：登高远望。

[9] 卸：解下。

[10] 缆：系船的绳子。

水调歌头　李昴英

题斗南楼和刘朔斋韵[1]

万顷黄湾口[2]，千仞白云头[3]。一亭收拾[4]，便觉炎海豁清秋。潮候朝昏来去，山色雨晴浓淡，天末送双眸。绝域远烟外[5]，高浪舞连艘。　风景别，胜滕阁[6]，压黄楼[7]。胡床老子[8]，醉挥珠玉落南州[9]。稳驾大鹏八极[10]，叱起仙羊五石[11]，飞佩过丹丘[12]。一笑人间世，机动早惊鸥[13]。

【品读】

此阕为登临题咏之作。斗南楼遗址在今广州，建于徽宗建中靖国年间，原为道观中的一座建筑。作者李昴英，字俊明，广东番禺人，理宗宝庆二年（1226）进士，官至吏部侍郎。这首词是他陪友人刘朔斋登楼眺望时的和韵之作。词的上片描绘眼前所见雄奇壮阔，富有地方特色的景物；下片盛赞高楼，神驰幻想，表达了作者对家乡"南州"的热爱之情。词语疏快，意境壮美，结合神话传说，再现了当年五羊之城的风采。

【注释】

[1] 刘朔斋：刘震孙，号朔斋，蜀人，官终礼部侍郎、中书舍人。

[2] 黄湾口：在今广州东郊黄埔，为珠江出海口湾。

[3] 白云：白云山，在广州北郊，由三十多座山峰组成，主峰摩星岭，山顶常有白云飘绕，故名。是广州著名的风景胜地。

[4] 一亭：指斗南楼。收拾：摆开。这里是耸立着的意思。

[5] 绝域：极远的地方。

[6] 滕阁：指滕王阁。

[7] 黄楼：指黄鹤楼。

[8] 胡床：亦称"交床""交椅""绳床"，一种可以折叠的轻便坐具。胡床老子，指晋人庾亮。这里是以庾亮比喻刘朔斋。

[9] 珠玉：比喻精美的文辞。这里是指刘朔斋的原词。

[10] 八极：最边远的地方。《淮南子·墬形训》："天地之间，九州八极。"

[11] 仙羊五石：据《太平寰宇记》，传说周夷王时，有五个仙人，骑着口衔六支谷穗的五只羊降临楚庭（广州古名），把谷穗赠给州人，并祝州人永无饥荒。仙人言毕隐去，羊化为石。故广州又称羊城。

[12] 丹丘：亦作"羽人丘"，为神话传说中仙人居住的地方。

[13] 机动：机心萌动。这句用"鸥鹭忘机"的典故。据《列子·黄帝》，古时海上有好鸥者，每日从鸥鸟游，鸥鸟至者以百数。其父说："吾闻鸥鸟皆从汝游，汝取来吾玩之。"次日至海上，鸥鸟舞而不下。这句是说，机心一动，鸥鸟便惊飞远避了。

霜天晓角　辛弃疾

赤　壁

雪堂迁客[1]，不得文章力[2]。赋写曹刘兴废，千古事，泯陈迹[3]。　望中矶岸赤，直下江涛白[4]。半夜一声长啸，悲天地，为予窄[5]。

【品读】　赤壁原名赤鼻，亦称赤鼻矶，在黄州（今湖北黄冈）城西门外。断岩临江，突出下垂，色呈赭赤，形似悬鼻，因而得名。苏轼贬居黄州时常游此地，写下了前、后《赤壁赋》和《念奴娇·赤壁怀古》等名篇。为了和三国时期“赤壁之战”的赤壁相区别，清康熙年间重修时定为“东坡赤壁”。这首词是辛弃疾在湖北任职期间写的。作者游览赤壁，缅怀苏轼，抒发了壮志难酬的悲愤。辛弃疾和苏轼都有远大的抱负而不得施展，他们所处的时代虽然不同，但境遇相似，思想感情也有很多相通之处。此阕结拍“半夜一声长啸，悲天地，为予窄”与李白的“大道如青天，我独不得出”一样，表达了封建社会有理想、有才能的志士受压抑、遭排斥的不平之情。

【注释】

[1] 雪堂：苏轼贬居黄州时所建，又名两赋堂。　迁客：被贬谪之人，指苏轼。

[2] 不得文章力：文章虽然写得好，却无济于事，生活道路还是坎坷不平。

[3] 泯（mǐn 敏）：消灭。以上三句说，苏轼赤壁怀古，感叹曹操和刘备的盛衰兴亡，可是千年的史迹早已泯灭，无处可寻。

[4] 矶：水边突出的岩石，这里是指赤鼻矶。以上两句说，眼前赤色的石壁矗立岸边，奔流直下的江水激起层层波涛和白色的浪花。

[5] 长啸：长声吼叫。以上三句说，半夜里忽然一声吼叫，可悲呵，高天厚地为什么对我（们）显得如此狭窄呢！

水调歌头　辛弃疾

和马叔度游月波楼[1]

客子久不到，好景为君留[2]。西楼着意吟赏，何必问更筹[3]！唤起一天明月，照我满怀冰雪，浩荡百川流[4]。鲸饮未吞海，剑气已横秋[5]。　野光浮，天宇迥，物华幽[6]。中州遗恨[7]，不知今夜几人愁？谁念英雄老矣，不道功名蕞尔，决策尚悠悠[8]！此事费分说，来日且扶头[9]。

【品读】

此词大约作于淳熙五年（1178）秋，辛弃疾任湖北转运副使时。月波楼，在黄州（今湖北黄冈）西北城上。这是一首意境壮阔、寄慨遥深的登临题咏之作。从结构上看，上下两片均可分为二层。上片即景抒情。“客子”四句为第一层，记作者与友人在月波楼上吟诗赏月。“唤起”五句为第二层，写酒后豪情满怀，壮志勃发。下片叙事述怀。“野光浮”五句为第一层，由月下眺望联想到中原人民盼望恢复的愁苦心情。“谁念”五句为第二层，说北伐无期，抗金理想难以实现。全词情景交融，体现了作者忧国忧民的思想，感情悲壮苍凉，表达了对投降政策的无限愤慨。

【注释】

[1] 马叔度：生平事迹不详。

[2] 客子：旅居外乡的人，作者自谓。

[3] 西楼：指月波楼。　着意：用心，这里作尽情解。　更筹：古代夜间计时报更的竹签，这里指时间。这两句说，在月波楼上尽情吟诗赏月吧，何必去管它几时几刻哩！

[4] 唤起：召来。　满怀冰雪：形容胸怀坦荡，光明磊落，像冰雪一样洁白。这三句说，让满天月光照着我冰清玉洁的坦荡胸怀，此时心事浩茫，如千百条江河滚滚奔流。

[5] 鲸饮：形容酒量很大，如鲸鱼吞吸海水一样。　剑气：宝剑的光芒，这里是指豪气、壮志。　横

秋：充塞秋日的天空，形容豪气横放遒劲。

[6] 迥：辽远。这三句说，旷野里月光在闪耀，天空显得格外辽阔深远，美好的景物使人觉得更加清幽。

[7] 中州遗恨：指金兵入侵，中原沦陷，北宋灭亡。

[8] 蕞尔：微小的意思。 悠悠：形容时间很长。这三句说，当权者谁也不管英雄志士已经逐渐衰老，他们尚未能为国建立大功，而北伐抗金的决策，还是遥遥无期。

[9] 此事：指国家大事，收复中原、统一祖国的事业。 费分说：难以分辨说清。 扶头：古时谓卯时（清晨）饮酒为扶头酒。这两句说，北伐大计未决，此事难说清楚，明天只能继续饮酒浇愁。

贺新郎　宋自逊

题雪堂

唤起东坡老。问雪堂、几番兴废，斜阳衰草？一月有钱三十块，何苦抽身不早！又底用、北门摛藻[1]。僭雨蛮烟添老色[2]，和陶诗、翻被渊明恼[3]。到底是，忘言好[4]。　周郎英发人间少。谩依然、乌鹊南飞，山高月小[5]。岁月堂堂留不住，此世何时是了？算不满、英雄一笑。我有丰淮千斗酒，把新愁、旧恨都倾倒。三弄笛[6]，楚天晓[7]。

【品读】

湖北黄冈县长江之滨，有一处著名的古迹——“东坡赤壁”，是北宋大文豪苏轼被贬黄州时撰写千古绝唱《念奴娇·赤壁怀古》的地方。雪堂又名两赋堂，为苏轼所建，是他当年在贬谪流放生活中饮酒、读书、赋诗之处。赤壁的建筑历经兴废，屡毁屡建，至今犹存。本篇是南宋词人宋自逊（大约与戴复古同时）游览赤壁，为怀念苏轼而写的。词从雪堂的兴废写起，用谈心的方式，对东坡的生平遭遇表示同情和理解，同时也提出了一些疑问。作者对苏轼历经坎坷仍积极用世的人生态度持有异议，问他“何苦抽身不早”，不能急流勇退？从表面上看是对苏轼的微词，实际上是以委婉曲折的方式对现实表示不满。词意含蓄，耐人寻味。

【注释】

[1] 北门：唐代禁卫军分南北衙，“北门”即指北衙。这里用来代指朝廷、官府。　摛藻：铺张辞藻。这句是说，在朝做官，弄墨舞文又有什么用呢！

[2] 儋（dān 单）：儋县，在海南岛西北部、北门江流域，苏轼曾贬官于此。　蛮烟：指南方的瘴疠之气。蛮，我国古代对南方各族的泛称，这里是指海南岛。

[3] 和陶诗：苏轼曾写过大量和陶渊明的诗作。这句意为：东坡虽然写了不少和陶诗，但未能辞官隐居，没能理解陶诗的真意，所以如果渊明有知的话，一定会生你的气。

[4] 忘言：“得意忘言”的省略语，意为对某种事物或理论懂得了其中的道理，而忘记了它的语言词句。这里是少说为佳的意思。

[5] 乌鹊南飞：苏轼《前赤壁赋》中所引曹操诗句。　山高月小：苏轼《后赤壁赋》中词句。

[6] 三弄笛：谓吹笛。琴曲有《梅花三弄》，这里是泛指乐曲。

[7] 楚天：南方的天空。湖北古为楚国之地，故云。

水调歌头　张孝祥

过岳阳楼作

湖海倦游客[1]，江汉有归舟。西风千里，送我今夜岳阳楼。月落君山云气[2]，春到沅湘草木[3]，远思渺难收。徙倚阑干久，缺月挂帘钩。　雄三楚[4]，吞七泽[5]，隘九州[6]。人间好处，何处更似此楼头？欲吊沉累无所[7]，但有渔儿樵子，哀此写离忧。回首叫虞舜[8]，杜若满芳洲[9]。

【品读】

岳阳楼，湖南岳阳西门城楼，高三层，雄伟壮观，下瞰洞庭湖，碧波千里，遥望君山，气象万千。相传原为三国吴将鲁肃训练水师的阅兵台，唐时改建，宋滕子京重修，范仲淹为作《岳阳楼记》，名声益大，是我国江南三大著名楼阁之一。张孝祥于乾道五年（1169）结束宦游生活，请祠东归。同年春天，作者离开荆州（今湖北江陵）任所，沿江而下。一日黄昏，舟过岳阳，乘兴登楼而赋此词。上片写倚栏所见，下片抒怀古之情。全篇寓情于景，境界壮阔，寄托了很深的感慨，读来饶有韵致。

【注释】

[1] 倦游客：倦于宦游之人。

[2] 君山：又名湘山，亦称洞庭山，在湖南岳阳市西南洞庭湖中。传说舜帝二妃娥皇、女英曾居此。一说秦始皇南巡泊此，故名君山。君山茶叶，名闻天下。

[3] 沅湘：沅江和湘江，湖南境内的两条大河。这里是泛指宋代行政区域荆湖南路。

[4] 三楚：古地区名。秦汉时分战国楚地为东、西、南三楚，包括今长江中下游一带。这里是指今湖南地区而言。

[5] 七泽：泛指湖南地区的湖泊沼泽。

[6] 九州：中国上古行政区划，后来以九州泛指中国。

[7] 沉累：亦作湘累，指屈原忧愤国事，自沉汨罗江而死。累，无罪被迫而死。

[8] 虞舜：我国古代传说中的部落联盟领袖。姚姓，有虞氏，名重华，史称虞舜。

[9] 杜若：多年生草本植物，别称竹叶莲，夏季开白花。

柳梢青 戴复古

岳阳楼

袖剑飞吟[1]。洞庭青草[2]，秋水深深。万顷波光，岳阳楼上，一快披襟[3]。不须携酒登临。问有酒、何人共斟？变尽人间，君山一点[4]，自古如今。

【品读】

本篇为登楼抒感之作。上片写纵目远眺，意气豪迈，境界壮阔，描绘出一派碧波万顷的洞庭秋色。下片慨叹江山依旧，人事全非，抒发深感寂寞孤独的苦闷心情。两片感情形成强烈反差，但都是围绕着登岳阳楼而发，因而意脉贯串，首尾照应，使读者感到自然浑成，表现出流畅奔放、豪健轻快的艺术风格。

【注释】

[1] 袖剑：袖中藏着短剑。

[2] 青草：湖名，在湖南岳阳市西南，与洞庭湖相通。

[3] 披襟：敞开衣襟。

[4] 君山：在洞庭湖中。

减字木兰花 夏 倪

宣和庚子登浯台作。山水奇秀，殆非中州所有。

江涵晓日，荡漾波光摇桨入。笑指浯溪，漫叟雄文锁翠微[1]。休嗟不偶[2]，归到中州何处有？独立风烟，湘水浯台总接天。

【品读】

浯台原作峿台，在湖南祁阳县城西南浯溪之滨。浯溪源出松山，东北流入湘江，山清水秀，天地生成，一木一石，别饶雅趣。唐诗人元结爱其胜景，寓居溪畔，命其溪曰浯溪，并建峿台、庴庼，各撰铭文，篆书，刻于山石之上，后人称为“三吾”。元结又将上元二年（761）所撰《大唐中兴颂》请当时著名书法家颜真卿写成楷书大字，镌刻于江边崖石上。因文、书、岩均奇，故有“三绝”之称。宋徽宗宣和二年（1120），夏倪在湖南任祁阳监酒时，游浯溪，登浯台，并写了这首词。上片写迎着晨光，泛舟浯溪的情景。下片赞美浯溪风光，认为回到中原难得见到这样的奇山异水。小词言简意明，流露了作者随缘自适，善于领略自然风光的情怀。

【注释】

[1] 漫叟：唐诗人元结，字次山，号漫叟。 雄文：指元结的《大唐中兴颂》。 翠微：青翠的山气，代指青山。

[2] 不偶：不遇。

水调歌头　袁去华

定王台

雄跨洞庭野，楚望古湘州[1]。何王台殿，危基百尺自西刘[2]。尚想霓旌千骑[3]，依约入云歌吹，屈指几经秋！叹息繁华地，兴废两悠悠。　登临处，乔木老，大江流。书生报国无地，空白九分头。一夜寒生关塞，万里云埋陵阙[4]，耿耿恨难休。徙倚霜风里，落日伴人愁。

【品读】

定王台，传为西汉定王刘发所筑，遗址在湖南长沙市浏城桥附近。刘发，景帝子，公元前155年封于长沙，因封地距长安遥远，故筑台以望其母。其遗址今为长沙市图书馆。

本篇约作于袁去华在善化（治所在今长沙市）任县令期间。深秋傍晚，词人登台观览，即兴命笔，写下了这首辞情并茂的佳作。上片先写定王台所处的地理形势，接着用设问作答点题，自然引出怀古之情。下片移情入景，抒发报国无路、壮志难酬的悲慨。全篇画面壮阔，意境雄浑，音调苍凉，表达了作者深挚的爱国情怀。

【注释】

[1] 楚望：指湖南一带。望，唐宋时州、县的等级名。 湘州：古州名，西晋永嘉元年（307）置，治所在临湘（今长沙市）。

[2] 西刘：谓西汉。

[3] 霓旌：绘有云霓的彩旗，古代帝王出行时所用的一种仪仗。

[4] 陵阙：皇帝的陵墓及其门楼。这里是指北宋历代皇帝的陵墓。古人常以陵阙代指国家的命脉所在。以上两句暗寓金兵入侵，中原沦陷，北宋覆亡。一夜之间，寒流滚滚，敌兵大举进攻，万里中原，黑云遮天，黯然无光。

水调歌头　曾宏正

临桂水月洞[1]

风月无尽藏[2]，泉石有膏肓[3]。古今桂岭奇胜，骚客费平章[4]。不假鬼谋神运[5]，自是地藏天作[6]，月魄镇相望[7]。举首吸空翠，赤脚踏沧浪[8]。　惊龙卧[9]，攀栖鹘[10]，翳鸾凰[11]。秋爽一天凉露，桂子更飘香。坐我水精宫阙，呼彼神仙伴侣，大杓挹琼浆[12]。主醉客起舞，今夕是何乡！

【品读】

“桂林山水甲天下”，象鼻山是桂林著名的风景之一。山在阳江和漓江汇流处，状如巨象伸鼻吸水，故名。山下有一水月洞，是由象鼻和象身形成的圆洞，江水贯流其间，小船可由此通过。宋人蓟北处士曾赋诗咏赞说：“水底有明月，水上明月浮；水流月不去，月去水还流。”洞内外崖壁上有不少石刻，都是极为珍贵的文物古迹。曾宏正于宋理宗时出任广西判官，后升任转运使。此阕是淳祐三年（1243）九月，作者在桂林与吴湜、李可道等游水月洞时所写。词中盛赞桂林山水，称它是“地藏天作”，大自然的赐予，历代骚人墨客为之流连忘返，题咏不绝。词人亲临其境，纵情放歌，“举首吸空翠，赤脚踏沧浪”，陶醉于如诗如画的奇异风光之中。词的笔势飘逸，意境优美，富于感情色彩，是桂林山水的一曲颂歌。

【注释】

[1] 临桂：县名，今属广西桂林市。
[2] 无尽藏（zàng 葬）：佛家语，意为无尽的宝藏。
[3] 膏肓：本为中医学名词，谓人体部位药物不至之处。这里是比喻人迹罕至之处。
[4] 骚客：文人。 平章：品评。
[5] 不假：无须凭借。
[6] 地藏天作：意谓天造地设，自然生成。
[7] 月魄：月初生或圆而始缺时不明亮的部分，亦泛称月。 镇：长久。
[8] 沧浪：青苍色，水色。这里是代指江水。
[9] 惊龙卧：桂林市东七星山有龙隐洞，传为老龙隐居之处。
[10] 鹘（hú胡）：隼科飞鸟。
[11] 翳：遮蔽。
[12] 杓：俗称勺子。 挹：舀，汲取。 琼浆：美酒。

减字木兰花　黄庭坚

登巫山县楼作

襄王梦里[1]，草绿烟深何处是？宋玉台头[2]，暮雨朝云几许愁[3]？　　飞花漫漫，不管羁人肠欲断[4]。春水茫茫，欲度南陵更断肠[5]。

【品读】

本篇是作者出蜀途经四川巫山时所作。在巫山县城西北半里许的高都山上，有楚阳台的遗址。相传为楚襄王与巫山神女幽会之处。宋玉在其《神女赋》和《高唐赋》中记述了这段传说故事，此后有“巫山云雨”之说。后人在遗址上建神女庙和高唐观，供游客凭吊观览。词人登上巫山城楼，眺望阳台故址，即景生情，写了这首怀古抒感之作。

【注释】

[1] 襄王梦里：指楚襄王与神女梦中幽会之事。宋玉《高唐赋》：“昔者先王尝游高唐，怠而昼寝，梦见一妇人曰：‘妾巫山之女也，为高唐之客。闻君游高唐，愿荐枕席。’”

[2] 宋玉台：指巫山县城西北之楚阳台。

[3] 暮雨朝云：指巫山神女。

[4] 羁（jī基）人：离家在外之人。当时作者被贬谪蜀中。

[5] 南陵：古县名，在今安徽省东南部。这里是泛指江南一带。

望江南　何令修

登龙脊，抚剑一长歌。巫峡峰高腾凤鹤[1]，夔门波阔失蛟鼍[2]。东望意如何？

【品读】

在四川云阳城南张飞庙前的长江之中，伏卧着一块东西长约200米、宽约10米的石梁。冬春季节，水落石出，宛若龙脊，人称龙脊石。石上刻有自北宋元祐三年（1088）以来，历代游人的诗文、题记170余段，其中不少具有书法艺术价值，也是记录长江水文历史的珍贵资料。

何令修，四川仁寿人，约生活于南宋孝宗淳熙年间。据《历代词人考略》引石刻拓本，作者于1177年冬，奉命东下，途经云阳，独游龙脊石，为赋此词，刻之崖壁，并附题记一则。这首小词，言短意长，以朴质凝练的语言，歌颂了龙脊石和三峡奇险雄丽的风光。结句含而不露，耐人寻味。

【注释】

[1] 这句形容巫山奇峰如凤凰、仙鹤展翅腾飞。

[2] 蛟：古代传说一种能发洪水的动物，一说为无鱼之龙。鼍：即扬子鳄，俗称猪婆龙。

忆秦娥 曾觌

邯郸道上望丛台有感

风萧瑟，邯郸古道伤行客[1]。伤行客，繁华一瞬，不堪思忆。　从台歌舞无消息，金尊玉管空尘迹。空尘迹，连天草树，暮云凝碧[2]。

【品读】

丛台在河北邯郸市内。相传是战国时赵武灵王为观看军事操演和歌舞而建。台前翠柏夹道，沿石阶而上，进门壁上嵌有“滏流东渐，紫气西来”八个大字。登临眺望邯郸古城，楼阁园林，湖光山色，尽收眼底。丛台现已扩建为公园，为冀南著名的游览胜地。曾觌于孝宗乾道年间，以贺金正旦副使和贺金国尊号副使两次出使金国。这首词是他使金途中，路过邯郸，望丛台有感而作。词写邯郸道上的见闻，色彩凄迷，声情悲凉，表达了怀古伤时的情怀，受李白《忆秦娥》(箫声咽)的影响很明显。

【注释】

[1] 行客：远行之人，作者自指。

[2] 暮云凝碧：形容日落时晚霞消散，暮云像碧玉一样凝聚成一块。

爱国情怀

江城子 苏轼

密州出猎

老夫聊发少年狂。左牵黄[1]，右擎苍[2]。锦帽貂裘[3]，千骑卷平冈[4]。为报倾城随太守，亲射虎，看孙郎[5]。 酒酣胸胆尚开张。鬓微霜，又何妨！持节云中[6]，何日遣冯唐[7]？会挽雕弓如满月[8]，西北望，射天狼[9]。

【品读】

本篇作于神宗熙宁八年（1075），当时作者在密州（今山东诸城）任知州。这是宋人较早抒发爱国情怀的一首豪放词，在题材和意境方面都具有开拓意义。前阕叙事，后阕抒情，气势雄豪，淋漓酣畅，一洗绮罗香泽之态，读之令人耳目一新。首三句直出会猎题意，次写围猎时的装束和盛况，然后转写自己的感想：决心亲自射杀猛虎，答谢全城军民的深情厚谊。过片以后，叙述猎后开怀畅饮，并以魏尚自比，希望能够承担起卫国守边的重任。结拍直抒胸臆，抒发杀敌报国的豪情：总有一天，我要把弓弦拉得像满月一样，射掉那贪残成性的"天狼星"，将西北边境上的敌人统统一扫而光。

这首词在偎红倚翠、浅斟低唱之风盛行的北宋词坛可谓别具一格，自成一体，对南宋爱国词有直接影响。

【注释】

[1] 牵黄：牵着黄毛猎犬。

[2] 擎苍：臂托猎鹰。犬和鹰为猎人用来追捕猎物的"助手"。

[3] 锦帽：锦蒙帽，指鲜艳华美的帽子。 貂裘：貂鼠裘，指名贵的衣裘。

[4] 千骑（jì计）：形容骑马的随从很多。骑，指一人一马。 平冈：地势平缓的山冈。

[5] 孙郎：指孙权。

[6] 持节：拿着符节。 云中：秦汉郡名，治所在今内蒙古托克托县

东北。

[7] 冯唐：汉文帝时为中郎署长。当时云中太守魏尚与匈奴作战，因上报杀敌数字与实际不符而获罪被削职。冯唐向文帝进谏，认为魏尚有功，不应为一点小错而治罪。于是文帝便派冯唐持节到云中去赦免魏尚的罪，仍旧让他担任云中太守，驻守边防，并将冯唐升为车骑都尉。

[8] 会：将要。　雕弓：饰有彩绘的弓。　如满月：形容弓弦拉开时形如圆月一样。

[9] 天狼：星名，即狼星，古人以其象征贪残、侵掠，认为狼星出现将有外敌入侵。这里是指当时的西夏和辽国。

六州歌头　贺　铸

少年侠气，交结五都雄[1]。肝胆洞[2]，毛发耸[3]，立谈中，死生同，一诺千金重[4]。推翘勇[5]，矜豪纵[6]，轻盖拥[7]，联飞鞚[8]，斗城东[9]。轰饮酒垆[10]，春色浮寒瓮[11]，吸海垂虹[12]。间呼鹰嗾犬[13]，白羽摘雕弓[14]，狡穴俄空[15]，乐匆匆。

似黄粱梦[16]，辞丹凤[17]，明月共，漾孤篷[18]。官冗从[19]，怀倥偬[20]，落尘笼，簿书丛[21]。鹖弁如云众[22]，供粗用，忽奇功。笳鼓动，渔阳弄[23]，思悲翁[24]。不请长缨[25]，系取天骄种[26]，剑吼西风。恨登山临水，手寄七弦桐[27]，目送归鸿[28]。

【品读】

贺铸仕途坎坷，怀才不遇，虽有报国之心，却不能见用于世，一生屈沉下僚，晚境尤为凄凉。本篇自叙平生经历，以苍劲的笔调为词人的自我形象描绘了一幅生动的写照。上片追忆青年时期豪纵不羁的游侠生活，换头以后抚今思昔，感慨万千。结尾用深沉的音调，唱出了壮志难酬的悲歌。词中所抒发的请缨无路的愤懑之情，在北宋末年强敌窥视、民族矛盾日趋尖锐的时代具有振聋发聩的积极意义。词的风格悲壮慷慨，句短韵密，声情并茂，“雄姿壮彩，不可一世”（夏敬观《手批东山词》），与南宋爱国词人张孝祥的同调之作可以比美，为宋人《六州歌头》中的两首绝唱。

【注释】

[1] 五都：五座大都市。历代所指不同，汉以洛阳、邯郸、临淄、宛、成都，唐以长安、洛阳、凤翔、江陵、太原为五都。这里是泛指宋代国内的各大都市。

[2] 肝胆洞：肝胆相照，意气相通。洞，洞察，通晓。

[3] 毛发耸：毛发高耸，形容侠士的豪迈气概。

[4] 一诺千金重：形容言而有信。

[5] 推翘勇：被推举为最勇敢、杰出的人物。翘，特出的意思。

[6] 矜豪纵：对豪放不羁的生活感到很自负。

[7] 轻盖拥：即拥轻盖的意思。盖，车盖，这里指车子。

[8] 联飞鞚：并辔而驰。鞚，有嚼口的马络头，这里指马。

[9] 斗城：汉代长安城南形似南斗，城北形似北斗，故称为斗城。这里是指北宋都城开封。

[10] 轰饮：狂饮。

[11] 春色浮寒瓮：酒坛子里散发出扑鼻的香气。春色，指酒而言。

[12] 吸海垂虹：形容酒量极大，像长虹在大海里吸水一样。

[13] 嗾（sǒu 叟）：使犬声。

[14] 白羽：箭名。

[15] 狡穴：狡兔的巢穴，泛指野兽藏身之处。

[16] 黄粱梦：唐沈既济传奇小说《枕中记》载，卢生在邯郸客店遇道士吕翁给他一枕，睡后入梦享尽荣华富贵，一觉醒来，店主人蒸的小米饭却还没熟。

[17] 丹凤：唐长安宫阙有丹凤门，故称丹凤城。这里是指北宋都城汴京。

[18] 漾孤篷：驾着一叶孤舟，漂荡于江湖。

[19] 官冗从：担任闲散的随从小官。

[20] 怀倥偬（kǒng zǒng 孔总）：情怀苦闷。倥偬，困苦貌。

[21] 簿书丛：忙于簿录文书工作。簿书，官署中的文书。

[22] 鹖弁（hé biàn 禾变）：即鹖冠，插有鹖毛的武士之冠。鹖鸟好斗，至死不却，武士冠插鹖毛，以示英勇。这里是指下级武官而言。

[23] 渔阳弄：鼓曲名。

[24] 思悲翁：汉《铙歌十八曲》之一。

[25] 长缨：长绳。《汉书·终军传》：“军自请，愿受长缨，必羁南越

王而致之阙下。”

[26] 天骄种：即天之骄子。《汉书·匈奴传》载，匈奴单于自称为“天之骄子”。

[27] 七弦桐：即七弦琴。琴以桐木制成，故称。

[28] 目送归鸿：眼望南归的大雁。

贺新郎　张元干

寄李伯纪丞相[1]

曳杖危楼去[2]。斗垂天[3]，沧波万顷，月流烟渚[4]。扫尽浮云风不定，未放扁舟夜渡[5]。宿雁落、寒芦深处。怅望关河空吊影[6]，正人间、鼻息鸣鼍鼓[7]。谁伴我，醉中舞[8]？　十年一梦扬州路[9]。倚高寒、愁生故国，气吞骄虏[10]。要斩楼兰三尺剑[11]，遗恨琵琶旧语[12]。谩暗涩、铜华尘土[13]。唤取谪仙平章看[14]，过苕溪、尚许垂纶否[15]？风浩荡，欲飞举[16]。

【品读】

此词约作于绍兴八年（1138）前后。当时在投降派秦桧等人的策划下，宋金和议已成定局，朝廷中主张抗战、反对投降的人纷纷上书对秦桧及其同伙加以揭露和谴责。于是在南宋政权内部展开了一场主张投降和反对投降的激烈斗争。此时李纲虽已被排斥出朝廷，但当他了解到这一严重的事态后，也毅然上书，表明了自己反对议和的态度。当权者不但没有听取他的意见，反而将他罢归福建长乐。张元幹闻知此事后，满怀义愤，写了这首词对李纲表示敬仰和支持，鼓励他继续为反对“骄虏”、光复“故国”而斗争。词的上片写景，描绘月夜登楼所见，境界壮阔，情调悲凉，暗喻局势艰难动荡，当权者醉生梦死，爱国志士孤立无援，国家已经处于危急存亡之秋。下片融情入景，对朝廷执行妥协投降政策、排斥抗战派，英雄无用武之地，表示无比悲愤。结尾处振悲起兴，希望李纲不要消极隐退，应当满怀豪情壮志，气冲霄汉，去夺取反侵略、反投降斗争的最后胜利。此词意境阔大，慷慨悲壮，大义凛然，标志着词从酒筵歌席、啼香怨粉的樊篱中挣脱出来，开始进入政治斗争的舞台。

【注释】

[1] 李伯纪：李纲字伯纪，南宋初年抗战派的代表人物，建炎元年（1127）曾出任宰相，后被投降派排斥，长期受到贬谪。

[2] 曳（yè叶）杖：拖着手杖。　危楼：高楼。

[3] 斗垂天：北斗星悬挂在天空。

[4] 月流烟渚（zhǔ主）：月光洒在烟水迷茫的沙洲上。

[5] 未放句：是说风急浪大，不能乘船来和你会面。

[6] 吊影：形影相吊，表示孤独无依。

[7] 鼻息鸣鼍（tuó陀）鼓：鼻息如雷的意思。鼍，即扬子鳄。鼍皮可以做鼓。这句隐含投降派醉生梦死之意。

[8] 这两句说无人陪我夜半闻鸡起舞。这是用东晋祖逖和刘琨中夜闻鸡起舞的典故。

[9] 十年句：十年前，即建炎元年（1127）。这年宋高宗在南京（今河南商丘）称帝，用李纲为相，后被投降派排斥罢职。金兵大举南侵，扬州被焚，宋高宗匆匆南逃。

[10] 倚高寒：在高楼上凭栏眺望，感到寒气侵人。　故国：指中原地区。　骄虏：指骄横的金兵。

[11] 要斩：即腰斩。　楼兰：汉西域国名。汉傅介子出使西域，设计刺死为匈奴做间谍的楼兰王。傅介子因功封侯。这里是以楼兰指金，以傅介子喻李纲等主战派。

[12] 遗恨句：用王昭君出塞事。汉元帝时以王昭君出嫁匈奴单于，表示汉朝与匈奴和好。这里借昭君和亲事谴责南宋当局对金屈膝投降。

[13] 谩：徒然。　暗涩：形容铜上生锈，黯然无光。涩，一作“拭”。华，同“花”。剑上的锈痕像花一样。这句是以宝剑不用而生锈，比喻英雄无用武之地。

[14] 谪仙：唐人称李白为天上谪仙人。李纲有“李白乃吾祖”的诗句。这里是以李白借指李

纲。 平章：评论。

[15] 苕溪：在浙江省境内，是南宋文人学士隐居、游赏的风景区。 纶：钓鱼用的丝线。这句说，在国家危亡之际，难道能去过隐居垂钓的生活吗？

[16] 欲飞举：想乘风高飞。这两句说，正是风云激荡的时候，应当乘风高举，奋发有为，为国立功效命。

贺新郎 张元幹

送胡邦衡谪新州 [1]

梦绕神州路[2]。怅秋风、连营画角[3]，故宫离黍[4]。底事昆仑倾砥柱[5]，九地黄流乱注[6]，聚万落千村狐兔[7]？天意从来高难问[8]，况人情老易悲难诉[9]。更南浦[10]，送君去。　凉生岸柳催残暑，耿斜河[11]，疏星淡月，断云微度[12]。万里江山知何处？回首对床夜语[13]。雁不到，书成谁与[14]？目尽青天怀今古，肯儿曹恩怨相尔汝[15]！举大白[16]，听金缕[17]。

【品读】

宋高宗绍兴八年（1138），枢密院编修官胡铨上书反对朝廷议和投降，要求将秦桧等投降派斩首示众。结果反而被贬昭州，后因舆论反对，改监广州盐仓。绍兴十二年（1142），胡铨再次被贬新州。这时作者正寓居福州，当他听到这一消息后，满怀义愤，特意备酒为胡铨送别，并赋此词进行鼓励，以壮行色。这是一首送别词，全篇关合时事，表达了作者对国事的关切和对投降派的愤恨，是一首慷慨悲壮的政治抒情诗。词的上片，通过梦游中原，反映金兵入侵给祖国大地所带来的深重灾难。下片集中抒写临别时的依依难舍之情，勉励友人振作精神，继续和投降派进行斗争。词的时代气息很浓，反映了南宋初年小朝廷内部爱国和投降两种势力的激烈斗争，爱憎十分鲜明。在秦桧专权误国的时代，张元幹敢于开风气之先，用长短句来抒发爱国激情，揭露和谴责投降派，这对促进南宋词风的变化无疑起了促进作用。

【注释】

[1] 胡邦衡：胡铨，字邦衡，号澹庵，庐陵（今江西吉安市）人。新州：今广东新兴县。

[2] 神州：古代称中国为赤县神州，这里指中原沦陷区。

[3] 画角：古代军中的号角，因饰有彩绘，故称“画角”。

[4] 故宫：指北宋都城汴京（今河南开封市）的皇宫。　离黍：《诗经·王风·黍离》首句曰：“彼黍离离。”黍，小米；离离，繁茂貌。旧说周室东迁后，周大夫行役经过故都，见宫廷废墟上长满离离的禾黍，于是写此诗哀悼周王朝的衰落。后人常以“黍离”或“离黍”比喻乱世。

[5] 底事：何事，为什么。这里是合用昆仑天柱与黄河砥柱的倾折，比喻北宋王朝的覆亡。

[6] 九地：九州之地，遍地的意思。黄流乱注：黄河之水到处乱流，泛滥成灾，比喻金兵入侵给国家和人民造成的灾祸。

[7] 狐兔：比喻金兵。

[8] 天意：上天的旨意，暗指皇帝的意图。　难问：难测，不可理解。

[9] 人情老易悲难诉：谓人到老年，容易产生悲凉之感，难以向人倾诉。

[10] 南浦：泛指送别的地方。浦，水边。

[11] 耿：明亮。　斜河：银河斜转，表示夜深。

[12] 断云：片云。　微度：慢慢地飘过。

[13] 对床夜语：同宿夜话。白居易《雨中招张司业宿》：“能来同宿否？听雨对床眠。”

[14] 雁不到：大雁不到的地方。相传雁能传书，但到衡阳回雁峰便不再往南飞了。胡铨被贬广东新州，在衡阳以南，所以说是雁飞不到的地方。　谁与：托谁寄给你呢？这句说别后关山阻隔，书信难通。

[15] 儿曹：儿辈。　相尔汝：形容彼此你我相称，非常亲昵的样子。

[16] 大白：酒杯名。

[17] 金缕：《金缕曲》，《贺新郎》的别名。

石州慢 张元幹

己酉秋，吴兴舟中作[1]

雨急云飞，惊散暮鸦，微弄凉月。谁家疏柳低迷[2]，几点流萤明灭。夜帆风使，满湖烟水苍茫，菰蒲零乱秋声咽[3]。梦断酒醒时，倚危樯清绝[4]。　心折[5]。长庚光怒[6]，群盗纵横，逆胡猖獗。欲挽天河[7]，一洗中原膏血。两宫何处[8]？塞垣只隔长江[9]，唾壶空击悲歌缺[10]。万里想龙沙[11]，泣孤臣吴越[12]。

【品读】

建炎三年（1129），金兵不断进犯南宋，相继攻陷青州、沧州、鄜州、磁州及南京（今河南商丘）等地。宋高宗赵构仓皇渡江南逃，形势十分危急。同年秋天，作者避难途中经过吴兴，月夜舟中有感国事而赋此词。上片描绘舟中所见，展现出一幅凄迷衰败的秋夜景色，黑云翻滚，骤雨初歇，惊鸦飞散，残月在天，疏柳低迷，流萤明灭，烟水苍茫，菰蒲零乱，一切都显得十分黯淡凄凉，从而暗示出险恶动乱的政局形势。下片抒写作者的忧国之情，表达驱逐敌寇、迎回两宫、收复中原的强烈愿望。

【注释】

[1] 己酉：指宋高宗建炎三年（1129）。吴兴：今浙江湖州市。

[2] 低迷：模糊的样子。

[3] 菰（gū姑）蒲：均为浅水植物。菰，嫩茎可食，俗称茭白。蒲，即水杨，嫩蒲亦可食。

[4] 危樯：很高的桅杆。

[5] 心折：心碎，内心极为悲痛。

[6] 长庚：即金星。我国古代把早晨出现于东方天空的金星叫作启明星，黄昏出现于西方天空的金星叫作长庚星。

[7] 天河：即银河。杜甫《洗兵马》："安得壮士挽天河，净洗甲兵长不用。"

[8] 两宫：指宋徽宗赵佶和宋钦宗赵

桓，二人均被金兵掳至北方。

[9] 塞垣：边界。

[10] 唾壶：承唾液的器具。这里是借以表达作者的悲愤之情。

[11] 龙沙：白龙堆沙漠，在今甘肃和新疆之间。这里借指徽、钦二帝被囚禁的塞外之地。

[12] 孤臣：孤立无助的臣子，作者自谓。 吴越：古代的吴国和越国，今江苏、浙江一带。

苏武令 李纲

塞上风高[1]，渔阳秋早[2]，惆怅翠华音杳[3]。驿使空驰，征鸿归尽，不寄双龙消耗[4]。念白衣、金殿除恩[5]，归黄阁、未成图报[6]。 谁信我、致主丹衷[7]？伤时多故，未作救民方召。调鼎为霖[8]，登坛作将，燕然即须平扫[9]。拥精兵十万，横行沙漠，奉迎天表[10]。

【品读】

本篇作于南宋初年，时值金兵大举进犯，徽、钦二帝被掳，中原沦陷，民生涂炭，国势处于风雨飘摇之中。作者面对严酷的现实，直抒胸臆，表达了爱国忠君的情怀和济世救民的抱负。他强烈希望能“拥精兵十万，横行沙漠，奉迎天表”，承担起拯危亡、挽狂澜，重整宋室山河的历史责任。据说这首词南渡以后曾广为流传，在爱国军民中引起了强烈的反响。

【注释】

[1] 塞上：边境线上。

[2] 渔阳：古郡名，战国燕置。隋唐时曾先后改玄州、蓟州为渔阳郡，治所在今天津蓟县。这里是泛指北方。

[3] 翠华：皇帝仪仗中用翠鸟羽毛作装饰的一种旗子。

[4] 双龙：指徽、钦二帝。

[5] 白衣：或谓白身，旧指无功名、无官职的人。 除恩：指授官。

[6] 黄阁：汉代丞相、太尉和汉以后的三公官署避用朱门，厅门涂黄色，以区别于天子，称为黄阁。建炎初，李纲曾短期官至宰相。

[7] 丹衷：丹心、衷情。

[8] 调鼎：以鼎之调味，比喻宰相治理天下。 霖：指干旱时的大雨。

[9] 燕然：即杭爱山，在今蒙古国境内。

[10] 天表：天子的仪表，这里是指宋徽宗赵佶和宋钦宗赵桓。

满江红　韩世忠

万里长江，淘不尽、壮怀秋色。漫说道、秦宫汉帐，瑶台银阙[1]。长剑倚天氛雾外[2]，宝弓挂日烟尘侧。向星辰、拍袖整乾坤，难消歇。　龙虎啸，风云泣；千古恨，凭谁说？对山河耿耿，泪沾襟血。汴水夜吹羌笛管[3]，鸾舆步老辽阳月[4]。把唾壶敲碎问蟾蜍[5]，圆何缺？

【品读】

韩世忠为南宋四大名将之一，久经沙场，战功卓著。本篇表达了作者痛愤山河破碎、决心重整乾坤的豪情壮志。词的语言朴质，境界雄阔，感情深挚，与民族英雄岳飞的两首《满江红》情调相同，反映了建炎、绍兴年间还我河山、收复中原的时代要求，具有鼓舞士气民心的积极意义。

【注释】

[1] 瑶台：雕饰华丽、结构精巧的楼台。 银阙：玉石建筑的宫阙。这里是指故都汴京的楼台宫殿。

[2] 长剑倚天：或作倚天长剑，神话中靠在天边的长剑。语出宋玉《大言赋》："方地为车，圆天为盖，长剑耿耿倚天外。"

[3] 汴水：古水名，指今河南荥阳西南索河。隋开通济渠，因中间自今荥阳至开封一段就是原来的汴水，故唐宋人遂将通济渠东段称为汴水、汴河或汴渠。北宋亡

后，不久湮废。

[4] 鸾舆：有鸾铃的车子，指皇帝的车驾。

[5] 唾壶：承唾液的器具。 蟾蜍：俗称癞蛤蟆。传说月中有蟾蜍，故用为月的代称。

满江红 岳飞

写怀

怒发冲冠[1]，凭栏处、潇潇雨歇[2]。抬望眼，仰天长啸，壮怀激烈。三十功名尘与土，八千里路云和月。莫等闲，白了少年头，空悲切。 靖康耻[3]，犹未雪；臣子恨，何时灭？驾长车、踏破贺兰山缺[4]。壮志饥餐胡虏肉，笑谈渴饮匈奴血[5]。待从头、收拾旧山河，朝天阙[6]。

【品读】

岳飞的《满江红·写怀》是一首气壮山河、传诵千古的名篇。词中体现了作者大无畏的英雄气概，洋溢着爱国主义的激情。上片通过雨后凭栏眺望，抒写作者为国杀敌立功的豪情壮怀，下片表达词人雪耻复仇、重整乾坤的伟大抱负。全篇情辞慷慨，激昂悲壮，既是战斗的誓言，又如进军的号角，振奋士气，催人奋进，在当时具有巨大的鼓舞作用，对后世产生了深远的影响。其中名句“莫等闲，白了少年头，空悲切”，至今仍可作为中华儿女的座右铭。

【注释】

[1] 怒发冲冠：愤怒时头发直竖，上冲帽子。

[2] 潇潇：风雨之声。 歇：停止。

[3] 靖康耻：指靖康二年（1127），金兵攻陷汴京，掳走徽、钦二帝，中原沦丧，北宋亡国的奇耻大辱。靖康，宋钦宗赵桓的年号。

[4] 贺兰山：亦名阿拉善山，在今宁夏和内蒙古交界处。这里是泛指边塞关山。

[5] 胡虏、匈奴：均泛指敌人。

[6] 天阙：天子宫殿前的楼观。朝天阙，朝见皇帝。

满江红 岳飞

登黄鹤楼有感[1]

遥望中原，荒烟外、许多城郭。想当年、花遮柳护，凤楼龙阁。万岁山前珠翠绕[2]，蓬壶殿里笙歌作[3]。到而今、铁骑满郊畿[4]，风尘恶[5]。 兵安在？膏锋锷[6]；民安在？填沟壑[7]。叹江山如故，千村寥落[8]。何日请缨提锐旅[9]？一鞭直渡清河洛[10]！却归来、再续汉阳游，骑黄鹤。

【品读】

本篇存有岳飞手书墨迹，收于近人徐用仪所编《五千年来中华民族爱国魂》卷端照片。据《宋史·岳飞传》，绍兴三年（1133）秋，叛将李成进犯襄阳一带。次年岳飞奉命率兵进讨，收复襄阳等六郡。岳飞认为北伐时机已到，于是上书朝廷，奏请“以精兵二十万，直捣中原，恢复旧疆”。这首词可能是作者驻军鄂州，登黄鹤楼时的抒怀之作。

词的上片从登楼眺望中展开画面，展现出中原大好河山在金兵铁骑蹂躏下，一片凄凉的景象。下片前六句紧承上片结拍，进一步说明国家正处于危急存亡之秋，广大军民付出了惨重的牺牲。最后呼吁朝廷下诏北伐，实现光复中原、统一祖国的愿望。全词充分体现出岳飞忧国忧民的思想和对抗金斗争满怀必胜的信心。可惜“一鞭直渡清河洛”的理想未能实现，英雄却蒙受不白之冤，含恨九泉，令人愤惋泣下。

【注释】

[1] 黄鹤楼：故址在今湖北省武汉市蛇山的黄鹤矶头。相传始建于三国吴黄武二年（223），历代屡毁屡建。唐宋时为游览胜地，崔颢、李白及陆游等均有题诗。

[2] 万岁山：即艮岳，宋徽宗宣和四年（1122）五月建成的一座假山，在汴京城东北，消耗了大量的民力财力。周围十余里，最高处九十尺，楼阁亭台不计其数，奇花异石应有尽有。

[3] 蓬壶殿：疑指北宋汴京皇宫内的蓬莱殿。

[4] 郊畿（jī机）：指汴京附近地区。

[5] 风尘：比喻战乱。

[6] 膏（gào告）：滋润。作动词用。锷（è鄂）：剑刃。

[7] 沟壑：溪谷。《淮南子·说山训》："大蔡神龟，出于沟壑。"引申指野死之处。

[8] 寥落：稀疏荒凉。

[9] 请缨：请求出兵杀敌报国。缨，绳子。　锐旅：精锐的部队。

[10] 河洛：黄河和洛水。

满江红　祝允哲

和岳元帅述怀

仗尔雄威，鼓劲气、震惊胡羯[1]。披金甲、鹰扬虎奋[2]，耿忠炳节。五国城中迎二帝[3]，雁门关外捉金兀[4]。恨我生、手无缚鸡力，徒劳说。　　伤往事，心难歇；念异日，情应竭。握神矛、闯入贺兰山窟[5]。万世功名归河汉，半生心志付云月。望将军、扫荡登金銮[6]，朝天阙。

【品读】

这首词见于近年在浙江江山发现的《须江郎峰祝氏族谱》。须江为江山的古名，郎峰祝氏是唐宋时期当地的世家大族。祝允哲是北宋绍圣年间兵部尚书、太子少保、都督征讨大元帅、上柱国宣国公祝臣之子。祝允哲曾随徽宗御驾亲征，靖康元年（1126）钦宗敕授大制参，督理江广粮饷，提督荆襄军务。岳飞被捕后，祝允哲曾上疏高宗，以全家七十余口性命乞保岳飞（见《南开学报》1986年第6期《岳飞〈满江红·写怀〉新证》引《祝氏族谱》)。《族谱》中还载有岳飞的《满江红》原作，题为“与祝允哲述怀”。据《族谱》载，此词作于绍兴三年（1133)。明代以后广为流传的《满江红·写怀》，可能是岳飞在参考了祝允哲的和词以后重新加以修改写成的。这一材料的发现对解决《满江红·写怀》一词的作者问题，提供了有力的证据。

词中对岳飞给予崇高的评价和热情的鼓励，希望他振雄威，秉忠节，披金甲，握神矛，以大无畏的英雄气概，“闯入贺兰山窟”，扫荡敌寇，迎还二圣，为国家民族建立万世不朽的功业。辞情慷慨，语言豪壮，不假雕饰，直抒胸臆，洋溢着爱国激情，表达了作者对民族英雄岳飞的敬佩，并对他寄予殷切的期望，读来鼓舞人心。

【注释】

[1] 胡羯：古代对西北各族的泛称，这里是指金人。羯，古族名，曾附属于匈奴，魏晋时散居上党郡（今山西潞城一带）。

[2] 鹰扬虎奋：形容威武勇猛。

[3] 五国城：古城名。今黑龙江省依兰以东至乌苏里江口的松花江，辽时两岸有剖阿里、盆奴里、奥里米、越里笃、越里吉等五国部落归附，设节度使领之，称为五国城。其中越里吉即在今依兰，称为五国头城。宋徽宗被金人所俘，囚死于此。 二帝：指宋徽宗赵佶和宋钦宗赵桓。

[4] 雁门关：在山西省代县北部，为长城重要关口之一。 金兀：即兀术，一作乌珠，即完颜宗弼，金大将。

[5] 贺兰山：亦名阿拉善山，在今宁夏与内蒙古交界处。这里是泛指。

[6] 金銮：殿名，这里是代指朝廷宫殿。

“多少英雄沉草野”，把国家引到了日暮途穷的境地。形势虽然严酷，但作者并未陷入悲观绝望，认为只要朝廷改弦易辙，做到知彼知己，认真筹划安边之计，那么危急的国势还是可以挽回的。他恳切地呼吁南宋当局赶快“起诸葛，总戎事”，让那些有才能、懂军事的爱国志士来主持抗金复国大计。这首词以议论为主，一气贯注，见解卓识，语言泼辣，风格明快，虽有用典，但不隐晦，毫无顾忌，可谓大胆恣肆，淋漓酣畅，在南宋后期爱国词作中别具一格。

【注释】

[1] 玉林：南宋词人黄昇，字叔旸，号玉林，建安人，著有《散花庵词》，曾编选《花庵词选》。

[2] 知彼须知此：《孙子·谋攻》：“知彼知己，百战不殆。”

[3] 筹边：筹划边境防卫之事。 攻守规模：进攻和防守的格局、部署。

[4] 云何则是：说什么才好呢？

[5] 愔愔（yīn音）：寂静无声的样子。

[6] 廉李：战国时赵国名将廉颇和李牧。

[7] 燕坐：闲坐。燕，同“宴”。 江沱：指江南地区。沱，本指长江的支流沱水。 蹙（cù促）：迫促危急。

[8] 枉楦（xuàn炫）朝家紫：谓朝廷大员，身着紫袍，徒有其表，里面却是一块木头。楦，即楦头，用来填塞或撑大物体的木制模型。如用楦头楦鞋子。朝家，朝廷，国家。紫，紫衣，封建时代大官穿的衣服。

[9] 用：被任用，指出仕。 舍：不被任用，指退隐。这两句说，现在当权的腐儒，无论做官或退隐，都无济于事，无补于国。

[10] 黄芦：枯黄的芦草。 白苇：芦苇开白花，故称。

[11] 长淮：指淮河。 篱落：即篱笆，引申为防卫工事。

[12] 残垒：残破不堪的堡垒。

[13] 读父兵书：据《史记·廉颇蔺相如列传》，赵国的将军赵括没有军事才能，只靠读其父赵奢的兵书炫耀自己，这句揭露当时主兵事者不懂战略战术，没有实战经验，不足倚靠。

[14] 击楫：中流击楫的简语，用祖逖北伐击楫中流事。

[15] 诸葛：指三国时隐居隆中的诸葛亮 总戎事：主持军机大事。

满庭芳 邵缉

落日旌旗，清霜剑戟，塞角声唤严更[1]。论兵慷慨，齿颊带风生[2]。坐拥貔貅十万[3]，衔枚勇[4]，雪槊交横[5]。笑谈顷[6]，匈奴授首[7]，千里静欃枪[8]。　荆襄，人按堵[9]，提壶劝酒，布谷催耕。芝夫荛子[10]，歌舞威名。好是轻裘缓带，驱营阵、绝漠横行[11]。功谁记，风神宛转[12]，麟阁画丹青[13]。

【品读】

邵缉，字公序，号荆溪，生活在两宋交替之际。明陈霆《渚山堂词话》谓："岳武穆驻师鄂州，纪律严明，路不拾遗，秋毫无犯，军民胥乐，古名将莫能加也。有邵公序者，薄游江湘，道其管内，因作《满庭芳》赠之。"其时，作者已经年过古稀，出于对抗金名将的敬仰，老诗人满怀激情，写了这首歌颂民族英雄的诗篇。词中不仅赞扬了岳飞熟谙兵机、从严治军、英勇无敌的军事才能，而且肯定了他爱护百姓的高尚品德。荆襄地区的人民在战乱中得以安居乐业，纷纷"提壶劝酒"，来慰劳威名远扬的岳家军。这些描写在《宋史·岳飞传》中都有记载，诚如《鄂王遗事》所云："此词句句缘实，非寻常谀词也。"

【注释】

[1] 塞角：边塞的角声，这里指军营中的号角。

[2] 齿颊带风生：形容谈话时激昂慷慨，见解深刻。以上两句是说岳飞议论军事，谈锋犀利，见解精辟，听了使人感到痛快。

[3] 貔貅：猛兽名。这里是指勇猛的士兵。

[4] 衔枚：枚，形如箸，两端有带，可系于颈上，古代进军袭击敌人时，常令士兵衔在口中，以防喧哗。

[5] 雪槊：雪亮的长矛。一作"云槊"。

[6] 顷：顷刻，时间很短。

[7] 授首：被杀。

[8] 欃枪：彗星的别称。古人以这种星为妖星，出现即有兵乱。

[9] 按堵：同“安堵”，安居的意思。

[10] 芝夫荛子：野老樵夫。

[11] 绝漠：极远的沙漠。

[12] 风神：风采神韵。　宛转：委婉曲折。这里是形容神态自若，从容不迫。

[13] 麟阁：即麒麟阁。汉代阁名，汉宣帝时曾画霍光等十一位功臣像于阁上，以表扬其功绩。后多以“麒麟阁”或“麟阁”表示卓越的功勋和最高的荣誉。丹青：中国古代绘画中常用的两种颜色。这里是指画像。

念奴娇　黄中辅

炎精中否[1]，叹人材委靡，都无英物[2]。胡马长驱三犯阙[3]，谁作长城坚壁？万国奔腾[4]，两宫幽陷[5]，此恨何时雪？草庐三顾[6]，岂无高卧贤杰！　天意眷我中兴[7]，吾皇神武[8]，踵曾孙周发[9]。河海封疆俱效顺，狂虏何劳灰灭？翠羽南巡[10]，叩阍无路[11]，徒有冲冠发。孤忠耿耿，剑铓冷浸秋月[12]。

【品读】

此词作于南宋初年，题于邮亭壁间（或谓题于吴江桥上）。作者黄中辅，号槐卿，浙江义乌人，是一位孤忠耿耿的爱国志士。当时金兵大举进犯，中原沦丧，徽、钦二帝被掳，高宗即位后便仓皇南逃，形势十分危急。词中对敌军犯境深表愤慨，希望朝廷广开贤路，起用豪杰志士，振我国威，扫灭狂虏，洗雪国耻，光复宋室基业。同时也抒发了有心报国、无路请缨的悲愤心情，表达了当时广大军民对南宋小朝廷的强烈不满。

【注释】

[1] 炎精：太阳的别称。引申为国运。 中否：是否处于正中。
[2] 英物：英雄人物。
[3] 胡马：指金兵。 阙：皇宫前面两边的门楼，代指京城。
[4] 万国：天下、四面八方。
[5] 两宫：指宋徽宗和宋钦宗，当时都被俘虏囚禁在北方。
[6] 草庐三顾：用刘备三顾茅庐请诸葛亮出山的事。
[7] 眷：顾念，爱护。
[8] 吾皇：指宋高宗赵构。
[9] 踵：追随。 曾孙周发：指周武王姬发，继承文王未竟之业，灭商兴周。
[10] 翠羽：用翠鸟羽毛装饰的旗帜，指皇帝的仪仗。
[11] 阍：宫门。
[12] 铓：锋尖。

江城子　赵彦端

上张帅[1]

春风旗鼓石头城。急麾兵[2]，斩长鲸[3]。缓带轻裘[4]，乘胜讨蛮荆[5]。蚁聚蜂屯三十万[6]，争面缚[7]，向行营。　舳舻千里大江横[8]。凯歌声，犬羊惊[9]。尊俎风流[10]，谈笑酒徐倾。北望旄头今已灭[11]，河汉淡，两台星[12]。

【品读】

本篇大约作于孝宗隆兴元年（1163）前后。词题中的“张帅”，指抗战派老将张浚。当时正值金主完颜亮南侵失败不久，张浚“起废复用”，积极筹划北伐，一时军威大振，出现了有利于抗金斗争的形势。后因符离兵败，投降派卷土重来，南宋统治者又回到了妥协投降、苟且偷安的老路上去了。此词当作于符离兵败以前，张浚亲临建康督师北伐之时。作者满怀豪情，称赞张帅指挥若定，希望迅速进兵，一鼓作气，将金兵赶出中原；祝愿他旗开得胜，面缚敌酋，班师庆功，使南北同胞早日团聚。词的语言明快，气势豪迈，充满了胜利的信心，洋溢着爱国主义的激情，是一篇鼓舞人心的佳作。

【注释】

[1] 张帅：指张浚。

[2] 麾兵：指挥军队。麾，古代用以指挥军队的旗帜。

[3] 长鲸：比喻强大的敌人。

[4] 缓带轻裘：儒将的装束。

[5] 蛮荆：本指湖广一带未开化的地区，这里是借指金国。

[6] 蚁聚蜂屯：形容敌兵为乌合之众，如蚂蚁聚成一堆，像蜂子挤在一起。

[7] 面缚：当着我军之面，自缚请降。

[8] 舳舻千里：形容战船很多。舳，船后持舵处。舻，船前头刺棹处。

[9] 犬羊：对敌人的蔑称。

[10] 尊俎：盛酒食的餐具，这里是指酒宴。

[11] 旄头：星名，即昴宿。古人以为旄头特别亮的时候，预兆有战事发生。这句说敌人被消灭，战争已停止。

[12] 两台星：指参商二星。这两句说，天河澄清了，参商二星同时出现在天空。比喻南北同胞的团聚。

汉宫春 陆游

初自南郑来成都作

羽箭雕弓，忆呼鹰古垒[1]，截虎平川。吹笳暮归野帐，雪压青毡。淋漓醉墨，看龙蛇、飞落蛮笺[2]。人误许、诗情将略，一时才气超然。　何事又作南来？看重阳药市[3]，元夕灯山[4]。花时万人乐处，欹帽垂鞭[5]。闻歌感旧，尚时时、流涕尊前。君记取、封侯事在，功名不信由天。

【品读】

本篇作于乾道九年（1173），此时陆游刚刚从南郑前线来到成都。作者不愿安居后方，流连光景，希望重返边防，为国杀敌立功。词中通过今昔对比，抒发了志在抗金救国的理想和抱负。上片由“忆”字领起，追叙从戎南郑时期刺虎行猎、雪夜野营、酒后草书的豪迈生活，流露出对那段峥嵘岁月的无限怀念之情。下片描写当前闲散、落寞的处境，换头处用设问句过渡，意脉不断，衔接十分自然。结拍两句“君记取、封侯事在，功名不信由天”，笔锋振起，以高昂的声调收住，表现了对建功立业的高度自信。

【注释】

[1] 古垒：古代战地的营垒。
[2] 龙蛇：这里是指草书。 蛮笺：指四川出产的彩色笺纸。
[3] 药市：贩卖药材的集市。
[4] 元夕：旧历正月十五，即元宵节，又称灯节。
[5] 攲（qī 欺）帽：歪戴着帽子。

桃源忆故人 陆游

题华山图[1]

中原当日三川震[2]，关辅回头煨烬[3]。泪尽两河征镇[4]，日望中兴运。 秋风霜满青青鬓，老却新丰英俊[5]。云外华山千仞[6]，依旧无人问。

【品读】

这首词是陆游晚年的作品。诗人看到画中那壁立千仞、高耸入云的华山雄姿，又激起了他怀念中原大好河山的深情。他要为西岳唱一支赞歌，为巍峨的华山题一首词。可是写些什么呢？提笔在手，不觉心潮澎湃、热血沸腾。当年金兵入侵，占我河山、荼毒生灵的惨剧突然涌现在眼前。如今中原沦陷已经数十年，故土仍在敌寇铁蹄蹂躏之下，有志之士能不为之悲愤填膺？于是他奋笔疾书，写成此阕。词中没有对画上的图景进行详细描述渲染，只用结拍两句点题，全篇是写由观画而引起的联想和感叹。词的篇幅不长，但容量很大。其中既有对历史的回顾，也有对现实的透视；既写了入侵者和投降派，又写了中原义士和人民，展示出广阔的社会生活画面。词的风格悲壮，意象飞动，大开大阖，运笔自如，字里行间洋溢着深厚的爱国激情。在古代题画诗词中别具一格，堪称佳作。

【注释】

[1] 华山：古称西岳，在陕西省华阴市南，为中国名山之一。

[2] 三川：指泾水、渭水、洛水，均源出于岐山，故称三川。　震：谓地震。《国语·周语上》："幽王二年，西周三川皆震。"

[3] 关辅：京城附近地区，这里泛指中原沦陷区。关，谓关中。辅，指三辅。汉代于长安及其附近置京兆、左冯翊、右扶风三郡，称为三辅。　煨烬：化成灰烬。

[4] 两河：指黄河南北。　征镇：汉魏以来，设东、西、南、北四个征将军和四个镇将军，合称征镇。这里指中原地区的抗金义士和人民武装。

[5] 新丰英俊：唐马周未遇时，在新丰旅舍为人所轻，后太宗用为监察御史，官至中书令。新丰，古镇名，在今陕西临潼东北。

[6] 仞：古代以八尺为一仞。千仞，极言其高。

定风波　王　质

赠　将

问讯山东窦长卿，苍苍云外且垂纶[1]。流水落花都莫问。等取，榆林沙月静边尘[2]。　江面不如杯面阔。卷起，五湖烟浪入清尊[3]。醉倒投床君且睡。却怕，挑灯看剑忽伤神。

【品读】

南宋统治集团一贯执行妥协投降政策，使许多爱国志士特别是像辛弃疾一类从山东、河北等地起义来归的英雄豪杰，受到排斥打击，不能尽展其才，在抑郁愤懑中度过了一生。本篇是作者题赠给一位被迫闲居山林的爱国将领的。词中对这位将军怀才不遇、壮志未酬的生活遭遇深表同情，希望他不要过于悲伤，保重身体，等待时机，终有一天会奔赴沙场，去为消灭敌寇，安定边境，光复中原而战斗。词语浅近，寄意遥深，表达了作者对抗金英雄的深刻理解和热切期望。

【注释】

[1] 纶：较粗的丝线，常指钓丝。垂纶，即垂钓的意思。

[2] 榆林：泛指边塞。古代北方边塞多植榆树，故称“榆塞”。 边尘：边境上的尘埃，代指战事。

[3] 五湖：五个湖泊的总称，所指不一。一说为洞庭、鄱阳、太湖、巢湖、洪泽，或谓为太湖的别名。这里是泛指水滨。 尊：酒杯。

水调歌头 张孝祥

闻采石战胜[1]

雪洗虏尘静[2]，风约楚云留[3]。何人为写悲壮，吹角古城楼？湖海平生豪气[4]，关塞如今风景，剪烛看吴钩[5]。剩喜燃犀处，骇浪与天浮[6]。　忆当年，周与谢[7]，富春秋[8]。小乔初嫁，香囊未解[9]，勋业故优游。赤壁矶头落照，肥水桥边衰草[10]，渺渺唤人愁。我欲乘风去，击楫誓中流[11]。

【品读】

宋高宗绍兴三十一年（1161）九月，金主完颜亮大举南侵，宋军仓皇溃退。十一月，中书舍人参谋军事虞允文在采石矶指挥宋军，背水一战，大败金兵，取得了巨大的胜利。此时作者正在安徽宣城一带，当他听到采石之战胜利的消息后，不禁欢欣鼓舞，挥笔写下了这首气概豪迈的爱国之作。词中将采石之战与赤壁之战和淝水之战相比，充分肯定了这次战役的历史意义，同时指出中原河山尚待恢复，自己决心“击楫誓中流”，奔赴前线，为统一祖国而战。全篇格调高昂，音节振拔，意境壮阔，洋溢着爱国激情，读之令人鼓舞。

【注释】

[1] 采石：采石矶，原名牛渚矶，在今安徽省马鞍山市长江东岸，为牛渚山突出长江而成，江面较狭，形势险要，自古为江防重地。本篇别本题作“和庞佑父”。

[2] 虏尘：指金人的兵马。

[3] 约：约束。　留：羁留。这句谓词人当时正羁留于宣城一带。

[4] 湖海平生豪气：意谓平生志在江湖沧海，豪纵不羁的气概。

[5] 吴钩：弯头宝刀。

[6] 剩喜：更喜。　燃犀处：指牛渚矶。

[7] 周与谢：指周瑜和谢玄。

[8] 富春秋：谓春秋正富，即年富力强的意思。

[9] 香囊：指谢玄少年时事。

[10] 肥水：即淝水，为淮河支流，流经安徽寿县一带。东晋时谢安指挥谢玄等曾在此击溃前秦苻坚数十万大军。

[11] 击楫誓中流：据《晋书·祖逖传》，祖逖北伐，“渡江，中流击楫而誓曰：‘祖逖不能清中原而复济者，有如大江！’”楫，划船的短桨。

六州歌头　张孝祥

长淮望断[1]，关塞莽然平[2]。征尘暗[3]，霜风劲，悄边声[4]，黯销凝[5]。追想当年事[6]，殆天数[7]，非人力。洙泗上[8]，弦歌地[9]，亦膻腥[10]。隔水毡乡[11]，落日牛羊下[12]，区脱纵横[13]。看名王宵猎[14]，骑火一川明[15]。笳鼓悲鸣[16]，遣人惊[17]。　　念腰间箭，匣中剑，空埃蠹[18]，竟何成？时易失，心徒壮，岁将零[19]。渺神京[20]，干羽方怀远[21]，静烽燧[22]，且休兵。冠盖使[23]，纷驰骛[24]，若为情[25]！闻道中原遗老，常南望、翠葆霓旌[26]。使行人到此，忠愤气填膺[27]，有泪如倾！

【品读】

宋孝宗隆兴元年（1163），张浚奉命督师北伐。由于投降派的反对、阻挠和宋军将领间的不和，结果兵溃符离，北伐受挫。当权者下令撤毁两淮边备，决定与金人“议和”投降。这时张孝祥在建康（今江苏南京市）任留守。相传这首词是在一次宴席上写的，张浚听后感动得为之“罢席而入”（《朝野遗记》）。词的上片写登高眺望，描绘淮河南北边防线上的惨淡景象，揭示出金兵的猖狂活动。下片抒发报国无门、壮志难酬的悲愤，谴责当权者恃和苟安、误国误民的罪行。全篇将写景、叙事、抒情和议论有机结合在一起，从时间上看写的是从白天到夜晚一天之内所发生的事情；就形象而论，既写了敌人、投降派，也写了中原遗民和爱国志士，画面有实有虚，笔势纵横开阖，较为深刻全面地反映了当时的社会历史面貌。在宋人长调中是一首豪放悲壮的杰作。

【注释】

[1] 长淮：指淮河，当时为宋、金东部的南北分界线。　望断：望到看不见，即远望的意思。

[2] 关塞：边防上的险关要塞。　莽然：草木茂盛貌。

[3] 征尘：路上的尘土。

[4] 边声：指边塞上的风声、草木声、军号声、笳鼓声、马嘶声等。

[5] 黯销凝：黯然销魂凝思，形容因感伤而陷入沉思的样子。

[6] 当年事：指靖康年间金兵南侵，中原沦陷，北宋灭亡的事件。

[7] 殆：或者，也许。 天数：天意。

[8] 洙泗：古代鲁国的两条河，流经曲阜，孔子曾在这里聚徒讲学。这里是泛指中原地区。

[9] 弦歌：弹琴唱歌，古代礼乐相结合，孔子讲学时常弹琴和乐歌唱。

[10] 膻腥：牛羊的腥臭味。当时金人以游牧为主，故以此相讥。这里是指中原沦陷于金。

[11] 毡乡：古代北方少数民族多住在毡帐里，故称其所居之地为毡乡。这里是说淮河以北都变成了金人聚居之地。

[12] 落日牛羊下：太阳落山，牛羊下坡回栏。

[13] 区（ōu 欧）脱：古代少数民族在边防上构筑的土屋，作为侦察防守的据点。这里是指金人的哨所。

[14] 名王：古代北方少数民族对贵族头领的称呼。这里是指金兵将帅而言。 宵猎：晚上打猎，这里指夜巡。

[15] 骑（jì记）火：骑兵打着火把。

[16] 笳：军中乐器，即胡笳。

[17] 遣：使。

[18] 空埃蠹：白白地积满尘埃，被虫子蛀蚀。

[19] 岁将零：一年将尽。

[20] 神京：此指南宋都城临安（今浙江杭州市）。

[21] 干羽：盾牌和雉羽，古代两种舞具。这句讽刺南宋统治者对金妥协求和。

[22] 烽燧：古代边防有警，在高台上点燃烟火作为报警。白天燃烟称燧，夜晚举火谓烽。

[23] 冠盖使：穿着官服、乘坐车马的使臣。这里指与金议和的使臣。

[24] 纷驰骛：纷纷奔驰忙碌。

[25] 若为情：何以为情。

[26] 翠葆霓旌：指皇帝的车驾。翠葆，用翠羽装饰的车盖。霓旌，绘有云霓的彩旗。

[27] 填膺：塞满胸怀。

浣溪沙 张孝祥

霜日明霄水蘸空[1]，鸣鞘声里绣旗红[2]。淡烟衰草有无中。 万里中原烽火北，一尊浊酒戍楼东[3]。酒阑挥泪向悲风[4]。

【品读】

本篇别本题为“荆州约马奉先登城楼观塞”，是作者任职荆州时写的。上片状景，描绘登楼所见。起句“霜日明霄水蘸空”从远处着笔，境界阔大、恢宏，将秋高气爽、丽日晴空、水天一色的景象刻画得极为壮丽。二、三两句，由远及近，有声有色地展现出一幅边塞秋日练兵图。下片感怀，抒发忧国之情。过片两句对偶工稳，意蕴深沉，表达了词人痛心国土沦陷、中原不复的悲愤心情。结句以变徵之声收束全篇，读来令人心碎。

【注释】

[1] 霜日：秋天。　明霄：晴朗的天空。

[2] 鞘（qiào 俏）：藏刀、剑的套子。鸣鞘声，指从鞘里取刀、剑所发出的声音。　绣旗：锦绣的军旗。

[3] 尊：酒杯。　戍楼：边境上的城楼。

[4] 酒阑：酒尽。　悲风：凄厉的风。

水龙吟　阎苍舒

少年闻说京华[1]，上元景色烘晴昼。朱轮画毂[2]，雕鞍玉勒[3]，九衢争骤[4]。春满鳌山[5]，夜沉陆海，一天星斗。正红毬过了，鸣鞘声断，回鸾驭、钧天奏[6]。　谁料此生亲到，十五年、都城如旧[7]。而今但有，伤心烟雾，萦愁杨柳。宝箓宫前[8]，绛霄楼下[9]，不堪回首。愿皇图早复，端门灯火[10]，照人还又。

【品读】

据《金史·交聘表》，阎苍舒于孝宗淳熙年间，以试吏部尚书使金，贺正旦。此词为其回程路过汴京时所作。上片回忆当年汴京欢度元宵佳节的盛况。作者虽未亲临其境，只是少年时代从前辈们的述说中了解到一些情况，但写得十分具体生动，仿佛目睹过一样，字里行间流露出对故国故都的无限怀念之情。下片叙述今日亲到“京华”，只见“都城如旧”，而人事已经全非。昔日“金翠耀目，罗绮飘香”的繁华景象早已荡然无存，如今展现在眼前的唯有那令人伤心的烟雾和使人发愁的杨柳。最后祝愿“皇图早复”，天下重归一统，宣德楼前的灯火依旧像从前那样灿烂辉煌，照着人们度过欢乐的节日。本篇是一首富有艺术感染力的爱国词作。

【注释】

[1] 京华：京城，指北宋都城汴梁。

[2] 朱轮：古代王侯贵族所乘的红色车子。　画毂（gǔ谷）：装饰华丽的车子。毂，车轮中心的圆木，代指车子。

[3] 雕鞍：雕花饰彩的马鞍。　玉勒：镶玉的马笼头。

[4] 九衢：指都城中的大路。　争骤：竞相奔驰。

[5] 鳌山：把灯彩堆叠成山，像传说中的巨鳌形状。

[6] 鸣鞘：鞭梢的响声。鞘，通“梢”。　鸾驭：皇帝的车驾。　钧天：钧天广乐的简称，指天上的音乐。这里是指皇家的音乐。这三句写皇帝元宵观灯回宫。

[7] 十五年：作者于淳熙年间使金，即在汴京沦陷后五十余年，疑“十五年”为“五十年”之误。

[8] 宝箓宫：在汴京皇宫东南角，前为景龙门，十二月预赏元夕灯火处。

[9] 绛霄楼：在汴京皇宫内。

[10] 端门：即汴京皇宫正门宣德楼的中门。

水调歌头　李处全

冒大风渡沙子

落日暝云合[1]，客子意如何？定知今日，封六巽二弄干戈[2]。

四望际天空阔，一叶凌涛掀舞[3]，壮志未消磨。为向吴儿道，听我扣舷歌。　我常欲，利剑戟[4]，斩蛟鼍[5]。胡尘未扫，指挥壮士挽天河[6]。谁料半生忧患，成就如今老态，白发逐年多。对此貌无恐，心亦畏风波[7]。

【品读】

严冬的傍晚，作者乘舟渡河，只见江上乌云翻滚，风雪交加，波涛汹涌，于是联想到当前险恶的国势，从而抒发了"斩蛟鼍""扫胡尘""指挥壮士挽天河"的豪情壮志。然而回顾自己半生的经历，抱负不能实现，如今岁月蹉跎，白发日多，内心深感悲愤忧伤。词的语言质朴遒劲，气象雄浑，上景下情，由扣舷而歌，引出后阕大段议论，过渡十分自然。

【注释】

[1] 暝云：傍晚的乌云。

[2] 封六巽二：古代传说中的雪神和风神。封六，一作"滕六"。

[3] 一叶：小船。　掀舞：指小船在波浪中颠簸。

[4] 利剑戟：把宝剑和长矛磨得更锋利。

[5] 鼍（tuó驼）：即扬子鳄，俗称猪婆龙。这里是借指敌人。

[6] 天河：即银河。

[7] 风波：双关语。既指江上的风涛波浪，也暗喻仕途险恶，朝政黑暗。

破阵子　辛弃疾

为陈同父赋壮词以寄之[1]

醉里挑灯看剑，梦回吹角连营[2]。八百里分麾下炙[3]，五十弦翻塞外声[4]。沙场秋点兵[5]。　马作的卢飞快[6]，弓如霹雳弦惊[7]。了却君王天下事[8]，赢得生前身后名[9]。可怜白发生[10]！

【品读】

本篇是辛弃疾被弹劾罢官，闲居农村期间，为鼓舞爱国志士陈亮而写的。词中以作者早年的战斗生活为基础，融合梦境与幻觉，描绘了一幅驰骋沙场、雄伟壮阔的场面，表达了渴望杀敌报国的崇高理想。词的构思不同一般，前九句以浪漫主义手法和奔腾的激情，刻画军容之盛和意气之豪，描绘出一位横戈跃马、神采飞扬的英雄战士的形象。末尾一句“可怜白发生”，翻腾陡转，顿作变调，悲凉的煞拍表现了作者报国无路的忧愤之情，深刻揭示了现实和理想难以调和的矛盾。

【注释】

[1] 陈同父：即陈亮。同父，又作同甫。

[2] 梦回：梦醒。　吹角连营：连营寨中吹起了阵阵军号声。

[3] 八百里：指牛。　麾下：部下。　炙（zhì至）：烤肉。

[4] 五十弦：指瑟，这里是泛指乐器。　翻：演奏。　塞外声：边塞音乐。

[5] 点兵：检阅部队。

[6] 的卢：一种烈性快马。

[7] 霹雳：疾雷声。这里是形容射箭时弓弦发出的响声。

[8] 了却：完成。　天下事：指平定天下，收复中原，统一国土的事业。

[9] 赢得：获取。

[10] 可怜：可惜。

贺新郎　辛弃疾

同父见和，再用韵答之

老大那堪说。似而今、元龙臭味[1]，孟公瓜葛[2]。我病君来高歌饮，惊散楼头飞雪。笑富贵、千钧如发[3]。硬语盘空谁来听[4]？记当时、只有西窗月。重进酒，换鸣瑟[5]。　事无两样人心别。问渠侬，神州毕竟，几番离合[6]？汗血盐车无人顾[7]，千里空收骏骨[8]。正目断、关河路绝[9]。我最怜君中宵舞[10]，道男儿到死心如铁。看试手，补天裂[11]！

【品读】

宋孝宗淳熙十五年（1188）冬，陈亮从浙江东阳来到江西上饶拜访辛弃疾。他们相处十日，同游鹅湖，共饮瓢泉，“长歌相答，极论世事”，意气十分相投。别后辛弃疾写了一首《贺新郎》（把酒长亭说）寄给陈亮，以表怀念之情。陈亮立即和了一首，辛弃疾读后再用原韵赋此阕以答之。本篇上片回忆鹅湖之会雪夜纵谈的情景。下片斥责投降派偏安一隅，不图进取，抒发爱国志士被投闲置散、有志难伸的悲愤。同时通过赞扬陈亮表达了作者恢复中原、统一祖国的决心。辛弃疾的爱国词作多数都写得比较含蓄曲折，而此词却劲直激切，尤其结拍音调高昂，气壮山河，落地作金石之声。

【注释】

[1] 元龙：三国时陈登的字。陈登为人豪爽，鄙视许汜那种专门“求田问舍”，只为个人利益打算，而不管天下大事的人。　臭味：气味，这里是气味相投的意思。

[2] 孟公：西汉陈遵的字。陈遵好客，在饮酒畅谈时，常强留客人，不让回去。　瓜葛：关系。这里是说和陈遵一样的好客。

[3] 千钧：形容分量很重。古代以三十斤为一钧。　如发：像毛发那样轻。

[4] 硬语：刚直的语言。

[5] 瑟：古弦乐器。换鸣瑟，这里是改变话题的意思。

[6] 渠侬：吴语自称我为侬，称他人为渠侬。　离合：指国家的分裂和统一。

[7] 汗血：良马名，产于西域大宛，传说它流的汗颜色像血一样。　盐车：运盐的车子。这句谓人才被埋没。

[8] 千里：指千里马。　骏骨：骏马的骨头。《战国策·燕策》载，燕昭王招纳贤才，郭隗给他讲了一个故事：古代有个国君派人拿千金去买千里马，使臣用五百金买了一匹死了的千里马的骨头回来。国君大怒，使臣辩解说：死马还用五百金去买，说明您愿出高价买良马，不久就会有人把千里马送上门来了。不到一年，燕昭王果然买到了三匹千里马。这句是对南宋统治者

不能举贤授能表示愤慨。

[9] 关河路绝：关山隔断，江河阻绝。指与陈亮分处两地，也含有北望中原、消息不通的意思。

[10] 中宵舞：半夜起来舞剑。

[11] 补天裂：古代神话传说女娲氏曾炼石补天。这里是指挽救危亡，实现祖国的统一。

贺新郎　辛弃疾

用前韵送杜叔高[1]

细把君诗说。怅余音、钧天浩荡[2]，洞庭胶葛[3]。千丈阴崖尘不到，惟有层冰积雪[4]。乍一见、寒生毛发。自昔佳人多薄命，对古来、一片伤心月。金屋冷，夜调瑟[5]。　去天尺五君家别[6]。看乘空、鱼龙惨淡，风云开合[7]。起望衣冠神州路[8]，白日销残战骨[9]。叹夷甫诸人清绝[10]。夜半狂歌悲风起，听铮铮、阵马檐间铁[11]。南共北，正分裂！

【品读】

这是一首送别词。杜叔高在当时也是一位有名的诗人，与辛弃疾、陈亮、叶适等均有交往。本词上片盛赞叔高之诗，以天上人间最美妙的音乐相比，并对其怀才不遇深表同情。下片针对现实，感叹国事，谴责当权者空谈误国，痛心于南北长期分裂的局面。最后四句慷慨悲壮，意境深沉，爱国之情溢于言表，艺术感染力很强。

【注释】

[1] 杜叔高：名斿（yóu 由），浙江金华人，能诗词，弟兄五人均有文名，人称“金华五高”。

[2] 钧天：“钧天广乐”的简称，古代神话传说中的天上音乐。

[3] 洞庭：传说黄帝在洞庭之野设《咸池》之乐。　胶葛：深远广阔。

[4] 阴崖：高峻阴森的山崖。这两句

形容杜叔高的诗风格冷峻奇险。

[5] 金屋：装饰华丽的屋子。传说汉武帝幼年时曾说："若得（陈）阿娇作妇，当以金屋贮之。"后来陈阿娇失宠，被打入冷宫。以上四句以自古佳人薄命，独自对月调瑟，比喻怀才不遇、知音难求。

[6] 去天尺五：唐代城南韦、杜两家权势很大，与皇帝关系密切。

[7] 风云开合：风云变幻。

[8] 神州：古代称中国为赤县神州，这里是指中原故土。

[9] 战骨：战士的尸骨。

[10] 夷甫：王衍，字夷甫，西晋末任宰相，崇尚清谈，不理政事，终于酿成亡国之祸。

[11] 铮铮：金属撞击之声。 檐间铁：古代挂在屋檐下用来测风的铁马。

清平乐 辛弃疾

独宿博山王氏庵[1]

绕床饥鼠，蝙蝠翻灯舞。屋上松风吹急雨，破纸窗间自语。 平生塞北江南[2]，归来华发苍颜[3]。布被秋宵梦觉，眼前万里江山。

【品读】

一个风雨如晦的秋夜，辛弃疾投宿于博山之下一户姓王的人家。这儿只有几间破旧的小茅屋，屋后是一片松林，环境十分荒凉冷落。词人面对此情此景，心潮起伏，百感交集，于是在孤灯之下，写成了这首寄慨遥深的小令。上片描绘环境，渲染气氛。开篇两句写室内所见：夜幕刚刚降临，一群饥饿的老鼠便窜出洞外，来到床下，奔走追逐，寻觅食物；蝙蝠也闯进屋中，围着昏暗的灯光上下飞舞。三、四两句写耳中所闻：松林里寒风呼啸，夹着雨点，不断向茅屋袭来；窗户纸被风吹破，发出呜呜的响声，好像有人在自言自语、低声悲泣一样。这四句以动态的景物和喧闹的词语，反衬环境的孤寂和冷清，写得心事沸腾，为下片抒情和刻画心理活动，做了有力的铺垫。换头两句回忆作者当年与金兵浴血奋战，为北伐奔走呼号，足迹遍及大江南北；如今被弹劾罢官，退居农村，闲着双手，抱负难以施展，不知不觉头发花白，容颜苍老，已经到了暮年。这两句自叙平生经历，语气舒缓平静，笔端却凝聚着深沉的愤慨。结拍两句画龙点睛，是全篇的核心，充分表现了词人虽处逆境，仍念念不忘中原万里河山的伟大情怀。深秋之夜，作者从梦中醒来，眼前还展现着祖国无比壮丽的河山。这里不仅刻画出一位忠贞不渝的爱国英雄的光辉形象，同时也表现了“烈士暮年，壮心不已”的可贵精神，从而使全词的思想境界得到了升华。

【注释】

[1] 博山：在今江西广丰县西南，远望如庐山之香炉峰。 庵：草屋。

[2] 塞北：一称塞外。旧指外长城以北地区。这里是泛指中国的北方。

[3] 华发苍颜：鬓发花白，容颜苍老。

永遇乐　辛弃疾

京口北固亭怀古[1]

千古江山，英雄无觅，孙仲谋处[2]。舞榭歌台[3]，风流总被[4]，雨打风吹去。斜阳草树，寻常巷陌[5]，人道寄奴曾住[6]。想当年、金戈铁马[7]，气吞万里如虎。　元嘉草草[8]，封狼居胥[9]，赢得仓皇北顾。四十三年[10]，望中犹记，烽火扬州路[11]。可堪回首，佛狸祠下[12]，一片神鸦社鼓[13]。凭谁问，廉颇老矣[14]，尚能饭否？

【品读】

宋宁宗开禧元年（1205），辛弃疾在京口任镇江知府。一天傍晚，词人登上北固亭，凭高远眺，怀古忆昔，不禁感慨万千，于是写下了这篇流传千古的爱国杰作。上片即景生情，由眼前所见而联想到两位著名的历史人物——孙权和刘裕，并对他们的英雄业绩表示无限的向往和怀念。下片换头，用南朝宋文帝刘义隆北伐失败的故事，告诫南宋当局应当做好抗金的充分准备，切不可轻敌冒进，草率出兵，接着宕开一笔，回忆四十三年前决策南归的情景。最后以廉颇自喻，希望为国建功，但又不被重用，因而满怀忧伤和苦闷。本篇沉痛悲壮，语言精练，用典虽多，但都关合时事，十分贴切。词的结构严密，层次井然，既有写景、叙事，又有议论、抒情，纵横开阖，一气贯注，思想性和艺术性达到了高度的统一。此阕是稼轩词中最有代表性的作品之一。

【注释】

[1] 京口：今江苏镇江市。 北固亭：在镇江东北北固山上。

[2] 孙仲谋：孙权，字仲谋，三国时吴帝，曾一度建都京口。

[3] 舞榭（xiè谢）歌台：歌舞的楼台。土高曰台，台上的房屋称榭。

[4] 风流：这里指英雄人物的流风余韵。

[5] 寻常巷陌：普通的街巷。

[6] 寄奴：南朝宋武帝刘裕的小名。刘裕生于京口，其旧宅在镇江城南，后来从这里起兵北伐，曾一度收复洛阳、长安等地。

[7] 金戈铁马：形容兵强马壮。

[8] 元嘉：南朝宋文帝刘义隆（刘裕之子）的年号（424—453）。 草草：轻率的意思。

[9] 封：在山上筑坛祭神。 狼居胥：山名，在今内蒙古西北部，一名狼山。汉武帝时，大将霍去病率军北击匈奴，追至狼居胥山，曾在山上筑坛祭神，庆祝胜利。

[10] 四十三年：辛弃疾于绍兴三十二年（1162）渡江南归，到写此词时，前后共四十三年。

[11] 扬州路：指当时的淮南东路，首府在扬州，辖境相当于今江苏北部和安徽东北部一带。

[12] 佛狸祠：北魏太武帝拓跋焘的祠庙。拓跋焘小名佛狸，曾兴兵南侵，进驻瓜步山（在今江苏六合县东南二十里处），并在山上建行宫，后改为佛狸祠。

[13] 神鸦：祭神时飞来觅食的乌鸦。社鼓：社日祭神的鼓声。

[14] 廉颇：战国时赵国名将。

水调歌头　赵善括

渡　江

山险号北固[1]，景胜冠南州。洪涛江上乱云，山里簇红楼[2]。堪笑萍踪无定[3]，拟泊叶舟何许，无计可依刘[4]。金阙自帷幄[5]，玉垒老貔貅[6]。　问兴亡，成底事，几春秋？六朝人物[7]，五胡妖雾不胜愁[8]。休学楚囚垂泪[9]，须把祖鞭先著，一鼓版图收。惟有金焦石[10]，不逐水漂流。

【品读】

本篇题为"渡江"，一则交代作者当时的行踪，再则也含有号召北伐抗金之意，一语双关，耐人寻味。上片写舟中所见，赞美镇江一带江山壮丽，形势险要，抒发个人漂泊不定、有志难申的抑郁苦闷。下片缅怀古人，感叹时事，决心像祖逖那样，坚持北伐，誓清中原，一鼓作气收复国土。全词气魄宏伟，笔力刚健，境界壮阔，表达了作者北伐抗金的爱国情怀。

【注释】

[1] 北固：山名，在江苏省镇江市北。有南、中、北三峰。北峰三面临江，形势险要，故称"北固"。

[2] 红楼：此指多景楼，在北固山上甘露寺内。

[3] 萍踪：萍生水中，漂泊无定，因称无定的行踪为"萍踪"。

[4] 依刘：指依附有权力地位的人。

[5] 帷幄：帐幕，多指军帐。这里作动词用，运筹决策之意。

[6] 玉垒：指军营。 貔貅（pí xiū 皮休）：古籍上说的一种猛兽。这里指勇猛的军士。

[7] 六朝：指三国的吴，东晋，南朝的宋、齐、梁、陈。都是国家分裂时期，偏安江南的封建王朝。

[8] 五胡：指南北朝时期我国北方的五个少数民族——匈奴、鲜卑、羯、氐、羌。这里是指女真族。

[9] 楚囚：本指被俘囚禁的人，后用以比喻处境窘迫的人。《世说新语·言语》：“当共戮力王室，克复神州，何至作楚囚相对！”

[10] 金焦石：指金山和焦山。金山在江苏镇江市西北，原在长江之中，后因泥沙淤积，遂与南岸相连。焦山在镇江市东北，屹立江中，向为江防要地。

水调歌头 蔡 戡

送赵帅镇成都

拥节出闽峤[1]，易镇上岷山[2]。东西崄岨[3]，分陕初不在荣观[4]。痛念两河未复[5]，独作中流砥柱[6]，屹若障狂澜。极目神京远[7]，百万虎貔闲[8]。 趁良时，摅豹略[9]，勇声欢。风飞雷厉，威行逆虏胆生寒[10]。汉寝周原如旧[11]，一扫腥膻丑类，谈笑定三关[12]。识取投机会[13]，莫作等闲看。

【品读】

蔡戡，字定夫，福建莆田人，孝宗乾道二年（1166）进士。淳熙十二年（1185）冬，知福州赵汝愚被任命为四川制置使，作者赋此阕为之送别。词中对赵寄予重望，希望他做力挽狂澜的中流砥柱，到了川陕以后，“趁良时，摅豹略”，整军经武，扫灭敌寇，平定三关，光复两河故地。全篇气势磅礴，豪迈雄壮，对抗金事业满怀胜利信心，洋溢着爱国主义激情。

【注释】

[1] 闽：福建的简称，因秦时设闽中郡而得名。 峤：尖而高的山。

[2] 岷山：在四川北部，绵延川、甘两省边境。这里用以代指四川。

[3] 崄岨（xiǎn jū险居）：艰险崎岖。

[4] 荣观：荣名、荣誉的意思。

[5] 两河：本指河北、河东地区，这里是泛指中原。

[6] 中流砥柱：砥柱原为河南三门峡东的一个石岛，屹立于黄河急流之中。比喻能担当重任、支撑危局的人。

[7] 极目：放眼远望。 神京：这里是指南宋都城临安（今浙江杭州市）。

[8] 虎貔：虎豹貔貅，均为猛兽，这里代指勇猛的士兵。

[9] 摅（shū书）：发抒、舒展。 豹略：《六韬》中有《豹韬》，因称善于用兵为豹略。

[10] 逆虏：指金朝统治者。

[11] 汉寝：汉朝皇帝的陵墓。 周原：周朝的平原土地。均代指中原故地。

[12] 三关：古代三个关口的总称，所指其说不一。这里是指益津关、瓦桥关、草桥关，均在今河北地区。

[13] 识取投机会：意谓要珍视这次出任蜀帅的大好时机，为振兴宋室、北伐抗金做出贡献。

水调歌头 陈 亮

送章德茂大卿使虏[1]

不见南师久[2]，谩说北群空[3]。当场只手[4]，毕竟还我万夫雄。自笑堂堂汉使[5]，得似洋洋河水[6]，依旧只流东[7]？且复穹庐拜[8]，会向藁街逢[9]！ 尧之都，舜之壤，禹之封[10]。于中应有，一个半个耻臣戎[11]！万里腥膻如许[12]，千古英灵安在[13]，磅礴几时通[14]？胡运何须问[15]，赫日自当中[16]！

【品读】

淳熙十二年（1185）冬，章德茂奉命使金，祝贺金主完颜雍生辰（万春节），临行时陈亮写了这首词来鼓舞和勉励他。开篇两句起势不凡，高屋建瓴，为全词定下了豪迈雄壮的基调。接着激励对方入金之后临危不惧，与敌人周旋，完成使命，胜利归来，为宋朝争回荣誉。并且相信总有一天金人会派使臣来向宋朝皇帝请罪。换头以后，遥承上片结拍，认为悠久的历史文化传统定将发扬光大，抗金斗争必然取得最后胜利。作者深信在唐尧、虞舜、夏禹的故土之上，炎黄子孙之中，一定会有许多不甘屈膝投降的英雄志士。结拍两个短句“胡运何须问，赫日自当中”，一扫悲观失败的阴霾，在当时具有振聋发聩、鼓舞士气民心的积极作用。本篇即事感怀，立意高远，气豪语壮，是一曲慷慨激昂、充满胜利信心的爱国主义战歌。

【注释】

[1] 章德茂：章森，字德茂，四川绵竹人。淳熙十二年（1185）冬，以大理少卿“试户部尚书”使金，贺万春节（金世宗完颜雍生辰）。

[2] 南师：指南宋的军队。

[3] 谩说：胡说，随便说。　北群空：相传伯乐善于相马，过冀北而马群空（谓良马都被他挑选光了）。这里是以良马比喻良才。

[4] 当场只手：当场大事，只手可了。谓章森能随机应变，独当重任，完成使命。

[5] 堂堂：形容强大。

[6] 得似：岂能像。　洋洋：水大的样子。

[7] 流东：向东流去。古代以河水东流归海，比喻诸侯朝见天子。

[8] 且复：姑且再次。　穹（qióng穷）庐：北方少数民族居住的圆形毡帐。这里指金廷。

[9] 藁（gǎo稿）街：汉代长安城内的一条街名，是当时各国使节居住的地方。

[10] 尧、舜、禹：传说中的古代贤君。都：都城。　壤：土地。　封：疆域。

[11] 耻臣戎：以向敌人称臣为可耻。戎，古代对西部少数民族的称呼，这里是指女真族而言。

[12] 腥膻（shān山）：腥臊的气味。这里指金人占领的疆土。

[13] 千古英灵：指古代英雄人物的灵魂和精神。

[14] 磅礴：广大无边貌。

[15] 胡运：指金朝的命运。　何须问：何必再问，有不问可知的意思。

[16] 赫日：光辉的太阳。　自当中：自当照耀于中天。

念奴娇 陈 亮

登多景楼[1]

危楼还望[2]，叹此意、今古几人曾会[3]？鬼设神施[4]，浑认作、天限南疆北界[5]。一水横陈[6]，连冈三面[7]，做出争雄势。六朝何事[8]，只成门户私计[9]？　因笑王谢诸人[10]，登高怀远，也学英雄涕。凭却长江管不到[11]，河洛腥膻无际[12]。正好长驱，不须反顾，寻取中流誓[13]。小儿破贼[14]，势成宁问强对[15]！

【品读】

淳熙十五年（1188）二月，陈亮到建康、京口一带考察江防，准备向朝廷提出北伐建议。不久写成《戊申再上孝宗皇帝书》。这首词就是他在京口登北固山多景楼，观察山川形势时写的。本篇是一首以议论为主的抒情诗。词中通过描绘京口的地理形势，总结六朝的历史教训，强烈而鲜明地陈述了作者反对偏安、坚持北伐的主张，深刻批判了南宋统治集团"只成门户私计"、不顾国家民族利益的可耻行径，同时以赞扬祖逖中流击楫、义无反顾的精神和淝水之战的胜利，鼓励人们为统一祖国而战斗。词的笔力雄健，议论风发，重在意理，不务求于文采辞句之工丽，读来令人振奋。

【注释】

[1] 多景楼：在京口（今江苏镇江市）北固山上甘露寺内，北临长江，为当时登览胜地。

[2] 危楼：高楼。 还望：四面眺望。还，通"环"。

[3] 会：理解，领会。

[4] 鬼设神施：谓江山形势险要，好像是鬼斧神工特意安排设置的。

[5] 浑：全，都。

[6] 一水：指长江。

[7] 连冈三面：京口北临长江，东、南、西三面环山。

[8] 六朝：指三国的吴、东晋、宋、齐、梁、陈六个封建王朝，均定都建康（今江苏南京市），为偏安政权。

[9] 门户私计：指封建统治者只为家族、小集团私利打算，不图北伐进取。

[10] 王谢诸人：指东晋初年以王导、谢安为代表的上层士大夫。

[11] 凭却：凭仗，依靠。

[12] 河洛：黄河、洛水。泛指中原地区。 腥膻：牛羊的腥臊气。这里是指被金人占据的地区。

[13] 中流誓：据《晋书·祖逖传》，东晋时祖逖率兵北伐，“渡江，中流击楫而誓曰：‘祖逖不能清中原而复济者，有如大江！’”

[14] 小儿破贼：当时指挥晋军的是谢安的弟弟谢石、侄儿谢玄和儿子谢琰等，故称“小儿辈”。

[15] 势成：大势已成。 宁问：何必问。 强对：强敌，强大的对手。

水调歌头　杨炎正

登多景楼

寒眼乱空阔[1]，客意不胜秋。强呼斗酒，发兴特上最高楼[2]。舒卷江山图画[3]，应答龙鱼悲啸[4]，不暇顾诗愁。风露巧欺客，分冷入衣裘。　忽醒然，成感慨，望神州。可怜报国无路，空白一分头。都把平生意气，只做如今憔悴，岁晚若为谋[5]？此意仗江月，分付与沙鸥[6]。

【品读】

这首词是淳熙五年（1178）秋，作者与辛弃疾等在镇江登多景楼时的唱和之作。上片写景，叙述登上高楼后饮酒赋诗，纵目远眺，眼前展现出一幅空旷辽阔、寒风凛冽、鱼龙悲啸的秋日江山图。下片抒情，描写北望中原，感慨神州沉陆，自己有心报国，却无路请缨，因而憔悴失意，只得归隐江湖，去陪伴明月和沙鸥。此阕气象阔大，悲壮激越，表达了作者报国无门、壮志难酬的愤懑之情。

【注释】

[1] 寒眼：寒风中放眼眺望。

[2] 发兴：引发兴致。

[3] 舒：伸展。卷：卷起。这句说壮丽的江山如画卷似的展现在眼前。

[4] 这句说江上的波涛声，仿佛是水中的鱼龙在悲鸣长啸、唱和应答。

[5] 岁晚：晚年，暮年。 若为谋：如何安排呢？

[6] 分付：交付。这句说晚年将和沙鸥一起度过，表示归隐江湖之意。

念奴娇 刘仙伦

感怀呈洪守

吴山青处，恨长安路断[1]，黄尘如雾[2]。荆楚西来行堑远[3]，北过淮壖严扃[4]。九塞貔貅[5]，三关虎豹[6]，空作陪京固[7]。天高难叫[8]，若为得诉忠语[9]。　追念江左英雄[10]，中兴事业，枉被奸臣误。不见翠华移跸处[11]，枉负吾皇神武。击楫凭谁[12]，问筹无计[13]，何日宽忧顾[14]？倚筇长叹[15]，满怀清泪如雨！

【品读】

刘仙伦，一名儗，字叔似，号招山，庐陵（今江西吉安）人，为孝宗淳熙时名士，一生未做过官。据《宋史》，洪迈在孝宗乾道、淳熙年间，曾多次出守吉州、赣州、婺州，此词或为洪迈而作。词人对景感怀，直抒胸臆，痛悼国土沦丧，怒斥权奸误国，感叹报国无门，英雄无用武之地，不禁倚杖长叹，泪如雨下，表现出深沉的忧国之情。

【注释】

[1] 长安：今陕西西安市，为汉唐故都，这里是指北宋都城汴京（今河南开封市）。

[2] 黄尘：烽火烟尘。

[3] 行堑：此指长江。 堑，壕沟。

[4] 淮堧（ruǎn 软）：淮河一带。堧，河边之地。 严扃：戒备森严之地。

[5] 九塞：古代的九个要塞。这里是泛指边关要塞。 貔貅（pí xiū 皮休）：猛兽名，借指勇猛的士兵。

[6] 三关：泛指边关。

[7] 陪京：陪都。

[8] 天高：指皇帝高高在上。

[9] 若为：怎样，如何。

[10] 江左：古地区名，又称江东。古人以东为左，以西为右，故江东又称江左。这里是指偏安江南的南宋而言。 江左英雄，指岳飞、韩世忠等抗金名将。

[11] 翠华：皇帝仪仗中一种用翠鸟羽毛做装饰的旗帜。这里是代指皇帝。 跸（bì 毕）：帝王出行时开路清道，禁止通行。代指帝王的车驾。

[12] 击楫：指祖逖渡江北伐，击楫中流，誓清中原。

[13] 筹：计谋，谋划。

[14] 忧顾：忧思顾虑。

[15] 筇（qióng 穷）：竹名，可做手杖，称为筇杖。

谒金门 李好义

花著雨，又是一番红素。燕子归来愁不语，旧巢无觅处。 谁在玉楼歌舞[1]？谁在玉关辛苦[2]？若使胡尘吹得去[3]，东风侯万户。

【品读】

本篇《贵耳集》作卫元卿词，《阳春白雪》作李好古词，《花草粹编》、《渚山堂词话》等认为是李好义的作品。词中通过对景遣怀、托物寄意，用拟人、对比等艺术表现手法，表达了作者无限忧国的情怀和对南宋统治者沉迷声色、不恤国计的强烈不满。前人评论说："玉楼歌舞数句，语意不平，岂非当时擅国者宴乐湖山，而不恤边功故耶？然则宋之沦亡，非一日之故矣！”说明此阕在当时具有深刻的现实意义。

【注释】

[1] 玉楼：华丽的楼台。

[2] 玉关：玉门关的简称。这里是泛指边关。

[3] 胡尘：指金兵。

六州歌头　刘　过

吊武穆鄂王忠烈庙 [1]

中兴诸将，谁是万人英？身草莽，人虽死，气填膺，尚如生。年少起河朔 [2]，弓两石 [3]，剑三尺，定襄汉 [4]，开虢洛 [5]，洗洞庭 [6]。北望帝京，狡兔依然在 [7]，良犬先烹。过旧时营垒，荆鄂有遗民，忆故将军，泪如倾。　说当年事，知恨苦，不奉诏 [8]，伪耶真？臣有罪，陛下圣，可鉴临，一片心。万古分茅土 [9]，终不到，旧奸臣。人世夜，白日照，忽开明。衮佩冕圭 [10]，百拜九泉下，荣感君恩。看年年三月，满地野花春，卤簿迎神 [11]。

【品读】

宋孝宗时，朝廷下诏为民族英雄岳飞平反昭雪，并在鄂州（今湖北武昌）立庙塑像，供民众瞻仰悼念。宁宗嘉泰四年（1204），追封为鄂王。此阕作于开禧北伐前夕，表达了作者对抗金名将的沉痛哀悼和对卖国奸臣的无比痛恨，爱憎分明，感人至深。

词的上片概述岳飞生前的英雄业绩，抒写广大民众对威震敌胆的“故将军”的深切怀念。下片描叙岳飞蒙冤被害以及平反昭雪的情形，最后写暮春三月，遍地野花开放之时，百姓纷纷来到鄂王庙前，迎神赛会，以隆重的仪式来祭奠英灵，寄托无限的哀思。全词将叙事、议论和抒情融于一体，感情浓烈，语言凝练，字里行间饱含着对英雄烈士的崇敬和对秦桧之流卖国贼的痛恨之情，在开禧北伐前夕起到了鼓舞士气民心的作用。

【注释】

[1] 武穆鄂王忠烈庙：宋孝宗时为岳飞所建的祠庙，在鄂州（今武昌）。据《宋史·宁宗纪》，追封鄂王事在嘉泰四年（1204），《岳飞传》误为嘉定四年。

[2] 河朔：指黄河以北。

[3] 弓两石（dàn旦）：岳飞膂力过人，能开两石之弓。据《宋史·岳飞传》："生有神力，未冠，挽弓三百斤，弩八石。"旧说三十斤为一钧，四钧为一石，或谓百斤为一石。

[4] 定襄汉：平定襄阳等六郡。

[5] 开虢（guó帼）洛：绍兴六年（1136）岳飞宣抚河东，节制河北路，派部将王贵等攻下虢州，降其众数万；又派杨再兴进兵长水县，连战皆捷，中原义军纷起响应。

[6] 洗洞庭：绍兴五年（1135），岳飞奉命讨平湖南洞庭湖杨幺等人所领导的农民起义。

[7] 狡兔：指金统治者。

[8] 诏：皇帝的命令文告。

[9] 分茅土：古代分封诸侯的仪式。天子以一种颜色的泥土用茅草包好授给被封的人，作为分得土地的象征。

[10] 衮（gǔn滚）：帝王公卿的礼服。 佩：王公贵族佩带的玉器。 冕：皇冠。 圭：公卿上朝时手中所执的玉器。

[11] 卤簿：古代帝王的仪仗。自汉以后，后妃、太子、王公、大臣皆有卤簿，各有定制，非为天子所专用。

水调歌头 戴复古

题李季允侍郎鄂州吞云楼 [1]

轮奂半天上[2]，胜概压南楼[3]。筹边独坐[4]，岂欲登览快双眸？浪说胸吞云梦[5]，直把气吞残虏，西北望神州。百载一机会，人事恨悠悠。 骑黄鹤[6]，赋鹦鹉[7]，谩风流[8]。岳王祠畔[9]，杨柳烟锁古今愁。整顿乾坤手段，指授英雄方略[10]，雅志若为酬[11]？杯酒不在手，双鬓恐惊秋。

【品读】

这是一首登临题咏之作。吞云楼在鄂州（今湖北武昌），是宁宗嘉定年间李埴（字季允）任沿江制置副使兼知鄂州府时所建。词的上片写登楼眺望，顿觉胸怀开阔，激起气吞残虏、光复神州的豪情壮志。作者认为当前正是北伐的大好时机，然而朝廷习于苟安，犹豫不决，南渡百年以来多少机会都被人事所误，因而深感抑郁惆怅，遗恨悠悠。下片缅怀古人，追念民族英雄岳飞，寄希望于李季允，勉励他抓住时机，整军经武，一展宏图，实现“整顿乾坤”的素志。全词意境壮阔，风格豪放，表达了作者坚持抗战，主张北伐，统一山河的爱国激情。

【注释】

[1] 李季允：名埴，曾任礼部侍郎，嘉定十四年（1221）出任沿江制置副使兼知鄂州府。

[2] 轮奂：亦作“轮焕”。形容房屋高大众多。

[3] 南楼：在武昌黄鹤山上。

[4] 筹边：筹划边防军事。

[5] 胸吞云梦：司马相如《子虚赋》叙述齐国乌有先生对楚国使者子虚夸说齐国土地辽阔，“吞若云梦者八九于其胸中，曾不蒂芥”。云梦，古大泽名，在今湖北省境内。

[6] 黄鹤：指黄鹤楼，故址在今湖北武汉蛇山黄鹤矶头，是著名的游

览胜地。

[7] 鹦鹉：指鹦鹉洲，在今湖北武汉市西南长江中。相传东汉末江夏太守黄祖长子黄射在此大会宾客，有人献鹦鹉，祢衡为之作赋，故名。

[8] 谩风流：这句是说此地尚有当年的流风余韵。

[9] 岳王祠：即“武穆鄂王忠烈庙”。

[10] 方略：计谋。

[11] 雅志：平素的大志。　若为酬：如何才能实现呢？

满江红　史达祖

九月二十一日出京怀古

缓辔西风，叹三宿、迟迟行客。桑梓外、锄耰渐入，柳坊花陌[1]。双阙远腾龙凤影[2]，九门空锁鸳鸾翼[3]。更无人、擪笛傍宫墙[4]，苔花碧。　天相汉[5]，民怀国；天厌虏[6]，臣离德。趁建瓴一举[7]，并收鳌极[8]。老子岂无经世术，诗人不预平戎策。办一襟、风月看升平，吟春色。

【品读】

本篇是开禧元年（1205）作者陪同贺生辰使李壁出使金国，归途经过北宋都城汴京时所作。史达祖原籍汴京，这是他第一次，也是唯一的一次回到沦陷多年的故乡。词的上片描写离开故都时的依依难舍之情，通过一幅幅画面，表达了深沉的乡关之思和故国之恋。下片直抒胸臆，表现出对抗金事业满怀胜利信心。希望朝廷挥师北伐，收复中原，重整山河社稷。结拍两句，展望未来，深信祖国一定会实现统一。到那时再穿上一套新衣，来歌唱这无限美好的“春色”。这首词表明，史达祖对中原和故乡怀有深厚的感情。他支持韩侂胄北伐，是为了实现报国理想，因此指责他“依附权奸”“品格不高”是不公允的。

【注释】

[1] 桑梓：桑和梓是古代宅旁常栽的树木，后用以代指家乡。 耰（yōu 优）：古代农具名，形如榔头，用来击碎土块，平整土地。这两句说，昔日“柳坊花陌”如今已变成了耕种之地。

[2] 阙：宫殿或城门上的楼观。

[3] 九门：古代天子所居有九门，这里是指皇宫。

[4] 擫笛：按笛，吹笛。这句用元稹《连昌宫词》“李謩擫笛傍宫墙”，表示故宫之冷落。

[5] 相：辅助。 汉：这里是指宋朝。

[6] 虏：指金人。

[7] 建瓴：高屋建瓴的略语。

[8] 鳌极：代指天下。传说中国九州之地均负于鳌鱼背上。

雨中花　高观国

旆拂西风[1]，客应星汉[2]，行参玉节征鞍[3]。缓带轻裘，争看盛世衣冠。吟倦西湖风月，去看北塞关山。过离宫禾黍[4]，故垒烟尘，有泪应弹。　　文章俊伟，颖露囊锥[5]，名动万里呼韩[6]。知素有、平戎手段，小试何难！情寄吴梅香冷[7]，梦随陇雁霜寒[8]。立勋未晚，归来依旧，酒社诗坛。

【品读】

开禧元年（1205）七月，史达祖随李壁使金前夕，吟社词友为之置酒送行，席上曾赋《龙吟曲·陪节欲行留别社友》。高观国是他的亲密词友，也在送别宴会上写了这首《雨中花》，预祝友人完成使命，早日归来。词的上片设想出使途中的见闻，寄托了故国之思和黍离之叹；下片称赞友人“文章俊伟”，且有

“平戎手段”，现在正是一显身手，为国立功效命的时候，相信他不难完成出使的任务。当时韩侂胄当权，力主北伐，李壁使金表面上是去祝贺金主完颜璟的生辰“天寿节”，实际上则是去窥察敌情，为北伐战争做准备。史达祖是韩侂胄的亲信，是坚决支持北伐的，因此派他陪李壁同行，是负有特殊使命的，这些情况想必高观国也是知道的。

【注释】

[1] 旆（pèi 配）：古代旗末状如燕尾的垂旒，也泛指旌旗。

[2] 星汉：银河、天河。这句用“星槎”的典故。据张华《博物志》载，传说天河与海相通，近世有位住在海边的人，年年八月乘浮槎前往天河，并遇一牵牛之人。后至蜀中问严君平，君平曰：“某年月日有客星犯牵牛宿。”这里是以乘浮槎比喻出使。

[3] 玉节：玉做的符节，古代用作重要的信物。这句说即将参加使节行列启行。

[4] 离宫禾黍：指战乱后的中原故国故都。

[5] 颖露囊锥：比喻有才能的人脱颖而出。据《史记·平原君列传》载，战国时，赵国平原君门客毛遂请求随平原君出使楚国，自以囊中之锥相比，称其如处囊中，已经脱颖而出。颖，锥尖。

[6] 呼韩：即呼韩耶，汉代匈奴单于。这里是借指金主。

[7] 吴梅：吴地（江南）的梅花。这句用陆凯自江南寄梅花给范晔的典故，表示对友人的思念。

[8] 梦随陇雁：用梁简文帝《赋得陇坻雁初飞》诗“相思不得返，且寄别书归”句意，盼望友人早日寄书信归来。

水调歌头　程珌

登甘露寺多景楼望淮有感[1]

天地本无际[2]，南北竟谁分？楼前多景，中原一恨杳难论[3]。

却似长江万里，忽有孤山两点[4]，点破水晶盆。为借鞭霆力，驱去附昆仑[5]。　望淮阴，兵冶处[6]，俨然存。看来天意，止欠士雅与刘琨[7]。三拊当时顽石[8]，唤醒隆中一老[9]，细与酌芳尊。孟夏正须雨[10]，一洗北尘昏。

【品读】

宁宗嘉泰四年（1204）夏，刚刚出任镇江知府的爱国词人辛弃疾在京口会见了作者，并给他分析论述了当时宋、金双方的形势以及宋军所需解决的一些迫切问题。十年之后，作者在《丙子论对札子》中指出：开禧北伐的失败，“无一而非弃疾预言于二年之先者”。细味此阕结拍，很可能是作者在京口会见辛弃疾期间，游北固山登多景楼时写的。

词的上片写登楼北望。作者痛感山河破碎，国土分裂，希望借助雷霆之力，扫除障碍，使本来没有边界的南方和北方重新归于统一。下片从怀念古人，说到当前时事。北伐是天意所归，人心所向，只可惜朝廷缺乏像祖逖和刘琨那样的人才。言外之意是说，爱国志士不被重用，难以尽展其才。应当将高卧隆中的诸葛亮式的人物请出来，共论国是，献计献策，齐心协力，中原才能恢复，祖国才能统一。最后两句，即景抒怀：希望在干旱的孟夏之季，普降倾盆大雨，将北方漫天的尘沙冲刷干净，使草木复苏，苦难深重的北方同胞得以重见天日。

【注释】

[1] 多景楼：在京口北固山上甘露寺内，北临长江，为当时游览胜地，南宋作家多有在此登临抒感之作。

[2] 际：交界，边界。

[3] 中原一恨：指金亡北宋，中原沦亡之大恨。

[4] 孤山两点：指京口附近的金山和焦山。

[5] 鞭霆力：鞭挞雷霆的神力。　昆仑：山名，在我国西部，绵延千里，高耸入云。这两句意谓，要借助雷霆之力，将两座孤山驱赶到昆仑山脉，使美如水晶盆的祖

国山河白璧无瑕，完整无缺。

[6] 淮阴：县名，今属江苏省淮阴市。 兵冶处：冶炼、锻铸兵器之处。

[7] 士雅：祖逖，字士雅，东晋名将。 刘琨：字越石，东晋名将。二人都力主北伐，收复中原。

[8] 拊：击，拍。 顽石：指甘露寺内的狠石。一名石羊，相传曹操率大军南下时，孙权与刘备曾据此共商大计，二人各自怀有取胜对方的心事，暗中祝祷，以剑劈石为誓，结果皆剑落石裂。

[9] 隆中一老：指诸葛亮。在他出山前曾隐居湖北襄阳县西的隆中。

[10] 孟夏：指阴历四月，即夏季的第一个月。

贺新郎 刘学箕

近闻北虏衰乱[1]，诸公未有劝上修饬内治以待外攘者[2]。书生感愤不能已，用辛稼轩《金缕词》韵述怀[3]。此词盖鹭鸶林寄陈同甫者，韵险甚[4]。稼轩自和凡三篇，语意俱到。捧心效颦[5]，辄不自揆[6]，同志毋以其迂而废其言。

往事何堪说？念人生、消磨寒暑，漫营裘葛[7]。少日功名频看镜，绿鬓鬅鬙未雪[8]。渐老矣，愁生华发！国耻家仇何年报？痛伤神、遥望关河月。悲愤积，付湘瑟[9]。 人生未可随时别。守忠诚、不替天意[10]，自能符合。误国诸人今何在？回首怨深次骨[11]。叹南北、久成离绝。中夜闻鸡狂起舞[12]，袖青蛇，戛击光磨铁[13]。三太息，眦空裂[14]！

【品读】

开禧北伐前夕，南宋方面时有金人发生内乱的传说，许多爱国志士都希望朝廷励精图治、整军经武，抓住有利时机，为北伐抗金、光复中原做好准备。而当权者却习于苟安，无所作为，使有志之士悲愤不已。此阕当作于淳熙以后，开禧之前。本词调寄《贺新郎》，步辛弃疾与陈亮鹅湖会后唱和之作的原韵，慨叹南北长期离绝，国耻家仇未报，谴责当权者误国误民，抒发壮志难酬的愤懑，感情浓烈，风格悲壮，与辛、陈爱国词作的情调完全相同，具有感人的艺术力量。

【注释】

[1] 北虏：指女真族在北方建立的金国。

[2] 外攘：外人的侵扰。攘，侵夺，侵犯。

[3] 《金缕词》：即《金缕曲》，《贺新郎》的别名。此指辛弃疾寄给陈亮的《贺新郎》（把酒长亭说）一词，序中有“既别之明日，余意中殊恋恋，复欲追路，至鹭鸶林，则雪深泥滑，不得前矣”等语。

[4] 韵险甚：韵脚多用冷僻字，不容易押。

[5] 捧心效颦：指不具备条件，却偏要去模仿别人。

[6] 揆（kuí葵）：揣度，度量。

[7] 漫营：徒然营求。　裘：指冬天穿的皮衣。　葛：指夏天穿的丝绸衣服。

[8] 绿鬓：乌黑油亮的头发。　鬅鬙（péng zēng朋曾）：形容头发蓬乱。　未雪：未白。

[9] 湘瑟：瑟的别称。《楚辞·远游》：“使湘灵鼓瑟兮，令海若舞冯夷。”湘灵，传说中的女神，为虞舜之妃，即湘夫人。

[10] 不替天意：不废天意。

[11] 怨深次骨：怨恨深入骨髓。次，至。

[12] 中夜闻鸡狂起舞：用东晋祖逖、刘琨半夜闻鸡起舞事。

[13] 青蛇：代指宝剑。

[14] 眦（zì自）：眼眶。眦裂，形容愤怒到极点。眦空裂，谓愤怒也是白费。

祝英台近　岳　珂

北固亭

淡烟横，层雾敛。胜概分雄占[1]。月下鸣榔[2]，风急怒涛飐[3]。

关河无限清愁，不堪临鉴[4]。正霜鬓、秋风尘染[5]。　漫登览。极目万里沙场，事业频看剑[6]。古往今来，南北限天堑[7]。倚楼谁弄新声，重城正掩。历历数、西州更点[8]。

【品读】

这是一首抒写忧国情思之作。词人月夜登上北固亭，俯视大江，遥望中原，万里河山，风烟迷漫，不禁愁情满怀。词中寓情于景，抒发年华虚度、报国无路的悲抑之情。杨慎《词品》谓："此词感慨忠愤，与辛幼安'千古江山'一词相伯仲。"

【注释】

[1] 胜概：胜景。

[2] 鸣榔：捕鱼时以长木条敲船，使鱼惊而入网。

[3] 飐（zhǎn 展）：风吹使物颤动。

[4] 鉴：照。这两句说，山河使人举目生愁，不忍登临观赏。

[5] 霜鬓：鬓发白如秋霜。

[6] 这两句说，极目远望，中原战火不断，已变成沙场，因而抽出宝剑频频地看，表示决心为国杀敌。

[7] 天堑：天然的壕沟。这里是指分隔南北的长江。

[8] 西州：指扬州，在北固亭的对岸、长江之北。

满江红　黄机

万灶貔貅[1]，便直欲、扫清关洛[2]。长淮路、夜亭警燧[3]，晓营吹角[4]。绿鬓将军思饮马[5]，黄头奴子惊闻鹤[6]。想中原、父老已心知，今非昨。　狂鲵剪[7]，於菟缚[8]。单于命[9]，春冰薄[10]。政人人自勇[11]，翘关还槊[12]。旗帜倚风飞电影[13]，戈铤射月明霜锷[14]。且莫令，榆柳塞门秋，悲摇落[15]。

【品读】

黄机，字几仲，一说字几叔，浙江东阳人。与岳珂（1183—

1240）同时，常相唱和。开禧北伐伊始，宋军在江淮前线曾取得了一些小规模的战役胜利，如骁卫大将毕再遇率领敢死军87人为前锋，杀敌数百，连克泗州、淮平两城。金人见其旗，惊呼“毕将军来也”，无不望风披靡，弃甲而遁。本篇可能是开禧二年（1206），北伐战事初起之时写的。词以夸张的笔调，描写宋军威武雄壮，整装待发，决心扫灭敌寇，收复中原，慰父老百年之望。作者认为现在正是万众一心，人人奋起，拿起刀枪，与金人决一死战的时刻，切不可坐失良机，辜负中原人民的希望。词的意境壮阔，满怀胜利豪情，表现出有我无敌的英雄气概。“绿鬓将军思饮马，黄头奴子惊闻鹤”，意象生动，对比鲜明，长自己的志气，灭敌人的威风，在当时具有鼓舞人心的作用。

【注释】

[1] 万灶：形容军队很多。古时以锅灶的多少来估计军队的数目。　貔貅：猛兽名，代指勇猛的士兵。

[2] 关洛：泛指中原。关，关中，即函谷关以西地区。洛，洛水，在今河南省。

[3] 长淮路：指淮河流域地区。宋金“绍兴和议”规定，双方东部以淮河为界。宋分淮南西路和淮南东路两个行政区。　亭燧：古时筑在边境上的烽火亭，有警则举火为号。燧，烽火。

[4] 角：号角。以上两句说，淮河一带，两军对峙，一触即发，夜晚可以看到报警的烽火，清晨可以听到军营中的号角。

[5] 绿鬓将军：形容宋将正当盛年，英气勃勃。　饮马：代指出征。

[6] 黄头奴子：对金人的蔑称。黄头，黄发；或说指黄头女真。

[7] 狂鲵（ní尼）：指狂妄的强敌。鲵，雌鲸，比喻凶恶的人。

[8] 於菟（wū tú乌图）：虎的别称。

[9] 单于：古代匈奴的头领，这里是指金朝的统治者。

[10] 春冰薄：像春天的冰一样，很快就要消融。

[11] 政：同“正”。

[12] 翘：举起。　关：门闩。　还：同“旋”。　槊：长矛。这句说宋军将士，勇武无比，力能举关扛鼎，舞弄长矛。

[13] 飞电影：形容旗帜迎风飘动，像闪电那样迅疾。

[14] 铤（chán蝉）：小矛。锷：剑刃。这句是说戈铤在日光照射下，闪闪发亮。

[15] 塞门：指边塞。古代边塞多种榆树和柳树。 摇落：凋残。以上三句说，不要使边塞的草木在秋天空悲凋残。言外之意是应当抓紧时机北伐，免使中原人民失望。

六州歌头 黄 机

次岳总干韵[1]

将军何日，去筑受降城[2]？三万骑，貔貅虎[3]，戮鲵鲸[4]，洗沧溟[5]。试上金山望[6]，中原路，平于掌，百年事，心未语，泪先倾。若若累累印绶[7]，偏安久、大义难明。倚危栏欲遍[8]，江水亦吞声。目断萍汀[9]，海门青[10]。 停杯与问，焉用此，手虽子，积如京。波神怒，风浩浩[11]，勃然兴[12]，卷龙腥[13]。似把渠忠愤，伸恳请，翠华巡[14]。呼壮士，挽河汉，荡欃枪[15]。长算直须先定，如细故、休苦营营[16]。正清愁满抱，鸥鹭却多情，飞过邮亭。

【品读】

理宗宝庆二年（1226），岳珂以户部侍郎出任淮东总领兼制置使，负责措置移运应办诸军钱粮及防务工作。这首词可能是作者当时在淮南东路首府扬州与岳珂的唱和之作。本篇寄托了词人怀念中原，痛恨偏安的忠愤之情。作者希望朝廷从长远打算，早定大计，出师北伐，扫荡敌寇，光复大好河山。然而当权者却不明大义，习于苟且，致使爱国志士难展雄图，“心未语，泪先倾”。结拍寓情于景，以鸥鹭之“多情”，反衬对现实的悲哀寂寞之感，意在言外，耐人寻味。

【注释】

[1] 岳总干：指岳珂，时任淮东总领兼制置使。总干，总领干办的简称。宋代总领执掌措置移运应办诸军钱粮工作，多以朝臣充任，仍带干阶、户部等官。淮南东路总领下属有干办公事、准备差遣九人。

[2] 受降城：汉太初元年（前104），为了应接匈奴的投降，武帝令将军公孙敖所筑。故址在今内蒙古乌拉特中后联合旗东阴山北。

[3] 貔貅：猛兽名，代指勇猛的将士。

[4] 鲵鲸：大鱼，比喻强敌。

[5] 沧溟：大海。

[6] 金山：在江苏镇江西北。本在长江中，清末江沙淤积，始与南岸相连。古时又称氐父、伏牛、浮玉，唐裴头陀获金于江边，因改名。南宋初年韩世忠败金兀术于此山下。

[7] 若若：长貌。 累累：多的意思。 绶（shòu受）：古代系帷幕或印纽的丝带。这句指执掌朝政的大官。

[8] 危栏：高楼上的栏杆。

[9] 萍汀：长着浮萍的水边。汀，水中或水边的平地。

[10] 海门：古县名。五代后周显德五年（958）置，治所东洲镇，在今江苏启东东北。地处长江口北岸，水患无常，三次废建。

[11] 浩浩：大的意思。

[12] 勃然：忽然，猝然。

[13] 卷龙腥：龙卷风刮起一股海腥味。以上四句谓海神发怒，兴风作浪。

[14] 翠华：皇帝仪仗中一种饰有翠鸟羽毛的旗子，常用以代指皇帝的车驾。 巡：指皇帝巡幸。这句是呼吁皇帝亲征北伐。

[15] 欃枪：彗星的别称，古人以为是妖星，出现即有兵乱。

[16] 营营：奔忙，往来不绝。

念奴娇 王澜

避地溢江，书于新亭[1]

凭高远望，见家乡、只在白云深处。镇日思归归未得[2]，孤负殷勤杜宇[3]。故国伤心，新亭泪眼，更洒潇潇雨。长江万里，难将此恨流去。　　遥想江口依然[4]，鸟啼花谢，今日谁为主？燕子归来，雕梁何处[5]，底事呢喃语[6]？最苦金沙[7]，十万户尽，作血流漂杵[8]。横空剑气，要当一洗残虏[9]。

【品读】

宁宗嘉定十四年（1221）二月，金兵围攻蕲州（今湖北蕲春县）。知州李诚之与通判秦钜（秦桧曾孙）、司理参军赵与褰等指挥军民坚守拒敌，终因援兵迁延不进，力尽城破。李诚之引剑自杀，秦钜赴火自焚，他们的家属子弟也相继殉难。金兵在城中大肆烧杀掠夺，惨象不忍目睹。赵与褰因先率民兵百余人夺关出外求援，因得幸免，但其全家十六人却都死于城中。事后，赵与褰写了一本《辛巳泣蕲录》，记述这一事件的经过。本篇见于述古堂抄本《辛巳泣蕲录》。作者王澜，系蕲州人，其时正避难外地。金兵在蕲州的暴行，使他悲恸欲绝，含着血泪，写了这首动人心魄的诗篇。词中通过自己的切身感受，用生动的形象和语言，反映了这一历史事件，表达了作者怀念家乡、思念亲人、欲报仇雪恨的强烈感情。

【注释】

[1] 溢江：地名，在今江苏南京市。新亭：即劳劳亭，故址在今南京市南。

[2] 镇日：整天。

[3] 杜宇：即杜鹃鸟，古人认为它的叫声好像“不如归去”。传说古蜀国王杜宇，周末称帝于蜀，号曰望帝；后归隐，让位于其相开明。时值二月，子鹃鸟鸣，蜀人怀之，因呼鹃为杜鹃，或竟以杜宇称之。

[4] 江口：指蕲水流入长江处。

[5] 雕梁：雕花的屋梁，代指家园。

[6] 呢喃：燕鸣声，也用以形容声音很低。

[7] 金沙：湖名，在蕲州东十里，又名东湖。

[8] 血流漂杵：形容杀人很多，血流成河，把木槌都漂走了。

[9] 残虏：指金兵。

上西平 吴泳

送陈舍人

跨征鞍，横战槊[1]，上襄州[2]。便匹马，蹴踏高秋[3]。芙蓉未折[4]，笛声吹起塞云愁[5]。男儿若欲树功名，须向前头。 凤雏寒[6]，龙骨朽[7]，蛟渚暗[8]，鹿门幽[9]。阅人物、渺渺如沤[10]。棋头已动，也须高著局心筹。莫将一片广长舌[11]，博取封侯[12]。

【品读】

宁宗嘉定十四年（1221），陈赅继赵方为京湖安抚使，赴襄阳任所，作者为赋此阕送行。当时宋金之间在川陕和荆襄一带战事频繁，作者鼓励友人到前线后，努力为国建功立业。起处三句"跨征鞍，横战槊，上襄州"，语短气豪，开门见山，展现出友人慷慨赴敌的壮阔场面。过片列举襄阳地区历史上的著名人物和古迹，对陈赅进行勉励，并以下棋为喻，希望他全盘规划，早定良策，力争主动。结尾语重心长地告诫对方，多干实事，切莫用花言巧语去沽名钓誉，"博取封侯"。

【注释】

[1] 槊（shuò硕）：古代兵器，即长矛。

[2] 襄州：西魏改雍州为襄州，治所在襄阳（今襄阳市）。

[3] 蹴（cù促）：踩，踏。

[4] 芙蓉：荷花的别名。 未折：没有衰败。

[5] 塞云：边塞风云。

[6] 凤雏：即庞统，三国时刘备的谋士。字士元，襄阳人，初与诸葛亮齐名，号称凤雏。

[7] 龙：此指三国时蜀相诸葛亮。曾隐居隆中（在今湖北襄阳西），被称为卧龙。

[8] 蛟渚：指晋邓遐斩蛟处，在襄阳城北沔水之中。

[9] 鹿门：山名，在今襄樊市东南，唐孟浩然曾隐居于此。

[10] 沤：水泡。

[11] 广长舌：指能说会道，卖弄口舌。

[12] 封侯：指升官。

清平乐 李好古

瓜洲渡口[1]，恰恰城如斗[2]。乱絮飞钱迎马首[3]，也学玉关榆柳[4]。　面前直控金山[5]，极知形胜东南。更愿诸公著意[6]，休教忘了中原。

【品读】

作者途经瓜洲古镇，勒缰驻马眺望，深感此地形势险要，因而赋词提醒当权诸公，应当倍加留意这南北水陆交通的要冲，切勿麻痹大意，苟且偷安，忘了光复中原的神圣使命。小词即事抒感，朴质无华，表达了作者渴望祖国统一的心情。

【注释】

[1] 瓜洲：镇名，又称瓜埠洲，亦作瓜州。在江苏邗江县南部，地处大运河入长江之处。与镇江隔江斜对，向为长江南北水陆要冲。

[2] 恰恰：恰好，刚如。　城如斗：汉长安城南形似南斗，城北形似北斗，故称为斗城。这里是形容瓜洲古城很小。

[3] 乱絮：指柳絮。　飞钱：谓榆钱。榆树萌芽时，枝条间先生榆荚，形状似钱而小，色白成串，俗呼榆钱。

[4] 玉关：玉门关。这里是泛指塞外边关。

[5] 金山：在江苏镇江市西北，原在长江中，清末由于江沙淤积，始与南岸相连。

[6] 诸公：指朝廷执宰大臣。

贺新郎 刘克庄

送陈真州子华[1]

北望神州路。试平章、这场公事[2]，怎生分付[3]？记得太行山百万[4]，曾入宗爷驾驭[5]。今把作、握蛇骑虎[6]。君去京东豪杰喜[7]，想投戈、下拜真吾父[8]。谈笑里，定齐鲁[9]。　两河萧瑟惟狐兔[10]。问当年、祖生去后[11]，有人来否？多少新亭挥泪客[12]，谁梦中原块土[13]？算事业，须由人做。应笑书生心胆怯，向车中、闭置如新妇[14]。空目送，塞鸿去[15]。

【品读】

宋理宗宝庆三年（1227），陈子华由太府寺丞，差知真州兼淮东提点刑狱。行前，作者赋此阕为其送别。真州（今江苏仪征）在长江以北，宋金战争期间，属于前线地区。词人希望陈子华到任后，联络北方义军，在东部战线开拓抗金新局面，乘机平定齐鲁，为光复中原做出贡献。词中批判南宋当权者敌视人民武装，置中原大好河山于不顾的可耻行为，立论精警，笔锋犀利，切中时弊。作者在国家危急存亡之秋，并未消极悲观，而是认为抗金事业“须由人做”，这种“天下兴亡，匹夫有责”的积极态度是难能可贵的。这首词气势磅礴，大义凛然，雄奇跌宕，格调高远。起处由“北望神州路”开篇，既暗示友人赴任去向，又关合时事，从而引出中间大段慷慨激昂的议论，表达了作者对当前形势的看法。结拍用“空目送，塞鸿去”点题收住，绾合甚密，含有余不尽之意。全篇纵横开阖，峭拔奇警，堪称“壮语足以立懦”（杨慎《词品》）。刘克庄的词的确继承了陆游、辛弃疾的爱国主义传统，在南宋后期词坛占有重要地位。

【注释】

[1] 陈子华：陈韡，字子华，福建侯官人，开禧元年（1205）进士。别本题作《送陈仓部知真州》，据《宋史》本传，陈任仓部员外郎在赴真州召还以后。

[2] 平章：评论。　这场公事：指抗金北伐，收复中原之事。

[3] 怎生分付：怎么交代。

[4] 太行山百万：指南宋初年中原军民纷纷聚堡结寨，守土自卫，抗击金兵入侵，尤以太行山、五马山一带的抗金忠义民兵声

势最为浩大，号称百万之众。

[5] 宗爷：指抗金名将宗泽。据《宋史》本传，宗泽在靖康年间曾任河北义兵都总管、东京留守兼开封府尹，他广泛连结河东、河北山水砦忠义民兵及燕赵豪杰，组织领导了近百万的人民武装，多次给金兵以重创，声威大震，金人闻风丧胆，称为“宗爷爷”。

[6] 握蛇骑虎：手握毒蛇、身骑猛虎，比喻处境危险。这句是说，如今朝廷把北方义军当作危险的敌人对待。

[7] 京东：宋代路名，治所在宋州（今河南商丘南），辖境在今山东徒骇河东南、山东东明、河南睢县、柘城以东地区和江苏的西北角。

[8] 投戈：放下武器。　真吾父：果真像我们的父亲一样。

[9] 齐鲁：春秋时的齐国和鲁国，均属今山东省。

[10] 两河：指宋代河北、河东地区，在今河北、山西、河南一带。这里是泛指中原沦陷地区。

[11] 祖生：指东晋名将祖逖，曾率兵北伐，一度收复中原部分地区。

[12] 新亭：又名劳劳亭，三国时所建，故址在今南京市南。东晋时士大夫们常在新亭宴饮游赏，感叹国事，流涕痛哭。

[13] 这句指责南宋士大夫已把中原失地忘记得干干净净。

[14] 书生：作者自谓。这两句说自己心情悒郁，就像闭置在车中的新媳妇一样。

[15] 塞鸿：向塞外飞去的鸿雁，比喻北上赴任的友人。

贺新郎　刘克庄

实之三和[1]，有忧边之语[2]，走笔答之。

国脉微如缕[3]。问长缨何时入手[4]，缚将戎主[5]？未必人间无好汉，谁与宽些尺度[6]？试看取、当年韩五[7]。岂有谷城公付授[8]，也不干、曾遇骊山母[9]。谈笑起，两河路[10]。　少时棋柝曾联句[11]。叹而今、登楼揽镜[12]，事机频误。闻说北风吹面急，边上冲梯屡舞[13]。君莫道、投鞭虚语[14]。自古一贤能制难[15]，有金汤[16]、便可无张许[17]？快投笔[18]，莫题柱[19]！

【品读】

公元13世纪初，蒙古族崛起于塞北，数十年间相继灭亡西夏和金，接着又征服了西南方面的大理，从而形成了对南宋王朝大包围的局面。许多爱国志士对国家民族的前途和命运深感忧虑，而南宋统治集团却醉生梦死，沉酣于湖山之乐，终于坐以待毙，遭致灭亡。

这首词深刻揭露了敌寇猖獗、当权者昏庸无能、爱国志士报国无门的黑暗现实，表达了作者迫切希望为国杀敌立功，挽救危亡的积极态度。词中围绕着南宋末年的形势和任务，纵横议论，挥洒自如，洋溢着深沉而强烈的爱国激情。论形势，鞭辟入里，切中时弊，开篇就用“国脉微如缕”一句加以概括，形象地反映了大敌当前、国势衰微的险恶环境。谈任务，集中在用人问题上，并以抗金名将韩世忠为例，希望朝廷“宽些尺度”，擢拔英才，使英雄有用武之地。最后呼吁有志之士积极行动起来，“快投笔，莫题柱”，拯危亡，挽狂澜，义不容辞地肩负起抗敌卫国的历史任务。全篇语言精练，议论风发，用典虽多却均能运化无迹，艺术感染力很强。

【注释】

[1] 实之：王迈（1184—1248），字实之，福建仙游人。嘉定十年（1217）进士。有爱国思想，与作者多有交往。 三和：用原韵第三次作词唱和。

[2] 忧边之语：忧虑边境被敌人（指蒙古军）侵犯的话。

[3] 国脉：国家的命脉。

[4] 长缨：长带子。

[5] 戎主：敌人的首领。

[6] 尺度：标准。

[7] 韩五：南宋抗金名将韩世忠，排行第五，人称韩五。

[8] 谷城公：亦称黄石公。传说汉代张良曾于谷城山下遇仙人传授兵书。

[9] 骊山母：一作黎山老母，道教传说中的女仙。传说唐朝李筌曾在骊山下遇一老母为他讲解《阴符》秘文。

[10] 两河路：指宋代行政区划河北东路和河北西路，即今河北、山西、河南部分地区。

[11] 联句：两人或多人各作一句或两句，组合成一首诗，谓联句。

[12] 登楼揽镜：上楼照镜，慨叹功业未建，人已衰老。用杜甫《江上》诗："勋业频看镜，行藏独倚楼。"

[13] 冲梯：冲车和云梯，古代攻城的工具。

[14] 投鞭：苻坚进攻东晋时曾说："以吾之众旅，投鞭于江，足断其流。"

[15] 制难：挽回危难的局势。

[16] 金汤："金城汤池"的略语，比喻坚固的防御工事。

[17] 张许：张巡和许远，唐代"安史之乱"时死守睢阳的名将。

[18] 投笔：投笔从戎，用汉代班超投笔从戎、立功边疆的典故。

[19] 题柱：汉代司马相如过成都升仙桥时，曾在桥柱上题字说：不乘高车驷马，不过此桥。

贺新郎　冯取洽

次玉林感时韵 [1]

知彼须知此[2]。问筹边、攻守规模[3]，云何则是[4]？景色愔愔犹日暮[5]，壮士无由吐气。又安得、将如廉李[6]？燕坐江沱甘自蹙[7]，笑腐儒、枉楦朝家紫[8]。用与舍，徒为耳[9]。　黄芦白苇迷千里[10]。叹长淮、篱落空疏[11]，仅余残垒[12]。读父兵书宁足恃[13]，击楫谁盟江水[14]？有识者知其庸矣。多少英雄沉草野，岂堂堂吾国无君子？起诸葛，总戎事[15]。

【品读】

作者以辛辣的笔调，对南宋小朝廷文武百官腐败无能、尸位素餐、宴安鸩毒、不图北伐的种种丑恶行为进行了尖锐的抨击和深刻的嘲讽。词中指出：当前并非国中无人，只是由于当权者胸无大志，但求"燕坐江沱甘自蹙"，不能举贤授能，才使

沁园春 陈人杰

丁西岁感事 [1]

谁使神州[2]，百年陆沉[3]，青毡未还[4]？怅晨星残月，北州豪杰[5]；西风斜日，东帝江山[6]。刘表坐谈[7]，深源轻进[8]，机会失之弹指间[9]。伤心事，是年年冰合，在在风寒[10]。　说和说战都难，算未必江沱堪宴安[11]。叹封侯心在，鳣鲸失水[12]；平戎策就[13]，虎豹当关[14]。渠自无谋[15]，事犹可做，更剔残灯抽剑看。麒麟阁[16]，岂中兴人物，不画儒冠[17]？

【品读】

宋理宗绍定六年（1233），蒙古军攻陷汴京，金哀宗逃至蔡州（今河南汝南）。同年蒙古约宋出兵共同灭金，答应金亡后以河南之地归宋。端平元年（1234），宋蒙联军攻下蔡州，金哀宗自杀，金亡。宋军依约进复三京（开封、洛阳、商丘），蒙古败盟毁约，发兵南下侵宋。嘉熙元年（1237），蒙军破光州，攻寿春，形势岌岌可危。本篇是作者针对当前局势而写的一首抚时感事之作。一起三句，用诘问语表述中原沦陷、国土未复的悲痛之情，谴责当权者误国误民的罪行。接着用一“怅”字领起四个短句，揭示目前所面临的危急形势。“刘表”三句，以古喻今，揭露统治集团昏聩无能，贻误战机，葬送了恢复大业。“伤心事”三句，寓情于景，抒写对国事的忧虑。换头两句，陈述自己对“和”“战”的看法，反对继续苟且偷安。然后又用一“叹”字领起四个短句，抒发壮志难酬的悲愤。“渠自无谋”三句，一反一正，表达作者力挽狂澜的决心。最后三句，慷慨激昂，强烈希望能为国家杀敌立功，名扬青史。全词从慨叹中原长期沦陷开始，针对南宋统治者宴乐苟安、坐失良机的种种罪行，予以深刻的揭露和抨击，歇拍以高昂的语气收束，表示要为宋朝的中兴而奋斗，体现了作者强烈的爱国精神。

【注释】

[1] 丁酉岁：即宋理宗嘉熙元年（1237）。

[2] 神州：古代对中国的别称。战国齐人邹衍创“大九州”说，谓“中国名曰赤县神州，赤县神州内自有九州”（见《史记·孟子荀卿列传》）。

[3] 陆沉：亦作“陆沈”。谓陆地无水而沉，比喻国土沉沦，非因洪水，而是由于祸乱。

[4] 青毡未还：指中原故土尚未恢复。

[5] 北州豪杰：指中原抗金义士。

[6] 东帝江山：指偏安一隅的南宋王朝。战国时齐湣王称东帝，后被燕将乐毅攻破。

[7] 刘表坐谈：刘表，字景升，汉献帝时任荆州刺史。据《三国志》裴松之注引《汉晋春秋》，曹操进攻柳城，刘备建议刘表袭击许昌，刘表不从，坐失良机。

[8] 深源轻进：东晋殷浩字渊源，因唐人修《晋书》，避李渊讳，改作“深源”。据《晋书·殷浩传》，永和九年（353），殷浩见前秦苻健死，想趁机北伐，收复中原，用羌人姚襄为先锋，后姚襄叛变倒戈，终因轻敌冒进而遭致失败。

[9] 弹指：比喻时间极短暂。佛经谓二十念为一瞬，二十瞬为一弹指。

[10] 在在：处处。

[11] 江沱：指江南地区。沱，江河的支流。

[12] 鳣（zhān 沾）鲸：均为大鱼。鳣鲸失水，比喻豪杰志士处于困境。

[13] 平戎策：指抗战计划。

[14] 虎豹当关：比喻奸佞当道，贤士不能被朝廷所用。

[15] 渠：他或他们，指南宋当权者。

[16] 麒麟阁：汉代阁名，在未央宫中，传为萧何造，以藏秘书。汉宣帝时曾画霍光等十一人功臣像于阁上。

[17] 儒冠：指书生。

沁园春 陈人杰

南金又赋无愁。予曰：丈夫涉世，非心木石，安得无愁时？顾所愁何如尔。杜子美平生困踬不偶[1]，而叹老羞卑之言少，爱君忧国之意多，可谓知所愁矣。若于着衣吃饭，一一未能忘情，此为不知命者[2]。故用韵以反骚[3]。

我自无忧，何用攒眉[4]，今忧古忧？叹风寒楚蜀，百年受病[5]；江分南北，千载归尤。洛下铜驼[6]，昭陵石马[7]，物不自愁人替愁。兴亡事，向西风把剑，清泪双流。　边头[8]，依旧防秋[9]，问诸将君恩酬未酬？怅书生浪说[10]，皇王帝霸；功名已属，韩岳张刘[11]。不许请缨[12]，犹堪草檄[13]，谁肯种瓜归故丘[14]！江中蜃，识平生许事，吐气成楼[15]。

【品读】

本篇抒发作者忧虑国事、壮志难酬的悲愤之情。词前小序交代了写作此词的背景。作者的朋友林南金写了一首赋愁的《沁园春》词，他曾和过一首，题为“次韵林南金赋愁”。接着南金又用原调“赋无愁”，作者不同意这种看法，于是便写了这首词予以反驳。全词以议论为主，感情充沛，气势磅礴，借人生有愁无愁的话题，对当时黑暗的现实和昏聩的南宋统治者进行了深刻的揭露和有力的鞭挞，表达了词人以天下为己任、决心献身抗战事业的爱国情怀。

【注释】

[1] 困踬（zhì至）：困顿潦倒。　不偶：不遇。

[2] 不知命者：不懂得天命的人。

[3] 反骚：谓其意与原作相反。

[4] 攒眉：紧蹙双眉。

[5] 受病：受害。

[6] 铜驼：铜铸的骆驼，古代置于宫门外。据《晋书·索靖传》：“靖有先识远量，知天下将乱，指洛阳宫门铜驼，叹曰：‘会见汝在

荆棘中耳！'"后用"铜驼荆棘"形容亡国后的残破景象。

[7] 昭陵：唐太宗的陵墓，在陕西醴泉东北五十里处。陵前有六块浮雕石刻，刻的是李世民在建立唐王朝的战争中所骑的六匹骏马的雕像。

[8] 边头：边塞。

[9] 防秋：谓秋天应加强战备，防备敌人入侵。

[10] 浪说：随便说。

[11] 韩岳张刘：指南宋初年四位抗金名将，即韩世忠、岳飞、张俊、刘锜。

[12] 请缨：用汉武帝时终军"愿受长缨，必羁南越王而致之阙下"的典故，表示希望走上杀敌报国的战场。

[13] 草檄：草写檄文。

[14] 种瓜归故丘：用秦东陵侯召平事。据《史记·萧相国世家》，秦亡，召平隐居长安城东，以种瓜为生。

[15] 蜃：海中大蛤。这三句说，如果江中之蜃知道人间这些不平之事，了解我的生平遭遇，一定会将满腹的怨气、怒气吐出来，化为楼台亭阁，使人们为之惊异。

贺新郎　李演

多景楼落成

笛叫东风起。弄尊前、杨花小扇，燕毛初紫[1]。万点淮峰孤角外，惊下斜阳似绮。又婉娩、一番春意[2]。歌舞相缪愁自猛[3]，卷长波、一洗空人世。闲热我，醉时耳。　绿芜冷叶瓜州市[4]。最怜予、洞箫声尽，阑干独倚。落落东南墙一角[5]，谁护山河万里？问人在、玉关归未？老矣青山灯火客，抚佳期、漫洒新亭泪[6]。歌哽咽，事如水。

【品读】

这是一首登临感怀，抒发忧国情思的词作。多景楼，在京口（今江苏镇江）北固山上甘露寺内，北临长江，为游览胜地，北宋书法家米芾曾赞为"天下江山第一楼"。后因兵火，屡毁屡建。淳祐年间（1241—1252），南宋国势江河日下，岌岌可危，蒙古大军正虎视眈眈，策划南侵，而当政者从朝中权贵到地方守臣不去加强防务，准备抗击侵犯，却醉心于登临游览、宴饮酬唱，使有识之士深感忧虑。作者正是怀着这样的心情，在重修多景楼落成的宴席上，写下了这首登临题咏、寄慨遥深之作。词的上片描写登楼的见闻和主客宴饮歌舞的情景；下片叙述作者眺望夕阳掩映下的东南半壁河山，感叹偏安一隅，士气萎靡，无人能承担起维护万里河山的重任，对国家的前途和命运深为忧虑。全篇即景抒感，寓情于景，表达了词人深挚的爱国情怀。

【注释】

[1] 燕毛初紫：乳燕刚刚换上了紫色的羽毛。

[2] 婉娩（wǎn wǎn 晚晚）：亦作“婉晚”，形容天气温和。

[3] 相缪：缭绕，纠结。这里是歌舞连绵不断的意思。

[4] 瓜州：在大运河入长江处，与镇江隔江斜对。

[5] 东南墙一角：指偏安一隅的东南半壁河山。

[6] 新亭：故址在今南京市。这句用东晋周𫖮新亭堕泪的典故。

喜迁莺　方岳

和余义夫行边闻捷[1]

淮山秋晓。问西风几度，雁云蛩草[2]？铁色骢骄，金花袍窄，未觉塞垣寒早。笳鼓声中晴色[3]，一羽不飞边报[4]。君莫道，怎乾坤许大[5]，英雄能少！　谈笑。鸣镝处[6]，生缚胡雏[7]，烽火传音耗[8]。漠漠寒沙，荒荒残照，正恐不劳深讨[9]。但喜欢迎马首，犹是中原遗老[10]。关何事，待归来细话，一尊倾倒[11]。

【品读】

理宗淳祐十年（1250），四川安抚制置使余玠率诸将巡边，主动出击，与蒙古军大战于兴元（今陕西汉中市），取得了一次鼓舞人心的胜利。捷报传来，士气大振，作者特意为赋此阕表示祝贺。词中充分肯定了兴元大战胜利的意义，它说明蒙古军并非不可战胜，中原儿女不乏英雄豪杰，何况还有中原遗民的支持与配合，如果朝廷能认清形势，调动各方面的积极因素，那么"生缚胡雏"，进讨漠北，光复失地，则将指日可待。

【注释】

[1] 余义夫：余玠，字义夫，号樵隐，蕲州（今属湖北省）人。少为白鹿洞诸生，为淮东制置使赵葵赏识，留之幕中。后官至兵部侍郎、四川安抚制置使兼知重庆府，在任十余年，治蜀御敌颇有功绩。

[2] 蛩草：即蟋蟀草，又称牛筋草。这里是泛指野草。

[3] 笳：管乐器。汉时流行于塞北和西域一带，故又称胡笳。古代军中常用之。

[4] 羽：这里是指羽书。古时征调军队的文书，上插羽毛表示紧急，必须速递。　边报：边防前线的报告。

[5] 乾坤：天地。　许大：这样大，如此大。

[6] 鸣镝：响箭。

[7] 胡雏：胡儿，这里是对蒙古首领的蔑称。

[8] 音耗：消息。

[9] 深讨：深入征讨。

[10] 这两句说，使人高兴的是，中原百姓纷纷前来欢迎南宋军队。

[11] 一尊：一杯。这两句说，等你胜利归来，再举杯痛饮，庆功祝贺。

六州歌头　王埜

龙蟠虎踞，今古帝王州[1]。水如淮，山似洛，凤来游[2]，五云浮。宇宙无终极，千载恨，六朝事[3]，同一梦休。更莫问闲愁，风景悠悠。得似青溪曲[4]，著我扁舟。对残烟衰草，满目是清秋。白鹭汀洲[5]，夕阳收。　黄旗紫盖[6]，中兴运，钟王气，护金瓯[7]。驻游跸[8]，开行殿[9]，夹朱楼，送华辀[10]。万里长江险，集鸿雁[11]，列貔貅[12]。扫关河，清海岱[13]，志应酬。机会何常[14]，鹤唳风声处，天意人谋[15]。臣今虽老，未遣壮心休，击楫中流[16]。

【品读】

本篇作者王埜，字子文，号潜斋，浙江金华人，嘉定十二年（1219）进士。曾任两浙转运判官、镇江知府、签书枢密院事等，积极主张加强防务，抗击蒙古军的侵犯。理宗淳祐末年（1252），迁沿江制置使、江东安抚使兼行宫留守。他考察了沿江一带的山川形势，并创设游击军，修造万艘艨艟战船，对巩固江防做出了贡献。这首词可能是他在建康任职期间写的。

上片写秋日凭高远望，描绘金陵的地理形势，并由此而引出对六朝兴亡的慨叹，流露出深深的忧国之情。下片追忆南渡初年，高宗驻跸建康的往事，抒发“扫关河，清海岱”的豪情，结拍表示“老骥伏枥，志在千里”，决心像祖逖那样，击楫中流，誓师北伐，为收复中原而战。

【注释】

[1] 龙蟠虎踞：“蟠”亦作“盘”。形容地势雄壮险要，特指建康（今江苏南京市）而言。唐李白《永王东巡歌》：“龙蟠虎踞帝王州，帝子金陵访古丘。”

[2] 凤来游：传说南朝刘宋元嘉年间，有三只五色大鸟飞至江宁（今属江苏南京市）县南的一座山上，时人认为是凤凰，于是筑台于山上，并称此山为凤台山，台曰凤凰台。

[3] 六朝事：指六朝兴亡之事。六朝，指三国的吴，东晋，南朝的宋、齐、梁、陈六个朝代，都是以建康为首都，偏安江南，时间很短。

[4] 青溪：水名，发源于今南京市钟山西南，穿过市区流入秦淮河，

长十余里。因其多曲折，故后世亦称为九曲青溪。

[5] 白鹭汀洲：即白鹭洲。古代长江中的沙洲，在今南京水西门外。后世江流西移，洲与陆地遂相连。

[6] 黄旗紫盖：古代迷信说法，天空出现黄旗紫盖状的云气，为出皇帝之兆。这里是指靖康末年徽、钦二帝被掳，高宗即位，建立南宋政权之事。

[7] 金瓯：盛酒器，比喻国土。

[8] 跸：帝王出行时开路清道，禁止通行，谓跸。也指帝王的车驾。驻跸，帝王出行途中停留暂住。这里是指建炎三年（1129），金兵南侵时，高宗曾暂住于建康。

[9] 行殿：即行宫。

[10] 辀：小车居中的弯曲车杠，代指车子。

[11] 集鸿雁：谓安集离散的难民。鸿雁，野生候鸟，在我国长江下游及稍南地区越冬。

[12] 貔貅：猛兽名，代指勇猛的士兵。

[13] 岱：泰山的别名，泛指国内大山。

[14] 机会何常：意谓北伐的机会随形势的变化而出现，不可固守常规去求。

[15] 鹤唳：鹤鸣。风声鹤唳的略语。这两句是说，击败强敌，有待天意和人谋。

[16] 击楫中流：用祖逖北伐渡江，中流击楫事。见《晋书·祖逖传》。

西河　王埜

天下事，问天怎忍如此！陵图谁把献君王[1]，结愁未已[2]。少豪气概总成尘，空余白骨黄苇[3]。　千古恨，吾老矣。东游曾吊淮水。绣春台上一回登[4]，一回揾泪[5]。醉归抚剑倚西风，江涛犹壮人意。　只今袖手野色里，望长淮犹二千里[6]。纵有英心谁寄[7]？近新来，又报胡尘起[8]。绝域张骞归来未[9]？

【品读】

理宗宝祐三年（1255），王埜被御史胡大昌弹劾，罢给事中，以端明殿学士提举洞霄官。这首词大约是他晚年罢官赋闲后写的。词以破空而来的发问开端，表达了作者无比深沉的忧国之情，痛彻肺腑，动人心魄，从而为全篇定下了基调。上片极言天下大事已不堪收拾，英雄豪杰赍志而殁，饮恨九泉，怎能不使人感到“结愁未已”！中片回忆当年东临淮水，巡视江防，登高眺望中原的往事。可叹壮志未酬，岁月蹉跎，抚今思昔，不禁感慨万千。下片谓如今虽已赋闲，远离前线，但仍然时刻关心着国家安危。新近又听说敌军发动了进攻，词人希望像张骞那样威震西域的名将，赶快出来收拾残局，力挽狂澜，重整宋室河山。

【注释】

[1] 陵图：皇陵舆图。北宋皇陵均在河南，这里用以代指中原失地。

[2] 结愁：难解的愁怀。

[3] 黄苇：枯黄的芦苇。以上两句意谓豪杰志士含恨九泉，只留下了一座座荒坟。

[4] 绣春台：在建康（今江苏南京市）城内。

[5] 揾（wèn问）：擦，揩。

[6] 长淮：即淮河。这句说自己身在后方，远离淮河前线。

[7] 英心：雄心。 谁寄：向谁倾吐。

[8] 胡尘：这里是指蒙古侵略军。

[9] 绝域：极远的地方。 张骞：西汉名将，汉中城固（今属陕西省）人，因功封博望侯。后奉武帝命出使大月氏，相约共同夹攻匈奴，在外十三年，对加强中原和西域少数民族的经济文化交流贡献颇大，是我国历史上著名的英雄人物之一。

西河 曹豳

和王潜斋韵[1]

今日事，何人弄得如此！漫漫白骨蔽川原，恨何日已！关河万里寂无烟，月明空照芦苇。　漫哀痛[2]，无及矣！无情莫问江水[3]。西风落日惨新亭，几人堕泪[4]？战和何者是良筹？扶危但看天意。　只今寂寞薮泽里[5]，岂无人高卧闾里[6]，试问安危谁寄？定相将[7]，有诏催公起[8]。须信前书言犹未[9]？

【品读】

作者曹豳，字西士，号东亩，一作东畎，温州瑞安（今属浙江省）人。嘉泰二年（1202）进士。历任重庆府司法参军，秘书丞兼仓部郎官、左司谏等，以直言敢谏著称，与王万、郭磊卿、徐清叟一起被誉为“嘉熙四谏”。本篇系对王埜《西河》（天下事）一词的和作。文如其人，忧思深远，直抒胸臆，毫不隐晦，表达了作者面对国势衰微、生民涂炭的沉哀巨痛。王词从“问天”发端，曹作则以怒斥误国权奸开篇：“今日事，何人弄得如此！”一起两句直白而有力，无异当头棒喝，说出了南宋广大军民的心里话。如今“青山一发愁蒙蒙，干戈已满天南东”，眼看半壁河山即将葬送，究竟是谁把国家弄到这步田地？千古罪责应当由谁来负？感情之激烈，笔锋之犀利，在宋人爱国词作中实属罕见。接着用“白骨蔽川原”“万里寂无烟”等令人触目惊心的画面，展示出战乱流离的惨象，进一步斥责当权者不恤国计，腐朽庸懦，置山河人民于不顾的可耻行为。最后慰勉王埜，虽然被迫赋闲，隐居山林，但你身系国家安危，相信不久朝廷就会下诏起用你，重新承担起治国安邦、抵御强敌的历史重任。

【注释】

[1] 王潜斋：王埜字子文，号潜斋。

[2] 谩：徒然。

[3] 无情莫问江水：意即莫问无情之江水。

[4] 新亭：即劳劳亭，在今南京市南。东晋士大夫常在此流涕痛哭，感叹国事。

[5] 薮泽：草野。薮，湖泽。

[6] 高卧：高枕而卧，指隐居。　闾里：乡里。

[7] 相将：行将。
[8] 诏：皇帝颁发的命令文告。
[9] 前书：以前的书信。这句是说，我以前在信中对你说的话，你相信不相信呢？

水龙吟 李璮

腰刀首帕从军，戍楼独倚闲凝眺[1]。中原气象，狐居兔穴[2]，暮烟残照。投笔书怀，枕戈待旦，陇西年少[3]。叹光阴掣电[4]，易生髀肉[5]，不如易腔改调。　世变沧海成田，奈群生几番惊扰。干戈烂漫[6]，无时休息，凭谁驱扫？眼底山河，胸中事业，一声长啸。太平时、相将近也[7]，稳稳百年燕赵[8]。

【品读】

作者李璮，字松寿，潍州（今山东潍坊市）人，李全的养子。李全死后，投元为益都行省江淮大都督。宋理宗景定三年（1262）二月，宣布反元归宋，献山东郡县，授保信宁武军节度使、督视京东河北等路军马、齐郡王。六月，元兵围益都，宋朝派青阳梦炎率兵救援。青阳惧敌畏难，不待围解，行至中途而归。八月，益都城破，李璮兵败被元军所杀。这是一首抒怀言志之作。作者出身农家，长于乱世，自幼从军，饱尝干戈之苦，目睹山河破碎，黎民涂炭，急切盼望早日驱逐"狐兔"，使受尽"惊扰"的"群生"休养生息，安居乐业，恢复中原安定繁荣的局面。此阕直抒胸臆，感情诚挚，忧国忧民之情溢于言表，反映了宋元之际人民希望过和平生活的愿望。

【注释】

[1] 戍楼：边防上的岗楼。 凝眺：凝神远望。

[2] 狐兔：代指入侵中原的北方少数民族。

[3] 陇西：泛指陇山以西地区，今属甘肃省。

[4] 掣（chè彻）电：犹言闪电，形容迅速。

[5] 髀（bì婢）肉：大腿上的肌肉。易生髀肉，感叹久处安逸，光阴易逝，思图有所作为。

[6] 干戈烂漫：形容刀光剑影，兵连祸结。烂漫，色彩鲜丽。

[7] 相将：行将，即将。

[8] 燕赵：均为古国名，战国七雄之二。这里是泛指北方地区。

酹江月 张绍文

淮城感兴

举杯呼月，问神京何在[1]？淮山隐隐。抚剑频看勋业事，惟有孤忠挺挺[2]。宫阙腥膻，衣冠沦没[3]，天地凭谁整？一枰棋坏[4]，救时着数宜紧[5]。 虽是幕府文书[6]，玉关烽火[7]，暂送平安信。满地干戈犹未戢[8]，毕竟中原谁定？便欲凌空，飘然直上，拂拭山河影。倚风长啸，夜深霜露凄冷。

【品读】

张绍文，字庶成，润州（今江苏镇江）人，词人张榘之子。约生活于宋亡前后。作者来到当时边防线上淮河岸边的一座小城，登高北望，痛感国都沦没，中原未复，不禁悲愤满怀。他认为目前虽然边关平静无事，但战争并未结束，失地尚待收复，国人绝不能苟且偷安，坐以待毙。词人以下棋为喻，希望当权者赶快采取对策，寻求出奇制胜的“着数”，只有这样才能化险为夷，转危为安。词语朴实，直抒胸臆，表达了作者深沉的爱国情怀。

【注释】

[1] 神京：指北宋国都汴京。

[2] 挺挺：正直出众的意思。

[3] 衣冠：古代士以上的人戴冠，衣冠连称，谓士以上的服装。后引申指世族、士绅，也用来象征文明传统。

[4] 枰：棋盘。

[5] 着数：下棋落子的路数。

[6] 幕府文书：指前方军事参谋机构发出的公文、报告。

[7] 玉关：玉门关，这里是指边关。

[8] 戢：收藏。这句说战争还没结束。

兰陵王 刘辰翁

丙子送春

送春去，春去人间无路。秋千外、芳草连天，谁遣风沙暗南浦[1]？依依甚意绪？漫忆海门飞絮[2]。乱鸦过，斗转城荒[3]，不见来时试灯处。　　春去，最谁苦？但箭雁沉边[4]，梁燕无主[5]，杜鹃声里长门暮[6]。想玉树凋土[7]，泪盘如露[8]。咸阳送客屡回顾[9]，斜日未能度。　　春去，尚来否？正江令恨别[10]，庾信愁赋[11]。苏堤尽日风和雨[12]。叹神游故国[13]，花记前度[14]。人生流落，顾孺子[15]，共夜语。

【品读】

本篇题为“送春”，实际是哀叹时事，抒发作者的亡国之痛。“丙子”，即宋恭帝德祐二年（1276）。这年二月，元军攻陷临安，三月掳恭帝太后妃嫔及臣僚等数千人北去。宰相陈宜中等逃至福建，并在福州拥立端宗赵昰在南方沿海一带继续进行抗元活动。其时，作者正在临安，目睹了这一幕都城沦陷、山河变色、人民涂炭的亡国惨剧。他悲恸欲绝，饱含血泪，写下了这首感人至深的爱国词作。全篇采用象征和托物寄意的表现手法，“题是送春，词是悲宋，曲折说来，有多少眼泪”(《白雨斋词话》)。三片均以“春去”开头，暗寓时移世变，南宋王朝大势已去，不可挽回，表达了词人无限悲凉凄怆的故国之恋。词语朴实自然，寄慨遥深，具有很强的艺术感染力。

【注释】

[1] 风沙：比喻敌军。 南浦：泛指送别之地。

[2] 海门飞絮：比喻逃至海上的南宋君臣。

[3] 斗转城荒：北斗星转移，春天来到，临安城中却是一片荒芜破败的景象。斗转，指北斗星转移了位置，表示春回大地。

[4] 箭雁沉边：中箭的大雁流落在边远之地。暗指被俘北去的南宋君臣。

[5] 梁雁无主：梁上的燕子，失去了主人。比喻散落在各地的南宋臣民。

[6] 长门：汉代宫殿名。这里是代指宋亡后的临安宫殿。

[7] 玉树凋土：这里是指那些为国牺牲的人。

[8] 泪盘如露：汉武帝在建章宫前造神明台，上有铜人，手托承露盘。魏明帝派人把铜人拆迁至洛阳，传说拆卸时铜人眼中流下泪来。

[9] 咸阳送客：李贺《金铜仙人辞汉歌》：“衰兰送客咸阳道，天若有情天亦老。”这里是借以表达被俘北行之人的悲痛心情。

[10] 江令恨别：江淹曾被黜为建安吴兴令，著有《别赋》。

[11] 庾信愁赋：梁朝庾信出使北周，被羁留未回，著有《愁赋》。以上两句有原注云：“二人皆北去。”

[12] 苏堤：在杭州西湖，苏轼知杭州时所筑。

[13] 神游故国：言被俘北去的人，只能在想象中游览故国河山了。

[14] 花记前度：唐刘禹锡从贬所回到长安，曾游玄都观赏桃花赋诗，又因此再度被贬。十四年后重返长安。这句是说流落在外的人，如果重回临安，一定会感慨悲伤不已。

[15] 孺子：指作者的儿子刘将孙。

酹江月 邓剡

驿中言别

水天空阔，恨东风、不惜世间英物[1]。蜀鸟吴花残照里[2]，忍见荒城颓壁。铜雀春情[3]，金人秋泪[4]，此恨凭谁雪？堂堂剑气，斗牛空认奇杰[5]。　　那信江海余生，南行万里，属扁舟齐发。正为鸥盟留醉眼[6]，细看涛生云灭[7]。睨柱吞嬴[8]，回旗走懿[9]，千古冲冠发。伴人无寐，秦淮应是孤月[10]。

【品读】

邓剡，字光荐，号中斋，庐陵（今江西吉安市）人，与文天祥既是同乡，又是志同道合的战友。南宋末年，他积极参与和协助文天祥进行抗元斗争。祥兴二年（1279），厓山兵败，他和文天祥相继被俘。次年又一起被押往元大都（今北京市）。行至金陵（今江苏南京市），邓剡因病获准留下就医，文天祥则随元军继续北上。临行前夕，作者在金陵驿馆中与文天祥挥泪话别，并写了这首饱含血泪的悲壮之歌，为友人送行。

词的上片，即景生情，通过眼前所见荒凉残破的景象，抒发深沉的亡国之痛。下片追忆文天祥在危难之中起兵抗元的经过，赞扬他不畏强敌、坚持斗争的英雄本色，同时表达了对战友的无限惜别之情。本篇用苏轼《念奴娇·赤壁怀古》原韵，情景相融，引古喻今，风格慷慨悲壮，富有艺术感染力，在宋末词坛堪称杰作。

【注释】

[1] 英物：英雄人物。

[2] 蜀鸟：指杜鹃。相传古代蜀王杜宇，号望帝，死后魂化为鸟，名杜鹃，鸣声哀切。　吴花：吴宫花草。金陵曾为三国吴都，故有此称。

[3] 铜雀：台名，三国时曹操所建，因楼顶铸有铜雀得名，故址在今河北临漳县西南。杜牧《赤壁》："东风不与周郎便，铜雀春

深锁二乔。"这句暗喻元军灭宋后，后妃宫女被掳北去之事。

[4] 金人秋泪：汉武帝时以铜铸仙人，手捧露盘，置于建章宫前。魏明帝时，将铜人迁往洛阳，传说拆运时铜人潸然泪下。这句指南宋文物宝器被掠劫一空。

[5] 堂堂：威严貌。 剑气：宝剑放射的光芒。 斗牛：指斗宿和牛宿，即北斗星和牵牛星。这两句是慨叹未能实现杀敌报国的理想。

[6] 鸥盟：与白鸥结为盟友，比喻作者和文天祥的深挚情谊。

[7] 涛生云灭：比喻形势变幻莫测。

[8] 睨柱吞嬴：据《史记·廉颇蔺相如列传》，蔺相如使秦，不畏强暴，"持其璧睨柱，欲以击柱。秦王恐其破璧，乃辞谢"。终于完璧归赵。这句称赞文天祥在敌人面前的大无畏精神。

[9] 回旗走懿：据《三国志·诸葛亮传》注，诸葛亮死后，司马懿带兵追赶蜀军，姜维等遵照诸葛亮的遗言，设计吓退了司马懿的军队。

[10] 秦淮：即秦淮河，流经金陵。

酹 江 月　文天祥

和

乾坤能大，算蛟龙、元不是池中物[1]。风雨牢愁无着处，那更寒虫四壁[2]。横槊题诗[3]，登楼作赋[4]，万事空中雪[5]。江流如此，方来还有英杰[6]。　堪笑一叶漂零，重来淮水，正凉风新发。镜里朱颜都变尽，只有丹心难灭。去去龙沙[7]，江山回首，一线青如发[8]。故人应念[9]，杜鹃枝上残月[10]。

【品读】

这首和词是作者被俘北上，在金陵告别友人邓光荐时所作。词的上片，抒写自己虽然战败被俘，身陷囹圄，但英雄本色不变，坚信必有豪杰志士继承先烈遗志，把抗元斗争进行到底。下片表达对故国江山的深深眷恋，表明自己到了北国之后，丹心不变，坚持民族气节，决心以身殉国。全篇直抒胸臆，大义凛然，慷慨悲壮，体现了文天祥这位民族英雄的浩然正气，闪耀着爱国主义精神的光辉。

【注释】

[1] 乾坤能大：天地如此之大。 蛟龙：比喻英雄豪杰。 池中物：指蛰处一隅，无远大抱负的人。

[2] 牢愁：忧愁。这两句说凄风苦雨使人愁苦不堪，无处诉说，再加上四面秋虫哀鸣，更难排解。

[3] 横槊题诗：苏轼《前赤壁赋》说曹操"方其破荆州，下江陵，顺流而东也，舳舻千里，旌旗蔽空，酾酒临江，横槊赋诗，固一世之雄也，而今安在哉？"槊，长矛。

[4] 登楼作赋：指王粲在荆州作《登楼赋》。

[5] 以上三句说古代英雄文士们的事业犹如空中的飞雪，转眼之间便消逝得无影无踪了。

[6] 方来：将来。

[7] 龙沙：泛指塞外沙漠之地。

[8] 一线青如发：苏轼《澄迈驿通潮阁》："杳杳天低鹘没处，青山一发是中原。"

[9] 故人：老朋友，指邓剡。

[10] 杜鹃：传说杜鹃鸟为古代蜀国君主杜宇死后魂魄所化，啼声悲切。这句表达了作者的亡国之痛。

沁园春　文天祥

题潮阳张许二公庙

为子死孝，为臣死忠，死又何妨！自光岳气分[1]，士无全节；君臣义缺，谁负刚肠。骂贼张巡，爱君许远，留取声名万古香。后来者，无二公之操，百炼之钢。　　人生翕欻云亡[2]。好烈烈轰轰做一场。使当时卖国，甘心降虏，受人唾骂，安得流芳？古庙幽沉[3]，仪容俨雅[4]，枯木寒鸦几夕阳。邮亭下[5]，有奸雄过此，仔细思量！

【品读】

张巡和许远是唐代两位著名的以身殉国的死难烈士。当安史之乱时，他们同心同德，协力坚守睢阳（今属河南商丘市），屏障江淮，终因粮尽援绝，城陷被俘，从容就义。南宋帝昺祥兴元年（1278），文天祥以少保右丞相兼枢密使驻兵潮阳（今属广东省），特意前往县城东郊晋谒后人为纪念张、许二公而修建的双忠庙，并赋此词抒发其为国献身的决心。词中通过咏史，表达了作者在南宋亡国前夕力挽狂澜、视死如归的决心。全篇采用议论和抒情相结合的表现手法，以儒家的伦理道德为旨归，盛赞张巡和许远的忠贞气节和高尚品德，爱憎分明，大义凛然，洋溢着强烈的爱国主义精神。

【注释】

[1] 光岳：指日月星辰、天地山河。光，谓三光，即日、月、星。岳，谓五岳，即东岳、西岳、南岳、北岳、中岳，中国五大名山之别称。这句是说安史乱起，天崩地陷，很少有守节不屈的志士。

[2] 翕欻（xī xū西虚）：即倏忽，如火光之一现，转瞬即逝。

[3] 古庙：即潮阳的张巡、许远庙。当时已经经历了两百多年。

[4] 俨雅：端整、庄重。

[5] 邮亭：古代设在沿途、供传送文书的人和旅客歇宿的馆舍。

水龙吟　陈德武

西湖怀古

东南第一名州[1]，西湖自古多佳丽。临堤台榭[2]，画船楼阁，游人歌吹。十里荷花，三秋桂子，四山晴翠。使百年南渡，一时豪杰，都忘却、平生志。　可惜天旋时异。藉何人、雪当年耻？登临形胜，感伤今古，发挥英气。力士推山[3]，天吴移水[4]，作农桑地。借钱塘潮汐，为君洗尽，岳将军泪[5]。

【品读】

南宋灭亡后，作者重游西湖，伤今怀古，写下了这首凭吊山河、感叹时事之作。上片用柳永《望海潮》词意，描绘西湖繁华秀丽的景物，而结以豪杰壮志消磨于花天酒地之中，对南渡以来沉迷腐败的现实深表痛心和惋惜。下片慨叹天旋时异、山河变色，希望借助神力，推山移水，把西湖改造成造福于人民的农桑之地，并决心发挥英雄才气，挽狂澜于既倒，实现报仇雪耻、重整故国河山的理想。这首词在宋人遗民词中是一篇很有分量的佳作。

【注释】

[1] 东南第一名州：指杭州。杭州地处东南，繁华佳丽，久负盛名，故有此称。

[2] 台榭：楼台。榭，台上的建筑物。

[3] 力士：力气特别大的人。传说古代巴蜀有五丁力士，能够推山。

[4] 天吴：古代传说中的水神。

[5] 岳将军：指南宋初年抗金名将岳飞，后被投降派赵构、秦桧以“莫须有”的罪名阴谋杀害。

念奴娇　柴望

山河

登高回首，叹山河国破，于今何有？台上金仙空已去[1]，零落逋梅苏柳[2]。双塔飞云，六桥流水，风景还依旧。凤笙龙管，何人肠断重奏？　闻道凝碧池边[3]，宫槐叶落，舞马衔杯酒。旧恨春风吹不断，新恨重重还又。燕子楼高[4]，乐昌镜远[5]，人比花枝瘦[6]。伤情万感，暗沾啼血襟袖。

【品读】

宋亡后，作者改名“宋逋臣”，与其三位从弟皆隐居不仕，人称“柴氏四隐”。此阕为其重过杭州，登高凭吊故国山河之作。词人触景伤情，感慨万端，饱含血泪描绘了杭州被敌军攻占后的残破景象，寄托了深沉的黍离之悲和亡国之痛，读之令人泣下。

【注释】

[1] 金仙：金铜仙人。汉武帝时在建章宫铸金铜仙人，上有仙人承露盘。魏明帝时被拆走。这句说宋亡后杭州故宫文物被元军掳掠一空。

[2] 逋梅：北宋诗人林逋曾隐居西湖孤山种梅养鹤。 苏柳：诗人苏轼为杭州太守时曾筑苏堤，遍栽杨柳。这句说西湖已残破不堪。

[3] 凝碧池：在唐东都洛阳神都苑内。这里代指南宋宫苑。

[4] 燕子楼：楼名。在江苏徐州市。相传唐贞元时尚书张建封的爱妾关盼盼在张死后独居此楼。后因以“燕子楼”指遭遇不幸的贵族女子居住之处。

[5] 乐昌镜远：用陈太子舍人徐德言与乐昌公主分镜事。以上两句指宋亡后后妃公主被掳，许多人家妻离子散，不能团圆。

[6] 这句化用李清照《醉花阴》词：“莫道不消魂，帘卷西风，人比黄花瘦。”

壮志难酬

酹江月 胡世将

秋夕兴元使院作[1]，用东坡赤壁韵[2]。

神州沉陆[3]，问谁是、一范一韩人物[4]？北望长安应不见，抛却关西半壁[5]。塞马晨嘶，胡笳夕引[6]，赢得头如雪。三秦往事[7]，只数汉家三杰[8]。　试看百二山河[9]，奈君门万里，六师不发[10]。阃外何人回首处[11]，铁骑千群都灭[12]。拜将台欹[13]，怀贤阁杳[14]，空指冲冠发[15]。阑干拍遍，独对中天明月。

【品读】

这首词约作于绍兴十年（1140）秋，作者在汉中任川陕宣抚使时。绍兴八年（1138），秦桧拜右仆射，同中书门下平章事兼枢密使，极力推行卖国投降政策，反对北伐，阻挠和破坏抗金救国事业。爱国志士深感报国无门，壮志难酬，英雄无用武之地。词中通过边关怀古，思昔抚今，感叹国事，对朝廷主和表示极大的愤慨。

【注释】

[1] 兴元：府名，治所在今陕西汉中市。使院：指川陕宣抚使衙署。

[2] 赤壁韵：即苏轼《念奴娇·赤壁怀古》词韵。《酹江月》为词调《念奴娇》的别名。

[3] 神州沉陆：指中原沦陷。

[4] 一范一韩：指北宋范仲淹和韩琦。他们曾驻守西北边防，抗击西夏侵扰，战功卓著。当时边境谚语说："军中有一韩，西贼闻之心胆寒；军中有一范，西贼闻之惊破胆。"

[5] 关西半壁：指函谷关以西的大片土地。

[6] 夕引：晚上吹奏。

[7] 三秦：指关中地区。秦亡后，项羽将关中分为三部分，封给秦朝降将章邯、司马欣、董翳三人，称为三秦。

[8] 汉家三杰：指汉初三位杰出的功臣张良、萧何与韩信。

[9] 百二山河：指关中地区形势险

要，秦兵二万可以抵挡诸侯的百万大军。

[10] 六师不发：谓南宋朝廷不出师北伐。六师，即六军，泛指南宋军队。这句原注："朝议主和。"

[11] 阃外：古代将帅领兵在外，称为阃外。

[12] 铁骑：本指骑兵，这里是泛指南宋军队。这句原注："富平之败。"富平，在今陕西省。建炎四年（1130），张浚率四十万大军在富平被金兵击败。

[13] 拜将台：指刘邦拜韩信为大将时所筑之台，遗址在今陕西汉中市。

[14] 怀贤阁：宋人为怀念诸葛亮所建，遗址在今陕西凤翔县。

[15] 冲冠发：形容愤怒时头发直竖，将帽子顶起。

陇头泉　张元干

少年时，壮怀谁与重论[1]。视文章、真成小技，要知吾道称尊。奏公车、治安秘计[2]，乐油幕、谈笑从军[3]。百镒黄金[4]，一双白璧[5]，坐看同辈上青云[6]。事大谬，转头流落，徒走出修门[7]。三十载，黄粱未熟[8]，沧海扬尘。　念向来、浩歌独往，故园松竹犹存。送飞鸿、五弦寓目[9]，望爽气、西山忘言。整顿乾坤，廓清宇宙[10]，男儿此志会须伸。更有几、渭川垂钓[11]，投老策奇勋。天难问，何妨袖手，且作闲人。

【品读】

这首词是作者晚年退闲以后所作。高宗绍兴年间，秦桧当权，执行投降卖国政策，排斥打击爱国志士。张元干因胡铨上书被贬，曾赋词为之送行，也遭到了秦桧的迫害。眼看奸臣弄权，国事日非，词人满怀悲愤，痛感报国无路，只得袖手去做"闲人"。但他并不悲观消沉，相信总有一天"整顿乾坤，廓清宇宙"的豪情壮志一定会得到伸展。全篇将个人的身世经历和国家大事结合在一起，寓悲于壮，读来真切感人。

【注释】

[1] 谁与重论：即与谁重论。

[2] 奏公车：即公车上书。汉制，吏民得上书言事，由公车令（属卫尉）接待，称为“至公车上书”。治安秘计：治国安邦的大计。治安，谓使政治修明。

[3] 油幕：涂油的帐幕，指军帐。

[4] 镒：古代重量单位，二十两或二十四两。

[5] 璧：古玉器名，平圆形，正中有孔。

[6] 青云：高空，比喻高官显爵。

[7] 修门：战国时楚国郢都之门。这里是指北宋都城汴京的城门。

[8] 黄粱未熟：用唐传奇《枕中记》所叙黄粱梦的故事，比喻往事如梦。

[9] 五弦：五弦琴。

[10] 廓清：肃清，澄清。

[11] 渭川垂钓：指姜子牙垂钓于渭水之滨。

小重山 岳飞

昨夜寒蛩不住鸣[1]。惊回千里梦，已三更。起来独自绕阶行，人悄悄，帘外月胧明[2]。　　白首为功名。旧山松竹老[3]，阻归程。欲将心事付瑶琴[4]，知音少，弦断有谁听！

【品读】

岳飞坚决反对秦桧的卖国投降政策。绍兴八年（1138），当宋金双方遣使谈判议和条件时，他曾公开指责秦桧说：“金人不可信，和好不可恃，相臣谋国不臧，恐贻后世讥。”（《宋史·岳飞传》）同年他在写给枢密副使王庶的信中又说：“今岁若不举兵，当纳节请闲。”（同上）由此可见，自秦桧当权以来，岳飞和许多爱国志士一样，受到投降派的压制和阻挠，深感壮志难酬，杀敌报国的理想不能实现，内心充满了忧愤和抑郁。这首词从情调看，当是绍兴八年秦桧复出任宰相以后写的。词的上片寓情于景，写作者思念中原、忧虑国事、坐卧不宁的心情，下片抒写怀念故乡、北伐受阻、心事无人理解的苦闷。此阕以平静的语气叙述不平静的思想活动，风格含蓄委婉，表达了作者壮志难酬的苦闷以及对投降派的强烈不满。

【注释】

[1] 蛩（qióng穷）：蟋蟀。

[2] 月胧明：月色朦胧，若明若暗。

[3] 旧山：旧日的家山，指故乡。

[4] 瑶琴：琴的美称。

蝶恋花　陆　游

桐叶晨飘蛩夜语。旅思秋光，黯黯长安路[1]。忽记横戈盘马处，散关清渭应如故[2]。　江海轻舟今已具。一卷兵书[3]，叹息无人付。早信此生终不遇，当年悔草《长杨赋》[4]。

【品读】

这首词大约是作者离蜀东归之前写的。上片回忆从戎南郑，“横戈盘马”于大散关一带的军旅生活。下片抒发生不逢时，壮志未酬的愤懑之情。结拍两句，情见乎词，与辛弃疾“却将万字平戎策，换得东家种树书”之意相同，婉转曲折地表达了对朝廷偏安投降的不满。

【注释】

[1] 黯黯：心情沮丧貌。　长安：这里是指南宋都城临安。这句设想回到临安后，也不会受到重用，心情仍然是十分沮丧的。

[2] 散关：即大散关，在今陕西宝鸡县西南的大散岭上，为当时宋金双方西部的分界处。

[3] 一卷兵书：汉张良曾得一老父传授《太公兵法》一编。这里是代指作者北伐抗金的计划。

[4] 《长杨赋》：西汉扬雄所作，内容为劝谏汉成帝不要耽于游猎享乐。陆游早年曾通过张焘劝谏孝宗不要沉于酒色、燕狎嬉戏，结果被贬谪外放。

鹧鸪天 陆游

家住苍烟落照间，丝毫尘事不相关。斟残玉瀣行穿竹[1]，卷罢黄庭卧看山[2]。　贪啸傲[3]，任衰残，不妨随处一开颜。元知造物心肠别[4]，老却英雄似等闲！

【品读】

此阕为作者闲居山阴故居时所作。词中通过放浪自适、与世无争生活的描写，抒发了壮志未酬、英雄无用武之地的苦闷情绪。前七句叙述闲适生活，后两句点明题旨，表达了词人对南宋统治者排斥爱国志士、坐失北伐良机的强烈不满。

【注释】

[1] 玉瀣：酒名。

[2] 黄庭：即《黄庭经》，道家的一种经书。

[3] 啸傲：谓言行自在，无所检束。

[4] 造物：古时以为万物是天造的，故称天为“造物”。这里是借指当时的最高统治者。

诉衷情 陆游

当年万里觅封侯[1]，匹马戍梁州[2]。关河梦断何处[3]？尘暗旧貂裘[4]。　胡未灭，鬓先秋，泪空流。此生谁料，心在天山[5]，身老沧洲[6]！

【品读】

陆游48岁时，应四川宣抚使王炎的邀请，曾到西北前线南郑军中任职，度过了八个多月的戎马生活。那是诗人一生中最值得怀念的一段岁月。晚年被弹劾罢官、退隐山阴故居以后，他还常常在风雪之夜，孤灯之下，回忆往事，梦游梁州，写下了一系列爱国诗词。此阕苍凉悲壮，通过今昔对比，抒发了壮志未酬、岁月虚度、英雄无用武之地的愤慨和不平。

【注释】

[1] 万里觅封侯：在边疆寻找机会，杀敌立功，以取封侯。

[2] 梁州：中国古代九州之一，辖地包括今陕西和四川部分地区。这里指南郑而言。

[3] 关河：关塞、河防，泛指边疆。梦断：梦醒。

[4] 尘暗旧貂裘：当年从军时所穿的貂皮衣服已经积满尘土，陈旧不堪。

[5] 天山：在今新疆境内，这里泛指前线。

[6] 沧洲：水滨之处，古时隐士多居山中或水边。这里指山阴镜湖之滨的诗人故居。

谢池春　陆游

壮岁从戎，曾是气吞残虏。阵云高、狼烽夜举[1]。朱颜青鬓，拥雕戈西戍[2]。笑儒冠自来多误[3]。　功名梦断，却泛扁舟吴楚。漫悲歌、伤怀吊古。烟波无际，望秦关何处[4]？叹流年又成虚度！

【品读】

此词系陆游晚年闲居故乡山阴时所作。上片回忆壮年从戎南郑的军旅生活。那时“朱颜青鬓”“气吞残虏”，对光复中原满怀信心。结句一转，用儒冠误身表示无限的感慨。下片写罢官归来以后的闲散生活。叹息流年虚度，岁月蹉跎，壮志未酬，内心充满了悲愤和忧伤。本篇抚今思昔，通过强烈的对比，表达了作者有心报国、无路请缨的沉痛心情。

【注释】

[1] 狼烽：古代边防有警，燃狼粪以报军情。段成式《酉阳杂俎》：“狼粪烟直上，烽火用之。”

[2] 雕戈：雕有花纹的戈矛，泛指兵器。

[3] 儒冠：指读书人。

[4] 秦关：泛指边关。

鹊桥仙 陆游

华灯纵博[1]，雕鞍驰射，谁记当年豪举？酒徒一一取封侯，独去作江边渔父。　　轻舟八尺，低篷三扇，占断蘋洲烟雨[2]。镜湖元自属闲人[3]，又何必君恩赐与[4]！

【品读】

本篇上片先追忆当年从戎南郑，在军旅生活中的豪举。然后叙述酒徒封侯，爱国志士却“独去作江边渔父”，现实是多么的不公平。下片描写晚年归隐镜湖后的闲散生活。一叶扁舟，出没于烟雨之中，放浪自适，大自然无须“君恩赐与”。通过今昔对比，形成鲜明的反差，以表达作者壮志未酬的深沉悲愤和对南宋统治者的强烈不满。

【注释】

[1] 华灯纵博：在华丽的灯光下，玩博弈之类的游戏。

[2] 占断：占尽。

[3] 镜湖：又名鉴湖，在今浙江绍兴市。

[4] 君恩赐与：唐贺知章告老还乡时，玄宗曾赐给他“镜湖剡川一曲”。

水龙吟　辛弃疾

登建康赏心亭[1]

楚天千里清秋[2]，水随天去秋无际。遥岑远目[3]，献愁供恨，玉簪螺髻[4]。落日楼头，断鸿声里[5]，江南游子[6]。把吴钩看了[7]，栏干拍遍，无人会[8]，登临意。　休说鲈鱼堪脍[9]，尽西风、季鹰归未[10]？求田问舍[11]，怕应羞见，刘郎才气[12]。可惜流年，忧愁风雨，树犹如此[13]。倩何人唤取[14]，红巾翠袖[15]，揾英雄泪[16]！

【品读】

本篇题为“登建康赏心亭”，是作者于淳熙元年（1174）在建康任江东安抚司参议官时写的。上片即景抒情，描写词人在清秋的傍晚独自登高眺望，看到一片寥廓苍茫的景色，从而触发了家国之恨和乡关之思。下片以古喻今，通过三个典故，对四位历史人物进行褒贬，抒发壮志未酬的抑郁情怀。这是辛弃疾的代表作之一。词中采用寓情于景和以古喻今的艺术表现手法，赞山河之壮丽，叹国势之飘摇，惜时光之虚度，发英雄之感慨，回肠荡气，动人心魄。主题深刻含蓄，情感曲折复杂，句法错落多变，具有悲壮沉郁的艺术风格。“愁”和“恨”作为中心意脉，贯穿全篇，或明或暗，或隐或显，字里行间，触处可感，表达了作者忧时伤世、壮志难伸的悲愤之情。词的语言精练，色彩鲜明，富于表现力。用典虽多，但选择得当，剪裁巧妙，切合自身实感。三个故事，引出四位历史人物，有实有虚，有正有反，针对性很强。两片之间，用化入法过渡，意脉不断，转换自然而妥帖，在艺术上很有特色。

【注释】

[1] 建康：今江苏南京市。 赏心亭：北宋丁谓建。在建康下水门城上，下临秦淮河，为游览胜地。

[2] 楚天：南国的天空。古代楚国领土包括今湖南、湖北、江西、江苏、浙江等地，后人常以楚泛指江南一带。

[3] 遥岑：远山。 远目：遥望。

[4] 玉簪螺髻（jì记）：碧玉簪和青螺髻，形容远山的形状。

[5] 断鸿：失群孤雁。

[6] 江南游子：漂泊江南的人。作者自指。

[7] 吴钩：宝刀名。相传为吴王阖闾时铸造的一对金钩（弯头宝刀），这里是泛指佩刀。

[8] 无人会：没有人理解。

[9] 脍（kuài快）：细切鱼肉。

[10] 季鹰：西晋张翰，字季鹰，吴郡（今江苏苏州市）人。《世说新语·识鉴》载："张季鹰辟齐王东曹掾，在洛，见秋风起，因思吴中菰菜、莼羹、鲈鱼脍，曰：'人生贵得适意尔，何能羁宦数千里以要名爵？'遂命驾便归。"

[11] 求田问舍：买田置屋。

[12] 刘郎：指刘备。《三国志·陈登传》："许汜与刘备并在荆州牧刘表坐，表与备共论天下人，汜曰：'陈元龙湖海之士，豪气不除。'……备问汜：'君言豪，宁有事耶？'汜曰：'昔遭乱，过下邳，见元龙，元龙无客主之意，久不相与语，自上大床卧，使客卧下床。'备曰：'君有国士之名，今天下大乱，帝主失所，望君忧国忘家，有救世之意；而君求田问舍，言无可采，是元龙所讳也，何缘当与君语！如小人，欲卧百尺楼上，卧君于地，何但上下床之间耶！'"

[13] 树犹如此：《世说新语·言语》："桓公北征，经金城，见前为琅邪时种柳，皆已十围，慨然曰：'木犹如此，人何以堪！'攀枝执条，泫然流泪。"桓公，指东晋大司马桓温。庾信《枯树赋》作"树犹如此"。

[14] 倩（qiàn欠）：请。 唤取：叫来。

[15] 红巾翠袖：古代女子的装束，这里指歌女。

[16] 揾（wèn问）：擦、揩拭。

鹧鸪天 辛弃疾

有客慨然谈功名，因追念少年时事，戏作。

壮岁旌旗拥万夫[1]，锦襜突骑渡江初[2]。燕兵夜娖银胡簶[3]，汉箭朝飞金仆姑[4]。　追往事，叹今吾，春风不染白髭须[5]。却将万字平戎策[6]，换得东家种树书[7]。

【品读】

这首词是作者闲居江西农村时写的。虽然自称“戏作”，其实感慨很深。上片以自豪的心情回忆当年在故乡山东参加抗金斗争的往事，那战火纷飞、出生入死的难忘岁月，至今依然历历在目，令人怀念。下片转写目前的处境，年迈力衰，岁月虚度，壮志未酬，往事实在不堪回首。“平戎策”换来的却是“种树书”，英雄无用武之地，暴露了南宋投降派对爱国志士的打击和迫害，读来使人悲愤不已。

【注释】

[1] 拥万夫：统率成千上万的士兵。

[2] 锦襜：锦衣战袍。襜，系在衣服前面的围裙。　突骑：骑兵突击队。

[3] 燕兵：指金兵。　娖（chuò绰）：整理，整顿。　银胡簶：银色的箭袋。

[4] 汉箭：指抗金义军射向金兵的箭。　金仆姑：箭名。

[5] 髭（zī资）须：嘴上边的胡子。

[6] 平戎策：平定外患、抗敌报国的计划、战略。这里是指作者所著《美芹十论》、《九议》等有关北伐抗金的文章。

[7] 东家：东邻人家。　种树书：关于耕种之事的农书。

鹧鸪天　辛弃疾

鹅湖归[1]，病起作

枕簟溪堂冷欲秋[2]，断云依水晚来收。红莲相倚浑如醉[3]，白鸟无言定自愁[4]。　书咄咄[5]，且休休[6]，一丘一壑也风流[7]。不知筋力衰多少，但觉新来懒上楼。

【品读】

本篇为辛弃疾被罢官后，闲居带湖时所作。一次作者游鹅湖归来，途中因遇急雨，偶感风寒，回家后便生了一场大病。病愈后遂以“鹅湖归，病起作”为题，写了三首《鹧鸪天》，这是其中的一首。词写新秋傍晚对景感怀。表面上情调较为低沉，思想深处却埋藏着对黑暗现实的强烈不满，曲折地表达了壮志未酬、报国无门的愤懑和不平。上片绘景状物，渲染气氛，突出一个“愁”字；下片剖诉心曲，通过自身遭遇，抨击南宋统治集团对爱国志士的迫害。有沉哀茹痛之语，无剑拔弩张之势。信笔写来，备感真切，含蓄蕴藉，全凭形象说话。风格苍凉悲壮，艺术感染力强，是稼轩词中的代表作之一。

【注释】

[1] 鹅湖：山名，在江西铅山县东北。山上积水成湖，湖中种有荷花，原名荷湖。东晋时有位姓龚的人住在这里养鹅，因而改称鹅湖。

[2] 枕簟（diàn电）：枕头和竹席。

[3] 浑如醉：简直像醉人一样。

[4] 白鸟：指鸥鹭一类的白色水鸟。

[5] 书咄咄：据《晋书·殷浩传》，殷浩被贬官，口无怨言，表面上若无其事，“但终日书空，作‘咄咄怪事’四字而已。”书空，用手指在空中写字。咄咄，表示惊诧的感叹词。

[6] 且休休：算了，算了。对仕途表示失望之意。据《旧唐书·司空图传》，司空图退休后，隐居中条山，筑“休休亭”，表示自己甘心退休。

[7] 一丘一壑（hè贺）：一座小山，一条深沟，指隐士所居之地。　风流：这里是潇洒、高雅的意思。

满 江 红　辛弃疾

倦客新丰[1]，貂裘敝，征尘满目[2]。弹短铗、青蛇三尺[3]，浩歌谁续[4]？不念英雄江左老[5]，用之可以尊中国。叹诗书、万卷致君人[6]，翻沉陆[7]。　休感慨，浇醽醁[8]；人易老，欢难足。有玉人怜我，为簪黄菊。且置请缨封万户[9]，竟须卖剑酬黄犊[10]。甚当年、寂寞贾长沙[11]，伤时哭。

【品读】

此词抒写壮志难酬的悲愤，沉痛激烈，感慨极深。南宋小朝廷不以国家民族利益为重，坚持偏安投降政策，打击排斥爱国志士，使他们请缨无路，报国无门，只得解甲归田，卖剑买牛，终老山林，以酒浇愁。“不念英雄江左老，用之可以尊中国”，这既是对投降派的谴责，也表达了作者的民族自尊心和爱国主义的思想感情。

【注释】

[1] 倦客：倦于宦游的人，在宦途中不得志的人。　新丰：旧县名，在今陕西临潼东北。

[2] 貂裘：貂皮做的袍子。　敝：破旧。以上两句，作者以马周、苏秦自比，言其生活很不得意。

[3] 铗（jiá夹）：剑把，亦指剑。　青蛇：指剑。

[4] 浩歌：高歌。

[5] 江左：或称江东，指长江中下游一带。这里是指偏安一隅的江南。

[6] 致君人：辅佐皇帝的人。

[7] 翻：反，反而。　沉陆：即陆沉，谓无水而沉。这里是说人才被埋没。

[8] 醽醁（líng lù灵录）：美酒名。

[9] 请缨：指投军报国。　万户：万户侯。汉制列侯食邑，大者万户，小者五六百户。

[10] 卖剑酬黄犊：卖掉刀剑，买回小黄牛。意为解甲归耕。酬，偿还的意思。

[11] 甚：正。这里是正如、正像的意思。　贾长沙：西汉贾谊曾任长沙王太傅，世称贾长沙。

水调歌头　石孝友

男儿四方志，岂久困泥沙？束书匣剑，依旧旅食在京华[1]。蹭蹬青云未遂[2]，奔走红尘何计[3]，敛袂且还家[4]。草木渐黄落，风月正清嘉。　友猿鹤，宅丘壑，乐生涯。几时雷雨，轰磕平地起龙蛇[5]。尺棰可鞭夷狄[6]，寸舌可盂社稷，无路踏云车[7]。今古万千事，洒泪向黄花[8]。

【品读】

词人志在四方，有心报国，自信“尺棰可鞭夷狄，寸舌可盂社稷”，多年奔走红尘，书剑飘零，抱负始终未得施展，只得“敛袂且还家”，去过隐居生活。回首往事，壮志未酬，悲恸欲绝，不禁“洒泪向黄花”。此词气势豪健，声情悲壮，反映了英雄无用武之地的黑暗现实。

【注释】

[1] 京华：京师，京城。这里是指南宋都城临安。

[2] 蹭蹬：失意、潦倒。　青云未遂：未能实现自己的志愿，未被朝廷重用。

[3] 红尘：指人世间。

[4] 敛袂：整一整衣袖。

[5] 磕（kē科）：敲击。

[6] 尺棰：短鞭。　夷狄：指金人。

[7] 云车：传说中仙人所乘之车。

[8] 黄花：指菊花。

满江红　杨炎正

典尽春衣，也应是、京华倦客[1]。都不记、曲尘香雾[2]，西湖南陌。儿女别时和泪拜，牵衣曾问归时节。到归来、稚子已成阴，空头白。　功名事，云霄隔；英雄伴，东南拆[3]。对鸡豚社酒，依然乡国。三径不成陶令隐[4]，一区未有扬雄宅[5]。问渔樵、学作老生涯，从今日。

【品读】

杨炎正是辛派词人，也是一位爱国志士。他追随稼轩多年，希望能为抗金复国做出自己的贡献。然而，事与愿违，他怀才不遇，未能施展平生的抱负。这首词是他晚年回到江西吉安故园以后写的。词中抚今追昔，从倦游京华、落魄而归写起，追忆当年离家之时，儿女含泪相送，牵衣询问归期；如今终于归来，鬓发已经花白，却一事无成，不禁令人黯然伤情。功名之事已成泡影，英雄豪杰又都风流云散，自己"典尽春衣"依然是"京华倦客"，还有什么值得留恋的呢？只好回乡与渔樵为伍，从今以后隐居山林，度此余生。

【注释】

[1] 倦客：倦于宦游之人，形容仕途极不得意。

[2] 曲尘：酒曲所生的细菌，色微黄如尘，因称淡黄色为曲尘。

[3] 拆：分开，分离。

[4] 三径：指隐士所居之处。陶令：指东晋隐士陶渊明，因其曾任彭泽县令，故称。

[5] 扬雄宅：西汉文学家扬雄，家贫，少田产，门前冷落。后用"扬雄宅"喻指文士的贫居。

南乡子　赵葵

束发领西藩[1]，百万雄兵掌握间。召到庙堂无一事[2]，遭弹。昨日公卿今日闲。　拂晓出长安[3]，莫待西风割面寒。羞见钱塘江上柳，何颜？瘦仆牵驴过远山。

【品读】

此词作者赵葵为南宋后期名将，自幼生长军中，与其父赵方、兄赵范驻守荆襄一带，“遇敌则深入死战”，屡立军功，后官至右丞相兼枢密使。在史弥远当政期间，曾多次受到弹劾降职。这首词写他入朝遭弹，赋闲离京时的苦闷抑郁，抒发了一位爱国将领被解除兵权后的悲愤心情。

【注释】

[1] 束发：古代男孩成童时束发为髻，因以为童年的代称。

[2] 庙堂：指朝廷。

[3] 长安：今陕西西安市，这里是指南宋都城杭州。

满江红　刘克庄

夜雨凉甚，忽动从戎之兴。

金甲雕戈[1]，记当日辕门初立[2]。磨盾鼻、一挥千纸[3]，龙蛇犹湿[4]。铁马晓嘶营壁冷[5]，楼船夜渡风涛急[6]。有谁怜、猿臂故将军[7]，无功级。　　平戎策，从军什[8]；零落尽，慵收拾。把茶经香传[9]，时时温习。生怕客谈榆塞事[10]，且教儿诵《花间集》[11]。叹臣之壮也不如人，今何及[12]！

【品读】

宁宗嘉定十年（1217），金兵南侵，次年作者投笔从戎，赴建康入江淮制置使李珏军幕任职，参加抗金战争。后因“江湖诗案”，被废置乡里十余年，但仍关心国事，希望能奔赴前线，实现杀敌报国的理想。此词上片回忆当年军中生活，写得雄奇壮阔，豪情满怀；下片抒发贬黜闲居、报国无门、壮志难酬的悲愤之情。前后对比鲜明，波澜起伏，正话反说，一腔忠愤，溢于言表，读之令人扼腕浩叹。

【注释】

[1] 雕戈：刻有花纹的戈矛。

[2] 辕门：古代将帅的营门及督抚等官署的外门。

[3] 磨盾鼻：在盾纽上磨墨，指军中作檄。

[4] 龙蛇：指草书。

[5] 铁马：披有铁甲的战马。

[6] 楼船：高大的战舰。

[7] 故将军：指西汉名将李广，贬官后被称为“故李将军”。李广臂长如猿，故谓“猿臂”。

[8] 从军什：从军时写的诗篇。

[9] 茶经：唐陆羽有《茶经》，叙述有关茶叶的品种、制茶的器具以及烹饮的方法等。　香传：宋丁谓有《天香传》，谈香料的品种、焚香的器具和方法等。

[10] 榆塞：泛指边塞。古代北方边塞植榆树，故称为“榆塞”。

[11]《花间集》：五代蜀人赵崇祚所编的一部词集，多为流连歌酒、吟风赏月之作。

[12] 这两句感叹自己年老，难以有所作为。

沁园春　刘克庄

梦孚若

何处相逢？登宝钗楼[1]，访铜雀台[2]。唤厨人斫就，东溟鲸脍[3]，圉人呈罢[4]，西极龙媒[5]。天下英雄，使君与操[6]，余子谁堪共酒杯[7]？车千乘，载燕南赵北[8]，剑客奇材。　饮酣鼻息如雷[9]，谁信被晨鸡轻唤回。叹年光过尽，功名未立，书生老去，机会方来。使李将军，遇高皇帝[10]，万户侯何足道哉！披衣起，但凄凉回顾，慷慨生哀。

【品读】

本篇通过怀念亡友方信孺，抒发词人报国无门、壮志未酬的悲愤之情。方信孺，字孚若，福建莆田人，与作者是同乡，又是志同道合的亲密朋友。韩侂胄北伐失败后，曾奉命使金，以不屈闻名于时，后屡遭黜降，未能尽展其才。词的上片描写梦境，用浪漫主义和夸张的手法，叙述梦中与故人畅游中原名胜古迹，结交天下英雄豪杰，表现出有我无敌的豪迈气概。下片转写梦醒后的悲凉心情，慨叹生不逢时，岁月虚度，功业未建，抚今思昔，不觉慷慨生哀。前后对比鲜明，虚实相映，感情深沉强烈。

【注释】

[1] 宝钗楼：故址在今陕西咸阳市，汉武帝时所建，宋代为著名的酒楼。

[2] 铜雀台：故址在今河北磁县东南，三国时曹操所建。

[3] 东溟：东海。 鲸脍：细切的鲸鱼肉片。

[4] 圉（yǔ羽）人：古代官名，掌管养马之事。

[5] 西极：遥远的西方，指西域。 龙媒：天马，骏马。

[6] 使君：古代对州郡长官的称呼，这里是指刘备。 操：即曹操。据《三国志·蜀志·先主传》，曹操一次在酒席上曾对刘备说："今天下英雄，唯使君与操耳。"

[7] 余子：其余的人。

[8] 燕南赵北：泛指今河北、山西一带。

[9] 鼻息：鼻中的呼吸，睡觉时的鼾声。

[10] 李将军：指西汉名将李广。 高皇帝：指汉高祖刘邦。

沁园春 刘克庄

答九华叶贤良[1]

一卷阴符[2]，二石硬弓[3]，百斤宝刀。更玉花骢喷[4]，鸣鞭电抹[5]；乌丝阑展[6]，醉墨龙跳[7]。牛角书生[8]，虬髯豪客[9]，谈笑皆堪折简招[10]。依稀记，曾请缨系粤[11]，草檄征辽[12]。　当年目视云霄[13]，谁信道、凄凉今折腰[14]。怅燕然未勒[15]，南归草草；长安不见[16]，北望迢迢。老去胸中，有些磊块[17]，歌罢犹须著酒浇。休休也，但帽边鬓改[18]，镜里颜凋[19]。

【品读】

此词抒写壮志难酬的悲愤，形象地反映了一位爱国志士晚年凄凉寂寞的处境。上片回忆壮年时期的豪情胜概，笔饱墨酣，慷慨激昂，生动地刻画出一位文武双全、志在杀敌报国的英雄形象。下片叙述今日的遭遇，情调悲凉，郁闷在胸，唱出了请缨无路、报国无门的不平之鸣。两片对比强烈，过渡自然，语言精练，用典较多，表现出豪放与悲壮相结合的艺术风格，继承了陆游和辛弃疾的爱国传统。

【注释】

[1] 九华：山名，在安徽青阳西南。旧名九子山，因有九峰，形似莲花，故名。为我国佛教四大名山之一。　贤良：宋代制科之一种，全称为“贤良方正能直言极谏科”。叶贤良，其人未详。

[2] 阴符：即《阴符经》，古代兵书，传为黄帝或姜太公所作。

[3] 二石硬弓：谓需能提二石重的臂力才能拉开的硬弓。古以一百二十斤为一石。

[4] 玉花骢：一种良马，又名菊花青。　喷：吐气。

[5] 电抹：形容宝马飞奔，迅如闪电。

[6] 乌丝阑：在纸或绢上所画的界格，叫阑。用墨画的称乌丝阑，用朱红色画的称朱丝阑。

[7] 醉墨龙跳：谓酒后挥毫草书，笔势如龙蛇飞舞。

[8] 牛角书生：《新唐书·李密传》载，李密少时“以蒲鞯乘牛，挂《汉书》一帙角上，行且读”。

[9] 虬髯豪客：据唐人传奇《虬髯客传》，隋末张仲坚，号虬髯客，欲争天下，路遇李靖，同至太原，见李世民，以为英主，不可与争，遂遁去。虬髯，蜷曲的胡须。

[10] 折简：亦作“折柬”，即写信。

[11] 请缨系粤：用汉终军请缨出征南越事。粤，同“越”。

[12] 草檄征辽：用李靖事。唐太宗时征讨高丽，李靖慷慨请行。草檄，起草檄文。

[13] 目视云霄：谓眼光远大，自视很高。

[14] 这句反用陶渊明不肯为五斗米折腰事，说明自己受到压抑。

[15] 燕然未勒：用汉车骑将军窦宪追击匈奴勒石燕然山的典故。

[16] 长安：借指北宋都城汴京。

[17] 磊块：亦作“垒块”，比喻胸中不平之气。

[18] 鬓改：鬓发改变颜色。谓鬓发斑白，年纪老大。

[19] 颜凋：容颜衰老。

江城子　李好古

平沙浅草接天长，路茫茫，几兴亡！昨夜波声，洗岸骨如霜[1]。千古英雄成底事？徒感慨，谩悲凉。　　少年有意伏中行[2]，馘名王[3]，扫沙场。击楫中流[4]，曾记泪沾裳。欲上治安双阙远[5]，空怅望，过维扬[6]。

【品读】

这首词是作者路过扬州时所作。前阕寓情于景，抒发兴亡之感慨；换头追忆少年时期击楫中流、扫平敌寇的豪情壮志，结拍抒写报国无门的悲愤之情。全篇意境宏阔，音调苍凉，读来感人至深。

【注释】

[1] 骨如霜：形容岸边崖石被江水冲洗发白，色似秋霜。

[2] 伏中行：谓从军。伏，佩服，向往。中行，犹中军。

[3] 馘（guó国）：古代战时割取所杀敌人的左耳，用以计功。这里是杀戮的意思。　名王：古代北方少数民族对贵族头领的称呼，

这里是指金朝统治者。

[4] 击楫中流：用晋祖逖北伐渡江中流击楫而誓的典故，表示抗金的决心。

[5] 治安：谓治国安邦之计。 双阙：皇宫门前的两座楼观，代指朝廷。

[6] 维扬：扬州的别称。

南乡子 吴潜

野景有谁收？只在苍鸥白鹭洲[1]。风树飘摇云树暗，衣飕。目断青天天际头[2]。　　壮志世难酬，丹桂红蕖又晚秋[3]。多少心情多少事，都休。载取江湖一片愁。

【品读】

作者是南宋后期一位较有远见的政治家，曾官至右丞相兼枢密使，但因与当权者意见不合，多次被弹劾贬谪。此词作于理宗开庆元年（1259）秋，南宋王朝濒临灭亡前夕。词人目断青天，愁情满怀，心事重重，深感国势飘摇，前景暗淡，凄然欲绝，不禁发出了“壮志世难酬”的悲叹。

【注释】

[1] 白鹭洲：古代长江中的沙洲，在今南京市水西门外。后因江流西移，洲与陆地遂相连接。

[2] 目断：望断，望到看不见。

[3] 红蕖：红色的荷花。

满江红　吴潜

送李御带祺[1]

红玉阶前，问何事、翩然引去？湖海上、一汀鸥鹭，半帆烟雨。报国无门空自怨，济时有策从谁吐？过垂虹、亭下系扁舟[2]，鲈堪煮。　拚一醉，留君住；歌一曲，送君路。遍江南江北，欲归何处？世事悠悠浑未了，年光冉冉今如许。试举头、一笑问青天，天无语[3]。

【品读】

这是一首送别友人归隐之词。据杨慎《词品》卷五云，李祺号竹湖，为当时名士，著有《春秋王霸列国分纪》，由于怀才不遇，不满现实而挂冠归去。作者因遭到贾似道排斥陷害，空有满腹经纶，却难以尽展其才，故与李祺心心相印，同病相怜。词中寓情于景，通过送别场面的描写，抒发了“报国无门空自怨，济时有策从谁吐”的悲愤和抑郁，反映了南宋后期朝政腐败，爱国之士壮志难酬的黑暗现实。或以为李祺（琪）当作李珙。

【注释】

[1] 御带：亦作“带御器械”，为武臣的荣誉职衔。

[2] 垂虹：即垂虹亭，在江苏吴江县松陵镇垂虹桥上。

[3] 这两句以青天无语，表达志士仁人深感寂寞凄凉之意。

沁园春 李曾伯

丙午登多景楼和吴履斋韵

天下奇观，江浮两山[1]，地雄一州。对晴烟抹翠，怒涛翻雪，离离塞草[2]，拍拍风舟。春去春来，潮生潮落，几度斜阳人倚楼。堪怜处，怅英雄白发，空敝貂裘[3]。　淮头，虏尚虔刘[4]。谁为把中原一战收！问只今人物，岂无安石[5]？且容老子，还访浮丘[6]。鸥鹭眠沙，渔樵唱晚，不管人间半点愁！危栏外，渺沧波无极，去去归休。

【品读】

本篇是理宗淳祐六年（1246），作者在镇江与吴潜登多景楼时的唱和之作。吴词感慨“匈奴未灭”，此阕怅恨“英雄白发”，一唱一和，彼呼此应，抒发了南宋后期爱国志士怀才不遇、有志难伸的悲愤之情。

【注释】

[1] 江浮两山：指沉浮于长江中的两座小山——金山和焦山。

[2] 塞草：边塞上的野草。镇江当时地处边境，故云“塞草”。

[3] 敝貂裘：形容不得意的样子。敝，破旧。貂裘，貂皮做的袍子。

[4] 虔刘：劫掠，杀戮。

[5] 安石：指东晋宰相谢安。安字安石，曾指挥淝水之战取得巨大胜利，并乘机北伐收复洛阳及青、兖、徐、豫等州。

[6] 浮丘：古代传说中的仙人。

边塞风烟

渔家傲　范仲淹

塞下秋来风景异[1]，衡阳雁去无留意[2]。四面边声连角起[3]。千嶂里[4]，长烟落日孤城闭。　浊酒一杯家万里[5]，燕然未勒归无计[6]。羌管悠悠霜满地[7]。人不寐，将军白发征夫泪。

【品读】

仁宗宝元元年（1038），西夏元昊称帝，入侵边境。宋遣诸路进讨，屡遭挫败，形势十分危急。康定元年（1040），范仲淹任陕西经略安抚副使兼知延州（治所在今陕西延安），出镇边塞。他到任后整顿州兵，分军教习，大兴营田，招还流亡，使西北前线的形势很快稳定下来。相传这首《渔家傲》是作者在延州视察清凉山时所作。词的上片写景。首句概叙边关秋色，“异”字是词眼，渲染塞上风光与内地的不同。接着从诸方面展示所见景物之“异”，用“雁去”“边声”“千嶂”“长烟”“落日”“孤城”等富于特征的意象，构制成一幅色彩鲜明的“边关之秋图”。词的下片抒情，着重刻画征人的活动与思想感情。从日落城闭到夜饮闻笛，以至彻夜不眠，层次清晰地揭示出“将军”和“征夫”复杂而又矛盾的心理活动。本篇是宋人最早也是为数不多的一首边塞词。

【注释】

[1] 塞下：边塞。

[2] 衡阳雁去：雁向衡阳飞去。衡阳，今属湖南省，旧城南衡山有回雁峰，传说秋天雁飞至此不再南进。

[3] 边声：边塞之声，如马嘶声、号角声、风沙声等。　角：指军中号角。

[4] 嶂（zhàng 丈）：像屏障一样的山峰。

[5] 浊酒：粗制的酒，其色混浊，故称。

[6] 燕然：山名，即杭爱山，在今蒙古国境内。　勒：刻。燕然未勒，意谓尚未建立破敌的功勋。

[7] 羌管：羌笛，即笛子。汉代由西羌传入内地的管乐器。

水调歌头　刘　潜

落日塞垣路[1]，风劲戛貂裘。翩翩数骑闲猎，深入黑山头[2]。极目平沙千里，惟见雕弓白羽，铁面骇骅骝[3]。隐隐望青冢[4]，特地起闲愁。　汉天子，方鼎盛，四百州。玉颜皓齿，深锁三十六宫秋。堂有经纶贤相[5]，边有纵横谋将，不作翠蛾羞？戎虏和乐也，圣主永无忧。

【品读】

作者刘潜，字仲方，曹州定陶（今属山东省）人。少卓逸有大志，好为古文，进士出身，为淄州军事推官，又知蓬莱县，与石延年为友，大约生活在真宗、仁宗时期。此词写作者塞外行猎，驱马“深入黑山头”，遥望昭君之墓，不禁感慨万端。就结拍两句“戎虏和乐也，圣主永无忧”推断，当作于“澶渊之盟”以后，宋辽之间的战争已经停止，边境地区暂时相安无事。作者或许是随使节赴辽执行公务，但事迹已无可考。

【注释】

[1] 塞垣：塞外城池。垣，墙，也用为城池的代称。

[2] 黑山：在今辽宁西南部，大凌河上游东岸。

[3] 骅骝：周穆王八骏之一，泛指骏马。

[4] 青冢：即昭君墓，在今内蒙古呼和浩特附近。

[5] 经纶：整理丝缕，引申为处理国家大事，也指政治才能。

喜迁莺 蔡挺

霜天清晓。望紫塞古垒，寒云衰草。汗马嘶风[1]，边鸿翻月，陇上铁衣寒早。剑歌骑曲悲壮[2]，尽道君恩难报。塞垣乐，尽双鞬锦带[3]，山西年少。 谈笑。刁斗静，烽火一把，常送平安耗[4]。圣主忧边[5]，威灵遐布，骄虏且宽天讨。岁华向晚愁思，谁念玉关人老！太平也，且欢娱，不惜金尊频倒。

【品读】

此词作者蔡挺，字子政，宋城（今河南商丘）人。仁宗时曾为范仲淹部下，与西夏作战多年。神宗时出知渭州，屡出奇兵，击退西夏的入侵。据《挥麈录·后录余话》载，本篇系熙宁年间，作者任平凉（今属甘肃省）帅守时所作。词的上片从边塞风光，写到戍边战士，境界壮阔，洋溢着乐观精神。下片说目前边境虽然平安无事，但敌寇未灭，“玉关人老”，希望朝廷体恤边防将士。结拍谓且喜今年太平无事，大家开怀畅饮，欢欢喜喜地庆祝一番。

【注释】

[1] 汗马：即汗血马，传说产自大宛的一种良马，能日行千里，流的汗颜色如血。

[2] 剑歌骑曲：泛指军中之乐。

[3] 鞬：马上盛弓箭的器具。

[4] 平安耗：报告平安的消息。古代边境情况紧急时，连举三火，前线无事时只燃一把火，称“平安火”。

[5] 圣主：这里是指宋神宗。

浪淘沙　裴湘

雁塞说并门[1]，郡枕西汾[2]。山形高下远相吞。古寺楼台依碧嶂，烟景遥分。　　晋庙锁溪云[3]，箫鼓仍存。牛羊斜日自归村。惟有故城禾黍地，前事消魂。

【品读】

“并门”古称并州，五代末为北汉都城，宋仁宗嘉祐时复为太原府，即今山西太原市，为当时宋辽边境上的军事重镇。此词上片描绘太原的山川形势，下片咏赞“故城”的文物古迹。作者面对边塞风烟，遥望禾黍之地，联想到这一带不断发生战争，不禁令人销魂凝思，百感交集。

【注释】

[1] 雁塞：指雁门关，在山西代县北。

[2] 西汾：指汾河，为黄河第二大支流，流经太原市。

[3] 晋庙：即晋祠，在太原市西南悬瓮山下，原为纪念晋国开国君主唐叔虞而建的祠，一名晋王祠。

望海潮　晁端礼

高阳方面[1]，河间都会[2]，三关地最称雄[3]。粉堞万层，金城百雉[4]，楼横一带长虹。烟素敛晴空。正望迷平野，目断飞鸿。易水风烟[5]，范阳山色有无中[6]。　　安边暂倚元戎。看纶巾对酒，羽扇摇风。金勒少年[7]，吴钩壮士[8]，宁论卫霍前功[9]！乃眷在清衷。恐凤池虚久[10]，归去匆匆。幸有佳人锦瑟，玉笋且轻拢。

【品读】

此词作者晁端礼，字次膺，其先澶州清丰（今属河南省）人，后徙居彭城（今江苏徐州）。举熙宁六年（1073）进士，曾两为县令，因忤上官而罢职。本篇作于河北边镇帅守席上。据《宋史》卷三一五诸韩列传，神宗、哲宗两朝，韩绛、韩维、韩缜、韩宗彦等相继出守河北。这首词中所提到的高阳、河间、三关、易水等地均在瀛州境内，大观二年（1108）又升瀛州为府，治所在河间（今河北市名）。韩缜和韩宗彦都曾出知瀛州，疑此词系作于韩府席上。前半阕描绘边关雄奇险峻的地理形势和苍茫辽阔的山光水色；后半阕赞扬主帅安边有策，战士年少英俊，勉励他们为国建立功勋。词的气概豪迈，境界壮阔，洋溢着积极进取的乐观精神。

【注释】

[1] 高阳：县名，在今河北保定东南。

[2] 河间：府、路名。北宋大观二年（1108）升瀛州为府，治所在河间。

[3] 三关：古代三个关口的总称。有几种不同说法，这里是指河北境内的淤口关（或说为草桥关）、益津关、瓦桥关。五代后周显德六年（959）世宗北取瀛、莫等州，以三关与契丹分界。

[4] 金城：坚固的城墙。金城汤池的略语。 雉：古代计算城墙面积的单位，长三丈、高一丈为一雉。

[5] 易水：在河北省西部，大清河上源支流。

[6] 范阳：古县名。唐以后治所在今河北涿州。

[7] 金勒：代指宝马。勒，套在马头上带嚼口的笼头。

[8] 吴钩：相传产于吴地的一种弯头宝刀。

[9] 卫霍：指西汉名将卫青、霍去病。

[10] 凤池：即凤凰池，为宋代中书省的所在地，代指朝廷。

菩萨蛮　王安中

六军阅罢[1]，犒饮兵将官。

中军玉帐旌旗绕[2]，吴钩锦带明霜晓。铁马去追风[3]，弓声惊塞鸿。　　分兵闲细柳[4]，金字回飞奏。犒饮上恩浓，燕然思勒功。

【品读】

徽宗宣和五年（1123），金人攻下燕京，根据宋金联合攻辽协议，燕京收复后应当交还给宋朝。此时王安中被任命为庆远军节度使、河北河东燕山府路宣抚使兼知燕山府。本篇是作者接管燕京之后，为犒赏六军、鼓舞士气之作。词的上片描写检阅入城军队的场面，下片抒发为朝廷建功的豪情，画面生动，境界壮阔，有生活实感。由于北宋统治集团的腐败无能和金人的贪得无厌以及郭药师的叛变，燕京不久又被金兵侵占，并导致了北宋政权的灭亡，其罪责应由赵佶、童贯等极少数昏庸的统治者承担。

【注释】

[1] 六军：《周礼·夏官司马》："凡制军，万有二千五百人为军。王六军，大国三军，次国二军，小国一军。"后以六军泛称朝廷的军队。

[2] 中军：春秋时大国军队分上、中、下三军，中军的地位较高。晋代置中军将军，以位置有权的大臣。这里是指军队的统帅。

[3] 追风：骏马名，秦始皇有马名追风。也用以形容马跑得很快。

[4] 细柳：古地名，在今陕西咸阳市西南渭河北岸。汉文帝时周亚夫为将军，屯军细柳，戒备森严，纪律严明，后人因称军纪严明者为"细柳营"。

喜迁莺　李　纲

塞上词

边城寒早。对漠漠暮秋，霜风烟草。战（马）长闲[1]，刁斗无声，空使荷戈人老。陇头立马极目，万里长城古道。感怀处，问仲宣云乐[2]，从军多少？　　缥缈。云岭外，夕烽一点，塞上传光小。玉帐尊罍[3]，青油谈笑，肯把壮怀销了？画楼数声残角，吹彻梅花霜晓。愿岁岁静烟尘，羌虏常修邻好[4]。

【品读】

宣和七年（1125）冬，金兵大举南下侵宋。赵佶匆匆传位给赵桓（钦宗），自己则带着一批佞臣南下逃命去了。靖康元年（1126）一月，东路金兵渡过黄河，直逼开封城下。赵桓不得已任命李纲为"亲征行营使"，主持京师防务。首都军民在李纲的组织指挥下，浴血奋战。金兵多次攻城不下，只得在勒索掳掠了大量金银财物后被迫撤退。金兵一走，宋朝内部的投降派又死灰复燃。他们以解太原之围为名，任命李纲为河东河北宣抚使，将他逐出朝廷。行至怀州（今河南沁阳），李纲突然接到朝廷诏令，要他减少所率领的一万二千人的援军。李纲上书坚决反对，但赵桓听信投降派之言，继续与金人"议和"，并下令李纲停止进兵。不久又罢免了主战派徐处仁、吴敏等人，李纲听到这些消息，慨然叹曰："事无可为者矣！"这首词是他率军驰援太原北上途中所作。前半阕描写作者立马长城古道，眺望边城暮秋，慨叹荷戈人老，流露出一种怅惘茫然的心情。后半阕叙述夜观烽火，饮酒帐中，灯下谈笑论兵，虽然形势危急，但作者仍满怀豪情，希望边境无事，能与金人和平相处，"常修邻好"。

【注释】

[1] 此处原缺一字，据词意拟补。

[2] 仲宣：汉末诗人王粲，字仲宣，先依刘表，未被重用，作《登楼赋》抒感，后为曹操幕僚。

[3] 尊罍：盛酒器。

[4] 羌虏：这里是指金人。

饮马歌 曹勋

此腔自虏中传至边，饮牛马即横笛吹之，不鼓不拍，声甚凄断。闻兀术每遇对阵之际，吹此则鏖战无还期也。

边头春未到，雪满交河道[1]。暮沙明残照，塞烽云间小[2]。断鸿悲，陇月低，泪湿征衣悄。岁华老[3]。

【品读】

靖康末，作者随徽钦、二帝北迁，行至燕山遁归，绍兴中又奉命使金，对北方的情况比较了解。据小序称，这首词的曲子原在金占区流传，作者据以填词并题名为《饮马歌》，虽非自撰腔，但配以歌词则属首创。词中描绘塞外风光，语言简朴，画面生动，声情凄清悲壮，颇有北方草原特色。

【注释】

[1] 交河：古县名，治所在今新疆吐鲁番西北交河城故址。这里是泛指塞外。

[2] 塞烽：塞上烽火。

[3] 岁华：年华。

秋波媚 陆 游

七月十六晚，登高兴亭，望长安南山[1]。

秋到边城角声哀，烽火照高台[2]。悲歌击筑[3]，凭高酹酒[4]，此兴悠哉。　　多情谁似南山月，特地暮云开。灞桥烟柳[5]，曲江池馆[6]，应待人来。

【品读】

乾道八年（1172），陆游应四川宣抚使王炎之邀，从夔州来到当时西北边境前线重镇南郑，任“左承议郎权四川宣抚使司干办公事兼检法官”，协助王炎制订北伐计划，准备进军中原。七月十六日夜，陆游与几位同僚幕友登上南郑内城西北角的高兴亭上，一边等待平安烽火，一边饮酒赏月。他们想到国土未复，国耻未雪，不禁慷慨悲歌，感慨万千。陆游乘着酒兴，写了这首洋溢着爱国激情的边塞词。本篇从月夜登高望远展开画面，融写景、叙事和抒情于一体，艺术构思很有特色。就写景而言，既突出了边塞风光的特点，又做到了虚实相映，层次分明。“边城”“角声”“烽火”“高台”是实景，而“灞桥烟柳”“曲江池馆”则是虚景。两种画面交替出现，使图像若明若暗，显得更加深邃，引人入胜。

【注释】

[1] 高兴亭：在南郑子城西北，正对南山。　南山：即终南山，主峰在今陕西省西安市南。

[2] 烽火：古代边境在高台上烧柴火或燃狼粪，作为报警的信号，称烽火。情况紧急时，连举三火；前线无事时，只举一火，称为“平安火”。这里指平安火而言。

[3] 筑：古代弦乐器，其形似筝，有五弦、十三弦、二十一弦等数种。

[4] 酹（lèi 类）酒：以酒浇地，表示祭奠。

[5] 灞桥：即霸桥，在长安城东，灞水之上，汉唐时人多在此折柳送别。

[6] 曲江：池名，故址在今陕西省西安市东南，唐以来为游览胜地。

水调歌头　崔与之

题剑阁

万里云间戍，立马剑门关。乱山极目无际，直北是长安[1]。人苦百年涂炭，鬼哭三边锋镝，天道久应还[2]。手写留屯奏，炯炯寸心丹。　对青灯，搔白发，漏声残。老来勋业未就，妨却一身闲。梅岭绿阴青子[3]，蒲涧清泉白石[4]，怪我旧盟寒。烽火平安夜，归梦到家山。

【品读】

崔与之为南宋后期名臣，宁宗嘉定年间以焕章阁待制出任成都知府兼本路安抚使，对稳定蜀中局势、巩固边防颇有贡献。剑门关，在四川剑阁县东北，地势险要，为古代兵家必争之地，有"一夫当关，万夫莫开"之称。这首词是作者任职成都、视察川北防务时所作。此阕上片写作者立马剑门关上，北望中原，慨叹国土沦丧，人民涂炭，决心为改变目前的局势、收复失地、统一祖国而贡献自己的力量。下片说老来功业未就，虽欲退闲，但重任在身，当以国事为重，所以只能在梦中回到家乡去看看。

【注释】

[1] 长安：代指北宋都城汴京。这两句用杜甫《小寒食舟中作》"云白山青万余里，愁看直北是长安"诗意。

[2] 天道：古代哲学术语。这句是说，形势早应发生变化，敌人必将衰败，宋朝定会振兴。

[3] 梅岭：即大庾岭，在江西、广东交界处。因岭上多梅，故称。

[4] 蒲涧：在广州白云山上，涧中生有九节菖蒲，其水清甜。作者曾隐居于此。

承平岁月

喜迁莺 夏竦

霞散绮[1]，月沉钩，帘卷未央楼[2]。夜凉河汉截天流[3]，宫阙锁清秋。 瑶阶曙[4]，金盘露[5]，凤髓香和烟雾[6]。三千珠翠拥宸游[7]，水殿按《凉州》[8]。

【品读】

这是一首描写宫廷生活的应制词，作于真宗景德四年（1007）。据《青箱杂记》载："景德中，夏公初授馆职，时方早秋，上夕宴后庭，酒酣，遽命中使诣公索新词。公问上在甚处，中使曰：'在拱宸殿按舞。'公即抒思，立进《喜迁莺》词。"本篇描写承平岁月宫中行乐的情景，反映了北宋初年封建帝王奢侈豪华生活的一个场面。

【注释】

[1] 霞散绮：晚霞飘散，像一匹色彩斑斓的锦缎。绮（qǐ启），锦缎。

[2] 未央楼：即未央宫。汉初始建，遗址在今陕西西安市西北郊。这里是代指宋朝的宫廷。

[3] 河汉：即银河。

[4] 瑶阶：玉阶，宫中的玉石台阶，泛指宫廷。

[5] 金盘：汉武帝曾作金人承露盘。

[6] 凤髓香：一种名贵的香料。

[7] 珠翠：珍珠和翡翠，为妇女的饰物，代指盛装的女子。这里是指宫女而言。 宸：帝王的代称。

[8]《凉州》：歌曲名，因其来自凉州（今甘肃武威），故名。这里是泛指乐曲。

多　丽　聂冠卿

李良定公席上赋

想人生，美景良辰堪惜。问其间、赏心乐事，就中难是并得。况东城、凤台沙苑[1]，泛清波、残照金碧。露洗华桐，烟霏丝柳，绿阴摇曳，荡春一色。画堂迥、玉簪琼佩[2]，高会尽词客[3]。清欢久、重燃绛蜡，别就瑶席[4]。　有翩若轻鸿体态[5]，暮为行雨标格[6]。逞朱唇、缓歌妖丽，似听流莺乱花隔。慢舞萦回，娇鬟低亸[7]，腰肢纤细困无力。忍分散、彩云归后，何处更寻觅？休辞醉，明月好花，莫谩轻掷[8]。

【品读】

这首词叙述承平岁月士大夫文人的宴游生活。作者聂冠卿为真宗大中祥符五年（1012）进士，官至翰林学士。词的上片从春日泛舟出游写到华堂夜宴；下片叙述“词客”们听歌按舞，尽情欢度良辰美景。词中流露出浓厚的及时行乐思想，反映了北宋上层人物沉迷酒色、追求物质享受的人生观，具有一定的认识价值。

【注释】

[1] 东城：指汴京城的东郊。这一带风景优美，园林池苑极多，为当时游览胜地。

[2] 画堂：本为汉代宫中的殿堂，后用以泛指华丽的堂舍。　玉簪琼佩：形容服饰华丽。

[3] 高会：盛会，盛宴。

[4] 瑶席：华美的宴席。

[5] 翩若轻鸿：形容歌女轻盈的身影。

[6] 标格：风度。

[7] 亸（duǒ朵）：下垂貌。

[8] 谩：徒然。

滴滴金　李遵勖

帝城五夜宴游歇[1]。残灯外，看残月。都人犹在醉乡中，听更漏初彻[2]。　行乐已成闲话说。如春梦、觉时节。大家同约探春行，问甚花先发？

【品读】

宋初元宵节京城规定放灯三夜，真宗时因吴越王钱俶纳土请降，遂延长两夜，即从正月十四日起至十八日止，连续五夜张灯庆祝。此词作者李遵勖娶太宗（赵光义）荆国大长公主，授左龙武将军、驸马都尉，地位十分显赫。词中描写承平岁月帝王之都欢度元宵佳节的情景。整整五个晚上，都人狂欢游乐，如醉如痴，直到十九日凌晨，“行乐”才算告一段落。然而王公贵族、骚人墨客兴犹未尽，于是“大家同约探春行”，纷纷出城到郊外名园中赏花去了。

【注释】

[1] 帝城五夜：《能改斋漫录》：“李驸马正月十九所撰《滴滴金》词也。京师上元，国初放灯止三夕，时钱氏纳土，进钱买两夜。其后十七、十八两夜灯，因钱氏而添，故词云‘五夜’。”

[2] 更漏初彻：谓漏壶滴水已尽，表示夜尽天明。

迎新春　柳　永

嶰管变青律[1]，帝里阳和新布[2]。晴景回轻煦[3]。庆嘉节、当三五[4]。列华灯、千门万户，遍九陌、罗绮香风微度。十里然绛树[5]，鳌山耸、喧天箫鼓[6]。　渐天如水，素月当午。香径里、绝缨掷果无数[7]。更阑烛影花阴下，少年人、往往奇遇。太平时、朝野多欢民康阜。随分良聚，堪对此景，争忍独醒归去[8]。

【品读】

本篇通过描写京城开封欢度元宵佳节的盛况，歌颂了仁宗时期朝野多欢、民康物阜的"太平景象"。据祝穆《方舆胜览》引范镇之语云："仁宗四十二年太平，镇在翰苑十余载，不能出一语咏歌，乃于耆卿词见之。"柳永确是一位善写都市生活、歌咏承平气象的能手。仁宗惩罚他，只看一面，不及其余，乃是一场历史的误会。此词以铺叙见长，刻画景物，渲染气氛，可谓淋漓尽致，惟妙惟肖。

【注释】

[1] 嶰管：长笛。这句以律令的变化代指节序的变换。

[2] 阳和：阳春和暖之气。

[3] 煦（xù旭）：温暖。这句说大地回春。

[4] 三五：指正月十五，即元宵节。

[5] 然：同"燃"。　绛树：张灯结彩的花树。

[6] 鳌山：将灯彩堆成一座山，像传说中的巨鳌形状，称为鳌山。

[7] 绝缨：楚庄王一次夜宴群臣，忽然烛灭，武将唐狡暗中牵王妃许姬之衣，许姬扯下了唐狡冠上的缨，要求查办。庄王不听，反而命令大家都扯下冠缨尽情欢乐。后来唐狡为庄王立了大功。　掷果：亦作"投果"。比喻妇女对美男子的爱慕。这句谓元宵之夜男女游人之盛。

[8] 争忍：怎忍，不忍。

玉楼春　柳　永

皇都今夕知何夕[1]，特地风光盈绮陌。金丝玉管咽春空，蜡炬兰灯烧晓色。　凤楼十二神仙宅[2]，珠履三千鹓鹭客[3]。金吾不禁六街游[4]，狂杀云踪并雨迹。

【品读】

此词亦写皇都元夕狂欢盛况。华灯宝炬，金翠耀目，月色花光，歌吹沸天，好一派节日风光。其夕“金吾不禁”，任都民仕女尽情游赏玩乐，自称“才子词人”的柳三变欣喜若狂，情不自禁地写了这首歌咏太平气象的《玉楼春》。

【注释】

[1] 皇都：指北宋都城汴京。

[2] 凤楼：指宫内的楼阁。

[3] 珠履：缀有明珠的鞋子，代指豪门贵族。　鹓鹭客：指朝中百官。鹓和鹭飞行有序，排列整齐，因用以比喻百官朝见时井然有序。

[4] 金吾不禁：谓元宵节开放夜禁，可以在大街上自由往来。金吾，官名，掌管京城的戒备防务。

破阵乐　柳永

露花倒影，烟芜蘸碧，灵沼波暖[1]。金柳摇风树树，系彩舫龙舟遥岸。千步虹桥[2]，参差雁齿[3]，直趋水殿[4]。绕金堤、曼衍鱼龙戏[5]，簇娇春罗绮，喧天丝管。霁色荣光[6]，望中似睹，蓬莱清浅[7]。　时见。凤辇宸游[8]，鸾觞禊饮[9]，临翠水、开镐宴[10]。两两轻舠飞画楫[11]，竞夺锦标霞烂。罄欢娱，歌鱼藻[12]，徘徊宛转。别有盈盈游女，各委明珠，争收翠羽，相将归远。渐觉云海沉沉，洞天日晚。

【品读】

此词描写三月二十日金明池龙舟竞赛的情景。除皇帝和王公大臣外，也允许士庶百姓前往观看，场面十分壮观热烈。词的上片用铺叙手法描绘金明池的风光景物，渲染热烈欢乐的气氛；下片描绘皇帝赐宴和观看龙舟竞夺锦标的场面。词中从清晨写到傍晚，生动地展现了池上一天的活动，结构严密，层次分明，将北宋前期的承平气象形容得淋漓尽致，是一幅色彩斑斓的汴京风情画。

【注释】

[1] 灵沼：本为周文王在其离京所开的一个池沼，这里是借指金明池。

[2] 虹桥：即仙桥，在金明池内，桥若飞虹之状，故称。

[3] 雁齿：指桥上并列如同雁行的柱子。

[4] 水殿：即临水殿，在金明池中，与仙桥相通。

[5] 曼衍鱼龙戏：演出各种杂剧节目。据《东京梦华录》：“近殿水中，横列四彩舟，上有诸军百戏，如大旗、狮豹、棹刀、蛮牌、神鬼、杂剧之类。”

[6] 霁色：晴天。 荣光：五色云气，古时以为祥瑞之征兆。

[7] 蓬莱：传说中的海上仙山。

[8] 凤辇：皇帝所乘的车子。 宸游：皇帝出游。

[9] 禊饮：在水边饮酒。禊，古人消除不祥之祭，常在春秋两季于水滨进行。

[10] 镐宴：语出《诗经·小雅·鱼藻》：“王在在镐，岂乐饮酒。”

[11] 舠：小船。

[12] 鱼藻：《诗经·小雅》篇名，为周天子宴饮诸侯时所唱的诗歌。

渔家傲 晏殊

画鼓声中昏又晓，时光只解催人老。求得浅欢风日好，齐揭调[1]。神仙一曲渔家傲。 绿水悠悠天杳杳[2]，浮生岂得长年少[3]？莫惜醉来开口笑，须信道，人间万事何时了？

【品读】

晏殊在仁宗朝曾为宰相，时值天下太平，社会安定，经济也较繁荣。作者身为名公巨僚，享尽荣华富贵，过着神仙一般的豪华生活。然而美中不足的是，时光无情，催人衰老，不能永葆青春。既然如此，何不及时行乐，饮酒赋诗，听歌按舞，“求得浅欢风日好”，且将人间万事淡然付之一笑？此词反映了承平时期封建官僚的生活及其精神面貌。

【注释】

[1] 揭调：高调。

[2] 杳杳：深暗幽远。

[3] 浮生：谓世事无定，生命短促，是一种消极的人生观。

拂霓裳 晏 殊

乐秋天，晚荷花缀露珠圆。风日好，数行新雁贴寒烟。银簧调脆管[1]，琼柱拨清弦[2]。捧觥船[3]，一声声、齐唱太平年。　　人生百岁，离别易，会逢难。无事日，剩呼宾友启芳筵[4]。星霜催绿鬓[5]，风露损朱颜。惜清欢，又何妨、沉醉玉尊前[6]。

【品读】

本篇描写作者秋日宴饮宾客，临风赏荷，按管调弦，同声歌唱太平年月。词中反映了北宋官僚士大夫奢侈享乐的生活，同时也说明当时天下无事，统治集团沉醉于红灯绿酒、轻歌曼舞之中，从而也暴露出潜藏的社会危机。正如李商隐《咏史》诗所说：“历览前贤国与家，成由勤俭破由奢。”

【注释】

[1] 银簧：银制的簧片。簧为乐器中用以发声的片状振动体，由苇、木、竹、金属等制成。 脆管：声音清脆的管乐器，如箫、笛之类。

[2] 琼柱：弦柱的美称。柱为瑟、筝等拨弦乐器架弦的码子。木制，桥形，立在瑟等的面板上，一柱架一弦，定弦时可左右移动，以调节音高，弹奏时则将弦的振动传导至音箱，使琴音得到美化和增强。

[3] 觥（gōng肱）船：古代一种船形的酒杯。

[4] 芳筵：华美的筵席。

[5] 星霜：星辰运转，一年循环一次；霜则每年至秋始降，用以指年岁。

[6] 玉尊：玉制的酒杯，这里指饮酒。

玉堂春 晏殊

帝城春暖[1]，御柳暗遮空苑。海燕双双，拂扬帘栊[2]。女伴相携、共绕林间路，折得樱桃插髻红。 昨夜临明微雨，新英遍旧丛[3]。宝马香车、欲傍西池看，触处杨花满袖风[4]。

【品读】

这首词描写春回大地，京都仕女相约结伴出门踏青探花。她们坐着“宝马”拉的“香车”，行驶在林间小路上，折下一朵朵红艳艳的樱桃花，争相插在自己的发髻上；她们又沿着“西池”缓缓前进，只见“旧丛”百花盛开，阵阵微风卷起纷纷扬扬的柳絮，沾得满身满袖都是。春暖花开，海燕双双，其乐融融，一派和乐温馨的气氛。词中生动地展现了承平岁月仕女游春的景象。

【注释】

[1] 帝城：指北宋京城开封。

[2] 帘栊：指窗帘。栊，窗上棂木。这两句说，燕子成双成对地在窗帘间飞来飞去。

[3] 新英：新开的花。

[4] 触处：触目所见之处，处处。

鹧鸪天 宋祁

画毂雕鞍狭路逢[1]，一声肠断绣帘中。身无彩凤双飞翼，心有灵犀一点通[2]。　　金作屋[3]，玉为笼，车如流水马游龙。刘郎已恨蓬山远，更隔蓬山几万重[4]。

【品读】

关于这首词有一段传闻，从中可以看到在承平岁月里，北宋君臣之间较为宽松、和谐而又带有几分浪漫色彩的生活。据黄昇《唐宋诸贤绝妙词选》卷三载："(宋)子京过繁台街，逢内家车子，中有褰帘者曰：'小宋也。'子京归，遂作此词，都下传唱，达于禁中。仁宗知之，问内人第几车子，何人呼小宋，有内人自陈：'顷侍御宴，见宣翰林学士，左右内臣曰：小宋也。时在车子中偶见之，呼一声尔。'上召子京，从容语及，子京皇惧无地。上笑曰：'蓬山不远。'因以内人赐之。"宋祁企图与嫔妃"调情"，本来会遭到杀身灭门之祸，可是他却遇到了一个"留意儒雅"的"开明"之君，不但不加责怪，反而笑赐"内人"，从而引出了一段"繁台艳遇"的佳话，这在封建社会也可以算是一桩奇闻逸事了。不过这段传闻的可靠性究竟有多大，谁也说不清楚，后人也只能姑妄言之、姑妄听之罢了。

【注释】

[1] 画毂(gǔ谷)：华美的车子。毂，车轮中心的圆木，周围与车辐的一端相接，中有圆孔，用以插轴。

[2] 这两句出自李商隐的《无题》(昨夜星辰昨夜风)诗。

[3] 金作屋：用"金屋藏娇"的典故。

[4] 刘郎：指刘晨。传说东汉时刘晨和阮肇入天台山采药，遇二仙女，留居半年，归来人间已过七世。

御带花　欧阳修

青春何处风光好，帝里偏爱元夕[1]。万重缯彩[2]，构一屏峰岭，半空金碧。宝檠银釭[3]，耀绛幕、龙虎腾掷[4]。沙堤远，雕轮绣毂，争走五王宅[5]。　　雍容熙熙作昼[6]，会乐府神姬[7]，海洞仙客[8]。拽香摇翠，称执手行歌，锦街天陌。月淡寒轻，渐向晓、漏声寂寂。当年少，狂心未已，不醉怎归得？

【品读】

此词为欧阳修早岁初入汴京时所作。元宵节是当时最隆重、最热烈的节日之一，据《东京梦华录》载，其夕开封城内火树银花，华灯宝炬，金碧相射，锦绣交辉，宛如人间仙境。作者也投身于狂欢的人群中，观灯赏景，执手行歌，一定要玩个痛快，不喝得酩酊大醉是决不会归去的。这首词通过元宵行乐，反映了承平岁月汴京的繁华景象，对了解当时都城的经济和文化生活有一定的参考价值。

【注释】

[1] 帝里：指北宋都城汴京。

[2] 缯彩：彩色的丝织品。缯，古代对丝织品的总称。

[3] 宝檠（qíng 擎）：华美的灯。檠，灯架，代指灯。　银釭：灯盏。

[4] 绛幕：红色的帷幕。这句说各种龙形或虎形的灯罩着红色的纱幕光彩耀目。

[5] 五王：同“五侯”，泛指王侯权贵。

[6] 雍容：从容不迫。　熙熙：和乐貌。

[7] 神姬：仙女。

[8] 海洞仙客：海外洞中的仙人。

采桑子 欧阳修

春深雨过西湖好。百卉争妍[1]，蝶乱蜂喧。晴日催花暖欲燃。
兰桡画舸悠悠去[2]。疑是神仙，返照波间。水阔风高扬管弦[3]。

【品读】

宋仁宗皇祐元年（1049），欧阳修曾出知颍州（治所在今安徽阜阳），晚年又退隐于此。他对颍州西湖的山川景物怀有深厚的感情，先后写了十首《采桑子》加以咏赞。此阕写作者春日泛舟游湖，只见两岸百花盛开，蜂喧蝶舞，霞光返照，波光粼粼，管弦声声，歌吹沸天，好一派承平欢乐的气象。词人乘着“兰桡画舸”，仰望天光水色，悠闲自得，好像进入了仙境一样。

【注释】

[1] 百卉：泛指各种花草。卉，草的总称。
[2] 兰桡：兰木做的船桨，代指华美的船。 画舸：画船，游船。
[3] 管弦：管乐器和弦乐器。

采桑子 欧阳修

画船载酒西湖好。急管繁弦，玉盏催传[1]。稳泛平波任醉眠。
行云却在行舟下。空水澄鲜[2]，俯仰留连。疑是湖中别有天。

【品读】

此阕写载酒乘舟游览西湖，一边传杯饮酒，一边聆听音乐，任凭画船荡漾于湖光山色之间。睁开醉眼，俯视湖水，忽然发现片片白云在船下飘动，于是发出了“疑是湖中别有天”的赞叹。颍州西湖风景优美，又值太平岁月，故作者有此闲情逸致，稳泛平波，俯仰流连于山光水色之间。

【注释】

[1] 玉盏：玉制的酒杯。

[2] 澄鲜：清澈明亮。

渔家傲 欧阳修

一派潺湲流碧涨，新亭四面山相向[1]。翠竹岭头明月上，迷俯仰。月轮正在泉中漾[2]。　　更待高秋天气爽，菊花香里开新酿。酒美宾嘉真胜赏，红粉唱[3]。山深分外歌声响。

【品读】

本篇为作者任滁州知州时所作。词写秋夜在醉翁亭上与嘉宾饮酒赏月。翠竹森森，溪水潺潺，一轮明月升上山头，多么令人陶醉的景色！美酒宴嘉宾，红粉声声唱，那悠扬婉转的歌声在深山中飘荡回响。作者虽然被贬外放，但当时社会表面上仍是一派升平景象，士大夫尚乏忧患意识，往往寄情于山水之乐。这首词从一个侧面反映了北宋中叶文人学士们流连歌酒、吟风赏月的生活情趣。

【注释】

[1] 新亭：指醉翁亭，在今安徽滁州西南琅琊山的两峰之间。本为山僧智仙所造，因作者常来此处宴饮，故名之曰“醉翁亭”。

[2] 泉中漾：在泉水中荡漾。泉，指酿泉。《醉翁亭记》谓：“山行六七里，渐闻水声潺潺而泻出于两峰之间者，酿泉也。”

[3] 红粉：指歌女。

木兰花令 贾昌朝

都城水绿嬉游处，仙棹往来人笑语[1]。红随远浪泛桃花，雪散平堤飞柳絮。　东君欲共春归去，一阵狂风和骤雨。碧油红旆锦障泥[2]，斜日画桥芳草路。

【品读】

此阕写汴京都民士女春日泛舟游园的情景。词中虽未正面刻画人物活动，但通过景物描绘，渲染出一派欢乐的气氛和繁华的景象，展现出一幅承平岁月的行乐图。作者一生仅赋此词。

【注释】

[1] 仙棹：形容装饰华丽的画船。

[2] 碧油：谓油壁车，古代妇女所乘的车子。

鹧鸪天 晁端礼

阆苑瑶台路暗通[1]，皇州佳气正葱葱。半天楼殿朦胧月，午夜笙歌淡荡风[2]。　车流水，马游龙，万家行乐醉醒中。何须更待元宵到，夜夜莲灯十里红。

【品读】

此词作于徽宗崇宁、大观年间，即公元12世纪初。据原序称："晏叔原近作《鹧鸪天》曲，歌咏太平，辄拟之为十篇。野人久去辇毂，不得目睹盛事，姑诵所闻万一而已。"词乃追叙旧事之作，共十首，本篇为其中的第三首。词中描写元宵前夕，皇都喜迎佳节的景象。亭台楼阁，车水马龙，家家户户都沉浸在欢乐歌舞之中。尽管元宵尚未来到，但人们急不可耐，早已张灯结彩，将十里长街映得一片通红。

【注释】

[1] 阆苑：传说中的神仙居处，常用指宫苑。 瑶台：华美的楼台。

[2] 淡荡风：微风，和风。

上林春慢 晁冲之

帽落宫花，衣惹御香，凤辇晚来初过[1]。鹤降诏飞，龙擎烛戏，端门万枝灯火[2]。满城车马，对明月、有谁闲坐？任狂游，更许傍禁街[3]，不扃金锁[4]。　玉楼人，暗中掷果。珍帘下、笑著春衫袅娜。素蛾绕钗，轻蝉扑鬓，垂垂柳丝梅朵[5]。夜阑饮散，但赢得、翠翘双亸[6]。醉归来，又重向、晓窗梳裹。

【品读】

此词描写北宋时期王公贵族欢度元宵佳节的情景。据《续骫骳说》载："都下元宵观游之盛，前人或于歌词中道之，而故族大家，宗藩戚里，宴赏往来，车马骈阗，五昼夜不止。每出，必穷日尽夜漏，乃始还家，往往不及小憩，虽含酲溢疲恧，亦不暇寐，皆相呼理残妆，而速客者已在门矣。又妇女首饰至此一新，髻鬟篸插，如蛾、蝉、蜂、蝶、雪、柳、玉梅、灯毬，袅袅满头。其名件甚多，不知起何时，而词客未有及之者。晁叔用作《上林春慢》云此词虽非绝唱，然句句皆是实事，亦前人所未尝道者，良可喜也。"

【注释】

[1] 凤辇：皇帝所乘的车子。

[2] 端门：指汴京皇宫正门宣德楼门。

[3] 禁街：皇宫周围的大街，平时禁止行人往来，故称禁街。

[4] 扃（jiōng）：门窗箱柜上的插关。这里做动词用。

[5] 素蛾、轻蝉、柳丝、梅朵：均为元宵节妇女的头饰。

[6] 翠翘：古代女子的一种首饰，形状像翠鸟尾上的长羽。 亸（duǒ朵）：下垂貌。

鹧鸪天 无名氏

忆得当年全盛时，人情物态自熙熙[1]。家家帘幕人归晚，处处楼台月上迟。 花市里，使人迷，州东无暇看州西。都人只到收灯夜[2]，已向尊前约上池。

【品读】

本篇是“靖康之难”以后，作者回忆当年汴京的繁华景象。上片概叙全盛之时的“人情物态”，家家帘幕，处处楼台，人们都沉浸在“天下太平”的欢乐气氛中。下片专写欢度元宵佳节的盛况，东京城里，华灯宝炬，金碧相射，锦绣交辉，令人目不暇接，真是“州东无暇看州西”。刚到收灯之夜，人们又在谈论要准备出城探春去了。词以怀旧的心情，叙写当年的亲身见闻，表达了对承平岁月的无限向往。

【注释】

[1] 熙熙：和乐貌。

[2] 收灯夜：据《东京梦华录》，汴京灯节从正月十四至十八日放灯，十九日收灯，“收灯夜”当指正月十八日夜。

乱世悲歌

眼儿媚 赵佶

玉京曾忆昔繁华[1]，万里帝王家。琼林玉殿[2]，朝喧弦管，暮列笙琶[3]。　花城人去今萧索[4]，春梦绕胡沙。家山何处？忍听羌管[5]，吹彻梅花[6]。

【品读】

本篇系北宋覆亡，赵佶父子被俘北去以后所作。金兵入侵，中原沦陷，给全国各地人民带来了深重的灾难，荒淫昏聩的宋徽宗赵佶、钦宗赵桓以及大批后妃公主、王公大臣也未能幸免，纷纷成为阶下之囚，被金人押往塞外，落得悲惨的下场。这首词通过一位亡国之君的亲身经历和感受，反映了那个特定历史时期的一个侧面，是一曲出自封建帝王笔下的乱世悲歌。上片回忆“靖康之难”以前，作者身居至高无上的帝王宝座，荒淫无度，恣意寻欢作乐的豪华奢侈生活。下片转写如今国亡家破，被掳北上，囚居沙漠，悲凉萧索的处境。词中通过对比，表达了作者的怀旧之情和故国之思，与李煜降宋后的一部分作品情调颇为相似。

【注释】

[1] 玉京：帝都，指北宋京城汴梁。

[2] 琼林：宋代御苑名，在汴京城西，徽宗政和二年（1112）以前，于此宴新科进士。这里是泛指皇宫御苑。

[3] 笙：簧管乐器，管为竹制，长短不一，有13至19根不等。琶：指琵琶。

[4] 花城：宋代汴京园林极多，名花荟萃，故称花城。

[5] 羌管：即笛，又名羌笛，传说出于边地羌中，故称。

[6] 梅花：指笛曲《梅花落》。

燕山亭 赵佶

北行见杏花

裁剪冰绡[1]，打叠数重，冷淡胭脂匀注。新样靓妆[2]，艳溢香融，羞杀蕊珠宫女[3]。易得凋零，更多少、无情风雨。愁苦。闲院落凄凉，几番春暮。　　凭寄离恨重重。这双燕，何曾会人言语[4]。天遥地远，万水千山，知他故宫何处[5]？怎不思量，除梦里、有时曾去。无据。和梦也、有时不做[6]。

【品读】

此阕是作者被俘后，幽禁于北方时所作。上片通过杏花的开放和零落，描写亡国后的悲惨遭遇和凄凉心情。下片见燕生感，抒发对“故宫”的怀念和深沉的离愁别恨。全词感情真挚，音调哀伤，体现了“亡国之音哀以思”的特点。

【注释】

[1] 冰绡：形容洁白、透明的丝绸。
[2] 靓（jìng 静）妆：美丽的妆饰。
[3] 蕊珠宫：道家所说的天上宫阙。
[4] 会：理解，懂得。
[5] 故宫：这里是指北宋都城汴京的宫廷。
[6] 和：连。这句说近来连回到故宫的梦也很少再做了。

忆君王 谢克家

依依宫柳拂宫墙，楼殿无人春昼长。燕子归来依旧忙。忆君王，月破黄昏人断肠。

【品读】 靖康元年（1126）12月，金兵攻陷汴京，次年正月赵佶和赵桓父子赴城外金营求和被拘。汴京军民得知徽钦二帝被扣留的消息后，成群结队自发地聚集在南薰门外和御路两旁，冒着风雪，忍着饥寒，引领翘望，等待“车驾归来”。正月二十八日，谢克家含泪写了这首哀伤悲凄的小词，表达了他深深的“爱君忧国”之情。本篇语短情长，含蓄凝练，读来感人肺腑。或谓此词为谢元及所作。

减字木兰花　蒋兴祖女

题雄州驿[1]

朝云横度，辘辘车声如水去[2]。白草黄沙[3]，月照孤村三两家。　飞鸿过也，万结愁肠无昼夜。渐近燕山[4]，回首乡关归路难。

【品读】 蒋兴祖女，名不详，常州宜兴（今属江苏省）人。其父曾为阳武（今河南原阳县）县令。靖康初金兵入侵，兴祖奋起抗战，为国捐躯，其妻及长子也相继死难。当时作者还是一位十七八岁的少女，不幸被金兵俘虏，押往北方。路过雄州驿时，含着血泪写了这首发自一位普通弱女子内心深处的乱世悲歌。上片寓情于景，抒写被俘北行途中的见闻和感受。下片对景感怀，嗟叹归乡无望的愁苦之情。全篇如泣如诉，低回悲咽，读来感人至深。

【注释】

[1] 雄州：今河北雄县。

[2] 辘辘：车轮转动的声音。

[3] 白草：北方地区的一种牧草。

[4] 燕山：在今河北省境内。亦用以代指燕京。

满江红　赵鼎

丁未九月南渡，泊舟仪真江口作

惨结秋阴，西风送、霏霏雨湿[1]。凄望眼、征鸿几字[2]，暮投沙碛[3]。试问乡关何处是[4]？水云浩荡迷南北。但一抹、寒青有无中，遥山色[5]。　天涯路，江上客；肠欲断，头应白。空搔首兴叹，暮年离拆[6]。须信道、消忧除是酒，奈酒行有尽、情无极[7]。便挽取、长江入尊罍[8]，浇胸臆。

【品读】

丁未，即靖康二年（1127）。此年四月，金人在攻陷汴京，搜括大量金银财物后，掳徽钦二帝北去，从此北宋灭亡。同年五月，赵构即位于南京（河南商丘），改元建炎，史称南宋。赵鼎被任命为权户部员外郎，不久又因张浚的推荐，除司勋郎官。金兵继续进犯，赵构准备南逃。其年九月，赵鼎辗转来到长江北岸的仪真（今江苏仪征），打算渡江南下避难。作者泊舟江口，面对变幻莫测的时代风云，怀着凄迷惨淡的心情，写了这首抚时感事、忧国怀乡的词作。上片即景生情，通过惨雾愁云、凄风苦雨、归雁寒山，烘托出兵荒马乱、国难临头的时代气氛，表达了词人去国怀乡的愁苦之情。下片直抒胸臆，哀叹“暮年离拆”，心忧肠断，欲以长江之水当作浇愁之酒，来洗尽胸中的痛苦和悲愤。

【注释】

[1] 霏霏：形容雨雪细密。

[2] 征鸿：远飞的大雁。 几字：大雁结队飞行，在空中排成“一”字或“人”字形。

[3] 沙碛：沙滩。

[4] 乡关：家乡。作者为山西闻喜人，此时已被金兵占领，故有“何处是”之叹。

[5] 一抹：形容微云缭绕山间。

[6] 离拆：离别分散。

[7] 酒行：饮酒。

[8] 尊罍：古代的盛酒器。

采桑子 朱敦儒

彭浪矶[1]

扁舟去作江南客，旅雁孤云。万里烟尘[2]，回首中原泪满巾。
碧山对晚汀洲冷，枫叶芦根。日落波平，愁损辞乡去国人[3]。

【品读】

本篇作于建炎年间。中原沦陷后，朱敦儒离开故乡洛阳，逃往江南避难。途经江西彭泽县的彭浪矶时，在长江舟中写了这首小令，抒发自己“辞乡去国”的悲愁之情。词的上下两片，格律、结构和艺术表现手法相同，前三句着重写景，第四句直抒胸臆，情景相融，意境沉郁苍凉。说明南宋初年兵连祸结、战乱不已的现实，使作者的生活、思想感情和词风都发生了明显的变化。

【注释】

[1] 彭浪矶：又作彭郎矶。在江西彭泽县西北，临长江。

[2] 烟尘：风烟尘土，代指战争。

[3] 愁损：愁煞，愁坏。

相见欢 朱敦儒

金陵城上西楼[1]，倚清秋。万里夕阳垂地、大江流。　中原乱，簪缨散[2]，几时收？试倩悲风吹泪、过扬州[3]。

【品读】

此词作于南宋初年。金兵入侵、中原沦陷，不少诗人、词人遭此浩劫后，都痛切地感到再也不能像承平时期那样闭门苦吟，雕章琢句了。他们面对刀光剑影，迎着血雨腥风，悲愤难禁，百感交集，要求直抒胸臆，放声唱出内心深处的痛苦，表达恢复和平安定生活的愿望。一个秋日的傍晚，作者登上金陵西门城楼，放眼眺望，愁肠百结，写下了这首伤时忧国、寄慨遥深的词作。上片状景，下片抒感，言简意深，语短情长。换头三个短句，声泪俱下，表达了收复中原的殷切期望。结拍托悲风将忧国之泪洒向抗金前线的扬州，读来感人至深，是一曲士大夫知识分子的乱世悲歌。

【注释】

[1] 金陵：今江苏南京市。

[2] 簪缨：簪子和帽带，古代贵族的帽饰。代指士大夫官僚。

[3] 倩：请求。

水龙吟 朱敦儒

放船千里凌波去[1]，略为吴山留顾[2]。云屯水府[3]，涛随神女[4]，九江东注[5]。北客翩然[6]，壮心偏感，年华将暮。念伊嵩旧隐[7]，巢由故友[8]，南柯梦[9]，遽如许[10]！　回首妖氛未扫[11]，问人间、英雄何处？奇谋报国，可怜无用，尘昏白羽[12]。铁锁横江，锦帆冲浪，孙郎良苦[13]。但愁敲桂棹[14]，悲吟梁父[15]，泪流如雨。

【品读】

这首长调也是建炎年间，作者避难江南，舟行长江时所写。上片从船上所见，引出对承平时期即“靖康之难”以前隐居生活的回忆，暗寓时移世变、身世飘零之感。下片直陈时事，痛心“妖氛未扫”，敌寇猖獗，英雄无觅，报国无路，只能“愁敲桂棹、悲吟梁父”，泪洒江天。全词即景抒情，间以叙事和议论，声情悲壮，忧时伤乱，表达了词人对国事的关切和壮志难酬的悲愤之情。推动了南宋前期词风的变化。

【注释】

[1] 凌波去：乘风破浪而去。凌，渡，逾越。

[2] 略为：稍微，形容时间短暂。 吴山：泛指江南之山。 留顾：停留瞻望。

[3] 水府：星官名。这句说乌云聚集在水府星附近。谓天将下雨。

[4] 神女：指传说中朝为行云、暮为行雨的巫山神女。

[5] 九江：诸水汇流而成的大江。九，极言其多。长江由众多支流汇聚而成，故曰。

[6] 北客：北方南来之人，作者自称，因其家在洛阳，故曰。 翩然：指舟行迅疾如飞。

[7] 伊嵩：伊水与嵩山，均在河南境内。

[8] 巢由：巢父、许由，都是古代的隐士。

[9] 南柯梦：唐李公佐传奇小说《南柯太守传》谓：淳于棼梦至槐安国，国王以女妻之，任南柯太守，荣华富贵，显赫一时。后与敌战败，公主亦死，被遣回。醒后见槐树南枝下有一蚁穴，即梦中所历。后人因称为“南柯梦”。

[10] 遽：就。 如许：如此。

[11] 妖氛：凶气。指金兵。

[12] 白羽：白羽扇，古代儒将常挥白羽扇，指挥作战。这句是说战火不断，天昏地暗。

[13] 孙郎：指三国东吴末帝孙皓。这三句以晋灭东吴比喻金兵侵宋，暗喻目前形势危急，不能再蹈“孙郎”的覆辙。

[14] 桂棹：船桨的美称，这里代指船。

[15] 梁父：即《梁父吟》，一作《梁甫吟》，乐府《楚调曲》名。今存古辞，传为诸葛亮所作。

临江仙 朱敦儒

直自凤凰城破后[1]，擘钗破镜分飞[2]。天涯海角信音稀。梦回辽海北[3]，魂断玉关西[4]。　月解重圆星解聚，如何不见人归？今春还听杜鹃啼。年年看塞雁[5]，一十四番回[6]。

【品读】

金兵入侵，中原沦陷，使广大人民饱尝离乱之苦。词中描写一对夫妻，自从汴京城破后，便离散“分飞”，天各一方，音信全无。十四年过去了，主人公魂牵梦绕，无时无刻不在盼望着亲人的消息，幻想能够破镜重圆。然而，事与愿违，希望一次又一次变成了失望。她悲痛欲绝，泣血摧心，不禁仰首问天：“月解重圆星解聚，如何不见人归？”词的情调哀伤，风格凄婉，通过一个家庭的悲剧，从一个侧面反映了那个苦难深重的时代生活，也是一曲催人泪下的乱世悲歌。

【注释】

[1] 凤凰城：亦作“凤城”，指京都。
[2] 擘钗：分钗。古代情人、夫妻离别时往往分钗作为纪念。　破镜：用陈太子舍人徐德言与乐昌公主破镜重圆的故事。
[3] 辽海北：指东北地区。据此句，主人公所怀念的亲人可能被金兵俘虏北去。
[4] 玉关西：泛指边塞遥远的地方。
[5] 塞雁：从塞外飞回来的大雁。
[6] 番：次。

沙塞子 朱敦儒

万里飘零南越[1]，山引泪，酒添愁。不见凤楼龙阙、又惊秋[2]。　　九月江亭闲望，蛮树绕，瘴云浮。肠断红蕉花晚、水西流。

【品读】

南渡初年，作者避难两广，时值国亡家破，兵荒马乱，重九登江亭北望，“不见凤楼龙阙”，感时伤世，慷慨生哀，从而写下了这首“山引泪，酒添愁”的乱世悲歌。

【注释】

[1] 南越：也作“南粤”，指今广东、广西一带。

[2] 凤楼龙阙：皇宫的楼阁，代指北宋都城汴京。

武陵春　李清照

风住尘香花已尽[1]，日晚倦梳头。物是人非事事休，欲语泪先流。　　闻说双溪春尚好[2]，也拟泛轻舟。只恐双溪舴艋舟[3]，载不动，许多愁。

【品读】

绍兴四年（1134）秋，金兵与伪齐刘豫政权联合进犯南宋。江浙一带，人心惶惶，人们纷纷离家出逃。“易安居士亦自临安溯流，涉严滩之险，抵金华，卜居陈氏第。”（《打马图经序》）次年春，词人在金华避难所，怀着愁苦悲凉的心情吟成此阕，倾诉了自“靖康之难”以来，自己所遭遇的种种不幸和心灵深处的沉哀巨痛，反映了她横遭时代风雨摧残的悲惨命运。全词自抒胸臆，侧重刻画抒情主人公的心理活动。词中虽然也写到了风、花、溪、舟等景物，其实这一天她哪儿也没有去，一直呆呆地坐在屋子里，睹物伤情，泪流不止。上片极言眼前景物不堪，心情凄凉，前两句含蓄蕴藉，后两句真率自然。一位心事重重、双颊常常挂着泪珠的愁妇形象，活灵活现地展现在读者面前。下片宕开一笔，从远处说起。过片两句暂时撇开愁苦，却写有意泛舟出游，然而这仅是词人心中的一闪念，意在逼出下文，为结拍做铺垫。最后两句，紧承前文，说明不去双溪的理由。想去而终未去，是由于担心双溪上的舴艋小舟，载不动自己的全部哀愁。这里连用“闻说”“也拟”“只恐”三个虚词，将复杂矛盾的心理变化过程描写得十分曲折深婉，真切生动。本篇构思新颖，语浅意深，风格凄婉劲直，艺术感染力很强。其中以舟载愁、舟轻愁重的比喻，在继承前人写愁意象的基础上又有所创新。

【注释】

[1] 尘香：花落在地，尘土带香。

[2] 双溪：水名，在浙江金华境内。本为两条小溪：一曰东港，一曰南港，至金华城东南合流，注入婺江，两水交汇处称“双溪”。

[3] 舴艋舟：小船，形似蚱蜢，故名。

清平乐　李清照

年年雪里，常插梅花醉。挼尽梅花无好意[1]，赢得满衣清泪。　今年海角天涯，萧萧两鬓生华[2]。看取晚来风势，故应难看梅花。

【品读】

这首小词也是南渡以后写的。词以赏梅为契机，通过回忆对比，反映了作者早年和晚年两个时期生活境遇和思想感情的巨大变化。南渡之前，天下太平，生活美满，因此年年踏雪出游，“常插梅花醉”；有时因丈夫外出，见梅怀人，也曾滴下点点“清泪”。如今国亡家破，丈夫不幸逝世，自己独自背井离乡，逃难来到天涯海角，时移世变，物是人非，两鬓如霜，虽然又到了梅花开放的季节，可我哪里还有闲情逸致去观赏梅花呢？词语朴直，音调凄怆，寄寓着深沉的今昔之感和家国之痛，是一曲哀婉动人的乱世悲歌。

【注释】

[1] 挼（ruó）：揉搓。　无好意：心情不好。

[2] 萧萧：头发花白稀疏貌。

声声慢　李清照

寻寻觅觅，冷冷清清，凄凄惨惨戚戚[1]。乍暖还寒时候，最难将息[2]。三杯两盏淡酒，怎敌他、晓来风急[3]？雁过也，正伤心，却是旧时相识。　　满地黄花堆积。憔悴损[4]，如今有谁堪摘？守着窗儿，独自怎生得黑[5]！梧桐更兼细雨，到黄昏、点点滴滴。这次第[6]，怎一个愁字了得！

【品读】

金兵入侵，中原沦丧，使国家陷入了苦难的深渊，广大人民流离失所，转死沟壑，处于水深火热之中。女词人李清照在这个动乱的时代，也历尽劫波，遭遇了国亡、家破、夫死的巨大灾难和不幸。这首词写她晚年流落江南后的一天从早到晚的生活感受。全篇以抒情主人公为中心，通过萧瑟的秋风、南飞的大雁、憔悴的残菊、飘零的梧桐、淅沥的细雨等客观景物，展现出一幅衰飒凄清的画面。满纸呜咽，字字含泪，如泣如诉地倾吐了作者内心深处难以言状的寂寞愁苦之情。词一开始，便连用十四个叠字，使积压在心头的哀怨悲愁，好像自肺腑中突然喷薄而出，顿时将读者引向一种令人凄怆心碎的意境之中。这十四个字，极有层次，由表及里，层层深入，将主人公的心理情态，表现得淋漓尽致。换头以后，写傍晚前后独守寒窗的所见所闻和所感所思。结拍两句是全篇的主旨，作者用“愁”字画龙点睛，总摄全局，可谓一字千钧。词以抒写凄惨开始，以唱叹愁情结束，中间或融情入景，或借景抒情，首尾照应，绾合甚密。后阕“点点滴滴”，再用叠字，照映得法，俱无斧凿痕迹，超然笔墨蹊径之外，堪称绝唱，显示了词人高超的艺术造诣。

【注释】

[1] 戚戚：忧愁悲伤的样子。

[2] 乍暖还寒：刚刚暖和又寒冷了。指深秋变化无常的天气。将息：调养、保重的意思。

[3] 晓来：一作“晚来”。

[4] 憔悴损：甚为憔悴。损，煞，甚为、极为。

[5] 怎生：怎样。生，语尾助词。

[6] 这次第：这情形、这光景。

秦楼月 向子諲

芳菲歇[1]，故园目断伤心切[2]。伤心切，无边烟水，无穷山色。　可堪更近乾龙节[3]，眼中泪尽空啼血。空啼血，子规声外[4]，晓风残月。

【品读】

本篇为南渡初年所作。词中寓情于景，抒发了作者感叹时危世艰，怀念中原故国的悲痛心情。春归花落，杜鹃啼血，国亡家破，靖康之耻犹未洗雪。词人面对此景此情，眼泪流干，心中无限忧伤悲切。词的感情真挚，意境凄清，读来催人泣下。

【注释】

[1] 芳菲：芬芳艳美的花草。

[2] 故园：故乡。这里是指中原故土。

[3] 乾龙节：指宋钦宗赵桓生日，即农历四月十三日。

[4] 子规：即杜鹃鸟，传说为古蜀国王杜宇死后魂化，啼声悲切，直至泣血。

金人捧露盘　曾觌

庚寅岁春，奉使过京师感怀

记神京，繁华地，旧游踪。正御沟、春水溶溶[1]。平康巷陌[2]，绣鞍金勒跃青骢[3]。解衣沽酒醉弦管，柳绿花红。到如今、余霜鬓[4]，嗟前事、梦魂中。但寒烟、满目飞蓬[5]。雕阑玉砌[6]，空锁三十六离宫[7]。塞笳惊起暮天雁[8]，寂寞东风。

【品读】

据《宋史·佞幸·曾觌传》，孝宗乾道五年（1169）冬，以汪大猷为贺金正旦使，曾觌为副，前往金国。他们在回国途中，于次年（庚寅，1170）春，经过北宋都城汴京。作者是汴京人，四十多年后故地重游，感慨今昔，家国之恨一齐涌上心头，于是写了这首《金人捧露盘》。词的上片，用“记神京”开篇，化实为虚，回忆当年故都“柳绿花红”的繁华景象和自己裘马清狂、“解衣沽酒”的浪漫生活。下片以“到如今”过渡，由虚入实，描绘汴京沦陷以后“满目飞蓬”的衰败现实和词人凄凉悲怆的心情。词中通过鲜明的今昔对比，充分表现了作者的盛衰之感和黍离之叹。

【注释】

[1] 御沟：指汴京御路（亦称御街）两旁的水沟。

[2] 平康：唐代长安里名，亦称平康坊，为妓女聚居之所。这里是指汴京倡楼酒馆林立的繁华之处。

[3] 骢：青白色的马，今名菊花青马，也泛指马。

[4] 霜鬓：鬓发色如白霜，形容年迈。

[5] 飞蓬：蓬，指蓬草，枯后根断，遇风飞旋，故称飞蓬。常用来比喻行踪漂泊不定。

[6] 雕阑玉砌：雕花的阑干和玉石砌成的台阶，泛指宫殿。

[7] 离宫：本指皇帝正宫以外临时居住的宫室，这里是泛指汴京的皇宫。

[8] 塞笳：即胡笳，古管乐器。汉时流行于塞北和西域一带，故又称塞笳。

好事近 韩元吉

汴京赐宴闻教坊乐有感

凝碧旧池头[1]，一听管弦凄切。多少梨园声在[2]，总不堪华发。　　杏花无处避春愁，也傍野烟发。惟有御沟声断[3]，似知人呜咽。

【品读】

据《宋史·孝宗纪》和《金史·交聘表》载，乾道八年（1172）十二月，宋遣试礼部尚书韩元吉、利州观察使郑兴裔为正副使臣，赴燕京祝贺金主完颜雍生辰万春节（三月一日）。次年初春，他们行至汴京，金人设宴奏乐款待。词人对酒闻乐，触景生情，感慨不已，于是写了这首《好事近》。上片即席抒感，用唐代“安史之乱”时发生在长安的一段悲剧故事，表达“汉使作客胡作主”（陆游《得韩无咎书寄使虏时宴东都驿中所作小阕》）的沉痛心情。下片借景言情，以杏花生愁和御沟呜咽，反衬词人的极度悲哀。

【注释】

[1] 凝碧旧池头：凝碧池在唐东都洛阳神都苑内。

[2] 梨园：唐玄宗时教练宫廷歌舞艺人的地方。这里是指北宋宫廷乐队。

[3] 御沟：汴京御路两旁的水沟。

念奴娇　阎苍舒

疏眉秀目，向尊前、依旧宣和妆束[1]。贵气盈盈风韵爽，举止知非凡俗。宋室宗姬，陈王爱女，曾嫁貂蝉族[2]。干戈浩荡，事随天地翻覆。　　珠泪揾了偷弹，劝人饮尽，愁怕吹笙竹。流落天涯俱是客，何必平生相熟。旧日繁华，如今憔悴，付与杯中醁[3]。兴亡休问，为予且嚼船玉[4]。

【品读】

北宋灭亡时，金兵除了掠夺大量金银、珠宝、服饰、车马、文物典籍外，还掳走了徽钦二帝和宗室、后妃、公主以及内侍倡优、技艺工匠等三千余人。其中一些人被迫自杀或被折磨致死，一些人沦为奴隶、倡妓，过着十分悲惨的生活。这首词中的女主人公，是赵佶的一位孙女。她的父亲赵机被封为陈王，早年已经逝世。“靖康之难”时，这位结婚不久的公主，也随她的祖父、伯父和叔父们一起被俘掳北去。后来流落民间，行歌卖唱，吹笙弄竹，陪酒劝饮，过着卑贱凄凉的生活。词的上片，叙述作者偶然在歌楼酒馆与这位女子相逢。观其举止、装束和风韵，知她定非“凡俗”之辈。后来经过倾心相谈，才了解到她是“宋室宗姬，陈王爱女”，一位“贵气盈盈”的金枝玉叶。由于金兵入侵，国亡家破，在战乱流离、天翻地覆的社会巨变中，沦落到了如今的悲惨境地。下片描写她当前的遭遇和苦不堪言的沉痛心情。“珠泪揾了偷弹，劝人饮尽，愁怕吹笙竹”，她的命运多么不幸呵！最后作者安慰她说：我们同是天涯沦落人，虽然过去不相识，可如今的遭遇一样，从前的事就别去再想它了，彼此多加保重，请为我干这一杯。本篇以叙事为主，通过“陈王爱女”的遭遇，反映了宋金之间民族战争的黑暗和残酷，是一曲贵族女子的乱世悲歌。

【注释】

[1] 宣和：宋徽宗赵佶的年号之一（1119—1125）。

[2] 貂蝉：汉代侍从官员帽上的装饰物，后用作达官贵人的代称。

[3] 醁：美酒。

[4] 船玉：即玉船，玉制的船形酒杯。

选冠子 杨太尉

碧眼连车，黄头间坐，望断故人何处？当时胜丽，旧日繁华，都变虏言胡语[1]。万里衔冤，几年埋恨，仔细向谁分诉？对南风凝眸[2]，眺神旌、触目泪流如雨[3]。今幸会，电扫雷驱，云开雾敛，一旦青天重睹。桃林卧草[4]，华岳嘶风[5]，行迓太平周武[6]。洗尽腥膻巷陌[7]，从此追欢，酒杯频举。任笙箫声里，花朝月夕，醉中歌舞。

【品读】

“太尉”一词，在宋徽宗时是作为对武官的尊称，并不表示任何具体职务。此词作者当是宋金战争中一位杨姓佚名的被俘军官。词的上片写他被俘后押往北方“万里衔冤，几年埋恨”的经历和遭遇，下片叙其逃回南宋，重见天日，与亲人幸会时的喜悦心情。这位杨太尉虽然受尽磨难，但终于脱离虎口，在当时可以说是不幸中之万幸，所以要频举酒杯，庆祝一番。

【注释】

[1] 虏言胡语：指女真语。
[2] 凝眸：眼神集中不动地注视。
[3] 神旌：帝王的旗帜，这里是代指皇帝。
[4] 桃林：古地区名。又名桃林塞、桃原。约在今河南灵宝以西、陕西潼关以东地区。
[5] 华岳：指西岳华山，在陕西华阴县南。
[6] 周武：即周武王姬发。这里是指宋高宗赵构。
[7] 腥膻：牛羊的腥臊味。这里是指金人。

扬州慢 姜夔

淳熙丙申至日[1]，予过维扬[2]，夜雪初霁[3]，荠麦弥望[4]。入其城则四顾萧条，寒水自碧，暮色渐起，戍角悲吟。予怀怆然，感慨今昔，因自度此曲[5]。千岩老人以为有黍离之悲也[6]。

淮左名都，竹西佳处[7]，解鞍少驻初程[8]。过春风十里[9]，尽荠麦青青。自胡马窥江去后[10]，废池乔木[11]，犹厌言兵。渐黄昏，清角吹寒[12]，都在空城。杜郎俊赏[13]，算而今、重到须惊。纵豆蔻词工[14]，青楼梦好[15]，难赋深情。二十四桥仍在[16]，波心荡、冷月无声。念桥边红药[17]，年年知为谁生？

【品读】

自金兵南侵以来，扬州屡经兵燹，遭到了惨重的破坏。昔日“春风十里”“歌吹沸天”的“淮左名都”，数十年间变成了一座“荠麦弥望”“四顾萧条”的空城。淳熙三年（1176），二十多岁的青年词人姜夔第一次来到扬州。那断井残垣、惨淡荒凉的景象，引起了作者无限的感慨，于是怀着凄怆的心情，自度此曲，谱写了这首哀吊扬州的慢词。上片写初到扬州的见闻和观感，通过荠麦、废池、乔木、清角等景物描绘，展现出昔日“名都”如今已成为一片荒芜的废墟。“自胡马”三句，揭示掠夺战争的罪行，表达了饱受战火蹂躏的无辜人民对侵略者的痛恨。含蓄深永，耐人寻味。下片借唐代诗人杜牧对扬州的咏赞，抒发自己的“黍离”之悲。最后两句，以“红药”无情，年年依旧应时而开，反衬词人内心的无限伤感。全词结构严密，意脉清晰，从解鞍入城、黄昏听角到月夜问花，将眼中所见、耳中所闻、心中所思，逐层写来，画面生动，色彩冷峻，在对比渲染中，刻画出“空城”荒凉萧条的景象，从而深化了主题。

【注释】

[1] 淳熙丙申：即宋孝宗淳熙三年（1176）。 至日：指冬至日。

[2] 维扬：今江苏扬州市。

[3] 初霁：刚晴。雨雪停止谓霁。

[4] 弥望：满眼。

[5] 自度此曲：自己创制了这个曲调。

[6] 千岩老人：南宋诗人肖德藻，字东夫，号千岩老人，福建闽清人。

[7] 竹西：扬州城北门有竹西亭。杜牧《题扬州禅智寺》诗：“谁知竹西路，歌吹是扬州。”

[8] 少驻：稍作停留。 初程：旅途的第一段路程。

[9] 春风十里：形容当年扬州的繁华。

[10] 胡马窥江：指绍兴三十一年（1161），金主完颜亮的南侵。

[11] 废池：被毁坏的城池。 乔木：高大的树木。

[12] 清角吹寒：寒风中响起了清亮的号角声。

[13] 杜郎：指唐代诗人杜牧。 俊赏：指对风景有很高的欣赏能力。

[14] 豆蔻词：杜牧《赠别》诗有“豆蔻梢头二月初”句，是赠别妓女的。谓其年纪很轻，有如二月之豆蔻嫩芽。

[15] 青楼梦好：杜牧《遣怀》：“落魄江南载酒行，楚腰纤细掌中轻。十年一觉扬州梦，赢得青楼薄幸名。” 青楼：指妓女所居之处。

[16] 二十四桥：相传唐代扬州城内有桥二十四座，至宋代尚存七座。杜牧《寄扬州韩绰判官》：“二十四桥明月夜，玉人何处教吹箫？”

[17] 红药：红色的芍药花。宋代扬州以盛产芍药闻名。

减字木兰花　淮上女

淮山隐隐[1]，千里云峰千里恨。淮水悠悠[2]，万顷烟波万顷愁。　山长水远，遮住行人东望眼。恨旧愁新，有泪无言对晚春。

【品读】

据《续夷坚志》卷四“泗州题壁词”载：“嘉定末（1221），四都尉南征，军士掠淮上女北归。”淮河是宋金东部地区的分界线，两岸人民深受金兵侵扰之害，无数百姓家破人亡，妻离子散，被迫流亡他乡。那些被掳掠的妇女命运最为悲惨，此词作者就是其中的一位。在她诀别故乡之际，含着血泪，写了这首哀婉凄楚的《减字木兰花》。词的上片寓情于景，抒写被掳北行，离开家乡山河时的悲痛心情。下片即景抒情，写她一步一回头，对故乡和亲人无限眷恋，依依难舍。全词明白如话，语短情深，愁恨交织，一唱三叹，读来令人心碎。

【注释】

[1] 淮山：泛指淮河两岸的山峰。

[2] 淮水：即淮河。源出河南桐柏山，向东流经河南、安徽等省，至江苏入洪泽湖。悠悠：遥远，绵长。

满庭芳　徐君宝妻

汉上繁华[1]，江南人物，尚遗宣政风流[2]。绿窗朱户，十里烂银钩[3]。一旦刀兵齐举，旌旗拥、百万貔貅[4]。长驱入，歌楼舞榭，风卷落花愁。　　清平三百载[5]，典章文物[6]，扫地俱休。幸此身未北，犹客南州。破鉴徐郎何在[7]？空惆怅、相见无由。从今后，断魂千里，夜夜岳阳楼[8]。

【品读】

据陶宗仪《南村辍耕录》卷三载："岳州徐君宝妻某氏，亦同时被虏来杭，居韩蕲王府。自岳至杭，相从数千里，其主者数欲犯之，而终以巧计脱，盖某氏有令姿，主者弗忍杀之也。一日，主者怒甚，将即强焉，因告曰：'俟妾祭谢先夫，然后乃为君妇不迟也，君奚用怒哉！'主者喜诺。即严妆焚香，再拜默祝，南向饮泣，题《满庭芳》词一阕于壁上已，投大池中以死。"这首词通过作者的亲身遭遇，反映了南宋亡国前后浸透着斑斑血泪的悲惨历史，表达了一位弱女子不甘忍受凌辱、誓死不屈的高尚精神及其对故国、家乡和亲人无限热爱的情怀。词的感情深挚悲凉，笔调凄楚，字字血泪，从国家民族的灾难写到个人的不幸命运，在广阔的历史背景下，通过自身的遭遇，反映了宋元交替之际广大人民所受的巨大苦难，很有典型意义。

【注释】

[1] 汉上：汉水之滨。这里是泛指两湖地区。

[2] 宣政：宣和（1119—1125）、政和（1111—1117），都是北宋末年宋徽宗的年号。　风流：流风余韵。

[3] 烂：灿烂，鲜明、光亮的样子。银钩：银质的帘钩。

[4] 貔貅（pí xiū皮休）：猛兽名，这里指强悍凶猛的蒙古军。

[5] 三百载：宋朝从960年建国至1279年灭亡，共三百多年。

[6] 典章：制度、法令等的总称。文物：一作"人物"。

[7] 破鉴徐郎：唐孟棨《本事诗》载：陈太子舍人徐德言娶后主叔宝妹乐昌公主为妻，当时天下大乱，德言担心妻子会被人掠去，特破一铜镜，各执其半，作为他日重见时凭证，并约她正月十五日卖镜于市。陈亡，其妻为杨素所得。徐德言到京城，于正月十五日遇一人卖镜，与自己的半块铜镜正好相合，于是赋诗曰："镜与人俱去，镜归人未归。无复姮娥影，空留明月辉。"乐昌

见镜，悲泣不已，杨素闻之，召德言还其妻。此即破镜重圆的故事。徐郎，这里是指作者的丈夫徐君宝。

[8] 岳阳楼：在湖南岳阳市西门城上，这里是指作者的家乡。

沁园春　刘氏

我生不辰，逢此百罹[1]，况乎乱离。奈恶因缘到[2]，不夫不主，被擒捉去，为妾为妻。父母公姑，弟兄姊妹，流落不知东与西。心中事，把家书写下，分付伊谁[3]？　越人北向燕支，回首望、雁峰天一涯[4]。奈翠鬟云软[5]，笠儿怎戴？柳腰春细，马性难骑[6]。缺月疏桐，淡烟衰草，对此如何不泪垂！君知否，我生于何处，死亦魂归。

【品读】　据《梅磵诗话》卷下载："近丁丑岁，有过军挟一妇人，经从长兴和平酒库前，题一词云……词名《沁园春》，后书雁峰刘氏题。语意凄惋，见者为之伤心，可与蒋氏词并传。"此词作者刘氏，在战乱中被元军所掳，也被押往北方。她的丈夫和父母公婆、兄弟姊妹都不知下落，骨肉离散，而自己又身陷缧绁，思前想后，唯有一死而已。刘氏的遭遇与蒋兴祖女、淮上女、徐君宝妻多么相似，她们都是掠夺战争的受害者，是我们苦难深重的民族历史的见证人。这首词语言朴实，明白如话，完全不假雕饰。结拍两句"我生于何处，死亦魂归"，是发自作者肺腑的誓言，具有动人心魄的艺术感染力。

【注释】

[1] 罹（lí离）：苦难。

[2] 因缘：机缘。这里是命运的意思。

[3] 伊谁：谁人，何人。伊，他。

[4] 雁峰：指回雁峰，在湖南衡阳市南，为衡山72峰之首，峰下有雁峰寺，相传雁飞至此，不再向南，遇春而回。

[5] 翠鬟云软：谓发髻散乱。

[6] 马性难骑：谓南人不识马性，不会骑马。

满江红　王清惠

太液芙蓉[1]，浑不似、旧时颜色[2]。曾记得、春风雨露[3]，玉楼金阙。名播兰馨妃后里，晕潮莲脸君王侧[4]。忽一声鼙鼓揭天来，繁华歇[5]。　龙虎散[6]，风云灭；千古恨，凭谁说？对山河百二[7]，泪盈襟血。客馆夜惊尘土梦，宫车晓碾关山月[8]。问嫦娥、于我肯从容，同圆缺？

【品读】

此词作者王清惠系宋宫中昭仪，一位才貌出众的妃嫔。元军攻占临安后，她也随幼主恭帝、谢太后等一同被掳北去。行至汴京夷山驿，深夜在客馆中含着血泪，写了这首抒发亡国之恨的乱世悲歌。词的上片以芙蓉花残开篇，鼙鼓动地收束，中间用“曾记得”三字领起，追忆宋亡前春风得意的宫闱生活。通过亲身经历，反映了一位宫女对社会动乱的感受和体验。换头以后六句，哀叹宋室覆灭，君臣离散，抒发千古难消的亡国之恨。最后四句，由客馆惊梦，想到被驱赶北行的苦难历程，前途一定凶多吉少，于是幻想能追随嫦娥，飞入广寒宫中，远离尘世，去过寂寞清苦的生活。据说，到达大都以后，她便自请为女道士，遁入了空门。

【注释】

[1] 太液：汉唐时皇宫中水池名。这里是指南宋宫廷中的园林池塘。 芙蓉：即荷花。此句以宫中荷花自比。

[2] 浑不似：全不像。

[3] 春风雨露：比喻君恩。

[4] 晕潮：形容脸上泛起红光。

[5] 繁华歇：繁华的景象化为乌有。

[6] 龙虎散：比喻君臣离散。

[7] 山河百二：意思是说秦地形势险固，二万人足以抵挡百万敌军。

[8] 这句说宫女们坐的车子清晨出发，车轮碾轧在洒满月光的道路上。

柳梢青 刘辰翁

春感

铁马蒙毡[1]，银花洒泪[2]，春入愁城。笛里番腔[3]，街头戏鼓，不是歌声。 那堪独坐青灯[4]，想故国、高台月明。辇下风光，山中岁月[5]，海上心情[6]。

【品读】

此词作于元军攻占临安以后。题为"春感"，实际是元宵节抒感。上片描写京城沦陷以后，发生了令人触目惊心的变化。下片抒发作者寂寞凄苦的心情，对在海上继续坚持抗元斗争的南宋君臣深表关怀。词中通过富有特征的画面，表达了宋元易代之际一部分遗民诗人的故国之思和亡国之恨。

【注释】

[1] 铁马蒙毡：战马背上披着防寒的毡子，此指侵占临安的蒙古骑兵。

[2] 银花洒泪：元宵的灯火好像在流泪似的。

[3] 番腔：少数民族的曲调，这里是指蒙古人的腔调。

[4] 那堪：不堪，哪里受得了。 青灯：指油灯。其光青莹，故名。

[5] 山中岁月：指隐居生活。

[6] 海上心情：怀念逃亡海上的南宋君臣的悲痛心情。

忆秦娥 刘辰翁

中斋上元客散感旧，赋《忆秦娥》见属，一读凄然，随韵寄情，不觉悲甚。

烧灯节[1]，朝京道上风和雪[2]。风和雪，江山如旧，朝京人绝。　百年短短兴亡别，与君犹对当时月。当时月，照人烛泪，照人梅发[3]。

【品读】

此词作于宋亡以后。友人邓剡（号中斋）元宵感旧，为赋《忆秦娥》寄之。作者读之凄然，于是先后写了四首和词，唯此阕声情悲苦，感慨最深。上片触景生悲，叙述今年“烧灯节”风雪交加，游人踪影全无的凄凉景象。下片直抒胸臆，慨叹时移世变，人事沧桑，表达了深沉的兴亡之感。全词情辞哀苦，音调凄怆，体现了宋亡后遗民作家的惨痛心情。

【注释】

[1] 烧灯节：即元宵节。

[2] 朝京道上：这里是指前往南宋都城临安观灯的路上。

[3] 梅发：发如雪白的梅花。

永遇乐 刘辰翁

余自乙亥上元诵李易安《永遇乐》[1]，为之涕下。今三年矣，每闻此词，辄不自堪。遂依其声，又托之易安自喻。虽辞情不及，而悲苦过之。

璧月初晴[2]，黛云远淡[3]，春事谁主？禁苑娇寒[4]，湖堤倦暖[5]，前度遽如许[6]！香尘暗陌[7]，华灯明昼，长是懒携手去。谁知道，断烟禁夜[8]，满城似愁风雨。　宣和旧日[9]，临安南渡，芳景犹自如故。缃帙流离[10]，风鬟三五[11]，能赋词最苦。江南无路，鄜州今夜[12]，此苦又谁知否？空相对，残釭无寐[13]，满村社鼓[14]。

【品读】

此词作于临安沦陷以后，南宋灭亡前夕的端宗景炎三年（1278），亦即帝昺祥兴元年。三年前，正是元军大举南侵，国势岌岌可危的时候，作者于元宵节诵读李清照抒写盛衰之感和家国之恨的《永遇乐》（落日熔金）一词，深受感动，为之涕下。三年后，形势又发生了巨大的变化，如今山河破碎，身世浮沉，苦不堪言，易安居士的悲叹时时撞击着自己的心扉，于是在这"断烟禁夜""残釭无寐"的上元之夜写了这首沉哀茹痛的《永遇乐》。词中以女词人李清照自喻，依其声，揣其情，抒写自己的亡国之痛。词的感情真挚，语言率直，与李清照原作相比，确如作者自己所说："虽辞情不及，而悲苦过之"，都是富于艺术感染力的乱世悲歌。

【注释】

[1] 乙亥：即宋恭帝德祐元年（1275）。

[2] 璧月：圆月。璧，圆形的玉。何偃《月赋》："满月如璧。"

[3] 黛云：青色的云。

[4] 禁苑：皇家园林，禁止百姓入内，故称禁苑。

[5] 湖堤：指杭州西湖的堤岸。

[6] 遽：突然，忽然。这句说，从前的临安突然发生了如此巨大的变化。

[7] 香尘暗陌：香车扬起的尘土遮暗了街道。

[8] 禁夜：禁止夜行。

[9] 宣和：宋徽宗年号（1119—1125）。

[10] 缃帙（zhì志）：浅黄色的书套，代指书籍。李清照与赵明诚南渡时曾携带图书文物15车，后来大多散佚。

[11] 风鬟三五：李清照《永遇乐》词云："中州盛日，闺门多暇，记得偏重三五……如今憔悴，风鬟霜鬓，怕见夜间出去。"风鬟，形容发髻散乱。三五，指旧历正月十五，即元宵节。

[12] 鄜州今夜：杜甫《月夜》："今夜鄜州月，闺中只独看。"

[13] 釭（gāng刚）：灯。

[14] 社鼓：祭神的鼓声。

一萼红 周密

登蓬莱阁有感[1]

步深幽，正云黄天淡，雪意未全休。鉴曲寒沙[2]，茂林烟草，俯仰千古悠悠[3]。岁华晚、漂零渐远，谁念我、同载五湖舟[4]？磴古松斜[5]，厓阴苔老[6]，一片清愁。 回首天涯归梦，几魂飞西浦，泪洒东州[7]。故国山川，故园心眼，还似王粲登楼[8]。最怜他、秦鬟妆镜[9]，好江山、何事此时游？为唤狂吟老监[10]，共赋消忧。

【品读】

此词作于宋亡前后。一个“云黄天淡”、雨雪霏霏的隆冬之日，词人登上会稽蓬莱阁，俯仰河山，悼古伤今，挥泪写下了这首抚时感事、寄慨遥深的《一萼红》。词的上片寓情于景，通过登楼所见，寄托自己的身世之感和愁苦情怀。下片直抒胸臆，慨叹山河破碎，有家难归，往事不堪回首。

【注释】

[1] 蓬莱阁：故址在今浙江绍兴市卧龙山下。

[2] 鉴曲：鉴湖岸边。鉴湖，又名镜湖，在绍兴市南。

[3] 俯仰千古：纵观古今的意思。

[4] 同载五湖舟：谓像范蠡那样泛舟远游，浪迹江湖。

[5] 磴：石级。

[6] 厓（yá牙）：山边。

[7] 西浦、东州：作者自注：“（蓬莱）阁在绍兴，西浦、东州皆其地。”

[8] 王粲登楼：王粲，东汉末作家，避乱荆州时曾写《登楼赋》，抒发对故国、家乡的怀念。

[9] 秦鬟：形容绍兴秦望山如妇女的发髻。 妆镜：形容鉴湖之水清莹如镜。

[10] 狂吟老监：指唐诗人贺知章。贺是绍兴人，曾为秘书监，晚年归隐鉴湖，自号四明狂客，故称“狂吟老监”。

唐多令 邓剡

雨过水明霞[1]，潮回岸带沙。叶声寒、飞透窗纱。堪恨西风吹世换，更吹我、落天涯。　　寂寞古豪华，乌衣日又斜[2]。说兴亡、燕入谁家？惟有南来无数雁，和明月、宿芦花。

【品读】此词作于南宋亡国之年，即宋帝昺祥兴二年（1279）的秋天。其时作者已成为元兵的阶下之囚，因病滞留于金陵天庆观就医。词中寓情于景，托物寄意，将个人的身世和国家的命运结合在一起，抒发了深沉的兴亡之感和亡国之恨。词的意象幽冷，画面凄清，风格苍凉，是一曲南宋王朝的挽歌。

【注释】

[1] 水明霞：霞光映照在水面上闪闪发亮。

[2] 乌衣：即乌衣巷，故地在今南京市。东晋时王、谢两大贵族居住在这里。

水龙吟 汪元量

淮河舟中夜闻宫人琴声

鼓鼙惊破霓裳[1]，海棠亭北多风雨[2]。歌阑酒罢，玉啼金泣[3]，此行良苦。驼背模糊，马头匼匝[4]，朝朝暮暮。自都门宴别，龙艘锦缆[5]，空载得，春归去。　　目断东南半壁，怅长淮、已非吾土。受降城下[6]，草如霜白，凄凉酸楚。粉阵红围[7]，夜深人静，谁宾谁主？对渔灯一点，羁愁一搦[8]，谱琴中语。

【品读】

宋恭帝德祐二年（1276）正月，元军进逼临安城下，宋遣使奉表称臣请降。三月，掳恭帝赵㬎、谢全两太后、宗室、宫女、侍臣、乐官、太学生等三千余人和大批图籍、祭器、仪仗、财物北去。作为宫廷琴师的汪元量，当时也在被俘北行人员行列之中。船入淮河，夜闻宫女弹琴之声，词人唏嘘感叹不已，于是写成了这首去国离乡、凄凉酸楚的《水龙吟》。上阕从元军攻破临安，写到宴别都门，被俘北行的苦难历程。过变痛悼东南半壁河山已非吾土，寄托了深沉的亡国之恨。后六句点出“夜闻宫人琴声”，余音袅袅，哀婉凄绝，犹如寒蛩之悲鸣。全词主要描写被掳北行过程中的感受，情辞悲苦，风格苍凉，“谁宾谁主”一句包含着无限的感慨，读来令人心碎。

【注释】

[1] 霓裳：即《霓裳羽衣舞》，唐代宫廷乐舞。这里是以安史之乱比喻元军入侵，攻破临安，并兼寓谴责南宋统治者沉溺酣歌艳舞，从而导致亡国之意。

[2] 海棠亭：即唐代皇宫中的沉香亭。因唐玄宗在沉香亭上曾将杨贵妃比为睡起之海裳，故称。

[3] 玉啼金泣：指被俘北行的后妃、宫女、王孙等临行时痛哭流涕。

[4] 匼（kē科）匝：环绕。

[5] 龙艘锦缆：指被俘北上人员所乘龙船。

[6] 受降城：本为汉代接受匈奴贵族投降而筑的土城，故址在今内蒙古阴山北。这里是指宋朝向元朝投降的临安城。

[7] 粉阵红围：指被掳的宫女。

[8] 一掬：一把。

望江南 汪元量

幽州九日 [1]

官舍悄[2]，坐到月西斜。永夜角声悲自语[3]，客心愁破正思家。

南北各天涯。　肠断裂，搔首一长嗟。绮席象床寒玉枕[4]，美人何处醉黄花[5]？和泪撚琵琶[6]。

【品读】

本篇是作者被掳北上，到达元大都燕京以后写的。上片即景生情，叙写囚禁客馆，长夜不眠，含悲忍泪，思念遥远的家乡和亲人。下片搔首长叹，将家国之恨融入身世之感。时逢重九，更加使人肠断肝裂，无可奈何，只得"和泪撚琵琶"，聊以一曲表达佳节思亲之情。此词朴实自然，语极沉痛，表达了阶下之囚的心声，读来凄恻动人。

【注释】

[1] 幽州：古九州之一，辖境在今河北、辽宁一带。这里是指元大都燕京（今北京市）。

[2] 官舍：官方的馆舍。作者初到燕京时，被拘留于会同馆内。

[3] 永夜：长夜。

[4] 绮席：华丽的卧具。　象床：镶有象牙的床，床的美称。　寒玉枕：用碧玉做的枕头。这句说官舍的陈设很华丽。

[5] 黄花：指菊花。

[6] 撚：弹奏琵琶的一种指法。

一剪梅　汪元量

怀旧

十年愁眼泪巴巴[1]，今日思家，明日思家。一团燕月照窗纱[2]，楼上胡笳，塞上胡笳[3]。　玉人劝我酌流霞[4]，急撚琵琶，缓撚琵琶。一从别后各天涯，欲寄梅花，莫寄梅花[5]。

【品读】宋亡后，汪元量随三宫被掳北上，滞留燕京十余年始得南归。此词题为“怀旧”，据上片之“思家”，知下片之“玉人”为作者的妻子。临别时送我登程，劝我进酒，为我弹奏琵琶。十年过去了，天各一方，音讯渺茫，如今我流落遍地“胡沙”的塞上，终日里“眼泪巴巴”地思念着家乡和亲人。你纵然有心寄上一株梅花，可是水远山遥，身不由主的我也收不到它，所以还是劝你千万不要去寄梅花。

【注释】

[1] 巴巴：形容心情迫切。

[2] 燕月：燕地之月，北方的月亮。

[3] 塞上：泛指北方。

[4] 流霞：神话传说中的仙酒名，泛指美酒。

[5] 寄梅花：古人有折梅寄远，表示思念亲友的习俗。

莺啼序　汪元量

重过金陵

金陵故都最好，有朱楼迢递[1]。嗟倦客、又此凭高，槛外已少佳致[2]。更落尽梨花，飞尽杨花，春也成憔悴。问青山，三国英雄，六朝奇伟？　麦甸葵丘[3]，荒台败垒，鹿豕衔枯荠[4]。正潮打孤城，寂寞斜阳影里[5]。听楼头哀笳怨角，未把酒、愁心先醉。渐夜深，月满秦淮，烟笼寒水[6]。　凄凄惨惨，冷冷清清，灯火渡头市。慨商女不知兴废，隔江犹唱庭花[7]，余音亹亹[8]。伤心千古，泪痕如洗。乌衣巷口青芜路，认依稀、王谢旧邻里。临春结绮[9]，可怜红粉成灰，萧索白杨风起[10]。　因思畴昔，铁索千寻，漫沉江底[11]。

挥羽扇、障西尘，便好角巾私第[12]。清谈到底成何事[13]？回首新亭，风景今如此[14]。楚囚对泣何时已[15]？叹人间、今古真儿戏。东风岁岁还来，吹入钟山[16]，几重苍翠。

【品读】

汪元量羁留燕京凡十二年，后因自请为道士，始被放还，抱琴南归，隐居于杭州西湖之滨。这首词是他回到南方以后写的。词中通过“重过金陵”，凭吊山河，怀古伤今，表达了作者难以泯灭的亡国之恨。

首片总写。起处点题，赞美昔日故都的壮丽。接着叙述劫后余生的“倦客”，即作者自己，今日重过金陵，凭高眺望，由此而引出盛衰兴亡之叹。次片泛叙战后金陵荒凉残破的景象：杂草丛生，台荒垒败，鹿游豕逐，潮打孤城，哀笳怨角，秦淮寒水……这一幅幅触目惊心的画面，说明六朝古都的变化实在太大了，所以词人“未把酒、愁心先醉”，深感悲痛惆怅。第三片怀古伤今。从六朝的覆灭，联想到南宋的败亡，一个重要的原因就是统治者沉溺声色，不图自振，所以才演出了一幕又一幕千古伤心的悲剧。第四片以东吴和东晋的史实，暗喻南宋小朝廷的失策，当权者视国家大事如同儿戏，谴责他们误国误民的罪行。最后三句以青山不老对比人世沧桑，在永恒的自然面前，一朝一代的兴亡也不过只是短暂的一瞬。苍翠的钟山，年年岁岁，将永远巍然挺立在金陵故都的大地上。全篇风格苍凉，意境深沉，层次清晰，是一首感时伤乱、凭吊古都的鸿篇巨制。

【注释】

[1] 迢递：高峻貌。谢朓《隋王鼓吹曲》：“逶迤带绿水，迢递起朱楼。”

[2] 槛外：栏杆外面。槛，窗户或长廊旁的栏杆。　佳致：美好的景致。

[3] 麦甸：长满荞麦的野地。甸，古时郭外称郊，郊外称甸。　葵丘：长着葵菜的山丘。

[4] 鹿豕：麋鹿和野猪。　衔枯荠：叼着枯萎的荠菜。

[5] 潮打孤城两句：刘禹锡《金陵五

题·石头城》："山围故国周遭在，潮打空城寂寞回。"又《乌衣巷》："乌衣巷口夕阳斜。"

[6] 烟笼寒水：杜牧《泊秦淮》："烟笼寒水月笼沙，夜泊秦淮近酒家。"

[7] 商女二句：杜牧《泊秦淮》："商女不知亡国恨，隔江犹唱后庭花。"

[8] 亹亹（wěi 伟）：形容余音袅袅不绝。

[9] 临春结绮：即临春阁、结绮阁，陈后主和张丽华所居的楼阁。

[10] 红粉：指女子、佳人。

[11] 铁索二句：刘禹锡《西塞山怀古》："千寻铁锁沉江底，一片降幡出石头。"

[12] 挥羽扇二句：《世说新语·轻诋》："庾公（亮）权重，足倾王公（导），庾在石头，王在冶城坐。大风扬尘，王以扇拂尘曰：'元规尘污人。'"又《雅量》篇载庾有东下意，王曰："若其欲来，吾角巾径还乌衣，何所稍严。"这两句用王导事，谓对敌无所防备。

[13] 清谈：亦称"清言"或"玄言"，指魏晋时期崇尚虚无，空谈名理的一种风气。西晋王衍为宰相，以清谈误国，遭致西晋覆亡。

[14] 新亭：故址在今南京市南。

[15] 楚囚：据《左传·成公九年》，楚钟仪曾被囚禁于晋国，因称楚囚。这句是写自己被俘后的悲痛心情。

[16] 钟山：一名蒋山，又名紫金山，在南京市东北。

浣溪沙　杨舜举

钱唐有感

残照西风一片愁，疏杨画出六桥秋。游人不上十三楼[1]。　有泪金仙还泣汉[2]，无心玉马已朝周[3]。平湖寂寂水空流。

【品读】

本篇作于宋亡以后。词人重过故都钱唐（即钱塘，今杭州），只见西风残照，山河变色，一片哀愁的气氛。游人郁郁不乐，心情沉重，谁也不想再去登楼眺望湖山风光。处处有眼泪，人人在哭泣，而前朝那些毫无心肝的所谓“贤臣”早已纷纷变节，投靠新的主子去了。这首词情景相融，音调苍凉，悲重恨深，在宋人抒写亡国之恨的作品中堪称上乘之作。

【注释】

[1] 十三楼：即十三间楼，在杭州钱塘门外，大佛头缆船石山后。东坡守杭时，多游其上，有词云：“游人多上十三楼”。这里是指杭州的华丽高楼。

[2] 金仙：用李贺《金铜仙人辞汉歌》的典故，表达宋人的亡国之恨。

[3] 玉马：古人认为是祥瑞之物，用以比喻贤臣。陈子昂《感遇诗三十八首》其十四：“昔日殷王子，玉马遂朝周。”这里是指那些投降元朝的南宋官员。

贺新郎　蒋捷

兵后寓吴

深阁帘垂绣。记家人、软语灯边[1]，笑涡红透[2]。万叠城头哀怨角[3]，吹落霜花满袖。影厮伴、东奔西走[4]。望断乡关知何处？羡寒鸦、到著黄昏后。一点点，归杨柳。　相看只有山如旧。叹浮云、本是无心，也成苍狗[5]。明日枯荷包冷饭，又过前头小阜[6]。趁未发、且尝村酒。醉探枵囊毛锥在[7]，问邻翁、要写牛经否[8]？翁不应，但摇手。

【品读】

本篇作于宋亡以后。“兵后”即战后。此时战争虽然已经停止了，可是山河变色，田园荒芜，满目疮痍，民不聊生，百姓处于苦难的深渊之中。作者无心仕元，背井离乡，隐居吴中，苦度岁月，抱节而终。此词写他流浪生活中的一个片段。笔触细腻，画面生动，字里行间流露出无穷的感慨。词中既有对战前美好生活的回忆，更多的则是描绘当前孤苦伶仃的处境，是一曲流浪书生的乱世悲歌。

【注释】

[1] 软语：亲切温柔的悄声细语。
[2] 笑涡：笑时的酒窝。
[3] 万叠：一遍又一遍。
[4] 影厮伴：影儿相伴。
[5] 这两句感叹世事变幻无常。杜甫《可叹》："天上浮云如白衣，斯须改变如苍狗。"
[6] 小阜：小土山。
[7] 枵（xiāo 消）囊：空口袋。毛锥：毛笔。
[8] 牛经：关于牛的知识的书。

梅花引　蒋捷

荆溪阻雪

白鸥问我泊孤舟，是身留，是心留？心若留时，何事锁眉头？风拍小帘灯晕舞[1]，对闲影，冷清清，忆旧游。　旧游旧游今在不？花外楼，柳下舟。梦也梦也，梦不到、寒水空流。漠漠黄云，湿透木棉裘[2]。都道无人愁似我，今夜雪，有梅花，似我愁。

【品读】

此词抒写冬日舟中阻雪而引起忆旧的愁苦情怀。荆溪在江苏南部，经溧阳东流，至宜兴大浦入太湖。在这条家乡的小河上，到处都有词人的游踪，可如今时移世变，亲友离散，往事如梦，难以追寻，令人悲慨不已。词意含蓄警拔，运用回环复沓句式，一唱三叹，使韵味更为浓郁。

【注释】

[1] 灯晕舞：形容灯光在风中闪动。

[2] 木棉：落叶乔木，果内纤维可做填料、枕芯。木棉裘，指粗布棉衣。

长亭怨 张 炎

旧居有感

望花外、小桥流水，门巷愔愔[1]，玉箫声绝。鹤去台空，佩环何处弄明月[2]？十年前事，愁千折、心情顿别。露粉风香谁为主？都成消歇。　　凄咽。晓窗分袂处[3]，同把带鸳亲结[4]。江空岁晚，便忘了、尊前曾说。恨西风不庇寒蝉[5]，便扫尽、一林残叶。谢杨柳多情，还有绿阴时节。

【品读】

此词为南宋灭亡后，作者重过杭州旧居有感而作。张炎是南宋初期大将循王张俊的后代，出身贵胄之家，战前过着锦衣玉食的豪华生活。元军侵宋，他的祖父张濡奉命统兵驻守独松关。德祐元年（1275）三月，张濡的部下杀害了元军派来劝降的使臣严忠范。德祐二年春，元军攻占临安，张濡被杀，房屋财产全部被查抄。张炎遭到国亡家破、妻离子散的惨祸后，怀着悲痛的心情漫游南北，浪迹天涯，成了孤独惶惑的南宋遗民。十年之后，词人重到杭州，特意来到“旧居”寻访遗踪。词以“望”字开篇，统摄全局，抒写他过家门而不能入的悲痛心情。上片触景生情，哀叹“鹤去台空”，园林易主；下片忆旧怀人，抒发身世凄凉之感。全词声情激楚，哀音如诉，是一曲王孙公子的乱世悲歌。

【注释】

[1] 愔愔（yīn 音）：寂静无声貌。

[2] 佩环：女子衣上的饰物，代指女子。

[3] 分袂：分手，离别。

[4] 同把带鸳亲结：一同将衣带结在一起，表示永不分离。

[5] 寒蝉：秋天的蝉，其声凄切。

高阳台 张 炎

西湖春感

接叶巢莺[1]，平波卷絮[2]，断桥斜日归船[3]。能几番游，看花又是明年。东风且伴蔷薇住，到蔷薇、春已堪怜。更凄然，万绿西泠[4]，一抹荒烟。　　当年燕子知何处？但苔深韦曲[5]，草暗斜川[6]。见说新愁[7]，如今也到鸥边。无心再续笙歌梦，掩重门、浅醉闲眠。莫开帘，怕见飞花，怕听啼鹃[8]。

【品读】

此阕亦为宋亡之后作所。词中通过题咏西湖，抒发作者伤春感时的悲怆之情。上片主要描绘西湖暮春的景象。色彩暗淡，情辞哀切，结拍三句“更凄然，万绿西泠，一抹荒烟”，语意尤为沉痛。下片移情入景，托物寄意，抒发兴亡之感。往日的繁华去而不返，笙歌旧梦难以再续，如今唯有尽日掩门垂帘，离群索居，浅醉闲眠，在醉梦中苦度余年。全词章法井然，虚实照应，咏物抒感皆紧扣词题，含蓄顿挫，空灵蕴藉，情调极为低沉。

【注释】

[1] 接叶巢莺：树叶茂密，一片连着一片，黄莺筑巢于枝上。

[2] 平波卷絮：柳絮飘落湖上，被微波卷入水中。

[3] 断桥：又名段家桥，在杭州西湖白沙堤东，里湖和外湖之间。

[4] 西泠（líng 灵）：桥名，在西湖白沙堤西、孤山下，将里湖和后

湖分开。又名西陵桥、西林桥。

[5] 韦曲：古地名。在陕西长安城南明德门外，唐代贵族韦氏世居于此。

[6] 斜川：古地名。在江西星子、都昌两县之间，风景秀丽。

[7] 见说：听说。

[8] 啼鹃：即杜鹃鸟，传说为蜀帝魂魄所化，啼声哀切。

甘州 张炎

辛卯岁[1]，沈尧道同余北归[2]，各处杭、越。逾岁，尧道来问寂寞，语笑数日，又复别去。赋此曲，并寄赵学舟[3]。

记玉关踏雪事清游[4]，寒气脆貂裘。傍枯林古道，长河饮马[5]，此意悠悠。短梦依然江表[6]，老泪洒西州[7]。一字无题处，落叶都愁。　　载取白云归去，问谁留楚佩[8]，弄影中洲？折芦花赠远，零落一身秋。向寻常、野桥流水，待招来，不是旧沙鸥[9]。空怀感，有斜阳处，却怕登楼[10]。

【品读】

此词写于宋亡之后。元世祖至元二十七年（1290）九月，张炎与友人沈钦、曾遇等同以“写经”北游上都（今北京市）。次年南返，沈钦回到杭州，张炎回到绍兴。至元二十九年（1292），沈钦自杭来越看望张炎，叙谈数日，然后别去。别后张炎为赋此曲，并将它抄寄给另一位友人赵学舟。词中通过忆旧怀人，抒发了作者的亡国之恸和身世之感。情辞哀伤，意象暗淡，凄怆缠绵，曲折深婉，如寒蛩之悲鸣，正是所谓“亡国之音哀以思”的表现。

【注释】

[1] 辛卯岁：指元世祖至元二十八年（1291）。

[2] 沈尧道：沈钦，字尧道，号秋江，张炎的词友。

[3] 赵学舟：赵与仁，字元父，号学舟，宋朝的宗室，燕王德昭十世孙，张炎的词友。

[4] 玉关：玉门关，这里是代指北地边关。

[5] 长河：指黄河。

[6] 江表：江南。

[7] 西州：古城名，在今南京市西。《晋书·谢安传》载：羊昙为谢安所重，安死后，行不由西州路。后因酒醉，不觉至西州门，恸哭而去。

[8] 楚佩：楚人的玉佩。

[9] 旧沙鸥：指旧日的友人。

[10] 却怕登楼：害怕登高临远而引起怀念故国之情。东汉末年王粲避乱荆州，曾写过一篇《登楼赋》，抒发思国怀乡之情。

月下笛　张炎

孤游万竹山中[1]，闲门落叶，愁思黯然，因动黍离之感。时寓甬东积翠山舍[2]。

万里孤云，清游渐远，故人何处？寒窗梦里，犹记经行旧时路。连昌约略无多柳[3]，第一是、难听夜雨。谩惊回凄悄，相看烛影，拥衾谁语？　张绪[4]，归何暮？半零落依依，断桥鸥鹭。天涯倦旅，此时心事良苦。只愁重洒西州泪[5]，问杜曲、人家在否[6]？恐翠袖、正天寒[7]，犹倚梅花那树。

【品读】

宋亡后，张炎怀着家破国亡的悲痛心情漫游各地。元大德二年（1298），他漂泊到了浙江东北海中的舟山岛上，寄居在甬东积翠山间的茅舍里。一次他独自来到天台万竹山中闲游，触景生情，愁思黯然，于是写了这首寄托“黍离之感”的乱世悲歌。词中以“孤云”自比，用曲折含蓄的语言，抒写个人的身世之感和家国之恨，情调凄楚，风格苍凉，用典虽多但能“融化不涩”，在艺术上也颇有特色。

【注释】

[1] 万竹山：《赤城志》云：“万竹山在（天台）县西南四十五里。绝顶曰新罗，九峰回环，道极险隘。岭上见丛薄敷秀，平旷幽窈，自成一村。”

[2] 甬东：古地名，一作甬句东，在舟山岛上，今属浙江舟山。

[3] 连昌：唐行宫名，在今河南宜阳县西。这里借指南宋故宫。

[4] 张绪：字思曼，南齐时吴郡人，官至国子祭酒，风姿清雅。武帝植蜀柳于灵和殿前，曾叹曰：“此柳风流可爱，似张绪当年。”这里因柳及人，以张绪自比。

[5] 西州泪：指晋羊昙因谢安死后洒泪不过西州路。

[6] 杜曲：古地名，在唐长安城南，因杜氏世居于此，故名。

[7] 翠袖：美人，借指隐居之人。

一萼红　刘天迪

夜闻南妇哭北夫

拥孤衾，正朔风凄紧，毡帐夜生寒。春梦无凭，秋期又误，迢递烟水云山[1]。断肠处、黄茅瘴雨，恨骢马、憔悴只空还[2]。揉翠盟孤，啼红怨切，暗老朱颜。　堪叹扬州十里，甚倡条冶叶，不省春残？蔡琰悲笳[3]，昭君怨曲[4]，何予当日悲欢。谩赢得、西邻倦客，空惆怅、今古上眉端。梦破梅花，角声又报春阑。

【品读】

这首词见于元《草堂诗余》，作者的生平及其所咏之事均未见记载。从词意看，当系词人冬夜不眠，听见一位南方口音的妇女在痛哭她的丈夫，其声悲切，动人心魄，于是有感而作。词中有

“恨骢马、憔悴只空还”句，据此推测，这位“南妇”的丈夫，很可能是在北方战死沙场，为国捐躯。在宋代因反击侵略而牺牲者，何止千千万万！他们的父母、妻子、儿女，为失去自己的亲人而悲痛欲绝，这种令人泣血摧心的哭声，可以说是处处可闻，不绝于耳。本篇通过“南妇哭北夫”，从一个侧面反映了那个苦难深重的时代，是一曲感人肺腑的乱世悲歌。

【注释】

[1] 迢递：遥远貌。

[2] 骢马：青白色的马，今名菊花青马。

[3] 蔡琰：字文姬，汉末女诗人，流落匈奴十二年，著有《悲愤诗》和《胡笳十八拍》。

[4] 昭君：即王昭君，名嫱，汉元帝时宫女，后远嫁匈奴呼韩耶单于。琴曲中有《昭君怨》。

南乡子　汪梦斗

初入都门漫赋

西北有神州[1]，曾倚斜阳江上楼。目断淮南山一抹，何由？载泪东风洒汴流[2]。　　何事却狂游？直驾驴车渡白沟[3]。自古幽燕为绝塞[4]，休愁。未是穷荒天尽头。

【品读】

宋亡后，作者隐居不仕，后漫游中原，凭吊山河，抒写故国黍离之悲，著有《北游集》。这首词是他初到故都汴京时所作。词的上片从当年倚楼眺望西北神州，说到如今目断淮南，泪洒汴水，寄托了深沉的亡国之恨。下片说自己驾着驴车，跋涉万里，不辞辛劳，所为何事？就是为了要到穷荒绝塞，亲自来看一看这沦陷了多年的故国河山。

【注释】

[1] 神州：古代称中国为赤县神州，这里是泛指中原沦陷地区。

[2] 汴流：即汴水，古河名，在今河南境内。

[3] 白沟：即白沟河，本指注入拒马河的一条水，五代后用以泛指拒马河，在今河北境内。

[4] 幽燕：地区名，今河北北部及辽宁一带。唐以前属幽州，战国时属燕国，故称幽燕。 绝塞：极远的边塞。

沁园春 刘将孙

大桥名清江桥，在樟镇十里许[1]。有无闻翁赋《沁园春》、《满庭芳》二阕，书避乱所见女子，末有“埋冤姐姐，衔恨婆婆”，语极俚。后有螺川杨氏和二首，又自序生杨嫁罗，丙子暮春[2]，自涪翁亭下舟行，追骑迫，间逃入山，卒不免于驱掠。行三日，经此桥，睹无闻二词，以为特未见其苦，乃和于壁。复云“观者毋谓弄笔墨非好人家儿女”。此词虽俚，谅当近情，而首及权奸误国。又云“便归去，懒东涂西抹，学少年婆”，又云“错应谁铸”，皆追记往日之事，甚可哀也。因念南北之交，若此何限？心常痛之。适触于目，因其调为赋一词，悉叙其意，辞不足而情有余悲矣。

流水断桥，坏壁春风，一曲韦娘[3]。记宰相开元，弄权疮痏[4]；全家骆谷[5]，追骑仓皇。彩凤随鸦[6]，琼奴失意，可似人间白面郎。知他是、燕南牧马，塞北驱羊[7]？ 啼痕自诉衷肠，尚把笔低徊愧下堂[8]。叹国手无棋[9]，危途何策；书窗如梦，世路方长。青冢琵琶[10]，穹庐笳拍[11]，未比渠侬泪万行。

二十载，竟何时委玉[12]，何地埋香[13]？

【品读】

此词作于元成宗元贞二年（1296）。二十年前，元军攻破临安，大肆烧杀掳掠，江南人民遭到了空前的浩劫。一位自称“无闻翁”的人，在江西清江樟镇的大桥上题写了《沁园春》、《满庭芳》两首词，记述战乱中女子的不幸遭遇。其后，有位螺川杨氏女子被元军掳掠，行经此桥，也和了两首词，叙述她逃难的经历和被“驱掠”的悲惨遭遇。二十年后，作者每念及此，“心常痛之”，于是隐括其事，为赋此词，抒发了永难磨灭的亡国之恨。词中通过杨氏的遭遇，反映了宋元交替之际广大人民特别是妇女的悲惨命运，揭露了元军的野蛮和残暴，同时也谴责了南宋当权者误国误民的罪行。词的语言洗练，概括力强，善于用典，感情深挚，是一首饱含血泪的乱世悲歌。

【注释】

[1] 樟镇：又名樟树镇，在江西清江县。

[2] 丙子：指宋恭帝德祐二年（1276）。

[3] 一曲韦娘：指唐教坊曲《杜韦娘》，后用为词牌，这里借指《沁园春》。杜韦娘本为唐代歌伎，后教坊遂以其名制为曲调。

[4] 宰相开元：指唐开元、天宝年间的宰相李林甫和杨国忠。 疮痏（wěi委）：创伤。这里是以李林甫和杨国忠暗喻宋末误国宰相贾似道。

[5] 骆谷：在陕西周至县西南，谷长四百余里，为关中与汉中间的交通要道。这句说元军入侵，人民纷纷离家逃难。

[6] 彩凤随鸦：比喻被元军掳掠。

[7] 塞北驱羊：比喻被元军驱赶到北方。

[8] 下堂：指妻子被丈夫休弃。这句谓被元军掳掠凌辱，遭遇比被丈夫休弃更为悲惨。

[9] 国手：本指国内无敌的棋手，这里是借指掌握国柄的权臣。

[10] 青冢：即汉王昭君墓。这句以王昭君比喻杨氏。

[11] 穹庐笳拍：用蔡文姬被掳入匈奴作《胡笳十八拍》的典故，比喻杨氏被元军驱掠赋《沁园春》词。

[12] 委玉：谓死。

[13] 埋香：谓埋葬。

节物风情

减字木兰花　苏　轼

立　春

春牛春杖[1]，无限春风来海上。便丐春工，染得桃红似肉红。
春幡春胜[2]，一阵春风吹酒醒。不似天涯，卷起杨花似雪花。

【品读】

立春为二十四节气之一，约在阳历二月四日前后，我国习惯作为春季的开始。旧时风俗，立春前一日要举行迎春仪式，由人扮“勾芒神”，鞭土牛，由地方官行香主礼，叫作“打春”。孟元老《东京梦华录》：“立春前一日，开封府进春牛入禁中鞭春。开封、祥符两县，置春牛于府前。至日绝早，府僚打春，如方州仪。府前左右，百姓卖小春牛，往往花装栏坐，上列百戏人物，春幡雪柳，各相献遗。”本篇描写立春日的节物风情，是一曲春天的赞歌，对了解宋人习俗有参考价值。

【注释】

[1] 春牛：象征农事的土牛。

[2] 春幡春胜：唐宋风俗，立春日用纸或绸绢剪作旗幡形，或剪作蝴蝶、金钱等形状，戴在头上或系在花下，庆祝春天来临。《西湖游览志余》：“立春日……民间妇女，各以春幡、春胜，镂金簇彩，为燕蝶之属，问遗亲戚，缀之钗头。”

探春令　赵长卿

笙歌间错华筵启[1]，喜新春新岁。菜传纤手青丝细[2]，和气入东风里。　　幡儿胜儿都姑婂[3]，戴得更忔戏[4]。愿新春以后，吉吉利利，百事都如意。

【品读】

新岁来临，人人喜笑颜开，家家设宴庆祝；节日里妇女们打扮得花枝招展，喜迎新春，祝福在新的一年里大吉大利，百事如意。词中充满欢乐气氛，表达了人们的美好愿望，生活气息很浓。

【注释】

[1] 华筵：精美的宴席。

[2] 青丝：青菜切成的细丝，此指春盘。古代习俗，立春日用蔬菜、水果、饼饵等装盘，馈送亲友，叫作“春盘”。

[3] 幡儿胜儿：即春幡春胜。　都：美盛，漂亮。　姑婂：指青年姑娘。

[4] 忔（qì迄）戏：可爱的意思。

汉宫春　辛弃疾

立春日

春已归来，看美人头上，袅袅春幡[1]。无端风雨，未肯收尽余寒。年时燕子[2]，料今宵、梦到西园[3]。浑未办、黄柑荐酒[4]，更传春韭堆盘[5]。　　却笑东风从此，便薰梅染柳，更没些闲。闲时又来镜里，转变朱颜[6]。清愁不断，问何人、会解连环[7]？生怕见、花开花落[8]，朝来塞雁先还[9]。

【品读】

这首词写立春日的感想。用“美人头上，袅袅春幡”，说明人们都在欢度节日，喜迎新春的到来。此时此刻，词人却别是一番滋味在心头。他“清愁不断”，心绪不佳，过节的物品全未准备，独自在家揽镜叹息。这是为什么呢？词中用隐喻和象征手法，通过燕子梦回西园、怕见塞雁先我而还，曲折地表达了日日夜夜思念中原的思想感情。全词情调凄迷哀怨，寄托了作者对国事的忧伤，不同于一般的怨春之作。

【注释】

[1] 袅袅：摇曳貌。　春幡：又叫“幡胜”“彩胜”，见前注。

[2] 年时：当年，从前。

[3] 西园：本指汉代皇家园林，因其地处京城西郊，故称西园。这里是借指北宋故都皇家园林。这两句说，料想当年的燕子，今晚在梦中回到了故都的园林。作者以燕子自比，表达其怀念中原之情。

[4] 浑未办：全都没有采办，毫无准备。　黄柑：柑橘的一种，可以酿酒。　荐酒：献酒。

[5] 青韭堆盘：把韭菜等放在五辛盘里。五辛盘，指用五种辛辣生菜合成的拼盘，又称春盘。据《本草纲目·菜部》：“五辛菜，乃元旦、立春，以葱、蒜、韭、蓼、蒿、芥辛嫩之菜，杂和食之，取迎新之义，谓之五辛盘。”

[6] 转变：犹言改变。　朱颜：红颜，指青年时期健壮的容颜。

[7] 解连环：解开玉连环。这里是比喻解除胸中郁结的愁闷。

[8] 生怕：最怕，唯恐。

[9] 塞雁：塞外飞来的大雁。

醉落魄　魏了翁

人日南山约应提刑懋之

无边春色，人情苦向南山觅。村村箫鼓家家笛，祈麦祈蚕，来趁元正七[1]。　翁前子后孙扶掖[2]，商行贾坐农耕织[3]。须知此意无今昔，会得为人，日日是人日。

【品读】 旧时称农历正月初七为“人日”。杜甫《人日》：“元日到人日，未有不阴时。”本篇写作者正月初七约友人应懋之同往南山探春，途中只见一派喜庆气氛，“村村箫鼓家家笛”，人们正忙于祈求丰年。路上人群熙来攘往，老翁携带儿孙，行商坐贾，生意兴隆，农耕妇织，好一派繁忙的景象。作者情不自禁地叹道，但愿天天都是“人日”，使“人”成为大自然的主宰。

【注释】

[1] 来趁：来赶集。趁，趁墟（赶集）的略语。

[2] 扶掖：搀扶。掖：叉着别人的胳膊。

[3] 商行贾坐：即行商坐贾。无固定营业地址，往来各地贩卖商品的商人谓“行商”。设肆售货的商人称“坐贾”。

蓦山溪 葛胜仲

春风野外，卵色天如水[1]。鱼戏舞绡纹，似出听、新声北里。追风骏足[2]，千骑卷高冈，一箭过，万人呼，雁落寒空里。　　天穿过了，此日名穿地。横石俯青波，竞追随、新年乐事。谁怜老子，使得暂遨游，争捧手，乍凭肩[3]，夹道游人醉。

【品读】 天穿节为宋以前的民俗节日，即正月二十三日。杨慎《词品》谓：“相传云：女娲氏以是日补天，俗以煎饼置屋上，名曰补天穿。今其俗废久矣。”本篇写天穿节郊外射雁，从中可以窥见今人罕知的我国古代又一民情风俗，有一定的史料价值。

【注释】

[1] 卵色天：形容天空清朗。唐诗："残霞蹙水鱼鳞浪，薄日烘云卵色天。"苏轼亦云："笑把鸱夷一杯酒，相逢卵色五湖天。"

[2] 追风：骏马名，相传秦始皇有马名追风。这里是形容马跑得很快。

[3] 凭肩：肩靠着肩，形容游人之盛。

秦楼月 范成大

浮云集，轻雷隐隐初惊蛰。初惊蛰，鹁鸠鸣怒[1]，绿杨风急。　　玉炉烟重香罗浥，拂墙浓杏燕支湿[2]。燕支湿，花梢缺处，画楼人立。

【品读】

惊蛰为二十四节气之一，约在阳历三月六日前后。《月令七十二候解》："二月节……万物出乎震，震为雷，故曰惊蛰，是蛰虫惊而出走矣。"此时天气转暖，渐有春雷，冬眠动物开始出土活动，我国大部分地区进入春耕季节。本篇写时值惊蛰，浮云蔽空，雷声隐隐，风急鸠鸣，红杏出墙，燕支带雨，处处显示出春天的节候景物，颇具特色。结处点出"花梢缺处，画楼人立"，使景中有人，境界顿出。

【注释】

[1] 鹁鸠：鸟名，即祝鸠，亦称鹁鸪，天将雨，鸣声甚急。

[2] 燕支：植物名，即红花，可做胭脂。

木兰花 张先

乙卯吴兴寒食

龙头舴艋吴儿竞[1]，笋柱秋千游女并[2]。芳洲拾翠暮忘归[3]，秀野踏青来不定[4]。　　行云去后遥山暝[5]，已放笙歌池院静[6]。中庭月色正清明，无数杨花过无影。

【品读】

寒食，节令名，清明前一天或两天。相传起于晋文公悼念介之推事，以介之推抱木焚死，遂定于是日禁火寒食。本篇作于宋神宗熙宁八年（1075）寒食节，其时词人已是八十六岁高龄，居住在故乡吴兴（今浙江湖州）。词的上片描写青年男女寒食节白天赛龙舟、打秋千以及游春踏青的欢乐场面；下片刻画歌终人散后月夜中庭的景色，结句写杨花在朦胧月色中，轻轻飘扬，无声无影，静谧清幽，意境富于诗情画意。

【注释】

[1] 龙头舴艋：一种装有龙头，形似蚱蜢的小船。吴儿：吴地的青少年。

[2] 笋柱：指秋千架用竹竿搭成。并：成双成对。

[3] 拾翠：捡拾翠鸟的羽毛，也泛指女子游春。

[4] 秀野：草色青青的原野。　来不定：指游春的人熙来攘往。

[5] 暝：日暮，夜晚。

[6] 放：停止。

越溪春 欧阳修

三月十三寒食日，春色遍天涯。越溪阆苑繁华地[1]，傍禁垣[2]，珠翠烟霞。红粉墙头[3]，秋千影里，临水人家。　归来晚驻香车[4]，银箭透窗纱[5]。有时三点两点雨霁[6]，朱门柳细风斜。沉麝不烧金鸭[7]，玲珑月照梨花。

【品读】

这首词描写寒食节候风物。上片叙述出游所见：是日春光烂漫，芳草遍地，一片繁华景象。结拍三句刻画乡村少女欢度节日的情景，富于诗情画意。下片写傍晚归来，微雨初霁，柳细风斜，月照梨花，景色朦胧，意境优美，令人陶醉。

【注释】

[1] 阆苑：传说中的神仙住处，这里是指京城宫苑。

[2] 禁垣：宫墙。

[3] 红粉：胭脂和铅粉，女子的化妆品，代指女子。

[4] 香车：华美的车子。

[5] 银箭：指月光。

[6] 霁：雨止。

[7] 沉麝：沉香与麝香，两种名贵的香料。　金鸭：涂有金粉的鸭形香炉。

浣溪沙　李清照

淡荡春光寒食天[1]，玉炉沉水袅残烟[2]。梦回山枕隐花钿[3]。海燕未来人斗草[4]，江梅已过柳生绵[5]。黄昏疏雨湿秋千。

【品读】

本篇为描写寒食节的即景之作。首句点题直起，总摄全篇。上片写室内，下片写室外。从时间上看从白昼到黄昏，而以“梦回”贯穿前后。词中所写景物如“燕未来”“人斗草”“梅已过”“柳生绵”等都关合寒食的节令和人事，末句以“疏雨湿秋千”作结，亦为寒食之景。此词当为南渡以前的作品，词中流露出一种淡淡的闲愁，似亦兼寓节日怀人之意。

【注释】

[1] 淡荡：舒缓恬静，形容春天的景色。

[2] 沉水：即沉香。

[3] 山枕：即檀枕，因其形如“凹”，故称“山枕”。 花钿：用金翠珠宝等制成花朵形的首饰。

[4] 斗草：即“斗百草”，以草相赛的一种游戏。或斗花草名，或斗草的多寡、韧性等。

[5] 江梅：一种野生的梅花，也泛指梅花。

木兰花慢 柳 永

清 明

拆桐花烂熳[1]，乍疏雨、洗清明。正艳杏烧林，缃桃绣野，芳景如屏[2]。倾城，尽寻胜去，骤雕鞍绀幰出郊坰[3]。风暖繁弦脆管，万家竞奏新声[4]。　盈盈，斗草踏青。人艳冶、递逢迎[5]。向路旁往往，遗簪堕珥[6]，珠翠纵横。欢情，对佳丽地，信金罍罄竭玉山倾[7]。拚却明朝永日，画堂一枕春酲[8]。

【品读】

柳永的这首清明词，通过描绘节日风光景物，从一个侧面反映了北宋前期社会较为安定、市民生活富庶的现实。上片描绘京城开封郊外桐花烂漫、桃李争艳、芳草如茵以及车马如流、新声竞奏、倾城出游的繁华景象。下片叙述都民士女盛装艳服、斗草踏青、纵情欢乐的场面。据孟元老《东京梦华录》载：“清明节……莫非金装绀幰，锦额珠帘，绣扇双遮，纱笼前导。士庶阗塞诸门，纸马铺皆于当街用纸衮叠成楼阁之状。

四野如市，往往就芳树之下，或园囿之间，罗列杯盘，互相劝酬。都城之歌儿舞女，遍满园亭，抵暮而归。”这与柳词所描写的景象是相吻合的。

【注释】

[1] 拆桐花：紫桐花开放。

[2] 芳景如屏：美好艳丽的景物犹如画屏。

[3] 绀：天青色。 幰（xiǎn 显）：车幔。绀幰，代指车子。 坰（jiōng 扃）：遥远的郊野。

[4] 新声：新的歌曲。

[5] 递逢迎：一个接着一个地在路上相逢，互相问候迎接。

[6] 珥：妇女的珠玉耳饰。

[7] 金罍（léi 雷）：古代青铜盛酒器。罄竭：这里是说坛中酒已干净。玉山倾：即“玉山自倒”，形容喝醉了酒。

[8] 酲：酒后所感觉的困惫如病状态。

浣溪沙 朱淑真

清明

春巷夭桃吐绛英[1]，春衣初试薄罗轻。风和烟暖燕巢成。 小院湘帘闲不卷[2]，曲房朱户闷长扃[3]。恼人光景又清明。

【品读】

同是清明节，有人乐融融，有人愁凄凄。眼看春光明媚，桃红柳绿，却毫无兴致出门踏青，竟日里独自闭户闲坐，无穷的烦恼一齐涌上心头。本篇通过对清明节的感受，抒写了女词人寂寞悲凉的心情。结句在“恼人光景”后着一“又”字，表明作者如此苦度“清明”已非首次，其身世之不幸由此可以想见。

【注释】

[1] 夭桃：形容桃花繁茂而艳丽。 绛英：红花。

[2] 湘帘：用湘妃竹（斑竹）做的帘子。

[3] 曲房：内室，密室。 扃（jiōng）：门窗上的插关。这里作动词用，是关闭的意思。

浣溪沙 苏轼

端午

轻汗微微透碧纨[1]，明朝端午浴芳兰[2]。流香涨腻满晴川[3]。

彩线轻缠红玉臂，小符斜挂绿云鬟[4]。佳人相见一千年。

【品读】

端午即农历五月初五日，我国民间节日之一。本名“端五”。民间有端午吃粽子、赛龙舟、吊屈原等风俗。本篇描写妇女欢度端午佳节的情景。上片叙述她们节日前夕进行各种准备，下片刻画她们按照民间风俗，彩线缠玉臂，小符挂云鬟，互致节日的祝贺。

【注释】

[1] 碧纨：绿色薄绸。

[2] 芳兰：芳香的兰花，代指妇女。

[3] 流香涨腻：谓女子梳洗时用剩的香粉胭脂流入河中。

[4] 这句说妇女们的发髻上挂着祛邪驱鬼、保佑平安的符箓。

消 息 晁补之

端 午

红日葵开，映墙遮墉[1]，小斋端午。杯展荷金，簪抽笋玉，幽事还数[2]。绿窗纤手，朱奁轻缕[3]，争斗彩丝艾虎[4]。想沉江怨魄归来[5]，空惆怅、对菰黍[6]。 朱颜老去，清风好在，未减佳辰欢聚。趣蜡酒深斟[7]，菖菹细糁[8]，围坐从儿女。还同子美，江村长夏，闲对燕飞鸥舞[9]。算何须、楚王雄风[10]，方消畏暑。

【品读】 本篇写词人在小斋与家人围坐在一起，共度端午佳节。上片先略叙景物，然后引出对沉江殉国的爱国诗人屈原的深情怀念。下片写作者与儿女饮酒消夏，同享天伦之乐。词中虽未渲染节日气氛，但款款而谈，如话家常，别有一番情趣。

【注释】

[1] 墉：垣墙。

[2] 幽事：幽居之事，闲事。

[3] 朱奁：红色的梳妆镜匣。

[4] 艾虎：用艾叶做成的虎。旧俗端午节佩戴艾虎，认为可以辟邪除秽。

[5] 沉江怨魄：指屈原的亡灵。

[6] 菰黍：用菰叶包的角黍，即粽子。

[7] 趣（cù促）：同“促”，赶快。

[8] 菖菹（zū租）：将菖蒲切碎泡酒，端午节习饮此酒。

[9] 子美：唐诗人杜甫，字子美。杜诗《江村》：“清江一曲抱村流，长夏江村事事幽。自去自来堂上燕，相亲相近水中鸥。”这里是化用其意。

[10] 雄风：宋玉《风赋》：“清清泠泠，愈病析酲，发明耳目，宁体便人，此所谓大王之雄风也。”

喜迁莺 黄 裳

端午泛湖

梅霖初歇[1]。乍绛蕊海榴[2]，争开时节。角黍包金[3]，香蒲切玉[4]，是处玳筵罗列[5]。斗巧尽输少年，玉腕彩丝双结。舣彩舫[6]，看龙舟两两，波心齐发。 奇绝。难画处，激起浪花，飞作湖间雪。画鼓喧雷，红旗闪电，夺罢锦标方彻[7]。望中水天日暮，犹见朱帘高揭。归棹晚，载荷花十里，一钩新月。

【品读】

此阕描写端午泛舟湖上所见。上片先写节序风物，然后叙述人们欢度节日的盛况，末尾落到湖上景物。下片着重刻画赛龙舟、夺锦标的热烈场面，最后写日暮驾船载月夜归。词中通过一幅幅生动画面，将端午节的民情风俗活灵活现地展示在读者面前。

【注释】

[1] 梅霖：即梅雨，又称黄梅雨。霖，久雨。 初歇：刚刚停下来。

[2] 绛蕊：红色的花蕊。此指石榴花蕊。

[3] 角黍：即粽子。 包金：黍米色黄，故曰"包金"。

[4] 香蒲：俗称蒲草，嫩芽称蒲菜，可供食用。

[5] 玳筵：精美的筵席。

[6] 舣（yǐ蚁）：附船着岸。

[7] 锦标：锦制的旗帜，古时用以奖给竞渡的得胜者。

减字木兰花 黄 裳

竞 渡

红旗高举，飞出深深杨柳渚[1]。鼓击春雷，直破烟波远远回。欢声震地，惊退万人争战气[2]。金碧楼西，衔得锦标第一归[3]。

【品读】

此阕写水上龙舟竞赛。北宋时期除端午节要赛龙舟之外，三月一日在东京金明池也要举行各种水上表演和划船比赛。其日皇帝亲自到临水殿观看，并赐宴群臣，场面十分盛大。《东京梦华录》载："诸船皆列五殿之东面，对水殿排成行列，则有小舟一军校执一竿，上挂以锦彩银碗之类，谓之'标竿'，插在近殿水中。又见旗招之，则两行舟鸣鼓并进，捷者得标，则山呼拜舞。并虎头船之类，各三次争标而止。"这首词开篇直写"竞渡"，从小舟"飞出深深杨柳渚"到"衔得锦标第一归"，文字简捷，节奏轻快，气氛热烈，生动地再现了龙舟竞赛的精彩场面。

【注释】

[1] 渚（zhǔ主）：水中的小块陆地。《尔雅·释水》："水中可居者曰洲，小洲曰渚。"

[2] 争战气：指竞赛时观众擂鼓助威的热烈气氛。

[3] 衔：接受。

忆秦娥 陈与义

五日移舟明山下作

鱼龙舞，湘君欲下潇湘浦[1]。潇湘浦，兴亡离合，乱波平楚[2]。

独无尊酒酬端午[3]，移舟来听明山雨[4]。明山雨，白头孤客，洞庭怀古。

【品读】

这首词是宋高宗建炎三年（1129）五月五日作者避难湖南，在洞庭湖船上写的。时值金兵入侵，湖湘一带又有贵仲正等作乱，正是国势危急、兵荒马乱的岁月。虽逢端午，酒肴未备，毫无过节的气氛。词中通过“乱波平楚”“移舟听雨”的描写，抒发了作者的兴亡之感和忧伤情怀，在端午词中别具一番风味。

【注释】

[1] 湘君：传说中的湘水之神。 潇湘：湖南境内的两条河名，潇水为湘江的支流。 浦：水滨。

[2] 平楚：平整的灌木。

[3] 酬：劝酒。

[4] 明山：为沅州郡的主山。

南乡子　苏轼

重九涵辉楼呈徐君猷

霜降水痕收[1]，浅碧鳞鳞露远洲[2]。酒力渐消风力软，飕飕。破帽多情却恋头[3]。　　佳节若为酬[4]？但把清樽断送秋[5]！万事到头都是梦，休休。明日黄花蝶也愁[6]。

【品读】

重九，又称重阳，节令名，即农历九月九日。本篇是宋神宗元丰五年（1082），苏轼被贬居黄州时所作。徐君猷，名大受，时任黄州太守。词人与太守在黄州涵辉楼上饮酒对话，欣赏江畔秋光，共度重阳佳节，本应心旷神怡，然而由于当时身处逆境，所以情绪不高，愁思难解，因而感到“万事到头都是梦”，流露出一种无可奈何的虚无思想。

【注释】

[1] 水痕：波纹。 收：谓水落。

[2] 鳞鳞：形容水波如层层鱼鳞一样。这句说，远处的沙洲露出水面。

[3] 破帽句：据《晋书·孟嘉传》，嘉于重九日与桓温等登龙山，帽子被风吹落，竟不觉。后因成为重九登高的典故。作者反用其意，推陈出新，别有风趣。

[4] 若为：如何、怎样、那堪的意思。

[5] 樽：酒杯。

[6] 黄花：指菊花。

六幺令 周邦彦

重阳

快风收雨，亭馆清残燠[1]。池光静横秋影，岸柳如新沐[2]。闻道宜城酒美，昨日新醅熟[3]。轻镳相逐[4]，冲泥策马，来折东篱半开菊。　　华堂花艳对列，一一惊郎目。歌韵巧共泉声，间杂琮琤玉[5]。惆怅周郎已老，莫唱当时曲。幽欢难卜，明年谁健？更把茱萸再三嘱[6]。

【品读】

周邦彦三十多岁时曾客居荆州，宜城在湖北省中部偏北，距荆州不远。揣词意，本篇当作于此时。词写客中适逢重阳佳节，作者雨后“冲泥策马”，去参加节日宴会。篱下黄菊半开，席间轻歌曼舞，室外泉水淙淙，但词人羁旅他乡，难免有惆怅之感，因而发出了“莫唱当时曲”的慨叹，寄托了对亲友的怀念之情。

【注释】

[1] 燠（yù郁）：热。

[2] 沐：洗。这句说，岸上的柳树雨后如刚刚用水洗过一样。

[3] 醅（pēi胚）：未滤过的酒。

[4] 轻镳（biāo标）：轻骑。镳，马具，与衔合用，衔在口内，镳在口旁。

[5] 琮琤：玉石声，常用来形容水石相击之声。琮，古玉器名，形方，中有圆孔。

[6] 茱萸：植物名，有浓烈香味，可入药。古俗，重阳节佩茱萸囊以祛邪辟恶。

醉花阴　李清照

薄雾浓云愁永昼[1]，瑞脑销金兽[2]。佳节又重阳，玉枕纱厨[3]，半夜凉初透。　东篱把酒黄昏后，有暗香盈袖。莫道不消魂[4]，帘卷西风[5]，人比黄花瘦。

【品读】

本篇写重阳抒感。词中通过独守闺房、深感寂寞以及黄昏把酒、东篱赏菊等生活画面，表达了“每逢佳节倍思亲”的思想感情。上片从白天写到深夜，记述了词人九月九日这天的见闻和感想。下片用逆叙法，追记黄昏时分独自在东篱下饮酒赏菊的情景。结拍三句“莫道不消魂，帘卷西风，人比黄花瘦”，以花拟人，比喻生动，创意出奇，意象优美，主体与客体浑然一体，历来受到人们称赞。

【注释】

[1] 永昼：漫长的白天。

[2] 瑞脑：亦称龙脑，香料名。　金兽：指兽形铜香炉。

[3] 玉枕：瓷枕的美称。　纱厨：纱帐。

[4] 消魂：形容极度愁苦。江淹《别赋》：“黯然消魂者，唯别而已矣。”

[5] 帘卷西风：即“西风卷帘”的倒文。

水调歌头 朱熹

隐括杜牧之齐山诗

江水浸云影，鸿雁欲南飞。携壶结客何处？空翠渺烟霏。尘世难逢一笑[1]，况有紫萸黄菊[2]，堪插满头归。风景今朝是，身世昔人非。　酬佳节，须酩酊[3]，莫相违。人生如寄，何事辛苦怨斜晖。无尽今来古往，多少春花秋月，那更有危机。与问牛山客，何必独沾衣[4]！

【品读】

此阕为重阳登高之作。作者采用隐括体，也就是将前人题材相同或相近的作品加以改写、概括而成。这种体裁难成佳构，不宜提倡。朱熹此篇却能青出于蓝，在音韵、情调和意境方面均较原作有所创新，故备受人们赞赏，堪称隐括词中一首难得的佳作。所谓“杜牧之齐山诗”，即晚唐诗人杜牧的《九日齐山登高》诗。原诗全文为：“江涵秋影雁初飞，与客携壶上翠微。尘世难逢开口笑，菊花须插满头归。但将酩酊酬佳节，不用登临恨落晖。古往今来只如此，牛山何必独沾衣！”杜牧此诗虽为名篇，但因其怀才不遇，忧患意识太重，对人生表现出一种感伤悲观的态度。朱熹虽袭用其词句，但所抒发的情怀以及对待人生的态度则有所不同，表现出较为乐观的精神境界，且富于哲理，颇堪玩味。

【注释】

[1] 尘世：即人世。

[2] 紫萸：即茱萸，一种有浓烈香味的植物。古俗，重阳节佩茱萸囊以祛邪辟恶。

[3] 酩酊：大醉貌。

[4] 牛山：在山东淄博市临淄南。牛山客，指齐景公。《晏子春秋·内篇谏上》：“景公游于牛山，北临其国城而流涕曰：‘若何滂滂去此而死乎！’艾孔、梁丘据皆从而泣。”

清平乐 石孝友

天涯重九，独对黄花酒。醉撚黄花和泪嗅[1]，忆得去年携手。　去年同醉流霞[2]，醉中折尽黄花。还是黄花时候，去年人在天涯。

【品读】

此阕为重阳怀念妻子之作。词人浪迹天涯，欣逢重九，独自对酒赏花，不觉潸然泪下。回想去年今日，与伊人同醉流霞，折尽黄花，如今两地情牵，天各一方，怎能不令人伤感？小词委曲宛转，情深意切，思亲之情溢于言表。

【注释】

[1] 撚（niǎn 拈）：用手指搓转，这里是摘取的意思。

[2] 流霞：神话传说中的仙酒名，这里是指美酒。

水调歌头 方岳

九日多景楼用吴侍郎韵

醉我一壶玉，了此十分秋。江涛还此，当日击楫渡中流[1]。问讯重阳烟雨，俯仰人间今古，此意渺沧洲。天地几今夕，举白与君浮[2]。　旧黄花，新白发，笑重游。满船明月犹在，何日大刀头[3]？谁跨扬州鹤去[4]，已怨故山猿老[5]，借箸欲前筹。莫倚阑干北，天际是神州[6]。

【品读】 本篇是作者在镇江于重阳节与吴潜登多景楼时的唱和之作。据《宋史·吴潜传》，吴潜在理宗淳祐年间，曾以试户部侍郎、淮东总领兼知镇江府，词当作于此时。上片写登楼饮酒眺望，由滚滚江涛想到当年祖逖誓师北伐、击楫中流的往事，从而寄寓了抗敌之志。下片抒发怀念家乡、希望早日归隐的情感。结拍慨叹神州未复，流露出深深的忧国之情，使词境为之升华。

【注释】

[1] 击楫渡中流：东晋祖逖北伐渡江，中流击楫而誓曰："祖逖不能清中原而复济者，有如大江。"

[2] 白：古时罚酒用的酒杯，亦泛指酒杯。 浮：浮白的略语，本谓罚酒，后来转称满饮一大杯酒为浮一大白。

[3] 大刀头：刀头有环，"环"与"还"同音，古人因用为还乡的隐语。

[4] 这句用李白《黄鹤楼送孟浩然之广陵》"故人西辞黄鹤楼，烟花三月下扬州"诗意。

[5] 这句说，故山的猿猴埋怨主人尚未归来。

[6] 神州：指中原。

少年游 毛滂

长至日席上

遥山雪气入疏帘[1]，罗幕晓寒添[2]。暖日腾波，朝霞入户，一线过冰檐[3]。 绿尊香嫩葡萄暖[4]，满酌破冬严[5]。庭下早梅，已含芳意，春近瘦枝南。

【品读】 至日，包括冬至和夏至，长至日指冬至而言。冬至为二十四节气之一，约在阳历十二月二十二日前后，此日北半球白昼最短，气温较低。宋人最重此节，王公贵族自不待说，即使平民百姓，辛劳一年，也要千方百计更易新衣，备办饮食，享祀先祖。三日之内，店肆皆罢市，垂帘饮博，谓之“做节”。本篇为冬至日宴饮席上所作。词的上片渲染严冬气氛，画面上衬以“暖日”“朝霞”，给人以冷暖相宜之感。过片写饮酒御寒，迎接严冬的挑战；结拍以庭下早梅含苞待放，预示春天即将来临，对未来充满了希望。

【注释】

[1] 雪气：雪后的冷气。
[2] 罗幕：丝绸做的帘幕。
[3] 冰檐：结冰的屋檐。
[4] 绿尊：碧玉做的酒杯，酒杯的美称。
[5] 满酌：满饮。

行香子 汪莘

腊八日与洪仲简江行，其夜雪作

野店残冬，绿酒春浓[1]。念如今、此意谁同？溪光不尽，山翠无穷。有几枝梅，几竿竹，几株松。　篮舆乘兴[2]，薄暮疏钟[3]。望孤村、斜日匆匆。夜窗雪阵，晓枕云峰。便拥渔蓑，顶渔笠，作渔翁。

【品读】

腊八，本为佛教节日，传说农历十二月初八日是释迦牟尼成道日，佛寺常于该日举行诵经，取香谷及果实等造粥供佛，名腊八粥。后演变为一种民间习俗。此阕写作者腊八日与友人山行。路遇小店，暂歇浅酌，然后沿着山涧而行，路旁几枝蜡梅含苞待放，几竿翠竹傲雪迎风，几株苍松凌寒挺立，一幅富有诗情画意的岁寒三友图，历历在目。薄暮投宿孤村，钟声悠扬，夜雪打窗，雪中忽起垂钓之兴，天明后一定要戴笠披蓑，去做一个悠然自得的渔翁。此时词人隐居黄山，故词的意境清幽，与都市人家过腊八节的景象迥然不同。

【注释】

[1] 绿酒：绿蚁酒，因酒上浮有绿色泡沫，故称。

[2] 篮舆：竹轿。

[3] 薄暮：傍晚，太阳快落山的时候。

东风齐着力　胡浩然

除　夕

残腊收寒，三阳初转[1]，已换年华。东君律管[2]，迤逦到山家[3]。处处笙簧鼎沸[4]，会佳宴、坐列仙娃。花丛里，金炉满爇，龙麝烟斜[5]。　此景转堪夸。深意祝、寿山福海增加。玉觥满泛[6]，且莫厌流霞[7]。幸有迎春寿酒，银瓶浸、几朵梅花。休辞醉，园林秀色，百草萌芽。

【品读】

除夕，又称除夜，一年最后一天的晚上，也指一年的最后一天。是夜爆竹不绝，鼓吹之声，喧阗彻夜。士庶之家小儿女围炉团坐，终夕博戏，达旦不寐，谓之"守岁"。此词歌咏除夕之夜，洋溢着喜庆的气氛。只听处处笙歌，家家盛宴，觥筹交错，互相祝福，尽醉而欢。结拍以"园林秀色，百草萌芽"收住，暗示年华已换，新春已经到来。

【注释】

[1] 三阳：《汉书·翼奉传》晋灼注："木数三，寅在东方，木位之始，故曰三阳也。"这里是说阳气上升，天气转暖。

[2] 东君：日神。

[3] 迤逦：曲折而行。

[4] 笙簧：管乐器。簧，乐器中用以发声的片状振动体，用苇、木、竹、金属等制成。 鼎沸：形容声音嘈杂。

[5] 龙麝：龙脑香和麝香，两种名贵的香料。

[6] 玉觥（gōng 肱）：玉制的酒杯。觥，古代青铜酒器。

[7] 流霞：酒的美称。

南乡子 李处全

除夕又作

和气作春妍[1]，已作寒归塞地天。岁月翩翩人老矣[2]，华颠[3]。胆冷更长自不眠。 节物映椒盘[4]，柏酒香浮白玉船[5]。捧劝大家相祝愿，何言？但愿今年胜去年。

【品读】 白发老翁，除夕守岁，天寒夜长，难以入眠。不如与儿孙们畅饮通宵，劝大家再喝一杯，交上好运，争取今年胜过去年。老人的祝愿，语短意长，词意浅近而富有生活情趣。

【注释】

[1] 和气：阳气，和暖的空气。

[2] 翩翩：飞驰貌。

[3] 华颠：犹白头，谓年老。颠，头顶。

[4] 椒盘：正月初一，以盘进椒，号椒盘。

[5] 白玉船：酒杯的美称。

喜迁莺 史浩

守岁

雪消春浅。听爆竹送穷[1]，椒花待旦[2]，系马合簪，鸣鸦列炬，几处玳筵开宴[3]。介我百千眉寿[4]，齐捧玉壶金盏。最奇绝，是小桃新坼[5]，争妍粉面。女伴，频告语，守岁通宵，莫放笙歌散。酒晕朝霞，寒欺重翠，却忆凤屏香暖[6]。笑拂满身花影，遥指珠帘深院。待到了，道一声稳睡，明年相见。

【品读】

作者史浩，孝宗时曾任右丞相，封魏国公，进太师，地位相当显赫。此阕写王公之家除夕守岁的情景。词中华灯宝炬、玉壶金盏、珠帘深院，一派富贵人家的景象。下片写女伴相约守岁通宵，玩个痛快。无奈不胜酒力，只得“笑拂满身花影”，独自退席回到深闺后院。临末还不忘嘱咐姐妹们：好好睡上一觉，明年再来相见。声口毕肖，绘声绘影，读后如身临其境。

【注释】

[1] 送穷：谓送走穷神。

[2] 椒花：这里是指椒酒，即用椒花浸制的酒。梁宗懔《荆楚岁时记》：“俗有岁首用椒酒。椒花芬香，故采花以贡樽。”

[3] 玳筵：精美华贵的宴席。

[4] 介：助，多用为祝寿之词。《诗经·豳风·七月》：“为此春酒，以介眉寿。”

[5] 小桃：指小桃红，即凤仙花，又名指甲花。本为夏季开花，如今除夕开放，故称“最奇绝”。坼：分裂，开放。

[6] 凤屏：绘有凤凰的屏风，这里是指屏风后的内室。

水龙吟 孙惟信

除夕

小童教写桃符[1]，道人还了常年例。神前灶下，祓除清净[2]，献花酌水。祷告些儿，也都不是，求名求利。但吟诗写字，分数上面，略精进，尽足矣[3]。饮量添教不醉。好时节、逢场作戏。驱傩爆竹[4]，软饧酥豆[5]，通宵不睡。四海皆兄弟，阿鹊也、同添一岁。愿家家户户，和和顺顺，乐升平世。

【品读】作者孙惟信，自号花翁，性格疏放，不屑功名，弃官不仕。此词潇洒诙谐，除夕之夜，祈祷的不是“求名求利”，唯“愿家家户户，和和顺顺，乐升平世”，表现了词人的旷达胸怀和善良愿望。

【注释】

[1] 桃符：古俗元旦用桃木板写神荼、郁垒二神名，悬挂门旁，以为能压邪。五代时，后蜀宫廷开始在桃符上题写联语，后以为春联的别名。

[2] 祓（fú弗）除：古代习俗，为除灾祛邪而举行的一种仪式。祓除的时间、方式多种多样，通常于岁首在宗庙、社坛中举行，而尤以农历三月上巳日在水边祓除最为流行。

[3] 这四句说，但求吟诗写字，略有长进，则心愿足矣。

[4] 驱傩（nuó挪）：古时腊月驱逐疫鬼的仪式。

[5] 饧（táng糖）：指用麦芽或谷芽熬成的糖。宋人习俗，除夕夜以蜜煎珍果、花饧、萁豆等为消夜之品。

元宵之夜

倾杯乐 柳 永

禁漏花深[1]，绣工日永，蕙风布暖[2]。变韶景、都门十二[3]，元宵三五，银蟾光满[4]。连云复道凌飞观[5]。耸皇居丽[6]，嘉气瑞烟葱蒨[7]。翠华宵幸[8]，是处层城阆苑[9]。　龙凤烛、交光星汉[10]。对咫尺鳌山开羽扇[11]。会乐府两籍神仙，梨园四部弦管[12]。向晓色、都人未散。盈万井、山呼鳌抃[13]。愿岁岁，天仗里、常瞻凤辇[14]。

【品读】

本篇为宋人最早的元宵词之一。农历正月十五日为上元节，这天晚上叫“元宵”，也称“元夕”“元夜”。唐以来有观灯的风俗，所以又叫“灯节”。孟元老《东京梦华录》：“正月十五日元宵，大内前自岁前冬至后，开封府绞缚山棚，立木正对宣德楼，游人已集御街两廊下。奇术异能，歌舞百戏，鳞鳞相切，乐声嘈杂十余里，击丸蹴踘，踏索上竿……更有猴呈百戏，鱼跳刀门，使唤蜂蝶，追呼蝼蚁。其余卖药、卖卦，沙书地谜，奇巧百端，日新耳目。”这里记述的是宋徽宗宣和年间的情况，柳永生活的真宗、仁宗时期欢度元宵的盛况也大致相同。此阕写汴京元夕的繁华景象。词中浓墨重彩，极力铺张渲染，富丽堂皇，金碧交辉，尽情歌咏太平盛世，从一个侧面反映了北宋前期社会安定、经济富足、统治阶级极其奢华的现实。柳永不但善写羁旅行役、离愁别恨，而且也是歌功颂德的行家。

【注释】

[1] 禁漏：宫中的漏壶。漏壶，古代滴水计时的仪器。

[2] 蕙风：香风，春风。

[3] 韶景：美景。都门十二：据《东京梦华录》载，汴京外城（新城）除水门外，共有城门十二座。

[4] 银蟾：月亮。

[5] 复道：高楼之间或山岩险要处架

空的通道。这里是指宫中楼阁间的空中通道。

[6] 耸皇居丽：谓皇宫高耸壮丽。

[7] 葱蒨：形容草木苍翠茂盛。

[8] 翠华：皇帝仪仗中一种用翠鸟羽毛作装饰的旗帜，代指皇帝。 宵幸：夜间皇帝驾临。

[9] 层城：一道又一道城楼。 阆苑：传说中的神仙住处，常用指宫苑。

[10] 龙凤烛：饰有龙凤的蜡烛。 星汉：即银河。这句说，烛光与星光辉映。

[11] 鳌山：旧时元宵灯景的一种，把灯彩堆叠成一座山，像传说中的巨鳌形状。

[12] 梨园：唐玄宗时教练宫廷歌舞艺人的地方。这里是指宫廷乐队。

[13] 万井：千家万户。 鳌抃（biàn 弁）：欢呼鼓掌。

[14] 天仗：天子的仪仗。 凤辇：皇帝的车驾，指皇帝。

生查子 欧阳修

去年元夜时[1]，花市灯如昼。月上柳梢头，人约黄昏后。 今年元夜时，月与灯依旧。不见去年人，泪满春衫袖。

【品读】

此阕托为女子元夜感旧怀人之作。上片回忆去年灯节与情人的幽会。灯火辉煌，月光如水，花娇柳媚，一对情人沉浸在甜蜜的爱河之中。下片抒写今年孤独寂寞的难堪之情。风景依旧，物是人非，去年相约之人，不见踪影，不禁黯然销魂，泪满衫袖。这首小词明白如话，清新自然，构思巧妙，运用重叠句式，通过对比反复咏叹，颇具民歌风味。

【注释】

[1] 元夜：即元宵，又称“灯节”。

人月圆 王诜

元夜

小桃枝上春来早[1]，初试薄罗衣。年年此夜，华灯盛照，人月圆时。　　禁街箫鼓[2]，寒轻夜永，纤手同携。更阑人静，千门笑语，声在帘帏。

【品读】

本篇一说李持正作，描写都城汴京的元宵之夜，不渲染火树银花、华灯宝炬、万人空巷的热烈繁华场面，却写一对情侣携手出游，漫步长街，在更阑人静之时谛听千家万户从帷幕内传出来的欢声笑语。词语清丽，意境雅淡，在宋人元宵词中别具一格。

【注释】

[1] 小桃：即小桃红，元宵节前后即开花。

[2] 禁街：皇宫附近的大街。

蝶恋花 苏轼

密州上元

灯火钱塘三五夜[1]，明月如霜，照见人如画。帐底吹笙香吐麝[2]，更无一点尘随马[3]。　　寂寞山城人老也，击鼓吹箫，却入农桑社[4]。火冷灯稀霜露下，昏昏雪意云垂野[5]。

【品读】

这首词是熙宁八年（1075）上元节，苏轼在密州（今山东诸城市）任知州时所作。小词由虚入实，忆昔感今，分别描绘了东南名都钱塘和寂寞山城密州灯节的不同景况。上片回忆当年，下片叙写如今，用浅近的语言和白描手法，展现出两幅不同的元宵风情画。

【注释】

[1] 钱塘：今浙江杭州市。　三五夜：指正月十五日夜，即上元节。

[2] 帐底：帐下，帐中。　香吐麝：谓炉烟中散发出麝香气味。麝，指麝香，一种名贵的香料。

[3] 更无一点尘随马：谓马后没有一点灰尘。苏味道《上元》："暗尘随马去，明月逐人来。"这里是反用其意。

[4] 农桑社：农家节日祭神的场所。

[5] 云垂野：谓田野阴云低垂。

绛都春　丁仙现

上　元

融和又报。乍瑞霭霁色[1]，皇州春早[2]。翠幰竞飞[3]，玉勒争驰都门道[4]。鳌山彩结蓬莱岛[5]。向晚色、双龙衔照[6]。绛绡楼上[7]，彤芝盖底，仰瞻天表[8]。　缥缈。风传帝乐[9]，庆三殿共赏[10]，群仙同到[11]。迤逦御香[12]，飘满人间闻嬉笑。须臾一点星球小[13]。渐隐隐、鸣鞘声杳[14]。游人月下归来，洞天未晓[15]。

【品读】

本篇描叙北宋都城汴京欢庆元宵的情景。从词中所写节物和场景来看，与孟元老《东京梦华录》所叙无异，当为徽宗在位时期所作。丁仙现曾任教坊使，谙悉宫廷礼仪，此阕实写皇家赏灯。鳌山彩棚，翠幰玉勒，帝乐御香，好一派富丽堂皇气象，北宋统治者的奢侈豪华，于此可见一斑。

【注释】

[1] 瑞霭：祥云。

[2] 皇州：指京城开封。

[3] 翠幰（xiǎn 险）：绿色车幔，指华丽的车子。

[4] 玉勒：镶玉的马笼头，指宝马。

[5] 蓬莱岛：传说中的海上仙岛，这里是用来比喻宣德楼前的鳌山。

[6] 双龙衔照：《东京梦华录》："又于左右门上，各以草把缚成戏龙之状，用青幕遮笼，草上密置灯烛数万盏，望之蜿蜒如双龙飞走。"

[7] 绛绡楼：此指汴京皇宫正门宣德楼。这是皇帝观灯的地方。

[8] 天表：帝王的仪容。

[9] 帝乐：宫中之乐。

[10] 三殿：即大庆殿、文德殿、紫宸殿，泛指皇宫各殿。

[11] 群仙：指宫中嫔妃。

[12] 御香：指宫中所用名贵香料。

[13] 一点星球小：《东京梦华录》："两朵楼各挂灯球一枚，约方圆丈余，内燃椽烛。"

[14] 鸣鞘（shāo 梢）：马鞭的响声。

[15] 洞天：道家用以称神仙所居的洞府。这里是形容汴京如仙境一样。

解语花 周邦彦

元宵

风销绛蜡[1]，露浥红莲[2]，花市光相射。桂华流瓦[3]，纤云散、耿耿素娥欲下[4]。衣裳淡雅，看楚女、纤腰一把[5]。箫鼓喧，人影参差，满路飘香麝。　因念都城放夜[6]，望千门如昼，嬉笑游冶。钿车罗帕[7]，相逢处，自有暗尘随马[8]。年光是也，唯只见、旧情衰谢。清漏移，飞盖归来[9]，从舞休歌罢[10]。

【品读】

本篇大约是作者晚年在外地任职时所写。词中既描绘了当地（一说为明州，一说为荆南，但均无确证）欢度元宵的情景，也回忆了昔日汴京上元节的盛况。词的设想新奇，构思巧妙，意境优美，过渡自然，“不独措辞精粹，又且见时序风物之盛，人家宴乐之同”（张炎《词源·节序》），在宋人元宵词中应属佳作。词的上片为今日元宵之景，换头用“因念”转折，下片叙当年都城旧事。一实一虚，笔触细腻，画面生动，情景交融，流露出作者的身世之慨和今昔之感。

【注释】

[1] 绛蜡：红烛。

[2] 红莲：指莲花灯。

[3] 桂华：代指月亮，因传说月中有桂树，故曰。　流瓦：谓月光洒在屋顶瓦上。

[4] 素娥：谓嫦娥，代指观灯仕女。

[5] 楚女、纤腰：形容女子身姿娉婷优美。楚女，泛指南方女子。

[6] 放夜：谓元宵期间，皇宫附近的灯彩许都人仕女纵观，谓之“放夜”。

[7] 钿车：用金宝装饰的车子，古时贵族妇女所乘坐。

[8] 暗尘随马：谓贵族妇女乘坐豪华车子出门观灯，车后常有人暗中追随观看。

[9] 飞盖：走得很快的车子。盖，车篷，代指车子。

[10] 从舞休歌罢：任他舞停歌止。

传言玉女　晁冲之

一夜东风，吹散柳梢残雪。御楼烟暖，正鳌山对结。箫鼓向晚，凤辇初归宫阙[1]。千门灯火，九街风月。　绣阁人人[2]，乍嬉游、困又歇。笑匀妆面，把朱帘半揭。娇波向人，手撚玉梅低说[3]：相逢常是，上元时节。

【品读】

此词描写元宵之夜。上片泛叙都城节日风光景物，与《东京梦华录》所载如出一辙。下片写仕女观灯，元夜相逢，情景逼真。周济《介存斋论词杂著》云："真字是词骨。情真、景真，所作必佳，且易脱稿。"本篇后半描绘绣阁佳人出游时的情景，生动传神，惟妙惟肖。

【注释】

[1] 凤辇：皇帝所乘的车子。
[2] 绣阁：华丽的楼阁，指闺阁。
[3] 玉梅：宋代妇女元宵节所戴的装饰品。

鹧鸪天 窃杯女子

月满蓬壶灿烂灯[1]，与郎携手至端门[2]。贪看鹤阵笙歌举，不觉鸳鸯失却群。　　天渐晓，感皇恩，传宣赐酒饮杯巡[3]。归家恐被翁姑责[4]，窃取金杯作照凭[5]。

【品读】

宋徽宗宣和年间，灯节更为盛大豪华。汴京元宵之夜，火树银花，五彩缤纷，简直就像一片灯的海洋。在皇宫正门宣德楼前，还竖着一块大木牌，上写"宣和与民同乐"。是夜都民仕女，纷纷结伴出门观灯。据《大宋宣和遗事》载，一对青年夫妇，在观灯途中被人群挤散，女的来到皇宫门前，正赶上宣赐御酒。她喝完酒，偷偷把金杯揣在怀里，不料被卫士发现，押到徽宗面前。女子不慌不忙朗诵了她填的这首《鹧鸪天》词，说明她窃杯的原因，是为了拿回家去，作为凭证，表明自己今天晚上并没有做什么亏心事。徽宗听后大喜，立即下令把那只金杯赐给这位女子，并派人送她回家。这件事说明，当时填词已成为普遍风气，即使像这位社会地位不高的“窃杯女子”，也能出口成诵，押韵合律，可见宋词的繁荣是有广泛群众基础的。

【注释】

[1] 蓬壶：汴京皇宫内殿。岳飞《满江红》：“万岁山前珠翠绕，蓬壶殿里笙歌作。”

[2] 端门：宫殿的正门，这里是指宣德门。

[3] 巡：遍，即饮过一杯的意思。

[4] 翁姑：公婆。

[5] 照凭：凭证，证据。

女冠子 李邴

上元

帝城三五[1]，灯光花市盈路。天街游处[2]。此时方信，凤阙都民[3]，奢华豪富。纱笼才过处，喝道转身[4]，一壁小来且住。见许多、才子艳质，携手并肩低语。　　东来西往谁家女？买玉梅争戴，缓步香风度。北观南顾，见画烛影里，神仙无数。引人魂似醉，不如趁早，步月归去[5]。这一双情眼，怎生禁得，许多胡觑[6]！

【品读】

《女冠子》原为唐教坊曲名，后用为词牌，多用来吟咏女道士。本篇内容与调名相符，以第一人称口气，写女道士元宵观灯。出家之人在高墙深院中，听到锣鼓阵阵，爆竹喧天，也禁不住尘世繁华的引诱，背着师太独自偷偷来到十里长街。只见一片灯山火树，令人眼花缭乱。耳听为虚，眼见为实，今日方信帝都士民如此“奢华豪富”。迤逦行来，又见许多才子佳人，携手并肩，低声细语，不觉神魂荡漾，六神无主。她害怕产生思凡之念，极力克制自己，“不如趁早，步月归去”。天哪！那一双双挑逗的“情眼”，胡觑着自己，实在教人受不了呵！此阕通过观灯，刻画女道士的心理矛盾，细腻入微，惟妙惟肖，令人叹为观止。

【注释】

[1] 帝城：京城，指北宋都城开封。

[2] 天街：又称御街、御路，皇帝车驾进出之道。北宋京城天街，自宣德门往南至南薰门，宽约二百步，两边为御廊，中间为御道，平日禁止人马往来，行人皆在廊下朱杈子之外。

[3] 凤阙：汉代宫阙名，后用作皇宫的通称。这里是指京城。

[4] 纱笼：红纱珠络灯笼。　喝道：古时皇帝大臣出行，前导吏役呼喝，使行人闻声让路。这两句写皇帝出宫观灯。

[5] 步月：踏着月光。

[6] 觑（qù去）：斜看、偷看。

鹧鸪天　向子諲

有怀京师上元，与韩叔夏司谏、王夏卿侍郎、曹仲谷少卿同赋。

紫禁烟花一万重[1]，鳌山宫阙倚晴空。玉皇端拱彤云上[2]，人物嬉游陆海中[3]。　星转斗[4]，驾回龙，五侯池馆醉春风[5]。而今白发三千丈，愁对寒灯数点红。

【品读】

此阕作于南渡初年。金兵入侵，开封沦陷，粉碎了北宋统治集团的黄粱美梦。作者身经乱离，流寓江南，又逢元宵佳节，可是如今白发苍苍，面对寒灯数盏，不禁愁山万叠，感慨不已。

词以主要篇幅回忆当年京师上元盛况，结拍两句写眼前凄凉冷落的境遇，对比鲜明，寄寓了深沉的兴亡盛衰之感。

【注释】

[1] 紫禁：古人以紫微星垣比喻皇帝的居处，因称皇宫为紫禁宫。

[2] 端拱：端坐拱手。 彤云：红霞。

[3] 陆海：本指富饶的地区，这里是指繁华富庶的汴京。

[4] 星转斗：谓北斗星斜转，表示夜深。

[5] 五侯：五等诸侯，泛指王公贵族。

永遇乐　李清照

落日熔金[1]，暮云合璧[2]，人在何处？染柳烟浓[3]，吹梅笛怨[4]，春意知几许？元宵佳节，融和天气，次第岂无风雨[5]？来相召，香车宝马，谢他酒朋诗侣。　中州盛日[6]，闺门多暇，记得偏重三五[7]。铺翠冠儿[8]，捻金雪柳[9]，簇带争济楚[10]。如今憔悴，风鬟霜鬓[11]，怕见夜间出去[12]。不如向帘儿底下，听人笑语。

【品读】

此词写中原沦陷后，作者流亡江南，在临安苦度元宵之夜的境况。词中通过今昔对比，抒写盛衰之感和苦乐之别，表达了词人忧时伤世、怀念故国的情感。上片描绘元宵节傍晚时分的景物和自己的感受；下片写闭门谢客，独居斗室，抚今思昔，悲不自胜。词的情调哀伤，语言平易自然，对比鲜明。往日的繁华与今日的孤苦，他人的欢笑与自身的哀愁，形成强烈的对照，从而深化了主题。在结构布局上，由今至昔，从昔至今，时空交错，形成反差，虚实并举，跌宕有致。上片连用三个问句，层层递进，波澜起伏，表达了作者难以平静的心情。

【注释】

[1] 落日熔金：形容夕阳西下，红光万道，像熔金化铁一样。

[2] 暮云合璧：形容日落之后，红霞消散，暮云像碧玉一样合成了一片。

[3] 染柳烟浓：即浓烟染柳。形容柳色迷离，好像笼罩着一层烟雾似的。

[4] 吹梅笛怨：即笛吹怨梅。笛声里吹奏出凄凉哀怨的《梅花落》曲子。

[5] 次第：接着、转眼。

[6] 中州盛日：指北宋亡国前的繁盛日子。河南地处古代九州的中心，故称中州。这里专指汴京。

[7] 偏重三五：特别看重元宵节。三五，本指望日，即旧历每月十五，这里是指正月十五元宵节。

[8] 铺翠冠儿：装饰着翡翠羽毛的帽子。

[9] 捻金雪柳：用金线捻丝制成的雪柳，宋代元宵节妇女喜用的装饰物。雪柳，用绢缯或楮纸制成的柳枝、花朵。

[10] 簇带：宋代俗语，满头插戴的意思。济楚：整齐、漂亮。

[11] 风鬟霜鬓：形容头发斑白、散乱蓬松的样子。霜，一作“雾”。

[12] 怕见：懒得。

青玉案　辛弃疾

元　夕

东风夜放花千树，更吹落、星如雨。宝马雕车香满路[1]。凤箫声动[2]，玉壶光转[3]，一夜鱼龙舞[4]。　蛾儿雪柳黄金缕[5]，笑语盈盈暗香去[6]。众里寻他千百度[7]。蓦然回首，那人却在，灯火阑珊处[8]。

【品读】

本篇写的是南宋都城临安的元宵之夜。词中描绘正月十五的晚上，春风送暖，星光灿烂，满城灯火，上下辉映，游人如云，彻夜欢乐歌舞的热烈场面。同时叙述了一对情人长街巧遇的情景，那位独立“灯火阑珊处”的女子，未必实有所指，不过是作者理想的化身而已。上片状景，铺叙元宵佳节灯火辉煌，尽情狂欢的景象，并为结处“那人”自甘寂寞的情怀做反衬。过片“蛾儿”“笑语”两句，用特写镜头刻画一群妇女结伴上街观灯的生动场面。“众里”以下四句，为全词的核心，寄托了一种不同流俗的情怀。词中的抒情主人公走遍大街小巷，穿过熙攘的人群，东瞅西望，焦急万分，一遍又一遍寻找意中之人，忽然回头一看，竟在灯火稀落的僻静去处发现了她。真是踏破铁鞋无觅处，得来全不费工夫。惊喜之情，溢于言表。全词以委婉的笔调、优美的意境收束，给读者留下回味和联想的广阔余地，情韵深长，引人入胜。

【注释】

[1] 宝马雕车：装饰华丽的车马。

[2] 凤箫：即排箫。形状参差不齐，像凤凰的翅膀，故美称曰凤箫。

[3] 玉壶：玉石做的灯。或谓玉壶比喻月亮。

[4] 鱼龙舞：指鱼形和龙形的灯在舞动。

[5] 蛾儿雪柳黄金缕：都是当时妇女元宵节常戴的装饰品。

[6] 盈盈：形容女子仪态美好。 暗香：本指梅花的幽香，这里借指美人。

[7] 千百度：千百次、千百遍。

[8] 蓦然：忽然。 阑珊：零落。

喜迁莺 吴礼之

闰元宵

银蟾光彩。喜稔岁闰正[1]，元宵还再。乐事难并，佳时罕遇，依旧试灯何碍？花市又移星汉，莲炬重芳人海。尽勾引，遍嬉游宝马，香车喧隘。 晴快。天意教、人月更圆，偿足风流债。媚柳烟浓，夭桃红小，景物迥然堪爱。巷陌笑声不断，襟袖余香仍在。待归也，便相期明日，踏青挑菜[2]。

【品读】

此词描写南宋都城临安一年两次欢度元宵的情景。“闰元宵”确是“乐事难并，佳时罕遇”，人们自然要欢天喜地庆祝一番。此词大约作于南宋中叶，宋金矛盾相对缓和，小朝廷习于苟安，士气萎靡。人们沉浸于灯红酒绿的享乐生活之中。本篇通过描写闹元宵，反映了当时的民情风俗，对了解南宋都城市民的生活有一定参考价值。词的画面生动，状物写景十分生动，读来使人有亲临其境之感。

【注释】

[1] 闰正：即闰正月。

[2] 挑菜：唐宋风俗，二月二日为挑菜节。《武林旧事》：“二月一日，谓之‘中和节’，唐人最重，今惟作假，及进单罗御服，百官服单罗公裳而已。二日，宫中排办挑菜御宴。先是，内苑预备朱绿花斛，下以罗帛作小卷，书品目于上，系以红丝，上植生菜、荠花诸品。俟宴酬乐作，自中殿以次，各以金篦挑之。”

鹧鸪天　魏了翁

十五日同宪使观灯马上得数语

解后皇华并辔游[1]，追随世好学风流[2]。儿童拍手拦街笑，只是酸寒魏梓州。　千炬烛，数声讴，不知白了几人头？惺憁两眼看来惯[3]，且得人心乐便休。

【品读】

宁宗嘉定十年（1217），魏了翁差知潼川（治所在今四川三台）。嘉定十五年（1222），被召入对，后为兵部郎中。此词当作于词人重返临安之后、未任新职以前。元宵之夜，作者与御史并辔上街观灯，只见儿童拍手拦街相迎，也有人对他的寒酸样子觉得可笑。对此词人并不在意，只要民众能够快乐，他也就心满意足了。魏了翁是当时著名的理学家，生活比较节俭，在任潼川知府时，“约己裕民”，政绩大著。他不与同僚比奢华，知道儿童的嘲笑，并非恶意，寒酸一点又何妨，他是心安理得的。本篇写上元观灯有感，又是另一番风味。

【注释】

[1] 解后：即邂逅，不期而遇。皇华：京华，这里是指南宋都城临安。

[2] 世好：世风所好。

[3] 惺憁：同“惺松”，苏醒貌。

木兰花慢　赵以夫

漳州元夕

玉梅吹霁雪[1]，觉和气、满南州[2]。更连夕晴光，一番小雨，朝霭全收[3]。人情不知底事，但黄童白叟总追游。驾海千寻彩岫[4]，涨空万点星球。　风流，秀色明眸[5]。金莲步、度轻柔。任往来燕席，香风引舞，清管随讴。何曾见痴太守[6]，已登车、去也又迟留。人似多情皓月[7]，十分照我当楼。

【品读】

作者在宋理宗朝曾出知漳州（今属福建省），此阕当作于这一时期。词写南国海滨城市欢度元宵的情况。千丈鳌山架在海上，万点星球挂在碧空，这样的景象犹如海市蜃楼，内地人是看不到的。所以“痴太守”才流连忘返，本已登车离去，却又驻马停留。赵以夫在漳州颇有治绩，本篇表达了他与民同乐的欣喜之情。

【注释】

[1] 霁雪：即雪霁，雪止。
[2] 和气：和风。
[3] 朝霭：晨雾。
[4] 彩岫：指鳌山，即灯山。
[5] 明眸：明亮的眼珠。
[6] 太守：本为战国时郡守的尊称，后为刺史和知府的别称。作者当时任漳州知州，故谓。
[7] 皓月：明亮的月亮。

清平乐　施乘之

元夕

风消云缕[1]，一碧无今古[2]。欲坏上元天不许，晴了晚来些雨[3]。　莫言冷落山家，山翁本厌繁华。试问莲灯千炬[4]，何如月上梅花？

【品读】

都市元宵，竞逐繁华，隐居山林之人却自甘寂寞，讨厌那灯红酒绿的世俗之风。纵有“莲灯千炬”，笙歌沸扬，又如何能比得上清幽的月光照着那异香扑鼻的梅花！这首小词语言平淡，意境冷峭，表达了作者不慕繁华的情操和审美追求，在宋人的元宵词中别具一格。

【注释】

[1] 云缕：一丝云，一片云。

[2] 无今古：谓今古所无。

[3] 以上数句说，老天不容许破坏元宵佳节，所以傍晚虽然下了一阵雨，但阴云很快被风吹散，天空重新放晴，一碧万顷，今古所无。

[4] 炬：火把，蜡烛。这里作名词用，即盏的意思。

六州歌头　刘将孙

元夕和宜可

天涯倦客，如梦说今宵。承平事，车尘涨，马鸣萧。火城朝。狂歌闲嬉笑，平康客[1]，五陵侠[2]，闲相待，沙河路，灞陵桥[3]。万眼琉璃，目眩去闲买，一剪梅烧[4]。数金蛾彩蝶，簇带那人娇[5]。说著魂消，掩鲛绡[6]。　波翻海，尘换世，铜仙泪[7]，铁心娆[8]。渺何地，跻朱履[9]，解金貂[10]。步宫腰。瑶池惊燕罢，瓶落井，箭离弨。灯楼倒，吴儿老，绛都迢[11]。点点梅梢残雪，似东风、吹恨难消。悄山村渔火，风鬓立春宵。绕寒潮。

【品读】

本篇作于宋亡以后。元宵又来到了人间，然而今非昔比，时移世换，山河变色，令人悲痛不已。忆当年，承平岁月，三五之夜，火树银花，狂歌嬉笑。叹如今，地覆天翻，灯灭楼倒，风鬓衰颜，独立春宵，看点点山村渔火，积恨实难消。词中通过元宵的今昔对比，表达了深沉的亡国之痛，音调凄怆，情辞悲苦，读来令人泪下。

【注释】

[1] 平康：唐代长安里名，亦称平康坊，为妓女聚居之所。这里是指南宋都城临安的烟花巷陌。

[2] 五陵：汉代五个皇帝的陵墓，即高祖长陵、惠帝安陵、景帝阳陵、武帝茂陵、昭帝平陵。这一

带聚居着许多富豪，风俗奢纵，杜甫《秋兴》诗有“五陵裘马自轻肥”句。这句是指临安一带富豪之家的子弟。

[3] 灞陵：汉文帝的陵墓，在今陕西西安市东北。灞，一作霸。灞陵桥，即灞桥，在陕西西安市东灞水上。这里是指临安附近的桥梁。

[4] 一剪梅：即一枝梅花，此指用绢纸之类做的玉梅。宋人谓一枝为一剪。词牌中有用《一剪梅》为名者。

[5] 簇带：宋人俗语，满头插戴的意思。

[6] 鲛绡：神话传说中鲛人（美人鱼）所织的丝绢，这里是指手帕。

[7] 铜仙：即金铜仙人。这句写南宋亡国时蒙古军的掳掠行为。

[8] 娆：烦乱。铁心娆，谓铁石心肠也为之悲伤。

[9] 跢：踟蹰。一说同“跺”，顿足。朱履：即珠履，缀有明珠的鞋子，多指豪门食客。

[10] 金貂：汉以后皇帝左右侍臣的冠饰，泛指贵重饰物。

[11] 绛都：皇都，指南宋都城临安。

七夕佳话

二郎神 柳永

七夕

炎光谢[1]。过暮雨、芳尘轻洒。乍露冷风清庭户，爽天如水，玉钩遥挂[2]。应是星娥嗟久阻[3]，叙旧约、飚轮欲驾[4]。极目处、微云暗变，耿耿银河高泻。　闲雅。须知此景，古今无价。运巧思、穿针楼上女，抬粉面、云鬟相亚[5]。钿合金钗私语处[6]，算谁在、回廊影下。愿天上人间，占得欢娱，年年今夜。

【品读】

七夕，即农历七月初七的晚上，为我国古代民间节日之一。宋人欢度七夕，气氛十分热烈活跃，“儿童辈特地新装，竞夸鲜丽。至初六日七日晚，贵家多结彩楼于庭，谓之‘乞巧楼’。铺陈磨喝乐（土木偶人）、花瓜（以瓜雕刻成花样）、酒炙、笔砚、针线，或儿童裁诗，女郎呈巧，焚香列拜，谓之‘乞巧’。妇女望月穿针。或以小蜘蛛安合子内，次日看之，若网圆正，谓之‘得巧’。”

柳永的这首《二郎神》，通过描写欢度七夕，表达了对爱情和美好幸福生活的向往。开篇先点节令，描绘初秋清爽宜人的气候和环境。接着铺叙天上牛郎织女二星“嗟久阻，叙旧约”，渡桥相会的情景。换头以后，转写人间，刻画女子“运巧思”“抬粉面”，望月穿针、楼上乞巧的场面。结拍“愿天上人间，占得欢娱，年年今夜”，绾合上下两片，祝愿人们永远生活在欢乐幸福之中。词意浅俗易懂，表达了作者的美好愿望，因此曾经广为流传。

【注释】

[1] 炎光谢：骄阳下山，暑气消散。

[2] 玉钩：指上弦之月，如玉制帘钩。

[3] 星娥：指织女星。

[4] 飚轮：指星光。 飚（yàn焰）：火花。这句说织女星星光闪闪，好像即将登车出发一样。

[5] 云鬟：卷曲如云的环形发髻。 亚：同“压”。

[6] 钿（diàn电）：以金、银、介壳之类镶嵌的器物，如金钿、螺钿等。 钗：妇女的首饰，由两股合成。“七月七日长生殿，夜半无人私语时。”这句化用其意，写男女月下盟誓定情。

渔家傲 欧阳修

乞巧楼头云幔卷[1]，浮花催洗严妆面。花上蛛丝寻得遍[2]。颦笑浅，双眸望月牵红线。　奕奕天河光不断[3]，有人正在长生殿[4]。暗付金钗清夜半。千秋愿，年年此会长相见。

【品读】

欧阳修的这首七夕词，没有正面描绘牛郎织女二星天河相会的故事。开篇即写楼上女子望月穿针乞巧，严妆盛服，双眸炯炯，浅颦微笑，既严肃又活泼，神态天真可爱。下片从遥望天河，联想到“七月七日长生殿”的传说，希望真诚的爱情能有完满的结局，人人都能实现千秋的夙愿。

【注释】

[1] 云幔：指青色的窗帘，或指绘有云彩图案的窗帘亦可。

[2] 花上蛛丝：宋代风俗，七夕妇女以小蜘蛛放在小盒子里，次日看之，如果结的网又圆又正，则谓之“得巧”。这句是写女子晚间寻找蜘蛛以便放入小盒之中。

[3] 奕奕：光彩闪动貌。

[4] 长生殿：唐华清宫殿名。天宝元年（742）建，名为集灵台，用以祀神。白居易《长恨歌》中有关于唐玄宗与杨贵妃在长生殿定情的描写。

菩萨蛮 苏轼

七夕

风回仙驭云开扇[1]，更阑月堕星河转[2]。枕上梦魂惊，晓檐疏雨零。　　相逢虽草草[3]，长共天难老。终不羡人间，人间日似年。

【品读】

本篇写一女子七夕枕上怨别。乞巧归来，更阑夜深，月落星移，风起云涌，屋檐下滴滴答答的雨声使她从梦中惊醒。她想到牛郎织女相会的时间虽然短暂，可是一年总有一次见面的机会，天长地久，佳期无穷无尽。而人间的离别却是遥遥无期，不知何日才能欢聚，真是度日如年呵，双星如知此情，也不会羡慕人间的。词意含蓄委婉，以天上反衬人间，更见女子离别相思之苦，读来饶有情味。

【注释】

[1] 仙驭：指风伯、云师驾车而来，意即风起云涌，天气发生了变化。

[2] 星河转：谓银河斜转，表示夜深。

[3] 草草：匆忙。

鹊桥仙 秦观

纤云弄巧，飞星传恨，银汉迢迢暗度[1]。金风玉露一相逢[2]，便胜却、人间无数。　　柔情似水，佳期如梦，忍顾鹊桥归路[3]！两情若是久长时，又岂在、朝朝暮暮！

【品读】

秦观的这首《鹊桥仙》，写七夕仰观星象、神驰太空的所见和所感。上片描绘牛郎、织女二星在天河渡桥相会的动人情景。过片三句叙述双星临别时难舍难分的沉痛心情，结拍两句用议论语作结，词人认为：男女爱情贵在持久，只要彼此心心相印，即使不能朝夕相处，也是最美好、最值得歌颂的。词中以简洁的文字描述了一个古老而富于魅力的神话故事，揭示出牛郎、织女的心灵美。既有写景状物，又有抒情议论，意境优美，形象生动，在宋人“七夕词”中是一首“情韵兼胜”的佳作。

【注释】

[1] 银汉：即银河，又称天河，是一个总数在1000亿颗以上恒星的旋涡星系。　迢迢（tiáo条）：遥远貌。　传说农历七月七日晚上，牛郎星和织女星渡过银河相会。

[2] 金风：秋风。古代以阴阳五行解释季节演变，秋天属金，故称秋风为金风。　玉露：白露。

[3] 忍顾：怎忍回顾。　鹊桥：传说喜鹊为牛郎织女相会在天河上搭成的桥。

鹧鸪天　周紫芝

七夕

乌鹊桥边河汉流，洗车微雨湿清秋[1]。相逢不似长相忆，一度相逢一度愁。　云却静，月垂钩，金针穿得喜回头。只应人倚阑干处，便似天孙梳洗楼[2]。

【品读】

周紫芝的这首七夕词，上阕写天上，下阕写人间。七月七日，天空下了一阵微雨，气候特别凉爽。晚上银河耿耿，星星闪烁，犹如水面波光晃动，牛郎织女相逢在乌鹊桥上，既有欢乐又有忧愁。夜深人静，一弯新月挂在天边，楼上女儿望月穿针，得心应手，不觉喜形于色。她倚栏遐思，乞得“天孙”之巧，一定会得到朝思暮想的幸福。两幅画面，互相辉映，清新俊逸，极富情韵。

【注释】

[1] 洗车微雨：《岁时广记》：“七月六日有雨谓之洗车雨，七日雨则云洒泪雨。”

[2] 天孙：即“织女星”。织女为民间神话中巧于织造的仙女，为天帝之孙，故名。

行香子　李清照

七夕

草际鸣蛩[1]，惊落梧桐。正人间天上愁浓。云阶月地[2]，关锁千重。纵浮槎来[3]，浮槎去，不相逢。　星桥鹊驾[4]，经年才见，想离情别恨难穷。牵牛织女，莫是离中。甚霎儿晴[5]，霎儿雨，霎儿风。

【品读】

本篇为七夕抒感，应是李清照和她丈夫赵明诚分居两地时写的。词以描叙节令开篇，蛩鸣叶落，略点初秋景物。接着引出牛郎织女的神话传说，中间用“正人间天上愁浓”暗示出词人孤独寂寞的处境。下片借鹊桥相会的故事，抒写作者的离别相思之苦，表达了对亲人的深深怀念。词意含蓄哀婉，凄恻动人，体现了漱玉词的风格。

【注释】

[1] 蛩（qióng穷）：蟋蟀。

[2] 云阶月地：谓天宫以云为阶，以月为地，神秘遥远，高不可攀。

[3] 浮槎：传说中来往于海上和天河之间的木筏。

[4] 星桥：即鹊桥。传说七夕乌鹊架桥，使织女渡河与牛郎相会。驾：同“架”。

[5] 甚：同“正”。

西江月 陈东

七夕

我笑牛郎织女，一年一度相逢。欢情尽逐晓云空，愁损舞鸾歌凤[1]。　牛女而今笑我，七年独卧西风。西风还解过江东[2]，为报佳期入梦。

【品读】

此阕为七夕怀内之作，大约是陈东在汴京太学时写的。从前夫妻相守，每逢七夕，对牛郎织女一年一度的鹊桥相会很不理解，甚至觉得可笑，何必要那样卿卿我我、伤离怨别呢？如今离家七年，尝够了离别相思的滋味。仰望星空，似乎觉得牛郎织女在嘲笑自己也害了相思病。西风呵，如果你吹到江东，请把相逢的佳期告诉我那梦中的亲人。词意委曲婉转，抒相思之情并无伤感气氛，却带有几分谐趣，可谓柔中含刚。

【注释】

[1] 舞鸾歌凤：指牛郎织女。这两句意为，天将破晓，鹊桥欢会结束，牛郎织女愁苦伤痛不已。

[2] 江东：指江南。陈东为江苏丹阳人，故云。

鹊桥仙 杨无咎

云容掩帐，星辉排烛，待得鹊成桥后。匆匆相见夜将阑，更应副、家家乞巧[1]。　经年怨别，霎时欢会，心事如何可了！朝朝暮暮是佳期，乍可在、人间先老[2]。

【品读】

本篇写天上织女欢度七夕的感受和心理活动。上片描绘她等待乌鹊搭桥，匆匆渡河与牛郎相会。时间是如此的短暂和宝贵，转瞬之间，夜阑天明，但织女并未忘记人间还有千千万万姐妹望眼欲穿地在向她“乞巧”，她一定要完成自己的使命才能渡桥归去。下片抒写织女感叹一年一度的佳期太短，难以消除“经年怨别”的相思之苦。她宁愿回到人间，即使不能长生不老，只要能与心爱的人儿朝夕相处，也比在天上做神仙要幸福得多。词中将神话人物当作普通人来描写，赋予织女以美好的心灵，对她的心理活动刻画得十分细腻真切，使这个古老的神话故事更富有生活气息和浓郁的人情味。

【注释】

[1] 副：这里是“助”的意思。全句意为，应当协助乞巧妇女，把手艺传给她们。

[2] 乍可：宁可，宁愿。

菩萨蛮 胡铨

辛未七夕戏答张庆符

银河牛女年年渡，相逢未款还忧去[1]。珠斗欲阑干[2]，盈盈一水间[3]。　玉人偷拜月，苦恨匆匆别。此意愿天怜，今宵长似年。

【品读】

此词写于宋高宗绍兴二十一年（1151），作者被贬谪流放期间。上阕叙述牛郎织女七夕鹊桥渡河相会，下阕描绘“玉人”拜月祷告，但愿苍天保佑，早日与亲人团聚，结束这度日如年的孤苦寂寞的生活。张庆符当时也在贬谪之中，两位“犯官”于流放中以“七夕词”相唱和，很可能是借神话传说和男女之事，抒发胸中的感慨。

【注释】

[1] 未款：未能畅叙衷情。
[2] 珠斗：指北斗星，谓其闪闪发光，犹如珍珠。　阑干：横斜貌。北斗横斜，表示夜深，天将破晓。
[3] 盈盈：水清浅貌。

鹊桥仙　谢懋

七　夕

钩帘借月，染云为幌[1]，花面玉枝交映。凉生河汉一天秋，问此会、今宵孰胜[2]？　铜壶尚滴，烛龙已驾[3]，泪浥西风不尽[4]。明朝乌鹊到人间，试说向、青楼薄幸[5]。

【品读】

这是一首七夕闺怨词。上片写女子楼上卷帘引月，遥望天河，对今宵双星欢会满怀艳羡之情。过片言夜深烛尽，泪洒秋风，自叹红颜薄命。结拍幻想乌鹊飞到人间，搭起爱河天桥，好让薄幸之人赶快回到自己的身边。词中通过天上人间的对比，抒发了女子委婉深曲的怨别之情。缠绵悱恻，音调凄怆，读来哀婉动人。

【注释】

[1] 染云为幌：谓云影照在帷幔上。幌，布幔。

[2] 此会：指天上牛郎织女相会。 孰胜：谁能比得上。

[3] 烛龙已驾：谓烛上的龙形已经驾车而去，意为蜡烛已经燃尽。

[4] 浥：湿润。

[5] 青楼：指妓院。 薄幸：薄情，负心。

踏莎行 刘克庄

巧夕

驱鹊营桥[1]，呼蟾出海[2]，朝朝暮暮遥相望。谁知风雨此时来，银河便有些风浪。 玉兔迷离[3]，金鸡嘲哳[4]，二星无语空惆怅。元来上界也多魔，天孙长怨牵牛旷。

【品读】

七夕风雨至，天公不作美，这本来是扫兴的事，可是后村先生却独居陋室，展开想象翅膀，写了这首“不巧”的“巧夕”词。牛郎织女盼呀盼，好不容易盼到一年一度的“佳期”，正当他们在驱使乌鹊搭桥，呼唤“海上明月生”时，谁知忽然风起云涌，大雨倾盆而至，银河也自然掀起了阵阵风浪。月亮不知藏到什么地方去了，报晓的金鸡却不断地喔喔啼叫，牛郎织女只能无可奈何地默默无语，隔岸相望，空自惆怅。于是词人不禁仰天长叹道：原来上界也有这许多魔障，他们总是企图破坏一切美满幸福的爱情，使天上人间的青年男女都变成像牛郎织女一样的怨女旷夫。本篇虽以神话传说为题材，但能即景生情，推陈出新，不主故常，想象丰富，构思新奇，在宋人的“七夕词”中独标风韵，别具一格。

【注释】

[1] 驱鹊营桥：驱使喜鹊在天河上搭桥。

[2] 呼蟾出海：呼唤月亮从海上升起。蟾，即蟾蜍，俗称“癞蛤蟆”，传说月中有一老蟾蜍。这里是以“蟾”代指月亮。

[3] 玉兔：神话传说谓月中有白兔，因用为月的代称。

[4] 金鸡：即锦鸡，这里是指报晓的雄鸡。 嘲哳（zhāo zhā招扎）：形容声音繁杂而细碎，这里是说鸡声不停地啼叫。

夜飞鹊　赵以夫

七夕和方时父韵

微云拂斜月，万籁声沉[1]。凉露暗坠桐阴。蛾眉乞得天孙巧[2]，愔愔楼上穿针[3]。佳期鹊相误，到年时此夕，欢浅愁深。人间儿女，说风流直到如今。　河汉几时风浪？因景物牵情，自是人心。长记秋庭往事，钿花剪翠，钗股分金。道人无著[4]，正萧然、竹枕练衾[5]。梦回时，天淡星稀，闲弄一曲瑶琴[6]。

【品读】

本篇以闲淡的笔调描写七夕节物和词人的感想，似有与刘克庄《踏莎行·巧夕》唱一唱反调的意味。上片写“蛾眉”乞巧，人间儿女竞相传说牛郎织女鹊桥相会的风流情事。换头顿生波澜，认为多愁善感的诗人编造什么“银河便有些风浪”，完全是子虚乌有，凭空臆想。其实河汉几时有过风浪，那不过是“因景物牵情”，诗人杜撰出来的幻象而已。话虽如此说，可作者自己也曾有过“钿花剪翠，钗股分金”的往事，只是时过境迁，人老花黄，早已将它淡化了。如今萧索幽居，粗茶淡饭，竹枕苎巾，哪还有许多闲情逸致？一觉醒来，只见天高云淡，月明星稀，不如抚琴拨弦，弹一曲高山流水，寄给林泉深处的知音。词的意境清幽，风格闲雅，淡泊恰如一泓秋水，当为虚斋晚年之作。

【注释】

[1] 万籁：自然界的各种声响。

[2] 蛾眉：女子长而美的眉毛，代指美貌女子。 天孙：即织女。

[3] 愔愔（yīn 音）：寂静无声。

[4] 无著：古印度佛教哲学家。作者将佛道合一，以世外人自居。

[5] 纻（shū疏）衾：麻布做的被子。纻，苎麻织的布。

[6] 瑶琴：琴的美称。

中秋浩歌

水调歌头 苏 轼

丙辰中秋[1]，欢饮达旦，大醉，作此篇，兼怀子由。

明月几时有？把酒问青天。不知天上宫阙[2]，今夕是何年？我欲乘风归去，又恐琼楼玉宇[3]，高处不胜寒。起舞弄清影，何似在人间！ 转朱阁[4]，低绮户[5]，照无眠。不应有恨，何事长向别时圆？人有悲欢离合，月有阴晴圆缺，此事古难全。但愿人长久，千里共婵娟[6]。

【品读】

本篇作于宋神宗熙宁九年（1076）八月十六日清晨，作者当时在密州（今山东诸城）任知州。前夕为中秋佳节，词人赏月饮酒，通宵达旦。当晨曦微露之时，挥毫为赋此阕，自抒胸臆，同时也表达了对其胞弟苏辙（子由）的无限怀念。词的立意高远，构思新颖，在艺术上很有特色。全篇以明月为线索，或隐或显，或明或暗，处处咏月，同时处处也是在抒发赏月人的主观感受。开篇望月兴叹，由向往“天上宫阙”而引起“乘风归去”之念，接着又否定了自己不切实际的幻想。“琼楼玉宇”高不可攀，天上未必胜过人间，寒热冷暖，何处能免？权衡利弊的结果，最后还是决定留在人间。过变之后，从月亮的移转变化、盈亏圆缺，联想到人生的悲欢离合，从而得出了不应事事求全的结论。词中贯穿着情感与理智的矛盾，波澜起伏，跌宕有致。词的结构严密，层次分明，意脉清晰。上下两片各分两层，咏物、写景和抒情、议论水乳交融，互为表里，展现出富有诗情画意的境界。通篇虽然都是咏月，但笔端富于变化，缠绵之情，愈转愈曲，愈曲愈深，令人玩味不尽。起处与结处意象新颖，两片之间的过渡也很自然。全词情韵兼胜，境界壮美，基调乐观，富于哲理，具有较高的审美价值。宋人胡仔《苕溪渔隐丛话》说：“中秋词，自东坡《水调歌头》一出，余词尽废。”

【注释】

[1] 丙辰：指宋神宗熙宁九年（1076）。

[2] 天上宫阙：指神话传说中的月宫。阙，古代宫殿、祠庙和陵墓前的楼观。

[3] 琼楼玉宇：形容精美瑰丽的建筑物，这里是指月宫。

[4] 朱阁：朱红色的楼阁。

[5] 绮（qǐ起）户：彩饰、雕花的门窗。

[6] 婵娟：美好貌，也指美女。这里是以月中仙子嫦娥代指月亮。谢庄《月赋》：“美人迈兮音尘阙，隔千里兮共明月。”

念奴娇　苏轼

中秋

凭高眺远，见长空万里，云无留迹。桂魄飞来光射处[1]，冷浸一天秋碧[2]。玉宇琼楼[3]，乘鸾来去[4]，人在清凉国。江山如画，望中烟树历历[5]。　我醉拍手狂歌，举杯邀月，对影成三客[6]。起舞徘徊风露下，今夕不知何夕[7]。便欲乘风，翻然归去，何用骑鹏翼[8]！水晶宫里[9]，一声吹断横笛[10]。

【品读】

本篇是宋神宗元丰五年（1082）中秋，苏轼贬居黄州时所作。词的上片写月夜登高远眺，从天上到人间，描绘出一幅富于浪漫主义色彩的壮美画面。下片写月下独酌，狂歌起舞，幻想飞入月宫，吹奏一曲，响彻云霄，让寰宇都听到这不同凡响的笛声。作者当时政治上虽然极不得意，但他性格旷达乐观，能够随遇而安，从困境和惶惑之中求得自我解脱。这首词虽然也有孤独之感，但情调是开朗的，表现了他不甘寂寞消沉的人生态度。全篇神思飘逸，笔调空灵，意境优美，想象丰富，具有较强的艺术魅力。

【注释】

[1] 桂魄：月亮的别称。相传月中有桂树，故称。

[2] 这句说碧蓝的秋空都沉浸在清冷的月光之中。

[3] 玉宇琼楼：指月中宫殿。

[4] 乘鸾：据王铚《龙城录》，唐玄宗游月宫，见"有素娥十余人，皆皓衣乘白鸾往来，舞于大桂树下"。

[5] 历历：分明貌。

[6] 三客：指作者、月亮和他的影子。这两句用李白《月下独酌》诗："举杯邀明月，对影成三人。"

[7] 今夕句：用《诗经·绸缪》诗意："今夕何夕，见此良人。"

[8] 鹏翼：大鹏鸟的翅膀。

[9] 水晶宫：指月宫。

[10] 吹断：吹彻。谓其声高亢，声裂金石。

绿头鸭　晁端礼

咏　月

晚云收，淡天一片琉璃。烂银盘、来从海底[1]，皓色千里澄辉。莹无尘、素娥淡伫[2]；静可数、丹桂参差。玉露初零[3]，金风未凛[4]，一年无似此佳时。露坐久，疏萤时度，乌鹊正南飞。瑶台冷，栏干凭暖[5]，欲下迟迟。　念佳人、音尘别后，对此应解相思。最关情、漏声正永；暗断肠、花影偷移。料得来宵[6]，清光未减，阴晴天气又怎知？共凝恋、如今别后，还是隔年期。人强健，清尊素影，长愿相随。

【品读】

本篇题为“咏月”，并非单纯的咏物之作，而是通过中秋赏月，抒写怀人之情。词中的“佳人”，既可以理解为是指恋人，也可以理解为是指友人。辛弃疾在《贺新郎》（把酒长亭说）中，就曾以“佳人”来指称陈亮。所谓“佳人”，即品德高尚之人。此阕上片着重写景，用铺叙手法，描绘出一幅皓月当空、流萤点点、乌鹊南飞的优美图景；下片着重抒情，表达了作者对远方之人的深情怀念。这首词篇幅较长，但词语和婉，意境幽雅，情景俱佳，是一首很有特色的中秋词。

【注释】

[1] 银盘：形容中秋圆月。

[2] 淡伫：淡雅素净，形容月光皎洁。

[3] 玉露：白露，露水。

[4] 金风：秋风。秋天属金，故称秋风为金风。

[5] 这句说凭栏的时间很长。

[6] 来宵：明夜。

水调歌头　张孝祥

桂林中秋

今夕复何夕？此地过中秋。赏心亭上唤客[1]，追忆去年游。千里江山如画，万井笙歌不夜[2]，扶路看遨头[3]。玉界拥银阙[4]，珠箔卷琼钩[5]。　驭风去，忽吹到，岭边州[6]。去年明月依旧，还照我登楼。楼下水明沙静，楼外参横斗转[7]，搔首思悠悠。老子兴不浅，聊复此淹留[8]。

【品读】

宋孝宗乾道元年（1165），张孝祥出任静江（今广西桂林市）知府兼广南西路经略安抚使。这首词是他在桂林欢度中秋佳节时写的。上片回忆去年在金陵过中秋，登赏心亭，与友人一同赏月的情景。下片叙写来到岭南以后，又逢中秋，明月依旧，登楼眺望，不禁思绪万千。作者调任桂林，是在罢官起复之后，因此词中含蓄地流露出仕途坎坷、人生飘忽不定的感慨。

【注释】

[1] 赏心亭：在金陵（今江苏南京市）下水门城上。

[2] 万井：形容人口稠密，市井繁华。

[3] 遨头：陆游《老学庵笔记》："四月十九日，成都谓之浣花，遨头宴于杜子美草堂沧浪亭，倾城皆出，锦绣夹道。"这里是说倾城出门赏月。

[4] 玉界：洁白如玉的世界。　银阙：银白色的宫殿。

[5] 珠箔：即珠帘，用珍珠缀成或饰有珍珠的帘子。　琼钩：玉制的帘钩。

[6] 岭边州：指桂林，因地处五岭以南，故称。

[7] 参（shēn 申）：星名，二十八宿之一。　斗：指北斗星。

[8] 淹留：停留，滞留。

满江红　辛弃疾

中秋寄远

快上西楼，怕天放、浮云遮月。但唤取、玉纤横管[1]，一声吹裂[2]。谁做冰壶凉世界[3]，最怜玉斧修时节[4]。问嫦娥、孤令有愁无？应华发。　　云液满[5]，琼杯滑[6]；长袖起，清歌咽。叹十常八九，欲磨还缺。若得长圆如此夜，人情未必看承别。把从前、离恨总成欢，归时说[7]。

【品读】

作者南渡后与中原豪杰和山东起义军中的战友仍然保持着联系，并通过他们了解金人统治地区的政治军事形势，为北伐进行准备。这首词通过中秋登楼赏月，寄托了对远方战友的深情怀念，希望北伐成功后能够在故乡与他们重聚，畅诉离别之情。词意含蓄深沉，非一般的登高怀远之作。

【注释】

[1] 玉纤横管：形容竹笛美丽细长。
[2] 吹裂：指将浮云吹散。
[3] 冰壶凉世界：指冰清玉洁、寒冷凉爽的月宫。
[4] 玉斧句：古代传说月亮是用金、银、珍珠、玛瑙等七种宝物，经过匠人用斧凿修理后合成的。
[5] 云液：酒的别称。
[6] 琼杯：美玉制作的酒杯。
[7] 这两句说，当我归来之时，长期离别的痛苦就会变成重聚的欢乐，那时再倾诉我们的思念之情吧！

太常引　辛弃疾

建康中秋夜，为吕叔潜赋[1]

一轮秋影转金波，飞镜又重磨[2]。把酒问姮娥[3]，被白发、欺人奈何！　乘风好去，长空万里，直下看山河。斫去桂婆娑，人道是、清光更多[4]。

【品读】

本篇是辛弃疾在建康（今江苏南京市）任江东安抚司参议官时所写。上片写中秋对月兴叹，抒发作者事业无成、岁月虚度的感慨。下片通过幻想乘风飞升，表达词人对祖国山河的热爱、对光明的向往和对黑暗的憎恶。前人认为“桂婆娑”是暗指南宋投降派，从词的情调和意象来看，是有一定道理的。

【注释】

[1] 吕叔潜：名大虬，生平不详。

[2] 金波：指月光。 飞镜：指月亮。这两句说，一轮明月在秋夜的天空中移动，它像刚刚重新磨过的铜镜那样晶莹明亮。

[3] 姮（héng 恒）娥：即嫦娥，传说中的月宫仙子。

[4] 斫（zhuó 卓）去：砍掉。 婆娑（suō梭）：形容月中桂树枝叶纷披的样子。这两句用杜甫《一百五日夜对月》诗："斫去月中桂，清光应更多。"

木兰花慢　辛弃疾

中秋饮酒将旦，客谓前人诗词有赋待月，无送月者，因用《天问》体赋[1]。

可怜今夕月[2]，向何处，去悠悠[3]？是别有人间，那边才见，光影东头？是天外，空汗漫[4]，但长风浩浩送中秋[5]？飞镜无根谁系？姮娥不嫁谁留[6]？　谓经海底问无由，恍惚使人愁[7]。怕万里长鲸，纵横触破，玉殿琼楼[8]。虾蟆故堪浴水，问云何玉兔解沉浮[9]？若道都齐无恙，云何渐渐如钩[10]？

【品读】

中秋之夜，作者与客人饮酒赏月，遥望碧空，浮想联翩，于是即兴挥毫，仿效《天问》体写作此词，用艺术形式提出了若干有关天体方面的问题。词的构思新颖，想象丰富，既富于浪漫主义色彩，也表现了词人探索自然奥妙的兴趣。王国维《人间词话》说："词人想象，直悟月轮绕地之理，与科学家密合，可谓神悟。"

【注释】

[1] 《天问》：楚辞篇名，屈原作。全篇由一百七十多个问题组成，包括天文现象、神话传说、历史人物等方面的内容，反映了屈原勇于探索的精神。 用《天问》体赋，就是采用《天问》的形式写词。

[2] 可怜：可爱。

[3] 悠悠：遥远貌。

[4] 汗漫：辽阔无边。

[5] 浩浩：广大貌。

[6] 飞镜：指月亮。 姮娥：即嫦娥，传说为月宫仙子。这两句说，月亮没有根，是谁把它拴在空中的？嫦娥不出嫁，又是谁把她留在月宫中的？

[7] 无由：无从，没有门径。 恍惚：模糊隐约，不可捉摸。这两句说，如果说月亮经过海底，又无从寻问，叫人难以想象，使人百思不得其解，从而为之发愁。

[8] 万里长鲸：巨大的鲸鱼。 玉殿琼楼：传说月亮里的宫殿。这三句说，担心巨大的鲸鱼在海里横冲直撞，撞坏了月宫中的玉殿琼楼。

[9] 虾蟆：指传说中月宫的蟾蜍。 故堪：本来可以。 玉兔：指传说中月宫的白兔。 解沉浮：识水性。这两句说，虾蟆本来就会游水，所以它可以随着月亮出没海中，可是请问白兔怎么会识水性呢？

[10] 若道：如果说。 无恙：没有毛病。这两句说，如果说月宫中的一切都依然无恙，那么为何中秋的圆月逐渐又变成弯钩似的月牙了呢？

水调歌头 赵长卿

中　秋

今夕知何夕，秋色正平分。嫦娥此际、底事越样好精神[1]？已是天高气肃[2]，那更清风洒洒，万里没纤云。把酒临风饮，酒面起红鳞。 歌一曲，舞一曲，捧金尊[3]。从他妄想，老兔憔悴正纷纷[4]。我为桂花拚醉，明日扶头不起[5]，颠倒白纶巾[6]。天若知人意，夜雨莫倾盆。

【品读】 中秋之夜，天高气爽，万里无云，一轮明月冉冉升起，作者沉浸于良辰美景之中，不觉心旷神怡，于是引吭高歌，婆娑起舞，开怀畅饮，尽情欢度此一良宵。词的笔调轻快，意境优美，表达了词人热爱生活、热爱大自然的情怀。

【注释】
[1] 底事：何事，为什么。
[2] 气肃：天气萧瑟。
[3] 金尊：华美的酒杯。
[4] 老兔：指传说中的月宫玉兔。纷纷：繁忙貌。这句说月中玉兔不停地捣药，正感到憔悴不堪。
[5] 扶头：早晨喝酒谓卯酒，又叫扶头酒。这里是大醉的意思。
[6] 纶（guān关）巾：古代用丝带做的头巾。

水调歌头 京　镗

中　秋

明月四时好，何事喜中秋？瑶台宝鉴[1]，宜挂玉宇最高头[2]。放出白毫千丈[3]，散作太虚一色[4]，万象入吾眸[5]。星斗避光采，风露助清幽。　等闲来[6]，天一角[7]，岁三周。东奔西走，在处依旧若从游。照我尊前只影，催我镜中华发，蟾兔漫悠悠[8]。连璧有佳客[9]，乘兴且登楼。

【品读】 京镗于孝宗淳熙十五年（1188）除四川安抚制置使兼知成都府，次年赴任，光宗绍熙二年（1191）召还为刑部尚书。本篇当作于1191年的中秋节。上片写喜迎佳节。遥望太空，明月高照，金风兼玉露，景物多清幽。词中寓情于景，通过优美的画面，渲染出节日的欢乐气氛。下片即兴抒感。入蜀三年，东奔西走，白发日多，岁月如流，对此良辰美景，乘兴与客携手登楼。全篇境界幽美，描绘中秋月色尤为生动，读后给人以轻松愉悦之感。

【注释】

[1] 瑶台：雕饰华丽、结构精巧的楼台，古人用来指仙人所居之处。这里是指天上宫阙。　宝鉴：指月亮。

[2] 玉宇：明净的天空。

[3] 白毫：指月光。

[4] 太虚：指天空。

[5] 万象：宇宙间的一切事物或现象。

[6] 等闲：寻常，随便。

[7] 天一角：这里是指地处西南一隅的蜀中。

[8] 蟾兔：神话传说中月宫的蟾蜍和玉兔，代指月亮。

[9] 连璧：亦作“联璧”，并列在一起的两块美玉。这里是指与作者一起登楼赏月的客人。

水调歌头　刘　褒

中　秋

天淡四垂幕，云细不成衣。西风扫尽纤翳[1]，凉我鬓边丝。破匣菱花飞动[2]，跨海清光无际，草露滴明玑[3]。杯到莫停手，何用问来期！　坐虚堂，揩病眼，溯流辉。云山应有幽恨，瑶瑟掩金徽[4]。河汉无声自转[5]，玉兔有情亦老[6]，世事巧相违。一写谪仙怨[7]，双泪满君颐[8]。

【品读】

本篇上片写中秋之夜明月初升，中庭对月独酌的情景。下片写空堂月下抚瑟，寄托了作者怀才不遇的哀怨之情。词的意境清幽，情调凄苦，是一曲借赏月抒发不平之鸣的悲歌。

【注释】

[1] 纤翳：微云。

[2] 菱花：菱花镜的略语，代指月亮。这句说皓月东升，如菱花镜之破匣而出。

[3] 明玑：明珠。玑，不圆的珠子。

[4] 金徽：徽的美称。徽，系弦之绳。

[5] 河汉：即银河。银河斜转，谓已夜深。

[6] 玉兔：传说中的月宫白兔。

[7] 谪仙：指唐诗人李白。

[8] 颐：下巴。

水调歌头　汪莘

东坡云："明月几时有？把酒问青天。"本于太白《问月》云："青天有月来几时？"太白云："今人不见古时月。"本于《抱朴子》云[1]："今月不及古月之朗。"抱朴子所言，非绮语也。深思而得之，诚有此理。嘉定元年中秋日[2]，因赋《水调》，其夜无月。

听说古时月，皎洁胜今时。今人但见今月，也道似琉璃。君看少年眸子[3]，那比婴儿神彩，投老又堪悲[4]。明月不再盛，玉斧亦何为[5]！　约东坡，招太白，试寻思。凭谁斫却，里面桂影数千枝。忆在无怀天上[6]，仍向有虞宫殿[7]，看月到陈隋[8]。别有一轮月，万古没成亏。

【品读】

中秋之夜，阴云密布，无月可赏，这本来是一件大煞风景的事，而作者却不甘寂寞，拈出古人数首咏月诗词，并赋《水调歌头》，略抒己见，既弥补了"其夜无月"的遗憾，同时也给读者以思想启迪。词人认为宇宙间的一切事物都是在变化的，明月也有它的幼年、少年和老年时期，正如人的眼珠一样，各个时期其神采是大不一样的。他还认为只有心中的一轮明月才是万古不变的。这首词富有哲理趣味，在宋人的中秋词中别开生面，独具一格。

【注释】

[1] 《抱朴子》：东晋葛洪著。分内外篇。内篇谈神仙方药、鬼怪变化之类事；外篇论人间得失、世事臧否等。

[2] 嘉定元年：即公元1208年。嘉定，南宋宁宗年号。

[3] 眸子：即瞳仁。

[4] 投老：到老，垂老。

[5] 玉斧：神话传说中修理月亮的仙人之斧。

[6] 无怀天：指远古时期。无怀，即无怀氏，传说中我国远古时期部落名。相传其民安居乐业，鸡犬之声相闻，老死不相往来。

[7] 有虞：即有虞氏。传说中我国远古部落名。居于蒲坂（今山西永济西蒲州镇），舜为其领袖。

[8] 陈隋：即南朝时期的陈朝和隋朝。

喜迁莺　李曾伯

乙未中秋同诸北客玩月于颍州之南楼[1]

轻云暮卷，望澄空如水，千里一碧。菱镜冰悬[2]，桂轮玉碾[3]，喜见中原秋色。老蟾炯炯无翳[4]，阅尽尘寰今昔[5]。堪恨处，度霓裳曾到，长生宫阙[6]。　坐客，休叹息。看此清光，天岂限南北。便好乘风，为持玉斧[7]，修取山河如一。西湖旧时花草[8]，会遣孀娥重识[9]。从今去，举太平玩事，长如今夕。

【品读】

宋理宗端平元年（1234），蒙古灭金，接着便准备进攻南宋。当时宋朝面对新的强敌，形势更加险恶，使许多爱国志士忧心如焚。端平二年（1235），李曾伯以淮西总领的身份在颍州（今安徽阜阳）会见了来自北方的几位客人。时值中秋佳节，他们登上颍州西湖南楼，一边赏月，一边议论当前形势。作者即兴抒感，写了这首坚信祖国河山必将统一的爱国词作。词的上片描绘中秋月色，通过一“喜”一“恨”寄托了作者对中原故土的无限怀念。下片劝客人休叹息，应化悲痛为力量，手持“玉斧”去修复破碎的河山，为实现国土统一、天下太平而斗争。全篇以中秋赏月为契机，咏月为线索，抒发了词人的爱国情思，在宋人中秋词中应属上乘之作。

【注释】

[1] 乙未：指宋理宗端平二年（1235）。

[2] 菱镜：即菱花镜。古代以铜为镜，映月则发光影如菱花，因名“菱花镜”。这里是借指月亮。

[3] 桂轮：指月亮。传说月中有桂树，形如圆轮，故有此称。

[4] 老蟾：传说月中有一蟾蜍。这里是代指月亮。 翳（yì缢）：云影。

[5] 尘寰：尘世，人间。

[6] 霓裳：即《霓裳羽衣曲》，唐代宫廷乐舞，著名法曲。这三句用白居易《长恨歌》诗意，谓杨贵妃死后曾入月宫为仙子。

[7] 玉斧：古代传说中修理月亮的仙人之斧。

[8] 西湖：这里是指颍州西湖。

[9] 孀娥：指嫦娥。寡居为孀，传说嫦娥寡居，故称。

人生咏叹

木兰花 钱惟演

城上风光莺语乱，城下烟波春拍岸。绿杨芳草几时休？泪眼愁肠先已断。　　情怀渐变成衰晚，鸾鉴朱颜惊暗换[1]。昔年多病厌芳尊[2]，今日芳尊惟恐浅。

【品读】

此词作者为吴越王钱俶之子，幼年从俶归宋，初为右屯卫将军。真宗朝任翰林学士，仁宗朝拜枢密使，加同中书门下平章事，“官兼将相”，又与后家联姻，权重一时。后因牵涉宫廷矛盾，被贬为崇信军节度使，郁郁而终。本篇为其晚年失势后所作。词中即景抒怀，结拍两句以对待“芳尊”态度的前后变化，形成反差，表达了沉浮宦海的迟暮之感，真率自然，词情凄婉，是发自内心的人生无常的喟叹。

【注释】

[1] 鸾鉴：一作“鸾镜”，即妆镜。

[2] 芳尊：酒杯的美称，代指美酒。

浣溪沙 晏殊

一曲新词酒一杯，去年天气旧亭台。夕阳西下几时回？　　无可奈何花落去，似曾相识燕归来。小园香径独徘徊。

【品读】

本篇写的是游园感旧。首二句回忆往事。记得去年今日，曾在这里邀集嘉宾，设下盛宴，喝一杯美酒，听一支新曲；宾主觥筹交错，歌声美妙动人，生活多么悠闲自得呵！那时候天气也是这么晴和，亭台楼阁一概依然如旧，令人惋惜的是这一切都如过眼云烟，变成了忆念中的旧事。“夕阳”句用疑问语抒发感慨。当词人徘徊于“小园香径”中时，想起去年今日歌酒乐事，忽见一轮红日西沉，心中怅然若失，于是便发出了“夕阳西下几时回”的喟叹。词人从“夕阳西下”联想到人生百年，好景难长，青春不能永驻，从而产生了一种迟暮之感。

换头两句紧承上片结句，借眼前景物，抒发伤春悼时情绪。根据《浣溪沙》词牌的要求，下片前两句例用对偶。此联属对精巧工丽，写出了一种韵味深长的意境，晏殊自己也颇为得意，后来在另一首七言律诗中又重复加以使用。末句“小园香径独徘徊”，叙述人物的现实活动，也是抒情主人公出现在画面中的唯一动作。至此，全词的意境、画面、构思都十分清楚了。

原来一个暮春的傍晚，作者踏着落日余晖，独自徘徊于“小园香径”之中，不由得想起了去年之事，从而发出了对人生的喟叹。词中的新词、杯酒、天气、亭台、夕阳、落花、归燕等景物都是游园时的所见、所忆和所感，虚虚实实，互相映衬，形成了一个缤纷多彩的境界。其实此时此刻，小园中只有一人，那就是踯躅不定、内心深感孤单寂寞的作者自己。

浣溪沙 苏轼

游蕲水清泉寺[1]，寺临兰溪，溪水西流。

山下兰芽短浸溪[2]，松间沙路净无泥。萧萧暮雨子规啼。　谁道人生无再少？门前流水尚能西。休将白发唱黄鸡[3]！

【品读】

本篇作于神宗元丰五年（1082）三月，作者被贬黄州时。词的上片纪游，描绘清泉寺附近幽美而具有特色的风光景物。下片即景抒感，用富有哲理的语言，表达了对青春的向往和对人生的乐观思想：谁说青春不能回复，你看门前的流水不是也可以向西奔流吗？用不着去哀叹人生短促、岁月如流、自寻烦恼呵！这是一曲生命和青春的赞歌，反映了苏轼旷达的胸怀和积极乐观的人生态度。联系到他当时身为“犯官”的境遇，这种向前看的精神，在士大夫知识分子中就更加难能可贵了。

【注释】

[1] 蕲水：今湖北浠水县，在黄冈东。

[2] 兰芽：兰草的嫩芽。

[3] 白发唱黄鸡：谓岁月如流，人生易老，生命短促。白居易《醉歌　示妓人商玲珑》：“谁道使君不解歌，听唱黄鸡与白日。黄鸡催晓丑时鸣，白日催年酉前没。腰间红绶系未稳，镜里朱颜看已失。”

西江月 苏轼

世事一场大梦，人生几度新凉？夜来风叶已鸣廊[1]，看取眉头鬓上。　酒贱常愁客少，月明多被云妨。中秋谁与共孤光，把盏凄然北望[2]。

【品读】

被贬黄州时，苏轼的思想充满了矛盾，有时他显得很旷达，有时也难免消极悲观，对人生和自己的未来感到迷惘。此阕作于中秋之夜，词人月下独酌，翘首北望，回首往事，恍如大梦一场，于是怀着凄凉的心情写下了这首一个政治失意者的人生咏叹调。词中寓情于景，言近旨远，反映了作者在贬逐生活中深感世路险恶、人生短促的虚无思想和寂寞惆怅之情。

【注释】

[1] 这句说夜间回廊上传来风吹树叶的飒飒之声。

[2] 《苕溪渔隐丛话》后集第三十九卷引《古今词话》云："东坡在黄州，中秋夜对月独酌，作《西江月》词。坡以谗言谪居黄州，郁郁不得志，凡赋诗缀词必写其所怀，然一日不负朝廷，其怀君之心，末句可见矣。"胡仔不同意杨湜的说法，认为这两句是苏轼怀念他的兄弟苏辙的，他说："《聚兰集》载此词，注曰'寄子由'，故后句云'中秋谁与共孤光，把酒凄然北望'，则兄弟之情见于句意之间矣。疑是在钱塘作，时子由为睢阳幕客，若《词话》所云，则非也。"

小梅花 贺铸

缚虎手，悬河口[1]，车如鸡栖马如狗[2]。白纶巾[3]，扑黄尘[4]，不知我辈可是蓬蒿人[5]？衰兰送客咸阳道，天若有情天亦老[6]。作雷颠[7]，不论钱。谁问旗亭[8]，美酒斗十千[9]？

酌大斗，更为寿，青鬓常青古无有。笑嫣然，舞翩然。当垆秦女[10]，十五语如弦。遗音能记秋风曲[11]，事去千年犹恨促。

揽流光，系扶桑[12]。争奈愁来，一日却为长。

【品读】

此阕又题作《行路难》，实非调名，乃作者根据内容所拟词题。词中描写世路多艰，怀才不遇，抒发“人生在世不称意”的愤懑和不平。上片叙述英雄无用武之地，只能以酒浇愁；下片慨叹生命短促，而在黑暗的现实中却度日如年。全篇表现作者失意无聊，纵酒放歌，难遣愁怀的矛盾苦闷心情，刻画了一位“大道如青天，我独不得出”，性格疏狂放浪的志士形象。词语多化用前人诗句，驱遣自如，起伏跌宕，在艺术上颇有特色。

【注释】

[1] 缚虎手：谓手能缚虎，形容勇武过人。 悬河口：谓口若悬河，形容才辩出众。

[2] 车如鸡栖马如狗：语出《后汉书·陈蕃传》。意谓坐的车子像鸡窝那样简陋，驾车的马如狗一般瘦小，形容生活极不得意。

[3] 白纶巾：白色的头巾，指庶民的装束。

[4] 扑黄尘：奔走于风尘之中。

[5] 蓬蒿人：草野之人。

[6] 这两句为李贺《金铜仙人辞汉歌》中的原句。

[7] 雷颠：指雷义。据《后汉书·独行列传》载，雷义曾助人免于死罪，拒受酬金，后被举为秀才，另荐别人，刺使不准。“义遂阳狂被发走，不应命”，故被称为“雷颠”。

[8] 旗亭：酒楼。

[9] 美酒斗十千：形容酒极名贵，一斗可值十千钱。斗，酒器。李白《行路难》：“金樽清酒斗十千。”

[10] 当垆秦女：辛延年《羽林郎》：“胡姬年十五，春日独当垆。”

[11] 秋风曲：指汉武帝的《秋风辞》，结尾有“欢乐极兮哀情多，少壮几时兮奈老何”之句。

[12] 扶桑：神话中树木名，传说太阳从这里升起。这两句说，把太阳系在扶桑树上，即留住时光之意。

南乡子 韩世忠

人有几何般？富贵荣华总是闲。自古英雄都如梦，为官。宝玉妻男宿业缠[1]。　　年迈已衰残，鬓发苍浪骨髓干[2]。不道山林有好处，贪欢。只恐痴迷误了贤。

【品读】

作者为南宋初年抗金名将，出身行伍，生长兵间，读书不多，晚年始稍习文墨，偶有长短句之作。高宗绍兴年间，秦桧专权，推行投降政策，杀害岳飞，解除诸大将兵权，世忠多次抗疏"抵排和议，触桧尤多"(《宋史·韩世忠传》)，然亦无可奈何。"自此杜门谢客，绝口不言兵，时跨驴携酒，从一二奚童，纵游西湖以自乐"（同上），并喜好释老，看破红尘，自号清凉居士。在这首词里，作者从自己的亲身经历出发，对秦桧当政时期的黑暗现实深表不满和失望，感到生命短促，荣华富贵犹如过眼云烟，英雄豪杰也不过像做梦一样。词语浅近朴直，有林下道人风，是一曲英雄末路的人生咏叹调。

【注释】

[1] 宿业：佛教名词。佛家相信众生有三世因果，认为过去世所作善恶业因，可以产生今生的苦乐果报，故云。

[2] 苍浪：形容鬓发花白。白居易诗："鬓发苍浪牙齿疏。"

蝶恋花 张元幹

燕去莺来春又到。花落花开，几度池塘草[1]？歌舞筵中人易老，闭门打坐安闲好。　败意常多如意少[2]。著甚来由[3]，入闹寻烦恼[4]。千古是非浑忘了[5]，有时独自掀髯笑。

【品读】

作者本来是一位主张抗金的爱国志士，因赋词对抗战派李纲、胡铨表示同情和支持，而受到秦桧的排斥和打击，对当时黑暗的现实深表不满。此阕当作于晚年。词中叙述作者由于有志难伸，“败意常多如意少”，因而产生了闭门家中坐、忘却千古是非、何必自寻烦恼的消极思想，反映了南宋初年特别是秦桧专权时期，正直的知识分子对人生感到迷惘和苦闷的心情。

【注释】

[1] 几度池塘草：意谓几度春回大地。化用谢灵运《登池上楼》“池塘生春草”句意。

[2] 败意：失意。

[3] 来由：因由，原因。

[4] 入闹：到扰攘的尘世中去。

[5] 浑忘了：全忘了。

如梦令　向滈

谁伴明窗独坐？和我影儿两个。灯烬欲眠时，影也把人抛躲。无那[1]，无那，好个恓惶的我[2]！

【品读】

此阕曾误为李清照作，题为“闺怨”，实乃作者感叹世态炎凉、人生寂寞之作。得意之时高朋满座，宾客如云；失意之时，门前冷落车马稀，就好像油干灯草尽一样，连影子也匆匆忙忙地把主人抛躲。

【注释】

[1] 无那：无奈。无可奈何。

[2] 恓惶：心神不安的样子。

阮郎归 张抡

寒来暑往几时休？光阴逐水流。浮云身世两悠悠，何劳身外求！ 天上月，水边楼，须将一醉酬[1]。陶然无喜亦无忧[2]，人生且自由。

【品读】

此阕为组词“咏夏十首”之一，但并非描写夏景，而是感叹光阴如流水，身世若浮云，何必苦苦追求荣华富贵之类的身外之物。这种“无喜亦无忧”，但求“人生且自由”的处世态度，反映了当时士大夫知识分子的一种普遍心态，有一定的代表性。

【注释】

[1] 酬：报谢，偿还。

[2] 陶然：快乐、喜悦的样子。

满江红 辛弃疾

江行，简杨济翁、周显先[1]

过眼溪山[2]，怪都似、旧时曾识。还记得、梦中行遍，江南江北。佳处径须携杖去[3]，能消几两平生屐[4]？笑尘劳、三十九年非，长为客。 吴楚地[5]，东南坼[6]；英雄事，曹刘敌[7]。

被西风吹尽，了无尘迹[8]。楼观甫成人已去[9]，旌旗未卷头先白[10]。叹人间、哀乐转相寻[11]，今犹昔。

【品读】

淳熙五年（1178）春，辛弃疾由南昌调往杭州，任大理少卿。同年秋，又被派往武昌为湖北转运副使。途中他曾在扬州会晤杨济翁和周显先，且写词互相唱和。离开扬州后，作者在船上写成此阕，寄给杨、周二位友人。自淳熙三年（1176）以来，在两年多的时间里，辛弃疾先后五次调动职务，来去匆匆，很难有所建树，内心十分苦闷。这首词即景生情，抒发了仕途坎坷、壮志难酬的忧愤。上片慨叹人到中年，岁月蹉跎，行踪不定，倦于宦游，不如归卧溪山，落得清闲自在。下片缅怀古代英雄，感叹自己得不到信任和重用，难以为国建功立业。“楼观甫成人已去，旌旗未卷头先白”，表达了对南宋统治集团压抑和扼杀爱国志士的愤慨。

【注释】

[1] 简：书信。这里是寄的意思。杨济翁：名炎正，诗人杨万里的族弟，吉州吉水人，庆元二年（1196）进士。与辛弃疾过从甚密，词风亦相近，著有《西樵语业》。 周显先：生平事迹不详。

[2] 过眼：从眼前掠过。

[3] 佳处：风景优美的地方。 径须：直须。

[4] 几两：几双。 屐（jī机）：一种有齿的木鞋，古人登山时所穿。

[5] 吴楚地：指春秋时吴国和楚国的地方，大约在今江苏、浙江、安徽、江西、湖北、湖南一带。

[6] 坼（chè彻）：分开。

[7] 曹刘：曹操和刘备。 敌：匹敌，对手。

[8] 了无：毫无。 尘迹：遗迹。

[9] 楼观：楼台亭阁。 甫成：才成。

[10] 旌旗未卷：旗帜尚未收起，指战事还没有完结。

[11] 转相寻：互相转换代替。

丑奴儿 辛弃疾

书博山道中壁

少年不识愁滋味[1]，爱上层楼。爱上层楼，为赋新词强说愁[2]。而今识尽愁滋味，欲说还休[3]。欲说还休，却道天凉好个秋[4]。

【品读】

这首词抒写早年和晚年两种不同的人生体验。上片说少年时代涉世未深，不知人间甘苦，本无忧愁，却偏要在登楼赋诗时无病呻吟。下片说如今饱经风霜，尝尽人生之苦，真正懂得了忧愁的滋味，却不愿说出来。这种“欲说还休”的矛盾心理，表明他胸中埋藏着深沉的忧愁，即使说出来也无人理解，不如干脆不说。两片均用叠句转折，跌宕有致，含蓄深永，颇耐寻味。

【注释】

[1] 不识：不理解，不懂得。

[2] 强说愁：本来无愁而硬说有愁。

[3] 欲说还休：想说而又不说出来。

[4] 这两句说，有愁不说，却讲一些无关的话：“好个凉爽的秋天呵！”

鹧鸪天 辛弃疾

送人

唱彻阳关泪未干[1]，功名余事且加餐[2]。浮天水送无穷树，带雨云埋一半山[3]。 今古恨，几千般[4]，只应离合是悲欢？江头未是风波恶[5]，别有人间行路难[6]。

【品读】

词题为“送人”，并非专叙离情别绪，而是强调“别有人间行路难”，意在揭露现实的黑暗。词人认为，古今“恨事”千千万万，难道只有离别与聚会才会引起悲哀与欢乐吗？希望友人不要把功名富贵看得太重，个人的名利得失算不了什么，别后要保重身体，多加餐饭。据词意，被送之人很可能是一位仕途的失意者。词中“几千般”的“今古恨”，主要是指中原沦陷、南北分裂的亡国大恨。稼轩对此念念不忘，却不能实现抗金复国的理想，多方受到掣肘和压抑，“年来不为众人所容，顾恐言未脱口而祸不旋踵”（《淳熙己亥论盗贼札子》）。因此在送别友人时，发出了“别有人间行路难”的深沉慨叹。

【注释】

[1] 唱彻：唱完了。阳关：即《渭城曲》，唐宋时送别的歌曲，又称《阳关三叠》。

[2] 余事：小事，次要之事。　加餐：多吃饭。

[3] 浮天二句：写送别时所见景物。上句说，江边远望水天相连，两岸树木无边无际；下句说，带着细雨的阴云掩盖了半壁青山。

[4] 几千般：几千种，形容很多。

[5] 江头：江上。

[6] 别有：另有。　行路难：世路艰难。

小重山　章良能

柳暗花明春事深。小阑红芍药，已抽簪[1]。雨余风软碎鸣禽。迟迟日[2]，犹带一分阴。　往事莫沉吟[3]。身闲时序好，且登临。旧游无处不堪寻。无寻处，惟有少年心。

【品读】 此词上片写景，描绘春深雨后的景物和环境气氛。换头由登山临水而引起对往事和旧游的回忆。结拍两句是“词眼”，慨叹从前的踪迹虽然处处可寻，而少年时代那天真纯洁的童心却不可追寻。词中表达了人到老年愈觉青春可贵，深感“人生无再少”的怅惘之情。语浅意深，含蓄蕴藉，耐人寻味。

【注释】

[1] 抽簪：形容花蕾状如玉簪。

[2] 迟迟日：形容春天白昼很长。《诗经·七月》：“春日迟迟。”

[3] 沉吟：沉思吟味，有默默探索思考之意。

望江南 戴复古

仆既为宋壶山说其自说未尽处，壶山必有答语，仆自嘲三解。

石屏老，家住海东云[1]。本是寻常田舍子，如何呼唤作诗人？无益费精神。　千首富，不救一生贫。贾岛形模元自瘦，杜陵言语不妨村[2]。谁解学西昆！

【品读】 友人宋自逊（字谦父，号壶山）给作者寄来一本《新刊雅词》，其中有谦父所作“自说平生”的《壶山好》三十首。石屏以为“犹有说未尽处”，遂为续四曲。其后又写了三首（均为《望江南》），为自己解嘲。这七首词流传很广，“一时推（为）名作”。这里选了其中的两首。戴复古和宋自逊都是当时江湖派诗人，他们怀才不遇，穷愁潦倒。本篇便是一首江湖诗人的自我咏叹调。词的上片自诉平生出处，说自己本来是一位普普通通的农家子弟，由于读了些书，会写点诗，便被人们称为诗人。

可是这一切又有什么用处呢？于人于己、于国于家都没有丝毫帮助，真是“可怜无补费精神”。下片说诗人受穷历来如此，即使你写了一千首、一万首诗，也是一文不值，改变不了你一生贫困的命运。唐朝的贾岛和杜甫不都是如此吗？他们都是著名的诗人，然而却贫困潦倒终生。我宁愿像他们那样，也决不去学习“缀风月，弄花草”、一味无病呻吟的西昆体。

【注释】

[1] 海东云：东海之滨的云生之处。作者为浙江天台人，家于石屏山下，濒临东海，故云。

[2] 杜陵：指唐诗人杜甫。其诗云：“杜陵有布衣，老大意转拙。”杜陵，汉宣帝的陵墓，在长安东南。西昆体诗人杨亿贬杜甫为“村夫子”。

望江南　戴复古

石屏老[1]，长忆少年游。自谓虎头须食肉[2]，谁知猿臂不封侯[3]。身世一虚舟！　平生事，说着也堪羞。四海九州双脚底，千愁万恨两眉头。白发早归休。

【品读】

戴复古为江湖诗人之一，长期浪迹天涯，有志未伸，心中常怀不平。此阕为其回顾生平、直抒胸臆之作。他自视很高，谁知命运偃蹇，未能如愿，在人生的旅途上历尽艰辛、坎坷，悔愧不已，千愁万恨凝结于眉头，因而决心“白发早归休”。词中通过对自身遭遇的咏叹，表达了南宋后期中下层知识分子在黑暗的岁月里，对仕途的失意和人生的迷惘之情。

【注释】

[1] 石屏老：作者自称。戴复古字式之，黄岩（今属浙江省）人，晚年隐居故乡南塘石屏山下，因自号石屏。

[2] 虎头：旧时认为，人的头形如虎乃大贵之相。食肉：指做大官。古代称在高位食厚禄的官员为肉食者，或食肉。

[3] 猿臂：谓臂长如猿，形容身手矫健，武艺高强。

忆旧游　仇远

忆寒烟古驿，淡月孤舟，无限江山。落叶牵离思，到秋来，夜夜梦入长安。故人剪烛清话，风雨半窗寒[1]。甚宦海漂流，客毡寂寞，忍说间关[2]。　征衫。赋归去，喜故里西湖，不厌重看。莫待青春晚，趁莺花未老，觅醉寻欢。故园更有松竹，富贵不如闲。却指顾斜阳[3]，长歌李白《行路难》。

【品读】

此词咏叹宦海漂流，世路多艰，人生的途程曲折而坎坷。上片回忆寂寞凄凉的身世，流露出仕途失意之情。下片叙述倦于宦游，不如归隐故园。词人面对斜阳，四顾茫然，怀着悲愤的心情，高唱李白的《行路难》，拖着沉重的步履，终于回到了家乡。作者为钱塘人，细寻词意，本篇可能是入元以后，任溧阳教授，任满待归时所作。

【注释】

[1] 这两句化用李商隐《夜雨寄北》诗："何当共剪西窗烛，却话巴山夜雨时。"

[2] 间关：形容道途之艰险。《汉书·王莽传》："间关至渐台。"注："间关，犹言崎岖展转也。"

[3] 指顾：手指目顾。

乡村田园

浣溪沙 苏轼

徐门石潭谢雨[1]，道上作五首。潭在城东二十里，常与泗水增减[2]，清浊相应。

麻叶层层苘叶光[3]，谁家煮茧一村香？隔篱娇语络丝娘[4]。　垂白杖藜抬醉眼[5]，捋青捣麨软饥肠[6]。问言豆叶几时黄[7]？

【品读】

宋神宗元丰元年（1078），苏轼在徐州任知州。这年春天徐州出现旱灾，作者曾前往东郊石潭求雨，雨后又去主持谢神仪式。一路上，他看到如画的农村风光和当地群众劳动、生活的情景，于是写了五首《浣溪沙》记述此事。这里选的是其中的第三和第五两首。此首写路过山村的见闻。上片刻画景物，从村外写到村内，描绘了雨后农村的喜人气象；下片叙述老翁捋麦充饥，反映出农村灾年百姓的困苦生活。词用白描，语言质朴，风格清新自然。一喜一忧，表达了作者关怀民众的思想感情。

【注释】

[1] 徐门：指徐州，在今江苏省。

[2] 泗水：发源于山东，经徐州流入淮河，后改道入运河。

[3] 苘（qǐng 顷）：俗称“青麻”，可用来织布搓绳。

[4] 络丝娘：虫名，俗称纺织娘，这里是指缫丝的妇女。

[5] 垂白杖藜：指鬓发花白、拄着拐杖的老翁。藜，一种草本植物，其茎坚韧，可作手杖。

[6] 捋（luō 啰）青：以手脱取青麦。捣麨（chǎo 炒）：将麦子炒熟，捣成粉面。麨，干粮。

[7] 问言：问道的意思。

浣溪沙　苏轼

软草平莎过雨新[1]，轻沙走马路无尘。何时收拾耦耕身[2]？日暖桑麻光似泼，风来蒿艾气如熏[3]。使君元是此中人[4]！

【品读】

此作通过描绘田野风光，抒发作者向往农村、希望回乡务农的思想感情。两片表现手法基本相同，一、二句写景，第三句抒情。感情真率，语言通俗，不事雕饰，呈现出朴素、自然的美感。

【注释】

[1] 莎（suō梭）：即莎草，一种多年生草本植物。

[2] 耦耕：两人并耜而耕。

[3] 熏：熏香。

[4] 使君：古代州郡长官的称呼，这里是作者自谓。　此中人：指农村中人。

鹧鸪天　苏轼

林断山明竹隐墙，乱蝉衰草小池塘。翻空白鸟时时见[1]，照水红蕖细细香[2]。　村舍外，古城旁，杖藜徐步转斜阳。殷勤昨夜三更雨，又得浮生一日凉[3]。

【品读】

此阕为神宗元丰六年（1083），作者贬居黄州时所作。词写夏末秋初雨后傍晚城郊农村景色。上片通过林、山、墙、竹、乱蝉、衰草、池塘、白鸟、红蕖等物象，有色有声，层次分明地展现出一幅衰飒而富有诗意的山村风情画。下片写词人拄杖漫步于夕阳之下，抒发了寂寞闲居，只能在无可奈何中消磨岁月的矛盾心情。

【注释】

[1] 白鸟：指鸥鹭一类白色水鸟。

[2] 红蕖：红色的荷花。蕖，即“芙蕖”“扶蕖”，荷花的别名。细细香：淡淡的幽香。

[3] 浮生：谓世事无定，生命短促。是对人生的一种消极看法。

行香子 秦观

树绕村庄，水满坡塘[1]。倚东风、豪兴徜徉[2]。小园几许，收尽春光。有桃花红，李花白，菜花黄。　远远围墙，隐隐茅堂。扬青旗、流水桥旁[3]。偶然乘兴，步过东冈。正莺儿啼，燕儿舞，蝶儿忙。

【品读】

春到人间，万紫千红，词人偶然乘兴出游。只见桃李争艳，莺歌燕舞，不觉心旷神怡，于是以多彩的画笔描绘出一幅春意盎然的田园风光画。词的笔调轻快，色彩鲜明，风格自然清新。两片句式、格律、节奏相同，结拍均用一虚字领起三个三字短句，连贯而下，将春事渲染得淋漓尽致，给读者以赏心悦目的美感享受。

【注释】

[1] 坡塘：山坡下的小池塘。坡，一作“陂”。

[2] 徜徉：徘徊，信步而行。一作“尚羊”“倘佯”“相羊”。

[3] 青旗：又称“青帘”，古时酒店门前挂的青布招子。

蝶恋花 范成大

春涨一篙添水面[1]。芳草鹅儿，绿满微风岸。画舫夷犹湾百转[2]，横塘塔近依前远[3]。　　江国多寒农事晚。村北村南，谷雨才耕遍[4]。秀麦连冈桑叶贱，看看尝面收新茧。

【品读】

本篇当为作者退居苏州石湖时所作，大约与《四时田园杂兴》写于同时。词的上片描写春日泛舟出游。水满陂塘，芳草如茵，雏鹅戏水，微风吹绿了两岸原野的草木，江南春色一一收入诗人用彩笔绘就的这幅画图之中。下片吟咏农事。水乡天寒，耕种稍晚，一直过了谷雨才把稻田犁完。可是冈地上的农作物却长得很茂盛，眼看麦桑又将获得丰收，诗人也抑制不住内心的喜悦之情。这首田园词，笔触细腻，语言清新，风格明快，农村生活气息也较为浓厚，可以和作者的田园诗相比美。

【注释】

[1] 春涨一篙：谓春水涨了一篙之深。篙，撑船用的竹竿。

[2] 画舫：装饰华丽的游船。　夷犹：亦作“夷由”，从容貌。

[3] 横塘：水塘名，在苏州西南十里许。

[4] 谷雨：二十四节气之一，约在阳历4月20日前后。谷雨前后，天气较暖，雨量增加，是播种的最佳季节。

浣溪沙 范成大

江村道中

十里西畴熟稻香[1]，槿花篱落竹丝长[2]。垂垂山果挂青黄。　　浓雾知秋晨气润，薄云遮日午阴凉。不须飞盖护戎装[3]。

【品读】

本篇系作者秋日公出，途经江村道中所作。词从浓雾弥漫的清晨写到薄云遮日的正午。石湖居士经过半天跋涉，终于来到江边的一座小山村旁。驻马眺望，只见十里平川，稻谷飘香；篱落周围，槿花盛开，细长的竹枝随风飘舞；屋后小山坡上挂满或青或黄的累累硕果，好一派喜人的丰收景象。刚刚停下，侍从立即打伞上来为他遮蔽太阳。词人挥手望着天空微笑地对侍从说：用不着，用不着，你看太阳不是被浮云遮住了吗！词的上片写景，下片叙事，语言通俗，色彩鲜明，是一幅江村秋日小景图。

【注释】

[1] 畴：田亩。

[2] 槿花：木槿之花。木槿，落叶灌木，夏秋开花，或白或红，可供观赏，亦可兼作绿篱。

[3] 戎装：军装。

南乡子　王　炎

甲戌正月[1]

云淡日昽明[2]，久雨潺潺乍得晴。社近东皋农务急[3]，催耕。又见菖蒲出水清。　　池面縠纹平[4]，掠水迎风燕羽轻。试出访寻春色看，相迎。巧笑花枝似有情。

【品读】

这首词是王炎七十七岁退休闲居农村时所作。上片描写久雨初晴，天刚放亮，庄户人家便互相招呼，催促下地进行春耕。结句以“菖蒲”出水，映衬雨水充足，万物生机勃勃，正是播种插秧的好时节。下片叙述词人出门探春，只见池面水波不动，一对对小燕子迎风展翅，轻捷地掠过水面飞来飞去。煞拍用路旁“花枝”含笑相迎，象征春光无限美好，流露出词人怡然自乐的愉悦之情。

【注释】

[1] 甲戌：宋宁宗嘉定七年（1214）。

[2] 昽明：指太阳初出时由暗而明的光景。

[3] 东皋：泛指田野或高地。

[4] 縠纹：丝织品的皱纹，用以形容水面微波。

南柯子 王炎

山冥云阴重[1]，天寒雨意浓。数枝幽艳湿啼红[2]。莫为惜花惆怅、对东风。　　蓑笠朝朝出，沟塍处处通[3]。人间辛苦是三农[4]。要得一犁水足、望年丰。

【品读】

这是一幅春雨中的农村小景。上阕即景抒感，词人有意改变士大夫的情趣和习气，从另一角度来看待自然界的现象。阴云密布，山色昏暗，寒雨欲来，几株娇花仿佛在雨中悲啼哀诉。对此，文人学士往往引起惜花伤春之情，而作者却认为不应当为了“惜花”而去埋怨春风。这种不同流俗的见解，读来使人耳目一新。下片咏叹农民的辛勤劳动，从而给自己的生活体验做了形象化的解释。看吧，风雨之中，老农披上蓑衣，戴着斗笠，天天早出晚归，不辞辛劳，开沟引水，灌溉农田，希望迎来一个丰收之年。春风春雨，在他们看来是多么宝贵呵！这就是作者为什么要奉劝人们“莫为惜花惆怅、对东风”的原因。

【注释】

[1] 冥：昏暗。

[2] 幽艳：僻静处的艳丽之花。

[3] 塍（chéng成）：田畦，田间的界路。

[4] 三农：指平地、山地、洼地。《周礼》：“三农生九谷。”注：“郑司农云：‘三农，平地、山、泽。”这里是引申代指农民。

鹊桥仙　辛弃疾

己酉山行书所见[1]

松冈避暑，茅檐避雨，闲去闲来几度？醉扶怪石看飞泉[2]，又却是、前回醒处。　东家娶妇，西家归女[3]，灯火门前笑语。酿成千顷稻花香，夜夜费、一天风露。

【品读】

本篇作于淳熙十六年（1189）夏，辛弃疾闲居上饶时。上片写作者入山避暑，酒后出游。他步履蹒跚，来到“怪石”旁，看涓涓细流自“雨岩”石缝飞出，仿佛清泉流淌在胸中，不觉酒意为之全消。小坐片刻，忽然想起，上次也是在这里醒的酒。下片写词人夜归途中，经一山村，只见村头灯火辉煌，笑语声喧，原是“东家娶妇”“西家归女”。走出村口，展现出千顷稻花飘香、一片喜人的丰收景象。词中既描述了作者的闲居生活，也表现了他热爱山村风物、关怀农民的思想感情。

【注释】

[1] 己酉：宋孝宗淳熙十六年（1189）。

[2] 怪石：博山寺附近有一石峰名雨岩，雨岩有一巨石长三十余丈，形状甚怪，如画中之观音、补陀，名石浪。飞泉：怪石之旁，有山泉自雨岩飞出，如风雨之声。

[3] 归女：嫁女，古时女子出嫁叫归。

清平乐 辛弃疾

村居

茅檐低小[1]，溪上青青草。醉里吴音相媚好[2]，白发谁家翁媪[3]？　大儿锄豆溪东，中儿正织鸡笼。最喜小儿亡赖[4]，溪头卧剥莲蓬。

【品读】

这是一幅江南农村风情画。词中描绘一户五口之家的农民的生活与劳动，笔调质朴清新，生活气息较浓。环境与人物自然谐调，声口毕肖，形象鲜明生动。翁媪饮酒谈心，饶有风趣；大儿中儿，各司其职；小儿卧剥莲蓬，天真可爱。字里行间流露出词人对纯朴农村生活的向往之情。

【注释】

[1] 茅檐：指茅屋。

[2] 吴音：吴地的语音，这里是泛指江南一带的口音。

[3] 媪（ǎo 袄）：老年妇女。这两句说，哪家的老公公和老婆婆喝醉了酒，操着柔媚悦耳的南方口音，在亲切地谈论家常？

[4] 亡赖：无赖、顽皮的意思。

浣溪沙 辛弃疾

常山道中即事[1]

北陇田高踏水频[2]，西溪禾早已尝新[3]。隔墙沽酒煮纤鳞[4]。

忽有微凉何处雨？更无留影霎时云。卖瓜人过竹边村。

【品读】 这是一幅夏末秋初的农村小景。词人路过常山，小憩农家，即目所见，欣然命笔。上片写农民车水灌田的紧张劳动，喜尝新稻的欢悦，以及沽酒煮鱼、殷勤待客的盛情。下片写山中夏日多变的气候和村边引人的卖瓜之声。

【注释】

[1] 常山：县名，在今浙江省西部，与江西省接界。 即事：写眼前所见事物。

[2] 踏水：即车水，用脚踏龙骨车引水灌田。

[3] 尝新：指吃到新米做的饭。

[4] 隔墙：隔壁。 纤鳞：指细鳞鱼。

西江月 辛弃疾

夜行黄沙道中

明月别枝惊鹊[1]，清风半夜鸣蝉。稻花香里说丰年，听取蛙声一片[2]。 七八个星天外，两三点雨山前。旧时茅店社林边，路转溪桥忽见[3]。

【品读】

这首词写作者夏夜独自走在乡间小路上的见闻。明月、疏星、溪桥、茅店，入目所见，展现出一幅生动的农村生活图画；鹊噪、蝉鸣、蛙唱，入耳所闻，构成了一支悦耳的夏夜田野交响曲。稻花的芳香沁人心脾，词人也为即将到来的丰收而感到无比喜悦。全篇笔调轻快，流畅自然，意境清新，有声有色地描绘出一幅江南农村的夏夜图景。

【注释】

[1] 别枝：离开树枝。这句说，明亮的月光惊动了树枝上的乌鹊，离枝飞去。

[2] 听取：听到。

[3] 社林：土地庙附近的小树林。这两句说，跨过小桥，再拐个弯，土地庙树林旁边的那个茅屋老店忽然出现在眼前。

鹧鸪天　辛弃疾

游鹅湖[1]，醉书酒家壁

春入平原荠菜花[2]，新耕雨后落群鸦。多情白发春无奈[3]，晚日青帘酒易赊[4]。　闲意态[5]，细生涯[6]，牛栏西畔有桑麻。青裙缟袂谁家女[7]，去趁蚕生看外家[8]。

【品读】

这是一首春游鹅湖、酒后题壁的即兴之作。上片写鹅湖山下晚雨初晴的田野风光。春回大地，荠菜花开，刚刚耕过的水田里，一群乌鸦飞来觅食，使平静的庄稼地顿时活跃起来。三、四两句感叹年华易逝，白发早生，暂且以酒浇愁的情怀。下片写春耕大忙后，农民们有的在牛栏旁种植桑麻，妇女们则抽空回娘家去串门。词语通俗浅显，色彩对比鲜明，富有生活气息，是一幅形象而生动的农村风情画。

【注释】

[1] 鹅湖：山名，在江西省铅山县东北。据《铅山县志》载，山上有湖，多生荷花，原名荷湖。东晋时有位姓龚的人在此养鹅，因改名鹅湖。

[2] 荠菜：一种能吃的野菜，春天开白花。

[3] 多情白发：因多愁善感而早生白发。

[4] 青帘：即青旗，酒招子。

[5] 闲意态：悠闲的情趣和神态。

[6] 细生涯：小康人家的生活。

[7] 缟袂（gǎo mèi 稿昧）：白色的上衣。缟，白色生绢。袂，衣袖，指上衣。

[8] 外家：指孩子的外祖父母家，或指自己的外公外婆家亦可。

鹧鸪天　辛弃疾

代人赋

陌上柔桑破嫩芽[1]，东邻蚕种已生些[2]。平冈细草鸣黄犊，斜日寒林点暮鸦。　山远近，路横斜，青旗沽酒有人家[3]。城中桃李愁风雨，春在溪头荠菜花。

【品读】

这首词通过柔桑、幼蚕、细草、黄犊等富有生气的鲜明形象，描绘出江南农村早春时节欣欣向荣的景象。下片结拍以对比手法，抒写作者对城市和农村的不同观感。城中桃李，娇生惯养，禁不起风吹雨打，终日忧心忡忡；而田野里的荠菜花却无忧无虑，生意盎然，稳占春光。作品以花拟人，表现了对官场生活的厌恶和对农村生活的热爱与赞美之情。

【注释】

[1] 陌：田间小路。南北叫阡，东西曰陌。

[2] 蚕种：蚕卵。生些（sā撒）：长出来啦。些，语尾助词。

[3] 沽酒：卖酒。

浣溪沙　辛弃疾

父老争言雨水匀，眉头不似去年颦[1]。殷勤谢却甑中尘[2]。　啼鸟有时能劝客，小桃无赖已撩人[3]。梨花也作白头新。

【品读】

这首词以轻快的笔调描写农民在风调雨顺的日子，盼望丰收，争取摆脱贫困、饥饿的喜悦心情。上片着重刻画父老们的神态和心理活动，下片通过景物描写表现作者对农村生活的感受。词人仿佛也受到父老们的感染，内心充满欢乐，因而其笔下的花鸟草木也都染上了一层欢悦的色彩。

【注释】

[1] 颦（pín贫）：皱眉，忧愁的样子。

[2] 甑（zèng赠）中尘：甑中积满灰尘，表示断炊的意思。甑，古代陶制的炊具。

[3] 小桃：即小桃红，又名凤仙花。撩人：逗人喜爱。

鹧鸪天　辛弃疾

戏题村舍

鸡鸭成群晚未收，桑麻长过屋山头[1]。有何不可吾方羡，要底都无饱便休。　新柳树，旧沙洲，去年溪打那边流[2]。自言此地生儿女，不嫁余家即聘周[3]。

【品读】

这首词通过赞美农村表达作者厌恶官场，乐于归耕的思想。上片写僻远的山村，禽畜兴旺，桑麻长势喜人，丰收在望，农民只求能吃饱饭，并没有过多的要求。下片说山村环境宁静，交通闭塞，很少变化，与外界几乎没有什么交往。他们世世代代在此生儿育女，连婚姻嫁娶也只限于村中的两姓人家。词中描绘的图景，与陶渊明虚构的“世外桃源”有相似之处。

【注释】

[1] 屋山：屋脊。

[2] 打：从，自。

[3] 这两句说，村里只有余、周二姓，不是周家的女儿嫁给了余家，就是余家的姑娘许聘给了周家。

小重山　赵师侠

农人以夜雨昼晴为夜春

乐岁农家喜夜春。朝来收宿雾[1]，快新晴。云移日转午风轻。香罗薄，暄暖困游人。　积水满春塍[2]。绿波翻郁郁[3]，露秧针[4]。幸无离绪苦牵情。烟林外，时听杜鹃声。

【品读】

读者也许没有听说过“夜春”这个词儿吧。这是当时当地的民间语言，它表达了“农人”的美好愿望。白天天晴，夜晚下雨，对古代靠天吃饭的“农家”来说，这是春耕大忙时节最理想的天气。此阕描写农村风调雨顺，水满田陇，秧苗青青，农民们洋溢着一派喜悦欢乐的气氛。春耕如果顺利，那么丰收就有了希望，他们怎么能不高兴呢？

【注释】

[1] 宿雾：隔夜的雾气。

[2] 塍（chéng 成）：田畦，田间的界路。

[3] 郁郁：茂盛。

[4] 秧针：秧苗。

菩萨蛮 程垓

扶犁野老田东睡，插花山女田西醉。醉眼眩东西，看看桃满溪。　　耕桑山下足，纨绮人间俗[1]。莫管旧东风，从教吹软红[2]。

【品读】

此阕描写山村春耕时节的一个场面。上片说“扶犁野老”卸下犁杖，吃过午饭，在田垄东头席地而卧，稍事休息；送饭的女儿也陪老父喝了两杯淡酒，微带醉意，来到溪边，观赏烂漫的桃花。下片抒写作者对勤劳简朴的田家生活的赞美之情。小词朴实无华，清新自然。

【注释】

[1] 纨绮：有花纹的丝织品。这里是指华丽的衣裳。

[2] 软红：指桃花。

减字木兰花 卢炳

莎衫筠笠[1]，正是村村农务急。绿水千畦，惭愧秧针出得齐[2]。 风斜雨细，麦欲黄时寒又至。馌妇耕夫[3]，画作今年稔岁图[4]。

【品读】

暮春三月，正是江南农村大忙时节。田间，农夫身披蓑衣，头戴竹笠，看见长得十分整齐的秧苗，不觉满心喜悦。地里，麦子即将黄熟，不料又刮来一阵斜风细雨。农妇们提篮携壶，匆匆忙忙穿行于阡陌之间，为家人送饭送茶。眼前这一派繁忙的景象，使词人预感到今年的年成一定会不错。正是这些耕夫农妇在用他们勤劳的双手，描绘一幅五谷丰登的“稔岁图”。

【注释】

[1] 莎衫：即蓑衣，用莎草做的雨衣。 筠（yún匀）笠：即竹笠。筠，竹子的青皮。

[2] 惭愧：难得、好不容易的意思。秧针：形容秧苗刚出，纤细如针。

[3] 馌（yè叶）：给在田间耕作的人送饭。

[4] 稔（rěn忍）岁：丰年。

秋日田父辞（二首） 高翥

啄黍黄鸡没骨肥[1]，绕篱绿橘缀枝垂。新酿酒，旋裁衣[2]，正是婚男嫁女时。

少妇挼蓝旋染裙[3]，大儿敲葛自浆巾[4]。新摘摘[5]，笑欣欣，相唤相呼看赛神[6]。

【品读】 这是两幅丰收之后的秋日田家小景。第一首写鸡肥橘绿，酿酒裁衣，家家正忙于男婚女嫁，农村洋溢着一派喜庆的气氛。第二首写少妇染布缝裙，儿子敲葛浆巾，青年男女装束一新，欢欢喜喜，呼朋邀伴，去参加迎神赛会。词语简洁明快，活泼清新，田家生活气息很浓，形象地反映了农村的习俗风情。

【注释】

[1] 没骨肥：形容肉多，将鸡骨掩藏起来了。

[2] 旋：随后，不久。

[3] 挼（ruó）：揉搓。 蓝：一种可做染料的植物。

[4] 敲葛：指将葛布衣服敲打平整。

[5] 摘摘：谓选来选去。这里是说挑选自己最喜欢的服装。

[6] 赛神：即迎神赛会。农事完毕后，陈酒食以祭田神，相与饮酒作乐，谓"赛神"，亦称"赛社"。

菩萨蛮 黄机

次杜叔高韵

惜山不厌山行远[1]，山中禽鸟频惊见。小雨似怜春，霏霏容易晴[2]。 青裙田舍妇，馌饷前村去[3]。溪水想平腰[4]，唤船依断桥。

【品读】 本篇写词人春日入山探胜，在路上遇到一位田妇正往前村去送饭。由于溪水猛涨，田妇只得靠在断桥边，焦急地呼唤对岸的渡船，生怕耽误了耕夫的午饭。词的上片叙述山行所见，下片刻画人物，作者仿佛是站在远处观察，偷偷地摄下了田妇挎篮送饭这一精彩的镜头。语言通俗自然，不事涂饰，人物轮廓分明，环境谐调，犹如一幅田间“馌饷”写生画。

【注释】

[1] 惜山：爱山。
[2] 霏霏：形容细雨绵绵。
[3] 馌饷：给田间耕作之人送饭。
[4] 这句说，田妇揣想溪水已经涨到齐腰深了。

满江红 汪宗臣

春雨

检点春光[1]，阴雨过、三分之一。从头数、元宵灯夕，都无晴日。不碍郊原肥草绿，但漫丘壑沉云黑。那东君、忒煞没纲维[2]，春无力。　燕忙甚，泥浑湿；蜂愁甚，脾无蜜。更两旬又是，梨花寒食。蔫红殷桃吾不较，岂堪浸烂东畴麦[3]。望前村、白鹭衬霞红，探晴色。

【品读】

本篇题为“春雨”，写的是初春阴雨绵绵的农村景物。上片叙述从元宵节以来，连月阴雨不断，没有一天晴朗，郊原荒草丛生，丘壑黑云漫漫。换头通过“燕忙”“蜂愁”进一步渲染阴雨天气对自然万物的影响。“蔫红”“岂堪”两句，表达了作者忧愁风雨、关心农事的情怀。结拍以“前村白鹭衬红霞”，透露出天将转晴的信息，给人们带来一缕希望之光，使词的意境为之一变。

【注释】

[1] 检点：查点。这里是回顾的意思。
[2] 东君：日神。这里是指太阳。　忒煞：太，过甚。　纲维：法纪。
[3] 东畴：东边的田地。

风入松 张炎

赋稼村

老来学圃乐年华，茅屋短篱遮。儿孙戏逐田翁去，小桥横、路转三叉[1]。细雨一犁春意，西风万宝生涯。　携筇犹记度晴沙[2]，流水带寒鸦。门前少得宽闲地，绕平畴、尽是桑麻[3]。却笑牧童遥指，杏花深处人家[4]。

【品读】

此阕当作于宋亡、词人北游归来以后。作者退居林下，老来学稼，开圃灌园，自得其乐。茅屋短篱，儿孙满膝，安享天伦之乐。有时携杖出游，只见小桥流水，西风落日，天边数点寒鸦。路旁牧童牛背归来，遥指杏花深处，那边还有人家。这是一首士大夫牧歌式的田园词。大约此时张炎的心境已渐趋于平静，只得寻觅一块“世外桃源”，去安度自己的晚年了。

【注释】

[1] 三叉：指三岔路口。
[2] 筇（qióng穷）：竹杖。
[3] 平畴：平坦的田地。
[4] 这两句化用杜牧《清明》诗句意：“借问酒家何处有？牧童遥指杏花村。”

渔歌菱唱

阮郎归 俞紫芝

钓鱼船上谢三郎[1]，双鬓已苍苍。蓑衣未必清贵，不肯换金章[2]。 汀草畔[3]，浦花旁[4]，静鸣榔[5]。自来好个，渔父家风，一片潇湘。

【品读】

渔翁白发苍苍，安于清贫，不屑于仕进，表现出隐士的风度。词中那位不愿用蓑衣去换金章的谢三郎，可以说是作者自我形象的写照。据《苕溪渔隐丛话》引山谷语云："金华俞秀老作此篇，道人多传之，非道意岑寂，其语不能如是。"

【注释】

[1] 谢三郎：《苕溪渔隐丛话》引《传灯录》云："元沙，福州闽县人，姓谢氏，幼好垂钓，泛小船于南台江，狎诸渔者。年甫三十，忽慕出尘，乃弃钓艇，投芙蓉山训禅师落发。秀老用其事也。"

[2] 金章：金印。

[3] 汀：水中或水边的平地。

[4] 浦：水滨。

[5] 榔：捕鱼时用以敲船的长木棍。

渔家傲 圆禅师

本是潇湘一钓客，自东自西自南北。只把孤舟为屋宅，无宽窄，幕天席地人难测。 顷闻四海停戈革[1]，金门懒去投书册[2]。时向滩头歌月白。真高格，浮名浮利谁拘得！

【品读】

为了摆脱名缰利锁的拘束，遂驾一叶扁舟漂荡江湖，甘愿去做烟波之上的钓客。东西南北，任我自由往来，有时昂首沙滩之上，引吭高歌，明月当头，清风徐来，好不快活！作者为佛门弟子，他大概也是由于看破“红尘”，鄙弃“浮名浮利”，才去削发为僧的。

【注释】

[1] 顷闻：刚才听说。 戈革：代指战争。革，皮革制的甲盾。

[2] 金门：汉代宫门，又名金马门。这里是代指朝廷。

渔家傲 净端

斗转星移天渐晓，蓦然听得鹈鹕叫[1]。山寺钟声人浩浩。木鱼噪[2]，渡船过岸行官道。 轻舟再奈长江讨，重添香饵为钩钓。钓得锦鳞船里跳。呵呵笑，思量天下渔家好。

【品读】

此阕写渔翁生活，笔调轻灵，意境淡远而富于生活情趣。鹈鹕的鸣叫，山寺的钟声，提醒渔翁天已快亮。于是便将小船驶入长江，继续垂钓。不一会儿，果然钓起一尾金色的大鲤鱼，老渔翁也情不自禁地呵呵大笑起来。想来想去，普天之下还是我们渔家的生活好！

【注释】

[1] 鹈鹕：亦称“伽蓝鸟”“淘河鸟”“塘鹅”。多栖息在沿海湖沼、河川地带，以捕食鱼类为生。

[2] 木鱼：佛教法器名。木制，鱼形，扣之作声。

渔家傲 谢逸

秋水无痕清见底，蓼花汀上西风起[1]。一叶小舟烟雾里。兰棹舣[2]，柳条带雨穿双鲤。　　自叹直钩无处使，笛声吹彻云山翠。脍落霜刀红缕细。新酒美，醉来独枕莎衣睡。

【品读】

这位渔翁虽然独来独往，自由自在，但由于他不趋时尚，朴直厚重，仍旧用“直钩”去钓鱼，难免会感到无所施其计了。即使如此，也用不着耿耿于怀，自寻烦恼，有酒有鱼，不如畅饮一番，醉后独自头枕莎衣蒙头而睡，生活得也颇为快乐。

【注释】

[1] 蓼（liǎo 了）：一年生草本植物，花淡红色或白色。

[2] 舣（yǐ 蚁）：附船着岸。

渔家傲 曹组

水上落红时片片，江头雪絮飞缭乱[1]。渺渺碧波天漾远。平沙暖，花风一阵蘋香满。　　晚来醉著无人唤，残阳已在青山畔[2]。睡觉只疑花改岸。抬头看，元来弱缆风吹断[3]。

【品读】

花絮飘零，碧波荡漾，环境如此优美迷人。渔翁迎着残阳，系缆岸边，畅饮舟中，不知不觉进入梦乡。醒来只见岸上的景物完全变了，仔细一看，原来“弱缆”早已被风吹断，船儿不知漂到了什么地方。放浪自适，无拘无碍，这渔翁大概也是属于隐者之流吧！

【注释】

[1] 雪絮：白色的柳絮。

[2] 畔：一作“半”。

[3] 弱缆：纤细的缆绳。

好事近 朱敦儒

渔父词

摇首出红尘[1]，醉醒更无时节。活计绿蓑青笠，惯披霜冲雪。晚来风定钓丝闲，上下是新月。千里水天一色，看孤鸿明灭。

【品读】

朱敦儒用《好事近》调，写了十四首“渔父词”，这里选了其中的两首。此阕上片泛叙“绿蓑青笠”“披霜冲雪”的渔家生活。下片描绘月下垂钓的情景：风平浪静，钓丝一动不动，月光水色，孤鸿明灭，多么优美的画图，意境淡远而富于诗意。

【注释】

[1] 红尘：闹市的灰尘，形容繁华热闹的地方。

好事近 朱敦儒

渔父词

短棹钓船轻[1]，江上晚烟笼碧。塞雁海鸥分路，占江天秋色。 锦鳞泼剌满篮鱼[2]，取酒价相敌[3]。风顺片帆归去，有何人留得！

【品读】 此阕上片写秋江傍晚舟中垂钓，展现出一幅富有诗情画意的图景。下片说渔父满载而归，以鱼换酒，独来独往，无拘无碍，谁也管不着，表现出作者向往自由、自许清高的情怀。

【注释】

[1] 短棹：小船。

[2] 泼刺：鱼跃声。沈与求《舟过北塘》："过雁参差影，跳鱼泼刺声。"

[3] 价相敌：价钱差不多。

渔父乐 徐积

水曲山隈四五家[1]，夕阳烟火隔芦花。渔唱歇，醉眠斜。纶竿蓑笠是生涯[2]。

【品读】 小小渔村，山环水绕；夕阳之下，炊烟袅袅。芦花丛中，渔歌声歇，渔民们酒后逐渐进入了梦乡。这是一幅渔村风情画，文字简洁而富有诗意。

【注释】

[1] 水曲：水滨；水流曲折之处。山隈（wēi威）：山势回旋之处。隈，弯曲的地方。

[2] 纶：钓丝。 竿：指钓竿。

渔家傲引 洪 适

九月芦香霜旦旦[1]，丹枫落尽吴江岸[2]。长濑黄昏张蟹断[3]。灯火乱，圆沙惊起行行雁[4]。　半夜系船桥北岸，三杯睡着无人唤。睡觉只疑桥不见。风已变，缆绳吹断船头转。

【品读】

洪适用《渔家傲》调，写了十二首反映渔家生活的词作。本篇上片描叙秋夜张灯捕蟹的场面。下片描绘渔父醉酒舟中，缆绳被风吹断，醒来一看，原来系船的桥儿早已不见，小船正在风浪中回旋打转。词的画面生动，形象地刻画出渔民的劳作及其悠然自得的生活情趣。

【注释】

[1] 旦旦：日日。
[2] 吴江：在今江苏南部，西滨太湖。这里是泛指江南水乡。
[3] 长濑：长滩。濑，从沙石上流过的急水。
[4] 圆沙：圆形的沙滩。

渔家傲引 洪适

子月水寒风又烈[1]，巨鱼漏网成虚设。圉圉从它归丙穴[2]。谋自拙，空归不管旁人说。　昨夜醉眠西浦月，今朝独钓南溪雪。妻子一船衣百结。长欢悦，不知人世多离别。

【品读】

隆冬季节，寒风凛冽，大鱼漏网，两手空空而归，自己捕鱼的本领不高明，也只好听任别人笑话，何必去管那些闲言碎语。昨夜在“西浦”徒劳无获，今晨还得到“南溪”去雪中垂钓，捕不到鱼生活就没有着落呵！老婆孩子，一家数口就靠这只小船。虽然生活穷困，衣衫破旧，但全家人能够常常团聚，从来不知道人世上还有离别之苦，我们渔家的心里永远是欢悦的。词的意境潇洒淡远，描写渔民心态真切生动，声口毕肖。

【注释】

[1] 子月：农历冬月，十一月。

[2] 圉圉（yǔ语）：困而未舒貌。形容鱼在水中穷困的状态。这里是泛指，谓漏网之鱼逃入深渊。

长相思 陆游

云千重，水千重，身在千重云水中。月明收钓筒。　　头未童[1]，耳未聋，得酒犹能双脸红。一尊谁与同？

【品读】

陆游晚年词作多有“渔歌菱唱”，写他退隐以后披渔蓑、泛烟波、趁明月、钓孤篷的闲散生活。《长相思》共五首，这里选了其中的两首。此阕叙写作者罢官归隐鉴湖之滨，甘心终老云水之乡。如今虽已年近七旬，但“头未童，耳未聋”，身体健壮，有酒仍能豪饮，可惜壮志未酬，只能乘着明月，驾着扁舟，到湖上去收取钓筒，流露出英雄无用武之地的悲愤之情。

【注释】

[1] 头未童：谓尚未秃顶。

长相思 陆游

桥如虹，水如空，一叶飘然烟雨中。天教称放翁[1]。　侧船篷，使江风，蟹舍参差渔市东[2]。到时闻暮钟。

【品读】

桥如垂虹，水似苍穹，水天一色，多美的画图。一叶扁舟，飘然而逝，独来独往，自由自在地出没于烟雨之中。这是天公有意，要让我自号陆放翁。掉过船头，乘着江风，转瞬间来到了房舍参差不齐的小镇东头渔市，耳边忽然传来佛寺傍晚的钟声。小词空灵，如诗如画，形象地再现了放翁晚年生活的一个侧面。

【注释】

[1] 称放翁：《宋史·陆游传》："人讥其颓放，因自号放翁。"

[2] 蟹舍：如蟹壳似的小屋。

长相思 王质

渔父

山青青，水青青，两岸萧萧芦荻林[1]。水深村又深。　风泠泠[2]，露泠泠[3]，一叶扁舟深处横。垂杨鸥不惊。

【品读】

这首渔父词着重刻画景物，描绘水乡渔村风光。垂杨深处横着一叶扁舟，鸥鹭悠然自得，觅食于水草之中，环境多么幽静。此时渔父大概正在午间小憩吧！

【注释】

[1] 芦荻：芦苇和荻草，两种多年生草本植物，多长于水边。

[2] 风泠泠：形容风声清越。

[3] 露泠泠：形容露水清凉。

鹧鸪天 王质

咏渔父

一只船儿任意飞，眼前不管是与非。鱼儿得了浑闲事[1]，未得鱼儿未肯归。　全似懒，又如痴。这些快活有谁知？华堂只见灯花好[2]，不见波平月上时。

【品读】

驾着渔船，南来北往，随意飞驶，多么开心，哪管他眼前的闲是闲非。打到了鱼儿不过小事一桩，用不着喜形于色；如果打不到鱼儿，衣食无着落，也绝不会空手而归。别人看来懒懒散散，似醉如痴，可我们渔家无忧无虑、快活的心情，他们哪里又会知道呵！有钱人只能看到高堂上的华灯宝炬，他们领略不到风平浪静、明月初升于湖上的良辰美景。词中描绘渔父形象，侧重刻画人物心理，写得质朴真切，而又富有生活气息。

【注释】

[1] 浑闲事：简直就像闲事一桩。

[2] 华堂：高大华丽的厅堂，代指富贵人家。

南乡子 吕胜己

斗笠棹扁舟[1]，碧水湾头放自流。尽日垂丝鱼不上，优游[2]。更觉心松奈得愁。　　行客语沧洲[3]，笑道渔翁太拙休。万事要求须有道，何由？教与敲针换曲钩。

【品读】

渔翁垂钓碧水湾头，整日不见鱼儿上钩。自己倒觉得无所谓，优哉游哉，一点也不发愁。可是过路的行人在岸上看见，却禁不住哈哈大笑：老渔翁你也太笨拙了，做任何事情都要懂得诀窍，让我教教你吧，快把你那直针敲弯，换上一根能够钓鱼的曲钩。词意似浅实深，可笑的不是渔翁，而是那位不理解渔翁为何要用直钩钓鱼的行客。

【注释】

[1] 棹：划船的用具，也指船。这里是划船的意思。

[2] 优游：悠闲，闲暇自得的样子。

[3] 沧洲：水边。

清平乐 连久道

渔父

阵鸿惊处，一网沉江渚[1]。落叶乱风和细雨，拨棹不如归去。　　芦花轻泛微澜，蓬窗独自清闲[2]。一觉游仙好梦，任它竹冷松寒。

【品读】

寒冬腊月，斜风细雨不止，一网撒去，惊起了雁群，却不见鱼儿的踪影。不如拨转船头，回去休息休息。茅屋之下，乐得清闲，做它一个游仙好梦，谁管它松竹受寒受冷。小词活画出一个随缘自适、闲散放浪的渔父形象。作者为道士，词中表现了浓厚的出世思想。

【注释】

[1] 江渚：江中的小洲。

[2] 蓬窗：茅屋的窗户，泛指简陋的房屋。

渔父词 薛师石

平明雾霭雨初晴[1]，儿子敲针作钩成。香饵小，茧丝轻。钓得鱼儿不识名。

【品读】

薛师石，南宋隐士，所作《渔父词》凡七首，俱见于《瓜庐集》。这里选录其中的两首。此阕写渔翁父子雾中垂钓。天刚放亮，小儿便把钓鱼用具准备好了。香饵虽小，茧丝亦轻，鱼儿却纷纷上钩。忽然钓起一条怪模怪样的大鱼，连经验丰富的老渔翁也叫不出名来，真是一次意外的收获。词语朴实，风格平淡而自然。

【注释】

[1] 平明：天大亮的时候。

渔父词 薛师石

夜来采石渡头眠[1]，月下相逢李谪仙[2]。歌一曲，别无言。白鹤飞来雪满船。

【品读】

渔父夜泊采石渡口，月下与诗仙李白在梦中相逢。恍惚听见谪仙引吭高歌，歌罢默默无言，飘然而逝。醒后只见一群白鹤飞来，船上好像积满了一层皑皑的白雪。李白死于当涂，初葬于采石矶，渔父来到诗魂安息之地，浮想联翩，故有此梦。小词空灵蕴藉，韵味深长，耐人咀嚼。

【注释】

[1] 采石：即采石矶，原名牛渚矶，在今安徽马鞍山市长江东岸。

[2] 李谪仙：即唐代诗人李白，被称为天上谪仙人。

渔父词 孙锐

和玄真子[1]

平湖千顷浪花飞，春后银鱼霜更肥[2]。菱叶饭，芦花衣。酒酣载月忙呼归。

【品读】

此阕描写春汛期间湖上捕鱼的情景。乘风破浪，穿梭于千顷烟波之中，吃的是菱叶包的饭团，穿的是芦苇做的蓑衣，虽然劳累，但一看到满船丰收的银鱼，心里不禁乐滋滋的。渔父一边开怀畅饮，一边高声吆喝同伴，赶快收网，乘着明月，满载而归。词的生活气息较浓，生动地反映了渔民的劳动和喜悦之情，虽为张志和《渔歌子》的和韵之作，却无隐士的痕迹。

【注释】

[1] 玄真子：即唐代诗人张志和。初名龟龄，婺州人。十六岁举明经，颇受肃宗赏识，后因事被贬，隐居江湖，自称“烟波钓徒”。著有《玄真子》二卷，因以为号。

[2] 银鱼：古称“脍残鱼”。体细长，透明，味鲜美。栖息于近海、河口或淡水湖泊中，以太湖所产最为著名。

兰陵王　杨泽民

渔父

翠竿直。一叶扁舟漾碧[1]。澄江上、几度啸日迎风[2]，怡怡钓秋色[3]。渔乡共水国，都属沧浪傲客[4]。烟波外，风笠雨蓑，才掷丝纶便千尺。　飘然去无迹。恣脚扣双船[5]，帆挂轻席。盈钩香饵鱼争食。更拨棹葭岸[6]，放篙菱浦[7]，才过新栅又旧驿。占江南江北。　堪恻[8]。利名积。算纵有豪华，难比清寂。须知此乐天无极。有一斗芳酒，数声横笛。芦花深夜，半醉里、任露滴。

【品读】

此阕系和周邦彦同调咏柳词韵之作。和词因受原韵限制，很难写好。但这首咏渔父的词，结构严密，层层铺叙，格高调雅，对渔父的生活、环境、感情和心态刻画得十分细腻真切，在艺术上颇有特色，不失为和清真词中的一首佳作。

【注释】

[1] 漾碧：荡漾于碧波之上。

[2] 澄江：清澈平静的江水。

[3] 怡怡：和悦貌。　钓秋色：垂钓于秋色之中。

[4] 沧浪傲客：隐居水滨的狂傲之士，指渔父。沧浪，形容水色青苍。

[5] 恣：听任，任凭。

[6] 葭岸：长着蒹葭（芦苇）的岸边。

[7] 菱浦：种有菱角的水滨。

[8] 恻：凄怆。

河传　柳永

淮岸，向晚。圆荷向背，芙蓉深浅[1]。仙娥画舸[2]，露渍红芳交乱。难分花与面。　采多渐觉轻船满。呼归伴，急桨烟村远。隐隐棹歌，渐被蒹葭遮断。曲终人不见。

【品读】

这首词描绘淮河岸边少女采莲的图景。上片先刻画景物，然后写主人公的活动。仙娥乘画舸，荷花映人面，多么美丽的画图。下片叙述天渐向晚，小船满载，采莲女子急忙招呼同伴收工回家。她们一边划船，一边唱歌，船儿与歌声越去越远，终于消逝于芦苇丛中。

【注释】

[1] 芙蓉：莲（荷）的别名。

[2] 仙娥：美女。

渔家傲　晏殊

越女采莲江北岸，轻桡短棹随风便[1]。人貌与花相斗艳。流水慢，时时照影看妆面。　　莲叶层层张绿伞，莲房个个垂金盏。一把藕丝牵不断。红日晚，回头欲去心撩乱。

【品读】

采莲少女如花似玉，无比娇艳，时时低头俯视水中倩姿，不觉顾影自怜。荷叶层层，好像一把把张开的绿伞；莲房饱满，恰似一个个倒垂的金盏。用手掰开一节嫩藕，只见藕儿虽断，却有一根根银丝相连。少女为之春情荡漾，心绪撩乱。此阕写越女怀春，笔触细腻，含而不露。

【注释】

[1] 轻桡：小桨。　短棹：小船。

蝶恋花　欧阳修

越女采莲秋水畔，窄袖轻罗，暗露双金钏[1]。照影摘花花似面，芳心只共丝争乱。　　鸂鶒滩头风浪晚[2]，雾重烟轻，不见来时伴。隐隐歌声归棹远，离愁引著江南岸。

【品读】

本篇写越女采莲，与前首晏殊的《渔家傲》有异曲同工之妙。词的语言通俗，意境优美，节奏明快，采莲女子的形象及其心理活动刻画得十分生动。结处写越女在风浪中失去同伴，独自棹歌夜归，画面极富诗意，余音袅袅，韵味无穷。

【注释】

[1] 钏（chuàn 串）：手镯。

[2] 鸂鶒（xī chì 溪斥）：水鸟名。或以此鸟形大于鸳鸯而色多紫，故亦称“紫鸳鸯”。

渔家傲 欧阳修

一夜越溪秋水满[1]，荷花开过溪南岸。贪采嫩香星眼慢[2]。疏回眄[3]，郎船不觉来身畔。　　罢采金英收玉腕，回身急打船头转。荷叶又浓波又浅。无方便，教人只得抬娇面。

【品读】

此阕写越女在碧荷丛中，与情郎偶然相会的场面。上片前两句绘景，交代情事发生的时间、地点和环境，描绘出一幅江南水乡秋日红莲盛开图。后三句刻画人物的活动，正当她聚精会神地摘取那一枝枝艳丽的“嫩香”之时，回头一看，忽然发现情郎哥哥的船儿，不知什么时候已悄悄地来到了自己的身边。上片至此，戛然而止，一种惊喜之情，在姑娘心中荡起了层层涟漪。过变以后，“罢采”“回身”数句，通过一连串动作，刻画女主人公初次幽会时的心理和情态，并为结句“教人只得抬娇面”作势。由于姑娘没有思想准备，她想回避，便匆匆忙忙掉转船头逃跑。可是在那茂密的荷叶丛中，水波又那样浅，她的小船怎么能逃得掉呢？在经过一阵追逐嬉戏后，姑娘终于放下了手中的双桨，不得不抬起她那含羞带嗔的“娇面”。

【注释】

[1] 越：古国名，建都会稽（今浙江绍兴）。这里泛指江浙一带。

[2] 嫩香：指刚开的荷花。　星眼：形容目光炯炯有神，像闪闪的星星一样。

[3] 眄（miǎn 免）：斜视。

渔家傲 欧阳修

昨日采花花欲尽，隔花闻道潮来近。风猎紫荷声又紧[1]。低难奔，莲茎刺惹香腮损。　　一缕艳痕红隐隐，新霞点破秋蟾晕[2]。罗袖挹残心不稳。羞人问，归来剩把胭脂衬[3]。

【品读】 昨天采了一天，莲花差不多快被采光了。今天一大早又来到荷塘之中，听说快要涨潮了。话音刚落，忽然风急浪高，潮水猛涨，于是匆忙划船回家。忙乱之中，不料香腮被莲茎划破了一道口子，虽然用衣袖擦掉了血迹，可是心里还是不踏实，要是被人看见，多不好意思。回到家中急忙往脸上多抹点胭脂，好把伤口掩盖住。此阕写越女采莲过程中的一段插曲，通过日常生活中的小事刻画少女的形象和心态，生动传神，活灵活现。

【注释】

[1] 猎：象声词。

[2] 秋蟾：秋月。蟾，即蟾蜍，传说月中有蟾蜍，故以“蟾”为月的代称。这里是用来比喻女子的脸。

[3] 剩把：尽把。

渔家傲 欧阳修

花底忽闻敲两桨，逡巡女伴来相访[1]。酒盏旋将荷叶当[2]。莲舟荡，时时盏里生红浪。　　花气酒香清厮酿，花腮酒面红相向。醉倚绿阴眠一饷[3]。惊起望，船头搁在沙滩上。

【品读】

这首词写一群采莲姑娘劳动间歇时在荷塘之中饮酒取乐的情景。当女主人公正在“贪采嫩香”之时，忽然听到花下的桨声，抬头一看，女伴们的船儿已经来到身旁，招呼她休息一会儿。于是姑娘们便放下手中的活，把荷叶当作酒杯，在莲舟上开怀畅饮起来。花香杂酒气，人面映红莲，一幅多么美丽的画图。姑娘们沉醉于碧荷丛中，不知不觉都昏昏沉沉地睡着了。醒来一看，不禁惊呼：呵呀，不好了，船儿已经在沙滩上搁浅了。词的风格清新，形象生动，活泼明朗，富有生活气息。

【注释】

[1] 逡巡：顷刻，须臾。

[2] 旋：随后，已而，不久。

[3] 一饷：同“晌”，一会儿。

渔家傲　欧阳修

近日门前溪水涨，郎船几度偷相访。船小难开红斗帐[1]。无计向[2]，合欢影里空惆怅[3]。　愿妾身为红菡萏[4]，年年生在秋江上。重愿郎为花底浪。无隔障，随风逐雨长来往。

【品读】

本篇描写采莲姑娘思念情郎而不能如愿以偿的惆怅之情。上片叙述几度偷偷的约会都化成了泡影，没有机会与他在“红斗帐”中欢聚。下片写女主人公因不能“合欢”而产生的幻想：她希望自己化为一朵红莲，情郎变成花下的波浪，这样他们就没有障碍了，可以随风逐浪，时时刻刻厮守在一起。词中即景取譬，托物寓情，艳而不浮，清新活泼，具有民歌风味。

【注释】

[1] 斗帐：小帐子，因其形如覆斗，故称。古乐府《孔雀东南飞》：“红罗复斗帐，四角垂香囊。”

[2] 无计向：无计可施，没有办法。

[3] 合欢：欢聚，多指男女相结合。

[4] 菡萏（hàn dàn汉旦）：即荷花。

小重山　沈晦

湖上秋来莲荡空。年华都付与，木芙蓉[1]。采菱舟子两相逢。双媚靥[2]，一笑与谁侬？　斜日落暝蒙。鸳鸯飞起处，人无踪。望湖楼上两三峰[3]。人不见，林外数声钟。

【品读】

本篇写的是西湖秋日傍晚即景。霜露既降，秋风萧瑟，十里西湖荷败莲空，唯有岸上的芙蓉花正迎风盛开。采菱姑娘驾舟归去，偶然在湖上相逢。她们互相问候，一张张脸上露出媚人的笑容。日落西山，暮色苍茫，一对鸳鸯飞起，船上的人儿却消逝得无影无踪。望湖楼上远眺，只见对岸孤零零地耸立着两三座山峰。不见伊人，耳旁却传来了数声清脆的晚钟。词的画面生动，人物若隐若现，空灵蕴藉，读来引人遐思。

【注释】

[1] 木芙蓉：俗称“芙蓉花”，落叶灌木，秋季开花。

[2] 靥（yè夜）：面颊上的微涡。

[3] 望湖楼：在杭州钱塘门外西湖岸边，为五代吴越王钱俶所建，又叫“先德楼”“看经楼”。

鹧鸪天 丘 密

采莲曲

两两维舟近柳堤[1]，菱歌迤逦过前溪[2]。曲中自诉衷肠事，岸上行人那得知！　　金齿屐[3]，翠云篦[4]，女萝为带蕙为衣[5]。惜花贪折归时晚，急桨相呼入翠微[6]。

【品读】

这首词是一幅生动的村姑采莲图。一行小船沿着柳堤，迤逦而行，转眼间驶过村前的小溪，船上传来了阵阵清脆悦耳的菱歌之声。岸上过路的行人都被那销魂摄魄的歌声吸引，但有谁能理解姑娘们曲中所寄托的“衷肠事”呢？采莲姑娘足着“金齿屐”，腰系女萝带，身披蕙兰衣，她们就像一群从天而降的仙女。为了多采摘一些荷花，又怕回去得太晚，于是便急急忙忙划着小桨，互相招呼着消失于绿荫丛中。

【注释】

[1] 维舟：船相联结。

[2] 迤逦：曲折而行。

[3] 屐（jī机）：鞋子的一种。通常指木底的，或有齿，或无齿；也有草制的或帛制的。

[4] 篦：即篦子，一种比梳子密的梳头用具。

[5] 女萝：植物名，或以为即菟丝草。　蕙：香草名，俗称“佩兰”，古人认为佩之可以避疫。

[6] 翠微：本指青翠掩映的山腰幽深处，这里是指碧荷丛生的幽深之处。

长相思 杨韶父

溪水清，溪水浑，溪上人家数亩园。垂杨深闭门。 青罗裙，白罗裙，采尽青蘩到白蘋[1]。江南三月春。

【品读】

这首小词是一幅江南水乡风情画。上片写溪上人家，暮春三月，垂柳依依，数亩山园，柴门紧闭，人们都下湖干活去了。下片镜头摇向湖塘之中。村姑们穿着素淡的青罗裙或白罗裙，三三两两，正忙于在水中采摘青蘩和白蘋。词语通俗，风格朴实，近似民歌。

【注释】

[1] 蘩：植物名，即白蒿。《诗经·豳风·七月》："春日迟迟，采蘩祁祁。" 蘋：多年生浅水草本植物，亦称"四叶菜""田字草"。

寻幽探胜

阮郎归 司马光

渔舟容易入春山，仙家日月闲。绮窗纱幌映朱颜[1]，相逢醉梦间。　松露冷，海霞殷，匆匆整棹还[2]。落花寂寂水潺潺，重寻此路难。

【品读】

这是一首春日入山寻幽探胜之作。上片叙述作者乘舟来到一座依山傍水的道观，与悠闲自得、红光满面的道士们交谈。这儿环境优美，妙语解颐，恍如醉梦之间。下片描写归途见闻，松露云霞，落花流水，真像仙境一般。结句说今后想要重游此地，恐怕是难上加难，表达了对桃花源式的胜境的向往和留恋。

【注释】

[1] 朱颜：指青春壮健的颜色。

[2] 整棹：准备好船桨。

水调歌头 黄庭坚

瑶草一何碧[1]，春入武陵溪[2]。溪上桃花无数，枝上有黄鹂。我欲穿花寻路，直入白云深处，浩气展虹霓[3]。只恐花深里，红露湿人衣。　坐玉石，倚玉枕，拂金徽[4]。谪仙何处[5]？无人伴我白螺杯[6]。我为灵芝仙草，不为朱唇丹脸[7]，长啸亦何为？醉舞下山去，明月逐人归[8]。

【品读】

山谷此篇写春日入山寻芳探胜。诗人独自行来，仿佛走进了一个神话般的世界。只见山上白云缭绕，溪畔芳草茵茵，两岸桃花盛开，枝上黄鹂声声，这不是陶渊明笔下的“桃花源”吗？他既为之神往陶醉，也感到孤独寂寞，于是小憩石上，抚琴长啸，高歌一曲，可惜李白不在，无人伴我开怀畅饮，千载知音难求呵！入夜，醉意蒙眬，独自迈着蹒跚的舞步，踏着明月而归。这首词将咏物、写景和抒情融为一体，富于浪漫主义色彩。结拍化用李白诗句“暮从碧山下，山月随人归”，意境深远，饶有余味。

【注释】

[1] 瑶草：古人想象中的仙草，也泛指芳草。

[2] 武陵：今湖南常德市。陶渊明《桃花源记》：“晋太元中，武陵人捕鱼为业，缘溪行，忘路之远近，忽逢桃花林。夹岸数百步，中无杂树，芳草鲜美，落英缤纷，渔人甚异之。”

[3] 这句说满腔浩然之气，化为天上的虹霓。

[4] 金徽：琴的美称。徽，系弦之绳。

[5] 谪仙：指唐诗人李白。

[6] 白螺杯：白色螺形的酒杯。这里是指饮酒。

[7] 朱唇丹脸：指红色的桃花，亦暗喻长生不老。

[8] 逐：追随。

点绛唇 秦观

桃 源

醉漾轻舟，信流引到花深处。尘缘相误[1]，无计花间住。　烟水茫茫，千里斜阳暮。山无数。乱红如雨[2]，不记来时路。

【品读】

这首词可能是作者被贬郴州时所作。郴州地处湘南，距陶渊明笔下所描绘的武陵桃花源不远，或许词人曾经到那里去游览过也未可知。本篇为纪游之作，叙述他酒后荡着一叶扁舟，信流而行，进入了传说的“桃源”之中。只见两岸桃花盛开，烂漫如锦，烟水迷蒙，青山叠翠，夕阳返照，如同神话中的仙境一般。他多么希望能永远住在这里，可是由于“尘缘相误”，摆脱不了“名缰利锁”，因而感到十分遗憾。小词以写景为主，语言简练，色彩鲜明，意境优美，是一幅诗意盎然的桃源泛舟图。

【注释】

[1] 尘缘：佛教名词。佛经中把色、声、香、味、触、法称作“六尘”。以心攀缘六尘，遂被六尘牵累，故名。

[2] 乱红：落花。

南乡子　叶梦得

自后圃晚步湖上

小院雨新晴，初听黄鹂第一声[1]。满地绿阴人不到，盈盈[2]。一点孤花尚有情。　却傍水边行，叶底跳鱼浪自惊。日暮小舟何处去？斜横。冲破波痕久未平。

【品读】

这首词写春日雨后傍晚独自闲步湖上的见闻。语言简练，画面生动，意境幽美，风格淡雅清新，富有诗情画意，给读者以空灵蕴藉的自然美感。

【注释】

[1] 黄鹂：亦名黄莺、黄鸟，鸣声婉转。

[2] 盈盈：形容湖水清浅。

如梦令 李清照

常记溪亭日暮[1]，沉醉不知归路。兴尽晚回舟，误入藕花深处。争渡，争渡，惊起一滩鸥鹭[2]。

【品读】

这是一首追忆旧游之作。描叙词人早年一次泛舟出游、寻幽探胜的经历。开篇用“常记”二字点出所叙乃是往事，但因其印象深刻，所以历久不忘。“沉醉”是说风光优美，令人流连忘返，未必真是喝得酩酊大醉。词中通过对小溪、亭台、藕花、鸥鹭等的描写，展现出一幅生动而富有诗意的画面。“误入”“争渡”“惊起”几个动词的运用使词意更加妙趣横生，摇曳多姿。词的语言浅俗，纯用白描，风格清新自然，有较高的审美价值。

【注释】

[1] 常记：经常出现在记忆之中。亦作“尝记”。

[2] 鸥鹭：沙鸥、白鹭，两种水鸟。

长相思令 邓肃

一重溪，两重溪，溪转山回路欲迷。朱阑出翠微[1]。 梅花飞，雪花飞，醉卧幽亭不掩扉。冷香寻梦归[2]。

【品读】

这首小令写作者残冬冒雪出游。他涉过一道又一道小溪，眼看“山重水复疑无路”，忽然发现山腰林木掩映之中隐隐约约地露出一道朱红色的栏杆，于是便翻山越岭来到这座幽静的小亭之中。亭外梅花凌寒而开，天空雪花纷纷扬扬，词人心旷神怡，于是小酌数盏，不觉醉意蒙眬。干脆在这里睡它一觉，让梅花的幽香伴随着飘飘欲仙的梦魂缓缓而归。小词清新明快，意境幽深而富有诗情画意，读来韵味极浓。

【注释】

[1] 翠微：指青翠掩映的山腰幽深处。

[2] 冷香：指梅花的幽香。

临江仙 倪偁

鸟语朝来新雨霁，杖藜呼我闲行[1]。天晴腰脚上山轻。清风收积润[2]，斜日弄新晴[3]。　最爱飞泉鸣野涧，清如万壑松声。回风溅沫湿冠缨[4]。归来魂梦冷，幽响杂瑶琼[5]。

【品读】

这首词犹如一篇用诗的语言所写的游记。上半阕叙述雨后初晴，作者与邻翁结伴登山寻幽揽胜。下半阕赞美山中景物，归来犹自感到心旷神怡。词的语言明快简洁，风格清新自然，意境幽杳深邃，读后能给人以大自然的美感享受。

【注释】

[1] 杖藜：以藜（一种草本植物）茎做的手杖。这里是代指拄着手杖的老人。
[2] 积润：雨后潮湿的水汽。
[3] 斜日：这里是指出山不久的朝阳。
[4] 冠缨：帽带。
[5] 瑶琼：即琼瑶，美玉。这里是指玉石之声。

青门引　王　质

寻　梅

寻遍江南麓[1]，只有斑斑野菊。梅花不遇我心悲，一枝得见，便是一年足。　　微香来自横冈竹，飞度寒溪曲。落路寻人借问[2]，谢他指向深深谷。

【品读】

此阕写入山寻梅。事本平常，但构思巧妙，波澜曲折，将寻梅过程描绘得跌宕起伏，妙趣横生。仔细吟咏，自能体会到其中引人入胜的韵味和奥妙。

【注释】

[1] 麓：山脚。
[2] 落路：停步。

鹧鸪天　王　质

山　行

空响萧萧似见呼，溪昏树暗觉神孤[1]。微茫山路才通足[2]，行到山深路亦无。　　寻草浅，拣林疏，虽疏无奈野藤粗。春衫不管藤挡碎[3]，可惜教花著地铺。

【品读】

这首词记述作者一次入山寻幽探胜的经历。词人进入深山老林，连“才通足”的小路也没有了。于是便选择“草浅”“林疏”的地方走去，满以为不会遇到什么麻烦了，谁知树林虽然较为稀疏，而粗大的野藤却拦住了前进的道路。衣服被剐破了倒不要紧，只可惜花儿纷纷摇落飘坠，洒得满地都是，实在令人遗憾。此阕叙事简洁，语不惊人而妙趣横生，一波未平一波又起，如行山阴道上，使人应接不暇。

【注释】

[1] 神孤：神情孤寂。
[2] 微茫：隐约，昏暗。
[3] 挡（chōu 抽）碎：撕破。

柳梢青　赵汝愚

西湖

水月光中，烟霞影里，涌出楼台。空外笙箫，云间笑语，人在蓬莱[1]。　　天香暗逐风回[2]。正十里荷花盛开。买个扁舟，山南游遍，山北归来。

【品读】

此词《阳春白雪》题作“西湖”。据《武林旧事》载，它所描写的是南宋都城临安丰乐楼一带的湖山风光。丰乐楼在杭城南山路口，原为众乐亭。徽宗政和年间始改称为丰乐楼，并逐渐成为士子游人荟萃之所。词的上片描绘丰乐楼的倩姿丽影以及歌吹沸天、欢声笑语的繁华景象。下片叙述作者在荷花盛开之时，乘着小船，从山南游到山北，遍览湖山胜概。本篇意境优美，景物如画，为一代名楼留下了一幅生动的写照。

【注释】

[1] 蓬莱：古代传说中的海上三神山之一。

[2] 天香：特异的香味。这里是指荷花的香气。

菩萨蛮 吕胜己

题莲花庵

岭猿啸罢千山碧，小庵虚室团团白[1]。庵在小山头，从来少客游。　道人方打坐[2]，举袖来迎我。问我此来因，拈花与道人[3]。

【品读】

本篇叙述作者到一座僻静的小庵堂里参观游览。当他进入山门后，只见一位老道正在蒲团上打坐。由于平时这里很少有人问津，所以道人一见这位施主便连忙挥袖拱手来迎。道人问作者来此有何贵干，作者笑而不答，只是把手中的花枝拿给道人看。小词澄澈明净，淡淡叙来，毫无雕饰，而又不乏韵致。

【注释】

[1] 虚室团团白：形容庵中澄澈明净。室，比喻心，心能空虚，则纯白独生也。

[2] 打坐：瞑目趺坐，僧道修行方法的一种。

[3] 拈花：拈花微笑的略语，禅宗说法方式之一。

渔家傲 吕胜己

闻道西洲梅已放，几时乘兴同寻访。稚子携壶翁策杖[1]。徐徐往，青山绿水皆堪赏。　满月当空川晃晃，却呼艇子摇双桨[2]。几阵浓香新酝酿[3]。波溶漾，宛然身在西湖上。

【品读】

此阕写探梅西洲，往返途中所见美妙如画的山光水色。上片记述日间与稚子携壶拄杖步行前往，一路慢慢走来，处处青山绿水，美不胜收，都值得赞赏。下片描写月夜乘船归来，只见素月分辉，波光荡漾，阵阵浓香，简直就像在西子湖上泛舟赏梅一样。开篇以闻梅讯起兴，然后叙述探梅经过，末了以闻梅香结束，前后照应得法，结构严谨，层次清晰，画面优美生动。

【注释】

[1] 策杖：拄杖。
[2] 艇子：船夫。
[3] 这句说梅花新开，传来阵阵浓郁的香气。

沁园春 辛弃疾

再到期思卜筑[1]

一水西来，千丈晴虹，十里翠屏。喜草堂经岁[2]，重来杜老；斜川好景[3]，不负渊明。老鹤高飞，一枝投宿[4]，长笑蜗牛戴屋行。平章了[5]，待十分佳处，着个茅亭[6]。　青山意气峥嵘[7]，似为我、归来妩媚生[8]。解频教花鸟，前歌后舞；更催云水，暮送朝迎。酒圣诗豪，可能无势，我乃而今驾驭卿。清溪上，被山灵却笑，白发归耕。

【品读】

绍熙五年（1194）秋七月，辛弃疾在福建安抚使任上被谏官黄艾弹劾落职。这首词是他回到信州后不久，再到铅山县期思村寻幽探胜时所作。词的上片先写期思山环水绕，风景优美，是理想中的卜居之地。然后说明此次重来，就是为了选择一块地方，盖几间茅屋，作为栖身之所。下片用拟人手法，写青山为他归来而显得更加峥嵘妩媚，并动员花鸟、云水，一齐来欢迎词人。最后以“被山灵却笑，白发归耕”作结，曲折地表达了被罢官以后的愤慨心情。这首词围绕“卜筑”的命题，指点山河，融情入景，意象飞动，妙趣横生，笔力十分遒劲，风格旷放而豪壮。结拍一语破的，道出胸中抑郁不平之气，可以说是一篇寄情山水、即兴抒怀的佳作。

【注释】

[1] 期思：地名，在江西铅山县东，是一个依山傍水、风景优美的小村镇。 卜筑：即卜居，选择一块地方，建筑房屋。

[2] 草堂：唐诗人杜甫在成都浣花溪畔的故居。

[3] 斜川：古地名，在今江西鄱阳湖北星子、都昌两县之间的沙洲上，风景优美。东晋诗人陶渊明归隐后常游息于此。

[4] 一枝：《庄子·逍遥游》：“鹪鹩巢于深林，不过一枝。”

[5] 平章：品评。

[6] 着：这里是建造的意思。

[7] 峥嵘：形容山势高峻突兀。

[8] 妩媚：姿态美好可爱。

生 查 子　辛弃疾

独游雨岩[1]

溪边照影行，天在清溪底。天上有行云，人在行云里。　　高歌谁和余[2]？空谷清音起。非鬼亦非仙，一曲桃花水[3]。

【品读】

本篇写作者仲春独游雨岩的见闻和遐思。上片描绘水中倒影。词人漫步溪边，临流俯视，只见蓝天、白云映入溪底，自己仿佛也飞身到了云端。短短四句，展现出一幅迷人的图景。下片抒发寂寞怅惘之情。作者放声高歌，却无知音见和，唯有空谷中传来阵阵幽咽的流水之声。这首词画面生动，空灵蕴藉，笔调轻快，在艺术上颇见特色。

【注释】

[1] 雨岩：在江西永丰县西南博山附近，岩中有泉水飞出，如风雨之声。

[2] 和（hè贺）：跟着唱。

[3] 桃花水：春天桃花开时，江河水涨，谓之桃花水，亦称桃花汛。

清 平 乐　辛弃疾

题上卢桥[1]

清泉奔快，不管青山碍。十里盘盘平世界[2]，更着溪山襟带[3]。　　古今陵谷茫茫[4]，市朝往往耕桑[5]。此地居然形胜[6]，似曾小小兴亡[7]。

【品读】

这首词上片写景，下片抒感，情景相生，兴味无穷。作者站在上卢桥头，环顾十里平川，但见清清泉水汇成小溪，冲破层峦叠嶂，欢快地向前奔流，终于流到了这块山环水绕的平坝之上。词人由此联想到，古往今来，山河变异，人世沧桑，一切事物都在不断地变化着。这块小小的平坝，形势险要，大概也经历过一番兴衰变迁吧！词中通过赞美奔腾不息的清泉，表现了不畏险阻、勇往向前的精神。"陵谷""耕桑"两句，意蕴很深，耐人寻味。

【注释】

[1] 上卢：地名，或作"上泸"，在江西铅山县西北。

[2] 盘盘：回曲貌。

[3] 更着：还有，再加上。　襟带：形容地势险要，山环水绕，像衣襟和衣带交互回环一样。

[4] 陵谷：本用以比喻君子处在下位，小人处在上位。后用以比喻世事变迁，高下易位。陵，大土山。谷，两山之间的夹道或水沟。　茫茫：模糊不清。

[5] 市朝：集市，都市。这句说，都市常常变成了农田。

[6] 形胜：地势险要。

[7] 这句说，似乎也曾经历过一番兴衰变化吧！

鹧鸪天　辛弃疾

博山寺作[1]

不向长安路上行，却教山寺厌逢迎[2]。味无味处求吾乐[3]，材不材间过此生[4]。　宁作我[5]，岂其卿[6]，人间走遍却归耕。一松一竹真朋友[7]，山鸟山花好弟兄[8]。

【品读】

这首词写作者罢官隐居期间，寻幽探胜、寄情山水的生活感受。词中虽然也流露出老庄思想的影响，但其基本精神是对黑暗现实的不满。“宁作我，岂其卿”，表现了词人坚持理想和气节的倔强性格。他绝不会为了个人的名利地位，而向那般权贵公卿低头，决心沿着自己的道路走下去。归耕之后，虽然“不向长安路上行”，但能与松竹花鸟成为真朋友、好兄弟，不是比在那尔虞我诈、钩心斗角的官场生活得更开心吗？作者赞美纯朴的大自然，也是对南宋黑暗政治现实的否定。

【注释】

[1] 博山寺：在江西广丰西南崇善乡，原名能仁寺，始建于五代。宋高宗绍兴年间悟本禅师奉诏开堂，后来辛弃疾曾为此作记。

[2] 长安：这里指南宋都城临安。逢迎：迎接，接待。

[3] 味无味：《老子》：“为无为，事无事，味无味。”这句说，从本来无味之处，体会出其中的兴味来，以此寻求我的乐趣。

[4] 材不材：据《庄子·山木篇》，庄子经过一座山，见一大树枝叶繁茂，伐木者因其不能成材而没砍它。庄子出山来到朋友家里，朋友却教家人杀那只不会叫的雁来招待他。“明日弟子问于庄子曰：‘昨日山中之木以不材得终其天年，今主人之雁以不材死，先生将何处？’庄子笑曰：‘周将处乎材与不材之间。’”这句说，只有处在材与不材之间，才能平安度过此生。

[5] 宁作我：这句说，我行我素，绝不改变初衷。

[6] 岂其卿：这句说，岂能靠以接近那些有权势的公卿去求名。

[7] 一松一竹句：元结《丐论》：“里无君子，则与松竹为友。”这句说，世无君子，唯有松竹可做我的真正朋友。

[8] 山鸟山花句：杜甫《岳麓山道林二寺行》：“一重一掩吾肺腑，山鸟山花共友于。”友于，兄弟。这句说，只有山中的花鸟才是我的好弟兄。

鹧鸪天　辛弃疾

鹅湖归，病起作

著意寻春懒便回[1]，何如信步两三杯[2]？山才好处行还倦，诗未成时雨早催。　携竹杖，更芒鞋[3]，朱朱粉粉野蒿开。谁家寒食归宁女[4]，笑语柔桑陌上来。

【品读】

此阕叙述作者赋闲农村期间，春日入山寻芳探胜。信步走来，有酒则沽，随缘自适。结处写他路遇一群回娘家探亲的妇女，看她们春风满面，笑语盈盈，词人似乎受到她们的感染，心情也愉快多了。词语清新自然，生活气息较浓，又极有韵味。

【注释】

[1] 著意：特意，有意。
[2] 何如：何不，何似。
[3] 芒鞋：草鞋。
[4] 归宁：谓已嫁女子回娘家省视父母。

念奴娇　姜夔

予客武陵[1]，湖北宪治在焉[2]。古城野水，乔木参天。予与二三友日荡舟其间，薄荷花而饮[3]。意象幽闲，不类人境。秋水且涸，荷叶出地寻丈[4]，因列坐其下，上不见日，清风徐来，绿云自动。间于疏处窥见游人画船，亦一乐也。朅来吴兴[5]，数得相羊荷花中[6]。又夜泛西湖，光景奇绝，故以此句写之。

闹红一舸[7]，记来时、尝与鸳鸯为侣。三十六陂人未到[8]，水佩风裳无数[9]。翠叶吹凉，玉容销酒[10]，更洒菰蒲雨[11]，嫣然摇动[12]，冷香飞上诗句。　日暮，青盖亭亭[13]，情人不见，争忍凌波去[14]。只恐舞衣寒易落，愁入西风南浦。高柳垂阴，老鱼吹浪，留我花间住。田田多少[15]，几回沙际归路[16]。

【品读】

本篇既可以说是咏物词，也可以说是纪游词，但无论是咏物或纪游均非摹写某一特定时空领域内的具体景物，而是综合了作者在武陵、吴兴以及杭州西湖多次与友人或独自寻幽探胜、赏荷湖塘的体验和感受，正如序言所云“数得相羊荷花中”，因见其“光景奇绝，故以此句写之”。词以俊美的语言、幽闲的意象和丰富的联想，将荷塘景色描绘得多姿多彩，如诗如画，引人入胜。经过词人的提炼和艺术加工，展现在读者面前的是一个奇妙无比、“不类人境”的神话般的世界。此阕构思精妙，意境空灵，充分体现了白石“如野云孤飞，去留无迹”的艺术风格。

【注释】

[1] 武陵：今湖南常德市。

[2] 宪治：宋代提点刑狱的官署。

[3] 薄（bó博）：迫近。

[4] 寻丈：大约八尺到一丈。寻，八尺。

[5] 朅（qiè怯）来：来到的意思。朅作语助词用。

[6] 相羊：同“徜徉”。徘徊，自由自在地往来。

[7] 舸（gě葛）：大船，也指小船和一般的船。

[8] 陂：池塘。

[9] 水佩风裳：本指美人衣饰，这里是指荷叶。

[10] 玉容：本指女子的容貌，这里是指荷花。

[11] 菰蒲：两种水生植物。

[12] 嫣然：美好的笑容。

[13] 青盖：形容荷叶。

[14] 争忍：怎忍。　凌波：形容女子步态轻盈。

[15] 田田：荷叶相连貌。古乐府《江南曲》：“江南可采莲，莲叶何田田！”

[16] 沙际：沙滩边。

满江红 留元刚

泛舟武夷，午炊仙游馆，次吕居仁韵

风送清篙，沿流溯、武夷九曲[1]。回首处，虹桥无复，幔亭遗屋。翠壁云屏临钓石，银河雪瀑飞寒玉[2]。想当年，铁笛倚林吹，秋空绿。　　褰荇带[3]，搘筇竹[4]；披荷芰[5]，餐椒菊。问丹崖碧岭，底堪重辱。青笈不妨娱老眼，乌靴未许污吾足。恰仙游、一枕梦醒来，胡麻熟[6]。

【品读】

这是一首纪游词，叙述作者入武夷山寻幽探胜。吕本中（居仁）的原作见《紫微词》，描写的是山水风光和隐逸生活。本篇上片写泛舟九曲，游览“奇秀甲于东南”的风景名胜。下片写拄杖登山，观赏千姿百态的奇峰异石。结处以“胡麻熟”照应小序中的“午炊仙游馆”，词意戛然而止。午饭之后，便要准备下山，一日之游到此也就结束了。

【注释】

[1] 九曲：溪名。发源于三保山，经星村入武夷山，折为九曲，到武夷宫前汇于崇溪，盘绕山中约7.5公里。

[2] 银河雪瀑飞寒玉：指武夷山中的水帘洞。北距天心岩一公里，岩顶有两道终年不竭的流泉，微风吹动，化为水珠，形成飞流直下的瀑布。

[3] 褰：折叠。　荇：即荇菜，一种水生植物。这句说采荇菜折叠为衣带。

[4] 搘（zhī支）：拄。　筇竹：指以筇竹做的手杖。

[5] 荷芰：荷叶或荷花，均可称荷芰，这里是指荷叶。

[6] 胡麻：即芝麻。

满 江 红　刘子寰

风泉峡观泉

云壑飞泉[1]，蒲根下、悬流陆续。堪爱处、石池湛湛[2]，一方寒玉[3]。暑际直当磐石坐，渴来自引悬瓢掬[4]。听泠泠、清响泻琮琤[5]，胜丝竹[6]。　寒照胆，消炎燠[7]；清彻骨，无尘俗。笑幽人忻玩[8]，滞留空谷，静坐时看松鼠饮，醉眠不碍山禽浴。唤仙人、伴我酌琼瑶[9]，餐秋菊。

【品读】

这首词开篇入题，描写一道“悬流”从天而降，飞奔直下“云壑”，注入一个小小的石池之中，从而形成了“一方寒玉”。寥寥数语，将风泉的来龙去脉和迷人的风采描绘得栩栩如生。接着叙述词人流连于泉水之旁。“暑际”句联想奇妙，因上文将此泉比为一块透明的玉石，故炎夏之际才会把它当作磐石来坐。饮罢泉水之后，又听到风吹飞泉的琮琤之声，清脆悦耳，简直比弹奏丝竹还要美妙动听。下片写观泉饮泉听泉以后的感受，词人为之心旷神怡，一切尘俗杂念也一洗而空，因而“滞留空谷”，久久不忍离去。“静坐”“醉眠”两句出神入化，描绘景物的幽静达到了神妙的境界，《古今词话》称其“是真得山泉之兴趣者”。结拍邀仙人同酌清泉，共餐秋菊，使全篇意境更加幽渺，更富于浪漫主义色彩。

【注释】

[1] 云壑：深谷、深沟。

[2] 湛湛：水深貌。

[3] 一方寒玉：形容泉水像一块碧绿透明的玉石。

[4] 自引：自挽，自取。　掬：双手捧取。

[5] 泠泠：形容声音清越。　琮琤：玉声，常用来形容水石相击之声。

[6] 丝竹：弦乐器（如琵琶、二胡等）和竹制管乐器（如箫、笛

等）的总称。亦泛指音乐。

[7] 炎燠（yù郁）：炎热。

[8] 幽人：幽居之人，多指隐士。

忻：同“欣”，喜悦。

[9] 琼瑶：美玉。这里是指泉水。

青玉案 李曾伯

癸未道间

栖鸦啼破烟林暝[1]，把旅梦、俄惊醒。猛拍征鞍登小岭。峰回路转，月明人静，幻出清凉境。　　马蹄踏碎琼瑶影，任露压、巾纱未忺整[2]。贪看前山云隐隐。翠微深处，有人家否？试击柴扃问[3]。

【品读】

这首词写骑马夜行山中的所见所闻。开篇先从傍晚写起，风尘仆仆，走了一天，人困马乏，主人公不知不觉、迷迷糊糊地在马背上睡了一小觉。忽然被树林中“栖鸦”的啼声惊醒。睁眼一看，天色已经昏暗，前不见村，后不见店，心里着实有些发慌，于是便“猛拍征鞍登小岭”。及至到了岭上，抬眼一看，只见“峰回路转，月明人静”，好像进入了一个清静凉爽、辽阔空旷的幻想般的世界。下片继续描写月下夜行。马蹄在洒满月光的山路上前进，露水打湿了头巾也顾不得去整理一下。为什么？你看前面那座山上，云遮雾绕，林木掩映，似乎有点点灯火在闪烁，那儿会不会有人家呢？管他呢，等到了跟前，敲敲柴门问一问也就知道了。此阕通过叙事和写景，将作者夜行途中急切、喜悦和期待等种种思想活动表达得十分细微真切，笔调轻松灵活，意境也很优美。

【注释】

[1] 暝：日暮，昏暗。

[2] 忺（xiān 掀）：高兴。

[3] 扃：门窗，门户。

西江月　李曾伯

宜兴山间即事[1]

不暖不寒天气，无思无虑山人[2]。竹窗时听野禽鸣，更有松风成韵。　　竟日蒲团打坐[3]，有时藜杖闲行。呼童开酒荐杯羹[4]，欲睡携书就枕。

【品读】

此词写隐居山中的清闲生活。深山里不冷不热，气候宜人，暂且摆脱一切尘世烦扰，什么也不要去考虑，将自己的身心都投入到大自然的怀抱中去。竹窗之下，听听野鸟的歌唱，还有那风吹松树所发出的美妙动听的交响乐声。有时瞑目趺坐，修真养性；有时携杖闲行，寻幽探胜。高兴时叫书童打开酒坛，喝它一两杯；困倦时捧着一卷书，转眼间便鼾声如雷。作者并非隐逸之士，此次到宜兴山间大约也只是小住，作寻幽探胜的闲游而已。但他善于忙中偷闲，领略自然风光，用潇洒的笔墨，描绘出一个恬淡、静闲的意境，给读者以美感享受。

【注释】

[1] 宜兴：今属江苏省，东滨太湖，风景优美。

[2] 山人：隐士。

[3] 蒲团：信仰佛教、道教的人，在打坐和跪拜时，多用蒲草编成的团形垫具，称“蒲团”。　打坐：瞑目趺坐，僧道修行方法的一种。

[4] 荐：献，进。

清平乐　周密

小桥萦绿[1]，密翠藏吟屋。千顷风烟森万玉，依约辋川韦曲[2]。　临流照影何人？悠然倚杖看云。柳色翠迷山色，泉声清和蝉声。

【品读】

读此词如观一幅山水人物画。不是吗？请看小桥流水，密密的翠绿丛中掩映着一座小小的用以读书吟诗的茅屋。门前千顷碧波，风烟迷漫，犹如万亩玉田，仿佛就像"辋川""韦曲"一样。换头以后写屋中主人临流照影，仰观蓝天白云，悠然自得，俯视流连。岸边柳色与山色融成一片，林下泉声和蝉声相唱和，你不觉得心旷神怡，幽兴绵邈吗？

【注释】

[1] 萦绿：绿水萦绕。

[2] 辋川：水名，即辋谷水。在陕西蓝田南，源出秦岭北麓，汇入灞水。唐诗人王维曾置别业于此。韦曲：镇名。因唐诸韦居此得名，在今陕西西安市长安区。前有潏水，风景清丽。

甘州　张炎

题赵药牖山居。见天地心、怡颜、小柴桑皆其亭名。

倚危楼、一笛翠屏空[1]，万里见天心。度野光清峭，晴峰涌日，冷石生云。帘卷小亭虚院[2]，无地不花阴。径曲知何处，春水泠泠[3]。　啸傲柴桑影里[4]，且怡颜莫问，谁古谁今。

任燕留鸥住，聊复慰幽情。爱吾庐、点尘难到，好林泉、都付与闲人。还知否？元来卜隐[5]，不在山深。

【品读】

词人应邀到隐士赵某家里做客，参观游览了他的山间别墅，并为其题写了这首词。上片描绘“山居”的风光景物，下片抒写啸傲林泉的隐士情怀。词中将别墅内的几座亭名，组织入句，而不露痕迹，亦颇费匠心。结拍谓隐居不在乎山深与否，而在于能不能做到忘情于世，此亦陶渊明“心远地自偏”之义。

【注释】

[1] 翠屏：形容绵延群山好像一座绿色的屏风。

[2] 虚院：空旷寂静的庭院。

[3] 泠泠：形容声音清越。

[4] 啸傲：谓自由自在，无拘无束。柴桑：古县名，因柴桑山得名，为晋代诗人陶渊明的家乡。亦为赵氏别墅的亭名。

[5] 卜隐：择地隐居。

台城路　张　炎

游北山寺

云多不记山深浅，人行半天岩壑。旷野飞声[1]，虚空倒影，松挂危峰疑落。流泉喷薄。自窈窕寻源[2]，引瓢孤酌。倦倚高寒，少年游事老方觉。　　幽寻闲院邃阁。树凉僧坐夏，翻笑行乐。近竹惊秋，穿萝误晚，都把尘缘消却[3]。东林似昨。待学取当年，晋人曾约。童子何知，故山空放鹤[4]。

【品读】

此词记作者独游北山寺见闻和感想。上片写攀登危峰途中的风光景物。这里不但有蓝天、白云、深山、岩壑，而且有高空的鸟声、水中的倒影、悬崖上的古松和喷薄而出的清泉，词人拄杖拾级而上，纵目流览，实在感到应接不暇。疲倦了便靠在山顶石壁上，略事休息。登高远游本来是青年人所爱好的运动，如今自己已经年近古稀，才体会到其中的无穷乐趣，真有点觉悟得太晚了。下片叙述来到北山寺后，看到僧众都在树荫下乘凉避暑，谈笑取乐。他们悠闲自得，无忧无虑，作者也受到感染，心中的种种烦恼和一切尘俗杂念，顿时仿佛都一扫而光了。他懊悔自己从前没能做到这一点，今后要向晋代高僧支遁学习，体会其“放鹤”的深意。结处流露出词人向往隐遁生活的思想。

【注释】

[1] 飞声：指空中的鸟鸣。

[2] 窈窕：深远貌。陶潜《归去来兮辞》：“既窈窕以寻壑，亦崎岖而经丘。”

[3] 尘缘：佛家把色、声、香、味、触、法称作“六尘”。以心攀缘六尘，遂被六尘牵累，故称“尘缘”。

[4] 放鹤：据《世说新语·言语》，晋代高僧支遁好鹤，但出于仁爱之心，曾将所养的双鹤放飞。后世因用作咏僧人或咏鹤的典故。

群芳竞艳

汉宫春 汪莘

春色平分，甚偏他杨柳，分外风流[1]。夭桃自适其适[2]，一笑还休。可怜仙李[3]，对东风、却少温柔。争奈得、海棠妆点，向人浑不知羞。　谁觉韶华如梦[4]，到酴醿开后[5]，莺语供愁。天教姚黄晚出[6]，贵与王侔[7]。花中隐者，有春兰、秋菊俱优。须是到、溪山清冻，江梅香喷枝头。

【品读】

这是一曲百花的赞歌。词中按时序，从“春色平分”的二月，写到“溪山清冻”的严冬，对夭桃、仙李、海棠、荼蘼、牡丹、春兰、秋菊和梅花一一加以咏赞，犹如一部色彩缤纷的“群芳谱”。

【注释】

[1] 分外：特别，格外。

[2] 夭桃：形容桃花茂盛而艳丽。

[3] 仙李：唐诗人李白被称为诗仙，后人因以仙李称李花。

[4] 韶华：这里是指春光。

[5] 酴醿：即荼蘼，蔷薇科，初夏开白花。

[6] 姚黄：宋代洛阳名贵的牡丹花品种，与魏紫齐名。

[7] 侔：相等。牡丹被称为花中之王，故曰其贵与王侯相等。

清平乐 赵师侠

迎春花，一名金腰带

纤秾娇小，也解争春早。占得中央颜色好，装点枝枝新巧。　东皇初到江城[1]，殷勤先去迎春。乞与黄金腰带，压持红紫纷纷[2]。

【品读】 迎春花，落叶灌木，早春开黄花，颜色鲜艳，故名“迎春”。枝条细长成拱形，故美其名曰“金腰带”。这首小词语言活泼，富有感情，寥寥数语将迎春花的特点描绘得栩栩如生。它预示着春到人间，一枝先放，百花盛开的季节已经到来。

【注释】

[1] 东皇：指东君，古人以其为春神。

[2] 压持：压倒。

虞美人 陈与义

亭下桃花盛开，作长短句咏之。

十年花底承朝露[1]，看到江南树。洛阳城里又东风，未必桃花得似旧时红？　　胭脂睡起春才好，应恨人空老。心情虽在只吟诗，白发刘郎孤负、可怜枝[2]。

【品读】 此阕咏桃花，兼寓身世之感，当为南渡后作。诗人见亭下桃花盛开，不由得想到故乡洛阳如今也是春回大地之时，然而时移世变，那里的桃花未必还能像当年一样，光彩照人，艳丽鲜红。词意含蓄委婉，托物见意，寄慨遥深。

【注释】

[1] 承朝露：谓领受朝廷恩光，指入仕。黄庭坚诗：“桃李终不言，朝露借恩光。”

[2] 刘郎：指唐诗人刘禹锡。

尉迟杯慢　万俟咏

翠云薄，向碧玉枝缀万萼[1]。如将汞粉匀开[2]，疑使柏麝熏却。雪魄未应若[3]。况天赋标艳仍绰约[4]。当暄风暖日佳处[5]，戏蝶游蜂看著。　重重绣帟珠箔[6]。障秾艳霏霏[7]，异香漠漠[8]。见说徐妃[9]，当年嫁了，信任玉钿零落。无言自啼露萧索。夜深待、月上阑干角。广寒宫、要与姮娥[10]，素妆一夜相学。

【品读】

此阕为咏李花之作。桃李同时而开，齐名并艳，故有“夭桃秾李”“桃李争春”之说。“枝干如桃，叶绿而多，花小而繁，色白。”(《群芳谱》) 前人赞之曰：“清馥胜秋菊，芳姿比腊梅。”这首词浓墨重彩，精雕细琢，将李花的色、香和绰约芳姿刻画得淋漓尽致，形象生动，富有诗情画意。

【注释】

[1] 萼：花萼的简称。由若干萼片组成，位于花的外轮，在花芽期起保护作用。这里指花而言。

[2] 汞：即水银，色白。

[3] 未应若：未必如此。

[4] 绰约：姿态柔美貌。

[5] 暄：暖和。

[6] 帟（yì亦）：小帐幕。　珠箔：珍珠缀成的或饰有珍珠的帘子。

[7] 霏霏：形容云雾之盛。

[8] 漠漠：浓密的意思。

[9] 徐妃：《南史·梁元帝徐妃传》：“徐娘虽老，犹自多情。”后因称风韵犹存的中年妇女为“徐娘”。这里是以徐妃比喻李花，赞其风韵犹存。

[10] 广寒宫：人称月宫为“广寒宫”。姮娥：即嫦娥。

浪淘沙 赵师侠

杏花

绛萼衬轻红，缀簇玲珑[1]。夭桃繁李一时同。独向枝头春意闹[2]，娇倚东风。　飞片入帘栊，粉淡香浓。凤箫声断月明中[3]。只恐明朝风雨恶，燕咀泥融[4]。

【品读】

杏树农历二月开花，花瓣圆而有尖，未开时色纯红，开后为淡红色，花落时则变为纯白色。杨万里诗“道白非真白，言红不若红，请君红白外，别眼看天工”，可谓深得杏花的特点。此阕咏赞杏花，从开时写到落后，工笔描摹，刻画细腻。结拍抒写惜花之情，颇有韵味。

【注释】

[1] 缀簇：联结聚集，形容花朵繁盛。

[2] 这句化用宋祁《玉楼春》“红杏枝头春意闹”句意。

[3] 凤箫：即排箫，也用作箫的美称。

[4] 这两句说，风雨一来，落花变成了燕子衔去做巢的泥土。

水龙吟 晁端礼

杏花

小桃零落春将半，双燕却来池馆。名园相倚，初开繁杏，一枝遥见。竹外斜穿，柳间深映，粉愁香怨。任红欹宋玉，墙头十里，曾牵惹人肠断。　常记山城斜路，喷清香、日迟风暖。春阴挫后[1]，马前惆怅，满枝红浅。深院帘垂，雨愁人处，碎红千片[2]。料明年更发，多应更好，约邻翁看。

【品读】

此阕上片写独倚名园赏杏，换头回忆马上观花，结处祝愿明年花儿更好，那时再约邻居老翁一同前来观看。“深院帘垂”三句，《全宋词》断为“深院帘垂雨，愁人处、碎红千片”两句，恐未合词律，今据《词综》订正。

【注释】

[1] 这句说春阴天气使人感到压抑。 [2] 碎红：残花。

扬州慢 赵以夫

琼花唯扬州后土殿前一本，比聚八仙大率相类，而不同者有三：琼花大而瓣厚，其色淡黄，聚八仙花小而瓣薄，其色微青，不同者一也。琼花叶柔而莹泽，聚八仙叶粗而有芒，不同者二也。琼花蕊与花平，不结子而香，聚八仙蕊低于花，结子而不香，不同者三也。友人折赠数枝，云移根自鄱阳之洪氏。赋而感之，其调曰《扬州慢》。

十里春风，二分明月，蕊仙飞下琼楼[1]。看冰花翦翦，拥碎玉成毬。想长日、云阶伫立，太真肌骨[2]，飞燕风流[3]。敛群芳、清丽精神，都付扬州。　雨窗数朵，梦惊回、天际香浮。似阆苑花神[4]，怜人冷落，骑鹤来游。为问竹西风景[5]，长空淡、烟水悠悠。又黄昏羌管，孤城吹起新愁。

【品读】

琼花，今已绝灭的一种珍稀花木。周密《齐东野语》云："扬州后土祠琼花，天下无二本，绝类'聚八仙'，色微黄而有香。仁宗庆历中，尝分植禁苑，明年辄枯，遂复载还祠中，敷荣如故。淳熙中，寿皇亦尝移植南内，逾年，憔悴无花，仍送还之。其后宦者陈源，命园丁取孙枝移接'聚八仙'根上，遂活；然其香色则大减矣……今后土之花已薪，而人间所有者，特当时接木，仿佛似之耳。"此词序言与郑、周二氏所述基本相同，为了解琼花提供了珍贵的资料。上片盛赞琼花非凡的姿色。那冰清玉洁的花蕊，恍如天仙飞下琼楼，美若杨妃，娇似飞燕，压过群芳，独占人间风流。下片幻想花神骑鹤来游扬州，探赏名花，烟水迷蒙，如醉如梦。笔势飘逸，想象奇特，富于浪漫主义色彩。

【注释】

[1] 琼楼：美玉砌成的楼台，指天宫中的楼阁。

[2] 太真：即唐明皇贵妃杨玉环。

[3] 飞燕：即汉成帝皇后赵飞燕。

[4] 阆苑：传说中的神仙住处。

[5] 竹西：竹西亭，在扬州城北门外。这里是指扬州而言。

昭君怨 刘克庄

琼花

后土宫中标韵[1]，天上人间一本。道号玉真妃，字琼姬。　我与花曾半面，流落天涯重见。莫把玉箫吹[2]，怕惊飞。

【品读】

此词咏赞扬州琼花。上片称其高标风韵，天上人间唯此一株，确属珍稀之物。下片借物抒感，同为流落天涯之客，彼此情意相通，因而生怕箫声吹落玉蕊，流露出一片深深的惜花之情。

【注释】

[1] 后土宫：即扬州后土祠。

[2] 玉箫：箫的美称。

卜算子 曹组

兰

松竹翠萝寒[1]，迟日江山暮。幽径无人独自芳[2]，此恨凭谁诉？　　似共梅花语，尚有寻芳侣。着意闻时不肯香[3]，香在无心处。

【品读】

兰，多年生草本植物。品种甚多。兰原生于林泉山涧之处，清艳含娇，幽香馥郁，号称“香祖”，又被誉为“花中君子”“空谷佳人”。宋人咏兰诗如“松椿自有千年寿，兰蕙争传十里香”（晏殊）；“雪径偷开浅碧花，冰根乱吐小红芽。生无桃李春风面，名在山林处士家”（杨万里）。曹组此词将兰比为幽居山林的佳人，它寂寞冷落，孤芳自赏，有恨而无人理解，无处可以倾诉。词中通过咏物，寄托了作者的情操和怀抱。

【注释】

[1] 翠萝：翠色的女萝。女萝，植物名，或谓即松萝。

[2] 幽径：僻静的小路。

[3] 着意：有心。

浣溪沙 向子諲

宝林山中见兰

绿玉丛中紫玉条[1]，幽花疏淡更香饶。不将朱粉污高标。　空谷佳人宜结伴[2]，贵游公子不能招。小窗相对诵《离骚》。

【品读】

此词写山中窗前赏兰。上片赞美兰花淡雅的风姿和迷人的幽香，下片通过诵读《离骚》进一步表现其不同流俗的高洁品格。词中将兰比为“空谷佳人”，洁身自好，“不将朱粉污高标”，寄托了作者的审美理想。

【注释】

[1] 紫玉条：紫色的兰茎。据《群芳谱》，兰茎有紫、青二色，“大抵林愈深而茎愈紫尔”。

[2] 空谷佳人：对兰花的美称。杜甫《佳人》：“绝代有佳人，幽居在空谷。”

国香 张炎

赋兰

空谷幽人[1]，曳冰簪雾带，古色生春。结根未同萧艾[2]，独抱孤贞。自分生涯淡薄[3]，隐蓬蒿、甘老山林。风烟伴憔悴，冷落吴宫，草暗花深。　霁痕消蕙雪，向崖阴饮露，应是知心。所思何处？愁满楚水湘云。肯信遗芳千古，尚依依、泽畔行吟。香痕已成梦，短操谁弹[4]？月冷瑶琴[5]。

【品读】

此词赋兰，托物言志，抒写作者“独抱孤贞”“甘老山林”的情怀。前半阕言兰生空谷，如隐居蓬蒿之“幽人”，环境虽然冷落荒凉，但不愿随俗浮沉，耻与萧艾为伍。后半阕因兰而念及泽畔行吟的屈子，缅怀其高风亮节，称赞他流芳千古。结处感叹“香痕已成梦”，聊以一曲月夜琴声寄托自己的哀思。本篇虽为咏物之作，但情调低沉，意象幽冷，当作于宋亡之后。

【注释】

[1] 幽人：隐士。
[2] 萧艾：两种有怪味的恶草。
[3] 自分（fèn 份）：料想，甘愿。
[4] 短操：短小的琴曲。
[5] 瑶琴：琴的美称。

贺新郎 刘仙伦

翠盖笼娇面。记当年、沉香亭北[1]，醉中曾见。见了风流倾国艳，红紫纷纷过眼。算好处，何嫌春晚。谁把天香和晓露，倩东君、特地匀娇脸。千万朵，开时遍。　隔花听取提壶劝[2]。道此花过了，春归蝶愁莺怨。挽住东君须醉倒[3]，花底不妨留恋。待唤取、笙歌一片。最爱就中红一朵，似状元、得意春风殿[4]。还惹起，少年恨。

【品读】

此阕为咏牡丹之作。牡丹，落叶小灌木，原产我国，为著名的观赏植物，最早见于谢灵运的记载。“唐开元中，天下太平，牡丹始盛于长安。”经过长期人工培植，品种极多。初夏开花，花大色艳，被誉为“国色天香”。这首词对牡丹做了形象的描绘和深情的咏赞，将其比为娇艳的美人，色彩绚丽，富有诗情画意，表达了对名花的无限留念。结处专叙曹州优良品种“状元红”，从而引出对少年生活的回忆，抒发怀旧之情，亦不乏韵味。

【注释】

[1] 沉香亭：唐宫中亭名。唐玄宗与杨贵妃赏牡丹召李白作诗的地方。

[2] 提壶：鸟名。其声似劝人提壶饮酒。王禹偁《初入山闻提壶鸟》：“迁客由来长合醉，不烦幽鸟道提壶。”

[3] 东君：指春神。

[4] 状元：科举考试以殿试第一名为状元。这里是指曹州（今山东菏泽）著名牡丹品种“状元红”。

念奴娇　辛弃疾

赋白牡丹，和范廓之韵

对花何似？似吴宫初教[1]，翠围红阵。欲笑还愁羞不语，惟有倾城娇韵。翠盖风流，牙签名字，旧赏那堪省。天香染露[2]，晓来衣润谁整？　最爱弄玉团酥[3]，就中一朵，曾入扬州咏[4]。华屋金盘人未醒[5]，燕子飞来春尽。最忆当年，沉香亭北，无限春风恨。醉中休问，夜深花睡香冷。

【品读】

牡丹不但品种繁多，而且红、黄、蓝、白、青、绿、紫各种各样的颜色都有，真可谓五彩缤纷，斗艳争奇。在同一颜色中，由于品种不同，名称也不一样。辛弃疾的这首《念奴娇》将白牡丹的风韵描绘得淋漓尽致，引人入胜。词中以孙武教阅宫女的场面来形容花中之王，可谓别开生面，出人意表。这说明无论什么题材，他都能写得龙腾虎跃，不主故常，“绝不作妮子态”（毛晋《稼轩词跋》）。

【注释】

[1] 吴宫初教：据《史记·孙子列传》，孙武以兵法见于吴王阖庐，“阖庐曰：‘可试以妇人乎？’曰：‘可。’于是许之。出宫中美女，得百八十人，孙子分为二队，以王之宠姬二人各为队长，皆令持戟。……妇人左右前后跪起，皆中规矩绳墨，无敢出声。”

[2] 天香：唐李正封《牡丹》：“国色朝酣酒，天香夜染衣。”

[3] 弄玉、团酥：牡丹之名。

[4] 曾入扬州咏：唐崔涯赠扬州妓李端端诗有句云：“扬州近日浑成差，一朵能行白牡丹。”（见《云溪友议》）

[5] 华屋金盘：苏轼咏海棠诗：“自然富贵出天姿，不待金盘荐华屋。”

昭君怨　刘克庄

牡　丹

曾看洛阳旧谱[1]，只许姚黄独步[2]。若比广陵花[3]，太亏他。　旧日王侯园圃，今日荆榛狐兔。君莫说中州[4]，怕花愁。

【品读】

此词歌咏牡丹，托物抒感，寄慨遥深。上片说洛阳牡丹名闻天下，姚黄魏紫更是独步群芳，为世人所青睐。然而它们何其不幸，比起扬州的名花芍药或琼花来，真是太命苦了。为什么？因为当时洛阳早已沦陷，金兵入侵，玉石俱焚，牡丹自然也在劫难逃。而扬州的芍药和琼花却受到百般宠幸，同是名花，遭遇迥异，两相比较，岂不是“太亏他”了吗？下片说昔日的皇家园林，如今荆棘丛生，变成了狐兔出没的荒芜之地；请不要再谈论中州，一提起中原故国，恐怕花会发愁，人则更将不堪其悲了。词中通过怜花、惜花，表达了作者对故国故都的无限怀念，对当权者含垢忍耻、偏安一隅、不图恢复国土的强烈不满。小词语短情深，寄意言外，是咏花词中的一首佳作。

【注释】

[1] 洛阳旧谱：指欧阳修的《洛阳牡丹记》。

[2] 姚黄：为洛阳牡丹的名贵品种，与魏紫齐名。

[3] 广陵：今江苏扬州。广陵花，指扬州名花芍药或琼花。

[4] 中州：指今河南一带，古为豫州，因处于九州之中，故称中州。这里是泛指中原地区。

蝶恋花　王寀

镂雪作花檀作蕊[1]。爱伴秋千，摇曳东风里。翠袖年年寒食泪，为伊牵惹愁无际。　幽怨偏宜春雨细。红粉阑干[2]，有个人相似。钿合金钗谁与寄[3]？丹青传得凄凉意[4]。

【品读】

此阕为咏梨花之作。梨，落叶乔木，农历二月前后开花，色白如雪，果实清甜，其中白梨、沙梨、秋子梨等，均为我国原产。本篇咏赞春雨之中的梨花，以带泪的红粉佳人相比，意象生动，情意绵绵，显然受到白居易《长恨歌》中描写杨妃名句“玉容寂寞泪阑干，梨花一枝春带雨”的启示和影响。不过白诗系以花拟人，而王词则是以人比花，均能各尽其妙。

【注释】

[1] 檀：常绿小乔木，木材极香。

[2] 红粉：代指女子。

[3] 钿合金钗：白居易《长恨歌》："唯将旧物表深情，钿合金钗寄将去。"钿合，镶嵌金花的盒子。

[4] 丹青：丹砂和青雘，两种可做颜料的矿物，为我国古代绘画中常用之色。亦代指绘画。

豆叶黄 陈 克

秋千人散小庭空，麝冷灯昏愁杀侬[1]。独有闲阶两袖风。月胧胧[2]，一树梨花细雨中。

【品读】

这首小词，写春夜庭院中的梨花。歌终人散，麝冷灯昏，主人公（当是一位女子）深感寂寞。遥望夜空，阴云密布，月色朦胧，忽而又下起小雨来。只见一树雪白的梨花独自挣扎在霏霏的细雨之中。她在哀叹？在呻吟？或是在泣诉？含而不露，耐人寻味。

【注释】

[1] 侬：我。

[2] 胧胧：微明貌。

醉落魄 范成大

马蹄尘扑，春风得意笙歌逐[1]。款门不问谁家竹[2]。只拣红妆，高处烧银烛[3]。　碧鸡坊里花如屋[4]，燕王宫下花成谷[5]。不须悔唱关山曲，只为海棠，也合来西蜀。

【品读】

此阕为咏海棠之作。本篇为范成大任四川制置使，在成都时所作。《群芳谱》谓："海棠盛于蜀，而秦中次之。其株翛然出尘，俯视众芳，有超群绝类之势，而其花甚丰，其叶甚茂，其枝甚柔，望之绰约如处女，非若他花冶容不正者比。"这首词写作者迎着春风，骑马到碧鸡坊里观赏海棠。结拍三句说，能在天府之国看到闻名于世的海棠，真乃人生一大快事，仅仅为了这个目的，也应该前来西蜀一游。笔调轻快，字里行间洋溢着喜悦和赞美之情。

【注释】

[1] 笙歌逐：处处笙歌可闻。逐，追随。

[2] 款门：敲门。款，通"叩"，敲。

[3] 红妆：指海棠花。苏轼诗："东风袅袅泛崇光，香雾空蒙月转廊。只恐夜深花睡去，高烧银烛照红妆。"

[4] 碧鸡坊：在成都，以盛产海棠闻名。

[5] 燕王宫：在成都，五代时后蜀孟贻邺，封燕王，见《太平广记》卷二七九引《野人闲话》。燕王宫内海棠最盛。

西江月　黄机

垂丝海棠，一名醉美人

撚翠低垂嫩萼，匀红倒簇繁英。秾纤消得比佳人[1]，酒入香肌成晕[2]。　帘幕阴阴窗牖[3]，阑干曲曲池亭。枝头不起梦春酲[4]，莫遣流莺唤醒。

【品读】

垂丝海棠，多见于江南及西南各地。花梗细长，初开时上举，开后花朵下垂。花色浅红，常为半重瓣，迎风袅袅，别有风韵。杨万里诗曰："垂丝别得一风光，谁道全输蜀海棠？风揽玉皇红世界，日烘青帝紫衣裳。”本篇以“醉美人”相比，渲染烘托，将垂丝海棠的迷人风韵描绘得尽妍极态，读来使人陶醉。

【注释】

[1] 消得：值得。

[2] 晕：日月经云层折射而形成的光象。这里指红光。

[3] 牖（yǒu 有）：窗。

[4] 酲（chéng 呈）：酒后的困惫和病态。这句以酒醉后的美人比喻海棠。

南乡子 李石

十月海棠

十月小春天[1]，红叶红花半雨烟。点滴红酥真耐冷，争先。夺取梅魂斗雪妍。　坐待晓莺迁，织女机头蜀锦川。枝上绿毛幺凤子[2]，飞仙。乞与双双作被眠。

【品读】

十月海棠，即秋海棠，为多年生草本植物，与西府海棠、垂丝海棠等不属同类。此阕上片写秋海棠在十月小春时节开放，仿佛有意要与梅花斗雪争妍。下片因见枝上一对绿毛幺凤，幻想用它们那美丽的羽毛织成锦缎，做一条被子。词人由花及鸟，想入非非，给作品涂上了一层浪漫主义色彩。

【注释】

[1] 小春：指农历十月。

[2] 幺凤：鸟名。即“桐花凤”。苏轼《次韵李公择梅花》：“故山亦何有，桐花集幺凤。”

映山红慢　元　绛

谷雨风前[1]，占淑景、名花独秀[2]。露国色仙姿，品流第一，春工成就。罗帏护日金泥皱，映霞腮动檀郎溜[3]。长记得天上，瑶池阆苑曾有[4]。　千匝绕、红玉阑干，愁只恐、朝云难久。须款折、绣囊剩戴[5]，细把蜂须频嗅。佳人再拜抬娇面，敛红巾、捧金杯酒[6]。献千千寿。愿长恁、天香满袖。

【品读】

此阕为咏杜鹃花之作。杜鹃花，又名“映山红”“红踯躅”，半常绿或落叶灌木。原产北温带，全世界共有800多种，我国即有650余种，尤以四川、云南为盛，仅峨眉山一带就有60多种。本篇咏赞的是园林中精心培植的红杜鹃。上片写谷雨前夕，风和日丽，杜鹃花独占“淑景”，展露“国色仙姿”。它那火红的花瓣，映着朝霞，犹如美人的香腮，堪称“品流第一”。人间未曾见过，记得“瑶池阆苑曾有”。词中通过形容夸张，将杜鹃花的绚丽、高雅渲染得淋漓尽致。下片写佳人赏花，采花，献花。捧上金杯，斟上美酒，祝愿花儿长好，人儿长寿，永远都像今日一样“天香满袖”。词由赞美杜鹃花，归结到对美好人生的憧憬，既给人以美感，也给人以鼓舞。

【注释】

[1] 谷雨：二十四节气之一，约在阳历4月20日前后。

[2] 淑景：美景。

[3] 檀郎：晋潘岳为美男子，小名檀奴，故以“檀郎”或“檀奴”为夫婿或所爱的男子的美称。这句以美人比杜鹃花，谓其娇容引起男子的注目。一作“檀痕”。

[4] 瑶池：古代传说昆仑山上的仙池，西王母所居之地。　阆苑：传说中神仙所居之处。

[5] 款折：慢慢地折，细心地折。

[6] 敛：整理。

浪淘沙 高观国

杜鹃花

啼魄一天涯[1]，怨入芳华。可怜零血染烟霞[2]。记得西风秋露冷，曾浼司花[3]。　明月满窗纱，倦客思家。故宫春事与愁赊。冉冉断魂招不得[4]，翠冷红斜。

【品读】

据《蜀王本纪》、《华阳国志·蜀志》，传说古代蜀国望帝杜宇，死后魂化为鹃，于是人们便称鹃鸟为杜鹃。杜鹃鸣声凄怨，直至啼血，后来人们又将杜鹃鸟和杜鹃花联系起来，以为杜鹃花是杜鹃鸟啼血染红的。所谓“杜鹃啼处血成花”，便是由此演化而来的。此阕开篇即引用这一古老的传说，通过咏杜鹃花，抒写作者怀乡思国之情。词意凄迷哀怨，似有寄托。

【注释】

[1] 啼魄：指蜀国望帝杜宇之魂化为杜鹃鸟。

[2] 烟霞：风烟云霞，形容火红的杜鹃花。这句说杜鹃花是杜鹃鸟啼血染红的。

[3] 浼（měi 每）：央求。　司花：掌管花事之神。

[4] 冉冉：微弱，渺渺。

醉桃源 赵师侠

杜鹃花发映山红，韶光觉正浓[1]。水流红紫各西东，绿肥春已空[2]。　闲戏蝶，懒游蜂，破除花影重。问春何事不从容，忧愁风雨中。

【品读】

春光烂漫，杜鹃花开，一簇簇艳丽的花朵，赤如丹砂，灿若朝霞，映得那青翠的山野一片火红。此阕开篇两句，盛赞杜鹃花之绚丽，给人以大自然巧夺天工的美感。以下抒写惜花伤春之情，风雨交加，花落春空，不胜惋惜之至。

【注释】

[1] 韶光：美好的时光。

[2] 绿肥：叶大。李清照《如梦令》："应是绿肥红瘦。"

水龙吟　辛弃疾

寄题京口范南伯[1]家文官花。花先白，次绿，次绯，次紫。《唐会要》载学士院有之[2]。

倚阑看碧成朱，等闲褪了香袍粉。上林高选[3]，匆匆又换，紫云衣润。几许春风，朝薰暮染，为花忙损。笑旧家桃李，东涂西抹，有多少、凄凉恨？　拟倩流莺说与，记荣华、易消难整。人间得意，千红百紫，转头春尽。白发怜君，儒冠曾误，平生官冷[4]。算风流未减，年年醉里，把花枝问。

【品读】

文官花，亦作"文冠花"，落叶灌木或小乔木。春季开花，花瓣白色，基部有斑点，初黄，后变为红色，甚艳美。果实称文冠果，又名木瓜。京口范南伯家文官花为一珍贵品种，当时曾闻名遐迩。牟巘《题范氏文官花》云："邢台范氏文官花，粉碧绯紫见于一日之间，变态尤异于腰金紫（芍药名）。辛稼轩尝赋《水龙吟》。"此阕上片赞美文官花之特点，即"粉碧绯紫见于一日之间"，色彩变化无穷。下片就文官花之"官"字做文章，对范南伯怀才不遇、“平生官冷”深表同情，表达了作者对仕途不平的感慨。

【注释】

[1] 范南伯：名如山，字南伯，河北邢台人，辛弃疾的内兄。

[2] 《唐会要》：书名。宋王溥撰。一百卷，五百一十四目。记述唐代各项制度的沿革变迁。

[3] 上林：秦汉时宫苑名，这句说范氏文官花为宫苑名品。

[4] 平生官冷：范南伯平生只做过县令一类的小官。

西江月 苏轼

真觉赏瑞香[1]

公子眼花乱发，老夫鼻观先通。领巾飘下瑞香风，惊起谪仙春梦。　后土祠中玉蕊[2]，蓬莱殿后鞓红[3]。此花清绝更纤秾，把酒何人心动？

【品读】

瑞香，又名露甲、蓬莱紫、风流树。常绿灌木，高三四尺，春季开花，集生顶端。原产我国，久经栽培，品种较多。其种始出于庐山。据《庐山记》：“一比丘昼寝盘石上，梦中闻花香酷烈，及觉求得之，因名睡香。四方奇之，谓为花中祥瑞，遂名瑞香。”此阕为东坡游真觉赏瑞香而作。词中以玉蕊花和牡丹名品“鞓红”相比，盛赞瑞香的“清绝”和“纤秾”，那秀美的姿色和浓烈的异香，怎能不令人神怡心动呢？

【注释】

[1] 真觉：不详，疑为寺观名。

[2] 后土祠：指扬州后土祠。　玉蕊：花名。

[3] 蓬莱殿：北宋汴京皇宫内殿名。　鞓（tīng厅）红：牡丹之一种。

菩萨蛮 史达祖

赋玉蕊花

唐昌观里东风软[1]，齐王宫外芳名远。桂子典型边，梅花伯仲间[2]。　　笼茸锼暖雪[3]，琐细雕晴月。谁驾七香车[4]？绿云飞玉沙。

【品读】

玉蕊，落叶灌木。此花为珍稀名品，相传长安唐昌观和京口招隐寺曾种植过。因其极为罕见，故有人将它与扬州后土祠中的琼花混为一谈，宋末郑域（号松窗）曾赋诗辨之："维扬后土庙琼花，安业唐昌宫玉蕊。判然二物本不同，唤作一般良未是。"如今，此花是否还有遗种留传人间，已不得而知矣。梅溪此词，上片以桂子和梅花相比，赞美玉蕊之高雅和幽香，换头以"锼暖雪""雕晴月"形容其洁白如玉之色，结处引传说故事渲染此花之名贵，为玉蕊留下了一幅弥足珍贵的写照。

【注释】

[1] 唐昌观：《群芳谱》引《山堂四考》："长安安业坊唐昌观旧有此花，乃唐昌公主所植。"

[2] 伯仲间：形容两种事物不相上下，可以互相比美。伯仲，指兄弟的次第。

[3] 锼（sōu 搜）：刻镂。

[4] 七香车：散发着多种香气的宝车，唐卢照邻诗："青牛白马七香车。"唐刘禹锡诗："玉女来看玉树花，异香先引七香车。攀枝弄雪频回首，惊怪人间日易斜。"

菩萨蛮 张镃

层层细剪冰花小，新随荔子云帆到[1]。一露一番开，玉人催买栽。　　爱花心未已，摘放冠儿里。轻浸水晶凉，一窝云影香[2]。

【品读】

此阕为咏素馨之作。素馨，又称“素馨花”。这首词上片叙栽花，下片写摘花。新近从盛产荔枝的南方运来一批素馨花苗，新奇可爱，经不住“玉人”的催促，买来几株栽在庭院之中。在春风雨露的滋润下，不久就开放了。那洁白纤小、玲珑剔透的花朵，犹如冰剪雪塑一样，实在令人喜爱。于是摘下几朵，放进帽子里，果然名不虚传，顿时感到一股凉气萦绕脑际，就连缕缕青丝也散发出诱人的芳香。小词清新淡雅，别有风趣，富于生活气息。

【注释】

[1] 云帆：远航之船。

[2] 一窝云影：形容发髻如一团绿云。

浪淘沙 韩元吉

芍药

鹍鴂怨花残[1]。谁道春阑[2]？多情红药待君看。浓淡晓妆新意态，独占西园。　　风叶万枝繁。犹记平山[3]，五云楼映玉成盘。二十四桥明月下，谁凭朱阑[4]？

【品读】

芍药为我国最古老的花卉之一，据说已有数千年历史，《诗经》中即有“维士与女，伊其相谑，赠之以芍药”的记载。历代诗人题咏芍药的作品很多，如苏轼（一说邵雍）就曾写道：“一声啼鴂画楼东，魏紫姚黄扫地空。多谢化工怜寂寞，尚留芍药殿春风。”当桃、李、牡丹相继凋谢之后，芍药从容不迫地出现在花事寂寥的暮春时节，的确别有一番情趣。此阕上片写多情芍药应时而开，延长了宝贵的春光，看到它人们仿佛觉得春天还没有过去。下片赞美扬州芍药，回忆当年在“二十四桥”边，月下倚阑赏花的情景。小词轻快活泼，芍药的风采宛然如画。

【注释】

[1] 鶗鴂（tí jué提决）：鸟名，或以为即杜鹃鸟，或以为指杜鹃科的“鹰鹃”，二者并非一物。

[2] 春阑：春尽。

[3] 平山：指平山堂，在扬州瘦西湖畔蜀冈中峰上，大明寺西侧。宋仁宗庆历八年（1048），欧阳修任扬州太守时所建，由此南望江南远山，正与堂栏相平，故名平山堂。

[4] 二十四桥：在扬州，即吴家砖桥，一名红药桥，因盛产红芍药闻名。

庆清朝慢　李清照

禁幄低张[1]，彤阑巧护[2]，就中独占残春[3]。容华淡伫[4]，绰约俱见天真[5]。待得群花过后，一番风露晚妆新。妖娆艳态[6]，妒风笑月[7]，长殢东君[8]。　东城边，南陌上，正日烘池馆[9]，竞走香轮[10]。绮筵散日[11]，谁人可继芳尘[12]？更好明光宫殿[13]，几枝先近日边匀[14]。金尊倒[15]，拚了尽烛[16]，不管黄昏。

【品读】

这首词是李清照南渡前在汴京的游园赏花之作。词中虽未点明所咏之物，但从“就中独占残春”“绰约俱见天真”等句看，显然是咏赞春末时节开放的芍药花。上片赞美名园芍药千姿百态，妩媚动人。下片通过游人和宫廷赏花，从侧面渲染芍药的艳丽，深受人们的怜爱和珍惜。此阕虽为咏物之作，同时也具有浓厚的抒情气氛。词中对芍药花的描绘惟妙惟肖，生动传神，而且赋予它以丰富的感情和美好的品德。展现在读者眼前的，既是珍贵的名花，仿佛又是一位端庄秀丽的贵族少女。在构思方面，本篇层次井然，脉络清晰。全词虽未出现“芍药”二字，但无论正面描绘还是侧面烘托，处处都是围绕着“独占残春”的芍药花而展开的，含婉蕴藉，余味无穷。

【注释】

[1] 禁幄：宫禁中的帷幕。 低张：低低地垂挂着。

[2] 彤阑：朱红色的栏杆。 巧护：巧妙地加以保护。

[3] 就中：其中。

[4] 容华：容貌。 伫（zhù注）：久久地站立着。或疑“淡伫”为“淡泞”之误。“淡泞”，素淡的意思。

[5] 绰约：形容女子姿态柔美。这里是指芍药花。 天真：天然真纯。

[6] 妖娆：娇媚。

[7] 妒风笑月：即风妒月笑。形容芍药花十分娇美，被春风嫉妒，使得明月为之笑逐颜开。

[8] 殢（tì替）：滞留。东君：春神。

[9] 日烘：太阳照暖。

[10] 香轮：香车，华美的车子。

[11] 绮筵：豪华的酒席。

[12] 芳尘：落花委地，变为“芳香的”尘土。

[13] 明光宫殿：汉代有明光宫和明光殿。这里是指北宋都城汴京的宫殿。

[14] 日边：天边，指皇帝近傍。 匀：匀称，整齐。

[15] 尊：同“樽”，酒杯。金尊倒，形容酒尽人醉。

[16] 拚：舍弃不顾。 尽烛：蜡烛燃尽，表示夜深。

朝中措　侯寘

双头芍药

翻阶红药竞芬芳，著意巧成双。须信扬州国艳[1]，旧时曾在昭阳[2]。　盈盈背立，同心对绾，联萼飞香。牢贮深沉金屋，任教蝶困蜂忙[3]。

【品读】芍药于茎端发蕾，一般独生枝头，也有个别稀有品种，为二花或三花并放的。双头芍药即一蒂双花，相背而开，如二色黄、合欢芳、骈枝红等。此阕写阶下一株芍药双花并放，竞吐芬芳，十分惹人注目。观其"同心对绾，联萼飞香"，犹如天下有情之人"著意巧成双"。如此珍贵的名花，真该用"金屋"贮藏起来，千万不要被游蜂浪蝶给损害了。花极珍贵，词亦妩媚动人。

【注释】

[1] 扬州国艳：芍药以扬州为最盛，与洛阳的牡丹齐名。故前人曾说："扬之芍药甲天下。"

[2] 昭阳：汉宫殿名。这里是指皇家宫苑。

[3] 金屋：金屋藏娇的略语，见《汉武故事》。这句以名花比美人，意谓应当倍加珍惜爱护。

点绛唇　王十朋

酴　醾

野态芳姿，枝头占得春长久。怕钩衣袖，不放攀花手。　试问东山[1]，花似当时否？还依旧。谪仙去后[2]，风月今谁有？

【品读】

酴醾，亦作“荼蘼”，蔷薇科，落叶灌木，常盘作高架供观赏。茎绿色，有棱，多刺。春末夏初开花，大型重瓣，色白或黄，香微而清，可酿酒，称酴醾酒。宋人咏酴醾的诗甚多，如“酴醾不争春，寂寞开最晚”（苏轼）、“清明时节散天香，轻染鹅儿一抹黄，最是风流堪赏处，美人取作浥罗裳”（欧阳修）、“酴醾一架最先来，夹竹金沙次第栽，浓绿扶疏云对起，醉红撩乱雪先开”（黄庭坚）。这首词和苏轼诗“长忆故山寒食夜，野酴醾发暗香来”，所咏均为山中的野酴醾。虽然“野态”犹存，但其芳姿可爱，有心折它一朵，又怕被钩住衣袖，“不放攀花手”。寥寥数语，将酴醾的特点和赏花人的心理刻画得生动而具体。

【注释】

[1] 东山：东晋谢安，曾隐居浙江上虞之东山，后人因以东山称之。

[2] 谪仙：唐诗人李白，被称为天上谪仙人。

浣溪沙 向子諲

酴醾。和狄相叔赠陈宋邻

翡翠衣裳白玉人，不将朱粉污天真。清风为伴月为邻。　枕上解随良夜梦[1]，壶中别是一家春[2]。同心小绾更尖新。

【品读】

此阕见于《江北旧词》，又据作者《西江月》（红退小园桃杏）词序，本篇为南渡前作者与友人饮酒赏酴醾的即席之作。上片形容酴醾如身着“翡翠衣裳”、雪白如玉的美人，不施脂粉，天生丽质，别有风韵。下片称赞酴醾的妙用。它既可填入枕囊，使你夜夜尽做美梦；又可制成佳酿，别有一番风味；如果把它绾作同心结戴在头上，那就更加新颖，惹人喜爱。小词清新活泼，既写了酴醾的观赏价值，也写了它的实用价值，可谓相得益彰，兴味盎然。

【注释】

[1] 枕上句：酴醾清香经久不散，故其散蕊可做枕芯。

[2] 壶中句：酴醾可酿酒，其味淡而有香。据《群芳谱》载，唐代寒食节以酴醾酒宴宰相，又召侍臣学士食樱桃，饮酴醾酒。

六　丑　周邦彦

蔷薇谢后作

正单衣试酒，恨客里、光阴易掷。愿春暂留，春归如过翼[1]，一去无迹。为问花何在？夜来风雨，葬楚宫倾国[2]。钗钿堕处遗香泽。乱点桃蹊[3]，轻翻柳陌[4]，多情为谁追惜？但蜂媒蝶使，时叩窗隔[5]。　东园岑寂，渐蒙笼暗碧[6]。静绕珍丛底[7]，成叹息。长条故惹行客[8]。似牵衣待话，别情无极。残英小，强簪巾帻。终不似一朵，钗头颤袅[9]，向人欹侧[10]。漂流处、莫趁潮汐[11]。恐断红、尚有相思字，何由见得[12]？

【品读】

蔷薇，落叶灌木，茎青有刺，春末夏初开花。本篇虽为咏物之作，但重点不在摹写物态，而是通过“蔷薇谢后”，抒发伤春惜花之情，且亦兼寓身世之感。上片写春归花落，一去无迹，难以追寻；感叹滞留他乡，光阴易逝，不胜寂寞惆怅之情。下片叙述东园悼花，词人独自踯躅于蔷薇丛下，一片荒芜，唯见一朵残英憔悴枝头，于是摘来插在头巾之上，从而勾起了对往事别情的回忆。此阕含蓄委婉，精深华妙，层层转折，余音不绝。

【注释】

[1] 过翼：飞鸟。
[2] 楚宫倾国：楚国宫中的美人，比喻蔷薇花。
[3] 桃蹊：桃树下面的小路。民谚曰："桃李不言，下自成蹊。"
[4] 柳陌：柳林中的小路。
[5] 窗隔：即窗棂。隔，一作"槅"。
[6] 蒙笼：草木茂密貌。
[7] 珍丛：指蔷薇花丛。
[8] 长条：指蔷薇的枝条。因其有刺，常钩住攀花人的衣服，好像有意牵住行人，有话要说似的。
[9] 颤袅：摇动。
[10] 欹侧：倾斜。
[11] 潮汐：早潮称潮，晚潮称汐。
[12] 断红：落花。这两句用唐人红叶题诗的故事。

浣溪沙 杨泽民

薝卜

原上芳华已乱飞，林间佛日却晖晖。一花六叶殿春归[1]。　身外色香空荏苒[2]，鼻端消息正霏微[3]。禅林曲几坐忘时[4]。

【品读】

薝卜，花名。或说即卮子。《本草纲目·木三》"卮子"："木丹、越桃、鲜支，花名薝卜。"苏轼诗："六花薝卜林间佛，九节菖蒲石上仙。"此阕写作者暮春赏花。"一花六叶殿春归"，乃薝卜异于群芳之特点。此花来自西域，与佛教传入中国有关，故以末句及之。"禅林曲几"，观花忘时，真入迷矣。

【注释】

[1] 六叶：六瓣之意。　殿春：春天的末尾。

[2] 荏苒：时光渐渐过去。

[3] 霏微：迷蒙貌。这里是形容香气迷漫。

[4] 禅林：佛教寺院。

步蟾宫　章耐轩

未开大如木犀蕊[1]，开后是、梅花小底。翛然只欲住山林[2]，肯容易、结根城市？　叶儿又与冬青比，算何止、香闻七里[3]。不因山谷品题来[4]，谁知道、是水仙兄弟。

【品读】

此阕为咏山矾之作。山矾，即芸香，又名“椗花”“柘花”“玚花”“七里香”等。多年生草本，春夏间开黄色或白色小花，香闻数里。黄庭坚序此花曰：“江湖南野中有一种小白花，木高数尺，春开极香，野人号为‘郑花’。王荆公尝欲求此花栽，欲作诗而陋其名。予请名曰‘山矾’。野人采郑花叶以染黄，不借矾而成色，故名‘山矾’。”这首词先写山矾未开和开后的形状，及其扎根山野林间的习性。接着指出它叶如冬青、“香闻七里”的特点。最后用黄庭坚咏赞水仙花的诗句“山矾是弟梅是兄”，说明从此以后它才被人们了解，并受到了喜爱。词语朴实无华，犹如一篇“山矾小传”。

【注释】

[1] 木犀：又作“木樨”，即桂花。

[2] 翛（xiāo 消）然：无拘无束、自由自在的样子。

[3] 香闻七里：山矾又名“七里香”，故曰。

[4] 山谷：北宋诗人黄庭坚号。其题水仙花诗曰：“含香体素欲倾城，山矾是弟梅是兄。”

水龙吟 章楶

燕忙莺懒芳残，正堤上柳花飘坠。轻飞乱舞，点画青林，全无才思[1]。闲趁游丝，静临深院，日长门闭。傍珠帘散漫，垂垂欲下，依前被、风扶起。　兰帐玉人睡觉，怪春衣、雪沾琼缀。绣床旋满，香球无数，才圆却碎。时见蜂儿，仰粘轻粉，鱼吞池水[2]。望章台路杳[3]，金鞍游荡，有盈盈泪。

【品读】

此词为咏柳花之作。古人杨柳并称，故苏轼同调和词即作"杨花"。杨柳之花，色香欠佳，本不足称，但经作者形容刻画，亦显得潇洒可喜，别有风韵。其中，"轻飞乱舞""闲趁游丝""傍珠帘散漫，垂垂欲下，依前被、风扶起""绣床旋满，香球无数，才圆却碎"，描状柳花随风飘坠，栩栩如生，神态宛然，颇能曲尽其妙，堪称咏物高手。

【注释】

[1] 才思：才华情思。
[2] 鱼吞池水：谓柳花坠落水面，被鱼儿吞食。
[3] 章台路：原为汉代章台下的一条街，妓女所居之处。

水龙吟 苏轼

和章质夫杨花韵[1]

似花还似非花，也无人惜从教坠。抛家傍路，思量却是，无情有思[2]。萦损柔肠，困酣娇眼，欲开还闭。梦随风万里，寻郎去处，又还被莺呼起[3]。　　不恨此花飞尽，恨西园、落红难缀。晓来雨过，遗踪何在？一池萍碎[4]。春色三分，二分尘土，一分流水[5]。细看来，不是杨花，点点是离人泪[6]。

【品读】

本篇虽为“和词”，但不受原作限制，而是自出新意，另辟新境，风神绵邈，缠绵多姿，与原作均被称为“绝唱”。词中用拟人化手法，将咏物与绘人结合在一起，通过杨花随风飘坠，刻画了一个梦绕魂牵、幽怨绵绵的思妇形象。词的构思新颖，想象丰富，起处不离不即，后段愈出愈奇，结拍画龙点睛，在艺术上富有特色，因而受到词论家的高度评价。

【注释】

[1] 章质夫：章楶，字质夫，蒲城（今属福建省）人，英宗治平四年（1067）进士。

[2] 无情有思：韩愈《晚春》诗：“杨花榆荚无才思，惟解漫天作雪飞。”杜甫《白丝行》诗：“落絮游丝亦有情，随风照日宜轻举。”此句化用其意，谓杨花看似无情，实则有思。

[3] 这三句写思妇梦中万里寻觅夫婿。金昌绪《春怨》诗：“打起黄莺儿，莫教枝上啼。啼时惊妾梦，不得到辽西。”此处化用其意。

[4] 一池萍碎：作者自注：“杨花落水为浮萍，验之信然。”

[5] 春色：这里是指杨花。这三句说，杨花三分之二飘落地上，变成尘土，三分之一落入水中，化为浮萍，春天也随着消逝了。

[6] 这三句说，仔细观察，那随风飘舞的白絮似乎并非杨花，而是离人的点点眼泪。曾季狸《艇斋诗话》说，此三句乃化用唐诗“君看陌上梅花红，尽是离人眼中血”。

柳梢青 周晋

杨花

似雾中花，似风前雪，似雨余云。本自无情，点萍成绿[1]，却又多情。　　西湖南陌东城，甚管定年年送春[2]。薄幸东风[3]，薄情游子，薄命佳人。

【品读】此阕赋杨花，轻巧尖新，简约而有韵致。两片三个并列四字短句，形容比拟，意象生动，含而不露，亦颇耐人寻味。

【注释】

[1] 点萍成绿：谓杨花入水化为绿色的浮萍。

[2] 管定：准定。

[3] 薄幸：薄情、负心。

点绛唇 王十朋

南香含笑

南国名花，向人无语长含笑。缘香囊小[1]，不肯全开了。　　花笑何人，鹤相诗词好。须知道，一经品藻[2]，又压前诗倒。

【品读】含笑花，属木兰科，常绿灌木。初夏开花，花瓣长椭圆形，象牙黄色，有香气，开时常不满，若含笑状。产于我国南方，故以“南香含笑”称之。这首小词，言简意明，寥寥数语，便将含笑花的特点描绘得活灵活现，惟妙惟肖。

【注释】

[1] 缘：因为，由于。

[2] 品藻：品题，评论。

西江月　郭应祥

赋紫笑花

不但酴醾芍药，此花亦殿余春[1]。麝囊初破酒初醺，恰有这般风韵。　烂坼真成绝倒[2]，半开犹带轻颦。不知抵死笑何人？待与折来细问。

【品读】

含笑花一般为黄色，紫色含笑乃其变种。此阕以轻快的笔调，将“紫笑花”轻颦浅笑的风韵写得生动活泼。结拍谓将花折来细问：你笑的究竟是何人？诙谐而有韵味，读来令人忍俊不禁。

【注释】

[1] 殿余春：春天的末尾。殿，行军走在最后，引申为末尾、最后。

[2] 烂坼：烂漫开放。

洛阳春　韦骧

丁香花

冷艳幽香奇绝，粉金裁雪。无端又欲恨春风，恨不解、千千结。　曲槛小池清切[1]，倚烟笼月。佳人纤手傍柔条[2]，似不忍、轻攀折。

【品读】

丁香，原产我国东北北部至西南地区，野生品种较多，传说至宋代开始栽培。仲春开花，原为紫色，故又称“紫丁香”，白色者为其变种。花色丽，芳香诱人，纷纭可爱。此阕上片赞美丁香，以“冷艳幽香”形容其神韵，可谓深得要领；下片写佳人怜花，欲折不忍，情意绵绵，含思婉转。

【注释】

[1] 曲槛：回廊上的栏杆。
[2] 柔条：指丁香的嫩枝。

玉蝴蝶　张炎

赋玉绣球花

留得一团和气，此花开尽，春已规圆[1]。虚白窗深，恍讶碧落星悬[2]。扬芳丛、低翻雪羽，凝素艳、争簇冰蝉[3]。向西园，几回错认，明月秋千。　　欲觅生香何处？盈盈一水，空对娟娟[4]。待折归来，倩谁偷解玉连环[5]？试结取、鸳鸯锦带，好移傍、鹦鹉珠帘。晚阶前，落梅无数，因甚啼鹃？

【品读】

绣球花，一名“粉团”“八仙花”，落叶灌木。夏季开花，呈球形伞房花序，有红白二种，极为美丽。此阕为咏白绣球花之作。春末夏初，百花凋残，绣球花开，洁白团圞，故而“几回错认，明月秋千”。闻香觅踪，又只见一水相隔，也只能“空对娟娟”。欲折还休，怕只怕无人能解此白玉连环。语言雅淡，意境清幽，颇堪玩味。

【注释】

[1] 规：正圆之器。这句说春天已经完结，犹如以规画圆。

[2] 碧落：碧空，青天。这句说朵朵绣球缀在枝头，犹如星星高悬碧空。

[3] 雪羽、冰蝉：形容绣球花瓣。

[4] 娟娟：美好貌。

[5] 玉连环：玉做的连环。这里是用以比喻玉绣球花。

南柯子　韩元吉

五月炎州路[1]，千里扑地开。只疑标韵是江梅，不道熏风庭院[2]、雪成堆。　宝髻琼瑶缀，仙衣翡翠裁。一枝长伴荔枝来[3]，付与玉人和笑、插鸾钗。

【品读】

此阕为咏茉莉花之作。茉莉，亦称“抹丽”，晋人名“奈花”。原产印度（一说出自波斯），汉代开始传入我国，南北各地均有栽培，以广州、福州、杭州、苏州为最盛。此花一般在晚上开放，香气浓烈而清新，被誉为“人间第一香”。在炎热的夏天，室内放上一盆茉莉，香风阵阵，沁人心脾，使人倍觉凉爽而舒畅。这首词咏赞南国五月，茉莉花开。观其高标风韵，自然要联想起隆冬的蜡梅，谁能料到在这和风轻拂的庭院里，竟然簇拥着一堆堆皑皑白雪。那妩媚的姿态，淡雅的仪容，犹如天生丽质，令人神往，禁不住摘下一朵，赠给“玉人”，含笑插在宝钗之上。词语清新自然，画面生动，形象地刻画出茉莉的迷人风韵。

【注释】

[1] 炎州：泛指南方。

[2] 熏风：和风、暖风。

[3] 这句说茉莉和荔枝一样来自闽广一带。

行香子 姚述尧

茉莉花

天赋仙姿，玉骨冰肌。向炎威、独逞芬菲。轻盈雅淡，初出香闺。是水宫仙，月宫子，汉宫妃[1]。　　清夸薝卜，韵胜酴醾。笑江梅、雪里开迟[2]。香风轻度，翠叶柔枝。与玉郎摘[3]，美人戴，总相宜。

【品读】

这首词赋茉莉花，上片赞其轻盈淡雅、洁白如玉的姿色，将它比为香闺少女、天仙美人。下片夸它胜过薝卜、酴醾和江梅，最宜于青年男女玩赏插戴。小词笔调活泼，意境优美，将茉莉花的特色和神韵写得十分真切而富有魅力。

【注释】

[1] 汉宫妃：指王昭君，汉代著名的美人。明帝时被选入宫，后自请嫁于匈奴。

[2] 薝卜、酴醾、江梅：均为花名。

[3] 玉郎：古代女子对丈夫或情人的爱称。

清平乐 毛滂

东堂月夕小酌，时寒秀亭下娑罗花盛开。

云峰秀叠，露冷琉璃叶[1]。北畔娑罗花弄雪，香度小桥淡月。　　与君踏月寻花，玉人双捧流霞[2]。吸尽杯中花月，仙风相送还家。

【品读】

娑罗，花白色，五瓣，与山茶花相似。民间小调中有“天上娑罗什么人来栽”，可见其十分珍贵。此阕写作者月夜与友人饮酒赏花。青山妩媚，秋露泠泠，娑罗盛开，洁白如雪，缓步踱过小桥，“与君踏月寻花”，杯中美酒映着花光月色，犹如神仙境界一般。小词笔调闲雅，意境幽美，富于诗情画意。

【注释】

[1] 琉璃叶：形容娑罗树叶碧绿而有光泽。

[2] 流霞：神话传说中的仙酒名。《抱朴子·祛惑》：“仙人但以流霞一杯，与我饮之，辄不饥渴。”

南乡子 蒋捷

黄葵

冷淡是秋花，更比秋花冷淡些。到处芙蓉供醉赏，从他。自有幽人处士夸[1]。　　寂寞两三葩[2]，昼日无风也带斜。一片西窗残照里，谁家？卷却湘裙薄薄纱[3]。

【品读】

葵，草本植物，根及嫩叶可食，花供观赏。苏轼咏葵诗曰：“弱质困夏永，奇姿苏晓凉。低昂黄金杯，照耀初日光。檀心自成晕，翠叶森有芒。古来写生人，妙绝谁似昌？晨妆与午醉，真态含阴阳。君看此花枝，中有风露香。”竹山此阕写秋日黄葵花开，色调冷淡，意象优美。此花自甘寂寞，不与芙蓉争艳而别具风韵，自有山中隐士相夸。托物寓意，表现作者不慕荣华的怀抱和情操。

【注释】

[1] 幽人：幽居之人，指隐士。 处士：古时指有才德而隐居不仕的人。

[2] 葩（pā趴）：花。

[3] 湘裙：疑为“缃裙”之误。缃，浅黄色。以浅色的黄裙比喻黄葵的花瓣。

虞美人 张 镃

咏水荭花

妆浓未试芙蓉脸，却扇凉犹浅[1]。粉轻红袅一生娇，风外细香时伴、湿云飘。 双飞属玉来还去[2]，谁识幽闲趣？莫教疏雨暗黄昏，已是不禁秋色、怕销魂。

【品读】 水荭，蓼科，一年生草本植物，茎高五六尺，长有密毛。叶大，尖长卵形，带红色，有长柄。夏秋开花，白色或粉红色，穗状花序长而下垂。原产亚洲，我国广泛栽培，可供观赏，果实可入药。此阕上片写初秋水荭花开，袅袅娉娉，宛如一位娇艳的红粉佳人。换头写水鸟飞来花下，幽闲自得，乐趣无穷。末尾两句即景生感，抒发惜花之情。

【注释】

[1] 却：还，仍。

[2] 属玉：同“鸀鳿”，水鸟名，即鸶鹭。似鸭而大，长颈赤目，紫绀色。

念奴娇 张 挥

水枫叶下，乍湖光清浅。凉生商素[1]。西帝宸游罗翠盖[2]，拥出三千宫女。绛彩娇春，铅华掩昼，占断鸳鸯浦。歌声摇曳，浣纱人在何处？　　别岸孤袅一枝[3]，广寒宫殿[4]，冷落栖愁苦。雪艳冰肌羞淡泊，偷把胭脂匀注。媚脸笼霞，芳心泣露，不肯为云雨。金波影里，为谁长恁凝伫？

【品读】

此词为咏荷花之作。荷花，亦称莲花，多年水生草本植物，睡莲科。叶圆如盖，色青翠；夏秋开花，有数色，唯红白二色为多，单瓣或重瓣，花心有黄蕊；花谢后花托膨大形成莲蓬，内生坚果，俗称莲子，根茎称为藕，均可食用。多种于池塘水泽中，亭亭玉立，婀娜多姿，色香俱佳，出淤泥而不染，被誉为花中之“君子”。本篇上片写初秋湖中纷繁艳丽的荷花，以神话中的“三千宫女”相比，极富浪漫主义色彩。下片言别岸“一枝”，寂寞冷落，孤独愁苦，如广寒宫里的嫦娥仙子，似有所期待而凝眸沉思。两相对照，苦乐迥异，均能将荷花的神理风韵描绘得栩栩如生。

【注释】

[1] 商素：亦作“素商”，秋季的别称。

[2] 西帝：指传说中的少昊天昊氏，因其为西方之帝，故称。宸游：帝王出游。

[3] 孤袅：孤零零地摇曳不定。

[4] 广寒宫殿：即月宫。

菩萨蛮　高观国

苏堤芙蓉

红云半压秋波碧[1]，艳妆泣露娇啼色。佳梦入仙城，风流石曼卿[2]。　宫袍呼醉醒，休卷西风锦[3]。明日粉香残，六朝烟水寒。

【品读】

此阕为咏西湖荷花之作，荷花处处皆有，西湖尤其是苏堤附近的荷花，荡漾于千顷碧波之中，与秀丽的湖光山色相映成趣，更加娇艳无比，令人神往。西湖十景之一的“曲院风荷”，就在苏堤跨虹桥西北，花开之时，香风四起，恍如人间仙境，是名闻遐迩的游览胜地。这首词将荷花比为艳妆美人，赞其绰约仙姿，惜其不耐风寒，又引用石曼卿死后为芙蓉之主的传说，使全篇更富有神韵。

【注释】

[1] 这句说荷花盛开如朵朵红云，低压于秋水碧波之上。

[2] 石曼卿：石延年，字曼卿，北宋文学家。《古今仙鉴》云：“石曼卿，真宗朝学士，生平遗落世事。死后有见之者，曰：我今为仙，主芙蓉城。”

[3] 锦：锦缎，形容荷叶。

木兰花慢　范　周

美兰堂昼永，晏清暑、晚迎凉。控水槛风帘[1]，千花竞拥，一朵偏双。银塘。尽倾醉眼，讶湘娥、倦倚两霓裳[2]。依约凝情鉴里，并头宫面高妆。　　莲房。露脸盈盈，无语处、恨何长？有翡翠怜红[3]，鸳鸯妒影，俱断柔肠。凄凉。芰荷暮雨[4]，褪娇红、换紫结秋房。堪把丹青对写，凤池归去携将[5]。

【品读】

此阕所咏为双头莲。双头莲又称并蒂莲，一茎双花，娇艳动人。夏日傍晚，池中荷花竞放，其中最为引人注目的是“一朵偏双”。看它们互相依偎，形影不离，恰好似一对月宫仙子降临尘世。换头以后，写暮雨飘洒，双花摇曳，无语含恨，肠断凄凉。黄昏之际，娇红渐褪，莲子成房。这动人的景象，正该用丹青描绘下来，以便带回京城好让同僚们一起来欣赏。结拍与柳永咏杭州西湖之《望海潮》“异日图将好景，归去凤池夸”其意相近。

【注释】

[1] 水槛：池塘边的长廊栏杆。
[2] 湘娥：湘水女神。　霓裳：指月宫仙女。
[3] 翡翠：指翡翠鸟。
[4] 芰荷：指荷花或荷叶。
[5] 凤池：即凤凰池。宋代最高行政机构中书省的所在地。这里代指京城或朝廷。

蝶恋花　李弥逊

西山小湖，四月初，莲有一花。

小小芙蕖红半展。占早争先，不奈腰肢软。罗袜凌波娇欲颤[1]，向人如诉闺中怨。　　把酒与君成眷恋，约束新荷，四面低歌扇。不放游人偷眼盼[2]，鸳鸯叶底潜窥见。

【品读】

莲花一般六月开放，四月初即开花，确属罕见，故词中称其“占早争先”。又将它比为闺中少女，娉娉袅袅，娇羞答答，十分惹人喜爱。过变以后写饮酒赏花。万绿丛中，本想不让游人偷瞧，不料却被叶底鸳鸯窥见。小词以人拟花，活泼清新，富有意趣。

【注释】

[1] 罗袜凌波：曹植《洛神赋》：“凌波微步，罗袜生尘。”这句形容莲花如凌波仙子，婀娜多姿，步态轻盈。

[2] 不放：不让。

满江红 葛长庚

咏白莲

昨夜姮娥[1]，游洞府、醉归天阙。缘底事、玉簪坠地，水神不说。持向水晶宫里去，晓来捧出将饶舌[2]。被薰风、吹作满天香，谁分别？ 芳而润，清且洁；白似玉，寒于雪。想玉皇后苑[3]，应无此物。只得赋诗空叹赏，教人不敢轻攀折。笑李粗、梅瘦不如他，真奇绝。

【品读】

咏物之作，最难摆脱俗套。此词构思新颖，别具匠心，咏白莲不从正面入手，而是先编造一个神话故事讲给读者听。说是昨天晚上，嫦娥下凡来游洞府，可能是喝醉了酒，不慎将玉簪遗失在地上。水神明明看见了，也不吱声，他想持向水晶宫里去，等到天亮后再拿出来夸耀一番。谁知这玉簪被和风一吹，竟然化作一朵白莲，散发出满天的香气，有谁知道它是月宫宝物变化而来的呢？上片交代了白莲的“来历”，换头以后才加以尽情地咏赞。“芳而润，清且洁；白似玉，寒于雪”，四个三字短句，将白莲的特质概括无遗。接着进一步称赞它胜过阆苑仙葩，连玉皇大帝的后花园里也找不出这样的名花来。如此珍贵之物，怎敢轻易去攀折呢？只能赋诗加以赞叹。结处又以粗俗的李花和清瘦的梅花作对比，将白莲的“奇绝”推向了更高的境界。读到这里，不禁令人拍案叫绝，白莲在词人笔下简直变成了超凡出尘的神物！真是妙笔生花，给人以无穷无尽的美感。

【注释】

[1] 姮（héng 恒）娥：即嫦娥。传说中的月宫女神。

[2] 饶舌：多嘴，唠叨。

[3] 玉皇：即玉皇大帝，又称玉帝，道教中地位最高、职权最大的神。

鹧鸪天　李清照

暗淡轻黄体性柔[1]，情疏迹远只香留。何须浅碧深红色，自是花中第一流。　梅定妒，菊应羞，画阑开处冠中秋[2]。骚人可煞无情思[3]，何事当年不见收？

【品读】

此词为咏桂花之作。前人咏赞桂花的诗词难以枚举。本篇以议论为主，在宋人咏物词中实属少见。开篇两句，先用叙述语描绘桂花的形态、色泽和芳香，给读者以感性体验，然后从三方面进行品评。“何须”二句，谓桂花虽无“浅碧轻红”的娇艳之色，然而它雅洁淡泊、情疏意远，体性温柔、香飘四野，所以“自是花中第一流”。换头三句通过对比和反衬，进一步突出桂花的高雅品格。在中秋佳节来临之际，桂花盛开，悦人耳目，沁人心脾，压倒群芳，夺得花魁，自然要使梅妒、菊羞了。结拍两句将议论引向古人，为桂花鸣不平。屈原在《离骚》中咏赞过许多香草名花，却唯独没有提到桂花。难道是由于他缺乏才思和情意吗？当然不是。女词人的大胆质问，其意并非为了责怪屈原，而是翻腾作势，抒写她十分珍惜和热爱桂花的情怀。此阕咏物而不滞于物，议论而富于形象性，生动活泼，妙趣横生。

【注释】

[1] 暗淡：不甚鲜明的意思。
[2] 画阑：涂有彩色的栏杆。
[3] 骚人：这里是指屈原。

丑奴儿 李纲

枝头万点妆金蕊，十里清香。十里清香，解引幽人雅思长[1]。　玉壶贮水花难老，净几明窗。净几明窗，褪下残英簌簌黄[2]。

【品读】

此词咏赞桂花，上片突出其“十里清香”，并由此而引起幽居山中之人的雅兴。下片写折桂赏花，窗明几净，玉壶贮水，但愿花儿常开不败。然而事与愿违，数日之后，“残英”纷纷坠落，不胜惜花之情。小词淡雅朴实，澄清恰如一泓秋水。

【注释】

[1] 幽人：幽居山中之人，指隐士。
[2] 簌簌（sù速）：花落貌。元稹《连昌宫词》：“又有墙头千叶桃，风动落花红簌簌。”

霜天晓角　谢懋

桂花

绿云剪叶，低护黄金屑。占断花中声誉[1]，香与韵、两清洁。　胜绝。君听说，是他来处别。试看仙衣犹带，金庭露，玉阶月[2]。

【品读】传说月中有一桂树，乃是仙家所种。后人咏赞桂花的诗词常引此典故，形容其高洁名贵，非凡花可比。如白居易诗：“蟾宫分异种，人世散清香”，杨万里亦曰：“不是人间种，移从月里来。广寒香一点，吹得满山开。”此阕盛赞桂花的清香和风韵，称其“占断花中声誉”，是由于它来自天上，所以才如此“胜绝”。谁若不信，请看它的枝叶上还带着“金庭露，玉阶月”。说得凿凿有据，读者大概只能信以为真了。

【注释】

[1] 占断：占据，占尽。

[2] 金庭、玉阶：指传说中的月宫。

菩萨蛮　朱淑真

木犀

也无梅柳新标格[1]，也无桃李妖艳色。一味恼人香[2]，群花谁敢当！　情知天上种，飘落深岩洞。不管月宫寒，将枝比并看。

【品读】

此词赞美桂花，上片先抑后扬。观其貌不惊人，色不媚众，既无梅柳之“新标格”，又无桃李之“妖艳色”，唯以幽香取胜，群芳谁能匹敌！“恼人香”的“恼”字，极有韵味，与王安石《夜直》诗“春色恼人眠不得，月移花影上阑干”之意相同。下片言此桂树之种来自天上，枝繁叶茂，香闻十里，可与广寒宫里的仙桂比美。

【注释】

[1] 标格：风韵，风度。

[2] 恼：这里是撩拨的意思。

声声慢 李弥逊

木犀

龙涎染就[1]，沉水薰成[2]，分明乱屑琼瑰。一朵才开，人家十里须知。花儿大则不大，有许多、潇洒清奇。较量尽，消胜如茉莉[3]，赛过酴醿。　更被秋光断送，微放些月照，著阵风吹。恼杀多情，猛拚沉醉酬伊。朝朝暮暮守定，尽忙时、也不分离。睡梦里，胆瓶儿、枕畔数枝。

【品读】

这首词咏赞桂花，说它“花儿大则不大”，却“有许多、潇洒清奇”。状如美玉，香闻十里，胜过茉莉和荼蘼。明月高照，一阵风吹，更加使人陶醉。爱花入迷的词人尽管再忙也要守护在花下，一刻也舍不得分离。即使在睡梦中，也要用“胆瓶儿”插上数枝，放在枕头旁边，才能安然进入梦乡。此阕意象生动，语言通俗而雅洁，上片着重刻画木犀的风韵，下片突出描绘赏花人的感受和情状，活画出一位“花痴”的形象。

【注释】

[1] 龙涎：即龙涎香，一种极名贵的香料。

[2] 沉水：即沉香。一种著名的香料。

[3] 诮（qiào俏）：完全，简直。

清平乐 辛弃疾

忆吴江赏木犀[1]

少年痛饮，忆向吴江醒。明月团团高树影，十里水沉烟冷[2]。 大都一点宫黄[3]，人间直恁芬芳！怕是秋天风露，染教世界都香！

【品读】

此阕据四卷本题语，为答谢友人余叔良惠赠木犀所作。词中回忆青年时期在吴江饮酒赏桂的情景，他赞美桂花的芬芳，希望人间遍地花开，“染教世界都香”，表达了作者的博大胸怀和美好理想。

【注释】

[1] 吴江：今江苏县名。

[2] 水沉：即沉香。

[3] 宫黄：古代宫女化妆用的黄粉，此处形容桂花的颜色。

蝶恋花 张炎

赋艾花

巧结分枝粘翠艾，剪剪香痕[1]，细把泥金界。小簇葵榴芳锦隘，红妆人见应须爱。　　午镜将拈开凤盖[2]。倚醉凝娇，欲戴还慵戴。约臂犹余朱索在[3]，梢头添挂朱符袋[4]。

【品读】

艾，别称"家艾""蒿艾"，多年生草本植物。秋季开花，花小而繁，排成狭长总状花序。艾草古人曾吟咏过，艾花却少有人注意，更未见于诗词作品之中。张炎独具慧眼，发现这种野生小花也有审美价值，于是为赋此词赞之。上片状其特色，"巧结分枝"，"剪剪香痕"，花边上还镶着一缕淡淡的金黄色，青年妇女见了谁不喜爱！下片写美人折花，对镜理妆，欲戴慵戴，犹豫迟疑，心事重重；含而不露，饶有情味。

【注释】

[1] 剪剪：整齐貌。

[2] 凤盖：饰有凤形的盒盖。

[3] 约：缠束。这句说女子臂上缠着红绳。

[4] 符袋：装着符箓的小袋。符箓是道家用来驱鬼召神或治病延年的秘密文书。

洞仙歌　晁补之

菊

今春闰好，怪重阳菊早。满槛煌煌看霜晓。唤金钱翠雨，不称标容，潇洒意、陶潜诗中能道。　　不应夸绝艳，曾妒春华，因甚东君意不到[1]？又似锁、三千汉女，偏教明妃、怨西风边草[2]。也何必、牛山苦沾衣[3]，算只好龙山，醉狂吹帽[4]。

【品读】

此阕为重阳赏菊之作。菊，通称“菊花”，多年生草本。原产我国，久经栽培，品种极多，是深受人们喜爱的观赏植物。本篇上片叙述秋日所见：时值闰年，季节提前，菊花早开，栏杆外堆金叠玉，光彩鲜明，璀璨夺目，这景象在陶渊明诗中曾有过生动的描述。一个“好”字，表达了作者当时对花的喜悦心情。下片以昭君比喻菊花，深锁汉宫，未占春光，秋日开放，似含怨恨之情。结处谓何必哀叹人生短暂，自寻烦恼，不如登高痛饮，“醉狂吹帽”，以酬佳节。

【注释】

[1] 东君：指春神。

[2] 明妃：即王昭君。汉元帝时被选入宫，后自请远嫁匈奴。

[3] 牛山苦沾衣：据《晏子春秋》，春秋时，齐景公游牛山，泣下沾衣，产生恋国畏死的悲感。

[4] 龙山、吹帽：龙山，在今湖北江陵县西北。《晋书·孟嘉传》：“（孟嘉）后为征西桓温参军，温甚重之。九月九日，温燕龙山，僚佐毕集。时佐吏并著戎服。有风至，吹嘉帽堕落，嘉不之觉。温使左右勿言，欲观其举止。嘉良久如厕，温令取还之。命孙盛作文嘲嘉，著嘉坐处。嘉还见，即答之，其文甚美。”后成为重九登高的典故。

西江月 陈师道

咏酴醾菊

点点轻黄减白，垂垂重露生鲜。肌香骨秀月中仙，雪满瑶台曳练[1]。　　绰约却宜长见，清真不假余妍[2]。殷勤与插小婵娟[3]，要试尊前玉面。

【品读】

此词所咏酴醿菊，为菊中珍品之一，又名“玉芙蓉”“银芙蓉”。初开时花色微黄，后变为纯白，凋残时呈粉红色。花瓣厚而莹，疏而爽，甚香。以上特点，词人用上片四句加以艺术概括，使酴醿菊的风采栩栩如生地呈现在读者眼前。下片写折花相赠，“玉芙蓉”插向“小婵娟”，花姿人面，互相辉映，美不胜收，妙不可言。

【注释】

[1] 瑶台：传说中的神仙居处，这里是指月宫。曳练：飘动的白绸。

[2] 不假：无须借助。

[3] 婵娟：指美丽的少女。

贺新郎 黄昇

菊

莫恨黄花瘦[1]。正千林、风霜摇落，暮秋时候。晚节相看元不恶，采采东篱独秀。试揽结、幽香盈手[2]。几劫修来方得到[3]，与渊明千载为知旧。同冷淡，比兰友。 柴桑心事君知否[4]？把人间、功名富贵，付之尘垢。不肯折腰营口腹[5]，一笑归欤五柳[6]。怅此意，而今安有？若得风流如此老，也何妨相对无杯酒。诗自可，了重九。

【品读】

此词通过重阳赏菊，追念陶渊明的高风亮节，感叹世风日下，知音难觅，聊以诗酒自娱。词中托物寄意，借古讽今，表达了作者不肯折腰屈节、随俗浮沉、安贫乐道的情怀。上片咏物，下片言志，结构严密，层次井然。

【注释】

[1] 黄花：指黄菊。

[2] 揽结：采摘。

[3] 几劫：几世之意。劫，佛教名词。古印度传说世界经历若干万年毁灭一次，重新再开始，这样一个周期叫作一"劫"。

[4] 柴桑：古县名。治所在今江西九江市西南，为晋诗人陶渊明的家乡。这里代指陶渊明。

[5] 折腰：弯腰行礼。引申为屈身事人。

[6] 五柳：陶潜之自号。陶潜《五柳先生传》："宅边有五柳树，因以为号焉。"

蝶恋花 张炎

山茶

花占枝头饮日焙[1]。金汞初抽，火鼎铅华退[2]。还似瘢痕涂獭髓，胭脂淡抹微酣醉。 数朵折来春槛外。欲染清香，只许梅相对。不是临风珠蓓蕾，山童隔竹休敲碎。

【品读】

山茶，一名曼陀罗树。宋人咏山茶的诗不少，如"山茶相对本谁栽？细雨无人我独来。说似与君君不见，烂红如火雪中开"（苏轼）；"玉洁冰寒自一家，地偏惊对此山茶。归来不负西游眼，曾识人间未见花"（俞国宝）。此阕似咏宝珠山茶。据说宝珠山茶含苞历数月而放，姿态妩媚，最为可爱。词的上片从枝头蓓蕾写到迎风开放，"胭脂淡抹微酣醉"，将其迷人风韵形容尽致。下片叙述折花品赏，赞美它的色香只有梅花可以与之相比，结拍流露出深深的惜花之情。

【注释】

[1] 忺日焙：温暖适意的春天。忺（xiān 掀），高兴，适意。

[2] 汞：即“水银”，银白色液态金属。这两句用炼丹比喻宝珠山茶的开放。

贺新郎 辛弃疾

赋水仙

云卧衣裳冷[1]。看萧然、风前月下，水边幽影。罗袜生尘凌波去[2]，汤沐烟波万顷。爱一点、娇黄成晕。不记相逢曾解佩[3]，甚多情、为我香成阵？待和泪，收残粉。　　灵均千古怀沙恨[4]，记当时匆匆，忘把此仙题品[5]。烟雨凄迷僝僽损[6]，翠袂摇摇谁整[7]？谩写入、瑶琴幽愤[8]。弦断《招魂》无人赋[9]，但金杯的皪银台润[10]。愁殢酒，又独醒[11]。

【品读】

本篇见于稼轩词四卷本甲集，当作于淳熙十四年（1187）以前。宋代水仙盛于湖湘地区，词中提到屈原事，据此推测，这首词可能是作者任湖北转运副使或湖南安抚使时写的。上片赞美水仙花冰清玉洁，潇洒出尘，含情脉脉，宛若凌波仙子。下片将其比为被遗忘的佳人，在众醉独醒之世，只能将自己的幽愤寄托于琴弦声中。全词意象幽隐，咏物写神，寓意遥深。

【注释】

[1] 云卧句：杜甫《游龙门奉先寺》：“天阙象纬逼，云卧衣裳冷。”

[2] 罗袜句：曹植《洛神赋》：“凌波微步，罗袜生尘。”

[3] 不记句：据《神仙传》：“江妃二女，游于江滨，逢郑交甫，交甫不知何人也，目而挑之，女遂解佩与之。行数步，空怀无佩，女亦不见。”

[4] 灵均：屈原又名正则，字灵均，

被贬后曾作《怀沙》之赋。

[5] 题品：题诗品评。

[6] 僝僽（chán zhòu 蝉咒）：折磨。损：犹坏，煞。

[7] 翠袂：绿袖，指水仙花的茎叶。

[8] 瑶琴：琴的美称，琴曲中有《水仙操》。幽愤：潜藏在心里的怨愤。

[9] 《招魂》：楚辞篇名。

[10] 金杯、银台：水仙花花瓣白色，中承黄心，故被称为“金盏银台”。杯、盏同义。 的皪（lì 力）：明亮，鲜明。

[11] 殢酒：病酒。殢，困扰。

金人捧露盘 高观国

水仙花

梦湘云，吟湘月，吊湘灵[1]。有谁见，罗袜尘生？凌波步弱，背人羞整六铢轻[2]。娉娉袅袅[3]，晕娇黄、玉色轻明。 香心静，波心冷，琴心怨，客心惊。怕佩解、却返瑶京[4]。杯擎清露，醉春兰友与梅兄[5]。苍烟万顷，断肠是、雪冷江清。

【品读】

此阕以湘水女神比喻水仙花。全篇未出题字，而处处紧扣所咏之物，形神俱现，栩栩如生。上片写形，通过优美的体态、轻盈的步履和娇羞的神情，活画出一位“娉娉袅袅”的凌波仙子，为水仙花留下一幅惟妙惟肖的艺术写照。下片传神，探索“水仙”的精神境界。伊人独居水滨，心静意冷，时时寄怨琴声。怜花之“客”闻之不觉魂荡心惊，深恐其“解佩”而去，重返瑶京。全篇用笔工细，花与神融为一体。词中通过刻画环境，渲染气氛，构制出一个清冷幽静的意境，将水仙花描绘得风姿绰约、情意绵绵，富有艺术魅力。

【注释】

[1] 湘灵：湘水女神。《楚辞·远游》："使湘灵鼓瑟兮，令海若舞冯夷。"或以为湘灵为虞舜之妃，即湘夫人。

[2] 六铢：指六铢衣。佛经中谓忉利天衣重六铢，极言其轻薄。铢，我国古代衡制中的重量单位，或以为二十四铢为一两，十六两为一斤。

[3] 娉娉袅袅：形容女子体态美好轻盈。

[4] 佩解：即解佩，用《神仙传》关于郑交甫遇江妃二神女解佩的故事。详见前词注。 瑶京：仙都，天宫。

[5] 这句说水仙与春兰和蜡梅为同类。

粉蝶儿 辛弃疾

和晋臣赋落花[1]

昨日春如，十三女儿学绣。一枝枝、不教花瘦。甚无情，便下得，雨僝风僽[2]。向园林、铺作地衣红绉[3]。 而今春似，轻薄荡子难久。记前时、送春归后。把春波，都酿作，一江醇酎[4]。约清愁、杨柳岸边相候。

【品读】

此词泛咏落花，以抒惜春之情。上片由繁花似锦写到春归花落。词人用拟人化手法，把春光比作初学绣花的少女，用她那纤纤素手，将一枝枝花儿绣得都很丰满俏丽，生动而形象地描绘出春天迷人的景色。可是老天无情，好景不长，突然风雨袭来，满园落红狼藉，春已归去，令人不堪回首。下片将春比作轻薄的浪子，表达了无可奈何的惆怅和凄怨。最后幻想把一江春水都酿作浓酒，独自到杨柳岸边举杯畅饮消愁。全词缠绵悱恻，婉约秾丽，显示了辛词的另一种风格。

【注释】

[1] 晋臣：即赵晋臣，名不遇，绍兴二十四年（1154）进士。

[2] 僝僽（chán zhòu 蝉咒）：折磨的意思。

[3] 地衣：指地毯。

[4] 醇酎（chún zhòu 淳宙）：浓酒。

霜天晓角　蒋　捷

人影窗纱，是谁来折花？折则从他折去，知折去、向谁家？

檐牙[1]，枝最佳。折时高折些。说与折花人道：须插向、鬓边斜。

【品读】

这首词很别致，写一位陌生人前来折花。主人公认为好花应当共赏，不要独占，所以“折则从他折去”，并未加以制止。他还告诉折花人，屋檐下树干最高处的几株花开得最好，要折就折那里的，不要怕费劲；可折完后千万要爱惜，把好花插在鬓发边，让你的青春更美丽，可不要辜负了这难得的名花。主人公心地宽阔，与叶绍翁《游园不值》诗中那位企图关住满园春色、不让外人欣赏的自私园主，形成鲜明的对照。

【注释】

[1] 檐牙：屋檐上翘起如牙的建筑物。杜牧《阿房宫赋》：“廊腰缦回，檐牙高啄。”

梅苑撷英

少年游　杨亿

江南节物[1]，水昏云淡，飞雪满前村。千寻翠岭[2]，一枝芳艳，迢递寄归人[3]。　寿阳妆罢[4]，冰姿玉态，的的写天真[5]。等闲风雨又纷纷，更忍向、笛中闻！

【品读】

这是一首咏赞梅花的小令，也是宋人最早的咏物词之一。全篇没有出现一个"梅"字，但处处都是在写梅，或状景、或用典、或绘形，将梅花的"冰姿玉态"及其迎着风雪盛开的可贵精神刻画得淋漓尽致。煞拍以景结情，托物寄意，表达了作者惋惜名花零落的惆怅之情。

【注释】

[1] 节物：节令风物。

[2] 寻：古代以八尺为一寻。　翠岭：指位于粤赣交界处的大庾岭，因岭上多梅，故又称梅岭。

[3] 迢递：遥远貌。这两句暗用南朝宋人陆凯赠范晔诗："折梅逢驿使，寄与陇头人。江南无所有，聊赠一枝春。"

[4] 寿阳妆罢：据唐韩鄂《岁华纪丽·人日梅花妆》载，南朝宋武帝女寿阳公主，人日卧于含章殿檐下，梅花落在她的额上，成五出花，拂之不去，宫女竞相仿效，这就是所谓的梅花妆。

[5] 的的：的确，确实。

汉宫春　张先

蜡梅

红粉苔墙。透新春消息，梅粉先芳。奇葩异卉，汉家宫额涂黄[1]。何人斗巧，运紫檀、剪出蜂房。应为是、中央正色，东君别与清香[2]。　　仙姿自称霓裳。更孤标俊格，非雪凌霜。黄昏院落，为谁密解罗囊？银瓶注水，浸数枝、小阁幽窗。春睡起，纤条在手，厌厌宿酒残妆[3]。

【品读】

蜡梅，是产于我国的著名观赏植物。花片外部为黄色，故又称黄梅花。此阕所咏为香气最浓的“檀香蜡梅”。词中用铺叙手法，层层描绘，盛赞蜡梅绰约的风姿、诱人的清香及其凌霜傲雪的“孤标俊格”。最后写美人睡起赏花，花枝人影，交相辉映，给读者以赏心悦目的美感。

【注释】

[1] 宫额涂黄：宫女额上涂以黄色，或谓此种习俗起于六朝。这里是用来形容蜡梅的花色。

[2] 东君：指春神。

[3] 宿酒：犹宿醉，谓隔夜饮酒的余醉。

南乡子　荣　諲

江上野梅芳，粉色盈盈照路旁[1]。闲折一枝和雪嗅，思量。似个人人玉体香。　　特地起愁肠，此恨谁人与寄将[2]。山馆寂寞天欲暮，凄凉。人转迢迢路转长[3]。

【品读】

这首小令写旅途遇梅怀人。“似个”句艳而质，犹是宋初风格。下片抒发羁旅乡愁，含思凄婉，情景如现，尚可窥见花间遗风。

【注释】

[1] 盈盈：形态美好貌。

[2] 寄将：寄去。将，语助词，用在动词之后，白居易《长恨歌》："钿合金钗寄将去。"

[3] 迢迢：遥远貌。

诉衷情 晏几道

小梅风韵最妖娆[1]，开处雪初消。南枝欲附春信，长恨陇人遥[2]。　闲记忆，旧江皋[3]，路迢迢。暗香浮动，疏影横斜，几处溪桥。

【品读】

雪后梅花开放，风韵分外妖娆。欲折一枝寄给离人，无奈关河阻隔，路远山遥。回想当年江边一起赏梅，曾经几度携手步过溪桥。而今风流云散，往事如梦，不胜惆怅之情。这首小词咏物而不滞于物，含思深婉，淡雅而有情致。词中的"小梅"，亦花亦人，一语双关。参阅作者另一首《诉衷情》"种花人自蕊官来，牵衣问小梅"，此中奥妙即可知矣。

【注释】

[1] 妖娆：娇媚。

[2] 陇人：指远方的恋人。用陆凯赠范晔诗意。

[3] 江皋：江岸、江边。

望梅花 蒲宗孟

一阳初起[1]。暖力未胜寒气。堪赏素华长独秀，不并开红抽紫。青帝只应怜洁白[2]，不使雷同众卉。　　淡然难比。粉蝶岂知芳蕊？半夜卷帘如乍失，只在银蟾影里[3]。残雪枝头君认取，自有清香旖旎[4]。

【品读】

此词为咏白梅之作。上片赞其凌寒而开，素淡雅洁，别有风韵，不同于姹紫嫣红的众卉。下片写深夜赏梅，月光花影，残雪枝头，清香旖旎，妙不可言。语言平实，意境幽雅，给读者以朴素自然的美感。

【注释】

[1] 一阳初起：指冬至，又作“一阳来复”“一阳生”。谓阴气极盛之后阳气回复之意。

[2] 青帝：指春神。

[3] 银蟾：指月亮。

[4] 旖旎：柔美貌。

江城梅花引　王　观

年年江上见寒梅。暗香来，为谁开？疑是月宫、仙子下瑶台[1]。冷艳一枝春在手[2]，故人远，相思寄与谁？　　怨极恨极嗅香蕊。念此情，家万里。暮霞散绮[3]。楚天碧、片片轻飞。为我多情，特地点征衣。花易飘零人易老，正心碎，那堪塞管吹[4]。

【品读】

此阕通过咏梅，抒发对家乡和故人的深切怀念。词的意境优美，情韵深长，缠绵婉转，一唱三叹。南宋初年，洪皓使金被拘留，听人歌唱此词，慨然叹曰：“殆为我作也。”可见其富有艺术感染力。

【注释】

[1] 瑶台：传说中的神仙所居之处，这里是指月宫。

[2] 一枝春：指梅花。陆凯赠范晔诗："江南无所有，聊赠一枝春。"

[3] 暮霞：晚霞。绮（qǐ启）：锦缎。

[4] 塞管：指笛，因其传自塞北，故称。笛曲中有《梅花落》。

万年欢 王安礼

雅出群芳。占春前信息，腊后风光。野岸邮亭，繁似万点轻霜。清浅溪流倒影，更暗淡、月色笼香。浑疑是、姑射冰姿[1]，寿阳粉面初妆[2]。　　多情对景易感，况淮天庾岭[3]，迢递相望。愁听龙吟清绝[4]，画角悲凉。念昔因谁醉赏，向此际、空恼危肠。终须待结实，恁时佳味堪尝[5]。

【品读】

此阕上片描绘梅花的特点，赞其冰姿玉洁，淡雅幽香，胜过群芳。下片对景感怀，抒发忆旧怀人之情。结拍由梅花联想到品尝梅子，给读者以余味不尽之感。

【注释】

[1] 姑射（yè夜）：山名。《庄子·逍遥游》："藐姑射之山有神人居焉。"后因以"姑射"形容女子貌美。这里是以貌若仙姿的美女比喻梅花。

[2] 这句用寿阳公主梅花妆的典故。见前注。

[3] 庾岭：即大庾岭，又称梅岭。

[4] 龙吟：琴曲名。后亦用以形容琴声或笛声。

[5] 恁时：那时。

南乡子　苏　轼

梅花词和杨元素[1]

寒雀满疏篱，争抱寒柯看玉蕤[2]。忽见客来花下坐，惊飞。踏散芳英落酒卮[3]。　　痛饮又能诗，坐客无毡醉不知[4]。花谢酒阑春到也，离离。一点微酸已着枝[5]。

【品读】

本篇作于神宗熙宁七年（1074）春，苏轼任杭州通判时。词中没有从正面描绘和赞美梅花，而是通过烘托、渲染，从侧面来表现梅花报春的特点及其令人陶醉的姿态和风韵。起处两句写寒雀闹枝、争看“玉蕤”，不但生动传神，而且富于诗情画意，将梅花盛开、春回大地的欢乐热烈气氛渲染得淋漓尽致。结拍三句通过花谢酒阑、梅子着枝，暗示日日痛饮吟诗以表现对梅花无限爱赏和眷恋之情。全篇若即若离，妙合无间，在咏梅词中别具一格。

【注释】

[1] 杨元素：杨绘，字元素，四川绵竹人，仁宗皇祐进士。

[2] 玉蕤：形容洁白如玉的梅花。蕤，草木花下垂貌。

[3] 卮（zhī支）：古代的一种盛酒器。

[4] 坐客：席上的客人。这句用杜甫赠郑虔“才名四十年，坐客寒无毡”诗意。

[5] 一点微酸：形容梅子。

西江月　苏　轼

玉骨那愁瘴雾[1]，冰肌自有仙风[2]。海仙时遣探芳丛[3]，倒挂绿毛幺凤[4]。　素面常嫌粉涴[5]，洗妆不褪唇红[6]。高情已逐晓云空，不与梨花同梦[7]。

【品读】

这首咏梅词是苏轼被贬惠州时所作。上片歌颂岭南梅花不畏蛮烟瘴雨的高风亮节，海上仙人也为之神往，特意派遣珍禽幺凤前来探寻。下片赞美梅花艳丽多姿，不须敷粉施朱，自然光彩动人。结拍两句借用王昌龄咏梅诗，表达自己高尚的感情已随“晓云”的消失而归于幻灭，再也难做“梨花云”一类的美梦了。据《冷斋夜话》和《野客丛书》等载，这首词是苏轼为悼念侍妾朝云而作的。朝云，姓王，字子霞，钱塘人。少归苏轼，随其贬徙岭南，绍圣三年（1096）七月死于惠州。苏轼曾作《朝云墓志铭》、《悼朝云》诗和这首词悼念她。本篇将咏梅和悼亡合写，以花喻人，含蓄空灵，感情真挚，寄慨遥深，有较强的艺术感染力。

【注释】

[1] 瘴雾：指南方山林间湿热蒸郁致人疾病的瘴疠之气。

[2] 仙风：神仙的风度。

[3] 海仙：海上仙人。古代传说海上有三神山，即蓬莱、方丈、瀛洲，为神人所居之处。

[4] 幺凤：鸟名，又叫“桐花凤”。

[5] 涴（wò卧）：沾污。

[6] 唇红：《冷斋夜话》：“岭外梅花与中国异，其花几类桃花之色，而‘唇红’香著。”

[7] 不与梨花同梦：作者自注：“诗人王昌龄梦中作梅花诗。”《高斋诗话》引王昌龄《梅》诗：“落落寞寞路不分，梦中唤作梨花云。”

鹊踏枝　张　抡

斜日平山寒已薄。雪过松梢，犹有残英落[1]。晚色际天天似幕[2]，一尊先与东风约。　　邀得红梅同宴乐。酒面融春，春满纤纤萼[3]。客意为伊浑忘却[4]，归船且傍花阴泊。

【品读】

此词写雪后泛舟载酒探访红梅。上片状景，描绘在苍茫的暮色中梅花已经开始凋落，从而想起了自己早先的赏梅之约。下片叙述畅饮红梅之下，酒意花光，春色融融，流连忘返，且泊归舟于花阴之下。本篇风格潇洒，境界优美，白雪映红梅，酒气杂花香，读来令人陶醉。

【注释】

[1] 残英：落花。
[2] 际天：连天。
[3] 萼：花的外轮片状物，一般呈绿色，在花芽期起保护作用，又称“萼片”。这里是指花而言。
[4] 浑忘却：全忘掉。

盐角儿　晁补之

亳社观梅[1]

开时似雪，谢时似雪，花中奇绝。香非在蕊，香非在萼，骨中香彻。　　占溪风，留溪月。堪羞损、山桃如血[2]。直饶更、疏疏淡淡[3]，终有一般情别。

【品读】

此词作于哲宗绍圣二年（1095）冬，作者被贬为亳州通判时。上片赞美梅花不同于群芳的独特品质。她开时洁白如雪，谢后一尘不染，堪称花中绝无仅有的上品。她的香气不在花瓣和萼片之间，而是深入骨髓，沁人心脾，令人陶醉。上片全为四字短句，两联似对非对，反复吟叹，神韵十足。下片以山桃作比，反衬梅花的高洁品格。她不像妖桃秾李那样争春邀宠，而是自甘淡泊，独占山溪风月，具有高人雅士的情怀。本篇通过咏梅，抒写自己的志趣和情操，咏物而不滞于物，形神俱现，主体与客体融合无间，堪称佳作。

【注释】

[1] 亳（bó博）社：即亳州，今安徽亳县的土地庙社，古地区单位之一。《管子·乘马》："方六里，名之曰社。"

[2] 山桃：又名"山毛桃""花桃"。开红花或白花，果实不堪食用。

[3] 直饶：即使。

花　犯　周邦彦

梅　花

粉墙低，梅花照眼[1]，依然旧风味。露痕轻缀。疑净洗铅华[2]，无限佳丽。去年胜赏曾孤倚，冰盘同燕喜[3]。更可惜、雪中高树，香篝熏素被[4]。　　今年对花最匆匆，相逢似有恨，依依愁悴。吟望久，青苔上、旋看飞坠。相将见、脆丸荐酒[5]，人正在、空江烟浪里。但梦想、一枝潇洒，黄昏斜照水[6]。

【品读】

这首咏梅词，托物寓意，纡徐反复，或实或虚，将梅花和赏梅人结合在一起写，使主体与客体完全交融，达到了出神入化、妙合无间的境界。上片前六句写眼前所见"净洗铅华，无限佳丽"的梅花；后五句回忆去年独自雪中赏梅的情景。下片前五句又回到"今年"，匆匆相逢，只见梅花愁悴不堪，正在纷纷飘坠；最后四句跳到未来，想象江上以梅子荐酒和梦中寻梅的情景。全篇跨越时空界限，将现在、过去和未来巧妙地组合在一起，处处写梅，处处又都有作者的身影，可谓圆美流转，运化无迹，疏宕有致，使读者回味无穷。

【注释】

[1] 照眼：映入眼帘。梁武帝《子夜四时歌·春歌四首》之一："庭中花照眼。"

[2] 净洗铅华：形容梅花淡雅素净，不同于秾艳的桃李。王安石梅诗："不御铅华知国色。"

[3] 冰盘同燕喜：指以梅子荐酒。韩愈诗："冰盘夏荐碧实脆。"

[4] 香篝：即熏笼。

[5] 脆丸：指梅子。

[6] 黄昏斜照水：用林逋《山园小梅》"疏影横斜水清浅，暗香浮动月黄昏"句意。

汉宫春　晁冲之

梅

潇洒江梅，向竹梢稀处，横两三枝。东君也不爱惜[1]，雪压风欺。无情燕子，怕春寒，轻失花期。惟是有、南来归雁，年年长见开时。　　清浅小溪如练，问玉堂何似[2]，茅舍疏篱？伤心故人去后，零落清诗[3]。微云淡月，对孤芳、分付他谁？空自倚、清香未减[4]，风流不在人知。

【品读】

王仲甫，字明之，有词调寄《清平乐》，是一首描写和暴露宫廷生活的"艳词"，对标榜"儒雅"的最高封建统治者不利，作者因此被弹劾罢斥，离开京城，并自号为"逐客"。晁冲之有感于此，于送别仲甫时为赋《汉宫春·梅》词赠之。词中托物寄意，赞美梅花的孤高品格，同情它受到不公平的待遇，显然是有针对性的。所谓“东君也不爱惜，雪压风欺”，“问玉堂何似，茅舍疏篱”，“空自倚、清香未减，风流不在人知”云云，既深得梅之神理，又与王仲甫的事迹相合，可见这是一首有寄托的咏物佳作。

【注释】

[1] 东君：春神。

[2] 玉堂：宋代称翰林院为玉堂。

[3] 零落：或作“冷落”。 清诗：或作“新诗”。

[4] 空自倚句：用杜甫《佳人》诗：“天寒翠袖薄，日暮倚修竹。”因起处有“向竹梢稀处”，前后绾合甚密。

好事近 曹组

梅

茅舍竹篱边，雀噪晚枝时节。一阵暗香飘处，已不胜愁绝[1]。 江南得地故先开[2]，不待有飞雪。肠断几回山路，恨无人攀折。

【品读】

此阕咏山中茅舍竹篱旁的一株梅花。它生在江南，得地利之便，故不待飞雪而先开。可惜身处僻野，又值日暮雀噪的黄昏之际，虽然香气四溢，却无人攀折，因而“不胜愁绝”，深感寂寞惆怅。小词含蓄蕴藉，朴实无华，以梅喻人，抒发了寒士不遇的感慨。

【注释】

[1] 不胜（shēng 生）：禁不起。

[2] 得地：得地利之便。谓江南气候暖和，春天先到。

调笑令 曾 慥

清友梅

清友，群芳右[1]。万缟纷披兹独秀[2]，天寒月薄黄昏后。　缟袂亭亭招手。故山千里云迷岫，借问如今安否？

【品读】

此阕咏赞梅花，将其比为纯洁清廉、自甘寂寞的君子，并引以为知心的朋友。托物寄意，表达了作者不慕荣华、清贫自守的高尚情怀。结拍两句，因见梅花而联想到折梅赠远的故事，抒发了对家乡和故人的怀念。词意含蓄，语短情长，耐人咀嚼。

【注释】

[1] 群芳右：谓其品格出群芳之上。

[2] 缟：白绢，亦指白色。这里是形容雪白的梅花。 纷披：纷繁杂乱，形容梅花繁盛。

满江红 程 过

梅

春欲来时，长是与、江梅花约。又还向，竹林疏处，一枝开却。对酒渐惊身老大，看花应念人离索[1]。但十分、沉醉祝东君[2]，长如昨。　芳草渡，孤舟泊；山敛黛，天垂幕。黯销魂、无奈暮云残角。便好折来和雪戴，莫教酒醒随风落。待殷勤、留此记相思，谁堪托？

【品读】

这首咏梅词，借物写怀，抒发作者珍惜时光，不愿叹老嗟卑之情。梅花报春，给人间带来了欢乐。不要辜负“东君”的殷勤之意，任其随风飘落；且折一枝“和雪戴”，让萧萧白发也显得风流潇洒，愿春光永驻“长如昨”。词中虽然也有“对酒渐惊身老大，看花应念人离索”的喟叹，但基调是明朗乐观的。

【注释】

[1] 离索：“离群索居”的略语。孤独寂寞之意。

[2] 东君：春神。

踏莎行 吕本中

雪似梅花，梅花似雪。似和不似都奇绝。恼人风味阿谁知[1]？请君问取南楼月[2]。　记得去年，探梅时节。老来旧事无人说。为谁醉倒为谁醒？到今犹恨轻离别。

【品读】

此阕通过咏梅抒写离情别恨。雪里梅花，冰清玉洁，江山如画，景物多么奇绝。对此良辰美景，不禁想起去年此时，月下携手探梅，情意绵绵。如今天各一方，音信茫茫，令人思念不已。小词含婉清丽，情景相生，浑然天成，余韵不绝。

【注释】

[1] 恼人：惹人烦恼、撩拨人。王安石《夜直》：“春色恼人眠不得，月移花影上阑干。” 阿谁：犹谁人、何人。

[2] 南楼：泛指楼阁。

鹧鸪天 向子諲

咏红梅

江北江南雪未消，此花独步百花饶[1]。青枝可爱难为杏，绿叶初无不是桃。　　多态度，足风标，蕊珠仙子醉红潮[2]。绝怜竹外横斜处，似与芗林慰寂寥[3]。

【品读】

这首词是作者晚年被免官退闲以后所作。红梅映白雪，娇艳动人，冠绝群芳，非桃杏之可比。它姿态横生，高标风韵，犹如“蕊珠仙子醉红潮”。此花凌寒而开，似乎有意前来安慰芗林居士寂寞无聊的心情。词人被罢官，是因与秦桧政见不合。词中通过咏红梅，表现了他身处逆境而不甘消沉的情操。

【注释】

[1] 独步：独一无二，超群出众。

[2] 蕊珠：即蕊珠宫，道家所说的神仙宫殿。

[3] 芗林：作者免官后卜居江西清江五柳坊，名其居第曰芗林，并自号芗林居士。

江梅引 洪皓

忆江梅

顷留金国，四经除馆[1]。十有四年，复馆于燕。岁在壬戌[2]，甫临长至[3]，张总侍御邀饮[4]。众宾皆退，独留少款。侍婢歌《江梅引》[5]，有“念此情，家万里”之句。仆曰：“此词殆为我作也。”又闻本朝使命将至[6]，感慨久之。既归，不寝，追和四章，多用古人诗赋，各有一“笑”字，聊以自宽。如“暗香”“疏影”“相思”等语，虽甚奇，经前人用者众，嫌其一律，故辄略之。卒押“吹”字，非风即笛，不可易也。此方无梅花，士人罕有知梅事者，故皆注所出[7]。

天涯除馆忆江梅。几枝开？使南来，还带余杭春信到燕台[8]。准拟寒英聊慰远[9]，隔山水，应销落，赴诉谁？[10]　空恁遐想笑摘蕊[11]。断回肠，思故里。漫弹绿绮[12]，引《三弄》[13]，不觉魂飞。更听胡笳[14]，哀怨泪沾衣。乱插繁花须异日，待孤讽[15]，怕东风，一夜吹[16]。

【品读】

这首词是宋高宗绍兴十二年（1142），洪皓使金（建炎三年，1129）被拘留于燕京后所作。原为四首，调寄《江梅引》，每首又以首句末三字另标新题，即《忆江梅》、《访寒梅》、《怜落梅》，第四首原阙题名，按其体例当作《雪欺梅》。作者去国辞乡，守节不屈，在荒凉的塞外度过了十四个春秋。乡关之思、故国之恋，时时萦绕心头。一个偶然的机会，听到有人演唱王观的《江城梅花引》，其中“念此情，家万里”之句，更是撞击着他的心扉，引起了强烈的共鸣。于是归来以后，连夜“追和四章”，抒发他心向南宋、怀念故国和家乡的深挚感情。词中化用前人咏梅诗句，赋予新意，一唱三叹，音调谐婉，意境幽远，跌宕多姿，富有艺术感染力。

【注释】

[1] 除馆：古代使臣居住的馆舍。

[2] 壬戌：指宋高宗绍兴十二年（1142）。

[3] 长至：夏至。

[4] 侍御：官名，侍御史的简称。

[5]《江梅引》：指北宋王观《江城梅花引》（年年江上见寒梅）。

[6] 本朝使命：指南宋派往金朝的使

节。绍兴十二年（1142）四月，宋派孟忠厚、王次翁等赴金迎还徽宗和郑皇后的棺木以及高宗之母韦后。

[7] 皆注所出：都注明了引用典故的出处。

[8] 余杭：指南宋都城临安（今浙江杭州市）。 燕台：战国时燕昭王筑黄金台，延揽天下贤士。故址在今河北易县南。这里是指燕京。

[9] 准拟：料定。 寒英：指梅花。

[10] 赴诉谁：向谁去倾诉呢？

[11] 恁：如此。 遐想：遥远的思念。

[12] 绿绮（qǐ起）：相传汉司马相如有琴名"绿绮"。后用为琴的代称。

[13] 引：琴曲。《三弄》：琴曲《梅花三弄》的简称。

[14] 胡笳：古代北方少数民族所用的一种管乐器。

[15] 孤讽：独吟。

[16] 这两句说，恐怕梅花一夜之间就被东风吹落。

点绛唇 朱翌

梅

流水泠泠，断桥横路梅枝亚[1]。雪花飞下，浑似江南画[2]。 白璧青钱[3]，欲买春无价。归来也，西风平野，一点香随马。

【品读】

本篇为雪中游西湖观梅花而作。上片状物绘景，短短四句，有声有色地展现出一幅寒梅傲雪图。下片赞美江南早春无比迷人的自然风光。结句"一点香随马"，暗寓咏梅之意，清新俊逸，令人回味无穷。这首词曾受到朱敦儒的赞赏，当时流传甚广。

【注释】

[1] 断桥：在杭州西湖白堤上。原名宝祐桥，又称段家桥，唐时称为断桥。"断桥残雪"为西湖十景之一。 亚：通"压"，下垂貌。

[2] 浑似：简直好像。

[3] 璧：古玉器名。平圆形，正中有孔。也泛指美玉。 青钱：即铜钱，古代货币。

减字木兰花　洪惠英

梅花似雪，刚被雪来相挫折[1]。雪里梅花，无限精神总属他。　梅花无语，只有东君来作主[2]。传语东君，且与梅花作主人。

【品读】

此词作者是宋光宗时绍兴府一位演唱诸宫调的女艺人。据洪迈《夷坚乙志》卷六载："予守会稽，有歌诸宫调女子洪惠英，正唱词次，忽停鼓白曰：'惠英有述怀小曲，愿容举似。'乃歌曰（词如上略。）……歌毕，再拜云：'梅者惠英自喻，非敢僭拟名花，姑以借意，雪者指无赖恶少也。'官奴因言：其人在府一月，而遭恶子困扰者至四五，故情见乎词，在流辈中诚不易得。"词以梅花比一位受欺凌的弱女子，比得好，既形象又生动。她斗风雪，惩恶少，不畏强暴，精神可嘉。但毕竟力单势孤，不得不乞求"东君"为她做主，把自己的命运寄托在"清官"身上。然而官府会不会保护她呢？她的"述怀小曲"能感动"东君"吗？还是让读者去回答吧！

【注释】

[1] 挫折：损伤摧折，这里是欺凌的意思。

[2] 东君：春神，这里代指清官。

卜算子 陆游

咏梅

驿外断桥边[1]，寂寞开无主。已是黄昏独自愁，更著风和雨[2]。

无意苦争春，一任群芳妒[3]。零落成泥碾作尘[4]，只有香如故。

【品读】

陆游很喜欢梅花，常以它那凌霜傲雪、不惧风吹雨打的高尚品格来激励自己。在《剑南诗稿》中，有许多描写和赞美梅花的佳作，大都托物言志，含有深刻的寓意。此词上片，描绘梅花生长的严酷环境及其悲惨的遭遇。下片就梅花开放和凋谢后的情景，来赞美它的高风亮节。词中通过对梅花的礼赞，表达了作者决心与邪恶势力和艰难环境进行不屈的斗争，绝不改变坚持抗金救国的一贯立场。咏物而不滞于物，主体与客体完全融合，既刻画了梅花的风格神韵，同时也是爱国诗人自我形象的艺术写照。正如作者在一首《梅花绝句》中所说："何方可化身千亿，一树梅花一放翁。"在奇妙的艺术天地里，梅花与放翁已经"合二而一"了。

【注释】

[1] 驿：驿站。古代供传递公文的人或来往官员歇宿、换马的处所。

[2] 更著：又加上。

[3] 一任：任凭。

[4] 碾：轧碎。

清平乐　王质

梅影

从来清瘦，更被春僝僽[1]。瘦得花身无可有，莫放隔帘风透。　一枝相映孤灯，灯明不似花明。细看横斜影下，如闻溪水泠泠[2]。

【品读】

作词贵新，词新不如意新，立意新颖方能奇警峭拔，醒人耳目。王质这首小词，不咏梅之色，不赞梅之香，而着意绘其灯下清瘦之影。老干虬枝，疏影横斜，尤显出梅花不同于群芳之独特风韵。结拍两句，浮想联翩，又将梅花从书斋案头引回溪水潺潺的大自然中，让读者去仔细观察欣赏吧！

【注释】

[1] 僝僽：折磨。

[2] 泠泠：形容声音清越。

醉桃源　吕胜己

去年手种十株梅，而今犹未开。山翁一日走千回，今朝蝶也来。　高树杪[1]，暗香微，悭香越恼怀[2]。更烧银烛引春回，英英露粉腮[3]。

【品读】

去年刚刚种上的梅树，今年即盼其开花。老翁急不可耐，一日千回前往探看，连芳春始生的粉蝶也提前出现在大自然的舞台上，飞来寻觅梅花。为了让报春使者早日降临人间，不惜“更烧银烛”，驱散寒流，给梅花创造一个良好的环境气候。果然，奇迹出现了，枝头的绿萼纷纷露出了雪白的香腮。本篇写“山翁”爱梅、赏梅的急切心情，入木三分，无理而妙。

【注释】

[1] 杪（miǎo 秒）：树木的末梢。

[2] 悭（qiān 牵）香：谓香气稀微。悭，缺少。

[3] 英英：亦作“泱泱”，轻盈明亮的样子。

长相思　吕胜己

探梅摘归

冒寒吹，访琼姬[1]。行到青山遇玉肌。凝情欲待谁？　出疏篱，手同携。踏月随香清夜归。乘欢拨冻醅[2]。

【品读】

这首咏梅小词，短小轻巧，别具一格。上片说“探梅”：冒着寒风，入山寻访“琼姬”。行行来到青青的山坡下，只见梅花凌霜傲雪，应时而开，那洁白的花朵多像美人的“玉肌”。她风姿绰约，凝神伫望，究竟是在等待谁呢？下片说“摘归”：挽着“琼姬”，步出疏篱，随着暗香，踏着朦胧的月色而归。快打开酒坛，乘兴和“玉人”饮个酩酊大醉。词中的“佳人”比喻梅花，山中奇遇，携手同归，欣喜之情，溢于言表。吕翁爱花入迷，仿佛真的遇上了梅花仙子似的。

【注释】

[1] 琼姬：美女。

[2] 冻醅（pēi 胚）：冷酒。醅，未滤的酒。

浪淘沙 马子严

蜡梅

娇额尚涂黄，不入时妆。十分轻脆奈风霜。几度细腰寻得蜜[1]，错认蜂房。　　东阁久凄凉[2]，江路悠长。休将颜色较芬芳。无奈世间真若伪，赖有幽香。

【品读】

蜡梅花为黄色，淡雅朴素，不如桃李之娇艳。但它不畏风霜，香气浓郁，品格高尚，堪称花中君子。可惜如今世风日下，真伪莫辨，名花无人问津。它深感身世寂寞，心情凄凉，所以发出了“不入时妆”“江路悠长”的慨叹。此词以梅喻人，托物寄意，抒发了作者怀才不遇的怨愤之情。

【注释】

[1] 细腰：指蜂。

[2] 东阁：泛指客馆。这里是指梅花生长的地方。杜甫《和裴迪登蜀州东亭送客逢早梅相忆见寄》：“东阁官梅动诗兴，还如何逊在扬州。”

菩萨蛮 张镃

鸳鸯梅

前生曾是风流侣，返魂却向南枝住。疏影卧晴溪[1]，恰如沙暖时。　绿窗娇插鬓，依约犹交颈[2]。微笑语还羞，愿郎同白头。

【品读】

鸳鸯梅，为红梅之一种，花轻盈，叶数层，一蒂而结双果，为梅中之异品（见《群芳谱》）。词中紧扣“鸳鸯”二字，赞其为魂返南枝的前生情侣，又如交颈并卧于沙滩之上的鸳鸯，风流倜傥，情意绵绵。下片写美人簪花，笑语檀郎，但愿今生今世白头偕老。咏花及人，随物遣情，清新自然，风格和婉而明丽。

【注释】

[1] 晴溪：阳光下的小溪。

[2] 依约：仿佛。

暗香 姜夔

辛亥之冬[1]，予载雪诣石湖[2]。止既月[3]，授简索句[4]，且征新声[5]，作此两曲。石湖把玩不已，使工妓隶习之[6]，音节谐婉，乃名之曰《暗香》、《疏影》。

旧时月色，算几番照我，梅边吹笛？唤起玉人[7]，不管清寒与攀摘。何逊而今渐老[8]，都忘却春风词笔。但怪得、竹外疏花[9]，香冷入瑶席[10]。　江国，正寂寂。叹寄与路遥[11]，夜雪初积。翠尊易泣[12]，红萼无言耿相忆[13]。长记曾携手处，千树压、西湖寒碧。又片片吹尽也，几时见得？

【品读】

1191年冬，37岁的词人姜夔冒雪乘船来到苏州石湖，拜访退隐于此的老诗人范成大。一次，作者应主人的要求，自创曲调，谱写了两首咏梅之作。范成大很欣赏这两首词，姜夔也自觉其“音节谐婉”，于是遂用林逋《山园小梅》诗中“疏影横斜水清浅，暗香浮动月黄昏”，取名《暗香》、《疏影》。

本篇将咏梅与怀旧糅合在一起写，虽句句不离梅花，然其意不专在摹写物态，有寄托而无痕迹。作者所忆念之“玉人”，是情人？是友人？抑或别有所指，众说纷纭，难以认定。它的艺术魅力正在于意象朦胧，感慨全在虚处，给读者留下思考和联想的广阔余地。词的意境优美，笔调空灵，从石湖之梅写到西湖之梅，从梅之盛开写到梅之衰落，超越时空，寄意题外，读之令人回味无穷，余韵不尽，不愧为咏梅之绝唱。

【注释】

[1] 辛亥：宋光宗绍熙二年（1191）。

[2] 诣（yì亿）：到达。　石湖：在苏州西南，诗人范成大晚年退居于此，自号石湖居士。

[3] 止既月：停留了一个多月。

[4] 授简：给纸。　索句：索取诗词。

[5] 征新声：征求新的词调。

[6] 工妓：乐工、歌伎。　隶习：练习。

[7] 玉人：美人。

[8] 何逊：南朝梁代诗人，曾任扬州法曹，有《咏早梅》诗，广为传诵。

[9] 竹外疏花：竹林外面几株稀疏的梅花。

[10] 瑶席：华美的宴席。

[11] 叹寄与路遥：感叹路程太远，音书不通。这里暗用陆凯寄范晔诗：“折梅逢驿使，寄与陇头人。”

[12] 翠尊：翠绿色的酒杯。

[13] 红萼：指红梅。

疏影 姜夔

苔枝缀玉[1]，有翠禽小小[2]，枝上同宿。客里相逢，篱角黄昏，无言自倚修竹[3]。昭君不惯胡沙远[4]，但暗忆、江南江北。想佩环、月夜归来[5]，化作此花幽独。　犹记深宫旧事[6]，那人正睡里，飞近蛾绿[7]。莫似春风，不管盈盈[8]，早与安排金屋[9]。还教一片随波去，又却怨、玉龙哀曲[10]。等恁时、重觅幽香[11]，已入小窗横幅[12]。

【品读】

本篇写黄昏赏梅以及由此而引起的种种联想和感慨。上片以梅喻昭君，赞其美丽，怜其幽独，言其魂归故国，化作此花。下片因见落梅而生惜花之情，并由此而引出有关梅花的典故。结拍由篱角之梅说到画中之梅，表现出无可奈何的悲伤情调。《疏影》为《暗香》的姊妹篇，既写于一时，且同属咏梅之作，笔调空灵，运化无迹，均能用事而不为事所使。仔细寻味，似有寄托，或以为此阕表达了作者的家国之恨和兴亡之感，唯词意隐微，含蓄朦胧，读者尽可见仁见智，做不同的理解。

【注释】

[1] 苔枝：长有苔藓的梅枝。

[2] 翠禽：翠色羽毛的小鸟。据《龙城录》载，传说隋代赵师雄在罗浮松林中遇一女子，同到酒店对饮，又有一绿衣童子来歌舞助兴，终于醉卧林间。及至次日起视，则身在大梅花树下。原来那一女子为梅花所化，绿衣童子即枝上翠鸟。

[3] 修竹：长竹。

[4] 昭君：即王嫱，西汉南郡秭归（今属湖北省）人。元帝时被选入宫。竟宁元年（前33年），匈奴呼韩邪单于入朝求和亲，她自请远嫁匈奴，称为宁胡阏氏。

[5] 佩环：即环佩，衣上的玉饰。这里借指王昭君。

[6] 深宫旧事：据《太平御览》："宋武帝女寿阳公主人日卧于含章殿檐下。梅花落公主额上，成五出

花，拂之不去……宫女奇其异，竞效之。今梅花妆是也。”

[7] 娥绿：指女子的眉毛。娥，形容眉毛细长；绿，指用青黛色涂眉。

[8] 盈盈：形容仪态美好的样子。

[9] 金屋：据《汉武故事》，汉武帝幼时，曾对他的姑母说：“若得阿娇作妇，当以金屋贮之。”

[10] 玉龙：笛名。 哀曲：哀怨的曲调，指笛曲《梅花落》。

[11] 恁（nèn 嫩）时：那时。

[12] 横幅：横挂的画幅。

昭君怨 郑域

道是花来春未[1]，道是雪来香异。竹外一枝斜[2]，野人家。 冷落竹篱茅舍，富贵玉堂琼榭[3]。两地不同栽，一般开。

【品读】

这首咏梅小词，构思新颖，托意高远，耐人寻味。开篇两句，看似平淡无奇，却能不落俗套：说它是花呢，春天还没有来到；说它是雪呢，却又异香扑鼻。平平常常的十二个字，就将梅花的特点概括无余。下片进一步赞美梅花的高洁品格：它无论是生在荒僻的“竹篱茅舍”，或者是长在豪华的“玉堂琼榭”，环境不同，条件虽异，然而梅花的性格和品质却不会有丝毫改变。它既不怨天尤人，也不志得意满，依旧凌霜傲雪，年年应时而开。在梅花身上体现了富贵不能淫、威武不能屈、贫贱不能移的高尚情操，真可谓花中之君子。显然词人是托物寓意，通过咏赞梅花来表现自己的道德观念和审美理想。

【注释】

[1] 来：语助词，无义。

[2] 竹外句：苏轼《和秦太虚梅花》："竹外一枝斜更好。"

[3] 玉堂琼榭：指豪门贵族的厅堂楼台。

蝶恋花　真德秀

两岸月桥花半吐[1]。红透肌香，暗把游人误。尽道武陵溪上路[2]，不知迷入江南去。　　先自冰霜真态度。何事枝头，点点胭脂污？莫是东君嫌淡素[3]，问花花又娇无语。

【品读】

此阕咏红梅，专就"红"字做文章。一提起梅花，人们就会想到雪。因为它在冰雪中开放，它晶莹玲珑，洁白如雪。梅花和雪，在古人的诗词中结下了不解之缘。宋人多看重绿萼、重叶、玉蝶之属，故咏梅常常以"雪"作为映衬。本篇既是写"红梅"，当然应该突出渲染"红"的色彩。上片说月桥两岸，梅花吐蕊，"红透肌香"，游人都误认为来到了桃花盛开的"武陵溪上路"。下片谓梅花本来洁如冰雪，为什么枝头上的花朵都被胭脂所沾污，难道是造物主嫌它太淡雅朴素？花儿含羞不语，问而不答，还是留给读者去揣想吧！小词虽无寄托，却能别出新意，纤巧而不庸俗。

【注释】

[1] 月桥：半圆形的拱桥。

[2] 武陵：今湖南常德市。陶渊明《桃花源记》中所描写的世外桃源，即在武陵山中。

[3] 东君：春神，亦指天帝。

孤　鸾　赵以夫

梅

江南春早。问江上寒梅，占春多少？自照疏星冷，只许春风到。幽香不知甚处，但迢迢、满汀烟草。回首谁家竹外，有一枝斜好[1]。　记当年、曾共花前笑。念玉雪襟期[2]，有谁知道！唤起罗浮梦[3]，正参横月小[4]。凄凉更吹塞管，漫相思、鬓华惊老。待觅西湖半曲[5]，对霜天清晓。

【品读】

此阕写西湖早春月夜赏梅，采用的是上景下情的结构模式。换头用“记”字领起，引出怀旧之情。当年与伊人漫步西湖岸边，“曾共花前笑”。而今鬓发花白，容颜衰老，往事如梦，游踪难觅，不胜惆怅、凄凉，只能独自一人，空“对霜天清晓”。词以梅花为触媒，咏物而不滞于物，空灵蕴藉，含思凄婉，读来饶有余味。

【注释】

[1] 这两句用苏轼《和秦太虚梅花》诗：“竹外一枝斜更好。”

[2] 襟期：志愿，抱负。

[3] 罗浮：山名，在广东省东江北岸。罗浮梦，用《龙城录》关于赵师雄在罗浮山中遇梅仙的故事。

[4] 参：星名，二十八宿之一。参横，斗转参横的略语。即北斗星已转向，参星也已打横，谓天色将明。

[5] 曲：岸边。

霜天晓角　楼槃

梅

剪雪裁冰[1]，有人嫌太清。又有人嫌太瘦，都不是、我知音。　　谁是我知音？孤山人姓林[2]。自西湖别后，辜负我、到如今。

【品读】

作者是一位清贫的教书先生。满腹经纶，而不能见容于世，遂托诸梅花以自喻。梅花凌霜傲雪，玉洁冰清，却偏偏遭到时人的种种非议。或讥其“太清”，或嘲其“太瘦”，吹毛求疵，巧诋苛绳，都不是梅花的“知音”。真正了解梅花，热爱梅花，敬佩梅花高风亮节的人只有一位，那就是隐居西湖孤山、以“梅妻鹤子”闻名于世的林和靖先生。自从他羽化登仙、离别西湖之后，可怜我孤独寂寞，苦度岁月，直到如今，还没有遇到另一位“知音”。小词用第一人称口气，剖诉心曲，亲切委婉，在咏梅词中也属别具一格。

【注释】

[1] 剪雪裁冰：形容梅花晶莹洁白，如雪塑冰雕一样。

[2] 孤山：在杭州西湖的里湖和外湖之间，山上多梅，故又名梅屿。北宋诗人林逋曾隐居于此。

霜天晓角　萧泰来

梅

千霜万雪，受尽寒磨折。赖是生来瘦硬[1]，浑不怕、角吹彻[2]。　　清绝，影也别。知心惟有月。原没春风情性，如何共、海棠说。

【品读】

此阕亦为托物言志之作。上片赞梅之风骨。天生铁干，虽瘦却硬，尽管受尽风霜雨雪的摧残折磨，但仍傲然挺立，“欲传春信息，不怕雪埋藏”，何惧它角声吹彻《梅花落》？下片颂梅之品性。清峭奇丽，超尘拔俗，连花影也与众不同。虽然世间缺少知音，但天上自有一轮明月肝胆相照。本无争春邀宠之意，又何必去向海棠之类善妒的“群芳”分说。“俏也不争春，只把春来报”，襟怀坦白，自然无所畏惧。

【注释】

[1] 赖是：靠的是。

[2] 浑不怕：全不怕。　角吹彻：角声吹遍（《梅花落》）。

行香子　黄昇

梅

寒夜方浓，暖意才通。是晴阳、暗拆花封[1]。冰霜作骨，玉雪为容。看体清癯[2]，香淡伫，影朦胧。　　孤城小驿，断角残钟。又无边、散与春风。芳心一点，幽恨千重。任雪霏霏[3]，云漠漠[4]，月溶溶[5]。

【品读】

此阕写旅途月夜赏梅。乍暖还寒，一阳初生，报春的早梅不知不觉已经绽开了蓓蕾，那清瘦的枝影若隐若现，淡淡的幽香飘洒在夜空之中。荒僻的孤城，萧瑟的客馆，不时传来一阵阵“断角残钟”。其声哀婉凄切，似寄托“芳心一点，幽恨千重”。词的境界优美，意象朦胧，给人以绵邈深邃的美感。

【注释】

[1] 暗拆花封：不知不觉花蕾绽开。
[2] 清癯（qú渠）：清瘦。
[3] 霏霏：形容雨雪甚密。
[4] 漠漠：密布貌。
[5] 溶溶：形容月光荡漾。

暗　香　汪元量

西湖社友有千叶红梅[1]，照水可爱。问之自来，乃旧内有此种[2]。枝如柳梢，开花繁艳，兵后流落人间。对花泫然承脸而赋[3]。

馆娃艳骨[4]。见数枝雪里，争开时节。底事化工[5]，著意阳和暗偷泄。偏把红膏染质，都点缀、枝头如血。最好是、院落黄昏，压栏照水清绝。　风韵自迥别。谩记省故家，玉手曾折。翠条袅娜，犹学宫妆舞残月。肠断江南倦客[6]，歌未了、琼壶敲缺[7]。更忍见，吹万点、满庭绛雪[8]！

【品读】

宋亡后，汪元量被俘北行，羁留燕京十余年。后因自请为道士始得南归，隐居于杭州西湖，与一些遗民诗人结社唱和，度过寂寞凄苦的余年。本篇为南归以后之作。一次，作者在“西湖社友”家中，看到一株千叶红梅，十分艳丽可爱。询问主人，原来此花乃当年皇宫内的品种，由于战乱才流传到了民间。词人不禁“对花泫然”，感叹唏嘘，为赋此阕。词中通过咏赞红梅，表达了作者的故国之恋和亡国之恨。馆娃宫中的“艳骨”，当年曾经“玉手”攀折，如今流落人间，独立黄昏，枝头繁花点点，也好像染着斑斑血迹。一阵风起，片片吹落，庭院中积满了堆堆红雪。词情哀苦，音调凄怆，饱含血泪，与姜夔的《暗香》可以比美，都是感慨很深的咏梅佳作。

【注释】

[1] 千叶红梅：梅花的名品。据传出自湖南和福建，故又有潭州红、福州红、邵武红等名称。

[2] 旧内：指南宋皇宫内院。

[3] 泫然承脸：泪流满面。

[4] 馆娃：古代宫名。吴王夫差为西施所建，故址在今江苏吴县灵岩寺。这里是指南宋皇宫。 艳骨：指千叶红梅。

[5] 化工：自然创造或生长万物的功能，亦指造物主。

[6] 江南倦客：作者自谓。

[7] 琼壶敲缺：《世说新语·豪爽》：“王处仲（敦）每酒后辄咏‘老骥伏枥，志在千里；烈士暮年，壮心不已’。以如意打唾壶，壶口尽缺。”后因以敲击唾壶表示壮志难酬的悲愤之情。琼壶，玉壶。

[8] 绛雪：红雪。

草木果蔬

点绛唇 林 逋

金谷年年[1]，乱生春色谁为主？余花落处，满地和烟雨。　　又是离歌，一阕长亭暮。王孙去[2]，萋萋无数[3]，南北东西路。

【品读】

此阕为咏春草之词，通篇虽不著一草字，而草色处处可见。前段写荒园无主，杂草丛生，落花满地，烟雨凄迷，伤春之情寓于景中。后段言长亭日暮，芳草萋萋，离歌一曲，行人远去，不胜依依惜别之情。词意含蓄委婉，境界浑成，乃开宋词咏物之风的佳作。

【注释】

[1] 金谷：古地名，在今河南洛阳市东北。晋石崇筑园于此，世称金谷园。这里是泛指名园。

[2] 王孙：古代贵族公子的通称。用以泛指远游之人。

[3] 萋萋：草茂盛貌。

苏幕遮 梅尧臣

草

露堤平，烟墅杳。乱碧萋萋，雨后江天晓。独有庾郎年最少[1]，窣地春袍[2]，嫩色宜相照。　　接长亭，迷远道，堪怨王孙，不记归期早。落尽梨花春又了，满地残阳，翠色和烟老。

【品读】

据吴曾《能改斋漫录》卷十七载，一次梅尧臣在欧阳修家，听到有人称赞林逋的咏草词《点绛唇》(金谷年年)，便写了这首《苏幕遮》，欧阳修“击节赏之”，自己也即兴写了一首《少年游》。此三阕同题之作，异曲同工，王国维《人间词话》誉为“咏春草绝调”。本篇上片先绘景，次及人，刻画一位风度翩翩的少年，面对芳草如茵、江天初晓的美好景色，自觉春风得意、前程似锦。下片寓情于景，感叹春归花落，梦想成空，倦于宦游，不如及早归去。两片对比鲜明，通过咏草，抒发了作者早年和晚年在仕途上的不同处境和感受。

【注释】

[1] 庾郎：指庾信，早有文名，年十五即为梁东宫讲读。

[2] 窣(sū苏)地：拂地。窸窣窣的略语，本为象声词，形容轻微的摩擦声，这里作动词用，即擦地的意思。　春袍：即青袍，古代读书人和初入仕途者所穿之袍。

少年游　欧阳修

草

阑干十二独凭春，晴碧远连云[1]。千里万里，二月三月，行色苦愁人。　　谢家池上[2]，江淹浦畔[3]，吟魄与离魂[4]。那堪疏雨滴黄昏，更特地、忆王孙。

【品读】

此阕借咏草以抒离情。主人公由结句“更特地、忆王孙”暗示其为闺中少妇。上片写伊人春日独自凭栏，遥望晴空，草色连云，行人远在千里、万里之外，真是愁煞人！换头连用两个与春草和离别有关的典故，进一步渲染女主人公的伤春怀远之情。结拍化用《楚辞·招隐士》“王孙游兮不归，春草生兮萋萋”，融情入景，点明题意。本篇含蓄委婉，咏物与抒情融为一体，读来亦颇有韵致。

【注释】

[1] 这句说晴空之下，绿草如茵，远接云天。

[2] 谢家池上：谢灵运《登池上楼》诗：“池塘生春草，园柳变鸣禽。”

[3] 江淹浦畔：江淹《别赋》：“春草碧色，春水渌波。送君南浦，伤如之何？”

[4] 吟魄：指谢灵运诗。 离魂：指江淹《别赋》。

浪淘沙 辛弃疾

赋虞美人草

不肯过江东[1]，玉帐匆匆[2]。至今草木忆英雄。唱着虞兮当日曲[3]，便舞春风。　儿女此情同，往事朦胧。湘娥竹上泪痕浓[4]。舜盖重瞳，堪痛恨、羽又重瞳[5]。

【品读】

虞美人草，一年生草本植物，亦称丽春花。沈括《梦溪笔谈》谓：“高邮人桑景舒，性知音……旧传有虞美人草，闻人作《虞美人曲》，则枝叶皆动，他曲不然。景舒试之，诚如所传，乃详其曲声，曰皆吴音也。”又《益州草木记》云：“雅州名山县出虞美人草，唱《虞美人》曲，应拍而舞。”传说未必是真的，但在宋代确实有人相信，起码沈括和辛弃疾就是如此。本篇上阕轻快，下阕凝重，通过咏虞美人草，表达了作者对悲剧英雄项羽的惋惜和同情。

【注释】

[1] 江东：指江南。项羽为江苏宿迁人，地处江东。楚汉战争中，项羽被刘邦击败，从垓下突围至乌江（在今安徽和县境内）。乌江亭长劝他返回江东，再图霸业。项羽含笑拒绝说："天之亡我，我何渡为！且籍与江东子弟八千人渡江而西，今无一人还，纵江东父老怜而王我，我何面目见之！纵彼不言，籍独不愧于心乎！"于是乃自刎而死。

[2] 玉帐：军帐，征战时主帅所居之帐幕。

[3] 虞：指虞姬，或谓姓虞，或谓名虞，项羽姬妾，常随其出征。项羽被困垓下（今安徽灵璧南），悲歌赋诗曰："力拔山兮气盖世，时不利兮骓不逝。骓不逝兮可奈何，虞兮虞兮奈若何！"虞姬闻而和之，后传其歌词为："汉兵已略地，四面楚歌声。大王意气尽，贱妾何聊生！" 当日曲：当年项羽和虞姬所唱的歌曲，这里是指《虞美人曲》。

[4] 湘娥竹：即湘妃竹，又名斑竹。

[5] 重瞳：眼中有两个瞳子。

虞美人　文珏

歌唇乍启尘飞处。翠叶轻轻举，似通舞态逞妖容[1]。嫩条纤丽玉玲珑[2]，怯秋风。　　虞姬珠碎兵戈里。莫认埋魂地，只应遗恨寄芳丛。露和清泪湿轻红，古今同。

【品读】

此阕通过咏虞美人草，哀悼美人虞姬死于兵戈之中，与稼轩《浪淘沙》痛惜失路英雄项羽的侧重点不同。在宋末元兵入侵之际，妇女死于战乱者难以数计，词人托物抒感，悲歌一曲，聊将"遗恨寄芳丛"，表达了深沉的哀思。

【注释】

[1] 逞：施展。 妖容：艳丽的姿容。

[2] 玲珑：明丽。

选冠子 张景修

咏柳

嫩水挼蓝[1]，遥堤影翠，半雨半烟桥畔。鸣禽弄舌，梦草萦心，偏称谢家池馆[2]。红粉墙头，步摇金缕[3]，纤柔舞腰低软。被和风搭在阑干[4]，终日画帘高卷。　春易老，细叶舒眉[5]，轻花吐絮，渐觉绿阴成幔。章台系马[6]，灞水维舟[7]，谁念凤城人远[8]？惆怅故国阳关[9]，杯酒飘零，惹人肠断。恨青青客舍，江头风笛，乱云空晚。

【品读】

这首咏柳词，极尽形容刻画之能事，用典虽多，然皆运化无迹，将柳枝柳叶描绘得婀娜多姿，柔美妩媚，惹人喜爱。辞藻华丽，音调谐婉，意象优美，虽无寄托，亦不失为咏物佳作。

【注释】

[1] 嫩水：春水、绿水，以嫩草之色形容水色。　挼：本义为揉搓，这里是轻拂之意。这句说柳条轻拂水面。

[2] 谢家池馆：谢灵运《登池上楼》："池塘生春草，园柳变鸣禽。"这三句化用谢诗咏柳。

[3] 步摇：古代妇女的一种首饰，上有垂珠，行步则摇动，故名。这三句以美女纤柔之腰形容柳条。

[4] 和风：春季的微风。

[5] 细叶舒眉：形容柳叶如舒展之美眉。

[6] 章台：汉长安章台下街名，旧时妓院的代称。

[7] 灞水：在今陕西西安市东。　维舟：系船。汉唐时在灞水送别，常折柳为赠。

[8] 凤城：京城。

[9] 阳关：古关名，故址在今甘肃敦煌西南古董滩附近。因在玉门关之南，故名。

临江仙 许庭

柳

不见隋河堤上柳[1]，绿阴流水依依。龙舟东下疾于飞[2]。千条万叶，浓翠染旌旗。　　记得当年春去也，锦帆不见西归[3]。故抛轻絮点人衣。如将亡国恨，说与路人知。

【品读】

许庭词仅存五首，均为《临江仙》，这里选录了其中的第二首。词中将咏物、怀古和抒情融于一体，通过隋炀帝穷奢极欲、巡幸江都、遭致亡国惨祸的史实，告诫人们应当吸取教训，不要让历史的悲剧重演。柳的意象含蓄深沉，富有情韵，它仿佛深解人意，要将亡国之恨告诉每一个路过这里的人。

【注释】

[1] 隋河堤：即隋堤。隋炀帝时开通济渠，连接南北河道，后称运河。沿岸筑堤，称为隋堤。隋唐以来，隋堤多植柳树。

[2] 龙舟：龙形的船。《隋书·炀帝纪》："御龙舟，幸江都。"

[3] 锦帆：隋炀帝幸江都的龙舟以锦为帆，称为锦帆。

兰陵王 周邦彦

柳

柳阴直，烟里丝丝弄碧。隋堤上[1]，曾见几番，拂水飘绵送行色。登临望故国[2]，谁识京华倦客[3]？长亭路，年去岁来，应折柔条过千尺。　　闲寻旧踪迹，又酒趁哀弦[4]，灯照离席[5]。梨花榆火催寒食[6]。愁一箭风快，半篙波暖，回头迢递便数驿[7]。望人在天北。　　凄恻，恨堆积。渐别浦萦回[8]，津堠岑寂[9]，斜阳冉冉春无极。念月榭携手，露桥闻笛。沉思前事，似梦里，泪暗滴。

【品读】

此阕咏“柳”，实为托柳起兴，抒写离别之情。全词分为三片，每片各成一自然段落。从词中的景物看，送别的地点在京城的汴河堤上，时间是春天的中午至傍晚。词中还穿插着一些回忆往事的场面，寄寓着自己的寥落失意之感。全篇章法井然，结构谨严，三片分别描写别前、别时和别后，情景交融，虚实相映，层次分明，艺术上很有特色。陈廷焯《白雨斋词话》评论说：“美成词极其感慨，而无处不郁，令人不能遽窥其旨。如《兰陵王》云：‘登临望故国，谁识京华倦客？’二语是一篇之主，上有‘隋堤上，曾见几番，拂水飘绵送行色’之句，暗伏倦客之根，是其法密处。故下接云：‘长亭路，年去岁来，应折柔条过千尺。’久客淹留之感，和盘托出。他手至此，以下便直抒愤懑矣。美成则不然，‘闲寻旧踪迹’二叠，无一语不吞吐，只就眼前景物，约略点缀，更不写淹留之故，却无处非淹留之苦。直至收笔云：‘沉思前事，似梦里，泪暗滴。’遥遥挽合，妙在才欲说破，便自咽住，其味正自无穷。”

【注释】

[1] 隋堤：隋代开通济渠，自荥阳至开封一段为古汴水，沿岸筑堤，称为隋堤。

[2] 故国：这里是指故乡。

[3] 京华：这里是指北宋都城汴京。　倦客：倦于宦游之人。

[4] 哀弦：哀怨的琴瑟之声。

[5] 离席：离别时的筵席。

[6] 寒食：节令名，清明前一天（一说清明前二天）。相传起于晋文公悼念介之推事，因介之推抱木焚死，便定于是日禁火寒食。

[7] 迢递：遥远。　驿：驿站。

[8] 别浦：江河支流入水口或汊口。

[9] 津：渡口。　堠：古代探望敌情的土堡。

西江月 汪莘

张文潜诗有东海大松[1]，序云：土人相传，三代时物[2]。徐仲车先生和之[3]。余意古松之散在天地间，其拄青天而蔽厚地者，可以数计周知。欲合而处之，不可得也。作问松。

天下老松有数，人间不记何年。海心岳顶寺门前[4]，我欲收成一片。　为向此公传语，却教老子随缘。龙盘虎踞负青天，岂若吾身亲见。

【品读】

作者长期屏居黄山，黄山以奇松怪石闻名，作者对松树特别是古松也产生了浓厚的兴趣。一次他读到张耒的一首诗，诗中说东海岛上有一株大松，相传是三代时候的产物。于是他异想天开，希望能把分散在天地之间的古松都集中在一起"合而处之"，大概是想把它们保护起来，不致受到糟践和破坏吧！然而他冷静一想，这根本不可能，于是写了这首"问松"的《西江月》词。词中表达了作者热爱古松、保护古松的美好愿望，这对我们今天的读者来说，不是也可以从中受到启发吗？

【注释】

[1] 张文潜：北宋诗人，名耒，字文潜，号柯山，江苏淮阴人。

[2] 三代：指夏、商、周三个朝代。

[3] 徐仲车：北宋诗人，名积，字仲车，江苏淮安人。

[4] 岳顶：山巅。

忆秦娥 贺铸

桑

著春衫，玉鞭鞭马南城南[1]。南城南，柔桑细草，留驻金衔[2]。　粉娥采叶供新蚕[3]，蚕饥略许携纤纤。携纤纤，湔裙淇上，更待初三[4]。

【品读】

桑是一种重要的经济植物，古代文学中描写桑树和采桑活动的，当以《诗经》为最早。宋人的咏物词虽然不少，但以“桑”为题的，则有如凤毛麟角，并不多见。此阕写作者春日乘马出游，在城南看到一片柔嫩的桑叶和绿色的小草，使他感到田野里充满生机，不觉流连忘返。忽然又发现一群少女采桑陌上，供养初生的幼蚕。结处写少女们期待三月初三上巳节早日到来，好尽情玩个痛快。虽属设想之辞，但合情合理，富有生活情趣。

【注释】

[1] 玉鞭：镶玉的马鞭。

[2] 金衔：铜制的马笼头。衔，横在马口中备抽勒的嚼子，古代多以青铜为之。

[3] 粉娥：指少女。

[4] 湔（jiān坚）：洗。　淇上：淇水之上。淇水，古为黄河支流，在今河南省北部。　初三：指农历三月三日，古代以此日为上巳节，官民皆到流水之上洗濯，以去除尘垢疾病。

锦缠道 马子严

桑

雨过园林，触处落红凝绿。正桑叶、齐如沃[1]，娇羞只恐人偷目。背立墙阴，慢展纤纤玉[2]。　　听鸠啼几声，耳边相促。念蚕饥、四眠初熟[3]。劝路旁、立马莫踟躇[4]，是那里唱道秋胡曲[5]？

【品读】

此阕上片以美人比桑，它独倚墙角，亭亭玉立，娇羞答答，深恐被人偷看。下片写蚕妇采桑，路遇行人，劝其休得“立马踟蹰”，生动地描绘出一个罗敷式的女性形象。本篇将桑与蚕妇合写，可谓两全其美，相得益彰。

【注释】

[1] 沃：润泽，肥厚。这句说桑叶长得整齐而繁盛。

[2] 纤纤玉：形容新长出的桑条。

[3] 四眠初熟：幼蚕蜕皮期间不食不动称“眠”，家蚕从收蚁到老熟蜕皮四次的叫“四眠蚕”，蜕皮三次的叫“三眠蚕”。一般多为“四眠蚕”。

[4] 踟躇：犹豫，徘徊不进。

[5] 秋胡曲：指乐府“清调曲”《秋胡行》，古辞已亡。秋胡事见《列女传》及《西京杂记》。传说春秋时秋胡出外十年，回家时在桑园中调戏他的妻子，被妻子痛骂一顿。

眼儿媚　张镃

女贞木

山矾风味木犀魂[1]，高树绿堆云。水光殿侧，月华楼畔[2]，晴雪纷纷[3]。　　何如且向南湖住[4]，深映竹边门。月儿照着，风儿吹动，香了黄昏。

【品读】　女贞，木樨科，常绿灌木或乔木，初夏开白花，花气清香。果实称“女贞子”，可以入药。本篇所咏为作者南湖别墅中之女贞木。上片以芸香和桂花相比，赞其挺拔的英姿和生长的幽美环境。下片写傍晚赏花，“月儿照着，风儿吹动，香了黄昏”，富于诗情画意，读来令人心旷神怡。

【注释】
[1] 山矾：又名芸香、椗花、柘花等。　木犀：即桂花。
[2] 水光殿、月华楼：南湖别墅中的建筑。
[3] 晴雪：女贞花色白，故云。
[4] 南湖：作者寓居临安南湖园，建筑宏丽，为当时著名的园林别墅。

添字丑奴儿[1]　李清照

窗前谁种芭蕉树？阴满中庭。阴满中庭，叶叶心心，舒展有余情。　伤心枕上三更雨，点滴霖霪[2]。点滴霖霪，愁损北人[3]，不惯起来听。

【品读】　本篇写于南渡以后。词人流落异乡，因见芭蕉而起兴，触景感怀，抒发怀念故土的深情。上片写景，叙白天即目所见；下片抒怀，写深夜听雨伤情。全词以芭蕉、夜雨为背景，写了一天的见闻和感受。抒情主人公的情感之波，随着时间的推移和景物的变化而起伏动荡。两片的第三句“阴满中庭”和“点滴霖淫”均用叠句，起到了渲染环境气氛、加强艺术效果的作用。词中还运用了双声叠字，形成错落有致的韵律，使作品的意象显得更为生动，富于艺术感染力。

【注释】

[1] 添字丑奴儿：亦作《添字采桑子》。《丑奴儿》与《采桑子》同调异名。原调于结拍添二字，改七言句为四言、五言两句，成"添字"体。

[2] 霖霪：久雨。这里是形容雨声不绝于耳。

[3] 愁损：愁坏、愁煞的意思。

玉楼春 钱惟演

锦箨参差朱槛曲[1]，露濯文犀和粉绿[2]。未容浓翠伴桃红，已许纤枝留凤宿。　嫩似春荑明似玉[3]，一寸芳心谁管束。劝君速吃莫踟蹰，看被南风吹作竹。

【品读】

此阕咏春笋，为宋人最早的咏物词之一。笋是竹类的嫩茎，其味鲜美，可供食用。上片写回廊下春笋抽芽，雨露滋润，长势喜人。下片劝人赶快尝新，否则南风一吹，嫩笋转眼之间就变成了竹子。小词虽无深意，却也将竹笋的特点及其价值形象地展现在了读者的眼前。

【注释】

[1] 箨（tuò拓）：笋壳。　槛曲：回廊。

[2] 濯：洗涤。

[3] 荑：茅草的嫩芽，可食。

沁园春 严参

题吴明仲竹坡

竹焉美哉！爱竹者谁？曰君子欤！向佳山水处，筑宫一亩；好风烟里，种玉千余。朝引轻霏[1]，夕延凉月，此外尘埃一点无。须知道，有乐其乐者，吾爱吾庐。　竹之清也何如？应料得诗人清矣乎。况满庭秀色，对拈彩笔，半窗凉影，伴读残书。休说龙吟，莫言凤啸，且道高标谁胜渠？君试看，正绕坡云气，似渭川图[2]。

【品读】

友人在屋旁小山坡上种了一片翠竹，作者为赋此词赞之。开篇直明本意，将竹和种竹之人合写，描绘出一幅幽雅清静的竹坡山居图。换头以后写友人竹下赋诗吟咏，作画读书，高标旷怀，自得其乐，一派隐逸之风。词的文字雅洁，意境优美，富有诗情画意。

【注释】

[1] 轻霏：薄薄的云雾。

[2] 渭川图：指田园山水图。渭川，即渭河，在陕西省中部。唐王维有《渭川田家》诗，写田园风光，流露出归隐田园之情。

浣溪沙 晁补之

樱　桃

雨过园亭绿暗时，樱桃红颗压枝低。绿兼红好眼中迷。　荔子天教生处远[1]，风流一种阿谁知[2]？最红深处有黄鹂。

【品读】

樱桃，又名“莺桃”。果实小，呈球形，鲜红色，味稍甜而带酸，初夏成熟。这首咏樱桃的小词，先描状其形与色，然后说它不像荔子那样生长在遥远的南方，轻易难得见到。结处以黄鹂做映衬，使画面更显生动，色彩尤为鲜明。

【注释】

[1] 荔子：即荔枝。

[2] 阿谁：犹言谁，何人。古乐府《十五从军征》：“家中有阿谁？”

豆叶黄 陈克

粉墙丹柱柳丝中，帘箔轻明花影重[1]。午醉醒来一面风[2]。绿葱葱，几颗樱桃叶底红。

【品读】

粉墙丹柱，小院幽静，主人公午醉醒来，忽然发现绿叶下几颗鲜红的樱桃挂在枝头。其色其味，令人垂涎。寥寥数语，绘出了一幅初夏庭院小景。

【注释】

[1] 帘箔：用苇子或秫秸织成的帘子。

[2] 一面风：谓风从门窗同一方向吹进来。

南柯子 陈舜翁

德祖家珍熟[1]，钱塘五月中[2]。碧梧桐盖翠�笼[3]，倾向水晶盘内、斗尝空。　绛粟成团小[4]，清甜笑蜜浓。微酸犹解惨人容。最是玉纤拈处、染轻红。

【品读】

此阕为咏杨梅之作。杨梅，初夏果熟，呈球形，密生多数囊状体，味甜微酸，有紫黑色、暗红色、淡红色或白色等。词中对杨梅的形状、颜色、味道、产地和包装均做了描绘。下片写人们吃杨梅时的表现和情态，尤为生动传神。

【注释】

[1] 德祖：汉末文学家杨修，字德祖。这里是以杨梅姓“杨”而与杨修联系在一起。　家珍：家传珍品。

[2] 钱塘：今浙江杭州市。

[3] 筠笼：指盛杨梅的竹笼。

[4] 绛粟：指杨梅表面的红色囊状体。

永遇乐 杨无咎

梅子

风褪柔英，雨肥繁实，又还如豆[1]。玉核初成，红腮尚浅，齿软酸微透。粉墙低亚[2]，佳人惊见，不管露沾襟袖。折一枝、钗头未插，应把手挼频嗅[3]。　相如病酒，只因思此，免使文君眉皱。入鼎调羹，攀林止渴[4]，功业还依旧。看看飞燕，衔将春去，又是欲黄时候。争如向、金盘满捧[5]，共君对酒。

【品读】

梅，早春先叶开花，果即梅子，成熟时一般呈黄色，味极酸。依采时果色不同，有白梅、青梅、黄梅、花梅之分。此阕从花褪结子写到“欲黄时候”，形象地再现了梅子生长成熟的过程。中间穿插佳人折梅、相如思梅、望梅止渴等故事，纡缓从容，将梅子形容尽致。结拍归到对酒品尝佳果，饶有韵味。

【注释】

[1] 如豆：形容梅子小如豆粒。

[2] 亚：同“压”，低垂貌。

[3] 捘（zùn）：按，捏。 频嗅：闻了又闻。

[4] 攀林止渴：即“望梅止渴”。

[5] 争：同“怎”。

蝶恋花 王寀

晕绿抽芽新叶斗。掩映娇红，脉脉群芳后[1]。京兆画眉樊素口[2]，风姿别是闺房秀。 新篆题诗霜实就。换得琼琚[3]，心事偏长久。应是春来初觉有，丹青传得厌厌瘦[4]。

【品读】

此阕为咏木瓜之作。木瓜春末夏初开花，花为淡红色。果实秋季成熟，长椭圆形，色淡黄、味酸涩，有香气。《诗经·卫风·木瓜》写男女定情，互相赠答，故词中亦兼及此意。上片从木瓜抽芽、开花写到结果，下片写男女以木瓜为赠，表达彼此相爱之情。咏物与恋情合写，十分自然。

【注释】

[1] 脉脉：含情欲吐貌。 群芳后：木瓜初夏开花，在百花之后，故云。

[2] 京兆：唐代府名，治所在今陕西西安市，后为京城的代称。 樊素：唐白居易的侍姬，善歌，居

易有“樱桃樊素口”之诗句。

[3] 换得琼琚:《诗经·卫风·木瓜》:“投我以木瓜,报之以琼琚。”谓男女情人互以木瓜、琼琚相赠。琼琚,泛指佩玉。

[4] 丹青:这里是指画像。　厌厌:精神不振貌。

浣溪沙　吴礼之

橄榄

南国风流是故乡,红盐落子不因霜。于中小底最珍藏。　荐酒荐茶些子涩[1],透心透顶十分香。可人回味越思量[2]。

【品读】

橄榄,又名青果、白榄。常绿乔木,春夏开白花,果实呈椭圆、卵圆、纺锤形,初为绿色,成熟后变为淡黄色。我国南方人喜食用、回味无穷。这首词言简意明,将橄榄的特点写得十分具体,富有诱惑力。谁不想尝一尝这“透心透顶”、回味无穷的美味呢?

【注释】

[1] 荐:献,进。　些子:一点儿。

[2] 可人:使人满意。黄庭坚诗:“风味极可人。”

浣溪沙　苏轼

咏橘

菊暗荷枯一夜霜,新苞绿叶照林光。竹篱茅舍出青黄。　香雾噀人惊半破[1]，清泉流齿怯初尝。吴姬三日手犹香[2]。

【品读】

深秋时节，菊暗荷枯，一片萧瑟景象，唯独竹篱茅舍之间，或青或黄的柑橘缀满枝头，惹人喜爱。掰开一个来尝一尝吧，顿时香气袭人，犹如一股甘洌的清泉流入舌齿之间，美人手上的香味三日后还洗不掉哩！橘子几乎人人都尝过，但咏橘之作却不多见。蜀中柑橘古已闻名，作为家乡的特产，苏轼写来得心应手，毫不费力，寥寥数语便将橘的色、香、味描绘得十分生动而形象。

【注释】

[1] 噀（xùn 迅）：喷。

[2] 吴姬：吴地的女子。李白《金陵酒肆留别》："风吹柳花满店香，吴姬压酒劝客尝。"这里是泛指女子。

齐天乐　史达祖

赋　橙

犀纹隐隐莺黄嫩[1]，篱落翠深偷见。细雨重移，新霜试摘，佳处一年秋晚。荆江未远[2]，想橘友荒凉，木奴嗟怨[3]。就说风流，草泥来趁蟹螯健。　　并刀寒映素手[4]，醉魂沉夜饮，曾倩排遣。沆瀣含酸[5]，金罂裹玉[6]，薮薮吴盐轻点[7]。瑶姬齿软[8]。待惜取团圆，莫教分散。入手温存，帕罗香自满。

【品读】 周邦彦《少年游》开篇三句“并刀如水，吴盐胜雪，纤指破新橙”，写美人破橙待客，一时传为佳话，但全篇并非咏橙之作。史达祖的这首《齐天乐》堪称一篇《橙赋》。词人以细腻的笔触、优美的文字，将橙的形态、皮肉及其甜中含酸的清香美味形容得淋漓尽致，确系咏物高手。

【注释】

[1] 犀纹：犀牛角上的花纹。 莺黄：形容橙皮如黄鹂之羽色。

[2] 荆江：长江自湖北枝江至湖南岳阳城陵矶一段的别称。

[3] 木奴：《水经注·沅水》：“又东历龙阳县之氾洲，洲长二十里，吴丹阳太守李衡植柑于其上，临死敕其子曰：‘吾州里有木奴千头，不责衣食，岁绢千匹。’”后因称柑橘树为木奴。

[4] 并刀：并州剪刀，以锋利著称。并，并州，古代九州之一，今山西一带。

[5] 沆瀣（hàng xiè）：露水。

[6] 金罂：金色的酒坛，形容橙之外形。

[7] 蔌蔌：花落貌。 吴盐：吴地所产之盐。

[8] 瑶姬：仙女，指美人。

西江月 张 挥

味过华林芳蒂[1]，色兼阳井沉朱。轻匀绛蜡裹团酥，不比人间甘露[2]？ 神鼎十分火枣，龙盘三寸红珠。清含冰蜜洗云腴，只恐身轻飞去。

【品读】 此阕咏柿，开篇即以赞叹出之，言其味美色佳，犹如一层红蜡裹着一团酥糖，真可以与人间甘露比美。下片以仙家之物“火枣”“红珠”相比，谓食此佳果，顿觉心旷神怡，飘飘欲仙，“只恐身轻飞去”。读了这首词，谁不想去尝一尝柿子的滋味呢！

【注释】

[1] 蔕：同“蒂”，花或瓜果跟枝茎相连的部分。这里是指花果。

[2] 甘露：甜美的露水。古人迷信，以为天下太平，则天降甘露。

醉落魄　韩元吉

霓裳弄月，冰肌不受人间热。分明蜜露枝枝结。碧树珊瑚，容易与君折。　玉环旧事谁能说[1]，迢迢驿路香风彻[2]。故人莫恨东南别。不寄梅花，千里寄红雪。

【品读】

此阕为咏荔枝之作。荔枝原产我国南方，是一种甘美的名果。果实呈心脏形或圆形，果皮有鳞斑状突起，鲜红、紫红、青绿或青白色。果肉新鲜时为半透明凝脂状，多汁，味甜美，有芳香。词的上片赞美枝上名果。树如珊瑚，果似蜜露，自是无比珍贵之物。换头用杨妃事略加点染，结拍安慰友人，无须伤离怨别，即使到了千里之外，也忘不了给你寄来一束“红雪”——荔枝。

【注释】

[1] 玉环旧事：指杨贵妃吃荔枝事。《新唐书·杨贵妃传》：“妃嗜荔枝，必欲生致之，乃置骑传送，走数千里，味未变，已至京师。”杜牧《过华清宫绝句》：“一骑红尘妃子笑，无人知是荔枝来。”苏轼《荔枝叹》：“颠坑仆谷相枕藉，知是荔枝龙眼来。”皆咏此事。

[2] 迢迢：遥远貌。驿路：即驿道，我国古代的交通大道。

西江月　康与之

名与牡丹联谱[1]，南珍独比江瑶[2]。闽山入贡冠前朝，露叶风枝袅袅[3]。　香玉满苞仙液，绉红圆感鲛绡[4]。华清宫殿蜀山遥，一骑红尘失笑[5]。

【品读】

本篇《全芳备祖》列入“龙眼门”。龙眼俗称“桂圆”，果实球形，壳淡黄或褐色，质薄而光滑。果肉白色，透明，汁多，味甜。《群芳谱》：“龙眼，闽、广、蜀道出荔枝处皆有之，树似荔枝，叶似林檎，凌冬不凋，春末夏初开细白花，七月实熟，实极繁，作穗如葡萄，每穗五六十个。”又有圆眼、益智、荔枝奴等名。此阕上片咏福建所产龙眼，谓其可与南方的海味珍品干贝比美，下片赞蜀中所产龙眼，形容它好像用芳香的玉衣包着一团“仙液”。比喻生动而有特色，即使没有吃过龙眼的人，也可以通过联想去领略龙眼的美妙滋味。

【注释】

[1] 这句说龙眼和名花牡丹都被列入《群芳谱》中。

[2] 江瑶：亦作“江珧”，软体动物。多群栖于海岸泥沙中，壳薄而大，肉柱可供食用，称“江珧柱”，也称“干贝”，为海味珍品。

[3] 袅袅：摇曳貌。这句说从福建进贡来的龙眼，枝叶上还带着露水，在风中轻轻地摇曳，好像是刚摘下来的一样。

[4] 鲛绡：神话传说中鲛人（美人鱼）所织的丝绢，这里是泛指丝织物。这句形容龙眼的外壳好像用红色的绉纱包裹的一样。

[5] 这两句用杜牧《过华清宫绝句》“一骑红尘妃子笑，无人知是荔枝来”诗意。作者将龙眼与荔枝视为同物。

清平乐 张镃

炮栗

蝟房秋熟[1]，紫实包黄玉。吹叶风高销旧绿，疏影半遮茅屋。　　山居未觉全贫，园收今岁盈囷[2]。自拨砖炉松火，细煨分饷幽人[3]。

【品读】

“炮”和“煨”是我国古代的一种烹饪方法，即将食物（或涂以泥或不涂泥）放在火灰中慢慢烤熟。所谓“炮栗”，即烤板栗，其味香甜与糖炒栗子不相上下。山居果园，今年板栗丰收，仓房里堆积如山的“紫实包黄玉”，实在令人眼馋，于是便“自拨砖炉松火”，细煨慢烤，仔细品味一番。不过别忘了留下一些来馈赠给山中的隐士，让他们也尝一尝这风味绝佳的美食。

【注释】

[1] 蝟房：指板栗带刺的球形外壳。蝟，即刺猬。

[2] 囷：粮仓，仓房。

[3] 幽人：幽居之人，指隐士。

南歌子 张镃

山药

种玉能延命[1]，居山易学仙。青青一亩自锄烟[2]。雾孕云蒸、肌骨更凝坚[3]。　　熟染蜂房蜜[4]，清添石鼎泉。雪香酥腻老来便。煨芋炉深、却笑祖师禅[5]。

【品读】

山药，即薯蓣，自生于山野者称野山药，栽培者称家山药。多年生缠绕藤本，地下具圆柱形肉质块茎，可供食用，亦可入药。与后来引入我国的红薯、土豆均属薯类作物。作者在山中自己亲手种了一亩山药，眼看丰收在望，不禁喜形于色，于是赋词咏之。山药无论用鼎煮或炉煨，都香甜酥软，是老年人最方便可口的食物，吃了它可以延年益寿，可笑有些人却偏要去学禅求仙！

【注释】

[1] 种玉：原指杨伯雍种石得玉事。这里是借指种山药。

[2] 锄烟：指铲除杂草。

[3] 这句说经过云雾浸润和雨露滋润，山药地下的块茎长得结实粗壮。

[4] 这句说山药甘甜，熟后如涂上蜂蜜一样。

[5] 祖师禅：佛家的祖师爷。这里泛指佛门僧侣。

点绛唇　王茂孙

莲房

折断烟痕，翠蓬初离鸳鸯浦。玉纤相妒，翻被专房误[1]。　乍脱青衣，犹著轻罗护[2]。多情处，芳心一缕。都为相思苦。

【品读】

莲房，即莲蓬，荷花谢后所结的果实，亦称莲子。可供食用，中医亦可入药。此阕写美人折莲，暗用南朝乐府诗《西洲曲》关于莲子与“怜子”谐音的意象，将咏物与男女情爱合写，风神渺远，韵味悠长。

【注释】

[1] 翻被：反被。 专房：犹专宠。《后汉书·安思阎皇后纪》："后专房妒忌。"

[2] 这两句说，莲子被剥离莲蓬后，还有一层薄膜包着。

生查子 高观国

咏芹

野泉春吐芽，泥湿随飞燕[1]。碧涧一杯羹，夜韭无人剪[2]。
玉钗和露香，鹅管随春软。野意重殷勤，持以君王献。

【品读】

芹，即芹菜，又名旱芹，被称为"菜之美者"。这首咏芹词，从春初吐芽写起，最后归结到野人"献芹"，言简意明，表达了作者欲对时政有所进言之意。

【注释】

[1] 这句用杜甫《徐步》"芹泥随燕嘴"诗意。

[2] 这句说芹菜一出，韭菜便无人问津了。杜甫《赠卫八处士》："夜雨剪春韭。"

摸鱼儿 李彭老

莼

过垂虹、四桥飞雨[1]，沙痕初涨春水。腥波十里吴歈远[2]，绿蔓半萦船尾[3]。连复碎。爱滑卷青绡[4]，香袅冰丝细[5]。山人隽味[6]。笑杜老无情[7]，香羹碧涧，空只赋芹美。　　归期早，谁似季鹰高致[8]？鲈鱼相伴菰米。红尘如海丘园梦，一叶又秋风起。湘湖外，看采撷、芳条际晓随鱼市[9]。旧游漫记。但望里江南，秦鬟贺镜，渺渺隔烟翠。

【品读】

莼，即莼菜，又名“水葵”。水生宿根草本。叶片椭圆形，深绿色，浮于水面。江南地区多野生，也有少量栽培。春、夏季采嫩叶作蔬菜。莼羹滑腻爽口，别具风味，久负盛名。此阕通过咏“莼”，以抒发作者的思乡之情。上片回忆旧游。记得当年，船过“垂虹”，春水初涨，烟波渺渺，吴歌声声，水面上到处漂浮着莼菜的绿蔓和嫩叶，有的还缠绕在船尾上，被小桨划破搅碎。多么可爱的“滑卷”“冰丝”哟，实在是我们这些山野之人难得的佳肴美味。可叹杜老只赞美“芹”，而对“莼”却如此无情，不曾为之赋过一首诗。下片由怀古，引出“莼鲈之思”，感叹秋风又起，而自己却仍流寓湖湘，不能像张季鹰那样命驾东归。看见人们采摘莼菜和鱼儿一起在早市上叫卖，从而引起了对往事的回忆。如今远离故乡，遥望江南，千山万水，归思难收。

【注释】

[1] 垂虹：桥名。在江苏吴江县松陵镇，横跨塘河之上。始建于北宋，原为木桥，元代改建成石桥。

[2] 吴歈（yú于）：吴歌，用吴音演唱的歌曲。

[3] 绿蔓：指漂浮在水面的莼茎莼叶。

[4] 滑卷青绡：形容莼叶如光滑卷曲的绿绸。

[5] 冰丝：形容莼菜的嫩茎嫩叶。

[6] 山人：隐士。　隽味：佳味，美味。

[7] 杜老：指唐诗人杜甫。

[8] 季鹰：晋张翰字季鹰。《晋书·张翰传》：“翰因见秋风起，乃思吴中菰菜、莼羹、鲈鱼脍，曰：‘人生贵得适志，何能羁宦数千里以要名爵乎？’遂命驾而归。”后称思乡之情为“莼鲈之思”。

[9] 撷（xié挟）：采摘。　芳条：指莼菜的嫩茎。

鸟兽虫鱼

卜算子 苏轼

雁

缺月挂疏桐，漏断人初静[1]。谁见幽人独往来[2]，缥缈孤鸿影[3]。 惊起却回头，有恨无人省[4]。拣尽寒枝不肯栖[5]，寂寞沙洲冷[6]。

【品读】

本篇别本题为“黄州定慧院寓居作”。写于元丰五年（1082），苏轼被贬为黄州团练副使时。定慧院又名定慧寺，在黄州东南。词中用比兴手法，描绘荒凉、冷落的环境，神情毕现地刻画出孤鸿的形象，是词人政治上受挫后，惊魂甫定，顾影自怜的自我写照。《蓼园词选》评论说：“此东坡自写在黄州之寂寞耳，初从人说起，言如孤鸿之冷落；下专就鸿说。语语双关，格奇而语隽，斯为超诣神品。”此阕借“孤鸿”抒写哀怨之情，寄托遥深。所咏之物了然在目，而又不滞于物，鸿与人、客体与主体浑然一体，深得比兴之旨。

【注释】

[1] 漏断：漏壶中的水滴光了，表示夜深。漏，即漏壶，古代计时器具。

[2] 幽人：幽居之人。

[3] 缥缈：恍惚迷离，若有若无的样子。

[4] 省（xǐng 醒）：了解，体察。

[5] 寒枝：寒风中的树枝。雁本不栖于树，唯宿于田野苇丛间。此句谓其“拣尽”“不肯”，用拟人化手法写孤鸿疑惧之心态。

[6] 沙洲：水中沙滩。

转调满庭芳 刘 焘

风急霜浓，天低云淡，过来孤雁声切。雁儿且住，略听自家说。你是离群到此，我共那人才相别。松江岸[1]，黄芦影里[2]，天更待飞雪。 声声肠欲断，和我也、泪珠点点成血。一江流水，流也鸣咽[3]。告你高飞远举，前程事、永没磨折[4]。须知道、飘零聚散，终有见时节。

【品读】

人似离群孤雁，雁如飘蓬游子，同声相应，同病相怜，物我交感。词人仰望长空，形影相吊，声泪俱下地向雁儿剖白心曲，淋漓尽致地倾诉流落离散之苦。词意凄婉，情调哀切，语俗而雅，形象生动，似作于中原丧乱之时。

【注释】

[1] 松江：吴淞江的古称，又名苏州河，为黄浦江的支流。这里是泛指江湖之滨。

[2] 黄芦：芦苇枯黄，表示时届残冬。

[3] 鸣咽：形容低微的若断若续的流水声，亦指低声哭泣。 磨折：磨难，挫折。

卜算子 朱敦儒

旅雁向南飞，风雨群初失。饥渴辛勤两翅垂，独下寒汀立[1]。 鸥鹭苦难亲，矰缴忧相逼[2]。云海茫茫无处归，谁听哀鸣急！

【品读】 这是一首咏雁词，实乃以雁自喻，抒写词人当金兵入侵、中原沦陷后，流亡江南、历尽艰辛的遭遇和感慨。北雁南飞，风雨中失群离队，饥渴疲惫，两翅低垂，不得已降落在荒僻寒冷的沙洲之上。鸥鹭既不相容，猎人又紧紧追寻，真是“云海茫茫无处归”，谁能听到这凄凉悲切的哀鸣呢？词境萧瑟，意象孤冷，是一曲托物寄意的乱世悲歌。

【注释】

[1] 寒汀（tīng 听）：寒荒的水滨。

[2] 矰缴（zēng zhuó 增浊）：猎取飞鸟的射具。缴，系在箭上的丝绳。

诉衷情 张镃

得二白雁，偶亡其一，感而歌之。

筠笼白雁得时双[1]，一自戏回塘[2]。冰魂问归何处[3]？明月影中藏。　　蘋蓼岸[4]，镇相将[5]，忍思量[6]。晓昏应是，梦绕江湖，怕见鸳鸯。

【品读】 白雁，即白额雁，雁之一种。嘴基和前额有白色横纹，羽毛棕黑，羽缘灰白色。词人得到两只珍贵的白额雁，不幸偶然死掉一只。为活着的孤雁设身处地想一想，颇觉凄凉，于是“感而歌之”，写了这首《诉衷情》。上片哀悼死者，下片怜惜生者，赋予双雁以丰富的感情。读来情意绵绵，犹如一首悼亡词。

【注释】

[1] 筠笼：竹笼。筠（yún 匀），竹子的青皮，引申为竹子的别称。
[2] 回塘：弯曲的水塘。
[3] 冰魂：指死去的白雁。
[4] 蘋：田字草。 蓼：一种水生野草。
[5] 镇：整日，长久。 相将：相共，相随。
[6] 忍思量：谓怎忍思量，不忍思量。

解连环 张 炎

孤 雁

楚江空晚[1]。怅离群万里，恍然惊散。自顾影、欲下寒塘[2]，正沙净草枯，水平天远。写不成书[3]，只寄得、相思一点。料因循误了[4]，残毡拥雪[5]，故人心眼。 谁怜旅愁荏苒[6]。谩长门夜悄[7]，锦筝弹怨[8]。想伴侣、犹宿芦花，也曾念春前，去程应转。暮雨相呼，怕蓦地、玉关重见[9]。未羞他、双燕归来，画帘半卷。

【品读】

此阕写于宋亡之后。词中描写一只失群孤雁，借以表达作者遭逢国亡家破、亲友离散的悲感。孔行素《至正直记》谓："钱塘张炎……尝赋孤雁词，有云'写不成书，只寄得、相思一点'，人皆称之曰'张孤雁'。"全篇托物寄意，曲折深婉，寓家国身世之感于"恨离群万里，恍然惊散"的孤雁。雁即是人，人即是雁，物我异化，神态自然，为宋人咏物词的名篇之一。

【注释】

[1] 楚江：泛指南方的江河。
[2] 欲下寒塘：唐崔涂《孤雁》："暮雨相呼失，寒塘欲下迟。"
[3] 写不成书：群雁高飞，排列整齐如字形，故称"雁字"，如李清照《一剪梅》："雁字回时，月满

西楼。”孤雁独飞，排不成字，自然也写不成书信，故下句云“只寄得、相思一点”。

[4] 因循：迟延。

[5] 残毡拥雪：据《汉书·苏武传》，苏武出使匈奴，被拘不屈，因“幽武置大窖中，绝不饮食。天雨雪，武卧啮雪与旃毛并咽之，数日不死”。

[6] 荏苒：谓时光流逝。

[7] 长门：汉宫名。武帝陈皇后被废后幽禁于此。

[8] 锦筝：筝的美称。筝声凄清哀怨。

[9] 蓦（mò末）地：忽然。 玉关：玉门关，这里是泛指塞外边关。

鹧鸪天 赵长卿

咏燕

梁上双双海燕归[1]，故人应不寄新诗？柳梧阴里高还下，帘幕中间去复回。 追盛事，忆乌衣[2]，王家巷陌日沉西。兴亡无限惊心语，说向时人总不知。

【品读】

此阕借咏燕以抒兴亡之感。上片写燕子归来，双双盘旋于雕梁画栋之上，飞舞于树荫帘幕之间，于是联想到远方的友人是否托燕子捎来了新诗呢？下片化用刘禹锡《乌衣巷》诗意，抒发对时事的深深感叹。结句谓世人习于苟安，不顾国家兴亡，深可忧虑也。词意警策，发人深思。

【注释】

[1] 海燕：小型海鸟，燕子的一种。羽毛青灰近煤黑色，羽尾呈叉状，我国东部沿海夏季可见。

[2] 乌衣：乌衣巷，在今南京市东南，东晋以来，王、谢两大世族曾住在这里。刘禹锡《乌衣巷》：“朱雀桥边野草花，乌衣巷口夕阳斜。旧时王谢堂前燕，飞入寻常百姓家。”

双双燕　史达祖

咏　燕

过春社了[1]，度帘幕中间[2]，去年尘冷。差池欲住[3]，试入旧巢相并[4]。还相雕梁藻井[5]，又软语、商量不定[6]。飘然快拂花梢，翠尾分开红影[7]。　芳径[8]，芹泥雨润[9]。爱贴地争飞，竞夸轻俊[10]。红楼归晚，看足柳昏花暝[11]。应自栖香正稳，便忘了、天涯芳信[12]。愁损翠黛双蛾[13]，日日画栏独凭[14]。

【品读】

本篇为史达祖的自度曲，词牌、词题和内容一致，是宋人咏物词的名篇之一。词中描写一对燕子春社过后从南方飞回，寻觅旧居，衔泥筑巢，迷花恋柳，过着欢乐愉快的生活，以致忘了传递芳信的使命，使得闺中女子“愁损翠黛双蛾”，终日独凭画栏，空自凝望伤悲。词人巧妙地运用拟人化手法，既描摹了燕子多彩多姿的“形”，同时也刻画出燕子细腻丰富的“神”，达到了形神兼备、栩栩如生的境界。全篇不出题字，而燕子的形象随处可见，妙在若即若离之间。且多用白描，偶尔用典，亦能脱化无迹，语言凝练，色彩鲜明，画面生动。

【注释】

[1] 春社：立春后第五个戊日，农村在此日祭祀社神，祈求丰收，谓之“春社”。相传燕子于春社时来，秋社时去。

[2] 度：飞过。

[3] 差（cī疵）池：形容燕子飞时尾翼舒张的样子。

[4] 相并：互相依偎并栖。

[5] 还相：又仔细瞧看。　雕梁：雕刻花纹的屋梁。　藻井：画有水草图案的天花板，用方木架成，形似井栏，故称藻井。

[6] 软语：形容燕子轻轻的呢喃之声。

[7] 红影：花影。

[8] 芳径：散发着花香的小路。

[9] 芹泥：长有水芹之处的泥土，杜

甫《徐步》诗："芹泥随燕嘴。"

[10] 轻俊：轻盈、俊俏。

[11] 暝：昏暗。

[12] 芳信：情书。

[13] 翠黛双蛾：古代女子喜用翠黛（青绿）色画眉。 双蛾：即双眉。这里指女子。

[14] 画栏：饰有彩绘的栏杆。

水龙吟 赵长卿

莺词

天教占得如簧[1]，巧声乍啭千娇媚。金衣衬着[2]，风流模样，于中可是。红杏香中，绿杨阴处，多应饶你[3]。向黄昏、苦苦娇啼怨别，那堪更、东风起。 别有诗肠鼓吹，未关他、等闲俗耳。双柑斗酒，当时曾是，高人留意。南国春归，上阳花落[4]，止添憔悴。念啼声欲碎，何人解作留春计。

【品读】

此阕写的是黄鹂。上片赞美黄莺那如簧的歌喉、美丽的羽毛和千娇百媚的"风流模样"。暮春三月，红杏枝头，绿杨阴下，处处可以听到它那婉转悠扬的歌声。然而当黄昏之际，离人枕上听来却又易引起伤离怨别之情，下片写作者谛听莺声，饮酒赋诗，尽情领略大自然的无限风光。而时人只会感叹春归花落，却不懂得留春之计，岂不令人惋惜。词写春日闻莺感怀，诗情荡漾，别有一番情趣。

【注释】

[1] 这句说黄莺天生一副如簧的歌喉。

[2] 金衣：指黄莺身上金黄色的羽毛。

[3] 饶你：尽管由你，任凭你。

[4] 上阳：唐宫名。在洛阳皇城西南禁苑内。玄宗时，宫人被谪常置此宫。

昭君怨　杨万里

赋松上鸥。晚饮诚斋，忽有一鸥来泊松上[1]，已而复去，感而赋之。

偶听松梢扑鹿[2]，知是沙鸥来宿。稚子莫喧哗，恐惊他。　　俄顷忽然飞去[3]，飞去不知何处？我已乞归休[4]，报沙鸥。

【品读】

本篇为杨万里晚年辞官退隐于故乡时所作。题为“赋松上鸥”，实际是托物言志，表达作者甘心终老林泉的思想。传说古时海上有位喜欢鸥鸟的人，天天和鸥鸟游玩。他的父亲对他说：“吾闻鸥鸟皆从汝游，汝取来吾玩之。”第二天他再到海上，鸥鸟皆“舞而不下”，不与他亲近了（见《列子·黄帝》）。这个故事意在说明无机心者则异类亦与之相亲。词中通过沙鸥来宿，俄顷忽然又飞走，说明自己挂冠归隐的决心尚未被一些人理解，因而才要他儿子去告诉沙鸥“我已乞归休”，今后再也不用怀疑防范了。小词写得活泼生动，清新隽永，作者的本意在于表白自己决心退出官场，在平静闲适中安度晚年。

【注释】

[1] 泊：停留。

[2] 扑鹿：一作“扑漉”，拍翅声。

[3] 俄顷：顷刻，一会儿。

[4] 乞归：请求辞官回乡。　休：语尾助词，相当于“了”。

水调歌头　辛弃疾

盟　鸥

带湖吾甚爱[1]，千丈翠奁开[2]。先生杖屦无事[3]，一日走千回。凡我同盟鸥鹭，今日既盟之后，来往莫相猜[4]。白鹤在何处？尝试与偕来[5]。　　破青萍，排翠藻，立苍苔[6]。窥鱼笑汝痴计，不解举吾杯。废沼荒丘畴昔[7]，明月清风此夜，人世几欢哀？东岸绿阴少，杨柳更须栽。

【品读】

“盟鸥”，谓与鸥鸟订盟，同住水云乡里，指退隐而言。此词大约作于淳熙九年（1182）。淳熙八年（1181）十二月，辛弃疾被弹劾罢官，不久即由南昌来到上饶带湖新居，开始退闲生活。作者的隐居并非出于自愿，他和那些忘情于世、回避现实的隐士不同，内心充满了矛盾和苦闷。这首词所表现的正是这种复杂的思想感情。词人一方面以悠闲的笔调，描述归隐带湖的生活；另一方面又情不自禁地流露出难以言状的寂寞与悲哀。他有心与鸥鹭结盟，但鸥鹭却只知“窥鱼”，毫不理解自己；他本想有所作为，可如今却只能闲着两手，到带湖东边去栽栽杨柳。凡此种种无不曲折地表现出英雄无用武之地的抑郁和愤懑。

【注释】

[1] 带湖：一个形如长带的小湖，在今江西上饶市北郊灵山下。淳熙八年（1181），辛弃疾在这里建了一座住宅，取名“稼轩”，被罢官后曾长期闲居于此。

[2] 翠奁：用翡翠镶嵌的镜匣。这两句说，我很爱带湖，爱它那清澈明亮的湖水，像翠色的镜匣打开一样。

[3] 杖屦（jù据）：手杖和麻鞋，古人出游登山的用具。这里作动词用，是拄着手杖、穿着麻鞋的意思。

[4] 凡我三句：大意为凡是和我订立盟约的沙鸥、白鹭，今天我们既然结为盟友，以后来往时就不要

互相猜疑了。

[5] 偕来：同来。

[6] 青萍：浮萍的一种，叶面与背面均为绿色。 翠藻：即绿藻，隐花植物藻类的一种，生于水中或潮湿地带。 苍苔：即青苔。这三句写鸥鹭在水中拨开萍藻，立在岸边，窥鱼觅食的情景。

[7] 废沼荒丘：废弃的池塘、荒芜的山丘。 畴昔：从前，过去。

鹊 桥 仙　辛弃疾

赠鹭鸶

溪边白鹭，来吾告汝。溪里鱼儿堪数。主人怜汝汝怜鱼，要物我、欣然一处。　白沙远浦[1]，青泥别渚[2]，剩有虾跳鳅舞[3]。任君飞去饱时来，看头上、风吹一缕[4]。

【品读】

鹭鸶，一名白鹭，全身羽毛雪白，春夏活动于湖沼岸边或水田中，好群居，捕食小鱼等水生动物。作者闲中与白鹭谈心，告诉它们溪里鱼儿很少，别处有的是小虾和泥鳅，何必一定要专吃稀少弱小而又可爱的鱼儿呢？白鹭当然不可能懂得词人的用心，他希望宇宙间的万物都能“欣然一处”，特别应当同情和爱惜弱小者。这是辛弃疾罢官归隐后的作品，反映了他壮志未酬，深感孤独寂寞而又不甘孤独寂寞的心情。

【注释】

[1] 远浦：远处的水滨。

[2] 别渚：别的小洲。

[3] 剩有：多有，有的是。

[4] 一缕：指白鹭头后的长羽毛。

长亭怨 张炎

为任次山赋驯鹭

笑海上、白鸥盟冷[1]。飞过前滩，又顾秋影。似我知鱼，乱蒲流水动清饮。岁华空老，犹一缕、柔丝恋顶[2]。慵忆鸳行[3]，想应是、朝回花径。　　人静。怅离群日暮，都把野情消尽。山中旧隐，料独树、尚悬苍暝[4]。引残梦、直上青天[5]，又何处、溪风吹醒。定莫负、归舟同载，烟波千顷。

【品读】

友人养了一只白鹭，作者以此为题，写了这首寄慨身世、感叹飘零的《长亭怨》。经过驯化的白鹭不但可爱，似乎还有一段可悲的经历。词人设想它和鸥鸟一样，是因海上背盟（见《列子·黄帝》），才离群逃难至此。虽然“野情消尽”，但仍恋恋不忘旧日伴侣，梦想有朝一日能“直上青天”，重返自由自在的大自然中。词中“驯鹭”这一形象，显然寄托了作者遭逢丧乱的思想感情。

【注释】

[1] 盟冷：背盟。

[2] 一缕、恋顶：谓白鹭头后的一缕长羽毛仍在。

[3] 鸳行：亦作“鹓行”，谓同僚。这里是指同伴。

[4] 苍暝：苍茫的暮色。

[5] 这句说驯鹭梦中重返蓝天。杜甫《绝句》：“两个黄鹂鸣翠柳，一行白鹭上青天。”

玉楼春 欧阳修

子规

江南三月春光老，月落禽啼天未晓。露和啼血染花红[1]，恨过千家烟树杪。　云垂玉枕屏山小[2]，梦欲成时惊觉了。人心应不似伊心，若解思归归合早。

【品读】

子规，即杜鹃，又名杜宇、子巂，攀禽鸟类，鸣声凄厉，能动旅客归思。此阕写暮春三月，枕上闻杜鹃之声，从而引起思乡之情。

【注释】

[1] 啼血：相传杜鹃鸣声凄切，啼至血出乃止。 染花红：谓杜鹃啼血将花染红（指杜鹃花）。

[2] 云垂玉枕：指头发披散在枕上。

沁园春 方岳

赋子规

尽为春愁，尽劝君归，直恁恨深[1]。况雨急黄昏，寒欺客路；月明夜半，人梦家林[2]。店舍无烟，楚乡寒食[3]，一片花飞那可禁？小凝伫[4]，黯红蔫翠老，江树阴阴。　汀洲杜若谁寻[5]？想朝鹤怨兮猿夜吟[6]。甚连天芳草，凄迷离恨；拂帘香絮，撩乱深心。汝亦知乎？吾今倦矣，瓮有余春可共斟[7]。归来也，问渊明而后，谁是知音？

【品读】

此阕写客中寒食闻子规。词人在寂寞无烟的旅店里，从“雨急黄昏”到“月明夜半”，不断听到子规那凄切哀怨的啼声，被搅得心烦意乱，从而引起了强烈的思乡之情。本来早已倦于宦游，何不及早引退，走陶渊明的路，辞官归隐，去做靖节先生的知音。词中抒发了作者对现实的失望之情。

【注释】

[1] 君，一作“春”。 直恁：特意如此，故意这样。
[2] 家林：家山，家乡。
[3] 楚乡：指江南。
[4] 凝伫：有所思虑、期待而立着不动。
[5] 杜若：芳草名，即竹叶莲。
[6] 鹤怨猿吟：意谓家人盼望自己早归。
[7] 余春：剩酒。

满江红 康与之

杜鹃

恼杀行人，东风里、为谁啼血？正青春未老，流莺方歇[1]。蝴蝶枕前颠倒梦[2]，杏花枝上朦胧月。问天涯、何事苦关情？思离别。 声一唤，肠千结；闽岭外，江南陌。正长堤杨柳，翠条堪折。镇日叮咛千百遍[3]，只将一句频频说。道不如归去、不如归[4]，伤情切。

【品读】

本篇当为作者被贬岭南后所作。流徙途中，杜鹃声声，引得行人无限烦恼。杜鹃愈是催归，行人愈是愁肠百结，伤感不已。词意深婉哀切，曲折地表达了流离之苦。

【注释】

[1] 流莺：指黄莺，因其鸣声婉转流利，故云。

[2] 颠倒梦：谓梦魂错乱无绪。崔涂《春夕》："蝴蝶梦中家万里，杜鹃枝上月三更。"

[3] 镇日：整日。

[4] 不如归：古人认为杜鹃的叫声好像"不如归去"。

浣溪沙 杜安世

描画工夫想未全，双双文彩羽仪鲜[1]。和鸣偕老是天然。 暮雨并深流细草，暖风交颈傍清涟[2]。羡他真个好因缘。

【品读】

这是一首咏鸳鸯的小词。鸳鸯不但羽毛颜色绚丽，且雌雄偶居不离，终生相伴，故又称"匹鸟"，并以之比喻夫妇。作者抓住鸳鸯的这些特点，加以形容刻画，活灵活现地展现出一幅"暖风交颈傍清涟"的鸳鸯夜宿水面图。如此动人的画面谁见谁爱，无怪词人要"羡他真个好因缘"了。词的意境淡雅朴素，富于诗情画意。

【注释】

[1] 羽仪：羽毛仪表。

[2] 涟：水上波纹。

双鸂鶒 朱敦儒

拂破秋江烟碧，一对双飞鸂鶒。应是远来无力，捎下相偎沙碛[1]。　小艇谁吹横笛？惊起不知消息。悔不当时描得，如今何处寻觅？

【品读】

鸂鶒，本作谿敕，水鸟名，比鸳鸯稍大，羽毛为紫色，故又称紫鸳鸯。烟波浩渺的秋江之上，一对紫鸳鸯在水中嬉戏，一会儿游到沙滩边，互相依偎着歇息于树下。这时不知谁人在小舟上吹笛，惊起这对情侣飞得无影无踪。词人后悔当时未把这幅富有诗意的图画描绘下来，如今到哪里还能看到如此引人入胜的景象呢？小词清新淡雅，意趣盎然，无异一幅秋日野外素描写生画。

【注释】

[1] 沙碛（qì气）：沙滩。碛，浅水中的沙石。

醉桃源　严　仁

春　景

拍堤春水蘸垂杨[1]，水流花片香。弄花嚼柳小鸳鸯[2]，一双随一双。　帘半卷，露新妆，春衫是柳黄。倚阑看处背斜阳，风流暗断肠。

【品读】

此阕题作“春景”，也可以说是一幅鸳鸯戏水图。上片绘景状物，刻画一对对鸳鸯嬉戏于碧波荡漾、落花飘香的湖面上。“弄花嚼柳”，形容鸳鸯活泼可爱的神态，入木三分，惟妙惟肖。下片抒写楼上佳人的伤春情怀。伊人为何“风流暗断肠”？只因她看到了“一双随一双”的小鸳鸯。全词笔调轻快，色彩鲜明，情韵悠长，耐人寻味。

【注释】

[1] 蘸（zhàn 湛）：以物浸入水中。这里是形容垂杨轻拂水面。

[2] 噆（zǎn 攒）：衔，咬。

满庭芳　则禅师

咄这牛儿[1]，身强力健，几人能解牵骑？为贪原上，嫩草绿离离[2]。只管寻芳逐翠，奔驰后、不顾倾危[3]。争知道[4]，山遥水远，回首到家迟。　牧童，今有智，长绳牢把，短杖高提。入泥入水，终是不生疲。直待心调步稳[5]，青松下，孤笛横吹。当归去，人牛不见，正是月明时。

【品读】

此阕咏牛，暗藏禅机。一头身强力壮、野性未除的牯牛，为贪吃嫩草，不顾崎岖险阻、山遥水远，东奔西逐，迷失了方向。幸亏牧童机智，长绳穿鼻，牢牢把住，只得听凭驱遣，终日不知疲倦地出入泥水之中，辛勤耕种。如今心平气和，步履稳健，每当夜幕降临之时，松林下，牧童骑在牛背上，吹笛踏着明月归去。这牛儿被刻画得活灵活现，深寓禅理，笔触工细，饶有韵致。仅就咏物而论，亦属上乘之作。

【注释】

[1] 咄：呵叱声。

[2] 离离：草木繁茂貌。

[3] 倾危：形容地势险峻。

[4] 争：通“怎”。

[5] 心调：心境协调。

沁园春　刘克庄

二鹿

驯于蹇驴[1]，清于赐驹，我行尔从。幸柴车堪驾，何惭韩众[2]；药苗可采，长伴庞公[3]。野涧泉甘，阳坡草暖，有柏叶松枝充短供。休梦想，去游灵囿沼，入望夷宫[4]。　与夸夺子争雄[5]，生与死未知谁手中[6]？况噈嫠者众[7]，放麑人少[8]；大将触网，小亦伤弓。风月和柔，山林深密，折角何如且养茸。二虫喜，各衔花拜跪，来寿樗翁[9]。

【品读】

作者养了两只小鹿，时常带在身边。经过长期的驯化，这两只可爱的野生动物，似乎已初通人性，能够听懂主人所说的话了。此阕上片叙述词人退隐林下的闲适生活。开篇三句夸赞“二鹿”，点出所咏之物。看他驾着柴车，入山采药，后面跟着两只美丽活泼的梅花鹿，确是别有一番情趣。“休梦想”至“折角何如且养茸”是作者对“二鹿”的训话。他告诫“二虫”，劝它们不要心生幻想，仙境既无路可寻，荣华富贵也切不要去追求，如今世上处处是危机，凶残者多，仁慈者少，一不小心，就会遭殃，重则触网身亡，轻亦中箭受伤，不如安心跟我在密林深处无忧无虑地养你们的鹿茸。“二鹿”听后，顿开茅塞，欣喜万分，各自衔着一株野花，跪拜在主人膝下，并祝老先生健康长寿。此阕虽为咏物之作，但寓意颇深，词中通过“训鹿”，反映了世路险恶、人心叵测的黑暗现实，具有警世的作用。

【注释】

[1] 蹇（jiǎn 简）驴：跛驴。

[2] 韩众：传说战国时齐国的仙人，曾乘白鹿车游于华阳山。

[3] 庞公：即庞德公，东汉襄阳人，隐居岘山，诸葛亮曾往拜谒，荆州刺史刘表礼聘不出，后登鹿门

山采药不返。

[4] 望夷宫：秦时宫名，故址在今陕西泾阳东南。

[5] 子：指鹿。这句用逐鹿的典故。旧时以逐鹿比喻群雄并起，争夺天下。

[6] 这句用鹿死谁手的典故。《晋书·石勒载记下》："朕若逢高皇（汉高祖刘邦），当北面而事之，与韩、彭竞鞭而争先耳；脱遇光武（汉光武帝刘秀），当并驱于中原，未知鹿死谁手。"

[7] 嗾（sǒu叟）：使狗声。獒（áo熬）：大犬，猛犬。

[8] 麑（ní尼）：幼鹿。

[9] 樗（chū初）：木名。即"臭椿"。

清平乐　张炎

平原放马

辔摇衔铁[1]，蹴踏平原雪。勇趁军声曾汗血[2]，闲过升平时节。　　茸茸春草天涯，涓涓野水晴沙。多少骅骝老去[3]，至今犹困盐车[4]。

【品读】

本篇描写一匹当年曾经驰骋沙场、勇冠三军的老马，在和平时期被闲置不用，过着寂寞凄凉的生活。眼看自己的许多同伴被用来拉运盐的车子，困顿不堪，心里感到无限悲哀。词中托物寄意，表达了作者生不逢时、怀才不遇的抑郁心情。

【注释】

[1] 衔铁：横在马口中的马嚼子。

[2] 汗血：即汗血马，一种能日行千里的良马，流汗颜色如血。这句说当年曾在沙场冲杀，流过血汗。

[3] 骅骝：骏马名。

[4] 盐车：运盐的车子。这里是以良马拉盐车比喻人才被埋没。

望江南 欧阳修

江南蝶，斜日一双双。身似何郎全傅粉[1]，心如韩寿爱偷香[2]。天赋与轻狂。　　微雨后，薄翅腻烟光。才伴游蜂来小院，又随飞絮过东墙。长是为花忙。

【品读】

蝴蝶是一种美丽的昆虫，双翅和体表密被五光十色的鳞片和丛毛，形成各种花斑，绚丽多彩，惹人喜爱。因其多活动于花间，故被称为游蜂浪蝶，以比喻那些喜欢寻花问柳的轻薄男子。欧阳修这首咏赞蝴蝶的《望江南》，以人拟物，以物喻人，咏物而不滞于物，深得比兴之旨。

【注释】

[1] 何郎：何晏，三国魏玄学家。“美姿仪，面至白”，人称“傅粉何郎”。

[2] 韩寿：晋人，美姿容，贾充辟为司空掾。充女午与之私通，窃其父藏武帝所赐奇香赠之。事为贾充发觉，即以女妻之，人称“韩寿偷香”。

孟家蝉 潘汾

蝶

向卖花担上，落絮桥边，春思难禁。正暖日温风里，斗采遍芳心[1]。夜夜稳栖芳草，还处处、先弹春禽[2]。满园林，梦觉南华[3]，直到如今。　　情深。记那人小扇，扑得归来，绣在罗襟。芳意赠谁？应费万线千针。谩道滕王画得，枉谢客、多少清吟。影沉沉，舞入梨花，何处相寻？

【品读】

这首咏蝶词，极尽勾勒铺叙、刻画形容之能事，虚虚实实，真幻难分。上片先叙春景、春思，继用“稳栖芳草”“梦觉南华”暗示咏蝶题意。下片写佳人小扇扑归，“绣在罗巾”，构思新颖，意境奇妙。结拍用“舞入梨花”，绾合前后，再现彩蝶倩影，仿佛是从“罗巾”之上飞下来的一样，扑朔迷离，确是咏物妙手。

【注释】

[1] 斗采：斗草采花的意思。

[2] 亸（duǒ朵）：本义为下垂貌，这里是“躲”的同音借用字，避开、隐藏的意思。这句说蝴蝶害怕被鸟儿捕食，处处小心谨慎，躲躲藏藏。

[3] 南华：《南华经》的简称，即《庄子》。庄子曾在梦中化为蝴蝶（见《庄子·齐物论》）。

恋绣衾 周密

赋蝶

粉黄衣薄沾麝尘，作南华、春梦乍醒[1]。活计一生花里，恨晓房、香露正深。　芳蹊有恨时时见，趁游丝、高下弄晴[2]。生怕被春归了，赶飞红、穿度柳阴。

【品读】

此阕描绘的是一只黄色粉蝶。言其穿梭花丛，弄晴游丝，追逐飞红，生怕春归，真可谓“一生”忙于“活计”。寥寥数语，将蝶之形神刻画得活灵活现，跃然纸上。

【注释】

[1] 南华:《南华经》,即《庄子》。这句说蝶为庄周梦后的化身。

[2] 游丝:蜘蛛等所吐的丝,因其飘荡于空中,故称游丝。

清平乐 陈德武

咏促织

啾啾唧唧[1],夜夜鸣东壁。如诉如歌如涕泣,乱我离怀似织。　画堂帘幕沉深,美人睡稳香衾[2]。懒妇知眠到晓,尔虫枉自劳心。

【品读】

促织,又名蛩,即蟋蟀,活动于地下的昆虫。种类很多,触角较长,雄性善鸣好斗。古人谓其声似在催促妇女勤织,及早准备过冬寒衣。我国咏促织的作品,以《诗经·豳风·七月》为最早。此阕上片写夜闻蟋蟀之声,啾啾唧唧,如泣如诉,触发了词人伤离怨别的情怀。下片谓堂上女子酣睡不醒,直到天明。促织的良苦用心白费,懒妇并未闻声早起勤织。词意轻松幽默,信笔而就,不乏韵致。

【注释】

[1] 啾啾唧唧:象声词。形容细碎的虫鸣声。

[2] 香衾:香暖的被子。

满庭芳 张镃

促织儿

月洗高梧，露漙幽草[1]，宝钗楼外秋深。土花沿翠[2]，萤火坠墙阴。静听寒声断续，微韵转、凄咽悲沉。争求侣[3]，殷勤劝织，促破晓机心[4]。 儿时，曾记得，呼灯灌穴，敛步随音[5]。任满身花影，犹自追寻。携向华堂戏斗[6]，亭台小，笼巧妆金[7]。今休说，从渠床下[8]，凉夜伴孤吟。

【品读】

据姜夔《齐天乐》(庾郎先自吟愁赋)词序，宁宗庆元二年(1196)秋天的一个晚上，作者与白石同在张达可家饮酒，听见墙壁间有蟋蟀的叫声，于是便约白石以蟋蟀为题，各赋一阕，并交给歌者即席演唱。这两首词写得都很优美，同为咏物词中之佳作。此阕上片写夜闻蟋蟀之声及其感受。前五句刻画环境，描绘出一幅幽静的庭院清秋月夜图。后五句叙述静听蛩鸣以及由此而引起的联想。下片回忆儿时捕蟋蟀、斗蟋蟀的情景，"呼灯灌穴""敛步随音""满身花影"，将追寻蟋蟀的场面和情态刻画得栩栩如生，富有生活情趣。结拍三句，感叹今昔，寄慨遥深，流露出往事不堪回首的寂寞悲凉的心情。

【注释】

[1] 漙(tuán团)：露多貌。
[2] 土花：苔藓。
[3] 争求侣：谓蟋蟀的叫声好像是在争相追求伴侣。
[4] 这两句说，蟋蟀的叫声仿佛是为了催促妇女勤织至晓。
[5] 敛步：脚步很轻。敛，收缩，约束。
[6] 华堂：精美的厅堂。 戏斗：指斗蟋蟀，此风始于唐代天宝年间。
[7] 笼巧妆金：谓贮藏蟋蟀的笼子小巧精致，饰彩涂金。
[8] 渠：他。指蟋蟀。

齐天乐 姜夔

丙辰岁与张功父会饮张达可之堂[1]，闻屋壁间蟋蟀有声，功父约予同赋，以授歌者。功父先成，辞甚美。予裴回茉莉花间[2]，仰见秋月，顿起幽思，寻亦得此[3]。蟋蟀，中都呼为促织[4]，善斗。好事者或以三二十万钱致一枚，镂象齿为楼观以贮之[5]。

庾郎先自吟愁赋[6]，凄凄更闻私语。露湿铜铺[7]，苔侵石井，都是曾听伊处[8]。哀音似诉。正思妇无眠，起寻机杼[9]。曲曲屏山[10]，夜凉独自甚情绪？　西窗又吹暗雨。为谁频断续，相和砧杵[11]？候馆迎秋[12]，离宫吊月[13]，别有伤心无数。豳诗漫与[14]。笑篱落呼灯，世间儿女。写入琴丝[15]，一声声更苦。

【品读】

此阕为白石咏物名篇之一。词中通过描写各类人物对蟋蟀声的感受，抒发了作者寂寞凄凉的愁苦之情。出现在画面上的除了抒情主人公而外，还有思妇、捣衣女、旅客、宫女、儿童等，这些形象都与蟋蟀悲鸣有关。想象丰富，构思巧妙，虚虚实实，而又意脉不断。“笑篱落”两句，“以无知儿女之乐，反衬出有心人之苦，最为入妙”（陈廷焯《白雨斋词话》）。本篇将蟋蟀与听蟋蟀之人层层夹写，意境幽深，且善于运用虚字，如“先自”“更闻”，前呼后应，自然妥帖，使词境不致板实，表现出清空骚雅的词风。

【注释】

[1] 丙辰岁：指宁宗庆元二年（1196）。张功父：张镃，字功父。

[2] 裴回：即徘徊。

[3] 寻：一会儿。

[4] 中都：指北宋都城汴京。

[5] 镂：雕刻。 象齿：象牙。

[6] 庾郎：指庾信，曾著《愁赋》以抒怀。

[7] 铜铺：铜制的铺首。铺首，指装在门上用以衔住门环的铜器，多为兽面之形，称为铺首。

[8] 伊：指蟋蟀。

[9] 杼（zhù柱）：织布的梭子。

[10] 屏山：绘有山水的屏风。

[11] 砧杵（zhēn chǔ针楚）：捣衣石和捶衣棒。

[12] 候馆：旅舍。

[13] 离宫：帝王的行宫。

[14] 豳诗：这里是指《诗经·豳风·七月》，其中有写蟋蟀之句："七月在野，八月在宇，九月在户，十月蟋蟀入我床下。" 漫与：即景赋诗。

[15] 琴丝：琴弦。这句说将蟋蟀谱写成词曲。

清平乐　陈德武

咏　蝉

娇声娇语，恰似深闺女。三叠琴心音一缕[1]，躲在绿阴深处。　此音宁与人知，此身不与人欺。薄暮背将斜月，噤声飞上高枝[2]。

【品读】

蝉，俗称"知了"，胸背有斑纹，翅为膜质，雄体腹面具发音器，夏秋出现在林中，鸣声不已。此阕对蝉的习性和特点做了简洁的描述，以深闺少女表达爱情的娇声娇语形容其缠绵婉转的鸣唱，读来亦有韵味。

【注释】

[1] 琴心：以琴声传达心意，多指爱情的表达。

[2] 噤声：闭口不言，这里是指停止鸣唱。

齐天乐 王沂孙

蝉

一襟余恨宫魂断[1]，年年翠阴庭树。乍咽凉柯[2]，还移暗叶，重把离愁深诉。西窗过雨，怪瑶佩流空[3]，玉筝调柱[4]。镜暗妆残[5]，为谁娇鬓尚如许[6]？　铜仙铅泪似洗，叹携盘去远，难贮零露[7]。病翼惊秋[8]，枯形阅世[9]，消得斜阳几度？余音更苦。甚独抱清高[10]，顿成凄楚。谩想熏风[11]，柳丝千万缕。

【品读】

此阕咏蝉，托物寓意，音调凄怆，形象幽渺，跌宕起伏，是一曲乱世悲歌。词中数用宫廷遗事，曲折隐晦地寄托了作者的黍离之悲和家国之恨，当为宋亡前后所作。就咏物言，写形写声，环境烘托，使事用典，均能运化无迹，切合残秋寒蝉哀鸣之特征。结拍两句，回首往事，叹息盛时难再，只能徒然增添内心的愁苦，表达了宋末遗民的悲痛心情。

【注释】

[1] 宫魂断：据五代马缟《中华古今注》："昔齐后忿而死，尸变为蝉，登庭树嘒唳而鸣，王悔恨，故世名蝉为齐女焉。"传说蝉为宫中后妃魂魄所化，故称宫魂。

[2] 凉柯：秋天的树枝。

[3] 瑶佩流空：形容蝉声如仙人服饰玉佩之声，在空中飘荡回响。

[4] 玉筝调柱：形容蝉鸣如弹筝之声。调柱，调弄乐器的弦柱。

[5] 镜暗妆残：指女子容颜衰老，借喻寒蝉之枯槁。

[6] 娇鬓：指女子鬓发薄如蝉翼。

[7] 铜仙铅泪：这三句说，蝉以饮露为生，承露盘已被拆走，则蝉也无以为生了。

[8] 病翼：残病的蝉翼。

[9] 枯形：枯槁的形骸。

[10] 甚：正。

[11] 熏风：南风。这两句说徒然追忆柳丝万缕的盛夏时节，感叹美好的时光已经去而不返。

贺新郎 赵闻礼

萤

池馆收新雨。耿幽丛[1]、流光几点，半侵疏户。入夜凉风吹不灭，冷焰微茫暗度[2]。碎影落、仙盘秋露[3]。漏断长门空照泪[4]，袖纱寒、映竹无心顾。孤枕掩，残灯炷[5]。　练囊不照诗人苦[6]。夜沉沉、拍手相亲，騃儿痴女[7]栏外扑来罗扇小，谁在风廊笑语？竞戏踏、金钗双股。故苑荒凉悲旧赏，怅寒芜、衰草隋宫路。同磷火，遍秋圃。

【品读】

古代诗词中咏萤之作并不多见，此阕为其名篇之一。上片分为两层。前五句先写萤火出现的时间、地点和气候，描绘出一幅清冷幽静的秋夜流萤图。后五句叙述词人由观“流光”而引起的联想，从而深化了咏物的主题。下片也分为两层。“练囊”六句，以诗人夜读苦吟和“呆儿痴女”扑萤取乐相对照，抒写作者寂寞凄苦的心境。“故苑”四句，通过怀古，融情入景，寄托兴亡之感。本篇笔触细腻，深婉有致，可与王沂孙《齐天乐》咏蝉、咏萤二作比美。

【注释】

[1] 耿：明亮，照亮。　幽丛：阴暗的丛林。

[2] 冷焰：指幽冷的萤光。

[3] 仙盘秋露：指汉武帝时在建章宫里建造的仙人承露盘。

[4] 长门：汉宫名。汉武帝皇后陈阿娇失宠后曾幽禁于此。

[5] 炷：灯芯。

[6] 练囊：以丝绢做的萤囊。据《晋书·车胤传》，车胤家贫，曾以萤囊照亮读书。

[7] 騃儿痴女：天真无知的少男少女。

齐天乐　王沂孙

萤

碧痕初化池塘草[1]，荧荧野光相趁[2]。扇薄星流[3]，盘明露滴[4]，零落秋原飞燐[5]。练裳暗近。记穿柳生凉，度荷分暝。误我残编，翠囊空叹梦无准[6]。　楼阴时过数点，倚阑人未睡，曾赋幽恨。汉苑飘苔，秦陵坠叶[7]，千古凄凉不尽。何人为省？但隔水余晖，傍林残影，已觉萧疏，更堪秋夜永！

【品读】

本篇为宋亡之后所作，通过咏萤抒写亡国之恨。上片由萤之初生写到"秋原飞燐"，点出题意。然后追忆昔年练囊夜读，慨叹书生无补于世，梦想破灭，深以为憾。下片写倚阑观萤，苔飘叶坠，满目蓬蒿，不觉凄凉生哀。结处寓情于景，萤火点点，长夜漫漫，谁能理解绵绵无尽的幽恨？全篇意境苍茫，音调凄恻，琢句冷峭，托意深远，为碧山咏物词的又一力作。

【注释】

[1] 碧痕：指初生青草。古人以为萤系腐草所化，故云。

[2] 相趁：互相追逐。

[3] 星流：形容萤火似星光流动一样。

[4] 盘明露滴：以仙人承露盘中晶莹的露珠比喻萤光。

[5] 飞燐：指磷火，比喻萤光。

[6] 翠囊：用车胤练囊夜读事。据《晋书·车胤传》，"家贫不常得油，夏月则练囊盛数十萤火以照书，以夜继日焉。"

[7] 汉苑、秦陵：借指南宋宫苑和陵寝。

清平乐 陈德武

咏蛙

黄梅雨住，青草池塘暮[1]。轻许天然乐两部，遥想周郎不顾。　　生憎利口喃喃，凭谁井塞泥缄[2]。最是玉人枕上，几回梦断江南。

【品读】

黄梅雨止，池塘日暮，蛙声彼伏此起，连绵不断。有人感到悦耳动听，如两部乐声合奏；有人憎恶那无休无止的聒噪之声，恨不能将蛙类生息出入之地用泥土堵死封住。最可厌的是蛙声一次又一次地打断了美人枕上的美梦。小词虽无深意，却写得清新活泼，为蛙属小动物留下了一幅存照。

【注释】

[1] 这两句化用赵师秀《约客》“黄梅时节家家雨，青草池塘处处蛙”诗意。

[2] 缄：封闭。

菩萨蛮 汪莘

金梦弼携鱼酒见访，云：昨属渔人鱼。渔人言：白茅潭中有白鱼一双。今晨果揭其一以来。因赋此为谢，并致后会之意。

渔翁家住寒潭上，晓霜晚日时相向[1]。三尺白鱼长，一双摇玉光。　　前朝来献状[2]，果慰携壶望。水月正商量，小桥梅欲香。

【品读】

友人携鱼酒见访，并为作者讲述了这条白鱼的来历。原来在白茅潭边住着一位老渔翁，经过他长期细心的观察，发现潭中有两条三尺来长的白鱼，时常看见它们在水里嬉游，鳞片发出闪闪的白光。渔翁遵照友人的嘱托，今天早上果然提着一条白鱼送来。作者为了表达对友人的谢忱，特意写了这首词。结拍约友人异日重来，携手小桥，共赏梅花，语短意长，含而不露。

【注释】

[1] 相向：这里是观察的意思。

[2] 献状：进奉。

饮食器物

阮郎归　黄庭坚

茶词

摘山初制小龙团[1]，色和香味全。碾声初断夜将阑，烹时鹤避烟。　消滞思[2]，解尘烦[3]，金瓯雪浪翻[4]。只愁啜罢水流天，余清搅夜眠[5]。

【品读】

茶为中国的特产，是一种著名的饮料，它可使人清心明目，有兴奋大脑和心脏的作用。中国的茶文化历史悠久，自唐陆羽著《茶经》以来，宋元明清的茶书多达百余种。黄庭坚不但喜欢饮茶，而且对茶的性状、品质、功用、采制烹煮方法以及饮茶用具都有研究。此阕为宋人咏茶词中较早的一首，从采制、烹煮写到饮罢之后的感受，读来颇有情趣。

【注释】

[1] 摘山：入山采茶。　小龙团：茶名。

[2] 滞思：思想凝滞，精神困倦。

[3] 尘烦：人世间的烦恼。

[4] 瓯：盆盂一类的瓦器，这里指茶杯。

[5] 这句说精神清爽，深夜无眠。

满庭芳　秦观

茶词

雅燕飞觞，清谈挥座，使君高会群贤[1]。密云双凤[2]，初破缕金团。窗外炉烟似动，开瓶试、一品香泉。轻淘起，香生玉麈[3]，雪溅紫瓯圆[4]。　　娇鬟[5]，宜美盼，双擎翠袖，稳步红莲。坐中客翻愁，酒醒歌阑。点上纱笼画烛，花骢弄、月影当轩。频相顾，余欢未尽，欲去且流连。

【品读】

此词一说为米芾之作。上片写作者在友人（使君——也许为其同僚或上司）座中与“群贤”深夜品茗清谈。下片插入“娇鬟”献茶，词人为之情思荡漾，流连忘返。茶与美人映衬，读来余味无穷。

【注释】

[1] 使君：汉以后对州郡长官的尊称。

[2] 密云双凤：即密云龙、双凤团，宋代茶中之精品。宋时制茶为圆饼形，上印龙凤形图纹，岁贡皇家饮用。

[3] 玉麈（zhǔ主）：以玉石为柄的拂尘。这句说挥动麈尾（即拂尘），顿觉茶香扑鼻。

[4] 紫瓯圆：谓紫色圆形的茶杯。

[5] 娇鬟：娇艳的美女。鬟，古代妇女的环形发髻，常用以代指女子。

西江月　程邻

阶下宝鞍罗帕，门前绛蜡纱笼。留连佳客怅匆匆，赖有新团小凤[1]。　　琼碎黄金碾里，乳浮紫玉瓯中。归来袅袅袖生风，齿颊余甘入梦[2]。

【品读】

这首小词记述作者从友人家中品茗夜归，精神爽快，两袖生风，齿颊犹带余甘，从而进入了甜蜜的梦乡。茶之功效，可谓奇妙矣。

【注释】

[1] 新团小凤：新制的小凤团茶，宋代福建所产名茶，每斤十饼。

[2] 齿颊：牙齿与面颊，这里是指口中。

诉衷情 张抡

闲中一盏建溪茶[1]，香嫩雨前芽[2]。砖炉最宜石铫[3]，装点野人家。　三昧手[4]，不须夸，满瓯花。睡魔何处？两腋清风，兴满烟霞。

【品读】

这是作者“咏闲十首”组词之一。词写闲居山野，独煎新茶消遣，一盏入口，顿觉心旷神怡，清风拂面，睡意全消，于是便兴致勃勃地去观赏风烟云霞。真可谓喜饮茶者，其乐无穷。

【注释】

[1] 建溪：闽江支流，在福建北部，宋时属于建州（治所在今建瓯），其地以产名茶著称。

[2] 雨前芽：指谷雨以前所采的新茶。

[3] 铫（diào 掉）：即吊子，一种有柄有流的小烹器。

[4] 三昧手：谓懂得事物诀要或精义的人，这里是指精于点茶者。

蓦山溪 王质

咏茶

枯林荒陌，矮树敷鲜叶。不见雅风标，十二分、山容野色。因何嫩茁，舞动小旗枪[1]，梅花后，杏花前，色味香三绝。　含光隐耀，尘土埋豪杰。试看大粗疏，争知变、寒云飞雪。休说休说，世只两名花，芍药相，牡丹王，未尽人间舌[2]。

【品读】

这首咏茶词描写的是初春的茶林。当梅花开后，杏花开前，枯林荒陌之间，一丛丛矮树绽露出嫩茁的鲜叶，好似随风飘舞的小旗枪一样。它不像芍药、牡丹一类的名花那么惹人注目，但色香味俱全，可供人们细细品尝。

【注释】

[1] 旗枪：绿茶的一种。由带顶芽的小叶制成。芽尖细如枪，叶开展如旗，一旗一枪，故名。形色与龙井茶相似。

[2] 这句说（芍药、牡丹）只中看，不中吃，满足不了人们饮食之需。

水调歌头　葛长庚

咏　茶

二月一番雨，昨夜一声雷。枪旗争展，建溪春色占先魁。采取枝头雀舌[1]，带露和烟捣碎，炼作紫金堆[2]。碾破香无限，飞起绿尘埃。　汲新泉，烹活火[3]，试将来。放下兔毫瓯子，滋味舌头回。唤醒青州从事[4]，战退睡魔百万，梦不到阳台[5]。两腋清风起，我欲上蓬莱[6]。

【品读】

此阕由采茶、制茶、烹茶写到品茶，对茶的性状、功用进行了细致的刻画。作者一盏饮罢，舌间滋味无穷，于是酒也醒了，睡魔也被驱散了，顿觉精神爽快，腋下生风，飘飘欲仙，幻想进入那奇妙的蓬莱仙境。

【注释】

[1] 雀舌：形容茶的嫩芽如鸟雀之舌。

[2] 紫金堆：形容茶饼色似紫金。

[3] 活火：旺盛的火。苏轼《汲江煎茶》："活水还须活火烹，自临钓石取深情。"

[4] 青州从事：美酒的隐语。从事，

官名。

[5] 阳台：宋玉《高唐赋》："昔者先王尝游高唐，怠而昼寝，梦见一妇人曰：'妾巫山之女也，为高唐之客。闻君游高唐，愿荐枕席。'王因幸之。去而辞曰：'妾在巫山之阳，高丘之阻，旦为朝云，暮为行雨，朝朝暮暮，阳台之下。'"后因称男女合欢的处所为阳台。这句说好梦难成。

[6] 蓬莱：神话传说中的海上三神山之一。

鹧鸪天 朱敦儒

天上人间酒最尊，非甘非苦味通神。一杯能变愁山色，三盏全迴冷谷春。　欢后笑，怒时瞋，醒来不记有何因。古时有个陶元亮[1]，解道君当恕醉人[2]。

【品读】

在中国传统文化中，酒是一个不可缺少的因素。李白"斗酒诗百篇"，成了家喻户晓的文坛佳话。浩如烟海的咏酒之作，形成了五彩缤纷的具有中国特色的酒文化。朱敦儒也是一位"诗万首，酒千觞"，"日日深杯酒满"的瘾君子，他的《樵歌》十之五六散发着浓郁的酒香。此阕咏酒，赞其非甘非苦，亦甘亦苦，味能通神。一杯下肚，可使愁山变色，冷谷回春，息怒解愠，忘忧消愁，真可谓妙用无穷，因而是天上人间最为尊贵之物。这是艺术家的夸张之词，酒的作用未必真有这么大。君不记得诗仙李白曾经说过"举杯消愁愁更愁"吗？

【注释】

[1] 陶元亮：东晋诗人陶渊明，一名潜，字元亮。

[2] 君当恕醉人：陶渊明《饮酒》："但恨多谬误，君当恕醉人。"

沁园春 辛弃疾

将止酒，戒酒杯使勿近

杯汝来前！老子今朝，点检形骸[1]。甚长年抱渴[2]，咽如焦釜[3]；于今喜睡，气似奔雷[4]。汝说刘伶，古今达者，醉后何妨死便埋[5]。浑如此，叹汝于知己，真少恩哉[6]！　更凭歌舞为媒[7]，算合作人间鸩毒猜[8]。况怨无大小，生于所爱；物无美恶，过则为灾。与汝成言[9]："勿留亟退[10]，吾力犹能肆汝杯。[11]"杯再拜，道："麾之即去，招则须来[12]。"

【品读】

辛弃疾退闲期间常常以酒浇愁，企图从醉梦中寻求暂时的解脱。然而酒乃无情之物，不但不能减轻愁苦和烦恼，反而使他因长期过饮成病，损害了健康，于是便写了这首戒酒词来规劝自己。词中通过和酒杯的对话，表现了作者既想戒酒又怕戒不成的矛盾心理，流露出政治上失意的愤慨之情。全篇以文为词，将酒杯拟人化，并以问答的形式，纵横议论，反复说理，幽默风趣，在宋词中别具一格。

【注释】

[1] 点检：或作"检点"，考核的意思。这里作保养、保重解。　形骸（hái孩）：形体、形迹。

[2] 抱渴：指酒后胸怀发热，口中干渴。抱，胸怀。

[3] 咽如焦釜：咽喉干燥得像烧焦了的铁锅一样。

[4] 气似奔雷：鼾声如疾雷。

[5] 刘伶：字伯伦，晋人，竹林七贤之一，放情肆志，性尤好酒。

[6] 浑如此：竟然如此。这三句说，你竟然如此说，可叹你对知心朋友真是无情无义呵！

[7] 媒：媒介。歌舞能助酒兴，故曰"凭歌舞为媒"。

[8] 鸩（zhèn震）：传说中一种有毒的鸟，用它的羽毛泡酒，喝了能毒死人，称为鸩毒。

[9] 成言：议定，约定。

[10] 亟退：赶快走开。

[11] 肆：原意为处死犯人后陈尸示众，这里是处置的意思。

[12] 麾：同挥，斥退的意思。这两句托为酒杯的回答：你斥退我，我就走开；你招呼我，我再回来。

粉蝶儿 史 浩

咏圆子

玉屑轻盈[1]，鲛绡霎时铺遍[2]。看仙娥、骋些神变。咄嗟间[3]，如撒下、真珠一串。火方燃，汤初滚，尽浮锅面。　歌楼酒坊，今宵任伊索唤[4]。那佳人怎生得见？更添糖，拚折本，供他几碗。浪儿们，得我这些方便。

【品读】

圆子，亦作元子，又称汤元、汤圆、团子，是一种民间风味小吃。宋时汤圆的品种很多，著名的如麻团、豆团、澄沙团子、冰雪冷元子等，就像今日成都的赖汤元一样，当时颇受美食家的欢迎。本篇描写夜市中的一座汤圆店，从做汤圆，煮汤圆，写到殷勤待客，周到服务，店主为了招揽生意，使顾客满意，“今宵任伊索唤”，而且把白糖添了又添，端上一碗又一碗，甚至不惜做折本生意，让公子哥儿们“得我这些方便”，吃个痛快。这家店主很善于经营，眼下虽然折些本，只要有了信誉，生意一定会兴隆，何愁不会赢利呢！词语朴实，写市井小民富于生活气息，在宋人词作中亦可谓别开生面。

【注释】

[1] 玉屑：这里是指糯米粉。

[2] 鲛绡（jiāo xiāo 交宵）：神话传说中鲛人所织的丝绢。这里是指放圆子的白布。

[3] 咄嗟：惊叹的意思。

[4] 索唤：索取呼唤。

鹧鸪天　王千秋

圆子

翠杓银锅飨夜游[1]，万灯初上月当楼。溶溶琥珀流匙滑，璨璨蠙珠著面浮[2]。　香入手，暖生瓯，依然京国旧风流。翠娥且放杯行缓，甘味虽浓欲少留。

【品读】

此阕写作者逛完夜市之后，到一家小店去吃汤圆的情景。只见银锅里开水翻滚，一颗颗珍珠似的汤圆浮出水面，实在令人眼馋。及至端起一碗，顿觉芳香四溢，心里也感到甜滋滋、暖烘烘的。词人由此想到，当年故都汴京的遗风犹存，因而不胜感慨。

【注释】

[1] 飨（xiǎng 响）：用酒食款待人。

[2] 蠙珠：即蚌珠，珍珠。蠙，蚌之别名。

南歌子　王　迈

谢送菊花糕

家里逢重九，新篘熟浊醪[1]。弟兄乘兴共登高。右手茱杯、左手笑持螯[2]。　　官里逢重九，归心切大刀。美人痛饮读《离骚》。因感秋英、饷我菊花糕[3]。

【品读】

作者游宦在外，适逢重九，不能像在家里那样，与弟兄们团聚，一同携手登高。所幸的是，一位知音从《离骚》中受到启示，特意送来一盒菊花糕，作为节日的礼物，慰我寂寥，故而赋词谢之。

【注释】

[1] 篘（chǒu 抽）：酒笼。　浊醪：浊酒。

[2] 螯：指螃蟹前面的一对大夹。

[3] 饷：赠送。

浣溪沙　方岳

赵阁学饷蝤蛑酒春螺[1]

半壳含潮带靥香，双螯嚼雪迸脐黄。芦花洲渚夜来霜。　　短棹秋江清到底[2]，长头春瓮醉为乡。风流不枉与诗尝。

【品读】

友人赵某赠以蝤蛑、春螺和美酒，作者看着这些珍贵的礼物，仿佛闻到了蟹黄的香味。于是便独自在小舟之中持螯举杯，一边吟诗，一边仔细地品尝这凝聚着深挚友情的美食。

【注释】

[1] 阁学：宋代显谟阁、徽猷阁等阁直学士的省称。　蝤蛑（yóumóu 由谋）：即“梭子蟹”，海蟹的一种。

[2] 短棹：小船。

思佳客 高观国

秋扇

入手西风意已羞，不须玉斧为重修[1]。扑萤凉夜沉沉月，障面清歌淡淡秋。　休弃置，且迟留，可怜又向箧中收。莫教暗损乘鸾女，汉殿凄凉万古愁[2]。

【品读】

扇子是夏日避暑的用具，可是一到秋天，扇子也就没有用了，于是便被人们弃置于箧中。此阕借咏秋扇，托宫女自怨，抒发作者政治上的失意之情。词意含婉，咏物与抒怀妙合无间。

【注释】

[1] 玉斧：神话传说中古代仙人用以修理月亮的斧子。

[2] 汉殿句：用汉成帝妃子班婕妤的典故。班失宠后居于长信宫，赋《怨诗》（亦称《团扇歌》）一首以自伤。其诗云："新裂齐纨素，鲜洁如霜雪。裁为合欢扇，团团似明月。出入君怀袖，动摇微风发。常恐秋节至，凉飙夺炎热。弃捐箧笥中，恩情中道绝。"

生查子 朱翌

咏折迭扇

宫纱蜂趁梅，宝扇鸾开翅。数折聚清风，一捻生秋意[1]。摇摇云母轻[2]，袅袅琼枝细[3]。莫解玉连环，怕作飞花坠。

【品读】

折迭扇即折叠扇，因其小巧轻便，易于携带收藏，所以备受人们青睐。加之文人学士喜于其上题诗作画，从而成了夏日引凉驱暑的宝贵用具，并且也是中国传统文化的组成部分。此阕将折叠扇的特点、功用加以艺术的描绘，结处两句告诫人们不要解开拴扇的“玉连环”，否则扇子将像飞花一样飘散坠落，这也是有心人的经验之谈。

【注释】

[1] 捻（niǎn 碾）：用手指搓转。这句说用手搓开折叠扇，凉风便迎面而生，使人仿佛感到秋天已经来临。

[2] 云母：矿物名，又称“千层纸”，晶体透明，多呈板状，柔软有弹性，常用作屏扉之装饰品。

[3] 袅袅：纤长柔美貌。

御街行　高观国

赋轿

藤筠巧织花纹细[1]。称稳步、如流水。踏青陌上雨初晴，嫌怕湿、文鸳双履[2]。要人送上，逢花须住，才过处、香风起。　　裙儿挂在帘儿底。更不把、窗儿闭。红红白白簇花枝，恰称得、寻春芳意。归来时晚，纱笼引道[3]，扶下人微醉。

【品读】

这首赋轿词对轿子的形状、特点着墨并不多，而是通过对美人踏青、赏花途中的描写，揭示出轿子作为古代交通工具的特殊功用。如果没有轿子代步，词中那位女子在雨后初晴、道路泥泞之时，恐怕很难实现整日尽兴的春游。

【注释】

[1] 筠（yún匀）：竹子的青皮，也用作竹子的别称。

[2] 文鸳双履：绣着鸳鸯的花鞋。

[3] 纱笼：用丝织物制作的灯笼。

瑞鹤仙 高观国

筇枝[1]

一枝苍玉冷。爱露节霜根，从来孤劲。提携远尘境。自清臞骨力[2]，岁寒心性。登临助兴。甚偏与，芒鞋相称[3]。笑葛洪、陂外腾飞[4]，渺渺水闲烟迥。　　寻胜。拨开林影，斫破苔痕，缓支幽径。分云度岭，待随处、问梅信。任香挑村醑[5]，寒拖夜月，识尽江山好景。扣禅关拗折[6]，归来万缘自静。

【品读】

当你在登山、寻幽探胜的时候，如果身边有一根手杖，那就会感到轻便省力多了。本篇写手杖的妙用，既赞其“露节霜根，从来孤劲”的特点，也肯定了它“登临助兴”的作用，词人对“筇枝”的感情可谓深矣。

【注释】

[1] 筇枝：竹子做的手杖。筇（qióng穷），竹名，筇竹可做手杖，故称杖为筇。

[2] 清臞（qú渠）：清瘦。

[3] 芒鞋：草鞋。陈师道《绝句四首》：“芒鞋竹杖最关身。”

[4] 葛洪：东晋道教理论家、医学家、炼丹术家。字稚川，号抱朴子，后在罗浮山炼丹，妄图成仙，幻想长生不老。

[5] 醑（xǔ许）：美酒。

[6] 禅关：佛教寺院门。

高阳台 王沂孙

纸被

霜楮刳皮[1]，冰花擘茧，满腔絮湿湘帘。抱瓮工夫[2]，何须待吐吴蚕？水香玉色难裁剪，更绣针、茸线休拈。伴梅花，暗卷春风，斗帐孤眠。　　篝熏鹊锦熊毡。任粉融脂涴，犹怯痴寒。我睡方浓，笑他欠此清缘。揉来细软烘烘暖，尽何妨、挟纩装绵[3]。酒魂醒，半榻梨云，起坐诗禅[4]。

【品读】　纸被不知始于何时，宋人犹有用纸被的习惯，放翁诗中即屡次提到过，惜乎今已失传。此阕从纸被的制作，写到它的用途。它既无须针线刺绣，也用不着“挟纩装绵”，斗帐之中，孤眠之夜，盖在身上只觉得“细软烘烘暖”，真是方便极了，舒服极了。

【注释】

[1] 楮（chǔ楚）：木名。皮可制桑皮纸。　刳（kū枯）：剖，剥。这句说剖下秋天的楮树皮，作为造纸的原料。

[2] 抱瓮：抱瓮灌园的略语。抱瓮工夫，形容时间短暂。

[3] 挟纩：穿上丝棉衣服。

[4] 诗禅：诗心禅意。这句说睡起心静意平，诗思涌现。

南歌子 张元幹

桂魄分余晕[1]，檀香破紫心。高鬟松绾鬓云侵。又被兰膏香染、色深沉。　　指印纤纤粉，钗横隐隐金。更阑云雨凤帷深[2]。长是枕前不见、殢人寻[3]。

【品读】

本篇《词综》题为“咏梳”，并以为作者是周邦彦。上片首二句说梳子形如半月，系用名贵的檀香木制成。三、四句谓美人常用其梳头，因而染上膏脂，颜色也变得更深沉了。过片两句言梳子上印着女子的纤纤指纹，时常插在发髻之上。结拍两句说女主人公半夜起床梳头，翻遍枕上枕下，到处都找不着它，不知掉到什么地方去了。

【注释】

[1] 桂魄：月亮的别称。相传月中有桂树，故云。

[2] 凤帷：绣有凤凰的帐子。

[3] 殢（tì替）：困扰，使人心烦。

春夏秋冬

满江红　张先

初春

飘尽寒梅，笑粉蝶游蜂未觉。渐迤逦、水明山秀[1]，暖生帘幕。过雨小桃红未透，舞烟新柳青犹弱。记画桥深处水边亭，曾偷约[2]。　　多少恨，今犹昨；愁和闷，都忘却。拚从前烂醉，被花迷著。晴鸽试铃风力软，雏莺弄舌春寒薄。但只愁、锦绣闹装时[3]，东风恶。

【品读】

这首词描绘初春景物，笔触极细腻，富有诗情画意。开篇两句，写梅花飘零，透露出春到人间的信息。“渐迤逦”五句，叙述随着时序的推移，自然界逐渐发生了令人可喜的变化，展现出一幅生机勃勃的早春图景。“记画桥”两句，即景生情，回忆当年与恋人的约会。换头四句，感叹旧游成空，往事不堪回首。“拚从前”两句，谓忘却昔日的“愁和闷”，仍须像当年一样尽情地饮酒赏花，不要辜负了美好的春光。“晴鸽”“雏莺”两句，用对偶形式刻画出初春时节的两幅生动画面，是一组形象鲜明的特写镜头。歇拍两句，从眼前想到将来，担心好景不长，流露出一缕伤春之情。本篇描写初春景物，中间穿插着对往日情事的回忆，使词意更加含蓄深永，结构上亦富于变化，很有艺术特色。

【注释】

[1] 迤逦：曲折连绵，亦指一路曲折行去。这里作时间副词用，是“慢慢地”“渐渐地”的意思。

[2] 偷约：暗中相约。

[3] 闹装：用金银珠宝之类杂缀为鞍、辔等的饰物。

破阵子 晏 殊

春 景

燕子来时新社[1]，梨花落后清明[2]。池上碧苔三四点[3]，叶底黄鹂一两声[4]。日长飞絮轻[5]。 巧笑东邻女伴[6]，采桑径里逢迎。疑怪昨宵春梦好，原是今朝斗草赢[7]。笑从双脸生。

【品读】

本篇《花庵词选》题作“春景”。它以轻快的笔调，描绘了清明前后迷人的风光景物和一群乡村姑娘踏青斗草时的欢乐心情。词的上片写景，通过“燕子”“黄鹂”“梨花”“碧苔”“飞絮”等色彩鲜明的景物，描绘出一幅仲春园林花鸟图。下片写人，叙述东邻姑娘和她的女伴们在田间小路上相逢，尽情嬉戏玩乐的场面，也可以说是一幅仕女踏青斗草图。不过两片之间有着内在的联系，两幅画是叠印在一起的。如果说上片状春景是泛写，那么下片绘人物就是专叙。状春景由虚入实，花鸟相间，有色有声；写人物从中景、近景到特写，层次分明。下片的“春梦”“斗草”与上片的“新社”“清明”紧紧照应。词中刻画了一群少女走出深闺，沐浴在大自然中的欢乐情态，淋漓尽致地描绘出她们天真活泼的性格，使读者仿佛身临其境。

【注释】

[1] 新社：社日新到。古时春、秋两季祭祀土地神的日子，叫作社日，一般在立春、立秋后的第五个戊日。这里指春社而言。

[2] 清明：二十四节气之一，约在阳历四月五日前后。清明节有踏青扫墓的习俗。

[3] 碧苔：绿色的水衣。苔，隐花植物的一种，根、茎、叶的区别不明显。生在水中的叫水衣，长在地上的叫地衣。

[4] 黄鹂：鸟名，亦称黄莺、黄鸟、鸧鹒，鸣声婉转。

[5] 飞絮：飘扬的柳絮。柳树种子所带的白毛叫柳絮，又称“柳绵”。

[6] 巧笑：美好的笑。《诗经·卫

风·硕人》："巧笑倩兮，美目盼兮。"

[7] 斗草：即"斗百草"，以草相赛的一种游戏。或对花草名，如狗耳草对鸡冠花；或斗草的多寡、韧性等。

踏莎行 晏殊

小径红稀[1]，芳郊绿遍。高台树色阴阴见[2]。春风不解禁杨花，蒙蒙乱扑行人面。　翠叶藏莺，珠帘隔燕。炉香静逐游丝转[3]。一场愁梦酒醒时，斜阳却照深深院。

【品读】

本篇《花庵词选》题作"春思"。词中通过描绘春末夏初的景物，表观伤时感序的愁情。上片写郊外所见。一起三句自下而上、由近及远，勾画出一幅色彩鲜明而富有特征的芳郊暮春图。四、五两句埋怨春风不懂得抑制杨花，任其漫天飞舞，乱扑行人之面，含蓄地流露出一缕悼春之情。下片写庭院和室内的环境与人物：翠绿的树叶已经十分茂密，可以掩藏婉转啼鸣的黄莺鸟；门上帘幕低垂，小燕子被隔在了屋外。寂静的书斋里，缕缕香烟，袅袅上升，与房梁下的游丝缠绕在一起，轻轻地旋转飘荡。时近傍晚，主人公才从醉梦中醒来，睁眼一看，夕阳正照进深深的庭院。全词笔调空灵，意境清幽，通过刻画景物，自然而然地表现了春愁的主题。

【注释】

[1] 红稀：花少。暗示春天即将消逝。

[2] 阴阴见（xiàn 现）：隐隐约约地显露出来。阴阴，幽暗不明貌。

[3] 游丝：蜘蛛等所吐的丝，因其飘荡于空中，故称游丝。

玉楼春 宋 祁

春 景

东城渐觉风光好，縠皱波纹迎客棹[1]。绿杨烟外晓寒轻，红杏枝头春意闹。　　浮生长恨欢娱少[2]，肯爱千金轻一笑[3]。为君持酒劝斜阳，且向花间留晚照[4]。

【品读】

本篇写春日泛舟游湖。上片状景。首句泛叙，赞美春光明媚。“东城”是指汴京城的东郊，这一带风景幽美，园林很多，每年灯节过后，游人纷纷出城探春。据《东京梦华录》载，当时的情景十分繁华热闹。此阕因系小令，不可能展开铺叙描画，仅用“渐觉风光好”五个字加以概括，而作者当时的见闻和感受一定是很丰富的。次句描绘湖上风光，一个“迎”字将湖水拟人化，仿佛它正绽开笑脸在殷勤地欢迎客人的到来。三、四两句用对偶形式刻画岸边景物，色彩鲜明，层次井然，将生意盎然的春光描绘得淋漓尽致，尤其是一个“闹”字用得很新奇警策，受到不少评论家的称赞。如王国维在《人间词话》中曾说：“着一‘闹’字而境界全出。”下片抒情，感叹世事多变，人生短暂，欢乐愉快的时间太少，流露出不如及时行乐的消极思想，反映了北宋承平时期士大夫的普遍心态。这首词之所以广为流传，主要是由于有了“红杏枝头春意闹”这一写景名句，作者也因此而获得了“红杏枝头春意闹尚书”的雅号。

【注释】

[1] 縠（hú胡）：绉纱一类的丝织品。縠皱波纹，水波的皱纹像绉纱似的。　客棹：游客的船。棹，船桨，这里指船。

[2] 浮生：谓世事无定，生命短促。是对人生的一种消极看法。

[3] 肯爱：岂肯爱惜。

[4] 晚照：夕阳。李商隐《写意》："日向花间留晚照。"

蝶恋花 苏 轼

春 景

花褪残红青杏小。燕子飞时，绿水人家绕。枝上柳绵吹又少[1]，天涯何处无芳草！ 墙里秋千墙外道。墙外行人，墙里佳人笑。笑渐不闻声渐悄，多情却被无情恼[2]。

【品读】

这是一首惜春感怀之作。词的意境优美，含蓄朦胧，仔细吟味，似乎有所寄托。上片描绘暮春景色：残红褪尽，青杏初结，春去夏来，自然界在不知不觉地发生着变化；燕子在空中飞舞，碧绿的溪水环绕着村舍人家而流；枝上的柳絮被暖风吹得越来越少，天涯处处都长满了生机勃勃的芳草。词中虽然流露出惜春之情，但并不显得哀伤，这与东坡的乐观性格和旷达的人生态度显然有关。下片叙述春游途中的见闻和感想：墙里红粉佳人正荡着秋千，欢乐的笑声飘出了墙外，道上的行人不觉心醉神往，多么希望能看到这一无比美妙的场面。可惜一道高高的围墙把多情的行人和无心的佳人隔离开了，不觉怅然如失，四顾茫然，这真是"多情却被无情恼"。作者一生执着地追求自己的理想，到头来无不落空，这不也是"多情却被无情恼"吗？据传苏轼被贬惠州时，侍妾朝云歌此词为之泪下沾襟，并对作者说："吾所不能歌，是'枝上柳绵吹又少，天涯何处无芳草'也。"(《冷斋夜话》)可见此词寄慨遥深,并非一般的伤春之作。

【注释】

[1] 柳绵:柳絮。

[2] 恼:烦恼。

清平乐 黄庭坚

春归何处?寂寞无行路。若有人知春去处,唤取归来同住[1]。　春无踪迹谁知?除非问取黄鹂。百啭无人能解[2],因风飞过蔷薇[3]。

【品读】

此词抒写惜春之情,曲折婉转,跌宕起伏,读来饶有韵味。春归花落,使人无限留恋,如果有人知道春天的去处,将她呼唤回来,永远和她住在一起,那该多好呵!可惜春去无踪,谁也不知道她究竟归向何处,实在无法寻觅,真教人寂寞惆怅呵!上片以问句开篇,将春拟人化,"若有""唤取"两句,奇思异想,妙语如珠,新颖而别致。下片承上再转,将词意又推进一层。既然谁也不知道"春归何处",那么何不去问一问与春天一起来到人间的黄鹂呢?词人加上"除非"二字,表示在失望中还抱有一线希望,相信从黄鹂那里一定能得到满意的回答。然而事情又出乎意料,寻春之人不懂得鸟语,黄鹂在枝头百啭千鸣,也不知道它究竟在说些什么。听的人着急,黄鹂也感到不耐烦了,只见它展翅乘风飞过蔷薇花那边去了。蔷薇,春末夏初开花。蔷薇花开,说明春天确实已经离开人间而去了。本篇构思新颖,设想巧妙,语言清丽，意境空灵，在山谷词中别具一格。

【注释】

[1] 唤取：唤来，唤回。

[2] 啭：形容鸟鸣婉转。庾信《春赋》："新年鸟声千种啭。"

[3] 因风：随风，顺风。

诉衷情 张 挥

春 词

长桥春水拍堤沙，疏雨带残霞。几声脆管何处[1]？桥下有人家。　宫树绿[2]，晚烟斜，噪闲鸦。山光无尽，水风长在，满面杨花。

【品读】

长桥，即苏州葑门外著名的宝带桥。此阕为作者云游吴中时所作。词写江南暮春雨中晚景，文字简练，意境淡远，风光如画，是一幅意趣高雅的着墨山水图。

【注释】

[1] 脆管：指声音清脆的箫、笛一类管乐器。

[2] 宫树：苏州曾为吴国都城，有吴宫遗址，故云。

诉衷情 晁补之

送 春

东城南陌路岐斜，芳草遍藏遮[1]。黄鹂自是来晚，莫恨海棠花。　　惊雪絮，满天涯，送春赊[2]。问春莫是，忆著东君，自去还家。

【品读】

这首“送春”词，写景处亦只平平，两结拍用拟人手法，却颇有新意。尤其后结谓“春”之归去乃是由于思念“东君”，才匆匆忙忙离开人间，“自去还家”，读来颇有韵味，为全篇生色不少。

【注释】

[1] 这句说芳草遮没了田间小路。

[2] 赊：语尾助词，同“吵”。

春光好　张　抡

烟淡淡，雨蒙蒙，水溶溶[1]。贴水落花飞不起，小桥东。　　翩翩怨蝶愁蜂。绕芳丛，恋余红[2]。不恨无情桥下水，恨东风。

【品读】

这首小词上片描绘烟雨迷离，落花纷纷飘坠水中的暮春景象；下片通过“怨蝶愁蜂”围绕芳丛、留恋余红，抒发惜春之情。词的语言简洁，意境优美，情韵悠长，耐人寻味。

【注释】

[1] 溶溶：水流动貌。

[2] 余红：残花。

浣溪沙 李结

花圃萦回曲径通[1]，小亭风卷绣帘重。秋千闲倚画桥东。　双蝶舞余红便旋[2]，交莺啼处绿葱珑[3]。远山眉黛晚来浓。

【品读】

这首词写的是园林春色，也是一幅色彩鲜明的风景画。词的语言工丽，意境优美，结句以形如美人之眉的远山作背景，使画面显得更加邈远而富有诗意。

【注释】

[1] 萦回：盘旋、回绕。

[2] 旋：转动、颤动。这句说双蝶在花丛中飞舞，当它们离去后，花枝犹在微微地颤动。

[3] 葱珑：亦作“葱茏”。形容草木青翠而茂盛。

浣溪沙 范成大

歙浦钱塘一水通[1]，闲云如幕碧重重。吴山应在碧云东[2]。　无力海棠风淡荡，半眠官柳日葱茏。眼前春色为谁浓？

【品读】

绍兴二十五年（1155），范成大被派为徽州司户参军，在此任职共历六七年。这首词是他离徽入杭前所写。词中描绘了徽州（今安徽歙县）新安江一带春天的山光水色，同时抒发了怀念故乡之情。小词清新自然，情寓景中，两片结句，含蓄深永，韵味极浓。

【注释】

[1] 歙浦：新安江上游的别称。新安江流入富春江，水路与杭州（钱塘）相通。

[2] 吴山：这里代指作者的家乡苏州吴县。

风入松 俞国宝

一春长费买花钱，日日醉花边。玉骢惯识西湖路[1]，骄嘶过、沽酒垆前。红杏香中箫鼓，绿杨影里秋千。 暖风十里丽人天，花压鬓云偏[2]。画船载取春归去，余情寄、湖水湖烟。明日重扶残醉[3]，来寻陌上花钿[4]。

【品读】

本篇可以说是一幅西湖春日游乐图。词中反映了"隆兴和议"以后，南宋统治集团和一部分知识分子苟且偷安，不图恢复，沉醉于湖山之乐的腐朽生活。诗人林升在《题临安邸》中写道："山外青山楼外楼，西湖歌舞几时休？暖风熏得游人醉，直把杭州作汴州。"这首词也是题在一间小酒店的屏风上的，吟咏的对象与诗无异，不过两位作者的爱憎和对待生活的态度却截然不同。前者对纸醉金迷的生活满怀悲愤予以谴责和揭露，后者则昏昏然陶醉于其中。此阕受到人们称赏，在艺术上确有特色。词的结构严密，画面生动，风格香艳绮丽，将西湖一日之游写得极有层次而富有魅力。据《武林旧事》载："一日，御舟经断桥，桥旁有小酒肆，颇雅洁，中饰素屏，书《风入松》一词于上。光尧（宋高宗赵构）驻目，称赏久之，宣问何人所作，乃太学生俞国宝醉笔也……上笑曰：'此词甚好，但末句未免儒酸。'因为改定云‘明日重扶残醉’，则迥不同矣。即日命解褐云。”赵构御笔一挥，改了三个字，俞国宝便因此得以授官，这首词也随着流传开了。

【注释】

[1] 玉骢：即玉花骢，泛指骏马。

[2] 髻云：形容发髻如乌云一般。髻，一作“鬓”。

[3] 重扶残醉：原作“再携残酒”。

[4] 花钿：以金翠珠宝等制成花朵形的首饰。

浪淘沙　李振祖

春在画桥西，画舫轻移。粉香何处度涟漪？认得一船杨柳外，帘影垂垂。　谁倚碧阑低，酒晕双眉[1]。鸳鸯并浴燕交飞。一片闲情春水隔，斜日人归。

【品读】

这首词写春日泛舟游湖艳遇，然而伊人在杨柳岸边、“帘影垂垂”的碧栏朱楼之上，遥见倩姿，但闻粉香，可望而不可即。湖上鸳鸯浴水，燕燕双飞，自己孑然一身，望美人兮渺渺，真是“多情却被无情恼”，只得在夕阳余晖中悻悻而归。此阕写得春光骀荡，情景宛然，读来余韵无穷。

【注释】

[1] 酒晕：形容双颊泛红，如喝醉了酒一样。

长相思 李 石

暮 春

花飞飞，絮飞飞[1]。三月江南烟雨时，楼台春树迷。　双莺儿，双燕儿。桥北桥南相对啼，行人犹未归。

【品读】

这首词描绘的是“暮春三月，江南草长，杂花生树，群莺乱飞”的迷人图景。花絮飘零，烟雨迷离，小桥流水，莺歌燕舞，多么令人神往。末句以盼望行人早归作结，使画面更富有诗意。

【注释】

[1] 絮：即柳絮，柳树种子所带的白色绒毛，也叫“柳绵”。

浣溪沙 张 磐

习习轻风破海棠[1]，秋千移影上回廊。昼长蝴蝶为谁忙？　度柳早莺分暖绿[2]，过花小燕带春香。满庭芳草又斜阳。

【品读】

此阕为读者展现出一幅庭院芳春小景，画面虽不大，却写得景物鲜妍，色彩斑斓。看吧：这里微风拂煦，海棠初开，春暖昼长，彩蝶纷飞；黄莺在绿柳丛中飞来飞去，燕子带着满身香气越过花枝飞回巢中；秋千的投影慢慢地移到了回廊之中，庭院里芳草如茵，一派生机，不知不觉又到了夕阳西下的时候。词中没有出现人物，也没有抒情的句子，只是纯客观地描绘，但通过画面却流露出作者对芳春景物的赞美之情。词的语言清丽，笔触细腻，“度柳早莺分暖绿，过花小燕带春香”一联尤为精细，堪称入神妙笔。

【注释】

[1] 习习：微风和煦貌。

[2] 度：越过、穿过。

长相思 王 质

暮 春

红疏疏，紫疏疏，可惜飘零著地铺。春残心转孤[1]。 莺相呼，燕相呼，楼下垂杨遮得乌[2]。倚阑人已无。

【品读】

这首小词通过景物描绘，抒发惜春怀人之情。言短意浓，画面生动，淡而有味，值得玩赏。

【注释】

[1] 心转孤：心里感到孤单寂寞。

[2] 乌：乌鸦。这里是泛指鸟雀。

鹧鸪天 张震

春暮

横素桥边景最佳[1]，绿波清浅见琼沙。衔泥燕子迎风絮，得食鱼儿趁浪花[2]。　　春已暮，日初斜，画船箫鼓是谁家？兰桡欲去空留恋，醉倚阑干看晚霞。

【品读】这首词描绘江南暮春三月的风光景物，笔触细腻，意境优美。三、四两句体物入微，末句“醉倚阑干看晚霞”亦颇富有诗情画意。

【注释】

[1] 横素桥：未详。

[2] 趁浪花：追逐浪花。

菩萨蛮 赵善扛

春游

楚宫杨柳依依碧[1]，遥山翠隐横波溢。绝艳照秾春，春光欲醉人。　　纤纤芳草嫩，微步轻罗衬。花戴满头归，游蜂花上飞[2]。

【品读】此阕题为“春游”，写的是仕女踏青游春。上片四句既是写景，又似绘人，在令人陶醉的春光背后，隐隐约约地有一位婀娜多姿、艳丽绝伦的美人在。下片叙述春游归来，山花满头，游蜂追随不舍，使人联想起《陌上桑》中之罗敷女来。小词含而不露，艳而不俗，韵味悠长。

【注释】

[1] 楚宫杨柳：比喻腰肢纤细。

[2] 游蜂：暗喻游人。这句说游春之人被女子的美貌所吸引，竞相追随其后。

阮郎归 马子严

西湖春暮

清明寒食不多时，香红渐渐稀。番腾妆束闹苏堤[1]，留春春怎知？　花褪雨，絮沾泥，凌波寸不移。三三两两叫船儿，人归春也归。

【品读】

本篇描写南宋都城临安市民暮春游览西湖的情景。清明、寒食一过，百花逐渐凋谢，人们为了挽留春光，纷纷出城来到苏堤之上，尽情游赏。然而春之神似乎并不懂得人们的用意，终于随着游人的船儿默默无言地归去了。小词抒写惜春之情，构思新颖，读来别有一番韵味。《蕙风词话》谓其“翻（番）腾妆束闹苏堤”句，“形容粗钗腻粉，可谓妙于语言”，表现出浓厚的市民色彩。

【注释】

[1] 苏堤：在杭州西湖中，北宋元祐年间苏轼知杭州时所筑。“苏堤春晓”为西湖十景之一。

霜天晓角　高观国

春云粉色，春水和云湿。试问西湖杨柳，东风外、几丝碧？　望极，连翠陌，兰桡双桨急。欲访莫愁何处[1]，旗亭在、画桥侧[2]。

【品读】

此阕写的是初春游览西湖。词中未用浓墨重彩，而是轻描淡抹，短短几句展现出一幅素淡雅洁而又富有诗意的画面。下片歇拍两句，以景结情，韵味深永，引人遐思。李调元《雨村词话》谓“初春情景，此词尽之矣”，并称其为“西湖第一词”。

【注释】

[1] 莫愁：古乐府中所传女子。南朝陈释智匠《古今乐录》：“石城西有女子名莫愁，善歌谣。”这里是代指歌女。

[2] 旗亭：酒楼。

忆秦娥　刘克庄

暮春

游人绝，绿阴满野芳菲歇[1]。芳菲歇，养蚕天气，采茶时节。　枝头杜宇啼成血[2]，陌头杨柳吹成雪，吹成雪，淡烟微雨，江南三月。

【品读】

此词题为“暮春”，写的是江南三月农村的风光景物。短短数句将春末夏初节序风物的特点刻画得十分鲜明生动，“养蚕”“采茶”两句使画面更富于农村生活气息，不同于一般的伤春、惜春之作。

【注释】

[1] 芳菲：春天美丽繁盛的花草。

[2] 杜宇：指杜鹃鸟。

雨中花令　王 观

夏 词

百尺清泉声陆续。映潇洒、碧梧翠竹。面千步回廊，重重帘幕，小枕攲寒玉[1]。　试展鲛绡看画轴[2]。见一片、潇湘凝绿。待玉漏穿花[3]，银河垂地，月上栏干曲。

【品读】

此阕描写夏日庭院景色。上片叙述面向回廊，闲躺枕簟乘凉，听泉水淙淙，碧梧笼盖，翠竹掩映，景物潇洒。下片写书斋观画，花间待月，环境清幽。咏夏之词不用浮瓜沉李，但觉“清气满纸，夏日展读，如饮一服清凉散也”（见《蓼园词选》评语）。

【注释】

[1] 寒玉：指竹床。

[2] 鲛绡：神话传说中鲛人所织的丝绡。这里是泛指丝织品。

[3] 玉漏：漏壶的美称。

贺新郎 苏 轼

夏 景

乳燕飞华屋[1]。悄无人、槐阴转午[2]，晚凉新浴。手弄生绡白团扇[3]，扇手一时似玉。渐困倚、孤眠清熟。帘外谁来推绣户[4]，枉教人梦断瑶台曲[5]。又却是，风敲竹。　石榴半吐红巾蹙[6]。待浮花浪蕊都尽[7]，伴君幽独。秾艳一枝细看取，芳心千重似束。又恐被、秋风惊绿。若待得君来向此，花前对酒不忍触。共粉泪，两簌簌[8]。

【品读】

本篇各家选本均无“夏景”二字，今据《全宋词》补上。其实这个二字标题并非多余，恰恰相反，它对理解这首词是十分必要的。综观全词，所写均为夏日景物，然而并非单纯的写景之作，其中还有人物故事，因此如果用“夏天的故事”作为此词的标题，可能更符合原词的内容。词的上半阕，描写初夏午后，一位如花似玉的美人，沐浴之后，手执团扇，困倚孤眠，渐入梦乡，来到阆苑仙境，忽听有人掀帘推门，醒后睁眼一看，原来是庭院中风吹竹林的萧萧声。下半阕咏赞石榴花，并借以映衬“晚凉新浴”的美人。石榴初夏开花，它不屑于与群芳争春，等到“浮花浪蕊”都凋谢以后，才“半吐红巾”，秾艳无比地点缀在枝头。它仿佛是特意为了陪伴那位“幽独”的美人度过寂寞的时光，才在此时开放。因此希望她不要坐失良机，否则秋风一起，花瓣纷纷坠落，枝头便只剩下浓密的绿叶了。末尾四句花人合写，“婉曲缠绵，耐人寻味不尽”(《蓼园词选》)。对于这首词，前人众说纷纭。杨湜《古今词话》说，这首词是苏轼任杭州知州时，官妓秀兰受召赴宴，因浴后倦睡迟到，被府僚责问，秀兰顺手折下一枝榴花请罪，作者即席为赋此词，并令秀兰歌之以侑觞。曾季狸《艇斋诗话》则云，本篇系苏轼在杭州万顷寺所作，寺中有榴花树，且是日有歌者昼寝，故词中言及榴花和美人。今人多以为此词用比兴手法，寄托了作者的政治失意之感。细读原词，此说似乎也在可否之间，我们还是把它看成一则“夏天的故事”吧！

【注释】

[1] 乳燕：雏燕、小燕。 华屋：精美的房屋。

[2] 槐：一作“桐”。

[3] 绡：生丝织成的薄绸。 团扇：圆形有柄的扇子，我国古代宫中常用，又叫“宫扇”。

[4] 绣户：雕绘华美的门户，指女子的居处。

[5] 瑶台：传说中神仙的居处。

[6] 红巾蹙：形容石榴花盛开，像是一块有皱纹的红色绸巾。

[7] 浮花浪蕊：指桃杏等颜色艳冶，但花期短暂，很快凋谢，便随流水漂浮而去。

[8] 簌簌：纷纷下落的样子。

南乡子　李之仪

夏日作

绿水满池塘，点水蜻蜓避燕忙。杏子压枝黄半熟，邻墙。风送荷花几阵香。　角簟衬牙床[1]，汗透鲛绡昼影长[2]。点滴芭蕉疏雨过，微凉。画角悠悠送夕阳。

【品读】

此阕描写夏日风物，笔触细腻，体物入微，很有特色。蜻蜓避燕、杏子压枝、荷花飘香、芭蕉疏雨等画面有声有色，给读者以淡雅清疏的自然美感。结句情韵悠长，富有诗意。

【注释】

[1] 牙床：饰以象牙之床。

[2] 鲛绡：传说中鲛人所织的丝绢。这里指丝织衣服。

黄莺儿 晁补之

南园佳致偏宜暑[1]。两两三三，修篁新笋出初齐，猗猗过檐侵户[2]。听乱飐芰荷风[3]，细洒梧桐雨。午余帘影参差，远林蝉声，幽梦残处。　凝伫[4]。既往尽成空，暂遇何曾住！算人间事、岂足追思，依依梦中情绪。观数点茗浮花[5]，一缕香萦炷。怪来人道：陶潜做得羲皇侣[6]。

【品读】

本篇是作者晚年罢官回归故里，寓居东皋时所作。词中通过对环境的描绘，记述了词人夏日幽居生活中的一个片段及其感想。上片写景，从视听两方面着笔，生动地刻画出“南园”风光绝佳，幽静清凉，最适于消夏避暑。下片抒感，慨叹人生如梦，往事成空，只有像陶渊明那样安贫乐道，归隐田园，才能从烦恼中得以解脱。词的意境恬淡，笔调疏快，表达了作者政治上的失意之情。

【注释】

[1] 南园：指作者在故居东山所修的“归去来园”。

[2] 猗猗（yī衣）：美盛貌。

[3] 芰荷：荷花。

[4] 凝伫：有所思虑、期待而立着不动。

[5] 茗浮花：指泡茶时浮在水上的泡沫。

[6] 羲皇：指伏羲氏。古人想象伏羲以前的人，无忧无虑，生活闲适。

满庭芳 周邦彦

夏日溧水无想山作[1]

风老莺雏[2]，雨肥梅子[3]，午阴嘉树清圆[4]。地卑山近，衣润费炉烟[5]。人静乌鸢自乐[6]，小桥外，新绿溅溅[7]。凭栏久，黄芦苦竹[8]，疑泛九江船。　年年。如社燕[9]，飘流瀚海[10]，来寄修椽[11]。且莫思身外[12]，长近尊前。憔悴江南倦客，不堪听、急管繁弦[13]。歌筵畔，先安枕簟[14]，容我醉时眠。

【品读】

哲宗元祐八年至绍圣三年（1093—1096），周邦彦任溧水（今属江苏省）县令。本篇是他在溧水任职期间写的。词中通过凭栏眺望，描绘江南初夏的山光水色，抒发倦于宦游生活的失意之情。上片写景，观察细致，体物入微，生动地刻画出溧水"地卑山近"、荒凉偏僻、潮湿多雨的环境和气候特点。下片以"社燕"自比，感叹身世飘零，行踪无定，愁怀难遣，只能以饮酒聊慰寂寞。全词含蓄蕴藉，寄慨遥深，且多用唐人诗句，檃栝入律，浑然天成。许昂霄认为此阕"通首疏快，实开南宋诸公之先声"（《词综偶评》）。

【注释】

[1] 无想山：在溧水县南十八里，山上有无想寺（一名禅寂院）。

[2] 风老莺雏：小黄莺在和暖的春风中长大了。

[3] 雨肥梅子：充足的雨水使梅子结得很肥大。

[4] 嘉树：树的美称。这句说时值中午，阳光直射，树影显得清晰圆正。

[5] 这两句说，溧水靠近山区，地势低洼，气候潮湿，衣服常须熏烤。

[6] 乌鸢：即乌鸦。

[7] 溅溅：流水声。

[8] 黄芦：芦苇。　苦竹：竹子的一种。

[9] 社燕：燕子是候鸟，春社时来，秋社时去，故称"社燕"。

[10] 瀚海：沙漠。

[11] 修椽：屋梁上的长椽子。

[12] 莫思身外：杜甫《绝句漫兴九首》之四："莫思身外无穷事，且尽生前有限杯。"

[13] 急管繁弦：曲调激越而又繁杂的音乐。

[14] 簟：竹席。

阮郎归 曾觌

上苑初夏侍宴，池上双飞新燕掠水而去，得旨赋之。

柳阴庭馆占风光，呢喃清昼长[1]。碧波新涨小池塘，双双蹴水忙[2]。 萍散漫，絮飘扬，轻盈体态狂。为怜流去落红香，衔将归画梁。

【品读】

这是一首初夏应制之词。据《武林旧事》载，此阕是乾道三年（1167）三月中旬，于德寿宫（高宗退位后所住之处）后园奉旨而作，与小序中的时令稍异，个别文字亦略有不同。如果将这首小词作为一幅庭院风景画来看，它在艺术上是很有特点的。词的语言工丽，笔触细腻，双燕的形态描绘得活灵活现，栩栩如生。结拍写燕子衔花筑巢，亦颇富有诗意。

【注释】

[1] 呢喃：燕鸣声。

[2] 蹴水：贴着水面掠飞。

阮郎归 张抡

咏夏十首（之五）

豪家大厦敞千楹[1]，风摇玉柄轻。金盆弄水复敲冰，热从何处生！ 低草舍，小茅亭，如何安此身？元来一念静无尘，萧然心自清。

【品读】

张抡为南渡故老，好作同调组词，曾以春、夏、秋、冬、山居、渔父、神仙等为题，各赋词十首，描写四时景物，反映闲适生活。此阕为其“咏夏十首”中的第五首。词中通过“豪门”与“草舍”的对比，揭示了两类人物消夏避暑的不同生活景况。“小茅亭”中的山林隐士虽无玉柄纨扇，也不能“金盆弄水复敲冰”，但胸无杂念，因而感到“萧然心自清”。词语明白如话，淡而有味。

【注释】

[1] 敞：宽阔，高朗。楹：计算房屋的单位，一列为一楹。千楹，极言其多。

朝中措 李处全

初夏

薰风庭院燕双飞[1]，园柳啭黄鹂。是处蜂狂蝶乱，元来绿暗红稀。 衫笼白苎，琴推绿绮[2]，满眼新诗。好个江南风景，杜鹃犹自催归。

【品读】

本篇描绘江南初夏的风光景物，短短数句展现出一幅色彩鲜明而富有诗意的画面。作者换上夏装，弹琴赋诗，尽情地赞美这迷人的“江南风景”。可是耳畔又传来了杜鹃催人归去的啼声，从而触发了游子的思乡之情。

【注释】

[1] 薰风：东南风，和风。

[2] 绿绮：古琴名，后用作琴的代称。

丑奴儿近 辛弃疾

博山道中效李易安体[1]

千峰云起，骤雨一霎儿价[2]。更远树斜阳，风景怎生图画[3]！青旗卖酒[4]，山那畔别有人家。只消山水光中，无事过这一夏。　午醉醒时，松窗竹户，万千潇洒。野鸟飞来，又是一般闲暇。却怪白鸥，觑着人欲下未下。旧盟都在，新来莫是，别有说话[5]？

【品读】

本篇是辛弃疾罢官闲居带湖期间写的。词中叙述作者夏日避暑博山，醉饮村店，潇洒悠闲的退隐生活。上片绘景，赞美博山一带引人入胜的山光水色。下片抒情，写他酒醒后闲看白鸥引起的遐想。词人对白鸥背盟毁约的怀疑，是他对炎凉世态的反映。全篇用白描手法，笔调空灵，语言通俗，形象生动，意境清新，确与李清照词的风格很相近。

【注释】

[1] 博山：指江西境之博山，在今江西广丰西南。辛弃疾闲居带湖时，常往来博山道中。 李易安体：李清照号易安居士，其词风格清新，语言通俗明快，很少用典，人称“易安体”。

[2] 骤雨：急雨，暴雨。 一霎儿：一会儿工夫。 价：语助词。

[3] 怎生图画：怎么描绘，很难画得出来的意思。

[4] 青旗：又叫“青帘”，古时酒店门前挂的青布招子。

[5] 旧盟都在：作者初到带湖时曾写《水调歌头·盟鸥》，与鸥鹭结为盟友，古人以“盟鸥”表示退隐。这五句说，奇怪的是，白鸥偷偷地看着我，想飞过来又不肯飞过来。过去订的盟约还在，近来莫非又产生了别的想法，有什么话要对我说？

鹧鸪天 叶梦得

一曲青山映小池，绿荷阴尽雨离披[1]。何人解识秋堪美，莫为悲秋浪赋诗。 携浊酒[2]，绕东篱，菊残犹有傲霜枝。一年好景君须记，正是橙黄橘绿时。

【品读】

这是一曲“秋天的赞歌”。据《乐府雅词》，此阕原有题为：“东坡尝有诗曰：‘荷尽已无擎雨盖，菊残犹有傲霜枝。一年好景君须记，正是橙黄橘绿时。’此非吴人无以知其为佳也。予居有小池种荷，移菊十本于池侧。每秋晚，常喜诵此句，因少增损，以《鹧鸪天》歌之。”虽系改写前人之作，但诗词毕竟不是一家，且此阕在苏诗的基础上内容有所丰富，意境亦有创新，故仍不失为一篇咏秋的佳作。

【注释】

[1] 离披：分散貌。这句形容荷叶在秋雨中枯萎零落散乱的样子。

[2] 浊酒：浑浊的酒。

长相思 万俟咏

山驿

短长亭[1]，古今情。楼外凉蟾一晕生[2]，雨余秋更清。　暮云平，暮山横。几叶秋声和雁声，行人不要听。

【品读】

这首小词写秋日夜宿山中驿亭。文字简洁，有景有情，澄清恰如一泓秋水。

【注释】

[1] 短长亭：短亭和长亭。亭，古时设在路旁的亭舍。《白孔六帖》："十里一长亭，五里一短亭。"

[2] 凉蟾：月亮。

南歌子 李祁

袅袅秋风起[1]，萧萧败叶声[2]。岳阳楼上听哀筝。楼下凄凉江月、为谁明？　雾雨沉云梦[3]，烟波渺洞庭。可怜无处问湘灵[4]。只有无情江水、绕孤城。

【品读】

此阕写秋夜登岳阳楼有感。词的意境苍茫壮阔，色调凄清暗淡，寓怀古之幽情于萧瑟的秋景之中，读来余音袅袅，不绝如缕。

【注释】

[1] 袅袅：摇曳貌。
[2] 萧萧：草木摇落声。
[3] 云梦：古泽薮名，在今湖南境内，或以为包括洞庭湖在内。
[4] 湘灵：神名。或以为"百川之神"，或以为即虞舜之妃湘夫人。

双调忆王孙　李清照

湖上风来波浩渺，秋已暮、红稀香少[1]。水光山色与人亲，说不尽、无穷好。　　莲子已成荷叶老，清露洗、蘋花汀草[2]。眠沙鸥鹭不回头，似也恨、人归早。

【品读】

本篇写深秋游湖，当作于南渡以前。上片描绘远景。词人放眼望去，只见广阔的湖面，秋风徐来，水波万顷，浩渺无边。虽然时近晚秋，红稀香少，但那潋滟的水光和空蒙的山色却显得十分妩媚可爱，仿佛与人们都很亲近，正在等待着游人的到来。此情此景确实令人神往，于是作者发出了由衷的赞叹："说不尽、无穷好。"下片描绘近景。湖上莲房结实，荷叶衰残，水面漂浮着蘋花汀草。沙滩上鸥鹭一动不动地呆立着，对匆匆离去的游人连头也不回，似乎在埋怨他们归去得太早。此阕摹写深秋湖山风光，由远及近，画面生动，层次感极强，语言通俗，运用拟人化手法，赋予客观景物以丰富的感情，读来韵味极浓。

【注释】

[1] 红稀香少：谓荷花已经凋零。

[2] 蘋花：蘋草的花。蘋，又称“四叶菜”“田字草”，多年生浅水草本植物。 汀草：泛指水草。

踏莎行 张抡

山居十首（之七）

秋入云山，物情潇洒。百般景物堪图画。丹枫万叶碧云边，黄花千点幽岩下。 已喜佳辰，更怜清夜，一轮明月林梢挂。松醪常与野人期[1]，忘形共说清闲话。

【品读】

这首词写的是山中秋景。上片以清疏的语言和潇洒的笔调描绘出一幅色彩斑斓的云山秋意图。下片叙述作者与乡村父老月下饮酒，得意忘形地谈论家常闲话。词的意境清幽，情景相映，风格淡雅，反映了山中隐士的闲适生活。

【注释】

[1] 松醪：酒名。 野人：指乡村父老。

谒金门 徐玭

题沅州幽兰铺壁

秋欲暮，路入乱山深处。扑面西风吹雾雨，驿亭欣暂驻。 可惜国香风度[1]，空谷寂寥谁顾？已作《竹枝》传楚女[2]，客愁推不去。

【品读】

这首词叙述作者深秋旅行于偏僻山区，投宿在一座名为“幽兰铺”的古驿中的见闻和感想。沅州（治所在今湖南黔阳），地处湘西和贵州交界处的武陵山区，交通极不便利。词人于此荒凉之地，寻觅到一间幽雅别致的驿馆，暂避西风雾雨，自然感到十分欣慰。下片因“幽兰铺”而咏及“国香”兰花，寄托了客中愁怀，语意凄婉，含而不露。徐珌字公饰，孝宗乾道年间人，《宋诗纪事》引《前贤小集拾遗》录其诗二首，作徐珩，未知孰是？

【注释】

[1] 国香：《左传·宣公三年》：“以兰有国香，人服媚之如是。”后多称兰花为“国香”。也用以称其他香花。

[2] 竹枝：即《竹枝词》，乐府《近代曲》名。

少年游 林仰

早行

雰霞散、晓月犹明，疏木挂残星。山径人稀，翠萝深处[1]，啼鸟两三声。　　霜华重迫驼裘冷[2]，心共马蹄轻。十里青山，一溪流水，都做许多情。

【品读】

这首小词写秋末初冬之际，作者清晨独自行进在山间小路上的情景。前半阕刻画景物，后半阕融情入景，笔调疏快，意境淡远，读来引人入胜。

【注释】

[1] 翠萝：指女萝，深山中的一种植物，呈丝状悬垂于树梢。

[2] 霜华：霜花。

浣溪沙 王质

有感

细雨潇潇变作秋，晚风杨柳冷飕飕[1]。无言有泪洒西楼。　　眼共云山昏惨惨，心随烟水去悠悠。一蓑一笠任孤舟。

【品读】

此阕题为“有感”，实际是写秋日雨中登楼对景抒感。写景为宾，抒情为主，情景交融，含而不露，表达了作者忧虑国事，不能有所作为，只好归隐江湖的失意之情。

【注释】

[1] 飕飕：风雨之声，也用以形容寒气袭人。

菩萨蛮 汪莘

问言何处秋光好？当年曾过长洲道。一望没遮拦，天宽水亦宽。　　也因轻霭扫[1]，也傍斜晖讨。指点与君看，画他难不难？

【品读】

此阕为秋日回忆旧游之作。长洲，古林苑名，在今江苏苏州市西南、太湖北，为春秋时吴王阖闾游猎之处。词中盛赞长洲一带平旷辽阔、一望无际的湖光水色，淡淡几笔，略加点染，使一幅难以用画笔描绘的太湖之秋图，隐约地浮现在读者的想象之中。

【注释】

[1] 轻霭：薄雾，淡云。

天　香　王　观

霜瓦鸳鸯[1]，风帘翡翠[2]，今年早是寒少。矮钉明窗，侧开朱户[3]，断莫乱教人到。重阴未解，云共雪、商量不了。青帐垂毡要密，红炉收围宜小。　呵梅弄妆试巧[4]，绣罗衣、瑞云芝草[5]。伴我语时同语，笑时同笑。已被金尊劝倒，又唱个新词故相恼。尽道穷冬[6]，元来恁好[7]。

【品读】

这首词写的是冬景。上片描绘环境和节物；下片叙述与家人围炉取暖，饮酒听曲，在笑语声中度过严冬。词中从室外写到室内，层层铺叙，从容不迫，生动地刻画出冬天的特点。据传黄庭坚对这首词曾大加称赏说："此曲一处所，一物色，无一不是严冬萧索之境，但仔细详味之，略无半点酸寒憔悴之意。亦善于造语者矣。"(《历代词话》卷六引《古今词话》)

【注释】

[1] 霜瓦鸳鸯：鸳鸯瓦上积满白霜。

[2] 风帘翡翠：即翡翠色的挡风门帘。

[3] 侧开朱户：谓正门封闭，只开旁门。

[4] 这句说女子呵手试画梅妆。

[5] 这句说在罗衣上绣出瑞云芝草的图案。

[6] 穷冬：残冬。

[7] 恁好：这样好，如此好。

菩萨蛮 苏庠

宜兴作[1]

北风振野云平屋，寒溪淅淅流冰谷[2]。落日送归鸿，夕岚千万重[3]。　荒陂垂斗柄[4]，直北乡山近。何必苦言归，石亭春满枝。

【品读】

本篇写日落黄昏之际的寒冬景象。上片描绘风起云涌，寒凝大地，孤鸿南归，夕雾重重的残冬傍晚景色。下片寓情于景。作者此时客居宜兴，遥望北斗七星，家乡丹阳相距不远，用不着苦苦地思念，不久这里即将满树花开，等到过了春天以后再回去吧！词中由冬天联想到春天，状冬景而无萧瑟凄凉之意，换头以后表达了词人随遇而安的旷达胸怀，读来别有一番情趣。

【注释】

[1] 宜兴：在今江苏南部，东临太湖，北接滆湖。

[2] 淅淅：风声。杜甫《秋风》："秋风淅淅吹我衣。"这里是用来形容轻微的溪水之声。

[3] 岚：傍晚的云雾。

[4] 荒陂：荒凉的山坡。　斗柄：北斗七星第1～4颗叫"斗魁"，第5～7颗叫"斗杓"，亦称"斗柄"。这里是指北斗星而言。

西江月 张抡

咏冬十首（之三）

卷地朔风凛凛[1]，漫天瑞雪霏霏。园林万木变枯枝，因甚松篁独翠[2]？　　只为春花竞发，却教秋叶争飞。若无荣盛便无衰，悟此方名达理[3]。

【品读】

这首词通过咏冬景，阐明荣枯盛衰、事物不断演变转化的道理。作者说的虽然只是自然界的发展规律，其实也暗寓着社会人生也是如此。由此阕可以看到，宋人谈禅说理之风，在长短句的创作中也是有影响的。

【注释】

[1] 凛凛：寒冷貌。

[2] 篁：竹子。

[3] 达理：懂得了事物发展变化的规律。

鹧鸪天 晁公武

笑擘黄柑酒半醒，玉壶金斗夜生冰。开窗尽见千山雪，雪未消时月正明。　　兰烬短[1]，麝煤轻[2]，画楼钟鼓已三更。倚栏谁唱清真曲[3]，人与梅花一样清。

【品读】

此阕或云为戴平之所作。词写冬夜饮酒，赏月观雪。融叙事、写景、抒情于一体，文字简洁，意境幽美，结拍叙述作者半夜倚栏听人演唱清真之曲，余韵不绝，令人回味不尽。

【注释】

[1] 兰烬：灯花，灯芯。

[2] 麝煤：本指做墨的原料，因用为墨的代称。这里似指取暖用的炭火。

[3] 清真：北宋词人周邦彦，号清真居士。

鹧鸪天　李　洪

送客至汤泉

十月南闽未有霜，蕉林蔗圃郁相望。压枝橄榄浑如画，透甲香橙半弄黄。　斟绿醑[1]，泛沧浪，白沙翠竹近温汤[2]。分明水墨山阴道，只欠冰溪雪月光[3]。

【品读】

本阕叙述秋末冬初送客途中所见。上片写景，通过蕉林蔗圃、橄榄香橙，生动地展现出南闽地区十月之交林果喜获丰收的景象，具有浓郁的地方特色。换头点出送客题意，结拍暗用王子猷雪夜访戴的典故，赞美南闽如画的自然风光。此阕语言朴实，色彩鲜明，是一幅富有诗情画意的南国初冬送客图。

【注释】

[1] 绿醑（xǔ许）：美酒。

[2] 温汤：指温泉。

[3] 这两句说，南闽风景优美，简直就和画中的山阴道上一样，只是缺少风雪，也没有晚上的月光。据《世说新语·任诞》："王子猷居山阴，夜大雪……忽忆戴安道。时戴在剡，即便夜乘小船就之。"这里暗用其意，以赞美南闽的风光。

菩萨蛮 赵长卿

霜天旅思

霜风飒飒溪山碧[1]，寒波一望伤行色[2]。落日淡荒村，人家半掩门。　孤舟移野渡，古木栖鸦聚。著雨晚风酸，貂裘不奈寒。

【品读】

此阕写冬日旅途的见闻和感受。词中通过景物刻画和渲染气氛，将冷落萧条的寒冬季节描绘得生动而逼真。读者面对飒飒的霜风，看到“落日淡荒村，人家半掩门”的景象，不禁也会打一个冷战，发出“貂裘不奈寒”的感叹之声。

【注释】

[1] 飒飒：形容风声。

[2] 行色：本为行旅出发前的迹象，这里是指旅行途中的感受。

浣溪沙 赵师侠

鸣山驿道中[1]

松雪纷纷落冻泥，栖禽犹困傍枝低。茅檐冰柱玉鞭垂。　流水溅溅春意动[2]，群山灿灿晓光迷[3]。朔风寒日度云迟。

【品读】

此阕写严冬行驿道上所见。上片三句，一句一景：松树上的积雪纷纷掉落在冰冻的泥土之上，被困的鸟儿躲藏在低垂的树枝下面，茅檐下挂着一根根像玉鞭一样的冰柱，生动地描绘出一派冰天雪地的残冬景象。下片叙述早行的见闻：

潺潺流水声预示着春天不久即将来临，群山渐渐抹上了一层淡淡的霞光，耳畔北风仍在呼啸，冬天的太阳迟迟才穿过云层，露出那张冷冰冰的圆脸。小词生动如画，纯用白描，富有生活实感。

【注释】

[1] 鸣山驿：未详。

[2] 溅溅：流水声。

[3] 灿灿：光彩鲜明耀眼。

南乡子　黄昇

冬夜

万籁寂无声，衾铁稜稜近五更[1]。香断灯昏吟未稳[2]，凄清。只有霜华伴月明。　　应是夜寒凝，恼得梅花睡不成。我念梅花花念我，关情[3]。起看清冰满玉瓶。

【品读】

此阕写冬夜不眠。寒凝大地，万籁无声，作者躺在枕上吟诗未稳，只见窗外一轮明月映着霜花，环境多么凄清。于是起床步至中庭，只见梅花凌寒而开，不禁想入非非。看那“无言自倚修竹”的“佳人”，大概和“我”一样，也是被冻得睡不着觉吧！彼此境遇相同，一种同情怜爱之心油然而生。词的意境清幽，景物如画，生动地描绘出一位冷落寂寞而又多愁善感的诗人形象。

【注释】

[1] 衾铁：形容被子像铁一样冰冷。稜稜：严寒貌。

[2] 吟未稳：诗句尚未斟酌妥当。陆游《初夜暂就枕》：“转枕重思未稳诗。”

[3] 关情：动情，同情。

雨雪风月

望江南　王　琪

江南雨，风送满长川。碧瓦烟昏沉柳岸，红绡香润入梅天[1]。飘洒正潇然。　　朝与暮，长在楚峰前[2]。寒夜愁攲金带枕，暮江深闭木兰船。烟浪远相连。

【品读】

此词写的是黄梅时节的江南雨景。开篇点题。初夏之际，细雨绵绵，风满长川，碧瓦朱阁、绿柳红花都笼罩在茫茫无边的烟雨之中——景色迷人的江南，又进入了梅雨季节。过片暗用“巫山云雨”的典故，引出为离愁所苦的闺中佳人。面对“飘洒正潇然”的绵绵细雨，想到江上烟雾迷离，风急浪高，船不通航，远行之人难以回到自己的身边，不禁愁眉紧锁，独自斜靠在枕上，听着滴滴答答的雨声，度过这寂寞愁苦的漫漫长夜。本篇以状物写景为主，离情因景而生，为写景做铺垫，笔调轻灵，意境淡远，犹如一幅江南初夏烟雨图。

【注释】

[1] 梅天：梅雨时节的天气。

[2] 楚峰：指巫山神女峰。宋玉《高唐赋》：“妾在巫山之阳，高丘之阻，旦为朝云，暮为行雨，朝朝暮暮，阳台之下。”

虞美人　李　廌

玉栏杆外清江浦[1]，渺渺天涯雨。好风如扇雨如帘[2]，时见岸花汀草、涨痕添[3]。　　青林枕上关山路，卧想乘鸾处[4]。碧芜千里思悠悠，惟有霎时凉梦、到南州[5]。

【品读】

本篇写初夏雨景以及由此而引起的怀人之情。上片描绘倚栏眺望所见，笔触精细，意境幽美。况周颐《蕙风词话》认为三、四两句，清新淡远，景象逼真，“春夏之交，近水楼台，确有此景”。下片即景抒情，由天涯之雨，自然联想到远方之人，相隔千里，无由聚会，只能“梦入江南烟水路”。结拍两句，悠思渺渺，迷离恍惚，“尤极淡远清疏之致”（《蕙风词话》）。

【注释】

[1] 浦：水滨。
[2] 雨如帘：形容细雨绵绵，像帘幕一样。
[3] 汀草：水边的野草。
[4] 乘鸾：升仙、出世之意。鸾，凤凰一类的鸟。
[5] 南州：泛指南方。

洞仙歌　李元膺

帘纤细雨，殢东风如困[1]。萦断千丝为谁恨？向楚宫一梦[2]，千古悲凉，无处问。愁到而今未尽。　　分明都是泪，泣柳沾花，常与骚人伴孤闷。记当年、得意处，酒力方融，怯轻寒、玉炉烟润。又岂识、情怀苦难禁，对点滴檐声，夜寒灯晕。

【品读】

此阕写春寒料峭之时，面对绵绵不断的“帘纤细雨”而引起的愁苦情怀。笔触细腻，情景交融，缠绵婉转，咏物而不滞于物，读来颇有韵味。

【注释】

[1] 殢（tì替）：困扰。

[2] 楚宫一梦：用楚王巫山云雨之梦的典故。见宋玉《高唐赋》。

长相思 万俟咏

雨

一声声，一更更，窗外芭蕉窗里灯。此时无限情。　梦难成，恨难平，不道愁人不喜听。空阶滴到明。

【品读】

这首小词写灯下听雨无眠。主人公因闻雨打芭蕉而引起思乡怀远的愁苦之情。漫漫长夜，雨既不止，梦故难成，恨亦难平，不管“愁人”喜欢还是不喜欢听，淅淅沥沥的雨声从初更时分一直滴到五更天明。愁如之何，不言可知。全篇虽未出题字，而雨声处处可感，时时可闻。

阮郎归 蒋元龙

春雨

小池芳草绿初匀，柳寒眉尚颦。东风吹雨细于尘。一庭花脸皴[1]。　莺共蝶，怨还嗔。眼前无好春。这般天气煞愁人，人愁旋旋新[2]。

【品读】

本篇咏春雨。上片写景：芳草初绿，柳芽微绽，百花含苞待放，“东风吹雨”给万物带来了勃勃生机。下片抒情：春雨绵绵，莺怨蝶嗔，只能闷坐家中，因而感到“这般天气煞愁人”。两片从不同角度描写对春雨的感受，一喜一忧，都很真切。

【注释】

[1] 皴（cūn 村）：坼裂。

[2] 旋旋：不断、频频之意。杨万里《暮热游荷池上》之五：“空中斗起朵云头，旋旋开来旋旋收。”

昭君怨 杨万里

咏荷上雨

午梦扁舟花底，香满西湖烟水。急雨打篷声，梦初惊。　却是池荷跳雨，散了真珠还聚[1]。聚作水银窝，泻清波[2]。

【品读】

这首小词写荷叶上的水珠。作者泛舟西湖之上，梦中忽听“急雨打篷声”，醒后一看，原来是荷叶上的水珠滴在船篷之上。寥寥数语，将“荷上雨”来回滚动，散而复聚，变作一窝水银，终于流入清波之中的情景描绘得惟妙惟肖、栩栩如生，犹如一幅写生画。

【注释】

[1] 真珠：即珍珠。

[2] 泻：水往下直注。

水调歌头　张孝祥

隐静寺观雨，寺有碧霄泉

青嶂度云气，幽壑舞回风[1]。山神助我奇观，唤起碧霄龙[2]。电掣金蛇千丈，雷震灵鼍万迭[3]，汹汹欲崩空。尽泻银潢水[4]，倾入宝莲宫。　坐中客，凌积翠，看奔洪。人间应失匕箸[5]，此地独从容。洗了从来尘垢，润及无边焦槁，造物不言功。天宇忽开霁，日在五云东。

【品读】

此阕原题为“隐静山观雨”，又作“隐静山中大雨”，山与寺均未得其详。上片写风起云涌，山雨欲来，霎时间电闪雷鸣，山洪暴发，汹涌澎湃，奔流直下，气势极为壮观。下片写作者坐观奔洪，从容不迫，毫无惊恐之色。这场大雨既洗涤了尘世的污垢，又使焦枯的草木庄稼得以复苏，造物主为人间立了一大功。词人想到这里，心胸更加开阔，只见天空忽然转晴，太阳又出现在霞光万道的东方。本篇笔饱墨酣，畅快淋漓，境界壮阔，充分体现了于湖词豪迈奔放的艺术风格。

【注释】

[1] 幽壑：深沟。　回风：旋风。

[2] 碧霄龙：指碧霄泉。

[3] 鼍（tuó驼）：即扬子鳄，俗称猪婆龙。皮可张鼓。

[4] 银潢：即银河。

[5] 失匕箸：比喻受惊失措。匕，勺子。箸，亦作筯，筷子。

绮罗香 史达祖

咏春雨

做冷欺花，将烟困柳，千里偷催春暮。尽日冥迷，愁里欲飞还住。惊粉重、蝶宿西园[1]，喜泥润、燕归南浦[2]。最妨它、佳约风流，钿车不到杜陵路[3]。　　沉沉江上望极，还被春潮晚急，难寻官渡[4]。隐约遥峰，和泪谢娘眉妩[5]。临断岸、新绿生时，是落红、带愁流处。记当日、门掩梨花[6]，剪灯深夜语[7]。

【品读】

此词为咏春雨之作，通篇未出题字，而春雨的意象贯穿始终，处处可感。上片先用拟人手法，写春雨带来阵阵寒冷、潮湿的空气，摧残百花，困住嫩柳，大好的春光也随着暗暗地消逝了。接着从正面描述春雨欲下还停，尽日绵绵不断。然后写物与人对冥迷春雨的感受：蝴蝶惊讶翅粉被雨淋湿，只好待在西园的花枝上歇宿；燕子却高兴地衔着湿润的泥土飞回巢中；想要出外探春赴约的才子佳人们也只能闭门不出，他们的宝马香车无法赶赴杜陵路。下片写作者傍晚眺望雨中江上景色：渡口烟雨迷离，春潮急涨，舟楫无影无踪；远处的山峰笼罩在蒙蒙的细雨之中，像美女被泪水湿润的眉毛那样妩媚动人；岸边芳草如茵、生机勃勃，水中落花片片，含愁漂流。词人由此而联想到当年与意中人“门掩梨花”“剪灯夜语”的情景，流露出无限惋惜与怀念之情。本篇摹写景物，工巧精细，尤善形容刻画，引用前人诗句运化无迹，语言优美，富有情韵，是一幅摹写入神的春雨图。

【注释】

[1] 西园：泛指园林。

[2] 南浦：泛指水滨。

[3] 钿车：用金宝装饰的车子，古时贵族妇女所乘坐。 杜陵：汉宣帝陵墓所在地，在今西安东南。这里泛指游乐之处。

[4] 官渡：官家备船以渡行人之处。

[5] 谢娘：唐代歌伎名，后泛指歌伎。

[6] 门掩梨花：李重元《忆王孙》："雨打梨花深闭门。"

[7] 剪灯深夜语：李商隐《夜雨寄北》："何当共剪西窗烛，却话巴山夜雨时。"

清平乐 陈德武

咏雨

丝丝线线，惹起云根燕。万里江山春欲遍，多在梨花庭院。 经旬一见通宵，恍如身在蓝桥[1]。记与巫山神女，不禁暮暮朝朝[2]。

【品读】

此阕咏雨，虽无华丽辞藻，亦颇轻快活泼。两片首句形容春雨绵绵不断，既有具象，又能引起读者的联想，富有生活实感。结拍用"巫山神女"的典故，也能切合题意。

【注释】

[1] 蓝桥：在陕西蓝田县东南蓝溪之上。相传其地有仙窟，为唐裴航遇仙女云英处。

[2] 这两句用巫山云雨的典故。

虞美人 蒋 捷

听 雨

少年听雨歌楼上，红烛昏罗帐。壮年听雨客舟中，江阔云低、断雁叫西风[1]。　　而今听雨僧庐下[2]，鬓已星星也[3]。悲欢离合总无情，一任阶前、点滴到天明。

【品读】

此词题为“听雨”，虽非咏物之作，但“雨”是“触媒”，在词人的灵感思维活动中起着关键作用。全篇都是围绕着“听雨”这一中心线索而展开的。词中通过少年、壮年和老年三个时期听雨的不同感受，概括了自己一生身世经历和思想感情的巨大变化。少年时无忧无虑，歌楼听雨，神魂颠倒；壮年时漂泊四方，客舟听雨，黯然伤情；到老来时难年荒，僧庐听雨，心若死灰，尝尽人间悲欢离合，感情似乎已经变得麻木不仁了。作者通过三幅画面反映了那个风云变幻莫测的时代及其对人们的生活和思想感情所产生的巨大影响，具有很强的概括性。

【注释】

[1] 断雁：失群的孤雁。
[2] 僧庐：僧舍。
[3] 星星：形容鬓发花白。左思《白发赋》：“星星白发，生于鬓垂。”

解连环 高观国

春 水

浪摇新绿。漫芳洲翠渚，雨痕初足。荡霁色、流入横塘[1]，看风外漪漪[2]，皱纹如縠[3]。藻荇萦回[4]，似留恋、鸳飞鸥浴。爱娇云蘸色，媚日挼蓝[5]，远迷心目。　仙源漾舟岸曲。照芳容几树，香浮红玉。记那回、西洛桥边，裙翠传情，玉纤轻掬[6]。三十六陂，锦鳞渺、芳音难续[7]。隔垂杨，故人望断，浸愁万斛[8]。

【品读】

此阕咏赞江南春天水乡的风光。上片描摹雨后水满陂塘、浪摇新绿、波光荡漾、鸳飞鸥浴的迷人景色。下片叙述泛舟出游，触景生感，抒发忆旧怀人之情。词的笔触细腻，文辞精美，意象幽眇，富于诗情画意，与乐笑翁之《南浦·春水》异曲而同工。

【注释】

[1] 霁色：晴朗的天色。　横塘：古堤塘名，三国吴时所筑，在建业（今南京）秦淮河南岸。

[2] 漪漪（yī衣）：水波动荡貌。

[3] 縠（hú胡）：绉纱一类的丝织品。这句说，水波的皱纹如绉纱一样。

[4] 藻荇：泛指水草植物。藻，即藻类，低等绿色植物，多浮游于水面。荇，即荇菜，水生植物，浮在水上。

[5] 挼：揉搓。这句说明媚的阳光照在碧蓝的水面上，泛起阵阵波光，仿佛用手在揉搓一样。

[6] 掬：双手捧取。

[7] 这句说，鱼沉水底，音信渺茫。

[8] 斛：量器名。古代以十斗为一斛，南宋末年改为五斗。

南　浦　张　炎

春　水

波暖绿粼粼[1]，燕飞来、好是苏堤才晓[2]。鱼没浪痕圆，流红去，翻笑东风难扫[3]。荒桥断浦，柳阴撑出扁舟小。回首池塘青欲遍，绝似梦中芳草[4]。　和云流出空山，甚年年净洗，花香不了[5]？新绿乍生时，孤村路，犹忆那回曾到。余情渺渺，茂林觞咏如今悄[6]。前度刘郎归去后，溪上碧桃多少[7]！

【品读】

这首咏春水之作，描写南宋都城杭州一带泽国水乡春天的风光景物，是一幅富有情韵、引人入胜的山水画。词分四层，先咏西湖之水，次咏池塘之水，继咏山溪之水，末以追忆水滨之游抒发感旧怀人之情。全篇脉络清晰，层次分明，文辞优美，意境淡雅，被誉为咏春水词中的绝唱，作者也因此获得了“张春水”的雅号。

【注释】

[1] 粼粼：流水清澈貌。

[2] 苏堤：在杭州西湖。北宋元祐年间苏轼知杭州时，疏浚西湖，堆泥筑堤，故名。“苏堤春晓”为西湖十景之一。

[3] 这两句说，流水带走了落花，反而嘲笑东风难以把落花扫尽。

[4] 梦中芳草：谢灵运《登池上楼》诗有“池塘生春草”句，据说为梦中所得。

[5] 这三句说，水和云一同流出空旷的深山，为什么年年冲洗落花，而花香依然常在？

[6] 茂林觞咏：晋王羲之曾与谢安、公孙绰等游于山阴兰亭。

[7] 前度刘郎：指唐诗人刘禹锡。

望远行　柳永

长空降瑞，寒风剪，淅淅瑶花初下。乱飘僧舍，密洒歌楼，迤逦渐迷鸳瓦[1]。好是渔人，披得一蓑归去，江上晚来堪画。满长安，高却旗亭酒价[2]。　幽雅。乘兴最宜访戴[3]，泛小棹、越溪潇洒。皓鹤夺鲜，白鹇失素[4]，千里广铺寒野。须信幽兰歌断，彤云收尽，别有瑶台琼榭。放一轮明月，交光清夜[5]。

【品读】

这首词咏雪景。上片写长空普降瑞雪，从城市到渔村都被“乱飘”“密洒”的“瑶花”所掩盖。由于寒潮突然袭来，京都“旗亭”的酒价也随着上涨了——别的他倒不曾留意，最关心的乃是酒价，三变不愧是倡楼酒馆的常客。下片设想泛舟出游访友，到辽阔的大自然中去观赏这难以描画的雪景。结处一转，忽然“彤云收尽”，夜空中又出现了一轮皎洁的明月，给读者以风停雪止、无限幽雅潇洒之感。

【注释】

[1] 鸳瓦：即鸳鸯瓦，互相成对的瓦。这里是代指楼台亭阁。

[2] 旗亭：酒楼。

[3] 访戴：《世说新语·任诞》：“王子猷居山阴，夜大雪……忽忆戴安道。时戴在剡，即便夜乘小船就之。”后因称访友为“访戴”。

[4] 白鹇：亦称“银雉”“白雉”，鸟名。上体、两翼以及中央羽尾均为白色。

[5] 交光：谓明月与白雪交相辉映。

好事近　蔡　襄

瑞雪满京都[1]，宫殿尽成银阙。常对素光遥望，是江梅时节。　如今江上见寒梅，幽香自清绝。重看落英残艳[2]，想飘零如雪。

【品读】

雪和梅花的意象在宋词中结下了不解之缘。此阕上片写昔年在京都喜见瑞雪纷飞，宫阙一片银装素裹，从而联想到江梅盛开的时节。下片叙今日见江上寒梅，幽香清绝，零落飘洒，不禁又忆及纷纷扬扬的瑞雪。词中由雪而梅，由梅而雪，雪与梅花互相映带，使人倍感清奇飘逸。

【注释】

[1] 瑞雪：指冬雪。因其能杀虫保温，有利于农作物，农家常视为来岁丰收的瑞兆，故称。

[2] 落英：落花。

临江仙 晁冲之

万里彤云密布[1]，长空琼色交加[2]。飞如柳絮落泥沙。前村归去路，舞袖拂梨花。　　此际堪描何处景？江湖小艇渔家。旋斟香醞过年华[3]，披蓑乘远兴，顶笠过溪沙。

【品读】

这是一首咏雪之作。上片描写彤云密布，片片飞雪落入泥沙，乡村小路上犹如梨花随风飘舞一样。下片叙述作者披蓑顶笠冒雪乘兴出游，欣赏难以描画的山川美景。词语通俗，纯用白描，景物生动如画。

【注释】

[1] 彤云：阴云。

[2] 琼色：指洁白如玉的雪花。

[3] 香醞：美酒。

念奴娇　王以宁

淮上雪

天工何意，碎琼珰玉佩，书空千尺。箬笠蓑衫扁舟下，淮口烟林如织。飞观嶙峋，子亭突兀，影浸澄淮碧。纶巾鹤氅[1]，是谁独笑携策。　遥想易水燕山[2]，有人方醉赏，六花如席[3]。云重天低酣歌罢，胆壮乾坤犹窄。射雉归来，铁鳞十万，踏碎千山白。紫箫声断[4]，唤回春满南陌。

【品读】　本篇写淮水舟中遇雪。上片描绘茫茫大雪中淮河岸边的景物；下片遥想北国行猎，抒发“胆壮乾坤”的豪情。词的境界宏阔，气势豪迈，画面生动，富于浪漫主义色彩。

【注释】

[1] 鹤氅：鸟羽所制的裘，后来也专称道服。

[2] 易水：在河北省西部，大清河上源支流，源于易县境内。　燕山：在河北省境内。宣和四年（1122）置燕山府，治所在今北京市西南。

[3] 六花：即雪花。雪花为六角，故称。　如席：像席子那样大。

[4] 紫箫：紫竹所制的箫。

清平乐　孙道绚

雪

悠悠扬扬，做尽轻模样。半夜萧萧窗外响，多在梅边竹上。　朱楼向晓帘开，六花片片飞来。无奈熏炉烟雾，腾腾扶上金钗。

【品读】

本篇写闺中对雪。上片叙述漫天雪花飞舞，一直下到半夜，窗外梅枝竹梢风雪之声不绝于耳。下片写次日清晨，打开窗帘，片片飞雪飘入朱楼画阁之中。无奈熏炉炭火正旺，可惜那六出之花顿时化作一团水汽，萦绕于金钗之上。小词虽无深意，却不乏韵味，一看便知出自闺阁之手。

念奴娇 朱淑真

鹅毛细剪，是琼珠密洒、一时堆积。斜倚东风浑漫漫，顷刻也须盈尺。玉作楼台，铅熔天地，不见遥岑碧。佳人作戏，碎揉些子抛掷。　　争奈好景难留，风僝雨僽[1]，打碎光凝色。总有十分轻妙态，谁似旧时怜惜。担阁梁吟[2]，寂寥楚舞，笑捏狮儿只。梅花依旧，岁寒松竹三益。

【品读】

这首咏雪词轻快活泼，别具风趣。上片写大雪纷飞，顷刻间便下了一尺多厚，景象逼真，极为壮观。结处两句描叙“佳人”抛掷雪球取乐，尤富于生活气息。下片感叹好景难留，风雨一来就要消融，趁早先堆个雪狮子玩玩吧！词语通俗自然，虽然用的是白描，却颇有韵味。

【注释】

[1] 风僝雨僽：遭受风雨摧残折磨。

[2] 担阁：亦作“耽搁”，拖延、延误。　梁吟：指《梁甫吟》，这里是泛指吟咏。

浣溪沙 李 洪

梅菁山遇雪

夭矫翔鸾溪上峰[1]，飘萧雪霰打船篷[2]。天花凌乱水晶宫。　飞透纸窗斜取势，吹回溪面舞因风。身游水墨画图中。

【品读】

作者泛舟小溪，经过梅菁山下忽遇大雪。只见雪花随风飘舞，或吹打船篷，或穿透纸窗，或坠入碧绿的溪水之中。俯视小溪，水晶宫里令人眼花缭乱，自己仿佛正游历在一幅奇妙无比的水墨画图之中。小词澄澈明净，意境优美，是一幅溪山风雪图。

【注释】

[1] 夭矫：屈曲而有气势的样子。

[2] 霰（xiàn 线）：俗称雪珠，亦称雪米子。

贺新郎 葛长庚

雪

是雨还堪拾。道非花、又从帘外，受风吹入。扑落梅梢穿度竹，恐是鲛人诉泣[1]。积至暮、萤光熠熠[2]。色映万山迷远近，满空浮、似片应如粒。忘炼得，我双睫。　吟肩耸处飞来急。故撩人、粘衣噀袖[3]，嫩香堪浥。细听疑无伊复有，贪看一行一立。见僧舍、茶烟飘湿。天女不知维摩事[4]，漫三千、世界缤纷集。是剪水，谁能及！

【品读】

此词咏雪，善用比喻，联想丰富。如是雨堪拾、非花入户、鲛人诉泣、天女散花、天孙剪水等，均能将雪的物性特征表现得生动而富有情趣。词的构思新巧，笔调潇洒，全篇亦未出题字，但从始至终都可感到雪花纷纷扬扬，正在漫天飞舞。

【注释】

[1] 鲛人：亦作“蛟人”，传说中的美人鱼。

[2] 熠熠：光彩闪烁貌。

[3] 噀（xùn 迅）：喷。

[4] 维摩：佛经中的传说人物，是毗耶离城中的一位大乘居士，与释迦牟尼同时，善于应机化导。这里是以天女散花比喻雪花飘飘。

东风第一枝　史达祖

咏春雪

巧沁兰心，偷粘草甲[1]，东风欲障新暖。谩凝碧瓦难留，信知暮寒轻浅[2]。行天入镜[3]，做弄出、轻松纤软。料故园、不卷重帘，误了乍来双燕。　　青未了、柳回白眼，红欲断、杏开素面。旧游忆着山阴[4]，后盟遂妨上苑[5]。熏炉重熨，便放慢、春衫针线[6]。恐凤鞋挑菜归来，万一灞桥相见[7]。

【品读】

这首咏春雪的词，张炎称其“全章精粹，所咏了然在目，且不留滞于物”（《词源》）。作者以细腻的笔触，形容刻画，将春雪的特点以及雪中花草的千姿百态描绘得栩栩如生，宛然在目。词中用典，妥帖轻圆，联想巧妙而自然，语言奇秀清逸，确为咏物词中的佳作。

【注释】

[1] 草甲：草的外皮。甲，草木萌芽时的外皮。

[2] 信知：确知。

[3] 行天入镜：谓雪后大地一片洁白，水面更加清澈，韩愈《春雪》："入镜鸾窥沼，行天马渡桥。"

[4] 这句用王子猷雪夜乘兴访戴安道事。见《世说新语·任诞》。

[5] 这句用司马相如雪天赴梁王兔园之宴而迟到的故事。

[6] 这句说雪后天又变冷，缝制春衫的事可以放慢进度。

[7] 挑菜：唐宋风俗以二月二日为挑菜节，士民多往游观。　灞桥：在陕西西安市东灞水上，汉唐时至此送客多折柳为赠。又"灞桥风雪"为当时风景名胜之一。这两句说，女子挑菜归来又遇到了风雪。

清平乐　陈德武

咏风

呼来吸去，毕竟为谁主？软力慢扶花柳舞，禁不住颠狂处。　等闲天易凉炎[1]，每教人爱人嫌。最是相思病起，呼儿紧下珠帘[2]。

【品读】

这首咏风的小词，通过花、柳给人们的不同感受，说明风有徐有疾，有时讨人喜爱，有时令人憎恶。特别是有病之人，最怕受风，一见风起，急忙叫侍儿放下窗帘，将它拒之门外。词虽浅显，但借助拟人手法，生动地展现出这种无形的自然现象，也可算作别具一格。

【注释】

[1] 等闲：寻常。这句说天气凉热多变。

[2] 紧下：赶快放下。

蝶恋花 万俟绍之

春风

啼鴂一声云榭晚[1]。好梦惊回，蓬岛疑行遍[2]。无绪东风帘自卷，香苞云压荼蘼院。　似有还无烟色展。絮暖鱼肥，时复吹池面。扇影著花蜂蝶见，药栏春静红尘远[3]。

【品读】

此阕为咏春风之作。上片写啼鴂惊醒好梦，东风吹动帘幕，窗外荼蘼含苞欲放，一派晚春景象。下片写凭栏眺望：远处淡烟迷蒙，草色连天；池中柳絮飘浮，鱼戏水面；芍药花下，蜂蝶飞舞，寂静的庭院恍如远离尘世的桃源。词以写景为主，画面生动，情思邈远。

【注释】

[1] 啼鴂：即鹈鴂，或以为即杜鹃。《离骚》："恐鹈鴂之先鸣兮，使夫百草为之不芳。" 云榭：高楼。

[2] 蓬岛：即蓬莱岛，传说中的海上仙山。

[3] 药栏：芍药栏边。

浪淘沙 石孝友

好恨这风儿，催俺分离。船儿吹得去如飞，因甚眉儿吹不展？叵耐风儿[1]！　不是这船儿，载起相思？船儿若念我孤恓，载取人人篷底睡[2]，感谢风儿！

【品读】

这是一首富有谐趣的俚词。本写行舟江上的离愁别恨，却一反此类作品的传统表现手法和惯用词语，借助身边的风和船，来表达其寂寞愁苦的情状。上片说风疾船快，催人分离，使我愁眉不展，因而恨之、责之；下片说若非此船，如何能载得动我这沉重的相思；船儿干脆再行个方便，把那人也一起载上与我同行，一帆风顺，那我就感谢不尽了。词中通过怨风、谢风、夸船、求船，将作者途中心急火燎的离别相思之情表现得淋漓尽致。词语通俗，想象巧妙，诙谐幽默，读来令人耳目一新。

【注释】

[1] 叵耐：亦作“叵奈”。不可耐，可恨。

[2] 人人：那人，对所爱者之称。

江 城 子　翁元龙

一年箫鼓又疏钟。爱东风，恨东风。吹落灯花，移在杏梢红。玉靥翠钿无半点，空湿透，绣罗弓[1]。　燕魂莺梦渐惺忪[2]。月帘栊，影迷濛。催趁年华[3]，都在艳歌中[4]。明日柳边春意思，便不与，夜来同。

【品读】

此阕以“东风”起兴，抒写闺情。诗云“不得春风花不开，花开又被风吹落”，故而既爱又恨。词中谓“吹落灯花，移在杏梢红”，善于联想，构思亦颇轻巧。灯花预兆喜事，今被吹落，移在杏梢，忧喜参半，是其既爱又恨的缘由。下片感叹美人迟暮，年华易逝，意象幽眇，深永含蓄。

【注释】

[1] 绣罗弓：绣花鞋。

[2] 惺松：苏醒貌。

[3] 催趁：催促。

[4] 艳歌：指描写男女恋情的香艳的诗歌。

浪淘沙　章谦亨

云藏鹅湖山

台上凭阑干，犹怯春寒。被谁偷了最高山？将谓六丁移取去[1]，不在人间。　　却是晓云闲，特地遮拦[2]。与天一样白漫漫。喜得东风收卷尽，依旧追还。

【品读】

鹅湖山在江西铅山县东北，山上有湖，原名荷湖，东晋时有位姓龚的人在此养鹅，因改名鹅湖。此词作者章谦亨于理宗绍定年间（1228—1233）出任铅山县令，这首词大概是当时写的。词写春日拂晓凭栏观山。通过丰富的想象、形象的比喻和拟人化的手法，将山中风云瞬息万变的自然现象描绘得十分生动而富有幽默感。词的构思新颖，笔调诙谐，“偷了”“移取”“遮拦”“收卷”“追还”等几个动词用得极为巧妙，读来妙趣横生，给人以大自然变化无穷的美感享受。

【注释】

[1] 六丁：道教神名。与六甲并称，为天帝所役使，能行风雷、制鬼神。

[2] 这两句说“晓云”闲来无事，故意将鹅湖山遮住。

望 江 南 王 琪

江南月，清夜满西楼。云落开时冰吐鉴[1]，浪花深处玉沉钩[2]。圆缺几时休？　星汉迥[3]，风露入新秋。丹桂不知摇落恨，素娥应信别离愁[4]。天上共悠悠。

【品读】王琪曾作《望江南》十首，均以“江南”二字开篇，分别描写江南的风光景物，这是其中的一首咏月之作。上片叙述秋夜登楼望月以及由此而引起月亮或圆或缺、周而复始、无止无休的慨叹。下片遥想月宫仙桂常青，嫦娥却深感离群索居、孤独寂寞的痛苦。词的意境幽眇淡远，含蓄蕴藉，富有情韵。

【注释】
[1] 冰吐鉴：即吐冰鉴。鉴，镜子。这句说云雾飘散，圆月如一轮冰鉴挂在天空。
[2] 玉沉钩：即沉玉钩。这句说浪花绽放的深处，缺月像一把玉钩沉入水中。
[3] 星汉：即银河。
[4] 素娥：即嫦娥，神话传说中的月宫仙子。

念奴娇 韩 驹

月

海天向晚，渐霞收余绮[1]，波澄微绿。木落山高真个是，一雨秋容新沐。唤起嫦娥，撩云拨雾，驾此一轮玉。桂华疏淡，广寒谁伴幽独[2]？　不见弄玉吹箫[3]，尊前空对此，清光堪掬。雾鬓风鬟何处问，云雨巫山六六。珠斗斓斒[4]，银河清浅，影转西楼曲。此情谁会，倚风三弄横竹[5]。

【品读】

这首词写秋日雨后海边观月。上片前五句状景，后五句咏月，展现出一幅海上生明月的优美画图。换头五句即景抒感，末尾五句叙述月下吹笛，描绘出一种情韵悠然的意境。全篇文辞精美，风格清丽，富有诗情画意。《蓼园词选》评曰："此词总是忧君忧国之念，触题而发耳。题是咏月，开首从秋字写起，渐入到月。因就月说到姮娥之幽独，即是苏东坡'琼楼玉宇，高处不胜寒'之意。借以比君势之孤也。次阕，就望月之人独立无偶，以见己之独立少同心也。结处'此情谁会'，不过叹想得同志之人耳。比兴深切，含而不露，斯为情景交融者。凡写景而不寓情，则意尽言中，便少佳致。"

【注释】

[1] 绮（qǐ启）：锦缎，形容日落时的霞光。谢朓《晚登三山还望京邑》："余霞散成绮。"

[2] 广寒：广寒宫，即月宫。

[3] 弄玉：传为秦穆公之女，好吹箫，后与萧史结为夫妇，双双成仙升天而去。事见《列仙传》。

[4] 斓斒（bān班）：同"斓斑"，亦作"斑斓"，形容颜色错杂灿烂。

[5] 横竹：指笛。

杨柳枝　王质

淡　月

惯得娇云赶不开，去还来。淡光无可照楼台，且停杯。　薄雨疏疏时几点，洒浮埃[1]。卖花未上担儿抬，听他催。

【品读】

此阕题为“淡月”，实写阴云浮动之夜，月儿时隐时现，楼台暗淡无光，只好停止饮酒赏月。此时天边洒下疏疏落落的几点小雨，从而联想到春雨润物、催开百花，明天在卖花担上就可以看到鲜艳的花枝了。因月及花，联想巧妙，过渡自然。起句“惯得娇云赶不开”，用拟人手法，形容浮云遮月，亦颇新颖。

【注释】

[1] 浮埃：飘浮在空中的尘埃。

好事近 杨万里

七月十三日夜登万花川谷望月作。[1]

月未到诚斋[2]，先到万花川谷。不是诚斋无月，隔一庭修竹。　如今才是十三夜，月色已如玉。未是秋光奇绝，看十五十六。

【品读】

这首小词写秋夜赏月。上片叙述独步寻月的经过，从竹林掩映的诚斋，走向开阔平旷的万花川谷，眼前忽然展现出一片皎洁的月光。这才领悟到“不是诚斋无月”，而是由于隔着“一庭修竹”。下片从今夜之月想到“秋光奇绝”的十五十六，那时圆满无缺，月色一定会使人感到更加赏心悦目。词的格调清新，意境淡远，轻而不浮，浅而不露，明白如话，富有情趣。

【注释】

[1] 万花川谷：作者故居的花园名。

[2] 诚斋：作者的书斋名，且因以之为号。

哨遍　方岳

问月

月亦老乎？劝尔一杯，听说平生事。吾问汝，开辟自何时？有乾坤便应有尔，年几许？鸿荒邈哉遐已。吾今断自唐虞起[1]。繄帝曰放勋[2]，甲辰践祚[3]，数至今、宋嘉熙[4]。凡三千五百二十年余。嗟雨僽风僝几盈亏！老兔奔驰，痴蟆吞吐，定应衰矣。　　噫，月岂无悲？吾观人寿几期颐[5]。炯炯双眸子，明清无过婴儿。但才到中年，昏然欲眊[6]，那堪老矣知何似？试以此推之。吾言有理，不能不自疑耳。恐古时月与今时异。恨则恨今人不千岁。但见今、冰轮如洗。阿谁曾自前古，看到隋唐世？几时明洁，几时昏暗，毕竟少晴多雨。须臾月落夜何其[7]，曰先生、置之姑醉。

【品读】

《哨遍》是慢词中字数仅次于《戚氏》和《莺啼序》的长调，全篇多达二百余字。此调始见于《东坡词》，《稼轩长短句》中也有三首，均为纵横议论之作。本篇题为“问月”，实际是在探索月亮的产生及其演变过程。作者认为月亮和宇宙间的一切事物一样，也处在不断的变化之中。虽然我们今日所看到的月亮仍然很明洁，但今人未见古时月，古时的月亮一定比现在更加明洁。就好像一个人的眼珠那样，童年时炯炯有神，进入中年便“昏然欲眊”，到了老年目光呆滞，不知变成了什么样子。词人能从发展变化的观点来观察月亮、解释自然现象，是有见地的。词中插入了一些有关月亮的神话传说，语言活泼而富有情趣，虽属议论之词，读来却不觉枯燥乏味，与稼轩词风相近。

【注释】

[1] 唐虞：唐尧、虞舜，传说中远古部落的两位领袖。

[2] 繄（yī衣）：惟。 放勋：唐尧，为陶唐氏，名放勋，后传位给虞舜。

[3] 践祚：即位。

[4] 嘉熙：宋理宗年号，从公元1237年至1240年。

[5] 期颐：百岁、百年。

[6] 眊（mào冒）：眼睛失神。

[7] 夜何其：表示夜深。

南柯子 洪瑹

新月

柳浪摇晴沼[1]，荷风度晚檐。碧天如水印新蟾[2]。一罅清光斜露、玉纤纤[3]。 宝镜微开匣，金钩半押帘。西楼今夜有人忺[4]。应傍妆台低照、画眉尖。

【品读】

此阕描写秋夜水边观赏初升新月。起处用对句开篇，“柳浪”“荷风”，环境优美，交代赏月的时间和地点。“碧天”两句，描绘一弯新月斜露天宇的迷人景象。过片两句，对妩媚的新月进一步加以形容刻画。结拍两句，以美人独傍妆台画眉、准备下楼拜新月收束。全篇层次井然，意境优美，富有诗情画意。

【注释】

[1] 沼：小池。

[2] 新蟾：即新月。因传说月中有蟾，故常以蟾代月。

[3] 罅：缝隙。 玉纤纤：形容新月。

[4] 忺（xiān掀）：高兴，喜悦。

眉妩 王沂孙

新月

渐新痕悬柳[1]，淡彩穿花[2]，依约破初暝[3]。便有团圆意，深深拜[4]，相逢谁在香径？画眉未稳，料素娥、犹带离恨[5]。最堪爱、一曲银钩小[6]，宝帘挂秋冷。　　千古盈亏休问。叹慢磨玉斧[7]，难补金镜[8]。太液池犹在[9]，凄凉处、何人重赋清景。故山夜永[10]。试待他、窥户端正[11]。看云外山河[12]，还老尽、桂花影[13]。

【品读】

本篇大约作于南宋亡国前后。词的上片着重刻画初升新月的妩媚动人，并从香径拜月联想到嫦娥的离愁别恨，表达了盼望缺月快圆、人们早日团聚的美好愿望。下片望月兴叹，抒发山河破碎、金镜难补、回天乏术的悲凉之情，流露出深沉的亡国之痛。

【注释】

[1] 新痕：形容一弯新月。
[2] 淡彩：淡淡的月色。
[3] 初暝：夜幕刚刚降临。
[4] 深深拜：古代妇女有拜新月的风俗。
[5] 未稳：未完，未妥。　素娥：即嫦娥。这两句谓新月有如嫦娥未曾画完的愁眉。
[6] 一曲：一弯。　银钩：银色的帘钩，形容新月。
[7] 慢：徒然的意思。　玉斧：神话传说中用以修理月亮的仙斧。
[8] 金镜：指月亮。
[9] 太液池：汉唐时宫内的池沼。
[10] 故山：指故国河山。　夜永：夜长。
[11] 端正：形容月圆完美无缺。
[12] 云外山河：指月中阴影。
[13] 还老尽、桂花影：一作“还老桂花旧影”。以上两句说等到月圆之时，还可以看到故国山河的影子和月中桂花树的旧影。

对景感怀

点绛唇 王禹偁

感兴

雨恨云愁，江南依旧称佳丽[1]。水村渔市，一缕孤烟细。　　天际征鸿，遥认行如缀[2]。平生事，此时凝睇[3]，谁会凭栏意[4]？

【品读】

这是一首即景抒感之作，大约是王禹偁任长洲（在今江苏苏州市）县令时写的。上片寓情于景，用清丽的笔触描绘江南水乡雨中的景物；下片由凭栏遥望长空过雁，而引起一生事业未成、抱负不得施展的感慨，表达了作者用世之志无人理解的孤独愁闷之情。词语清丽，风格淡雅，与花间秾艳词风迥然异趣，在宋初词坛是一首别具一格的佳作。

【注释】

[1] 佳丽：景色秀美。

[2] 行（háng 杭）如缀：形容雁群在空中飞行，排列成行，连续不断。

[3] 凝睇（dì 地）：凝视。睇，斜视貌。

[4] 谁会：有谁理解。

天仙子 张先

时为嘉禾小倅[1]，以病眠，不赴府会。

水调数声持酒听[2]，午醉醒来愁未醒。送春春去几时回？临晚镜，伤流景[3]，往事后期空记省。　　沙上并禽池上暝[4]，云破月来花弄影。重重帘幕密遮灯。风不定，人初静，明日落红应满径[5]。

【品读】

本篇是仁宗庆历元年（1041），张先五十二岁，任嘉禾判官时所作。据陆游《入蜀记》载，秀州（嘉禾）通判官署中有座"花月亭"，亭前立着一块石碑，碑上刻着"云破月来花弄影"乐章，相传此词就是在这座亭子里写的。词的上片抒情，下片写景，情景交融，画面优美生动，意脉十分清晰。从时间上看，写了作者一天的活动和感受。持酒听《水调》，乃午前之事；醉眠复醒，已到午后；"池上暝""花弄影""密遮灯"，从傍晚到夜间；落红满径，则为明日之景矣。词人对景感怀，伤春是全词的基调，而伤春的核心乃在于自伤，即感叹年华易逝，青春难葆，在迷惘的哀愁中，也流露出作者热爱生活的激情。其中"云破月来花弄影"一句，是广为传诵的名句。王国维《人间词话》则认为："着一'弄'字而境界全出矣。"这句由四个名词和三个动词组成，展示出一幅层次清晰而富有诗意的画面：天空暮云飘流，月亮露出笑脸；地上花枝摇曳，花影徐徐晃动。"云破"是"月来"的条件，"花弄影"是"月来"的结果，环环相扣，用笔极为细密，且都暗示有"风"。而"弄"字用得尤为精彩，它将庭院之"花"拟人化，比为月下美人，似乎故意在摆弄自己绰约的身姿，以引来赏花之人。

【注释】

[1] 嘉禾：即秀州（今浙江嘉兴市）。倅：副职，这里指通判。

[2] 水调：即《水调歌》，相传为隋炀帝开汴河时所制。唐人演为大曲，宋人取其"中序"第一章"歌头"为词牌，称为《水调歌头》。

[3] 流景：流逝的岁月光景。

[4] 并禽：成双成对的鸟，如鸳鸯之类。 暝：日暮。

[5] 落红：落花。

浣溪沙 晏殊

一向年光有限身[1]，等闲离别易销魂[2]。酒筵歌席莫辞频。　满目山河空念远[3]，落花风雨更伤春。不如怜取眼前人[4]。

【品读】

此阕为对景感怀之作，但所写并非一时一事，而是多种感情的复合，其中既有离情别绪，也有伤春怀远，更为突出的则是感叹人生短促、年光有限，唯有及时行乐才能从烦恼和苦闷中得到解脱。它一方面反映了北宋"钜公大僚"们的生活现实，同时也体现了士大夫阶级的人生价值观。词的情调虽非"向上一路"，但气象宏阔，并不显得哀伤低沉，内涵较丰富，亦颇值得玩味。

【注释】

[1] 一向：即"一饷"。一霎时、一会儿。

[2] 等闲：寻常，普通。

[3] 满目山河句：化用李峤《汾阴行》"山川满目泪沾衣"诗意。

[4] 怜取眼前人：大意是为伤春怀远而烦恼，不如去追求现实的享乐生活。

离亭燕 张昇

一带江山如画，风物向秋潇洒。水浸碧天何处断[1]？霁色冷光相射[2]。蓼屿荻花洲[3]，掩映竹篱茅舍。　云际客帆高挂，烟外酒旗低亚[4]。多少六朝兴废事，尽入渔樵闲话。怅望倚层楼，寒日无言西下。

【品读】 这首词的作者张昇，别作张昪，或署名为孙浩然。上片描绘深秋萧疏爽朗的风光景物。词人凭栏纵目，只见“一带江山如画”：水色天光，上下交辉；小岛蓼草丛生，沙洲上飘舞着一片白茫茫的芦荻之花，远处掩映着稀稀落落的庄户人家。淡淡几笔，勾画出一幅富有诗情画意的水乡晚秋图。下片由写景过渡到怀古抒感。过片两句继续写景，江上客船往来，风帆高挂；岸边酒店林立，青旗招展，正在殷勤地迎来送往。最后四句触景生情，作者由此而想到六朝兴盛衰亡的往事，如今都已是历史的陈迹，成了渔父樵夫闲谈的话题，不禁黯然悲伤。他怀着怅惘的心情，久久地靠着栏杆沉思，直到寒日默默无言地向西沉下。此阕笔调潇洒飘逸，状景生动如画，抒感含蓄凝重，意境“尤极苍凉萧远之致”（况周颐《历代词人考略》），在艺术上很有特色。

【注释】

[1] 这句说远处水天相连，难以分清界线。

[2] 霁色：雨后转晴的景色。　相射：交相辉映。

[3] 蓼（liǎo 了）：草本植物，多生长于低洼潮湿的水边。　荻：多年生草本植物，多生长于路旁或水边。

[4] 低亚：即低压。

点绛唇　韩琦

病起恹恹[1]，画堂花谢添憔悴。乱红飘砌[2]，滴尽胭脂泪。　　惆怅前春，谁向花前醉？愁无际，武陵回睇[3]，人远波空翠。

【品读】

这是一首伤春感怀之作。据《青箱杂记》载："韩魏公晚年镇北州，一日病起，作《点绛唇》小词。"神宗熙宁元年（1068），作者出任河北路安抚使，判大名府，因与王安石政见不合，情绪低沉，政治上有压抑感，故赋此阕抒发胸中的郁闷。本篇即景生情，音调凄婉，缠绵悱恻，与其刚毅的性格绝不相类，《词苑萃编》谓："公经国大手，而小词乃以情韵胜人。"这是当时社会的普遍风尚。

【注释】

[1] 恹恹：精神不振貌。

[2] 乱红：落花。　飘砌：飘落在台阶上。

[3] 武陵：郡名（今湖南常德市）。陶渊明笔下的"世外桃源"即在武陵郡。这里是指所怀之人的住处。　睇：斜视，流盼。

眼儿媚　王雱

杨柳丝丝弄轻柔，烟缕织成愁。海棠未雨[1]，梨花先雪，一半春休。　　而今往事难重省，归梦绕秦楼。相思只在，丁香枝上[2]，豆蔻梢头[3]。

【品读】

有学者认为，此词作者非王雱，系无名氏。本篇亦为对景感怀之作。表面是抒写伤春怀人之情，但词意含蓄委婉，可能有所寄托。《蓼园词选》谓："此词亦为日月易逝，而事多不偶，托闺情以写意耳。语语清新婉倩，后人争鲜斗艳，终不能及。数百年来，脱口如新。”

【注释】

[1] 未雨：未落、未凋谢。古代诗词中多以“红雨”比喻落花，故云。

[2] 丁香：一名“丁子香”，花淡紫色，其子有雌雄，雌者击破有顺理而解为两向。

[3] 豆蔻：花淡黄色，一穗数十蕊，每蕊心有两瓣相并。常用以比喻少女。

念奴娇　黄庭坚

八月十七日，同诸生步自永安城楼，过张宽夫园待月。偶有名酒，因以金荷酌众客[1]。客有孙彦立，善吹笛。援笔作乐府长短句，文不加点。

断虹霁雨[2]，净秋空，山染修眉新绿[3]。桂影扶疏[4]，谁便道、今夕清辉不足？万里青天，姮娥何处[5]，驾此一轮玉[6]？寒光零乱，为谁偏照醽醁[7]？　年少从我追游，晚凉幽径，绕张园森木。共倒金荷家万里，难得尊前相属[8]。老子平生，江南江北，最爱临风曲。孙郎微笑，坐来声喷霜竹[9]。

【品读】

这首词是哲宗元符二年（1099）秋，作者谪居戎州（今四川宜宾市）时所作。词写月下饮酒感怀。开篇描绘雨后初晴，薄暮时分的彩虹和山色。接着连用三个问句摹写秋空明月，表达作者赏月时的豪情逸兴。换头以下五句，叙述与“诸生”月下寻幽探胜、开怀畅饮的情景。最后五句慨叹平生虽然浪迹大江南北，却最爱听那临风吹奏的高亢歌曲，“孙郎”的笛声婉转悠扬，真教人心旷神怡。此阕写于身处逆境的谪居生活之中，但毫无危苦之辞，表现了作者旷达傲岸的性格。

【注释】

[1] 金荷：形如荷叶的金杯。

[2] 断虹：若隐若现的彩虹。 霁雨：雨止天晴。

[3] 这句说雨后山色像新染过青黛色的美人长眉一样。

[4] 桂影扶疏：形容月中桂树枝叶繁茂。

[5] 姮娥：即嫦娥，月宫仙子。

[6] 一轮玉：形容月亮如玉轮一般。

[7] 醽醁：美酒。

[8] 尊前相属（zhǔ主）：举杯劝酒。

[9] 坐来：立刻，顿时。 霜竹：笛子的代称。

浣溪沙 秦观

漠漠轻寒上小楼[1]，晓阴无赖似穷秋[2]。淡烟流水画屏幽[3]。

自在飞花轻似梦[4]，无边丝雨细如愁。宝帘闲挂小银钩。

【品读】

此阕写一“女子”在春雨绵绵、阴冷寂寥的清晨，独自登楼凭栏，触景感怀。词中没有正面刻画人物，主要通过环境和气氛的渲染，揭示其愁闷凄苦的心态。笔调空灵，意境清幽。过片两个对句谓飞花似梦、丝雨如愁，联想巧妙，比喻新奇，常被人们称赏。

【注释】

[1] 漠漠：弥漫。

[2] 穷秋：晚秋。

[3] 淡烟流水：指画屏上的图景。

[4] 自在：安闲舒适的样子。

小重山 赵令畤

雨霁风高天气清。玉盘浮出海[1]，转空明。小窗帘影冷如冰。愁不寐，独自傍阶行。　情似浪头轻。一番销欲尽，一番生。无言惆怅到参横。人欲起，鹎鹁几声鸣[2]。

【品读】此阕写月夜不寐，独自绕阶而行，万千心事尽在不言之中。从“玉盘浮出海”到“鹎鹁几声鸣”，环境是那么的幽静，而词人的情怀却像海浪一样，一波未平一波又起。但他所感何事，为什么惆怅、为什么发愁，却不露一点痕迹。一切都留给读者去揣摸，去猜想，去体会。

【注释】

[1] 玉盘：指月亮。

[2] 鹎鹁：亦作“批颊”，即催明鸟。欧阳修《鹎鹁词》：“绿窗鹎鹁催天明。”

青玉案 贺铸

凌波不过横塘路[1]，但目送、芳尘去[2]。锦瑟年华谁与度[3]？月桥花院，琐窗朱户[4]，只有春知处。　飞云冉冉蘅皋暮[5]，彩笔新题断肠句[6]。试问闲愁都几许[7]？一川烟草[8]，满城风絮[9]，梅子黄时雨[10]。

【品读】

此阕为对景感怀之作，是贺铸的名篇之一。词题原作《横塘路》，盖取首句末三字另标新名，词牌实即《青玉案》。这首词最引人之处还是意境幽隐，形象朦胧，含蓄蕴藉，无迹可寻，与李商隐的“无题”诗相似。有人认为本篇是写怀念一个女子，或者说是写路遇一位女子，从而引起了作者对生活的感慨；也有人说是写“望美人兮不来”，表面似写相思之情，实则是发抒其悒悒不得志的“闲愁”。读者急于想知道的是，词中那位凌波仙子似的美人是虚构还是有所指？我们不妨根据词中的意象，提出一种假想和揣测。词的开头两句就描绘出一幅内涵丰富而又恍惚迷离的画面：春末夏初的一个傍晚，阴云密布，细雨绵绵，天空灰蒙蒙的一片，令人感到十分压抑。这时词人贺铸正在苏州横塘附近的一座小屋里，倚门凝望，陷入了痛苦的沉思之中。忽然眼前人影晃动，他仿佛看见那烟波浩渺的水面上有一位女子正慢慢地向这边走来。那婀娜的身姿，轻盈的步态，多么熟悉呵！他喜出望外，禁不住向那位女子频频招手，希望她赶快来到自己的身旁。可是希望变成了失望，伊人竟然“凌波不过横塘路”。她走了，犹如路人一样，踏着水波，头也不回地消失得无影无踪。词人惆怅不已，但也只能眼睁睁地看着那倩姿丽影姗姗而去。以下叙写伊人去后，作者如醉如痴，望着那迷失的幻影，陷入了痛苦的怀念和回忆之中。上片描绘的环境和人物，似幻似真，若隐若现，犹如水中之月，镜中之花。作者为什么要那样深情地倾慕于她，追念着她呢？一种可能就是那位凌波仙子，正是词人在《鹧鸪天》中所悼念的赵氏夫人的亡灵。此词作于苏州横塘，当在“重过阊门”“鸳鸯失伴”之后。也许是由于“悠悠生死别经年，魂魄不曾来入梦”，于是便借助浪漫主义手法，将日夜思念的心上人加以幻化，以寄托自己的哀思。过片以后，全从自身着笔，抒写幽居之中的寂寞愁苦之状。结尾数句，用提问呼起，然后叠写三句，渲染“闲愁”，将不可捉摸的思想感情具象化，比喻新奇而生动，给读者以强烈的艺术感染。本篇可以理解为《鹧鸪天》(半死桐)的续篇，情调虽不如前者那样沉痛，但对亡妻的思念之情却是十分深沉绵长的。那风姿绰约的凌波仙子绝非偶然路遇之佳人，看她飘然而去，过家门而不入，生死之恨实在令人可哀。

【注释】

[1] 凌波：形容女子步态轻盈。 横塘：在苏州西南十里许。贺铸故居在吴中升平桥，横塘有其别墅，常扁舟往来其间。

[2] 芳尘：指美人的踪迹。

[3] 锦瑟华年：美好的青春时代。锦瑟，装饰华美的瑟。李商隐《锦瑟》：“锦瑟无端五十弦，一弦一柱思华年。”

[4] 琐窗：雕刻或绘有连环形花纹的窗子。

[5] 冉冉：慢慢地流动。 蘅皋：长着香草的水边。蘅，蘅芜，香草名。皋，沼泽。

[6] 彩笔：传说南朝作家江淹因有一支五色彩笔，故诗文多有佳句。后来梦见郭璞向他索还彩笔，于是文思枯竭，人谓“江郎才尽”。

[7] 都：统统，总共。 几许：若干，多少。

[8] 一川：遍地。川，平野。

[9] 风絮：随风飘舞的柳絮。

[10] 梅子黄时雨：四五月间，梅子黄熟，阴雨连绵，俗称“黄梅雨”或“梅雨”。

相见欢 毛滂

十年湖海扁舟，几多愁？白发青灯今夜[1]，不宜秋。　中庭树，空阶雨，思悠悠。寂寞一生心事、五更头。

【品读】

这首小词写秋夜灯下听雨感怀。十年漂泊，宦海沉浮，如今白发归来，回首往事，心潮难平，不禁感慨万千。词语清疏，意境淡远，仔细咀嚼，久而知味。

【注释】

[1] 青灯：指油灯。其光青莹，故称。陆游《秋夜读书每以二鼓尽为节》："白发无情侵老境，青灯有味似儿时。"

卜算子 徐俯

胸中千种愁，挂在斜阳树。绿叶阴阴占得春，草满莺啼处。　不见生尘步[1]，空忆如簧语。柳外重重叠叠山，遮不断、愁来路。

【品读】

此阕为春日傍晚对景感怀之作。全篇愁起愁结，而未言所愁何事，含蓄蕴藉，饶有余味。从过片两句看，似抒怀人之情。而《蓼园词选》谓其"似叹君门之远，离骚美人之旨也"。又云愁"曰'千种'、曰'遮不断'，意象壮阔，大约为忧时之作"。妙在且不说破，让读者自去揣摸，故其意致高远。

【注释】

[1] 生尘步：曹植《洛神赋》："凌波微步，罗袜生尘。"

忆秦娥　万俟咏

天如洗，金波冷浸冰壶里[1]。冰壶里。一年得似，此宵能几？　等闲莫把阑干倚[2]，马蹄去便三千里。三千里。几重云岫，几重烟水？

【品读】此词写秋夜望月感怀。上片绘景，下片抒情。碧天如洗，良宵难得，无奈行色匆匆，人在旅途，不可能倚栏尽情眺望这一美妙无比的夜景。小词淡雅素洁，澄澈明净，是一支清新悦耳的小夜曲。

【注释】

[1] 金波：月光。

[2] 等闲：寻常，随便。

木兰花慢　万俟咏

恨莺花渐老，但芳草、绿汀洲。纵岫壁千寻，榆钱万叠，难买春留[1]。梅花向来始别，又匆匆、结子满枝头[2]。门外垂杨岸侧，画桥谁系兰舟？　悠悠，岁月如流。叹水覆、杳难收[3]。凭画阑，往往抬头举眼，都是春愁。东风晚来更恶，怕飞红、拍絮入书楼。双燕归来问我，怎生不上帘钩[4]？

【品读】这是一首春末夏初对景感怀之作。上片写景，通过伤春，暗寓怨别怀人之情。下片感叹岁月如流，水覆难收，往事如梦，凭栏凝望，只赢得满眼春愁。怕东风吹送落花飞絮入书楼，便进入室内放下帘幕，忽然看见一对小燕子归来，徘徊于屋檐之下，呢喃细语，仿佛是在埋怨主人，为什么不挂上帘钩，让我们入巢安息呢？词意含蓄蕴藉，景物刻画细腻生动，两结以问句收住，意象朦胧，韵味深永，耐人咀嚼。

【注释】

[1] 岫壁：高山。岫，峰峦。 寻：古代长度单位，八尺为寻。这三句说青山再高，榆钱再多，也难以留住春光。

[2] 这两句暗用杜牧《叹花》诗："狂风落尽深红色，绿叶成荫子满枝。"

[3] 水覆难收：泼在地上的水，难以再收回来。比喻夫妻关系破裂或男女离拆。

[4] 怎生：怎么，为什么。

风流子 朱敦儒

吴越东风起，江南路，芳草绿争春。倚危楼纵目，绣帘初卷，扇边寒减，竹外花明。看西湖、画船轻泛水，茵幄稳临津[1]。嬉游伴侣，两两携手，醉回别浦，歌遏南云[2]。 有客愁如海，江山异、举目暗觉伤神[3]。空想故园池阁[4]，卷地烟尘。但且恁、痛饮狂歌，欲把恨怀开解，转更消魂[5]。只是皱眉弹指，冷过黄昏。

【品读】

本篇为词人晚年的作品。据词意当写于"绍兴和议"签订、偏安局面已经形成之后。战火刚刚熄灭，中原尚未恢复，当权者宴安鸩毒，西子湖畔画船轻舟，歌吹沸天，又沉浸在纸醉金迷的享乐生活之中了。词人凭栏纵目，对景感怀，举目则有山河之异，凝思难禁故国之痛，不觉黯然伤神，悲恨交织，于是痛饮狂歌，皱眉弹指，在阴冷的黄昏中写下了这首辞情哀苦、寄慨遥深的《风流子》。此词上片写景，下片抒情，人乐我苦，语极沉痛，两片对比鲜明，与李清照的《永遇乐》(落日熔金)异曲而同工。

【注释】

[1] 茵幄：车垫和车幕，代指车子。临津：来到水边。

[2] 这句说歌声响彻南国的云霄。

[3] 这两句化用《世说新语·言语》中所载周顗感叹时势的话："风景不殊，正自有山河之异。"

[4] 故园池阁：指作者在洛阳的故居。

[5] 转更：反而更加。　消魂：形容极度悲伤。

如梦令　李清照

昨夜雨疏风骤[1]，浓睡不消残酒[2]。试问卷帘人，却道海棠依旧。知否？知否？应是绿肥红瘦[3]。

【品读】

此阕对景感怀，抒发伤春惜花之情。全篇仅七句、三十三字，但含蓄委婉，用语精妙，极有韵味，故"当时文士莫不击节称赏"(蒋一葵《尧山堂外纪》)。词中采用对话体，一问一答，自然浑成，声口毕现，主仆二人情态各异。《蓼园词选》评曰："按一问极有情，答以'依旧'，答得极淡，跌出'知否'二句来。而'绿肥红瘦'无限凄惋，却又妙在含蓄。短幅中藏无数曲折，自是圣于词者。"

【注释】

[1] 雨疏风骤：雨小风急。

[2] 浓睡：酣睡，沉睡。

[3] 绿肥红瘦：形容叶子茂盛肥大，花儿枯萎消瘦。

南歌子 李清照

天上星河转[1]，人间帘幕垂。凉生枕簟泪痕滋[2]，起解罗衣，聊问夜何其[3]？ 翠贴莲蓬小，金销藕叶稀[4]。旧时天气旧时衣，只有情怀，不似旧家时[5]！

【品读】

这是一首秋夜不眠、对景感怀之作。从词意和情调看，当是南渡以后写的。金兵入侵，中原沦陷，李清照历经国亡、家破、夫死之难，其心情之悲惨凄凉，不言可知。上片叙述秋夜不眠，和衣含泪而卧，见天上星河斜转，家家闭户垂帘，人间一片静悄悄，于是独自起床，准备解衣入睡，触景伤情，不禁自言自语地问道：夜有多深了？是不是快天亮了？这一问表明抒情主人公神思恍惚，悲愁太甚，这孤苦的日子是怎么度过的，自己也不记得了。下片睹物兴悲，因“解罗衣”而发现衣上那熟悉的花纹和图案，从而联想到当年幸福美好的生活。如今物在人亡，天气似乎也还和从前一样，可是谁能理解我的心情和过去完全不同了呵！当年是名门闺秀、旷代才女，夫妻情投意合，谁不羡慕？如今成了流落异乡、孤苦伶仃的嫠妇，情怀怎能再似旧家时？小词笔触细腻，含蓄婉转，读来凄恻动人。

【注释】

[1] 星河：即银河。星河转，表示夜深。

[2] 枕簟：枕头和竹席。

[3] 夜何其：夜有多深了？

[4] 翠贴、金销：即贴翠、销金，均为服饰工艺。花饰在衣服上用细线缝连，不见针脚叫“贴”；以金饰物叫“销金”。

[5] 旧家：从前。

阮 郎 归　向子諲

绍兴乙卯大雪行鄱阳道中[1]

江南江北雪漫漫，遥知易水寒[2]。同云深处望三关[3]，断肠山又山。　天可老，海能翻，消除此恨难。频闻遣使问平安，几时鸾辂还[4]？

【品读】

绍兴乙卯，即宋高宗绍兴五年（1135）。此时北宋亡国，徽、钦二帝被掳北去，已经七八年了。作者在彤云密布、寒风凛冽、大雪纷纷的严冬，行役于江西鄱阳道中，马上对景感怀，遥想身为阶下囚的两位亡国之君，不禁肝肠寸断，悲恸欲绝，写下了这首怀君忧国的动人之作。徽、钦二帝虽然是荒淫腐朽的封建统治者，但在当时他们是作为国家的象征和代表，因此在南宋臣民看来，“迎回二圣”与“还我河山”同样都是全民族的首要任务。这首词感情真挚，语言朴实，联想自然，融家国之悲于一体，具有较强的艺术感染力。

【注释】

[1] 鄱阳：今江西鄱阳县。

[2] 易水：在河北省西部。为大清河支流，源出易县境内。这里是泛指北方。

[3] 同云：即“彤云”，阴云。　三关：即淤口关、益津关、瓦桥关。这里是泛指边关。

[4] 鸾辂：皇帝的车驾。代指被俘北去的徽、钦二帝。

清商怨 陆游

葭萌驿作

江头日暮痛饮，乍雪晴犹凛[1]。山驿凄凉，灯昏人独寝。　鸳机新寄断锦[2]，叹往事不堪重省[3]。梦破南楼，绿云堆一枕[4]。

【品读】

这首词是乾道八年（1172）冬，陆游被迫离开抗金前线南郑，前往成都，途经四川广元西南的葭萌驿时所作。全篇情调低沉，色彩暗淡，意象冷峻，哀音如诉。上片对景感怀，写作者离开前线、夜宿古驿时的孤寂心情。下片借思妇念远，抒写好梦不长的痛苦。结拍两句含思深婉，耐人寻味。词中那位苦恋失意的女子，或许不是别人，正是作者自己，是他的形象的艺术化身。此阕沉郁苍凉，曲折深婉，柔中寓刚。

【注释】

[1] 乍雪：初雪。
[2] 鸳机：织鸳鸯锦的织机。　断锦：谓裁锦作书。
[3] 重省：回顾。
[4] 绿云：指女子乌黑的头发。

水龙吟 陆游

春日游摩诃池[1]

摩诃池上追游路，红绿参差春晚。韶光妍媚，海棠如醉，桃花欲暖。挑菜初闲[2]，禁烟将近[3]，一城丝管。看金鞍争道，香车飞盖，争先占、新亭馆。　　惆怅年华暗换[4]，黯销魂、雨收云散。镜奁掩月，钗梁拆凤，秦筝斜雁[5]。身在天涯，乱山孤垒，危楼飞观。叹春来只有，杨花和恨，向东风满。

【品读】

此阕是作者被迫离开南郑前线，来到成都以后写的。词人春日游览摩诃池，触物生情，对景感怀，挥笔写下了这首寄意遥深的感时抚事之作。上片叙述游园所见，下片抒写壮志难酬，含蓄深沉，情景交融，富有艺术感染力。《蓼园词选》评曰："放翁一生忧国之心，触处流出，无非一腔忠爱。此词辞虽含蓄，而意极沉痛。盖南渡国步日蹙，而上下安于逸乐，所谓'一城丝管'，争占亭馆也。次阕自叹年华已晚，身安废弃，流落天涯，不能为力也。结句'恨向东风满'，饶有沉雄郁勃之致，跃跃纸上。"可谓深得此词妙谛。

【注释】

[1] 摩诃池：在成都蜀王宫中。
[2] 挑菜：宋人以二月二日为挑菜节。
[3] 禁烟：指寒食节，其日禁止烟火。
[4] 年华暗换：岁月渐渐流逝。
[5] 秦筝：筝传为秦时蒙恬所制，故称秦筝。

江神子　黄铢

晚泊分水[1]

秋风袅袅夕阳红。晚烟浓，暮云重。万叠青山，山外叫孤鸿。独上高楼三百尺，凭玉楯[2]，睇层空[3]。　　人间日月去匆匆。碧梧桐，又西风。北去南来，销尽几英雄！掷下玉尊天外去[4]，多少事，不言中。

【品读】

这首词写作者秋日傍晚旅途登楼对景感怀。上片写景，下片抒情，意境苍茫，含蕴极深。词中感叹日月匆匆，南来北往，奔走风尘，壮志消磨，英雄豪杰不能尽展其才，表达了对现实的不满。结拍三句，意在言外，尤堪玩味。

[1] 分水：旧县名，在今浙江省，宋时属严州府，后并入桐庐县。
[2] 楯（shǔn 吮）：栏杆的横木，因以指栏杆。
[3] 睇：斜视，流盼。层空：高空。
[4] 玉尊：玉制酒杯。

西江月　张孝祥

问讯湖边春色[1]，重来又是三年。东风吹我过湖船，杨柳丝丝拂面。　世路如今已惯[2]，此心到处悠然。寒光亭下水如天，飞起沙鸥一片[3]。

【品读】

此词或题为"丹阴湖"，又作"题溧阳三塔寺"。三塔寺在溧阳（今属江苏省）县西七十里处三塔湖（又名梁城湖）畔，寒光亭当在寺内。这首词写重游故地，对景感怀。词中寓情于景，抒写自己历经宦海风波，阅尽人间世态，因而能以坦荡的胸怀和淡泊的心境对待现实生活，从而才能更好地领略大自然的美妙风光。词意潇洒，风格明快，情景相映，表现了作者旷达乐观的人生态度。

【注释】

[1] 问讯：这里是探访、寻问的意思。
[2] 世路：人生的道路，这里是指仕途而言。
[3] 沙鸥：水鸟。

水调歌头　王　质

草蔓已多露，松竹总含风。群山左顾右盼，如虎更如龙。时见渔灯三两，知在谁家浦溆[1]？星斗烂垂空。万有付一扫[2]，人世等天宫。　秋萧瑟，林脱叶，水归洪[3]。江湖飘泊鸿雁，洲渚肯相容？要使群生安堵[4]，不听三更吠犬，此则是奇功。一任画麟阁[5]，吾自老墙东。

【品读】

王质性格耿介，关心民生疾苦，惜其生不逢时，未能尽展其才。此阕是一首秋夜对景感怀之作。上片写景，展现出一幅寥廓苍茫的清秋图。请看，“群山左顾右盼，如虎更如龙”，形象多么生动，气势多么雄伟，可与稼轩名句“叠嶂西驰，万马回旋，众山欲东”相比美。还有，“时见渔灯三两，知在谁家浦溆？星斗烂垂空”，描绘秋夜捕鱼的情景也历历如在目前。歇拍以情结景，引出下片。换头三句照应起处，补写秋色，然后自然过渡到抒感。“江湖”两句慨叹身世飘零，恰似失群孤雁，洲渚虽多，却无容身之地。“要使”三句一转，自己虽然怀才不遇，但并不介意，只希望百姓能够安居乐业，这才是我所追求的“奇功”。煞拍两句又一转，表现出对黑暗现实的愤愤不平之情：让那些欺世盗名、不为百姓干实事的人弹冠相庆，享受荣华富贵去吧，我何妨心安理得，终老于茅舍的土墙之东。本篇情景相融，境界壮阔，表达了作者关心民生疾苦的一片赤子之心。

【注释】

[1] 浦溆：水边。

[2] 万有：宇宙间所有事物，犹言万物。

[3] 洪：大水，指湖海。

[4] 安堵：安居，不受骚扰。一作“案堵”“按堵”。

[5] 麟阁：即麒麟阁。汉代阁名，在未央宫中。

满江红 吕胜己

观雪述怀

雪压山颓，谁撒下、琼花玉蕊[1]？寒气凛、沉沉天籁[2]，望迷千里。群雀耐寒枯树顶，扁舟独钓平沙背。把江南、图画展开看，都难比。　台榭远，登临喜；楼阁上，歌声起。赏时光，居士独怜愁底。安得四方寒畯彦[3]，归吾广厦千间里。但今生、此愿得从心，心休矣！

【品读】

此词上片写景，勾画出一幅苍茫壮阔的雪里江山图。下片述怀，表达了作者“大庇天下寒士俱欢颜”的心愿。词人这种同情寒士的思想感情，与杜甫《茅屋为秋风所破歌》所表现的人道主义精神是一脉相承的。

【注释】

[1] 琼花：今已绝灭的一种珍稀花木，宋时扬州后土祠中曾有一株。　玉蕊：花名，花类梅而萼瓣较小，花为白玉色，有异香。

[2] 天籁：自然界的音响。

[3] 寒畯彦：贫寒的读书人。彦，旧时对士的美称。

摸鱼儿 辛弃疾

淳熙己亥[1]，自湖北漕移湖南[2]，同官王正之置酒小山亭[3]，为赋。

更能消、几番风雨，匆匆春又归去。惜春长怕花开早，何况落红无数。春且住，见说道、天涯芳草无归路[4]。怨春不语。算只有殷勤，画檐蛛网[5]，尽日惹飞絮[6]。 长门事[7]，准拟佳期又误，蛾眉曾有人妒[8]。千金纵买相如赋，脉脉此情谁诉[9]？君莫舞，君不见、玉环飞燕皆尘土[10]！闲愁最苦。休去倚危栏[11]，斜阳正在，烟柳断肠处。

【品读】淳熙六年（1179）春，辛弃疾由湖北转运副使调任湖南转运副使，临行前友人王正之为他设酒饯别，作者触景生情，即席写了这首忧时感世、缠绵悱恻的千古绝唱。词的表层是写美女伤春、蛾眉遭妒的怨恨，实际上寄托了作者怀才不遇、壮志难酬的愤慨以及对国事的关切和忧虑之情。全篇没有一处直陈时事，但仔细体会句句都包含着丰富、深刻的思想内容，在艺术表现上很有特色。上片通过惜春、留春、怨春三层意象，淋漓尽致地揭示出抒情主人公对春光无限的留恋和珍惜之情。起处"更能消"二句，总摄全篇，点出伤春题旨。浓烈的感情，好像奔腾的江涛经过千回万转，突然喷薄而出，具有动人心魄的艺术力量。下片以美女遭妒比喻爱国志士受到打击和迫害，谴责投降派专权误国的罪行。这首词情调凄恻婉转，风格沉郁顿挫，柔中寓刚，表达了作者深沉的忧国之情。全篇采用比兴象征和以古喻今的艺术手法，曲折地反映了当时的社会现实，形象地揭示出抒情主人公复杂的思想活动。构成本词的基本意象，如风雨、春光、落红、蛛网、蛾眉、玉环、飞燕、斜阳、烟柳等，都是象喻性的，具有多重含义。如词中的"春"，既是指春光，又暗喻个人的青春年华，同时也象征着国家的前途和命运。经过一次又一次"风雨"袭击之后，在自然界是花落春归，残红狼藉，一片凄凉的景象；就人事而言，遭到一连串排斥打击，沉沦不遇，年华虚度，壮志消磨，不正像“名花零落雨中看”吗？对一个国家来说，迭经变乱，元气耗尽，统治者如不改弦易辙，又还能经得起“几番风雨”呢？其意蕴之深邃，是值得仔细体会的。此词在当时曾得到广泛传唱，与苏轼的《念奴娇》、晏几道的《鹧鸪天》、邓千江的《望海潮》和柳永的《雨霖铃》等，同被列为宋金十大曲，影响是十分深远的。梁启超认为此阕“回肠荡气，至于此极；前无古人，后无来者”。

【注释】

[1] 淳熙己亥：宋孝宗淳熙六年（1179）。

[2] 湖北：指宋代行政地区荆湖北路。　漕：漕司，即转运使，主管财粮贮存、运输的官员。　湖南：指宋代行政地区荆湖南路。

[3] 同官：官职相同的人。　王正之：名正己，继辛弃疾任湖北转运副使。　小山亭：在湖北漕司官衙内。

[4] 见说道：听说。

[5] 画檐：画有图案的屋檐。

[6] 惹：沾住。

[7] 长门：汉代宫名。长门事，据司马相如《长门赋序》（系后人伪托），指汉武帝时皇后陈阿娇失宠后，被禁闭在长门宫。她曾以黄金百斤为酬，请司马相如写《长门赋》，感动武帝，后复得宠。按：此事在史籍上并无记载。

[8] 蛾眉：亦作“娥眉”。女子细长而美丽的眉毛。亦借为美人的代称。

[9] 脉脉：含情欲语的样子。

[10] 玉环：唐玄宗宠妃杨玉环，后被赐死于马嵬驿。　飞燕：汉成帝皇后赵飞燕，甚得宠，后被迫自杀。二人都以善妒著名。

[11] 危栏：高楼上的栏杆。

菩萨蛮　辛弃疾

书江西造口壁[1]

郁孤台下清江水[2]，中间多少行人泪。西北望长安[3]，可怜无数山。　青山遮不住，毕竟东流去。江晚正愁予[4]，山深闻鹧鸪[5]。

【品读】

此词写于孝宗淳熙三年（1176），当时辛弃疾在赣州任江西提点刑狱。一天傍晚，他独自登上郁孤台，北望中原，即景感怀，写下了这首寄托忧国情思的名篇。词的上片寓情于景，从眺望和联想中，引起对往事的慨叹和对中原河山的怀念。开篇两句，写作者登台俯视赣江，由“清江水”想到“行人泪”，从眼前景化入当年事。据《三朝北盟会编》及《宋史》等书记载，建炎三年（1129），金兵分两路渡江南下，一路由建康至临安，追击宋高宗；另一路从湖北入江西，跟踪隆祐太后（宋哲宗皇后孟氏）。同年十一月，隆祐由吉州经太和，至万安县的造口镇，弃舟登陆，逃往赣州。金兵追至太和，不及而还。四十多年后，辛弃疾来到这一带，仿佛看到江里还在流淌着无辜人民的鲜血和泪水，于是写下了这沉痛的词句。本篇写的是登郁孤台，却又题为“书江西造口壁”，将赣州的郁孤台和万安的造口联系在一起，并非随意信笔而书，显然是有所指的。所谓“自此起兴”，应当理解为从金兵入侵、隆祐逃难这件事写起。但词中的“行人”不专指隆祐一行，也包括当时无数流离失所的普通百姓。此意已在“多少”二字中点出。三、四两句，写作者举目眺望中原，抒发对故国和家乡的深切怀念。词的下片，以江水为喻，抒写抗金复国的决心和壮志难酬的苦闷。换头两句，借景抒情，托物寓意，言青山虽然可以遮住人们的视线，使“我”看不到西北的“长安”，却阻挡不住那日夜奔流不息的江水。这里是以江水比喻自己怀念故国的深长之情和坚持北伐、收复中原的决心。结拍两句，由高昂转入低沉，用迷惘哀伤的语调表达词人对国事的忧愤。作者以“行不得也哥哥”的鹧鸪声暗指投降派苟且偷安、反对北伐的种种论调。当他在苍茫的暮色中听到鹧鸪的叫声，怎能不愤懑填胸、愁肠百结呢？辛弃疾这种忧伤的情绪，反映了当时政治的黑暗，表达了南宋时期许多爱国志士共同的遭遇和感情，同时也使他的作品形成了豪放与悲壮相结合的艺术风格。此阕篇幅虽短，但内涵却很丰富，艺术上很有特色。词中通过比兴象喻手法，以所谓“借水怨山”的方式，曲折含蓄地抒发了作者念念不忘中原故国的情意，表达了对投降政策的不满，在当时富有现实意义。

【注释】

[1] 造口：即皂口，镇名，在今江西万安县西南六十里处，有皂口溪于此流入赣江。

[2] 郁孤台：在江西赣州西北田螺岭上。《赣州府志》：“郁孤台，一名贺兰山。隆阜郁然孤峙，故名。” 清江：赣江与袁江合流处旧称清江，此指赣江而言。赣江经郁孤台下，向北流入鄱阳湖。

[3] 长安：今陕西西安市，汉唐时为都城，这里借指北宋都城汴京。

[4] 愁予：使我发愁。

[5] 鹧鸪：鸟名。传说它的叫声好像“行不得也哥哥”。

满江红　辛弃疾

点火樱桃，照一架，荼蘼如雪[1]。春正好、见龙孙穿破[2]，紫苔苍壁。乳燕引雏飞力弱，流莺唤友娇声怯[3]。问春归、不肯带愁归，肠千结。　层楼望，春山叠；家何在？烟波隔。把古今遗恨，向他谁说？蝴蝶不传千里梦，子规叫断三更月[4]。听声声、枕上劝人归，归难得[5]。

【品读】 这是一首春日对景感怀之作。上片由繁花似锦、燕舞莺歌的江南春色，引出作者思国怀乡之情。下片写登楼眺望，只见青山重重，绿水迢迢，感叹归梦难成，遗恨千古。辛弃疾渡江南下以来，无时无刻不在盼望早日北伐，实现打回老家去的理想。可是由于朝廷执行投降政策，收复中原的希望成了泡影，致使许多爱国志士和流寓江南的北方人，有家难归，抱恨终身。此阕表达了作者对中原故乡的深切怀念，并非一般的思家之作。

【注释】

[1] 点火樱桃：形容樱桃花像火一样通红。　荼蘼（tú mí图迷）：蔷薇科，落叶灌木，初夏开花，呈黄白色。

[2] 龙孙：即竹笋。

[3] 乳燕：指母燕。　雏：指小燕。　流莺：指叫声流利婉转的黄莺。这两句写燕飞莺啼，春意正浓。

[4] 蝴蝶二句：用崔涂《春夕》“蝴蝶梦中家万里，杜鹃枝上月三更”句意，抒写思念故乡之情。　子规：即杜鹃。传说它的叫声好像“不如归去”。

[5] 听声声二句：枕上听着杜鹃声声啼叫，仿佛在催人早早归去，可是回到故乡的愿望难以实现呵！

行香子　辛弃疾

三山作[1]

好雨当春[2]，要趁归耕，况而今、已是清明。小窗坐地[3]，侧听檐声[4]。恨夜来风，夜来月，夜来云。　　花絮飘零，莺燕丁宁[5]，怕妨侬湖上闲行。天心肯后[6]，费甚心情。放霎时阴，霎时雨，霎时晴[7]。

【品读】

此词写于绍熙五年（1194）春，作者在福建安抚使任上。自绍熙三年（1192）重新任职以来，辛弃疾本想为国尽力，但由于受到种种限制和压抑，很难有所建树，因而一再要求辞官归隐。这首词便是写他春夜闻雨，对景感怀，抒发其厌倦官场生活，希望早日回到乡下，以及对现实深感失望的心情。梁启超在《稼轩年谱》中解释此词说："此告归未得请时作也。发端云：'好雨当春，要趁归耕，况而今、已是清明。'直出本意，文义甚明。次云：'小窗坐地，侧听檐声。恨夜来风，夜来月，夜来云。'谓受谗谤迫扰，不能堪忍也。下半阕云：'花絮飘零，莺语（燕）丁宁，怕妨侬湖上闲行。'尚虑有种种牵制，不得自由归去也。次云：'天心肯后，费甚心情。放霎时阴，霎时雨，霎时晴。'谓只要俞旨一允，万事便了；却是君意难测，然疑间作，令人闷杀也。此诗人比兴之旨，意内言外，细绎自见。先生虽功名之士，然其所惓惓者，在雪大耻，复大仇，既不得所藉手，则区区专阃虚荣，殊非所愿。……盖已知报国夙愿不复能偿，而厌弃此官抑甚矣。度自去冬今春，已累疏乞休，而朝旨沉吟，久无所决，故不免焦虑也。"解说基本符合作者之意，可供参考。

【注释】

[1] 三山：福州的别称。因城中有三座山（干山、道山、闽山），故名。

[2] 好雨当春：正当春耕时节，下了一场好雨。

[3] 坐地：坐着。地，作语助词用。

[4] 侧听檐声：侧耳细听屋檐下的滴水声。

[5] 丁宁：亦作"叮咛"，一再嘱咐。

[6] 天心肯后：上天同意以后。

[7] 这三句说，天意难测，时而阴，时而雨，时而晴，气候变化无常。

水调歌头　杨炎正

把酒对斜日，无语问西风。胭脂何事，都做颜色染芙蓉？放眼暮江千顷，中有离愁万斛[1]，无处落征鸿。天在阑干角，人倚醉醒中。　千万里，江南北，浙西东。吾生如寄，尚想三径菊花丛[2]。谁是中州豪杰，借我五湖舟楫[3]，去作钓鱼翁。故国且回首，此意莫匆匆！

【品读】

此阕写秋日傍晚江边凭栏对景感怀。词的上片即景生情。词人把酒临风，但见红日西沉，芙蓉盛开，秋意正浓；回想自己浮沉宦海，一事无成，萍踪不定，愁绪满怀，只得“无语问西风”。下片感叹身世飘零，怀才不遇，壮志难酬，因而产生了归隐田园的念头。但遥望故国，回首往事，中原未复，又觉得现在不是退隐的时候，于是暗暗告诫自己“此意莫匆匆”，还是应当三思而后行。作者是爱国词人辛弃疾的知交，他们志趣相同，都是有心报国、无路请缨的志士。这首词生动而真切地反映了作者由于不能尽展其才，从而在思想上产生了出处进退的矛盾，在当时具有一定的代表性。

【注释】

[1] 斛：古代量器名，十斗为一斛。辛弃疾《念奴娇》词：“我来吊古，上危楼，赢得闲愁千斛。”

[2] 三径：旧时用以指归隐后所住的田园。陶渊明《归去来兮辞》：“三径就荒，松菊犹存。”

[3] 五湖：指彭蠡、洞庭、巢湖、太湖、鉴湖，或单指太湖。传说范蠡助越灭吴后，弃官泛舟游于五湖。

水调歌头　汪　莘

岁暮书怀

草木自成岁，禽鸟已春声。仰观俯察，多少宇宙古今情！遐想炎黄以上，逮至汉唐而下，几个费经营？巢许有真意[1]，无责自身轻。　富与贵，贫与贱，死还生。方壶岁晚[2]，深感梅蕊向人倾。造物元来无物[3]，有物还应自造，人意几曾平？天际识归路，野鹤忽长鸣。

【品读】

汪莘早年潜心研究《易经》及黄、老之学，五十多岁时曾三次诣阙上书，均未获结果，于是退隐黄山，以“穷处士”自居，不满当时“世间俗状”，遁迹林泉，吟咏自适。这是一首年终对景感怀之作。词人由草木枯黄，周而复始，联想到古往今来的历史，从炎黄以上，至汉唐以下，不知有多少人在为功名事业而奔波劳碌，只有巢父和许由不愿做官，所以才“无责自身轻”，表现了消极的出世思想。但他又感到所谓能造万物的上帝，原来是虚无缥缈的东西，根本就不存在，“有物还应自造”，不应把希望寄托在造物主身上。一切委命于天，这才出现了人世间许许多多的不平。看来这位“穷处士”由于无官一身轻，有的是时间去读书、思考，对人生进行了一番探索，他的结论如何呢？请读者去评说吧！

【注释】

[1] 巢许：巢父、许由，两位上古时代的隐士。传说尧曾想把君位让给他们，先后遭到了他们的拒绝。

[2] 方壶：作者自号方壶居士。

[3] 造物：古时以为万物是天造的，故称天为“造物”。

满江红　史达祖

书怀

好领青衫[1]，全不向、诗书中得。还也费、区区造物，许多心力。未暇买田清颍尾[2]，尚须索米长安陌[3]。有当时黄卷满前头[4]，多惭德。　思往事，嗟儿剧[5]；怜牛后[6]，怀鸡肋[7]。奈稜稜虎豹[8]，九重九隔[9]。三径就荒秋自好[10]，一钱不值贫相逼。对黄花常待不吟诗[11]，诗成癖。

【品读】

这是一首秋日对菊感怀之作。史达祖本是一位才华横溢、有抱负的知识分子，由于未中科举，不能进入仕途。后来虽然做了韩侂胄的堂吏，也只是做一些草拟文告、帖旨的文字工作，因而难免有怀才不遇之感。词中通过自己的经历和遭遇，抒发了封建社会有志之士企图有所作为，但却处处碰壁，不能尽展其才的矛盾和苦闷心情。这里既有牢骚和不满，也有对自己所走过的生活道路的反思。虽然曾经有过“买田清颍尾”，退隐林泉的打算，可是由于“一钱不值贫相逼”，不得已寄人篱下，去找口饭吃，想起来实在是惭愧呵！词的感情真挚，自诉衷曲，毫无掩饰，读罢一位贫困潦倒、有志难申的知识分子形象栩栩如生地展现在我们面前。

【注释】

[1] 青衫：唐宋时九品文官的服色。

[2] 清颍尾：指颍河的下游。颍河，在安徽与河南境内，是淮河最大的支流。这一带曾是古人向往的隐居之地。这里是泛指退隐的地方。

[3] 索米：求食，谋生。　长安：代指南宋都城临安。

[4] 黄卷：书籍。古人以辛味、苦味之物染纸以防虫蠹，纸色黄，故称“黄卷”。

[5] 儿剧：如儿童游戏一样。

[6] 牛后：比喻处于从属的地位。《史记正义》云：“鸡口虽小犹进食，牛后虽大乃出粪也。”

[7] 鸡肋：鸡的肋骨，用以比喻无多大意味，但又不忍舍弃的东西。这里是指作者职位卑微。

[8] 棱棱：威严貌。

[9] 九重：指帝王所居之处。这句说宫禁森严，君门不通，下情难以上达。

[10] 三径：指隐居之处。

[11] 黄花：指菊花。

满庭芳 马晋

雪渍冰须，霜侵蓬鬓，去年犹胜今年。一回老矣，堪叹又堪怜。思昔青春美景，除非是、月下花前[1]。谁知道，金章紫绶[2]，多少事忧煎？　　侵晨[3]，骑马出，风初暴横，雨又凄然。想山翁野叟，正尔高眠。更有红尘赤日，也不到、松下林边。如何好，吴淞江上[4]，闲了钓鱼船。

【品读】

此词《全宋词》未收，见于《逸老堂诗话》卷下，据称：“宋人马晋孟昭，东吴人，赋《满庭芳》词。”其人生平事迹不详。本篇是一首清晨公出，对景感怀之作。从词意看，作者的年纪已经不小，但官职并不大，天刚蒙蒙亮，便冒着风雨骑马外出了。是调动工作，或是下乡去劝农？就不得而知了。总之这位“堪叹又堪怜”的七品芝麻官（也许还要稍大一点），此时正行进在偏僻的山间小路上。他坐在马上，想到自己鬓发渐白，年纪老大，真是岁月不饶人，身体一年不如一年了。回想当初，青春年少，花前月下，生活多么开心。谁知道为了功名富贵，踏入仕途，这其间有多少忧心的事情使人受尽熬煎呵！如今自己正迎着凄风苦雨，劳碌奔波，而那些不图“金章紫绶”的“山翁野叟”，此时此刻大概还在拥被高枕而眠吧！如何是好，进耶？退耶？思来想去，还不如挂冠而去，不要闲了吴淞江上的钓鱼船。此阕抒写一位下级官员出处进退的思想矛盾，语言朴实，感情真挚，委曲而自然，说的都是心里话。至于他是否从此真的便回到吴淞江上钓鱼去了，谁知道呢？

【注释】

[1] 除非是：亦作“除非”“除是”或“除”，假设一例外以见其只有此也。意即大都是、基本上都是。

[2] 金章：金印。 紫绶：系印的紫色丝带。秦汉时相国、丞相、太尉、大司空、太傅、列侯等皆金印紫绶。

[3] 侵晨：破晓，天刚亮。

[4] 吴淞江：古称松江，一称苏州河。黄浦江支流，在今上海西部及江苏南部。

汉宫春 赵汝茪

着破荷衣[1]，笑西风吹我，又落西湖。湖间旧时饮者，今与谁俱？山山映带，似携来、画卷重舒。三十里、芙蓉步障[2]，依然红翠相扶。　一目清无留处，任屋浮天上[3]，身集空虚。残烧夕阳过雁[4]，点点疏疏。故人老大，好襟怀、消减全无。慢赢得、秋声两耳，冷泉亭下骑驴[5]。

【品读】

此阕为重游西湖、对景感怀之作。赵汝茪系商王赵元份七世孙，虽为宗室，但因家道中落，无心仕宦，长期隐居林泉。

此次重来杭州，见风景依旧，而人事全非，当年的酒朋诗侣如今逐渐凋零，因而顿觉“好襟怀、消减全无”。词人泛舟湖上，随风漂荡，仿佛身在浩瀚无边的虚空；又见夕阳西下，余霞映得天边一片火红；几只大雁，排不成阵，疏疏点点，向远方飞去。独自怀着怅惘的心情附船着岸，骑着毛驴经过冷泉亭下，迎面吹来一阵衰飒萧索的秋风。本篇通过写景，寄寓了作者的身世之感和忧时伤世的情怀，语言清丽淡雅，词意幽深邈远，读之颇堪回味。

【注释】

[1] 荷衣：以荷叶为衣。屈原《离骚》：“制芰荷以为衣兮，集芙蓉以为裳。”后世以“荷衣”指隐者的服装。

[2] 步障：用以遮蔽风尘或视线的一种屏幕。这里是形容西湖繁茂盛开的荷花像一道屏幕一样。

[3] 这句说碧空倒映水中，船在湖面，犹如浮在天空。屋，指船。

[4] 残烧夕阳：形容夕阳像即将烧尽的火球。白居易《秋思》：“夕照红于烧。”

[5] 冷泉亭：在杭州西湖灵隐寺西南飞来峰下，始建于唐代，白居易曾作《冷泉亭记》，述其始末，为西湖胜景之一。

浣溪沙　韩准

潇洒梧桐几度秋，凤凰飞去旧山幽[1]。风景不殊人物换[2]，恨悠悠。　　衰草远从烟际合，夕阳空趁水西流。恰好凭楼便回首，怕生愁。

【品读】

据词律，此阕当作《摊破浣溪沙》。原作见于《景定建康志》卷二十二。作者韩准，号鹤山，生平事迹不详。词写秋日傍晚登金陵凤凰台，对景感怀。语言清疏，意境衰飒，眼前一片荒凉的秋色，勾起无穷无尽的故国家山之愁。情景相生，含而不露，耐人寻味。

【注释】

[1] 凤凰飞去：李白《登金陵凤凰台》："凤凰台上凤凰游，凤去台空江自流。"

[2] 风景不殊：用周颤新亭对泣之语："风景不殊，正自有山河之异。"（见《世说新语·言语》）

疏狂闲适

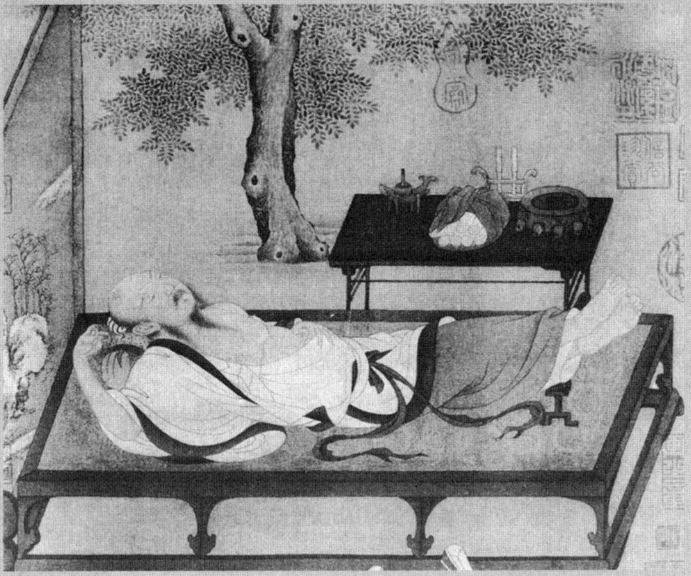

鹤冲天 柳永

黄金榜上[1]，偶失龙头望[2]。明代暂遗贤，如何向[3]？未遂风云便[4]，争不恣狂荡[5]？何须论得丧[6]。才子词人，自是白衣卿相[7]。　烟花巷陌[8]，依约丹青屏障。幸有意中人，堪寻访。且恁偎红倚翠，风流事，平生畅。青春都一饷[9]。忍把浮名，换了浅斟低唱[10]！

【品读】

据吴曾《能改斋漫录》载："仁宗留意儒雅，务本理道，深斥浮艳虚薄之文。初，进士柳三变好为淫冶讴歌之曲，传播四方，尝有《鹤冲天》词云：'忍把浮名，换了浅斟低唱。'及临轩放榜，特落之，曰：'且去浅斟低唱，何要浮名！'"柳永就这样再次落榜了。后来又有人在皇帝面前推荐他有才，应该录用，仁宗问道：是不是那个填词的柳三变？推荐的人回答说：正是他。仁宗很不高兴地说：还是让他填词去吧！柳永听说后，满腹牢骚，但又不想改弦易辙，反而变本加厉，更加放荡，"日与儇子纵游倡馆酒楼间，无复检率"，并自称"奉旨填词柳三变"(《苕溪渔隐丛话》引《艺苑雌黄》)。

从上述记载看来，柳永倒是有点傲骨，敢于顶撞皇帝，不因最高封建统治者的好恶而改变自己的生活道路。但可惜他并没有什么远大的理想和抱负，因而他的行为只是一种消极的反抗。这首《鹤冲天》，就是他科考落第后抒发牢骚感慨之作。词中充分地表现了柳永的狂放性格，对现实的不满也是很明显的，但反映出来的人生观和他所追求的生活理想却并不高明。他把"金榜题名"视为"浮名"，想摆脱世俗"名利"思想的束缚，这是值得肯定的。然而他是以什么来和这种名缰利锁相对抗呢？既不是封建知识分子的隐逸出世思想，也不是洁身自好、不合作的孤傲态度，而是及时行乐，恣意狂荡，偎红倚翠，浅斟低唱。柳永敢于蔑视功名富贵，是难能可贵的；但他缺乏进步的政治理想和高尚的生活情操，却又令人惋惜。

【注释】

[1] 黄金榜：即金榜。科举时代称殿试揭晓的榜为金榜。

[2] 龙头："状元"的别称。王禹偁《寄状元孙学士何》："惟爱君家棣华榜，登科记上并龙头。"

[3] 如何向：如之何、怎么办。

[4] 风云便：谓风云际会，比喻仕途顺利，有施展才能的机会。

[5] 争不：怎不、何不。

[6] 得丧：得失。

[7] 白衣卿相：谓有卿相之才，而无功名之人。白衣，古代平民着白衣，因以称无功名的人。

[8] 烟花巷陌：指娼楼妓馆。烟花，旧时妓女的代称。

[9] 一饷：一会儿，不多时，很短暂。

[10] 浅斟低唱：缓缓喝酒，听人曼声歌唱。形容悠闲享乐的情态。斟，筛酒。

浣溪沙 晏几道

白纻春衫杨柳鞭[1]，碧蹄骄马杏花鞯[2]。落英飞絮冶游天。　南陌暖风吹舞榭，东城凉月照歌筵。赏心多是酒中仙。

【品读】

此阕描写作者早年疏狂放浪的冶游生活。每当春暖花开之时，词人穿上"白纻春衫"，骑着"碧蹄骄马"，出入花街柳巷、舞榭歌楼，日以继夜，饮酒听曲，寻欢买笑，沉醉于享乐生活之中。显然这是乃父去世之前，正值作者家道隆盛、身为贵族公子的时候。本篇为青年时期的晏几道留下了一幅生动的生活写照。

【注释】

[1] 白纻：苎麻织成的白布。

[2] 杏花鞯：绣着杏花的马鞯。鞯，衬托马鞍的垫子。

阮郎归 晏几道

天边金掌露成霜[1]，云随雁字长。绿杯红袖趁重阳，人情似故乡。　兰佩紫[2]，菊簪黄，殷勤理旧狂。欲将沉醉换悲凉，清歌莫断肠！

【品读】

此词为作者晚年重阳对景感怀之作。晏几道出身贵族之家，早年生活疏狂放浪，性格孤傲耿介，不肯依傍权豪势要，仕途坎坷，晚境落寞，穷愁潦倒，备尝世态炎凉。本篇写他在寂寞悲凉的晚年，欣逢重阳佳节，佩紫兰，簪黄菊，沉醉酒席歌筵，试图重演旧日的狂态，然而时过境迁，面对"绿杯红袖"，自己感到的是更加深沉凝重的哀愁和悲伤。这首词表达了一位落魄的贵族公子对早年清狂生活的留恋和追悔，感情悲凉，音调凄怆，流露出满腔幽怨之情。

【注释】

[1] 金掌：即仙人掌。汉武帝在建章宫立铜柱，高二十丈，上有仙人承露盘。　露成霜：《诗经·秦风·蒹葭》："蒹葭苍苍，白露为霜。"

[2] 兰佩紫：即佩紫兰。兰有紫茎者，《楚辞·九歌·少司命》："秋兰兮青青，绿叶兮紫茎。"

家山好 刘述

挂冠归去旧烟萝[1]，闲身健，养天和[2]。功名富贵非由我，莫贪他。这歧路[3]，足风波。　　水晶宫里家山好，物外胜游多。晴溪短棹，时时醉唱里棱罗。天公奈我何！

【品读】

这是一首言志述怀之作，据传是作者挂冠赋闲以前写的。词中表达了向往林泉、厌倦仕途、淡于功名富贵的思想感情。作者是湖州人，热爱自己的家乡，希望能在"水晶宫"一样的环境里，自由自在、无拘无束地度过晚年，流露出一种闲适恬淡的隐士情怀。

【注释】

[1] 挂冠：辞官。
[2] 天和：谓自然的和气。
[3] 歧路：指曲折多艰的仕途。

天仙子 沈蔚

景物因人成胜概[1]，满目更无尘可碍。等闲帘幕小栏干[2]，衣未解，心先快。明月清风如有待。　　谁信门前车马隘，别是人间闲世界。坐中无物不清凉，山一带，水一派。流水白云长自在。

【品读】

这首词是为隐士贾收所居之处的一座小水阁而题写的。贾收，号耘老，乌程人，好饮酒，有诗名，居于苕溪之上，有水阁曰“浮晖”，景物清旷，占江山之胜概。苏轼为湖州太守时曾屡往拜访，唱酬极多，并题诗画竹于其壁间。此阕词语疏快，意境清幽，通过水阁一带风光景物的刻画，反映了主人公悠然自得的隐居生活与放浪山水的闲适情怀。南渡后胡仔曾寓居于此，谓其“遗址正与余水阁相近，同在一岸，景物悉如会宗（沈蔚字）之词”，并赋七绝一首云：“三间小阁贾耘老，一首佳词沈会宗。无限当时好风月，如今总属绩溪翁。”（《苕溪渔隐丛话》前集卷五十九）

【注释】

[1] 胜概：胜景，美丽的景色。

[2] 等闲：寻常，普通。

鹧鸪天 朱敦儒

西都作[1]

我是清都山水郎[2]，天教分付与疏狂。曾批给雨支风券[3]，累上留云借月章[4]。　诗万首，酒千觞[5]，几曾著眼看侯王[6]？玉楼金阙慵归去[7]，且插梅花醉洛阳。

【品读】

靖康之难以前，朱敦儒寄情山水，放浪林泉，过着悠闲自得的隐逸生活。《宋史·文苑传》说他，“志行高洁，虽为布衣而有朝野之望。靖康中，召至京师，将处以学官，敦儒辞曰：‘麋鹿之性，自乐闲旷，爵禄非所愿也。’固辞还山。”此阕写于南渡前，作者隐居洛阳时。词中淋漓尽致地表现了他早年乐于游山玩水、性喜饮酒吟诗的闲散生活以及傲视王侯、不肯摧眉折腰的疏狂性格。词的语言疏快，形象鲜明，很有艺术个性。

【注释】

[1] 西都：洛阳为宋朝的西京，故称西都。

[2] 清都：神话传说中天帝居住的地方。 山水郎：为天帝管理山水的侍从官。

[3] 券：契据、凭证。这句说天帝曾批给我可以呼风唤雨的凭证。

[4] 这句说我曾多次向天帝上过可以留住白云、借来月亮的奏章。

[5] 觞：古代的盛酒器。

[6] 著眼：用眼。著，同“着”。

[7] 玉楼金阙：皇宫，代指京都。 慵：懒。

好事近　朱敦儒

我不是神仙，不会炼丹烧药。只是爱闲耽酒[1]，畏浮名拘缚。　种成桃李一园花，真处怕人觉。受用现前活计[2]，且行歌行乐。

【品读】

此阕亦为希真早年避世隐居之作。词中活画出一位疏狂放浪、自得其乐的名士形象。语言通俗易懂，说的全是大白话，在《樵歌》中有一定的代表性。

【注释】

[1] 耽酒：酷爱喝酒，过分喜欢饮酒。

[2] 活计：生计，谋生的手段。

蓦山溪 朱敦儒

邻家相唤，酒熟闲相过。竹径引篮舆[1]，会乡老、吾曹几个。沈家姊妹，也是可怜人[2]，回巧笑[3]，发清歌，相间花间坐。　高谈阔论，无可无不可。幸遇太平年，好时节、清明初破。浮生春梦[4]，难得是欢娱，休要劝，不须辞，醉便花间卧。

【品读】

此阕亦为南渡前所作。词中活脱脱地刻画出一位疏狂放浪、潇洒闲适的“名士”形象。虽说是“邻家唤”“会乡老”，但观其歌伎侑觞、高谈阔论、醉卧花间的作风和气派，知非“性本爱丘山”的陶潜一类的隐士，而是风流倜傥、以才子自居的狂傲之徒。这也是政、宣以来那个表面“太平”实则极不太平的时代的产物。“靖康之难”以后，作者流离失所、逃亡江南，生活发生了巨大的变化，思想感情和词风也相应地发生了明显的变化。前后两个时期形成了鲜明的对比。

【注释】

[1] 篮舆：竹轿。
[2] 可怜：可爱。
[3] 巧笑：美好的笑。《诗经·卫风·硕人》：“巧笑倩兮，美目盼兮。”
[4] 浮生：谓世事无定，生命短促。

鹧鸪天 杨无咎

休倩傍人为正冠，披襟散发最宜闲[1]。水云况得平生趣，富贵何曾著眼看。　　低拍棹[2]，称鸣銮[3]，一尊长向枕边安。夜深贪钓波间月，睡起知他日几竿？

【品读】

这是一首渔父词，但刻画的却是一位放浪不羁的隐士。看他歪戴头巾，散发披襟，蔑视功名富贵，已知绝非出入风波之中的“江上渔者”。又将“拍棹”当成“鸣銮”，以帝王出行相比，终日醉卧舟中，一心要钓烟波之中的明月，可见他是一位自视清高的狂徒。词意潇洒，将封建时代不得志的知识分子放浪形骸及其孤傲心态描绘得淋漓尽致。

【注释】

[1] 披襟散发：敞开衣襟，抛弃冠簪，表示隐居不仕。

[2] 低拍棹：低声拍着船板。

[3] 鸣銮：谓皇帝或贵族出行。銮，系在马车上的銮铃。

水调歌头　傅大询

草草三间屋，爱竹旋添栽。碧纱窗户，眼前都是翠云堆[1]。一月山翁高卧，踏雪水村清冷，木落远山开。唯有平安竹，留得伴寒梅。　　唤家童，开门看，有谁来？客来一笑，清话煮茗更传杯。有酒只愁无客，有客又愁无酒[2]，酒熟且徘徊[3]。明日人间事，天自有安排。

【品读】

这首词描写隐居山中的闲适生活。笔调疏快，意境幽雅，反映了一部分知识分子无心仕宦、不问世事、一切听天由命的心态。杨慎《词品》称读此类作品，“不惟有隐士出尘之想，兼如仙客御风之游矣”。作者津津乐道的闲适情趣，正好暴露了旧中国知识分子身上的弱点。

【注释】

[1] 翠云堆：形容竹林。

[2] 无酒：一作“无月”。

[3] 酒熟：一作“月下”。

贺新郎　辛弃疾

邑中园亭[1]，仆皆为赋此词。一日独坐停云[2]，水声山色，竞来相娱[3]。意溪山欲援例者[4]，遂作数语，庶几仿佛渊明思亲友之意云[5]。

甚矣吾衰矣[6]！怅平生、交游零落，只今余几？白发空垂三千丈[7]，一笑人间万事。问何物、能令公喜[8]？我见青山多妩媚[9]，料青山、见我应如是。情与貌，略相似。　一尊搔首东窗里[10]。想渊明、停云诗就[11]，此时风味[12]。江左沉酣求名者，岂识浊醪妙理[13]！回首叫、云飞风起[14]。不恨古人吾不见，恨古人、不见吾狂耳[15]。知我者，二三子。

【品读】

本篇是辛弃疾闲居瓢泉时写的。序言中所说的“停云”，即停云堂，瓢泉建筑之一，在山上。附近新种杉松，又有竹径与居室相通，风景很优美。一天，作者独坐停云堂上，眼观空蒙山色，耳听潺潺水声，不觉心旷神怡。忽然想到，铅山县城内的园亭他都写过一首《贺新郎》加以咏赞。今天这儿的水声山色如此妩媚多情，“竞相来娱”，可能也是想援引此例，要我为它们写一首词，于是“遂作数语”。词中通过描绘自然风光，抒发了他从福建再次罢官归来以后，深感寂寞苦闷的愤慨心情，以疏狂放浪的姿态，表达了对现实的强烈不满。

词的上片感叹老大无成，缺少知音，只能与情貌相似的青山为侣。下片写他因饮酒而引起的种种联想和议论。全篇感情浓烈，波澜起伏，在悲凉的气氛中表现出豪放不羁的风格。词以抒情为中心，广征博引，驱遣自如，先后用了《论语》、《世说新语》、《南史》、《新唐书》以及陶潜、李白、杜甫和苏轼的诗句，而意境却浑然天成，无一点斧凿痕迹。古书中的成语、典故，一经运用，便得风流，在两宋词坛实在无人可与他的才力、学识相比。此阕为稼轩的得意作品之一，常在客人面前自诵其警句："我见青山多妩媚，料青山见我应如是""不恨古人吾不见，恨古人不见吾狂耳"。这两联托物言志，以古喻今，虽属用典，却能翻新出奇，反映了词人在孤独的环境中不甘寂寞、与青山为侣、从古人中寻觅知音的精神状态，挥洒自如，意蕴很深，为全词生色不少，确实是难得的佳句。

【注释】

[1] 邑：县城。这里指江西铅山县城。

[2] 停云：即停云堂，在瓢泉，作者赋闲后所建。

[3] 竞相来娱：争着来使我快乐。

[4] 意溪山欲援例者：揣想小溪和青山（因见我给县里的园亭都写了一首《贺新郎》），也想援引此例，让我给它们写一首词。

[5] 庶几：大约相近的意思。　渊明思亲友之意：陶渊明《停云》诗序说："停云，思亲友也。"

[6] 甚矣吾衰矣：《论语·述而》："子曰：'甚矣吾衰也，久矣吾不复梦见周公。'"

[7] 白发句：李白《秋浦歌》："白发三千丈，缘愁似个长。"

[8] 能令公喜：能使你高兴。公，作者自称。

[9] 妩媚：姿态美好可爱。

[10] 尊：同"樽"，酒杯。　搔首：挠头。

[11] 停云诗就：写完《停云》诗。陶渊明《停云》诗中有句云："有酒有酒，闲饮东窗。"

[12] 风味：滋味。

[13] 江左：亦称江东，今长江下游江苏、安徽、江西一带。这里是指

东晋而言。 沉酣求名者：借纵酒放浪以追求名利的人。 岂识：怎能懂得。 浊醪（láo 劳）：浊酒。 妙理：奥妙的道理。杜甫《晦日寻崔戢李封》："浊醪有妙理，庶用慰沉浮。"

[14] 云飞风起：刘邦《大风歌》："大风起兮云飞扬，威加海内兮归故乡，安得猛士兮守四方！"

[15] 不恨二句：《南史·张融传》："（融）常叹云：'不恨我不见古人，所恨古人又不见我。'"

西江月　辛弃疾

遣　兴[1]

醉里且贪欢笑，要愁那得工夫。近来始觉古人书，信着全无是处[2]。　昨夜松边醉倒，问松："我醉何如？"只疑松动要来扶，以手推松曰："去！"

【品读】

此词写作者酒醉后的狂态和心理活动。虽是消遣之作，却颇值得玩味。上片说酒能解愁，古书不可尽信。下片写他醉倒在松树旁边，与松树对话，疑松来扶，挥手相拒。将醉后的神态描摹得淋漓尽致，惟妙惟肖，既富有生活情趣，又活画出作者倔强的性格。

【注释】

[1] 遣兴：抒写兴致。遣，排遣，消遣的意思。

[2] 近来二句：大意是，近来才感到完全相信古人书上的话，是不对的。《孟子·尽心下》："尽信书，则不如无书。"

满江红 汪莘

自赋

万古灰飞，算何用、黄金满屋。吾老矣，几番重九，几杯醽醁[1]？此日登临多恨别，明年强健何由卜？且唤教、儿女逐人来，寻黄菊。　蘋已白，枫犹绿；鲈已晚[2]，橙初熟。叹人间何事，稍如吾欲。五柳爱寻王母使[3]，三闾好作湘妃曲[4]。向飘风、冻雨返柴扉，骑黄犊。

【品读】

汪莘本来也有济世之志，宁宗嘉定年间曾三次诣阙上书，终不见用，乃屏居黄山，遁迹林泉，以“穷处士”自居，对当时“世间俗状”心怀不满。本篇题为“自赋”，也可以说是一幅绘声绘形的自画像。词写重阳带领儿女登高赏菊，慨叹人生易老，功名富贵转眼之间都将灰飞烟灭，又何必苦苦追求“黄金满屋”。结拍叙述在“飘风冻雨”中，骑着黄犊返回柴扉，为“穷处士”潇洒闲适的生活，留下了一幅生动的写照。

【注释】

[1] 醽醁：美酒名。李贺《示弟》：“醁醽今夕酒，缃帙去时书。”

[2] 鲈：鱼名。春季在咸淡水交界的河口产卵，是捕鲈鱼的黄金季节，此时已是深秋，故云“已晚”。

[3] 五柳：指东晋诗人陶渊明，陶著有《五柳先生传》，故称。　爱寻王母使：陶渊明《读山海经》：“翩翩三青鸟，毛色奇可怜；朝为王母使，暮归三危山。我欲因此鸟，具向王母言。”

[4] 三闾：指屈原。屈原曾任楚国三闾大夫。　湘妃曲：屈原《九歌》中有《湘君》、《湘夫人》二篇。传说湘君是指帝舜，湘夫人是帝舜的二位妃子，帝尧之二女，即娥皇与女英。

水调歌头 葛长庚

误触紫清帝[1]，谪下汉山川。既来尘世，奇奇怪怪被人嫌。懒去蓬莱三岛[2]，且看江南风月，一住数千年。天风自霄汉[3]，吹到剑峰前。　做些诗，吃些酒，放些颠。木精石怪，时时唤作地行仙。朝隐四山猿鹤，夜枕一天星斗，纸被裹云眠。梦为蝴蝶去[4]，依约在三天[5]。

【品读】

在这首词里，作者以天上谪仙人自比，来到尘世后又被人嫌弃，深感举步艰难。自己虽然皈依了道家，却又不愿去寻觅蓬莱仙境，于是便放浪自适，我行我素，“做些诗，吃些酒，放些颠”，到大自然中去自由自在地翱翔吧！此阕风格潇洒，语言通俗疏快，表达了词人狂放闲适的情怀。

【注释】

[1] 紫清帝：道家对天帝的称呼。

[2] 蓬莱：古代传说中的三神山之一。

[3] 霄汉：高空，天空。霄：云霄。汉，天河。

[4] 梦为蝴蝶去：用庄子梦中化蝶的典故。

[5] 三天：传说天有九重，为最高处；三天在九天之下。这里是泛指天上。

一剪梅 刘克庄

余赴广东，实之夜饯于风亭[1]。

束缊宵行十里强[2]。挑得诗囊，抛了衣囊。天寒路滑马蹄僵。

元是王郎[3]，来送刘郎。　酒酣耳热说文章。惊倒邻墙，推倒胡床[4]。旁观拍手笑疏狂。疏又何妨，狂又何妨！

【品读】

本篇是理宗嘉熙三年（1239）冬，作者赴任广东，挚友王迈（字实之）前来为他饯别时所写。上片叙述连夜准备起程，“王郎”赶到风亭驿来为“刘郎”送行。他的行李虽少，但因天寒地冻，道路难行，不能多带，只好“挑得诗囊，抛了衣囊”。这两句生动地展现出读书人远行，宁可少带衣物，不可不带诗书的特点。下片描写两位知交一边饮酒话别，一边高谈阔论。酒酣耳热，旁若无人，把邻家的墙壁也震塌了，干脆连椅子也推倒它吧！这与辛弃疾《贺新郎》（老大那堪说）中描绘的情景“我病君来高歌饮，惊散楼头飞雪”何其相似！然而南宋爱国志士们慷慨豪迈的言行和思想感情无人理解，所以旁观者都拍手哈哈大笑，把他们看成是两个“疏狂”的书呆子。对这些旁观者的嘲笑，作者不屑一顾，并响亮地回答他们说：“疏又何妨，狂又何妨！”这首词通过友人饯别的场面，抒发了作者郁结在心中的愤懑和不平。

【注释】

[1] 风亭：驿亭名，在福建莆田县。

[2] 束缊：将乱麻捆起来作为照明的火把。缊，乱麻。

[3] 王郎：指王迈。作者《满江红·送王实之》词中曾说：“天壤王郎，数人物、方今第一。”

[4] 胡床：一种可以折叠的轻便坐具。又称“交床”“交椅”“绳床”。

清平乐 周晋

图书一室，香暖垂帘密。花满翠壶熏研席[1]，睡觉满窗晴日[2]。

手寒不了残棋，篝香细勘唐碑[3]。无酒无诗情绪，欲梅欲雪天时。

【品读】

这首词写的是学者闲适自得的书斋生活。时令是残冬，地点为室内，几案上堆满各种各样的书籍，窗台上放着一瓶芳香四溢的鲜花，帘幕低垂，屋子里遮得密密实实，温暖如春，环境优雅得很。主人公起得很晚，拉开窗帘一看，原来太阳已经老高了。不是他贪睡懒觉，只因为昨夜下棋睡得太晚，请看桌子上那盘残棋还没有来得及收拾哩！稍事漱洗，便燃上炉香，伏案校勘起唐人碑帖来了。作者为宋末著名词人周密之父，是一位知识渊博的学者，藏书四万二千余卷及三代以来金石之刻一千五百余种，日事校雠，乐此不倦。本篇笔调淡雅，意境幽静，生动地反映了一位热爱中国传统文化的学者的日常生活，读来别有一番情趣。

【注释】

[1] 研席：亦作“砚席”，砚台和坐席。

[2] 睡觉：睡醒。

[3] 篝：熏笼。

满江红 潘牥

筑室依崖，春风送、一帘山色。沙鸟外[1]，渔樵而已，别无闲客。醉后和友眠犊背，醒来瀹茗寻泉脉[2]。把心情、分付陇头云，溪边石。　身未老，头先白；人不见，山空碧。约钓竿共把，自惭钩直。相蜀吞吴成底事，何如只抱隆中膝[3]。漫长歌、歌罢悄无言，看青壁。

【品读】

作者生活在南宋后期。由于朝廷苟且偷安，有志之士不能见用于时，只得退隐山林，与渔樵为伍，过着放浪林泉的闲适生活。此词上片描写筑室崖边、隐居山中的闲情逸致，下片抒发怀才不遇、岁月蹉跎的苦闷和抑郁心情。词中流露出对现实深感失望的消极情绪，反映了那个时代知识分子的普遍心态。歇拍两句，写隐者歌罢无言，凝视青山出神，意境含蓄深沉，发人深思。

【注释】

[1] 沙鸟：指鸥鹭一类水鸟。

[2] 瀹（yuè跃）茗：煮茶。

[3] 隆中：山名，在湖北襄阳西，临汉江。东汉末年诸葛亮曾隐居于此。这两句说诸葛亮出山辅佐刘备“相蜀吞吴”，由于种种原因，终未能统一帝业，不如抱膝高卧隆中，不出山去也罢。

梦江南　赵汝茪

帘不卷，细雨熟樱桃。数点雰霞山又晚[1]，一痕凉月酒初消。风紧絮花高。　闲处少，磨尽少年豪。昨梦醉来骑白鹿，满湖春水段家桥[2]。濯发听吹箫。

【品读】

此阕抒发闲适情怀。上片写初夏傍晚酒后窗下望月，换头慨叹老来豪气尽消，结处谓梦骑白鹿，又回到西子湖畔“濯发听吹箫”。词的意境闲雅淡远，情寓景中，韵味极浓。

【注释】

[1] 霁霞：雨后初晴的霞光。

[2] 段家桥：即断桥，在杭州西湖白堤上。又名宝祐桥。

水调歌头　荣檠仲

既难求富贵，何处没溪山？不成天也、不容我去乐清闲。短褐宽裁疏葛[1]，柱杖横拖瘦玉[2]，着个竹皮冠[3]。弄影碧霞里，长啸翠微间[4]。　醉时歌，狂时舞，困时眠。翛然自得[5]，了无一点俗相干。拟把清风明月，剪作长篇短阕，留与世人看。待倩月边女[6]，归去借青鸾[7]。

【品读】

由于仕途坎坷，功名富贵难求，转而退隐溪山，是封建时代一部分知识分子的“必由之路”。作者看破了“红尘”，说得也很坦率。既然当权者嫉贤妒能，排斥异己，朝廷没有我们的立足之地，难道老天也容不得我们，不让我们回到林泉，乐得清闲清闲？你看，归来之后，生活多么自由自在；身着粗服，手携竹杖，头上还戴着个“竹皮冠”。醉了高歌一曲，狂时起舞一阵，困了睡他一觉，无拘无束，一点不受尘世间争名逐利的庸俗之风的干扰。不但如此，我还要把这美妙的自然风光描绘下来，剪裁成“长篇短阕”，留给后人去欣赏哩！此阕描写闲适生活，语言疏快，笔调潇洒，如江上之清风明月，读之爽然。

【注释】

[1] 疏葛：指粗布。葛，植物名，茎皮纤维可织葛布。

[2] 瘦玉：竹的美称。

[3] 竹皮冠：用竹篾编的斗笠。

[4] 翠微：山色青翠貌。

[5] 翛（xiāo 消）然：无拘无束、自由自在的样子。

[6] 月边女：指月中仙子。

[7] 青鸾：传说中凤凰一类的神鸟。

沁园春 张辑

予顷游庐山，爱之，归结屋马蹄山中，以庐山书堂为扁。包日庵作记，见称庐山道人，盖援涪翁山谷例。黄叔豹谓予居鄱，不应舍近取远，为更东泽。黄鲁庵诗帖往来[1]，于东泽下加以诗仙二字。近与冯可迁遇于京师[2]，又能节文，号予东仙，自是诗盟遂以为定号。十年之间，习隐事业，略无可记，而江湖之号凡四迁。视人间朝除夕缴者[3]，真可付一笑。对酒而为之歌曰：

东泽先生，谁说能诗？兴到偶然。但平生心事，落花啼鸟；多年盟好，白石清泉。家近宫亭，眼中庐阜[4]，九叠屏开云锦边[5]。出门去，且掀髯大笑，有钓鱼船。 一丝风里婵娟[6]，爱月在沧波上下天。更丛书观遍，笔床静昼；篷窗睡起，茶灶疏烟。黄鹤来迟，丹砂成未，何日风流葛稚川[7]？人间世，听江湖诗友，号我东仙。

【品读】

这首词抒写作者隐居山中的闲适情怀。序言用优美的文字叙述了十年的“习隐事业”以及流连诗酒、悠闲自得的生活。又以四易其号比喻朝廷用人“朝除夕缴”的可笑做法，说明他并非忘情于世之人，大概也是由于仕途不得意才被迫退隐江湖的。词的笔调疏快，风格飘逸，将隐士的风度和情怀描绘得十分生动真切。

【注释】

[1] 黄鲁庵：黄师参，字子鲁，号鲁庵。

[2] 冯可迁：冯去非，字可迁，号深居，南康都昌（今属江西省）人。淳祐元年（1241）进士。

[3] 朝除夕缴：早上任命，晚上就收回。即朝令夕改之意。除，拜官授职。缴，交回（成命）。

[4] 庐阜：即庐山。

[5] 九叠屏：又名屏风叠。在庐山三叠泉之东北，屏下即九叠谷。层峰叠翠，鄱湖黛光，山川秀丽，景色宜人。

[6] 婵娟：指月亮。

[7] 葛稚川：东晋道教理论家、医学家、炼丹术家，字稚川，自号抱朴子，丹阳句容（今属江苏省）人。

蓦山溪　宋自逊

自述

壶山居士[1]，未老心先懒。爱学道人家，办竹几、蒲团茗碗[2]。青山可买，小结屋三间，开一径，俯清溪，修竹栽教满。　客来便请，随分家常饭[3]。若肯小留连，更薄酒、三杯两盏。吟诗度曲，风月任招呼，身外事，不关心，自有天公管。

【品读】

题为"自述"，也就是敞开胸怀，自我暴露，自我解剖。你看他未老先衰，心灰意懒，身外事一切置之不管。为什么会如此消极冷漠呢？原来是由于世上风波太险，"自知无分弹冠"（《西江月》），所以才退居林下，自甘淡泊，过着贫贱清闲的隐士生活。此词反映了南宋后期朝政腐败，政治黑暗，一部分知识分子感到没有出路，从而产生了逃避现实、追求自我人生价值的消极思想。

【注释】

[1] 壶山居士：作者自号。居士，犹处士，古代称有才德而隐居不仕的人。

[2] 蒲团：信仰佛、道的人，在打坐和跪拜时，多用蒲草编成的团形垫具，称"蒲团"。 茗碗：茶碗、茶杯。

[3] 随分：随便。

贬谪流徙

定风波 苏轼

三月七日，沙湖道中遇雨[1]，雨具先去，同行皆狼狈，余独不觉，已而遂晴，故作此。

莫听穿林打叶声，何妨吟啸且徐行[2]！竹杖芒鞋轻胜马[3]，谁怕？一蓑烟雨任平生[4]。　料峭春风吹酒醒[5]，微冷，山头斜照却相迎[6]。回首向来萧瑟处，归去，也无风雨也无晴。

【品读】

本篇是神宗元丰五年（1082），作者被贬黄州时所作。春日出游，风雨忽至，同行者皆狼狈不堪，而词人却毫不在乎，泰然处之，任凭衣衫湿透，依旧啸咏自若，缓步而行。一阵寒风吹来，酒意全消，始觉微凉，而此时天已放晴，山头夕照相迎，身上感到暖烘烘的，一切又都归于平静，仿佛适才的风雨和雨后的夕阳都不曾出现过一样。词中即景抒感，以对待变化无常的大自然的态度，暗寓其对待社会人生，特别是贬谪生活的态度。作者历尽宦海风波，却能随缘自适，我行我素，反倒觉得无官一身轻，风雨何足畏，罢官不足惜，大不了挂冠归去，“一蓑烟雨任平生”而已。

【注释】

[1] 沙湖：在黄冈东南三十里，亦名螺师店。

[2] 吟啸：吟咏，歌啸。《晋书·谢安传》：“尝与孙绰等泛海，风起浪涌，诸人并惧，安吟啸自若。”

[3] 芒鞋：草鞋。

[4] 这句说披着蓑衣，出没于烟雨之中，度过这一生。即归隐江湖之意。

[5] 料峭：形容春天的微寒。

[6] 斜照：夕阳。

临江仙 苏轼

夜归临皋 [1]

夜饮东坡醒复醉[2]，归来仿佛三更。家童鼻息已雷鸣。敲门都不应，倚杖听江声。　长恨此身非我有[3]，何时忘却营营[4]！夜阑风静縠纹平[5]。小舟从此逝，江海寄余生。

【品读】

此词作于元丰五年（1082）秋，苏轼被贬黄州时。据叶梦得《避暑录话》载："子瞻在黄州……复与数客饮江上，夜归，江面际天，风露浩然，有当其意，乃作歌辞，所谓'夜阑风静縠纹平，小舟从此逝，江海寄余生'者，与客大歌数过而散。翌日，喧传子瞻夜作此辞，挂冠服江边，拏舟长啸去矣。郡守徐君猷闻之，惊且惧，以为州失罪人，急命驾往谒，则子瞻鼻鼾如雷，犹未兴也。然此语卒传至京师，虽裕陵（神宗）亦闻而疑之。"上片叙事，写夜饮东坡，醉归临皋，敲门不应，依杖谛听江涛之声。下片抒感，慨叹身不由己，幻想逃出名利是非之地，独自驾着一叶扁舟，弃官归隐江湖。词中既流露出作者贬谪生活中的苦闷心情，也反映了他旷达的胸襟怀抱，笔势飘逸，意境幽远，很能体现东坡词的艺术风格。

【注释】

[1] 临皋：地名，在黄冈南长江边，作者被贬黄州时曾寓居于此。

[2] 东坡：本来是黄州的营地，原为一块荒地，苏轼谪居黄州时于此开垦种植，并取名曰"东坡"，同时还筑了一所"雪堂"，常在这里饮酒赋诗。后来作者更以"东坡"为自己的别号。

[3] 此身非我有：这句用道家思想来说明自己当时行动不得自由的处境。

[4] 营营：往来不绝貌。引申为为名利而奔忙。《庄子·庚桑楚》："无使汝思虑营营。"

[5] 縠（hú胡）纹：形容水面微波。縠，有皱纹的纱。

满庭芳 苏轼

元丰七年四月一日，余将去黄移汝[1]，留别雪堂邻里二三君子，会李仲览自江东来别[2]，遂书以遗之。

归去来兮，吾归何处？万里家在岷峨[3]。百年强半，来日苦无多[4]。坐见黄州再闰[5]，儿童尽楚语吴歌[6]。山中友，鸡豚社酒，相劝老东坡[7]。　云何？当此去，人生底事[8]，来往如梭。待闲看，秋风洛水清波[9]。好在堂前细柳，应念我、莫剪柔柯[10]。仍传语，江南父老[11]，时与晒渔蓑。

【品读】

苏轼被贬黄州四年有余，一旦奉命即将离开此地前往汝州，殊觉怅然，千头万绪一时涌上心头。想到年近半百，有家难归，至今仍以戴罪之身流转异乡，不禁发出了“归去来兮，吾归何处”的深沉慨叹。又想到在黄州与邻里相处融洽，结识了许多山野里的朋友，孩子们对这里的生活环境也习惯了，满口方言土语，真是舍不得离开呵！说不定什么时候我还会重返黄州，甚至终老于此，因此临别时频频嘱咐父老乡亲们：看在朋友的情分上，替我照料照料东坡旧居，我在门前种的那几棵小柳树不要让人给砍了，天晴的时候请把我的渔蓑拿出来晒一晒。全词即兴抒感，情真意切，如话家常，虽有去国怀乡之感，读来却使人觉得哀而不伤。

【注释】

[1] 去黄移汝：离开黄州，调往汝州（今河南汝州）。神宗元丰七年（1084）三月，苏轼接到由黄州团练副使改调汝州团练副使的诏命。

[2] 李仲览：名翔。此时他奉杨元素之命前来看望苏轼。

[3] 岷峨：指四川的岷山和峨眉山。

[4] 来日苦无多：未来的日子实在不太多了。

[5] 再闰：两次逢闰年。旧历三年一闰，苏轼在黄州四年多，从元丰三年（闰九月）至元丰六年（闰六月）两次遇到闰年。

[6] 楚语吴歌：指黄州一带的土语方音。

[7] 老东坡：终老于东坡。

[8] 底事：何事。

[9] 洛水：又称洛河，源出陕西，流经河南。

[10] 柔柯：柔嫩的枝条。

[11] 江南：这里是指黄州地区的长江南岸一带。苏轼在黄州时常到南岸游览，与当地父老有交往。

卖花声 张舜民

题岳阳楼

木叶下君山[1]，空水漫漫。十分斟酒敛芳颜[2]。不是渭城西去客，休唱阳关[3]。　醉袖抚危栏，天淡云闲。何人此路得生还？回首夕阳红尽处，应是长安[4]。

【品读】

神宗元丰五年（1082），作者因赋诗讥讽边事，被谪监郴州茶盐酒税。贬徙途中，过洞庭湖，登岳阳楼，写了两首《卖花声》抒发感慨，这是其中的一首。此阕通过凭栏眺望，以酒浇愁，怕听《阳关》，表达了作者的迁谪之感。词中寓情于景，流露出对未来的悲观思想和依恋朝廷的矛盾情绪，真实地反映了词人在宦途遭到挫折时的复杂心境。

【注释】

[1] 木叶：树叶。　君山：一称湘山、洞庭山。在湖南洞庭湖中，相传为舜妃湘君游处，故又名湘山。

[2] 敛芳颜：谓歌女收敛笑容。

[3] 渭城：古县名，治所在今陕西咸阳市东北二十里。　阳关：在今甘肃敦煌西南。王维《送元二使安西》："渭城朝雨浥轻尘，客舍青青柳色新。劝君更尽一杯酒，

西出阳关无故人。”后谱入乐府称《渭城曲》，又名《阳关曲》，在送别时演唱。

[4] 长安：此处代指汴京。白居易《题岳阳楼》：“春岸绿时连梦泽，夕波红处近长安。”

踏莎行 秦观

雾失楼台，月迷津渡[1]。桃源望断无寻处[2]。可堪孤馆闭春寒，杜鹃声里斜阳暮。　驿寄梅花[3]，鱼传尺素[4]。砌成此恨无重数[5]。郴江幸自绕郴山[6]，为谁流下潇湘去[7]？

【品读】

秦观被贬是由于他和苏轼关系密切而受到株连，加给他的罪名如“增损实录”“写佛书”等，都是望风捕影、诬枉不实之词。本篇大约是哲宗绍圣四年（1097）春，作者由处州“削秩徙郴州”后所作。词以凄婉的笔调，抒写迁客贬徙生活中的愁苦之情，意境苍凉，含思深永，表达了词人身陷囹圄、有苦难言的隐衷。上片寓情于景，从入目所见和入耳所闻两方面着笔，抒发作者谪居边荒、流落他乡的惆怅和怨悱。下片直抒胸臆，表达对亲友的思念，结拍两句借山怨水，以江水之无情，反衬自己离乡背井的孤独寂寞之感。词人将无知的江水拟人化，幸其回绕，惜其北流，寓至情于不合理的发问中，曲折深婉，含蕴无穷。全篇层次分明，两片起处平叙，第三句一顿，结拍融情入景，妙在欲言不言之间。虽为小令，写法却与慢词相似。

【注释】

[1] 津渡：渡口。

[2] 桃源：指桃花源。后来称避世隐居的地方为“世外桃源”。

[3] 驿寄梅花：古代有折梅相赠的习俗，以表示对远方友人的怀念。

[4] 鱼传尺素：古乐府诗《饮马长城窟行》：“客从远方来，遗我双鲤鱼。呼儿烹鲤鱼，中有尺素书。”尺素，长短约一尺的素绢，古人用来写信。后世便称书信为“尺素”。

[5] 砌：堆积。　无重数，数不尽。

[6] 郴（chēn 嗔）江：亦名郴水，源出湖南郴县东黄岑山，北流至郴口入耒水。　幸自：本自。

[7] 为谁：为何，为什么。　潇湘：潇水和湘水，湖南境内的两条河名。潇水在零陵苹洲与湘水合流。

如梦令　秦观

遥夜沉沉如水[1]，风紧驿亭深闭[2]。梦破鼠窥灯[3]，霜送晓寒侵被。无寐，无寐，门外马嘶人起。

【品读】

本篇系词人贬徙途中，夜宿寒荒驿舍所作。长夜漫漫，霜风凄紧，饥鼠窥灯，难以安眠。天刚破晓，门外驿马长嘶，人声嘈杂，艰苦的长途跋涉又将开始。全词寓情于景，通过环境的描写和景物的烘托，将旅人的苦况和牢落失意之情表达得十分真切感人。

【注释】

[1] 遥夜：长夜。　沉沉：深沉、寂静。

[2] 驿亭：古代旅途歇宿之处。

[3] 梦破：梦醒。

阮郎归 秦观

湘天风雨破寒初，深沉庭院虚。丽谯吹罢小单于[1]，迢迢清夜徂[2]。　乡梦断，旅魂孤。峥嵘岁又除[3]。衡阳犹有雁传书，郴阳和雁无[4]。

【品读】这首词是秦观被贬徙郴州时所作。时值岁暮，久贬在外，音书全无，词人深感孤独寂寞。此阕上片叙述除夕之夜长夜难眠的苦况，下片抒发思亲怀乡之情。语浅意深，曲折含蓄，情调凄恻，表达了作者谪居生活中难以排遣的愁怀和哀伤。

【注释】

[1] 丽谯：华丽的城楼。　小单于：唐代乐曲名。

[2] 迢迢：长久貌。　徂：消逝。

[3] 峥嵘：不寻常。

[4] 和雁无：连传书的大雁也没有。

临江仙 晁补之

信州作

谪宦江城无屋买[1]，残僧野寺相依[2]。松间药臼竹间衣。水穷行到处，云起坐看时[3]。　一个幽禽缘底事[4]，苦来醉耳边啼？月斜西院愈声悲。青山无限好，犹道不如归[5]。

【品读】

作者为“苏门四学士”之一，哲宗绍圣末因受新旧党争牵连，以“修神宗实录失实”的罪名，曾被贬监处、信二州酒税。此阕即为谪官信州（今江西上饶市）时所作。词的上片描写贬居江城，环境荒僻，生活困窘，无所事事，只好游山玩水，与野寺残僧相往来。字里行间流露出孤独寂寞之感。下片通过“幽禽”悲啼，抒发宦途失意、不如归隐故园的苦闷心情。词中借景写意，托物抒情，音调凄清，善于化用前人成句，如实地表达了作者“谪官江城”时的悲苦心境。

【注释】

[1] 江城：指信州，因在信江之滨，故云。

[2] 残僧野寺：形容山寺地处荒野，僧人很少。杜甫《山寺》：“野寺残僧少。”

[3] 这两句用王维《终南别业》诗句：“行到水穷处，坐看云起时。”

[4] 幽禽：深山中的鸟，这里是指杜鹃鸟。

[5] 这两句用范仲淹《越上闻子规》诗句：“春山无限好，犹道不如归。”

南乡子　张商英

向晚出京关[1]，细雨微风拂面寒。杨柳堤边青草岸，堪观[2]。只在人心咫尺间。　酒饮盏须干，莫道浮生似等闲。用则逆理天下事[3]，何难？不用云中别有山。

【品读】

张商英在北宋末年的政坛上是一位比较特殊的人物，徽宗大观年间曾除中书侍郎，旋拜尚书右仆射，身居相位。他“为政持平”，既反对司马光、吕公著等旧党尽废新法，与蔡京的政见也不合，多次斥责蔡京“身为辅相，志在逢君”，因而受到蔡京及其同党的排斥，一再被贬。这首词是他被贬为崇信军节度副使，衡州安置，离开汴京时所作。词的上片叙述告别京城时的观感，下片抒写不以荣辱得失为意的坦荡胸怀。只要自己问心无愧，何必斤斤计较个人的利害？用之，则尽心竭力，整顿朝纲，干一番轰轰烈烈的事业，这又有何难哉？不用，马上卷起行李就走，白云深处何愁没有令人赏心悦目的青山？词意旷达，表现了作者“不以物喜，不以己悲”的豪情。《宋史》谓其“负气倜傥，豪视一世”，试读此词，知非虚言。

【注释】

[1] 京关：京门、国门。

[2] 堪观：值得观赏。

[3] 逆理：逆料治理。

青玉案 惠洪

凝祥宴罢闻歌吹[1]。画毂走[2]，香尘起，冠压花枝驰万骑。马行灯闹，凤楼帘卷[3]，陆海鳌山对[4]。　　当年曾看天颜醉。御杯举，欢声沸，时节虽同悲乐异。海风吹梦，岭猿啼月，一枕思归泪。

【品读】

作者为北宋末年诗僧，徽宗大观年间入京，因懂医术与宰相张商英相识，又曾出入郭天信之门，后张、郭被贬，他也受到株连，被决配海南岛。据《苕溪渔隐丛话》引《冷斋夜话》云：“予谪海外，上元，椰子林中，渔火三四而已。中夜闻猿声凄动，作词曰…… ”词中以当年在汴京欢度元宵的盛况，与今日被贬海岛的凄凉景况作对比，表现了“时节虽同悲乐异”的感伤心情。词情凄婉，音调悲凉，出家人虽说淡于功名，但对贬谪流放生活也是颇有怨尤的。

【注释】

[1] 凝祥：未详。据《东京梦华录》载，汴京五岳观内有迎祥池，为元宵前夕皇帝赐宴之处。

[2] 画毂：华丽的车子。

[3] 凤楼：指宫内的楼阁。

[4] 鳌山：旧时元宵灯景的一种。把灯彩堆叠成山，像传说中的巨鳌形状。

踏莎行 侯彭老

十二封章[1]，三千里路。当年走遍东西府[2]。时人莫讶出都忙，官家送我归乡去[3]。　三诏出山，一言悟主。古人料得皆虚语。太平朝野总多欢，江湖幸有宽闲处。

【品读】

徽宗建中靖国元年（1101），太学生侯彭老上书得罪，朝廷下诏将他遣返送回家乡湖南（侯为长沙人，一说为衡山人）。行前，作者为赋此词告别诸舍同窗。他虽然在政治上受到了挫折和打击，却能意气安闲，泰然处之。上片结拍两句说：大家不要怪我这样匆匆忙忙地离开都城，因为皇帝他老人家亲自发话要送我回老家去呵！语带诙谐而无贬谪斥逐之苦，看来侯生倒是一个幽默乐观的人。下片意谓：什么三顾茅庐、求贤若渴，那都是古人编造的假话，信不得的。现在不是“天下太平”“四海无事”吗，那就让他们尽情地去追欢寻乐吧！我虽然仕途坎坷，但回到南方以后，幸而还有一块“宽闲”的栖身之地，请大家放心，用不着替我发愁。本篇语浅意深，对赵官家颇有不敬之意。论者以其与陈东上书相提并论，可惜他所上的“十二封章”未见记载，所以知名度不像陈东那么大。

【注释】

[1] 封章：亦称“封事”。古时臣下上书奏事，防有泄露，用袋封缄，称为封事。

[2] 东西府：宋熙宁年间于京师建东西两府。东府为宰相及中书所居，西府为枢密使所居。

[3] 官家：封建时代对皇帝的一种称呼。

行香子 赵鼎

草色芊绵[1]，雨点阑斑[2]。糁飞花、还是春残[3]。天涯万里，海上三年[4]。试倚危楼，将远恨、卷帘看。　举头见日，不见长安[5]。谩凝眸、老泪凄然。山禽飞去，榕叶生寒[6]。到黄昏也，独自个，尚凭阑。

【品读】

赵鼎在高宗绍兴年间曾两度入相，因力主抗金、反对议和而遭秦桧迫害，被贬谪到漳州、潮州和吉阳等地。后因忧愤国事，绝食而死。本篇为他被贬后所作。词中寓情于景，抒发了作者流落天涯的凄凉心情。暮春倚楼，黄昏凭栏，举头北望，浮云蔽日，不见长安，老泪横流，愁思满怀，流露出深深眷恋君国、愤恨权奸的思想感情。

【注释】

[1] 芊绵：草木蔓衍丛生貌。

[2] 阑斑：即斓斑。形容颜色错杂灿烂。

[3] 糁：饭粒，引申为散粒。糁飞花，即飞花点点的意思。

[4] 海上：作者被贬广东、福建一带，地处南海之滨，故曰“海上”。

[5] 长安：指南宋行都临安。李白《登金陵凤凰台》：“总为浮云能蔽日，长安不见使人愁。”

[6] 榕：常绿乔木，盛产于福建、广东一带。

水调歌头　辛弃疾

汤朝美司谏见和[1]，用韵为谢

白日射金阙[2]，虎豹九关开[3]。见君谏疏频上[4]，谈笑挽天回。千古忠肝义胆，万里蛮烟瘴雨[5]，往事莫惊猜。政恐不免耳[6]，消息日边来[7]。　笑吾庐，门掩草，径封苔。未应两手无用[8]，要把蟹螯杯[9]。说剑论诗余事，醉舞狂歌欲倒，老子颇堪哀[10]。白发宁有种，一一醒时栽[11]！

【品读】

这首词是作者被弹劾罢官、闲居带湖时写的。上片对汤朝美谪居蛮烟的遭遇深表同情，下片叙述自己罢官归来以后的寂寞处境和悲愤心情。词中揭露了南宋统治集团对爱国志士的打击和迫害，表达了英雄无用武之地的悲哀，语言沉痛，有较强的艺术感染力。

【注释】

[1] 汤朝美：名邦彦，曾任左司谏兼侍读，因出使金国有辱使命，被流放新州，淳熙八年（1181）量移信州，与辛弃疾相识。

[2] 金阙：古代帝王的宫阙。

[3] 虎豹九关：《楚辞·招魂》：“虎豹九关，啄害下人些。”谓天宫的门有九重，有神兽虎豹把守，

下界的人想进天宫就会被咬死。这里是比喻宫禁森严。

[4] 谏疏：古代臣子向皇帝进谏的奏疏。

[5] 蛮烟瘴雨：指汤朝美被贬居的新州，偏僻荒远，又多瘴疠之气。

[6] 政恐不免耳：政，同“正”。据《世说新语·排调》：东晋谢安在出仕前，兄弟中已有做官的，刘夫人对他说：“大丈夫不当如此乎？”谢安捏着鼻子说：“但恐不免耳！”

[7] 日边：指皇帝的身边。

[8] 未应：不应该。

[9] 蟹螯：螃蟹前面的一对大夹。

[10] 说剑三句：如今谈论兵书剑法，评说诗词歌赋，都已成了余闲之事，整天沉浸在醉舞狂歌当中，我的处境真够悲哀呵！

[11] 宁：难道。这两句说，难道白发真有种吗？不，那都是在没有喝酒、头脑清醒之时，自己因忧国忧民而长出来的呵！

瑞鹧鸪　辛弃疾

乙丑奉祠归[1]，舟次余干赋[2]

江头日日打头风[3]，憔悴归来邴曼容[4]。郑贾正应求死鼠[5]，叶公岂是好真龙[6]。　　孰居无事陪犀首[7]，未办求封遇万松[8]。却笑千年曹孟德，梦中相对也龙钟[9]。

【品读】

这首词是开禧元年（1205），作者被弹劾免职，从镇江返回铅山，舟行途经余干县境时所作。上片前两句以逆风行船，比喻世路艰难，抒发其被罢官归家时的无比愤慨。后两句借古喻今，揭露南宋统治集团不能重用主战派、排斥打击爱国志士的罪行。换头两句，设想归家之后，无所事事，只得饮酒消遣，闲居山林。结拍用曹操的典故表达内心的矛盾和苦闷。自己本想在垂暮之年，老骥伏枥，为收复失地、统一国土做出贡献，但事与愿违，虽有壮心而不能见用，内心深感悲愤和沉痛。笑曹操，实际是笑自己过于天真。郑贾、叶公一类人物，怎会赏识、重用能够扭转乾坤、叱咤风云的“真龙”呢？如今年迈力衰，壮志难酬，假如能够见到千年以前的曹孟德，恐怕只会“梦中相对也龙钟”了。此词感情深沉强烈，反映了作者在政治上遭到最后一次打击后极端悲痛和失望的心情。不久由于形势严峻，朝廷曾打算再次起用他，但当时词人的健康日渐不佳，心力交瘁，因而都一一辞谢了。开禧三年（1207）九月十日，辛弃疾终于含着悲愤离开了人间。

【注释】

[1] 乙丑：指宋宁宗开禧元年（1205）。　奉祠：宋代五品以上官员被免职或因年老退休后，多被任命为宫观使或提举、提点，主管某某宫观，只领俸禄，无须到职任事，叫“奉祠”。

[2] 余干：县名，在今江西东北部，鄱阳湖东南，信江下游。

[3] 打头风：顶头风、逆风。

[4] 邴曼容：汉代琅邪人。《汉书·两龚传》说他：“养志自修，为官不肯过六百石，辄自免去。”

[5] 郑贾：郑国的商人。

[6] 叶公：寓言故事中人物。据刘向《新序》：“叶公子高好龙，钩以写龙，凿以写龙，屋室雕文以写龙。于是天龙闻而下之，窥头于牖，施尾于堂。叶公见之，弃而还走，失其魂魄，五色无主。是叶公非好龙也，好夫似龙而非龙者也。”

[7] 犀首：战国时魏国人公孙衍，号犀首，开始在秦国做官，后来到魏国为相，主张合纵抗秦。

[8] 求封：请求封官赐爵。

[9] 曹孟德：三国时曹操字孟德，其《龟虽寿》诗说：“老骥伏枥，志在千里；烈士暮年，壮心不已。”　龙钟：形容衰老，行动迟缓不便。这两句说，可笑那千年前的曹孟德，垂暮之年仍不服老，如果梦中与他相会，恐怕也都老态龙钟了。

沁园春 吴潜

江西道中

落雁横空，乱鸦投树，孤村暮烟。有渔翁拖网，牧儿戴笠，行从水畔，唱过山前。雨阁还垂[1]，云低欲堕，何处行人唤渡船。萧萧处，更柴门草店，竹外松边。　凄然，倚马停鞭。叹客袂征衫岁月迁。既不缘富贵[2]，功名系绊[3]；非因妻子，田宅萦牵。只有寸心，难忘斯世，磊块轮囷知者天[4]。愁无奈，且三杯浊酒，一枕酣眠。

【品读】

作者是南宋后期一位有抱负的爱国志士，曾任枢密使兼右丞相等，后被论劾贬谪，死于循州（今广东惠阳）。此词可能是他流徙途中所作。上片写景，从行人眼中描绘出一幅生动的农村风物图。下片抒感，表达“难忘斯世”、忧国忧民的情怀。自己不为名、不为利，一片忠心不被理解，因而感到抑郁凄然，只好以酒浇愁，在梦中去寻求暂时的解脱。

【注释】

[1] 雨阁：雨停。
[2] 不缘：不是为了。
[3] 系绊：拘系、约束。
[4] 磊块：亦作“块磊”“垒块”，比喻郁积在心胸中的不平之气。轮囷：高大貌。

怀古咏史

双声子 柳 永

晚天萧索，断蓬踪迹，乘兴兰棹东游。三吴风景[1]，姑苏台榭[2]，牢落暮霭初收[3]。夫差旧国[4]，香径没、徒有荒丘。繁华处，悄无睹，惟闻麋鹿呦呦[5]。　想当年，空运筹决战，图王取霸无休。江山如画，云涛烟浪，翻输范蠡扁舟[6]。验前经旧史，嗟漫载、当日风流。斜日暮草茫茫，尽成万古遗愁[7]。

【品读】

此阕为作者乘兴东游，途经姑苏时的怀古之作。上片写景，叙述词人迎着萧瑟的秋风，在“暮霭初收”之时，乘船来到“夫差旧国”，三吴风光名不虚传，楼台亭阁依稀可辨，然而当年吴宫的繁华景象早已渺无踪迹，眼前所见唯有一片麋鹿哀鸣的荒凉山丘。下片抒发怀古之情，追忆吴越争霸，慨叹夫差不听忠言，沉湎于声色，荒淫无度，中了范蠡的美人计，终于招致灭亡，断送了如画的江山。这段历史给后人留下了无穷的感慨和深刻的教训。

【注释】

[1] 三吴：古以吴兴、吴郡、会稽为三吴，这里是泛指江南地区。

[2] 姑苏：苏州的别称。因西南有姑苏山得名，古姑苏台在其上。

[3] 牢落：稀疏零落貌。　暮霭：傍晚的云雾。

[4] 夫差：春秋末年吴国君主，吴王阖闾之子。后被越王勾践打败，亡国自杀。

[5] 麋鹿：即“四不像”。过去认为它角似鹿非鹿，头似马非马，身似驴非驴，蹄似牛非牛，故名“四不像”。　呦呦（yōu优）：鹿鸣声。据《史记》载，伍子胥曾愤然对吴王夫差说：“臣今见麋鹿游姑苏之台也。”由于夫差不听忠言，后来果然被越王勾践打败，吴国也灭亡了。后人以麋鹿游于姑苏台比喻亡国。

[6] 范蠡：春秋末越国大夫。越为吴所败，曾赴吴为质二年。回越后助越王勾践发愤图强，灭亡吴国。后化名陶朱公泛舟游于江湖。

[7] 遗愁：遗恨。

桂枝香 王安石

金陵怀古[1]

登临送目，正故国晚秋[2]，天气初肃[3]。千里澄江似练[4]，翠峰如簇[5]。归帆去棹残阳里[6]，背西风、酒旗斜矗[7]。彩舟云淡，星河鹭起[8]，画图难足。　念往昔、繁华竞逐，叹门外楼头[9]，悲恨相续。千古凭高，对此漫嗟荣辱[10]。六朝旧事随流水[11]，但寒烟、衰草凝绿[12]。至今商女[13]，时时犹唱，后庭遗曲[14]。

【品读】

本篇是王安石词作中传诵最广、备受称赞的一首。据说当时用同一词调抒写“金陵怀古”的人，共有三十余家，唯独此阕沉雄悲壮，感慨最深，因此被杨湜《古今词话》称为“绝唱”。词的上片写景状物，下片怀古抒感，结构层次极为分明。全篇围绕“金陵怀古”的命题，俯仰山河，纵论古今，寄托了作者深沉的忧国之情。词中融写景、叙事、抒情和议论于一体，立意高远，见解深刻，意脉清晰，层次井然，富于现实意义。开篇用“故国”代指金陵，为怀古张本，过变十分自然。化用前人诗句稳妥贴切，无凝滞吞剥之感。风格雄健峭拔，一洗五代和宋初的软媚之风，所以受到苏轼的高度评价。南宋格律派词人张炎也认为这首词“清空中有意趣，无笔力者未易到”(《词源》)。在宋人怀古词中确实堪称佳作。

【注释】

[1] 金陵：古邑名。战国楚威王七年（前333）灭越后置。故址在今江苏南京清凉山。后人因作为今南京市的别称。

[2] 故国：旧都，此指金陵。

[3] 肃：肃杀，形容秋季草木摇落，景物萧瑟。

[4] 练：白绸。

[5] 簇（cù促）：聚集，簇拥。引申为簇聚之物。

[6] 棹：船桨，代指船。

[7] 酒旗：酒店门前挂的布帘，又称酒帘。 斜矗：歪斜地竖着。

[8] 星河：即银河、天河，这里借指长江。

[9] 门外楼头：以上两句，慨叹六朝统治者奢侈淫泆，因而相继亡国，演出了一幕又一幕历史悲剧。

[10] 漫嗟：徒然感叹。

[11] 六朝：东吴、东晋、宋、齐、梁、陈六个朝代。

[12] 凝绿：凝聚成暗绿色。

[13] 商女：卖唱的歌女。

[14] 后庭遗曲：指陈后主所作的艳曲《玉树后庭花》。后人视为亡国之音。

浪淘沙令 王安石

伊吕两衰翁[1]，历遍穷通[2]。一为钓叟一耕佣[3]。若使当时身不遇，老了英雄。 汤武偶相逢[4]，风虎云龙[5]。兴王只在笑谈中[6]。直至如今千载后，谁与争功[7]？

【品读】

伊尹和吕尚是古代两位著名的贤相，他们能兴邦立业，扬名青史，除了本身具有出类拔萃的才智而外，另一个重要原因是他们虽然历尽坎坷，但终于遇到了像成汤和周武这样善于识拔人才的明君。在封建社会，更多的有志之士则是“磻溪未遇，傅岩未起”（文及翁《贺新郎·游西湖有感》），埋没山林，“老了英雄”。词中通过对这两位古人生平遭遇的咏叹，表达了作者希望得到明君的赏识和重用，以便一展宏图，为国家建立千秋不朽的功业。

【注释】

[1] 伊吕：伊，即伊尹，商初大臣。名伊，尹是官名。传说是奴隶出身，曾佣耕于莘（在今河南开封附近）。商汤娶有莘氏之女，他作为陪嫁而归商，后来受到汤王重用，助商攻灭夏桀，成为开国功臣。吕，即吕尚，姜姓，吕氏，名尚，字子牙，号“太公望”，又称姜太公。曾隐居垂钓于磻溪（在今宝鸡县西南），后遇周文王，并协助武王灭商兴周。

[2] 穷通：穷，困窘。通，通达，顺利。

[3] 耕佣：受人雇佣，从事耕作，指伊尹曾为奴隶。

[4] 汤武：汤，即成汤，商朝的建立者。武，即周武王姬发，周朝的建立者。

[5] 风虎云龙：《周易·乾·文言》：“云从龙，风从虎，圣人作而万物睹。”意为云从龙生，风从虎起，比喻明君得到贤臣，贤臣遇到明君。

[6] 兴王：指辅佐帝王，兴邦立业。

[7] 谁与争功：有谁能和他们的功业相比呢？

念奴娇　苏轼

赤壁怀古[1]

大江东去[2]，浪淘尽、千古风流人物[3]。故垒西边[4]，人道是、三国周郎赤壁。乱石崩云[5]，惊涛裂岸[6]，卷起千堆雪。江山如画，一时多少豪杰！　遥想公瑾当年[7]，小乔初嫁了[8]，雄姿英发[9]。羽扇纶巾[10]，谈笑间，樯橹灰飞烟灭[11]。故国神游[12]，多情应笑我[13]，早生华发[14]。人间如梦[15]，一樽还酹江月[16]。

【品读】

这首词是宋神宗元丰五年（1082），苏轼被贬黄州，游览赤壁时写的。全篇将写景、怀古和抒情结合在一起，大开大合，纵横古今，意境宏阔，气势不凡，是豪放词风的代表作。词的内涵丰富，容量很大，但作者善于剪裁，无论是摹写江山或赞咏历史人物，都能抓住对象的特征，略加点染，便描绘得栩栩如生，如在目前，使读者恍如身临其境。词的起结至关重要，此阕开篇两句高屋建瓴，气势磅礴，笼盖全篇，蕴含怀古之意。煞拍以“一樽还酹江月”作结，首尾照应，言虽止而意未尽。两片之间用化入法过渡，由“一时多少豪杰”引出“公瑾当年”，转换自然，意脉不断，艺术造诣很高。据俞文豹《吹剑录》载：东坡在玉堂日，有幕士善歌，因问：“我词何如柳七？”对曰：“柳郎中词，只合十七八女郎，执红牙板，歌‘杨柳岸晓风残月’；学士词，须关西大汉，铜琵琶，铁绰板，唱‘大江东去’。”坡为之绝倒（大笑）。可见它是苏轼生平的得意之作，堪称“洵为千古绝唱”，对宋词的发展演变具有重大意义。

【注释】

[1] 赤壁：山名，共有五处，皆在湖北省境内。其中著名的两处，一在今蒲圻县赤壁乡，是三国时东吴大将周瑜打败曹操百万雄兵的地方；另一处在黄冈县城西北，亦名赤鼻矶。苏轼所游赤壁为后者，而非前者。

[2] 大江：此指长江。

[3] 浪淘尽：大浪淘沙，一洗而空。风流人物：潇洒、倜傥的杰出人物。

[4] 故垒：古代的营垒。

[5] 乱石崩云：陡峭的石壁，直插蓝天，好像利刃一样将云霞割裂得支离破碎。别本作“乱石穿空”。

[6] 惊涛裂岸：汹涌咆哮的洪波巨浪，仿佛要把堤岸冲裂似的。别本作“惊涛拍岸”或“惊涛掠岸”。

[7] 公瑾：周瑜字公瑾。

[8] 小乔：三国时乔玄有二女，人称大乔、小乔。大乔嫁给孙策，小乔嫁给周瑜。

[9] 英发：英气奋发，卓越不凡。

[10] 羽扇：用羽毛做的扇子。 纶（guān关）巾：青丝做的头巾。

这句形容儒将的风度。

[11] 樯橹：指战船。樯，桅杆。橹，船桨。樯橹，一作“强虏”。

[12] 故国神游：即神游故国。故国，故地，指赤壁古战场。

[13] 多情应笑我：“应笑我多情”的倒装。

[14] 华发：花白的头发。

[15] 人间：一作“人生”。 如梦：一作“如寄”。

[16] 樽：酒杯。 酹（lèi类）：以酒浇地，表示祭奠。

望海潮　秦　观

广陵怀古

星分牛斗[1]，疆连淮海，扬州万井提封[2]。花发路香，莺啼人起，珠帘十里东风[3]。豪俊气如虹[4]，曳照春金紫[5]，飞盖相从[6]。巷入垂杨，画桥南北翠烟中[7]。　追思故国繁雄。有迷楼挂斗[8]，月观横空[9]。纹锦制帆[10]，明珠溅雨[11]，宁论爵马鱼龙[12]！往事逐孤鸿，但乱云流水，萦带离宫[13]。最好挥毫万字，一饮拚千钟[14]。

【品读】

广陵，古县名，秦置，治所在今江苏扬州市，后便成为扬州的别称。扬州北临淮水，东濒大海，故有“淮海惟扬州”之说。从隋朝开通运河以来，扬州迅速发展成为我国东南地区交通便利、经济和文化繁荣的大都市。这首词作于宋神宗元丰三年（1080），秦观“如越省亲”归来之翌年。上片描绘扬州的地理形势和繁华景象，为北宋承平时期的名都留下了一幅艺术剪影，与南宋词人姜夔笔下遭受战火焚毁的扬州，形成鲜明的对照。下片抒发怀古之情，对隋炀帝巡幸江都的奢侈生活含有微词，同时也寄寓着词人的迷惘心绪和身世之感。全篇用典较多，而情感却不甚浓烈。

【注释】

[1] 星分牛斗：古人认为地上各州郡邦国与天上星座代表的一定区域相对应，就天文说称分星，就地上说谓分野。牛斗：指二十八宿中的牛宿和斗宿。这句说扬州地处天上牛斗二宿星分之处。

[2] 万井：犹言村落、人口很多。古制八家为井，引申为乡里、家宅。 提封：亦作“堤封”，大凡、总共的意思。

[3] 珠帘：珍珠缀成或饰有珍珠的帘子。

[4] 豪俊：才智出众的人。 气如虹：谓其气概不凡。

[5] 曳照春金紫：谓达官显贵佩戴着光耀夺目的金章紫绶。

[6] 飞盖相从：带有车盖的车子飞驰相随。

[7] 翠烟中：烟雾迷离的绿荫丛中。

[8] 迷楼：隋炀帝所建的楼名。 挂斗：谓北斗星仿佛挂在其上，形容迷楼之高。

[9] 月观：观名。故址在扬州市。传刘宋徐湛之曾建风亭、月观。

[10] 纹锦：有花纹的丝织品。隋炀帝幸江都时所乘龙舟，以锦缎作帆。

[11] 明珠溅雨：谓珍珠像雨点似的抛洒。杨慎《词品》引《隋遗录》：“炀帝命宫女洒明珠于龙舟上，以拟雨雹之声。”

[12] 爵马鱼龙：指杂技一类的表演。爵，通“雀”。

[13] 萦带：缠绕。 离宫：皇帝正宫以外临时居住的宫室。

[14] 拚：不顾惜。 千钟：千杯。这两句意谓，最好能开怀畅饮，挥笔奋力疾书。

水调歌头　贺　铸

台城游

南国本潇洒，六代浸豪奢[1]。台城游冶，襞笺能赋属宫娃[2]。云观登临清夏，璧月留连长夜[3]，吟醉送年华。回首飞鸳瓦，却羡井中蛙[4]。　　访乌衣[5]，成白社[6]，不容车[7]。旧时王谢，堂前双燕过谁家[8]？楼外河横斗挂，淮上潮平霜下，樯影落寒沙[9]。商女篷窗罅，犹唱后庭花[10]。

【品读】

本篇原题作“台城游”，实乃调寄《水调歌头》。“台城游”，是作者根据词中所咏内容另标的新名。台城，本是三国吴后苑城，东晋成帝时改建，为东晋、南朝台省（中央政府）和宫殿所在地。故址在今江苏南京市鸡鸣山南、乾河沿北。五代时因修金陵城，台城遗址已废，今习称鸡鸣寺北与明城墙相接的一段为台城遗址。这是一首金陵怀古词。上片由景入情，直叙六朝旧事，慨叹陈后主穷奢极欲、荒淫无度，终于招致国亡家破、身败名裂的可耻下场。下片寻访遗踪，感叹时移世变，而当年的靡靡之音仍在秦淮河上回荡，当权者并未能吸取历史教训，使词人感到极为悲痛忧伤。词中借古讽今，针砭时弊，在北宋末年具有很强的现实意义。此阕化用前人诗句浑然天成，毫无斧凿痕迹，在音律上平仄通叶，且用同部之韵，读来声情并茂，音乐感极强，可与王安石的《桂枝香》和周邦彦的《西河》比美。

【注释】

[1] 六代：即六朝。指东吴、东晋、宋、齐、梁、陈六个朝代，均建都于金陵。　浸：渐渐；更加。

[2] 擘笺：裁纸。　宫娃：宫女。

[3] 云观：即齐云观，陈后主祯明二年（588）所建高楼，又建结绮、临春等楼阁作为行乐之所。　璧月：皎如璧玉之明月。

[4] 鸳瓦：鸳鸯瓦。这两句写隋兵攻破金陵，宫殿被毁，陈后主与张贵妃、孔贵嫔逃入井中避难。

[5] 乌衣：即乌衣巷，在秦淮河南，东吴时为乌衣营驻地，故名。东晋时王、谢等贵族聚居于此。

[6] 白社：白茅盖的房舍，指普通百姓的住家。

[7] 不容车：谓道路狭窄，车马不能通过。古乐府《相逢狭路间行》：“道隘不容车。”

[8] 这两句化用刘禹锡《乌衣巷》诗：“旧时王谢堂前燕，飞入寻常百姓家。”

[9] 河横斗挂：银河横斜，北斗星挂在天边。 淮上：指秦淮河上。 寒沙：秋夜的沙滩。这三句写秋夜江上所见。

[10] 商女：歌女。 后庭花：指陈后主所制的艳曲《玉树后庭花》。

西　河　周邦彦

金陵怀古

佳丽地[1]，南朝盛事谁记[2]？山围故国绕清江[3]，髻鬟对起[4]。怒涛寂寞打孤城[5]，风樯遥度天际[6]。　断崖树，犹倒倚，莫愁艇子曾系[7]。空余旧迹郁苍苍[8]，雾沉半垒[9]。夜深月过女墙来[10]，伤心东望淮水[11]。　酒旗戏鼓甚处市？想依稀、王谢邻里[12]。燕子不知何世，向寻常巷陌人家[13]，相对如说兴亡，斜阳里。

【品读】

此阕围绕金陵故都和六朝旧事，抒发怀古之情。前段赞山河之壮丽，中段叙历史之遗迹，后段就眼前所见抒兴亡之感。三叠非以时间为序，而是多重感受的组合。全篇意象浑成，疏密相间，尤善融化前人诗句，如自己出。

【注释】

[1] 佳丽地：指金陵。

[2] 南朝：指建都于金陵的六个朝代，即三国东吴、东晋、宋、齐、梁、陈。

[3] 故国：故都，指金陵。 清江：指长江。

[4] 髻鬟：古代妇女的发髻。鬟，环形发髻。

[5] 孤城：指金陵。以上数句化用刘禹锡《金陵五题·石头城》诗意："山围故国周遭在，潮打空城寂寞回。"

[6] 樯：桅杆，此处指帆船。

[7] 莫愁：传说南朝时的女子。以上

三句说，莫愁系艇的古树，如今还横倒在陡峭的山崖上。

[8] 郁苍苍：形容树木青葱茂盛。

[9] 雾沉半垒：雾气笼罩着旧时的营垒，只能看到其中的一部分。

[10] 女墙：城墙上的矮墙。刘禹锡《金陵五题·石头城》："淮水东边旧时月，夜深还过女墙来。"

[11] 淮水：这里指秦淮河。

[12] 王谢：指东晋时的两个世家大族，都住在金陵乌衣巷一带。

[13] 巷陌：街巷。

喜迁莺 李纲

晋师胜淝上 [1]

长江千里，限南北、雪浪云涛无际[2]。天险难逾[3]，人谋克壮[4]，索虏岂能吞噬[5]！阿坚百万南牧[6]，倏忽长驱吾地[7]。破强敌，在谢公处画[8]，从容颐指[9]。　奇伟。淝水上，八千戈甲[10]，结阵当蛇豕[11]。鞭弭周旋[12]，旌旗麾动[13]，坐却北军风靡[14]。夜闻数声鸣鹤[15]，尽道王师将至。延晋祚[16]，庇烝民[17]，周雅何曾专美[18]。

【品读】

李纲以历代重大事件、特别是著名的战争为题材，创作了一组（共八首，其一为残句）咏史词，借以表达他的历史观和对待现实斗争的态度。这首反映秦晋淝水之战的《喜迁莺》，便是其中的一篇。东晋孝武帝太元八年（383），前秦苻坚亲率九十万军队，大举南下，企图一举灭晋。晋相谢安派谢玄等率兵迎战，结果在淝水大败秦军，取得了以弱敌强、以少胜多的巨大胜利。作者歌颂淝水之战的胜利，目的在于以古喻今，激励南宋君臣不畏强敌，坚持抗金，为光复失地、统一国土而战。

词中叙事简明，语言精练，章法严谨，层次井然，风格雄健，是咏史词中的一篇力作。

【注释】

[1] 淝上：淝水之滨。淝水，淮河支流，在安徽境内。

[2] 限：阻隔，界限。这句说长江白浪滔滔、波涛滚滚，将南方和北方分割开来。

[3] 逾：越过。

[4] 人谋克壮：谓人的谋略宏伟远大。克壮，一作“克敌”。

[5] 索虏：南北朝时南朝对北朝的辱称。《宋书》有《索虏传》。

[6] 阿坚：指十六国时前秦皇帝苻坚。 南牧：南侵。

[7] 倏（shū 梳）忽：转眼之间，突然。

[8] 谢公：指谢安。 处画：处理筹划。

[9] 颐指：以下巴的动向示意，进行指挥。这里是形容谢安指挥若定。

[10] 八千戈甲：指谢玄率领八千精兵渡淝作战，大破秦军。

[11] 蛇豕：毒蛇和野猪，比喻凶残的敌人。

[12] 鞭弭（mǐ 米）：挥鞭驾车前进。弭，弓末的弯曲处，以象骨为之，可作解辔之用。 周旋：追随驰逐，指应战而言。

[13] 麾：古代用以指挥军队的旗帜。

[14] 风靡：望风披靡。

[15] 鸣鹤：即风声鹤唳之意。苻坚败退，见八公山的草木，以为都是晋军，听到风声鹤叫也以为是晋兵追来。

[16] 祚：皇位，国统。

[17] 烝民：众多的百姓。

[18] 周雅：这句说周宣王抵御外侮、使周室中兴的美事，并非专有，谢安指挥淝水之战，打败强敌进攻，使晋朝转危为安，也是值得赞美的。

喜迁莺 李纲

真宗幸澶渊[1]

边城寒早。恣骄虏、远牧甘泉丰草[2]。铁马嘶风[3]，毡裘凌雪[4]，坐使一方云扰[5]。庙堂折冲无策[6]，欲幸坤维江表[7]。叱群议[8]，赖寇公力挽[9]，亲行天讨[10]。　　缥缈。銮辂动[11]，霓旌龙旆[12]，遥指澶渊道。日照金戈，云随黄繖[13]，径渡大河清晓。六军万姓呼舞[14]，箭发敌酋难保[15]。虏情慑[16]，誓书来[17]，从此年年修好。

【品读】

本篇写的是北宋前期军事和外交方面的一次重大事件，即所谓的“澶渊之盟”。真宗景德元年（1004），辽萧太后和圣宗耶律隆绪率领大军南下，深入宋境。真宗惊恐万状，欲从王钦若、陈尧叟等之计，迁都南逃。宰相寇准力排众议，反对逃跑，坚决主张御驾亲征。真宗不得已来到澶州督战，宋军士气大振，在澶州城下打了一次大胜仗，并射死了辽军大将萧挞览。辽方见势不妙，被迫提出和议。双方经过谈判协商，终于签订了和约，由宋每年输辽岁币银十万两、绢二十万匹，从此宋辽罢兵修好。这就是历史上所谓的“澶渊之盟”。

在这首词里，作者以简明、准确的艺术语言，叙述了这次事件发生、发展和结局的全过程。上片写敌兵入侵，边防告警，庙堂无策，寇准力挽狂澜。下片写皇帝亲征，大军渡河，双方鏖战，最后订立和约。前因后果，有条不紊，整个事件的来龙去脉历历如在目前，充分表现了作者驾驭语言、剪裁史实的本领。词以叙事为主，但字里行间也渗透着词人的爱憎和倾向，尤其是对正面人物寇准流露出无限向往和仰慕之情。当时“澶渊之盟”虽然已经过去了一百多年，但在靖康、建炎年间，宋朝又遭到了新的强敌金兵的侵犯，面临着更加险恶的形势，而统治者却畏敌如虎，奉行逃跑投降政策，国家正处于生死存亡的关头。李纲写作这首咏史词，显然是针对现实而发的，具有很强的针对性和时代感。

【注释】

[1] 幸：指帝王驾临。 澶（chán馋）渊：古代湖泊之名，也叫繁渊，故地在今河南濮阳市西。这里是指澶州，亦名澶渊郡，因澶渊得名。

[2] 恣骄虏：指恣意骄横的辽兵。 甘泉丰草：甘美的泉水和丰茂的牧草。这句是说辽兵入侵宋朝边境。

[3] 铁马：配有铁甲的战马。 嘶：马鸣。

[4] 毡裘：亦作“旃裘”，古代北方民族用兽毛等制成的衣服。 凌雪：积满冰雪。

[5] 云扰：像云起一样地纷乱，比喻社会动荡不安。

[6] 庙堂：指朝廷。 折冲：折还敌方的战车，意谓抵御敌人。后亦引申为进行外交谈判。

[7] 坤维：指地的四角，即偏远的地方。当时陈尧叟主张迁都西蜀，故有此言。 江表：即江南。当时王钦若主张迁都金陵，故有此言。

[8] 叱：怒斥。

[9] 寇公：指当时宰相寇准。

[10] 天讨：指皇帝禀承天意亲自出兵讨伐。

[11] 銮辂：皇帝的车驾。

[12] 霓旌龙旆：画有云霓和龙形的旗帜，皇帝的仪仗之一。

[13] 黄繖：即黄伞，皇帝出外用。

[14] 六军：泛指宋朝的军队。

[15] 敌酋：敌人的首领，这里是指宋军射死的辽军大将萧挞览。

[16] 慑：恐惧的意思。

[17] 誓书：盟约，指宋辽双方的和议。

诉衷情令　康与之

长安怀古

阿房废址汉荒丘[1]，狐兔又群游。豪华尽成春梦，留下古今愁。　君莫上，古原头[2]，泪难收。夕阳西下，塞雁南飞[3]，渭水东流[4]。

【品读】

此阕当作于南渡之前。词人来到古都长安，昔日豪华的秦宫汉苑早已荡然无存，眼前只见一片废址荒丘，狐兔成群而游，不禁慷慨生哀，写了这首悼古伤今之词。全篇语言明白晓畅，情景交融，在艺术上有一定特色。

【注释】

[1] 阿房：秦宫名，遗址在今西安市西阿房村（俗名郿邬岭）。规模宏大，东西五里，南北千步。秦亡后，毁于兵火。

[2] 古原头：指乐游原，古地名。在今陕西西安城南、大雁塔东北。本秦宜春苑，西汉宣帝建乐游苑于此，故名。唐时在长安城内，为士女节日游赏胜地。

[3] 塞雁：塞北飞来的大雁。

[4] 渭水：即渭河，黄河最大的支流，流经长安附近。

八声甘州 王质

读诸葛武侯传[1]

过隆中、桑柘倚斜阳[2]，禾黍战悲风[3]。世若无徐庶[4]，更无庞统[5]，沉了英雄。本计东荆西益[6]，观变取奇功[7]。转尽青天粟，无路能通[8]。　他日杂耕渭上[9]，忽一星飞堕[10]，万事成空。使一曹三马[11]，云雨动蛟龙[12]。看璀璨、出师一表[13]，照乾、坤牛斗气常冲[14]。千年后，锦城相吊[15]，遇草堂翁[16]。

【品读】

本篇由读史而引发创作灵感。词中深情地缅怀诸葛亮，高度评价他的《出师表》，在当时是具有现实意义的。南宋作家敬佩诸葛亮，一再赋诗作词咏赞他的事迹，主要是肯定他坚持北伐、统一中原的理想，这对于当时的抗金斗争是有鼓舞作用的。这首词以叙事为主，间杂议论，只有开篇两句是景语，但读来流转自然，情寓理中，因而不觉空泛。

【注释】

[1] 诸葛武侯传：即《三国志·蜀志·诸葛亮传》。

[2] 隆中：地名，因隆中山得名，在今湖北襄阳县西。东汉末年，诸葛亮曾隐居于此。　桑柘：均属桑科植物，叶可饲蚕。

[3] 战：通“颤”，发抖。　悲风：凄厉的风。

[4] 徐庶：三国时颍川（今河南禹州）人，字元直。初与诸葛亮为友，后归刘备，乃推荐诸葛亮。

[5] 庞统：三国时襄阳（今湖北襄阳市）人，字士元。初与诸葛亮齐名，号称凤雏。刘备得荆州，以为谋士，与诸葛亮同任军师中郎将。

[6] 荆：即荆州，古代九州之一。汉代辖境约相当于今湖北、湖南两省及河南、贵州、广东、广西的一部分，治所在汉寿（今湖南常德东北）。　益：即益州，汉武帝所置十三刺史部之一。诸葛亮在《隆中对》中，曾向刘备建议东据荆州，西取益州，联合孙权，对抗曹操，争取统一全国。

[7] 观变：观察形势的变化。诸葛亮在《隆中对》中对刘备说：“天下有变，则命一上将将荆州之军以向宛洛，将军身率益州之众出于秦川……诚如是，则霸业可成，汉室可兴矣。”

[8] 转：转运。　粟：即谷子，泛指粮食。这两句说，蜀道艰险，军粮运输极其困难。

[9] 渭上：渭水之滨。诸葛亮北伐时，鉴于粮草运输困难，曾分兵屯田于渭水之滨，与当地居民杂处而耕，为久驻之计。

[10] 一星飞堕：指诸葛亮病死于五丈原军中，相传诸葛亮临死之夜，有“赤而芒角”的大星落在渭南。

[11] 一曹三马：“曹”应作“槽”，据传曹操曾梦三马同食一槽。三马，指司马懿、司马师、司马昭父子。

[12] 云雨动蛟龙：蛟龙比喻帝王。云雨兴，蛟龙乘时而动。这句说，诸葛亮一死，司马氏乘机而动，终于篡魏自立，建立了晋朝。

[13] 璀璨：光辉璨烂。　出师一表：诸葛亮北伐前上给后主刘禅的表文。有前后两篇，前表作于蜀建兴五年（227），后表作于次年十一月。

[14] 乾坤：指天地。　牛斗：指牵牛星和北斗星。这两句说，《出师表》光照日月，浩气冲天。

[15] 锦城：锦官城的简称，即今四川成都市。

[16] 草堂翁：指唐诗人杜甫。杜甫避难成都时，曾在浣花溪畔盖草堂寓居。其间，在游成都武侯祠时曾赋七律《蜀相》，悼念诸葛亮，其中有句云：“出师未捷身先死，长使英雄泪满襟。”

水调歌头　朱熹

不见严夫子[1]，寂寞富春山[2]。空余千丈危石[3]，高插暮云端。想象羊裘披了，一笑两忘身世，来把钓鱼竿。不似林间翮[4]，飞倦始知还。　中兴主[5]，功业就，鬓毛斑。驰驱一世豪杰，相与济时艰[6]。独委狂奴心事，不羡痴儿鼎足[7]，放去任疏顽[8]。爽气动心斗[9]，千古照林峦[10]。

【品读】

这是一首怀古词。调名下虽未标题，实则是过富春江钓台，为缅怀东汉隐士严光而作。开篇点题，接着三句写景，描绘钓台的环境和形势。“想象”以下，追念严光的生平事迹和精神风貌。结拍抒写作者对严光高风亮节的仰慕之情。此阕或以为系胡明仲所作。

【注释】

[1] 严夫子：谓严光。光字子陵，东汉初会稽余姚（今属浙江省）人。曾与刘秀同学。刘秀即位后，他改名隐居。后被召到京师洛阳，任谏议大夫，辞而不受，归隐于富春山。夫子，古代对男子的敬称。

[2] 富春山：在浙江桐庐县城西、富春江畔。

[3] 危石：高崖，指富春山上的钓台，即严光垂钓之处。

[4] 翮（hé核）：羽茎，代指鸟。

[5] 中兴主：指东汉光武帝刘秀。

[6] 济时艰：谓挽回艰难的时事。济，救助，拯救。

[7] 狂奴：指商代贵族、纣王的叔父箕子。《史记·宋微子世家》：“（箕子）乃被发佯狂而为奴，遂隐而鼓琴以自悲。”鼎足：比喻三方并峙，犹如鼎之三足。后以鼎足代指三公。周以司马、司徒、司空为三公，东汉时以太尉、司徒、司空合称三公，为共同负责军政的最高长官。这里是代指高官。以上两句意为，严光不愿为官，甘心隐遁。

[8] 疏顽：疏放顽钝。

[9] 心斗：犹心田。

[10] 林峦：森林和山峦。峦，小而尖的山。

念奴娇　辛弃疾

登建康赏心亭，呈史留守致道[1]

我来吊古，上危楼，赢得闲愁千斛[2]。虎踞龙蟠何处是[3]？只有兴亡满目。柳外斜阳，水边归鸟，陇上吹乔木[4]。片帆西去，一声谁喷霜竹[5]？　却忆安石风流，东山岁晚，泪落哀筝曲[6]。儿辈功名都付与，长日惟消棋局[7]。宝镜难寻[8]，碧云将暮[9]，谁劝杯中绿？江头风怒，朝来波浪翻屋[10]。

【品读】

乾道五年（1169），辛弃疾在建康通判任上，与建康知府兼行宫留守史致道一起登赏心亭，凭吊古迹，感慨时事，为赋此词。上片由登高所见，引发兴亡之感，对南宋当局不能利用建康的险要地势力图北伐，表示悲痛。下片借谢安的故事，抒写壮志难酬、英雄无用武之地的愤懑。词人虽说是怀古，实则是伤今，全篇贯穿了作者忧国的深情。

【注释】

[1] 赏心亭：北宋丁谓建，在建康下水门城上，下临秦淮河，是当时的游览胜地。遗址在今南京水西门。　史致道：史正志，字致道，扬州人。

[2] 危楼：高楼，指赏心亭。　赢得：获得。　斛（hú胡）：古代量器名，十斗为一斛。

[3] 虎踞龙蟠：形容建康形势雄伟险要，像蹲着的猛虎、盘绕的巨龙。

[4] 陇：通“垄”，田埂。　乔木：高大的树木。

[5] 片帆：孤帆。　喷霜竹：吹笛。霜竹，指竹笛。黄庭坚《念奴娇》词：“孙郎微笑，坐来声喷霜竹。”

[6] 安石：东晋谢安，字安石，河南阳夏（今太康县）人。晋孝武帝时任宰相，指挥淝水之战，取得了巨大的胜利。　东山：在今浙江上虞县西南。谢安寓居会稽时常与王羲之、许询等人来此游乐，赋诗作文。　岁晚：晚年。　哀筝曲：据《晋书·桓伊传》，谢安晚年因功高遭嫉，一次桓伊

在孝武帝的宴会上，一边弹筝，一边唱着怨诗："为君既不易，为臣良独难。忠信事不显，乃有见疑患……"谢安听后泣下沾襟，孝武帝也感到很惭愧。

[7] 儿辈二句：据《晋书·谢安传》，谢安为相时，前秦苻坚率兵大举攻晋。谢安派其弟谢石和侄儿谢玄等迎战，结果以弱胜强，大获全胜，这就是历史上著名的"淝水之战"。当前方捷报传来时，谢安正在和客人下棋。他看完捷报，随手放在床上，不动声色地对客人说："小儿辈遂已破贼。"

[8] 宝镜难寻：意为知音难觅。据《本事诗》，南朝时陈太子舍人徐德言娶后主妹乐昌公主，不久天下大乱，德言与公主破镜各执其半，以期他日相会。后经多方磨难，终于得以破镜重圆。

[9] 碧云将暮：意为日暮怀人。

[10] 江头二句：大意是江上狂风怒吼，波涛滚滚，明天早上岸边的房屋恐怕要被冲毁吧！暗喻仕途险恶，国势危急。

八声甘州　辛弃疾

夜读《李广传》，不能寐。因念晁楚老、杨明瞻约同居山间，戏用李广事，赋以寄之[1]。

故将军饮罢夜归来，长亭解雕鞍[2]。恨灞陵醉尉，匆匆未识，桃李无言[3]。射虎山横一骑，裂石响惊弦[4]。落魄封侯事，岁晚田园[5]。　谁向桑麻杜曲，要短衣匹马，移住南山[6]。看风流慷慨，谈笑过残年[7]。汉开边，功名万里，甚当时、健者也曾闲[8]？纱窗外，斜风细雨，一阵轻寒。

【品读】

李广是汉代抗击匈奴的名将，一生转战沙场，战功卓著，被誉为"飞将军"。但其生平道路坎坷，很不得志，最后被迫含恨自杀，是一位富于传奇色彩的英雄人物。辛弃疾闲居带湖期间，一次夜读《史记·李将军列传》，联想到自己目前的遭遇和处境，不禁感慨万千，心潮难平，于是在窗下挥笔作此词，以借古讽今的方式，表达了对南宋统治集团排斥、打击爱国志士的强烈不满。这是一首咏史与抒怀相结合的作品，词人从李广一生经历中选取几个片段加以提炼概括，同时融合自己的感受，抒发英雄末路、壮志难酬的悲愤之情，表达了爱国志士的不平之鸣。

【注释】

[1] 《李广传》：指司马迁《史记》中的《李将军列传》。 寐（mèi 妹）：睡。

[2] 故将军：从前的将军，指李广。 长亭：古时设在路旁的亭舍，供旅客途中休息，这里是指灞陵亭。 雕鞍：华美的马鞍。

[3] 灞陵：即霸陵，汉文帝刘恒的陵墓，在今陕西西安市东北。 尉：汉代负责管理地方治安的官吏。 桃李无言：比喻李广虽不善言辞，却受到人们的尊敬和爱戴。

[4] 山横：山腰。 一骑（jì 寄）：一人一马的合称。 响惊弦：弓弦发出惊心动魄的声音。这两句写李广出猎时的雄姿豪概。

[5] 落魄：穷困失意貌。 岁晚：晚年。这两句说，李广一生未能封侯，晚年穷困失意，曾被迫退居田园。

[6] 杜曲：古地名，在今陕西长安县南。 短衣匹马：打猎时的装束。 南山：即终南山，主峰在陕西长安县南。

[7] 风流慷慨：形容气概豪迈，胸襟豁达。 残年：余年。杜甫《曲江三章》：“故将移住南山边，短衣匹马随李广，看射猛虎终残年。”

[8] 开边：开拓疆土。这里是指汉朝和匈奴的战争。 功名万里：在万里边疆建立功业。 健者：英勇健壮的人，指李广。这三句说，汉代对外进行战争，正是需要人们在万里边疆立功效命的时候，可是为什么像李广这样的健儿也曾被闲置不用呢？

鹧鸪天　辛弃疾

读渊明诗不能去手，戏作小词以送之。

晚岁躬耕不怨贫[1]，只鸡斗酒聚比邻[2]。都无晋宋之间事[3]，自是羲皇以上人[4]。　千载后，百篇存，更无一字不清真[5]。若教王谢诸郎在[6]，未抵柴桑陌上尘[7]。

【品读】

辛弃疾钦佩陶渊明，热爱陶诗，多次赋词加以咏赞。此阕由读书而引发怀古之情，对陶渊明及其作品给予了很高的评价。词中赞扬他躬耕田园、自甘贫困、不与统治集团同流合污的高尚情操；称颂他的诗篇感情真率，格调清新，具有不朽的价值。而那些贵胄子弟则庸俗不堪，即使他们还活着，也“未抵柴桑陌上尘”，表现出鲜明的爱憎。这既是他“读渊明诗不能去手”的原因，也说明作者善于从古代作家作品中汲取精神力量。

【注释】

[1] 晚岁：晚年。　躬耕：亲身耕作。

[2] 比邻：近邻，邻居。

[3] 晋宋之间事：指陶渊明所生活的时代，即东晋末年、刘宋初年之间的事情。

[4] 羲皇以上人：上古时代的人。羲皇，即伏羲氏，传说中的古代帝王。

[5] 清真：清新真淳。

[6] 王谢：指六朝时代的豪门贵族王、谢二氏。王谢诸郎，指高门世族的子弟。

[7] 柴桑：古县名，治所在今江西九江市西南，为陶渊明的故乡。　陌上尘：路上的尘土。

汉宫春　辛弃疾

会稽秋风亭观雨[1]

亭上秋风，记去年袅袅[2]，曾到吾庐。山河举目虽异，风景非殊[3]。功成者去[4]，觉团扇、便与人疏[5]。吹不断、斜阳依旧，茫茫禹迹都无[6]。　千古茂陵词在，甚风流章句，解拟相如[7]。只今木落江冷，眇眇愁予[8]。故人书报：莫因循、忘却莼鲈[9]。谁念我、新凉灯火，一编太史公书[10]。

【品读】

宁宗嘉泰三年（1203），辛弃疾再度被起用为绍兴知府兼浙东安抚使。这年六月他从江西铅山来到会稽赴任，不久建成秋风亭，并于亭上赋此词抒发当时的感想。词题作“会稽秋风亭观雨”，但词中却不见雨的踪迹。而作于同年岁暮之际，题为“会稽蓬莱阁怀古”的另一首《汉宫春》，上片写的则正是雨景，故有人认为这两首同调词题中的“‘观雨’与‘怀古’前后颠倒，当系错简”（唐圭璋《读词续记》），此说甚是，可供参考。本篇写作者在秋风亭上对景感怀，发思古之幽情。上片因见秋风乍起，而想到自己的故居、山河的变异、团扇被人遗弃以及大禹的踪迹无处可寻，寄托了作者对个人身世和时局的深深感叹。下片由秋风而联想起汉武帝的《秋风辞》，对他的文治武功加以称赞，并表示自己无意像张翰那样辞官退闲，而要研读《太史公书》，总结历史经验教训，为统一祖国做出贡献。这首词反映了开禧北伐前夕，辛弃疾再次出山后，积极奋发的精神状态。

【注释】

[1] 会稽：今浙江绍兴市。 秋风亭：辛弃疾任浙东安抚使时所建。

[2] 袅袅：形容微风轻轻地吹拂。

[3] 山河二句：据《世说新语·言语》，东晋初，南渡的一些士大夫常到新亭聚饮。一次，周颛叹息说："风景不殊，正自有山河之异。"

[4] 功成者去：是说一旦建功立业，便会遭遗弃。

[5] 团扇：一种圆形的扇子。这句说，秋天一到，团扇就被人们抛弃了。

[6] 禹迹：大禹的遗迹。传说禹治洪水，曾到过会稽，死后葬于会稽山上，后人在此建禹陵和禹王庙。

[7] 茂陵：汉武帝刘彻的陵墓，这里是指刘彻。茂陵词，指刘彻的《秋风辞》。 甚：这里作"真是"解。 风流：形容文学作品超逸美妙。 章句：章节和句子，泛指文学作品。 解拟：可以比拟。相如：指司马相如，西汉著名的辞赋家。这三句说，流传千古的刘彻的《秋风辞》，真是一篇超逸美妙的文章，完全可以和司马相如的作品比美。

[8] 木落江冷：形容秋天树叶飘零，江边冷落。 眇眇（miǎo 秒）：远视貌。大意是说，秋风一起，草木黄落，江边冷冷清清，放眼远望，实在使我发愁。

[9] 因循：迟延、拖拉。 莼鲈：西晋张翰在外做官，因见秋风起而思念家乡的莼菜和鲈鱼，便弃官回家。

[10] 太史公书：指西汉司马迁的名著《史记》。这两句说，有谁想到在此初秋之夜，我正挑灯夜读司马迁的《史记》哩！

汉宫春　辛弃疾

会稽蓬莱阁怀古[1]

秦望山头[2]，看乱云急雨，倒立江湖。不知云者为雨，雨者云乎[3]？长空万里，被西风、变灭须臾[4]。回首听、月明天籁，人间万窍号呼[5]。　谁向若耶溪上[6]，倩美人西去，麋鹿姑苏[7]？至今故国人望，一舸归欤[8]。岁云暮矣[9]，问何不鼓瑟吹竽[10]？君不见、王亭谢馆，冷烟寒树啼乌[11]！

【品读】

此词作于宁宗嘉泰三年（1203）冬，辛弃疾任绍兴知府兼浙东安抚使时。据唐圭璋先生推断，词题应为“会稽蓬莱阁观雨”，系与另一首同调词题“会稽秋风亭怀古”错简。两阕上片一赋秋风，一写观雨，而下片则均为怀古。本篇前半阕描绘登上蓬莱阁后所看到的变幻莫测的大自然景观；后半阕怀念协助勾践打败吴王夫差、洗雪国耻、功成身退的范蠡。结尾以不肯“鼓瑟吹竽”，表示其决心居安思危、奋发图强，同时也暗寓着对南宋统治集团沉酣声色、贪图享乐的批判。词的意境苍茫壮阔，情寓景中，寄慨遥深。

【注释】

[1] 蓬莱阁：遗址在今绍兴市卧龙山下。

[2] 秦望山：即会稽山，在绍兴东南四十里。相传秦始皇曾登此山以望东海，故名秦望山。

[3] 不知二句：意为烟雨迷茫，分辨不清哪是雨、哪是云。

[4] 长空二句：意为转眼间乱云急雨被秋风吹散，又露出晴朗的万里长空。

[5] 天籁：自然界的音响。　万窍：无数孔穴。

[6] 若耶溪：水名，在浙江绍兴市南。相传西施曾浣纱于此，故又名浣纱溪。

[7] 倩：请求。　美人：指西施。　麋（mí迷）鹿：动物名，即四不像。　姑苏：指姑苏台，在今苏州城外姑苏山上。

[8] 故国：指会稽，春秋时越国的都城。　舸：大船。　欤（yú于）：语气词，表示感叹或疑问。这两句说，越国的人至今还盼望范蠡和西施能够乘船归来呢！

[9] 岁云暮矣：一年将尽啦。云，用于句中的语助词，无义。

[10] 鼓瑟吹竽：《诗经·小雅·鹿鸣》：“我有嘉宾，鼓瑟吹笙。”瑟，弦乐器。竽，管乐器，形似笙而较大，管亦较多。

[11] 王亭谢馆：王、谢为东晋豪门贵族，他们在会稽有许多楼台亭馆，作为游乐之所。这三句说，难道你没看见，当年王谢那些权贵行乐的楼台亭馆，如今都已荒废冷落，只有荒烟笼罩着寒树，乌鸦在不断地悲啼。

南乡子 辛弃疾

登京口北固亭有怀 [1]

何处望神州 [2]？满眼风光北固楼。千古兴亡多少事，悠悠 [3]。不尽长江滚滚流 [4]。 年少万兜鍪 [5]，坐断东南战未休 [6]。天下英雄谁敌手？曹刘。生子当如孙仲谋 [7]。

【品读】 本篇作于宋宁宗开禧元年（1205），辛弃疾任镇江知府时。上片即景抒情，通过眺望神州，叙写“千古兴亡”的感慨，表达作者对中原的深切怀念。下片咏史怀古，用赞扬孙权联合刘备抗曹，表明自己抗金北伐的决心，同时也暗含着对软弱无能的南宋统治者的讽刺。词的风格明快，问答自如，言简意深，活泼生动，情调比较乐观。

【注释】

[1] 京口：今江苏镇江市。 北固亭：在京口城北北固山上，原名北固楼。

[2] 神州：古代中国的别称。这里指中原地区。

[3] 悠悠：久远的意思。

[4] 滚滚：大水奔流貌。以上三句说，自古以来不知经历了多少朝代的兴盛衰亡，历史的长河就像滚滚奔流的大江一样，一去不返。

[5] 年少：指孙权。他十九岁便继承父兄基业，成了东吴之主。 兜鍪（dōu móu 都谋）：头盔，这里代指士兵。

[6] 坐断：占据。

[7] 孙仲谋：孙权字仲谋，三国时吴帝。赤壁之战时，曹操见孙权军队整肃，曾深有感慨地说：“生子当如孙仲谋。”

满 江 红 戴复古

赤壁怀古

赤壁矶头，一番过、一番怀古。想当时，周郎年少，气吞区宇[1]。万骑临江貔虎噪[2]，千艘列炬鱼龙怒。卷长波、一鼓困曹瞒[3]，今如许[4]？　　江上渡，江边路；形胜地，兴亡处。览遗踪、胜读史书言语。几度东风吹世换，千年往事随潮去。问道旁、杨柳为谁春，摇金缕？[5]

【品读】

宁宗嘉定年间，作者五十多岁时曾两次游览黄州赤壁。此阕当作于第二次舟过赤壁矶头之时。词的上片缅怀三国赤壁之战，盛赞周瑜“气吞区宇”、火烧曹兵的雄才大略。下片寻访遗踪，感叹兴亡，抒发忧时伤世之情，表达了作者对时局的深深忧虑。词的风格豪健，语言朴素、自然，是怀古词中的一篇佳作。

【注释】

[1] 区宇：疆域，区域，寰宇。

[2] 貔虎：猛兽，代指军队。貔（pí皮），古籍中的一种猛兽，或曰似虎，或曰似熊，一名执夷，又名白狐。

[3] 曹瞒：指曹操。

[4] 今如许：如今又怎么样呢？

[5] 金缕：指嫩黄色的柳条。

酹 江 月 杜 旟

江山如此，是天开万古，东南王气[1]。一自髯孙横短策[2]，坐使英雄鹊起[3]。玉树声销[4]，金莲影散[5]，多少伤心事！千年辽鹤，并疑城郭非是[6]。　　当日万驷云屯[7]，潮生潮落处，石头孤峙。人笑褚渊今齿冷，只有袁公不死[8]。斜日荒烟，神州何在？欲堕新亭泪[9]。元龙老矣[10]，世间何限余子[11]。

【品读】

本篇为作者游金陵，登石头城，怀古伤今之作。石头城遗址在今南京汉中门北，清凉山后，简称石城。因有奇石突起，形状怪异，故又称为“鬼脸城”。此城原为楚威王时的金陵邑，筑于公元前333年。东汉建安十六年（211），吴国孙权迁至秣陵（今南京），翌年在金陵邑原址筑城，依山傍水，因江为池，形势险要，有“石城虎踞”之称。此词借古讽今，慨叹六朝兴亡，对南宋当权者含垢忍耻深表不满，寄托了作者的故国山河之痛。词中多用典故，纵横议论，慷慨悲凉，与稼轩词风相近。

【注释】

[1] 王气：古代迷信，谓帝王所在的祥光瑞气。

[2] 髯孙：指孙权。权碧眼紫髯，故称。　策：马鞭。

[3] 坐使：因而使得。　鹊起：乘势而起。

[4] 玉树：即陈后主叔宝创作的淫靡之曲《玉树后庭花》，被认为是亡国之音。

[5] 金莲：南朝齐东昏侯命工匠用金子凿成莲花贴在地上，令潘妃行其上，曰“步步生莲花”。

[6] 千年辽鹤二句：《搜神后记》载丁令威（汉辽东人）学道于灵虚山，后化鹤归辽，集华表柱云：“有鸟有鸟丁令威，去家千年今始归。城郭如故人民非，何不学仙冢垒垒？”这里化用“城郭如故”为“城郭非是”，表达作者的故国沧桑之叹。

[7] 万驷：形容军队车马很多。驷，古代一车套四马，因以称一车所驾之四马或驾四马之车。

[8] 褚渊：南朝宋齐时人，字彦回，宋文帝婿，受明帝遗命，与袁粲同辅苍梧王。后参与萧道成篡权代宋活动。　袁公：即袁粲，南朝宋时人，字景倩，以尚书令受明帝遗命，与褚渊同辅苍梧王。后萧道成篡权代宋，粲谋起兵攻之，被褚渊出卖，父子均死于石头城。这两句借古讽今，批判当权者中那些贪生怕死、卖国求荣的民族败类。

[9] 新亭泪：《晋书·王导传》：“过江人士，每至暇日，相要（邀）

出新亭饮宴。周𫖮中坐而叹曰：‘风景不殊，举目有江河之异。’皆相视流涕，惟导愀然变色曰：‘当共戮力王室，克复神州，何至作楚囚相对泣邪！’”新亭，又名劳劳亭，在南京城南。

[10] 元龙：东汉陈登字。登为人豪爽，慷慨有大略，关心国事。

[11] 余子：其余的人。这句感叹时无英雄。

酹江月　葛长庚

武昌怀古

汉江北泻[1]，下长淮、洗尽胸中今古。楼橹横波征雁远[2]，谁见鱼龙夜舞？鹦鹉洲云[3]，凤凰池月[4]，付与沙头鹭。功名何处？年年惟见春絮[5]。　　非不豪似周瑜[6]，壮如黄祖[7]，亦随秋风度。野草闲花无限数，渺在西山南浦。黄鹤楼人[8]，赤乌年事[9]，江汉亭前路。浮萍无据，水天几度朝暮！

【品读】

武昌地处汉水和长江汇合之处，具有悠久的历史、重要的战略地位和许多名胜古迹。这首词是宋宁宗嘉定年间，作者奉召赴阙，路过武昌时所作。开篇由描绘江山引出怀古之情，与东坡《念奴娇·赤壁怀古》的艺术构思相似。词中既列举了周瑜、黄祖，也写到了鹦鹉洲、黄鹤楼等与武昌有关的人物、事件和古迹，这就紧紧扣住了词题。在写景和叙事的基础上，同时也抒发了作者功名不成、云游四方的生活感慨。葛长庚虽然入道修行，却不是一个万事不关心的槛外人，他也有喜怒哀乐，也有烦恼和苦闷，从这首词就可窥见一斑。

【注释】

[1] 汉江：一名汉水，长江最大的支流。源出陕西省宁强县，在湖北武汉市汇入长江。 泻，水往下注。

[2] 楼橹：古时军中用以侦察、防御或攻城的高台。这里是指江边的高台。

[3] 鹦鹉洲：在今湖北武汉市西南长江中。相传东汉末江夏太守黄祖之子黄射在此大会宾客，有人献鹦鹉，祢衡作赋，故名。由于江水冲刷，屡被浸没，今鹦鹉洲已非宋以前故地。

[4] 凤凰池：魏晋时中书省，掌管一切机要，因接近皇帝，故称“凤凰池”。

[5] 春絮：春天的柳絮。

[6] 周瑜：三国吴国名将。字公瑾，庐江舒县（今安徽舒城）人。

[7] 黄祖：东汉末年人，曾为江夏太守。因射杀孙坚，结怨于东吴，孙权以复仇屡攻之。后兵败城陷，为其部下所杀。

[8] 黄鹤楼：相传始建于三国吴国黄武二年（223），历代屡毁屡建，故址在湖北武汉市蛇山的黄鹄矶头。近年已重建，宏伟壮丽，为武汉名胜之一。

[9] 赤乌：三国吴大帝孙权年号（238—251）。

八声甘州　赵希迈

竹西怀古

寒云飞万里，一番秋、一番搅离怀。向隋堤跃马[1]，前时柳色，今度蒿莱[2]。锦缆残香在否[3]？枉被白鸥猜。千古扬州梦[4]，一觉庭槐[5]。　歌吹竹西难问，拚菊边醉著，吟寄天涯。任红楼踪迹，茅屋染苍苔[6]。几伤心、桥东片月，趁夜潮、流恨入秦淮[7]。潮回处，引西风恨，又渡江来[8]。

【品读】

赵希迈为宋理宗时人，此阕从情调和意象看，似作于宋亡之后。“竹西”，即竹西亭，在扬州城北门外，唐宋时那一带很繁华，乃风景名胜之处。杜牧《题扬州禅智寺》有句云：“谁知竹西路，歌吹是扬州。”从此更为游人所向往。词题作“竹西怀古”，并非专咏一亭，而是秋日重过扬州悼古伤今感怀。竹西亭大概是词人驻马流连、触发灵感的地方。词的色调暗淡，画面冷峻，声情凄苦。西风寒云，苍苔蒿莱，一片萧瑟景象；白鸥猜疑；夜潮流恨。含蓄而曲折地反映了那个山河变色的苦难时代，寄托了作者深沉的亡国之恨。

【注释】

[1] 隋堤：隋代开通济渠，沿岸筑堤，后称隋堤。这里是指运河沿岸之堤。

[2] 蒿莱：野草，杂草。

[3] 锦缆：以丝织物做的系船之绳。

[4] 扬州梦：指隋炀帝巡幸江都之事，如梦一般，早已幻灭。

[5] 一觉庭槐：谓如南柯一梦。庭槐，用唐李公佐《南柯太守传》所叙淳于棼梦游槐安国事。

[6] 红楼：华美的楼房。这两句说，当年华丽的楼阁，如今已变为长满苍苔的茅屋。

[7] 几伤心：谓几次为之悲伤落泪。秦淮：指南京秦淮河。这两句化用唐刘禹锡《金陵五题·石头城》诗：“淮水东边旧时月，夜深还过女墙来。”意谓桥东的月亮一次次为之伤心落泪，其怨恨之情化为江水，流入秦淮河中。

[8] 这三句说，潮水涨落，秦淮河水注入长江，流到扬州，同时也将南朝亡国之恨带到了江北的扬州。

念奴娇　张　榘

三闾何在[1]？把《离骚》细读，几番击节[2]。蓠蕙椒兰纷江渚[3]，较以艾萧终别[4]。清浊同流，醉醒一梦，此恨谁能说？忠魂耿耿[5]，只凭天辨优劣。　须信千古湘流[6]，彩丝缠黍[7]，端为英雄设[8]？堪笑儿童浮昌歜[9]，悲愤翻为嬉悦。三叹灵均[10]，竟罹谗网[11]，我独中情切[12]。薰风窗户[13]，榴花知为谁裂！

【品读】

本篇系端午感怀，为悼念屈原而作。词从细读《离骚》写起，夹叙夹议，抒发了作者对爱国诗人忠而遭谮、含愤沉江的深切同情。结拍寓情于景，以石榴花开象征后人对屈原美好品德的仰慕和怀念，含而不露，饶有余韵。

【注释】

[1] 三闾："三闾大夫"的简称，指屈原。

[2] 击节：敲打乐器，调节乐曲。节，一种古乐器。也有用其他器物或拍掌来代替的。后人用"击节"来表示对别人诗文或艺术的赞赏。

[3] 蓠：即江蓠，香草名，生于低洼潮湿地带，可供食用。　椒：即花椒。　兰：即兰草。　江渚：江中的小洲。

[4] 艾萧：即艾蒿，有怪味的野草。用以比喻品质不良的人。

[5] 耿耿：忠诚貌。

[6] 湘流：湘江。这里是指汨罗江。汨罗江是湘江的支流。屈原投此江而死。

[7] 丝缠黍：指粽子。粽子又称角黍。五月五日以粽子投江，以祭屈原。因用彩色丝线缠成，故谓"彩丝缠黍"。

[8] 端为：正是为了。

[9] 昌歜（chù 触）：即菖蒲酒，将菖蒲根切碎泡制而成。

[10] 灵均：屈原字。《离骚》："名余曰正则兮，字余曰灵均。"

[11] 罹（lí 离）：遭遇不幸的事。　谗网：谗言的罗网。

[12] 中情：内心；思想深处的感情。　切：深切。

[13] 薰风：和风，东南风。

斥责嘲讽

好事近 胡铨

富贵本无心，何事故乡轻别？空使猿惊鹤怨[1]，误薜萝秋月[2]。　囊锥刚要出头来，不道甚时节[3]。欲驾巾车归去[4]，有豺狼当辙[5]！

【品读】

绍兴八年（1138）十一月二十四日，枢密院编修官胡铨上书高宗，斥责他“竭民膏血而不恤，忘国大仇而不报，含垢忍耻，举天下而臣之甘心焉”（《建炎以来系年要录》），并要求朝廷将秦桧、王伦、孙近等投降派斩首示众，以向全国军民表示抗金的决心。胡铨的奏疏义正词严，在朝野间引起了强烈反响。秦桧闻之，心惊胆战，惶恐万状，被迫“上表待罪”。然而赵构却颠倒是非，混淆黑白，为秦桧开脱，竟说他“无罪可待”（《中兴小纪》），并让其继续执掌朝政大权。而胡铨却反被诬以“首倡陵犯之风，阴怀劫持之计”（《三朝北盟会编》），遭到除名编管。绍兴十二年（1142）七月，秦桧又指使其党羽再次诬陷胡铨，胡铨再次受到迫害，由签书威武军节度判官厅公事，被除名编管新州（今广东新兴县）。据王明清《挥麈后录》载：“（胡）邦衡在新兴，尝赋词云（即此词，原文从略）……郡守张棣缴上之，以谓讥讪，秦（桧）愈怒，移送吉阳军（今海南三亚）编管。”词中怒斥豺狼当道，奸臣误国，朝廷黑暗，表达了爱国志士遭受打击和迫害的无比愤慨，是南宋初期反对以秦桧为代表的投降派的一曲慷慨激昂的战歌，洋溢着富贵不能淫、威武不能屈的斗争精神。

【注释】

[1] 猿惊鹤怨：指山中猿鹤都怪怨主人离去。

[2] 薜（bì毕）萝：薜荔、女萝，两种植物名。古代隐士以为服饰。

[3] 囊锥：口袋里藏锥子。比喻有才能的人终将显露头角。这两句说，自己正准备像毛遂自荐那样出来用世，不料看错了时机，现在投降派当权，有志之士不能尽展其才。

[4] 巾车：有帷幔的车子。

[5] 豺狼当辙：即豺狼当道。暗指秦桧等人当权误国，迫害爱国志士。

南乡子 太学生

洪迈被拘留[1]，稽首垂哀告彼酋[2]。一日忍饥犹不耐，堪羞。苏武争禁十九秋[3]！　厥父既无谋[4]，厥子安能解国忧？万里归来夸舌辩[5]，村牛[6]。好摆头时便摆头[7]。

【品读】

绍兴三十二年（1162）夏，洪迈假翰林学士，充贺登位使出使金国。行前，宋高宗亲赐书札，希望他力争说服金朝统治者归还河南陵寝地。入金以后，洪迈曾要求以“敌国”使节的身份晋见金主，金人不许，便将他锁禁在使馆里，“自旦及暮水浆不通”，且出语不逊，进行威胁恐吓。洪迈害怕被拘留，只得卑躬屈节，一切按照对方要求行事，更不敢再提归还陵寝地之事了。回到南宋之后，便被御史张震以“使金辱命”论罢。当时有一位不愿透露姓名的太学生，也写了这首《南乡子》来嘲笑他。词中通过洪迈使金辱命这一具体事件，淋漓尽致地刻画出南宋当权者在与金人的交往中，贪生怕死，含垢忍耻，卑躬屈膝，丧失民族气节的种种丑态，表达了广大群众对投降政策的强烈不满。作者以通俗简练的语言，运用对比手法，描绘人物形象，极尽冷嘲热讽之能事，在宋词中可谓别具一格。

【注释】

[1] 洪迈：字景卢，饶州鄱阳（今江西鄱阳县）人，洪皓第三子。绍兴十五年（1145）中博学宏词科。历任中书舍人兼侍读，又知赣州、婺州、绍兴府，以端明殿学士致仕。

[2] 彼酋：指金朝统治者。

[3] 苏武：汉武帝时以中郎将出使匈奴，坚持民族气节，不肯低头屈服，被单于放逐北海（贝加尔湖）牧羊十九年，始得返回汉朝。

[4] 厥父：指洪迈之父洪皓。洪皓（1088—1155）字光弼，饶州鄱阳人。高宗建炎三年（1129），假礼部尚书使金，被拘留北国十五年。绍兴十二年（1142），宋金议和，始得南归。因与秦桧政见不合，被贬谪至死。

[5] 夸舌辩：自夸善于言词，能说会道。

[6] 村牛：蠢货。

[7] 这句说洪迈在金国不敢摆头表示反抗，回来后便摇头晃脑，自夸善辩。洪迈有风疾，头常微摆。这里借以批评他使金时畏敌如虎。好，易于，便于。

沁园春　辛弃疾

戊申岁，奏邸忽腾报谓余以病挂冠，因赋此[1]。

老子平生，笑尽人间，儿女怨恩[2]。况白头能几，定应独往[3]；青云得意，见说长存[4]？抖擞衣冠，怜渠无恙，合挂当年神武门[5]。都如梦，算能争几许，鸡晓钟昏[6]！　此心无有新冤，况抱瓮、年来自灌园[7]。但凄凉顾影，频悲往事；殷勤对佛，欲问前因[8]。却怕青山，也妨贤路，休斗尊前见在身[9]。山中友，试高吟楚些，重与招魂[10]。

【品读】

这首词作于淳熙十五年（1188），辛弃疾闲居带湖期间。淳熙八年（1181）冬，作者在江西安抚使任上被弹劾罢官，从此一直隐居上饶农村，至今已近七年。可是这时朝廷的邸报中忽然传出他“以病挂冠”的消息。词人对这一滑稽剧感到既可笑又可恨，于是挥笔写下此词，对制造和散布谎言的南宋当局进行了辛辣的嘲讽和抨击。词中通过作者被罢官后的遭遇和悲凉处境，揭露了投降派打击迫害爱国志士的可耻行为。辛弃疾虽然早已罢官退隐，但还是有人要造他的谣，并公然见之邸报，其用心之险恶，手段之卑劣，可谓昭然若揭。南宋当权者妄图通过散布谣言，欺骗舆论，制造假象，仿佛深孚众望的爱国英雄辛弃疾不是被他们排斥出朝廷，而是由于他因病自愿挂冠赋闲的。对这种混淆视听、歪曲事实的行为，辛弃疾不能沉默，他有话要说，要让人们了解事实真相。作者寓愤慨于诙谐戏谑中，许多话都只说了一半，含而不露，对黑暗现实的揭露和批判更觉深刻有力。

【注释】

[1] 戊申岁：即淳熙十五年（1188）。奏邸忽腾报谓余以病挂冠：在奏疏和邸报中忽然传出了我因病辞官的消息。邸，谓邸报。古代登载朝廷诏令、大臣奏疏和重要新闻的政府公报。挂冠，谓辞官。

[2] 这三句说，我这一生最看不起那些计较个人恩怨的人，常给他们以无情的嘲笑。作者本来是被弹劾罢官，而传闻却说是因病辞官，显系混淆视听，但他认为此类个人恩怨无须计较。

[3] 独往：独来独往、自行其是的意思。这两句说，何况我的头发都白了，还能活几年，更应坚守节操，我行我素。

[4] 青云得意：比喻高官厚禄。 见说：听说。这两句说，听说高官厚禄可以永世长存，那就让别人去享受吧！

[5] 抖擞（dǒu sǒu 斗叟）：振动衣物，去掉尘土。 渠：第三人称代词。这三句说，拂去朝服纱帽上的灰尘，喜得它们还都完好无损，当年本来就该把它们挂在都门之上，辞官而去，何必等到被弹劾免职呢！

[6] 鸡晓钟昏：鸡鸣报晓，黄昏撞

钟，早晚之间的意思。这三句说，罢官也罢，辞职也罢，都像做梦一样，能相差多少呢？只不过一早一晚就是了。

[7] 抱瓮灌园：指归隐躬耕。瓮，一种用来汲水或盛物的陶器。这两句说，这些年来，我一直躬耕田园，并没有和谁结下新的冤仇，为什么有人要歪曲事实真相呢？

[8] 前因：佛家认为，一件事有后果必有前因，即所谓的因果报应。这四句说，在凄凉的处境中顾影自怜，怀着悲愤的心情回忆往事，诚心诚意地去求神问佛，想知道我遭此不幸的根源。

[9] 这三句说，即使隐居深山，也害怕妨碍别人升官，不要纵酒任性，以免横遭物议。

[10] 楚些：指《楚辞》。 招魂：谓招回死者之魂。这三句说，山中的朋友，请你们高声朗诵《楚辞》，再为我招一次魂吧！因作者本已罢官，而奏邸却说新近又因病辞官，所以要山中友人再诵《楚辞》，招我归来。

最高楼 辛弃疾

吾拟乞归，犬子以田产未置止我，赋此骂之[1]。

吾衰矣，须富贵何时，富贵是危机[2]。暂忘设醴抽身去[3]，未曾得米弃官归[4]。穆先生，陶县令，是吾师。　待葺个、园儿名“佚老”[5]，更作个、亭儿名“亦好”[6]。闲饮酒，醉吟诗。千年田换八百主，一人口插几张匙[7]！便休休[8]，更说甚，是和非。

【品读】

此篇大约是辛弃疾在福建安抚使任期内写的。作者由于不能有所作为，因而准备上疏请求退休归隐。可是他的儿子却以“田产未置”为由，劝他不要这样做。辛弃疾认为儿子的想法既可笑又可鄙，于是便“赋此骂之”。在题中标明是骂人而且是骂自己的儿子，此词为仅见。这大概也是稼轩的“首创”吧！其实骂儿子不过是借题做文章，所谓指桑骂槐是也。目的在于揭露官场的黑暗，抒写壮志难酬的悲愤，说明不得不“乞归”的原因。词中引用“穆先生”和“陶县令”的典故，反映了他当时名义上虽为一路封疆大吏，实则备受冷遇，遭到奸佞权臣的压抑，只好抽身而去，辞官以归。结处的“便休休，更说甚，是和非”，表面上看很消极，其实也是一种愤激之语。词人心中并非真的没有“是和非”，只是现实生活中黑白不分，毫无是非可言，他也只能徒唤奈何而已。

【注释】

[1] 乞归：请求退休，归隐田园。犬子：旧时对别人谦称自己的儿子为“犬子”。

[2] 富贵是危机：荣华富贵中埋藏着政治上的风险。

[3] 暂忘设醴：这句说，既然不受重视，就应赶快离去。

[4] 未曾得米句：这句说，宁愿弃官回家，也不愿在小人面前低头折腰。

[5] 葺（qì气）：原指用茅草盖房屋，也泛指建造、修理房屋。佚老：养老，使晚年得到安乐。佚（yì亦），同“逸”，安乐的意思。

[6] 这句说，还要盖个亭子，给它起个名叫“亦好”。此用戎昱《中秋感怀》“远客归去来，在家贫亦好”诗意，表示宁愿辞官回家去过贫困的生活。

[7] 匙（chí迟）：小勺。这句说，一个人能吃得了多少。意为不要贪婪。

[8] 休休：安闲自得、乐而有节的意思。据《旧唐书·文苑》，司空图晚年退隐中条山，盖了个亭子取名“休休亭”，表示乐于隐居生活。

卜算子　辛弃疾

千古李将军[1]，夺得胡儿马[2]。李蔡为人在下中[3]，却是封侯者。　　芸草去陈根，笕竹添新瓦[4]。万一朝家举力田，舍我其谁也[5]？

【品读】

这是一首借古讽今之作。上片通过李广和李蔡的不同遭遇，说明真正有才能的人仕途坎坷，而那些平庸之辈却官运亨通。世事不公，往往如此。下片叙述作者被罢官后的隐居生活：锄草灌田，辛勤劳作，乐在其中。结拍说由于自己致力农事，一定会被朝廷推举为“力田”之类的乡官。愤懑在胸，反话正说，对南宋当权者作了辛辣的讽刺。

【注释】

[1] 李将军：指西汉名将李广。

[2] 夺得胡儿马：据《史记·李将军列传》：“广以卫尉为将军，出雁门击匈奴。匈奴兵多，破败广军，生得广。单于素闻广贤，令曰：‘得李广必生致之。’胡骑得广，广时伤病，置广两马间，络而盛卧广。行十余里，广佯死，睨其旁有一胡儿骑善马，广暂腾而上胡儿马，因推堕儿，取其弓，鞭马南驰数十里，复得其余军，因引而入塞。匈奴捕者骑数百追之，广行取胡儿弓，射杀追骑，以故得脱。”

[3] 李蔡：李广的堂弟，与广同时参军，后封列侯，官至丞相。　下中：下等中的中等。

[4] 芸草：锄草。芸，同“耘”。　陈根：老根。　笕（jiǎn 检）竹：把竹筒破为两半，放在屋檐下或田间作引水用具。

[5] 力田：致力耕种。这两句说，万一朝廷下令推举努力耕种的乡官，除了我还有谁呢？

生查子　辛弃疾

简吴子似县尉[1]

高人千丈崖[2]，太古储冰雪[3]。六月火云时[4]，一见森毛发[5]。

俗人如盗泉[6]，照影成昏浊。高处挂吾瓢，不饮吾宁渴[7]。

【品读】

本篇系以词代简，向友人表明自己对世上两种不同类型人物的态度。上片说品德高尚的人像巍然屹立的千丈悬崖，如远古以来储积的冰雪，洁白无瑕，一尘不染，令人肃然起敬。下片说庸俗的小人则像浑浊的"盗泉"，照出来的影子也是不干不净的，我宁愿受渴，也决不去喝它。词中通过生动的形象和鲜明的对比，表达了作者尊贤嫉恶、不与世俗同流合污的高尚情操。

【注释】

[1] 吴子似：吴绍古，字子嗣，亦作子似，江西鄱阳人，庆元年间曾任铅山县尉，与辛弃疾有交往。

[2] 高人：品德高尚的人，常以指隐士。

[3] 太古：远古。

[4] 火云：火烧云。日出或日落时天边出现的赤色云霞。

[5] 森毛发：毛发耸立，森然可畏。

[6] 盗泉：古泉名，故址在今山东泗水县东北。

[7] 不饮吾宁渴：《尸子》："孔子过于盗泉，渴矣而不饮，恶其名也。"

西 江 月　宋自逊

何敢笑人干禄[1]，自知无分弹冠[2]。只将贫贱博清闲，留取书遮老眼。　世上风波任险，门前路径须宽。心无妄想梦魂安，万事鹤长凫短[3]。

【品读】

此词看似自嘲，其实牢骚满腹，对黑暗的现实深为不满。有门径者纷纷弹冠出仕，而自己不会钻营，便只能过着贫贱清闲的隐士生活。这样也好，可以多读点书，而且"心无妄想梦魂安”，用不着担惊受怕，任他世上风波如何险恶，自家门前的道路却越走越宽。词人通过自身的经历和生活体验，暴露了官场的黑暗，表现出一种刺世疾邪的精神。

【注释】

[1] 干禄：追求禄位，设法做官。

[2] 弹冠：弹去帽子上的灰尘。比喻准备出仕。

[3] 鹤长凫短：鹤的寿命长，凫的寿命短。这句说世间万事都是命中注定的，只好听天由命，安于贫贱。

贺新郎　文及翁

游西湖有感

一勺西湖水[1]。渡江来、百年歌舞[2]，百年酣醉。回首洛阳花石尽[3]，烟渺黍离之地[4]。更不复、新亭堕泪[5]。簇乐红妆摇画舫[6]，问中流、击楫何人是[7]？千古恨，几时洗？　余生自负澄清志[8]。更有谁、磻溪未遇[9]，傅岩未起[10]？国事如今谁倚仗？衣带一江而已[11]。便都道、江神堪恃。借问孤山林处士[12]，但掉头、笑指梅花蕊。天下事，可知矣！

【品读】

文及翁字时学，号本心，理宗宝祐元年（1253）进士。据《古杭杂记》载：“蜀人文及翁登第后，期集游西湖。一同年戏之曰：‘西蜀有此景否？’及翁即席赋《贺新郎》。”题为“游西湖有感”，游湖是创作的契机，“有感”为本篇的命意所在。上片点题直起，即景抒情，追忆北宋亡国惨祸，谴责南宋统治者沉醉在西湖的花天酒地之中。下片揭露朝廷不用爱国志士，妄图依靠一条长江，保住半壁河山，致使国势日蹙，已经到了不可挽回的地步。词的风格苍凉，寓悲于壮，通过回忆、对比，观照古今，纵横开阖，层层递进，深刻鞭挞了南宋统治集团不以国事为重、沉酣于湖山之乐的可耻行为，表达了宋末爱国知识分子沉哀茹痛的忧患意识，有较强的艺术感染力。

【注释】

[1] 一勺：极言其少。勺，古量器名，一升的千分之一。

[2] 渡江来：指宋室南渡以来。

[3] 洛阳花石：洛阳为古都之一，以园林著称，多奇花异石。这里是借指北宋都城汴京。

[4] 黍离：《诗经·王风》篇名。旧说为周大夫哀悼周室的衰落而作，后用以比喻乱世。

[5] 新亭：在今南京市南，三国时吴国所建。据《世说新语·言语》载：东晋时，每逢好天气士大夫们常常相邀到新亭饮宴，有人叹息说："风景不殊，正自有山河之异。"在座的人都相视流泪，唯丞相王导说："当共戮力王室，克复神州，何至作楚囚相对！"

[6] 簇：簇拥、聚集。 红妆：指歌伎。

[7] 中流击楫：据《晋书·祖逖传》：东晋祖逖北伐，渡江时在中流击楫而誓："不能清中原而复济者，有如此江。"

[8] 澄清志：收复中原、平定天下的雄心壮志。

[9] 磻（pán盘）溪：在今宝鸡县东南。相传吕尚（姜子牙）未遇时，曾隐居垂钓于磻溪。后遇周文王，成为周朝的开国功臣。

[10] 傅岩：相传傅说（yuè悦）本傅岩地方从事版筑的奴隶，后遇殷高宗，起用为相。今山西平陆县有其遗迹。

[11] 衣带一江：形容长江不过像一条衣带那样宽，说明所谓天险不足恃。

[12] 孤山林处士：宋初诗人林逋，长期隐居西湖孤山，不问世事。这里是借指那些自命清高、不关心国家命运的士大夫。

一剪梅　醴陵士人

宰相巍巍坐庙堂[1]。说着经量，便要经量。那个臣僚上一章[2]？头说经量，尾说经量。　轻狂太守在吾邦[3]。闻说经量，星夜经量。山东河北久抛荒[4]。好去经量，胡不经量？

【品读】

此词见于《花草粹编》卷七，题作“咸淳甲子又复经量湖南”。咸淳甲子，即理宗景定五年（1264）。据《续资治通鉴》载，这年九月，宰相“贾似道请行经界推排法于诸路，由是江南之地，尺寸皆有税，而民力益竭”。所谓经界推排法，就是丈量土地，重新确定田亩赋税，加重对百姓的剥削。作者是湖南醴陵一位了解民生疾苦的下层知识分子。词中通过“经量”这一事件，揭露了以宰相贾似道为首的各级地方官吏挖空心思、巧立名目、残酷剥削劳动人民的罪行。结尾三句用诘问语气，谴责南宋统治者置中原大好河山于不顾，却加紧对南方人民敲骨吸髓的盘剥，义正词严，深刻有力，表达了作者对投降派官僚的无比愤恨。此阕语言通俗警策，用重叠词语，强调“经量”乃扰民害民之举，使主题更为鲜明突出。作者笔下的宰相、臣僚和太守，都是不恤民情、只会压榨百姓的贪官，虽然着墨不多，却具有强烈的讽刺意味。

【注释】

[1] 巍巍：高大貌。　庙堂：朝廷。

[2] 这句说没有一个臣下敢于上章反对劝阻实行经量。

[3] 太守：对州郡长官的称呼。

[4] 山东河北：泛指中原沦陷地区。抛荒：荒芜。

一剪梅 杨佥判

襄樊四载弄干戈[1]。不见渔歌，不见樵歌。试问如今事若何？金也消磨，谷也消磨[2]。 柘枝不用舞婆娑[3]。丑也能多[4]，恶也能多。朱门日日买朱娥[5]。军事如何？民事如何？

【品读】 这是一首富于现实意义的政治批判词。宋度宗咸淳四年（1268）九月，元兵筑白河城，始围襄、樊。九年（1273）正月，樊城破；二月，襄阳守将吕文焕降元。此词首句谓“襄樊四载弄干戈”，当作于咸淳八年（1272）。襄樊当时为南宋中路的军事重镇，元兵围困数年，守军浴血奋战，而作为宰相的贾似道却坐视不救，谎称天下太平无事，最后终于沦陷。襄樊失守，大势已去，当时广大军民对此痛心疾首。宋亡后汪元量曾在诗中写道：“吕将军在守襄阳，十载襄阳铁脊梁。望断援兵无信息，声声骂杀贾平章！”（《醉歌》）此词虽然并未指名道姓，实际上也是谴责贾似道误国误民的罪行。前方将士在奋勇杀敌，困守孤城，人民在受苦受难，再也听不到和平时期的渔樵之歌；而当权者却在后方酣歌醉舞，沉溺声色，搞得民穷财尽，国势岌岌可危，他们的行为多么可耻，多么丑恶。

【注释】

[1] 弄干戈：即动干戈，指发生战事。

[2] 这三句说，徒然耗费了那么多钱粮，而国事如今究竟如何呢？

[3] 柘（zhè 浙）枝：唐教坊曲名，后作为舞曲流行于唐宋时期。 婆娑：形容舞姿美妙。

[4] 能多：真多。

[5] 朱门：权豪势要之家。这里是指贾似道而言。 朱娥：美女。

六州歌头　刘辰翁

乙亥二月[1]，贾平章似道督师至太平州鲁港[2]，未见敌，鸣锣而溃。后半月闻报，赋此。

向来人道，真个胜周公[3]。燕然眇，浯溪小，万世功，再建隆[4]。十五年宇宙，宫中赝，堂中伴，翻虎鼠，搏鹍雀，覆蛇龙[5]。鹤发庞眉，憔悴空山久，来上东封[6]。便一朝符瑞[7]，四十万人同。说甚东风，怕西风[8]。　甚边尘起，渔阳惨，霓裳断，广寒宫[9]。青楼杳，朱门悄，镜湖空，里湖通[10]。大纛高牙去，人不见，港重重。斜阳外，芳草碧，落花红[11]。抛尽黄金无计，方知道、前此和戎[12]。但千年传说，夜半一声铜[13]。何面江东[14]？

【品读】

此阕可以说是一篇用长短句形式写成的时事评论。词中通过半月前发生的兵溃鲁港的事件，揭露和谴责了南宋末年贾似道专权误国的种种罪行，表达了作者关心国事、痛恨权奸、敢于向腐朽势力作斗争的高尚情怀。宋恭帝德祐元年（1275）正月，元军在攻下鄂州、黄州后，乘势顺江南下，临安岌岌可危。二月，贾似道不得已率师至太平州鲁港督战。两军刚刚接触，胜负未分，宋军主将孙虎臣即连夜乘舟逃跑。贾似道闻报，惊惶失措，尚未见到敌军，便下令鸣锣收兵，结果不战自溃，死伤惨重。从此，宋军完全失去了抵抗力，不久南宋王朝也随之灭亡了。词的上片分为三层，揭露鲁港兵败前贾似道妄自尊大、飞扬跋扈、作威作福的丑恶嘴脸。下片谴责贾似道在国势危急之时仍然醉生梦死，沉迷于声色歌舞；讽刺他在鲁港兵溃中扮演了一个可耻的角色，有何面目再见江东父老？全词笔锋犀利，爱憎分明，寓激愤于痛斥怒骂之中，给这位历史上臭名昭著的误国奸相留下了一幅令人憎恶的画像。

【注释】

[1] 乙亥：即德祐元年（1275）。

[2] 太平州：宋太平兴国二年（977）升南平军置州，取年号首二字为名。治所在今安徽当涂县。

[3] 周公：西周初年政治家。姓姬，名旦，周武王之弟。因采邑在周（今陕西岐山北），称为周公。曾助武王灭商，成王时为摄政。相传他曾制礼作乐，建立典章制度，政绩卓著。贾似道专权，笼络文士，“朝臣皆称为周公”（《宋史》本传）。

[4] 燕然：山名，即杭爱山，在今蒙古国境内。东汉车骑将军窦宪追击匈奴北单于，曾登燕然山，刻石勒功而还。 浯溪：源出湖南祁阳西南松山，东北流入湘江。以上四句说贾似道夸耀自己功高盖世，超过古人，为复兴宋室建立了万世不朽的业绩。

[5] 十五年：景定元年（1260）贾似道以少傅、右丞相奉召入朝，独揽大权，至德祐元年（1275）鲁港兵败，历时十五年。 赝：假的，伪造的。 堂中伴：政事堂中的官员都成为“伴食宰相”，形同虚设。 搏鹘雀：搏击鹘雀，比喻迫害同朝官员。鹘，鸟名，即“晨风”，鹰类。 覆蛇龙：龙蛇混杂不清。以上六句揭露贾似道当权十五年来胡作非为，欺上压下，迫害同僚，罪行累累。

[6] 鹤发庞眉：亦作“龙眉皓发”。形容眉发花白、德高望重的老人形象。陈惟善写给贾似道的祝寿词《宝鼎现》有云：“尽庞眉鹤发，天上千秋难老。” 憔悴空山久：贾似道曾久居葛岭以要君。 来上东封：即密奏皇帝。封，指封事。古代臣下向皇帝上书奏事，为防泄密，以袋封缄，称为“封事”。

[7] 符瑞：古时以所谓天降祥瑞的征兆附会人事，自称是按照天命行事。

[8] 这两句下原注：“都人窃议者称西头。”因贾字是西字头。东风怕西风，意为皇帝也害怕贾似道。

[9] 这四句用白居易《长恨歌》中“渔阳鼙鼓动地来，惊破霓裳羽衣曲”诗意，写元军大举入侵。

[10] 青楼：本指妓馆，这里指歌伎。这句下原有注：“都城籍妓皆隶歌舞，无敢犯。” 朱门：指贾似道的府第。 镜湖：即鉴湖，在浙江绍兴。这里是代指西湖。 里湖：指白堤以内的西湖，又称“里西湖”。这句下原有注：“葛岭瞰里湖，无敢过。”以上四句写贾似道在边防危急之时仍在西湖葛岭寻欢作乐。

[11] 大纛：古时军队或仪仗队的大旗。 高牙：以象牙做装饰的大旗。这六句写鲁港兵败后，贾似道狼狈逃跑后的情景。

[12] 这三句谴责贾似道以金钱贿赂敌方，企图换取苟安，如今事情败露，才知道他过去夸耀的战功原来都是卖国投降活动。

[13] 一声铜：即一声锣。

[14] 何面江东：有何颜面再见江东父老。

贺新郎　王奕

金陵怀古

金陵流峙，依约洛阳，惜中兴柄国者巽[1]，皆入床下，遂使金瓯甑堕[2]，惜哉！

决眦斜阳里[3]，品江山，洛阳第一[4]，金陵第二。休论六朝兴废梦，且说南浮之始[5]。合就此、衣冠故址[6]。底事轻抛形胜地，把笙歌、恋定西湖水？百年内，苟而已。　纵然成败由天理，叹石城、潮落潮生，朝昏知几？可笑诸公俱铸错，回首金瓯瞥徙[7]。漫涴了、紫云青史[8]。老媚幽花栖断础，睇故宫、空拊英雄髀[9]。身世蝶[10]，侯王蚁[11]。

【品读】

此词题作“怀古”，实为伤今。词一开始纵论金陵的形势，揭露南渡之初统治集团为了贪恋西湖山水，决定驻跸杭州，轻易地抛弃了这虎踞龙蟠的形胜之地，从而种下了“百年内，苟而已”的祸根。接着痛斥当朝“诸公”执行妥协投降政策，终于铸成大错，遂使“金瓯”破碎，国土沦丧，山河变色，玷污了几千年光荣的历史。如今国亡家破，满目蓬蒿，面对故宫的断壁残垣，空使英雄扼腕、拊髀，长叹不已。词的感情深沉，对南宋统治者的可耻行为表示了强烈的义愤，由于当时大势已去，回天乏术，所以词的结尾处也流露出一种无可奈何的消沉情绪。

【注释】

[1] 巽（xùn 逊）：懦弱。

[2] 金瓯：盛酒器，比喻疆土完固。甑（zèng 赠）：古代蒸食炊具。金瓯甑堕，比喻国土沦丧。

[3] 决眦（zì 自）：睁眼，张目。眦，眼眶。杜甫《望岳》："决眦入归鸟。"

[4] 品：评论。

[5] 南浮：南渡。

[6] 衣冠故址：指金陵，为六朝古都，故云。

[7] 金瓯瞥徙：谓金瓯（代指国家）一瞬间便被敌人掠走。

[8] 涴（wò 卧）：沾污，玷污。 紫云青史：宝贵的历史、珍贵的历史。紫云，紫气，旧指宝物的光气或所谓祥瑞之气。

[9] 睇：斜视。 拊髀：用手拍股，表示内心激动。

[10] 身世蝶：用庄子梦中化蝶的典故，表示万事皆空。

[11] 侯王蚁：王侯公卿轻如蝼蚁。

俳谐戏谑

渔家傲 黄庭坚

踏破草鞋参到了[1]，等闲拾得衣中宝。遇酒逢花须一笑。长年少，俗人不用嗔贫道[2]。　何处青旗夸酒好[3]？醉乡路上多芳草。提著葫芦行未到。风落帽，葫芦却缠葫芦倒。

【品读】

据自序称，本篇是根据作者的两首游戏小诗檃栝而成的。词以僧侣浪迹天涯、随缘自适相比，写他遇酒辄醉、逢花即笑、放浪形骸、落拓不羁的生活。于俳谐戏谑中流露出作者在人生旅途上的失意之情。

【注释】

[1] 参：参禅，悟道。
[2] 贫道：和尚自称的谦词。
[3] 青旗：古时酒店门前挂的青布招子。

望江南 王齐叟

居下位，常恐被人谗。只是曾填《青玉案》，何曾敢作《望江南》！请问马都监[1]。

【品读】

王齐叟字彦龄，北宋元祐年间人，善为戏谑之词。据王灼《碧鸡漫志》载，他在太原任职时，曾作《望江南》数十曲，嘲笑府县同僚，并及上司。一次主帅为此大发雷霆，当面责问作者。彦龄执手板顿首帅前，不慌不忙，脱口而出，吟成此阕。这是一首俳谐滑稽之作，读来令人忍俊不禁。

【注释】

[1] 都监：官名。宋代兵马都监的简称。路分都监掌本路禁军的屯戍、训练和边防事，州府都监掌本城军队的屯戍、训练、器甲、差使等事。

临江仙　邹浩

有个头陀修苦行[1]，头上头发毵毵[2]。身披一副醦裙衫[3]。紧缠双脚，苦苦要游南。　闻说度牒朝夕到[4]，并除颔下髭髯。钵中无粥住无庵[5]。摩登伽处，只恐却重参[6]。

【品读】

这是一幅漫画，画的是一位“苦苦要游南”的行脚乞食的僧人。看他满头细长的毛发，身披一件破旧的裙衫，双脚缠着绑腿，摆出了即将远行的架势。听说度牒不日就可弄到手，于是又连忙剪掉了领下的髭须，可是一想到沿途没吃没住，还得天天去化缘，便又犹豫起来。这头陀不但形象生动毕肖，而且也着实令人可笑。据《苕溪渔隐丛话》引《复斋漫录》载，原来这是邹浩与陈瓘在贬谪生活中为了消愁解闷、互相嘲讽的戏谑之作。在蔡京、蔡卞、章惇执政时，他们二人由于与当权者政见不合，先后被贬外放，寂寞苦闷中无以消遣，便用长短句来寻开心。先是陈瓘写了一首《蝶恋花》讽刺邹浩的长胡子，其中上半阕说：“有个胡儿模样别。满颔髭须，生得浑如漆。见说近来头也白，髭须那得长长黑。”邹浩读后哈哈大笑，也不甘示弱回敬了这首《临江仙》，嘲笑陈瓘“多欲”，吃不了苦。两位同病相怜的朋友，身处逆境，彼此开开玩笑，心情也许会放松一些，这大概也是苦中寻乐吧！

【注释】

[1] 头陀：佛教名词。梵文音译，一作“杜多”，意译为“抖擞”（抖擞烦恼）。后来也用以称呼行脚乞食的僧人。

[2] 毵毵（sān三）：毛发细长貌。

[3] 碜（chěn磣）：酸味。

[4] 度牒：古代度僧（准许出家）归政府掌握，经审查合格得度后，政府发给的证明文件，称为“度牒”。相当于后世僧人游方挂单，必须随身携带作为身份证的“戒牒”。

[5] 钵：梵文“钵多罗”的略称，佛教僧徒的食器。

[6] 摩登伽：印度的一个贱民种性。参：参禅，佛教禅宗的修行方法。这两句说，这“头陀”经不起引诱，只恐怕要重新去修行。

相思会　曹组

人无百年人，刚作千年调[1]。待把门关铁铸，鬼见失笑。多愁早老，惹尽闲烦恼。我醒也，枉劳心，谩计较[2]。　　粗衣淡饭，赢取暖和饱。住个宅儿，只要不大不小。常教洁净，不种闲花草。据见定、乐平生，便是神仙了。

【品读】

此词以幽默诙谐的笔调，抒写作者对人生的喟叹。由于宦途失意，“惹尽闲烦恼”，因而产生了归隐田园的念头。只要有粗衣淡饭，能够吃饱穿暖，加上一套不大不小的住宅，也就和神仙一样无忧无虑，心满意足了。词中表现了儒家知识分子知足常乐、与世无争的人生态度，也含有自嘲的意味。

【注释】

[1] 千年调：词牌名。

[2] 谩计较：徒然计较。

忆帝京 朱敦儒

元来老子曾垂教：挫锐和光为妙[1]。因甚不听他，强要争工巧。只为忒惺惺[2]，惹尽闲烦恼。　你但莫、多愁早老，你但且、不分不晓[3]。第一随风便倒拖，第二君言亦大好。管取没人嫌，便总道、先生俏。

【品读】

这首词可以看成是一篇讽刺小品，目的在于暴露当时恶劣的社会风气。“挫锐和光”被奉为最妙的人生处世哲学，如果你能看风转舵，随声附和，管保没有人讨嫌，而且还会受到称赞：这位先生真可爱。否则，你如发表一点不同意见，那就要惹是生非，引来许多“闲烦恼”。正话反说，入木三分，从一个侧面暴露出封建社会官场的丑态。

【注释】

[1] 挫锐：挫折锐气，磨掉棱角。　和光：和气、光滑。这句说为人不要锋芒毕露，而应一团和气，尽量光滑一点。

[2] 忒：太。　惺惺：聪明。

[3] 不分不晓：不明不白，糊里糊涂。

卜算子 沈瀛

只管要参禅[1]，又被禅萦绕。好笑西来老秃奴[2]，赚了人多少[3]？　你待更瞒咱，咱也今知晓。只这喃喃说底人[4]，又被傍人笑。

【品读】

这首小词讽刺参禅，嘲笑念经骗人的老和尚。作者可能也曾上当受骗过，一旦觉醒，深感禅宗修行方法之不可信，故赋此阕加以戏谑嘲讽。

【注释】

[1] 参禅：佛教禅宗的修行方法，即习禅者为求开悟，向各处禅师参学之意。

[2] 秃奴：指和尚。

[3] 赚：诳骗。

[4] 喃喃：低语声，指念经。

蓦山溪 赵长卿

遣怀

无非无是，好个闲居士[1]。衣食不求人，又识得、三文两字。不贪不伪，一味乐天真，三径里。四时花，随分堪游戏[2]。 学些沓拖[3]，也似没意志。诗酒度流年，熟谙得、无争三昧[4]。风波歧路，成败霎时间，你富贵。你荣华，我自关门睡。

【品读】

这首词写一位知识分子怀才不遇的苦闷和牢骚。他虽然“不贪不伪”，却困顿偃蹇，只能闲居乡里，“诗酒度流年”，“随分堪游戏”，苦中寻乐，与世无争。在他看来，成功和失败不过是霎时间的事，荣华富贵没有什么值得羡慕的。你升你的官，我睡我的觉，各走各的路，人生也不过如此而已。词中既有对现实的不满，也流露出一些消极的思想情绪。

【注释】

[1] 居士：古时称有才德而隐居不仕的人。作者自号仙源居士。

[2] 随分：随遇，随处。

[3] 沓拖：拖沓，懒散。

[4] 无争三昧：与世无争的诀窍。

玉楼春 辛弃疾

戏赋云山

何人半夜推山去？四面浮云猜是汝。常时相对两三峰，走遍溪头无觅处。　　西风瞥起云横度[1]，忽见东南天一柱[2]。老僧拍手笑相夸，且喜青山依旧住。

【品读】 半夜天阴，浓云密布，附近那几座熟悉的山峰不知被谁悄悄地推走了。惊疑之间，忽然一阵西风吹散了浮云，定睛一看，原来青山依旧耸立在眼前。老和尚也高兴得拍手称快，大笑不已。此词诙谐活泼，写自然界风云瞬息万变，天真烂漫，富有情趣。

【注释】
[1] 瞥起：乍起，忽然刮起。
[2] 天一柱：即一座天柱。天柱，古代神话中的支天大柱。这里用以代指高山。

夜游宫 辛弃疾

苦俗客

几个相知可喜，才厮见、说山说水[1]。颠倒烂熟只这是。怎奈向[2]，一回说，一回美。　　有个尖新底，说底话、非名即利。说得口干罪过你[3]。且不罪，俺略起，去洗耳。[4]

【品读】

此词讽刺那些醉心名利而又故作高雅的"俗客"。他们凑在一起，就海阔天空，"说山说水"，美滋滋地自鸣得意。说来说去，终于露出了老底，他们真正感兴趣的不过是"名利"二字而已。词人越听越厌恶，立即起身到河边去把自己被玷污了的耳朵仔细地洗它一洗。词以通俗的语言和诙谐的笔调，刻画了"俗客"的可憎可鄙，表现了作者不同流俗的情操。

【注释】

[1] 厮见：相见。

[2] 怎奈向：如何的意思。

[3] 罪过：多谢，这里是作反语用，含有讽刺之意。

[4] 洗耳：表示厌听其事。

千年调 辛弃疾

蔗庵小阁名曰卮言，作此词以嘲之[1]。

卮酒向人时，和气先倾倒[2]。最要然然可可[3]，万事称好。滑稽坐上，更对鸱夷笑[4]。寒与热，总随人，甘国老[5]。 少年使酒[6]，出口人嫌拗。此个和合道理[7]，近日方晓。学人言语，未会十分巧。看他们，得人怜，秦吉了[8]。

【品读】

此词是辛弃疾闲居带湖时写的。作者因友人郑舜举以"卮言"名阁而借题发挥，对当时社会上的丑恶现象，进行了辛辣的冷嘲热讽。上片以物拟人，通过刻画卮、滑稽、鸱夷、甘国老的特点，形象地揭示出南宋官僚士大夫俯仰随人、逢迎谄媚、万事称好的种种丑态。下片说自己刚拙耿介，不懂调和折中的道理，因而"出口人嫌拗"。但他绝不同流合污，对那些只会

"学人言语"的"秦吉了"，表示鄙弃和憎恶。这首词在诙谐中寄寓着严肃的主题，对南宋官场生活的暴露是比较深刻的。

【注释】

[1] 蔗庵：郑汝谐在上饶城外的别墅。郑字舜举，号东谷居士，曾任信州知州，与辛弃疾有交往。卮言：语出《庄子·寓言》："卮言日出。"指那些随声附和、没有定见的言论。后人常用作对自己著作的谦词。郑舜举以"卮言"名阁，也是表示自谦的意思。卮（zhī知），一种圆形的盛酒器。

[2] 卮酒二句："卮"向客人倒酒时，先装出和颜悦色、谦恭可亲的样子，使人为之倾倒。这里以"卮"比人，借以讽刺那些善于逢迎讨好的伪君子。

[3] 然然可可：连声称是，唯唯诺诺的意思。

[4] 滑（gǔ古）稽：古代的一种流酒器，类似后来的酒过龙，能"转注吐酒，终日不已"（见《史记·滑稽列传》司马贞索隐引崔浩《汉记音义》）。后来用以形容那些出口成章、滔滔不绝的人。鸱（chī痴）夷：皮制的口袋，可以盛酒。

[5] 甘国老：甘草，味甘平，能调和诸药，故称甘国老。

[6] 使酒：因酒使性。

[7] 和合：古代神话中的爱神，象征夫妻和谐和好。这里是调和折中、迎合讨好的意思。

[8] 秦吉了：鸟名，能学人言语。这里是指那些专会阿谀逢迎的人。

卜算子　辛弃疾

齿落

刚者不坚牢，柔底难摧挫。不信张开口角看，舌在牙先堕[1]。

已阙两边厢[2]，又豁中间个[3]。说与儿曹莫笑翁，狗窦从君过[4]。

【品读】

此词写得很诙谐，但主题却是严肃的。作者由齿落联想到刚直不阿的人易遭摧折，不能见容于世；而软媚无骨之辈却长处要津，安然无恙。这种现象是反常的，却普遍存在于现实生活之中。“不信张开口角看，舌在牙先堕”，就是有力的见证。词人在笑谈戏谑声中，对刚摧柔存、是非颠倒的黑暗社会进行了妙趣横生、发人深思的讽刺和揭露。

【注释】

[1] 刚者四句：据《说苑·敬慎》：“常扴有疾，老子往问焉。……张其口而示老子曰：‘吾舌存乎？’老子曰：‘然。’‘吾齿存乎？’老子曰：‘亡。’常扴曰：‘子知之乎？’老子曰：‘夫舌之存也，岂非以其柔耶？齿之亡也，岂非以其刚耶？’常扴曰：‘嘻，是已。’”

[2] 阙：空。

[3] 豁：缺。

[4] 窦：孔穴。狗窦，即狗洞。《世说新语·排调》：“张吴兴年八岁，亏齿，先达知其不常，故戏之曰：‘君口中何为开狗窦？’张应声答曰：‘正使君辈从此中出入。’”

红窗迥 曹豳

春闱期近也[1]，望帝京迢迢[2]，犹在天际。懊恨这一双脚底，一日厮赶上五六十里[3]。　争气。扶持我去，转得官归，恁时赏你[4]。穿对朝靴[5]，安排你在轿儿里。更选个、宫样鞋，夜间伴你。

【品读】

曹豳词仅存二首，一首为《西河》，感叹国事，深沉悲壮；另一首即此阕《红窗迥》，谐趣调侃，近于戏谑。这是作者自家乡瑞安赴京应试途中所作。考期临近，匆忙赶路，一日要走五六十里，两只脚打起了许多血泡。“望帝京迢迢，犹在天际”，路还远着哩！怎么办？想来想去还得靠自己的一双脚板，于是为赋此阕自慰其足。希望它们要为主人争气，“扶持我去”，等到考中做官以后，再好好赏赐报答你们。词颇幽默诙谐，读之令人发笑。

【注释】

[1] 春闱：即春试。唐宋礼部试士，在春季进行，称“春闱”。闱，考场的意思。

[2] 帝京：这里是指南宋都城临安。

[3] 厮赶：互相追赶。

[4] 恁时：那时。

[5] 朝靴：上朝时所穿的靴子。

浪淘沙 周文璞

还了酒家钱，便好安眠。大槐宫里著貂蝉[1]。行到江南知是梦，雪压渔船。　　盘礴古梅边[2]，也信前缘。鹅黄雪白又醒然[3]。一事最奇君听取，明日新年。

【品读】

前人谓文璞诗词奇怪，可与李贺相比，惜其作品流传不多。此阕写除夕客店惊梦，“词旨飘逸，迥出尘表”，奇谲怪异，幽默诙谐，信笔而书，妙趣横生，颇可值得玩味。

【注释】

[1] 大槐宫里：用唐李公佐传奇小说《南柯太守传》中淳于棼梦入大槐安国，任南柯太守的典故。　貂蝉：汉代侍人、中常侍等武官的帽子上饰以金蝉、貂尾，这里是代指做官。

[2] 盘礴：同“磐礴”，或作“旁礴”，广大貌，这里是高大的意思。

[3] 鹅黄：形容淡黄色的柳树新芽。

念奴娇 陈郁

没巴没鼻[1]，霎时间、做出漫天漫地。不论高低并上下，平白都教一例[2]。鼓动滕六[3]，招邀巽二[4]，一任张威势。识他不破，只今道是祥瑞[5]。 却恨鹅鸭池边，三更半夜，误了吴元济[6]。东郭先生都不管[7]，关上门儿稳睡。一夜东风，三竿暖日，万事随流水。东皇笑道[8]，山河原是我底。

【品读】

这是一首咏雪词。据《钱塘遗事》载："贾相当国，陈藏一作雪词讥之。""贾相"指宋理宗时的奸相贾似道，"藏一"系作者陈郁之号。词中通过对严冬风雪肆虐、山河变色的描写，讽刺和揭露了贾似道专权误国、滥施淫威、贻误军机的种种丑态和罪行。结处谓东风送暖，冰消雪化，大地回春，邪恶势力终归是要失败的。词语虽粗，然不平之鸣溢于言表，寓怒骂于嬉笑戏谑之中，爱憎是很鲜明的。

【注释】

[1] 没巴没鼻：没来由。

[2] 平白：凭空，无缘无故。 一例：一样。

[3] 滕六：雪神。

[4] 巽二：风神。

[5] 祥瑞：吉祥的征兆。指瑞雪兆丰年。

[6] 吴元济：唐宪宗时蔡州节度使。元和十二年（817），李愬奉命攻蔡州（今河南汝南），夜半大雪，愬命士兵惊动城边鹅鸭池中鹅鸭，掩盖进军之声，从而攻下蔡州，活捉了吴元济。

[7] 东郭先生：据《初学记》，传说东郭先生家境贫寒，不畏冰雪，常衣履不完，行于雪地之中。

[8] 东皇：春神。

青玉案 无名氏

钉鞋踏破祥符路[1]。似白鹭、纷纷去[2]。试盏幞头谁与度[3]？八厢儿事[4]，两员直殿[5]，怀挟无藏处[6]。　时辰报尽天将暮，把笔胡填备员句[7]。试问闲愁知几许？两条脂烛[8]，半盂馊饭，一阵黄昏雨。

【品读】

这是一首打油词，描写举子入京应试。词中通过漫画式的手法，对封建时代那些才疏学浅、热衷功名、一心想通过科举步入仕途的下层知识分子进行了生动的刻画和辛辣的嘲讽。上片叙述举子们纷纷离家赶考以及进入试院时的狼狈行状，下片描绘举子们在考场中的窘态以及回到邸店后愁苦寒酸的境况。此词借用贺铸名作《青玉案》（凌波不过横塘路）的原韵，笔调诙谐，富有幽默感，极尽冷嘲热讽之能事，读来令人“掀髯捧腹”。

【注释】

[1] 钉鞋：旧时一种布面油漆、底有铁钉的雨鞋。　祥符：旧县名。宋大中祥符三年（1010）改浚仪县置，以年号为名。在今河南开封市。这里是指北宋都城汴京。

[2] 白鹭：这里是指身着白衣、没有功名的举子。古代平民穿的是白衣。

[3] 试盏：指装文具的小匣。盏（lù录），小匣。　幞头：一种头巾。

[4] 八厢儿事：指把守考场的武士。

[5] 直殿：朝廷的侍卫武官。

[6] 这句说举子们无法夹带舞弊。

[7] 备员：充数，凑数。这句说胡乱写上几句凑数。

[8] 脂烛：蜡烛。

夫妻之间

南 歌 子　欧阳修

凤髻泥金带[1]，龙纹玉掌梳[2]。去来窗下笑相扶，爱道画眉深浅入时无[3]？　弄笔偎人久，描花试手初。等闲妨了绣工夫[4]，笑问双鸳鸯字怎生书[5]？

【品读】

此阕刻画一位新妇沉醉于柔情蜜意的爱情生活之中。丈夫并未出场，而是隐藏在词境的画面以外。开篇先用两个对句描绘女子的发型和首饰，以显示其装扮入时、光彩动人的容貌。接着通过一系列精彩表演，揭示新妇娇柔天真、活泼可爱、渴望得到丈夫爱抚的心理情态。笔触细腻，绘声绘影，形象生动，为新婚夫妇留下了一幅富有情趣的生活写照。

【注释】

[1] 凤髻：凤头式的发髻。泥金带：饰金的发带。泥金，颜料名，用金箔和胶水制成的金色颜料。

[2] 龙纹玉掌梳：雕有龙纹、形如手掌的玉梳。

[3] 入时无：是否时髦的意思。

[4] 等闲：寻常，随便。

[5] 怎生：怎么，如何。

玉 楼 春　欧阳修

夜来枕上争闲事，推倒屏山褰绣被[1]。尽人求守不应人，走向碧纱窗下睡。　直到起来由自殢[2]，向道夜来真个醉。大家恶发大家休[3]，毕竟到头谁不是？

【品读】

小夫妻俩，躺在枕上为了一些闲事而争吵起来。丈夫火冒三丈，推倒屏风，掀翻被子；妻子好言相劝，仍不答理，只得“走向碧纱窗下睡”。等到一觉醒来，只听妻子还在抽抽搭搭，说个没完没了。于是丈夫走过来赔个不是：昨天晚上我真的是喝醉了。妻子这才转悲为喜：算了，算了，俗话说小两口夫妻吵架不记仇嘛，何必一定要计较谁是谁非呢？一场家庭纠纷就这样在互谅互让之中化解了。这是一首俚词，语言通俗，写一对市民夫妻的家庭生活，形象生动，绘声绘影，惟妙惟肖。

【注释】

[1] 屏山：屏风。 褰（qiān 牵）：揭起。

[2] 殢（tì替）：纠缠不清，喋喋不休。

[3] 恶发：发怒，生气。

江城子　苏轼

乙卯正月二十日夜记梦[1]

十年生死两茫茫。不思量[2]，自难忘。千里孤坟，无处话凄凉。纵使相逢应不识，尘满面，鬓如霜。　夜来幽梦忽还乡。小轩窗[3]，正梳妆。相顾无言，惟有泪千行。料得年年肠断处，明月夜，短松冈[4]。

【品读】

苏轼的妻子王弗于英宗治平二年（1065），病逝于京城汴梁，次年归葬于四川彭山县安镇乡可龙里。他们夫妻琴瑟谐和，伉俪情深，王氏的早丧使作者深感悲痛。十年以后，词人在密州（今山东诸城市）任知州时，写了这首怀念妻子的悼亡词。全篇分为梦前、梦中和梦后三层。上片写梦前，抒发作者对亡妻的一片深情。过片以后五句，叙述梦回故乡，与爱妻相会的情景。彼此默默无语，凝神互望，心中似有千言万语，一时又不知从何说起，眼泪不禁滚滚而下。恍惚迷离，似真实幻，哀婉凄绝。煞拍三句，写梦醒后的悲凉心情，表达了生者对死者的无限怀念。此阕感情沉挚深厚，语言质朴自然，笔调婉转委曲，风格哀切缠绵，是一首富有艺术感染力的悼亡之作。

【注释】

[1] 乙卯：指宋神宗熙宁八年（1075）。
[2] 思量：想念。
[3] 轩：有窗槛的长廊或小室。
[4] 短松冈：种着小松树的山冈，指亡妻的坟地。

浣溪沙 黄庭坚

一叶扁舟卷画帘[1]，老妻学饮伴清谈[2]。人传诗句满江南。　林下猿垂窥涤砚，岩前鹿卧看收帆。杜鹃声乱水如环[3]。

【品读】

本篇为黄庭坚携家江行途中所作。一叶扁舟，旅途寂寞，为了安慰丈夫，老妻也学着喝酒，陪伴词人在船舱中聊天。下片写舟行所见。猿窥涤砚、鹿看收帆，两组难得遇上的镜头，展示出偏僻荒远的峡中风光。幸好有同舟共济、体贴入微的老妻在身边，所以虽然被贬谪到蛮荒，却并不感到寂寞。这对患难夫妻的感情可谓深厚矣。语言平易自然，明白如话，纯用白描，不类山谷他作癖好用典的文风。

【注释】

[1] 画帘：绘有图案的窗帘。

[2] 清谈：亦称“清言”或“玄言”。魏晋时期崇尚虚无、空谈名理的一种风气。这里是指闲谈，聊天。

[3] 杜鹃：鸟名，啼声凄厉。 水如环：谓水道弯曲回环。

茶瓶儿 李元膺

去年相逢深院宇，海棠下、曾歌《金缕》[1]。歌罢花如雨。翠罗衫上，点点红无数。 今岁重寻携手处，空物是、人非春暮。回首青门路[2]。乱红飞絮，相逐东风去。

【品读】

这是一首悼亡之作。上片回忆去年与妻子深院赏花，妻子演唱《金缕曲》的动人情景；下片叙述今年重寻故地，感叹物是人非、花落人亡，不胜凄怆之情。词的感情深挚，音调哀婉，读来催人泪下。据说作者由于丧妻，悲痛成疾，不久也随着病逝了。

【注释】

[1] 《金缕》：即《金缕曲》，词调《贺新郎》的别名。

[2] 青门：古长安城门。这里是泛指城门。

虞美人 赵令畤

光化道中寄家[1]

画船稳泛春波渺，夕雨寒声小。紫烟深处数峰横，惊起一滩鸥鹭、照川明。 西楼今夜归期误[2]，恨入栏干暮。可堪春事满春怀[3]，不似珠帘新燕、早归来。

【品读】

出门在外，误了归期，害得妻子终日倚栏凝望，心里感到惭愧和不安，于是在船上写成此阕，遥寄家中悬念之人，表示自己的歉意。上片写景，描绘光化道中所见；下片抒情，表达对妻子的思念。小词构思巧妙，语言朴实，立意较新，反映了作者夫妻之间深挚的感情。

【注释】

[1] 光化：县名，在今湖北西北部、汉江中游东岸。 寄家：寄给家人（指妻子）。

[2] 西楼：泛指闺楼。

[3] 可堪：那堪、不堪。

捣练子 贺铸

杵声齐

砧面莹[1]，杵声齐[2]，捣就征衣泪墨题[3]。寄到玉关应万里[4]，戍人犹在玉关西。

【品读】

贺铸以妻子怀念远方征人的口气，写了六首"送寒衣，望夫归"的词《古捣练子》，实际上都是调寄《捣练子》，不过摘取其中三字另标新名而已。这里选了两首。此阕前三句叙事，描写妻子捣衣修书寄给从军在边塞的丈夫。四、五两句揭示女子的心理活动。思妇望着即将寄走的征衣，不禁想到：这里到玉门关已有万里路程，何况"戍人"还在玉门关以西更为遥远的边塞哩！这两句通过衬托铺垫，翻腾作势，将征途的遥远和思念之深切描写得十分细腻真挚，语言含蓄而富有韵味。

【注释】

[1] 砧（zhēn 针）：捣衣石。 莹，光洁貌。

[2] 杵（chǔ 楚）：捣衣的木槌。

[3] 征衣：指军服。许浑《塞下曲》："朝来有乡信，犹自寄征衣。"

[4] 玉关：即玉门关，在今甘肃省境内。这里是泛指边关。

捣练子 贺铸

望书归

边堠远[1]，置邮稀[2]，附与征衣衬铁衣[3]。连夜不妨频梦见，过年惟望得书归。

【品读】

此阕写思妇为征夫寄衣时的心理活动。征衣已经洗得干干净净，书信也早就写好，只等驿使一到就托他们寄到边关去。可是左等右等也不见驿使的踪影，于是她倚门凝望，思绪万千，自言自语地说道：边关那么遥远，邮传驿站又那样稀少，我正焦急地等待着驿使，求他们捎几件衣服给我的丈夫，好让他穿在铁甲里面免受风寒之苦。"连夜不妨频梦见，过年惟望得书归"，结拍两句照应起处"边堠远，置邮稀"，深入一层写妻子对前线丈夫的无限深情：虽然夜夜在梦中和丈夫相会，可是梦境毕竟不是现实，我只好耐心等待，盼望明年开春以后能够收到他的回信。

【注释】

[1] 边堠（hòu 后）：古代边防前线探望敌情的土堡。这里代指边防前线。

[2] 邮：古代传递文书、供应食宿和车马的驿站。

[3] 附：捎带，寄递。 铁衣：铁甲。

鹧鸪天 贺铸

重过阊门万事非[1]，同来何事不同归？梧桐半死清霜后[2]，头白鸳鸯失伴飞。　原上草，露初晞[3]。旧栖新垄两依依[4]。空床卧听南窗雨，谁复挑灯夜补衣？

【品读】

贺铸与他的妻子赵氏夫人伉俪情深，贫贱相守，互相关怀体贴。不幸的是赵氏在贺铸不到五十岁时即病逝于苏州。若干年后，作者再到苏州，重过阊门，睹物伤情，老泪横流地写了这首悼亡之作。上片通过重游故地，触景生悲，抒发中年丧偶之痛。下片抚今思昔，表达了对死者的无限怀念。全篇由“重过阊门”到“空床卧听”，实际写的是作者再到苏州后一天之内的悲感。词中突破时空界限，将梧桐、鸳鸯、草露、旧栖、新垄、听雨、补衣等意象组合在一起，构成画面，奏出了一曲生死之恨的哀乐。在这曲哀乐声中，若隐若现地展示出他们夫妻之间往日的种种情事和赵氏夫人的形象，从而深化了悼亡的主题。词的首联和煞拍两个问句，呼唤亡灵，恨不能让爱妻起死回生，听一听后死者发自肺腑的声音，读来令人心碎，具有很强的艺术感染力。

【注释】

[1] 阊门：苏州古城西门。

[2] 梧桐半死：枚乘《七发》：“龙门之桐，高百尺而无枝……其根半死半生。”这里是用以比喻丧妻之痛。

[3] 露初晞：露水刚干。比喻妻子才死。

[4] 旧栖：从前的寓所。　新垄：死者的新坟。

满江红 晁补之

寄内

月上西窗，书帏静[1]、灯明又灭。水漏涩、铜壶香烬[2]，夜霜如雪。睡眼不曾通夕闭，梦魂争得连宵接？念碧云、川路古来长，无由越。　　鸾钗重，青丝滑[3]；罗带缓，小腰怯。伊多感那更，恨离伤别。正是少年佳意气，渐当故里春时节。归去来、莫教子规啼，芳菲歇[4]。

【品读】

此阕是作者早年游学在外，怀念妻子之作。题为“寄内”，是以词代柬，向伊人剖诉离别相思之情。上片叙述词人独自在书房中面对半明半灭的孤灯，通宵不眠，由于“睡眼不曾通夕闭”，所以连梦回家乡的希望也落了空，只能眼睁睁地等到天明。换头以后六句，从对方着笔，想象多情的妻子今夜也和我一样，正在“恨离伤别”。最后四句安慰妻子，当春天来到的时候，我就可以回到家中与你团聚，共度美好的时光，以消除彼此的相思之苦。这首词情真意切，说的都是实实在在的心里话，毫无矫揉造作之感，表达了一对青年夫妻之间的恩爱之情。

【注释】

[1] 书帏：书房中的帐子。

[2] 水漏涩：谓漏壶中的水快滴尽了，表示夜已很深。

[3] 青丝滑：头发散乱。

[4] 芳菲歇：花草凋残。

鹧鸪天 晁补之

绣幕低低拂地垂，春风何事入罗帏[1]？胡麻好种无人种[2]，正是归时君未归。　　临晚景，忆当时，愁心一动乱如丝。夕阳芳草本无恨，才子佳人空自悲。

【品读】

本篇是代为妻子思念丈夫之作。春风拂面，耕种季节已经到来，胡麻必须夫妻同种，才能长得茂盛，而丈夫却迟迟未归，怎不教人“愁心一动乱如丝”呢？词中即景感怀，抒发了闺妇盼望良人及早归来的殷切之情。

【注释】

[1] 罗帏：丝帐。

[2] 胡麻：即芝麻。古人认为，胡麻须由夫妇同种才能长得茂盛。唐葛鸦儿《怀良人》：“胡麻好种无人种，正是归时不见归。”

醉落魄 赵佶

预赏景龙门追悼明节皇后[1]

无言哽噎[2]。看灯记得年时节。行行指月行行说。愿月常圆，休要暂时缺。　　今年华市灯罗列。好灯争奈人心别。人前不敢分明说。不忍抬头，羞见旧时月。

【品读】

这是宋徽宗赵佶为安妃刘氏写的一首悼亡词。刘氏本为酒保家女儿，被选入宫后，由于容貌出众，“天资警悟，解迎意合旨，雅善涂饰”，因而颇受宠幸。很快由才人进至淑妃，政和四年（1114）又加封为贵妃。宣和三年（1121）去世，年仅三十四岁。赵佶对刘妃之死，深为悲痛，啜泣不已，特旨加册为明节皇后。

此阕为元宵节前赵佶与臣僚在宝箓宫前景龙门上予赏节日灯火时有感而作。词中通过今昔对比，表达了作者痛失爱妃的悲怆之情。赵佶不是一个好皇帝，却是一个多愁善感、颇有艺术修养的风流才子。他与刘贵妃的爱情和唐明皇与杨贵妃的爱情属于同一类型。这首词语言朴实无华，音调低沉哀伤，读来真切感人。

【注释】

[1] 预赏：元宵节前，宫中试灯，谓之预赏。 景龙：即景龙门，汴京旧城北壁正门，在大内宝箓宫前。 明节皇后：即安妃刘氏。

[2] 哽噎：悲痛气塞，说不出话来。

减字木兰花 李清照

卖花担上，买得一枝春欲放。泪染轻匀，犹带彤霞晓露痕[1]。

怕郎猜道，奴面不如花面好[2]。云鬓斜簪[3]，徒要教郎比并看[4]。

【品读】

这是李清照早年的作品，写她新婚蜜月生活中的一个片段。词中通过春日买花、观花、簪花以及与花比美等情节，表现了词人对爱情的大胆追求，她希望丈夫无限钟情于自己，把她看成是世间无与伦比的阆苑仙葩。全篇语言通俗活泼，形象生动鲜明，风格尖新轻巧。在道学家看来确乎有些肆意落笔，无所顾忌，然而向新婚夫婿吐露真情，希望得到他的专宠，绝不能说是“儇薄”。因此怀疑这首词不是李清照所作是没有根据的。

【注释】

[1] 彤霞：红霞，形容花的颜色鲜丽，犹如早霞一样。

[2] 这两句化用无名氏《菩萨蛮》词意：“牡丹含露真珠颗，美人折向庭前过。含笑问檀郎，花强妾貌强？”

[3] 云鬓：秀发。鬓，面颊两旁近耳的头发。

[4] 徒要：但要，偏要。

凤凰台上忆吹箫　李清照

香冷金猊[1]，被翻红浪[2]，起来慵自梳头[3]。任宝奁尘满[4]，日上帘钩。生怕离怀别苦，多少事、欲说还休。新来瘦，非干病酒[5]，不是悲秋。　休休[6]! 这回去也，千万遍阳关[7]，也则难留。念武陵人远[8]，烟锁秦楼[9]。惟有楼前流水，应念我、终日凝眸[10]。凝眸处，从今又添，一段新愁。

【品读】

本篇为李清照送别其夫赵明诚离家外出所作。由于他们夫妇志趣相投、感情很深，因而女词人不忍离别，即使是短暂的离别，也会使她感到十分忧伤痛苦。词的上片写临别时的感受。通过刻画室内景物和抒情主人公娇慵憔悴的神态，极力渲染不堪离别的愁苦情状。下片设想别后境况。唱遍阳关，终须一别；从今以后，人去楼空。唯有终日倚楼凝望，纵使流水念我，也只能徒然增添一段新愁。

【注释】

[1] 金猊：形似狻猊的铜香炉。猊，狻猊（suān ní 酸倪），即狮子。

[2] 被翻红浪：红缎被子乱糟糟地堆在床上。

[3] 慵：懒。

[4] 宝奁（lián 连）：珍贵的镜匣。

[5] 病酒：饮酒过量引起身体不适。

[6] 休休：罢了，罢了。

[7] 阳关：即《阳关三叠》，古人送别时所唱的曲子，指王维的《渭城曲》。

[8] 武陵：郡名，即今湖南常德市。这句谓赵明诚去处遥远。

[9] 秦楼：传说秦穆公女弄玉和萧史成婚，曾住在秦楼（又称凤台）。这句说自己独自留在烟柳迷离的闺楼。

[10] 凝眸：凝神注视。

临江仙 刘彤

千里长安名利客，轻离轻别寻常[1]。难禁三月好风光。满阶芳草绿，一片杏花香。　　记得年时临上马，看人眼泪汪汪。如今不忍更思量。恨无千日酒，空断九回肠[2]。

【品读】

刘彤字文美，工诗词，江宁章文虎之妻。此阕为作者寄夫之词。其后她又写信给文虎说："向日寄去诗曲，非敢为工，盖欲道衷肠万一耳。"并随信附上小诗二首。词和两首小诗一样，以委婉的语言，表达了妻子对贪求功名利禄的丈夫的深深思念。在封建社会，丈夫为了"金榜题名"，总是"轻离轻别"，抛下妻子独守空闺，使她们梦绕魂牵，尝尽相思之苦，以至酿成了种种悲剧。词中所抒发的思想感情在当时有一定的普遍性，因而能引起与作者同病相怜的一部分妇女的共鸣。

【注释】

[1] 长安：汉唐都城，即今陕西西安市，这里是指北宋都城汴梁。别，一作“散”。

[2] 九回肠：形容内心忧愁悲伤，仿佛肠在旋转一般。九，泛指多次。司马迁《报任少卿书》：“是以肠一日而九回。”

伊川令 花仲胤妻

寄外

西风昨夜穿帘幕，闺院添消索[1]。最是梧桐零落，迤逦秋光过却[2]。　　人情音信难托，鱼雁成耽阁[3]。教奴独自守空房，泪珠与、灯花共落。

【品读】

据《花草粹编》载，花仲胤在相州任录事，久而不归，他的妻子十分想念，便写了这首词寄去。仲胤展开一看，只见“伊川”的“伊”字写成了“尹”字，以为是他的妻子粗心大意，写了错别字，于是也写了一首《南乡子》回赠其妻。词中说：“顿首起情人，即日恭维问好音。接得彩笺词一首，堪惊。题起词名恨转生。展转意多情，寄与音书不志诚。不写伊川题尹字，无心。料想伊家不要人。”他的妻子读后又回信寄去了一首词（失调名）：“奴启情人勿见罪，闲将小书作尹字。情人不解其中意，问伊间别几多时？身边少个人儿！”仲胤看罢，哈哈大笑，称赏不已。这首《伊川令》虽非绝唱，却也写得质朴真切，表达了一位妻子对丈夫的深深怀念。后两阕妙趣横生，读来令人忍俊不禁。从中可以看出他们夫妻相知甚深，感情弥笃，可谓“妇唱夫随”。

【注释】

[1] 消索：萧索、冷落的意思。

[2] 迤逦：曲折连绵。这里是逐渐地、慢慢地的意思。

[3] 耽阁：即耽搁，延误。

江城子 邓肃

酒阑携手过回廊[1]。夜初凉，月如霜。笑问木犀[2]，何日吐天香[3]？待插一枝归斗帐[4]，和云雨，殢襄王[5]。　如今满目雨新黄。绕高堂，自芬芳。不见亭中，携手旧鸳鸯。已对秋光成感慨，更夜永[6]，漏声长[7]。

【品读】

邓肃为南北宋之间的爱国志士，曾赋诗谴责花石纲扰民，颇为朝野称重。这首悼亡词写得情意绵绵，感人至深。上片追忆当年秋夜酒后与爱妻携手漫步回廊、月下折桂、欢度蜜月的幸福生活。下片感叹如今桂子依旧飘香，可惜亭子里再也看不到昔日月下携手同游的“旧鸳鸯”。词意含蓄委婉，音调凄凉，对比鲜明，表达了对亡妻的深深怀念。

【注释】

[1] 酒阑：酒尽，酒后。

[2] 木犀：桂花。

[3] 天香：特异的香味。

[4] 斗帐：小帐子，因其形如覆斗，故称。

[5] 云雨：“巫山云雨”的略语。　殢（tì替）：滞留。　襄王：指楚襄王。旧称男女欢合为“云雨”。

[6] 夜永：夜长。

[7] 漏：即漏壶，古代计时的器具。

渔家傲　杨无咎

十月二日老妻生辰

昨日小春才得信[1]，明宵新月初生晕[2]。又对寿觞斟九酝[3]。香成阵，欢声点破梅梢粉。　琪树长青资玉润[4]，鸳鸯不老眠沙稳。此去期程知远近？君休问，山河有尽情无尽。

【品读】

数十年风风雨雨，同甘共苦，今日欣逢老妻生辰，除了斟酒庆寿之外，自然还要写首小词来祝贺一番。如今鸳鸯未老，夫人依旧容光焕发，就像那仙境里的玉树琪花一样，可是来日毕竟无多，在人生的旅程上谁知我们还能走多远呢？亲爱的老伴呵，您用不着为此担心："君休问，山河有尽情无尽。"海可枯，石可烂，我们的爱情是生死不渝、万古长存的。本篇语言朴实，如话家常，表现了一对老年夫妻之间的真挚感情。

【注释】

[1] 小春：指农历十月，因其温暖如春，故谓之小春，亦云小阳春。欧阳修《渔家傲》："十月小春梅蕊绽，红炉画阁新装遍。"

[2] 晕：环绕日、月四周的彩色云气。

[3] 觞：古代盛酒器。　酝：酒。

[4] 琪树：古人想象中仙境里的花木。这句形容老妻青春常在，容光焕发，犹如仙境里的琪花瑶草一样。

醉思仙 孙道绚

寓居妙湛悼亡作此

晚霞红。看山迷暮霭，烟暗孤松。动翩翩风袂[1]，轻若惊鸿[2]。心似鉴，鬓如云，弄清影，月明中。谩悲凉，岁冉冉，蕣华潜改衰容[3]。　　前事销凝久，十年光景匆匆。念云轩一梦[4]，回首春空。彩凤远，玉箫寒，夜悄悄，恨无穷。叹黄尘久埋玉，断肠挥泪东风。

【品读】

孙道绚，号冲虚居士，其子黄铢福建崇安人，与朱熹俱为刘子翚门生。道绚年三十夫死，即抱贞节以自终。聪明颖异，“平生作为文章诗辞甚富”，仅有数首词传世。此阕为悼念亡夫所作。上片叙写山中孤寂悲凉的生活，感叹岁月冉冉，时光匆匆，朝花夕落，如今已是残年衰容。下片追思前事，夫死十年，黄尘埋玉，回首春空，长夜漫漫，幽恨无穷，心碎肠断，唯有挥泪向东风。词意深沉凄婉，风格苍凉，抒发了作者对亡夫的无限怀念之情。

【注释】

[1] 翩翩：飞举貌。袂（mèi 妹）：衣袖。

[2] 惊鸿：比喻美人体态轻盈。曹植《洛神赋》：“翩若惊鸿，婉若游龙。”

[3] 蕣华：即木槿花。此花朝开暮落，为时短暂。这里是形容青春早逝。

[4] 云轩：即云房，古代僧道所居之处。

钗头凤 陆游

红酥手[1]，黄滕酒[2]，满城春色宫墙柳。东风恶，欢情薄。一怀愁绪，几年离索[3]。错，错，错！　春如旧，人空瘦，泪痕红浥鲛绡透[4]。桃花落，闲池阁。山盟虽在，锦书难托。莫，莫，莫！

【品读】

这首词是陆游为怀念他被迫离异的前妻唐琬而写的。陆游在二十岁左右，和他的表妹结成夫妻。两人相亲相爱，伉俪情深。可是陆游的母亲却不喜欢自己的儿媳，终于迫使他们离了婚。不久唐琬改嫁同郡宗室赵士程，陆游也由父母包办另娶王氏。陆游三十一岁时，在一次春游中与唐琬偶然相遇于绍兴城南的沈园。陆游凝视着那近在眼前、远在天边，熟悉而又陌生、可望而不可即的倩姿丽影，悲恸欲绝，"怅然久之"，于是在沈园的墙壁上题写了这首哀婉动人的《钗头凤》词。

词的上片分为两层。前三句回忆新婚后短暂的幸福生活，反映了他们夫妻间真挚深厚的爱情。后四句，笔锋一转，以极为沉痛的语言和含蓄委婉的手法，叙述十多年前那场给男女主人公带来巨大不幸的婚姻悲剧。结拍用三个叠字"错，错，错"收束，以惨痛的事实对封建礼教进行了血泪控诉。过片三句，写邂逅重逢，伊人消瘦的身影和憔悴的形容与当年的形象形成鲜明对照。最后四句以花落比喻人散，进一步渲染悲剧气氛。煞拍又用三个叠字"莫，莫，莫"，表达了一种无可奈何的悲痛绝望之情。本篇感情深沉浓烈，风格凄艳哀婉，艺术感染力较强。

【注释】

[1] 红酥手：形容女子的手红润细腻。

[2] 黄縢酒：即黄封酒，古代一种官酒的名称。因其以黄纸封口，故名。

[3] 离索：离散分居后的孤寂生活。

[4] 浥（yì意）：湿润。 鲛绡（jiāo xiāo交肖）：神话传说中鲛人（美人鱼）所织的丝绢。这里指手帕。

[5] 锦书：前秦窦滔妻苏蕙曾织锦为回文诗以寄其夫，后遂以锦书代指书信。

钗头凤 唐琬

世情薄，人情恶，雨送黄昏花易落。晓风干，泪痕残。欲笺心事[1]，独语斜阑[2]。难，难，难！ 人成各，今非昨，病魂常似秋千索[3]。角声寒[4]，夜阑珊[5]。怕人寻问，咽泪装欢。瞒，瞒，瞒！

【品读】

据陈鹄《耆旧续闻》载："放翁先室内琴瑟甚和，然不当母夫人意，因出之。夫妇之情，实不忍离。后适南班士名某，家有园馆之胜。务观一日至园中，去妇闻之，遣遗黄封酒果馔，通殷勤。公感其情，为赋此词（指陆游'红酥手'一阕）。其妇见而和之，有'世情薄，人情恶'之句，惜不得其全阕。"传说沈园会后，唐琬忧伤成疾，不久便含恨离开了人间。

此阕表达了一位深受封建礼教迫害的无辜女子的心声，读来如泣如诉，令人泣血摧心。主人公从切身的体验中，深深地感到世道不公，人情险恶。她被剥夺了婚姻和爱情的自由，投诉无门，终日以泪洗面，心事无人理解，只能"独语斜阑""咽泪装欢"。两结三个叠韵，一字千钧，是作者发自肺腑的哭诉，具有很强的艺术感染力。

【注释】

[1] 欲笺心事：想把自己的心事写信告诉对方。笺，信纸，这里作动词用。

[2] 独语斜阑：斜倚栏杆，自言自语。

[3] 这句说，病入膏肓，魂飞天外，生命危在旦夕，如秋千之绳索，随时可能断绝。

[4] 角声：号角之声。

[5] 阑珊：将尽。

木兰花慢　王　炎

缃桃花树下[1]，记罗袜、昔经行[2]。至今日重来，人惟独自，花亦凋零。青鸟杳无信息[3]，遍人间、何处觅云軿[4]？红锦织残旧字[5]，玉箫吹断余声[6]。　销凝。衣故几时更[7]？又谁复卿卿[8]？念镜里琴中，离鸾有恨，别鹄无情[9]。齐眉处同笑语[10]，但有时、梦见似平生。愁对婵娟三五[11]，素光暂缺还盈。

【品读】

此阕以含蓄委婉的笔调，抒写作者对亡妻的深深怀念。词从追念旧游写起，昔日"罗袜"经行之地，今日重来，唯见花自飘零，孑然一身，天上人间杳无伊人信息，不觉销魂凝思。遥想当年，卿卿我我，举案齐眉，笑语盈盈；可叹而今，"但有时、梦见似平生"。月有阴晴圆缺，人却永无团聚之日。悠悠苍天，曷其有极！这首词含思深婉，意象朦胧，表达了作者对亡妻的一片真挚之情。

【注释】

[1] 缃桃：指核桃花，因其色黄，故云。缃：浅黄色。

[2] 罗袜：丝袜，代指女子的足迹。

[3] 青鸟：神话传说中为西王母传信的神鸟，后因称传信使者为"青鸟"。

[4] 云軿（píng 平）：即云车，传说中仙人所乘之车。軿，古代贵族妇女所乘有帷幕的车。

[5] 红锦：红色的锦书，指书信。

[6] 玉箫：箫的美称。

[7] 这句说衣服破旧无人换洗。

[8] 卿卿：夫妻间的爱称。

[9] 鹄（hú 胡）：天鹅。

[10] 齐眉："举案齐眉"的略语，谓夫妻互敬互爱。

[11] 婵娟：谓月亮。

一剪梅 易祓妻

染泪修书寄彦祥。贪作前廊，忘却回廊[1]。功名成就不还乡。铁做心肠，石做心肠！　　红日三竿懒画妆。虚度韶光[2]，瘦损容光[3]。不知何日得成双？羞对鸳鸯，懒对鸳鸯。

【品读】

易祓字彦祥，一作彦章，湖南长沙人。宋宁宗时曾任左司谏，入都做官后喜新厌旧，贪恋荣华富贵，久不归家。其妻某氏赋此词寄之。上片怨夫，下片自伤，情真意切，以寻常语言度入音律，自然谐婉，明白如话。其中八个四字短句均用叠韵，将作者的怨抑心情表达得淋漓尽致。上下两片，对比鲜明，通过词人的遭遇反映了封建社会妇女的不幸命运，读来凄婉动人。

【注释】

[1] 前廊：指易祓在朝任著作郎，因"郎""廊"谐音，故云。回廊：指回到家乡。据《古杭杂记》载："易彦祥，宁宗朝状元，初以优校为前廊，久不归，其妻作《一剪梅》寄之。"

[2] 韶光：美好的时光，这里是指美好的青春时期。

[3] 容光：仪容风采。

碧牡丹　李致远

破镜重圆[1]，分钗合钿，重觅绣户珠箔[2]。说与从前，不是我情薄。都缘利役名牵，飘蓬无定[3]，翻成轻负。别后情怀，有万千牢落[4]。　经时最苦分携，都为伊、甘心寂寞。纵满眼、闲花媚柳，终是强欢不乐。待凭鳞羽[5]，说与相思，水远天长又难托。而今幸已再逢，把轻离断却。

【品读】

作者为了追求功名利禄，离家多年，今日千里归来得与亲人团聚，可谓“破镜重圆”。然而这些年来妻子独守空闺，饱尝相思之苦，一定会埋怨自已是薄情之人，不如写首词说明情况，剖诉衷曲，求得她的谅解。我在外面漂泊不定，也很寂寞苦恼，并没有去寻花问柳，只是由于“水远天长”，才未能及时寄信给你，请你多加包涵。“而今幸已再逢”，从此以后我再也不会离开你了。读此词如闻其声，如见其人，坦率诚恳，向妻子老老实实地检讨一番，一定会取得对方的谅解。

【注释】

[1] 破镜重圆：指陈太子舍人徐德言与乐昌公主因破镜而重新团聚的故事（见唐孟棨《本事诗》）。

[2] 绣户：雕绘华美的门户，多指女子的居处。　珠箔：珍珠缀成或饰有珍珠的帘子。

[3] 飘蓬：比喻漂泊不定的生活。蓬，即蓬蒿，遇风常吹折离根，飞转不已。

[4] 牢落：孤独寂寞，无所寄托貌。

[5] 鳞羽：指鱼、雁。古人谓鱼、雁能替人传书。

菩萨蛮　陈达叟

举头忽见衡阳雁，千声万字情何限。叵耐薄情夫[1]，一行书也无。　泣归香阁恨[2]，和泪掩红粉。待雁却归时，也无书寄伊。

【品读】

此阕写闺中人的思夫之情，构思新巧，别有风趣。举头见雁，因思薄情夫婿不寄"一行书"来，实为可恨也。彼既如此无情，奴家何不也狠心治他一治。等到大雁归来，我也绝不捎信给他。由盼生怨，因爱致恨，将闺中思妇的心理情态刻画得曲折生动，活灵活现。

【注释】

[1] 叵耐：亦作"叵奈"，可恨。

[2] 香阁：谓女子所居之闺房。

忆秦娥　郑文妻孙氏

花深深，一钩罗袜行花阴。行花阴，闲将柳带，试结同心[1]。

日边消息空沉沉[2]，画眉楼上愁登临，愁登临，海棠开后，望到如今。

【品读】

据《古杭杂记》载，这首词是南宋太学生郑文的妻子孙氏写的。词寄到杭州，便传播开来，受到读者的喜爱，"酒楼妓馆皆歌之"。作者以真挚的感情、朴实无华的语言和委婉的音调，抒写了对丈夫的无限思念。上片写信步花丛，攀折柳枝，编织同心结，以寄托相思之情。下片写良人一去，杳无音讯，空自倚楼凝望，愁思欲绝。结拍“海棠开后，望到如今”，谓三春光景无日不在思念之中，语短情长，含思深婉。

【注释】

[1] 同心：即同心结。用锦带或柳条打成连环回文样式的结子，是男女相爱的象征。

[2] 日边：京城，皇帝的身边。辛弃疾《水调歌头》：“政恐不免耳，消息日边来。”

武陵春 赵秋官妻

人道有情须有梦，无梦岂无情？夜夜相思直到明，有梦怎生成？　　伊若忽然来梦里，邻笛又还惊。笛里声声不忍听，浑是断肠声[1]!

【品读】

此词或以为系延平连静女所作，记其与邻居儒生陈彦臣私通事。但细味词意，当系抒写离别相思之情，与私通情事无涉，疑《醉翁谈录》所载有误。丈夫出门不归，妻子朝思暮想，天天晚上都要失眠。人们都说有情就会有梦，这纯粹是胡说八道。我没有做梦，难道就是我无情吗？请问，我“夜夜相思直到明”，哪有时间去做梦呢？多少人有过相同的经历和体验，却没有人能像这位女子说得如此委曲婉转而又妙趣横生，真难为了她。且看下片，也不平常。偶尔迷迷糊糊地眯了一觉，忽然看见他回到了自己的身边。可是还没来得及亲热亲热，说上两句知心话，又被邻居的笛声惊醒。那笛声实在太凄凉了，听起来真教人肠断魂销呵！小词语言通俗朴质，曲折缠绵，跌宕起伏，上片两问问得极妙，在宋人抒写离别相思的词作中，别具一格。

【注释】

[1] 浑是：全是，声声都是。

鹧鸪天 刘鼎臣妻

剪彩花送夫省试[1]

金屋无人夜剪缯[2]，宝钗翻作齿痕轻。临行执手殷勤送，衬取萧郎两鬓青[3]。 听嘱咐，好看承[4]，千金不抵此时情。明年宴罢琼林晚[5]，酒面微红相映明。

【品读】

丈夫要到京城去参加科举考试，妻子连夜剪制了一朵彩花送给他。临别时含情脉脉地将彩花插在丈夫的鬓边，嘱咐他一路上要多加保重，别辜负了我的一片心意。等到金榜题名、参加新科进士的御宴时，千万要戴上这朵大红花。酒后绯红的两颊与花儿映衬，那该有多风光呀！

【注释】

[1] 省试：唐宋科举之制，各州县贡生至京师，试于尚书省，由礼部主持，谓之省试，亦称礼部试。

[2] 金屋：华美的房屋，这里是指闺房。 缯（zēng 增）：古代对丝织品的总称。

[3] 萧郎：本为对姓萧的男子的称谓，后泛指女子所爱恋的男子。这里是指作者的丈夫刘鼎臣。

[4] 看承：看顾，照料。

[5] 琼林：宋代苑名，在汴京城西。宋徽宗政和二年（1112）以前，于此赐宴新及第的进士。后多以赴琼林宴指考中进士。

兄弟姊妹

临江仙 苏氏

立春寄季顺妹

一夜东风穿绣户，融融暖应佳时[1]。春来何处最先知？平明堤上柳，染遍郁金枝[2]。 姊妹嬉游时节近，今朝应怨来迟。凭谁说与到家期？玉钗头上胜[3]，留待远人归。

【品读】

此词作者苏氏，为苏绅之女、苏颂之妹，泉州南安（今属福建省）人。长于文翰，世称延安夫人。存词四首，均为寄姊妹之作。上片写春回大地，东风送暖，柳树披上了绿装，郁金花也抽出了新芽，短短五句描绘出一幅南国春色的迷人景色。下片抒发怀念同胞手足之情：立春日快到了，正是姊妹们携手出游的佳节良辰，而季顺妹却未能赶回家中，真教人想念呵！节日戴在头上的“彩胜”都已为你准备好了，远方的亲人快快归来吧！

【注释】

[1] 融融：和乐貌。杜牧《阿房宫赋》：“春光融融。”

[2] 郁金：多年生草本植物，夏季开粉白色花。

[3] 玉钗头上胜：戴在头上的春幡，又叫幡胜、彩胜。唐宋风俗，立春日用纸或绸绢剪作旗幡形，或剪作蝴蝶、金钱等形状，戴在头上或系在花下，庆祝春天来到。

满江红 苏轼

怀子由作

清颍东流[1]，愁目断、孤帆明灭。宦游处、青山白浪，万重千叠。孤负当年林下意，对床夜语听萧瑟[2]。恨此生、长向别离中，添华发。　　一尊酒，黄河侧；无限事，从头说。相看恍如昨，许多年月。衣上旧痕余苦泪，眉间喜气添黄色[3]。便与君、池上觅残春，花如雪。

【品读】

本篇作于哲宗元祐七年（1092），苏轼任颍州知州时。苏轼和苏辙不但是当时文坛两位著名的人物，而且也是政治见解相同、感情十分深厚的同胞兄弟。作者因“乌台诗案”被捕入狱时，曾托狱卒梁成带给子由两首诀别诗（当时他以为自己必死狱中，不得一别子由），其中一首说：“与君世世为兄弟，又结来生未了因。”他的著名词作《水调歌头》（明月几时有），也是为怀念自己的弟弟苏辙而写的。由此可见，在中国古代作家中，大苏和小苏是一对情深似海的模范兄弟。此阕上片即景生情，抒发了“恨此生、长向别离中”的深深感慨。下片追忆从前多次的相会和离别，希望能有机会回到京城与弟弟见一见面。

【注释】

[1] 清颍：指颍水，亦称颍河，在河南东部与安徽西北部，是淮河最大的支流。

[2] 这两句回忆当年的往事：仁宗嘉祐六年（1061），苏轼兄弟为应举制策而寓居怀远驿。一个秋雨之夜，他们共读韦应物的诗句“那知风雨夜，复此对床眠”，于是相约一起早日退隐山林。大意是说，辜负了当年对床夜语、及早隐退的约言。

[3] 眉间喜气添黄色：意谓不久即可喜上眉梢、兄弟相逢了。古代相书认为黄色是喜事的征兆。

水调歌头 苏辙

徐州中秋

离别一何久？七度过中秋。去年东武今夕[1]，明月不胜愁。岂意彭城山下[2]，同泛清河古汴[3]，船上载《凉州》[4]。鼓吹助清赏，鸿雁起汀洲。 坐中客，翠羽帔[5]，紫绮裘。素娥无赖[6]，西去曾不为人留。今夜清尊对客，明夜孤帆水驿，依旧照离忧。但恐同王粲[7]，相对永登楼。

【品读】

神宗熙宁十年（1077），苏轼出知徐州，四月离京赴任，作者与之偕行，并在徐州停留百余日，然后转道赴南都（今河南淮阳）留守签判任。临别前夕，适逢中秋佳节，他们一同泛舟赏月，苏辙为赋此词告别其兄。苏轼读后也即席写了一首同调和韵之作。序中云："余去岁在东武，作《水调歌头》以寄子由。今年子由相从彭门百余日，过中秋而去，作此曲以别。余以其语过悲，乃为和之，其意以不早退为戒，以退而相从之乐为慰云。"词中抒写作者和他的胞兄久别重逢接着又将分别的依依难舍之情。全篇音调凄凉，笼罩着浓厚的"愁"和"忧"的气氛，这与他们当时在政治上的艰危处境也是有关的。本篇语言通畅自然，直抒胸臆，如话家常，娓娓而谈，生动地表现出苏氏兄弟亲密无间的同胞手足之情。

【注释】

[1] 东武：即密州（今山东诸城）。
[2] 彭城：即徐州（今属江苏省）。
[3] 清河：古河名，在黄河下游。古汴：即汴河、汴水。
[4] 《凉州》：即《凉州曲》，唐开元中自凉州传入内地。
[5] 帔：即披肩。
[6] 素娥：即月亮。 无赖：犹无奈，无可如何。
[7] 王粲：汉末文学家，流寓荆州，

依附刘表，不受重用，曾作《登楼赋》。

青玉案 黄大临

和贺方回韵，送山谷弟贬宜州

千峰百嶂宜州路，天黯淡、知人去。晓别吾家黄叔度[1]。弟兄华发，远山修水，异日同归处。　　樽罍饮散长亭暮[2]，别语缠绵不成句。已断离肠能几许？水村山馆，夜阑无寐，听尽空阶雨。

【品读】

黄大临字元明，号寅庵，为诗人黄庭坚的胞兄。徽宗即位后，山谷曾一度复职，后因作《荆南承天院记》，被人指为“幸灾”，又被除名羁管宜州（今广西宜州市）。本篇是山谷被贬宜州时，作者为其饯别而写的。北宋末年，党争不已，政局动荡，苏轼、黄庭坚、秦观等著名作家都是统治集团争权夺利的受害者。此时山谷兄弟均已年过半百，兄长来为仕途多蹇的弟弟送别，但觉天昏地暗，日暮途远，离肠已断，泣不成声，千言万语也难以表达心中的悲痛之情。

【注释】

[1] 黄叔度：黄宪，字叔度，东汉慎阳人。以学行见重于时，被人称为颜子。

[2] 樽：酒杯。　罍（léi 雷）：盛酒器。

谒金门 黄庭坚

戏赠知命

山又水，行尽吴头楚尾[1]。兄弟灯前家万里，相看如梦寐[2]。

君似成蹊桃李[3]，入我草堂松桂。莫厌岁寒无气味[4]，余生今已矣。

【品读】

本篇是哲宗绍圣三年（1096），作者被贬居黔州（今四川彭水县）时写的。知命是庭坚之弟叔达的字。据任渊《山谷诗集注》附年谱，山谷于绍圣元年（1094）十二月谪涪州别驾，黔州安置，次年四月抵达黔州，寓居开元寺。同年秋，叔达携庭坚子桐及其生母从芜湖入蜀前来看望山谷，于绍圣三年五月六日到达黔州。这首词是他们兄弟别后初次见面时所作。词的上片叙述知命不远万里前来贬所看望词人，兄弟秉烛相对，恍若梦境，流露出抑制不住的惊喜之情。下片触景生情，向兄弟敞开心扉，勉励、称赞弟弟的同时，表示自己这辈子就这样了。此阕质朴浑厚，语短情深，生动地展现出两位患难与共的同胞兄弟在灯下促膝谈心的动人场面。

【注释】

[1] 吴头楚尾：今江西北部、安徽南部一带，春秋时为吴、楚两国交界之地，因称“吴头楚尾”。

[2] 相看如梦寐：杜甫《羌村三首》：“夜阑更秉烛，相对如梦寐。”

[3] 成蹊桃李：这里是借用“桃李不言，下自成蹊”来称赞其弟黄叔达。

[4] 气味：指意趣或情调。

蝶恋花 李清照

晚止昌乐馆寄姊妹[1]

泪湿罗衣脂粉满，四叠阳关[2]，唱到千千遍。人道山长山又断，萧萧微雨闻孤馆。　惜别伤离方寸乱[3]，忘了临行，酒盏深和浅。好把音书凭过雁，东莱不似蓬莱远[4]。

【品读】

本篇作于徽宗宣和三年（1121），其时赵明诚正出守莱州。是年八月，李清照由青州赴莱州，途经昌乐，宿于驿馆，为赋此词以寄诸姊妹（即在青州的大小姑），表达惜别伤离之情。词的上片和下片前三句都是回忆临行时姊妹们置酒饯行的场面以及作者不堪离别的悲痛心情，后两句则是分别描述孤馆闻雨的凄凉境况以及盼望众姊妹常寄音书以慰远方亲人的寂寞。词语浅近，纯用白描，感情真挚，有较强的艺术感染力。

【注释】

[1] 昌乐：县名，在今山东省中部。宋属青州府，为青州赴莱州的必经之地。

[2] 阳关：即《阳关曲》，唐宋流行的送别曲。

[3] 方寸：指心，亦作“方寸地”。

[4] 东莱：即莱州，治所在今山东掖县。蓬莱：传说中的海上仙山。

卜算子 黄公度

别士季弟之官

薄宦各东西[1]，往事随风雨。先自离歌不忍闻，又何况、春将暮。　　愁共落花多，人逐征鸿去[2]。君向潇湘我向秦[3]，后会知何处？

【品读】

黄公度于高宗绍兴八年（1138）举进士第一，其从弟黄童（字士季）亦以同榜乙科及第。兄弟同时释褐，本来是喜事，但入仕后便身不由己，即将各奔前程，再不能朝夕相处、鸡窗共晓了，因而又感到心情沮丧，十分难过。词中抒发了兄弟之间临歧分手时的依依难舍之情。诚如许昂霄所云："骨肉之别，语无一毫妆点。"（《词综偶评》）

【注释】

[1] 薄宦：谓官职卑微，仕途不甚得意。

[2] 征鸿：远行的大雁。

[3] 潇湘：即潇水和湘水，均在湖南境内。这里是代指湖南一带。秦：今陕西一带。这句说从此一别，各奔前程。

卜算子　黄童

和思宪兄韵[1]

不忍更回头，别泪多于雨。肺腑相看四十秋，奚止朝朝暮暮[2]？　　何事值花时，又是匆匆去。过了阳关更向西[3]，总是思兄处。

【品读】

公度的别词使其从弟黄童深为感动，于是也用原韵和了一首。由于这次离别是"薄宦各东西"，彼此既是送行者也是被送的对象，所以和词与原作一样，表达了黄氏兄弟之间真挚而纯朴的手足之情。此阕质朴直率，感情全从肺腑中自然流出，读来毫无雕饰之感。

【注释】

[1] 思宪：黄公度，字师宪，为作者之从兄。

[2] 奚止：何止。

[3] 阳关：故址在今甘肃敦煌西南古董滩附近。因其兄西行向秦，故云。

渔家傲 陆游

寄仲高

东望山阴何处是？往来一万三千里。写得家书空满纸。流清泪，书回已是明年事。　　寄语红桥桥下水[1]，扁舟何日寻兄弟？行遍天涯真老矣。愁无寐，鬓丝几缕茶烟里[2]。

【品读】

这首词是孝宗淳熙二年（1175）以前，陆游在蜀中时期所作。仲高，名升之，山阴人，陆游的从兄，当时亦有文名，王明清《玉照新志》称其“词翰俱妙”。陆游十六七岁时曾与陆仲高等同游场屋，并为莫逆之交。陆游入蜀后，曾于乾道八年（1172）接到仲高从山阴寄来的书信，淳熙二年（1175）有《闻仲高从兄讣》诗，由此可知，本篇当作于淳熙二年仲高逝世的消息传来以前。作者以词代柬，语短情长，抒发了对家乡和亲人的深深怀念，同时也流露出他漂泊蜀中、虚度岁月、壮志未酬的抑郁苦闷心情。词的感情深沉，将怀人、思乡和身世飘零之感融合在一起写，风格凄婉，读来十分感人。

【注释】

[1] 红桥：山阴近郊地名，在县西七里迎恩门外。

[2] 鬓丝：鬓发花白。这句感叹岁月蹉跎，老大无成。杜牧《题禅院》："今日鬓丝禅榻畔，茶烟轻扬落花风。"

贺新郎 辛弃疾

别茂嘉十二弟[1]。鹈鴂、杜鹃实两种[2]，见《离骚补注》。

绿树听鹈鴂。更那堪、鹧鸪声住，杜鹃声切[3]。啼到春归无寻处，苦恨芳菲都歇[4]。算未抵、人间离别[5]。马上琵琶关塞黑，更长门、翠辇辞金阙[6]。看燕燕，送归妾[7]。　将军百战身名裂[8]。向河梁、回头万里，故人长绝[9]。易水萧萧西风冷，满座衣冠似雪。正壮士、悲歌未彻[10]。啼鸟还知如许恨，料不啼、清泪长啼血[11]。谁共我，醉明月？

【品读】

稼轩同族兄弟辛茂嘉因事被贬，作者在瓢泉住所写此词为他送别。开篇五句，以啼鸟悲鸣、春归花落起兴，烘托环境，渲染凄凉的伤离气氛。中间十一句贯串上下两片，历叙戴妫归陈、昭君出塞、李陵送苏武和荆轲别燕太子丹四个悲剧故事，倾诉了人间生离死别的无限痛苦。结尾四句用杜鹃啼血照应开头，点明题意，抒发对"茂嘉十二弟"的惜别之情。词中用典较多，但结构严谨，层次分明，章法缜密，表达了作者对黑暗现实的愤慨和不平。此词在思想和艺术表现方面确有特点，是辛词的代表作之一。

【注释】

[1] 茂嘉：辛弃疾的族弟，因事被贬官桂林。

[2] 鹈鴂（tí jué 啼决）：鸟名，亦作“鶗鴂”。或以为鹈鴂即杜鹃鸟。

[3] 鹧鸪：鸟名。 杜鹃：又名杜宇、子规或布谷鸟，啼声凄厉。

[4] 芳菲：指花草。 都歇：全都凋残了。

[5] 算未抵：看来都比不上。

[6] 关塞：边关塞外。 长门：汉宫名。汉武帝陈皇后失宠后被贬居于此。 翠辇：饰有翡翠羽毛的宫车。 金阙：皇宫。这两句用昭君出塞事。这两句大意是，当昭君出塞之日，随行乐师在马上弹着琵琶，夜幕降临时来到边塞，回忆起离开汉宫，登上翠辇，辞别君王的情景，更加感到悲痛。

[7] 燕燕：《诗经·邶风》有一篇名《燕燕》。诗曰：“燕燕于飞，差池其羽。之子于归，远送于野。瞻望弗及，泣涕如雨。”小序说：“燕燕，卫庄姜送归妾也。”据《毛传》，卫庄公的妻庄姜无子，以庄公的妾戴妫（guī 归）的儿子名完的为养子。庄公死后，完即位，不久被杀，戴妫被送回娘家陈国。庄姜在野外为她送别，作《燕燕》诗。

[8] 将军：指李广的孙子李陵。李陵多次与匈奴作战，后被围困，救兵不至，兵败投降。 名裂：因投降匈奴，而遭致身败名裂。

[9] 向河梁二句：写李陵送别苏武时的情景。据《汉书·苏武传》，苏武出使匈奴，被拘十余年，守节不屈，后得归汉。临行时，李陵为之设酒送别，并对他说：“异域之人，壹别长绝。”梁，桥。这两句说，当李陵送别苏武后，回头看到两人携手经过的桥梁，想到自己远在万里以外的异域，从此又和故人永别了，心情何等悲伤。

[10] 易水：在今河北省西部。 萧萧：风声。 壮士：指荆轲。 未彻：尚未唱完。据《史记·刺客列传》，战国末年，燕太子丹派刺客荆轲出使秦国，去刺杀秦王。临行时，“太子及宾客知其事者，皆白衣冠以送之。至易水之上，既祖，取道。高渐离击筑，荆轲和而歌，为变徵之声，士皆垂泪涕泣。又前而歌曰：‘风萧萧兮易水寒，壮士一去兮不复还。’复为羽声慷慨。士皆瞋目，发尽上指冠。于是荆轲就车而去”。

[11] 还知：如果知道。 如许恨：这许多怨恨。 啼血：形容极其悲痛。相传杜鹃叫声凄厉，啼至血出乃止。这两句说，鸟儿如果知道人世间这许多怨恨之事，料想它们悲鸣时流下的将不是泪水，而是鲜血。

贺新郎　戴复古

兄弟争涂田而讼[1]，歌此词主和议。

蜗角争多少[2]！是英雄、割据乾坤[3]，到头休了。一片泥涂荒草地，尽是鱼龙故道[4]。新堤上、风涛难保。沧海桑田何时变，怕桑田、未变人先老。休为此，生烦恼。　讼庭不许频频到。这官坊、翻来覆去[5]，有何分晓[6]！无净人中为第一[7]，长讼元非吉兆。但有恨、平章不早[8]。尊酒唤回和气在，看从来、兄弟依然好。把前事，付一笑。

【品读】

两兄弟为了争夺一块小小的滩涂荒地而发生纠纷，并因此告到衙门，打起官司来。作者认为这太不应该，又不是什么大不了的事，何必伤了兄弟之间的手足之情呢！于是写了这首词来相劝。他还告诉这兄弟俩，如今官府不分是非，贪赃枉法，“有何分晓”？到头来吃亏的还不是平民百姓！因此从今以后“讼庭不许频频到”。不如回到家中，喝杯酒，谈谈心，把过去不愉快的事情都忘掉。兄弟们依然像从前那样，互相关心，彼此照顾，和和气气地过日子，那该多好！词人在劝解的同时，旁敲侧击，向官府放了一支冷箭，虽非本篇主题，却能切中时弊，可谓一石双鸟。从这首词看来，长短句并非只能浅斟低唱、娱宾遣兴，它还可以起到调解家庭矛盾的作用。

【注释】

[1] 涂田：指海滨涨沙经改良开垦后的田土。

[2] 蜗角：蜗牛角。比喻微小之地。

[3] 乾坤：《周易》中的两个卦名。引申为天地、世界等。

[4] 鱼龙故道：意为原系水泽之乡，鱼龙出没之地。

[5] 官坊：官府、衙门。

[6] 分晓：明白，事情的底细或结果。

[7] 诤：通“争”。

[8] 平章：评论，辨别。

友情深长

夜行船 欧阳修

忆昔西都欢纵，自别后、有谁能共？伊川山水洛川花[1]，细寻思、旧游如梦。　今日相逢情愈重，愁闻唱、画楼钟动。白发天涯逢此景，倒金尊、殢谁相送[2]？

【品读】

两位老友重逢，回想当年在西都洛阳共同度过的那段欢乐豪纵的生活，如今都已白发苍苍，往事犹如梦境一样。今日相逢在天涯，愈觉友情深重，让我们开怀畅饮，然后再彼此告别相送。词语质朴，表达了朋友间真挚淳朴的感情。

【注释】

[1] 伊川：古地名，今河南伊河流域。　洛川：指洛水，在河南境内，又名洛河。洛川花，指洛阳牡丹。

[2] 殢（tì替）：纠缠不清。这里是说偶然相逢于天涯，不久又将离别，说不清是你送我还是我送你。

临江仙 欧阳修

记得金銮同唱第[1]，春风上国繁华[2]。如今薄宦老天涯。十年歧路，空负曲江花[3]。　闻说阆山通阆苑[4]，楼高不见君家。孤城寒日等闲斜。离愁难尽，红树远连霞。

【品读】

这首词是为一位“同年”友人送别而作的。封建时代称同科考中进士的人为“同年”，读书人都很珍视“同年”之间的友谊，许多人因此而成为终身的莫逆之交。据《湘山野录》卷上载：“欧阳公顷谪滁州，一同年将赴阆倅，因访之。即席为一曲歌以送……其飘逸清远，皆白之品流也。”此阕言短意长，既抒发了作者“薄宦老天涯”、被贬谪在外的今昔之感，也表达了两位故人不堪暮年离别的愁苦之情。

【注释】

[1] 唱第：科举考试发榜时按考中的名次宣读名单，称为“唱第”。

[2] 上国：指北宋都城汴京。

[3] 曲江：即曲江池，故址在今陕西西安市东南。本天然池沼，汉武帝造宜春苑于此，以池水曲折，故名曲江。唐玄宗时在此宴集新科进士。

[4] 阆山：阆中之山。阆中，县名，在四川北部，嘉陵江中游。阆苑：唐代苑名，故址在今四川阆中县西。

卜算子 王观

送鲍浩然之浙东

水是眼波横[1]，山是眉峰聚[2]。欲问行人去那边？眉眼盈盈处[3]。　　才始送春归，又送君归去。若到江南赶上春，千万和春住。

【品读】

这是一首送别友人之作。词中并未直接抒发离情别绪，而是通过描写别时的景物和离人的行踪，祝愿友人善自珍摄、永葆青春，从而表达出两人之间深长的友情。词的构思新颖，比喻巧妙，含而不露，耐人寻味。

【注释】

[1] 眼波横：形容眼神如横流的水波。李白《长相思》："昔时横波目，今作流泪泉。"

[2] 眉峰聚：形容眉尖如山峰一样聚蹙。

[3] 盈盈：脉脉含情貌。

虞美人 苏轼

波声拍枕长淮晓，隙月窥人小[1]。无情汴水自东流，只载一船离恨向西州[2]。　竹溪花浦曾同醉，酒味多于泪。谁教风鉴在尘埃[3]，酝造一场烦恼送人来。

【品读】

秦观是"苏门四学士"之一，苏轼十分器重他，二人友情极为深厚。这首词是苏轼与秦观在扬州饮酒话别之作。词的上片描写临别时依依难舍的情景。作者此次入京，系走水路，乘船要经过淮河和汴水，设想启程之后，自己"只载一船离恨向西州"，一定会感到十分孤独寂寞。过片两句，追忆昔年二人交游的往事。元丰二年（1079），秦观入越省亲，苏轼自徐州徙知湖州，遂与偕行，过无锡，游惠山，又会于松江，至吴兴，泊观音院，即词中所云"竹溪花浦曾同醉"是也。最后两句，作者以发现和结识秦观感到自豪，同时也为不能朝夕相处而烦恼。一首寻常的赠别之作，却写得如此情深意挚，委曲动人，表现了东坡与少游之间非同寻常的友情。

【注释】

[1] 隙月：缺月，形如弯钩之新月。

[2] 西州：泛指西边州府。一说指扬州。

[3] 风鉴：识见，也有鉴别人才之意，后因以指相人之术。

采桑子　李之仪

席上送少游之金陵

相逢未几还相别，此恨难同。细雨蒙蒙，一片离愁醉眼中。　明朝去路云霄外，欲见无从。满袂仙风，空托双凫作信鸿[1]。

【品读】

两位词友相逢不久，尚未能畅叙渴慕之情，又将分手告别。作者在一个细雨蒙蒙的日子里设酒为友人饯行，席上为赋此词相赠。这首小词朴实无华，语短情长，表达了端叔对少游的一片真挚情谊。

【注释】

[1] 凫（fú扶）：野鸭。信鸿：传书的大雁。

千秋岁　黄庭坚

少游得谪，尝梦中作词云："醉卧古藤阴下，了不知南北。"竟以元符庚辰[1]，死于藤州光华亭上。崇宁甲申[2]，庭坚窜宜州，道过衡阳，览其遗墨，始追和其《千秋岁》词。

苑边花外，记得同朝退[3]。飞骑轧，鸣珂碎[4]。齐歌云绕扇[5]，赵舞风回带[6]。严鼓断[7]，杯盘狼藉犹相对。　洒泪谁能会？醉卧藤阴盖[8]。人已去，词空在。兔园高宴悄[9]，虎观英游改[10]。重感慨，波涛万顷珠沉海。

【品读】

这首追和词，也是一首悼念故人之作。黄庭坚和秦观均为东坡的学生，是“苏门四学士”中两位著名的作家，当时词坛曾有“秦七、黄九”之称。他们交谊很深，互相尊重，但在当时反复无常的党争中却都是不幸的受害者。元符三年（1100），秦观在贬谪中死于藤州（今广西藤县）。崇宁三年（1104），黄庭坚再贬宜州（今广西宜山），路过衡阳，在衡州知州孔毅甫处看到秦观的遗作《千秋岁》，不禁感慨唏嘘，洒泪写下了这首追和、哀悼忘友之作。词的上片回忆当年同朝为官、并辔出游、酣歌醉舞的美好岁月；词的下片感叹人去词在、明珠沉海，对少游表示沉痛的悼念。全词语言朴质，感情真挚，反映了北宋两位杰出作家之间的深长友谊。

【注释】

[1] 元符：宋哲宗年号。 庚辰：指元符三年（1100）。

[2] 崇宁：宋徽宗年号。 甲申：指崇宁三年（1104）。

[3] 同朝退：一同上朝，一同退朝。哲宗元祐年间，黄庭坚任《神宗实录》检讨官，又迁著作佐郎，加集贤校理；同时秦观为秘书省正字兼国史院编修官，二人都在朝为官。

[4] 鸣珂碎：马勒上的装饰品发出细碎的声响。珂，马勒上的玉制装饰品。

[5] 齐歌：传说古代齐人善歌，这里是泛指歌声。

[6] 赵舞：传说古代赵国女子善舞，这里是泛指歌舞。

[7] 严鼓：宋代都城汴京有宵禁，以击鼓为号。

[8] 醉卧句：秦观《好事近》词：“醉卧古藤阴下，了不知南北。”

[9] 兔园：园名，汉梁孝王所筑。后称“梁苑”，亦称“梁园”。故址在今河南商丘东。

[10] 虎观：指白虎观。汉代宫观名。这里是代指国史馆和秘书省一类的学术机构。

木兰花 周邦彦

暮秋饯别

郊原雨过金英秀[1]，风扫霜威寒入袖。感君一曲断肠歌，劝我十分和泪酒。　　古道尘清榆柳瘦，系马邮亭人散后[2]。今宵灯尽酒醒时，可惜朱颜成皓首[3]。

【品读】

这首词写深秋友人在郊外为作者置酒饯别。席间主人演唱了一首感人肺腑的离别曲，并劝他喝下这杯和着泪水的苦酒。词人告别送行者，独自踏上枯木成行的古道，系马邮亭下，投宿驿馆中，待到灯尽酒醒之时，忽然发现风华正茂的壮年转眼之间竟然变成了满头白发的老翁。词中通过别后的感受，表达了作者对友人的深挚之情。

【注释】

[1] 金英：这里是指黄色的野菊花。

[2] 邮亭：古时设在沿途、供送文书的人和旅客歇宿的馆舍。

[3] 朱颜：指青春壮健的颜色。　皓首：白头。

减字木兰花 吕本中

去年今夜，同醉月明花树下。此夜江边，月暗长堤柳暗船。　　故人何处？带我离愁江外去[1]。来岁花前，又是今年忆去年。

【品读】

此阕写月夜江边送别友人。上片前二句，回忆去年今夜与友人欢聚，饮酒谈心，同醉于明月花树之下；中间四句，叙述今年今夜送别故人登舟远行的情景；下片末二句，遥想来岁花开时节，思念故人，又将像今年回忆去年那样。词中从别前、别时写到别后，构思巧妙，三层意思环环相扣，重叠复沓，表达了对故人的深挚友情。

【注释】

[1] 江外：指长江以南地区。在中原人看来，地在长江以外，故称"江外"。亦作"江表"。

南乡子 蔡伸

宣和壬寅[1]，予与向伯恭俱为大漕属官[2]，向有词云："凭书续断肠。"因为此词。

木落雁南翔，锦鲤殷勤为渡江[3]。泪墨银钩相忆字，成行。滴损云笺小凤凰[4]。　　陈事费思量[5]，回首烟波卷夕阳。尽道凭书聊破恨[6]，难忘。及至书来更断肠。

【品读】

宋徽宗宣和四年（1122），向子諲为淮南转运判官，作者与其同为漕司僚属。二人共事数年，结下了深厚的友情。别后子諲曾赋《南歌子》，表达对作者的思念之情，其下片云："因梦聊携手，凭书续断肠。已惊蝴蝶过东墙。更被风吹鸿雁、不成行。"此阕为作者读到向词之后所作。词中即事感怀，回首往事，抒发了对友人的深深怀念。缠绵婉曲，情深意挚，如无小序，似将疑其为抒写男女恋情之作。

【注释】

[1] 宣和壬寅：即宣和四年（1122）。

[2] 向伯恭：向子諲，字伯恭，号芗林居士，临江（今江西清江）人。著有《酒边词》。漕：即漕司，转运使的省称。

[3] 锦鲤：金色的鲤鱼。古乐府《饮马长城窟行》："客从远方来，遗我双鲤鱼。呼儿烹鲤鱼，中有尺素书。"后遂以"双鲤""锦鲤"代指书信。

[4] 云笺小凤凰：绘有云彩和凤凰图案的信笺。

[5] 陈事：往事。

[6] 聊破恨：暂且消除惆怅和苦闷。

菩萨蛮　李弥逊

江城烽火连三月，不堪对酒长亭别。休作断肠声，老来无泪倾。　风高帆影急，目送舟痕碧。锦字几时来[1]，熏风无雁回[2]。

【品读】

南渡后作者由于反对和议，忤秦桧意，弃官归隐，与李纲、张元幹等时有唱和之作。这是一首送别友人之词。在烽火连天的岁月里，友人乘舟南去，如今形势变幻莫测，不知何时才能重逢，但愿早日收到你的书信。

【注释】

[1] 锦字：代指书信。

[2] 熏风：东南风，和风。这句说时值夏天，已无南雁北回。

浣溪沙 陆游

和无咎韵

懒向沙头醉玉瓶[1]，唤君同饮小窗明[2]。夕阳吹角最关情[3]。

忙日苦多闲日少，新愁常续旧愁生。客中无伴怕君行。

【品读】

孝宗隆兴元年（1163），陆游在临安任枢密院编修官兼编类圣政所检讨官，因斥责主和派曾觌、龙大渊“招权植党”，被贬为京口通判。次年春，他从山阴来到镇江任上。不久，韩元吉（字无咎）也来到京口省亲。两位爱国志士虽是初次相会，却一见如故，结下了深厚的友情。他们踏雪出游，指点江山，纵论国事，并以诗词互相唱和。后来韩元吉把他们在京口所写的作品编为《京口唱和集》，并由陆游作序。序言中说：“凡与无咎相从者六十日，而歌诗合三十篇。然此特其略也，或至于酒酣耳热，落笔如风雨，好事者从旁掣去，他日或流传乐府，或见于僧窗驿壁，恍然不复省识者，盖又不可计也。”（《渭南文集·京口唱和集序》）这首《浣溪沙》，就是《京口唱和集》中保存下来的少数作品之一。词中记述了作者与友人韩元吉在京口饮酒赋诗，倚窗眺望江山胜景，表现了他们之间的亲密关系和诚挚友谊。

【注释】

[1] 沙头：江边。 玉瓶：酒壶。

[2] 唤君句：唐方棫《失题》：“午醉醒来晚，无人梦自惊。夕阳如有意，长傍小窗明。”

[3] 关情：动情。

眼儿媚　王　质

送　别

雨润梨花雪未干，犹自有春寒。不如且住，清明寒食，数日之间。　想君行尽嘉陵水[1]，我已下江南。相看万里，时须片纸[2]，各报平安。

【品读】

孝宗乾道年间，虞允文宣抚川陕，王质被辟为幕僚并与之偕行入川。这首词是他离蜀东归、告别友人时所作。在一个春寒料峭、雨雪纷飞、梨花正开的日子里，两位友人即将分别，一个要到川北嘉陵江畔去，一个正准备回到江南。共事多年，他们结下了深厚的友情。作者衷心希望今后时常联系，互通音信，以免彼此悬念。词语质朴，感情真挚，如话家常，表达了同事之间的深情厚谊。

【注释】

[1] 嘉陵水：即嘉陵江，长江上游支流。在四川东部，源出陕西凤县东北嘉陵谷。

[2] 片纸：指书信。

八声甘州　王　质

怀张安国

海茫茫、天北与天南，吾友定安归？闻濡须江上[1]，皖公山下[2]，驾白云飞。莽苍空郊虚野，古路立斜晖。颜跖皆尘土[3]，苦泪休挥！　一代锦肠绣肺，想英魂皎皎[4]，健口霏霏。望寒空明月，无路寄相思。叹千古、兴亡成败，满乾坤、遗恨有谁知？今何在？一川烟惨，万壑风悲。

【品读】王质早年“深见器重”于张安国父子，后又受到孝祥的推荐，他们都是当时著名的爱国知识分子，彼此心心相印，友情很深。孝祥不幸英年病逝，作者深为悲痛惋惜。这首词是为怀念张孝祥而写的。词后原有一段附言，谓“安国死后，在淮南屡降，凭箕作诗词偈颂及结字，比生前愈奇伟。淮宁宰陆同得遗墨尤多”。这显然是民间的迷信传说，不足凭信，不过从中也可看到当时人们对这位爱国词人的深深怀念。本篇感情真挚，语言沉痛，音调悲凉，寄托了对亡友的无尽哀思。

【注释】

[1] 濡须：古水名。源出今安徽巢县西巢湖，经无为东南流入长江，即今运漕河前身。与张孝祥的家乡历阳乌江（今安徽和县）相距不远。

[2] 皖公山：即皖山，亦名天柱山，又称潜山。在安徽潜山县西北，为皖北、皖南的分水岭。相传周大夫皖伯曾封国于此，故名。

[3] 颜跖：颜，指颜渊，春秋末鲁国人。名回，字子渊，孔子的学生，在封建社会被尊为德行超群的“复圣”。跖，春秋战国之际人民起义的领袖。名跖，一作“蹠”，旧时被诬称为“盗跖”。

[4] 皎皎：洁白貌。

贺新郎　辛弃疾

陈同父自东阳来过余，留十日，与之同游鹅湖，且会朱晦庵于紫溪，不至，飘然东归[1]。既别之明日，余意中殊恋恋，复欲追路，至鹭鸶林[2]，则雪深泥滑，不得前矣。独饮方村，怅然久之，颇恨挽留之不遂也。夜半投宿吴氏泉湖四望楼，闻邻笛悲甚，为赋《乳燕飞》以见意[3]。又五日，同父书来索词，心所同然者如此，可发千里一笑[4]。

把酒长亭说[5]。看渊明、风流酷似，卧龙诸葛[6]。何处飞来林间鹊，蹙踏松梢微雪[7]。要破帽、多添华发。剩水残山无态度[8]，被疏梅料理成风月[9]。两三雁，也萧瑟[10]。　佳人重约还轻别[11]。怅清江、天寒不渡，水深冰合。路断车轮生四角[12]，此地行人销骨[13]。问谁使、君来愁绝？铸就而今相思错[14]，料当初、费尽人间铁。长夜笛，莫吹裂[15]！

【品读】

淳熙十五年（1188）冬，辛弃疾的好友陈亮从浙江东阳来江西上饶看望他。他们相聚十日，携手并肩，“憩鹅湖之清阴，酌瓢泉而共饮，长歌相答，极论世事”(《祭陈同父文》)。陈亮离去后，辛弃疾感到相处的时间太短，言有未尽，又驾车去追赶。终因大雪封山，道路难行，不得不停止前进。当天他独自投宿于吴氏泉湖四望楼，在灯下写了这首词，表达对战友陈亮无限思念的情怀。词的上片，从惜别说起，通过对雪中“剩水残山”的描绘，暗喻国事岌岌可危，山河破碎，爱国志士不能施展自己的抱负。换头以后，照应上片起处，接写长亭握别之后作者驱车追赶陈亮，被风雪所阻，归途感到无限寂寞惆怅的心情。词中抒发了辛、陈之间深厚的战友情谊。

【注释】

[1] 陈同父：陈亮字同甫，一作同父，浙江永康人。　东阳：今浙江县名。　过余：到我这里来。　朱晦庵：朱熹字元晦，号晦庵，江西婺源人。　紫溪：镇名，在江西铅山县。　飘然东归：谓陈亮独自匆匆返回东阳。

[2] 鹭鸶林：地名，大约在江西上饶东。

[3] 《乳燕飞》：词调《贺新郎》的别名。

[4] 索词：索取词篇。　心所同然：

心里所想的相同。

[5] 长亭：古代在大道上修建亭舍，供行人休息。古人常以长亭作为送别之地。

[6] 渊明：东晋著名诗人陶潜，又名渊明。　卧龙诸葛：东汉末年，诸葛亮曾隐居于河南南阳县西南的卧龙岗，人以卧龙相称。

[7] 蹙（cù促）：踢，踩。

[8] 无态度：失去了雄伟的姿态。

[9] 料理：安排，装点。　风月：清风明月，泛指美景。

[10] 萧瑟：秋风吹动草木之声。这里是孤单凄凉的意思。

[11] 佳人：美容之士，也指品格美好的人。这里是用来赞美陈亮。　重约：重视约言。　轻别：轻易离别。

[12] 车轮生四角：车轮上长出了四只角，谓车子难以转动前进。

[13] 销骨：销魂入骨，形容极为伤心痛苦。

[14] 错：本指错刀，雕琢玉石的工具。这里语意双关，借指错误。

[15] 长夜笛，莫吹裂：深夜闻笛，笛声悲切，不要把笛子吹裂了。

感皇恩　辛弃疾

读《庄子》，闻朱晦庵即世[1]。

案上数编书，非《庄》即《老》。会说忘言始知道[2]。万言千句，不自能忘堪笑[3]。今朝梅雨霁[4]，青天好。　一壑一丘[5]，轻衫短帽。白发多时故人少。子云何在？应有《玄经》遗草[6]。江河流日夜，何时了[7]？

【品读】

此词作于庆元六年（1200），是作者为悼念友人朱熹而写的。当时南宋统治阶级内部以韩侂胄为首的当权派和以赵汝愚、周必大、朱熹为代表的反对派正进行着激烈的争权夺利的斗争。辛弃疾因早已被罢官，没有介入这一斗争。他和朱熹早有交往，且友谊很深。《宋史·辛弃疾传》说：“弃疾尝同朱熹游武夷山，赋《九曲棹歌》。熹书‘克己复礼’、‘夙兴夜寐’，题其二斋室。熹殁，伪学禁方严，门生故旧至无送葬者。弃疾为文往哭之，曰：所不朽者，垂万世名。孰谓公死，凛凛犹生！”朱熹卒于庆元六年三月，这首词大约是春末夏初时节作者听到朱熹逝世的消息后写的。词的上片写他读《庄子》的感想，下片追悼朱熹，将他比为扬雄，称赞他将永垂不朽，表达词人对朱熹的崇敬和深长的友情。

【注释】

[1] 朱晦庵：朱熹字元晦，号晦庵，南宋著名学者。 即世：去世。

[2] 会：领会。 说：学说，言论。 忘言：得意忘言的省略语。是说对某种事物或理论懂得了其中的意思，而忘记了它的语言词句。 始知道：才算懂得了道。道，指道理、规律。

[3] 这两句说，那些并未达到得意忘言的人，一知半解，却口若悬河，滔滔不绝，实在可笑。

[4] 梅雨：即黄梅雨。 霁（jì济）：雨后或雪后转晴。

[5] 一壑一丘：又作一丘一壑，指隐居之所。

[6] 子云：扬雄字子云，西汉人，博学多才，以文章名世。 遗草：遗著。

[7] 江河二句：杜甫《戏为六绝句》：“尔曹身与名俱灭，不废江河万古流。”这两句称颂朱熹永垂不朽。

贺新郎 陈亮

怀辛幼安，用前韵

话杀浑闲说[1]。不成教、齐民也解，为伊为葛[2]？尊酒相逢成二老，却忆去年风雪。新着了几茎华发。百世寻人犹接踵[3]，叹只今两地三人月[4]。写旧恨，向谁瑟[5]？ 男儿何用伤离别？况古来、几番际会，风从云合[6]。千里情亲长晤对[7]，妙体本心次骨[8]。卧百尺高楼斗绝[9]。天下适安耕且老[10]，看买犁卖剑平家铁[11]。壮士泪，肺肝裂！

【品读】

此词是鹅湖会后，陈亮和辛弃疾之间互相唱和之作中的一首，当作于淳熙十六年（1189）。上片回忆去年作者与辛弃疾的会晤，抒发别后的相思之情。下片以豪壮悲慨的语言，表达对辛弃疾的敬佩，谴责南宋当权者苟且偷安的可耻行为。本篇慷慨沉痛，寓悲于壮，化用典故，杂之以俚语方言，气势雄健，充分体现了作者忧时伤世的爱国激情，具有较强的艺术感染力。

【注释】

[1] 话杀：话都说尽了。　浑闲说：全等于白说。

[2] 不成：难道。　齐民：平民。伊：指伊尹。　葛：指诸葛亮。这两句大意是：平民百姓不可能做出像伊尹和诸葛亮他们那样的大事业来。因当时辛弃疾已被罢官，而作者仍为一介布衣，故有此语。

[3] 百世句：《战国策·齐策三》："千里而一士，是比肩而立；百世而一圣，若随踵而至也。"这句是称赞辛弃疾为千载难遇的人才。

[4] 三人月：李白《月下独酌》："举杯邀明月，对影成三人。"

[5] 向谁瑟：向谁倾诉呢？瑟，作动词用。

[6] 际会：遇合，机会。　风从云合：《易经》："云从龙，风从虎。"比喻英雄人物会合在一起必能做出一番大事业。

[7] 晤对：晤面、对话。

[8] 妙体：微妙地体会出。　本心：《孟子·告子上》："此之谓失其本心。"指天赋的善性。　次骨：入骨。这两句说：两人虽然远隔千里，但感情亲密，犹如时常会面晤谈，且能互相体会出对方的真实意图。

[9] 斗绝：即陡绝，高耸的意思。这句用《三国志·陈登传》中，刘备责备许汜的话。说他要睡在百尺楼上，叫许汜睡在地下，因为许汜在天下大乱的时候，不为百姓着想，一心只为个人打算，所以看不起他。

[10] 适安：舒适安逸。这里是苟且偷安的意思。

[11] 买犁卖剑：汉宣帝时，龚遂任渤海太守，当时农民因饥荒打刀剑起义，龚遂劝农民"卖剑买牛，卖刀买犊"，去从事农业生产。这里是指南宋统治集团不图北伐，解除武装，放弃抗金斗争。

蝶恋花 杨炎正

别范南伯

离恨做成春江雨。添得春江，刬地东流去[1]。弱柳系船都不住，为君愁绝听鸣橹[2]。 君到南徐芳草渡[3]。想得寻春，依旧当年路。后夜独怜回首处，乱山遮隔无重数。

【品读】 范南伯，名如山，字南伯，河北邢台人，绍兴三十一年（1161）随其父自中原起义南归，为辛弃疾的妻兄。杨炎正是辛弃疾的崇拜者和知交，他们常在一起议论国事，唱和赠答，结下了深厚的友情。此阕为作者送别范氏赴京口之作。词的上片从夜雨话别写到春江水涨，登舟启程，表达了临别时的依依难舍之情。下片设想别后，彼此天各一方，被无重数的乱山遮隔，相见无由，抒发了对友人的深深怀念。

【注释】

[1] 刬（chǎn 产）地：亦作“刬的”，依旧，还是。

[2] 鸣艣：摇橹之声。艣，同“橹”，外形略似桨，但较大，支在船尾或船旁的橹担上。

[3] 南徐：东晋时置侨州郡，以京口（今江苏镇江）为徐州治所，称南徐州，简称南徐。

沁园春 刘过

寄辛稼轩

古岂无人，可以似吾，稼轩者谁？拥七州都督，虽然陶侃，机明神鉴，未必能诗[1]。常衮何如[2]，羊公聊尔[3]，千骑东方侯会稽[4]。中原事，纵匈奴未灭，毕竟男儿。　　平生出处天知，算整顿乾坤终有时。问湖南宾客，侵寻老矣[5]；江西户口，流落何之[6]？尽日楼台，四边屏幛，目断江山魂欲飞。长安道，奈世无刘表，王粲畴依[7]！

【品读】

刘过为辛派词人之一，他与稼轩的交往虽然不多，但因政治见解相同，都是力主北伐抗金的爱国志士，所以彼此情投意合，一见如故。本篇是宁宗嘉泰年间，辛弃疾出任绍兴知府兼浙东安抚使时，刘过为怀念他而写的。词中盛赞辛弃疾的文才武略和杀敌报国的英雄气概，对他寄予殷切的期望，同时也向这位敬佩的知心朋友倾诉了自己怀才不遇的苦闷心情。词语雄健明快，风格豪迈；说古论今，自然浑成。赞友人议论风生，说自己低回抑郁，都是发自内心的肺腑之言。

【注释】

[1] 陶侃：东晋著名的将领，官至侍中太尉，封长沙郡公，加都督交、广、宁七州军事，拜大将军。　机明神鉴：形容头脑清醒，洞察秋毫。这四句说，陶侃虽然身为七州都督，长于指挥军事，但却缺乏文才，不会写诗。

[2] 常衮（gǔn滚）：唐代宗时曾官门下侍郎、同平章事，封河内郡公，重视教育，起用文人，在文化建设方面作出过贡献。

[3] 羊公：指羊祜，西晋人，曾出镇襄阳，颇有治绩。

[4] 侯会稽：指辛弃疾出任绍兴知府兼浙东安抚使。侯，古代称州郡地方长官为侯。会稽，即今浙江绍兴市。

[5] 湖南宾客：辛弃疾曾任湖南安抚使，并创建湖南飞虎军，属下有许多宾客幕僚。　侵寻：逐渐。

[6] 江西户口两句：辛弃疾曾任隆兴知府兼江西安抚使，时值荒年，采取许多措施赈灾济民，使流离失所的百姓得以度过饥荒。

[7] 王粲：汉末人，为建安七子之一。早年避难荆州，依附于刘表，未获重用，曾作《登楼赋》，抒发思乡和怀才不遇之情。　畴依：依谁的意思。

齐天乐 高观国

中秋夜怀梅溪

晚云知有关山念，澄霄卷开清霁[1]。素景分中，冰盘正溢[2]，何啻婵娟千里！危阑静倚，正玉管吹凉，翠觞留醉[3]。记约清吟，锦袍初唤醉魂起。 孤光天地共影，浩歌谁与舞，凄凉风味。古驿烟寒，幽垣梦冷，应念秦楼十二[4]。归心对此。想斗插天南，雁横辽水[5]。试问姮娥，有谁能为寄？

【品读】

高观国为南宋后期作家，其词与史达祖齐名，且同为吟社词友，交谊颇深。本篇作于宁宗开禧元年（1205）中秋之夜。一个多月前，史达祖（梅溪）奉命陪使臣李壁出使金国。作者翘首企望，等待着词友完成使命，顺利归来，于是写了这首对月怀友之作。上片写景，情寓景中，首句以“晚云知有关山念”暗示出对远方友人的深深怀念。下片叙述自己独自赏月，想象梅溪此时正在“古驿烟寒”的塞外，虽然远隔千里，但孤光共影，我们的心永远是连在一起的。

【注释】

[1] 澄霄：澄澈明净的夜空。
[2] 冰盘：形容中秋圆月。
[3] 翠觞：绿杯。
[4] 秦楼：凤楼，本指萧史、弄玉所居之凤台，这里是代指宫中楼阁。 十二：十二楼的略语。十二楼为传说中神仙所居之地，在昆仑山上。这里是代指宫中楼阁。
[5] 辽水：即辽河，在今东北地区南部。

江神子 刘镇

吊方检详[1]

思君梦里说邯郸[2]。未成欢，已炊残。断送春归，风雨霎时间。空有生前医国手，医不到，子孙寒。　欲登诗境吊方干。倩谁看，北邙山[3]。落落晨星，不见暮云还。莫在人间寻食客，寻见后，匹如闲[4]。

【品读】

这首词是为哀悼作者的友人方信孺而写的。信孺字孚若，兴化军人，少有隽材，为时人所重。开禧年间假朝奉郎、枢密院检详文字，充枢密院参谋官，三次赴金营谈判。以口舌折强敌，不屈而返，因触怒当权者被贬居临江军，后穷困而死。词中对对方的为人及其经世之才给予了很高评价，同情他晚年贫困的处境，表达了作者对这位“医国手”的深情怀念。

【注释】

[1] 检详：官名，全称为检详枢密院诸房文字。

[2] 梦里说邯郸：唐沈既济《枕中记》载：卢生在邯郸客店中昼寝入梦，历尽富贵荣华。梦醒，主人炊黄粱尚未熟。后因以喻虚幻的事和欲望的破灭。

[3] 北邙山：又作“北芒山”，即邙山，在河南省洛阳市北。东汉及北魏的王侯公卿多葬于此。后人常用来泛指墓地。

[4] 匹如闲：不打紧、没关系的意思。

雨中花 苏洞

余往时忆刘改之，作《摸鱼儿》，颇为朋友间所喜，然改之尚未之见也。数日前，忽闻改之去世，怅惘殆不胜言。因忆改之每聚首，爱歌《雨中花》，悲壮激烈，令人鼓舞。辄倚此声[1]，以寓余思。凡未忘吾改之者，幸为我和之。

十载尊前，放歌起舞，人间酒户诗流[2]。尽期君凌厉[3]，羽翮高秋[4]。世事几如人意，儒冠还负身谋。叹天生李广，才气无双，不得封侯[5]。　榆关万里[6]，一去飘然，片云甚处神州？应怅望、家人父子，重见无由。陇水寂寥传恨，淮山宛转供愁。这回休也，燕鸿南北，长隔英游[7]。

【品读】

苏洞词仅存二首，都是为刘过而写的。其一（《摸鱼儿》）作于刘过生前，其二（即本篇）作于刘过死后。由此可见，他们之间的友情是异常深厚的。这首词的序言，回忆了作者与改之交往的一个片段，读来已觉情深意挚，令人感动。词中对刘过生不逢时、英雄无用武之地的遭遇深表同情，反映了南宋后期一部分爱国知识分子壮志难酬、郁郁而终的悲剧命运。词的语言朴实凝练，字里行间流露出对亡友无限的哀思和怀念。

【注释】

[1] 倚此声：按照这个（指《雨中花》）曲调填词。倚声，亦作“依声”，即填词。各种曲调都有一定的格律要求，作词者须依词调填入字句，使之符合声律，谓之“倚声”。

[2] 酒户诗流：指酒徒诗人。

[3] 凌厉：意气昂扬，奋起直前的样子。

[4] 羽翮（hé核）：羽毛。这句意为，在秋空中展翅高飞。

[5] 李广：西汉抗击匈奴的名将，一生屡建战功，然终未能封侯，最后被迫含愤自杀。

[6] 榆关：即山海关。

[7] 英游：壮游。这句说再也不能在一起同游了。

水调歌头　葛长庚

江上春山远，山下暮云长。相留相送，时见双燕语风樯。满目飞花万点，回首故人千里，把酒沃愁肠[1]。回雁峰前路[2]，烟树正苍苍。　漏声残，灯焰短，马蹄香。浮云飞絮，一身将影向潇湘[3]。多少风前月下，迤逦天涯海角[4]，魂梦亦凄凉。又是春将暮，无语对斜阳。

【品读】

作者是一位博学多闻、很有文采的道士，曾被封为“紫清明道真人”。这首词写他云游生活中对故人的深情怀念。上片回忆当年离别时友人“相留相送”的情景，下片抒写词人浪迹天涯，深感寂寞凄凉，从而更加思念友人的情怀。词语精练，尤善于谋篇布局，景起情结，首尾照应，风格疏朗飘逸，堪称《琼海集》中的一篇佳作。

【注释】

[1] 沃：浇。

[2] 回雁峰：在湖南衡阳市南，为衡山七十二峰之首，峰势如雁之回旋，故名。相传雁飞至此不过，遇春而回。

[3] 潇湘：潇水和湘水，亦作湘江的别称，在湖南省南部。

[4] 迤逦：一路曲折行去。

满江红　刘克庄

送王实之

天壤王郎[1]，数人物、方今第一。谈笑里、风霆惊座[2]，云烟生笔[3]。落落元龙湖海气[4]，琅琅董相天人策[5]。问如何、十载尚青衫[6]，诸侯客？　易爱底，些官职；难保底，些名节。拟闭门投辖，剧谈三日[7]。畴昔评君天下宝，当为天下苍生惜。向临分、慷慨出商声[8]，摧金石。

【品读】

这首词是送别友人王迈之作。王迈，字实之，号臞轩居士，福建仙游人。为人刚正直爽，有才干，敢为百姓说话。有报国之志，曾说"生为奇男子，先辨许国身"。但就是这样一位"数人物、方今第一"的"奇男子"，却怀才不遇，仕途坎坷，不得尽展其才。作者与他既是同乡，又志同道合，交谊极深，因而对他的处境和遭遇深表同情。王迈于宁宗嘉定十年（1217）三十四岁才考中进士，后来虽然做过几任地方小官，但因与当权者政见不合，屡遭弹劾论罢，一生抱负未能实现。据词意，本篇当作于嘉定十年以前。词中充分肯定了王迈的旷代奇才和豪爽性格，对他"十载尚青衫"、不能一展雄图深表惋惜，表达了两位爱国志士之间的深厚友情。词的风格雄放，语言明快，读之令人眉飞色舞。

【注释】

[1] 天壤：天地，天下。

[2] 风霆惊坐：谓谈笑风生，声如雷霆，使在座的人为之惊愕。

[3] 云烟生笔：谓其书法笔势飞动，如云烟舒卷。

[4] 落落：豁达、开朗。　元龙：三国时人陈登，字元龙，为人慷慨，为"湖海之士，豪气不除"（见《三国志·陈登传》）。这句是以陈登比喻王迈。

[5] 董相：指西汉今文经学大师董仲舒。董仲舒曾任江都相和胶西王相，又向汉武帝献"天人三策"，提倡"天人感应"说。这句是以董仲舒的文才和学问比喻王迈。

[6] 青衫：古代读书人和低级官员穿的衣服。

[7] 闭门投辖：用西汉陈遵的典故。据《汉书·游侠传》："遵嗜酒，每大饮，宾客满堂，辄关门，取客车辖投井中。虽有急，终不得去。"辖，古代车上的零件，多

用青铜制成。这两句说打算挽留王迈，终日剧饮谈心。

[8] 临分：临歧分手。商声：一作“商音”，五音之一。其声低沉悲凉。

玉楼春 刘克庄

戏林推[1]

年年跃马长安市[2]，客舍似家家似寄。青钱换酒日无何[3]，红烛呼卢宵不寐[4]。　易挑锦妇机中字[5]，难得玉人心下事[6]。男儿西北有神州，莫滴水西桥畔泪[7]。

【品读】

一位姓林的推官来到杭州后，被纸醉金迷的生活所引诱，终日寻花问柳，逐渐开始沉沦。作者不愿看到自己的同乡继续堕落下去，于是写了这首委婉含讽、语重心长的词相劝告。首二句概述林某的冶游生活，为了使对方能够接受自己的善意批评，及早醒悟，因此不宜过于严肃，把问题说得太尖锐了。于是开篇用诙谐幽默的语气，指出他近年来颠倒“客舍”和“家”的关系，说明其生活不正常，以期引起对方的反思。“青钱”两句，进一步叙述林某放荡、荒唐的生活，只摆事实，没讲道理，但褒贬之意甚明。“易挑”两句，用苏蕙织锦为回文诗寄给其夫窦滔的故事，劝诫林某不要在外面放浪狎妓，而应珍视妻子对自己的爱情。以上六句分为三层，从游手好闲、酗酒赌博、放浪狎妓等方面，对林推官进行嘲讽和批评，为歇拍两句做了有力的铺垫。末二句说男子汉大丈夫应当志在四方，时刻不忘西边和北边还有神圣的国土尚未恢复，千万不要醉生梦死，把眼泪洒在水西桥下，去和那些妓女鬼混。这两句声宏气豪，立意高远，体现了作者恢廓的襟怀和深沉的爱国激情，提高了全篇的思想境界。杨慎《词品》谓后村词“壮语亦可起懦”，此二句即是一例。

【注释】

[1] 林推：姓林的推官，其人不详。推官为唐宋时地方长官的助理，负责刑事诉讼之类的事务。

[2] 长安：今陕西省西安市，是汉朝和唐朝的京城，此处借指南宋京城临安（今浙江杭州市）。

[3] 青钱：铜钱的一种。古时钱币因成色不同，分为青钱和黄钱两种，颜色发青的称为青钱。无何：更无何事。

[4] 呼卢：赌博的一种。古时掷骰子，五子全黑为卢，得卢的人获胜，所以赌徒都争相叫喊“卢”，“呼卢”便成了赌博的代称。

[5] 锦妇机中字：据《晋书·窦滔妻苏氏传》载：“滔，苻坚时为秦州刺史，被徙流沙，苏氏思之，织锦为回文旋图以赠滔。宛转循环以读之，词甚凄婉。”

[6] 玉人：美人，指妓女。

[7] 水西桥：指妓女居住的地方。

沁园春　吴文英

送翁宾旸游鄂渚

情如之何？暮途为客，忍堪送君？便江湖天远，中宵同月，关河秋近，何日清尘？玉麈生风[1]，貂裘明雪，幕府英雄今几人？行须早，料刚肠肯殢，泪眼离颦。　平生秀句清尊，到帐动风开自有神。听夜鸣黄鹤，楼高百尺[2]；朝驰白马，笔扫千军。贾傅才高，岳家军在，好勒燕然石上文[3]。松江上，念故人老矣，甘卧闲云。

【品读】

翁宾旸，名孟寅，字宾旸，号五峰，杭州人。这首词是他赴鄂州幕府任职时，友人吴文英为其送别而写的。此时正值蒙古大军压境，南宋政权岌岌可危，作者在词中既抒发了不忍离别之情，更希望翁氏到前方后，继承和发扬岳家军的光荣传统，为巩固边防、捍卫宋朝江山做出自己的贡献。由于写作此词时正是贾似道当权，而吴、翁二人在贾招揽天下名士的幌子下，都曾先后出入其门，故词中有“贾傅才高”的颂扬之语，不能不说是其缺憾。但就全篇来看，此阕仍不失为《梦窗词》中的一篇佳作。

【注释】

[1] 玉麈：以玉为柄的拂尘。

[2] 黄鹤：指黄鹤楼，故址在今湖北武汉蛇山的黄鹄矶头。

[3] 燕然：山名，即杭爱山，在今蒙古国境内。据《后汉书·窦宪传》，车骑将军窦宪追击匈奴北单于，曾登燕然山，刻石纪功。后遂以勒石燕然，代指为国杀敌立功。

浪淘沙　陈　著

示吴应奎[1]

迟饭甑炊红，青剪蔬丛。鸡声邻里狎田翁[2]。兵后故人能有几[3]？岁晚江空。　谁信淡交中，依旧情浓。白头青眼转惺憁[4]。相见莫教轻别去，负月孤风。

【品读】

本篇抒写乱世之中的友情，读来真切感人。时逢兵荒马乱，国家沦亡，故人来访，彼此的友谊仍和从前一样深挚浓厚，这是多么可贵呵！如今虽然时难年荒、生活困窘，可是老朋友见面，哪能不留你吃顿粗茶淡饭，多住几时，互相畅叙渴别之情，再看一看我们这里的风光景物呢？词语朴实自然，毫无雕饰，表达了两位宋朝遗民之间的真挚友谊。

【注释】

[1] 吴应奎：其人不详。

[2] 狎：亲近，亲热。

[3] 兵后：战后，指宋亡后。

[4] 青眼：晋阮籍能为青白眼，常以青眼对所契重的人。后因以“青眼”称对人喜爱或器重。 惺憁：同“惺松”，苏醒貌。这里是说见到老朋友目光也变得有神了。

贺新郎 蒋 捷

乡士以狂得罪，赋此饯行。

甚矣君狂矣。想胸中、些儿磊魂[1]，酒浇不去。据我看来何所似，一似韩家五鬼[2]。又一似、杨家风子[3]。怪鸟啾啾鸣未了，被天公捉在樊笼里。这一错[4]，铁难铸。　濯溪雨涨荆溪水[5]。送君归，斩蛟桥外[6]，水光清处。世上恨无楼百尺，装着许多俊气。做弄得、栖栖如此[7]。临别赠言朋友事，有殷勤、六字君听取：节饮食，慎言语。

【品读】

作者的一位同乡好友，由于狂放不羁（可能是发表了抨击时政的言论）而触怒了当权者，被加上“莫须有”的罪名，遣返回乡。词人为之愤愤不平，特意置酒饯行，并写了这首词作为临别赠言。上片叙述“乡士以狂得罪”，是由于对黑暗的现实心怀不满，像“怪鸟”似的啾啾乱鸣，惹恼了“天公”，才被捉来关在“樊笼”里，这是天大的错误。下片嘱咐友人，回乡以后，注意饮食，保重身体，这个世道容不得正直贤明的人，说话还是谨慎小心些吧！词中运用典故，语带谐趣，充满了对“乡士”的同情，爱憎是很鲜明的。

【注释】

[1] 磊磈：亦作“垒块”“块垒”。比喻郁积在胸中的不平之气。

[2] 五鬼：指智穷、学穷、文穷、命穷、交穷等五种穷鬼。韩愈《送穷文》：“凡此五鬼，为吾五患。”

[3] 杨家风子：五代时人杨凝式，唐末为秘书郎，历任梁、唐、晋、汉、周五朝。曾佯疯自晦，人称“杨风子”。

[4] 错：本指错刀，这里是指错误。

[5] 濯溪：为荆溪的支流。 荆溪：在江苏省南部，流经作者的家乡宜兴，至大浦附近入太湖。

[6] 斩蛟桥：在宜兴县城，原称长桥。相传西晋义兴阳羡（今江苏宜兴南）人周处，少时横行乡里，人们把他与南山的猛虎、长桥下的恶蛟合称为“三害”。后斩蛟射虎，改过自新，传为美谈。

[7] 栖栖：惊惶不安的样子。

洞仙歌　蒋　捷

对雨思友

世间何处，最难忘杯酒？惟是《停云》想亲友[1]。此时无一盏，千种离愁；西风外，长伴枯荷衰柳。　去年深夜语，倾倒牖，窗烛心悬小红豆[2]。记得到门时，雨正萧萧，嗟今雨、此情非旧。待与子、相期采黄花[3]，又未卜重阳，果能晴否？

【品读】

这首词抒写作者在绵绵秋雨中对挚友的深情怀念。上片由目前寂寞凄凉的处境，而引起思念亲友的“千种离愁”。下片回忆去年灯下促膝相谈，盼望友人能如约前来一起赏菊。但风云莫测，不知重阳节时天气能否转晴。词语清峭，意象冷峻，音调低沉凄怆，心中似有难言之隐。当系南宋亡国之后所作。

【注释】

[1]《停云》：陶渊明诗篇名。序言中说："停云，思亲友也。"

[2] 小红豆：指烛芯燃烧时结出的灯花，亦暗寓相思之意。

[3] 黄花：指菊花。

琐窗寒 张炎

王碧山又号中仙，越人也。能文工词，琢语峭拔，有白石意度，今绝响矣。余悼之玉笥山[1]，所谓长歌之哀，过于痛哭。

断碧分山[2]，空帘剩月，故人天外。香留酒殢，蝴蝶一生花里[3]。想如今，醉魂未醒，夜台梦语秋声碎。自中仙去后，词笺赋笔，便无清致。　　都是，凄凉意。怅玉笥埋云，锦袍归水，形容憔悴。料应也、孤吟山鬼。那知人、弹折素弦，黄金铸出相思泪。但柳枝、门掩枯阴，候蛩愁暗苇[4]。

【品读】

宋末词人王沂孙，字圣与，号碧山，会稽（今浙江绍兴）人。宋亡后与张炎、周密等同结词社，互相唱和，以隐晦曲折的语言抒写遗民的亡国之痛。这首词是碧山离世后，张炎为悼念这位词友而写的。作者站在故人的坟前，遥望天外，缅怀往事，深感悲哀凄凉，不觉潸潸泪下。自从中仙归天之后，词友风流云散，自己身如寒蛩，形容憔悴，再也没有当年那种吟咏唱和的闲情雅致了。词的感情沉痛，音调凄清，表达了对词友的深深怀念，反映了宋亡后遗民作家孤苦寂寞的心境。

【注释】

[1] 玉笥山：又称天柱山，在浙江绍兴市。王沂孙家居玉笥山下，故又号玉笥山人。

[2] 这句状玉笥山景，暗含中仙之号。

[3] 这句说中仙一生如蝴蝶一样，穿行于百花丛中。因其词名《花外集》，故有此联想。

[4] 蛩：蟋蟀。

望江南　金德淑

春睡起，积雪满燕山[1]。万里长城横玉带，六街灯火已阑珊[2]。人立蓟楼间[3]。　　空懊恼，独客此时还。辔压马头金错落，鞍笼驼背锦斓斑[4]。肠断唱阳关。

【品读】

此词作者金德淑，原为宋朝宫女，宋亡后被俘北行，羁留于元大都。其时，宫廷琴师汪元量亦随三宫北行，与诸宫人同为南冠之囚。国亡家破的苦难经历，使他们成了风雨同舟、患难与共的知心朋友。十余年后，元量自请为道士，抱琴南归。众宫人为他饯行，并赋词相赠。词的上片寓情于景，通过描绘北国风光，表达了作者对江南故国的深深怀念。下片直抒离别之情。南归者即将上马独自启程，送行的人含悲忍泪一遍又一遍地唱着令人伤心断肠的《阳关曲》。须知，这并非一般的离别，他们身为亡国奴，又同是天涯沦落人，如今在异乡的土地上生离死别，后会无期。其情之惨，其音之哀，皆寄意于言外，读来令人泣血摧心，具有强烈的艺术感染力。

【注释】

[1] 燕山：在河北北部，东西走向，由潮白河河谷直到山海关。

[2] 六街：原指唐代长安城中的六条大街。这里是泛指燕京城中的街道。阑珊：将残、将尽之意。

[3] 蓟：古地名，秦置为县，治所在今北京城西南。这里是代指大都。

[4] 斓斑：亦作"斑斓"，颜色错杂灿烂。

忆昔怀旧

酒泉子 潘阆

长忆钱塘，不是人寰是天上[1]。万家掩映翠微间[2]，处处水潺潺。 异花四季当窗放，出入分明在屏障[3]。别来隋柳几经秋[4]，何日得重游？

【品读】

作者为大名（今属河北）人，曾寓居钱塘（今浙江杭州）多年。这里的湖山风光和名胜古迹给他留下了深刻的印象，离去以后常常恋恋不忘，因而写了十首《酒泉子》回忆那段美好的生活，咏赞杭州无比秀丽的风光景物。词的首句均用“长忆”二字开篇，一则点明所叙乃是往事，同时也流露出深深的眷恋之情。此阕总叙杭州的迷人风采：家家绿树掩映，处处流水潺潺，一年四季奇花异卉竞相开放，令人应接不暇，真是名不虚传的人间天堂呵！结拍两句表示希望旧地重游，流露出对杭州美景的无限怀念。

【注释】

[1] 人寰：人间。
[2] 翠微：青翠掩映的山腰幽深处。
[3] 屏障：形容山峦重叠像屏风一样。
[4] 隋柳：即隋堤柳。隋代开通济渠，沿岸筑堤，称为隋堤，堤上多植柳树，称隋柳。后来便以隋柳代指柳树。

酒泉子 潘阆

长忆西湖，尽日凭栏楼上望[1]。三三两两钓鱼舟，岛屿正清秋[2]。　　笛声依约芦花里[3]，白鸟成行忽惊起[4]。别来闲整钓鱼竿，思入水云寒。

【品读】

此阕回忆当年凭栏眺望西湖秋色：只见三三两两钓鱼船儿出没于千顷碧波之上，湖心小岛草木枯黄，正笼罩着一片秋色，芦花荡里隐隐约约地传出悠扬的笛声，惊起成群的水鸟展翅向远处飞去。小词纯用白描，语言简练，意境淡远，富有诗情画意，当时曾广为流传。“石曼卿见此词，使画工彩绘之，作小景图”。（杨湜《古今词话》）

【注释】

[1] 尽日：整天、终日。
[2] 屿（yǔ宇）：小岛。
[3] 依约：隐约。
[4] 白鸟：指鸥鹭一类的白色水鸟。

酒泉子　潘阆

长忆吴山，山上森森吴相庙[1]。庙前江水怒为涛。千古恨犹高。　　寒鸦日暮鸣还聚，时有阴云笼殿宇。别来有负谒灵祠，遥奠酒盈卮[2]。

【品读】

此阕回忆当年在杭州登吴山、拜谒伍子胥庙的情景。吴山在西湖东南，由紫阳、云居、七宝、峨眉等山连成。春秋时为吴国南界，故称吴山。又因吴国大夫伍子胥以忠谏死，浮尸江中，吴人怜之，修庙纪念，遂称胥山。山上有城隍庙、茗香楼、极目阁等建筑。登高眺望，左为西湖，右为钱塘江，杭州全城，尽收眼底。词中通过回忆当年登临眺览，既表达了对吴山胜景的怀念，也抒发了对以身许国的“吴相”的敬仰之情。

【注释】

[1] 森森：形容树木繁密。 吴相庙：指吴国大夫伍子胥的祠庙。

[2] 卮（zhī支）：古代的一种盛酒器。

酒泉子 潘阆

长忆观潮，满郭人争江上望[1]。来疑沧海尽成空[2]，万面鼓声中。 弄潮儿向涛头立[3]，手把红旗旗不湿。别来几向梦中看，梦觉尚心寒。

【品读】

此阕回忆钱塘江上观潮的情景。钱塘江入海口呈喇叭形，江口大而江身小，起潮时海水从辽阔的江口涌入，受两旁渐狭的江岸约束，形成涌潮，汹涌澎湃，气势磅礴，令人惊心动魄，是天下闻名的自然奇观，而以农历八月十八日为最盛。观潮的历史已有一千多年，宋人有许多生动精彩的描述。如周密《武林旧事》云：“浙江之潮，天下之伟观也，自既望（十六日）以至十八日为最盛。方其远出海门，仅如银线，既而渐近，则玉城雪岭，际天而来，大声如雷霆，震撼激射，吞天沃日，势极雄豪……吴儿善泅者数百，皆披发文身，手持十幅大彩旗，争先鼓勇，溯迎而上，出没于鲸波万仞中，腾身百变，而旗尾略不沾湿，以此夸能。”这首词篇幅虽短，却写得有声有色，生动地再现了钱塘江潮的奇观和“弄潮儿”精彩的水上表演。结拍两句说自己离开杭州以后，这一场面曾多次出现在梦中，醒来后还感到心惊胆战，不寒而栗。词中通过夸张，使作品更富有艺术魅力。

【注释】

[1] 满郭：满城。

[2] 沧海：大海。海水呈青绿色，故称沧（同苍）海。这句说，潮来时海水都像被吸干了一样。

[3] 弄潮儿：指在潮水中翻波腾浪的“善泅者”。

满庭芳 秦观

晓色云开，春随人意，骤雨才过还晴。古台芳榭[1]，飞燕蹴红英[2]。舞困榆钱自落[3]，秋千外、绿水桥平。东风里，朱门映柳，低按小秦筝[4]。　多情，行乐处，珠钿翠盖[5]，玉辔红缨[6]。渐酒空金榼[7]，花困蓬瀛[8]。豆蔻梢头旧恨[9]，十年梦、屈指堪惊。凭阑久，疏烟淡日，寂寞下芜城。

【品读】

这是一首追念旧游之作。从结句“寂寞下芜城”看，当写于扬州。全篇自“晓色云开”到“花困蓬瀛”，写的都是当年的冶游生活，亦即另一首同调词中所谓的“蓬莱旧事”。后五句转写如今，以“豆蔻梢头旧恨，十年梦、屈指堪惊”点明以上所叙均为前尘旧梦，回想起来实在令人魂销意尽，触目惊心。作者此时身在“芜城”，正独自凭栏凝望，从而引起了对往事的痛苦回忆。据《苕溪渔隐丛话》引《艺苑雌黄》曰：“程公辟守会稽，少游客焉，馆之蓬莱阁。一日，席上有所悦，自尔眷眷不能忘情，因赋长短句。所谓‘多少蓬莱旧事，空回首、烟霭纷纷’也。”《满庭芳》（山抹微云）写的是词人在会稽告别情侣，此阕则是在扬州追念伊人，两词参阅读之，更觉少游确系千古多情的才子词人。词分两层，过变不变，前十六句一气贯注，以虚为实，叙述作者昔年在一个花开似锦、绿水平桥的春日，与一多情女子车马相从、踏青出游、饮酒行乐的情景。后五句触景伤感，叹息旧游如梦，抒发对伊人的无限怀念和自己深感寂寞惆怅的心情。词中用倒叙法，但层次分明，意脉清晰，在艺术结构上也颇有特色，确是一首“情辞相称”的佳作。

【注释】

[1] 古台芳榭：古代遗留下来的华美台榭。指会稽蓬莱阁一类的古代楼台亭阁。

[2] 这句说燕子踢落片片红花。

[3] 榆钱：榆荚。这句说榆树随风飘舞，榆荚纷纷坠地。

[4] 秦筝：古代弦乐器的一种。相传为秦人蒙恬改制，故名。

[5] 珠钿翠盖：装饰华丽的车子，多为贵族或有钱人家女子所乘。珠钿，谓车上装嵌着珠宝。翠盖，以翠鸟羽毛装饰的车盖。

[6] 玉辔：饰玉的缰绳。 红缨：指鞭梢上系的红色丝带。

[7] 金榼（kē科）：饰金的酒器。

[8] 蓬瀛：蓬莱、瀛洲，传说中的海上仙山。

[9] 豆蔻梢头：比喻青年女子。旧谓女子十三四岁为“豆蔻年华”。

凤凰枝令　万俟咏

景龙门[1]，古酸枣门也。自左掖门之东为夹城南北道，北抵景龙门。自腊月十五日放灯，纵都人夜游。妇女游者，珠帘下邀住，饮以金瓯酒。有妇人饮酒毕，辄怀金瓯。左右呼之，妇人曰：妾之夫性严，今带酒容，何以自明？怀此金瓯为证耳。隔帘闻笑声曰：与之。其词曰：

人间天上，端楼龙凤灯先赏[2]。倾城粉黛月明中，春思荡。醉金瓯仙酿[3]。　一从鸾辂北向[4]，旧时宝座应蛛网。游人此际客江乡，空怅望。梦连昌清唱[5]。

【品读】

此词作于“靖康之难”以后，作者在徽宗崇宁年间曾任大晟府制撰，为宫中制撰词曲，对汴京和宫廷生活十分熟悉。这是一首忆昔怀旧之作。词的上片描写当年皇都欢度元宵佳节的盛况，下片抒发国亡家破后流落江南的悲凉心情。通过今昔对比，反映了金兵入侵使社会生活发生了巨大的变化。序中所述元宵之夜妇人饮毕御酒辄怀金瓯而归，与窃杯女子《鹧鸪天》词描写的情节颇为相似，看来当时确有其事。可惜“宣和与民同乐”的好景不长，风流天子“鸾辂北向”，终于做了阶下之囚，而当年的“宝座”已经结满蛛网，词人只能含泪“空怅望”，寄托自己的哀思。

【注释】

[1] 景龙门：汴京旧城北门之一，在大内城角宝箓宫前，古称酸枣门。

[2] 端楼：指汴京皇宫正门宣德楼。

[3] 仙酿：仙酒。这里指观灯时赏赐给游人的御酒。

[4] 鸾辂：即皇帝的车驾，用作帝王的代称。鸾，通“銮”。辂，车上的横木，代指车。这句说皇帝被俘北去。

[5] 连昌：连昌宫，唐代行宫名，在河南郡寿安县（今河南省宜阳境内）。这里是代指北宋汴京皇宫。

水龙吟　向子諲

绍兴甲子上元有怀京师[1]

华灯明月光中，绮罗弦管春风路。龙如骏马，车如流水，软红成雾。太一池边[2]，葆真宫里[3]，玉楼珠树。见飞琼伴侣，霓裳缥缈，星回眼，莲承步。　笑入彩云深处。更冥冥、一帘花雨。金钿半落，宝钗斜坠，乘鸾归去。醉失桃源[4]，梦回蓬岛[5]，满身风露。到而今江上，愁山万叠，鬓丝千缕。

【品读】

这首词是中原沦陷后，作者回忆当年都城汴京欢度元宵佳节的情景。从结构上看，整个上片和下片前半部分都是描写“京师”昔日繁华的景象，最后六句转写如今，前后对比鲜明。词中通过忆昔怀旧，反映了“靖康之难”以来，社会生活发生了巨大的变化。同样的元宵节，当年是“绮罗弦管春风路”，而今却是“愁山万叠，鬓丝千缕”。两相对照，真是“故国不堪回首月明中”。词情哀楚，流露出深沉的忧国情思。

【注释】

[1] 绍兴甲子：即宋高宗绍兴十四年（1144）。　京师：指北宋都城汴京。

[2] 太一池：汴京城内池苑。

[3] 葆真宫：汴京城内道教宫观，在朱雀门外横大街南。

[4] 桃源：即桃花源。这里是比喻当年承平安乐的生活。

[5] 蓬岛：即蓬莱仙岛。这句是说只能在梦中重返美如仙境的“京师”。

鹧鸪天　赵鼎

建康上元作[1]

客路那知岁序移[2]，忽惊春到小桃枝。天涯海角悲凉地，记得当年全盛时。　花弄影，月流辉，水精宫殿五云飞[3]。分明一觉华胥梦[4]，回首东风泪满衣。

【品读】

本篇作于南渡之初。建炎年间，金兵不断南侵，作者随宋高宗逃难至建康，适逢元宵佳节，触景生悲，写了这首忆昔怀旧、抒发亡国之痛的《鹧鸪天》词。全词分为三层。上片叙述今日悲凉的处境，在兵荒马乱的逃亡生活中，不觉时序推移，忽见小桃花开，才知又到了上元节。换头三句紧承上片歇拍，回忆“当年全盛时”，在汴京欢度元宵的情景。结拍两句一转，从对往事的回忆中警醒过来，又回到了悲凉的现实。这一切简直就像做梦一样，时移世变，春光依旧，人事全非，怎不教人悲痛万分，泪湿衣衫！

【注释】

[1] 建康：今江苏南京市。 上元：即元宵节。

[2] 岁序移：岁月时序推移。

[3] 水精宫殿：传说吴王阖闾曾建水精宫，尤极珍怪，皆出自水府。后因用作宫殿的代称。 五云：五色彩云。

[4] 华胥梦：传说黄帝昼寝，而梦游于华胥氏之国。后因用作梦境的代称。

蓦山溪 陈济翁

去年今日，从驾游西苑。彩仗压金波，看水戏、鱼龙曼衍[1]。宝津南殿。宴坐近天颜[2]，金杯酒，君王劝。头上宫花颤。 六军锦绣，万骑穿杨箭[3]。日暮翠华归，拥钧天、笙歌一片[4]。如今关外，千里未归人，前山雨，西楼晚。望断思君眼。

【品读】

陈济翁，生平事迹不详，《全宋词》疑其即为陈恺。陈恺卒于哲宗元符三年（1100），与此词所写内容、年代大不相合。《能改斋漫录》谓其为“南渡遗老”，当属可信。这首词是回忆北宋亡国前，作者在汴京“从驾游西苑”的往事。据《东京梦华录》载，徽宗宣、政年间，每逢三月一日，朝廷开放城西顺天门外的金明池和琼林苑，许士庶纵观。三月二十日左右，车驾临幸于此，观看水戏及龙舟竞赛，然后驾诣射殿射弓，并赐宴群臣。词中所说的“宝津南殿”，即宝津楼，在金明池内，面对棂星门，建在由砖石甃砌的高台之上。作者也许是新科状元，深受恩宠，看他“宴坐近天颜，金杯酒，君王劝。头上宫花颤”，多么得意呵！不料“渔阳鼙鼓动地来”，皇帝当了俘虏，流落于千里之外的白山黑水之间。抚今思昔，肝肠欲裂，怎不叫人“望断思君眼”！此阕通过忆昔怀旧，表达了深沉的亡国之痛。当时曾广为传唱，“天下歌之”。

【注释】

[1] 曼衍：连绵不断。

[2] 天颜：帝王的容颜。

[3] 穿杨箭：形容善射。《史记·周本纪》：“楚有养由基者，善射者也，去柳叶百步而射之，百发而百中之。”又作“百步穿杨”。

[4] 钧天：钧天广乐的略语，指神话中天上的音乐。

临江仙　陈与义

夜登小阁，忆洛中旧游

忆昔午桥桥上饮[1]，坐中多是豪英[2]。长沟流月去无声[3]。杏花疏影里，吹笛到天明。　二十余年如一梦，此身虽在堪惊。闲登小阁看新晴。古今多少事，渔唱起三更[4]。

【品读】

此词作于南渡之后，大约在绍兴五年（1135）前后。上片回忆二十年前的洛中旧游，那时天下太平，自己风华正茂，常与朋友们在洛阳城南的午桥上对月饮酒，赏花吹笛，生活多么潇洒自在。下片感慨世事巨变，如今战乱流离，历尽劫波，虽然保全了性命，但国亡家破，故人星散，往日的一切幸福和欢乐都随着熊熊燃烧的战火而烟消云散了。今夜独自登阁眺望，抚今思昔，兴亡之感不禁油然而生。本篇词意超绝，疏快明畅，韵味深长而无雕琢痕迹。“杏花疏影里，吹笛到天明”两句，清婉奇丽，意境悠远，自然而然，被誉为词中“爽语”。

【注释】

[1] 午桥：在洛阳之南。
[2] 豪英：豪放英俊之士。
[3] 这句说，河沟之水带着水中月影悄悄地流逝。
[4] 渔唱：渔歌。

石州慢 张元幹

寒水依痕[1]，春意渐回，沙际烟阔[2]。溪梅晴照生香，冷蕊数枝争发。天涯旧恨，试看几许消魂？长亭门外山重叠，不尽眼中青，是愁来时节。 情切。画楼深闭，想见东风，暗消肌雪。孤负枕前云雨，尊前花月。心期切处[3]，更有多少凄凉，殷勤留与归时说。到得再相逢，恰经年离别。

【品读】

本篇别本题为“感旧”，表面上是抒写离愁，但词意隐约，可能另有寄托。上片前五句描绘初春时节水边沙际的景物，点出时令节候；后五句移情入景，因见溪梅争发而引起“天涯旧恨”。下片抒发相思之情，盼望早日“再相逢”，殷勤诉说彼此的心曲。《蓼园词选》评论说：“此亦天涯落漠，望远思家之作耳。但题曰‘感旧’，词有‘天涯旧恨’句，或亦思旧友而作也。仲宗于绍兴中，坐送胡铨及李纲词除名，是其忧国之心，不肯附秦桧之和议可知矣。际国事孔棘之时，因思同心之友远谪异域，此心之所以耿耿也。起首六语，是望天意之回。寒枝竞发，是望谪者复用也。”解说虽然过于坐实，但对理解此词亦可供参考。

【注释】

[1] 寒水依痕：冬天河水下落，回到岸上原有的痕迹之处。

[2] 春意二句：化用杜甫《阆水歌》“正怜日破浪花出，更复春从沙际归”诗意。

[3] 心期：期望。

霜天晓角　范成大

少年豪纵，袍锦团花凤[1]。曾是京城游子，驰宝马、飞金鞚[2]。　旧游浑似梦，鬓点吴霜重。多少燕情莺意，都泻入、玻璃瓮。

【品读】

此词通过今昔对比，感叹岁月不饶人。少年时代风流倜傥，裘马清狂，曾是京城的游侠儿；如今两鬓如霜，拈花惹柳的闲情逸致早已一扫而空，全都泻入了酒坛之中。词人抚今思昔，深感旧游如梦，只好以酒浇愁，对人生的变化表现出一种迷惘的心态。

【注释】

[1] 这句说锦袍上绣着花团和凤凰。

[2] 金鞚：饰金的马络头。

浪淘沙令　王　炎

开禧丙寅在大坂作 [1]

流水绕孤村，杨柳当门。昔年此地往来频。认得绿杨携手处，笑语如存。　　往事不堪论，强对清尊。梅花香里月黄昏。白首重来谁是伴？独自消魂。

【品读】

这是一首忆昔怀旧词。但背景不明，意象朦胧，所忆之事、所怀之人均未得其详。细味词意，可能是作者晚年重返故居，触景伤情的悼亡之作。唯其扑朔迷离，朦胧隐约，引人遐思，因而更具艺术魅力。

【注释】

[1] 开禧丙寅：即宋宁宗开禧二年（1206），作者六十九岁。

水调歌头　辛弃疾

舟次扬州，和杨济翁，周显先韵 [1]。

落日塞尘起 [2]，胡骑猎清秋 [3]。汉家组练十万，列舰耸层楼 [4]。谁道投鞭飞渡，忆昔鸣髇血污，风雨佛狸愁 [5]。季子正年少，匹马黑貂裘 [6]。　　今老矣，搔白首，过扬州。倦游欲去江上，手种橘千头 [7]。二客东南名胜 [8]，万卷诗书事业，尝试与君谋。莫射南山虎，直觅富民侯 [9]。

【品读】

此词虽为唱和之作，实则通过忆昔怀旧寄托了很深的感慨。淳熙五年（1178），作者在临安任大理少卿，不久调任湖北转运副使。他在赴任途中，乘船经过扬州，与友人杨济翁、周显先相会，并写了这首和词。上片回忆十多年前宋金之间的那场战争。当时金主完颜亮率部进驻扬州，妄图渡江南下，结果在采石矶被虞允文指挥的宋军击败，完颜亮也被他的部下杀死。那时作者才二十多岁，正当年轻有为、意气风发的时候。他受耿京的派遣，与贾瑞等人由山东来到南方，与南宋朝廷联系，准备南北配合行动，发起反攻。他曾和战友们奔驰在战火纷飞的扬州一带。"季子正年少，匹马黑貂裘"，写的就是这段时期的斗争生活，生动地描绘出一位抗金英雄的光辉形象。下片说他倦于宦游，深感岁月虚度，一事无成，因而产生了归隐田园的念头。结拍两句"莫射南山虎，直觅富民侯"，是一种愤激之语，表达了作者对朝廷不图北伐、偃武修文、执行投降政策的强烈不满。此词前半阕气魄宏大、意境壮阔，后半阕低沉忧伤，音调凄凉，形成了豪放与悲壮相结合的艺术风格。

【注释】

[1] 次：停留。 杨济翁：名炎正，江西吉水人，诗人杨万里的族弟。 周显先：生平不详。

[2] 塞尘起：边塞上尘土飞扬，表示战事已起。

[3] 胡骑：指金兵。 猎清秋：在秋高气爽的季节出去打猎，这里是指发动战争。

[4] 汉家：指宋朝。 组练：组甲和练袍，代指军队。 列舰耸层楼：江上排列着许多高大的战舰。这两句说，南宋军队威武雄壮，江上战舰如林，正严阵以待。

[5] 投鞭飞渡：将马鞭扔入长江，即可飞渡而过。鸣髇（xiāo 消）：即鸣镝，古代的一种响箭。 血污：指被射杀而死于非命。据《史记·匈奴列传》，秦汉之际，匈奴头曼单于的太子冒顿（mò dú末独）为争夺王位，造响箭以训练士卒，后来冒顿跟随头曼出外打猎，突然向头曼发射鸣镝，他的部下也跟着鸣镝发射，将头曼射死。 佛狸：北魏太武帝拓跋焘的小名。他率部进攻刘宋王朝受挫，后来被宦官所杀。

这三句借苻坚、头曼和拓跋焘被杀之事，比喻完颜亮南侵，遭到失败，结果被他的部下杀死。

[6] 季子：苏秦字季子，战国时纵横家。　黑貂裘：黑色的皮袍。苏秦年青时曾穿着黑貂裘四处游说。这两句作者以苏秦自比，追忆青年时期驰骋疆场，奉表南归，为抗金复国而奔走。

[7] 橘千头：据《襄阳耆旧传》，三国时吴国丹阳太守李衡曾在龙阳（今湖南汉寿县）的一处沙洲上种橘千株，临死时对他的儿子说："吾州里有千头木奴，不责汝食，岁上匹绢亦当足用耳。"

[8] 二客：指杨济翁和周显先。　名胜：名流，知名人物。

[9] 莫射南山虎：据《史记·李将军列传》：李广屡建战功，却不得重用，被罢职闲居蓝田南山中，"所居郡闻有虎，尝亲射之"。这两句大意是，如今朝廷无意北伐用兵，你们就不要像李广那样射虎南山，去习武从戎了，若想做官就去当朝廷所需要的所谓"富民侯"吧。

唐多令　刘过

重过武昌

芦叶满汀洲，寒沙带浅流。二十年重过南楼[1]。柳下系船犹未稳，能几日，又中秋。　黄鹤断矶头[2]，故人曾到否？旧江山浑是新愁[3]。欲买桂花同载酒，终不是，少年游。

【品读】

这是一首重游故地、忆昔怀旧、感慨时事之作。词的上片描写登楼所见。开篇两句写景，接着用"二十年重过南楼"一句宕开，交代登临的时间和地点。"柳下"二句，回叙这次"重过武昌"行色匆匆，而重游南楼的心情却很迫切。船儿还没系稳，便跨步登岸直奔黄鹤山上而来，屈指一算，中秋佳节即将来临，还得赶回家中与亲人团聚。虽然如此，但南楼不可不登，二十多年没来了，时间再紧也必须乘兴一游。下片抒写登楼所感。过片两句，以景寓情，对当年同来武昌的故人表示深深的怀念。“旧江山”句，由怀人转入感喟时事，是此词的警句。举目江山依旧，国事日非，形势危殆，不由得令人愁满胸怀。“浑是”二字，说明“新愁”触处皆是，表现了词人对国家民族命运深感忧虑的心情。煞拍三句，紧承上文，谓今日重过武昌，虽欲买花载酒，尽兴畅游，无奈时移世变，岁月无情，终究没有少年时代那样的心情了。词以黯然伤神的情调结束，含不尽之意于言外，读来令人扼腕泪下。此词在当时曾广为传唱。

【注释】

[1] 南楼：在武昌黄鹤山上。

[2] 黄鹤断矶头：黄鹤山，又名黄鹄山，在武昌，西北有黄鹄矶，黄鹤楼在其上。矶，水边的山石。

[3] 浑是：全是。

南乡子　孙惟信

璧月小红楼[1]，听得吹箫忆旧游。霜冷阑干天似水，扬州。薄幸声名总是愁[2]。　尘暗鹔鹴裘[3]，针线曾劳玉指柔。一梦觉来三十载，休休。空为梅花白了头。

【品读】

这是一首重游故地、怀念旧游之作。三十年前，作者在扬州曾经有过一桩艳遇。小红楼上伊人为之吹箫，还替他缝补过“鹔鹴裘”。两情依依，如胶似漆。一别经年，音信渺茫，辜负了伊人的柔情蜜意，深觉愧悔不已。如今重过扬州，倚栏凝望，又听到那低回凄咽的箫声。可惜人面不知何处去，璧月依旧照红楼！词情哀婉，犹如雾里观花，余音绕梁，久而不绝。

【注释】

[1] 璧月：形如璧玉的圆月。

[2] 薄幸：薄情，负心。杜牧《遣怀》："十年一觉扬州梦，赢得青楼薄幸名。"

[3] 鹔鹴裘：以鹔鹴羽毛做的冬衣。鹔鹴，鸟名，雁的一种，羽毛为绿色。

风入松 吴文英

听风听雨过清明，愁草瘗花铭[1]。楼前绿暗分携路[2]，一丝柳、一寸柔情。料峭春寒中酒[3]，交加晓梦啼莺[4]。　西园日日扫林亭，依旧赏新晴。黄蜂频扑秋千索，有当时、纤手香凝。惆怅双鸳不到[5]，幽阶一夜苔生。

【品读】

本篇为暮春忆旧怀人之作。上片寓情于景，抒发伤春怀远之情。首二句描写环境，渲染伤离气氛，为揭示主题作铺垫。因风雨而惜花，因惜花而草铭，因草铭而生愁，由景入情，逐层深化，意脉清晰而自然。"楼前"两句，由伤春转到伤别，睹物怀人，写得极为缠绵悱恻。歇拍两句，用对偶形式进一步抒写内心的无穷惆怅：春意阑珊，乍暖还寒，只得以酒御寒，聊且消愁解忧；无奈醉梦中又被黄莺的啼声惊醒，醒后更加感到寂寞烦恼。过变承前半阕，写作者对伊人刻骨铭心的相思之情。"西园"为词人在杭州的寓所。清明已过，风停雨歇，落花满地，日日都到林下亭间去清扫环境，盼望伊人归来，共赏这雨后初晴的美景。"黄蜂"两句，忽生奇想：词人见一群蜜蜂围绕着秋千绳索飞来飞去，认为那是心爱的人儿当年，手上的香泽留在了绳子上，所以才惹得蜂儿不肯离去。煞拍两句，从幻想又回到了现实。“双鸳不到”遥承上文“分携路”，谓女子一去杳无踪迹。其实“苔生”绝非“一夜”可致，作者以此说明时光易逝，伊人离去恍如昨日之事，令人惆怅不已。词中通过景物的描绘、奇特巧妙的联想和虚实映衬的表现手法，淋漓尽致地抒发了难以排遣的伤春怀旧之情。

【注释】

[1] 草：草写。瘗（yì忆）花铭：葬花词。瘗，埋葬。铭，文体的一种。

[2] 分携：分手。

[3] 料峭：形容春天的微寒。中酒：醉酒。

[4] 交加：兼施齐下的意思。

[5] 双鸳：代指女子的鞋，因鞋上绣有鸳鸯。这里是指女子的行踪。

浪淘沙 吴文英

灯火雨中船，客思绵绵。离亭春草又秋烟。似与轻鸥盟未了，来去年年[1]。往事一潸然[2]，莫过西园。凌波香断绿苔钱。燕子不知春事改，时立秋千。

【品读】

此阕亦为忆旧怀人之作，可与前首《风入松》对照来读。后者写于暮春，本篇作于秋后。或为词人重过“西园”，见绿苔点点、燕立秋千，想到凌波人去，梦断香消，痛感往事茫茫，不觉潸然泪下，从而为赋此词。上片叙事写景，下片怀旧抒情，词意隐幽，情调凄苦，盖因其伤心事难以向人明言之故也。

【注释】

[1] 鸥盟：古人以与鸥鹭为盟表示隐居。这两句说，隐居不成，尘缘未了，因而年年依旧奔波在外。

[2] 潸然：泪流貌。

木兰花慢　黄　昇

怀　旧

问春春不语，谩新绿、满芳洲。记历历前游，看花南陌，命酒西楼。东风翠红围绕，把功名、一笑付糟丘[1]。醉里了忘身世[2]，吟边自负风流。　风流。莫莫复休休[3]。白发渐盈头。怅十载重来，略无欢意，唯有闲愁。多情向人似旧，但小桃、婀娜柳纤柔。望断残霞落日，水天拍拍飞鸥[4]。

【品读】

此阕题为"怀旧"，十年前为了求取功名，初次来京，那时风华正茂，与同伴们"看花南陌，命酒西楼"，生活多么潇洒得意。谁料科举不成，只好"把功名、一笑付糟丘"，回到山中吟咏自适，去过"自负风流"的隐居生活。如今"白发渐盈头"，重游故地，往事历历在目，小桃依然那么妩媚，柳条仍旧如此轻柔，但情怀却迥异当年，心中"略无欢意，唯有闲愁"。独立湖畔，遥望红日西沉，残霞映天，湖面传来一阵噗噗的击水之声，一群沙鸥展翅向远方飞去。词意幽眇，风格雅淡，感慨极深而又不露痕迹，如以"晴空冰柱"称之，也是当之无愧的。

【注释】

[1] 糟丘：酒糟堆成的小丘。这句意为抛开功名，沉入醉乡。

[2] 了忘：全忘。

[3] 莫莫：清静貌。　休休：安闲自得貌。这句表示安于退隐生活。

[4] 拍拍：拍击声。

羁旅乡愁

江南春 寇准

波渺渺[1]，柳依依[2]。孤村芳草远[3]，斜日杏花飞。江南春尽离肠断，蘋满汀洲人未归[4]。

【品读】

这是一首抒写游子思乡之情的小令。前四句状景，描绘暮春三月江南水乡的迷人景色。开篇两个三字短句点出“江南春”的题意，接着两句用对偶形式展开画面。最后两句即景抒怀，表达游子的羁旅乡愁。此阕简古可爱，含思婉转，“体制高妙，不减花间”，在宋初小令中颇有特色。

【注释】

[1] 渺渺：水远貌。
[2] 依依：轻柔貌。
[3] 芳草：香草。
[4] 汀：水中或水边的平地。

苏幕遮 范仲淹

碧云天，黄叶地。秋色连波，波上寒烟翠。山映斜阳天接水。芳草无情，更在斜阳外。 黯乡魂[1]，追旅思[2]。夜夜除非，好梦留人睡。明月楼高休独倚。酒入愁肠，化作相思泪。

【品读】

此词写的是羁旅乡愁，采用上景下情的传统抒情模式。上片多用丽语，碧云、黄叶、翠烟、斜阳，山光水色，交相辉映，构成了一幅意境壮阔、色彩斑斓的秋景图。一望无际的芳草，伸向遥远的天边，从而触发起游子的思乡之情。下片直抒“乡魂”“旅思”，叙写夜不能寐、月下登楼、借酒浇愁，但酒入愁肠，却化作了点点滴滴的相思之泪。词的感情深挚，风格柔婉，许昂霄《词综偶评》谓：“铁石心肠人，亦作此消魂语。”说明作为北宋著名政治家、军事家的范仲淹不但思想感情复杂，而且审美情趣也是多方面的。

【注释】

[1] 黯乡魂：心情因怀念家乡而忧伤。| [2] 追旅思：羁旅愁思萦绕于心怀。

八声甘州　柳　永

对潇潇、暮雨洒江天，一番洗清秋。渐霜风凄紧，关河冷落[1]，残照当楼。是处红衰翠减[2]，苒苒物华休[3]。惟有长江水，无语东流。　不忍登高临远，望故乡渺邈[4]，归思难收。叹年来踪迹，何事苦淹留[5]？想佳人妆楼颙望[6]，误几回、天际识归舟。争知我、倚阑干处[7]，正恁凝愁[8]。

【品读】

柳永“工于羁旅行役”（陈振孙语），这首词就是他抒写离情别绪的代表作之一。上片写景，下片抒情，然景中寓情，情中含景，虚实照映，动静相间，起伏跌宕，委婉缠绵，壮美与柔美结合，达到了较高的艺术境界。词虽采用白描，但用字遣词却很讲究，如其中的领字“对”“渐”和动词“洒”“洗”等都颇见功力。虚词“不忍”“何事”“争知”“正恁”既浅显通俗，又富于艺术表现力。主题是抒写离别相思，而声调却较为高亢，所用八个韵脚（秋、楼、休、流、收、留、舟、愁）都是响亮的平声字，且各韵位间又具有抑扬顿挫、舒缓回荡的音律之美，与《雨霖铃》那种低回凄咽的调子又有所不同。

【注释】

[1] 关河：关山江河。
[2] 是处：处处。　红衰翠减：花残叶枯。翠，一作“绿”。
[3] 苒苒：草盛貌。　物华：美好的景物。
[4] 渺邈：遥远。
[5] 淹留：滞留，久留。
[6] 颙（yóng 鏞）望：抬头凝望。
[7] 争知：怎知。
[8] 恁（nèn 嫩）：这样。　凝愁：愁思凝结。

阳台路　柳永

楚天晚。坠冷枫败叶，疏红零乱[1]。冒征尘、匹马驱驱，愁见水遥山远。追念少年时，正恁风帏[2]，倚香偎暖。嬉游惯。又岂知、前欢云雨分散。　此际空劳回首，望帝里、难收泪眼[3]。暮烟衰草，算暗锁、路歧无限。今宵又、依前寄宿，甚处苇村山馆？寒灯畔，夜厌厌[4]，凭何消遣？

【品读】

这首词写的是旅途感怀。作者离开京城后，单身匹马，风尘仆仆，奔驰于偏僻遥远的南方，投宿在荒凉的“苇村山馆”。困顿劳碌，前程茫茫，不禁回想起当年在都城“倚香偎暖”的“嬉游”生活。抚今思昔，“难收泪眼”，独自在寒灯下发出了寂寞无聊的慨叹。本篇叙事明晰，情景宛然如现，生动地表现了宦游之人失意寥落的羁旅乡愁。

【注释】

[1] 疏红：残花。

[2] 凤帏：绣有凤凰的帐子。

[3] 帝里：京城。

[4] 厌厌：寂静貌。

夜半乐 柳永

冻云黯淡天气，扁舟一叶，乘兴离江渚。渡万壑千岩，越溪深处[1]。怒涛渐息，樵风乍起[2]，更闻商旅相呼。片帆高举，泛画鹢、翩翩过南浦[3]。　望中酒旆闪闪[4]，一簇烟村，数行霜树。残日下，渔人鸣榔归去[5]。败荷零落，衰杨掩映，岸边两两三三，浣纱游女。避行客、含羞相笑语。　到此因念，绣阁轻抛[6]，浪萍难驻[7]。叹后约丁宁竟何据[8]？惨离怀，空恨岁晚归期阻。凝泪眼、杳杳神京路[9]，断鸿声远长天暮[10]。

【品读】

此词写水上行役的见闻和感想，约作于词人漂泊浙东时。全篇共分三片，前二片状景，首片言途中经历，次片叙舟中所见，末片抒去国离乡之感。写景笔势舒缓，从容不迫，山川草木，物象人事，历历在目，栩栩如生；抒情音调急促，一句一意，离愁别恨表现得淋漓尽致。末句以景结情，首尾呼应，细密妥溜，境界浑然，有较强的艺术感染力。

【注释】

[1] 越溪：春秋时越国美女浣纱的若耶溪，在今浙江绍兴市南。

[2] 樵风：指顺风。《嘉泰会稽志》云："汉郑弘少时采薪，得一遗箭，顷之，有人觅箭，问弘何所欲。弘识其神人也，答曰：尝患若耶溪载薪为难，愿朝南风，暮北风。后果然，世号樵风。"

[3] 画鹢：古时常在船头画上鹢鸟，称画鹢，因作船的代称。　南浦：泛指水边。

[4] 酒旆：酒旗。

[5] 鸣榔：渔夫打鱼时用长木棍敲船，使鱼惊慌入网。
[6] 绣阁：绣楼闺阁，女子所居之处。
[7] 浪萍：随波逐浪的浮萍，比喻自己漂泊不定。
[8] 丁宁：同叮咛，嘱咐。
[9] 神京：指北宋都城汴京。
[10] 断鸿：孤雁。

倾杯 柳永

鹜落霜洲[1]，雁横烟渚，分明画出秋色。暮雨乍歇[2]，小楫夜泊，宿苇村山驿。何人月下临风处，起一声羌笛。离愁万绪，闲岸草、切切蛩吟似织[3]。 为忆芳容别后，水遥山远，何计凭鳞翼[4]？想绣阁深沉，争知憔悴损，天涯行客[5]。楚峡云归，高阳人散，寂寞狂踪迹。望京国[6]，空目断、远峰凝碧。

【品读】

此阕亦为羁旅行役之作，叙述词人秋夜泊舟荒村，投宿山驿，引起思乡怀人之情。开篇用对偶句式描绘霜风寒烟笼罩下的洲渚，上有横雁，下有落鹜，画出一幅凄清的水滨秋色。“暮雨”三句，交代泊舟的时间和地点。“何人”以下四句，因忽闻笛声和蛩吟，触发“离愁万绪”，移情入景，揭示出主人公的内心活动。下片直抒别后相思之情。嗟叹山遥水远，音书难通；设想伊人未必知道天涯行客的苦况，从双方说尽羁旅乡愁。“楚峡”三句，转写如今寂寞孤独的生活。末尾两句以景结情，遥望京国，只能目断远峰，任眉端凝聚着千愁万恨。本篇委婉曲折，情景交融，将羁旅行役的苦况描绘得淋漓尽致。

【注释】

[1] 鹜：野鸭。

[2] 乍歇：刚停、初停。

[3] 蛩：蟋蟀。

[4] 鳞翼：指鱼、雁，相传鱼、雁可以传书。

[5] 行客：行役之人，作者自指。

[6] 京国：指北宋都城汴京。

帝台春 李甲

芳草碧色，萋萋遍南陌。暖絮乱红，也知人春愁无力。忆得盈盈拾翠侣，共携赏、凤城寒食[1]。到今来，海角逢春，天涯为客。　　愁旋释，还似织；泪暗拭，又偷滴。谩伫立、遍倚危栏[2]，尽黄昏，也只是暮云凝碧[3]。拚则而今已拚了，忘则怎生便忘得？又还问鳞鸿[4]，试重寻消息。

【品读】

此词写天涯倦客的羁旅乡愁。主人公“海角逢春”。倚栏凝望，但见芳草萋萋，暮云凝碧。回想当年在京城与伊人寒食节携手踏青拾翠的情景。不禁使人黯然伤神，泪珠拭去又偷滴。全篇景起情结，音调凄婉，通过心理刻画和景物描写将游子思乡怀人的感情表现得十分生动而细腻。

【注释】

[1] 凤城：京城，皇帝所居之处。　寒食：节令名。清明前一天（或说清明前两天）。

[2] 伫立：有所期待而久立。　危栏：高楼上的栏杆。

[3] 暮云凝碧：谓傍晚天边云影凝聚，夜幕降临。

[4] 鳞鸿：即鱼雁。古人传说鱼和雁可以替人传递书信。

浪淘沙 贺铸

雨过碧云秋，烟草汀洲[1]。远山相对一眉愁。可惜芳年桥畔柳，不系兰舟。　　为问木兰舟，何处淹留[2]？相思今夜忍登楼。楼下谁家歌水调[3]？明月扬州。

【品读】

此阕为词人淹留扬州时所作。上片写景，下片抒情。雨过天晴，淡烟衰草，远山如画。月夜登楼眺望，耳畔传来《水调》之声，从而更增添了游子思乡的愁情。全篇寓情于景，含思深婉，读来颇有韵味。

【注释】

[1] 汀洲：泛指水边。洲，水中的陆地。

[2] 淹留：停留，久留。

[3] 水调：即《水调歌》，相传为隋炀帝开汴河时所制。

苏幕遮 周邦彦

燎沉香[1]，消溽暑[2]。鸟雀呼晴，侵晓窥檐语[3]。叶上初阳干宿雨[4]，水面清圆，一一风荷举。　　故乡遥，何日去？家住吴门[5]，久作长安旅[6]。五月渔郎相忆否？小楫轻舟[7]，梦入芙蓉浦[8]。

【品读】

本篇上片写夏日景物，下片抒思乡之情。由眼前亭亭玉立的风荷，联想到梦入故乡的荷塘，意脉清晰，过渡自然，风格疏朗明快。首二句倒叙昨夜焚香消暑，三、四句写今日清晨枕上闻雀呼晴。“叶上”三句，描摹荷叶出水的风姿，生动如画，“此真能得荷之神理者”（《人间词话》）。过变直抒胸臆，表达深深的怀乡之情。最后三句写梦中划船重游故地，化实为虚，以宾为主，反问忆念中的“渔郎”是否还在思念自己？词意曲折深厚，运笔空灵，文理细密，令人有变幻莫测之感。

【注释】

[1] 沉香：常绿乔木，心材为著名的熏香之料，又名沉水香。

[2] 溽（rù入）暑：盛夏潮湿闷热的天气。

[3] 侵晓：天快亮时。侵，渐近。

[4] 宿雨：昨夜的雨水。

[5] 吴门：苏州的别称。这里是指作者的故乡钱塘。

[6] 长安：今陕西西安市，这里是指北宋都城汴京。

[7] 楫：划船的短桨。

[8] 芙蓉浦：荷花塘。

诉衷情　*唐庚*

旅愁

平生不会敛眉头[1]，诸事等闲休。元来却到愁处，须著与他愁。　残照处，大江流，去悠悠。风悲兰杜[2]，烟淡沧浪，何处扁舟？

【品读】

作者本来很达观，遇事从来“不会敛眉头”。可是长期漂泊在外，也难免产生乡关之思，此亦人之常情也。小词写的虽然是“旅愁”，但因胸次开朗，读来并无牢落苦况之感。

【注释】

[1] 敛眉头：形容皱眉发愁。

[2] 兰杜：兰草与杜若，两种芳草名。

点绛唇 汪 藻

新月娟娟[1]，夜寒江静山衔斗[2]。起来搔首[3]，梅影横窗瘦。　好个霜天，闲却传杯手[4]。君知否？乱鸦啼后，归兴浓如酒。

【品读】

此词抒写宦游人的思乡之情。上片至换头描绘景色，渲染气氛，结拍点明词意。一弯新月挂在天边，寒夜中江水静静地奔流，北斗横斜，仿佛正衔住那高高的山峰。如此良宵，作者独自披衣起床，又只见窗前梅花开放，疏影横斜，暗香浮动，实在令人陶醉。多么美妙的景色呵，却无心举杯独酌，原来即将回到故乡，盼望已久的事情即将实现，因此"归兴浓于酒"。词人不直说羁旅离愁，而从另一面抒写怀乡思归之情，在艺术表现上别具一格。

【注释】

[1] 娟娟：美好貌。

[2] 山衔斗：北斗星横斜低转与高山相接，好像山峰衔着星斗一样。

[3] 搔首：挠头，心绪烦乱或有所思考时的动作。

[4] 传杯：指饮酒。

喜迁莺 刘一止

晓 行

晓光催角[1]。听宿鸟未惊，邻鸡先觉。迤逦烟村，马嘶人起，残月尚穿林薄[2]。泪痕带霜微凝，酒力冲寒犹弱。叹倦客、悄不禁[3]，重染风尘京洛[4]。　追念，人别后，心事万重，难觅孤鸿托。翠幌娇深，曲屏香暖，争念岁寒飘泊。怨月恨花烦恼，不是不曾经著。这情味，望一成消减[5]，新来还恶[6]。

【品读】本篇叙写冬日清晨远行。上片前六句描绘拂晓出门所见景色，细致入微，有声有色，生动如画。“泪痕”以下四句，抒写告别亲人、踏上征途时的难堪心情。作者此次离家，是赴京城求取功名，在此之前曾去过不止一次，均无结果，故有“叹倦客、悄不禁，重染风尘京洛”之叹。既不愿去而又不能不去，所以内心充满了矛盾和苦闷。下片抒发对妻子的怀念和途中的羁旅情怀。临别时依依难舍，心事重重，如今正值残冬腊月，南归的大雁早已无影无踪，想要捎封家书回去，也无人可托。此时此刻伊人大概正在“翠幌”“曲屏”的深闺中等待着我的音信，可她哪里知道我正在凛冽的寒风中辗转漂泊呢？转念一想，这种“怨月恨花”的烦恼又不是没有体验过，但愿习以为常也就渐渐淡薄了。可事实却是“这情味，望一成消减，新来还恶”，想摆脱无论如何也摆脱不了呵！本篇情真意切，曲折婉转，层次分明，景物刻画尤为生动，当时曾广为流传，作者也因此而得了“刘晓行”的雅号。

【注释】

[1] 晓光催角：角催光晓的倒语。谓号角之声迎来了黎明的曙光。

[2] 林薄：丛林。薄，草木茂密貌。

[3] 不禁：不愿意。

[4] 风尘京洛：谓奔走于京洛的风尘之中。京洛，代指京城。

[5] 一成：渐渐。

[6] 恶：不好。这句说新近情绪很不好。

南乡子 陆游

归梦寄吴樯[1]，水驿江程去路长。想见芳洲初系缆[2]，斜阳。烟树参差认武昌。　　愁鬓点新霜，曾是朝衣染御香[3]。重到故乡交旧少，凄凉。却恐他乡胜故乡[4]。

【品读】

这首词是淳熙五年（1178）秋，陆游离蜀东归舟过武昌时所作。上片描写归途行程和江上景色，下片抒发即将回到故乡时的感想。川陕九载，作者杀敌报国的理想未能实现，当年主张北伐的战友多已不在人世，如今独自归来，抚今思昔，不禁发出了“却恐他乡胜故乡”的慨叹。此词将羁旅乡愁和忧虑国事融合在一起写，情景交至，意蕴较深，耐人寻味。

【注释】

[1] 吴樯：开往东吴去的船。

[2] 芳洲：指鹦鹉洲，在武昌东北长江中。

[3] 朝衣染御香：入蜀前陆游曾在朝中任敕令所删定官和枢密院编修官兼类圣政所检讨官，得以上殿奏事。

[4] 却恐句：谓回到家乡由于交旧多已去世或离散，恐怕会感到更加寂寞、凄凉。

浪淘沙 谢懋

黄道雨初干，霁霭空蟠[1]。东风杨柳碧毵毵[2]。燕子不归花有恨，小院春寒。　　倦客亦何堪[3]，尘满征衫[4]。明朝野水几重山？归梦已随芳草绿，先到江南。

【品读】

此阕写游子思乡。上片绘景，下片抒情；景为情设，情由景生。燕子不归，离人有恨；春风杨柳，尘满征衫。明朝还得涉水爬山，梦魂呵早已回到了久别的故乡——江南！小词含思婉转，将“倦客”的羁旅乡愁写得曲折而有韵味。

【注释】

[1] 霁：本指雨止，引申为风雪停，云雾散，天气放晴。 霭：云气。蟠：盘曲而伏。以上两句说，风雨停止，云消雾散，黄土道上的积水也开始干了。

[2] 毵毵（sān 三）：枝条细长貌。

[3] 倦客：倦于宦游之人，作者自指。

[4] 征衫：犹征衣，谓远行者的衣服。

水调歌头 吴潜

若说故园景，何止可消忧。买邻谁欲来住[1]，须把万金酬[2]。屋外泓澄是水[3]，水外阴森是竹[4]，风月尽兜收[5]。柳径荷漪畔[6]，灯火系渔舟。　　且东皋，田二顷，稻粱谋[7]。竹篱茅舍，窗户不用玉为钩。新擘黄鸡肉嫩[8]，新斫紫螯膏美[9]，一醉自悠悠。巴得春来到[10]，芦笋长沙洲。

【品读】

这首词通过咏赞故园的美景和风物，表达作者对家乡的深情怀念。通篇没用“离愁”“思归”“怀乡”一类字眼，全从正面着笔，只说家乡如何如何好，而乡关之思、故园之恋，却从一幅幅美景中自然流出，读来使人感到亲切而富有魅力。如此美好的地方谁能不向往呢？在宋人的羁旅乡愁词中，可谓神韵绵邈，独具一格。

【注释】

[1] 买邻：本指为求得好邻居而买宅移居，这里是指为寻求一块好地方而买宅移居。

[2] 酬：报偿。这句说，谁想搬到这里来住，须要付出万两黄金的高价。

[3] 泓澄：形容潭水深而清澈。

[4] 阴森：幽暗貌。

[5] 兜收：尽揽全收。

[6] 荷漪：荷塘。漪，水波动荡貌。

[7] 稻粱谋：本指禽鸟寻觅食物，引申为指人类谋求衣食。

[8] 擘：剖开。

[9] 螯：螃蟹前面的两只大夹，代指螃蟹。

[10] 巴得：盼望。

风入松　利登

断芜幽树际烟平，山外又山青。天南海北知何极，年年是、匹马孤征。看尽好花成子，暗惊新笋抽林。　岁华情事苦相寻，弱雪鬓毛侵[1]。十千斗酒悠悠醉，斜河界、白日云心。孤鹤尽边天阔[2]，清猿咽处山深。

【品读】

游子浪迹天涯，年年匹马孤征，不觉岁月虚度，眼看鬓毛渐衰，孤寂之感油然而生。此阕叙长年行役在外的苦况，将旅途见闻和乡关之思融合在一起写，以景寓情，富有韵味。

【注释】

[1] 弱雪：微白。这句说鬓毛渐渐花白。

[2] 尽边：消逝之处。

木兰花慢　李芸子

秋　意

占西风早处，一番雨、一番秋。记故国斜阳[1]，去年今日，落叶林幽。悲歌几回激烈，寄疏狂、酒令与诗筹[2]。遗恨清商易改，多情紫燕难留。　嗟休。触绪茧丝抽[3]。旧事续何由？奈予怀渺渺，羁愁郁郁，归梦悠悠。生平不如老杜，便如他、飘泊也风流。寄语庭柯径竹[4]，甚时得棹孤舟[5]？

【品读】

本篇题作“秋意”，实为感秋怀乡之作。离开故国整整一年，几回放声高歌，不觉“羁愁郁郁，归梦悠悠”。如果能像杜甫那样，用诗歌记述自己的漂泊生活，也不失为人生一大快事。词写乡关之思，景起情结，韵味极浓。

【注释】

[1] 故国：指故园。

[2] 酒令诗筹：旧时饮酒时助兴取乐的游戏。这里是指饮酒赋诗。

[3] 触绪句：谓心绪如蚕茧抽丝，连续不断。

[4] 庭柯：庭院中的树木。

[5] 棹：摇船的用具，也指船。这里作动词，即驾的意思。

一剪梅　蒋捷

舟过吴江[1]

一片春愁待酒浇。江上舟摇，楼上帘招。秋娘渡与泰娘桥[2]。风又飘飘，雨又萧萧。　何日归家洗客袍？银字笙调[3]，心字香烧[4]。流光容易把人抛。红了樱桃，绿了芭蕉。

【品读】

此词写春日舟过吴江的见闻以及由此而引起的羁旅乡愁。上片状景，景中含情。客船经过一座小镇，楼上酒旗迎风招展，有心上岸小酌，借酒浇愁，无奈风雨交加，船不停靠，只得继续前进，匆匆地驶向那秋娘渡口和泰娘古桥。下片抒情，情中有景。年复一年，漂流在外，不知何日才能归去，与家人团聚，共享天伦之乐。春去夏来，樱桃又红了，芭蕉又绿了，时光过得真快呵！小词含思深婉，余韵不绝。

【注释】

[1] 吴江：今江苏县名，在苏州南、太湖东。

[2] 秋娘渡与泰娘桥：均在吴江境内。秋娘和泰娘为唐代两位著名歌伎。

[3] 银字笙：笙上用银字表示音色的高低。

[4] 心字香：形如心字形的熏香。

一剪梅　蒋捷

宿龙游朱氏楼[1]

小巧楼台眼界宽。朝卷帘看，暮卷帘看。故乡一望一心酸。云又迷漫，水又迷漫。　　天不教人客梦安。昨夜春寒，今夜春寒。梨花月底两眉攒[2]。敲遍阑干，拍遍阑干。

【品读】

宋亡后，作者隐居不仕，浪游四方。此词将亡国之痛与羁旅乡愁糅合在一起写，感情深挚，音调凄怆，读之令人泪下。山河变色，云水迷漫，春寒料峭，客梦难安。一次次登楼眺望故乡，一阵阵使人肠断心酸。拍遍栏杆，谁能理解有家难归的哀愁呢？

【注释】

[1] 龙游：旧县名，在今浙江西南部。

[2] 两眉攒：紧蹙双眉，发愁的样子。攒，聚集。

青玉案　无名氏

年年社日停针线[1]，怎忍见，双飞燕！今日江城春已半。一身犹在，乱山深处，寂寞溪桥畔。　　春衫著破谁针线[2]？点点行行泪痕满。落日解鞍芳草岸。花无人戴，酒无人劝，醉也无人管！

【品读】

这是一首游子吟，抒写流落他乡、思念亲人的寂寞愁苦之情。上片叙述春社来临，想到闺阁之中此日年年都要“停针线”，从而暗示出对妻子的怀念。接着以燕子双飞反衬自己的孤单，点出至今仍然飘零四方，身在乱山丛中、荒凉寂寞的小溪旁边。下片顾影自怜，春衫早已穿破，而无人为之缝补，不觉潸然泪下。抬头一看，夕阳已经西下，于是解鞍下马，停留于芳草萋萋的小河岸边。可是孑然一身，春光虽好，却没有人为自己戴一朵花、劝一杯酒，即使喝醉了也不会有人来照管。多么孤独寂寞呵！歇拍连用三个“无人”，反复吟叹，将游子羁旅乡愁的苦况表露得淋漓尽致，读来极有韵味。

【注释】

[1] 社日：立春或立秋后的第五个戊日，称为社日，是祭祀土地神的日子。这里指春社日而言。 停针线：《墨庄漫录》：“唐、宋妇人社日不用针线，谓之忌作。”

[2] 谁针线：谁人用针线来缝补（春衫）。

离别相思

长相思 林逋

吴山青[1]，越山青[2]，两岸青山相送迎。谁知离别情？ 君泪盈，妾泪盈，罗带同心结未成[3]。江头潮已平[4]。

【品读】

这是一首语短情长、缠绵悱恻的小令，词中描写一位女子在江边送别恋人的情景。词的构思，上片着重写景，下片主要抒情。前结“谁知离别情”，移情入景，引出下片，过渡极为自然；后结“江头潮已平”，以景结情，照应上片，含不尽之意于言外。两片起处皆用叠韵，回环复沓，唱叹出之，增强了作品的艺术感染力。

【注释】

[1] 吴山：指杭州钱塘江北岸的山。因古代钱塘江为吴越两国的分界线，江北为吴国，江南为越国。

[2] 越山：指钱塘江南岸的山。

[3] 罗带：丝织的带子。 同心结：用丝带打成的连环回文式的结子，用作男女真心相爱的象征。刘禹锡《杨柳枝》词：“如今绾作同心结，将赠行人知不知？”

[4] 潮已平：潮来水涨，与堤岸相平，表示即将开船。

御街行 范仲淹

纷纷坠叶飘香砌[1]。夜寂静，寒声碎[2]。真珠帘卷玉楼空[3]，天淡银河垂地。年年今夜，月华如练[4]，长是人千里。 愁肠已断无由醉。酒未到，先成泪。残灯明灭枕头敧，谙尽孤眠滋味[5]。都来此事[6]，眉间心上，无计相回避。

【品读】

本篇或题为“秋日怀旧”，抒发的是“千里共婵娟”的离愁别恨。上片写景，描绘月下登楼的所见所闻，展现出一幅叶飘香阶、银河垂地、月华如练、空旷寂寥的秋夜图景，从而引起远隔千里、不能团聚的寂寞和惆怅。下片抒情，叙述愁肠已断，酒未入肚，早已化成了相思的泪水。深夜不眠，只好对着半明半灭的残灯，斜靠在枕头上，饱尝这孤单寂寞的滋味。愁思不表现在眉间，就萦绕在心上，想要摆脱它那是毫无办法的。

【注释】

[1] 香砌：飘散落花香气的台阶。

[2] 寒声碎：秋风吹动落叶，发出细碎的声音。

[3] 真珠：即珍珠。真珠帘，用珍珠缀成的帘子。 玉楼：华美的楼阁。

[4] 月华：月光。 练：白色的丝织品。

[5] 谙尽：尝尽，饱尝。谙，熟知。

[6] 都来：算来。

浪淘沙慢 柳 永

梦觉、透窗风一线，寒灯吹息。那堪酒醒，又闻空阶，夜雨频滴。嗟因循、久作天涯客[1]。负佳人、几许盟言，便忍把、从前欢会，陡顿翻成忧戚。 愁极。再三追思，洞房深处[2]，几度饮散歌阕[3]。香暖鸳鸯被，岂暂时疏散，费伊心力。殢雨尤云[4]，有万般千种，相怜相惜。 恰到如今，天长漏永，无端自家疏隔。知何时、却拥秦云态，愿低帏昵枕，轻轻细说与，江乡夜夜，数寒更思忆。

【品读】 这是一首由小令《浪淘沙》铺衍而成的慢词，写的是游子的离别相思之情。全词共为三片，以时间为线索，分别抒写如今、从前和将来团聚之后对“佳人”无限爱恋的深情。上片叙述寒夜酒醒，闻雨滴空阶，而引起浪迹天涯、辜负盟言、轻别佳人的忧愁和悲伤。中片追思当年洞房之夜，饮酒听歌，同床共被，“相怜相惜”的幸福生活。下片设想将来见面之后，一定要把今日在江南水乡，天天晚上数着寒更思念她的情景，轻声细语、仔仔细细地说给她听。全篇从男子方面着笔，层层铺叙，生动而细致地刻画了抒情主人公的心理活动，将离别相思的感情表达得淋漓尽致。

【注释】

[1] 因循：拖沓，照旧不改。

[2] 洞房：深邃的内室，亦指新婚夫妇的卧室。

[3] 歌阕：歌终。

[4] 殢雨尤云：谓男女同谐云雨之欢。

凤栖梧　柳　永

伫倚危楼风细细[1]。望极春愁，黯黯生天际[2]。草色烟光残照里，无言谁会凭栏意[3]？　拟把疏狂图一醉。对酒当歌，强乐还无味[4]。衣带渐宽终不悔[5]，为伊消得人憔悴[6]。

【品读】 《凤栖梧》即《蝶恋花》。此词抒发离别相思之情。上片叙述春日傍晚凭栏远望，因见残阳映照之下的“草色烟光”，而引起无穷无际的愁思。换头说饮酒高歌难遣愁怀、苦中寻乐毕竟毫无兴味。结拍直抒怀人之情：身体虽然一天天消瘦下去，但为了伊人，即使落得形容枯槁、身心憔悴也是值得的。末尾二句以“决绝语”表达执着的恋情，可谓出神入化，堪称妙境。

【注释】

[1] 伫倚：久久地靠着。 危楼：高楼。

[2] 黯黯：神情沮丧貌。

[3] 谁会：谁能懂得，谁会理解。

[4] 强乐：勉强取乐。

[5] 衣带渐宽：形容身体逐渐消瘦，衣服也显得肥大了。

[6] 消得：值得。

相思令 张先

蘋满溪，柳绕堤，相送行人溪水西。回时陇月低[1]。 烟霏霏[2]，风凄凄，重倚朱门听马嘶。寒鸦相对啼[3]。

【品读】

这首小令写女子月下在溪边为行人送别。词中并未描绘离别时难舍难分的场面，而是通过送行归来以后，女主人公倚门聆听远处的马嘶之声和树上寒鸦的悲啼，揭示其恋恋不舍的惜别心情和寂寞凄凉的哀愁感。语短情深，意境淡远，读来使人回味无穷。

【注释】

[1] 陇月低：谓月亮低沉，表示夜深。陇月：高坡上的月亮。

[2] 霏霏：迷蒙貌。

[3] 一作“寒鸥相对飞”。

菩萨蛮 张先

簟纹衫色娇黄浅[1]，钗头秋叶玲珑剪[2]。轻怯瘦腰身，纱窗病起人。　　相思魂欲绝，莫话新秋别。何处断离肠，西风昨夜凉。

【品读】

此阕抒写女子的离别相思之情。上片绘形，下片写神，从服饰、梳妆、形体入手，由表及里，然后刻画心理活动，展现出闺中思妇的形象。从题材、内容、结构、语言到表现手法，都明显地反映出花间词风的影响。

【注释】

[1] 簟纹：竹席的花纹。这句说女子的衣服是用娇艳的浅黄色的花格布制成的。

[2] 钗头：即头钗，女子的首饰。这句说玉制的头钗好像用剪刀剪成的一片秋叶。

浣溪沙 晏殊

淡淡梳妆薄薄衣，天仙模样好容仪[1]。旧欢前事入颦眉[2]。

闲役梦魂孤烛暗，恨无消息画帘垂。且留双泪说相思。

【品读】

此阕写一女子独守幽闺的相思之情。上片描摹女主人公的仪表容态。用“淡淡”形容“梳妆”，“薄薄”修饰衣裙，虽不着色，却自有风韵。接着又以“天仙模样”加以赞叹，活画出一位洗尽铅华、身着轻罗衣衫的美女图。下片集中刻画人物的心理活动。在暗淡的烛光下，她深感寂寞无聊，于是闭目进入梦乡，去寻求往日的欢乐。可是梦中醒来，烛光暗淡，睁眼一望，只见“画帘”仍旧低垂，重门紧锁，远方的消息一点也没有。着一“恨”字，表达了女子深深的怨怅之情。本篇写人物不用浓墨重彩，更无金玉黛碧之类的色泽，仅用“淡淡梳妆薄薄衣”一句，勾画其外表轮廓。两片结句含而不露，尤为传神，可以当作一幅少女肖像画来看。

【注释】

[1] 容仪：容态仪表。

[2] 颦眉：皱眉，闷闷不乐的样子。

撼庭秋　晏殊

别来音信千里，恨此情难寄。碧纱秋月[1]，梧桐夜雨，几回无寐。　楼高目断，天遥云黯，只堪憔悴。念兰堂红烛[2]，心长焰短，向人垂泪。

【品读】

此阕表现的是男女之间的离别相思，全篇均从女子方面着笔。上片说自从与情郎分别以来，彼此远隔千里，音信不通，想念他的一片深情无从寄去，实在令人怅恨。碧纱帐内仰望晴空秋月，绿窗之下夜听雨打梧桐之声，度过了多少个寂寞愁苦的不眠之夜！过片写女子白日登上高楼眺望，天空辽阔，阴云密布，离人踪影全无，使人更加忧伤憔悴。结拍三句，以烛拟人，形象地描绘出女主人公因相思而陷入无可奈何的愁苦情状。“心长焰短，向人垂泪”两句，可谓形神俱现，比喻巧妙，给读者以丰富的联想和美感。

【注释】

[1] 碧纱：绿色的丝帐。

[2] 兰堂：华美的厅堂，此指女子所居之处。

踏莎行 欧阳修

候馆梅残[1]，溪桥柳细，草薰风暖摇征辔[2]。离愁渐远渐无穷，迢迢不断如春水[3]。　寸寸柔肠，盈盈粉泪，楼高莫近危阑倚[4]。平芜尽处是春山[5]，行人更在春山外。

【品读】

本篇写的是离别相思。两片分别从男女双方着笔，含思深婉，情景交融，是欧词同类题材中的代表作品之一。上片写行人在旅途中的见闻和感受，描绘出一幅早春羁旅行役图。下片写女子在闺楼中的伤春怀远之情，展现出一幅红粉佳人思夫图。词中的两幅画，描绘的空间不同，但却发生在同一时间。上片的“春水”和下片的“春山”，使二者融合叠印在一起，从而构成了一幅男女离别相思图。这种表现手法，如同古典小说中的“话分两头”一样，层次结构是非常清晰的。如果把下片理解为行者设想家人对自己的思念，则全篇均从男方着笔，过片以后纯系虚拟，这样解释也是可以的。在北宋婉约词中，本篇的确很有特色。

【注释】

[1] 候馆：古代接待宾客的馆舍。

[2] 薰：香草，也指花草的芳香。　辔（pèi 佩）：驾驭牲口的缰绳。

[3] 迢迢：遥远貌。这里是绵长的意思。

[4] 危阑：高楼上的栏杆。

[5] 平芜：平坦的草原。

玉楼春 欧阳修

去时梅萼初凝粉，不觉小桃风力损[1]。梨花最晚又凋零，何事归期无定准？　　栏干倚遍重来凭，泪粉偷将红袖印。蜘蛛喜鹊误人多[2]，似此无凭安足信！

【品读】

此词抒写离别相思之情，全从女方着笔。上片由梅萼初绽、小桃花谢到梨花凋零，从残冬盼到暮春，依然未见行人踪影，深怨其“归期无定准”。前三句一贯而下，将女主人公急切盼归的心情表现得十分生动细腻。下片写她登楼凭栏眺望，偷拭粉泪，见蜘蛛、喜鹊也高兴不起来，因为它们曾多次误报喜信，所以不足凭信。小词委曲婉转，善于刻画人物的心理活动，几乎句句都是女主人公的内心独白，在艺术上颇有特色。

【注释】

[1] 小桃：即小桃红，又名凤仙花。

[2] 蜘蛛喜鹊：民间传说二者均能传报喜信。

思远人 晏几道

红叶黄花秋意晚[1]，千里念行客。飞云过尽，归鸿无信[2]，何处寄书得？　　泪弹不尽临窗滴，就砚旋研墨[3]。渐写到别来，此情深处，红笺为无色。

【品读】

此阕抒写闺中人怀念千里行客的离别相思之情。开篇两句，即景起兴，因见“红叶黄花”而感秋意已深，由此引出对远方亲人的思念。“飞云”三句谓雁过长空，杳无音信，虽欲寄书，却又不知伊人今在何处？极写其内心之寂寞愁苦。下片叙述女主人公从凭栏眺望到回室内，临窗凝思，泪流不止。泪水滴进砚台，顺手研墨提笔修书。也许“行客”见不到这封书信，但她还是不能不写，因为心中有许多话要向伊人倾诉。写着写着，想到别后的凄凉境况，眼泪禁不住又簌簌而下，点点斑斑，浸湿信纸，使红笺也为之黯然失色。本篇词语直朴，不事涂饰，缠绵曲折，纯为真情的自然流露。

【注释】

[1] 黄花：菊花。

[2] 归鸿：南归大雁。

[3] 旋：随即。

鹧鸪天　晏几道

醉拍春衫惜旧香[1]，天将离恨恼疏狂。年年陌上生秋草，日日楼中到夕阳。　　云渺渺，水茫茫，征人归路许多长。相思本是无凭语，莫向花笺费泪行[2]。

【品读】

此阕抒写男女离别相思之情，全篇以女子口吻道来，对疏狂放浪的“征人”，既爱又恼。秋草年年生陌上，夕阳日日到楼中，望眼欲穿，踪影全无，纵然偶寄音书，也不过说一些不足凭信的“相思”之语，人儿却仍在“云渺渺，水茫茫”的远方，空惹得伊人愁对花笺，粉泪行行。结拍两句，含思婉转，语浅意深，读之令人荡气回肠。

【注释】

[1] 旧香：旧日的酒香，代指当年幸福美好的生活。

[2] 花笺：彩色笺纸，代指书信。

减字木兰花　晏几道

长亭晚送，都似绿窗前日梦。小字还家[1]，恰应红灯昨夜花。　良时易过，半镜流年春欲破[2]。往事难忘，一枕高楼到夕阳。

【品读】

此阕抒写男女离别相思之情，全篇从女子方面着笔。首二句回忆长亭送别，犹如梦境一般；三、四句说昨夜灯花放，今日家书到；五、六句谓别后岁月如流，青春年华即将消逝；末二句追念往事，形之梦寐，表达对伊人的深深怀念。

【注释】

[1] 小字：指书信。

[2] 半镜：用陈太子舍人徐德言与乐昌公主破镜重圆事。这里是以“半镜”代指分别。

菩萨蛮　魏夫人

溪山掩映斜阳里，楼台影动鸳鸯起[1]。隔岸两三家，出墙红杏花。　绿杨堤下路，早晚溪边去。三见柳绵飞[2]，离人犹未归。

【品读】

这首词的作者为北宋曾布之妻、魏泰之姊，因被封为鲁国夫人，故以魏夫人相称。在当时词坛亦颇负盛名，是仅次于李清照、朱淑真的女词人，今存词十四首。此阕抒发春日怀人的离别相思之情。上片描绘景物，有静有动，色彩斑斓，层次分明，笔调清新自然。词人立足于乡间别墅的小楼之上，凭栏眺望，只见夕阳西下，霞光万道，溪山掩映，楼台影摇，鸳鸯戏水，红杏出墙，展现出一幅艳丽而又富有诗情画意的乡村晚春图。下片抒写怀念三年未曾归家的“离人”。“早晚”，当时俗语，即“随时”“日日”之意。词人天天都要到小溪边去走一趟，看看“离人”是否归来。结拍两句点明题旨，相思之情从“三见柳绵飞”中自然流出。

【注释】

[1] 楼台影动：楼台的倒影在溪水中轻轻地晃动。

[2] 柳绵：柳絮。

减字木兰花　魏夫人

西楼明月，掩映梨花千树雪。楼上人归，愁听孤城一雁飞。　玉人何处[1]？又见江南春色暮。芳信难寻[2]，去后桃花流水深。

【品读】

此词写暮春月夜怀人，亦为思念丈夫之作。上片写景，景中含情；下片言情，情中有景。情景交融，意境疏秀淡远。结拍化用李白《赠汪伦》“桃花潭水深千尺，不及汪伦送我情”诗意，表达夫妻间的惜别之情，亲切自然，不着痕迹。

【注释】

[1] 玉人：容貌美丽的人，这里是对丈夫的爱称。

[2] 芳信：犹花信。这里是代指丈夫的书信。

卜算子　李之仪

我住长江头，君住长江尾。日日思君不见君，共饮长江水。　此水几时休，此恨何时已[1]？只愿君心似我心，定不负相思意。

【品读】

这是一首情意绵绵的恋歌。词以长江之水起兴，抒写女子对意中人无限的爱慕相思之情。构思新巧，明白如话，回环复叠，含婉深永，深得民歌风韵。

【注释】

[1] 这两句说，长江之水何时干枯、断流，我的离愁别恨才会消除、完结。古乐府《上邪》：“山无陵，江水为竭，冬雷震震夏雨雪，天地合，乃敢与君绝！”此处化用其意，谓相思之情永无停歇之日。

菩萨蛮 舒亶

画船捶鼓催君去[1]，高楼把酒留君住。去住若为情，江头潮欲平[2]。　江潮容易得，却是人南北。今日此尊空，知君何日同？

【品读】

此阕为江楼饯别之作。所别者为友人或情人，词中并未明言，读者也无须深究，总之与抒情主人公的关系是相当密切的。词借江潮的涨落，将离别时依依难舍的心理活动刻画得极为曲折深婉，故黄昇称“此词极有味”。

【注释】

[1] 捶鼓：击鼓，开船的信号。

[2] 潮欲平：潮水将与堤岸相平，表示即将开船。

江城子 秦观

西城杨柳弄春柔，动离忧，泪难收。犹记多情曾为系归舟。碧野朱桥当日事[1]，人不见，水空流。　韶华不为少年留[2]。恨悠悠，几时休？飞絮落花时候一登楼[3]。便做春江都是泪，流不尽，许多愁。

【品读】

此篇为作者怀念当年“曾为系归舟”的“多情”恋人之作。上片忆旧，以咏柳起兴，引出离别伊人后的无边忧愁。下片抒怀，感叹韶光易逝，花落人散，此恨悠悠，何时能休？结拍反用李煜名句“问君能有几多愁，恰似一江春水向东流”词意，表达对伊人无限的相思之情。缠绵婉转，低回哀怨，语言柔美，体现了淮海词的风格特征。

【注释】

[1] 朱桥：红色栏杆的桥梁。
[2] 韶华：春光，比喻青春年华。
[3] 飞絮落花时候：指暮春时节。

八六子 秦观

倚危亭，恨如芳草，萋萋刬尽还生[1]。念柳外青骢别后[2]，水边红袂分时[3]，怆然暗惊。　　无端天与娉婷[4]，夜月一帘幽梦，春风十里柔情。怎奈向、欢娱渐随流水[5]，素弦声断[6]，翠绡香减[7]，那堪片片飞花弄晚，蒙蒙残雨笼晴。正销凝[8]，黄鹂又啼数声。

【品读】

此词抒写离别相思之情。上片由登亭眺望，见芳草"刬尽还生"，而引起对当年轻别伊人的绵绵遗恨。换头三句，追忆往日的欢乐生活。"怎奈向"三句，感叹梦断香消，好景不长。结处融情入景，表达对忆中人的无限怀念。张炎对这首词评价很高，认为"离情当如此作，全在情景交炼，得言外意"。

【注释】

[1] 刬尽：全部芟除掉。刬（chǎn产），光着。
[2] 骢（cōng匆）：青白色的马。今名菊花青马。
[3] 红袂：红色衣袖，代指女子。
[4] 无端：无缘无故，不知何故。娉婷：美好貌，也指美人。这句说不知何故，老天赐给她如此美好的身姿。
[5] 怎奈向：无可奈何之意。
[6] 素弦：指琴、瑟一类弦乐器。
[7] 绡：薄纱。

[8] 销凝：销魂凝思。

风流子 张耒

木叶亭皋下[1]，重阳近，又是捣衣秋。奈愁入庾肠[2]，老侵潘鬓[3]，谩簪黄菊，花也应羞。楚天晚，白蘋烟尽处[4]，红蓼水边头[5]。芳草有情，夕阳无语，雁横南浦，人倚西楼。 玉容[6]，知安否？香笺共锦字，两处悠悠。空恨碧云离合[7]，青鸟沉浮[8]。向风前懊恼，芳心一点，寸眉两叶，禁甚闲愁。情到不堪言处，分付东流。

【品读】

本篇系重阳节前，作者旅居在外为怀念他的妻子而写的。开篇先点出时序，描绘节物，然后移情入景，引出乡关之思。换头直抒想念闺中之人的深情，恨暮云已合，佳人未来；叹青鸟无踪，音书全无。然后设想妻子也在思念自己，无奈山高路远，也只能“两处悠悠”。结拍说相思之情用语言难以表达，不如不去想它，将其付之东流。此词情景交融，含婉深永，在艺术表现上颇有特色。

【注释】

[1] 亭皋：水边的平地。亭，平。皋，水旁地。

[2] 庾肠：庾信初仕梁，后被羁留北国，常常怀念故国和家乡。这里是指作者滞留外地的乡关之思。

[3] 潘鬓：晋人潘岳在《秋兴赋·序》中自谓三十二岁鬓生白发，后因用“潘鬓”喻指鬓发初白。

[4] 白蘋：多年生浅水草本植物，亦称“四叶菜”“田字草”。

[5] 红蓼：草本植物，多长于水边，花为淡红色。

[6] 玉容：女子的容貌。这里是指作者的妻子。

[7] 碧云句：江淹《休上人怨别》："日暮碧云合，佳人殊未来。"这里借指对妻子的怀想。

[8] 青鸟：神话传说西王母有三青鸟，能传递信息，后因以"青鸟"喻指信使。

蝶恋花 周邦彦

早行

月皎惊乌栖不定[1]，更漏将残[2]，轳辘牵金井[3]。唤起两眸清炯炯[4]，泪花落枕红绵冷。　执手霜风吹鬓影，去意徊徨[5]，别语愁难听。楼上阑干横斗柄[6]，露寒人远鸡相应。

【品读】

本篇写一对恋人秋日清晨离别时难舍难分的情景。词中通过时间的推移、景物的变化和生动的细节描写，揭示人物的心理活动，表现了男女之间缠绵悱恻、依依惜别的心情。上片从室外写到室内，言未行前闻乌惊漏残、轳辘声响而惊醒落泪；下片从室内写到室外，言别时悲苦难堪，别后寂寞孤独。全篇首尾呼应，意脉清晰，层次井然，通过听觉形象和视觉形象，生动地展现出一幅清秋早行送别图。

【注释】

[1] 月皎：月色洁白光明。

[2] 更漏：古代以铜壶滴水报时，一夜为五更，故称更漏。

[3] 轳辘：井上汲水辘轳转动的声音。　金井：井栏上有雕饰的井，用作井的美称。

[4] 眸：眼珠。　炯炯：明亮的样子。

[5] 徊徨：徘徊、彷徨的意思。

[6] 阑干：横斜貌。　北斗：北斗七星第一至四颗称为斗魁，第五至七颗称为斗柄。

伤情怨 周邦彦

枝头风信渐小[1]，看暮鸦飞了。又是黄昏，闭门收返照。　江南人去路杳，信未通愁已先到。怕见孤灯，霜寒催睡早。

【品读】

这也是一首伤离怨别之作。上片写景，风小鸦飞，渲染黄昏时的寂寞气氛。下片抒情，人去路杳，音信不通，愁情满怀，害怕独守孤灯，不如趁早闭门入睡，或许能做一个开心的美梦。短短数句，将女主人公因离别相思而心灰意冷的神态活灵活现地描绘了出来。

【注释】

[1] 风信：风候。不同季节有不同的风，观风向可知某一季节的到来，故称。这里是指秋风。

转调二郎神 徐伸

闷来弹鹊，又搅碎一帘花影。谩试著春衫，还思纤手，熏彻金猊烬冷[1]。动是愁端如何向[2]，但怪得新来多病。嗟旧日沈腰[3]，而今潘鬓[4]，不堪临镜。　重省。别来泪滴，罗衣犹凝。料为我厌厌[5]，日高慵起，长托春酲未醒[6]。雁翼不来，马蹄难去，门闭一庭芳景。空伫立，尽日阑干倚遍，昼长人静。

【品读】

传说这首词是作者为怀念其被逐之妾而写的。上片抒发对伊人的相思之情。开篇以"闷来弹鹊"表达自己的愁苦情怀，起笔突兀奇崛。《敦煌曲子词·鹊踏枝》云："叵耐灵鹊多谩语，送喜何曾有凭据？几度飞来活捉取，锁上金笼休共语。"词意由此化出。今佳人既去，而灵鹊飞来，岂非有意嘲讽，故将其弹而逐之。"搅碎一帘花影"谓鹊飞花乱，打破了庭院的平静。接着由"试著春衫"，从而勾起对伊人的思念。那纤纤玉手曾为我熏香烘衣，如今香炉灰烬，人去衣在，睹物伤情，能不泫然泣下？"动是愁端"五句，极写自己因相思成疾，身体消瘦，鬓发斑白，不堪临镜自照矣。下片设想伊人也在怀念自己。临别时流下的眼泪，至今还凝结在"罗衣"之上，她因想念我一定精神不振，愁苦不堪，日高三丈也懒得起床，托称由于酒后惫困，好像生了一场大病似的。最后用"雁翼不来，马蹄难去"表示彼此无由相见，故双方都只能闭门幽居，独倚栏杆，空生惆怅而已。

【注释】

[1] 金猊：狮形铜香炉。猊，狻猊，即狮子。

[2] 如何向：如之何，怎么办。

[3] 沈腰：《南史·沈约传》载：沈约有志台司，而帝终不用，乃求外出，又不见许，遂以书陈情于徐勉，言己老病，百日数旬，革带常应移孔。后因以"沈腰"为腰围减损的代称。

[4] 潘鬓：代指鬓发花白。见前注。

[5] 厌厌：精神不振貌。

[6] 酲（chéng 呈）：酒醒后所感觉的困惫如病状态。

鹧鸪天　朱敦儒

画舫东时洛水清[1]，别离心绪若为情？西风挹泪分携处[2]，十夜长亭九梦君。　　云背水，雁回汀，只应芳草见离魂。前回共采芙蓉处[3]，风自凄凄月自明。

【品读】

本篇为词人思念妻子之作。上片回忆当年洒泪而别以及别后的相思苦况。下片触景感旧，表述了对伊人的深深怀念。词情凄婉，或作于南渡妻离子散以后。

【注释】

[1] 洛水：即洛河，在今河南境内。作者为洛阳人，家在洛水之北。

[2] 挹泪：拭泪。

[3] 芙蓉：即荷花。

江城子　周紫芝

夕阳低尽柳如烟，淡平川，断肠天。今夜十分霜月更娟娟[1]。怎得人如天上月？虽暂缺，有时圆。　　断云飞雨又经年。思凄然，泪涓涓[2]。且做如今，要见也无缘。因甚江头来去雁，飞不到，小楼边？

【品读】

此阕写思妇月夜楼上怀远。上片移情入景，从夕阳西沉写到秋月东升，触景伤感。想到月有阴晴圆缺，而人却长久分离，难得有团圆之日。下片抒写女子对离人的无限相思之情。一别多年，音讯全无，如今“要见也无缘”。埋怨江上过雁，不飞到小楼传递书信，因而感到更加寂寞凄苦。词意缠绵，音调低回，将离别相思之情表达得十分曲折委婉。

【注释】

[1] 霜月：秋月。　娟娟：美好貌。

[2] 涓涓：形容细水慢慢流淌。

一 剪 梅 李清照

红藕香残玉簟秋[1]。轻解罗裳，独上兰舟。云中谁寄锦书来[2]？雁字回时[3]，月满西楼。　花自飘零水自流。一种相思，两处闲愁[4]。此情无计可消除，才下眉头，却上心头。

【品读】

本篇抒写秋日别情，是南渡前词人为怀念其夫赵明诚所作。上片从秋日独自泛舟出游写到明月高照闺楼，无论是白天或晚上，出外或者归家，无时无刻不在挂念着心上之人，盼望他从远方寄来“锦书”。下片以花落水流比拟丈夫离开自己以后的寂寞寥落之感，说明彼此伉俪情深，两地相思难以消除，柳眉刚刚舒展，心里又翻腾起来了。词语浅近，感情深挚，自然清新，体现了漱玉词的艺术风格。

【注释】

[1] 玉簟（diàn电）：洁白光滑的竹席。

[2] 锦书：夫妻间的情书。

[3] 雁字：雁群飞行时排成“一”字或“人”字形，称为“雁字”。

[4] 闲愁：此指离愁。

洞 仙 歌 吕直夫

征鞍带月，浓露沾襟袖。马上轻衫峭寒透。望翠峰深浅，忆着眉儿，腰肢袅[1]，忍看风前细柳。　别时频嘱咐，早寄书来，能趁清明到家否？这言语，便梦里、也在心头，重相见、不知伊瘦我瘦？纵百卉千花已离披[2]，也趁得、酴醾牡丹时候。

【品读】

本篇写的是马上离愁。上片即景生情。游子跨着征鞍，披星戴月，迎着料峭春寒，匆匆地赶路。当他看到远近或深或浅的青翠山色，自然而然地联想起闺中佳人的黛眉；又见嫩柳在风中飘舞，从而忆及伊人纤细的腰肢，不觉神魂颠倒，勾起了缕缕相思之情。下片抒发对妻子的深情怀念。临行时，她频频嘱咐我，一定要早点写封书信寄回来，能不能争取在清明节前回到家中？这些话，即使在梦里我也牢记在心头。虽然是短暂的离别，但彼此都深感悲痛。等我回到家中，重新见面时，不知道是你比我瘦，还是我比你更瘦？请放心吧，纵使百花凋零，我也要赶在酴醾牡丹开放的时候，回到你的怀抱之中。此阕情深意切，语言通俗活泼，如话家常，读来使人感到十分亲切。

【注释】

[1] 腰肢袅：形容腰肢柔细。袅，纤长柔美貌。

[2] 离披：分散，零落。

小重山 蔡伸

吴松浮天阁送别[1]

楼外江山展翠屏。沉沉虹影畔，彩舟横。一尊别酒为君倾。留不住，风色太无情。　斜日半山明。画栏重倚处，独销凝。片帆回首在青冥[2]。人不见，千里暮云平。

【品读】

本篇为江边送别友人之作。起首三句写登楼所见景物，“彩舟横”暗示客船已在江边等候。次三句叙述离别时的情景：天色正好，又是顺风，正适于开船，可是对送行者来说，这“风色”却是“太无情”。想留也留不住了，请君喝下这盅别酒，祝你旅途平安！过片三句写客人登船后，作者独自倚栏凝望，表达对友人的无限怀念。最后三句以景结情，转眼间客船已经消逝在水天相连的远方，不见友人的踪影，只见辽阔的大地笼罩着一片苍茫的暮色。词中从别前、别时写到别后，情景交融，笔调轻快，抒别情而不感伤，在同类作品中别具一格。

【注释】

[1] 吴松：即吴淞，地名，在今上海北部、黄浦江口西岸。

[2] 青冥：青色的天空。

长相思 王灼

来匆匆，去匆匆，短梦无凭春又空。难随郎马踪。　山重重，水重重，飞絮流云西复东[1]。音书何处通？

【品读】

此阕抒写女子的离别相思之情。情郎来去匆匆，东奔西忙，难得有回家团聚之日。本想给他写封信去，无奈山高水长，又不知他究竟在什么地方，彼此音书早已不通。小词风格柔婉，语言清丽，具有民歌韵味。

【注释】

[1] 这句说离人行踪不定，忽东忽西，恰如飞絮、流云一样。

长相思 邓 肃

红花飞，白花飞，郎与春风同别离。春归郎不归。 雨霏霏[1]，雪霏霏，又是黄昏独掩扉。孤灯隔翠微[2]。

【品读】 当百花盛开之时，情郎与春风一起离去，如今春回大地，为什么你却迟迟不肯归来？眼看冬天又来到了，雨雪交加，门掩黄昏，孤灯之下，相思的人儿多么寂寞凄苦呵！本篇语短情长，缠绵悱恻，在抒写离别相思之情的小令中也颇有特色。

【注释】
[1] 霏霏：形容雨雪之密。
[2] 翠微：青翠的山气，这里是指山而言。

长相思 王之道

风凄凄，雨霏霏，风雨夜寒人别离。梦回还自疑[1]。 蛩声悲[2]，漏声迟，一点青灯明更微[3]。照人双泪垂。

【品读】 本篇上片写风雨之夜送别情人，下片叙青灯之下垂泪相思。词中借助情景交融的艺术手法，表现女子愁苦悲凉的感情，写得也很生动传神。

【注释】
[1] 梦回：梦醒。
[2] 蛩（qióng 穷）：蟋蟀。
[3] 青灯：油灯。其光青莹，故名。

玉抱肚 杨无咎

同行同坐，同携同卧。正朝朝暮暮同欢，怎知终有抛亸[1]？记江皋惜别[2]，那堪被、流水无情送轻舸[3]。有愁万种，恨未说破。知重见、甚时可？　见也浑闲，堪嗟处、山遥水远，音书也无个。这眉头、强展依前锁。这泪珠、强拉依前堕。我平生、不识相思，为伊烦恼忒大[4]。你还知么？你知后、我也甘心受摧挫[5]。又只恐你，背盟誓、似风过。共别人、忘著我。把洋澜左，都卷尽与，杀不得、这心头火。

【品读】

这是一首俚词，写失恋之人的离愁别恨。上片从别前写到别后，通过对比，抒发主人公寂寞无聊的愁苦之情。下片感叹别来音书全无，终日眉头紧锁，泪珠不断，最担心的是，“你”在外寻花问柳，背盟毁誓，早已把“我”忘记了。愈想愈生气，即使引来江海之水，卷起万顷波澜，也浇不灭俺心头的千丈怒火。

【注释】

[1] 抛亸：离别。亸，同“躲”，避开。
[2] 江皋：水边。
[3] 轻舸：小船。
[4] 忒大：太大，甚大。
[5] 摧挫：摧残挫折。

梅花引 王炎

裁征衣，寄征衣，万里征人音信稀。朝相思，暮相思，滴尽真珠[1]，如今无泪垂。　闺中幼妇红颜少，应是玉关人更老[2]。

几时归？几时归？开尽牡丹，看看到荼蘼。

【品读】

此阕抒写的是闺中少妇对出征军人的相思之情。宋代战争频仍，许多人家都有子弟参军参战，为国捐躯。他们的妻子或恋人朝思暮想，眼枯泪尽，盼望亲人早日凯旋。词中女子多次为亲人寄去征衣，但却很少收到他的回信，几度花开花落，年复一年，仍然不见“征人”归来。她已经“滴尽真珠，如今无泪垂”，心中悲痛到了极点。“几时归？几时归？”两个重叠问句，语短情长，感人肺腑，不同于一般的男女离别相思之词。

【注释】

[1] 真珠：即“珍珠”，指泪珠。

[2] 玉关：即玉门关，在今甘肃省境内。这里是泛指边关。

酷相思 程垓

月挂霜林寒欲坠，正门外、催人起。奈离别、如今真个是。欲住也、留无计，欲去也、来无计。　马上离魂衣上泪，各自个、供憔悴[1]。问江路梅花开也未[2]？春到也、须频寄，人到也、须频寄。

【品读】

这是一首抒写离情别绪之作。全篇仅有首句为景语，描绘别时的环境气氛，其余均为刻画心理活动，表达双方依依难舍的惜别之情。上片着重抒发欲留不能、欲去不忍的愁苦心情，下片设想别后彼此之间的刻骨相思。词语浅俗直朴，情调缠绵悱恻，读来凄恻动人。

【注释】

[1] 供：奉献。这句说彼此的悲伤，只能使对方更加神情沮丧，萎靡不振。

[2] 这句化用南朝民歌“折梅寄江北”和陆凯寄范晔“折梅逢驿使，寄与陇头人”诗意。

小重山 赵善扛

别情

汲水添瓶恰换花，蜂儿争要采，打窗纱。青春谁与度年华？弦索暗[1]，无绪几曾拏？　春思正交加。马蹄声错认，客还家。花笺欲写寄天涯[2]。羞人见，罗袖急忙遮。

【品读】

本篇写闺中少妇的离别相思之情。词中状物绘景、刻画人物神态的几个片段写得十分精彩、生动。蜂儿扑打窗纱，企图飞入室内来采瓶中之花；少妇偷偷地在写情书，害怕被人看见，急忙用罗袖来遮掩。这两个镜头都很传神，而未经前人所道，给全词增色不少。

【注释】

[1] 弦索：指琴弦。

[2] 花笺：彩色信纸。

一剪梅 刘仙伦

唱到阳关第四声[1]。香带轻分[2]，罗带轻分。杏花时节雨纷纷。山绕孤村，水绕孤村。　　更没心情共酒尊。春衫香满，空有啼痕。一般离思两销魂[3]。马上黄昏，楼上黄昏。

【品读】本篇抒写春日别情，全词从男女双方着笔。唱完送行曲后，马上就要分别了。此时杏花正开，天空细雨纷飞，行人挥泪告别这山环水绕的小小孤村。哪有心情再去饮酒，香罗衫上早已沾满斑斑泪痕。彼此都为离别而感到难过，你很痛苦我也十分伤心。当夕阳西下的时候，我还在马上赶路，你仍在闺楼眺望，虽然人各一方，但我们的心却是紧紧地贴在一起的。这首词画面生动，将男女离别时的心理活动刻画得深曲而委婉。

【注释】

[1] 阳关：指《阳关曲》。

[2] 罗带轻分：轻轻解开用罗带打成的同心结，表示男女分别。罗带，丝带，古人用丝带打成同心结，以表示彼此真心相爱。

[3] 销魂：神思茫然，仿佛魂将离体。形容过度悲伤愁苦不堪的样子。

忆秦娥　高观国

栖乌惊，隔窗月色寒于冰。寒于冰，淡移梅影，冷印疏棂[1]。

幽香未觉魂先清[2]，无端勾起相思情[3]。相思情，恼人无睡，直到天明。

【品读】此词写冬夜见窗间梅影而勾起相思之情。或者当年曾与伊人携手月下赏梅，故闻幽香而至神魂荡漾，浮想联翩，一夜未曾合眼。意象朦胧，含婉深永，颇耐玩味。

【注释】

[1] 棂（líng 灵）：栏杆或窗户上的格子。

[2] 幽香：暗香，指梅花的香气。

[3] 无端：无缘无故。

长相思 韩 嘐

郎恩深，妾恩深，只为恩深便有今。回纹辜旧吟[1]。 云沉沉，水沉沉，一点坚如百炼金。郎应知妾心。

【品读】

此阕写女子对恋人的无限相思之情。由于彼此恩恩爱爱，情深似海，所以离别之后才有今日的烦恼和苦闷。虽然如今远隔万水千山，但我对你的一片忠心坚如百炼之金。郎呵，这一点你是清清楚楚的。词中通过剖诉衷曲，描绘出一位痴情女子的生动形象。

【注释】

[1] 回纹：指“回文诗”。 旧吟：从前的诗作。

玉楼春 徐 照

萤飞月里无光色，波水不摇楼影直。每怜宿粉涴啼痕[1]，懒把旧书观字迹。 枯荷露重时闻滴，君梦不来谁阻隔？妾身不畏浙江风[2]，飞来飞去方瞬息。

【品读】

本篇写思妇秋夜登楼怀远。首二句状景，淡雅宁静，生动如画。三、四句移情入景，表现女主人公因相思而心灰意懒，不想再去阅读旧日的情书。过片闻露滴枯荷，惊破残梦，埋怨伊人不来入梦，不知是谁在从中作梗。结拍说你不肯来入梦，我却愿入你的梦境。离魂缥缈，钱塘江上的风浪如何能够阻挡，瞬息之间即可飞到千里之外。词的构思新巧，意境空灵，在离别相思词中别具一格。

【注释】

[1] 涴（wò卧）：沾污。

[2] 浙江：水名，即钱塘江。

菩萨蛮 许玠

西风又转芦花雪[1]，故人犹隔关山月。金雁一声悲，玉腮双泪垂。　绣衾寒不暖[2]，愁远天无岸。夜夜卜灯花，几时郎到家？

【品读】

这首词描写秋夜女子对丈夫的思念。上片因闻雁声而悲泣，引起对远方“故人”的深情怀念。下片写她夜夜无寐，频卜灯花，盼望情郎早日回家。词意婉转，情景交融，生动地表现了女主人公的离别相思之苦。

【注释】

[1] 芦花雪：芦苇开白色小花，望之如雪。

[2] 绣衾：绣被。

鹧鸪天 严仁

惜别

一曲危弦断客肠，津桥捩柂转牙樯[1]。江心云带蒲帆重[2]，楼上风吹粉泪香。　瑶草碧，柳芽黄，载将离恨过潇湘[3]。请君看取东流水，方识人间别意长。

【品读】

此词抒写惜别之情。送行的乐曲已经奏过，行客为之肠断心碎，伤感不已。船儿转舵离开大桥，张开风帆，驶向远方。楼上玉人粉泪盈盈，还在注目凝望，微风吹来了阵阵余香。岸上芳草萋萋，柳芽儿绽开点点嫩黄。我载着一船离愁别恨经过潇湘。请看那向东奔流的江水，就知道惜别的情意有多么深长。本篇虽是泛叙别情，但也有生活实感，读来自有韵味。

【注释】

[1] 津：渡口。柂：同“舵”。樯：桅杆。

[2] 蒲帆：用薄草叶编织的风帆。

[3] 潇湘：潇水和湘水，湖南境内的两条河名。

祝英台近 苏茂一

结垂杨，临广陌[1]，分袂唱阳关[2]。稳上征鞍，目极万重山。归鸿欲到伊行，丁宁须记[3]，写一封书、报平安。　渐春残。是他红褪香收，绡泪点斑斑。枕上盟言，都做梦中看。销魂啼鴂声[4]中，杨花飞处，斜阳下、愁倚阑干。

【品读】

这首词抒写闺妇的离别相思之情。上片前五句回忆送别的情景，后三句托归雁转告伊人，千万要写一封平安家信捎回来。过片五句埋怨良人一去杳无音信，背弃“枕上盟言”，致使闺中人伤感不已，红绡帕上泪痕斑斑。最后四句写女子黄昏独自倚栏凝望，听到杜鹃凄厉的叫声，使她感到更加愁苦忧伤。此阕辞情哀婉，对女主人公的心理活动刻画得深曲细致。

【注释】

[1] 广陌：宽大的街道。
[2] 分袂：犹分手，离别。
[3] 丁宁：亦作“叮咛”。一再嘱咐。
[4] 啼鴂：即鹈鴂，或以为就是杜鹃鸟。

满庭芳 刘頍

莺老梅黄，水寒烟淡，断香谁与添温？宝钉初上[1]，花影伴芳尊。细细轻帘半卷，凭阑对、山色黄昏。人千里，小楼幽草，何处梦王孙[2]？　　十年，羁旅兴，舟前水驿，马上烟村。记小亭香墨，题恨犹存。几夜江湖旧梦，空凄怨、多少销魂？归鸦被、角声惊起，微雨暗重门。

【品读】

此词抒写离别相思之情。全篇均从游子方面着笔，通过描绘景物，渲染气氛，层层铺叙，淋漓尽致地表达了作者对闺中人的深深怀念。词意缠绵悱恻，柔情似水，深远绵长，含蓄蕴藉，语言淡雅，意境优美，愈咀嚼愈觉韵味无穷，在婉约的风格中似又含有一种清刚之气。赵立之曰：“此词宛有淮海风味，惜不名世。”

【注释】

[1] 宝釭：银灯。

[2] 这三句说千里之外的闺楼佳人，今夜梦中也在思念远行的游子。

湘春夜月　黄孝迈

近清明，翠禽枝上消魂[1]。可惜一片清歌，都付与黄昏。欲共柳花低诉，怕柳花轻薄，不解伤春。念楚乡旅宿[2]，柔情别绪，谁与温存？　空尊夜泣，青山不语，残月当门。翠玉楼前[3]，惟是有、一波湘水[4]，摇荡湘云。天长梦短，问甚时、重见桃根[5]？这次第、算人间没个并刀[6]，剪断心上愁痕。

【品读】

此阕词调为作者首创，调名与作品内容相合，当为自度之曲。词写旅宿楚乡，春夜月下怀念佳人的柔情别绪。上片描绘景物，渲染气氛，抒发客居他乡无人与之温存的寂寞孤独之感。下片融情入景，叙写词人月夜楼上独酌，企图以酒浇愁，无奈“天长梦短”，不见伊人倩影。叹息人间没有“并刀”，能够剪断思念“桃根”的离愁别恨。词中用拟人化的手法，托物寓情，深曲委婉地表达了作者的离别相思之情，在艺术上很有特色。

【注释】

[1] 翠禽：绿毛小鸟。

[2] 楚乡：这里指湖南一带。

[3] 翠玉楼：指装饰着绿色玉石的楼阁。

[4] 湘水：即湘江，在今湖南境内。

[5] 桃根：传为晋王献之妾桃叶之妹。

[6] 并刀：古代并州所产的剪刀，锋利无比。

恋绣衾 萧崱

倚阑闲看燕定巢[1]。旧弹筝、因病久抛。画不尽、残眉黛，被东风、吹在柳梢。　　晓来暗理伤春曲，把金钗、枕畔细敲[2]。书寄与、天涯去，并相思、红泪一包。

【品读】

此阕亦为闺妇相思之词。上片写景，下片抒情，为传统的结构模式。两片结拍构思巧妙，词语尖新，褒贬不一，成败得失任由读者评说。

【注释】

[1] 定巢：入巢，归巢。

[2] 枕畔：枕边。

瑞鹤仙 洪瑹

离筵代意

听梅花吹动，凉夜何其[1]，明星有烂。相看泪如霰[2]。问而今去也，何时会面？匆匆聚散，恐便作、秋鸿社燕。最伤情、夜来枕上，断云零雨何限！　　因念，人生万事，回首悲凉，都成梦幻。芳心缱绻[3]。空惆怅，巫阳馆[4]。况船头一转，三千余里，隐隐高城不见[5]。恨无情、春水连天，片帆似箭。

【品读】

本篇是在离别筵席上代为送别之人而作的。词中用的是代言体，从内容和情调看，抒情主人公当是一位青楼女子，所别之人即为作者。词人设身处地，为对方着想，替她抒写临别时的依依难舍之情。声情凄婉，缠绵悱恻，用事用韵皆妙，抒情主人公的心理情态刻画得十分细腻真切。

【注释】

[1] 夜何其：表示夜深。

[2] 霰（xiàn线）：俗称米雪子，稍大。

[3] 缱绻：缠绵，情意深厚。

[4] 巫阳馆：指妓馆。

[5] 高城不见：用欧阳詹《初发太原途中寄太原所思》“高城已不见，况复城中人”诗意。

唐多令 吴文英

惜别

何处合成愁？离人心上秋[1]。纵芭蕉、不雨也飕飕[2]。都道晚凉天气好，有明月，怕登楼。　　年事梦中休[3]，花空烟水流。燕辞归、客尚淹留[4]。垂柳不萦裙带住[5]，谩长是、系行舟。

【品读】

此为秋日惜别之作。词中即兴抒感，情景相生，在结构上不拘于分片，前八句泛写离愁，后四句专叙秋别。其中“燕辞归、客尚淹留”句为全词关键所在。曹丕《燕歌行》：“群燕辞归雁南翔，念君客游思断肠。慊慊思归恋故乡，何为淹留寄他方？”本篇化用其意，谓燕子辞别主人，向南方飞去，而我却还滞留在他乡。这里所说的燕子可能是指作者的恋人，惜别之情自此而生。燕归客留，上承“离人”，下应“行舟”，绾合前后，意脉贯通。这首词缠绵悱恻，低回往复，文字轻巧，含思婉转，风格与民间小调相近。

【注释】

[1] 心上秋：心上加秋，合成愁字。

[2] 飕飕：形容风雨之声。

[3] 年事：年华与往事。

[4] 客：旅居他乡之人，作者自称。

[5] 萦：缠绕。 裙带：借指女子。

清平乐 李莱老

绿窗初晓，枕上闻啼鸟。不恨王孙归不早[1]，只恨天涯芳草。　锦书红泪千行[2]，一春无限思量。折得垂杨寄与，丝丝都是愁肠。

【品读】

相思之情多于夜深人静之时感发，此词却写清晨枕上因闻啼鸟、惊破残梦而引起无穷的烦恼。“不恨”“只恨”两句，曲折缠绵，可谓善写心态。结拍以“垂杨”喻“愁肠”，虽非首创，但用于此处也恰到好处。

【注释】

[1] 王孙：古代贵族子弟的通称，这里是指女子思念的意中人。

[2] 锦书：织锦为文，指妻子寄给丈夫的书信。

南乡子 薛燧

柳色锁重楼，楼上轻寒不满钩。堆径落红深半指，悠悠。飞絮帘栊几许愁[1]？　逐日望归舟，暖藕全宽玉臂韝[2]。待得君来春去也，休休。未老鸳鸯早白头。

【品读】 此阕抒写女子的伤春怀远之情。伊人日日登楼眺望，等待来自远方的归舟。然而一次又一次都失望了，眼看花落水流，人老珠黄，当你回来的时候，我早已是满头白发了。词中表达了女主人公对青春的珍惜和对爱情的渴望。

【注释】
[1] 帘栊：窗帘。栊，窗上棂木。
[2] 暖藕：形容手臂。韝（gōu勾）：臂套。

小重山 陈成之

恨入眉尖熨不开[1]。日高犹未肯，傍妆台。玉郎嘶骑不归来[2]。梁间燕，犹自及时回！　粉泪污香腮。纤腰成瘦损，有人猜。一春那识下香阶。春又去，花落满苍苔。

【品读】 此阕写思妇离情。“玉郎”不归，眉头紧锁，泪流满面，无心梳妆打扮，终日幽居深闺，多时未曾走下台阶。眼看春天又将过去，落花纷纷，堆满苍苔。刻画人物，由表及里，形神宛然如现。

【注释】
[1] 熨（yùn蕴）：用金属器具加热，按压衣服，使之平帖。这句形容愁眉不展。
[2] 玉郎：旧时女子对丈夫或情人的爱称。

阮郎归　宋德广

好风吹月过楼西，楼前人影稀。杜鹃啼断绿杨枝，行人知不知？　红叶字[1]，断肠诗[2]，从今懒再题。后园零落淡胭脂，似君初去时。

【品读】

此词上片写女子登楼赏月，闻杜鹃悲啼于绿杨枝上，因而引起怀念“行人”的相思之情。换头抒写别后孤独寂寞的心境，歇拍以景结情，含蓄地表达了对离人的深深眷恋。虽说从今以后再也没有兴致去写那些抒发爱情的断肠诗词了，可一看到后园满地的落花，又想到了当年离别时的情景，相思之情真是“剪不断，理还乱”呵！小词含婉深永，曲折而有韵味。

【注释】

[1] 红叶字：即红叶题诗，唐代盛传的一个良缘巧合故事。这里是指情书或表达爱情的诗词。

[2] 断肠诗：抒发悲痛心情的诗歌。

乌夜啼　陈逢辰

月痕未到朱扉[1]。送郎时，暗里一汪儿泪、没人知。　揾不住[2]，收不聚，被风吹。吹作一天愁雨、损花枝。

【品读】

此阕写女子月夜送别情郎时的悲痛心情。词中未从正面渲染伤离的气氛，而是专就“泪”字着笔，说女主人公暗中流下的那一汪儿眼泪，既擦不尽，也收不拢，却被一阵风吹作满天的愁雨，损坏了那妩媚动人的花枝。小词构思新巧，善于联想，别具一格。

【注释】

[1] 朱扉：红色的门扇。

[2] 揾（wèn 问）：揩拭。

南乡子　蒋　捷

泊雁小汀洲[1]，冷淡湔裙水漫秋[2]。裙上唾花无觅处，重游。隔柳惟存月半钩。　准拟架层楼[3]，望得伊家见始休。还怕粉云天末起，悠悠。化作相思一片愁。

【品读】

本篇亦为抒写离别相思之作。上片叙述女子秋夜河边洗裙，从而联想起当年“唾花”溅裙的欢乐生活。如今人去楼空，只有昔日的半钩残月依然挂在柳树枝头。下片写她为了看到“伊家”的踪影，幻想盖起一座能够眺望远方的高楼。小词构思亦颇新巧，值得玩味。

【注释】

[1] 泊：停留。

[2] 湔：洗。

[3] 准拟：一定要。拟，打算。

鹧鸪天　无名氏

离别

镇日无心扫黛眉[1]，临行愁见理征衣。尊前只恐伤郎意，阁泪汪汪不敢垂[2]。　停宝马，捧瑶卮[3]，相斟相劝忍分离？不如饮待奴先醉，图得不知郎去时。

【品读】

本篇描写男女离别时的情景，一说作者为夏竦。起首两句描绘临行前双方的神态。女子整日闷闷不乐，无心梳妆打扮；男子愁眉苦脸，正在收拾行李，准备上路。三、四两句写女子宁愿自己忍受痛苦，不想使对方伤心，所以两眼虽然含满热泪，也不敢轻易流出来。过片以后进一步表现女子的多情。眼看马上就要启程了，她满满地斟上两杯送行酒，一杯捧给情郎，另一杯自己端着仰头便喝了下去。难道她不知道酒会醉人吗？当然不会不知道。她正是为了在情郎离去之前，先喝个酩酊大醉，以免看到情郎离开自己，否则那将更加痛苦不堪。此阕着重刻画离别时女子的心理和情态，通过“阁泪汪汪不敢垂”和“不如饮待奴先醉”两个细节的描写，揭示了女主人公对男子体贴入微、为了爱情自己甘愿承受一切痛苦的美好心灵。

【注释】

[1] 镇日：整天。　扫：描画。

[2] 阁泪：不使眼泪流出来。阁，通“搁”，停止。

[3] 瑶卮：玉制酒杯。

御街行 无名氏

霜风渐紧寒侵被，听孤雁，声嘹唳[1]。一声声送一声悲，云淡碧天如水。披衣起，告雁儿略住，听我些儿事。　　塔儿南畔城儿里，第三个，桥儿外。濒河西岸小红楼，门外梧桐雕砌。请教且与，低声飞过，那里有、人人无寐。

【品读】

这首词写游子对家乡和亲人的深切思念。上片通过秋夜枕上闻孤雁悲鸣，而引起孤独寂寞的愁思，于是披衣起床，向雁儿剖诉心曲。下片概述游子对孤雁所说的话：（我家住在）塔南的小城里，第三座桥外临河西岸，有一栋小红楼，门外有几株梧桐和石砌的台阶，请你飞过那里的时候，千万放低声音，以免触动楼上不眠之人的离愁别绪。此阕构思新颖，表现手法也很独特，全篇均用口语，通俗易懂，妙趣横生。

【注释】

[1] 嘹唳：形容响亮而漫长的声音。

闺情绮怨

踏莎行 寇准

春色将阑[1]，莺声渐老，红英落尽青梅小。画堂人静雨蒙蒙，屏山半掩余香袅[2]。　　密约沉沉，离情杳杳，菱花尘满慵将照[3]。倚楼无语欲销魂，长空暗淡连芳草。

【品读】

本篇是一首闺情词。上片描绘景物，从室外写到室内，渲染春归花落、空旷寂寥的气氛。下片抒发闺怨，别后音书不通，少妇倚楼凝望，只见长空暗淡，芳草连天，心中不胜怅惘愁苦。此阕情景相生，含思凄婉，意境淡远，体现了宋初小令的风格。

【注释】

[1] 阑：残、尽。
[2] 屏山：屏风。
[3] 菱花：镜子。

定风波 柳永

自春来、惨绿愁红，芳心是事可可[1]。日上花梢，莺穿柳带，犹压香衾卧。暖酥消[2]，腻云亸[3]，终日厌厌倦梳裹[4]。无那[5]！恨薄情一去，音书无个。　　早知恁么[6]，悔当初、不把雕鞍锁。向鸡窗、只与蛮笺象管[7]，拘束教吟课[8]。镇相随[9]，莫抛躲，针线闲拈伴伊坐。和我。免使年少，光阴虚过。

【品读】

这首闺怨词刻画一位少妇对远行郎君的无限思念。词用第一人称口吻，淋漓畅快、毫不掩饰地抒发了女主人公对爱情生活的热烈追求。词语通俗，风格明快，怨妇形象活灵活现，跃然纸上，带有浓厚的市民色彩，是柳永俚词的代表作品之一。

【注释】

[1] 是事可可：犹言凡事均不在意，一切都含含糊糊地让它过去。

[2] 暖酥消：肌肤消瘦。

[3] 腻云亸（duǒ朵）：头发散乱。亸，下垂貌。

[4] 厌厌：精神不振貌。

[5] 无那：无可奈何。

[6] 恁么：这样。

[7] 鸡窗：书房的代称。　蛮笺：古代蜀地所产的彩色笺纸。　象管：象牙做的笔管。

[8] 吟课：读书吟咏，温习功课。

[9] 镇相随：整日陪伴着。

锦堂春　柳永

坠髻慵梳[1]，愁蛾懒画[2]，心绪是事阑珊。觉新来憔悴，金缕衣宽[3]。认得这疏狂意下，向人消譬如闲[4]。把芳容整顿，恁地轻孤，争忍心安？　依前过了旧约，甚当初赚我，偷剪云鬟[5]。几时得归来，香阁深关。待伊要、尤云殢雨[6]，缠绣衾、不与同欢。尽更深、款款问伊[7]，今后敢更无端？

【品读】

此阕亦为闺怨之作。女主人公是一位性格泼辣的市井少妇。伊人去后，背盟失约，归期渺茫，使得她神情憔悴，心绪烦乱，懒画蛾眉，无心梳妆，终日不得安宁。一朝归来，一定要好好地教训教训他：“香阁深关”“不与同欢”，深更半夜再慢慢地“审问”他一番，看你今后还敢不敢一去不归，无缘无故地骗人？词用代言体，摹写女子的心理活动，合情合理，声口毕肖，怨妇的形象栩栩如生。

【注释】

[1] 坠髻慵梳：发髻下坠，懒于梳理。
[2] 愁蛾：愁容不展的蛾眉。
[3] 金缕衣：用金线缝制的华丽衣服。衣宽，形容身体消瘦，衣服显得宽大了。
[4] 消譬如闲：简直把我视若等闲。
[5] 云鬟：如乌云似的头发。古代男女离别时，有剪发为赠，以表达永不相忘的习俗。
[6] 尤云殢雨：指男女合欢。
[7] 款款：徐缓貌。

望江南 张先

闺情

香闺内，空自想佳期。独步花阴情绪乱，谩将珠泪两行垂。胜会在何时[1]？　厌厌病，此夕最难持。一点芳心无托处，荼蘼架上月迟迟[2]。惆怅有谁知？

【品读】

这首词写闺中少女怀春。豆蔻年华，芳心缭乱，盼望佳期早至，然而音讯无凭，终日独守空闺，只能独步花阴，暗抛珠泪，百无聊赖地望着荼蘼架上的月光缓缓地移动，内心的惆怅有谁能理解呵！小词含婉深永，形象生动，人物与环境十分谐调，是一首典型的闺情词。

【注释】

[1] 胜会：犹盛会，此指男女欢会。
[2] 荼蘼：蔷薇科，落叶灌木，初夏开白花。

一丛花令　张　先

伤春怀远几时穷[1]？无物似情浓。离愁正引千丝乱[2]，更南陌、飞絮濛濛[3]。嘶骑渐遥，征尘不断，何处认郎踪？　双鸳池沼水溶溶[4]，南北小桡通。梯横画阁黄昏后，又还是、斜月帘栊[5]。沉恨细思，不如桃杏，犹解嫁东风！

【品读】

此词写的是闺怨。上片抒发情郎别后的愁怀，下片感伤今日的孤独寂寞。结拍三句以花喻人，悔恨自己当初未能追随郎踪而去，不如桃花和杏花还懂得嫁给东风，从一而终，有所归宿。构思新颖，意浓语俊，一时传为佳句，作者也因此而被称为“桃杏嫁东风郎中”。

【注释】

[1] 伤春：一作“伤高”。 几时穷：何时才能穷尽。

[2] 千丝：指游丝，即蜘蛛和小虫所吐的丝。

[3] 飞絮濛濛：形容杨花乱飞，如蒙蒙细雨一样。

[4] 溶溶：水流动貌。

[5] 帘栊：帘子和窗棂。

蝶恋花　晏　殊

槛菊愁烟兰泣露[1]，罗幕轻寒，燕子双飞去。明月不谙离恨苦[2]，斜光到晓穿朱户。　昨夜西风凋碧树，独上高楼，望尽天涯路。欲寄彩笺兼尺素[3]，山长水阔知何处？

【品读】

此阕亦为抒写闺情之作。女主人公秋夜无眠，清晨触景伤怀，愁苦不堪。在她看来，菊花笼罩着一层轻烟薄雾，仿佛正在发愁似的；兰草沾上滴滴露珠，也像在哭泣一样。她登楼远眺，望尽天涯，不见离人的踪影，想要写封书信寄去，又不知道他究竟在什么地方，真是有苦难言呵！词的风格凄婉，而境界却较阔大，含蓄深永，耐人咀嚼。

【注释】

[1] 槛：窗户下或长廊旁的栏杆。
[2] 谙（ān安）：熟悉，理解。
[3] 彩笺：彩色的纸，这里代指题咏之作。　尺素：古代书写所用的一尺来长的白色生绢，后用作书信的代称。

玉楼春　晏殊

春恨

绿杨芳草长亭路，年少抛人容易去[1]。楼头残梦五更钟，花底离愁三月雨。　无情不似多情苦，一寸还成千万缕。天涯地角有穷时，只有相思无尽处。

【品读】

这是一首闺怨词，写怨妇被年少之人抛弃以后的离别相思之情。起首两句追忆在绿柳依依、芳草萋萋的长亭路上送别“年少”的情景。三、四两句言别后经常魂牵梦绕，辗转反侧，深夜刚刚入睡，又被五更的钟声惊醒，听到檐前花底滴滴答答的雨声，更加感到凄苦寂寞，愁情满怀。过片两句以杨柳作比，埋怨自己太多情，才使一寸芳心到了春天便化成了千条万缕、绵绵不尽的杨柳。结拍两句谓“天涯地角”终有尽头，而自己的相思之情却永无穷尽之时。

【注释】

[1] 年少：指青年人。据传晏殊的儿子晏几道曾为其父辩解说，这首词中的"年少"并非指女子的"所欢"，而是指青春年华，因而不是所谓的"妇人语"。这一辩解与全词的意象不符，很难说服人。

蝶恋花 欧阳修

庭院深深深几许？杨柳堆烟，帘幕无重数。玉勒雕鞍游冶处[1]，楼高不见章台路[2]。　雨横风狂三月暮，门掩黄昏，无计留春住。泪眼问花花不语，乱红飞过秋千去[3]。

【品读】

这是一首怨妇词。丈夫走马章台，冶游不归，抛下伊人独守空闺，寂寞难耐。暮春三月，女主人公登楼怅望，遥想薄幸之人此时正在花街柳巷寻欢作乐，早已把自己忘得干干净净，不觉黯然伤悲。黄昏时刻，她下楼步入庭院之中，只见繁花遭到风雨摧残，纷纷凋谢，遍地狼藉，一种凄凉的身世之感油然而生。她含泪问花，希望能得到一点点慰藉，不料落红也是无情之物，竟然默默无语地飞过秋千而去，留下了有苦难言、无人理会的女主人公。本篇含蓄深沉，生动地展示出一位被遗弃的女子的不幸遭遇。或以为此词有所寄托，是借男女情事以写朝中政事，但不宜句句坐实，否则难免失于穿凿。

【注释】

[1] 玉勒：镶玉的马笼头。　雕鞍：雕花饰彩的马鞍。　游冶处：寻欢作乐的地方，指歌楼妓馆。

[2] 章台路：原为汉代长安章台下的

一条街，妓女多聚居于此，后遂以指妓女所居之处。

[3] 乱红：散乱飘零的落花。

玉楼春　欧阳修

别后不知君远近，触目凄凉多少闷。渐行渐远渐无书，水阔鱼沉何处问[1]？　夜深风竹敲秋韵[2]，万叶千声皆是恨。故攲单枕梦中寻[3]，梦又不成灯又烬[4]。

【品读】

此词写闺妇的离别相思之情。开篇直抒胸臆。由于久无音信，不知夫君的行踪，终日倚门盼望，仍得不到一点消息，因此触景生悲，胸中郁积着许多愁闷。过片以后刻画闺妇的心理活动。夜深人静，秋风吹动窗外竹林，沙沙作响，在伊人听来那“万叶千声”，仿佛都是在诉说离愁别恨。本想进入梦乡，暂时摆脱烦恼，偏偏久久不能成眠，而那盏半明半灭的孤灯，已经油干灯草尽。眼前一片黑暗，闺妇只能掩被蒙头低声啜泣了。本篇情景交融，曲折深婉，对闺妇的心理刻画得极为生动细致。

【注释】

[1] 水阔鱼沉：意谓音信渺茫。古代有鲤鱼传书的传说，如今海天辽阔，鱼沉水底，自然不会有书信到来。

[2] 风竹敲秋韵：风吹竹叶发出萧飒的秋声。

[3] 攲单枕：独自斜靠枕头。

[4] 灯又烬：灯芯也烧成了灰烬。

花心动 阮逸女

春词

仙苑春浓，小桃开[1]，枝枝已堪攀折。乍雨乍晴[2]，轻暖轻寒，渐近赏花时节。柳摇台榭东风软，帘栊静，幽禽调舌[3]。断魂远，闲寻翠径，顿成愁结。　　此恨无人共说。还立尽黄昏，寸心空切。强整绣衾，独掩朱扉，枕簟为谁铺设[4]？夜长更漏传声远，纱窗映、银缸明灭[5]。梦回处，梅梢半笼残月。

【品读】

此阕题为“春词”，通过伤春抒发闺怨，词中的主人公就是作者自己。词的上片描绘早春庭院景物，渲染伤离气氛，结拍融情入景，自然过渡到下片。换头以后直抒离别相思之情，从寂寞难耐的黄昏写到残月半笼梅梢的深夜，将闺中人孤栖独眠的处境、魂牵梦绕的悲凉心情和对离人的深深怀念表现得十分委婉真切。由于作者是自抒胸臆，写的都是生活实感，故词虽含蓄缠绵，却无矫揉造作之感，读来饶有韵致。

【注释】

[1] 小桃：即小桃红，又名凤仙花。
[2] 乍：忽然，骤然。
[3] 幽禽：花柳丛中的小鸟。
[4] 枕簟：枕席。
[5] 银缸：亦作“银釭”，即银灯。

蝶恋花 晏几道

梦入江南烟水路，行尽江南，不与离人遇。睡里消魂无说处，觉来惆怅消魂误。　　欲尽此情书尺素[1]，浮雁沉鱼[2]，终了无凭据。却倚缓弦歌别绪[3]，断肠移破秦筝柱[4]。

【品读】

此阕亦为闺怨词，抒情主人公并非作者，而是一位女性。上片写她梦游江南，行遍天涯海角，也未能与“离人”相遇，因此睡里醒来唯有惆怅而已。下片说她本想写封信去，又不知伊人行踪，难以寄达，不得已只好借弹筝来排遣心中的哀愁。词语清疏明朗，情景相生，虚实照应，读来饶有韵致。

【注释】

[1] 尺素：代指书信。

[2] 浮雁沉鱼：即雁飞鱼潜，无人为传书信。

[3] 缓弦：低音。古筝弦、柱十三，柱可左右移动以调节音高，弦急则高，弦缓则低。

[4] 移破：犹言移尽或移遍之意。

江城子　魏夫人

春恨

别郎容易见郎难，几何般，懒临鸾[1]。憔悴容仪，陡觉缕衣宽[2]。门外红梅将谢也，谁信道、不曾看。　　晓妆楼上望长安[3]，怯轻寒，莫凭阑。嫌怕东风，吹恨上眉端。为报归期须及早，休误妾、一春闲。

【品读】

这首词题为“春恨”，抒写作者对游宦京城的丈夫的离别相思之情。开篇直抒胸臆，写她时刻怀念着远方的亲人，然而“别郎容易见郎难”，于是引起了无数的烦恼和怨怅：无心梳妆，容颜憔悴，身体消瘦，连门外的红梅花都快谢了，也没有出去看一看。下片叙述清晨登楼远望，顿觉春寒料峭，又怕东风把愁和恨吹上眉端。结拍遥向“长安”的亲人剖诉心曲，希望他早日把归期告诉给我，免得虚度韶光，白白地浪费了美好的青春年华。这是一首缠绵悱恻的相思曲，语言浅近，风格柔婉，形象生动，心理刻画细腻而真切，有较强的艺术感染力。

【注释】

[1] 临鸾：照镜。鸾，指鸾镜，即妆镜。

[2] 缕衣：即金缕衣，用金线缝的衣服，泛指华美的衣服。

[3] 长安：这里是借指北宋都城汴京。

系裙腰　魏夫人

灯花耿耿漏迟迟[1]。人别后、夜凉时，西风潇洒梦初回。谁念我，就单枕，皱双眉。　锦屏绣幌与秋期。肠欲断、泪偷垂。月明还到小窗西。我恨你，我忆你，你争知[2]？

【品读】

此阕抒写闺妇秋夜怨别，当为作者思念其夫之作。全篇纯用白描，自诉衷情，将主人公怀远恨别的心理情态刻画得十分生动真切。

【注释】

[1] 耿耿：微明貌。　迟迟：迟缓的意思。

[2] 争知：怎知。

减字木兰花　秦　观

天涯旧恨，独自凄凉人不问。欲见回肠，断尽金炉小篆香[1]。

黛蛾长敛[2]，任是春风吹不展。困倚危楼[3]，过尽飞鸿字字愁。

【品读】

这首词写闺中女子的离愁别恨。上片前两句直抒怨悱之情，后两句托物寓意，揭示女主人公凄凉寂寞的心理活动。过片从内心转到外表的描写：尽日愁眉紧锁，任凭春风吹拂，也难以使它舒展，可见其愁恨之深重。结拍两句写女子高楼骋望，一群群大雁从空中飞过，却未能盼到来自天涯的音书，旧恨新愁一齐涌上心头。小词感情浓烈，体制淡雅，犹如一幅写生画。

【注释】

[1] 篆香：即盘香，因其形状回环如篆，故称。

[2] 黛蛾：指女子的眉毛。

[3] 危楼：高楼。

画堂春　秦　观

落红铺径水平池，弄晴小雨霏霏[1]。杏园憔悴杜鹃啼[2]，无奈春归。　柳外画楼独上，凭栏手撚花枝。放花无语对斜晖，此恨谁知？

【品读】

这首闺情词，含蕴不露，柔婉动人。上片状景，笔调轻灵，画面优美。下片写人，从画楼凭栏、“手撚花枝”到“放花不语”、遥对斜晖，生动地表现出女主人公的神态及其内心深处的幽怨。或以为“杏园憔悴”暗喻作者应试落第，则此词乃以闺怨寄托自己仕途的失意之情。

【注释】

[1] 霏霏：形容雨雪之密。

[2] 杏园：唐代长安著名园林，为新科进士游宴之地。

蝶恋花　贺铸

小院朱扉开一扇，内样新妆[1]，镜里分明见。眉晕半深唇注浅，朵云冠子偏宜面[2]。　被掩芙蓉熏麝煎，帘影沉沉，只有双飞燕。心事向人犹腼腆，强来窗下寻针线。

【品读】

这首闺情词写少女怀春。前八句描绘环境和人物，生动地展现出一位大家闺秀的迷人形象。后两句刻画女主人公的心理活动，春心荡漾，神思恍惚，腼腼腆腆，又不想让人知道自己的心事，于是便故作姿态，走到窗下，寻找针线，做起女红来了。小词看似平常，然结拍两句细腻入微，妙不可言。

【注释】

[1] 内样新妆：指宫内时新的妆扮。

[2] 朵云冠子：状如云朵的小帽。

浣溪沙 贺铸

闲把琵琶旧谱寻[1]，四弦声怨却沉吟[2]。燕飞人静画堂深。　　攲枕有时成雨梦[3]，隔帘无处说春心。一从灯夜到如今[4]。

【品读】

此阕写一闺中少女的幽怨。元宵之夜，她在观灯时遇见了一位意中人，然而从此以后却无由再见，朝思暮想，终日闷闷不乐。百无聊赖中，闲抱琵琶，弹奏旧曲，以寄托她的相思之情。有时梦中欢会，醒来更添惆怅，独居深闺，燕飞人静，无处诉说自己的怀春之心。读此词当从结句入手，往上寻绎，意脉自现矣。

【注释】

[1] 闲把：闲抱。　旧谱：旧曲，指相思之曲。

[2] 却：正。　沉吟：沉思吟味。

[3] 攲枕：斜靠枕头。雨梦：云雨梦的略语。

[4] 灯夜：元宵之夜。

南乡子 陈师道

急雨打寒窗，雨气侵灯暗壁釭[1]。窗下有人挑锦字[2]，行行。泪湿红绡减旧香[3]。　　往事最难忘，更著秋声说断肠。曲渚圆沙风叶底[4]，藏藏。谁使鸳鸯故作双！

【品读】

此阕写的是闺中思妇怀远。一个风雨交加的秋夜，女主人公正在寒窗之下含泪修书。想起往事，不禁使她黯然悲伤，肠断心碎。忽然隐隐约约地发现窗外小池塘中一对鸳鸯正在逃避风雨，东躲西藏。鸳鸯虽然遭到风雨袭击，但它们形影不离，始终成对成双。回头再看看自己，独守孤灯，好不寂寞惆怅！词意婉转缠绵，结拍托物寓情，反衬对比，富有诗情画意。

【注释】

[1] 壁釭：挂在墙壁上的油灯。

[2] 锦字：前秦秦州刺史窦滔之妻苏蕙，曾于锦上织回文诗寄给被流放的丈夫，倾诉思念之情。后因以“锦字”或“锦书”代指妻子致丈夫的书信。

[3] 红绡：红色的丝绢，指手帕。

[4] 渚：水中的小块陆地。

醉桃源　周邦彦

冬衣初染远山青[1]，双丝云雁绫[2]。夜寒袖湿欲成冰，都缘珠泪零。　情黯黯[3]，闷腾腾[4]，身如秋后蝇。若教随马逐郎行，不辞多少程[5]。

【品读】

这首小词抒写闺中妇女的相思怀远之情。上片刻画人物，前两句描绘服饰，三、四句表现情态，展示出一位初着冬装、珠泪涟涟的女子形象。下片着重刻画主人公的心理活动。这位“情黯黯，闷腾腾”、没精打采的思妇就好像秋后的苍蝇一样。蝇附骥尾可以致千里，如果能跟随在情郎的马后，即使千山万水，行遍天涯海角，我也心甘情愿。死典活用，取譬巧妙，曲折深婉，使全篇生色不少。

【注释】

[1] 这句说刚刚穿上的冬衣，像远处的山峦一样，染上一层淡青色。

[2] 这句说衣上的花纹是用丝线绣成的云中飞雁。

[3] 黯黯：心神沮丧貌。

[4] 腾腾：心灰意懒貌。

[5] 这两句用“苍蝇附骥尾而致千里”的典故。《史记·伯夷列传》：“颜渊虽笃学，附骥尾而行益显。”司马贞《史记索隐》：“苍蝇附骥尾而致千里，以譬颜回因孔子而名彰也。”

满江红 周邦彦

昼日移阴，揽衣起，春帷睡足。临宝鉴、绿云撩乱[1]，未忺妆束[2]。蝶粉蜂黄都褪了[3]，枕痕一线红生玉。背画栏、脉脉悄无言，寻棋局[4]。　　重会面，犹未卜；无限事，萦心曲。想秦筝依旧[5]，尚鸣金屋。芳草连天迷远望，宝香熏被成孤宿。最苦是、蝴蝶满园飞，无心扑。

【品读】

本篇也是一首闺情词。上片写女主人公春睡初起，无心梳妆，脉脉无言地独自寻找棋局消遣。下片回忆往日欢会，感叹重逢无期，纵有宝香熏被，终是孤栖独宿，难免寂寞惆怅，竟日心事重重，毫无兴致去采花扑蝶了。词意深婉，笔触细腻，犹如一幅工笔仕女画。

【注释】

[1] 宝鉴：铜镜。　绿云：指头发。
[2] 忺（xiān 掀）：高兴，适意。
[3] 蝶粉蜂黄：古代女子的化妆品。
[4] 棋局：棋盘，棋枰，特指围棋棋盘。
[5] 秦筝：古代弦乐器的一种。相传秦人蒙恬改制，故称。

惜余春慢　孔　夷

情　景

弄月余花，团风轻絮，露湿池塘春草。莺莺恋友，燕燕将雏[1]，惆怅睡残清晓。还似初相见时，携手旗亭[2]，酒香梅小。向登临长是，伤春滋味，泪弹多少？　因甚却、轻许风流，终非长久，又说分飞烦恼[3]。罗衣瘦损，绣被香消，那更乱红如扫。门外无穷路歧，天若有情，和天须老[4]。念高唐归梦[5]，凄凉何处，水流云绕。

【品读】此词写的是闺情绮怨。上片从昨夜写到今日清晨，残梦初醒，触景生悲，引起伤春怨别之情。下片刻画女子的心理活动，抒发伊人离去后，独守空闺，凄凉烦恼的苦闷情怀。词意含蓄婉转，风格缠绵悱恻，是一首调雅韵美、情景交融的闺怨词。

【注释】

[1] 燕燕将雏：母燕带领小燕。

[2] 旗亭：市楼、酒楼。

[3] 分飞：分别，离别。

[4] 这两句用李贺《金铜仙人辞汉歌》“天若有情天亦老”诗意。

[5] 高唐：战国时楚国台馆名。在云梦泽中。传说楚襄王游高唐，梦见巫山神女。这句说盼望离人归来，以至形之梦寐。

谒金门　陈　克

花满院，飞去飞来双燕。红雨入帘寒不卷[1]，晓屏山六扇[2]。

翠袖玉笙凄断[3]，脉脉两蛾愁浅。消息不知郎近远，一春长梦见。

【品读】

这首小词上片写景，下片刻画人物。结拍两句点明伤春怀远的题意，一位脉脉含情、急切盼望郎君消息，以至形之梦寐的女主人公形象也随之展现在读者面前。

【注释】

[1] 红雨：落花。

[2] 屏山：屏风。

[3] 玉笙：笙的美称。笙，簧管乐器。

采桑子 吕本中

恨君不似江楼月[1]，南北东西。南北东西，只有相随无别离。　恨君却似江楼月，暂满还亏[2]。暂满还亏，待得团圆又几时？

【品读】

这首小词以“江楼月”作比，抒写思妇怀念夫君的离别之情。语言通俗，取譬浅近而富于新意；正说反说，重复而有变化，将思妇爱恨交织的感情表达得淋漓尽致，具有浓厚的民歌风味。

【注释】

[1] 江楼：江边的楼阁。

[2] 暂满还亏：暂时圆了，马上又残缺不圆。

鹧鸪天 蔡柟

病酒厌厌与睡宜[1]，珠帘罗幕卷银泥。风来绿树花含笑，恨入西楼月敛眉。　　惊瘦尽，怨归迟，休将桐叶更题诗[2]。不知桥下无情水，流到天涯是几时？

【品读】

此阕亦为闺怨词。上片描写环境与人物，“花含笑”“月敛眉”，借景抒情，表现女子的离愁别恨。下片直抒胸臆，以桥下流水比喻绵绵无尽的相思之情，含婉深永，饶有韵味。

【注释】

[1] 厌厌：精神不振貌。

[2] 桐叶题诗：即红叶题诗，唐代流传的一个爱情故事。

好事近 廖世美

落日水熔金[1]，天淡暮烟凝碧。楼上谁家红袖[2]？倚阑干无力。　　鸳鸯相对浴红衣，短棹弄长笛。惊起一双飞去，听波声拍拍[3]。

【品读】

这是一首闺情词。上片描写“谁家红袖”傍晚独自倚栏凝望。下片写鸳鸯戏水，被笛声惊起，双双飞去。词意含蓄，结拍以鸳鸯双飞，反衬女主人公的孤独寂寞之情，曲折深婉，意在言外。

【注释】

[1] 落日水熔金：形容夕阳西下，坠入水中，霞光万道，像熔金化铁一样。

[2] 红袖：红色的衣袖，代指艳妆女子。

[3] 拍拍：这里作象声词用。

绿头鸭 周格非

陇头泉，未到陇下轻分[1]。一声声、凄凉呜咽，岂堪侧耳重闻。细思量、那时携手，画楼高、帘幕黄昏。月不长圆，云多轻散，天应偏妒有情人。自别后、小窗幽院，无处不消魂。罗衣上，残妆未减，犹带啼痕。　　自一从、瓶沉簪折[2]，杳知欲见无因。也浑疑、事如春梦，又只愁、人是朝云。破镜分来，朱弦断后，不堪独自对芳樽[3]。试与问，多才谁更，匹配得文君[4]？须知道，东阳瘦损，不为伤春。

【品读】

此词作者一作周格。这首闺怨词是一篇一百三十多字的长调。抒情主人公是一位被遗弃的女子，她独居幽院，听到“一声声、凄凉呜咽”的泉声，想起当年画楼携手的欢聚，感叹如今寂寞孤单的处境，从而发出了“月不长圆，云多轻散”的哀鸣。自从恩爱断绝，那人离去，至今杳无音信。情知再见无由，仍然盼望能有破镜重圆的机会。仔细思量，往事恍如一场春梦，除了那位薄幸的冤家，还有谁能配得上我这多才多艺的“卓文君”？词以刻画女主人公的心理活动为主，通过层层铺叙、渲染，将弃妇爱恨交织的思想感情表现得委曲婉转、淋漓尽致。

【注释】

[1] 陇头泉：古代民歌说："陇头流水，鸣声幽咽。遥望秦川，心肝断绝。"借流水声表现关中人登陇望乡的悲切情怀。后因用作咏伤别的典故。

[2] 瓶沉簪折：代指男女离别。瓶沉，"银瓶沉井底"的略语。银瓶，汲水器。簪折，折断头簪。古人离别时有折簪为赠的习俗。

[3] 芳樽：酒杯的美称。

[4] 文君：即卓文君。西汉临邛（今四川邛崃）人，卓王孙女，善鼓琴，有才艺。丧夫后家居，与司马相如相恋，一同逃往成都。

点绛唇 李清照

寂寞深闺，柔肠一寸愁千缕。惜春春去，几点催花雨[1]。

倚遍阑干，只是无情绪。人何处？连天芳草，望断归来路。

【品读】

这首小令是李清照为怀念离家外出的丈夫，盼望他早日归来而作的。上片抒写独处深闺的寂寞心情，下片表达对亲人的深切思念。词人倚栏远眺，只见芳草连天，望不到丈夫的行踪，因而愁情满怀，伤感不已。全篇情景交融，语浅情深，不假藻饰，直抒胸臆，可谓"情词并胜，神韵悠然"（《云韶集》卷十）。

【注释】

[1] 催花雨：指催促花开花落的春雨。

念奴娇 李清照

春情

萧条庭院[1]，又斜风细雨，重门须闭。宠柳娇花寒食近[2]，种种恼人天气。险韵诗成[3]，扶头酒醒[4]，别是闲滋味。征鸿过尽[5]，万千心事难寄。　楼上几日春寒，帘垂四面，玉阑干慵倚。被冷香消新梦觉，不许愁人不起。清露晨流，新桐初引[6]，多少游春意。日高烟敛，更看今日晴未？

【品读】

本篇或题为“春日闺情”，当写于南渡之前作者的丈夫赵明诚离家在外之时。全词着重描绘景物和词人的主观感受，而以“过尽征鸿，万千心事难寄”两句点明题意，表达深沉的离愁别恨。上片写寒食节前的一个阴雨天，自己独居“萧条庭院”，百无聊赖中不得已闭门以诗酒消遣。下片说春寒料峭，无心凭栏，被冷梦觉，醒后天气转晴，红日高照，从而引起游春之意。词中虽然没有从正面渲染离愁，但离愁处处可感，词的章法严谨，波澜起伏，意脉清晰，堪称闺情词中的佳作。

【注释】

[1] 萧条：寂寞冷落。
[2] 宠柳娇花：春天受到人们宠爱的杨柳和百花。
[3] 险韵：用冷僻难押的字做韵脚。
[4] 扶头酒：易醉的酒。又古人于卯时饮酒，称“卯酒”，也称“扶头酒”。
[5] 征鸿：远飞的鸿雁。
[6] 初引：初长。

蝶恋花　李清照

暖雨晴风初破冻[1]。柳眼梅腮[2]，已觉春心动。酒意诗情谁与共？泪融残粉花钿重[3]。　乍试夹衫金缕缝[4]。山枕斜攲[5]，枕损钗头凤[6]。独抱浓愁无好梦，夜阑犹剪灯花弄[7]。

【品读】

本篇也是一首闺情词，抒写作者对丈夫的深深怀念。上片以初春景物为背景，表达词人独处闺阁的寂寞心情。下片刻画抒情主人公日夜盼望亲人早归的心理活动。词中用“酒意诗情谁与共”一句，点明题旨，向读者打开了伤春怀远的心扉。试夹衫、攲山枕、抱浓愁、剪灯花，从白天到黑夜，一连串动作生动地反映了女词人孤独寂寞的心境。此时李清照和她丈夫的分别是暂时的，虽然也给她带来了烦恼和忧愁，但不久即可见面，这种烦恼和忧愁也将随着烟消云散。所以词的结拍处自然地流露出一种喜悦和希望之情。这与她后期在国亡家破夫死以后所抒发的哀愁，在情调和意境方面都是不同的。

【注释】

[1] 初破冻：刚刚解冻。

[2] 柳眼：初生柳叶，细长如眼，故谓“柳眼”。　梅腮：梅花瓣儿，似美女香腮，故称“梅腮”。

[3] 花钿（diàn电）：用金翠珠宝等制成花朵形的首饰。

[4] 乍：起初，刚刚开始。　金缕缝：用金线缝成的衣服。

[5] 山枕：即檀枕。因其形如“凹”，故称“山枕”。　攲（yī依）：靠着。

[6] 钗头凤：即头钗，古代妇女的首饰。因其形如凤，故名。

[7] 夜阑：夜深。　灯花：灯芯燃烧时结成的花形。

醉花阴 李清照

薄雾浓云愁永昼[1]，瑞脑销金兽[2]。佳节又重阳，玉枕纱厨[3]，半夜凉初透。 东篱把酒黄昏后，有暗香盈袖。莫道不消魂[4]，帘卷西风[5]，人比黄花瘦。

【品读】

本篇写的是闺中妇女的离情别绪。就题材说并无新意，但由于情感真挚，语言秀雅，意象生动，风格含蓄委婉，因而在艺术上颇有特色。词中通过独守空闺、寂寞愁苦以及黄昏把酒、东篱赏菊等生活画面，表达了作者“每逢佳节倍思亲”的思想感情。上片以时间为线索，记述了作者重阳佳节这天的见闻和感受。下片用逆叙法，回想黄昏时刻独自在东篱下饮酒赏菊、魂消意尽的情景。结拍以花拟人，含思婉转，倾诉了自己对丈夫刻骨镂心的相思之情。这三句不但比喻贴切，而且创意出奇，意境优美动人，主体与客体浑然一体，因而历来受到人们赞赏。

【注释】

[1] 永昼：漫长的白天。

[2] 瑞脑：亦称龙脑，香料名。 金兽：兽形铜香炉。

[3] 玉枕：瓷枕的美称。 纱厨：纱帐。

[4] 消魂：形容极度愁苦。

[5] 帘卷西风：即“西风卷帘”的倒文。

苏幕遮 陶氏

闺怨

与君别，情易许。执手相将[1]，永远成鸳侣。一去音书千万里，望断阳关[2]，泪滴如秋雨。　到如今，成间阻[3]。等候郎来，细把相思诉。看著梅花花不语，花已成梅，结就心中苦。

【品读】

这首闺怨词，上片回忆与郎离别的情景：临行时“执手”相看，信誓旦旦，许诺与伊“永远成鸳侣”。可是一去杳无音讯，“望断阳关”，珠泪涟涟，也不见那人的踪影。下片叙述女主人公盼郎归来、诉说相思而屡屡落空的愁苦情怀。结拍以梅花结子，比喻自己心中的苦情，取譬浅近而富于情韵，耐人寻味。

【注释】

[1] 相将：相与，相共。

[2] 阳关：古关名，因在玉门关之南，故名。这里是泛指离别之地。

[3] 间阻：隔离。

倦寻芳　潘汾

闺思

兽环半掩[1]，鸳甃无尘[2]，庭院潇洒。树色沉沉，春尽燕娇莺姹[3]。梦草池塘青渐满，海棠轩槛红相亚[4]。听箫声，记秦楼夜约，彩鸾齐跨。　渐迤逦、更催银箭，何处贪欢，犹系骄马。旋剪灯花，两点翠眉谁画？香灭羞回空帐里，月高犹在重帘下。恨疏狂[5]，待归来、碎揉花打。

【品读】

此阕写闺妇盼郎夜归。女主人公从“树色沉沉”的白昼，一直盼到明月高升的黑夜，望眼欲穿，仍然不见伊人的踪影。莫不是他正在秦楼贪欢，撇下俺独守深闺，“羞回空帐里”。越想越令人恼恨，等他归来，绝不能轻饶，俺要把鲜花揉碎，狠狠地向他身上抛打。全篇本来平淡无奇，然结拍“碎揉花打”却能以故为新，将闺妇又恨又爱的感情表现得十分细腻真切。

【注释】

[1] 兽环：门上的兽形铜环，代指门。

[2] 鸳甃：指鸳鸯瓦。甃：井壁。

[3] 姹：美丽。

[4] 亚：通“压”。

[5] 疏狂：指放浪不羁的人。

忆王孙 李重元

春词

萋萋芳草忆王孙[1]，柳外楼高空断魂。杜宇声声不忍闻[2]。欲黄昏，雨打梨花深闭门。

【品读】

这首小令描写的是春愁闺怨。词中通过芳草萋萋、柳外高楼、杜宇声声、雨打梨花等景物刻画，渲染闺中女子在夜幕降临之时思念丈夫的寂寞愁苦之情。词的语言凝练，善于借景抒情，意象优美，含蓄深刻，耐人回味。

【注释】

[1] 萋萋：茂盛貌。

[2] 杜宇：指杜鹃鸟。传为古代蜀帝杜宇之魂所化，鸣声凄厉，似在劝说游子早日归家。

南乡子 吴亿

江上雪初消，暖日晴烟弄柳条。认得裙腰芳草路，魂消。曾折梅花过断桥[1]。　潘鬓为谁凋[2]？长恨金闺闭阿娇[3]。遥想晚妆呵手罢，夭娆。更傍朱唇暖玉箫[4]。

【品读】此阕写一贵族女子的闺情绮怨。语言优美，声调谐婉，形象生动，将女主人公寂寞无聊的心态描绘得栩栩如生，读来饶有韵味，曾受到《词品》作者杨升庵的好评。

【注释】

[1] 断桥：在杭州里西湖和外西湖的分水点上，是通往白堤的必经之处。

[2] 潘鬓：潘岳《秋兴赋·序》："余春秋三十有二，始见二毛。"后以"潘鬓"作为鬓发斑白的代词。

[3] 阿娇：即汉武帝皇后陈阿娇。这句用金屋藏娇的典故，说明女主人公长年幽居深闺。

[4] 玉箫：箫的美称。

生查子 朱淑真

年年玉镜台[1]，梅蕊宫妆困[2]。今岁未还家，怕见江南信。　酒从别后疏，泪向愁中尽。遥想楚云深，人远天涯近。

【品读】本篇为"宋金十大曲"之一，当时流传很广。词写闺中女子思念江南游子，情深意切，委曲缠绵，将思妇的离愁表现得淋漓尽致。无时无刻不在盼望着远方的消息，却偏说怕见江南来信，真切而细腻地刻画出女主人公因恋生疑的心理活动。

【注释】

[1] 玉镜台：玉制的镜台。晋温峤曾以玉镜台作为聘礼，后遂用作男女定情之物。

[2] 梅蕊宫妆：即梅花妆。

蝶恋花 朱淑真

送春

楼外垂杨千万缕，欲系青春，少住春还去。犹自风前飘柳絮，随春且看归何处？　绿满山川闻杜宇[1]，便作无情，莫也愁人苦。把酒送春春不语，黄昏却下潇潇雨[2]。

【品读】

这首词题为“送春”，实际也是一首“闺情”词。全篇主要通过景物描写，抒发作者的“惜春”之情，感叹年华流逝，青春难以久驻，因而无限哀伤愁苦。词的意境清幽，情调缠绵，语言朴素，用拟人化手法将垂杨、柳絮、杜宇描绘得栩栩如生而又富有人情味，在艺术上颇有特色。

【注释】

[1] 杜宇：即杜鹃鸟。

[2] 潇潇：小雨貌。

长相思　赵长卿

敛愁眉[1]，恨依依，肠断关情怨别离。云中过雁悲。　瘦因谁？病因谁？屈指无言忖后期[2]。此时人怎知！

【品读】

此阕抒写闺妇的离愁别恨。起处直诉怨情，以云中过雁的悲鸣作映衬，达到了情景交融的效果。下片连用两个问句，如泣如诉，揭示了女主人公默默无言、心事无人理解的寂寞愁苦之情。小词语短意深，闺中怨妇的形象描绘得十分鲜明生动。

【注释】

[1] 敛愁眉：愁眉紧锁。敛，收缩。
[2] 忖：思量，揣测。后期：后会之期。

祝英台近　辛弃疾

晚　春

宝钗分[1]，桃叶渡[2]，烟柳暗南浦[3]。怕上层楼[4]，十日九风雨。断肠片片飞红[5]，都无人管，更谁劝、啼莺声住？　鬓边觑[6]，试把花卜归期，才簪又重数[7]。罗帐灯昏，哽咽梦中语[8]。是他春带愁来，春归何处？却不解带将愁去[9]。

【品读】

这是一首伤春怀远的闺情词。词中通过临歧分钗、怕上层楼、花卜归期以及梦语寄愁等情节，生动地刻画出一位寂寞惆怅的怨妇形象。本篇笔调委婉，缠绵悱恻，表现了作者豪放悲壮以外的另一种风格。辛弃疾既长于挑灯看剑、金戈铁马一类的壮词，也能作浓丽绵密、温柔妩媚一类的软语，是一位多才多艺、能豪能婉、风格多样的杰出作家。

【注释】

[1] 宝钗：钗的美称。古人有分钗赠别的习俗。

[2] 桃叶渡：在南京秦淮河与青溪合流处。相传晋王献之曾在此送别爱妾桃叶，因而得名。

[3] 南浦：泛指送别的地方。

[4] 层楼：高楼。

[5] 飞红：落花。

[6] 觑（qù去）：斜看。

[7] 簪：妇女插髻的首饰。这里作动词用，插、戴的意思。

[8] 哽咽：悲痛气塞，说不出话来的样子。

[9] 不解：不懂得。

入塞 程垓

好思量！正秋风、半夜长。奈银釭一点[1]，耿耿背西窗。衾又凉，枕又凉。　　露华凄凄月半床，照得人、真个断肠。窗前谁浸木犀黄[2]，花也香，梦也香。

【品读】

此阕亦为闺情词。秋风飒飒，夜半更深，唯有西窗下一盏银灯相陪，好不孤单寂寞。惨淡的月光洒在床上，照得人心摧肠断，久久不能入睡。窗前飘来阵阵桂花的香气，不知不觉进入了梦乡。梦中得与离人相会，实在是花儿香，梦儿也香！小词玲珑剔透，结拍以美梦收束，尤富于韵味。

【注释】

[1] 银釭：银灯。

[2] 木犀：桂花。

谒金门 石孝友

春睡重，睡起烟销鸾凤[1]。著雨柳绵吹易动，风帘花影弄。　　过雁空劳目送[2]，纵有音书何用？有意相思无意共，不如休做梦。

【品读】

这首闺情词，上片描绘女子春睡起床后所见的周围景物：香尽烟销，柳絮轻扬，微风吹来，花影在帘间徐徐地晃动。多么寂静而富有诗意的环境，女主人公的闺情由此而生。下片抒写女子的伤春怀远之情。望断征鸿，不见音书，实在是“空劳目送”。转念一想，即使盼到音书也毫无用处，我想念他，他却不想念我。既然如此，何必自寻烦恼，不如连梦也不再去做。小词轻灵自然，刻画人物心理活动，真切细腻，别有新意。

【注释】

[1] 烟销鸾凤：鸾凤帐外的香烟已经燃尽。

[2] 空劳目送：白白地望了半天。

且坐令 韩玉

闲院落，误了清明约[1]。杏花雨过胭脂绰，紧了秋千索。斗草人归，朱门悄掩，梨花寂寞。　　书万纸、恨凭谁托？才封了、又揉却。冤家何处贪欢乐[2]？引得我心儿恶[3]。怎生全不思量著？那人人情薄。

【品读】

这是一首怨妇词。上片描写环境，为刻画人物的心理活动渲染气氛。下片抒发女主人公的怨恨之情。那人薄情，在外面贪欢寻乐，全然不把我挂在心上，实在令人气恼。本想写封信去，劝他回心转意，然而心中的怨恨又难以消除。于是越想越生气，写了千纸万纸，装进了信封，马上又将它揉碎撕掉，对这种薄幸之人还有什么可说的呢？此阕雅俗并用，怨妇的心理情态被描绘得活灵活现、栩栩如生。

【注释】

[1] 误了清明约：原约清明节归家，如今清明已过，却未归来。

[2] 冤家：对所喜欢之人的昵称。

[3] 心儿恶：心中憎恨。

水龙吟 陈亮

春恨

闹花深处层楼[1]，画帘半卷东风软。春归翠陌，平莎茸嫩[2]，垂杨金浅[3]。迟日催花[4]，淡云阁雨[5]，轻寒轻暖。恨芳菲世界，游人未赏，都付与、莺和燕。　寂寞凭高念远，向南楼一声归雁。金钗斗草，青丝勒马，风流云散。罗绶分香[6]，翠绡封泪[7]，几多幽怨。正销魂，又是疏烟淡月，子规声断[8]。

【品读】

本篇题为“春恨”，托为女子倾诉伤春怀远之情。上片描绘春景，叹息芳菲世界无人游赏，美好春光都被无知的莺燕所共享。下片抒发幽怨，惋惜当年金钗斗草、青丝勒马的盛游都已风流云散，徒然令人感伤不已。风格缠绵凄婉，在《龙川词》中别具一格。或以为此阕系借男女之离愁别恨，以抒写作者对中原故国的深深怀念。细寻词意，言近旨远，可能有所寄托。

【注释】

[1] 闹花：繁花竞放。
[2] 平莎：平地上的莎草。
[3] 金浅：浅黄色。
[4] 迟日：春天白昼较长，太阳迟迟不落。
[5] 阁雨：谓雨止。阁，同“搁”。
[6] 罗绶：罗带。
[7] 翠绡：绿色的丝巾。
[8] 子规：杜鹃鸟的别称。

江城子 高观国

代作

绿丛篱菊点娇黄。过重阳，转愁伤。风急天高，归雁不成行。此去郎边知近远，秋水阔，碧天长。　郎心如妾妾如郎。两离肠，一思量。春到春愁，秋色亦凄凉。近得新词知怨妾，无处诉，泣兰房[1]。

【品读】

此阕为代一女子重阳寄远之作。不久前女子收到了她丈夫寄来的一首新词，可能是他在外面听到了一些流言，对妻子产生了误解和埋怨，于是她请词人为赋此篇，以表明自己的一片真挚情意。词的上片描绘重阳景物，为伤离怨别渲染气氛。下片自诉衷曲，表达女子对情郎的无限相思以及被误解的委曲心情。这首词音调凄凉，缠绵婉转，情真意切，她的丈夫读到之后一定会深为感动，更加信任和热爱自己的妻子。仔细吟味，似亦有所寄托。

【注释】

[1] 兰房：香闺，女子居室的美称。

鹧鸪天　李从周

绿色吴笺覆古苔，濡毫重拟赋幽怀[1]。杏花帘外莺将老，杨柳楼前燕不来。　倚玉枕，坠瑶钗，午窗轻梦绕秦淮[2]。玉鞭何处贪游冶，寻遍春风十二街。

【品读】

这首怨妇词，上片写女子在寂寞的深闺中“濡毫”赋诗，抒发自己的“幽怀”。下片叙梦。女主人公“倚玉枕，坠瑶钗”，昏昏入睡。梦中她绕着秦淮河，走遍了大街小巷，也没有寻找到情郎的踪迹。该死的“冤家”呵，你究竟藏到什么地方贪欢取乐去了呢？小词构思巧妙，活泼生动，饶有情致。

【注释】

[1] 濡毫：以笔沾墨。濡，沾湿。

[2] 秦淮：秦淮河，长江下游支流。流经南京市，唐宋时为繁华游览之地。

贺新郎　周端臣

代寄

怕听黄昏雨。到黄昏、陡顿潇潇[1]，雨声不住。香冷罗衾愁无寐，难奈凄凄楚楚。暗试把佳期重数。楼外一行征雁过，更偏来、撩理芳心苦[2]。心自苦，向谁诉？　菱花憔悴羞人觑[3]。叹红低翠黯，不似旧家眉妩[4]。目断阳台幽梦阻，孤负朝朝暮暮。怕泪落、瑶筝慵拊[5]。手撚梅花春又近，料人间、别有安排处。云碧袖[6]，为君舞！

【品读】

此阕亦为代人寄远之作。上片写女子独居幽闺，苦度时光，寂寞凄楚，远方的亲人音信渺茫，佳期频误，心中的愁情无人可以倾诉。下片自叹年华虚度，容颜憔悴，“不似旧家眉妩”，希望能够早日团聚，重谐云雨之欢，那时再为君挥袖起舞。词的风格缠绵悱恻，情深意切，淋漓尽致地表达了女主人公的离别相思之苦。

【注释】

[1] 陡顿：突然。
[2] 撩理：撩拨，引逗。
[3] 菱花：即菱花镜。古代以铜为镜，映日则发光影如菱花，故称。
[4] 眉妩：眉样美好，代指容貌美丽。
[5] 瑶筝：筝的美称。
[6] 云碧袖：碧云色的衣袖。

梅花引 赵汝茪

对花时节不曾忺[1]。见花残，任花残。小约帘拢，一面受春寒。题破玉笺双喜鹊[2]，香烬冷，绕银屏，浑是山。　待眠，未眠，事万千。也问天，也恨天。髻儿半偏，绣裙儿、宽了还宽。自取红毡，重坐暖金船[3]。惟有月知君去处，今夜月，照秦楼[4]，第几间？

【品读】

此词写春寒料峭之时，思妇夜坐无眠，心事重重，埋怨丈夫冶游不归。上片描绘环境，渲染伤春怀远的气氛。下片剖诉衷曲，抒发寂寞愁苦之情。她“髻儿半偏”，人瘦裙宽，身披红毡，躺在被窝里，仰望窗外明月。只有月亮知道他的去处，不知今夜它照进秦楼楚馆的第几个房间？男子在外面寻欢作乐，女子在深闺苦度时光，怨妇的遭遇令人同情，从而引起读者的共鸣。

【注释】

[1] 不曾忺：没有高兴过。
[2] 这句说在绘有喜鹊图案的彩笺上题诗。
[3] 暖金船：指温暖的被窝。
[4] 秦楼：美女所居之处。

春风袅娜　冯伟寿

春　恨

被梁间双燕，话尽春愁。朝粉谢，午花柔。倚红阑故与，蝶围蜂绕，柳绵无数，飞上搔头[1]。凤管声圆[2]，蚕房香暖，笑挽罗衫须少留。隔院兰馨趁风远，邻墙桃影伴烟收。　些子风情未减，眉头眼尾，万千事、欲说还休。蔷薇露，牡丹球。殷勤记省，前度绸缪[3]。梦里飞红，觉来无觅，望中新绿，别后空稠。相思难偶[4]，叹无情明月，今年已是，三度如钩。

【品读】

这是一首自度曲，写的是女子伤春怀远的闺情绮怨。文字优美，意境淡雅，情调缠绵悱恻。结处以明月三度如钩，极写一春频为相思所苦的哀怨心情，读来韵味深长。

【注释】

[1] 搔头：即玉搔头，又称玉簪，妇女首饰的一种。
[2] 凤管：指凤箫。
[3] 绸缪：缠绵，深情厚意。
[4] 难偶：难遇，难以相逢。

月照梨花 黄 昇

闺 怨

昼景，方永，重帘花影。好梦犹酣，莺声唤醒。门外风絮交飞，送春归。　　修蛾画了无人问[1]。几多别恨，泪洗残妆粉。不知郎马何处嘶？烟草萋迷[2]，鹧鸪啼。

【品读】

此阕抒写闺妇伤春怀远之情。上片叙述女主人公昼寝入梦，被莺声唤醒，见门外柳絮纷飞，引起一片惜春之情。下片刻画闺妇的心理活动，哀叹独守空房，无人怜爱，终日以泪洗面；情郎一去渺无音信，望断天涯不见行踪，看到的唯有凄迷的烟草，听到的只是哀怨的鹧鸪之声。词意缠绵悱恻，情景交融。

【注释】

[1] 修蛾：形容女子细长的眉毛。

[2] 萋迷：同“凄迷”，景物模糊貌。

兰 陵 王 李昴英

燕穿幕。春在深深院落。单衣试，龙沫旋熏[1]，又怕东风晓寒薄。别来情绪恶，瘦得腰围柳弱。清明近，正似海棠，怯雨芳踪任飘泊。　　钗留去年约。恨易老娇莺，多误灵鹊[2]。碧云杳渺天涯各。望不断芳草，更迷香絮，回文强写字屡错[3]。泪欲注还阁[4]。　　孤酌。住春脚。便彩局谁佽[5]，宝轸慵学[6]。

阶除拾取飞花嚼[7]，是多少春恨，等闲吞却[8]。阑干猛拍，叹命薄，悔旧诺。

【品读】

这是一首闺怨词。杨慎《词品》认为此阕绝妙，“可并秦周”。妙在构思新巧，设想出奇，新意连翩。如中片之“回文强写字屡错”、下片之“阶除拾取飞花嚼，是多少春恨，等闲吞却”，均为前人未道之语，将闺妇凄迷哀怨、神情恍惚之心态刻画得十分生动传神。结拍三句“阑干猛拍，叹命薄，悔旧诺”，怨而生怒，似亦有所寄托。

【注释】

[1] 龙沫：即龙涎，香名。

[2] 灵鹊：指喜鹊。民间以闻鹊声为喜兆，称为“灵鹊报喜”。

[3] 回文：即回文诗。杂体诗名，可以倒读或反复回旋地读。今所见有苏蕙《璇玑图》诗，乃寄其夫之作。后因以代指情诗或情书。

[4] 阁：同“搁”，停止的意思。这句是欲哭无泪之意，形容悲痛到了极点。

[5] 彩局：即“彩选”，古代的一种博戏。这句说毫无兴致去玩彩选一类的博戏。

[6] 宝轸：弦乐器，指琴瑟一类弦乐器。轸，同“紾”，指弦乐器上轴转动弦线。这句说懒于去学弹琴、鼓瑟。

[7] 阶除：台阶。

[8] 等闲：无端，白白地。

菩萨蛮　江开

商妇怨

春时江上帘纤雨[1]，张帆打鼓开船去。秋晚恰归来[2]，看看船又开。　　嫁郎如未嫁，长是凄凉夜。情少利心多，郎如年少何！

【品读】

此阕上片叙事，描写商人一年四季都在外面做生意，即使归来，也是行色匆匆，转眼间又开着船儿走了，毫不顾及家室。下片直抒商妇之怨：我虽然嫁了人却等于没嫁一样，结婚以后长期孤栖独眠，漫漫长夜，好不寂寞凄凉。他一心一意想赚大钱，一点也没有夫妻的感情。郎君呀，你知不知道，人的青春一去不复返呵！词的语言质朴，感情真率，表达了商妇对爱情和幸福家庭生活的热切追求。

【注释】

[1] 帘纤雨：像帘子一样的绵绵细雨。一作“廉纤雨”。廉纤，即细微、纤微。

[2] 恰归来：才归来、刚归来。

豆蔻年华

武陵春 张先

秋染青溪天外水，风棹[1]采菱还。波上逢郎密意传，语近隔丛莲。　　相看忘却归来路，家在柳城前[2]。菱蔓虽多不上船，心眼在郎边。

【品读】

此阕写一位采菱少女“波上逢郎”，隔着莲丛低声细语，表达彼此相爱的浓情蜜意。由于少女沉浸在幸福的初恋之中，注意力全部倾注在情郎身上，因此不仅忘却了“归来路”，而且船上也没有采回多少菱角。这首小词着重刻画人物的心理神态，寥寥数语，轻描淡写，少女的形象宛然如在目前。

【注释】

[1] 风棹：顺风驶船。棹，船桨，代指船。

[2] 此句一作“遮日小荷圆”。

渔家傲 晏殊

脸傅朝霞衣剪翠[1]，重重占断秋江水。一曲采莲风细细。人未醉，鸳鸯不合惊飞起[2]。　　欲摘嫩条嫌绿刺，闲敲画扇偷金蕊[3]。半夜月明珠露坠。多少意，红腮点点相思泪。

【品读】

本篇写一位采莲姑娘在荷塘中看见一对鸳鸯惊飞，从而触发了自己的相思之情。她深感青春寂寞，不觉黯然伤悲，红腮上淌下了点点珠泪。此阕将少女怀春的形象刻画得十分生动真切，犹如一幅素描肖像画。

【注释】

[1] 脸傅朝霞：形容面色红润，好像抹上了一层朝霞。

[2] 不合：不应、不该。

[3] 金蕊：指荷花。

浣溪沙 晏殊

玉碗冰寒滴露华，粉融香雪透轻纱。晚来妆面胜荷花。　鬓亸欲迎眉际月[1]，酒红初上脸边霞。一场春梦日西斜。

【品读】

这是一幅美人午睡初起图。首句写室内陈设：玉碗中盛着防暑降温用的冰块，冰块融化后淌着像晨露一样的水珠。这里既交代了时令——炎热的夏季，同时也暗示出这是一个贵族之家。二、三两句从正面描绘美人：她身上的香粉被汗水融化，透过薄薄的轻纱，呈露出芬芳雪白的肌体；傍晚经过梳妆的面容，胜过那池塘中娇艳的荷花。过片两句是特写镜头：美人的鬓发下垂，紧靠着眉间额上的月形妆饰；红润的脸庞就像抹上了一层朝霞。结句点出时间，交代词中描绘的美人乃是午睡梦醒之后的情景。这是一首艳词，明显地表现了“花间”余风，但艳而不俗，如果当作一幅画来看，仍具有一定的审美价值。

【注释】

[1] 鬓亸：鬓发下垂。　眉际月：古代女子以黄粉涂额，呈圆月形，因其在两眉之间，故谓“眉际月”。

醉蓬莱 欧阳修

见羞容敛翠[1]，嫩脸匀红，素腰袅娜[2]。红药阑边[3]，恼不教伊过。半掩娇羞，语声低颤，问道有人知么。强整罗裙，偷回波眼，佯行佯坐[4]。　　更问假如，事还成后，乱了云鬟，被娘猜破。我且归家，你而今休呵。更为娘行，有些针线，诮未曾收啰[5]。却待更阑，庭花影下，重来则个。

【品读】

此阕写一少女与情郎在“红药阑边”幽会的情景。由于“怕娘猜破”，不敢任情贪欢，只得约伊待到更深夜尽之时，重来“庭花影下”相会。词虽俚俗，却颇委曲婉转，将封建礼教束缚下爱情不能自由的少女心态刻画得十分细腻真切。

【注释】

[1] 敛翠：翠眉紧锁。
[2] 袅娜：柔细貌。
[3] 红药：红色的芍药花。
[4] 佯：假装。
[5] 诮：完全。这三句说母亲交给的针线活，还没有做完。

南乡子 欧阳修

雨后斜阳，细细风来细细香[1]。风定平波花映水，休藏。照出轻盈半面妆。　　路隔秋江，莲子深深隐翠房。意在莲心无问处，难忘。泪浥红腮不记行[2]。

【品读】

此词写采莲女在荷塘中因思念意中人而“泪浥红腮”的情景。女主人公掩藏于碧波莲叶之中，但见水底“照出轻盈半面妆”，犹如镜中之花，若隐若现，令人神往。词的笔调轻灵，意境淡雅，富有神韵。

【注释】

[1] 细细香：淡淡的清香。

[2] 浥：沾湿。

蝶恋花 李 冠

佳 人

贴鬓香云双绾绿。柳弱花娇，一点春心足。不肯玉箫闲度曲，恼人特把青蛾蹙[1]。　静夜溪桥霜薄屋[2]。独影行歌，惊起双鸾宿。愁破酒阑闺梦熟，月斜窗外风敲竹。

【品读】

这是一幅闺阁佳人的肖像画。上片写形，刻画出一位春心荡漾的少女形象。下片叙述“佳人”被窗外的夜半歌声惊醒，不觉神思恍惚，愁情满怀。词意含而不露，余音绕梁，耐人寻味。

【注释】

[1] 青蛾：黛眉。

[2] 薄：侵入。这句说夜深人静之时霜风侵入了溪桥旁的小屋。

南乡子　晏几道

渌水带青潮[1]，水上朱阑小渡桥。桥上女儿双笑靥[2]，妖娆[3]。倚着阑干弄柳条。　　月夜落花朝，减字偷声按玉箫[4]。柳外行人回首处，迢迢。若比银河路更遥。

【品读】

这首词写一位在桥上倚栏而立的妙龄女郎。她长得十分美丽，脸上还有两个迷人的酒窝儿。这位“女儿”始则揉弄柳条，继又吹奏玉箫，过路的行人都不断地回头凝视着她。然而伊人恍若天仙，近在眼前，远在天边，若想与她相见，恐怕比渡过万里迢迢的银河还要遥远。词中的“行人”可以看成是作者自己，叙述他生活中一次偶然的艳遇，不过伊人可望而不可即，于是便写了这首小词，留作存照。词的意境优美，“女儿”的形象犹如水中之月，镜中之花，读之令人浮想联翩。

【注释】

[1] 渌水：清澈的水。

[2] 靥（yè夜）：面颊上的微窝儿。

[3] 妖娆：娇媚。

[4] 减字偷声：词的字句、声韵、节拍均有定格，一般须按谱填写，依曲歌唱。但有的词调在音节韵度方面，也可略作增减，或因旧曲另为新声。从唱腔角度说，增者称为添声，减者称偷声。从歌词角度说，增者叫作添字，减者叫作减字。这里是指唱腔而言。玉箫：箫的美称。

浣溪沙　晏几道

闲弄筝弦懒系裙，铅华消尽见天真[1]。眼波低处事还新。　　怅恨不逢如意酒，寻思难值有情人。可怜虚度琐窗春[2]。

【品读】

此阕抒写少女伤春，叹惜红颜薄命，知音难觅。词中的女主人公既可说是青楼歌姬，也可说是幽闺佳人，身份可以略而不论，总之是一位春心萌动的妙龄女郎。上片说她闲居无聊，懒系罗裙，不施铅华，而天生丽质，妩媚动人。下片谓其烦恼惆怅，事不遂心，未遇有情之人，只能独自饮酒，在窗下虚度美好的青春。本篇犹如一幅肖像画，篇幅虽短而神态宛然，心理刻画尤为细腻真切。

【注释】

[1] 铅华：擦脸的粉。天真：指心地单纯，没有做作和虚伪。

[2] 琐窗：雕刻或绘有连环形花纹的窗户。

菩萨蛮　魏夫人

红楼斜倚连溪曲，楼前溪水凝寒玉[1]。荡漾木兰船[2]，船中人少年。　　荷花娇欲语，笑入鸳鸯浦。波上暝烟低[3]，菱歌月下归[4]。

【品读】

本篇写夏日傍晚一群青年男女泛舟小溪，驶入鸳鸯浦中。荷花是那么的娇艳，主人公们又是风华正茂的少年，他们谈笑取乐，流连忘返，不知不觉夜幕已经降临，这才唱着菱歌，乘着月色，尽兴而归。不言而喻，作者也是“木兰船”中的一员，同行者大概都是她的兄弟姊妹们吧。

【注释】

[1] 寒玉：形容溪水明净清澈。

[2] 木兰船：船的美称。

[3] 暝烟：傍晚水面上的雾气。

[4] 菱歌：采菱人唱的歌曲。

菩萨蛮　李元膺

彩旗画柱清明后，花前姊妹争携手。先紧绣罗裙，轻衫束领巾。　琐绳金钏响[1]，渐出花梢上。笑里问高低，盘云亸玉螭[2]。

【品读】

这首词描写一群姑娘清明节后在花园中打秋千的情景。姊妹们携手来到"彩旗画柱"下，首先扎紧"绣罗裙"，然后又用领巾束好"轻衫"，于是便开始荡起秋千来。只听秋千索上手镯声响，姑娘越荡越高，那飘动的身影渐渐地闪现在花梢之上。忽然从空中传来了欢快的问话声：姊妹们快告诉我，现在的高度是多少？话声刚完，只见一支玉钗掉在了草地之上。词中将姑娘们荡秋千的动作描摹得细致入微，绘声绘影，令人不禁拍案称绝。

【注释】

[1] 琐绳：指连环状的秋千绳。琐，通"锁"，连环，锁链。

[2] 盘云：指发髻。　亸（duǒ朵）：下垂，掉下。　玉螭（chī痴）：龙形玉钗。

南歌子 秦观

香墨弯弯画，燕脂淡淡匀[1]。揉蓝衫子杏黄裙[2]。独倚玉阑无语、点檀唇[3]。　人去空流水，花飞半掩门。乱山何处觅行云[4]？又是一钩新月、照黄昏。

【品读】

此阕是一幅佳人梳妆凝望图。上片绘形，通过画眉、涂脂、着装、点唇，描摹出一位眉目娟秀、薄施脂粉、身穿“揉蓝衫子杏黄裙”的女子，独自倚栏，默默无语地在等待着自己的意中之人。下片寓情于景，写女子一直等到黄昏月出之时，仍然未见踪影，深感愁苦寂寞，因而发出了“乱山何处觅行云”的哀叹。本篇上片色彩艳丽，下片意境淡远，前后映衬，揭示了女主人公从满怀希望到完全失望的情感发展变化过程。

【注释】

[1] 燕脂：即胭脂。

[2] 揉蓝：原为古代的一种染色方法，后用以指蓝色。

[3] 点檀唇：用檀色涂唇。檀呈浅绛色，故以“檀口”形容红艳的嘴唇。

[4] 行云：比喻行踪不定的薄情之人。

蝶恋花 秦观

紫燕双飞深院静。簟枕纱厨[1]，睡起娇如病。一线碧烟萦藻井[2]，小鬟茶进龙香饼[3]。　拂试菱花看宝镜[4]。玉指纤纤，撚唾撩云鬓。闲折海榴过翠径，雪猫戏扑风花影。

【品读】

这是一幅美人雪猫图。前八句写女子睡起，饮茶，照镜，撩鬓，活画出一位疏慵困倦、心绪不宁的闺阁佳人的形象。结拍两句为画龙点睛的特写镜头：这位美人百无聊赖中，来到后园散心，她顺手折下一株火红的石榴花，穿过绿草如茵的小径。只见一只雪白的小猫，紧紧跟随在她身后，东蹿西跳，在捕捉地上随风晃动的花影。这两句生动传神，未经前人所道，为全篇生色不少。

【注释】

[1] 簟：竹席。 纱厨：纱帐。
[2] 藻井：天花板。
[3] 小鬟：小丫头。 龙香饼：即龙团茶。
[4] 菱花：即镜子。

浣溪沙 贺铸

鹜外红绡一缕霞[1]，淡黄杨柳带栖鸦[2]。玉人和月摘梅花。 笑捻粉香归绣户[3]，半垂罗幕护窗纱[4]。东风寒似夜来些[5]。

【品读】

这是一幅美人月下摘梅图。首二句描绘初春傍晚景物，化用王勃《滕王阁序》中“落霞与孤鹜齐飞”句意，鲜明生动，富有诗情画意。第三句时间已暗转到夜间，写美人踏着月光，步下闺楼，到庭院中摘取浮动着暗香的梅花。四、五两句写美人手捻花枝回到闺房，放下帘幕，遮住纱窗，人物隐去，画面结束。末句补叙环境气候，照应“淡黄杨柳”，表明正是乍暖还寒的早春时节。小词意境清幽淡雅，以梅花映衬月下美人，虽着笔不多，却具有很高的审美价值。

【注释】

[1] 鹜外红绡：一作“楼角初销”。鹜（wù误）：野鸭。
[2] 带：一作“暗”。
[3] 绣户：绣房，闺房。绣，一作“洞”。
[4] 半垂：一作“更垂”。
[5] 些（sā撒）：句末语气助词。

菩萨蛮　赵子发

闲庭草色侵阶绿，琐窗午梦人如玉[1]。抛枕出罗帏[2]，风吹金缕衣[3]。　怨春风雨恶，二月桃花落。雨后纵多晴，花休春不成。

【品读】

开篇两句绘出一幅美人春睡图。三、四两句写其醒后忽将绣枕抛出罗帐之外，想来必是做了一个不祥之梦，一腔怨恨无处发泄，才会有此娇痴任性之举。下片抒写怨春之情。恼恨风雨无情，摧残百花，纵使天再转晴，无奈花落春归，好景难长。女主人公一定是在爱情或婚姻问题上受到挫折和阻挠，不能称心如意，因而有此怨尤。词意含蓄，犹如雾里观花，呈现出一种朦胧的美感。

【注释】

[1] 琐窗：雕刻或绘有连环形花纹的窗子。
[2] 罗帏：锦帐。
[3] 金缕衣：用金线缝制的衣服。

菩萨蛮　李元卓

一枝绛蜡香梅软，宜春小胜玲珑剪[1]。拂晓上瑶钗，春从鬓底来。　菱花频自照，粉面惊春早。淡拂晓山眉[2]，为谁今日宜？

【品读】

据《西湖游览志余·熙朝乐事》载，唐宋风俗，“立春日……民间妇女，各以春幡、春胜，镂金簇彩，为燕蝶之属，问遗亲戚，缀之钗头”。这首词写一少女节日来到前夕，在烛光下赶剪春幡、春胜，准备迎接春天的到来。第二天拂晓，她早早起床，连忙把那些小巧玲珑的幡胜“缀之钗头”。顿觉春风拂面，仿佛春天已从鬓发下那袅袅飘动的幡胜中归来。她又频频对镜自照，看看自己妆扮是否入时，漂亮不漂亮？看着看着，她惊喜不已，原来春天早已来到了自己红润的粉面之上。如果还有什么美中不足的话，那就是眉儿描得还不够理想，于是她又打开妆匣，“淡拂晓山眉”，现在可以说是十全十美、无懈可击了。结句用画外音问道：这位漂亮的姑娘，今天究竟是为谁打扮得如此光彩照人呢？此阕写的是美人梳妆，兼及节物风情，笔触细腻，风格淡雅，可与温庭筠的那首《菩萨蛮》（小山重叠金明灭）比美，但脂粉气不如温词那么浓重。

【注释】

[1] 小胜：指春幡，又叫幡胜、彩胜，用纸或绸绢剪作旗幡、蝴蝶、燕子、金钱等形状，立春日妇女用来戴在头上作装饰品。

[2] 淡拂晓山眉：谓淡扫蛾眉，画作晓山之状。

点绛唇　李清照

蹴罢秋千[1]，起来慵整纤纤手[2]。露浓花瘦，薄汗轻衣透。　见有人来，袜刬金钗溜[3]。和羞走，倚门回首，却把青梅嗅。

【品读】

这首小令，是李清照早年的作品。从环境、氛围和情态看，女主人公是一位活泼可爱的大家闺秀。前半阕描写少女在后花园打罢秋千以后的神态，笔触十分细腻、生动。“慵整纤纤手”“薄汗轻衣透”活灵活现地刻画出一位娇美好动的千金小姐的形象。“露浓花瘦”既是写景，点明时间、环境，也有以花喻人之意。后半阕写少女看见生人来到之后的反应和行动。正当她“蹴罢秋千”、满身是汗的时候，忽然发现有个人影溜进了花园，由于不知来者是谁，又加上衣衫不整，心里有些慌张，只得含羞而走；匆忙间连鞋子也来不及穿，干脆只穿着袜子逃吧；真不凑巧，头上的金钗又滑脱掉了下来。可是当她快到门口的时候，却又回过头来，瞅了瞅那位不速之客，故作从容之态，并且顺手折下一枝青梅来闻一闻。这五句通过一连串动作，将女主人公乍见生人时复杂的心理活动描绘得十分传神逼真，惟妙惟肖。

【注释】

[1] 蹴（cù促）：踢、踩。

[2] 慵：懒。

[3] 袜刬（chǎn产）：只穿着袜子。金钗溜：金钗滑脱。

浣溪沙 李清照

绣幕芙蓉一笑开，斜偎宝鸭衬香腮。眼波才动被人猜[1]。 一面风情深有韵，半笺娇恨寄幽怀[2]。月移花影约重来。

【品读】

这首小词描绘了一位美丽活泼、性格鲜明、敢于追求爱情的少女形象。起首两句，写她清晨起床后笑容可掬地打开绣着荷花的帷幕，一手搂着凫鸭形状的香炉，一手托着香腮，陷入了沉思。“眼波才动被人猜”一句，生动而传神地刻画出少女沉浸于爱情之中的心理和神态。她怕别人猜出自己的心事，因此一言一行，特别是对那双会说话的眼睛要多加小心，不要露出了破绽。可是她总觉得好像有人在盯着她，在监视她，也许她是害怕“梅香”把自己近来的举止言行去向老夫人“告密”吧！前人对此句倍加称赞，说它是“词中本色语”“矜持得妙”“摹写娇态，曲尽如画”，这些评论者是很有艺术鉴赏力的。词的下片写这位少女含情脉脉，修书寄柬，向意中人吐露自己的衷情，并约他等到“月移花影”、夜深人静之后再到后园来幽会。这与莺莺和张生私下约会的场面极为相似，反映了在封建礼教的束缚下，青年男女对爱情和幸福生活的大胆追求。说它“无所顾藉”则可，若谓其“淫靡儇薄”则非。此阕语言通俗活泼，格调轻快，形象鲜明，在宋人描写女性和爱情生活的词作中是一篇很有特色的佳作。

【注释】

[1] 眼波：眼光、眼神。

[2] 幽怀：内心深处的情怀。

临江仙 李 石

佳 人

烟柳疏疏人悄悄，画楼风外吹笙[1]。倚阑闻唤小红声。熏香临欲睡，玉漏已三更[2]。 坐待不来来又去，一方明月中庭。粉墙东畔小桥横。起来花影下，扇子扑飞萤。

【品读】

这首词描写一位闺阁“佳人”，夏天的夜晚在庭院中吹笙、待月、扑萤的情景。半夜三更，烟柳疏疏，人声悄悄，画楼上传来悠扬悦耳的乐声，原来是年方二八的“佳人”正在倚栏吹箫（箫、笙均为吹奏乐器，不妨互换）。接着又听到她呼唤小红（侍女），熏香放帐，要准备睡觉去了。谁料伊人并未上床，却独自溜到中庭，等待迟迟不肯露面的新月。等了半天也没等来，便拿着一把小扇到粉墙东边，小桥之旁，花丛之下，去扑流萤去了。小词意境优美，笔触细腻，人物与环境描写得十分生动，可与杜牧的《秋夜》诗比美。

【注释】

[1] 画楼：装饰华丽的闺楼。

[2] 玉漏：漏壶的美称。这句说漏壶滴水报时已经到了三更。

清 平 乐 朱淑真

夏日游湖

恼烟撩露，留我须臾住。携手藕花湖上路[1]，一霎黄梅细雨。　　娇痴不怕人猜[2]，随群暂遣愁怀[3]。最是分携时候，归来懒傍妆台。

【品读】

此词写一少女夏日与情人携手游湖的情景。上片说在一个烟柳迷离、朝露未干的清晨，少女与情人携手漫步于湖边的小路上，天空忽然又下起绵绵不断的黄梅细雨来，他们大概要找个地方去避避雨吧。下片叙述女子不管旁人如何说三道四，尽情地向心上人倾诉自己的烦恼和苦闷。分别的时候终于到了，真教人难过呵，归来之后心中怅然若失，哪还有心思靠近妆台去梳洗打扮呢！词中的主人公是一位敢于违背封建礼法，大胆地去追求爱情和幸福的女子。作者的婚姻是不幸的，在这首词的女主人公身上显然寄托了她的理想。

【注释】

[1] 藕花：即荷花。

[2] 娇痴：天真可爱而不解事。

[3] 一作“和衣睡倒人怀”。

鹧鸪天　陆游

梳发金盘剩一窝，画眉鸾镜晕双蛾[1]。人间何处无春到，只有伊家独占多。　　微步处[2]，奈娇何，春衫初换曲尘罗[3]。东邻斗草归来晚，忘却新传《子夜歌》[4]。

【品读】

这首词描写和赞美一位打扮入时、春风满面的少女。前六句描绘她的梳妆、衣着和步态，活画出一位风韵迷人的千金小姐的形象。结拍二句写她踏青斗草归来，既得意又疲惫，连刚刚从邻家姐妹们那里学来的情歌也忘记了。小词语言雅丽，浓而不艳，是一幅生动传神的人物肖像画。

【注释】

[1] 鸾镜：妆镜。 双蛾：双眉。

[2] 微步：曹植《洛神赋》："凌波微步，罗袜生尘。"

[3] 曲尘罗：淡黄色丝绸做的衣服。

[4]《子夜歌》：乐府吴声歌曲名。现存作品多写爱情生活中的悲欢离合。

杨柳枝 陈妙常

清净堂前不卷帘，景幽然。闲花野草漫连天[1]，莫胡言。 独坐洞房谁是伴？一炉烟。闲来窗下理冰弦[2]，小神仙。

【品读】

本篇作者是女贞观里一位姿色非凡、诗文俊雅、工于音律的尼姑。据《古今女史》云："张于湖（孝祥）授临江令，宿女贞观，见妙常，以词调之，妙常亦以词拒。"后钟情于于湖之友潘法成（必正），并结为夫妻。一位妙龄女郎，误入空门，被人调戏，却能心平气和地以词相拒，表现了她沉着、冷静、落落大方的气度。妙常并非心如死灰的冰姑娘，于湖虽是曾占鳌头的大才子，但没有缘分，也不可强求。此词闲婉清雅，其时作者方寸未乱，因此尚觉独伴青灯一炉烟的修行生活，就像"小神仙"一样。但她毕竟是"人"，后来终于还是思凡下山、重返红尘了。

【注释】

[1] 闲花野草：暗喻轻薄子弟。

[2] 冰弦：冰蚕丝做的琴弦，泛指琴瑟一类弦乐器。

浣溪沙 黄时龙

雨歇花梢月正明，映帘人静绣灯昏。鸳鸯成字便停针。 笑启玉奁明酒晕[1]，缓寻金叶熨香心[2]。一春情绪此时深。

【品读】

此阕写一少女春夜灯下飞针走线、赶绣鸳鸯的情景。她脸色红润润，心里暖融融，大概是佳期临近，正在连夜赶制嫁衣；也许是在为情人绣一个鸳鸯戏水的荷包。总之她感到生活美好，喜事临门，因而才觉得“一春情绪此时深”。小词清丽自然，少女的形象生动如画。

【注释】

[1] 玉奁：妆奁的美称。奁，古代盛放梳妆用品的器具。

[2] 金叶：古代女子的头饰。

菩萨蛮 翁元龙

玉纤闲捻《花间集》[1]，赤阑干对芭蕉立。薤叶晚生凉[2]，竹阴移小床。 拗连牵藕丝[3]，藕断丝难断。弹水没鸳鸯，教寻波底香。

【品读】

这首小词描写一位贵族少女夏天在庭院中的几个生活片段。上片说她在朱红栏杆旁边的芭蕉树下阅读《花间集》，消愁解闷；傍晚来临，略感凉意，于是便将小胡床（椅子）从竹阴下移到了闺房之中，表示读书已毕，开始休息活动。下片写她从池子中拔出一根嫩藕，折藕尝新，只见藕断丝连，暗寓情思绵绵，心神荡漾；接着又捡起小石子打水池中的鸳鸯，好教它们没入水中去寻觅水中的落花。全篇写的全是人物的活动，就像舞台上的哑剧一样，全靠表演动作揭示人物的性格和内心世界。在浩如烟海的描写女性的词作中，可谓另辟蹊径，别具一格。

【注释】

[1] 玉纤：美人手指。《花间集》：五代后蜀赵崇祚编。选录晚唐、五代温庭筠、韦庄等十八家词作五百首，多为柔婉艳丽之作。

[2] 薤（xiè 邂）：多年生宿根草本植物。

[3] 拗：用手折断。

渔父词 王谌

翁妪齐眉妇亦贤，小姑颜貌正笄年[1]。头发乱，髻鬟偏，爱把花枝立柁前[2]。

【品读】

这首小词描写一位十四五岁的渔家姑娘。她家境虽然贫寒，但父母健在，嫂子也很贤惠，生活还算过得去。自己正当豆蔻年华，春心已经萌动，却顾不上仔细梳妆打扮，整日蓬头乱发，站在船尾，帮助哥哥（词中未曾提及）掌舵。女孩子快到成年，都喜欢鲜花香草，因此这位“小姑”虽然站在舵前，手里总是拿着一枝鲜花在把玩。用不着担心，因为她并非舵手，只不过是一位“见习生”，协助父兄观察航向而已，所以渔船决不会触礁搁浅，小词虽然短浅，但读来却颇有韵味，也可以说是以少胜多吧！

【注释】

[1] 笄年：指古代女子可以盘发插笄（簪子）的年龄，即成年。古人以十五岁为女子的及笄之年。

[2] 柁：同“舵”。

清平乐　石正伦

香摇穗碧[1]，梅巧红酥滴[2]。云涴宝钗蝉坠翼[3]，娇小争禁酒力？　绣窗芳思迟迟，无端又敛双眉。贪把兰亭学字[4]，一冬忘了弹棋[5]。

【品读】

此阕写一贵族少女。上片状其头饰、体态，不过平平而已。下片却有特点：这位小姐，兴趣大变，整个冬天都在窗下临帖描字，连“弹棋”一类的闺房雅戏也早已忘了。看她“无端又敛双眉”，大概是不满意自己的笔下功夫吧。这也难怪，因为她临摹的是大书法家王羲之的《兰亭集序》，没有三年五载是学不到手的。可贵的是她认识到了自己的不足，只要持之以恒，少弹点棋，相信她总有一天会笔舞龙蛇、眉开眼笑的。

【注释】

[1] 香摇穗碧：指女子头上戴的一种叫作“步摇”的首饰。

[2] 梅巧红酥滴：谓额上以红色涂的梅花妆。

[3] 蝉坠翼：即蝉鬓，古代妇女的一种发式。

[4] 兰亭：指《兰亭集序》法帖，为王羲之的书法精品。

[5] 弹棋：古代的一种棋类游戏。《后汉书·梁冀传》注引《艺经》：“弹棋，两人对局，白黑棋子各六枚，先列棋相当，更先弹也。其局以石为之。”今已失传。

菩萨蛮 颜奎

燕姬越女初相见，鬓云翻覆随风转。日日转如云，朝朝白发新。 江南古佳丽[1]，只绾年时髻。信手绾将成，从来懒学人。

【品读】

此词写南方姑娘和北方姑娘不同的发型。南方姑娘以“江南古佳丽”自豪，不赶时髦，不肯轻易抛弃自己的传统而去仿效别人。词当作于宋亡之后，以小寓大，通过赞扬越女“只绾年时髻”，表现了作者的民族意识。

【注释】

[1] 江南古佳丽：谢朓《入朝曲》：“江南佳丽地，金陵帝王州。”佳丽地常用以代指金陵（今江苏南京市），这里是泛指江南地区。

小秦王 仇远

眼溜秋潢脸晕霞[1]，宝钗斜压两盘鸦[2]。分明认得萧郎是[3]，佯凭阑干唤卖花。

【品读】

这首小词写一卖花姑娘在桥上遇见情郎，由于害羞而假装没有看见，依旧靠着栏杆，高声叫卖提篮中的鲜花。作者善于捕捉镜头，短短四句将卖花姑娘的形象和那一精彩的场面抢拍下来，妙不可言，令人叹为观止。

【注释】

[1] 秋潢：秋水、秋波。潢，积水池。

[2] 盘鸦：形容发髻。

[3] 萧郎：本为对萧姓男子的称谓，后泛指女子所爱恋的男子。

魂断青楼

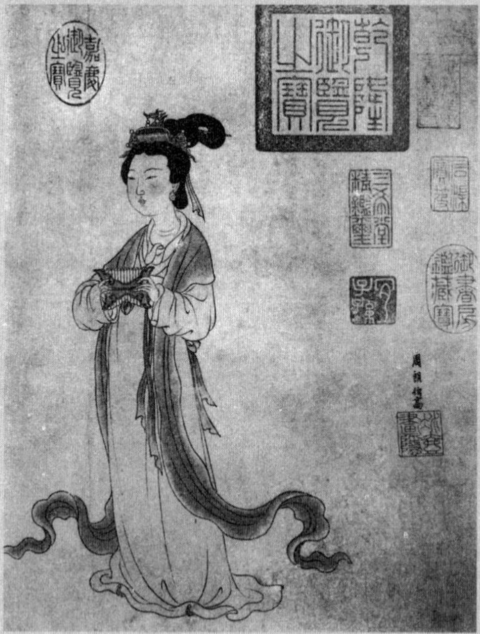

雨霖铃 柳永

寒蝉凄切[1]，对长亭晚[2]，骤雨初歇。都门帐饮无绪，留恋处，兰舟催发[3]。执手相看泪眼，竟无语凝噎[4]。念去去、千里烟波，暮霭沉沉楚天阔[5]。　多情自古伤离别，更那堪、冷落清秋节。今宵酒醒何处？杨柳岸、晓风残月。此去经年[6]，应是良辰好景虚设。便纵有千种风情[7]，更与何人说？

【品读】

此词是作者离开汴京南下时与一位青楼女子的惜别之作。上片着重描绘临别的时间、地点、环境、气氛和双方的种种情态；下片主要刻画人物的心理活动，设想别后孤独寂寞的处境，表现彼此无限留恋、依依难舍的离愁别恨。全篇情景交融，凄恻哀婉，意致缠绵，很能代表柳词的风格。词中有泛叙，有特写，有动作，有细节，有景物描绘，有心理刻画，如果搬上舞台，可以成为一折绝妙好戏，一出情文并茂的“长亭送别”。

【注释】

[1] 寒蝉：蝉的一种，亦称寒蛩、寒蜩，似蝉而小，青赤色。秋天的蝉，亦称寒蝉。

[2] 长亭：古时设在路旁的亭舍，常用作饯别之处。

[3] 兰舟：兰木做的舟，船的美称。

[4] 凝噎：言语哽塞，泣不成声。

[5] 暮霭：傍晚的云雾。　楚天：南方的天空。

[6] 经年：经过一年，泛言时间漫长。

[7] 风情：风流情意。

浣溪沙　欧阳修

叶底青青杏子垂，枝头薄薄柳绵飞[1]。日高深院晚莺啼。
堪恨风流成薄幸[2]，断无消息道归期。托腮无语翠眉低。

【品读】此阕写一女子对“薄幸”之人的思念和怨怅之情。上片状景，下片抒恨。往日风流，烟消云散；消息不通，归期渺茫。不由得独自托腮无语，低眉沉思：从前的千恩万爱，恍若梦境一般。

【注释】

[1] 柳绵：柳树种子所带的白色绒毛，也叫“柳絮”。

[2] 薄幸：犹言薄情，负心。

鹧鸪天　晏几道

彩袖殷勤捧玉钟[1]，当年拚却醉颜红[2]。舞低杨柳楼心月，歌尽桃花扇底风。　从别后，忆相逢。几回魂梦与君同？今宵剩把银釭照[3]，犹恐相逢是梦中。

【品读】这首词写作者与一位歌女久别后的重逢。上片追忆初次会见时的情景，换头三句写别后相思，结拍两句写意外的重逢。全篇依时间顺序，写了情事发展的全过程：初欢——久别——重逢；从感情的起伏变化看，则是：欢乐——愁苦——欢乐。结构严谨，层次分明，语言工丽，色彩鲜明，场面生动，曲折深婉，有较强的艺术感染力，曾被列为“宋金十大曲”之一。

【注释】

[1] 彩袖：指穿着彩衣的歌女。 玉钟：玉杯，珍贵的酒杯。

[2] 拚（pàn判）却：甘愿、不顾惜。

[3] 剩把：尽把。 银釭（gāng刚）：银灯。

临江仙 晏几道

梦后楼台高锁，酒醒帘幕低垂。去年春恨却来时[1]。落花人独立，微雨燕双飞[2]。 记得小蘋初见[3]，两重心字罗衣[4]。琵琶弦上说相思。当时明月在，曾照彩云归[5]。

【品读】

此词为怀念歌女小蘋之作。据《小山词》序称：“始时，沈十二廉叔、陈十君宠家有莲、鸿、蘋、云，品清讴娱客。每得一解，即以草授诸儿，吾三人持酒听之，为一笑乐而。已而君宠疾废卧家，廉叔下世，昔之狂篇醉句，遂与两家歌儿酒使俱流转于人间。”《小山词》中写到这四位歌女的作品有十余首，其中尤以涉及蘋、莲二人者居多。她们被遣散后，命运是很可悲的。多年之后，作者还时常怀念着这四位天真活泼、可爱可亲的女孩子，对她们表示深切的同情。此阕上片触景生情，下片忆旧怀人。词的风格曲折深婉，意境朦胧含蓄，若明若暗，欲言不言，深得吞吐腾挪之妙，是广为传诵的名篇。

【注释】

[1] 却来时：正来时。

[2] 落花两句：用五代翁宏《春残》诗：“落花人独立，微雨燕双飞。”

[3] 小蘋：亦作“小鞶”，歌女名。

[4] 心字罗衣：衣领屈曲如心字。

[5] 彩云：指小蘋。这两句化用李白

《宫中行乐词》：“只愁歌舞散，化作彩云飞。”

鹧鸪天 晏几道

守得莲开结伴游，约开蘋叶上兰舟。来时浦口云随棹[1]，采罢江边月满楼。 花不语，水空流，年年拚得为花愁。明朝万一西风动，争奈朱颜不耐秋[2]。

【品读】

此词表面上似写少女采莲，实则不然，系作者在陈君宠、沈廉叔家酒席之上，“品清讴娱客”时，题赠给小莲和小蘋两位歌女之作。开篇两句通过叙事，即巧寓两位歌女之名，使词意显得含蓄迷离，粗心的读者会以为这是一首“采莲曲”哩！下片以惜花比喻怜人，抒写作者对“莲”“萍（蘋）”的深情眷恋。词的语言清丽，意象朦胧，虽有一缕淡淡的哀愁，但那只是预想之词。其时君宠犹未“疾废卧家”，廉叔亦未“下世”，“两家歌儿酒使”也还没有“流转于人间”。“明朝万一西风动，争奈朱颜不耐秋”，不幸而被作者言中，但那是后来的事情了。

【注释】

[1] 浦口：泛指水滨。

[2] 朱颜：女子美好的容颜。

破阵子 晏几道

柳下笙歌庭院，花间姊妹秋千。记得青楼当日事，写向红窗夜月前。凭谁寄小莲？ 绛蜡等闲陪泪[1]，吴蚕到了缠绵。绿鬓能供多少恨[2]？未肯无情比断弦。今年老去年。

【品读】 此词为怀念歌女小莲而作。上片怀旧，追忆当年“笙歌庭院”的生活；下片感今，嗟叹如今人老春空、弦断音绝，留下的只有绵绵无尽的遗恨和深情眷恋。作者在另一首《鹧鸪天》中也曾写道：“手拈香笺忆小莲，欲将遗恨倩谁传？”同样表达了对这位女子的无限相思。

【注释】

[1] 绛蜡：红烛。

[2] 绿鬓：乌黑而光亮的鬓发。引申为青春年少的容颜。

蝶恋花 晏几道

醉别西楼醒不记。春梦秋云[1]，聚散真容易。斜月半窗还少睡，画屏闲展吴山翠。 衣上酒痕诗里字，点点行行，总是凄凉意。红烛自怜无好计，夜寒空替人垂泪[2]。

【品读】 此词为忆旧怀人之作，所怀之人当系青楼女子。醉别伊人，往事如梦，寒窗烛泪，斜月无寐，凄凉之感油然而生。词意恍惚迷离，“如幻，如电，如昨梦、前尘”，抚今追昔，一概付之

“不记”。虚实相映，含而不露，读来深婉曲折，引人遐想。

【注释】

[1] 春梦秋云：形容时间短暂，去后毫无痕迹。

[2] 这两句说，蜡烛虽有同情之心，却没有什么好办法来安慰伤别之人，只能在寒夜中流下同情的眼泪。杜牧《赠别》：“蜡烛有心还惜别，替人垂泪到天明。”

清平乐 晏几道

留人不住，醉解兰舟去。一棹碧涛春水路[1]，过尽晓莺啼处。　渡头杨柳青青，枝枝叶叶离情。此后锦书休寄[2]，画楼云雨无凭。

【品读】

此阕写歌伎送别所恋之人。地点是在渡头，时间正值春暮。女子千言万语，苦苦相劝，毕竟“留人不住”。他就这样醉醺醺地、毫无留恋之意，登舟而去了。往日青楼的云情雨意，却原来都是靠不住的。走就走罢，从此恩断情绝，再也不要寄什么骗人的“锦书”来了。词中表达了被欺骗、被损害的青楼女子对薄幸之人的怨恨，反映了她们受人玩弄的不幸命运。

【注释】

[1] 棹：船桨，代指船。

[2] 锦书：前秦窦滔妻苏蕙织锦为回文诗以寄其夫，后遂以锦书代指情书。

鹧鸪天 晏几道

小令尊前见玉箫[1]，银灯一曲太妖娆[2]。歌中醉倒谁能恨，唱罢归来酒未消。　　春悄悄，夜迢迢。碧云天共楚宫遥。梦魂惯得无拘检[3]，又踏杨花过谢桥[4]。

【品读】

此阕写词人在一次夜宴中与一位“妖娆”的歌女相遇，顿时被她那动人的姿容和美妙的歌声所陶醉。曲终筵散归来，伊人的倩影仍萦绕在脑际，他坠入了深深的情网之中。然而“玉箫”乃贵家之歌姬，可恋而不可即，莫奈何只得“又踏杨花过谢桥”，任梦魂去追寻那水中之月、镜中之花。

【注释】

[1] 玉箫：唐人姜辅家的歌姬。这里是代指宴席上所遇之歌女。

[2] 妖娆：娇媚。

[3] 惯得：惯常。　拘检：拘束。

[4] 谢桥：谢娘家的桥。唐代有歌伎名谢秋娘。

浣溪沙 晏几道

日日双眉斗画长，行云飞絮共轻狂。不将心嫁冶游郎[1]。溅酒滴残歌扇字[2]，弄花熏得舞衣香。一春弹泪说凄凉。

【品读】

此阕写的是一位青楼歌女。她日日描眉施粉，斗巧争新，与浮浪子弟周旋，过着“轻狂”的生活。然而她心里有数，那些“行云飞絮”似的“冶游郎”不过是为了寻求一时之欢，都是一些虚情假意的伪君子，怎么能将真心交给他们呢？别看酒溅歌扇，香飘舞衣，这纸醉金迷、灯红酒绿的生活的背后，掩藏着诉说不尽的悲哀和痛苦。整个春季，哪有一天她不在为自己凄凉悲惨的身世而暗暗地流泪、伤心地痛哭呢？其实何止春季，一年三百六十日，她都是掩泪装欢，背着人后将苦水一滴一滴地咽下。小词着重刻画歌女的内心世界，是一曲魂断青楼的悲歌。本词在艺术上也颇具特色，上下两片的前两句用浓墨重彩，极力刻画女子的美丽、歌舞之乐，而末两句却突作转折，写出女子内心的痛苦与凄凉。两相对比，将女子的心灵与个性露于笔端。

【注释】

[1] 冶游郎：寻花问柳的浮浪子弟。

[2] 歌扇：歌舞艺伎演唱时所用的扇子，上记所能演唱的歌曲名。

满庭芳　秦　观

山抹微云，天粘衰草，画角声断谯门[1]。暂停征棹[2]，聊共引离尊[3]。多少蓬莱旧事[4]，空回首烟霭纷纷。斜阳外，寒鸦数点，流水绕孤村[5]。　消魂[6]，当此际，香囊暗解[7]，罗带轻分[8]。谩赢得、青楼薄幸名存[9]。此去何时见也？襟袖上空惹啼痕。伤情处，高城望断，灯火已黄昏。

【品读】

本篇为告别情侣之作。上片写临行饯别时的景物和场面，下片写彼此互赠礼物以表相思之情。词中将写景、叙事和抒情融为一体，缠绵悱恻，情韵深长。正面描绘离别的场面虽然着墨不多，却十分细腻地刻画出男女双方复杂的心理活动。词的层次分明，意脉清晰，开篇从微云抹山写起，接着出以斜阳归鸦，结拍以灯火黄昏收住，景物随时间的推移而变换，生动地展示出一幅残冬傍晚江边送行图，与柳永的《雨霖铃》有异曲同工之妙。

【注释】

[1] 谯门：城上望远的高楼。下为门，上为楼。

[2] 征棹（zhào兆）：行船。棹，摇船的桨，代指船。

[3] 引：举。 尊：同“樽”，盛酒的器具。

[4] 蓬莱旧事：指作者客游会稽时的一段爱情故事。蓬莱，即蓬莱阁，在今浙江绍兴卧龙山下，吴越钱镠所建。

[5] 寒鸦两句：用隋炀帝诗：“寒鸦千万点，流水绕孤村。”

[6] 消魂：神思茫然，仿佛魂将离体，形容过度悲伤、愁苦不堪的情状。

[7] 香囊：盛香料的口袋。古人有佩带香囊的风习。

[8] 罗带：丝带，古人用丝带打成同心结，以表示男女之间真心相爱。

[9] 谩：空，徒然。 青楼：妓院。

虞美人 秦观

高城望断尘如雾，不见联骖处[1]。夕阳村外小湾头，只有柳花无数送归舟。 琼枝玉树频相见，只恨离人远。欲将幽恨寄青楼，争奈无情江水不西流[2]。

【品读】

此词为告别青楼恋人之后所作。人在归舟之上，回望与伊人并辔游赏之“高城”已不可见。今日船泊“小湾头”，本想将满腹“幽恨”向她倾诉，怎奈江水无情，不向西流，再也不能回到那令人销魂的青楼。

【注释】

[1] 骖：一车驾三马。

[2] 争：怎。

南柯子 秦观

赠陶心儿

玉漏迢迢尽[1]，银潢淡淡横[2]。梦回宿酒未全醒[3]，已被邻鸡催起，怕天明。　臂上妆犹在，襟间泪尚盈。水边灯火渐人行，天外一钩残月，带三星。

【品读】

所谓的营妓，就是古时军中的官妓，她们实际上与青楼之女一样，也是被侮辱、被损害、供人寻欢作乐的对象。此阕为赠别营妓陶心儿所作。词中既表达了彼此不忍离别的眷恋之情，结拍又用一钩残月照三星，暗寓心儿的名字，显得尤为亲切，而非泛泛之笔。

【注释】

[1] 玉漏：滴水计时的漏壶的美称。

[2] 银潢：银河。

[3] 宿酒：隔夜饮酒。

小梅花 贺铸

思前别，记时节，美人颜色如花发。美人归，天一涯。娟娟姮娥[1]，三五满还亏。翠眉蝉鬓生离诀[2]，遥望青楼心欲绝。梦中寻，卧巫云[3]，觉来珠泪，滴向湘水深。　愁无已，奏绿绮[4]，历历高山与流水。妙通神，绝知音，不知暮雨朝云、何山岑[5]？相思无计堪相比，珠箔雕阑几千里[6]？漏将分[7]，月窗明，一夜梅花忽开、疑是君[8]。

【品读】

这首词是贺铸为怀念一位青楼恋人而写的。上片从离别之时写起，追述美人归去，梦绕魂牵，令人肠断心绝。下片直抒相思之情。愁中独自弹奏一曲高山流水，不知伊人今在何方。夜深人静，月映纱窗，一夜之间忽见梅花开放，那冰清玉洁的倩姿丽影，使人神往，仿佛伊人又来到了“我”的身边。本篇情挚意浓，含思深婉，艳而不淫，读来极有韵味。

【注释】

[1] 娟娟：美好貌。　姮娥：嫦娥。
[2] 蝉鬓：古代妇女的一种发式。
[3] 巫云：巫山云雨的略语。
[4] 绿绮：古琴名，后用为琴的代称。
[5] 岑：小而高的山。
[6] 珠箔：即珠帘，用珍珠缀成或饰有珍珠的帘子。
[7] 漏将分：漏壶之水已滴了一半，即时近半夜之意。分，一半。
[8] 君：此指上文之“美人”。

瑞龙吟　周邦彦

章台路[1]，还见褪粉梅梢，试花桃树。愔愔坊曲人家[2]，定巢燕子，归来旧处。　黯凝伫[3]，因记个人痴小[4]，乍窥门户[5]。侵晨浅约宫黄[6]，障风映袖，盈盈笑语。　前度刘郎重到[7]，访邻寻里，同时歌舞。唯有旧家秋娘[8]，声价如故。吟笺赋笔，犹记燕台句[9]。知谁伴名园露饮，东城闲步？事与孤鸿去[10]，探春尽是，伤离意绪，官柳低金缕。归骑晚，纤纤池塘飞雨。断肠院落，一帘风絮。

【品读】

本篇写作者对一位歌伎的怀念。首段叙春日重游章台之路，次段追忆当年初见时的情景，末段言昔日邻里尚在，而伊人踪影全无，不胜感慨之至。周济《宋四家词选》谓此阕："不过桃花人面，旧曲翻新耳。"就内容而言，确是一首追念旧游的艳词，但在艺术表现上却颇有特色。全篇景起景结，中间今昔交迭，虚实并举，融写景、叙事、怀人、抒感为一体，将梦断青楼的滋味表现得淋漓尽致。

【注释】

[1] 章台路：原为汉代长安章台下的一条街，妓女多聚居于此，后遂作为妓女所居之处的代称。

[2] 愔愔（yīn因）：寂静的样子。　坊曲：杨慎《词品》："唐制：妓女所居曰坊曲。《北里志》有南曲、北曲，如今之南院、北院也。"一作"坊陌"。

[3] 凝伫：有所思虑、期待而立着不动。

[4] 个人：那人。

[5] 乍：初。　窥门户：在门内窥视。

[6] 浅约宫黄：薄施脂粉。宫黄，宫人用以涂眉的黄粉。

[7] 刘郎：唐代诗人刘禹锡《再游玄都观》有"种桃道士知何处？前度刘郎今又来"之句。这里是作者自指。

[8] 秋娘：即杜秋娘，唐代金陵歌伎。

[9] 燕台句：唐李商隐曾作《燕台诗》四首，洛中名妓柳枝极爱之。《赠柳枝》："长吟远下燕台句，惟有花香染未消。"

[10] 事与孤鸿去：谓往事如孤鸿一样，去而无踪。

少年游　周邦彦

并刀如水[1]，吴盐胜雪[2]，纤指破新橙。锦幄初温，兽香不断[3]，相对坐调笙。　　低声问、向谁行宿[4]？城上已三更。马滑霜浓，不如休去[5]，直是少人行。

【品读】

这首词写一对恋人的青楼幽会。或题作“感旧”，则是追忆往事。它生动地描绘出幽会的场面，人物的动作、神态、口吻和曲折的心理活动都刻画得惟妙惟肖，大有呼之欲出之感。上片写室内情景，破新橙、焚兽烟、坐调笙，表现女子对男方的深情蜜意，气氛融洽、轻松、温暖。下片由夜深而想象室外“马滑霜浓”，委婉地表达出劝留之意。可谓一语一试探，一句一转折，仿佛看见她在凝视着对方，等待着他的回答，希望能共度此一良宵。词中着意刻画的是女主人公的形象。她温柔、多情，又善于为对方着想，虽然误入烟花巷陌，但对爱情和知音的追求却是那么执着，无怪乎词人要为她留下一幅剪影了。或谓此词为檃栝宋徽宗和李师师之事，传闻之言不足为信。

【注释】

[1] 并刀：并州（今山西太原）出产的剪刀，以锋利闻名。

[2] 吴盐：吴地所产的盐，以洁白著称。

[3] 兽香：兽形香炉中升起的轻烟。一作“兽烟”。

[4] 谁行（háng 杭）：谁那里。

[5] 休去：别走。

黄金缕　司马槱

家在钱塘江上住[1]，花落花开，不管年华度[2]。燕子又将春色去，纱窗一阵黄昏雨。　　斜插犀梳云半吐[3]，檀板清歌[4]，唱彻黄金缕[5]。望断行云无去处，梦回明月生春浦[6]。

【品读】

关于这首词，有许多离奇的传说。据张耒《柯山集》载，司马槱登第后赴任关中，途中一日昼寝，梦见一位古装美人恍惚进入帘幕中，执檀板为他演唱此词上片，歌阕而去，作者醒来续成下片。另据何薳《春渚纪闻》，谓此词下片为秦覯所续。后来司马槱调为钱塘幕官，官舍后面乃南齐名妓苏小小的坟墓，他梦中所遇见的美妇人即苏小小，死后竟携其登舟而去。这些传说都是好事者为了给此词抹上一层神秘的色彩而编造出来的。词中通过梦境与幻觉描绘了一位青楼女子以及作者和她的爱恋故事。上片以女子自叙的口气，介绍其住所和行状，暗示出她的身份，实际是追忆当年与伊人相见时的情景。换头刻画女子的外貌和演唱时的场面。结拍写梦醒后女子的踪迹渺然、不知去向，心中感到无限惆怅。全词恍惚迷离，缠绵悱恻，如幻如梦，抒写了作者魂断青楼的失落之感。

【注释】

[1] 钱塘江：旧称浙江。这里是代指东南名都杭州。

[2] 不管句：意谓任凭年华虚度。

[3] 犀梳：犀牛角做的梳子。 云半吐：形容梳子插在发上，像乌云吐出半个月亮一样。

[4] 檀板：檀木做的拍板。

[5] 黄金缕：词牌《蝶恋花》的别名。因南唐冯延巳词中有"杨柳风轻，展尽黄金缕"之句而得名。

[6] 这两句用巫山神女故事，表达对女子深深的怀念。

鹧鸪天 聂胜琼

寄李之问

玉惨花愁出凤城[1]，莲花楼下柳青青。尊前一唱阳关后[2]，别个人人第五程。　　寻好梦，梦难成，况谁知我此时情？枕前泪共帘前雨，隔个窗儿滴到明。

【品读】

聂胜琼为汴京名娼，与李之问相识。李喜其聪明伶俐，眷顾情深。“李将行，胜琼送之别，饮于莲花楼，唱一词，末句曰：‘无计留君住，奈何无计随君去。’李复留经月，为细君督归甚切，遂别。不旬日，聂作一词以寄之，名《鹧鸪天》。”(《绿窗新话》引《古今词话》) 据说李的妻子读此词后，“喜其语句清健，遂出妆奁资募，后往京师取归”。胜琼因赋词得遂从良之愿，虽为侍妾，但毕竟胜过青楼卖笑的非人生活，对她来说也算是“幸运”了。

【注释】

[1] 凤城：旧时京都的别称，谓帝王所居之城。这里是指北宋都城汴京。

[2] 阳关：《阳关曲》的简称，泛指送别的歌曲。

卜算子　严蕊

不是爱风尘，似被前缘误。花落花开自有时，总赖东君主[1]。

去也终须去，住也如何住？若得山花插满头，莫问奴归处。

【品读】

严蕊，字幼芳，为宋孝宗时台州（今浙江天台）的官妓。善琴棋书画，歌舞弹唱，色艺冠绝一时，也会写诗作词，备受时人青睐。传说她与知州唐仲友关系暧昧，被提举两浙东路常平茶盐公事朱熹拘捕入狱。虽一再受杖，委顿几死，仍拒不招认“与太守有滥”。后朱熹改官，岳霖（岳飞之子）任浙东提点刑狱公事，怜其病瘁，命其作词自陈。蕊略不构思，即口占这首《卜算子》，岳霖遂即日判令从良（见周密《齐东野语》）。此词通过作者自身的经历和遭遇，反映了封建社会妓女的不幸命运。她们中的不少人并不喜欢仰脸事人的烟花生活，而是由于种种原因被迫坠入火坑的。她们不可能认识到自己被侮辱、被损害的原因，常以宿命论思想来解释自己的悲惨遭遇：“似被前缘误。”一个“似”字，反映了妓女们听天由命、迷惘怀疑的复杂感情。下片委婉曲折地表达了作者脱离苦海的愿望：“若得山花插满头，莫问奴归处。”只要能离开这个鬼地方，即使到僻远的农村，头上插满山花，去做一个普通的农妇，“我”也会很开心，奴家的命运就用不着长官们来过问了。语简言深，表现了这位女子身处卑贱、心地纯朴的可贵性格。

【注释】

[1] 东君：春神。这里是指官家。

最高楼 程垓

旧时心事，说着两眉羞。长记得、凭肩游[1]。缃裙罗袜桃花岸[2]，薄衫轻扇杏花楼。几番行，几番醉，几番留。　　也谁料、春风吹已断；又谁料、朝云飞亦散[3]。天易老，恨难酬。蜂儿不解知人苦，燕儿不解说人愁。旧情怀，消不尽，几时休？

【品读】

据《词苑丛谈》载，作者早年在成都曾与一位锦江歌伎相恋，别时为赋《酷相思》（月桂霜林寒欲坠）以寄意。此阕为其多年之后的忆旧之作。词中表达了作者对那位青楼歌女绵绵无尽的相思之情。上片回忆当年与伊人并肩出游，沉醉于甜蜜的爱情生活之中；下片慨叹风流云散，往事成空，“谩赢得青楼薄幸名存”，每念及此，“说着两眉羞”，深感愧悔无加，辜负了伊人的一片深情厚意。词的情调缠绵悱恻，自怨自艾，带有一种苦涩之味，反映了封建社会文人与歌伎变态的爱情生活及其心理状态，是一曲魂断青楼的恋歌。

【注释】

[1] 凭肩：肩靠着肩，形容极为亲密的样子。

[2] 缃裙：浅黄色的裙子。　罗袜：丝袜。

[3] 朝云：朝云暮雨的略语。

踏莎行　姜夔

自沔东来[1]，丁未元日至金陵[2]，江上感梦而作。

燕燕轻盈，莺莺娇软[3]。分明又向华胥见[4]。夜长争得薄情知，春初早被相思染。　别后书辞，别时针线。离魂暗逐郎行远。淮南皓月冷千山，冥冥归去无人管。

【品读】

据小序称，此阕系淳熙十四年（1187）元旦，姜夔自湖北汉阳前往湖州，途经金陵，“江上感梦而作”。词中叙述梦中与旧日恋人相见的情景。首二句以“燕燕”“莺莺”比喻伊人体态轻盈，声音娇软。第三句点明所叙乃为梦境。四、五两句托为梦中恋人之言，以表现其对自己的无限相思之情。过片写别后睹物怀人，伊人魂离躯体，竟然追随我来到了这遥远的地方。结拍两句写梦醒后看见一轮皓月冷冷清清地向山下沉去，恍如恋人的离魂独自归去，无人照管一样。词的意象朦胧，既表达了作者对往日旧情恋恋不忘，同时也流露出一种梦断青楼的负疚之感。

【注释】

[1] 沔东：唐宋时州名，今属湖北武汉市。

[2] 丁未：即宋孝宗淳熙十四年（1187）。

[3] 燕燕、莺莺：代指作者在合肥所恋之女子。

[4] 华胥：传说中的古国名。《列子·黄帝》："昼寝，而梦游于华胥之国。"后遂以华胥代指梦境。

长亭怨慢　姜　夔

予颇喜自制曲[1]，初率意为长短句，然后协以律，故前后阕多不同。桓大司马云："昔年种柳，依依汉南。今看摇落，凄怆江潭。树犹如此，人何以堪！"[2] 此语予深爱之。

渐吹尽、枝头香絮[3]，是处人家，绿深门户。远浦萦回[4]，暮帆零乱向何许[5]？阅人多矣，谁得似长亭树。树若有情时，不会得青青如此！　日暮，望高城不见[6]，只见乱山无数。韦郎去也，怎忘得玉环分付[7]。第一是早早归来，怕红萼无人为主[8]。算空有并刀[9]，难剪离愁千缕。

【品读】

据夏承焘《姜白石词编年笺校》考证，姜夔青年时期在合肥曾有一段恋爱故事。此词大约是光宗绍熙二年（1191），作者离开合肥后怀念青楼情侣之作。上片托物起兴，借长亭垂柳抒写离情别绪。下片追忆临别时伊人频嘱早日归来，无奈事与愿违，有负旧约，因而离愁难消，怅恨不已。本篇为作者的自度曲，词中用庾信《枯树赋》所引桓温咏柳之句和韦皋与玉箫女的爱情故事，暗寓自己的身世经历，含而不露，感慨极深。

【注释】

[1] 自制曲：又称自度曲、自度腔、自制腔、自撰腔等。指不依旧谱作者自己创制的乐曲和歌词。

[2] 桓大司马：指东晋大司马桓温。这六句见庾信《枯树赋》所引，前有“桓大司马闻而叹曰”，故原文当为桓温之语。

[3] 香絮：指柳絮。

[4] 远浦：远处的水滨。　萦回：这里是形容水波回旋。

[5] 何许：何处。

[6] 高城句：用唐欧阳詹《赠太原妓》“高城已不见，况复城中人”诗意。

[7] 韦郎：即韦皋。据《云溪友议》载，韦皋与玉箫女相恋，分别时玉箫赠以玉指环，约七年后再会，八年不至，玉箫绝食而死。

[8] 红萼：红梅。这里是以梅花喻人。

[9] 并刀：并州（今山西太原）出产的剪刀，以锋利著称。

江梅引　姜　夔

丙辰之冬[1]，予留梁溪[2]，将诣淮而不得[3]，因梦思以述志。

人间离别易多时。见梅枝，忽相思。几度小窗幽梦手同携。今夜梦中无觅处，漫徘徊[4]，寒侵被，尚未知。　湿红恨墨浅封题[5]。宝筝空[6]，无雁飞。俊游巷陌[7]，算空有、古木斜晖。旧约扁舟，心事已成非。歌罢淮南春草赋[8]，又萋萋。漂零客，泪满衣。

【品读】

此词为宋宁宗庆元二年（1196），作者在无锡为怀念合肥恋人所作。上片写因见梅花而引起相思之情。别后几度梦中携手欢会，无奈今夜伊人不来入梦，徘徊寻觅，踪影全无，以致寒气侵被也毫无感觉。下片写梦醒后和泪修书，可叹又无人传递。本欲泛舟渡淮，前往探视，以了却自己的心愿，终于事与愿违，未能成行。如今形单影只，四处飘零，只有空想"俊游巷陌""古木斜晖"，令人伤心落泪，怅恨不已。本篇情真意挚，缠绵悱恻，抒发了作者魂断青楼的刻骨相思之情。

【注释】

[1] 丙辰：即宋宁宗庆元二年（1196）。

[2] 梁溪：在今无锡市，相传因东汉梁鸿曾居此而得名。

[3] 诣淮：到淮南去。

[4] 漫：徒然。

[5] 封题：封缄书信。

[6] 宝筝：筝的美称。

[7] 俊游：胜游，亦指良伴。

[8] 春草赋：指《楚辞》中淮南小山所作《招隐士》，其中有云："王孙游兮不归，春草生兮萋萋。"

念奴娇　郑觉斋

卷帘酒醒，怕无言、慵理残妆啼粉[1]。记绾同心双绣带，珠箔青楼花满[2]。琢玉传情，断金订约[3]，总是愁根本。谁知薄幸，肯于长处寻短。　旧日掌上芙蓉，新来成刺，变却风流眼。自信华年风度在，未怕香红春晚。恩不相酬，怨难重合，往事冰澌泮[4]。分明诀绝[5]，股钗还我一半。

【品读】

此词写一风流浪子对青楼之女的始乱终弃。当初绾同心，结绣带，“琢玉传情”，“断金订约”，千恩万爱，信誓旦旦。一旦入手，便翻脸无情，吹毛求疵，挑三拣四，专门“长处寻短”。此女虽入籍为妓，却有几分骨气。你既薄幸，“怨难重合”，那就干脆一刀两断。快把昔日定情的信物——那半股金钗退还给“我”，从此你走你的阳关道，我走我的独木桥。自信豆蔻年华，风度犹在，何愁寻觅不到一位真正的知音伴侣！词以第一人称的口气，揭示出这位女子的不幸遭遇，并对其坚强的性格表示同情和赞赏。

【注释】

[1] 慵理：懒得整理，无心梳理。

[2] 珠箔：用珍珠缀成或饰以珍珠的帘子。

[3] 断金：《易·系辞上》：“二人同心，其利断金。”后因用断金为“同心”的代语。

[4] 冰澌泮：谓冰雪融解，比喻爱情的终结。

[5] 诀绝：长别，永远分手。

琴棋书画

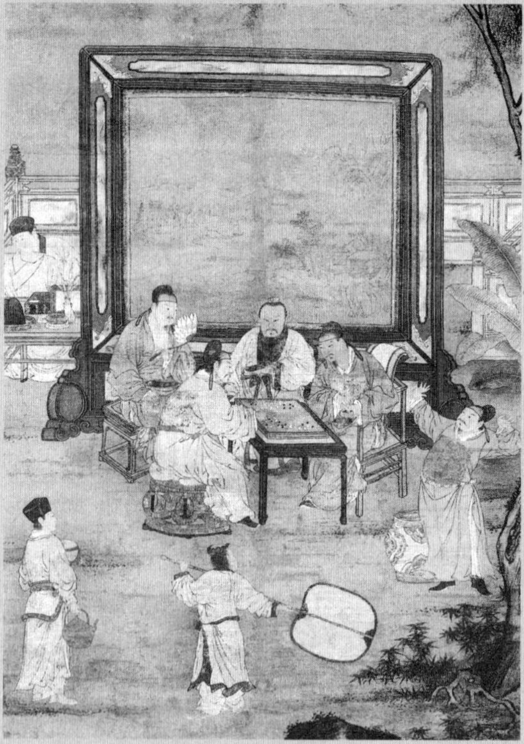

鹧鸪天　辛弃疾

徐衡仲惠琴不受[1]

千丈阴崖百丈溪，孤桐枝上凤偏宜[2]。玉音落落虽难合[3]，横理庚庚定自奇[4]。　人散后，月明时，试弹幽愤泪空垂[5]。不如却付骚人手，留和南风解愠诗[6]。

【品读】

友人徐衡仲送给作者一张琴，他认为这张琴虽然是用最好的桐木制成的，音质优良，也很名贵，但自己用它只能弹出个人的抑郁悲愤，不如留给那些能够唱出人民的痛苦和怨恨的诗人更加有意义。从这里可以看到，辛弃疾时时关心民生疾苦，对自己也有清醒的认识，确属难能可贵。

【注释】

[1] 徐衡仲：名安国，号西窗，江西上饶人。　惠：赠送。

[2] 这两句说，制作此琴的桐木产自高崖下、深溪旁，凤凰曾在其上栖息过。古人认为好的琴木必产自深山穷谷。

[3] 玉音：清雅和谐的声音，指琴声。　落落、难合：不苟合的意思。这句说，琴声高雅，难与诸音相合。

[4] 横理：木上横纹。　庚庚：横的样子。这句说，琴的质地优良，琴木上的横纹也很奇特。

[5] 幽愤：潜藏在心里的怨愤。

[6] 骚人：诗人。　南风解愠诗：即传为舜所作的《五弦琴歌》。歌中唱道："南风之薰兮，可以解吾民之愠兮。"

诉衷情 张抡

闲中一弄七弦琴[1]，此曲少知音。多因淡然无味，不比郑声淫[2]。 松院静，竹林深，夜沉沉。清风拂轸[3]，明月当轩，谁会幽心！

【品读】

此阕为“咏闲十首”之一。叙述作者深夜月下弹琴，但因曲调高雅，不投时好，被人认为淡而无味，比不上那些风行一时的淫靡之音。词人借弹琴抒发缺少知音的抑郁和苦闷。

【注释】

[1] 七弦琴：即琴，俗称“古琴”。一种拨弦乐器，因琴面张弦七根，故名。

[2] 郑声：即郑卫之声，指春秋战国时郑、卫两国的地方音乐。孔子认为郑卫之音是淫靡之音。

[3] 轸（zhěn 诊）：同“畛”，指田间小路。

醉翁操 楼钥

和东坡韵咏风琴

泠然[1]，清圆，谁弹？向屋山[2]，何言？清风至阴德之天，悠扬余响婵娟。方昼眠，迥立八风前[3]，八音相宣知孰贤[4]？

有时悲壮，铿若龙泉[5]；有时幽杳，仿佛猿吟鹤怨。忽若巍巍山巅，荡荡几如流川。聊将娱暮年，听之身欲仙。弦索满人间[6]，未有逸韵如此弦。

【品读】

宋代的“风琴”已经失传，或以为即“瑶琴”，或以为系指“檐前铁马”。是耶？非耶？有待专家考定。不过由此篇结拍看，它很可能是一种弦乐器。这首词以优美的语言和韵律，对“风琴”变化无穷的音响及其效果进行了细致而生动的形容刻画。它悲壮时铿然如宝剑出鞘，它低回时幽杳似猿吟鹤怨。忽而雄浑如巍巍高山，忽而奔腾若浩荡百川。它使人心旷神怡，尤其是对垂暮之年的老人来说，听后简直要飘飘欲仙。人世间的器乐千千万万，都比不上“此弦”（风琴之声）如此悠扬悦耳。本篇为“和东坡韵”，除所咏之对象不同而外，在风格、情调、意境甚至语言运用方面都有许多相似之处。

【注释】

[1] 泠然：形容声音清越。

[2] 屋山：屋脊。由此句看，似指檐前铁马。

[3] 八风：八方之风。

[4] 八音：中国古代对乐器的统称。指金、石、土、革、丝、木、匏、竹八类。

[5] 龙泉：宝剑名。

[6] 弦索：原指乐器上的弦，宋金元以来用为各种弦乐器如琵琶、三弦等的泛称。

贺新郎　辛弃疾

赋琵琶

凤尾龙香拨[1]。自开元霓裳曲罢，几番风月[2]？最苦浔阳江头客，画舸亭亭待发[3]。记出塞、黄云堆雪[4]。马上离愁三万里，望昭阳、宫殿孤鸿没[5]。弦解语，恨难说[6]。　辽阳驿使音尘绝[7]。琐窗寒、轻拢慢撚，泪珠盈睫[8]。推手含情还却手，一抹《梁州》哀彻[9]。千古事，云飞烟灭[10]。贺老定场无消息[11]，想沉香亭北繁华歇[12]。弹到此，为呜咽[13]。

【品读】

此词题为“赋琵琶”，实为借琵琶以写怨思。上下两片各用了三个关于弹奏琵琶的故事，隐晦曲折地表达了作者的兴亡之感。历代评论家对这首词的看法不尽一致，如陈霆评曰：“此篇用事最多，然圆转流丽，不为事所使，称是妙手。”（《渚山堂词话》）而梁启超则说：“琵琶故事，网罗胪列，乱杂无章，殆如一团野草；惟其大气足以包举之，故不觉粗率，非其人勿学步也。”（见《艺蘅馆词选》）实事求是地说，这首词感情深沉，有所寄托，但用典太多，不能不认为是一种缺点。

【注释】

[1] 凤尾：形容琵琶的槽状音箱形如凤尾，这里用来代指琵琶。 龙香拨：龙香柏木做的拨子。宋代以前多以木质薄片为拨子弹奏琵琶，后来才逐渐改为以手指弹奏。

[2] 开元：唐玄宗李隆基的年号（713—741）。 霓裳曲：唐代宫廷乐曲。 风月：清风明月。这两句大意说，自从开元年间唐朝君臣沉醉于声色，《霓裳羽衣曲》刚刚奏罢，就发生了“安史之乱”，至今人世间又经历了多少变迁呵！

[3] 浔阳：古县名，治所在今江西九江市。长江流经浔阳境内的一段，古称浔阳江。 画舸：华丽的大船。 亭亭：高大挺拔。这两句说，在浔阳江上送客的白居易，听到弹奏琵琶的声音，非常悲伤，忘记了客人的船正等着要开航启程。

[4] 出塞：指昭君出塞事。 黄云：指塞外风沙弥漫像黄色的云雾一样。 堆雪：白雪覆盖的山丘。

[5] 马上离愁：昭君出塞时，乐师在马上弹奏琵琶，以慰其离别故国的哀愁。 昭阳：汉代宫殿名。 孤鸿：孤雁。以上三句说，记得昭君出塞时，黄沙弥漫，白雪覆地，她在马上听着琵琶声，心情十分愁苦，回头遥望故都汉宫，只见一只失群的孤雁消失在天际。

[6] 弦解语二句：琵琶的声音即使可以表达人的感情，但心中的愁苦和怨恨却难以诉说。

[7] 辽阳：今辽宁省辽阳市，这里泛指远方。 驿使：古时传送公文、

书信的使者。　音尘绝：音信不通，消息断绝。

[8] 琐窗：装饰着连环花纹雕刻和绘画的窗户。　轻拢慢撚：形容弹奏琵琶时的动作和姿态。拢、撚，均为弹奏琵琶的指法。

[9] 推手、却手、抹：都是弹奏琵琶的指法。　《梁州》：即《凉州》，出自唐代凉州（治所在今甘肃武威）的大曲。　哀彻：极为哀伤悲痛。

[10] 这句说，往事如烟消云散。

[11] 贺老：指贺怀智，唐玄宗时为梨园供奉，是当时弹奏琵琶的著名艺人。　定场：指传统戏曲中主要人物第一次出场。这里是出场的意思。

[12] 沉香亭：唐代皇宫中的一座亭子，在兴庆池畔。

[13] 呜咽：低声哭泣。

江神子　谢逸

一江秋水碧湾湾。绕青山，玉连环[1]。帘幕低垂，人在画图间。闲抱琵琶寻旧曲，弹未了，意阑珊[2]。　飞鸿数点拂云端。倚阑看，楚天寒。拟倩东风，吹梦到长安[3]。恰似梨花春带雨，愁满眼，泪阑干[4]。

【品读】

这是一首闺怨词。写一女子秋日楼上闲抱琵琶，弹奏当年的旧曲。一曲未终，不觉魂销意尽，伤感不已，于是便放下琵琶，倚栏仰望长空。只见云端里几只南归大雁，匆匆飞过，并没有给她带来书信，不知进京求取功名的亲人此时情况如何。她多么希望能借助一阵东风，把自己的梦魂也吹到长安。然而这不过是不可能变成现实的幻想，她越想越难过，泪水不禁簌簌而下。此阕景起情结，女主人公的形象生动逼真。虽未具体描状琵琶之声，但其哀怨之情却可想见。

【注释】

[1] 玉连环：形容江水迂回曲折如连环之碧玉。

[2] 阑珊：衰落。将残、将尽之意。这里是形容心情极为悲伤。

[3] 长安：指汴京。

[4] 阑干：纵横散乱貌。

丑奴儿 黄机

绮窗拨断琵琶索，一一相思。一一相思，无限柔情说似谁[1]！

银钩欲写回文曲[2]，泪满乌丝[3]。泪满乌丝，薄幸知他知不知？

【品读】

此词上片通过弹琵琶，诉说女子的相思之情。弦索已被拨子弹断，内心的忧伤向谁去倾诉呢？伊人的痛苦可谓深矣。下片说她本想提笔写一首回文诗寄到远方，然而薄幸之人是否能收到？即使收到后他能理解我的心情吗？他会回心转意吗？这一切都难以逆料，越想越悲哀，眼泪止不住滚滚而下。词意凄婉，对怨妇的心理描写深曲而细致。

【注释】

[1] 说似谁：说给谁听。似，给，与。

[2] 银钩：比喻书法刚劲有力。

[3] 乌丝：青色的丝巾。

贺新郎 陈 纪

听琵琶

趁拍哀弦促。听泠泠、弦间细语[1]，手间推覆[2]。莺语间关花底滑[3]，急雨斜穿梧竹。又涧底松风簌簌。铁拨鹍弦春夜永[4]，对金钗钟乳人如玉。敲象板[5]，剪银烛。 六幺声断凉州续[6]。怅梅花、岁晚天寒，佳人空谷[7]。有限弦声无限意，沦落天涯幽独。顿唤起，闲愁千斛。贺老定场无处问[8]，到如今、只鼓昭君曲。呼羯鼓[9]，泻醽醁[10]。

【品读】

这首词叙述作者春夜听人弹奏琵琶。上片着重刻画形容优美动人的琵琶之声，换头以后抒发听琵琶的感慨。词人生当宋元易代之际，宋亡后隐居不仕。词中从“有限弦声无限意”而引起“沦落天涯幽独”的凄怆之情，反映了南宋遗民作家的悲凉心境。

【注释】

[1] 泠泠：形容声音清越。

[2] 推覆：推手、覆手，弹奏琵琶的指法。

[3] 间关：鸟声。

[4] 鹍弦：用鹍鸡筋做的琵琶弦。

[5] 象板：象牙做的拍板。

[6] 六幺：大曲名，又叫《乐世》、《绿腰》、《录要》，为歌舞曲。

[7] 这两句以佳人比喻梅花。

[8] 贺老：指唐代琵琶艺人贺怀智。

[9] 羯鼓：古击乐器，从西域传入内地。

[10] 醽醁：酒名。

法曲献仙音　张　炎

席上听琵琶有感

云隐山晖，树分溪影，未放妆台帘卷。篝密笼香[1]，镜圆窥粉，花深自然寒浅。正人在、银屏底[2]，琵琶半遮面。　语声软，且休弹、玉关愁怨。怕唤起西湖，那时春感。杨柳古湾头，记小怜、隔水曾见。听到无声[3]，谩赢得、情绪难剪[4]。把一襟心事，散入落梅千点。

【品读】

此阕如题所示，写席上听弹琵琶的感想。开篇以较多篇幅描绘环境，渲染气氛，至结拍方出弹奏琵琶之人，笔调迂曲，从容不迫。换头以后亦未具体形容刻画琵琶之声，便转入抒发自己的感慨。他请求那位从屏风后面刚刚登场、“犹抱琵琶半遮面”的女艺人，不要去弹“玉关愁怨”之类的曲子，以免引起自己的伤感。接着转入回忆，点出所感之事和所怀之人。最后抒写词人难以平静的怅惘情怀。词意隐幽，寄托遥深。作者究竟所感何事，“记小怜、隔水曾见”一句当是关键。“小怜”，为北齐后主高纬宠妃，姓冯，名小怜。能弹琵琶，擅长歌舞。齐国败亡后被北周军队俘获，流落异乡。联系当时的历史和作者的经历，这首词可能是为怀念南宋灭亡后被元蒙军队俘掳北去的宋宫人而作。

【注释】

[1] 篝：熏笼。

[2] 银屏：装饰华丽的屏风。

[3] 听到无声：白居易《琵琶行》：“别有幽愁暗恨生，此时无声胜有声。”

[4] 谩：徒然。　难剪：形容愁绪难以消除。

鹧鸪天 张镃

咏阮

不似琵琶不似琴，四弦陶写晋人心[1]。指尖历历泉鸣涧，腹上锵锵玉振金。　天外曲，月边音。为君转轴拟秋砧。又成雅集相依坐，清致高标记竹林[2]。

【品读】“阮”，即“阮咸”，拨弦乐器名，古琵琶之一种，四弦有柱。因晋人阮咸善弹此乐器而得名。本篇叙述作者与二三友人“雅集”林泉，弹阮相娱。词的意境幽远，风格潇洒，表达了词人向往隐逸生活的思想感情。

【注释】

[1] 晋人：指阮咸等晋代隐士。

[2] 竹林：指阮咸、阮籍、山涛、向秀、嵇康、王戎、刘伶等“竹林七贤”。

南乡子 高观国

赋十四弦

直柱倚冰弦，曾见胡儿马上弹。却笑琵琶风韵古，溅溅[1]。想象湘妃水一帘。　塞恨曲中传[2]。两摺琴丝费玉纤。不似江南风月好，厌厌。拍手齐看舞袖边。

【品读】

此阕所咏"十四弦"，可能是宋金时期出现的一种拨弦乐器。从"曾见胡儿马上弹"和"却笑琵琶风韵古"两句看，也许是一种经过改造的琵琶。前半阕咏赞"十四弦"的特点，后半阕叙述听人弹奏"十四弦"，观赏以它作为伴奏的歌舞表演。

【注释】

[1] 溅溅：流水声。这里是形容"十四弦"的声音清脆舒徐。

[2] 塞恨：出塞的怨恨。这句说弦上奏出了塞上曲。

玉楼春 王武子

闻笛

红楼十二春寒恻，楼角何人吹玉笛？天津桥上旧曾听，三十六宫秋草碧[1]。　昭华人去无消息[2]，江上青山空晚色。一声落尽短亭花，无数行人归未得。

【品读】

此词借闻笛抒发忆旧怀人之情。杨慎《词品》以为系无名氏南渡后题于京城杭州之作，"其词悲感凄恻，在陈去非'忆昔午桥'之上"。

【注释】

[1] 三十六宫：班固《西都赋》称长安有离宫别馆三十六所，后用作帝王宫苑的代称。

[2] 昭华：古代皇宫内女官名。

夜合花 史达祖

赋笛

冷截龙腰[1]，偷挐鸾爪[2]，楚山长锁秋云。梅华未落，年年怨入江城[3]。千嶂碧，一声清。枉人间、儿女箫笙。共凄凉处，琵琶湓浦[4]，长啸苏门[5]。　当时低度西邻，天淡阑干欲暮，曾赋高情。子期老矣[6]，不堪滞酒重听。纤手静，七星明[7]。有新声、应更魂惊。梦回人世，寥寥夜月，空照天津[8]。

【品读】

这是一首咏物词。上片用铺叙法，从笛之制作写到笛声清越悠扬，动人心魄，胜过箫笙。下片写月夜闻笛，从而引起感旧怀人之情。词的意境朦胧，情调凄凉，可能是作者被贬谪流放以后写的。

【注释】

[1] 龙腰：指竹。据《东斋记事·竹之异品》载，湖南辰州一带，有一种小竹名曰“龙孙竹”。故有以“龙孙”为竹之代称者。龙腰，即“龙孙”之腰。

[2] 鸾爪：指笛子上刻着鸾凤之爪的花纹。

[3] 梅华落：即《梅花落》，笛曲名，一名《梅花引》。

[4] 湓浦：即湓水，今名龙开河，经江西九江北流入长江。白居易于湓浦送客，有感琵琶之声，曾作《琵琶行》。

[5] 苏门：山名，亦称苏岭或五岩山，在河南辉县西北。据说三国魏名士阮籍曾于苏门山访隐士“苏门生”（或说即孙登），二人相继长啸，后因以“苏门啸”代指隐士生活。

[6] 子期：即钟子期，春秋时人。这里是以钟子期自比，感叹友人已经不在人世。

[7] 七星：指北斗七星。

[8] 天津：天河，指银河。

浣溪沙 舒亶

和仲闻对棋

黑白纷纷小战争，几人心手斗纵横。谁知胜处本无情。 谢傅老来思别墅[1]，杜郎闲去忆鏖兵[2]。何妨谈笑下辽城。

【品读】

此阕记述作者与友人对弈。寥寥数语将棋盘上的一场小小"战争"写得十分生动而有气势。谈笑之间，重兵压境，很快便攻下了对方一城。

【注释】

[1] 谢傅：指东晋宰相谢安，晚年退居东山别墅，以下棋消遣自娱。

[2] 杜郎：指唐诗人杜牧，著有《赤壁》诗，回忆赤壁鏖兵事。

望江南 张继先

观棋作

楸枰静[1]，黑白两奁均[2]。山水最宜情共乐，琴书赢得道相亲。一局一番新。 松影里，经度几回春。随分也曾施手段[3]，争先还恐费精神。长是暗饶人[4]。

【品读】

作者为第三十代天师，徽宗崇宁四年（1105）赐号虚靖先生。能词，多涉道家修炼之术，偶有清旷超逸之作。此词由观围棋而联想到自己平时下棋，既想"争先"，又不愿太费精神，所以常常暗暗地让人一着，结果下个平局，彼此都感到心满意足。词中隐约地流露出道家思想。

【注释】

[1] 楸枰：古代多用楸木制棋盘，因称棋盘为“楸枰”。

[2] 奁：泛指一种精致而轻巧的小匣子。这句说两个匣子一个装黑子，一个装白子，数目都是一样的。

[3] 随分：随便。

[4] 饶人：让人。

浣溪沙 赵令畤

水满池塘花满枝，乱香深里语黄鹂[1]。东风轻软弄帘帏[2]。

日正长时春梦短，燕交飞处柳烟低。玉窗红子斗棋时[3]。

【品读】

这首小词写春日窗下“斗棋”。花开似锦，莺歌燕舞，水满池塘，杨柳堆烟，春光多么明媚。主人公无心外出，却在家中和朋友下棋消遣。全篇六句，五句写景，仅结句叙事点题。从“红子”看，大概下的是象棋而非围棋，主人公正好是执红先行，在“玉窗”之下展开了一场搏斗。

【注释】

[1] 乱香：指花丛。

[2] 弄帘帏：吹拂着窗帘和帷幕。

[3] 玉窗：装饰华丽的窗子。

临江仙　蔡伸

帘幕深深清昼永，玉人不耐春寒。镂牙棋子缕金圆[1]。象盘雅戏，相对小窗前。　隔打直行尖曲路，教人费尽机关[2]。局中胜负定谁偏。饶伊使幸，毕竟我赢先。

【品读】

此阕写的是闺房雅戏。两位千金小姐不耐春寒，在窗前相对而坐，下象棋消遣。车、马、炮纵横驰骋，使人眼花缭乱，也"教人费尽机关"。谁胜谁负，一时难见分晓。对方企图侥幸取胜，然而"我"早已料到了她这一着。几个回合下来，"我"已占据了优势，看来这一盘"我"是赢定了。词的上片叙事，下片用代言体，将女主人公成竹在胸、喜形于色的情态表现得十分生动。

【注释】

[1] 镂牙棋子：象牙雕刻的棋子。

[2] 机关：心机，周密而巧妙的计谋或计策。

品令　杨泽民

咏棋

日长风静，浓香在、珠帘花影。棋具对著明窗近[1]。未排角势，鸦鹭先分阵。　双叠远山非有恨[2]，正藏机休问[3]。便如喝采争堂印[4]。局番无定，有幸君须尽。

【品读】

此词写的是下围棋的场面。上片描绘环境和对弈前的准备，用“鸦鹭”代表黑白双方，先摆开阵势。换头两句叙述鏖战正酣，双眉紧锁，并非心中有什么难解的愁恨，而是在苦苦地思考。结处说对方侥幸赢了一盘，兴高采烈，但“局番无定”，再下一盘就不知谁输谁赢了，咱们玩个痛快吧，表现出不服输的样子。词中刻画对弈的场面和斗棋者的心态均较生动逼真，围棋爱好者读来一定会感到十分亲切。

【注释】

[1] 棋具：下棋的用具，包括棋枰和棋子。

[2] 双叠远山：形容皱眉沉思。

[3] 藏机：隐藏机心，意谓自己的意图、着数不让对方察觉。

[4] 喝采：原指赌博时，呼喝作势，希望得彩。后用指大声叫好。

减字木兰花　赵福元

赠草书颠

吮媒弄笔[1]，草圣寰中君第一。电脚摇光，骤雨旋风声满堂[2]。

　　毫厘巧辨，唤起羲之当北面[3]。醉眼摩娑，错认书颠作酒颠。

【品读】

本篇颂扬一位擅长草书的书法家。对他的精湛技艺给予了高度的评价，甚至说王羲之在他面前也要俯首称臣，这未免有些夸张。词以满腔热情，为这位不知名的“草书颠”留下了一幅生动的剪影。

【注释】

[1] 吮媒：蘸墨。媒，通“墨”。

[2] 这句形容下笔有力，如骤雨旋风，飒飒有声。

[3] 北面：古代君主面南而坐，臣子朝见君主则面北，因谓称臣于人为“北面”。

减字木兰花　米　芾

展书卷

平生真赏，纸上龙蛇三五行[1]。富贵功名，老境谁堪宠辱惊。　寸心谁语，只有当年袁与许。归到寥阳，玉简霞衣侍帝旁[2]。

【品读】

作者为北宋四大书法家之一。工山水画，能诗词，所行多违世异俗，时人称为“米颠”。徽宗时召为书画博士。此词当系奉召入京后所作。词中写他观赏自己创作的书法作品后的感想。对于一个艺术家来说，“富贵功名”并非所求，能看到纸上龙蛇飞舞的笔迹，也就心满意足了。虽然从地方上调到了京城，但不会因此而感到受宠若惊，还是要在艺术上精益求精，以实现自己平生的志愿。这首小词以朴实的语言，表达了一位艺术家的心声。

【注释】

[1] 龙蛇：形容草书笔势遒劲、飞动。

[2] 玉简：即“朝笏”。古代大臣朝见时手中所执的狭长板子，用玉、象牙或竹片制成，以为指画及记事之用。

梦芙蓉 吴文英

赵昌芙蓉图，梅津所藏

西风摇步绮。记长堤骤过，紫骝十里[1]。断桥南岸[2]，人在晚霞外。锦温花共醉，当时曾共秋被。自别霓裳[3]，应红销翠冷，霜枕正慵起。　　惨淡西湖柳底。摇荡秋魂，夜月归环佩。画图重展，惊认旧梳洗。去来双翡翠[4]，难传眼恨眉意。梦断琼娘，仙云深路杳，城影蘸流水。

【品读】

赵昌是北宋前期著名画家，善画花果，长于傅色，有“旷代无双”之誉。传世作品有《蛱蝶图》、《岁朝图》等。据《宣和画谱》载，当时御府藏有他的作品一百五十四幅。其中画芙蓉的即有《写生芙蓉图》、《芙蓉野鸡图》、《芙蓉竹鸡图》、《芙蓉铜觜图》等四幅。据词意，此图所绘乃驰名遐迩的杭州西湖荷花，或为作者的联想与臆测，亦未可知。另据清吴其贞《书画记》卷一著录《赵昌芙蓉图绢画小横披一幅》，谓其“画法纤媚，气韵如生，惜花剥落无全，如千金马骨矣”。不知梦窗所题、梅津所藏之赵昌《芙蓉图》是否即为此画。词中将荷花比为睡起之美人，脉脉含情，眉目传情。作者当年曾在断桥与之相识，如今展开画图，重睹“故人”容颜，不禁魂摇心惊，恍若隔世。词意幽隐，似有寄托，盖借观画以抒感旧怀人之情。

【注释】

[1] 紫骝：宝马。
[2] 断桥：原名宝祐桥，在杭州西湖白堤上。
[3] 霓裳：这里是代指荷花。
[4] 翡翠：翠鸟。

减字木兰花　曾寅孙

题温日观葡萄卷

生绡蜀茧，笔底墨云飞一片。点点秋腴，收得骊龙颔下珠[1]。
　　兴来一扫，惜处有时悭似宝[2]。露叶烟条，几度西风吹不凋。

【品读】

此阕见于《珊瑚网名画题跋》卷七。清吴其贞《书画记》卷四著录《僧日观葡萄图绢画一小卷》，谓其“画法高简古雅，识三字曰‘温仲作’。前后王伯谷等题跋”。温日观名仲，系禅林画家，或说为道士，陈天民曾从其学习画葡萄的技法而“尽得其妙”。此画清代犹存。词中对画卷上的葡萄做了生动而形象的描绘，盛赞画家挥洒自如、惜墨如金、高简古雅的笔法，读者不但可以从中领略画中的神趣，而且也可以想象画家作画时的潇洒风度。

【注释】

[1] 骊龙：古人称黑色的龙为“骊龙”。《庄子·列御寇》：“河上有家贫恃纬萧而食者，其子没于渊，得千金之珠。”后常用“探骊得珠”比喻行文能得题中精蕴所在。

[2] 悭（qiān 牵）：吝啬。这里是珍惜的意思。

柳梢青　白君瑞

曹溪英墨梅

玉骨冰姿，天然清楚，雪里曾看。物外幽人[1]，细窥天巧，收入毫端[2]。　一枝影落云笺，便似觉、清风夜寒。试向松窗，等闲一展，俗虑都捐[3]。

【品读】

《松斋梅谱》后序谓："以墨写梅，自宋花光仲仁始，继而逃禅，徐君禹功又得逃禅之面授。"这里所说的逃禅，即南北宋之交的词人杨无咎。他祖承花光仲仁而有所发展，变水墨点瓣为白描圈线，成为一时风尚。其传世墨梅真迹，有《四梅花图》、《雪梅图》、《墨梅图》等。孝宗淳熙年间，有曹龟年者亦擅长墨梅，此画作者曹溪英不知与曹龟年是否有关系，原画流传与否亦未得其详。白君瑞这首《柳梢青》，生动地再现了曹溪英笔下梅花的风姿和神韵，读来引人入胜，使读者仿佛也进入了画家所创造的冰清玉洁、高标旷怀的艺术境界。

【注释】

[1] 物外：世俗之外。　幽人：幽居之人，指隐士。

[2] 毫端：笔端。

[3] 捐：舍弃，抛弃。

浪淘沙　张炎

余画墨水仙并题其上

回首欲婆娑[1]，淡扫修蛾。盈盈不语奈情何。应恨梅兄矾弟远[2]，云隔山阿。　弱水夜寒多[3]，带月曾过。羽衣飞过染余波。白鹤难招归未得，天阔星河。

【品读】

张炎具有多方面的艺术才能，他既是宋末元初著名的词人和词论家，同时也精通音律，擅长绘画和书画鉴赏。本篇是他在自己所画的一幅《墨水仙》上的题词。词中将水仙花比为淡扫蛾眉的美人，脉脉含情，盈盈不语，形神俱现，极富情韵，使诗词和绘画艺术得到了完美的融合。

【注释】

[1] 婆娑：形容枝叶纷披。

[2] 梅兄矾弟：黄庭坚咏水仙花诗有句云“山矾是弟梅是兄”。山矾，又名“椗花”“七里香”等，春夏间开黄色或白色小花。

[3] 弱水：这里是指浅水不通舟楫之处。

浪淘沙 张 炎

题陈汝朝百鹭画卷

玉立水云乡，尔我相忘。披离寒羽庇风霜[1]。不趁白鸥游海上，静看鱼忙。　应笑我凄凉，客路何长？犹将孤影侣斜阳。花底鹓行无认处[2]，却对秋塘。

【品读】

陈汝朝的《百鹭画卷》未见著录，不知是否失传。此词上片描绘画中的百鹭，下片抒发凄凉寂寞之感。作者以孤雁自比，见百鹭鹓行有序，呼朋结伴，而自己形单影只，离群失散，不胜伤感。本篇当作于宋亡以后，可参阅其《解连环·孤雁》一词。

【注释】

[1] 披离：分披，四面散开。

[2] 鹓（yuān 冤）行：同“鸳行”。鹓和鹭飞行有序，故称鹓行。常用以比喻百官朝见时秩序井然。

清平乐 张 炎

题倦耕图

一犁初卸，息影斜阳下。角上汉书何不挂？老子近来慵跨[1]。 烟村草树离离，卧看流水忘归。莫饮山中清味，怕教洗耳人知[2]。

【品读】

这是一幅刚刚卸下犁杖的耕牛图。干了一天的活儿，自然疲倦不堪，好不容易盼到夕阳西下，主人收工，牛儿也该休息了。它顾不得去饮水吃草，一头便躺倒在树荫下不断喘息。词人用简练的笔触，将画中耕牛的神态描绘得栩栩如生，且富于生活气息。以词配画，可谓双绝。

【注释】

[1] 老子：春秋时思想家，姓李名耳，名伯阳，道家的创始人。传说老子出行则跨青牛。

[2] 洗耳人：指传说中的古代高士许由。许由因不愿接受尧将天下让于他的请求，又认为尧请他出仕的话，有污自己的耳朵，于是便洗耳于颍水之滨。

菩萨蛮 赵师侠

韵胜竹屏

多情可是怜高节，濡毫幻出真清绝。雨叶共风枝，天寒人倚时[1]。 萧萧襟韵胜，堪与梅兄并[2]。不用翠成林，坡仙曾赏音[3]。

【品读】

此阕所咏为画于屏风之上的一枝“墨竹”。宋人画竹，以文同最为著称，曾受到苏轼热情的赞赏。此词煞拍谓“坡仙曾赏音”，是泛指墨竹，或特指“韵胜竹屏”，实难断定。南宋以来多有以伪作冒充文同所画者，故此图不知究系出于何人之手。词中对屏上之竹做了画龙点睛似的摹写和咏赞，称其高风亮节，韵度清绝，“堪与梅兄并”，此亦托物喻人，不但是赞画，而且也是对画家的称颂。

【注释】

[1] 天寒人倚时：杜甫《佳人》：“天寒翠袖薄，日暮倚修竹。”

[2] 梅兄：指梅花。松、竹、梅为岁寒三友。

[3] 坡仙：指苏轼。

杏 花 天　高观国

题杏花春禽扇面挂轴

花凝露湿胭脂透，是彩笔、丹青染就。粉绡帕入班姬手[1]，舒卷清寒时候。　春禽静、来窥晴昼。问冷落芳心知否？不愁院宇东风骤，日日娇红如旧。

【品读】

这幅扇面挂轴，是一幅工笔花鸟画，亦不知出于何人之手。作者用富于诗情画意的语言对原画进行了生动而形象的描绘，使无缘见到此画的人，也可以借助文字得到美感享受。

【注释】

[1] 班姬：指西汉女诗人班婕妤，成帝时被选入宫。因其作有《团扇歌》，故由“扇面”而联想到她。

南乡子 张炎

杜陵醉归手卷[1]

晴野事春游，老去寻诗苦未休。一似浣花溪上路，清幽。烟草纤纤水自流。何处偶迟留[2]？犹未忘情是酒筹[3]。童子策驴人已醉[4]，知不？醉里眉攒万国愁[5]。

【品读】

这幅长卷画的是诗圣杜甫春日野游醉归。画中的背景似乎是成都草堂附近的浣花溪畔。诗人一边行吟，一边欣赏着这清芬幽静的自然风光。从他的神情看，显然已有几分醉意。再仔细观察，诗人满面愁容，眉宇间流露出深沉的忧国忧民之情。观此画，自然会使人联想到杜诗《遭田父泥饮美严中丞》。诗中说："步屟随春风，村村自花柳。田翁逼社日，邀我尝春酒……前日放营农，辛苦救衰朽。差科死则已，誓不举家走……"画家在创作《杜陵醉归》这幅手卷时，很可能参考了这首诗。张炎的《南乡子》将伟大诗人杜甫的形象，从画面上移入长短句中，可谓形神毕现，深得此画真谛。虽然原画已不知下落，但借助此词，我们仍可领略到这幅手卷的神韵和风采。

【注释】

[1] 手卷：书画裱成横幅的长卷，只供案头观赏，不能悬挂。

[2] 迟留：延迟逗留。

[3] 酒筹：旧时饮酒时用以计数的筹子。这里是指酒而言。

[4] 策：鞭打。

[5] 眉攒：双眉紧蹙。

临江仙　张　炎

太白挂巾手卷

忆得沉香歌断后[1]，深宫客梦迢遥。研池残墨溅花妖[2]。青山人独自[3]，早不侣渔樵。　石壁苍寒巾尚挂，松风顶上飘飘。神仙那肯混尘嚣[4]。诗魂元在此，空向水中招。

【品读】

“太白挂巾”可能是根据李白醉游采石、入水捉月而死的民间传说绘制的一幅长卷。本篇虽是一首题画词，但并未局限于画面上的形象和场景，而是在更为广阔的历史背景下，对伟大诗人李白的事迹做了简略的回顾，对他傲岸不羁的性格和怀才不遇的遭际深表敬佩和同情。词的下片写太白挂巾入水，飘然而逝、像神仙一样决心远离“尘嚣”，去追求自己美好的理想，深刻体现了浪漫主义诗人李白的性格和精神。如果这幅画还留传在人间，再配上这首词，那一定是一件无价之宝。

【注释】

[1] 沉香：唐宫中亭名。
[2] 花妖：花月之妖。这里是指玄宗宠妃杨玉环。
[3] 青山：在安徽当涂县东南。李白死后原葬龙山，后迁葬于此。
[4] 尘嚣：喧闹肮脏的尘世。

思佳客　高观国

题太真出浴图

写出梨花雨后晴[1]，凝脂洗尽见天真[2]。春从翠髻堆边见，娇自红绡脱处生[3]。　天宝梦，马嵬尘[4]，断魂无复到华清[5]。恰如伫立东风里，犹听霓裳羯鼓声。

【品读】

此图不知何人所作。画者显然受到白居易《长恨歌》的启示，将诗中的杨贵妃形象用线条和色彩重现于纸上。词的上片咏画，摹写“太真出浴”。《长恨歌》云：“春寒赐浴华清池，温泉水滑洗凝脂。侍儿扶起娇无力，始是新承恩泽时。”这四句诗可以说是画家构图和进行再创作的依据，而词则又将画中人物用优美而凝练的文字展现在读者面前，使人们仿佛又看到了刚从华清池中沐浴起身的绝代佳人的风采。换头三句宕开一笔，叙述天宝末年安禄山叛乱、杨贵妃被赐死于马嵬坡下的悲剧，流露出作者的叹惋之情。结拍两句又回到画面之上：刚刚出浴的杨贵妃，伫立于东风之中，好像正在侧耳细听。她听到了什么？是轻歌曼舞的《霓裳羽衣曲》，还是惊天动地的渔阳鼙鼓声？词意含蓄，韵味浓郁，引人遐思。

【注释】

[1] 梨花句：形容杨贵妃的美貌。《长恨歌》：“玉容寂寞泪阑干，梨花一枝春带雨。”

[2] 凝脂：凝冻油脂，比喻皮肤洁白柔滑。

[3] 红绡：红色的丝绢。这句说脱去红绡衣衫更加娇艳。

[4] 马嵬：马嵬坡。在陕西兴平西，“安史之乱”时唐玄宗从长安西奔成都，缢死杨贵妃于此。

[5] 华清：华清池。在陕西临潼南骊山西北麓。唐贞观十八年（644）建汤泉宫，咸亨二年（671）改名温泉宫，天宝六载（747）扩建并改名华清宫，以后又名华清池。

念奴娇 程 武

题马嵬图

蜀江城远，想连云危栈，接天穷处。惆怅烟尘回首地，双阙觚棱犹故[1]。龙扈星联[2]，羽林风肃[3]，未放鸾骁去[4]。不堪掩面，泪沾宸袖如雨[5]。　底事当日昭阳，吹羌鸣羯[6]，涴却霓裳舞[7]。三十六宫春满眼，曾把色嗔香妒。芳草埋情，飞花陨怨，翻被蛾眉误。画图惊见，黯然魂断千古。

【品读】

《马嵬图》画的是杨贵妃被赐死于马嵬坡下的悲剧场面。白居易《长恨歌》中写道："渔阳鼙鼓动地来，惊破霓裳羽衣曲。九重城阙烟尘生，千乘万骑西南行。翠华摇摇行复止，西出都门百余里。六军不发无奈何，宛转蛾眉马前死。花钿委地无人收，翠翘金雀玉搔头。君王掩面救不得，回看血泪相和流。"细味词意，此图当为《长恨歌》中关于马嵬一段描写的诗意画。词的上片叙述画中的人物和情节，下片抒发作者的感慨，对杨贵妃既有微言，也有惋惜和同情。结拍谓观此图不由人触目惊心，魂断千古，发人深思。词意含蓄，值得玩味。

【注释】

[1] 觚棱：亦作"柧棱"。宫阙上转角处的瓦脊。

[2] 龙扈：护驾的侍从人员。

[3] 羽林：护卫皇帝的禁卫军。

[4] 鸾骁：为皇帝驾车的御马。鸾，同"銮"。骁（táo 逃），马三岁或四岁之称。

[5] 宸袖：皇帝的衣袖。宸，皇帝的代称。

[6] 吹羌：吹笛。羌，羌笛的省称。鸣羯：鸣鼓。羯，羯鼓的省称。

[7] 涴（wò 卧）：沾污。

沁园春 汪莘

挂黄山图十二轴，恰满一室，觉此身真在黄山中也，赋此词寄天都峰下王道者。

家在柳塘，榜挂方壶[1]，图挂黄山。觉仙峰六六，满堂峭峻；仙溪六六，绕屋潺湲。行到水穷，坐看云起[2]，只在吾庐寻丈间。非人世，但鹤飞深谷，猿啸高岩。　如今老疾蹒跚，向画里嬉游卧里看。甚花开花落，悄无人见，山南山北，谁似余闲？住个庵儿，了些活计，月白风清人倚阑。山中友，类先秦气貌，后晋衣冠。

【品读】

作者是一位“黄山迷”，早年屏居山中读书，晚年结庐柳塘（在安徽休宁境内），仍时时拄杖往游。他不仅赋词咏赞黄山，而且还亲自绘成十二幅黄山挂轴，挂在自己的书房，所以才会感到此身时时都在黄山之中。如此看来，说他是一位“黄山迷”一点也不过分。本篇上片叙事，对黄山优美的风光略加点染。下片抒情，对因年老体衰，不能再登黄山，只得“向画里嬉游卧里看”深表遗憾。结处向天都峰下的老朋友——王道者致意，称赞他衣冠简朴、格调高古，是一位道行很深的长者。这十二幅黄山图，如果能发掘出来，把它们挂在“玉屏楼”或“北海宾馆”，一定会给黄山增添不少光彩，吸引更多的中外游人。

【注释】

[1] 方壶：传说中的海上仙山。这里是借指黄山。

[2] 行到二句：王维《终南别业》：“行到水穷处，坐看云起时。”

临江仙　俞紫芝

题青溪图

弄水亭前千万景[1]，登临不忍空回。水轻墨淡写蓬莱。莫教世眼[2]，容易洗尘埃。　收去雨昏都不见，展时还似云开。先生高趣更多才。人人尽道，小杜却重来[3]。

【品读】

《青溪图》的作者为张公诩。张与俞紫芝大约同时或稍早，为北宋中叶人。此图南宋初期犹存，《能改斋漫录》的作者吴曾曾经在"智者草堂"见过。从词中看，这是一幅淡墨山水图。词人不但对画中的意境用简洁的文字做了描述，而且也盛赞画家志趣高雅，多才多艺，好比"小杜"再生。

【注释】

[1] 弄水亭：不详。

[2] 世眼：世俗的眼光。

[3] 小杜：指唐诗人杜牧。

甘州　张炎

题戚五云云山图

过千岩万壑古蓬莱[1]，招隐竟忘返[2]。想乾坤清气[3]，霏霏冉冉，却在阑干。洞户来时不锁[4]，归水映花关。只可自怡悦，持寄应难[5]。　狂客如今何处[6]？甚酒船去后，烟水空寒。正黄尘没马，林下一身闲。几消凝、此图谁画，细看来、元不是终南[7]。无心好、休教出岫[8]，只在深山。

【品读】

宋人戚文秀以画山水、壁画著称，尤其擅长画水。他的后裔戚仲、戚元化师承家传绘画技法，在南宋画坛也颇有名。这幅《云山图》的作者戚五云，不知是否也是戚文秀的后代。据词意，此图所绘当为江南云山风光，很可能是千岩竞秀、万壑争流的山阴道上景物。图美，词亦美。作者以抒情的笔调，将画中的优美意境栩栩如生地呈现在读者眼前，使我们仿佛也观赏了这幅已经失传的名画一样，得到一次自然山水的美感享受。

【注释】

[1] 古蓬莱：疑指浙江绍兴卧龙山下的蓬莱阁。

[2] 招隐：寻访隐士。

[3] 乾坤清气：天地之间充满了清明爽朗之气。

[4] 洞户：神仙所居的洞府。

[5] 这两句化用陶弘景《诏问山中何所有赋诗以答》诗意。原诗为："山中何所有？岭上多白云。只可自怡悦，不堪持赠君。"

[6] 狂客：指唐诗人贺知章，晚年隐居越中，自号"四明狂客"。

[7] 终南：指终南山，在陕西西安市南。

[8] 岫（xiù 袖）：山穴。

昭君怨 高观国

题春波独载图

一棹莫愁烟艇[1]，飞破玉壶清影[2]。水溅粉绡寒，渺云鬟。 不肯凌波微步[3]，却载春愁归去。风淡楚魂惊，隔瑶京[4]。

【品读】

从词意看，这幅《春波独载图》画的是一位女子月夜独自乘舟归去，也许是在春日游湖之后。上片摹写图中景象，下片描绘画中人物。词的语言清丽，意境幽眇，形象生动，完美地体现了画家的创作意图。

【注释】

[1] 莫愁：古乐府中所传女子，善歌谣。又江苏南京水西门外有莫愁湖。

[2] 玉壶：比喻月亮。

[3] 凌波微步：在水波上面举步轻盈。

[4] 瑶京：玉京，指帝都。

浣溪沙　周紫芝

和陈相之题烟波图

水上鸣榔不系船[1]，醉来深闭短篷眠。潮生潮落自年年。　一尺鲈鱼新活计，半蓑烟雨旧衣冠。庙堂空有画图看[2]。

【品读】

《烟波图》与原题词者陈相之均未详。从本篇词意看，此图所绘当是出入烟波之中的渔翁生活。前五句咏赞悠然自得、无忧无虑的江上渔者，结句谓在朝廷做官的人只能观图兴叹，徒然产生羡慕之情。小词言短意浓，寥寥数语将画中人物生动而形象地再现于纸上，读来饶有情韵。

【注释】

[1] 榔：捕鱼时用来敲船的长木棒。

[2] 庙堂：指朝廷。

贺新郎　蒋　捷

题后院画像

绿堕云垂领。背琵琶、盈盈袖手，粉闲红靓[1]。依约春游归来倦，又似春眠未醒。滟寒泚、低迷蓉影[2]。莺带松声飞过也，柳窗深、尚记停针听。魂浩荡，孤芳景。　　金钗断股瓶沉井。问苏城、香销卷子[3]，倩谁题咏？灯晕青红残醉在，小院屏昏帐暝。误瞋怪、眉心慵整。人道真真招得下，任千呼万唤无言应。空对此，泪花冷。

【品读】

蒋捷有三首《贺新郎》（即“梦冷黄金屋”“妾有琵琶谱”“绿堕云垂领”），写的可能是同一个人，即一位善弹琵琶的女子。他们之间关系密切，感情很深，似曾有过一段爱恋生活。后来不知什么原因离散，作者朝思暮想，恋恋不忘，曾打算“待把宫眉横云样，描上生绡画幅”。不久果然请人（或者竟为作者本人）将她的芳容绘成图像，挂在后院的一间幽室之中，以表达自己的深情怀念。此阕即为吟咏“后院画像”而作。上片摹写画中人物，既刻画伊人“背琵琶、盈盈袖手”的倩姿丽影，同时也点出了她在绿窗下穿针引线、缝补衣衫的往事，可见出他们之间非同一般的亲密关系。下片抒发离散（也可能是诀别）之后，无限沉痛的思念之情。结处叙述词人望着画像“任千呼万唤无言应”，不觉黯然销魂，簌簌泪下。本篇与一般的题画词不同，其中包含着一个哀婉动人的故事，它的本事已不可考，细味词意，很可能是一首悼亡之作。

【注释】

[1] 红靓（jìng 静）：以脂粉妆饰。

[2] 滟寒泚（cǐ 此）：波光闪烁鲜明。

[3] 苏城：指苏州，盛产作画的丝绢。　卷子：指画卷。

艺人剪影

山亭柳 晏殊

赠歌者

家住西秦[1]，赌薄艺随身。花柳上[2]，斗尖新[3]。偶学念奴声调[4]，有时高遏行云[5]。蜀锦缠头无数[6]，不负辛勤。　数年来往咸京道[7]，残杯冷炙谩消魂[8]。衷肠事，托何人？若有知音见采，不辞遍唱阳春[9]。一曲当筵落泪，重掩罗巾。

【品读】

本篇描写一位歌女沦落风尘、由盛而衰、历尽世态炎凉的悲惨遭遇。词中以第一人称的口气为女主人公写了一篇小传。上片回忆她青年时期卖唱生活的经历，生动地刻画出一位出身贫寒、技艺超群、天真单纯的歌女形象。下片描写当前的处境，唱出了“歌者”凄凉悲苦的心声。词一般侧重抒发主观感情，较少用来描写故事、人物和情节的。这首词则是以叙事为主，通过叙事来抒情。在一篇不足八十字的小词中，女主人公的出身、经历和性格被作者描绘得栩栩如生，真切感人。在宋词中可以说是一篇思想价值和艺术价值都比较高的好作品。

【注释】

[1] 西秦：指今陕西、甘肃一带，春秋战国时属于秦国，在六国西边，故称西秦。

[2] 花柳上：花柳场中。花柳，指妓女。

[3] 斗尖新：斗巧争新。

[4] 念奴：唐天宝中著名歌女。

[5] 高遏行云：形容歌声高昂嘹亮，响彻云霄，阻止了空中的流云。

[6] 蜀锦：四川生产的彩锦。 缠头：古时赠送给歌舞者的锦帛或财物。

[7] 咸京道：从咸阳到汴京的路上。或谓咸京即指咸阳，因秦建都咸阳，故称咸京。

[8] 残杯冷炙：吃剩下的酒肉。炙（zhì 至），烤肉。 谩，徒然。消魂：黯然伤情。

[9] 阳春：古代楚国的歌曲名，是当时的一种高级音乐。

迷仙引　柳　永

才过笄年[1]，初绾云鬟[2]，便学歌舞。席上尊前，王孙随分相许[3]。算等闲、酬一笑，便千金慵觑[4]。常只恐、容易蕣华偷换[5]，光阴虚度。　已受君恩顾[6]，好与花为主。万里丹霄，何妨携手同归去。永弃却、烟花伴侣。免教人见妾，朝云暮雨。

【品读】

这首词通过一位歌舞艺伎对她的知心人剖诉衷曲，表达了沦落风尘的女子迫切盼望从良的愿望。词是用第一人称的语气来写的。上片叙述女主人公的经历：她小小年纪，便流落烟花巷陌，学会歌舞弹唱，常常在酒席之上为王孙公子们演出。赏赐虽然丰厚，但她不慕虚荣繁华，视金钱如草芥，一心只想跳出火坑，去过普通人的正常生活。短短数句，揭示出这位歌伎的性格和精神面貌。下片写她结识这位知心人后，感到生活有了希望，恳求他尽快把自己救出苦海，“永弃却、烟花伴侣”，以免再受到人们的歧视和侮辱。

【注释】

[1] 笄（jī 鸡）年：指古代女子可以盘发插笄（簪子）的年龄，即成年。古人以十五岁为女子的及笄之年。

[2] 云鬟：形容女子的发髻浓密卷曲如云。

[3] 随分：犹随便。

[4] 慵觑：懒得瞧。觑，斜看，细看。

[5] 蕣（shùn 顺）华：木槿花。此花朝开暮落，花期极短，常用以比喻荣华、青春转瞬即逝。

[6] 顾：怜惜，眷顾。

木兰花 柳永

心娘自小能歌舞，举意动容皆济楚[1]。解教天上念奴羞[2]，不怕掌中飞燕妒[3]。　玲珑绣扇花藏语，宛转香茵云衬步[4]。王孙若拟赠千金，只在画楼东畔住。

【品读】柳永有四首《木兰花》，分别描写心娘、佳娘、虫娘、酥娘等四位歌舞艺伎。此阕叙述心娘自小能歌善舞，她容貌出众，歌声婉转，舞姿动人，在艺坛技压群芳，使唐代的念奴和汉代的赵飞燕也会感到羞愧和嫉妒。结尾两句简直就是为心娘做广告，以此招徕顾客，这大概也是柳词受到乐工歌伎欢迎的原因之一吧。

【注释】

[1] 济楚：整齐，漂亮。

[2] 念奴：唐代天宝年间著名的歌伎，善歌舞。

[3] 飞燕：汉成帝皇后赵飞燕，善歌舞，体轻如燕。

[4] 香茵：华贵的地毯。

减字木兰花 张先

垂螺近额[1]，走上红裀初趁拍[2]。只恐轻飞，拟倩游丝惹住伊[3]。　文鸳绣履[4]，去似杨花尘不起。舞彻《伊州》[5]，头上宫花颤未休。

【品读】

本篇写一位青年艺伎的舞蹈表演。词人以细腻的笔触，刻画了演出者的妆饰及其轻盈飘逸的舞姿。她身轻如燕，疾步登场，在红地毯上踏着节拍翩翩起舞。观赏者如醉如痴，似乎感到她就要飞到天上去一样，从而生出异想，希望“游丝”把她系住。结拍写曲终舞止，而演出者头上的宫花还在不停地颤动，这一细节十分生动，读来余音不绝。

【注释】

[1] 垂螺近额：谓女子螺形发髻垂在前额之上。

[2] 红裀（yīn因）：红色的地毯。　趁拍：和着节拍。

[3] 拟倩：想请。　游丝：蜘蛛等所吐的丝，因其飘荡于空中，故称游丝。　惹：粘住。

[4] 文鸳绣履：指绣着鸳鸯的舞鞋。

[5]《伊州》：唐大曲名。传为西凉节度使盖嘉运所进。词牌中有《伊州令》。

菩萨蛮　晏几道

哀筝一弄湘江曲[1]，声声写尽湘波绿。纤指十三弦，细将幽恨传。　当筵秋水慢[2]，玉柱斜飞雁[3]。弹到断肠时，春山眉黛低[4]。

【品读】

这首词描写一位女艺人美妙绝伦的弹筝技巧。筝，是一种古老的拨弦乐器，战国时已流行于秦地，故又名“秦筝”。宋代教坊用筝均为十三弦，后增至十八弦、二十一弦、二十五弦等。传统演奏法是用右手大、食、中三指弹弦，左手食指、中指按弦，现已发展为双手均可弹奏。此阕上片描写所弹的曲调和声情，下片刻画弹筝女子的情态和心理。笔触细腻，形神俱现，形象生动，使人如闻其声，如见其人。

【注释】

[1] 一弄：弹奏一曲。 湘江曲：关于舜之二妃投湘江而死的乐曲。

[2] 秋水：形容弹筝女子的眼波清澈明亮。秋水慢，谓眼神凝视。

[3] 玉柱：弦柱的美称。 斜飞雁：比喻弦柱排列如秋雁斜飞。

[4] 这句形容女子敛眉垂目，心情悲伤。

诉衷情 苏 轼

琵琶女

小莲初上琵琶弦，弹破碧云天。分明绣阁幽恨，都向曲中传。 肤莹玉，鬓梳蝉[1]，绮窗前。素娥今夜[2]，故故随人[3]，似斗婵娟[4]。

【品读】

这首词写月夜听一名叫小莲的艺伎窗下弹奏琵琶。上片叙述曲声低回，分明传达出女子的幽怨；下片描绘伊人的容仪，展现出一幅月下美人图。词用素描手法，为“琵琶女”留下了一幅淡雅的剪影。

【注释】

[1] 鬓梳蝉：蝉鬓是古代妇女的一种发式。这句说琵琶女梳成蝉鬓式的发型。

[2] 素娥：指月亮。

[3] 故故：故意，特意。

[4] 婵娟：美女，指琵琶女。这三句说月亮故意跟随着琵琶女，好像要和她比一比谁更美一样。

忆帝京 黄庭坚

赠弹琵琶妓

薄妆小靥闲情素[1]，抱著琵琶凝伫[2]。慢撚复轻拢[3]，切切如私语[4]。转拨割朱弦[5]，一段惊沙去。　万里嫁、乌孙公主[6]。对易水、明妃不渡[7]。泪粉行行，红颜片片，指下花落狂风雨[8]。借问本师谁？敛拨当心住[9]。

【品读】

这首词是题赠给一位弹奏琵琶的女艺人的。上片开篇两句，用素描手法刻画女子的外表和神态，接着写弹奏的过程和曲调的优美动人。下片通过弦外之音，揭示琵琶妓的心理活动，一曲《昭君怨》引起了女主人公的共鸣，暗示出她凄苦哀怨的身世和经历。结拍写词人与琵琶妓的对话。作者问她技艺如此精湛，不知出自哪位名师门下，琵琶妓摇首不答，只见她收起拨子，放在胸前，暗示其乃无师自通。这一细节描绘得生动而传神，琵琶妓的形象也宛若在目了。

【注释】

[1] 小靥：面颊上的小酒窝儿。情素：真情实意。这句说琵琶妓淡妆素抹，脸上一对小小的酒窝儿，一副天真诚恳的神态。

[2] 凝伫：有所思虑，期待而立着不动。

[3] 慢撚、轻拢：形容弹奏琵琶时的动作和姿态。撚、拢，均为弹奏琵琶的指法。

[4] 切切：形容声音微小。

[5] 拨：即拨子。宋以前多用木质薄片为拨子弹奏琵琶，其后逐渐改为以手指弹奏。朱弦：亦作朱丝，指染成朱红色的琴弦。

[6] 乌孙公主：汉江都王刘建之女，名细君，元封中，乌孙（西域国名）王昆莫遣使求婚，武帝饰细君为公主妻之，世称乌孙公主。

[7] 明妃：即王昭君。

[8] 指下：手指之下。这里是说手指下弹出的琵琶之声。

[9] 敛拨：收起拨子。

鹧鸪天 朱敦儒

唱得梨园绝代声[1]，前朝惟数李夫人[2]。自从惊破霓裳后[3]，楚奏吴歌扇里新。　　秦嶂雁，越溪砧[4]，西风北客两飘零。尊前忽听当时曲[5]，侧帽停杯泪满巾[6]。

【品读】

这首词中描写的女主人公“李夫人”，就是北宋末年汴京的名妓李师师。据说她色艺双全，琴棋书画无所不通，尤以歌舞精妙绝伦盛称一时。著名文人周邦彦、晁冲之等都和她有过交往，宋徽宗也曾多次微服私访其家。汴京沦陷后，她流落江南，在湖湘一带卖艺为生，晚境十分凄凉寂寞。刘子翚七绝组诗《汴京纪事》之一曾描述她逃难到南方以后的情况：“辇毂繁华事可伤，师师垂老过湖湘。缕衣檀板无颜色，一曲当时动帝王。”此阕与刘子翚的诗情调相同，写的都是闻歌感旧，通过女艺人李师师的盛衰辛酸，反映了战乱给各阶层人民带来的巨大的痛苦和不幸。同是天涯沦落人，异地重逢倍伤情。时移世变，往事不堪回首，“尊前忽听当时曲，侧帽停杯泪满巾”，表达了作者无限沉痛悲凉的心情。李师师的遭遇，只不过是靖康、建炎年间千百万难民的一个缩影。

【注释】

[1] 梨园：唐玄宗时教练宫廷歌舞艺人的地方。

[2] 李夫人：传说李师师曾被封为“瀛国夫人”。

[3] 霓裳：指唐代宫廷乐舞《霓裳羽衣舞》。这句以唐代“安史之乱”比喻金兵入侵、汴京沦陷。

[4] 秦嶂雁：北方飞来的大雁。秦嶂，泛指中原的山峦。　越溪砧：江南妇女的捣衣之声。

[5] 尊前：在酒杯面前，指饮酒。

[6] 侧帽：帽子歪斜，谓衣冠不整，表示心情不好。

贺新郎 刘学箕

代黄端夫。白牡丹，京师妓李师师也。画者曲尽其妙，输棋者赋之。

午睡莺惊起。鬓云偏、髫松未整，凤钗斜坠。宿酒残妆无意绪[1]，春恨春愁如水。谁共说、厌厌情味。手展流苏腰肢瘦[2]，叹黄金、两钿香消臂。心事远，仗谁寄？　帘栊渐是槐风细。对梧桐、清阴满院，夏初天气。回首春空梨花梦，屈指从头暗记。叹薄幸抛人容易。目断孤鸿沉双鲤，恨萧郎不寄相思字[3]。幽恨积，黛眉翠。

【品读】

此阕是为北宋末年东京名妓李师师画像所作的题词。南渡之初作者的祖父刘子翚在《汴京纪事》组诗中曾咏叹过李师师的不幸遭遇，数十年后词人看到这位一代歌星的遗像仍然感叹不已，说明李师师在当时文士阶层中是颇有影响的。此画不知何人所作，是否流传下来也不得而知。从词中看，画者确能“曲尽其妙”，将画中人物的神态描绘得栩栩如生，脉脉含情。仿佛这位色艺双绝的女艺人正鬓发散乱、愁眉紧锁、满怀幽恨地站在读者面前。虽然今日已无法看到画上的玉容，但这首词却为我们留下了一幅绝代佳人的艺术剪影。

【注释】

[1] 宿酒：隔夜饮酒。

[2] 流苏：下垂的缨子，用五彩羽毛或丝线制成。古代用作车马、帐幕等的装饰品。这里是指帐上的装饰品。

[3] 萧郎：本为对萧姓男子的称谓，后泛指女子所爱恋的男子。

期夜月 刘濬

金钩花绶系双月，腰肢软低折。揎皓腕[1]，萦绣结[2]。轻盈宛转，妙若凤鸾飞越[3]。无别。香檀急扣转清切[4]，翻纤手飘瞥[5]。催画鼓，追脆管[6]，锵洋雅奏，尚与众音为节[7]。

当时妙选舞袖，慧性雅姿，名为殊绝。满座倾心注目，不甚窥回雪。纤怯，逡巡一曲《霓裳》彻[8]，汗透鲛绡湿[9]。教人与，傅香粉，媚容秀发，宛降蕊珠宫阙[10]。

【品读】

这首词描写的是一位女鼓手。据说在乐部中“惟杖鼓鲜有能工之者”，因为鼓手一般兼司拍板，要以鼓点、手势和拍板来统一节奏、控制速度，并使整个乐队协调一致，其作用有点像现代乐队中的指挥。两宋乐部中，女鼓手并不多见，如今出了一位技艺超群的人物，作者多次听过她的演奏，十分仰慕崇拜，于是写了这首词加以咏赞。词的上片描绘她击鼓时的姿态、风采以及“与众音为节”的娴熟技艺；下片叙述“满座倾心注目”地欣赏她的精彩表演，当奏完一曲之后，只见女鼓手汗透鲛绡，面如傅粉，媚容秀发，宛若天仙降临人间。据《绿窗新话》引《古今词话》说，这位女鼓手名叫杨素娥，由于刘濬的这首词，她也因此而“名振京师”，成为当时最受欢迎的女艺人之一。

【注释】

[1] 揎：卷起或捋起袖子。　皓腕：雪白的手臂。

[2] 萦绣结：系上绣花腰带。

[3] 这两句形容击鼓时的姿势如鸾飞凤舞。

[4] 香檀：指用檀香木做的鼓槌。　急扣：快击。

[5] 这句写她翻过手来轻轻地击鼓。

[6] 脆管：指声音清脆的箫笛一类的管乐器。

[7] 这句说使各种乐器的声音协调一致。

[8] 逡巡：顷刻，须臾。《霓裳》：即《霓裳羽衣曲》。

[9] 鲛绡：传说中鲛人所织的丝绢。这里是指女鼓手所穿的丝绸衣服。

[10] 蕊珠宫：为道家所说的神仙宫阙。

菩萨蛮 张孝祥

赠筝妓

琢成红玉纤纤指，十三弦上调新水[1]。一弄入云声[2]，月明天更青。　匆匆莺语啭，待寓昭君怨[3]。寄语莫重弹，有人愁倚栏。

【品读】

这首词写作者听“筝妓”弹奏两支曲子后的不同感受。先弹的是新《水调》，其音高亢，听后顿觉胸怀开阔，以至感到“月明天更青”。后弹的是《昭君怨》，其音凄婉，听后不觉愁情满怀，倚栏沉思，并告诉她不要再弹下去了。词中通过听者的不同反应，表现了“筝妓”技艺的高超和曲调动人心魄的艺术魅力。

【注释】

[1] 调新水：指《水调歌》，相传为隋炀帝开汴河所制。唐人演为大曲，后用其中序第一章为词调，即《水调歌头》。

[2] 弄：这里指弹筝。　入云声：谓筝声高遏行云。

[3] 昭君怨：乐府《琴曲》歌名，词调中亦有《昭君怨》。

减字木兰花 赵彦端

赠摘阮者

四弦续续[1]，山水依然关塞足。天上新声，谪堕人间得自名[2]。

清歌宛转[3]，弹向指间依旧见。满眼春风，不觉黄梅细雨中[4]。

【品读】

这首词是题赠给一位善弹月琴的艺人的。阮，即“阮咸”的简称，古乐器名，属琵琶类。据传唐武后时，蜀人蒯朗在古墓中发掘出一件铜器，形似琵琶而稍圆，当时的人都不认识。有位叫元行冲的说，这是晋朝“竹林七贤”之一的阮咸所造。于是叫匠人用木料仿造了一个。外形像月亮，声音则似琴，于是命名曰“月琴”。后来杜佑从《竹林七贤图》中发现，这种乐器与阮咸所弹的相同，因此又称为“阮咸”(见《三才图会》)。作者听了这位“摘阮者”弹奏的音乐，不觉心旷神怡，满眼春风，以为是“天上新声”传到了人间，于是怀着敬佩的心情赋词赞之。

【注释】

[1] 续续：形容琴声顿挫起伏，若断若续。

[2] 新声：新制乐歌。 谪堕人间：谓仙人贬谪到尘世。这两句说，“摘阮者”所弹之乐曲如仙音帝乐，高雅不凡，传到人间才得了这样一个美名（指乐曲名称）。

[3] 宛转：委婉曲折。

[4] 黄梅细雨：即黄梅雨。这两句说，一曲奏罢，在听众眼前仿佛出现了春风拂面、梅雨绵绵的意境。

清平乐 刘克庄

顷在维扬，陈师文参议家舞姬绝妙，赋此。

宫腰束素[1]，只怕能轻举。好筑避风台护取[2]，莫遣惊鸿飞去[3]。 一团香玉温柔，笑颦俱有风流。贪与萧郎眉语[4]，不知舞错《伊州》[5]。

【品读】

这首词描写的是一位“家姬”。所谓家姬，就是封建时代一些达官贵人家庭蓄养的艺伎。她们以歌舞为主人侑觞，或者在主人宴客时做即兴表演。此阕上片四句用夸张手法描绘舞姬的轻盈体态，换头两句刻画其迷人的风韵。以上六句虽然文辞精美，形象生动，但并未超出前人同类作品之上。结拍两句描写这位女子在歌舞时与意中人眉目传情，频送秋波，不知不觉间离开音乐节拍，舞错了《伊州》，而自己却没有发现。一个“贪”字，一个“不知”，将舞姬偷觑情人的心理和神态刻画得惟妙惟肖，令人称绝。这两句使此词生色不少，因而被人赞为“妙语”“警句”。

【注释】

[1] 宫腰束素：形容女子腰肢纤细。

[2] 避风台：据说汉成帝皇后赵飞燕体态轻盈，善歌舞，成帝恐其被风吹走，为其制七宝避风台。

[3] 惊鸿：受惊的鸿雁。比喻美人体态轻盈。

[4] 萧郎：本指萧姓男子，后用作女子意中人的代称。

[5] 《伊州》：唐大曲名。伊州，在今新疆哈密。

秋夜雨 吴潜

依韵戏赋傀儡

腰棚傀儡曾悬索[1]，粗瞒凭一层幕[2]。施呈精妙处，解幻出、蛟龙头角。　谁知鲍老从旁笑[3]，更郭郎、摇手消薄[4]。歧路难准托，田稻熟、只宜村落[5]。

【品读】

这首词写的是傀儡戏中的悬丝傀儡。词中既赞扬了艺人的精彩表演，同时也刻画了一些细节，如变幻蛟龙、鲍老打趣、郭郎摇手等，为我们了解和研究宋代傀儡戏的艺术，提供了生动的资料。

【注释】

[1] 腰棚：亦作“游棚”“邀棚”，指当时勾栏瓦舍一类演出杂剧的场所。

[2] 这句说，傀儡戏的舞台简简单单，用一层帷幕遮住，使观众看不到台下操纵悬丝傀儡的人。

[3] 鲍老：宋代舞队和杂剧中逗人笑乐的人物。这里是指傀儡戏中的丑角。

[4] 郭郎：可能是指操纵傀儡的一位姓郭的艺人。　消薄：疑为“浇薄”的转音。这句是记述演出中的一个插曲——鲍老在做着各种怪相，逗人发笑，而郭郎则操纵另一傀儡摇手讽刺鲍老太浅薄。

[5] 歧路：岔路。这两句慨叹仕途多艰，不如农村，稻子成熟就能吃上饭。

醉桃源 吴文英

赠卢长笛

沙河塘上旧游嬉，卢郎年少时。一声长笛月中吹，和云和雁飞[1]。

惊物换，叹星移[2]，相看两鬓丝。断肠吴苑草凄凄[3]，倚楼人未归。

【品读】

这首词写作者与一位善吹长笛的艺人久别后的重逢。上片回忆少年时代的往事：记得当年我和卢郎曾在故乡的水塘中一起游水嬉戏，也曾在月明之夜听过你那悠扬婉转的笛声。短短四句，将彼此的亲密友情以及卢郎的特长描绘得栩栩如生。下片感叹岁月易逝，物换星移，如今异乡重逢，彼此都已年迈苍苍，鬓发斑白，尚未能回归故里，泪眼相望，恍若隔世，能不令人伤心落泪！词语平易，不事雕饰，感情却很深挚，与梦窗多数词作浓丽晦涩的风格大异。

【注释】

[1] 这句说笛声高扬，和云雁一起飞旋于空中。

[2] 物换、星移：景物改换，星度推移。谓时序迁变，岁月流逝。

[3] 吴苑：泛指吴中宫苑，此时作者可能寓居苏州。

玉楼春 吴文英

京市舞女

茸茸狸帽遮梅额[1]，金蝉罗翦胡衫窄[2]。乘肩争看小腰身，倦态强随闲鼓笛。　问称家住城东陌，欲买千金应不惜。归来困顿殢春眠[3]，犹梦婆娑斜趁拍[4]。

【品读】

这首词写的是南宋都城临安元宵节前后活跃于市内的一支少年女子歌舞队。这种舞队名目繁多，如“清音”“遏云”“男女竹马”“旱划船”“村田乐”“仕女”“胡女”等，不下数十百种。自去岁冬至日起，便开始出来为游人表演，至十六夜收灯，舞队方散。从“金蝉罗翦胡衫窄”句看，词中所写当为“胡女”舞队。据周密《武林旧事》载：“都城自旧岁冬孟驾回，则已有乘肩小女，鼓吹舞绾者数十队，以供贵邸豪家幕次之玩。”词的上片描写少年女子舞队的装束打扮以及在街市上表演的情景；下片叙述作者询问舞女们的住处，归来在梦中还仿佛看到她们那婆娑美妙的舞姿。此阕非专叙一人一事，而是描写一群载歌载舞的少女，对了解当时都城临安欢度元宵的民情风俗有一定价值。

【注释】

[1] 狸帽：狐狸皮做的帽子。　梅额：额上画着梅花的形状，即所谓的梅花妆。

[2] 金蝉罗：薄如蝉翼的金色绫罗。　胡衫：指北方少数民族的服装。

[3] 殢（tì替）：困倦。

[4] 婆娑：形容舞姿优美。　趁拍：踏着节拍起舞。

贺新郎　蒋　捷

弹琵琶者

妾有琵琶谱。抱金槽、慢撚轻抛[1]，柳梢莺妒。羽调六么弹遍了[2]，花底灵犀暗度[3]。奈敲断、玉钗纤股。低画屏深朱户掩，卷西风、满地吹尘土。芳事往[4]，蝶空诉。　天天把妾芳心误。小楼东、隐约谁家，凤箫鼍鼓[5]。泪点染衫双袖翠，修竹凄其又暮[6]。背灯影、萧条情互。捐佩洲前裙步步[7]，渺无边、一片相思苦。春去也，乱红舞[8]。

【品读】

这首词以第一人称的语气，写一位琵琶女的凄凉境况及其愁苦寂寞的心情。她身怀绝技，弹起琵琶来可以使“柳梢莺妒”，可惜世无知音，年华虚度，芳心屡误，空惹得“一片相思苦”。词情哀婉，缠绵悱恻，在琵琶女的形象中寄托了作者的身世之感。

【注释】

[1] 金槽：金黄色的弦槽。槽，琵琶一类乐器上架弦的格子，即弦槽。　撚、抛：均为弹奏琵琶的指法。

[2] 羽调：中国古代将音阶分为宫、商、角、徵、羽五级，谓之五音，又称五声。羽调，即属于羽的曲调。　六么：琵琶曲名。

[3] 灵犀：犀牛角。旧说犀牛为灵异之兽，角中有白纹如线，直通两头。比喻两心相通。

[4] 芳事：花事。这句说春归花落。

[5] 鼍鼓：鼍皮所做的鼓。鼍是一种爬行动物，俗称猪婆龙，即扬子鳄。

[6] 修竹：长竹。

[7] 捐：遗弃。　佩：衣上的饰物。

[8] 乱红舞：谓落花纷纷随风飞舞。

踏 莎 行　刘仁父

赠傀儡人刘师父

不假牵丝，何劳刻木[1]。天然容貌施妆束。把头全仗姓刘人[2]，就中学写秦城筑。　　伎俩优长，恢谐软熟[3]。当场喝采醒群目[4]。赠行无以表殷勤，特将谢意标芳轴[5]。

【品读】

宋代傀儡戏有杖头傀儡、悬丝傀儡、药发傀儡、水傀儡和肉傀儡等几大类。所谓肉傀儡是用人代替木偶，搬演戏文。据灌圃耐得翁《都城纪胜》载，肉傀儡是“以小儿后生辈为之”。有人认为是由大人托举儿童，使之模仿木偶的动作。词中的刘师父就是这样一位托举儿童演出杂戏的艺人。作者观看了他的表演，认为他的技艺精湛娴熟，深受群众欢迎，于是填了这首词，并亲笔书写，裱为挂轴赠给他，以表达自己和广大观众的谢意。词语朴实无华，犹如临别赠言，反映了当时民间艺人与观众之间的亲密关系。

【注释】

[1] 牵丝：指悬丝傀儡，需用丝绳牵动木偶，方能表演各种动作。刻木：指木偶，用木头雕刻成各种人物形象。这两句说，以人为之的肉傀儡，不用牵动丝绳，也无须雕刻木偶，即可开场表演。

[2] 把头：把持一方或某种行业的头面人物。这句是说，刘师父是这个傀儡戏班的领头人。

[3] 软熟：柔婉娴熟。

[4] 醒群目：引起众人注目。

[5] 芳轴：美好的卷轴。轴，古代装成卷轴形的书。这里是指题词的卷轴。

贺新郎　李南金

赠妓

流落今如许！我亦三生杜牧[1]，为秋娘著句[2]。先自多愁多感慨，更值江南春暮。君看取、落花飞絮。也有吹来穿绣幌，有因风、飘坠随尘土[3]。人世事，总无据。　佳人命薄君休诉。若说与、英雄心事，一生更苦。且尽尊前今日意，休记绿窗眉妩[4]。但春到儿家庭户。幽恨一帘烟月晓，恐明年、雁亦无寻处。浑欲倩，莺留住。

【品读】

本篇别本题作“感怀”，是为一位歌伎而写的。作者以诚挚和平等的态度，与这位不幸的女子促膝相谈，互诉衷曲，发现彼此原来“同是天涯沦落人”，有着相似的遭遇和命运。词人劝伊休叹红颜薄命，人世间不平之事处处都有。如果把我的一生经历和心事讲给你听，你会感到我比你还要命苦！全词哀婉凄怨，如泣如诉，将被侮辱与被损害的歌女和英雄志士的心连在一起，具有很强的艺术感染力。

【注释】

[1] 三生：即“三世”。本佛教用语。指前生、今生和来生。这句说我的前生是唐代诗人杜牧。

[2] 秋娘：即杜秋娘，文学作品中人物。这里是代指词中的歌伎。

[3] 这三句托物寄意，以落花飞絮比喻沦落风尘的歌伎。

[4] 眉妩：谓眉样美好。这里是指美好的青春年华。

浣溪沙　无名氏

题赠飞竿簇

谁识飞竿巧艺全，儿童群戏艳阳天。十分险处却安然。　海燕舞空萦弱絮[1]，岭猿连臂下层颠[2]。算来真个肉飞仙[3]。

【品读】

“飞竿簇”为宋代杂技之一种，当时属于“百戏技艺”类。可能是在竹竿上表演各种动作，有如今日之走钢丝或爬竿之类。本篇描写的是一群少年杂技演员的精彩表演。他们身轻如燕，艺高胆大，“十分险处却安然”，实在令人叹为观止。

【注释】

[1] 萦：萦回、盘旋。这句形容杂技演员犹如海燕翻飞、柳絮轻扬一样。

[2] 颠：同“巅”，山顶。这句说杂技演员们又像猿猴那样胳臂挽着胳臂从山顶而下。

[3] 肉飞仙：能飞的仙人。

菩萨蛮　无名氏

题刀镊行簇

宝刀迎面摇寒雪[1]，琼梳掠鬓横新月[2]。红颊驻长春，绿鬟轻绾云。　　解飘并括敛[3]，到处题名遍。飞诏待追还[4]，荣居供奉班[5]。

【品读】

宋人杂技中有舞刀、舞剑、舞蛮牌、打筋斗、弄花鼓槌等等之类。“刀镊行簇”即指舞弄刀剑的杂技艺人。本篇写一位女子的刀术。词中除赞其技艺外，同时还描绘了她的梳妆打扮，刻画出一位英姿飒爽、武艺高强的女艺人的形象。

【注释】

[1] 寒雪：形容宝刀飞舞，如冰似雪，寒光闪闪。

[2] 琼梳：精美的梳子。这句说女子头上插着一把宝梳，像一弯新月横斜在鬓发之上。

[3] 飘：谓漂泊。　敛：指敛迹。这句是说卖艺人东奔西走，行止无定。

[4] 飞诏：指皇帝发出的紧急命令。

[5] 供奉班：谓进入宫廷的演员。

蝶恋花 张 炎

题末色褚仲良写真

济楚衣裳眉目秀[1]。活脱梨园[2]，子弟家声旧。诨砌随机开笑口[3]，筵前戏谏从来有[4]。 戛玉敲金裁锦绣[5]。引得传情，恼得娇娥瘦[6]。离合悲欢成正偶[7]，明珠一颗盘中走[8]。

【品读】

"末"，为传统戏曲的角色行当之一，主要表演中年男子。宋元杂剧和明清戏曲中都有这一行当，其表演程式与"生""外"基本相同。本篇是作者为杂剧"末色"演员褚仲良的画像题的词。褚仲良系梨园世家，科班出身，眉清目秀，嗓音又好，且能随机应变，表演十分生动传神。褚仲良在当时可能是一位很受欢迎的演员。这幅写真画像，活灵活现地描绘出他的精湛演技和迷人的风采，词则用形象化的语言将画像栩栩如生地展现在读者面前，为这位杂剧艺人留下了一幅剪影。

【注释】

[1] 济楚：整齐、漂亮。

[2] 活脱：十分相似，酷肖、逼真。梨园：唐玄宗时教练宫廷歌舞艺人的地方。后人称戏班为梨园。

[3] 诨（hùn 混）：诙谐逗趣的话。砌（qiè 窃）：即砌末，又作"切末"，古代戏曲中所用简单布景和大小道具的统称。这句说插科打诨、使用道具、随机应变，样样出色。

[4] 戏谏：指演员在演出过程中临时插入一些片段，对某种社会现象或当前时事进行揭露、规劝和讽刺。

[5] 戛（jiá 荚）玉：敲击玉石。这句说（褚仲良）声如敲金击玉，

字正腔圆，戏装也很合体漂亮。

[6] 娇娥：娇美的女子。这句说（褚仲良）表演极为精彩传神，使许多女观众入迷，以至神情憔悴，身体消瘦。

[7] 正偶：谓正式结为夫妻。这句说经过悲欢离合，男女主人公终于结为夫妻，以大团圆而结束。

[8] 这句形容声音清脆洪亮，如明珠在玉盘中滚动一样。

意难忘　张　炎

中吴车氏[1]，号秀卿，乐部中之翘楚者[2]，歌美成曲得其意旨。余每听，辄爱叹不能已，因赋此以赠。余谓有善歌而无善听，虽抑扬高下，声字相宣，倾耳者指不多屈。曾不若春蚓秋蛩，争声响于月篱烟砌间，绝无仅有。余深感于斯，为之赏音，岂亦善听者耶！

风月吴娃[3]，柳阴中认得，第二香车[4]。春深妆减艳[5]，波转影流花[6]。莺语滑[7]，透纹纱。有低唱人夸。怕误却，周郎醉眼，倚扇佯遮[8]。　底须拍碎红牙[9]。听曲终奏雅，可是堪嗟[10]。无人知此意，明月又谁家？尘滚滚[11]，老年华，付情在琵琶。更叹我，黄芦苦竹[12]，万里天涯。

【品读】

张炎精通音律，与当时歌坛艺人多有交往。早年曾结识苏州著名歌女车秀卿，听过她演唱周邦彦的曲子，认为深得作者意旨，常常击节叹赏不已。多年后两人再次相逢，秀卿用琵琶伴奏，又为他演唱了一曲。词人有感于知音难觅，于是写了这首词赠给她。

【注释】

[1] 中吴：苏州的别称。

[2] 乐部：掌乐之官署。这里是说车氏为乐部所辖之官妓。 翘楚：原意为高出众薪的荆木，后用来比喻杰出的人物。

[3] 风月：指风月场中，即歌楼妓馆。 吴娃：吴地的美女。

[4] 这两句说初见秀卿，是在柳荫下第二辆华丽的车子之中。

[5] 这句说春末天气转暖，换下了艳丽的服装。

[6] 这句说如花似玉的身影随着岸下的流水在波光中转动。

[7] 莺语滑：形容歌声清润甜美，如黄鹂鸣唱。

[8] 周郎：此指周邦彦。这三句说，歌者（车秀卿）恐怕脱腔走板，不得美成意旨，故以扇遮脸，偷偷地斜视听者的反应。

[9] 红牙：指调节乐曲板眼的拍板或牙板。以檀木制成，色红，故名。

[10] 可是：却是。

[11] 尘滚滚：谓风尘仆仆，岁月如流。

[12] 黄芦：枯黄的芦苇。 苦竹：竹名，又称“伞柄竹”。笋苦，不能食。比喻风烛残年，身世凄苦。

国 香 张 炎

沈梅娇，杭妓也，忽于京都见之。把酒相劳苦，犹能歌周清真《意难忘》、《台城路》二曲，因嘱余记其事。词成以罗帕书之。

莺柳烟堤。记未吟青子[1]，曾比红儿[2]。娴娇弄春微透，鬟翠双垂。不道留仙不住[3]，便无梦、吹到南枝[4]。相看两流落，掩面凝羞，怕说当时。 凄凉歌楚调[5]，袅余音不放，一朵云飞。丁香枝上，几度款语深期[6]。拜了花梢淡月，最难忘、弄影牵衣。无端动人处[7]，过了黄昏，犹道休归。

【品读】

宋亡之后，作者北上燕京，偶然与当年杭州名妓沈梅娇相遇。梅娇置酒相劳，二人追忆往事，时移世变，恍若梦中，不禁同兴沦落天涯之叹。梅娇为他演唱了周邦彦的两首歌词，那凄凉哀婉的曲调，如今听来更催人泪下。不知不觉间黄昏已过，女主人还殷勤地留他休要匆匆归去，真是他乡遇故人呵！作者应梅娇之请，写了这首词，并亲自书写于罗帕之上，作为此次意外相逢的纪念。本篇记述了词人在燕京的一段经历，从一个侧面反映了宋末元初艺人、作家和知识分子在乱世中的生活境遇以及他们的思想感情。

【注释】

[1] 青子：指青色的梅子。这句以青子暗喻“梅”字，谓梅娇幼年之时。

[2] 比红儿：唐罗虬曾撰《比红儿诗》百首，悼念名妓杜红儿。

[3] 留仙不住：谓年华暗度，难以留住。仙，指仙姿妙龄。

[4] 南枝：朝南的树枝，这里是指南方。

[5] 楚调：古代楚地的曲调。这里是指周邦彦的《意难忘》和《台城路》。

[6] 款语：亲切的话语。

[7] 无端：无缘无故。

梦幻世界

水龙吟 苏轼

闾丘大夫孝终公显，尝守黄州，作栖霞楼，为郡中绝胜。元丰五年，余谪居黄。正月十七日，梦扁舟渡江，中流回望，楼中歌乐杂作，舟中人言："公显方会客也。"觉而异之，乃作此曲，盖越调《鼓笛慢》。公显时已致仕[1]，在苏州。

小舟横截春江[2]，卧看翠壁红楼起。云间笑语，使君高会[3]，佳人半醉。危柱哀弦[4]，艳歌余响，绕云萦水。念故人老大，风流未减，空回首，烟波里。　　推枕惘然不见，但空江、月明千里。五湖闻道，扁舟归去，仍携西子[5]。云梦南州，武昌东岸，昔游应记。料多情梦里，端来见我，也参差是。

【品读】

本篇作于神宗元丰五年（1082），苏轼被贬为黄州团练副使时。序中所说闾丘大夫，名孝终，字公显，曾任黄州太守，当时已退休回到苏州家乡。词的上片记梦。开篇直叙梦中渡江，躺在船上遥望红楼。次写楼中欢声笑语，歌吹作乐，原来是闾丘大夫在宴请宾客。结处说这位老朋友年纪虽然不小了，但风流不减当年，可惜自己未能出席此一盛会，只能在烟波里回首眺望。下片写梦醒以后的感想。过片由虚入实，描绘眼前江上景物。接着追怀故人，听说他已经退休归隐，但仍然那样风流倜傥，当年在黄州的往事大概不会忘记吧！末尾设想友人也在梦中寻访自己，如果我们真的相见，也许会觉得彼此和从前都差不多，变化并不大呵！此阕通过梦境表达了对故人的深深怀念，情景相融，如幻如真，语言明快，风格潇洒，如天马行空，意境自然浑成。

【注释】

[1] 致仕：古代官员辞官退休称为“致仕”。

[2] 横截：横渡。

[3] 使君：汉以后对州郡长官的尊称。这里是指曾任黄州太守的闾丘孝终。

[4] 危柱：柱上的弦绷得很紧。柱，瑟、筝等拨弦乐器架弦的码子。木制，桥形，立在瑟、筝等的面板上，一柱架一弦。　哀弦：弦声凄婉哀怨。

[5] 西子：即西施，春秋时越国美女，后随范蠡隐居五湖。这三句以范蠡比喻闾丘孝终。

好事近　秦观

梦中作

春路雨添花，花动一山春色。行到小溪深处，有黄鹂千百。　　飞云当面化龙蛇，夭矫转空碧[1]。醉卧古藤阴下，了不知南北[2]。

【品读】

据说这首词是哲宗绍圣二年（1095），秦观被贬监处州盐税时所作。梦中赋诗填词，古不乏人，然醒后多只留下一二残句，像少游这样能将梦中所作完整地记录下来的则属绝无仅有。词的上片写梦中雨后春游。一路上山花烂漫，色彩缤纷，春光多么明媚。词人沿着小溪，缓步行进，来到密林深处，只见千百只黄鹂在自由自在地飞翔、悠闲自得地歌唱。如此奇妙的景象大概也只有在梦中才会看到。下片写梦中“醉卧古藤阴下”，仰望万里碧空，风起云涌，如龙蛇飞舞，变幻出各种各样神奇的形态。作者不禁为之神往，忘乎所以，莫辨东西南北，不知道自己究竟是躺在什么地方。本篇造语奇警，意象幽眇，反映了词人在贬谪生活中，向往自由而不可得，只能托之于梦境。

【注释】

[1] 夭矫：屈伸貌。

[2] 了不知：全不知。

烛影摇红　毛滂

松窗午梦初觉

一亩清阴，半天潇洒松窗午。床头秋色小屏山[1]，碧帐垂烟缕[2]。　枕畔风摇绿户，唤人醒、不教梦去。可怜恰到[3]，瘦石寒泉[4]，冷云幽处。

【品读】

本篇叙述“松窗午梦初觉”后的感受，反映了作者退隐林下的潇洒生活。前半阕描写夏日中午词人高卧松窗之下，室外古木参天，树荫如盖；室内屏风上画着迷人的秋色，碧纱帐中，香烟袅袅，环境多么清幽。词人恍恍惚惚，不知不觉进入了睡梦之中。后半阕叙述午梦初醒以及对梦境恋恋难舍的神情。正当作者梦中来到“瘦石寒泉，冷云幽处”，心旷神怡的时候，忽然一阵清风吹来，摇动“绿户”，惊醒了梦中之人。他深感遗憾，真希望“不教梦去”，在那仙境般的梦幻世界中多流连一会儿呵！此词笔调冷峭，意境清幽，似幻似真，结拍三句尤富神韵。

【注释】

[1] 屏山：即屏风。

[2] 碧帐：绿色的纱帐。

[3] 可怜：可惜。

[4] 瘦石：嶙峋的山石。　寒泉：凛冽的泉水。

点绛唇 李祁

楼下清歌，水流歌断春风暮。梦云烟树，依约江南路[1]。
碧水黄沙[2]，梦到寻梅处。花无数。问花无语，明月随人去。

【品读】 这是一首咏梦之作。上片写暮春楼上听歌，因歌入梦，梦到江南烟水路；下片写寻梦问花，花竟不语，满载一船明月归去。词意迷离恍惚，似幻似真，具有一种朦胧的美感。

【注释】 [1] 依约：依稀，仿佛。 [2] 黄沙：指沙洲、沙滩。

渔家傲 李清照

天接云涛连晓雾[1]，星河欲转千帆舞[2]。仿佛梦魂归帝所[3]。闻天语，殷勤问我归何处？ 我报路长嗟日暮，学诗谩有惊人句。九万里风鹏正举[4]。风休住，蓬舟吹取三山去[5]。

【品读】 本篇黄昇《花庵词选》题作“记梦”，从内容和意境看，确实如梦如幻，浪漫主义色彩很浓。开篇两句绘景，描写黎明时晓雾弥漫、云涛翻滚、银河横斜、群星璀璨的景象。接着叙述词人飘飘欲仙，恍惚来到灵霄宝殿之上，听见天帝殷勤地问她要到哪里去。过片两句紧承上文，化用屈原《离骚》“日忽忽其将暮……路漫漫其修远兮”和杜甫《江上值水如海势聊短述》“语不惊人死不休”诗意，回答天帝的问话。最后三句幻想能像大鹏鸟一样，展翅奋飞，希望“扶摇”之风，也把我这蓬草似的轻舟吹到海上的仙山去。此阕在《漱玉词》中，别具一格，意象飞动，境界壮阔，展现出一个奇幻瑰丽的神话世界，抒发了作者追求理想的豪迈之情。

【注释】

[1] 云涛：风起云涌，如大海波涛。

[2] 星河：银河。星河欲转，谓银河斜转，天将拂晓。

[3] 帝所：天帝的住所，指天宫。

[4] 九万里风鹏正举：比喻自己要像大鹏鸟那样乘风高飞远扬。举，飞翔的意思。

[5] 三山：传说中的海上仙山。

出塞 李石

夜梦一女子引扇求字，为书小阕。

花树树，吹碎胭脂红雨[1]。将谓郎来推绣户，暖风摇竹坞[2]。

睡起阑干凝伫[3]，漠漠红楼飞絮。划踏袜儿垂手处[4]，隔溪莺对语。

【品读】

此阕不但构思奇妙，意境也很空灵。梦中题词，词中说梦，离奇虚幻，使人如坠五里雾中。让我们撇开词题，先来看看它的内容。从换头句可知，上片为“睡起”之前，所写乃是一场“红楼春梦”。原来女子在花开满树、红雨纷飞之际，相思入梦。在梦中她仿佛听到一阵敲门声，便欣喜万分，以为是“郎来推绣户”。及至醒来一看，方知是“暖风摇竹坞”。下片写“睡起”以后。伊人凭栏凝望，只见闺楼外面，飞絮蒙蒙，庭院中悄然无声，连一个人影也没看见。多么令人失望呵！于是她只穿着袜子久久地伫立在那里，谛听从小溪对岸传来的一阵阵彼此唱和的黄莺对语。这首小词清丽含婉，写闺情别开生面。

【注释】

[1] 红雨：落花。
[2] 竹坞：长着竹林的土堆。
[3] 凝伫：久久地站在那里凝望。
[4] 划踏袜儿：即划袜，指只穿着袜子没穿鞋。

夜游宫　陆　游

记梦寄师伯浑[1]

雪晓清笳乱起。梦游处、不知何地。铁骑无声望似水。想关河，雁门西[2]，青海际[3]。　睡觉寒灯里。漏声断、月斜窗纸[4]。自许封侯在万里[5]。有谁知，鬓虽残，心未死！

【品读】

本篇为寄赠友人之作，但不是一般的应酬文字。词中通过梦游边塞，抒发了作者坚持抗金、志在光复中原的爱国情怀。上片叙梦，描写清晨踏雪出征，以梦幻的形式表现作者日夜盼望奔赴疆场为国杀敌的远大理想。下片抒愤，写梦醒以后的失望情绪。诗人躺在床上，回首往事，心潮难平，不禁发出了深深的慨叹："有谁知，鬓虽残，心未死！"词意委婉，一波三折，深刻表达了英雄失意、壮志未酬的悲凉之情。

【注释】

[1] 师伯浑：蜀中隐士，与陆游相识于眉山。《老学庵笔记》卷三："师浑甫，本名某，字浑甫。既拔解，志高退，不赴省试。其弟乃冒其名以行，不以告浑甫也。俄遂登第。浑甫因以字为名，而字伯浑。"
[2] 雁门：关名，在今山西省代县

西北。

[3] 青海：湖名，在今青海省东部。

[4] 漏声断：古代以铜壶滴水计时，漏声停止谓一夜将尽，天色欲明。

[5] 封侯在万里：指立功于万里之外。

水调歌头　辛弃疾

赵昌父七月望日用东坡韵[1]，叙太白、东坡事见寄，过相褒借[2]，且有秋水之约[3]。八月十四日，余卧病博山寺中，因用韵为谢，兼简子似[4]。

我志在寥阔，畴昔梦登天[5]。摩挲素月[6]，人世俯仰已千年。有客骖鸾并凤[7]，云遇青山赤壁[8]，相约上高寒。酌酒援北斗[9]，我亦虱其间[10]。　少歌曰[11]，神甚放[12]，形则眠[13]。鸿鹄一再高举[14]，天地睹方圆。欲重歌兮梦觉，推枕惘然独念，人事底亏全[15]？有美人可语[16]，秋水隔娟娟[17]。

【品读】

这首词是中秋前夕，作者在病中为怀念两位友人而写的。词中用浪漫主义手法，通过对昔日梦境的描写，以表现其寥阔的襟怀。词人展开幻想的双翅，飞上青天，抚摩素月，在云端与李白、苏轼两位大诗人相遇，并一同进入天宫，纵饮放歌，饱览祖国大好河山。这是一种自由自在、无拘无束的理想境界，也是他在现实中受到压抑、壮志难伸的曲折反映。词的结尾，写梦醒后独自卧病博山寺中，“美人”远隔秋水，更加感到寂寞惆怅。

【注释】

[1] 赵昌父：赵蕃，字昌父，号章泉，郑州人，寓居江西玉山县，与作者有交往。

[2] 过相褒借：对我过于称扬。

[3] 且有秋水之约：而且还约定要来秋水观会见我。秋水，指作者在瓢泉住所里的秋水观（又称秋水堂）。

[4] 子似：吴绍古，字子嗣（亦作子似），江西鄱阳人，庆元年间曾任铅山县尉，与辛弃疾有交往。

[5] 寥阔：高远空旷。 畴昔：从前。这两句说，我有志遨游寥廓的太空，从前也曾在梦中登上青天。

[6] 摩挲（mó suō 模梭）：用手抚摩。

[7] 骖鸾并凤：乘鸾驾凤。骖（cān 参），在两旁驾车的马。

[8] 青山赤壁：代指李白和苏轼。因李白墓在安徽当涂县的青山，苏轼曾游湖北黄冈赤壁。

[9] 援：以手牵引，这里是举起的意思。这句说，以北斗星为杯，酌酒而饮。

[10] 虱（shī 诗）：即虱子，一种吸血的寄生虫，比喻无功受禄的人。这句说我也跻身其中。

[11] 少歌：小声歌唱。

[12] 神甚放：精神很自由。

[13] 形则眠：形体则处于休眠之中。

[14] 鸿鹄（hú 胡）：即天鹅。 高举：高飞。

[15] 底亏全：为何有亏有全。底，为何。亏，缺损。这句以月亮的圆缺比喻人生的团聚和离别。

[16] 美人：比喻贤士，品德高尚的人，此指吴子似。

[17] 秋水隔娟娟：是说美人被秋水隔开了。这两句说，有位贤士与我有共同的语言，却被秋水隔开了。

千年调 辛弃疾

开山径得石壁，因名曰苍壁。事出望外，意天之所赐邪，喜而赋。

左手把青霓，右手挟明月[1]。吾使丰隆前导[2]，叫开阊阖[3]。周游上下，径入寥天一[4]。览玄圃[5]，万斛泉[6]，千丈石[7]。钧天广乐[8]，燕我瑶之席[9]。帝饮予觞甚乐[10]：赐汝苍壁。嶙峋突兀，正在一丘壑[11]。余马怀，仆夫悲，下恍惚[12]。

【品读】

稼轩在瓢泉住所修筑山路时，发现一块陡峭雄奇的石壁，将它取名“苍壁”。这本来是一件很平常的事，而作者却认为“事出望外”，喜形于色，便虚构了这个天赐苍壁的故事。词一开始，即以浪漫主义手法，描绘了一个富于幻想色彩的神话世界。词人神游天界，飘飘欲仙，“左手把青霓，右手挟明月”，叫开天门，直达天庭最高处。然后又飞上昆仑之巅，来到瑶池仙境。在这里天帝为之设宴款待，并赐以“苍壁”。可是当他得到这块“嶙峋突兀”的石壁后，却怀念起故乡来了：“余马怀，仆夫悲，下恍惚。”终于回归人间。这首词想象丰富，构思新奇，继承了屈原的爱国主义精神和浪漫主义传统，在艺术上很有特色。

【注释】

[1] 青霓：虹霓有内外两环，内环曰虹，又称正虹；外环曰霓，又称副虹。这里是泛指虹霓。挟（xié偕）：用胳膊夹住。这两句写作者幻想飞升上天，左手握住虹霓，右臂夹着明月，遨游太空。

[2] 丰隆：云师，云神。　前导：在前面引路。

[3] 阊阖（chāng hé昌合）：神话传说中的天门。《离骚》：“吾令帝阍开关兮，倚阊阖而望予。”

[4] 寥天一：寥廓、空虚的天高处。

[5] 玄圃：同“悬圃”，传说中的神山。

[6] 万斛泉：指瑶池，传说在昆仑山上，为西王母所居之处。

[7] 千丈石：指昆仑山上的天柱。

[8] 钧天广乐：传说中的天上音乐。

[9] 燕：同“宴”，宴席。这句说，在瑶池为我举行宴会。

[10] 帝：指天帝。　觞：酒杯，指酒。这句说，天帝喝了我敬给他的酒很高兴。

[11] 一丘壑：即一丘一壑，指隐士所居之处。丘，小土山。壑，山谷、深沟。

[12] 余马怀三句：用屈原《离骚》“仆夫悲余马怀兮，蜷局顾而不行”诗意。大意是，我的马怀念故乡，驾车的仆夫也很悲伤，他们都不愿再走了，于是我也在恍惚之中从天上回到了人间。

兰陵王　辛弃疾

己未八月二十日夜[1]，梦有人以石研屏见饷者[2]，其色如玉，光润可爱。中有一牛，磨角作斗状。云："湘潭里中有张其姓者，多力善斗，号张难敌。一日，与人搏，偶败，忿赴河而死。居三日，其家人来视之，浮水上，则牛耳。自后，并水之山往往有此石。或得之，里中辄不利。"梦中异之，为作诗数百言，大抵皆取古之怨愤变化异物等事，觉而忘其言。后三日，赋词以识其异[3]。

恨之极，恨极消磨不得。苌弘事，人道后来，其血三年化为碧[4]。郑人缓也泣："吾父攻儒助墨。十年梦，沉痛化余，秋柏之间既为实[5]。"　相思重相忆。被怨结中肠，潜动精魄，望夫江上岩岩立[6]。嗟一念中变，后期长绝。君看启母愤所激，又俄顷为石[7]。　难敌，最多力。甚一忿沉渊，精气为物，依然困斗牛磨角。便影入山骨[8]，至今雕琢。寻思人世，只合化，梦中蝶[9]。

【品读】

此篇为稼轩六十岁时所写。词前序言记述了作者梦中听说的一个传奇故事。张难敌显然是虚构的人物，但作者却被他的事迹所感动，梦中为之作诗数百言，醒后又特意为他写了这首词。其中寓有深意：含垢忍耻、苟且偷安的南宋统治集团，缺乏的正是张难敌那种宁死不屈、不甘受辱的精神。词人借题发挥，通过梦中逸闻和古代的一些怨愤变化异物之事，对萎靡不振的社会风气和甘心屈己求和的投降派进行了深刻的讽刺和批判。词分三片，前二片分述四件异闻奇事，第三片刻画张难敌"一忿沉渊"，死后"依然困斗牛磨角"的倔强性格。"词文诙诡冤愤，盖借以摅

其积年胸中块磊不平之气。”（梁启超《稼轩年谱》）

【注释】

[1] 己未：宋宁宗庆元五年（1199）。

[2] 研：磨。 饷（xiǎng 享）：馈赠。

[3] 识（zhì 至）：记。

[4] 苌弘：亦称苌叔，周朝的大夫。据《庄子·外物篇》：“苌弘死于蜀，藏其血，三年而化为碧玉。”

[5] 郑人五句：《庄子·列御寇》：“郑人缓也，呻吟裘氏之地，只三年而缓为儒。河润九里，泽及三族。使其弟墨。儒墨相与辩，其父助翟，十年而缓自杀。其父梦之，曰：‘使而子为墨者，予也，阖胡尝视其良，既为秋柏之实矣？’”注：“缓见梦其父，言弟之为墨，是我之力，何不试视我冢上，所种秋柏已结实矣。冤魂告语，深致其怨。”

[6] 望夫江上句：据《幽明录》：“武昌北山上有望夫石，相传昔有贞女，携子饯夫从役，立望而死，形化为石。”

[7] 启母：夏禹之子夏启的母亲，为涂山氏之女。相传夏启生下来后，他的母亲化成了石头。 俄顷：不久。

[8] 影入山骨：身影雕刻在山石上。

[9] 寻思：不断思索。这三句说，仔细想来，人生在世，就像庄周梦中化为蝴蝶一样的虚幻。

梦游仙　张　镃

记　梦

飞梦去，闲到玉京游[1]。尘隔天高那得暑，月明云薄淡于秋，宫殿锁金虬[2]。　冰佩冷，风扬紫绡裘[3]。五色光中瞻帝所[4]，方知碧落胜炎州[5]。香雾湿帘钩。

【品读】

这是一首记梦词，也是一首游仙词。作者梦中飞往“玉京”闲游，参观了金碧辉煌、五光十色的琼楼玉宇，虽然未能遇到太白金星、托塔李天王等仙人，却看见宫殿门前锁着一条张牙舞爪的金龙。这里给他最突出的感觉，是气候凉爽宜人，一点暑气也没有，远远胜过下界那炎热的土地。小词意境高远，富于幻想，读之令人飘飘欲仙。

【注释】

[1] 玉京：道家称天帝所居之处。

[2] 虬（qiú求）：古代传说中的一种龙。或说龙子有角者称虬。

[3] 紫绡：红色的薄绸。

[4] 帝所：天帝的住所，即“玉京”。

[5] 碧落：犹言碧空，天空。

江城子 张镃

夏夜观月

飞来冰雪冷无声。可中庭，骨毛清。卧看东南，和露两三星。蓦地神游天上去[1]，呼彩凤，驾云軿[2]。 望舒宫殿玉峥嵘[3]。桂千层，宝香凝。捣药仙童[4]，邀我论长生。一笑归来人未睡，花送影，上窗棂。

【品读】

此阕写作者夏夜观月，魂飞天外，神游蟾宫。词人闲卧中庭，只见一轮明月从东南方冉冉升起，好像飞来一块冰雪雕塑的圆盘，顿时浑身感到无比清爽。于是便想入非非，呼唤彩凤，驾起云车，乘风直到月宫。这里琼楼玉宇高峻巍峨，桂树枝叶繁茂，芳香四溢。正在捣药的仙童见“我”到来，连忙上前欢迎，邀“我”稍坐片刻，和他一起来谈谈长生不老之药。谈着谈着不觉打了一个呵欠，忽然一觉醒来，又回到了人世间。睁眼一看，家人们都还在赏月乘凉，尚未入睡。只见月影花光，已经照到了窗户之上。词写游仙，十分生动真切，仿佛作者真的乘着飞船（云軿），登上了月球。古人的幻想如今已变成了现实，读此词使人浮想联翩。

【注释】

[1] 蓦地：忽然。

[2] 云軿：云车，传说中仙人所乘之车。 軿（píng平），古代贵族妇女所乘的有帷幕的车子。

[3] 望舒：神话中为月神驾车的神。后用为月的代称。

[4] 捣药仙童：指月中的玉兔。

鹧鸪天 姜夔

元夕有所梦

肥水东流无尽期[1]，当初不合种相思[2]。梦中未比丹青见[3]，暗里忽惊山鸟啼。 春未绿，鬓先丝，人间别久不成悲。谁教岁岁红莲夜[4]，两处沉吟各自知。

【品读】

本篇作于宋宁宗庆元三年（1197），为怀念合肥恋人之词。元宵之夜，伊人入梦；梦中倩影，恍惚迷离，依稀难辨，还不如画中人那样眉目传情，玉容可亲。一觉醒来，更添惆怅，悔恨当初不该轻别佳人，以至种下这无尽无休的相思苦果。如今岁月蹉跎，人老鬓衰，地久天长，神迷心碎，反倒不觉得痛苦和悲哀了。然而每当火树银花之夜，两处相思之情，彼此不言各自知。词意空灵蕴藉，以清幽之笔抒写艳情，含婉深永，韵味悠长。

【注释】

[1] 肥水：源出安徽合肥紫蓬山，东南流经将军岭，至施口入巢湖。

[2] 不合：不该。 种相思：留下相思之情。相思树的果实叫红豆，亦名相思子，这里是借谐音代指对伊人的思念。

[3] 丹青：泛指画像。

[4] 红莲夜：指元夕，又称灯节。红莲，指灯。

清平乐 刘克庄

五月十五夜玩月

纤云扫迹，万顷玻璃色。醉跨玉龙游八极[1]，历历天青海碧。 水晶宫殿飘香[2]，群仙方按《霓裳》[3]。消得几多风露，变教人世清凉。

【品读】

此阕由赏月而引起幻想，奇思妙境，极富浪漫主义色彩。开篇两句描绘五月望月夜空万里无云、澄澈明净的景色。三、四两句叙述词人“醉跨玉龙”，遨游寰宇，俯视碧海青天的豪情壮举。换头两句言进入月宫之后，只觉香风阵阵，原来仙女们正在随着《霓裳羽衣曲》的乐声，翩翩起舞。结拍两句由天上想到人间，希望上天多降些风露，使人世间也变得比较清凉。这虽然也是一首游仙词，但立足于现实，表达了作者对清平世界的向往，因而是一首值得玩味的好词。

【注释】

[1] 玉龙：神话传说中的白龙。 八极：最遥远的地方。

[2] 水晶宫殿：用水晶砌成的宫殿，指月宫。

[3] 《霓裳》：即《霓裳羽衣曲》，唐代宫廷乐舞曲。

浣溪沙 吴文英

门隔花深梦旧游，夕阳无语燕归愁。玉纤香动小帘钩[1]。
落絮无声春堕泪，行云有影月含羞。东风临夜冷于秋。

【品读】

此阕通过记梦，抒写怀人之情。首句直明本意，点出所叙乃梦游旧地，以下皆写梦中情景。上片说一个春浓花深的傍晚，主人公来到楼下，伊人用纤纤玉手为他挂起门帘，请入室内。此时正值夕阳西下，一对小燕子脉脉无语地含愁归巢。下片写洒泪告别伊人的情景：飞絮轻扬，春天仿佛在为离别之人垂泪；流云飘浮，月儿似乎也不忍看到这难舍难分的场面，因而含羞不愿露面。深夜东风吹来，比萧瑟的秋天还要冷清凄凉呵！词的意境朦胧，似幻似真，梦境与往事若即若离，通过刻画环境和渲染气氛，将忆旧怀人之情表达得极为委婉真切。

【注释】

[1] 玉纤：形容美人的手指。

念奴娇 游子西

暑尘收尽，快晚来急雨，一番初过。是处凉飙回爽气[1]，直把残云吹破。星律飞流，银河摇荡，只恐冰轮堕[2]。云梯稳上[3]，琼楼今夜无锁。　　便觉浮世卑沉，回翔偃薄，似蚁空旋磨[4]。想得九天高绝处，不比人间更火。独立乾坤，浩歌春雪，可惜无人和。广寒宫里[5]，有谁潇洒如我！

【品读】

此词亦为神游月宫之作。上片前八句写景，描叙夏夜雨后转晴，星河耿耿，皓月东升。但觉平平，无甚新意。至结拍忽生奇想，别开生面，将读者带到了一个引人入胜的境界。你看他不跨“玉龙”，不乘“云车”，而是沿着一条望不到头的天梯，一步一步，稳扎稳打，硬是爬到了高不可攀的广寒宫前。更巧的是，月宫今夜放假，仙女们都休息去了，而看门的神人又偏偏忘记了上锁。于是他便得以自由自在地参观游览。换头后六句感叹浮世卑沉，不如九天高处这样清净纯洁。最后四句写他独立于天地之间，引吭高歌，可惜天上也没有知音见和。虽然如此，自已能在广寒宫里度过此一良宵，也感到无比自豪，请问有谁能像“我”这样自由自在、毫无拘束呢？全词想象丰富，意境壮阔，风格雄快豪放，在艺术上颇有特色。

【注释】

[1] 飙（biāo标）：疾风。　爽气：令人畅快的凉气。

[2] 冰轮：指月亮。

[3] 云梯：长梯。亦指高山上的石级。

[4] 蚁旋磨：古人把日月的运行比为蚂蚁在转动的磨盘上行进。

[5] 广寒宫：传说唐玄宗于八月望日游月中，见一大宫府，榜曰：“广寒清虚之府”。后人因称月宫为“广寒宫”。

寿词选粹

水龙吟　辛弃疾

甲辰岁寿韩南涧尚书[1]

渡江天马南来[2]，几人真是经纶手[3]？长安父老[4]，新亭风景[5]，可怜依旧。夷甫诸人[6]，神州沉陆[7]，几曾回首[8]！算平戎万里[9]，功名本是，真儒事[10]，君知否？　况有文章山斗[11]。对桐阴、满庭清昼[12]。当年堕地[13]，而今试看，风云奔走[14]。绿野风烟[15]，平泉草木[16]，东山歌酒[17]。待他年、整顿乾坤事了[18]，为先生寿。

【品读】

祝寿之词始于北宋末年，南渡以后此风更炽，士大夫争相为之，多为逢迎溢美之词。辛弃疾的寿词约有四十余首，多数也是应酬文字，未脱当时俗套。这首《水龙吟》却不同一般，通过为友人祝寿纵论国家大事，谴责投降派，慷慨激昂，洋溢着爱国主义激情。上片以东晋比拟南宋，感叹时局，斥责统治集团苟且偷安、误国误民的罪行。下片转入祝寿话题，称颂韩南涧为经世之才，希望他为国建功立业，等到神州光复、国土统一、天下太平以后，再来为你这位老先生做一次华筵大寿。词中虽然有不少颂扬文字，但用意在于勉励友人不忘恢复之志，表现了作者誓清中原、重整乾坤、统一祖国的宏伟抱负。全篇用典较多，但都妥帖恰切，挥遣自如，具有较强的艺术感染力。

【注释】

[1] 甲辰岁：即宋孝宗淳熙十一年（1184）。　韩南涧：韩元吉（1118—1187），字无咎，号南涧，河南人。孝宗隆兴年间曾任吏部尚书，晚年寓居江西上饶，与辛弃疾多有唱和。

[2] 渡江天马南来：据《晋书·元帝记》，西晋末年，中原大乱，琅邪王司马睿与西阳、汝南、南顿、彭城四王一同渡江南下。后

来司马睿在建康称帝，建立了东晋王朝。当时有童谣说："五马浮渡江，一马化为龙。"这里是借指宋室南渡。

[3] 经纶手：治国安邦的能手。经纶，本指整理乱丝，后引申为规划或处理政事。

[4] 长安父老：指中原人民。

[5] 新亭风景：据《世说新语·言语》，东晋初，渡江南下的士大夫们每逢好天气，常在新亭赏花饮酒。一次周顗感叹地说："风景不殊，正自有山河之异！"大家触景伤情，相对流泪。只有丞相王导愀然变色曰："当共戮力王室，克复神州，何至作楚囚相对！"新亭，又名劳劳亭，三国吴时所建，故址在今南京市南。

[6] 夷甫：王衍，字夷甫，西晋末曾任宰相，喜欢清谈，不理政事，终于酿成亡国之祸。

[7] 神州：古代称中国为赤县神州，这里指中原。　沉陆：即陆沉，指国土沦陷。

[8] 几曾：何曾。

[9] 平戎：指抗金。

[10] 真儒：指有真才实学，能为国建功立业的读书人。

[11] 山斗：即泰山、北斗。

[12] 桐阴：北宋时有两支韩氏大族，一为相州韩氏，是韩琦的后代；另一支为颍川韩氏，韩元吉是颍川韩氏的后代。颍川韩氏在京师官邸门前多种桐木，世称"桐木韩家"。

[13] 堕地：降生。

[14] 风云奔走：风云际会，为国事奔波劳碌。

[15] 绿野：唐宰相裴度退居洛阳，筑别墅绿野堂，故址在今洛阳市南午桥旁。

[16] 平泉：唐宰相李德裕在洛阳城郊筑别墅平泉庄，种植奇花异木，并著有《平泉草木志》。

[17] 东山歌酒：东晋宰相谢安曾隐居东山（在今浙江上虞西南），纵情山水，以歌酒相乐。

[18] 整顿乾坤：指收复失地，重整山河，统一祖国。乾坤，《周易》中的两个卦名，指阴阳两种对立势力。阳者为乾，其象为天；阴者为坤，其象为地。引申为天地、日月、世界等的代称。

破阵子 辛弃疾

为范南伯寿[1]。时南伯为张南轩辟宰卢溪[2]，南伯迟迟未行，因作此词以勉之。

掷地刘郎玉斗[3]，挂帆西子扁舟[4]。千古风流今在此，万里功名莫放休。君王三百州[5]。　燕雀岂知鸿鹄[6]，貂蝉元出兜鍪[7]。却笑卢溪如斗大，肯把牛刀试手不[8]？寿君双玉瓯[9]。

【品读】

淳熙十五年（1188），辛弃疾调任荆湖北路转运副使。当时张栻为荆湖北路安抚使，他打算聘任范南伯为辰州卢溪县令。可是范南伯自视甚高，认为到偏远的小县去做县令，是大材小用，故迟迟不去赴任。辛弃疾认为范南伯的想法不对，于是便借祝寿之机，作此词进行劝导，希望他以抗金大局为重，不应计较个人名利地位，将自己的才智献给统一祖国的事业，一定会大有作为。词分两片，每片各用三平韵，格律、句式和写法都相同。前两句以古喻今，后三句议论劝说，都是针对范南伯的思想而发的。既有开导、鼓励，也有委婉的批评。词中说古论今，促膝相谈，既不盛气凌人，也无空洞说教，而是以理服人，以情动人，充分表现了“以议论为词”的特点，读来使人倍感亲切。

【注释】

[1] 范南伯：名如山，字南伯，河北邢台人。绍兴三十一年（1161）随其父范邦彦自新息（今河南息县）起义南归，也是有志于恢复中原的俊杰。他是辛弃疾的内兄，互相时有唱和。

[2] 张南轩：张栻，字敬夫，号南轩，张浚之子。

[3] 刘郎：指刘邦。　玉斗：玉制的酒杯。据《史记·项羽本纪》：鸿门宴上，项羽放走刘邦，谋臣范增认为项羽不足以成大事，把刘邦托张良送给他的玉杯扔在地上，拔剑击碎，愤然离去。

[4] 西子：即西施，春秋时越国的美女。

[5] 君王三百州：宋初统一全国后，共有三百二十八州，此举整数而言。

[6] 鸿鹄（hú胡）：即天鹅，比喻志向远大的人。据《史记·陈涉世家》，秦末农民起义领袖陈涉年轻时曾说："嗟乎，燕雀安知鸿鹄之志哉！"

[7] 貂蝉：汉代侍中、中常侍等武官的帽子上饰以金蝉、貂尾，这里代指高级官员。兜鍪（móu谋）：古代士兵所戴的头盔，这里代指低级官吏。

[8] 牛刀：宰牛的刀。据《论语·阳货篇》，孔子曾说过"割鸡焉用牛刀"，意谓大材不当小用。

[9] 玉瓯：玉制的酒杯。

满江红　杨炎正

寿稼轩

寿酒如渑[1]，拚一醉、劝君休惜。君不记、济河津畔[2]，当年今夕[3]。万丈文章光焰里[4]，一星飞堕从南极。便御风、乘兴入京华[5]，班卿棘[6]。　君不是，长庚白[7]；又不是，严陵客[8]。只应是，明主梦中良弼[9]。好把袖间经济手，如今去补天西北。等瑶池[10]、侍宴夜归时，骑箕翼[11]。

【品读】

杨炎正，字济翁，江西吉安人，是辛弃疾的知交和词友，互相唱和之作颇多。本篇是辛弃疾闲居带湖时期，作者为祝贺他的生日而写的。词的上片，从"当年今夕"，辛弃疾降生人世，写到他渡江南归、"乘兴入京华"的简单经历；下片称赞他是经国济世的栋梁之材、明主梦中追求的良弼，希望他完成收复中原、统一祖国、振兴宋朝的历史重任。词以北伐抗金相勉励，通过祝寿表达主客之间共同的爱国立场，因而具有一定的现实意义。

【注释】

[1] 渑（shéng 绳）：古水名，在今山东境内。

[2] 济河：又称“济水”，古四渎之一，流经河北、河南、山东等地，历代变迁很大，汉以后济水自济南以下，与今黄河河道略同。 津：渡口。

[3] 当年今夕：指 1140 年阴历五月十一日，即辛弃疾诞生之日。

[4] 万丈文章光焰里：谓其作品光芒万丈，具有不朽的价值。

[5] 御风：驾风，乘风。 京华：这里是指南宋都城临安。

[6] 班卿棘：谓位列朝班公卿之中。

[7] 长庚白：即金星，又称长庚星、太白星、启明星。古人以为太白为白帝之子，象征王公贵胄。这两句说，你并非出身于王公贵族之家。

[8] 严陵：指东汉隐士严光，光字子陵。这两句说，你也不是隐士一类人物。

[9] 良弼：贤明的宰相、大臣。弼，辅佐帝王之人。

[10] 瑶池：古代传说中昆仑山上的池名，西王母所居的地方。这里是代指朝廷。

[11] 箕：星名，二十八宿之一。

水调歌头　陈　亮

癸卯九月十五日寿朱元晦 [1]

人物从来少，篱菊为谁黄 [2]？去年今日，倚楼还是听行藏 [3]。未觉霜风无赖，好在月华如水，心事楚天长。讲论参洙泗 [4]，杯酒到虞唐 [5]。　人未醉，歌宛转，兴悠扬。太平胸次 [6]，笑他磊磈欲成狂 [7]。且向武夷深处 [8]，坐对云烟开敛 [9]，逸思入微茫。我欲为君寿，何许得新腔 [10]？

【品读】

这首词是宋孝宗淳熙十年（1183），陈亮为祝贺朱熹五十四岁生日而写的。朱、陈观点不同，议论不合，思想和政治主张分歧很大，但并未因此而影响二人的友谊，表现出良好的学者风度。词中称赞朱熹为古今少有的人物，对其在武夷山讲学的活动予以肯定，同时表达了作者对他的怀念和向往之情。这种互相尊重、不因观点分歧而见嫉的坦荡胸怀是值得肯定的。

【注释】

[1] 癸卯：即宋孝宗淳熙十年（1183）。 朱元晦：朱熹，字元晦，号晦庵，南宋著名理学家。

[2] 篱菊：竹篱边的菊花。朱熹九月十五日生，正是菊花开放时节，故以此祝之。

[3] 行藏：《论语·述而》："用之则行，舍之则藏。"后遂称人之出处用舍为"行藏"。

[4] 洙泗：古代鲁国的两条河名，流经曲阜，孔子曾在这里收徒讲学。这句说，朱熹讲学论道，参考了孔子的观点和主张。

[5] 虞唐：虞舜、唐尧，古代传说中的贤君。这句说，饮酒之间谈及尧、舜的业绩。

[6] 胸次：胸怀，心中。这句说朱熹胸怀平静坦荡。

[7] 磊磈：亦作"磈磊""块垒"，山石不平之状。这句说自己胸怀不平，别人一定会笑我"欲成狂"。

[8] 武夷：山名，在江西、福建两省交界处，朱熹曾退隐讲学于此。

[9] 云烟开敛：谓云雾聚散，形容武夷山中风景优美。朱熹《答陈同甫》："武夷九曲之中，比缚得小屋三数间，可以游息……溪山回合，云烟开敛，旦暮万状，信非人境也。"

[10] 新腔：新的词调。

水龙吟　高观国

为放翁寿

道山玉府真仙[1]，去年再履论思地。西清禁域[2]，眷深名重[3]，年高身退。玉振金声[4]，水增川涌，德兼才贵。爱知章引去[5]，安车稳驾，轩冕付、谈笑外[6]。　兰玉孙枝竞秀[7]，奉亲欢、莱衣同戏[8]。蓬莱东接[9]，苎萝西顾[10]，三山耸翠[11]。赐杖清朝，命堂绿野[12]，放怀高致。似太公出将[13]，卫公入相[14]，为苍生起。

【品读】

宋宁宗嘉泰二年（1202）六月，陆游以年近八旬的高龄，奉召入都修史，来到临安。当时正值韩侂胄当政，积极准备北伐。陆游的出山，对主战派是一个鼓舞，他们希望能借重放翁的声望，团结更多的爱国志士，坚持抗金斗争。次年五月，陆游在完成《孝宗实录》和《光宗实录》后，上疏辞归。1203年农历十月十七日，是陆游七十九岁生日，作者怀着崇敬的心情，写了这首《水龙吟》为放翁祝寿。词中高度赞扬了陆游的爱国精神，将他比为古代的贤相姜尚和李靖，肯定他这次复出，是为了国家、民族和天下苍生的利益，这都是符合实际的，并非溢美之词。

【注释】

[1] 玉府：指玉京，道家以为天帝所居之处。这句谓放翁乃天上之活神仙。按：玉府又为天官之名，掌管天宫金玉玩好兵器之类。

[2] 西清：指帝王宫内游宴之处。

[3] 眷深：指皇帝的关怀和眷念很深。

[4] 玉振金声：亦作“金声玉振”。《孟子·万章下》：“孔子之谓集大成；集大成也者，金声而玉振之也。”金指钟，玉指磬。比喻孔子的德行全备，正如奏乐，以钟发声，以磬收韵，集众音之大成。后用以比喻才学精妙。

[5] 知章：唐诗人贺知章，越州永兴（今浙江萧山）人，官至秘书监，晚年告老还乡，归隐鉴湖。 引去：辞官归去。

[6] 轩冕：古时卿大夫的车服，也指官位爵禄或贵显的人。这句说放翁视功名富贵如浮云，一笑而置之。

[7] 兰玉：“芝兰玉树”的略语，旧时用为对别人子弟的美称。

[8] 莱衣：老莱子着五彩斑斓衣以娱亲。

[9] 蓬莱：指会稽蓬莱阁，离放翁鉴湖三山故居不远。

[10] 苎萝：苎萝山在浙江诸暨县南，亦称萝山，相传为西施的故里。

[11] 三山：在绍兴城西鉴湖之滨，为陆游的故居（宋孝宗乾道二年所建，此后即定居于此）。三山，为石堰山、韩家山、行宫山的总称，三座小山呈“品”字形。

[12] 绿野：唐宰相裴度退居洛阳，筑别墅绿野堂，故址在今洛阳市南午桥旁。

[13] 太公：指周初开国功臣姜尚，又

称姜太公。

[14] 卫公：唐初军事家李靖，本名药师，精通兵法，唐太宗时历任兵部尚书、尚书右仆射等，封卫国公，著有《李卫公兵法》。

东风第一枝　高观国

为梅溪寿

玉洁生英，冰清孕秀，一枝天地春早[1]。素盟江国芳寒，旧约汉宫梦晓。溪桥独步，看洒落、仙人风表[2]。似妙句、何逊扬州[3]，最惜细吟清峭。　香暗度、照影波渺。春暗寄、付情云杳。爱随青女横陈[4]，更怜素娥窈窕[5]。调羹雅意[6]，好赞助、清时廊庙[7]。羡韵高、只有松筠[8]，共结岁寒难老[9]。

【品读】

作者与南宋词人史达祖（号梅溪）是知交兼词友，彼此互有唱和之作。史达祖于宁宗嘉泰、开禧年间，曾为中书省堂吏，积极支持韩侂胄北伐倡议，一时文告、帖旨多出其手。北伐失败，韩侂胄被害，他也受到株连，身陷囹圄，黥面流放，含恨而死。高观国的这首祝寿词，通过咏梅，肯定了史氏的人品、才智和创作，对正确评价史达祖及其《梅溪词》是有参考价值的。

【注释】

[1] 这三句写早春梅花含苞初放，点出《东风第一枝》调名题意；史达祖生于旧历正月，亦暗寓祝寿之意。

[2] 风表：风度仪表。

[3] 何逊：南朝梁代诗人，曾任扬州法曹，有《咏早梅》诗，脍炙人口。

[4] 青女：青霄玉女，神话传说中的霜雪之神。　横陈：横卧，横斜。

[5] 素娥：嫦娥的别称，亦指月宫仙女。

[6] 调羹：与调鼎义同，比喻宰相治理天下，如同调和羹汤之味。这句是指史达祖在中书省任堂吏，协助韩侂胄工作。

[7] 廊庙：犹言庙堂，指朝廷。

[8] 筠：竹子的别称。

[9] 这句说，梅与松、竹为岁寒三友，万古长青。词人用比兴手法，既赞美了史达祖的人品，也歌颂了他们之间的友谊。

水调歌头 江万里

寿二亲

生日重重见，余闰有新春[1]。为吾母寿，富贵外物总休论[2]。且说家怀旧话，教学也曾菽水[3]，亲意尽欣欣。只此是真乐，乐岂在邦君[4]？　吾二老，常说与，要廉勤。庐陵几千万户[5]，休戚属儿身[6]。三瑞堂中绿醑[7]，酿就满城和气，端又属人伦[8]。吾亦老吾老，谁不敬其亲！

【品读】

作者为宋末人，入太学，有文声，理宗时历任池州教授、吉州知州、监察御史等。度宗即位拜左丞相兼枢密使，元兵渡江，赴水殉国而死。为政廉勤，事亲以孝，是封建社会典型的孝子忠臣。这首词是他早年任吉州知州时所作。父母生日相近，为母亲写祝寿词，兼及二亲，以表达对两位老人的孝敬之意。词的语言通俗明白，说的都是实实在在的心里话。孝敬父母应当体现在实际行动之中，牢记二老教导，廉洁勤奋，以身作则，为吉州百姓多做好事，使千家万户都和和顺顺，共享天伦之乐。词中虽无渲染铺张，读来却很亲切动人。

【注释】

[1] 余闰：亦作“闰余”。这句说今年适逢闰正月。

[2] 外物：身外之物。

[3] 菽水：豆和水，指最普通的食品，常用作孝养父母之称。

[4] 邦君：一邦之主。这里是指知州，作者当时任吉州知州。

[5] 庐陵：郡名，宋为吉州，治所在今江西吉安市。

[6] 休戚：喜乐和忧愁，福与祸。

[7] 绿醑：美酒。

[8] 人伦：指封建社会人与人之间的关系和应当遵守的行为准则。

满庭芳　曹彦约

寿妻

老子今年，年登七十，阿婆年亦相当。几年辛苦，今日小风光[1]。遇好景，何妨笑饮，依前是、未放心肠。人都道，明明了了，强似个儿郎。　　幸偿，婚嫁了，双雏蓝袖[2]，拜舞称觞[3]。女随夫上任，孙渐成行。惭愧十分圆满，无以报、办取炉香[4]。频频祝，百年相守，老子更清强[5]。

【品读】

老夫老妻，同为古稀之人。今日阿婆七十大寿，阿公赋词相祝。数十年来含辛茹苦，抚养儿女成人，如今男婚女嫁，家庭和美，又赶上好年景，自然应该排宴庆贺，让老婆子风光风光。词语浅白，如话家常，说来亲切，人情味很浓，生动地表达了一对白头夫妻互敬互爱的伉俪深情。

【注释】

[1] 风光：光彩，体面。

[2] 蓝袖：谓蓝衫，旧时儒生所穿的服装，后亦用来称秀才所穿的衣袍。这句说两个孩子都是读书人。

[3] 称觞：举杯敬酒。

[4] 办取炉香：谓焚香酬谢神灵保佑。

[5] 清强：清爽强健。

祝英台　黄人杰

自寿

异乡中，行色里，随分庆初度[1]。老子今年，五十又还五。任他坎止流行[2]，吴头楚尾[3]，本来是、乾坤逆旅[4]。　贵和富，此事都付浮云，无必也无固[5]。用即为龙，不用即为鼠。便教老却英雄，草庐烟舍，也须有、著闲人处。

【品读】

身在异乡，客中适逢五十五岁初度，一碗寿面，三杯薄酒，随随便便自己庆祝一番。回顾大半生的经历，流年不利，仕途坎坷，时至今日，功未成，名未就，这又该怨谁呢？古语说，用之则行，舍之则藏，成龙成鼠，自己是做不了主的。其实功名富贵如浮云，人生不过是一个大旅店，世人都是匆匆的过客，何必苦苦追求、斤斤计较呢？即使老却英雄，也少不了两间茅屋给我居住。词以诙谐幽默的笔调，抒写人生感慨，既是自我解嘲，同时也寄托了壮志难酬的悲愤之情，是一首别具一格的祝寿词。

【注释】

[1] 随分：随便。

[2] 坎止流行：《汉书·贾谊传》："乘流则逝，得坎则止。"注引孟康曰："《易》坎为险，遇险难而止也。"意谓遇到险难就停止，遇到顺利则前进。

[3] 吴头楚尾：今江苏省北部，春秋时为吴、楚两国交界之处，故称。

[4] 逆旅：客舍，旅馆。逆，迎；迎止宾客之处，故称"逆旅"。

[5] 必：必然，确定不移。　固：坚牢，永远不变。这句意为，世界上的事物没有什么确定不移、坚牢不变的。

水龙吟　刘克庄

丁巳生日[1]

不须更问旁人，劝君自拂青铜照。幅巾短褐[2]，有些野逸，有些村拗[3]。两度呼来，也曾批敕[4]，也曾还诏[5]。笑先生此手，今堪何用？苔矶上，堪垂钓。　　白雪新腔高妙[6]。把侬家、调疏称道。六韬未试[7]，抑诗未作[8]，如何归老？玉带金貂[9]，星儿快活，天来烦恼。待自笺年甲[10]，缴还官职[11]，换山翁号。

【品读】

刘克庄是江湖派诗人之一，早年因赋《落梅》及《黄巢战场》二诗，被指讪谤，受到贬斥，一生仕途坎坷。后虽入朝做官，终因爱国抱负未能实现，心中常怀愤懑不平之情。本篇是他七十二岁生日时所作。词中回顾了自己的经历，由于生性“村拗”，不合时宜，不会逢迎，所以怀才不遇，两手无用，早该到“苔矶上”去垂钓。如今年过古稀，何必再留恋什么“玉带金貂”，赶快“缴还官职”，挂冠而去，换上“山翁”的名号，省得再引来无穷的烦恼。词人满腹牢骚，信口成章，诙谐自然，抒发了壮志难酬的抑郁和苦闷。

【注释】

[1] 丁巳：即宋理宗宝祐五年（1257）。

[2] 幅巾：古代男子用绢一幅束头发，一种表示儒雅的装束。　短褐：粗布衣服。

[3] 村拗：粗俗执拗。

[4] 批敕：替皇帝批写诏书。

[5] 还诏：缴还诏书，谓有不同意见。

[6] 白雪：《阳春白雪》的略语，古代楚国的歌曲名，被认为是当时的高级音乐。这里是指作者的长短句。

[7] 六韬：中国古代兵书，传为周代吕望（姜太公）所作。现存六卷，即文韬、武韬、龙韬、虎韬、豹韬、犬韬。

[8] 抑诗：抑郁之诗。

[9] 玉带：唐宋官员所用的玉饰腰带，以之分别官阶的高低。 金貂：汉以后皇帝左右侍臣的冠饰，常代指侍从贵臣。

[10] 年甲：年庚花甲。

[11] 缴还：交回。缴还官职，谓辞去官职。

杂花朵朵

水调歌头　王　识

观　星

一雨洗空阔，象纬迫人清[1]。披襟台上，坐看北斗正旋衡[2]。知是南宫列宿[3]，初出极星未远[4]，龙角正分明[5]。河汉余千里[6]，风露已三更。　坐未久，书帙散[7]，酒壶倾。凉生殿阁，泠然邀我御风行[8]。拟欲乘槎一问[9]，但得天孙领略[10]，安用访君平[11]！莫笑儒生事，造化掌中轻[12]。

【品读】

作者是一位天文学家，精星历，曾作浑天图、浑天仪。此词描写夜观星相以及由此而引起的遐想。上片叙述天宇所见，辨明北斗、南宫，指出群星闪烁的银河，展现出一幅变幻莫测的天象图。下片幻想乘槎飞升上天，亲自去考察一下各种星球的情况，如果能见到“织女星”，向她打听打听，就一清二楚，用不着去拜访严君平了。结拍两句，表达了一位天文工作者对自己所从事的事业充满了自豪的感情。此阕写的虽然是天文星相，但并非封建迷信的占星术，也不是一般的科学观察报告，而是一首引人入胜、富有浪漫主义色彩的“观星诗”，在宋词中别具一格，不可不读。

【注释】

[1] 象纬：指星空。纬，古代对行星的称呼。这句说在观星台上遥望澄澈的星空，好像隔人类并不远。

[2] 北斗：即北斗星。这句说北斗星正在缓缓地斜转。

[3] 南宫：南方星宿的宫。

[4] 极星：指北极星。

[5] 龙角正分明：形容北斗星很亮，看得非常清楚。

[6] 河汉：即银河。

[7] 帙（zhì至）：包书的套子，用布帛制成。

[8] 泠（líng零）然：轻妙的样子。御风：乘风。

[9] 乘槎：神话传说乘木排上天。《博物志》卷三：“天河与海通，近世有人居海渚者……乘槎而

去。”槎，木排。

[10] 天孙：星官名，即织女星。织女为民间神话中巧于织造的仙女，为天帝之孙，故名。

[11] 君平：即严君平，西汉隐士，懂星相，曾卜筮于成都。

[12] 造化：指天地、自然界。这句说天地万物、自然界都在读书人的掌握之中。

满江红　王质

牧童

落尽斜阳，尚有些、断霞残影[1]。甚弯环、东溪西巷，南岩北岭。行熟更教羊引着，睡浓却被鸦惊醒。渐孤村、树暗颤山欹[2]，霜风冷。　人世里，嫌他蠢；牛背上，输他稳。但芒鞋一緉[3]，蓑衣一领。五脏荒陂蔬荐口[4]，双髽幽崦花漫顶[5]。虽云乌、月黑路朦胧，何曾窘！

【品读】

这是一首“牧童的赞歌”。在两宋词作中以牧童为主人公，而且用一曲长调着力加以刻画咏赞的，此阕实为仅见。上片写牧童傍晚归来。太阳已经落山了，天边还有几片“断霞残影”。牧童躺在牛背上，安安稳稳地睡着大觉，前面有熟悉道路的小山羊领路，他还有什么不放心呢？翻越“南岩北岭”，穿过“东溪西巷”，眼看就要进入那绿树掩映的“孤村”了，忽然被聒噪的乌鸦惊醒，只觉一阵寒风袭来，不禁打了一个冷战，睁眼一看，原来已经到家了。说它是画，画也画不出如此生动传神的形象和意境；说它是诗，诗中也未曾见过这般精细绝妙的“牧童夜归图”。下片歌颂牧童纯朴天真。世人嫌牧童愚蠢，什么都不懂，什么都不会，可是在牛背上只有他骑得最稳，这也需要勇气、智慧和技巧呵！他不穿绫罗绸缎，只要有一双草鞋、一领蓑衣就满足了；他不吃山珍海味，荒坡上的山果野菜即可充饥；他不求饰金佩玉，发髻上插满山花就觉得比谁都美。不管是乌云遮天或是夜深月黑，道路如何艰险曲折，他什么时候感到为难过，什么时候感到畏葸过？如此聪明、勇敢、纯朴、可爱的牧童，世人为什么要嫌他蠢呢？此词是一幅人物写生画，极富生活气息，牧童的形象栩栩如生，神态宛然在目，赞美之情溢于言表，语言清新自然，风格明朗质朴，确是一首绝妙好词。

【注释】

[1] 断霞：余霞。

[2] 山攲（qī 欺）：山旁。攲，倾侧不平貌。

[3] 芒鞋：草鞋。　一緉：一双。

[4] 荐：指食草蔬。

[5] 髽（zhuā 抓）：梳在头顶两旁的发髻。　幽崦：深山。

苏幕遮　宋先生

气随神，神随气。神气相随，透入泥丸里[1]。长把金关牢锁闭[2]。捉得金晶[3]，暗地添欢喜。　下辛勤，须发志。十二时中，莫把工夫弃。阴尽阳全神出体。功行成时，名列神仙位。

【品读】

此词谈的是内丹术气功，作者为道家，因此与道家的修炼功夫也有关系。说得很玄妙，但会气功的人大概是不难理解的。下片说修炼贵在有恒，只有坚持不懈，才会收到显效，达到锻炼身体的目的。用作者的形象说法就是：“功行成时，名列神仙位。”既然有如此神奇的功用，气功至今仍然被人们青睐就不难理解了。不过要注意剔除其中的封建迷信成分，切不可走火入魔，否则就做不成“神仙”了。

【注释】

[1] 泥丸：脑神，道家谓上丹田，在两眉间。一说为百会穴。《黄庭内景经》：“脑神精根字泥丸。”

[2] 这句是说勿使精气外溢。

[3] 金晶：俞指金丹。

渔父词 薛师石

邻家船上小姑儿，相问如何是别离。双坠髻，一湾眉，爱看红鳞比目鱼[1]。

【品读】

本篇虽然调寄《渔父词》，但写的并非渔父，而是一位渔家的小姑娘。她自来到人间之日起，一直住在这条小船上，从来没有离开过自已的父母和兄弟姊妹。所以当她听到有人在说“别离”如何痛苦时，便瞪着双眼，惊讶地问道：“快告诉我，什么叫作‘别离’呀？”中间两个三字短句，略描“小姑儿”的容貌，何等自然简洁！结句说她特别爱看那“红鳞比目鱼”，点出渔家生活的特点，含而不露，淡而有味。这位小姑娘多么天真可爱呵！谱入丹青，定是一幅绝妙的渔家女儿写生画。

【注释】

[1] 比目鱼：鲽形目鱼类的总称。包括鲽、鲆、鲽、鳎等各种鱼类。《尔雅·释地》：“东方有比目鱼焉，不比不行，其名谓之鲽。”或谓两目均在体之右面者为鲽，两目均在左面者为鲆。因其成双成对而行，故常以之作为夫妇的象征。

洞仙歌 戴复古

卖花担上，菊蕊金初破。说着重阳怎虚过？看画城簇簇[1]，酒肆歌楼，奈没个巧处，安排着我。　家乡煞远哩[2]，抵死思量，枉把眉头万千锁。一笑且开怀，小阁团栾[3]，旋簇着几般蔬果[4]。把三杯两盏记时光，问有甚曲儿，好唱一个？

【品读】

此词写作者离家在外，适逢重阳佳节，无以消遣，于是来到一家酒店，开怀畅饮，并且询问酒家，有什么时新曲子，快教歌伎唱一支来听听。关于宋代的“酒肆歌楼”，在《东京梦华录》、《都城纪胜》、《武林旧事》和《梦粱录》等书中均有记载。《梦粱录》叙述南宋都城临安的酒肆说：“诸店肆俱有庭院廊庑，排列小小稳便阁儿，吊窗之外，花竹掩映，垂帘下幕，随意命妓歌唱，虽饮宴至达旦，亦无厌怠也。”本篇再现了当时“酒肆歌楼”的风光和民情风俗，对了解宋代的市民生活提供了形象化的资料。

【注释】

[1] 画城：美丽如画的城市。簇簇：整齐貌。
[2] 煞远：很远。
[3] 团栾：圆貌。指小圆桌。
[4] 旋簇着：很快地摆设着。几般：几种。

临江仙 侯蒙

未遇行藏谁肯信，如今方表名踪[1]。无端良匠画形容[2]。当风轻借力，一举入高空。　　才得吹嘘身渐稳[3]，只疑远赴蟾宫[4]。雨余时候夕阳红。几人平地上，看我碧霄中[5]。

【品读】

这首词写的是风筝，托物寓意，表现了作者对获取功名、平步青云的自信心。据洪迈《夷坚甲志》卷第四载：“侯中书元功蒙，密州人。自少游场屋，年三十有一，始得乡贡。人以其年长貌寝，不加敬。有轻薄子画其形于纸鸢上，引线放之。蒙见而大笑，作《临江仙》词题其上。”俗话说“人不可貌相”，年纪大一点，只要肯发奋努力，未必不能“一举入高空”。侯蒙不管别人讥笑讽刺，刻苦学习，后来终于一举登第，实现了他读书做官的愿望。他的理想和追求并不值得肯定，但其不因别人看不起自己便自轻自贱的态度还是有可取之处的。本篇仅从咏物角度看，也有它的特点，对风筝凭借风力升入高空描绘得比较生动细致，题材新颖，因而值得一读。

【注释】

[1] 名踪：声名和行踪。
[2] 无端：无缘无故。
[3] 吹嘘：吹拂。
[4] 蟾宫：月宫。
[5] 碧霄：青天。

鹧鸪天　惠　洪

蜜烛花光清夜阑[1]，粉衣香翅绕团团。人犹认假为真实，蛾岂将灯作火看。　　方叹息，为遮拦，也知爱处实难拚[2]。忽然性命随烟焰，始知从前被眼瞒。

【品读】

惠洪为北宋后期诗僧，俗姓彭，字觉范，后又易名为德洪，江西高安人。能诗词，好用俗语、禅语、艳语，著有《冷斋夜话》、《天厨禁脔》等。这是一首寓言词，写的是灯蛾扑火，自取灭亡。深夜静悄悄，作者独坐禅房，只见一只“粉衣香翅”的飞蛾，正围绕着烛光飞来飞去。一不小心，惹火烧身，终于一命呜呼，顿时随着烟焰而化成了灰烬。出家人慈悲为怀，几次想搭救它，左遮右拦，终未能挡住这只可怜的小虫儿。死到临头，它才知道自己的眼睛被蒙蔽了，原来那并不是艳丽的花丛，而是葬身的火坑。词人由此而联想到，既然人类尚且不免常常认假为真，那么飞蛾又岂能看出灯光就是自己葬身的火坑！小词语浅意深，富有哲理，耐人寻味。

【注释】

[1] 蜜烛：用蜜蜡制的烛，也泛指蜡烛。

[2] 拚（pàn盼）：舍弃，不顾惜。这句说明知它喜欢灯光，难以舍弃，想拦它也是拦不住的。

西江月　惠洪

十指嫩抽春笋，纤纤玉软红柔。人前欲展强娇羞，微露云衣霓袖[1]。　最好洞天春晚，黄庭卷罢清幽[2]。凡心无计奈闲愁，试撚花枝频嗅。

【品读】

这首词写的是一位妙玉式的人物。作者为北宋后期诗僧，本篇是他赠给一位女道士的作品。据《复斋漫录》，江西临川城南有一座女道观叫作“魏坛”，传说曾布之妻魏夫人曾到过这里，许多女子因慕其名，纷纷来此出家，但真正潜心修行的人并不多。其实这也是人之常情，在封建社会许多出家的女子并非没有七情六欲，大多数都是由于在婚姻爱情问题上未能遂其心愿或其他种种原因而遁入空门的。如遇适当的机会和环境，她们复萌爱情之花蕾，也是理所当然，不应受到苛责。此阕上片描绘这位女道士的仪容服饰，从那双手合十的纤纤玉指着笔，刻画出一位身着云霓衣衫、娇羞含情、精神面貌被扭曲了的少女形象。下片写她在清幽寂寞的环境中，读罢《黄庭经》后，看见山花似锦，不觉引起思凡之心，愁思绵绵，于是便“试撚花枝频嗅”，一阵扑鼻的清香，仿佛又将她引向了那幸福美好的人世生活之中。小词笔调淡雅，以僧人的眼光，窥察女道士的内心世界，细致入微，颇为真切，堪称知音。

【注释】

[1] 云衣霓袖：绘有云霓图案的道装。

[2] 黄庭：即《黄庭经》，道教经名。全称为《太上黄庭内景经》、《太上黄庭外景经》。内容是以七言歌诀，讲说道家养生修炼的道理。

渔家傲　王寀

日月无根天不老，浮生总被消磨了[1]。陌上红尘常扰扰。昏复晓，一场大梦谁先觉？　雒水东流山四绕[2]，路旁几个新华表[3]。见说在时官职好。争信道[4]，冷烟寒雨埋荒草！

【品读】

这是宋人的一曲《好了歌》，曹雪芹想来一定是读过的。词中慨叹世事无常，人生短促，荣华富贵亦如过眼云烟，官再高，权再大，也难免“冷烟寒雨埋荒草”。这种人生如梦的色空观念，在封建时代的知识分子中是有普遍性的，对《红楼梦》的创作也不无影响。

【注释】

[1] 浮生：谓世事无定，生命短促。

[2] 雒水：即洛河，在河南西部。雒，通“洛”。

[3] 华表：古代设在桥梁、宫殿、城垣或陵墓等前作为标志和装饰用的大柱。设在陵墓前的又名“墓表”。多为石造，柱身往往雕有蟠龙等纹饰，上为云板和蹲兽。

[4] 争信：怎会相信。

踏莎行　苏轼

这个秃奴，修行忒煞[1]。云山顶上持斋戒[2]。一从迷恋玉楼人[3]，鹑衣百结浑无奈[4]。　毒手伤人，花容粉碎，空空色色今何在？臂间刺道苦相思，这回还了相思债。

【品读】

这是一篇在公堂上用长短句的形式写成的判词。据《事林广记》癸集卷之十三载：“灵隐寺有僧名了然，不遵戒行，常宿娼妓李秀奴家，往来日久，衣钵为之一空。秀奴绝之，僧迷恋不已，乘醉往秀奴家，不纳，因击秀奴，随手而毙。县官得实，具申州司。时内翰苏子瞻治郡，一见大骂曰：‘秃奴，有此横为，送狱院推勘！’则见僧臂上刺字云‘但愿同生极乐国，免教今世苦相思’之句。及见款状招伏，即行结断，举笔判成一词，名《踏莎行》……判讫，押赴市曹处斩。”从艺术的角度而言，此阕并非上乘之作，但它向人们表明：作为抒情诗的长短句，其应用范围本来是很广的，只是没有被人发现。苏轼做了一次尝试，因而值得一读。本篇言简意明，对罪犯的身份、行状、犯罪事实和审判结果叙述得清清楚楚，同时也描绘出一个淫荡凶僧的可憎面目，这类人物在宋人笔记和话本小说中是不难发现的。

【注释】

[1] 忒煞：太，过甚。

[2] 斋戒：禁止吃荤、饮酒，佛门弟子修行的戒律。

[3] 玉楼人：指妓女。

[4] 鹑衣：鹑鸟尾秃，像古时敝衣短结，故用以形容破旧的衣服。

减字木兰花　苏轼张挥

凭谁妙笔，横扫素缣三百尺[1]。天下应无，此是钱塘湖上图[2]。

一般奇绝，云淡天高秋夜月。费尽丹青[3]，只这些儿画不成。

【品读】

诗中有所谓的“联句”，系由两人或多人合作一诗，相联成篇。词中这种现象则极为罕见。据杨湜《古今词话》载：“东坡守钱塘，刘巨济赴处州，道过钱塘，东坡留饮于中和堂，僧仲殊（张挥）与焉。时堂之屏有《西湖图》，东坡遽索笺管作《减字木兰花》曰：‘凭谁妙笔，横扫素缣三百尺。天下应无，此是钱塘湖上图。’以后叠属巨济，辞逊再三，遂以属仲殊，继曰：‘一般奇绝，云淡天高秋夜月。费尽丹青，只这些儿画不成。’东坡大称赏之。”另据《苕溪渔隐丛话》引《复斋漫录》云，此词前半阕为刘泾（巨济）所作。不管是苏轼也好，刘泾也好，总之这首词是由两位作家共同创作的。而词的意境浑然一体，自然雅洁，如出一人之手，毫无拼凑的痕迹，可以说是词坛的一桩佳话。

【注释】

[1] 素缣：白色丝绢。

[2] 钱塘湖：指杭州西湖。

[3] 丹青：丹和青是中国古代绘画中常用之色。也泛指绘画艺术。

夜行船 倪君奭

年少疏狂今已老，筵席散、杂剧打了[1]。生向空来，死从空去，有何喜、有何烦恼！　说与无常二鬼道[2]，福亦不作，祸亦不造。地狱阎王，天堂玉帝，看你去、那里押到[3]？

【品读】

据《随隐漫录》称，此词为四明（今浙江宁波）人倪君奭临终前写的绝命词。俗话说：人之将终，其言也善。作者回顾平生，疏狂放浪，不合时宜；碌碌无为，虚度此生；“生向空来，死从空去”；既未能造福于民，也不曾祸害百姓；弥留之际，但觉无喜亦无悲。天堂大概是进不去了，地狱似乎也不太相宜，请问勾魂摄魄的无常二鬼，你们究竟打算把我押到哪里去呢？词人于诙谐、幽默中，流露出对人生的彷徨失望之感。读来妙趣横生，同时也为作者生前死后都找不到适合于自己的位置而感到遗憾。

【注释】

[1] 杂剧：中国古代戏曲的表演形式，名目繁多，如宋杂剧、元杂剧、温州杂剧、南杂剧等，其特点各有不同。这里是以演戏比喻人生。

[2] 无常：旧说人死时勾摄生魂的使者为无常二鬼。

[3] 这句应为：看你把我押到哪里去？因押韵而颠倒语序。

西江月 曹希蕴

灯花

零落不因春雨，吹嘘何假东风[1]。纱窗一点自然红，费尽工夫怎种？　　有艳难寻腻粉，无香不惹游峰。更阑人静画堂中[2]，相伴玉人春梦[3]。

【品读】

灯花并非“花”，《群芳谱》中绝无它的席位，可是它却给人以美好的印象和联想。它不须借助春风春雨，费尽工夫也难以栽培出来，但当夜深人静之时，纱窗下，灯盏上，却自然而然地结出点点红艳无比的“小花”来。“灯花”，有艳无香，被人们看成是喜事临门的象征，它常常陪伴着“玉人”进入甜蜜的梦乡，给人以安慰、温暖和美好的希望。这首小词独具一格，别开生面，给人以清新自然的美感，读来饶有韵味。

【注释】

[1] 吹嘘：吹拂，借助的意思。这两句说，灯花开放无须东风吹拂，它的零落也不是由于春雨的摧残。

[2] 更阑：夜深。

[3] 玉人：容貌美丽的人，多指女子。

潇湘夜雨　赵长卿

灯　花

斜点银缸，高擎莲炬，夜寒不耐微风。重重帘幕，掩映画堂中。香渐远、长烟袅穟[1]，光不定、寒影摇红。偏奇处，当庭月暗，吐焰如虹。　　红裳呈艳丽，翠蛾一见[2]，无奈狂踪。试烦他纤手，卷上纱笼。开正好、银花照夜，堆不尽、金粟凝空[3]。叮咛语，频将好事，来报主人公。

【品读】

此阕亦为咏灯花之作。词人充分发挥慢词宜于铺叙的特长，对环境和所咏之物尽情地加以形容刻画。词中从“斜点银缸”写到“金粟凝空”，笔调舒徐从容，加以层层渲染，将灯花的艳丽奇绝描绘得淋漓尽致。结处写主人公嘱咐灯花频将好事来报，情景逼真，给读者以轻松愉悦之感，意境幽美，耐人寻味，在咏物词中别具一格。

【注释】

[1] 袅穟：形容灯焰像摇曳的稻穗。
[2] 翠蛾：灯蛾。
[3] 金粟：桂花。这句形容灯花如堆积在空中的桂花。

百字令　胡惠斋

几上凝尘，戏画梅一枝

小斋幽僻，久无人到此，满地狼藉[1]。几案尘生多少憾，把玉指亲传踪迹。画出南枝，正开侧面，花蕊俱端的[2]。可怜风韵[3]，故人难寄消息。　非共雪月交光，这般造化[4]，岂费东君力[5]。只欠清香来扑鼻，亦有天然标格[6]。不上寒窗，不随流水，应不钿宫额[7]。不愁三弄[8]，只愁罗袖轻拂。

【品读】

此词作者为平江（今江苏苏州市）胡元功之女，是一位有文化修养的上层妇女，其夫黄由宁宗时仕至刑部尚书。僻静的小书斋，久无人到，书案上积满了灰尘。词人灵机一动，便用她那纤纤玉指，三涂两抹，画出了一枝栩栩如生的梅花。看它淡雅素洁，风姿绰约，实在令人可爱。美中不足的是缺少一股清香之气，但其潇洒的风度和真的梅花完全没有两样。它不会被月光映上寒窗，不会随流水而漂逝，不会落到宫女的额上，也不怕被《梅花三弄》的笛声吹坠。它愁的是若被人用罗袖轻轻一拂，霎时间便会化为乌有。这首词写几上画梅，别出心裁，构思巧妙，语言清新自然，读来饶有韵味。

【注释】

[1] 狼藉：零落散乱貌。
[2] 端的：真的。
[3] 可怜：可爱。
[4] 造化：运气。
[5] 东君：春神。
[6] 标格：风度、风范。
[7] 宫额：用寿阳公主“梅花妆”事。
[8] 三弄：即《梅花三弄》，又名《梅花引》、《梅花曲》。原为笛曲，后又改编成琴曲。

念奴娇　无名氏

咏剪花词

晓来雨过，见三点两点，催花开却。满目园林如锦绣，低亚阑干西角[1]。魏紫风流，姚黄妖艳[2]，桃李皆粗俗。金刀剪下，燕莺窥妒惊愕。　　雅称似玉人人，淡妆才罢，粉衬胭脂薄。蝉翼轻笼云鬓巧[3]，斜插一枝红萼。睡足杨妃，醉沉西子，娇困铅华落。多情风蝶，晚来犹更随着。

【品读】　春风化雨，催开百花，园林里满目锦绣，姹紫嫣红，美不胜收。主人公却感到无论“魏紫”“姚黄”或是“夭桃”“秾李”都太秾艳粗俗，不堪入目。于是便用她那纤纤玉手，精心剪制了一朵纸花。它浓淡相宜，高雅绝俗，胜似“群芳”，所以引得燕惊莺妒。将它斜插在鬓边，使美人显得更加艳丽，恰如那“睡足杨妃”“醉沉西子”，令人赞赏不已。就连多情的“风蝶”，也被它引得神魂颠倒，早晚追随，不离左右。本篇别出心裁，通过“咏剪花”，赞美民间的剪纸艺术。主人公的“作品”，胜似“群芳”，出神入化，达到了“以假乱真”的境界，其技艺之高超，堪称一绝。

【注释】
[1] 低亚：低垂。
[2] 魏紫、姚黄：宋代牡丹的优良品种。
[3] 蝉翼：薄如蝉翼的发式。

金　缕　曲　蔡士裕

罗帛剪梅缀枯枝，与真无异作

怪得梅开早。被何人、香罗剪就，天工奇巧。茅舍竹篱容不得，移向华堂深悄[1]。别一样、风流格调。玉质冰姿依然在，算暗中、只欠香频到。著些子，更奇妙。　　有时来伴金尊倒[2]。

几徘徊、认成真后，又还误了。费尽东君回护力，空把芳心萦绕。竟不解、索他一笑。夜月纱窗黄昏后，为爱花、翻被花情恼[3]。个恩爱，负多少！

【品读】

此词所咏为“罗帛剪梅”，也就是用丝绢剪成梅花，点缀在枯枝之上，随时随地可以观赏。看它冰清玉洁，风韵高雅，除了缺少香味而外，和真的梅花简直一模一样。如果能在枝头挂上几颗梅子，那就更加无比奇妙了。有时对花饮酒，徘徊其间，认假成真，又感到上当受骗，非常失望。绢花毕竟不是山园小梅，它有形无神，不解一笑，辜负了“我”的一片芳心，反而惹得一身烦恼。词中既赞美了民间艺人的剪花技巧，又表达了作者热爱梅花的真挚之情，题材新颖，笔调轻快，别具一格。

【注释】

[1] 华堂：华丽的厅堂。
[2] 金尊：酒杯的美称。
[3] 翻：同“反”。

学者荐语

陆　坚（浙江大学教授、博导，中国诗学会理事，中国词学会理事，中国苏轼研究学会常务理事，教育部高等学校中国语言文学学科教学指导委员会委员）

此著类选两宋千首词作，通过审美感受，胜解绝妙之处，多侧面展示宋词既不是题材狭窄的“雕虫小技”，也不是“妖媚艳态”的“软性文学”，而是一座辉煌的艺术殿堂，其不朽意义，即在于蕴含认识价值与教育价值在内的、世代为之瞩目的美学价值。全著不作浮泛之谈，而勤发有得之见，博涉多通又时出新意，似曾相识却不囿旧踪，覃思妙悟善熟中求生，诚是一部追溯传统、弘扬民族自豪感的心血之作，是一部唤醒审美、传递正能量的诗性长卷。

陈祖美（中国社会科学院文学研究所研究员，中国李清照辛弃疾学会、秦少游研究会等顾问）

良师益友著作，一向令我受益多多。此著洵为实至名归：其赏读部分新意迭见；所分四十二大类涵盖了两宋近四百位作者的一千一百余首绝妙好词。这比仅收南宋一百三十余家三百八十四首词的周密《绝妙好词》的视野、容量多所拓展和充实。真是一部在手，宋词佳作无遗珠之憾！

王步高（东南大学教授、清华大学客座教授，全国大学语文研究会副会长）

这是一部以全局的视角、深刻的解析，颠覆历代认为宋词题材“狭深”观念的力作，是一部观一书而可知两宋词及宋代社会全貌的经典选本。

肖瑞峰（浙江工业大学教授、博导，国家级教学名师，浙江省特级专家，中国韵文学会副会长，中国宋代文学学会副会长）

披览本书，我们既陶然于宋人的“绝妙好词”，也怡然于作者的“绝妙好辞”。独具慧眼的选录标准，独标高格的分类方法，独运灵光的赏析文字，不仅将我们带入风光无限的艺术世界，而且让我们从中悟到治学的真谛。

韩经太（北京语言大学特聘教授、博导，教育部社会科学委员会委员，全国优秀教师，中华吟诵学会会长，《中国文化研究》杂志主编，中国古代文学学会理事，中国宋代文学学会理事）

宋词作为“一代之文学”，孕清丽于富贵之象，寓清刚于柔媚格调的本色，倚声传唱，吟咏写心，体式翻新，名家辈出，成就我东方诗国之华彩乐章。吾师喻朝刚、周航先生研究宋词有年，吟诵妙章以涵泳情性之余，凝聚心力于绝妙好词的分类选编。值此国家完善中华优秀文化，学校美育渴望优秀读本之时，相信此书一定会得到读者、社会的赞誉！恩师亦得含笑于那个世界。

张　晶（中国传媒大学资深教授、博导，中国辽金文学学会会长，中国古代文学理论学会理事，中国宋代文学学会理事，北京市美育与文明基地主任兼首席专家）

本书是新时期词学研究的一项重要成果。篇目编选经典，注释透彻准确，解说文采焕然。读之如入妙境，欲罢不能，学术性与可读性兼胜，审美与知识共生。无论对鉴赏者还是研究者，都是取之不尽的“宝山”。

王　昊（吉林大学教授，中国宋代文学学会理事，中国词学研究会理事，中国辽金文学学会常务理事）

先生词学传承有宗，开拓有得，尤精鉴赏；宋词精华尽在是编。